外国文学名著选介

第四版 上册

傅希春 陈应祥 刘洪涛 主编

高等教育出版社·北京

内容提要

《外国文学名著选介》是本社出版的《外国文学》的配套教材，1989年出第一版，1994年出第二版，2009年出第三版。第四版沿用前三版的编写模式，把作品节选和原作故事梗概结合起来。具体做法是：以精练的文字缩写原作的故事线索，并以楷体字印出，再把精选自原作的章节或片段，以宋体字镶嵌进该作品故事线索中的相应部位，把二者重新组编成一篇比较接近原著、但篇幅大为减少的新读物。同时，在节选作品之前，简要介绍作者的生平、思想和创作成就。如此编写的目的，是为没有时间和精力阅读全本作品的读者，提供一种了解原作全貌的捷径，并能获得相关作品的背景材料。读者可以在较短的时间里读完这篇新的读物，既能从中了解到相关作品的主要故事情节，又能体味到原作的风格和韵味，进而较好地从整体上把握相关作品的思想和艺术特征，并且在一定程度上理解外国文学发展的进程。此外，本书还通过二维码链接了部分由文学名著改编的电影的片段。

图书在版编目（CIP）数据

外国文学名著选介. 上册／傅希春，陈应祥，刘洪涛主编. --4版. --北京：高等教育出版社，2018.10(2019.12重印)

ISBN 978-7-04-049538-6

Ⅰ.①外… Ⅱ.①傅… ②陈… ③刘… Ⅲ.①外国文学-文学欣赏-高等学校-教材 Ⅳ.①I106

中国版本图书馆CIP数据核字（2018）第049661号

外国文学名著选介（第四版）上册

Waiguo Wenxue Mingzhu Xuanjie

策划编辑 刘新英　　责任编辑 刘新英　　封面设计 张 楠　　版式设计 于 婕

责任校对 张 薇　　责任印制 耿 轩

出版发行 高等教育出版社
社　　址 北京市西城区德外大街4号
邮政编码 100120
印　　刷 北京市密东印刷有限公司
开　　本 787mm×1092mm 1/16
印　　张 30
字　　数 740千字
购书热线 010-58581118
咨询电话 400-810-0598

网　　址 http://www.hep.edu.cn
　　　　 http://www.hep.com.cn
网上订购 http://www.hepmall.com.cn
　　　　 http://www.hepmall.com
　　　　 http://www.hepmall.cn
版　　次 1988年10月第1版
　　　　 2018年10月第4版
印　　次 2019年12月第2次印刷
定　　价 56.00元

物 料 号 49538-00

目　　录

欧美文学

欧美文学

上古文学

伊利亚特

古代希腊的两大史诗《伊利亚特》(又译《伊利昂记》)和《奥德修纪》(又译《奥德赛》)统称为荷马史诗。它最初是民间口头创作,经过一代代民间歌手的口头演唱,内容不断丰富,语言日益精练,形式渐趋完整。相传在公元前9至8世纪,由荷马加工整理,使史诗初步定型。

据古希腊典籍对荷马的片断记载和对两部史诗所用方言的推测,一般认为荷马是一位生活于爱奥尼亚(小亚细亚西岸中部)的游吟盲诗人,其生活年代大约在公元前9至前8世纪之间。他把民间口头流传的许多古代神话和英雄传说进行了收集、整理、综合,组编成两部完整的史诗,在史诗的形成上他起了主要的作用。

到了公元前6世纪中叶,这两部口传的史诗才在雅典执政官庇士特拉妥的组织下,由学者记录下来,编订成册,开始有了文字的记载;以后又经过众多学者的不断修订。

《伊利亚特》共24卷,叙述希腊人渡海远征伊利昂城的故事。史诗集中描写了战争第10年临近结束时的51天的事情。长诗从阿喀琉斯与阿伽门农发生内讧,一怒而罢战写起,一直写到阿喀琉斯因挚友帕特洛克罗斯战死,再怒而出战杀死特洛亚主将赫克托耳,最后以两军各自举行隆重葬礼结束全诗。

长诗重要人物:

希腊方面有:联军统帅、迈锡尼王阿伽门农,其弟斯巴达王墨涅拉俄斯,老将皮罗斯王涅斯托,珀琉斯与海神忒提斯之子、希腊猛将阿喀琉斯及其部将帕特洛克罗斯,伊塔刻王俄底修斯,比斯托涅斯王狄俄墨得斯和副将斯忒涅罗斯,阿耳戈英雄忒拉蒙之子大埃阿斯,罗克里斯王子小埃阿斯,克瑞忒王伊多墨纽斯和副将墨里俄涅斯,以及特勒波勒摩斯,托阿斯等。帮助希腊人的诸神有:天后赫拉,智慧女神雅典娜,海神波赛冬,神使海尔梅斯,匠神赫淮斯托斯。

特洛亚方面有:特洛亚王普里阿摩斯,其子大英雄赫克托耳(又译赫克脱),帕里斯和得伊福玻斯,特洛亚将领波吕达马斯和潘达洛斯,美神之子埃涅阿斯,特洛亚盟友、吕喀亚王萨耳珀冬及战将格劳科斯,阿玛宗女人国国王等。帮助特洛亚的诸神有:美神阿芙洛狄忒,美神之弟阿雪斯,太阳神阿波罗,战神阿瑞斯,月神阿尔忒弥斯等。

现参照中文译本(傅东华译,人民文学出版社1959年版)分卷介绍或节选如下。

一

太阳神祭司克律塞斯的漂亮女儿被阿伽门农俘获，克律塞斯带了足够的赎款请求赎回自己的女儿，阿伽门农不允。克律塞斯向太阳神阿波罗祈祷，阿波罗被激怒，于是向希腊军射出一支支的毒箭，使希腊士兵染上瘟疫，死伤无数。一连9天，焚尸的黑烟日夜笼罩着希腊军营。第10天，阿喀琉斯召集了军士大会，商议如何祈禳才能让阿波罗息怒，消除军中的疫病。军里明智的预言家卡尔卡斯在求得阿喀琉斯保护的诺言后，鼓起勇气指出：阿波罗愤怒是由于阿伽门农不尊敬他的祭司。只有将克律塞斯的女儿无条件地送还给她的父亲，这场灾祸才可免除。

阿伽门农听到这话，血液都沸腾起来，眼里爆出愤怒的火花，呵斥预言家从来没有对他说过有利的话，而今天又鼓励人们反对他。他表示还要把克律塞斯的女儿留在自己的屋里，因为她年轻美丽、灵巧动人，比自己的妻子更可爱，自己的妻子是无法与之匹敌的。之后，他又把话头一转说，若要他为了希腊将士把她送回去，他必须要一件东西来做补偿。接着阿喀琉斯和众将领又是一番苦口婆心的劝说。阿伽门农虽嫉恨难消，但又无奈，于是答应遣还祭司的女儿。同时恶言辱骂阿喀琉斯，指责阿喀琉斯是个总爱挑起争端的人，甚至认为希腊军中即使没有了阿喀琉斯，仍有足够的勇士。为了证明自己的尊贵伟大、不可侵犯，阿伽门农定要从阿喀琉斯的屋里取得阿喀琉斯所钟爱的美女布里塞伊斯来作抵补，用此惩罚他，并警告别人再不要像阿喀琉斯一样来违抗他的命令。

阿喀琉斯怒火中烧，拔剑欲刺杀阿伽门农，但被雅典娜暗中所阻止。然而他那如火一般的愤怒的语言爆发了，揭露阿伽门农没有价值，从来没有想到自己应该在生死搏斗的战场上和将士们一起向敌人袭击和搏斗；而只会从别人夺来的战利品中攫取最好最大的一份，从一个敢于反对他的人那里偷取人家的锦标。阿喀琉斯还说：特洛亚人并没有对不起我，而我追随你，帮助你来为你的兄弟墨涅拉俄斯报仇，现在你却忘恩负义。为此，今后我决不再上战场。即使当凶狠的赫克托耳如割草一样地屠杀阿耳戈人时，你也休想能得到我的帮助。

德高望重的老将涅斯托极力以和平温婉的言语相劝，但两人都无和解之意。会后阿伽门农派俄底修斯将克律塞斯的女儿及献祭的一百只羊送还给祭司，同时派出塔尔堤比俄斯和欧律巴忒斯两个传令使，让他们去阿喀琉斯的营房里把布里塞伊斯带来。传令使并不愿执行这个命令，但由于畏惧还是来到阿喀琉斯的营房。面对阿喀琉斯，尊敬和胆怯又封锁着他们的嘴，不敢说明来意。阿喀琉斯已猜到他们来此的目的，对他们说：这是阿伽门农的过错，不怪你们。来，你们将布里塞伊斯带去吧！但你们要在神和人的面前为我作证。即使将来，有任何人要我援助而我没有应命时，那就不能责备我，而应责备阿伽门农。

布里塞伊斯被带走后，阿喀琉斯独坐海边流泪。他望着幽深的大海，向自己的母亲海洋女神忒提斯哭诉委屈，祈求援助。忒提斯答应为他去哀求宙斯，好让希腊人败退海边，让阿伽门农亲自向他赔礼道歉，但要他耐心等待12天的时间。这期间她叫儿子不要离开自己的船舰。

二

阿伽门农急于获得最大的光荣，想一举攻下伊利昂城。他召集了全军大会，会上他以“久战不克，不如逃回希腊”为幌子试探士气，不料士兵果真纷纷涌向海船立等回国。涅斯托和俄底修斯见状，上前劝阻了大家，于是士兵又回到了会场。

大家都坐了下来,那些长条凳子呈现着一片安静。不甘缄默的就只一个人,这人就是那不可制服的忒耳西忒斯。他如果想要惹恼那些王族的主子,从来不会找不到粗俗的话来讽刺,那一套话原是毫无意义、不堪入耳,他却存心用它来博兵士们的开心。他是依利翁远征军中顶顶丑的一个人。他的一只脚是瘸的,还长着两条向外弯的腿。他那两个拱着的肩膀几乎在胸前互相接触上,从那头长出一个蛋形的脑袋来,脑袋上头稀稀疏疏地竖着几根短发。军队里面最最厌恶这个人的是阿喀琉斯和俄底修斯,因为他们是他顶喜爱的箭靶子。可是这回他去跟那高贵的阿伽门农作对了,他趁兵士们对那君王忿忿不平的当口儿,提高了他尖锐的嗓音,给了那君王一阵臭骂。

"我主,"他用他那喧呼呵叱的态度对那君王大嚷道,"你现在有什么烦恼?你还要什么东西?你的那些篷帐已经装满青铜了,而且我们每次打下一个城,老是尽先把好货挑选给你,你那篷帐里面已经有了不少头挑的女子了。也许你还短少黄金吧,盼望特洛亚的什么贵族带着它来赎取他那被我自己或是别的兄弟绑回来的儿子吧?或者是,再要一个女子来同你睡觉,来做你的私产,却不管你做将军的该不该因这样的勾当使部队遭到灾难。至于你们,我的朋友,——实在都是可怜虫,只能算是阿开亚的弱女子,不能算是男人的——咱们无论如何开船回去吧,把这家伙留在这儿垂涎他的战利品,也好明白明白他是怎样完全依靠士兵的。真奇怪,不多会儿前头他还侮辱过阿喀琉斯呢,那是一个比他好得多的人。他抢去了他的战利品,把她据为己有了。可是阿喀琉斯并没有因这桩事发脾气,他宁可息事宁人。要不然的话,我主,那种暴行就是你的最后一次了。"

忒耳西忒斯对总司令阿伽门农刚发泄完这一篇辱骂,回头看见伟大的俄底修斯正站在自己身边,狰狞可怕地睁着他的眼。俄底修斯将那人结结实实地叱责起来。"忒耳西忒斯,"他开言道,"这也许可算是雄辩,可是我们都听够了。你这胡言乱语的蠢材,怎竟敢唐突君主?现在这些跟随阿特柔斯氏到伊利翁来的人里面,我看你是顶顶卑鄙的贱骨头,因而顶顶不配称道君王的名字,更不应该为着想回家而污蔑他们。这儿的人没有一个确切知道这场战争将要得到怎样的结局——我们也许能得胜回去,也许不能。你可只管坐在那儿谩骂我们的总司令阿伽门农,而且骂得这样蛮横无理,竟拿我们这些英勇将领献给他的东西来作诬陷他的把柄。现在注意我的话——我不是虚声恫吓。要是我再看见你耍这套蠢把戏,我就马上逮住你,剥掉你身上穿的大衣、小褂什么的,剥得你精赤条条,这才当着大家的面来揍你,把你撵出了会场,独自到船边去洒眼泪;我要不这么做就让我的脑袋搬场,忒勒马科斯不算是我的儿子!"

俄底修斯说完话,就拿手里的王杖打他的脊背和肩膀。忒耳西忒斯缩做一团哭起来。那杖上的金钉划出了一条血痕,在那人的脊背上高高肿起。他吓得坐了下去,痛得没奈何地向四周围看了看,擦去了一行眼泪,其余的人虽然心里不高兴,却都不去顾恤他,哄堂大笑起来了。"打得好!"有一个人朝他邻座的人看了看,代表着大家的感想起来嚷道。"俄底修斯干的许多事情都是值得钦佩的,像他想出来的种种好计策,他在战场领导的作战。可是他这一回堵住了这个牛皮大家的口,更是大快人心。我想忒耳西忒斯再不会这么热心地赶到这儿来侮辱我们的君主们了吧。"

随后俄底修斯做了决战的动员,阿伽门农宴请诸将领。希腊人便长驱直进,向特洛亚人发动了攻击。

三

两军交战，帕里斯首先出阵，宣称愿与希腊的任何一位英雄单独决斗。墨涅拉俄斯一见拐骗妻子海伦的仇人，分外眼红，立刻出场对阵。帕里斯由于理亏心虚，不由得向后退却。赫克托耳怒斥他过去的行为和现在的怯懦，指明他应承担的责任。于是帕里斯提出了单独决斗的条件：决斗之后，胜者获得海伦及其财产；两军双方缔结和约，结束战争。双方都表示赞同这一决定。战斗的结果是帕里斯失败，逃回城里。特洛亚军的潘达洛斯又放冷箭，射伤墨涅拉俄斯的脚。阿伽门农大怒，挥戈向破坏誓约的特洛亚人攻击。

四

双方混战，喊声震天，互相厮杀，遍地流血。阿波罗站在特洛亚城上鼓动特洛亚人进攻，雅典娜则鼓舞希腊人的士气。一番激战，希腊人打退了特洛亚人。特洛亚方面死亡惨重。战斗中，狄俄墨得斯最为勇敢。他被潘达洛斯一箭射中右肩，他拔出箭，带着伤左冲右杀，杀死许多特洛亚人，又一枪刺死潘达洛斯，一石击伤埃涅阿斯，并把救援埃涅阿斯的美神阿芙洛狄忒的手腕刺伤，还刺伤帮助赫克托耳战斗的战神阿瑞斯的小腹。希腊军初战告捷。

五

特洛亚的先知赫勒诺斯劝赫克托耳把大军撤回城边，鼓舞士气在城边固守。然后进城让特洛亚妇女到雅典娜庙许愿祭奠，祈求不让狄俄墨得斯打到城边。赫克托耳鼓起大家的勇气后就进城去了。两军阵前，狄俄墨得斯与吕喀亚人格劳科斯遭遇。经过一番战前交谈，两人始知原为世交，于是握手言好，交换了礼物。

六

希腊军兵临伊利昂城下，赫克托耳进城安抚了众妇人，进宫嘱托了他母亲，又教导了帕里斯，然后回到家里。管家老婆子告诉他，他妻子安德洛玛刻带着儿子跑上城楼了。

赫克托耳听见了这话，就慌忙出了家门，打那铺砌得很好的街道上急步前进。他穿过了那广大的城，到达了通向平原的斯开亚门，就看见他那富有奁资的妻子安德洛玛刻跑着迎上前来了。安德洛玛刻是那豁达大度的埃厄提翁的女儿，埃厄提翁是喀利喀亚人的王，住在忒柏地方那座林木森森的普拉枯斯山脚下。当时她来迎接她那身披铠甲的丈夫，跟着她的还有个侍女，怀里抱着个小孩，那就是他们养下不久的男孩子。赫克托耳的儿子，可爱得像颗星似的，他父亲给他取名斯卡曼德里俄斯，可是其余的人都叫他“阿斯提阿那克斯”，[①]因为他的父亲是伊利翁[②]唯一的屏障。

赫克托耳看了看他的儿子，不由得微笑起来，可是不说什么。安德洛玛刻挂着眼泪，走到他身边，和他握着手。“赫克托耳，”她说道，“你是着了魔了。你这样的勇敢是要送你的命的。你

① 意即“一城之主”，因为他的父亲是特洛亚城的保卫者。

② 又译伊利昂。

也不想想你的小儿子和你的不幸的妻子,你马上就要叫她做寡妇了呢。总有一天阿开亚人要集合大军来杀死你。我要是失去你,那就不如死的好。你要有一个不测,我还有什么生趣呢?除了悲伤之外什么都没有了。可怜我现在没有父亲、没有母亲。我的父亲是在伟大的阿喀琉斯来攻我们那个可爱的城市——喀利喀亚人高城墙的忒柏城——那一次死在他手里的。可是我父埃厄提翁虽然死在他手里,那阿喀琉斯却很有侠气,并没有剥过他的尸体。他让他穿着那套灿烂的铠甲将他焚化了,还替他筑起一个坟墓;山中的仙女们——那些戴法宝的宙斯的女儿——又在他的坟墓的周围栽起一些榆树来。我本来有七个兄弟,谁知他们一天里边全都到哈得斯宫里去了。那伟大的捷足阿喀琉斯把他们在那些牛群和雪白的羊群当中一齐杀死了。至于我的母亲,那普拉枯斯山林底下的忒柏的王后,阿喀琉斯曾经把她同着他其余的掠获品带到这里来过,可是拿了一笔巨大的赎款放她回去了,后来她是在她父亲家里被女射神阿耳忒弥斯杀死的。"

"所以,赫克托耳,你对于我不但是我亲爱的丈夫,同时也就是我的父母和兄弟。现在你要可怜我,在这儿城楼上呆着吧;不要让你的儿子做孤儿,让你的妻子做寡妇。你去叫特洛亚人集合在那野无花果树的地方,那里的城墙最容易攀登,那里的防御最容易攻破。已经有三次,他们的精锐由那个埃阿斯和著名的伊多墨纽斯、两个阿特柔斯的儿子[①]和那可怕的狄俄墨得斯率领前来攻打那一点,想要攻破它。一定是有哪一个知道预兆的人曾经把那地方的破绽告诉他们,或者是他们自己有来攻打那儿的道理 。"

"所有这一切,亲爱的,"那头盔闪亮的伟大的赫克托耳说道,"原都是我所关心的。可是我如果像个懦夫那么藏躲起来,不肯去打仗,那我就永远没有面目再见特洛亚人和那些拖着长袍的特洛亚妇女了。而且这样的做法是我不情愿的,因为我一径都像一个好军人那么训练自己,要身先士卒,去替我父亲和我自己赢得光荣。在我的心底里,我也知道那一天快要到来,神圣的伊利翁同着普里阿摩斯和他那些拿桦木杆好枪的百姓都将被毁灭。可是我想起了所有的特洛亚人乃至我母赫卡柏,乃至父王普里阿摩斯,乃至我那些被敌人打倒在尘埃的英勇兄弟们所要吃到的苦楚,都还不会觉得太难受,至于想到你挂着眼泪被一些阿开亚的披甲战士拖去做奴隶那种情形,我可真受不了。我可以想见你在阿耳戈斯,替别人家的女人在布机上做苦活,或是无可奈何地在那陌生地方替人家汲井担水。人家看见你哭哭啼啼,就都要说道:那边那个就是赫克托耳的老婆。她的男人在伊利翁被围攻的时候是那些驯马的特洛亚人当中的健将呢。他们每次说到这种话,你就要觉得一阵痛心,伤悼着那个本来可以保护你自由的人。啊,但愿大地深深掩埋了我的尸体,不要让我听见你被他们拖走时的尖叫声才好呢!"

那显赫的赫克托耳说完话,就伸出他的胳膊要去抱他的孩子。可是孩子被他父亲的形状所惊吓,哭了起来,缩回那个系着腰带的保姆怀里去了。他惊吓的是那头盔上的铜和那狰狞地对他点头的鬃饰。他的父亲和母亲都不由得大笑起来,可是那高贵的赫克托耳赶快摘下了他的头盔,将那亮晶晶的东西放在地上。然后他跟他的儿子亲了嘴,把他抱在怀里抚弄着,一面向宙斯和其他的神祷告起来:"宙斯和其他列位神,请保佑我的这个孩子能在特洛亚像我一样的杰出,像我一样的刚强和勇敢,好做伊利翁的强大君王。在他打仗回来的时候,要有许多人在说,这一个人比他的父亲还强呢。让他把他杀死了的敌人的血污铠甲带回来,好叫他母亲快活。"

赫克托耳把孩子交给他的妻子,她就把他搂进她那香喷喷的怀里去了,她从她的眼泪里面露出

① 就是阿伽门农和墨涅拉俄斯。

微笑来，她的丈夫看见了心里很感动。他拿手去抚摩她，说道："亲爱的，我恳求你不要过分地难过。不等到了时候，是没有一个人能把我送下哈得斯去的。可是命运这一桩东西，凡是从娘胎里出来的人都不能逃避，无论是懦夫或是英雄。现在回家吧，去管你自己织布和纺纱的工作，叫女仆们也都去干她们的活儿。打仗是男人们的事情，而且这一次仗是特洛亚人人都得打的，尤其是我自己。"

那显赫的赫克托耳一面说，一面捡起他那带着马鬃冠饰的头盔来，他的妻子也动身回家，一路洒着大颗的眼泪频频回顾。

安德洛玛刻回到家里，觉得再也见不到丈夫平安地回家来了，于是放声痛哭。赫克托耳与帕里斯一道出了城，挥枪直奔希腊大军，和格劳科斯一起战斗，杀死了许多希腊名将。

七

先知赫勒诺斯按雅典娜和阿波罗的意图劝赫克托耳向希腊最勇敢的人挑战，单独决斗。赫克托耳走到阵前把枪一横提出决斗条件。希腊人个个沉默不语，经过涅斯托一番鼓动，9位名将站了出来，拈阄结果，大埃阿斯单独出阵。两将先以投枪、长枪、石头战了几个回合，后又拔剑短兵相接，由于天色已黑，传令官用节杖把两人一挡说：黑夜命令你们停战。于是两将交换了礼物分别回营。第二天双方清理战场、焚尸、修整、饮宴。

八

翌日晨，宙斯召集了众神会议，告诫众神不得违命帮助作战双方的任何一方。接着他来到了伊得山，静观战斗的发展。只见双方酣战一上午，胜负不分。为了实现对忒提斯的许诺，宙斯举起霹雳棒，把一个个闪电打向希腊军队。希腊人吓得丧魂失魄。溃退中涅斯托的战马被帕里斯射死，无法逃走，俄底修斯飞车擦过涅斯托，却只顾自己逃命。狄俄墨得斯独自冲到阵前，抵挡住赫克托耳的攻击，救出涅斯托。他们向特洛亚人反击，虽也杀伤一些敌人，但特洛亚人还是一直把他们打退到壕沟边。夜幕降临，特洛亚人停止了进攻。他们点起一千堆营火，通宵达旦，沉浸在胜利的希望中。

九

阿伽门农饱尝了失败的苦楚，在全体将领会上，他泪流满面地说：特洛亚是攻不下了，还是坐上我们的船逃回去吧。狄俄墨得斯当即指责阿伽门农：宙斯虽然给了你王权，叫你统治全希腊，却不曾给你勇气这种至高无上的天赋，假如你愿意回去，你尽可以回去，可是其余的希腊人却会留下来，直到攻下特洛亚。涅斯托也指责了阿伽门农的蛮横，指责了他对阿喀琉斯的做法。阿伽门农承认自己做了错事，愿意给阿喀琉斯一份极大的赔偿。接着选派了福尼克斯等5位使节，去向阿喀琉斯道歉。尽管俄底修斯能言善辩，福尼克斯苦口婆心，阿喀琉斯仍然怒火未息，执意要让那个叫他吃苦的人吃苦，仍拒不出战。

十

当夜，阿伽门农又召开了军事会议。经涅斯托提议，派出狄俄墨得斯和俄底修斯前往特洛亚营地侦察。半路上他们俘获了赫克托耳派出的探子多隆，等问清特洛亚的防务后，就将多隆杀死了。接着两个人夜袭了特洛亚盟军特勒刻人的军营,杀死其国王瑞索斯,劫走许多马匹。

十一

第二天黎明,双方便互相厮杀起来,直打到正午,阿伽门农终于突破特洛亚人的阵线,率众冲过缺口,直逼城下。特洛亚人一直奋勇抵挡。后来,阿伽门农手臂受伤,无法继续作战,不得不退下阵来,回船治伤。

十二

赫克托耳立即率军反攻,直杀得希腊人大败而逃。希腊勇将狄俄墨得斯和俄底修斯合力抵挡,迎着特洛亚人冲去,希腊人这才掉回头来,又展开一番厮杀。混战中,帕里斯一箭射中狄俄墨得斯的脚踝,俄底修斯身陷重围被刺伤腰部。埃阿斯与墨涅拉俄斯冲进重围救出俄底修斯。帕里斯又一箭射伤马卡翁的右肩,接着又射中赶来救援埃阿斯的欧律皮罗斯的右腿。

阿喀琉斯站在自己的船尾观战,看到马卡翁受伤回船,就派帕特洛克罗斯前往慰问。涅斯托趁机劝帕特洛克罗斯借穿阿喀琉斯的铠甲,上阵去抵挡一番,好让希腊人有个喘息之机。

十三

赫克托耳军威大振,一鼓作气直逼希腊营垒。双方反复争夺着城垛,所有的城垛都溅满了鲜血。赫克托耳举起大石砸毁了城门,特洛亚人一拥而入,占据了城墙,希腊军顿时乱成一片,纷纷奔向自己的海船。

十四

在希腊人的海船边展开了一场你死我活的拼搏。大、小埃阿斯,伊多墨纽斯、墨涅拉俄斯等希腊将领奋力抵挡特洛亚人的进攻,双方伤亡惨重。

十五

在震天动地的厮杀声中,涅斯托、阿伽门农、狄俄墨得斯和俄底修斯开了个碰头会,以商良策。阿伽门农打算逃回本国,俄底修斯力主战斗到底。

与此同时,战场上大埃阿斯举石砸伤赫克托耳的脖子,使之昏迷过去。希腊人趁机反攻,把特洛亚人赶到壕沟外。赫克托耳恢复体力之后,再次冲过壕沟、打到船边,纵横厮杀,打得希腊人步步后退。这时赫克托耳命令点起火把,准备烧船。埃阿斯则奋力抵挡。

十六

目睹希腊人步入绝境,帕特洛克罗斯再也不能控制自己,哭求阿喀琉斯把铠甲借给他,让他装成阿喀琉斯的样子前去狙击敌人。阿喀琉斯慨然应允,帕特洛克罗斯立即将阿喀琉斯的铠甲披挂起来。阿喀琉斯则动员自己的部队随帕特洛克罗斯出战,并告诫帕特洛克罗斯,救船即止,不要攻战,免受伤害。

正当埃阿斯败下阵来,希腊船被特洛亚人烧起来的关键时刻,帕特洛克罗斯及时冲了过来,举枪杀死了特洛亚盟军将领皮赖墨克斯。特洛亚人见状,以为是阿喀琉斯出战,顿时纷纷后退。帕特洛克罗斯一心要杀死赫克托耳,直杀到伊利昂城边,四度攻城,三次冲杀,用长枪撂倒了好几员特洛亚将领,然而最后还是被赫克托耳一枪刺死,阿喀琉斯的铠甲也落入赫克托耳手中。

十七

希腊人大败。赫克托耳直冲上去,青铜的铠甲灿亮耀眼。逃亡的希腊官兵惊惶而混乱地越过壕沟,到处可以看到他们失落在地上的枪和盾。安堤罗科斯飞也似的跑到阿喀琉斯的船舰前,哭嚷着帕特洛克罗斯已经阵亡,赫克托耳已剥去他的铠甲,现在两军正为争夺他赤裸的尸体激战着……阿喀琉斯听到这一消息,眼前突然发黑,两手抓起地上的泥土撒在自己头上、脸上和紧身服上,接着又扑在地上,直直地躺着,撕扯自己的头发。安堤罗科斯一边流泪,一边抓着阿喀琉斯的双手紧紧地握着,生怕他会拔出剑来割断他自己的喉咙。

阿喀琉斯悲恸地放声大哭一通后,发誓要为自己被杀的朋友帕特洛克罗斯报仇,将赫克托耳杀死,决不顾及宙斯和神祇们所规定的命运降临到自己的头上来。

这时战场上埃阿斯护着帕特洛克罗斯的尸体边战边退,特洛亚人紧追不舍。赫克托耳像火一样向前飞奔,他三次追上埃阿斯,并抓住死尸的脚要把他拖走,又三次被两个埃阿斯逐退。两军对峙着,但显然希腊人已极疲惫。正在这时,为失掉挚友而悲愤交加的阿喀琉斯未披铠甲,大步走出,越过围墙,站立在壕沟旁边,他大吼一声。特洛亚人听到这吼声,无异于军用喇叭的巨响,都感到惶恐,各个勒转战车和马头。他们看见阿喀琉斯的头颅周围闪射着火光,都暗暗发抖。阿喀琉斯连吼三声,特洛亚人就溃乱三次,丢弃了帕特洛克罗斯的尸体纷纷后逃。竟有 12 个勇敢的英雄在混乱中跌倒在地,为自己的战车碾死和枪矛刺死。希腊人趁机抬回了帕特洛克罗斯的尸体。大家围绕起来默默致哀。阿喀琉斯伏在挚友遗体上痛哭不已。落日霞光闪照着这两个生死相对的英雄。

特洛亚将领波吕达马斯劝赫克托耳连夜攻打希腊人,否则应立刻撤回城内,不然的话阿喀琉斯率军出战,那将重使特洛亚人遭受极大损失。但赫克托耳未采纳这一正确意见。

十八

这时,希腊人为帕特洛克罗斯举哀,阿喀琉斯发誓:定取赫克托耳首级与 12 个特洛亚生俘,来为帕特洛克罗斯举行葬礼。与此同时,阿喀琉斯之母忒提斯去求匠神赫淮斯托斯为阿喀琉斯制造新的铠甲。赫淮斯托斯立即应允,动手制作起来。

开头,他先做一面庞大而强有力的盾牌,全面都有装饰的,又把闪亮的金属镶上三道边,又配上了一条银子的肩带。那面盾牌一共有 5 层,他在表面一层装饰着好些个图案,都刻得十分精工,首先刻的是地、天和海,不知疲倦的太阳,滚圆的月亮,以及布满天空的一切星座——昴星座,毕缩星团,大猎户星座,以及绰号北斗的熊星座,它是星座当中唯一不在大洋流里洗澡的,一直都在同一个地方打转儿,小心翼翼地远远望着大猎户。

他又刻上了两个美丽的热闹城市。一个城市里边正在举行婚礼和宴会。他们正把新娘子们从他们家里送到街上来,跟随着响亮的婚歌和光辉的火炬。青年们由笛子和竖琴伴奏着,在那里跳舞回旋,妇女们都走出她们的门口来看热闹。但是男人们都拥挤在公会场中,因为那儿正出了一桩案子,是两个人为了一个被杀死的人在那里争执赔偿的事。一个人要求全部赔偿,正把他的意思向大家宣布,但是那一个竭力争执,拒绝一切的赔偿。双方都主张案子应该由公断人来决定,群众中的双方拥护者一齐喝起彩来,传令官们正在叫大家肃静。长老们坐在那神圣的凳子上(那是一块半圆形的光滑的石头),由那些声音清亮的传令官们逐一授予发言的节杖,逐一拿着节杖走到前面来评判案情。场子中心陈列着两塔兰同的金子,那是预备给那个解释法律解释得最好的长老做公断费的。

其他一个城市正受两个军队的围攻,那些闪亮的装备都可以看得清楚。那两个围攻的军队彼此还没有达成协议,到底马上去扫荡那个地方呢——那是一个可爱的城市——或者是把里边的财产由他们自己和居民均分。但是那些居民并没有投降,还正在秘密准备来一个埋伏。他们把他们的城墙交给自己的妻子们、孩子们和老年人们去防守,就由阿瑞斯和帕拉斯·雅典娜领导着冲了出来——那两位神都是用黄金装的。他们身上全副的金装,正像神似的显得高大而美丽,突出在那些个儿比较小的将士当中。他们在一条供牛饮水的河床里找到了一个适当的埋伏地点,就先放出两个侦察兵到远处去侦察有没有成群的牛羊到来,然后穿着他们的闪亮铜装坐在那里等着。不多会儿,果然就有牛羊群出现,由两个牧人负责赶过来,他们并不疑心有什么祸事,正在吹他们的笛子。那些埋伏的人看见了他们,马上冲出来把那一群群的牛和雪白的好绵羊赶走了,并且杀死了那两个牧人。那些围攻的军队正坐在那里辩论,忽然听见那一片骚扰的声音,就立刻跳上他们那些高大马匹所驾的战车,急忙赶到当场去。一场激战发生在那河岸上,彼此交换着一阵阵的投枪。斗争和恐怖都出现在他们的战阵中,还有那可怕的死神,用她的双手逮住一个刚刚受伤还没死的人,又逮住一个连伤都没伤的人,又抓住一个尸体的脚把他拖出人群去。她身上的大衣被人类的血染红了,那些兵士正在那里相冲、相杀、拖死人,都跟真的人一样。

其次,他刻了一大片柔软、肥饶的休耕地,正在那里作第三次的耕耘。一群耕田的人一来一去地在那里赶他们的牛群。他们耕到尽头的高坎待要旋转身,就有一个人走上来送给他们一杯醇和的酒。于是他们掉转头,重新辛辛苦苦地打那深厚的泥土里向那一头耕下去。那一片地原是金做的,可是犁头耕过的地方都变了黑色,正跟新翻起来的泥土一般。这位艺术家造成了一个神迹了。

他又刻着一片王家的田地,一群受雇的割麦人手里拿着锋利的镰刀在那里工作。一抱一抱的麦子沿着畦沟成行列地倒下来,随后就有人来拿草绳捆起。站在旁边打捆的有三个人,还有一些男孩跟在后边,不断抱起地上的麦子,跑着送给他们去捆。国王自己也在他们当中,手里拿着王杖站在麦束的旁边心里得意。背景上的一棵橡树底下,他的侍从们正在备办筵席。他们在烤一头刚刚杀了的大牛,妇女们拿一把雪白的麦面撒在那些给割麦人当晚饭的肉上。

再其次的一景是一片满是葡萄的葡萄园。它的美丽的地是用金子雕成功的,但是那成片的葡萄都雕成黑色,葡萄棚的柱子全部都用银子。园子的周围他用蓝色的珐琅划出一条沟,沟的外边还有一道锡做的篱笆。到园子里去就只有一条通路,是备葡萄熟的时候给来采的人走的;当时正有一班兴高采烈的青年男女把鲜美的葡萄一篮篮地拿出去,内中有个男孩子在唱美妙的林诺斯之歌[1]，用男高音配合着他那和谐竖琴的美妙音乐。大家都用跳舞的步子配合着他那音乐和词句。

他又刻上了一群直角的牛，牛身是用金子和锡雕成的，那一群牛刚从牛栏里出来，一路叫着要赶到一条流水潺潺、芦苇摇曳的小溪旁边去吃草。四个金子雕成的牧人跟随着那个牛群，还有九头狗也跟他们一起跑。但是在这牛群的头里，有两头野蛮的狮子已经逮住了一头雄牛，那头雄牛大声狂叫着被它们拖走。那些青年人和那些狗奔上去救它。但是两头狮子已经裂开那只大雄牛的皮，正在舔吮它那黑沉沉的血和内脏。那些牧人嗾使他们的狗上前去，可是没有用；狗并没有意思要去咬狮子。它们虽然放大了胆跑近去站着叫着，但是非常当心地避开它们。

在这一幅图画上，那显赫的跛神又加上了一片白绵羊的大牧场，在一个美丽的山谷里，有农家的建筑、羊栏、精致的茅棚，一概都全的。

又其次，他刻了一个跳舞场，就像代达罗斯[2]在克诺苏斯给美发的阿里阿德涅[3]设计的那么一个。青年们和成年的姑娘们互相搂着腰在那里跳舞，女孩子们都穿着精致的麻纱，戴着可爱的花冠；男的都穿着细密料子的短褂，微微的显出油光，又都在他们的银带子上挂着金子的短剑。在这一处，他们轻轻地跑着圈子，拿他们的熟练的脚在打转儿，好像一个陶器工人坐在那里拿手转着他的轮盘看它会不会转动似的；在那一处，他们一行行地跑着互相合拢来。周围有一大群人站在那里欣赏这一场有趣的跳舞，内中有一个歌人配着竖琴在唱神妙的歌，还有两个艺人配合着音乐在那里翻筋斗。

最后，他绕着这个奇妙盾牌的边缘装上了那壮阔的大洋流。

等到盾牌做完了，做得又大又坚固，他就给阿喀琉斯做了件胸甲，那是比猛烈的火还要光亮的。然后他又配着他的脑袋给他做了顶笨重的头盔。头盔上面雕刻得很美丽，又在顶上装着个金冠。他又用柔韧的锡给他做了一副胫甲。

等到这位著名跛神一件件都完成之后，他就把它们聚在一起，放到阿喀琉斯的母亲的面前。她从赫淮斯托斯那里拿到了这套闪亮的铠甲，就像一只老鹰似的一个回旋飞下雪盖的俄林波斯去了。

忒提斯带着这套铠甲，立刻来到阿喀琉斯身边，安慰了正为丧友而悲恸的儿子，并答应保存好帕特洛克罗斯的尸体，以待阿喀琉斯夺得了胜利后进行安葬。

十九

阿喀琉斯装备一新，他召集起部将正要投入战斗，阿伽门农偕负伤的狄俄墨得斯、俄底修斯前来赔礼道歉。阿喀琉斯痛悔自己的行为使希腊蒙受损失，决心团结一致，克敌制胜。阿伽门农把补偿阿喀琉斯的财物及女人送来了。俄底修斯安排将士吃饱喝足。接着阿喀琉斯亲自率领希腊联军从海船上猛冲出来。

---

① 林诺斯本是女神的名字，这是一种哀悼夏季消逝的歌，在收获的时候唱的。

② 希腊神话中的雅典巧匠，曾经替克瑞忒的王弥诺斯造过迷宫。

③ 弥诺斯的女儿。

二十

阿喀琉斯一路杀来，在一场恶斗中首先打败埃涅阿斯，接着又杀死赫克托耳之弟波吕多洛斯。赫克托耳见状怒不可遏，立刻向阿喀琉斯扑去。阿喀琉斯一心要置赫克托耳于死地，两人顿时开始了一场恶战，由于各有神的护佑，未分胜负。在神的参战下，双方军士都勇猛地拼杀，愤怒的阿喀琉斯把特洛亚军队切成两段，追赶到河边，活捉了12个特洛亚贵族青年，以备献祭于好友之灵。接着阿喀琉斯又刺死了河神阿克西阿斯的后代阿斯忒洛派俄斯。

二十一

斯卡曼德洛斯河神眼见阿斯忒洛派俄斯被杀，派俄尼亚人不战自乱，于是上前劝阿喀琉斯暂缓厮杀。阿喀琉斯决心战胜赫克托耳，不予理睬。结果惹怒河神。河神掀起巨浪，希腊军人仰马翻。阿喀琉斯几乎被急浪卷走，亏得波赛冬与雅典娜赶来护佑，阿喀琉斯才得以继续前进。斯卡曼德洛斯河神一面呼吁西摩厄斯河神赶来增援，一面掀起更大的浪头，夹着鲜血、尸体直向阿喀琉斯打来。赫拉一见，命赫淮斯托斯用神火去烧大地和河流。一场神火直烧得被淹没的大地干裂，河水煮沸，河神最后只得讨饶。

与此同时，天神也分成两派互相搏击。战神阿瑞斯首先冲向雅典娜，却被击倒在地。美神阿芙洛狄忒前去扶持阿瑞斯，又被雅典娜一拳击在心窝而倒地不起。波赛冬向阿波罗挑战。阿波罗不愿为了凡人而与叔父对打，于是躲开。其妹女猎神阿尔忒弥斯责骂阿波罗不战而逃，却被赫拉听见，立即抓住她的两只手腕，夺下她的银弓，敲打她的耳朵。阿耳忒弥斯挣脱身子，丢下银弓逃走了。

二十二

当众神激战之时，阿喀琉斯率希腊军一路厮杀，大获全胜，追得特洛亚人像受惊的小鹿一样飞奔进城。

赫克托耳独自站在城外，决心要和阿喀琉斯决一雌雄。他的老父普里阿摩斯叫他赶快进城，他的母亲也哭着呼唤，可赫克拉耳依然站立不动。他想，退回城里，不仅会被敌人耻笑，而且也无颜去见国人，更对不起战死的特洛亚战士，与阿喀琉斯拼个死活，即使死也死得光荣。

赫克托耳站在那里全神倾注地做着内心的辩论，阿喀琉斯就向他走近来了，戴着他那闪亮的头盔，像个战神的模样，雄赳赳地准备着战斗。在他的右肩膀上，他摆荡着那支可怕的珀利翁山桦木杆的枪，他身上的铜装闪耀得像一片烈火，或是刚刚上升的太阳。赫克托耳抬起头来一眼看见他，就开始簌簌发抖。他没有勇气再战下去了，他就离开了城门，惶恐万状地逃开去。可是那珀琉斯的儿子凭他的脚力快，一个闪电似的就追上来了。轻得像羽族当中最最快的山鹰打个回旋去追一只胆小的鸽子，一路尖叫着紧紧跟随，偶尔还突然来一个猛扑，那阿喀琉斯也就是这样去紧紧追赶的；那赫克托耳呢，也正像一只鸽子飞在他的敌人的前头，绕着特洛亚的城墙脚下的阿喀琉斯前面用尽他的脚力在逃跑。他们跑过了瞭望台和那迎风摇曳的无花果树，就离开了城墙一段路，沿着那车道跑了。这样就跑到了那两道可爱的泉水，就是那条斯卡曼德洛斯汹涌河流发源的地方。那两道泉水当中，有一道的水是热的，蒸汽从那里面升上来，浮在上头好像烈火上的烟。还有那一道泉水，就连夏天涌上来的时候也冷得像是雹子，或者像是雪，或者像是水结成的冰。紧靠着两道泉水，竖着一些广阔而美丽的石槽，在阿开亚人没有到来的太平日子里，特洛亚人的妻子们和可爱的女儿们一向都在里边洗她们那种有光泽的衣服的。就打这地方，经过了那一场追逐；前面逃的是赫克托耳，后面追的是阿喀琉斯——逃的人固然英勇，追的人可比他还强得多。那种步子是像疯狂一样的。这并不是一场平常的赛跑，并不是拿一头献祭的牲口或是一面皮革的盾牌来做奖品的。他们是在争夺那驯马的赫克托耳的性命呢。为了这个，他们都撒开飞腿在普里阿摩斯那城市的周围绕了三匝，正如在替一个战士举行葬仪的竞技场上，两匹赛跑的牡马为着那一个三脚鼎或是一个女人的辉煌奖品绕着那个场子拼命地飞跑一般。

所有的神都在看他们，后来那众神之父方才默默地叹了一口气向着其他的神说道："我的心里有一块温暖的地方给予现在在我眼前绕着特洛亚的城墙被追逐的这个人。我替赫克托耳伤心。他在那伊得山的崎岖山顶以及特洛亚的高堡垒上头，都曾拿许多头牛的大腿来孝敬过我。可是现在那伟大的阿喀琉斯正在普里阿摩斯的城市周围拼命追逐他。你们想一想，神们，帮助我决定一下，我们去救他的性命呢，或者是就在今天让一个好人去倒在那珀琉斯之子阿喀琉斯的手下。"

"父啊！"闪眼的雅典娜嚷道，"你在说什么话呀？难道你，明亮的闪电和黑云之神，打算赦免一个早已判定死刑的凡人的死的痛苦吗？你喜欢这样你就这样做，可是不要想望我们其余的神来赞成你。"

"你放心，特里同的女神，我的亲爱的孩子，"那行云之神宙斯说道，"我并不是真的存心要保全他。你可以信赖我对于你的好意。你看怎样适当就怎样办吧，而且立刻就行动起来。"那雅典娜本来就已心痒巴巴地想要插一手，现在得到宙斯的鼓励，就从俄林波斯峰顶飞了下去。

这时候，捷足的阿喀琉斯继续对赫克托耳作无情的追逐。比如一头猎犬已经把一只小鹿从它山间的窝里赶得动了身，就一直追赶着它，通过了草莽和空谷，即使它到丛林里去藏躲起来，它也要跑上前去，嗅出它的踪迹，找到它的猎物。当时那捷足的阿喀琉斯也正像这样，无论赫克托耳使什么诡计，也不能把他摆脱。不止一次的，赫克托耳想到向达耳达尼亚的城门那边冲过去，希望他挨着那高城墙的脚下走时，城头上的弓箭手会把他的追逐者射开，因而可以保性命，谁知阿喀琉斯一直都占着那条靠城墙的路，赫克托耳每次想要靠边来，阿喀琉斯都把他挡回空旷的方面去。然而他始终都追不着赫克托耳，正如赫克托耳始终都摆脱不了他一般。这就像是一个梦魇里的一场追逐，无论追逐的人和被追逐的人都动不得手脚。

你也许要问，死神既然紧紧跟在赫克托耳的后边，他又怎么能逃避呢？他之所以能逃避，只是靠阿波罗的最后的干涉，因为那一位神最后一次到他身边来，重新振作起他的力气，给予他迅速的脚力。而且，阿喀琉斯又曾经用他的头部动作向他的部下发过信号，不许他们向他的猎物放箭，因为他怕有人要着先鞭，一箭把赫克托耳射中了，抢过那个荣誉去。但是，等到他们第四次到达那泉水的时候，天父就把他的金天秤拿出来，在两个秤盘上都放上死刑的判决，一盘给阿喀琉斯，一盘给那驯马的赫克托耳，然后他拿住秤杆的中心把它擎起来。那支秤杆向赫克托耳的方面倾倒下去，表示他被判定了死刑。他是一个死人了。福玻斯·阿波罗就丢开了他，同时闪眼女神雅典娜也到阿喀琉斯的身边去说要紧话。"显赫的阿喀琉斯，宙斯的宠子，"她说道，"咱们的机会已经到来，可以让阿开亚的军队带一个光荣的胜利回船去了。赫克托耳是要一直打到死为止的，可是你我就要去把他杀掉。现在他是无可逃遁了。无论那射王阿波罗怎样出力，怎样趴到他父亲戴法宝的宙斯的脚下去。现在你且站住了歇歇气儿，我到赫克托耳那里去劝他来跟你战斗。”

阿喀琉斯觉得很高兴，就照她的话做了。他拄着他的铜头枪站在那儿，雅典娜为着他的目的借用得伊福玻斯的相貌和不倦的声音，从他身边走到赫克托耳那儿去向他打招呼。“我的亲爱的兄弟，”她对赫克托耳说道，“那捷足的阿喀琉斯那么快地绕着城圈子追赶你，一定把你累乏了。咱们站下来，就在这儿一起跟他对敌吧。”

“得伊福玻斯，”那头盔闪亮的伟大的赫克托耳说道，“在赫卡柏和普里阿摩斯给我的所有兄弟们当中，我一径都是最最爱你的。可是从今以后我要更加觉得你好了，因为其余的人都躲在城里不出来，只有你见我有难敢从城里出来帮助我。”

“亲爱的兄弟，”闪眼的雅典娜说道，“我可以老实告诉你，咱们的父王和母后曾经轮流着劝告我，哀求我，要我呆在城里不出来。我的部下也在那里，也这样劝告我——他们大家都怕阿喀琉斯，怕得那个样儿的。可是我替你急坏了呢。现在咱们放开胆去向他攻击，咱们枪下不可以容情，咱们马上就可以见分晓，到底是阿喀琉斯杀了咱们两个人，带着咱们的血污铠甲回楼船去呢，还是他自己被你的枪所征服。”雅典娜的巧计成功了。她就引导他走上前去。赫克托耳和阿喀琉斯彼此遭遇了。

那个头盔闪亮的伟大的赫克托耳第一个说话：“我的阿喀琉斯爷，我已经绕着这普里阿摩斯的伟大城市被你追了三匝了，没敢停下来让你近身。可是现在我不再逃跑了。我已经下决心跟你个对个地打，或是杀了你，或是被你杀。可是咱们先来谈一谈条件，你叫你的神作证，我叫我的神作证——没有哪一种契约能有比这再好的担保人。如果宙斯让我活下去，我把你杀了，那我保证决不在你的身体上头施行习惯所不批准的暴行。我所要做的，阿喀琉斯，就只能从你身上把你那套辉煌的铠甲剥下来。然后我就把你的尸体交给阿开亚人去。你对于我也愿意这样做吗？”

那捷足的阿喀琉斯恶狠狠地对他看了一眼回答道：“赫克托耳，你一定发疯了，还要来跟我订条约呢。狮子不跟人来讲条件，狼也不跟羊分庭抗礼的——他们始终是仇敌。你和我也是这样。友谊在我们之间是不可能的，而且不到我们倒下一个来，拿他的血去让那顽强的战神吃个饱，也决不会有任何方式的休战。所以，鼓起你所能够有的任何勇气来吧。这是你显出你的枪法和胆量的时候了。现在帕拉斯·雅典娜正在等着拿我的枪来打倒你，任何东西都救不了你了。你曾经用你的矛子折了我的那些个朋友，使我伤了那么大的心，这一刻儿你要把这些债一总偿清了。”

阿喀琉斯说完话，就拿稳了他的长杆枪投了出去。但那显赫的赫克托耳是留神着的，居然被他躲开了。他眼睛看着那支枪，往下面一蹲，那支枪就飞过他的头顶插进地里去。可是帕拉斯·雅典娜马上去把它抢起，交还给阿喀琉斯。

那大头领赫克托耳并没有看见这个行动，就向那天下无双的帕琉斯之子叫道：“神样的阿喀琉斯也失错了呢！似乎是宙斯给你报错我的死期了！你把事情拿得未免太稳些。可是你的嘴能讲，你的舌头巧，竟想吓唬我，把我的力气吓干净。你可吓不跑我的，也不能够向我的背后投枪，你得先躲开我这一枪。上天保佑这支枪上的铜全部陷进你的肉里去！只要你这个头号的瘟神死掉了，这场战争对于特洛亚人就容易办了。”

说完，他就舞起他的长杆枪来投出去。一点没有错，他是投中阿喀琉斯的盾牌中心的，可是他那支枪给蹦回来了。赫克托耳看见这么好的一枪竟投了个空，不觉心中大怒，可是他只得站在那里发愣，因为他没有第二支枪了。他大声喊叫那个带白盾牌的得伊福玻斯，问他要一支长枪。可是得伊福玻斯并不在他的身边，赫克托耳这才知道是怎么回事，就嚷道："啊呀！那么是神们招我来就死的了！我还以为那好心的得伊福玻斯在我的身边，谁知他还在城里，是雅典娜愚弄我的。死已经离我不远了；他正对我的脸上瞪视着，我是无法躲避他的了。宙斯和他那个当射手的儿子虽然那么好意地对待我，那么地帮助我，可是他们一定早就决心要这样的了。所以现在我要遭遇我的死亡了。让我至少把我这条命卖得贵些，不要去走上一个不光荣的结局，也好传些赫赫的声威到未来世代人的耳朵里。"

当时赫克托耳身边挂着一把锋利的、又长又重的剑。他就把它抽出来，振作起精神，一个回旋扫上去，仿佛一只飞得高高的老鹰从黑云里向地面上来扑一头稚嫩的绵羊或是一只蹲着的兔子一般。那赫克托耳也就像这样地舞着他的利剑向前冲上去。阿喀琉斯也燃起了一股烈火一般的蛮劲跳上去迎他。他拿他那有装饰的盾牌掩护着前面；他的脑袋动一动，那顶装着四片铜牌的闪亮头盔也跟着摇摆起来，并且使得赫淮斯托斯不惜黄金给他装上去的那一部辉煌的盔饰绕着盔顶上跳舞；同时，他右手里平提着那一支枪，一心要杀赫克托耳，正在找他身上最有可能入肉的地方，那尖锐的枪头闪闪地发出光芒，亮得如同天空那颗最最可爱的宝石，那在夜晚时分跟其余的星一同出现的太白星一样。

阿喀琉斯看见赫克托耳的身体全部有他杀死伟大的帕特洛克罗斯之后从他身上脱去的那套精铜的铠甲掩护着，就只有那咽喉上，就是锁骨从肩膀上连到脖颈上去的地方，也就是最容易杀死一个人的所在，留着一个孔隙。阿喀琉斯王子趁赫克托耳向他冲上来的当口儿，就拿他的矛子向那一点戳进去，矛尖笔直插进赫克托耳颈上的嫩肉，只是那沉重的铜头并没有把他的气管戳穿，所以他还能够对他的征服者说话。当时赫克托耳倒在尘埃里，伟大的阿喀琉斯就对他夸耀胜利。"赫克托耳，"他说道，"无疑的，当你剥那帕特洛克罗斯身上的时候，你总以为自己是万无一失的了。你始终都没有想到我，因为我跟你离开太远。你是一个傻子。一直在那楼船的旁边，还有一个比帕特洛克罗斯强得多的人储备在那里，这一个人已经把你打倒了。现在狗和食肉鸟就要来毁伤你，扯碎你，我们阿开亚人可要去给帕特洛克罗斯举行葬礼了。"

"我求求你，"那个头盔闪亮的赫克托耳用一种虚弱的声音说道，"凭你的膝盖、凭你自己的生命、凭你的父母在求你，不要把我的身体丢给阿开亚人船边的狗去吃，让他们来赎回我去吧。我的父亲和我的母亲将会给你很多的青铜和黄金。放弃我的身体让他们带回家去吧，好让特洛亚人和他们的妻子用火葬礼来纪念我的一死。"

那捷足的阿喀琉斯对他怒目而视。"你这狗，"他说道，"不要跟我来谈什么膝盖，也不要在你的求告里提我父母的名字。我为着你那样地对付我，只恨不得自己有这胃口把你一块块地切了生吃下去呢。可是至少这一点是确定的了；决不会有人来替你赶狗，哪怕特洛亚人拿了比你的身价加10倍20倍的赎款来，并且答应另外还可以有，哪怕那达耳达诺斯之子普里阿摩斯吩咐他们拿你身体一般重的黄金来赎你——哪怕是这样，你的母后也不能够把你放在灵床上头来哭她亲生的儿子，只有狗和食肉鸟来吃掉你的份儿了。"

那头盔闪亮的赫克托耳临断气时还对他说了几句。"我这才看透了你的为人，懂得了你的心肠!”他说道,“你的心是铁一般硬的——我刚才是白费口气呢。不过,你也得三思而行,免得轮到你在阿开亚门前耀武扬威而被帕里斯和阿波罗打倒的时候,那些愤怒的神要记着你怎样地对待我。”

死把赫克托耳的话截断了,他那脱离躯壳的灵魂张开翅膀飞往哈得斯之宫,但是他虽然死了,那阿喀琉斯王子也还要跟他说话。“死吧!”他说道,“至于我自己的死,那等宙斯和其他的不死神决定之后就让它来好了。”

然后他把他的铜枪从尸体里拔出来,放它在地上。他就动手从赫克托耳身上剥下那套血污的铠甲,同时其他的阿开亚人也跑着围上来了。他们看见赫克托耳那个魁梧的身躯和奇美的相貌,都暗暗觉得惊奇。所有聚在那里看他的人们,没有一个不在他身上留下一点伤痕才走的。每一个人走上前去打那尸体的时候,总都回过头来看看他的朋友们,把一句嘲笑的话一路传下去:“现在赫克托耳是比他在船上放火的时候容易对付了呢。”

阿喀琉斯剥光了赫克托耳的铠甲衣饰后,站起身来说:现在神既然让我们占了赫克托耳的上风,我们就借此绕城作一次武装侦察,看看特洛亚人的下一步打算,看他们因为主将已经倒下,现在就放弃他们的堡垒呢,还是要决心坚守下去呢。突然他又想到他的亲爱的伙伴帕特洛克罗斯还躺在他的船里,还没有埋葬,还没有举哀,于是转而让大家带着赫克托耳的尸体,唱着“我们已经赢得大大的光荣”,“我们已经杀了那个在特洛亚被当作一个神来看待的高贵的赫克托耳”的凯歌回楼船去。

接着,阿喀琉斯把赫克托耳两只脚从脚跟到脚踝的两条筋切开来,穿进一条皮带,把它拴在战车后,让脑袋向后在地上拖着。然后把剥下来的铠甲放进战车里,他上车策马扬鞭,飞也似的去了。赫克托耳的尸体被拖在他的车后,扬起了一路尘埃。厚厚的尘土在赫克托耳的脑袋上堆上流下,顺着分披在两边的黑发又飞飞扬扬。就这样,特洛亚人的大英雄遭受着阿喀琉斯的羞辱和凌虐。

赫克托耳的母亲赫卡柏在城头上看到他们这样对待自己的儿子,大声痛哭,拉下面罩扔掉,撕扯着头发。赫克托耳的父王普里阿摩斯伤心地不住呻吟,周围的人都齐声痛哭。整个城市都陷进绝望中了。普里阿摩斯在恐怖中急奔达尔达尼亚城门,想冲出去,大家好容易才把他拦住。他就爬行到粪堆里,哀求大家:朋友们,随我去吧,让我独个人到阿开亚人的船里去吧!我要向这个没有人性的怪物去求告。他希望阿喀琉斯会怜悯他年高,准他赎回赫克托耳的尸体。他哭诉他的许多儿子都被阿喀琉斯屠杀了。而赫克托耳之死,使他更觉伤心。就这样,普里阿摩斯和赫卡柏分别在特洛亚公民和女人们号啕或辛酸的恸哭声中,痛哭流涕地诉说着自己的失子之痛。

赫克托耳的妻子安德洛玛刻这时正在她的房里织布,回头她吩咐侍女烧锅水,好让赫克托耳打仗回来洗一个热水澡。可她做梦也没有想到丈夫已死在阿喀琉斯和雅典娜的手里。当城头上哀哭号啕的声音传入她的耳中时,她浑身发起抖来,把手里的梭子扔在地板上。她叫来两个侍女,让她们跟她去看看发生了什么事。远远地她听出婆母的哭声,心就荡得厉害。她非常害怕,怕阿喀琉斯和赫克托耳的决斗,会把赫克托耳的生命结束。她十分清楚赫克托耳老是要一马当先,不肯让一个人跟他一样勇敢。她带着惊悸的心,疯女人似的奔到城墙边,爬上城头,向平原一望,只见阿开亚人正把她丈夫倒拖着驰向阿开亚人的船舰那边去了。顿时,安德洛玛刻眼前一片漆黑，失去了知觉，仰翻在地上。众女人立即围了上来把她扶着。过了好久她才醒过来，立即呜呜咽咽哭起来，对那些贵妇们开始哀诉。她呼唤着赫克托耳，哀痛夫君的惨死。她念叨着自己的父亲，哀怨自己命苦。她诉说现在她孤孤凄凄做了寡妇。她忧伤她和赫克托耳唯一的儿子还是个小娃娃。她哭诉这孩子将再也得不到父爱，不会再有欢乐了。她担心这个一向垂头丧气、满面泪痕的孤儿，今后不可能再有游戏的伙伴，而只能到父亲生前朋友聚会饮宴席前去窥探窥探。可别的有父亲的孩子又会把他赶了出来，嘲骂他。她悲叹赫克托耳一世英豪却落得一个远离父母，裸尸船边，让狗饱食，叫虫咀嚼的下场。如今那些美好的衣服对他已经再没有用处，她要拿到人前去焚烧，也好使得特洛亚的男男女女对赫克托耳表示最后的敬意。

安德洛玛刻边哭边诉，那些女人们跟她一齐哭泣不止。

二十三

当特洛亚全城陷入悲痛绝望之中时，阿喀琉斯已收兵回营。他命令密耳弥多涅斯人驾着战车绕着帕特洛克罗斯的尸体奔跑三圈，以示哀悼，并把赫克托耳的尸体摆在帕特洛克罗斯脚下。第二天，阿喀琉斯主持了帕特洛克罗斯盛大的葬礼。首先剥制了许多牛羊，用牛羊脂把帕特洛克罗斯的尸体包裹起来，置于柴堆上面，又杀了四匹骏马和两只死者生前心爱的狗，然后杀死 12 名俘虏来的特洛亚贵族青年作为殉葬品，之后阿喀琉斯点燃柴堆。火烧尽后，阿喀琉斯又命人将死者骨殖捡入金坛内。阿喀琉斯要把赫克托耳的尸体喂狗，但美神暗中护卫，太阳神又放下一团黑云把尸体罩住。

阿喀琉斯接着又为帕特洛克罗斯举行了纪念仪式，进行了大型的竞技比赛。项目有战车比赛、拳击、摔跤、赛跑、掷铁饼、射箭、投枪等。奖品是女人、铜三脚鼎、大锅、马匹、骡子、牛、铁环等等，直到大家尽欢而散。

二十四

特洛亚老王普里阿摩斯为赫克托耳之死万分悲痛。在神的启示下，他决心带着最丰盛的礼物——长袍、短褂、斗篷、大氅、披单各 12 件，十塔兰同黄金，四口大锅，两个闪亮的三脚鼎和一个外邦赠送的漂亮的杯子，要去赎回儿子的尸体。大家见他年纪大了，劝他不要去，他怒言回斥，执意前往。

12 天来，赫克托耳的尸体一直暴露着，阿喀琉斯每天早晨还要拖拽着围绕自己亡友的坟墓驰驱三匝。这天黄昏时分，暮色笼罩着原野。普里阿摩斯驱车带着礼物来到阿喀琉斯的营帐，只身一直走进阿喀琉斯的屋子，急步跑到阿喀琉斯座前，抱住他的双膝，亲吻他的双手，注视着他的脸，哀求他说：我的许多儿子大部分陆续战死。现在你又杀死了我那个唯一可以保卫我的城池和人民的儿子。我就是为此到你的船舰来，要赎回赫克托耳的尸体。他请阿喀琉斯想想自己的年老的父亲而可怜可怜他。事实上他比阿喀琉斯的父亲更可怜。他遭受了人所难堪的痛苦。因为他现在还正吻着那双曾经杀死了他许多儿子的血污的手。他的话激起阿喀琉斯对于自己老父的怀念和忧心。普里阿摩斯又伏在他的脚下哀泣着，阿喀琉斯也陪着他为自己的老父和朋友下泪，整个屋子充满了悲恸。随后阿喀琉斯扶起老人，他理解了老人遭受那么多痛苦后，还有胆量敢独自一人来到这里，会见杀死他那么多儿子的仇人的心情，并深为这种伟大的父爱精神所感动。于是他命令手下人把赫克托耳的尸体洗涤干净，涂抹上香膏,穿上衣服,抬上骡车,让老王带回。普里阿摩斯还请求停战11天,以便为赫克托耳营葬。阿喀琉斯也满口答应。

特洛亚人在悲痛中等待老王带着赫克托耳的尸体回来。赫克托耳的妻子与母亲见到后立即扑了上去,众多的特洛亚人也围上来放声痛哭。特洛亚人为赫克托耳举行了隆重的葬礼,赫克托耳的兄弟和战友为他筑起了坟茔。最后在普里阿摩斯宫里举行了盛大的宴会。

〔附录〕奥德修纪（故事简介）

俄底修斯用“木马计”攻破特洛亚，结束了为期 10 年的特洛亚战争。战后希腊众英雄先后回到了故乡，只有俄底修斯在归途中因弄瞎海神之子巨怪波吕裴摩斯的独眼，受波赛冬阻挠，漂泊 10 年尚未回家。

在俄底修斯的家乡伊塔刻岛上，传说俄底修斯已客死他乡。于是百余名贵族子弟聚集在俄底修斯宫里，终日饮宴作乐，胁迫着俄底修斯的妻子珀涅罗珀嫁给他们。珀涅罗珀借口说，要给公爹准备殓衣，待布匹织完，再议改嫁。于是她白天织，晚上拆，就这样拖延了三年。

俄底修斯的儿子忒勒玛科斯受雅典娜暗中指点，秘密离家外出寻找父亲。他先到了皮罗斯找涅斯托，没有得到消息，又去找墨涅拉俄斯，得知他父亲在女神卡吕普索的岛上。

正值此时，神使海尔梅斯向卡吕普索传谕了宙斯让俄底修斯返乡的命令。女神恋恋不舍地送俄底修斯乘木筏离开海岛。俄底修斯航行 17 天，家乡的山峦已经在望，却被波赛冬发现。波赛冬掀起巨浪打散了木筏，俄底修斯搏风击浪漂浮了两天两夜，在神的护佑下游到了斯刻里亚岛上。该岛公主瑙西卡在雅典娜的授意下到海边洗衣，发现了俄底修斯，就带他回到宫里。

国王阿尔喀诺俄斯及王后举行盛宴款待了他。席间，当盲歌手咏唱俄底修斯攻陷特洛亚城的功勋时，俄底修斯忆起往事，不禁掩面而泣。阿尔喀诺俄斯感到诧异，俄底修斯于是应主人之请，讲了自己的身世与遭遇。

当初，俄底修斯率自己的船队离开特洛亚后，先到了喀孔涅斯人的岛国，又漂流到一个海岸，一些船员吃了“忘忧果”不想归家，俄底修斯把他们绑在船上继续航行。接着到了游牧巨人的海岛，被囚在吃人的独眼巨人波吕裴摩斯的山洞里，他用智慧弄瞎了巨人的独眼，逃到了风神埃俄罗斯管辖的埃奥里岛。风神赠给他一只风袋，使他顺风归家。不料驶临伊塔刻时，众水手以为风袋里装着财宝，偷偷地打开了，结果各路大风顷刻而至，把他们又吹回到埃奥里岛。风神拒绝再次帮助，他们只好任船漂流到拉摩斯。居住在这里的巨人用巨石击沉了船队的 11 条船，用渔叉捕捉溺水的人来吃。俄底修斯的船因未靠岸而幸得逃脱，他领着伙伴到了魔女喀耳刻的海岛上，喀耳刻把俄底修斯的一些同伴变成了猪，由于神佑，他战胜了魔法，并受到魔女的款待。为了打听回家的道路，他在魔女的帮助下游历了冥府，从先知忒瑞西阿斯的预言中，得知了自己的未来。接着他遇到了许多战友的亡灵，并与阿伽门农、阿喀琉斯的幽灵交谈。之后俄底修斯按魔女教给的方法，顺利地渡过以歌声诱人的塞壬所在的那致人死命的海岸，穿过女海怪斯库拉和大漩涡卡律布狄斯的险境，到了特里那克里亚岛。由于同伴不顾俄底修斯的警告，宰食了神牛，被宙斯的雷霆击沉了渡船，只剩未食牛肉的俄底修斯捡了一条命，漂落到卡吕普索的海岛上，被软禁了 7 年，现在又来到了斯刻里亚。

阿尔喀诺俄斯对俄底修斯的遭遇深表同情，为他准备了许多礼物，并派人把他送回伊塔刻。俄底修斯从昏睡中醒来，竟认不出自己的国土。经雅典娜指点，始知家里的情况。雅典娜又将他变成一个老丐，引导他先去找到他忠实的牧人欧迈俄斯。在牧人家里，他等到寻父归来的儿子忒勒玛科斯，父子见面以后，拟了一个惩罚求婚者的计划。

第二天，忒勒玛科斯先回宫中，化装成乞丐的俄底修斯与欧迈俄斯随后而到。他向求婚者求乞，求婚者之首安提诺俄斯凶恶地抓起凳子砸向他的右肩。俄底修斯不动声色地坐在门口吃着东西。直到深夜，求婚者饮宴玩乐腻了散去之后，他与儿子从武器库里搬出各种武器在饮宴大厅擦磨。后来他被带到珀涅罗珀面前，他没有透露自己的真实身份，只是告诉她，俄底修斯还活着，就要回来了。这消息安慰了坚贞的珀涅罗珀的心。当晚老乳母欧律克勒亚给俄底修斯洗脚，一见那熟悉的被野猪咬的疤痕，立即认出是主人回来了。

翌日，大厅里又挤满了喧嚣的求婚者们，当他们吃喝饮宴、戏弄俄底修斯的时候，珀涅罗珀在雅典娜示意下来到大厅，叫人取来俄底修斯用过的大弓和铁斧，然后宣布，谁能拉开此弓并射穿12把铁斧的环，谁就可以娶她为妻。求婚者们没有一个能拉开这张弓的。俄底修斯暗中已安排好忠实的仆人欧迈俄斯与菲洛依调准备战斗。这时他请求一试身手，忒勒玛科斯将弓交给父亲，他毫不费力地一下就拉开了，搭上箭，只听“唰”的一声，那铜簇的箭射穿了所有铁斧的环。求婚者尚在惊愕之中，俄底修斯又一箭射死了正在饕餮的安提诺俄斯，经过一场厮杀，求婚者被斩尽杀绝。接着，俄底修斯又处死了牧羊奴米兰修和12名私通求婚者的女奴。

当珀涅罗珀从老乳母口里听说俄底修斯已经回来，并杀死了所有的求婚者时，心里十分高兴，却不敢相信。她来到大厅，当俄底修斯说出了只有他们夫妻才知道的秘密时，珀涅罗珀激动地拥抱了自己的丈夫。

次日，俄底修斯带着儿子等一行人来到他父亲的庄园。那些求婚者的家属在安提诺俄斯父亲尤培塞“为子复仇”的鼓动下，也追赶而来。俄底修斯的父亲手掷长矛，一下刺死了尤培塞。俄底修斯父子正待挥戈杀戮时，雅典娜出面制止了新的流血，使双方订立了持久的盟约。

俄狄浦斯王

作者索福克勒斯(约前496—前406)是古希腊三大悲剧家之一,出生于一个工商奴隶主家庭。他生活和创作的时代,正值雅典奴隶主民主制繁荣时期。他曾为雅典首席执政官伯里克利斯的密友,是十大将军之一,政治上属温和的民主派。

他的创作活动始于公元前471年,在公元前468年的戏剧比赛中击败埃斯库罗斯而获大奖。他一生写有123个剧本,参加过30次戏剧比赛,获奖24次,是三大悲剧家中获奖最多的诗人,被喻为"戏剧艺术的荷马"。他的剧作流传至今的只有七部。这些剧作是:《埃阿斯》(约前441年)、《安提戈涅》(约前441)、《俄狄浦斯王》(约前430年)、《特拉基斯少女》(约前430年)、《厄勒克特拉》(前418—前410)、《菲罗克忒忒斯》(前408年)和《俄狄浦斯在科罗洛斯》。

索福克勒斯的悲剧大多是以描写苦难、灾祸、危机、罪行、痛苦、死亡的神话传说为题材,表现命运的邪恶和乖谬,人的自由意志,人和命运抗争中所创造的物质价值和精神价值。它们反映了当时的社会风尚,表现了诗人对雅典奴隶主民主制盛极而衰的时代问题的思考。

索福克勒斯剧作的特点:第一,他笔下的人物,是依据"人们应该具有的样子"写的。无论是领袖、将军还是男女公民,尽管身份不同,置身于逆境,却都不屈从命运的安排,而以其坚毅的自由意志,以明知事之不可为而为之的精神,以杰出的才智力量,忍受一般人难以忍受的苦难,进行着虽败犹荣、虽死不惧的斗争,是具有鲜明个性特征的理想中的英雄形象。第二,善于运用对比的手法,把人物的思想性格、个性特征表现得极为分明。第三,戏剧结构复杂。他以人物性格的发展、性格的冲突来发展、控制波澜起伏的戏剧情节,使戏剧布局严密和谐、十分完美。

索福克勒斯对戏剧艺术的贡献:第一,他舍弃"三联剧"的形式,而代之以三部独立的戏剧。每出戏均有一高度集中的矛盾冲突,结构复杂严密,均展现一个扣人心弦的、完整的戏剧故事。第二,他增加了第三个演员,削弱歌队的作用,使戏剧对话占据了主要地位,戏剧的动作性相应增强,重视并扩大了戏剧舞台效果。第三,首创"倒叙式"戏剧结构。

《俄狄浦斯王》是诗人最著名的代表作品。它取材于希腊神话传说中关于俄狄浦斯杀父娶母的故事。剧作表现了命运的威力与可怕以及人和厄运斗争中的英雄行为,歌颂了人顽强的斗争意志和对自己行为负责的精神。该剧首创"倒叙式"结构,剧本从故事将近结尾处写起,以追查十余年前的杀人罪犯为起爆点,逐步展示事件发生发展的来龙去脉。剧中使用了"惊异"、"陡转"、"悬念"等戏剧技巧,使观众始终被剧情所吸引。亚里士多德称此剧为悲剧形式的典范。

剧中人物有:宙斯的祭司,一群忒拜乞援人,俄狄浦斯——拉伊俄斯的儿子、忒拜城的王、科任托斯城国王波吕玻斯的养子,俄狄浦斯的侍从数人,克瑞翁——伊俄卡斯忒的兄弟,由忒拜长老15人组成的歌队,忒瑞西阿斯——忒拜城的先知,领路童子,伊俄卡斯忒——俄狄浦斯的母亲与妻子,伊俄卡斯忒的侍女,波吕玻斯的报信人,拉伊俄斯的牧人,俄狄浦斯的女儿安提戈涅和伊斯墨涅以及数仆人。

现参照《外国剧作选》第一册(上海文艺出版社1979年版)中罗念生译《俄狄浦斯王》分场介绍或节选如下。

一、开　场

俄狄浦斯任忒拜国王十余年后，忒拜发生了瘟疫。老态龙钟的祭司偕一群乞援人来到王宫前院，向俄狄浦斯乞援。

俄狄浦斯也因瘟疫流行，忒拜全城弥漫着香烟，处处是求生的歌声和痛苦的呻吟而焦虑不安。他走出宫廷垂询祭司和乞援人，聆听他们的忧虑和心愿，表示愿意尽力帮助大家。祭司痛诉说，这城邦正在血红的波浪里颠簸着，抬不起头来。田间的麦穗枯萎了，牧场上的牛瘟死了，妇人流产了；最可恨的带火的瘟神降临到这城邦，使卡德摩斯的家园变成一片荒凉，幽暗的冥土里充满了悲叹和哭声。接着他说，大家把俄狄浦斯当作天灾和人生祸患的救星。当年残忍的妖兽吃掉许多忒拜人时，正是俄狄浦斯靠天神的帮助救了大家。他说：现在，我们全体乞援人求你，或是靠天神的指点，或是靠凡人的力量，为我们找出一条生路。

俄狄浦斯说，他知道大家的来意，了解大家的疾苦，他睡不着，流过多少眼泪，想了又想，想到唯一的拯救城邦的办法，就是派克瑞翁去神庙求阿波罗神示，并表示等他回来，一定按照天神的启示行事。恰巧克瑞翁适时赶了回来。只见他头戴一顶上面满是果实的桂冠，神采奕奕地走到宫门前。俄狄浦斯急不可待地问：从神那里带回了什么消息？克瑞翁提议是否回宫里再说。俄狄浦斯坦然地让他说给大家听。于是克瑞翁当众宣告阿波罗神示：叫忒拜人把藏在忒拜的污染清除出去；要俄狄浦斯下驱逐令，或者杀一个人抵偿先前的流血。进而解释说，在俄狄浦斯治理这个城邦以前，这里的国王拉伊俄斯被人杀害了。所以必须严惩那个凶手，不论他是谁。只有把他找出来惩处，城邦才能得救。

俄狄浦斯马上追问：这归罪的难寻的线索哪里去寻找？拉伊俄斯是死在宫中、乡下还是外邦？他死时有无见证人？如果有，我们就要找到这个见证人。克瑞翁告诉他：拉伊俄斯出国去求神示，去了就没回来。随行的除一个外都死了，那个吓坏的人逃回来，肯定说亲眼见到一伙强盗把先王杀害了。俄狄浦斯认为强盗肯定是有人出钱收买的。又追问：为什么国王遇害之后你们没有马上追究这一案子？克瑞翁说，是因为那个说谜语的妖怪的出现，让大家只能考虑眼前的苦难。俄狄浦斯于是当众宣谕，他要重新把这案子弄明白，他要彻底追究这一积案。

二、进　场　歌

忒拜长老们聚在王宫前院，他们先歌颂了阿波罗神给忒拜城带来祥和的神示，接着又为不知究竟而担忧，而心惊胆战。他们不明白该用什么方法去赎罪，于是请雅典娜、忒拜城的守护神阿耳忒弥斯、阿波罗这三位救命的神显灵，帮助忒拜城驱除瘟疫。同时他们纷纷议论、哭诉，瘟疫使忒拜人都病了，无数的死亡毁了城邦。青年男子倒在地上散布瘟疫，没有人哀悼，没有人怜悯；死者的老母和妻子则在祭坛的台阶上呻吟，求生的哀歌夹杂着悲惨的哭声。苦难的黑夜连接着苦难的白天。他们乞求神们给予帮助，遏止瘟疫，送来光明。

三、第　一　场

俄狄浦斯来到王宫前院，对众长老说：挽救城邦脱离灾难就得对症下药，找出杀人凶手。而我对这一案情和它所酿成的灾祸却不明白，因为我成为忒拜公民是在这件案子发生以后。凭我一个人，如果没有一点线索则不会查清。俄狄浦斯向全体公民宣布：你们里头如果有谁知道先王拉伊俄斯是被谁杀死的，就详细报上来。不要怕报复、反诬。相反，他会得到重赏。如果违背我的命令而隐瞒、知情不报，则将被驱逐。至于那未被发现的凶手，我诅咒他必遭不幸。即使他是我家里的人，也会受到同样的诅咒。我把这些命令交给你们去执行，我要竭力捉拿那杀害先王的凶手。忒拜的公民，你们拥护我的命令惩处那些不服从命令的人吧！

一个长老说：既然阿波罗提出追查凶手，他应当告诉我们是谁干的。如果神不明说，那么盲先知忒瑞西阿斯有先见之明，可以向他打听。俄狄浦斯说，克瑞翁也向他提出这建议，他已两次派人去请先知了。这时忒瑞西阿斯在童子带领下走来。俄狄浦斯迎上前去，告诉先知，阿波罗神示这场瘟疫唯一的挽救办法，全看能不能找出杀害拉伊俄斯的凶手。他诚恳地说，忒瑞西阿斯是大家唯一的救星和保护人，虽然双目什么也看不见，却对天地间一切可言说和不可言说的秘密都明察秋毫，能觉察出城邦遭了瘟疫。所以请他尽自己所掌握的预言术拯救大家，尽其所能帮助大家。

而忒瑞西阿斯一到俄狄浦斯跟前，顿感懊悔，立即请求放他回去。俄狄浦斯感到他有话不说、语气不对头。于是劝他不要对养育他的城邦不友好。忒瑞西阿斯却含糊其辞地说："我不暴露我的痛苦——也是免得暴露你的。"俄狄浦斯破案心切，恳求他说出秘密，以拯救城邦，继之以跪求。然而盲先知执意不肯明白道出天机。这激怒了俄狄浦斯。于是他指责先知是坏透了的东西，脾气跟石头一样，不尊重城邦，他说：既然不道出真相，那么我认为这罪行是你策划的，人是你杀的，虽然不是你亲手杀的。如果你的眼睛没有瞎，我敢说准是你一个人干的。先知被逼无奈，只得明确指出：俄狄浦斯就是这地方不洁的罪人，俄狄浦斯要遵守自己宣布的命令。

俄狄浦斯听到这一答案，莫名惊诧，认定是先知诽谤他。而先知再次明确指出，他就是他自己要寻找的杀人凶手。俄狄浦斯被激怒了，骂先知又瞎又聋又懵懂。他想：一个瞎老头何以这么嘴硬？于是想到克瑞翁一再叫他向忒瑞西阿斯垂询，便质问先知："这是克瑞翁的诡计，还是你的？"他推论，财富、王权、统治才能是受人嫉妒的，正是为了这些，他信赖的老朋友克瑞翁收买了这个诡计多端的术士。他质问先知：为什么那只狮身人面的妖兽在忒拜城垣外为非作歹时，你不说话、不拯救人民？而它的谜语正需要你的法术解破时，你显不出自己的才干，反而是我这个无知无识的俄狄浦斯，只凭智慧破了谜语，征服了它。如今你想推倒我，站在克瑞翁的王位旁边。……我念你一把年纪，让你免受苦刑，但你一定会后悔的。

长老们劝两人和解，说他们都是说气话，这样的话没必要，还是应该考虑怎样执行阿波罗的指示。忒瑞西阿斯强调，双方的发言权应该平等，他有这样的权利。他是阿波罗的仆人，不是俄狄浦斯的，也用不着受克瑞翁的保护。接着又反击俄狄浦斯："你骂我瞎子……你虽然有眼也看不见你的灾难。……你是你的已死的和活着的亲属的仇人。你现在虽然看得见，可是到了那时候，你眼前只是一片黑暗……尽管骂克瑞翁，骂我瞎说吧，反正世间再没有比你受更大痛苦的人了。"俄狄浦斯怒不可遏，斥责忒瑞西阿斯，让他快退下去。忒瑞西阿斯回嘴：要是你不召我，我根本不会来。你看我愚蠢，可你父母却认为我聪明。

俄狄浦斯一听提起自己的父母，马上追问："谁是我父亲？"先知告诉他说，今天就会暴露他的身份，也叫他身败名裂。又明确预言，他将从明眼人变成瞎子，从富翁变成乞丐，到外邦去，用手杖探着路前进。先知说完就走了。

四、第一合唱歌

对这一事态的发展,众长老议论纷纷。一些人说,阿波罗带着电火向那用血腥的手做出最凶恶的事的人扑去,报仇神也在追赶着他而表示欣悦。有些人慨叹那被命运操纵还没有被发现的罪人,在人生荒林中、石穴里流浪,凄凄惨惨独自前进,而难逃神的安排。有人反证,迄今尚无这异国王子与先王有何争吵的明证可以用来攻击俄狄浦斯的好名声。先知的话只令人烦恼,却不能让人同意。有人补充说:俄狄浦斯战胜女妖,我们看见过他的聪明,他经得起考验,他是城邦的朋友。我相信他绝不会有罪。先知的话没有明确的证据,不能令人信服。

五、第 二 场

克瑞翁听说俄狄浦斯讲了许多可怕的话,指控他,他忍无可忍来找俄狄浦斯。长老劝克瑞翁说,俄狄浦斯的指责也许是一时的气话,不是有意说的。随后又说,俄狄浦斯说过是克瑞翁让先知捏造是非,但不明白俄狄浦斯在做什么。

俄狄浦斯走出宫门,指责克瑞翁想谋害他,想夺取他的王位。但又指出克瑞翁既没有党羽,又没有金钱,只靠狡猾是不能夺取王位的。克瑞翁说俄狄浦斯把糊涂顽固当作美德,就太不聪明了,请他说明自己哪里伤害了他。俄狄浦斯指出:不正是你让我去请那道貌岸然的先知吗?可为什么先王遭人杀害后,先知从未卖弄过他的法术?那时他提起过我吗?你们追究过这件案子吗?可那时这位聪明人为什么不把真情说出来?所以今天要不是和你商量过,他不会说拉伊俄斯是我杀死的。克瑞翁表白说,自己根本不愿意作一个担惊受怕的国王。自己现在安安心心地从俄狄浦斯手里得到一切,如果作了国王,倒要做许多不愿意做的事了。自己现在有无忧无虑的权势,享受有利有益的荣誉。"人人祝福我,个个欢迎我,我怎会放弃这个,去追求别的呢?头脑清醒的人是不会作叛徒的。"他表示,俄狄浦斯可以去皮托调查一番,看看神示是否真实,再下判断。

尽管长老们也劝俄狄浦斯说,急于下判断总是不妥当的,俄狄浦斯还是认定克瑞翁是要弄阴谋者,自己要将计就计,采取主动行动,并自认为对此事并不糊涂。两人仍争执不休,长老们也无可奈何。

伊俄卡斯忒偕侍女自宫中上。

伊俄卡斯忒 不幸的人啊,你们为什么这样愚蠢地争吵起来?这地方正在闹瘟疫,你们还引起私人纠纷,不觉得惭愧吗?(向俄狄浦斯)你还不快进屋去!克瑞翁,你也回家去吧。不要把一点不愉快的小事闹大了!

克瑞翁 姐姐,你丈夫要对我作可怕的事,两件里选一件,或者把我放逐,或者把我捉来杀死。

俄狄浦斯 是呀,夫人,他要害我,对我下毒手。

克瑞翁 我要是作过告发你的事,我该倒霉,我该受诅咒而死。

伊俄卡斯忒 俄狄浦斯呀,看在天神面上,首先为了他已经对神发了誓,其次也看在我和站在你面前的这些长老面上,相信他吧!

歌队 (哀歌第一曲首节)主上啊,我恳求你,高高兴兴,清清醒醒地听从吧。

俄狄浦斯 你要我怎么样?

歌队 请你尊重他,他原先就不渺小,如今起了誓,就更显得伟大了。

俄狄浦斯　那么你知道要我怎么样吗？

歌队　知道。

俄狄浦斯　你要说什么快说呀。

歌队　请不要只凭不可靠的话就控告他，侮辱这位发过誓的朋友。

俄狄浦斯　你要知道，你这要求，不是把我害死，就是把我放逐。

歌队　（第二曲首节）我凭众神之中最显赫的赫利俄斯[①]起誓，我决不是这个意思。我要是存这样的心，我宁愿为人神所共弃，不得好死。我这不幸的人所担心的是土地荒芜，你们所引起的灾难会加重那原有的灾难。（本节完）

俄狄浦斯　那么让他去吧，尽管我命中注定当场被杀，或被放逐出境。打动了我的心的，不是他的，而是你的可怜的话。他，不论在哪里，都会叫人痛恨。

克瑞翁　你盛怒时是那样凶狠，你让步时也是这样阴沉：这样的性情使你最受苦，也正是活该。

俄狄浦斯　你还不快离开我，给我滚！

克瑞翁　我这就走。你不了解我；可是在这些长老看来，我却是个正派的人。

克瑞翁自观众右方下。

歌队　（第一曲次节）夫人，你为什么迟迟不把他带进宫去？

伊俄卡斯忒　等我问明白发生了什么事。

歌队　这方面盲目地听信谣言，起了疑心；那方面感到不公平。

伊俄卡斯忒　这场争吵是双方引起来的吗？

歌队　是。

伊俄卡斯忒　到底是怎么回事？

歌队　够了，够了，在我们的土地受难的时候，这件事应该停止在打断的地方。

俄狄浦斯　你看你的话说到哪里去了？你是个忠心的人，却来扑灭我的火气。

歌队　（第二曲次节）主上啊，我说了不止一次了：我要是背弃你，我就是失去理性的疯人；那是你，在我们可爱的城邦遭难的时候，曾经正确地为它领航，现在也希望你顺利地领航啊。（本节完）

伊俄卡斯忒　主上啊，看在天神面上，告诉我你为什么这样生气？

俄狄浦斯　我这就告诉你，因为我尊重你胜过尊重那些人；原因就是克瑞翁在谋害我。

伊俄卡斯忒　往下说吧，要是你能说明这场争吵为什么应当由他负责。

俄狄浦斯　他说我是杀害拉伊俄斯的凶手。

伊俄卡斯忒　是他自己知道的，还是听旁人说的？

俄狄浦斯　都不是，是他收买了一个无赖的先知作喉舌；他自己的喉舌倒是清白的。

伊俄卡斯忒　你所说的这件事，你尽可放心；你听我说下去，就会知道，并没有一个凡人能精通预言术。关于这一点，我可以给你一个简单的证据。

有一次，拉伊俄斯得了个神示——我不能说那是福玻斯亲自说的，只能说那是他的祭司

---

① 赫利俄斯是太阳神。

说出来的[1]——他说厄运会向他突然袭来,叫他死在他和我所生的儿子手中。[2]

可是现在我们听说,拉伊俄斯是在三岔路口被一伙外邦强盗杀死的;我们的婴儿,出生不到三天,就被拉伊俄斯钉住左右脚跟,叫人丢在没有人迹的荒山里了。

既然如此,阿波罗就没有叫那婴儿成为杀父亲的凶手,也没有叫拉伊俄斯死在儿子手中——这正是他害怕的事。先知的话结果不过如此,你用不着听信。凡是天神必须做的事,他自会使它实现,那是全不费力的。

俄狄浦斯 夫人,听了你的话,我心神不安,魂飞魄散。

伊俄卡斯忒 什么事使你这样吃惊,说出这样的话?

俄狄浦斯 你好像是说,拉伊俄斯被杀是在一个三岔路口。

伊俄卡斯忒 故事是这样,至今还在流传。

俄狄浦斯 那不幸的事发生在什么地方?

伊俄卡斯忒 那地方叫福喀斯,通往得尔福和道利亚的两条岔路在那里会合。

俄狄浦斯 事情发生了多久了?

伊俄卡斯忒 这消息是你快要作国王的时候向全城公布的。

俄狄浦斯 宙斯啊,你打算把我怎么样呢?

伊俄卡斯忒 俄狄浦斯,这件事怎么使你这样发愁?

俄狄浦斯 你先别问我,倒是先告诉我,拉伊俄斯是什么模样,有多大年纪。

伊俄卡斯忒 他个子很高,头上刚有白头发,模样和你差不多。

俄狄浦斯 哎呀,我刚才像是凶狠地诅咒了自己,可是自己还不知道。

伊俄卡斯忒 你说什么?主上啊,我看着你就发抖啊。

俄狄浦斯 我真怕那先知的眼睛并没有瞎。你再告诉我一件事,事情就更清楚了。

伊俄卡斯忒 我虽然在发抖,你的话我一定会答复的。

俄狄浦斯 他只带了少数侍从,还是像一位国王那样带了许多卫兵?

伊俄卡斯忒 一共五个人,其中一个是传令官,还有一辆马车,是给拉伊俄斯坐的。

俄狄浦斯 哎呀,真相已经很清楚了!夫人啊,这消息是谁告诉你的?

伊俄卡斯忒 是一个仆人,只有他活着回来了。

俄狄浦斯 那仆人现在还在家里吗?

伊俄卡斯忒 不在。他从那地方回来以后,看见你掌握了王权,拉伊俄斯完了,他就拉着我的手,求我把他送到乡下牧羊的草地上去,远远地离开城市。我把他送去了。他是个好仆人,应当得到更大的奖赏。

俄狄浦斯 我希望他回来,越快越好!

伊俄卡斯忒 这倒容易,可是你为什么希望他回来呢?

俄狄浦斯 夫人,我是怕我的话说得太多了,所以想把他召回来。

---

① 伊俄卡斯忒是很敬神的,但是她为了神示的缘故牺牲了自己的婴儿,还救不了她的丈夫;这件事使她相信只有天神才能知道未来,凡人是没有预知的本领的。所以她现在说,那神示并不是福玻斯亲自说出的,而是祭司假造的。

② 神示这样说:"拉布达科斯的儿子拉伊俄斯啊,我答应你的请求,给你一个儿子;但是你要小心你命中注定会死在你儿子手中!这命运是宙斯注定的;因为他听了珀罗普斯的诅咒,珀罗普斯抱怨你杀死了他的儿子,想要复仇,才祈求宙斯给你这样的命运。"拉伊俄斯曾拐带珀罗普斯的儿子克律西波斯,这孩子一离家就自杀了。这是拉伊俄斯一家人的灾难的根源。

伊俄卡斯忒　他会回来的。可是，主上啊，你也该让我知道，你心里到底有什么不安。

俄狄浦斯　你应该知道我是多么忧虑。碰上这样的命运，我还能把话讲给哪一个比你更应该知道的人听？

我父亲是科任托斯人，名叫波吕玻斯，我母亲是多里斯人，名叫墨洛珀。我在那里一直被尊为公民中的第一个人物，直到后来发生了一件意外的事——那虽是奇怪，倒还值不得放在心上。那是在某一次宴会上，有个人喝醉了，说我是我父亲的冒名儿子。当天我非常烦恼，好容易才忍耐住；第二天我去问我的父母，他们因为这辱骂对那乱说话的人很生气。我虽然满意了，但是事情总是使我很烦恼，因为诽谤的话到处都在流传。我就瞒着父母，去到皮托，福玻斯没有答复我去求问的事，就把我打发走了；可是他却说了另外一些预言，十分可怕，十分悲惨，他说我命中注定要玷污我母亲的床榻，生出一些使人不忍看的儿女，而且会成为杀死我的生身父亲的凶手。

我听了这些话，就逃到外地去，免得看见那个会实现神示所说的耻辱的地方，从此我就凭了天象测量科任托斯的土地。我在旅途中来到你所说的国王遇害的地方。夫人，我告诉你真实情况吧。我走近三岔路口的时候，碰见一个传令官和一个坐马车的人，正像你所说的。那领路的和那老年人态度粗暴，要把我赶到路边。我在气愤中打了那个推我的人——那个驾车的；那老年人看见了，等我经过的时候，从车上用双尖头的刺棍朝我头上打过来。可是他付出了一个不相称的代价，立刻挨了我手中的棍子，从车上仰面滚下来了；我就把他们全杀死了。

如果我这客人和拉伊俄斯有了什么亲属关系，谁还比我更可怜？谁还比我更为天神所憎恨？没有一个公民或外邦人能够在家里接待我，没有人能够和我交谈，人人都得把我赶出门外。这诅咒不是别人加在我身上的，而是我自己。我用这双手玷污了死者的床榻，也就是用这双手把他杀死的。我不是个坏人吗？我不是肮脏不洁吗？我得出外流亡，在流亡中看不见亲人，也回不了祖国；要不然，就得娶我的母亲，杀死那生我养我的父亲波吕玻斯。

如果有人断定这些事是天神给我造成的，不也说得正对吗？你们这些可敬的神圣的神啊，别让我，别让我看见那一天！在我没有看见这罪恶的污点沾到我身上之前，请让我离开尘世。

歌队长　在我们看来，主上啊，这件事是可怕的，但是在你还没有向那证人打听清楚之前，不要失望。

俄狄浦斯　我只有这一点希望了，只好等待那牧人。

伊俄卡斯忒　等他来了，你想打听什么？

俄狄浦斯　告诉你吧，他的话如果和你的相符，我就没有灾难了。

伊俄卡斯忒　你从我这里听出了什么不对头的话呢？

俄狄浦斯　你曾告诉我，那牧人说过杀死拉伊俄斯的是一伙强盗。如果他说的还是同样的人数，那就不是我杀的了；因为一个总不等于许多。如果他只说是一个单身的旅客，这罪行就落在我身上了。

伊俄卡斯忒　你应该相信，他是那样说的，他不能把话收回，因为全城的人都听见了，不单是我一个人。即使他改变了以前的话，主上啊，也不能证明拉伊俄斯的死和神示所说的真正相符；因为罗克西阿斯说的是，他注定要死在我儿子手中，可是那不幸的婴儿没有杀死他的父亲,倒是自己先死了。从那时以后,我就再不因为神示而左顾右盼了。

俄狄浦斯 你的看法对。不过还是派人去把那牧人叫来,不要忘记了。

伊俄卡斯忒 我马上派人去。我们进去吧。凡是你所喜欢的事我都照办。

俄狄浦斯偕众侍从进宫,伊俄卡斯忒偕侍女随入。

六、第二合唱歌

长老们讲述命运之神制定了许多最高的律条,规定了人们的言行保持圣洁的清白,监视着人的一切行止。天神靠了这些律条才有力量。

长老们评说俄狄浦斯对克瑞翁态度傲慢,俨若暴君。他已爬上最高的墙顶,必然会倒栽葱似的一头落地。如果有人言行上十分傲慢、贪图不正当的利益,做出不敬神的事,他的性命躲避不了天神的箭。

七、第　三　场

俄狄浦斯对事态理不清头绪而忧虑重重,心里紧张,已不像一个清醒的人。伊俄卡斯忒看见他受惊,像乘客看见船上的舵工受惊一样,十分害怕。劝也没有效果,于是准备去求阿波罗神示。一出宫门,恰遇科任托斯报信人来求见俄狄浦斯。报信人传来了科任托斯王波吕玻斯病逝,人民要立俄狄浦斯为王的消息。伊俄卡斯忒一听,即刻叫侍女快去告诉主人。她庆幸俄狄浦斯多年来害怕的杀父命运终于避免了,波吕玻斯已寿终正寝,并没有死在俄狄浦斯手中。

俄狄浦斯出来,细询波吕玻斯是死于阴谋,还是死于疾病,得到"年高寿尽"的肯定回答后,慨叹神为什么颁布他"命中注定要杀父"的预言。如果说波吕玻斯是因为思念他而死,那么倒是自己害死了父亲。这似灵不灵的神示也随父波吕玻斯一起进入冥府,不再生效了。虽然他不必担心犯杀父之罪了,但他还惧怕着那玷污他母亲床榻的后半个预言。当报信人知道了俄狄浦斯多年来一直不肯回科任托斯,是害怕犯下"杀父娶母"的罪过时,报信人为了让他放心地回科任托斯,于是直言相呈:他和波吕玻斯根本没有血统关系。俄狄浦斯大为惊讶。追问缘由,才一步步地理清。原来报信人是当年为波吕玻斯在喀泰戎峡谷放牧羊群的牧羊人。在那里他遇到了忒拜的一个仆人,那个仆人把一个左右脚跟钉在一起的婴儿送给了他。他解开了被钉的双脚,给婴儿起名俄狄浦斯。科任托斯王波吕玻斯则又从牧人手中把俄狄浦斯当作一件礼物接受了下来。因为波吕玻斯从前没有儿子,所以对俄狄浦斯十分爱怜,并把他当作儿子抚养成人。

俄狄浦斯听到这里,立即追问:把我交给你的那个牧人是谁,你指得出来吗?报信人说那人就是从前的忒拜国王拉伊俄斯的仆人。俄狄浦斯马上又向长老们打听:这个当年的仆人现在活着吗?可以看见他吗?有谁在乡下或城里见过他所说的牧人,认识他?快说吧!这是水落石出的时机。一个长老告诉他,这人正是他刚才要找的乡下人,这件事伊俄卡斯忒最能够说明。而伊俄卡斯忒却叫他不要理会这件事,不要记住报信人所说的话。然而俄狄浦斯却因得到了这条线索,定要一追到底,查明自己的血缘。

伊俄卡斯忒已明了一切,知道事已不好。为设法不让俄狄浦斯知道事件的底细,力劝俄狄浦斯不要再追问下去,要关心自己的性命。俄狄浦斯见伊俄卡斯忒苦闷万分,还以为伊俄卡斯忒是害怕发现俄狄浦斯出身卑贱。所以他劝伊俄卡斯忒说:即使发现我有三重奴隶的身份,也不会影响你高贵的出身。他执意要追查下去,伊俄卡斯忒劝他、求他、愿他不要把事情闹清楚,不要去知道自己的身世，怎奈俄狄浦斯充耳不闻，一定要搞清自己的身世。伊俄卡斯忒忧伤地冲进宫里。俄狄浦斯却自慰不怕查出自己出身卑贱。他自信绝不会被证明是另一个人，因此一定要追问自己的血统。

八、第三合唱歌

长老们本来已经感到事情不妙，但听了俄狄浦斯一番自慰的话，又滋生了快乐的心情。他们齐声歌颂喀泰戎山，说待明晚月圆时，俄狄浦斯就会尊崇它为自己的故乡。

九、第　四　场

俄狄浦斯　长老们，如果让我猜想，我以为我看见的是我们一直在寻找的牧人，虽然我没有见过他。他的年纪和这客人一般大；我并且认识那些带路的是自己的仆人。（向歌队长）也许你比我认识得清楚，如果你见过这牧人。

歌队长　告诉你吧，我认识他；他是拉伊俄斯家里的人，作为一个牧人，他和其他的人一样可靠。

众仆人带领牧人自观众左方上。

俄狄浦斯　啊，科任托斯客人，我先问你，你指的是不是他？

报信人　我指的正是你看见的人。

俄狄浦斯　喂，老头儿，朝这边看，回答我问你的话。你是拉伊俄斯家里的人吗？

牧人　我是他家养大的奴隶，不是买来的。

俄狄浦斯　你干的什么工作，过的什么生活？

牧人　大半辈子牧羊。

俄狄浦斯　你通常在什么地方住羊棚？

牧人　有时候在喀泰戎山上，有时候在那附近。

俄狄浦斯　还记得你在那地方见过这人吗？

牧人　见过什么？你指的是哪个？

俄狄浦斯　我指的是眼前的人，你碰见过他没有？

牧人　我一下子想不起来，不敢说碰见过。

报信人　主上啊，一点也不奇怪。我能使他清清楚楚回想起那些已经忘记了的事。我相信他记得他带着两群羊，我带着一群羊，我们在喀泰戎山上从春天到阿耳克图洛斯初升的时候作过三个半年朋友。[①] 到了冬天，我赶着羊回我的羊圈，他赶着羊回拉伊俄斯的羊圈。（向牧人）我说的是不是真事？

牧人　你说的是真事，虽是老早的事了。

报信人　喂，告诉我，还记得那时候你给了我一个婴儿，叫我当自己的儿子养着吗？

牧人　你是什么意思？干吗问这句话？

---

① 阿耳克图洛斯是北极上空农夫星座最亮的星（即大角星），在秋分前几天出现，叫作晨星，又在春分前几天出现，叫作晚星。波吕玻斯的牧人于三月间从科任托斯赶羊上喀泰戎山，在那里遇见拉伊俄斯的牧人，后者是从忒拜平原来的。他们在山上住了六个月，直至九月中晨星出现时，他们才各自赶着羊回家。

报信人　好朋友,这就是他,那时候是个婴儿。

牧人　该死的家伙！还不快住嘴！

俄狄浦斯　啊,老头儿,不要骂他,你说这话倒是更该挨骂！

牧人　好主上啊,我有什么错呢?

俄狄浦斯　因为你不回答他问你的关于那孩子的事。

牧人　他什么都不晓得,却要多嘴,简直是白搭。

俄狄浦斯　你不痛痛快快回答,要挨了打哭着回答！

牧人　看在天神面上,不要拷打一个老头子。

俄狄浦斯　(向侍众)还不快把他的手反绑起来?

牧人　哎呀,为什么呢?你还要打听什么呢?

俄狄浦斯　你是不是把他所问的那孩子给了他?

牧人　我给了他,愿我在那一天就瞎了眼！

俄狄浦斯　你会死的,要是你不说真话。

牧人　我说了真话,更该死了。

俄狄浦斯　这家伙好像还想拖延时间。

牧人　我不想拖延时间,我刚才已经说过我给了他。

俄狄浦斯　哪里来的?是你自己的,还是从别人那里得来的?

牧人　这孩子不是我自己的,是别人给我的。

俄狄浦斯　哪个公民?哪家给你的?

牧人　看在天神面上,不要,主人啊,不要再问了！

俄狄浦斯　如果我再追问,你就活不成了。

牧人　他是拉伊俄斯家里的孩子。

俄狄浦斯　是个奴隶,还是个亲属?

牧人　哎呀,我要讲那怕人的事了！

俄狄浦斯　我要听那怕人的事了！也只好听下去。

牧人　人家说是他的儿子,但是里面的娘娘,主上家的,最能告诉你是怎么回事。

俄狄浦斯　是她交给你的吗?

牧人　是,主上。

俄狄浦斯　是什么用意呢?

牧人　叫我把他弄死。

俄狄浦斯　作母亲的这样狠心吗?

牧人　因为她害怕那不吉利的神示。

俄狄浦斯　什么神示?

牧人　人家说他会杀他父亲。

俄狄浦斯　你为什么又把他送给了这老人呢?

牧人　主上啊,我可怜他,我心想他会把他带到别的地方——他的家里去;哪知他救了他,反而闯了大祸。如果你就是他所说的人,我说,你生来是个受苦的人啊！

俄狄浦斯　哎呀！哎呀！一切都应验了！天光呀，我现在向你看最后一眼！[①] 我成了不应当生我的父母的儿子，娶了不应当娶的母亲，杀了不应当杀的父亲。

俄狄浦斯冲进宫，众侍从随入。

报信人、牧人和众仆人自观众左方下。

十、第四合唱歌

长老们悲叹幸福是表面现象，一会儿就消失了。悲叹不幸的俄狄浦斯的命运。慨叹他曾弄死那个出谜语的、长弯爪的女妖，挺身做了忒拜抵御死亡的堡垒，享受着最高的荣誉。但如今却在凶恶的灾祸中，在苦难中遭遇着人生的变迁，受着弑父娶母厄运的捉弄。

十一、退　场

一切都应验了，忧愁笼罩着苦难而可悲的宫廷。伊俄卡斯忒发了疯，双手抓着头发，冲进卧房，砰地关上门，呼唤着拉伊俄斯的名字，哭诉着这人生悲剧，悲叹已发生的这一切不幸……疯狂的俄狄浦斯大喊大叫地冲进宫里，横冲直闯，大叫一声冲向卧房，撞弯了顶门杠，闯开了门。只见王后脖子缠在那摆动的绳子上已自缢身亡。他发出悲悯可怕的喊声，解开那活套，把她的尸体放到地上，立即从她袍子上摘下两只她佩戴着的金别针，举起来朝自己的眼珠刺去。他一面悲怆地高声诉说，说自己的双眼再也见不到自己所受的灾难与罪恶，一面不停地用金别针狠狠地刺向眼睛，血红的眼珠里喷出雹子似的黑血点打湿了他的胡子……悲哀、毁灭、死亡、耻辱和一切有名称的灾难都落到他的身上。接着俄狄浦斯大声叫人把宫门打开，让全体忒拜人看看杀他父亲的凶手，娶他母亲的罪人，提出他自愿被逐流亡，不愿留下忍受这双重的痛苦。

他谴责阿波罗，是他安排了这凶恶的灾难。他自责，他亲手刺瞎了自己的双眼，他认为他这忒拜城最高贵而又最不幸的人，已经丧失观看的权利了。他说他曾命令忒拜人把那不清洁的人赶出去，他现在被发现是个卑贱的人，是卑贱的人所生，犯了乱伦之罪。所以求大家把他扔到境外，扔到没人问的地方，或是把他杀死，或是把他丢到海里，认为他的罪只有他个人来担当。最后，他求克瑞翁埋葬他的母亲(妻子)，看在天神的面上照顾他的两个女儿。他说：因为她们的父母两人都完了，就别坐视她们，你的甥女，在外流浪，没衣没食，没有丈夫，别使她们和我一样受苦受难。然后，他让克瑞翁执行将他驱逐出忒拜的命令。

目睹了俄狄浦斯的遭遇，长老们得出结论：这就是俄狄浦斯，他道破了那著名的谜语，成为最伟大的人；现在却落到可怕的灾难的波浪中。因此，一个人在他还没有跨过生命的界限，还没有得到痛苦的解脱之前，就不要说他是幸福的。

---

①　这不仅暗示他弄瞎眼睛，并且暗示他要自杀。

阿卡奈人

作者阿里斯托芬（前446—前385年）是古希腊杰出的喜剧家，出生于雅典。他生活在雅典奴隶主民主制产生危机的时期。他拥护民主制度，希望人民当家做主。他反对雅典集团与斯巴达集团之间不义的伯罗奔尼撒战争，主张希腊各城邦联合起来，实现和平，共同对付波斯人的再度入侵。同时，他反对贫富不均，主张财产公有。

阿里斯托芬的第一部喜剧《宴会者》于公元前427年上演，并且得奖。自此他不断从事喜剧创作，一生写了44部喜剧，得过7次奖。流传下来的剧本有11部，即公元前425年获头奖的《阿卡奈人》，公元前424年获头奖的《骑士》，公元前423年得三奖的《云》，公元前422年获头奖的《马蜂》，公元前421年得次奖的《和平》，公元前414年得次奖的《鸟》，公元前411年演出的《吕西斯忒拉忒》，公元前410年演出的《地母节妇女》，公元前405年获头奖的《蛙》，公元前392年演出的《公民大会妇女》和公元前388年演出的《财神》。

阿里斯托芬的喜剧属于旧喜剧，剧本多以雅典人的政治、文学、哲学、生活为题材，一部分以伯罗奔尼撒战争为主题。这些喜剧触及了当时许多重大的社会问题和学术问题，表现了他对社会上虚伪狡诈风气的深恶痛绝和对好战黩武的残暴统治者的谴责，表现了平民对和平生活的向往，反映了作者对理想社会的追求。他认为喜剧诗人应该有严肃的政治目的，在创作实践中，他自觉地把喜剧作为政治斗争的武器和教育人民的工具。恩格斯称他为"有强烈倾向的诗人"①。

阿里斯托芬喜剧艺术的特点是：第一，情节大多虚构，流于怪诞，结构简单，有些松散，但节奏明快，意境奇突，寓意深刻，主题具有现实意义。第二，喜剧主人公皆属类型人物，缺少个性。第三，语言丰富多彩，对话措词巧妙。戏谑诙谐的语言间以严肃庄重的对话，民间朴素的言词又杂有优雅的语句。第四，采用夸张寓意的手法反映事物的本质。第五，风格多样。

阿里斯托芬对戏剧最大的贡献，就是他使喜剧脱离了"即兴歌舞"的状态而得以定型，并使喜剧发展到一个新的阶段，故恩格斯称他为"喜剧之父"②。

《阿卡奈人》是阿里斯托芬著名的反战喜剧。全剧情节热闹，场景繁多，通过具体的、可感触的、漫画式的夸张，及随处可见的对照手法，形象地表达了诗人反对同室操戈、呼吁和平的政治主张。

剧中人物有：狄开俄波利斯——阿提刻农人，传令官，阿菲忒俄斯——雅典人，使节甲、乙，修达塔巴斯——波斯贵族，太监二人，忒俄洛斯——自特剌刻归来的使节，兵士数人，歌队——由24个阿卡奈人组成，狄开俄波利斯的妻子、女儿及二仆人，欧里庇得斯——雅典三大悲剧诗人之一及其仆人，拉马科斯——雅典军官及其部下士兵数人，墨伽拉人及其二女，告密人，玻俄提亚人，吹笛手数人，仆人数人，尼卡科斯——告密人，拉马科斯的仆人，得刻忒斯——阿提刻农人，伴郎、伴娘，报信人甲、乙，吹笛女二人。

现参照《阿里斯托芬喜剧集》（人民文学出版社1954年版）中罗念生译《阿卡奈人》分场介绍

---

① 《马克思恩格斯文集》第10卷，人民出版社2009年版，第545页。

② 《马克思恩格斯文集》第10卷，人民出版社2009年版，第545页。

或节选如下。

一、开　场

公元前425年,希腊的雅典和斯巴达两个集团间进行的伯罗奔尼撒战争,已打了六年之久。

这一天,雅典人预定召开的公民朝会,虽然早已到开会时间了,可会场还是空空如也。人们还在市场里谈天,遛来遛去。主席官们一个也没到。阿提刻农夫狄开俄波利斯来到公民大会会场,面对空旷的会场,他慨叹当今快意事少得很,痛心事可真像海滩上的沙子数不清。他认为,值得一提的高兴事,就是克勒翁吐出来的五个金元宝。接着就抱怨剧场演出拙劣的作品,吹笛手尽吹战歌怪调,人们不关心和平,主席官们只顾抢占座位,却不理会议和一事。至于他,则向往和平的生活,厌恶城市的喧闹。

直到中午,主席官到了,公民大会才开起来。雅典公民阿菲忒俄斯首先发言说,神托他去同斯巴达人议和,当官的却不肯发给他盘缠。他的话还没说完,传令官就命令弓箭手把他赶出了会场。狄开俄波利斯立即站起来,指责主席官污辱了公民大会,公然在会场上赶走呼吁签订和约的人。传令官叫他坐下、闭嘴。这时出使波斯归来的两位雅典使节,身着华丽波斯服装来到会场,炫耀地讲述他们在波斯四年,拿着金盅儿、水晶杯,喝着香死人、甜死人的醇酒,面前摆着一整条一整条的吊炉烤牛,受够了款待。而今他们带来了波斯国王的使节。波斯使节接着叽哩呱啦说了一通,雅典使节翻译说,波斯国王要送很多金子给雅典人。狄开俄波利斯看穿骗局,伸出拳头,要他们明白讲来。结果揭穿了这场骗局。传令官赶紧宣布,议院邀请大使到主席厅赴宴。

狄开俄波利斯对当官的为了让人民入伍出征而玩弄政治骗局气得要命,决心要做一件惊人的大事。他喊来阿菲忒俄斯,给他八块钱做盘缠,请他为自己和自己全家,去同斯巴达人签订和约。这时出使特剌刻的使节归来,自诩天天和特剌刻国王喝酒联欢,说那国王对雅典倾倒之至、忠诚之极,要派出一群遮天蔽日的蝗虫般的军队前来助战。而雅典只要付给每个兵士每天两块钱的佣金。狄开俄波利斯立刻控诉那些雇佣军抢了他的大蒜,揭露主席官怂恿雇佣兵在自己祖国抢掠,反对讨论给他们什么报酬。主席官立即宣布散会。这时阿菲忒俄斯已从斯巴达议和归来。他带着有效期分别为5年、10年、30年的和约。狄开俄波利斯选中丝毫不带战争味道的30年和约,欢呼着离去。阿菲忒俄斯也为逃避阿卡奈好战分子的追杀而躲了起来。

二、进　场

阿卡奈的老头们追进广场,要捕捉带回和约的家伙,因为他胆敢同他们的敌人议和。他们痛恨敌人的军队毁其田庄,践踏其葡萄藤,而渴望报仇。这时狄开俄波利斯正带领全家人庆祝乡下酒神节,向酒神献祭,庆祝自己已经避免了兵役、祸患、战争,祝愿这30年和约开花结果。阿卡奈老头们见状,立即投石子打他及其家里人。

三、第一场(斗争)

阿卡奈老头们边用石头抛打狄开俄波利斯,边痛骂他是祖国的叛徒、可恶的东西,并叫嚷说,如果他和斯巴达单独媾和就要砸碎他,叫他死。狄开俄波利斯申辩说:我们遭殃不能全怪斯巴达人,倒是得怪我们自己。并声言自己愿把脖子伸在案板上,公平合理地和大家对话。老头们说他替敌人辩护,要他现在就活不成。狄开俄波利斯急忙进家,拿出短剑和一筐木炭,决心一搏。老头们见状,纷纷把石头丢在地下,打算听他说下去。

四、第二场(对驳的准备)

老头们叫狄开俄波利斯快把案板搬出来,发表他的高论。狄开俄波利斯搬出了案板后自言自语说:这些乡下人就喜欢江湖骗子称赞他们和他们的城邦,不管对不对,全不知道自己上了当,叫人家出卖了。而我却知道陪审员只想吃陪审费,什么都不顾。克勒翁为了一出喜剧,竟诬告我。把我拖到议院去,他满嘴乱翻泡,几乎害死人。眼下,为了避免意外,我要扮出一副最可怜的样子。

于是狄开俄波利斯鼓足胆气,去找悲剧诗人欧里庇得斯,说欧里庇得斯写作不脚踏实地,两脚凌空,所以在戏里创造出那么些瘸子!说悲剧家自己穿着悲剧里的破衣衫,难怪创造出那么多叫花子。接着他提出求借一套破布烂衫,以应付和老头们的对话。他死乞白赖,终于借到了一套破衣服、一顶小毡帽、一根叫花棒、一只破提篮、一个破碗、一个小水瓶、一点干薄荷……他还想借根野萝卜。欧里庇得斯气得直嚷:你把我一整个悲剧都拿去了,你逼我上吊,我的剧本整个完蛋了!接着就把他赶了出来。于是狄开俄波利斯鼓起勇气,身着乞丐的全套衣着,把头靠在案板上。

五、第三场(对驳)

歌队 你要干什么呢?你要说什么呢?你胆大包天!你厚颜无耻!你居然要把你的颈脖子献给城邦,和我们大家作对、抬杠!这家伙居然一点也不害怕!来呀,既然你自己情愿,你就开口吧!

狄开俄波利斯 诸位观众,请你们不要见怪,我这样一个叫花子,不揣冒昧,要当着雅典人在喜剧里谈论政事,要知道喜剧也懂得是非黑白啊。我要说的可能会骇人听闻,但却是真情实理。

克勒翁现在再也不能够诬告我当着外邦人诽谤我们的城邦:因为这一次戏剧竞赛是在勒奈亚节里举行的,就只有我们自己在场,外邦人还没有前来,盟邦的贡物和部队还没有到呢。我们是麦子,外邦人是谷子,现在谷子是簸得干干净净的,至于外邦侨民,那又当别论,他们虽不是公民,总得算面粉里带的麸子。

我衷心痛恨斯巴达人,但愿海神,泰那农海角上的神明,叫大地震动,震倒他们的房舍,把他们全都压死:[①]谁叫他们把我的葡萄藤割了呢!可是,在场的既然都是朋友,我们不妨说一句知心话:我们这样受罪,为什么全怪斯巴达人呢?我们有些人,我并不是说城邦——请你们千万记住,我并不是说城邦——而是说一些坏小子、假铜钱、没有公权的流氓、冒牌货、半外国人,他们经常告发人私卖了墨伽拉小外套,如果他们在哪里看见有葫芦,或是野兔,或是小猪,或是蒜头,或是大盐,就说这些都是墨伽拉走私货,拿去充公拍卖了。这不过是一些

---

① 泰那农在斯巴达的南方。斯巴达时常有地震。有一次一些斯巴达的农奴逃进那海角上的海神庙里,被斯巴达人拖出来杀害了。按习惯,凡是逃进神殿的人应受神的保护。据说海神因此发怒,用三叉撞击大地,因而发生了大地震。

鸡毛蒜皮、地方习气,不算什么。

糟糕的是:有一些年轻小伙子玩酒戏喝醉了,跑到墨伽拉去,抢来了那个名叫西迈塔的妓女。想不到这一点鸡毛蒜皮,居然扫了墨伽拉人的面子,惹动了他们的大蒜劲儿,他们反而抢劫了阿斯帕西亚两个妓女。好,为了三个娼妇,战火就在全希腊烧起来了。我们的盖世英雄伯里克理斯勃然大怒、大发雷霆、大放闪电,震惊了全希腊;他拟出了一道命令——读起来就像一首酒令歌——"我们的领土内、我们的市场里、海上、陆上,一个墨伽拉人都不准停留!"

这一下墨伽拉人渐渐挨饿了,他们便央求斯巴达人转圜设法取消这一道禁令,无非是那些娼妓惹出来的禁令。多少次斯巴达人要求我们,可是我们一次也不理。从此就干戈处处,大动刀兵了。也许有人会说他们不应该。可是他们应该怎样呢?喂,要是斯巴达人坐船来,告发人私卖违禁货,把一条塞里福斯小狗子拿去充公拍卖了,难道你们会坐在家里不动吗?那才不会呢!不由分说,你们会叫300只战舰立刻下水,全城轰动,到处只听见兵士的吵闹声、对战船供应人员的呼噪声;军饷在发放,雅典娜的神像在涂金,仓库里在乱哄哄,军粮在过斗;到处是套桨的皮圈、酒囊、瓶子、大蒜、橄榄、一网袋一网袋的葱头;到处是花冠、凤尾鱼、吹笛女和打青了的面孔。造船厂里圆木在刨成桨,楔子在拍进缝,桨柄在装上皮圈,只听见水手头目的口令、箫声、笛声、哨子声。你们一定会这样做的,"我们以为忒勒福斯不会这样做吗?那我们就太不聪明了"。

甲半队领队　你这个该死的东西,你这个可恶的东西,真的吗?你是个叫花子,你敢向我们这样说吗?就说我们这儿有告密人,你敢骂我们吗?

乙半队领队　是呀,凭海神起誓,他说的都是真的,他并没有说一句假话。

甲半队领队　就说是真的,这家伙配说吗?他这等无礼,该受惩罚!

甲半队领队冲向狄开俄波利斯。

乙半队领队　你冲到哪里去?快停下来!你要是打了他,我立刻就把你举起来!

甲乙两半队自己打起来,结果是甲半队打输了。

甲半队领队　眼光里闪电的拉马科斯啊,快来救我呀!盔顶上插大翎毛叫人一见丧胆的拉马科斯啊、我的朋友啊、我的族人啊,快出来救我呀!军官也好、大兵也好,攻城的也好、守城的也好,快来救我呀!我的腰叫人家抱住了呀!

拉马科斯全副武装偕二兵士自右屋上。

拉马科斯　哪里来的杀伐之声?哪里求我去增援?哪里求我去一显神威?哪一个惊动了我这张戈尔戈盾牌,叫它从匣子里直跳了起来?①

狄开俄波利斯　大英雄拉马科斯啊,你这些翎毛和队伍真吓死人!

甲半队领队　拉马科斯,这家伙一直在诽谤我们的整个城邦!

拉马科斯　你是个叫花子,你敢胡闹吗?

狄开俄波利斯　大英雄拉马科斯啊,饶了我这个叫花子胡说八道吧!

拉马科斯　你说了些什么啦?快告诉我!

狄开俄波利斯　我记不得了,一见你的刀呀枪呀,我就昏头昏脑了。我求你先挪开那个妖

---

① 戈尔戈是一个妖怪,为珀耳修斯所杀。谁看见了她的头,谁就会化作石头。拉马科斯的盾牌上绘有戈尔戈的头。

怪头。

拉马科斯 得!

拉马科斯把盾牌提开。

狄开俄波利斯 把它翻过去。

拉马科斯把盾牌翻转。

拉马科斯 伏在那儿了。

狄开俄波利斯 从你的盔顶上折一根翎毛给我。

拉马科斯 拿去吧,这一片小绒毛。

狄开俄波利斯 扶住我的头,我好吐一吐,你的翎毛真叫我作呕。

拉马科斯 你这家伙,干什么呀?你竟用我的小绒毛助呕啦!

狄开俄波利斯 这是小绒毛吗?告诉我,是什么鸟的?是牛皮鸟大王的吗?[①]

拉马科斯 呸,我非宰了你不可!

两人扭打起来,结果是拉马科斯打输了。

狄开俄波利斯 得了,得了,拉马科斯!你只有这点劲儿,怎么干得了!如果你真有力气,为什么不把我阉割了?你不是挺雄赳赳吗?

拉马科斯 你这个叫花子胆敢这样挖苦我这个军官?

狄开俄波利斯 我是个叫花子吗?

拉马科斯 那你是什么东西?

狄开俄波利斯把破衣服脱掉。

狄开俄波利斯 我是什么人?是一个好公民,向来不钻营官职。开战以来,我就一直是最肯卖命的人;而你呢,开战以来,就一直是只拿官俸的人。

拉马科斯 是大家选举了我——

狄开俄波利斯 三只鹁鸪选举了你![②] 我一恶心便议下了和约,我实在看不惯多少白发老头儿排在队伍里,而你这样的一些年轻小伙子却躲掉了。有的,像提萨墨诺——淮尼波斯和帕努癸帕喀得斯之流,跑到特剌刻去了,每天支三块钱官俸;有的跟着卡瑞斯去了;有的,像革瑞托——忒俄洛斯和狄俄墨阿拉宗之流,上了卡俄尼亚;还有的去了卡马里那、革拉和卡塔革拉。[③]

拉马科斯 是大家推举了他们——

狄开俄波利斯 可是为什么缘故你们老是支官俸,而这些人(指着歌队)却一点也不支?马里拉德斯,[④]你的头已经白了,你当过使节没有?他摇摇头。他却是个稳当、勤勉的好人。德剌库罗斯、欧福里得斯或是普里尼得斯又怎样呢?[⑤] 你们里头可有人看见过波斯都城或是卡俄尼亚没有?他们说没有。可是科绪拉的儿子和拉马科斯却看见过,他们两人一向偿不

---

① 拉马科斯取下来的是一片很大的羽毛,他却傲慢地说成为小绒毛,因此狄开俄波利斯问他什么鸟的绒毛会有这样大。

② "鹁鸪"指愚蠢的人,此处指拉马科斯的党羽。

③ 帕努癸帕喀得斯意即"希帕喀得斯坏蛋"。狄俄墨阿拉宗意即"狄俄墨亚乡的吹牛皮的人"。"卡塔革拉"和希腊文"愚弄"一词的字音很相似。

④ 马里拉德斯意即"炭灰之子"。

⑤ 据说欧福里得斯这名字的意义是"善于背木炭的人"。普里尼得斯这名字的意义是"橡树之子"。

清债务、付不清救济捐，[1]还弄得所有的朋友，就像夜里向街上倒脏水那样地向他们警告过："走开点！"

拉马科斯　民主政府呀，这是可以忍受的吗？

狄开俄波利斯　拉马科斯支了官俸，就得忍受啊！

拉马科斯　可是我要同所有的伯罗奔尼撒人永久打下去，[2]我要尽最大的力量用海陆军从各方面去困扰他们！

拉马科斯偕二兵士进入右屋。

狄开俄波利斯　我却要向所有的伯罗奔尼撒人、墨伽拉人和玻俄提亚人宣告，让他们同我作买卖，可不让拉马科斯。

狄开俄波利斯进入中屋。

六、插　　曲

狄开俄波利斯的辩论获得了胜利，在议和问题上说服了人民。

阿卡奈老头称赞阿里斯托芬用喜剧规劝大家。他胆敢对雅典人说真话，勇敢的声名已远播四方。谁听取了他的劝诫，谁就会变得聪明强大。因为他不断在喜剧里发扬真理，支持正义。

老头们指责了克勒翁耍诡计。揭露他讲政治是懦夫，论风月是色鬼。谴责了城邦对在海上取得了多次胜利、在马拉松战场上作过英雄的老战士不公，让他们受年轻政客的嘲笑，把一些莫须有的罪名乱扔过来，安置好一些语言的圈套，弄得人糊里糊涂吃官司。结果白头老战士官司打输了，还得回去把棺材钱拿来付罚金。

七、第　四　场

一个被连年战乱闹得贫困不堪的墨伽拉人，带着两个女儿来到狄开俄波利斯新开设的市场。他对女儿说，可怜的女娃娃别怨倒霉的爸爸，你俩愿意被卖掉呢，还是饿死？她俩齐声回答：卖掉，卖掉！墨伽拉人又担心：哪一个傻瓜有钱没处花，要买这一对活宝贝呢？于是他给两个女儿套上猪蹄子、戴上猪鼻子，装进袋子里，并让她们学猪叫。然后去见狄开俄波利斯。狄开俄波利斯问他：日子过得怎么样？他回答：没法子，只有空捧着肚皮，没什么事好干。议事官正讨论怎样想法子叫大家一下干脆死掉。麦价高如天神叫人攀不上，盐场叫雅典人占领了，地里的大蒜被雅典士兵全给刨出来拿走了。现在只剩这两只细皮白肉的小猪婆，拿来出卖。狄开俄波利斯让他拿出来看看，他忙说：你喜欢就摸摸看，多肥美呀！狄开俄波利斯摸了摸，怀疑地问：这到底是什么玩意？哪里会有这样的货？墨伽拉人赌咒发誓说全是好肉，是墨伽拉地道的细皮白肉种。照希腊说法，这一身是剥光了的好吃的肉。为了能卖掉，他叫他的小猪儿赶快作声，否则就把她们带回家去。两个小女孩急忙做出了小猪婆的叫声。

狄开俄波利斯似乎明白了墨伽拉人带的是什么货物，说听叫声现在倒有点像小猪婆，养五年

---

① 科绪拉是墨伽克勒斯的母亲，这是一族贵族大家。"科绪拉的儿子"泛指一般贵族子弟。"救济捐"是友谊社的一种捐款，作为救济贫苦社员之用，到期不付款是一件很不名誉的事。

② 伯罗奔尼撒人即希腊半岛上的人，包括斯巴达人在内。

会变作十足的婊子婆。说她俩没尾巴,不能作献祭之用。又问:有没有妈妈?她们也会吃东西吗?墨伽拉人急忙说:你给她们什么就爱吃什么,不然你问问她们。狄开俄波利斯一说野豌豆,一提干无花果,小猪婆立即应声咕咕乱叫。一抛给干无花果,立即嚼得好响,像是"大嚼团"来的。结果,墨伽拉人开价,以一把蒜头、一筒盐而推销了两个女孩,还喃喃自语:但愿我把我的老婆和我妈也这样卖掉。

这时突然来了个告密人,威胁墨伽拉人说,要告发他和他的货物。急得墨伽拉人大叫狄开俄波利斯,痛诉灾难就是由告密人起的头。狄开俄波利斯声言要惩罚告密人,要驱逐这雅典城的一害。告密人慌忙逃去。墨伽拉人告别了自己的小猪儿,嘱咐她们:没有了爸爸,你们自己去啃啃人家给你们加盐的大麦粑粑吧!然后离去。

八、第一合唱歌

阿卡奈老头们咏唱狄开俄波利斯一路顺风、马到成功,如今衣冠整齐、逍遥自在地走来走去,在市场里坐收他的胜利果实。

雅典的那班告密小人尽管想加害狄开俄波利斯,想占他的便宜,想把脏东西揩在他身上,挤开他,叫他吃官司,跟他厮混,讥笑他,然而一旦闯进狄开俄波利斯的市场,准保他们坐下来就是抱头痛哭。

九、第　五　场

一个玻俄提亚人来到狄开俄波利斯的市场。后面紧跟着几个忒拜城来的吹笛手,他们拿着风笛儿,吹着"狗屁"风箱。狄开俄波利斯马上叫这些嗡嗡响的马蜂停嘴,让这些野"蜂蝶儿"大队赶快滚蛋。玻俄提亚人大叫:赶得好,痛快!说这些风笛手从忒拜城起,就一路顶着自己的屁股吹,把薄荷花都吹了一地。接着他向狄开俄波利斯兜售他的商品,说玻俄提亚的好东西应有尽有:花薄荷、薄荷叶、草席子、灯芯草、野鸭、秧鸡、斑鸠、鹧鸪、"水葫芦"……尽管狄开俄波利斯打趣说他吹得好大一阵风,把鸟儿全吹到自己的市场里来了,可实际见到的货物,还有鹅、野兔、狐狸、土拨鼠、刺猬、猪、獾、黄貂、水獭以及著名的科帕伊斯湖的鳝鱼。

狄开俄波利斯大喜过望。特别是那些人人喜爱的鱼儿,叫他望穿秋水的、让喜剧歌队朝思暮想的、让美食家念念不忘的、温柔美丽的鳝鱼,这位好容易盼了六年才来的、久别重逢的稀客,更是令他喜煞!他叫来他的孩子们和鱼儿打个招呼,他要为这位稀客找木炭来接风。

玻俄提亚人提出交换的具体问题,狄开俄波利斯除将鱼作为市场税收缴外,对其他货物则一听货主之便。要现钱还是愿意从这儿带回些什么货物,陶器还是法勒戎的鳁鱼,随客自选。玻俄提亚人说陶器和鳁鱼他们那儿都有。他一再坚持说,只有雅典这里多得很,而他们那儿缺得很的才要。

狄开俄波利斯据货主条件,决定把一个告密货当陶器包捆起来运走。玻俄提亚人也欣然同意,认为带一个回去,一定赚大钱——正好当一只满肚子坏主意的猴儿牵去耍。

恰巧一个叫尼卡科斯的告密小人又窜入市场。玻俄提亚人觉得这家伙太矮小了。狄开俄波利斯则指明,可是他一身都是坏主意啊。尼卡科斯果然马上显示出他的传家本领。他走上前来,立即追问这些货物是谁的。当听到是玻俄提亚人从忒拜城运来的时,他当即宣称这些都是仇货,并扬言要去告发货主。他的理由是,这些灯芯是从敌人那儿运来的。一个玻俄提亚人只要一小根灯芯就可以把船厂都烧了！他们会把灯芯粘在一只水蜘蛛身上，等候大北风，把它一点着，从水沟里送到船厂去，只要那一点火一触到船只，就立刻把什么都烧了。

狄开俄波利斯趁机捉住尼卡科斯，叫人堵住他的嘴，用草把他捆扎起来装包，像陶器一样，使他运出去不至于在路上打破。包捆停当，又踢了他一脚。尼卡科斯在草包里叫起痛来。众人问：拿他去作什么用呢？狄开俄波利斯说，这是作什么都用得着的家伙：可以当石臼，用来捣——乱；可以当瓦缸，用来装——诉讼案；可以当灯，用来照——可钻的孔眼；可以当药钟，用来配制——麻烦。接着狄开俄波利斯把他倒提起来，对玻俄提亚人说：好不容易才把这个不得好死的家伙包捆好了，你把这件空心陶器扛起来带走吧！玻俄提亚人打算好好地从他身上捞本，于是命令他的仆人扛着尼卡科斯走了。

这时，雅典战将拉马科斯的仆人来找狄开俄波利斯，讲了拉马科斯要过大酒钟节，言明只出一块钱，要狄开俄波利斯给他几只画眉鸟，还得给值三块钱的科帕伊斯鳝鱼。当狄开俄波利斯弄清楚了是那个最可怕的、刚强无比的、舞着戈耳戈头颅、摇晃着三道掩得脸都阴森森的大翎毛的拉马科斯时，立即对那仆人下了逐客令。

十、第二合唱歌

阿卡奈老头们称赞狄开俄波利斯订下了和约，买下了货物，一切不缺，有多少山珍海味吃，什么好东西都有了。并痛诉战争带给人们千灾百难，所以他们都不欢迎战争到家里来。进而指出和平会给人带来爱情，带来青春，带来生机，带来美好的希望。

十一、第六场

酒神节来临了。狄开俄波利斯家里一派兴高采烈的升平景象。一个自称“倒霉人”的来到他家，求他分给一点和平露以治疗其瞎眼，让他好找回战争中失去的两头牛。狄开俄波利斯不愿让他分享和平果实，打发他去找医生。接着又有一个伴郎带着肉来，想为新郎讨点和平露，以免服兵役。狄开俄波利斯不应允。随后伴娘又来为新娘讨，于是狄开俄波利斯才给了她一点，以使新娘能把新郎留在家里不去打仗。

拉马科斯突然接到传令官传达的紧急命令，说敌人要趁节日大举进攻，令他火速带上队伍出发，顶风冒雪去把守关口。与此同时，狄开俄波利斯受到报信人的催请，说酒神祭司为庆祝节日举行盛大宴会，请他带上大酒钟立即赴宴，去尽情享受酒色佳肴。

于是两人同时做着出门的准备：一个愁眉苦脸地背起背包，拿些茴香盐、葱头、臭鱼干，戴上头盔，披上铠甲，提着长矛，荷起盾牌，装上护心镜，带上毯子踏上征途，去忍受吃不尽的风霜之苦；一个喜形于色地提起菜篮，带着鲜鱼片、肥肉、斑鸠、画眉、兔子肉、腊肠、烤肉签、烤面包、奶酪圆饼、蜂蜜暖心酒，赶赴盛宴，去享受享不尽的宴饮之乐。

十二、第三合唱歌

阿卡奈老人慨叹两人各走各的路，方向不同：一个是头戴花冠去饮宴，一个是挨冻受苦守关口。

十三、退 场

报信人乙自观众左方急上,敲右屋的门。

报信人乙 拉马科斯家里的仆人啊,你们赶快拿来热水!快准备布片、药膏、油亮亮的羊毛、裹脚踝骨的绷带!你们的主人跳壕沟不小心叫木桩刺伤了,一扭动又把脚踝骨扭脱臼了,再跌到石头上,把脑袋碰破了,还把戈耳戈头颅从盾牌上直抛出去了!威风凛凛的鸟大王毛滚滚扫地,伤心惨目,害得他痛哭失声说:"光明的大眼睛啊,[①]我现在最后再看你一眼,我眼看要从此不见天日了:我再也活不成了!"他一说又跌进水沟里,变只落汤鸡爬起来,碰见几个逃兵,便只顾奋勇拿长矛追赶那些往回逃的匪徒。现在他追回来了!快开门!

报信人乙自观众右方下。

拉马科斯由二兵士扶着自观众左方上。

拉马科斯 (首节)哎呀,哎呀!多么可怕的痛苦啊,多么可恶的颤抖啊!唉,唉!我完了,叫敌人的长矛刺中了!要是狄开俄波利斯看见我受伤了,嘲笑我的灾难,那才更叫我难受呢!

狄开俄波利斯由二吹笛女伴着自观众右方上。

狄开俄波利斯 (次节)哎呀,哎呀!多么圆鼓的东西啊,多么结实的香橼啊!我的小宝贝,给我亲个嘴,咂舌头亲个嘴!是我第一个喝干了那一大钟!(次节完)

拉马科斯 我这千灾百难的苦命啊!唉,唉!我这七伤八死的痛苦啊!

狄开俄波利斯 哈,哈,你好,拉马科斯小骑士!

狄开俄波利斯拥抱拉马科斯。

拉马科斯 唉,不得了!

拉马科斯咬狄开俄波利斯。

狄开俄波利斯 嗨,了不得!

拉马科斯 你为什么抱我?

狄开俄波利斯 你为什么咬我?

拉马科斯 哎呀,人家不留情,可算了我的账了!

狄开俄波利斯 大酒钟节里谁也不算谁的账!

拉马科斯 神医啊,神医啊!

狄开俄波利斯 可是今天并不是神医节呢!

拉马科斯 (向兵士)扶住我的腿,哎呀,别碰痛我!

狄开俄波利斯 (向吹笛女)你们俩都放手,哎呀,别揪住我!

拉马科斯 石头撞得我头昏了。

狄开俄波利斯 人家等我去睡觉了。

拉马科斯 抬我到庇塔罗斯家里去,求求他医治的妙手。

---

① 指太阳。

狄开俄波利斯　带我到评判员那儿去！君主长官来发奖！你们欠了我这一囊好酒。①

拉马科斯　矛子刺进了我的骨头，好痛呀，好痛！

兵士扶着拉马科斯进入右屋。

狄开俄波利斯　（向观众照杯）大家看，是喝干了！"哈哈！胜利啦！"

歌队长　哈哈！胜利啦！你这样呼，我也就这样应。

狄开俄波利斯　我倒进去的是纯酒，并且是一口就喝干！

歌队长　好呀，我们的好汉！带着你的酒囊走吧！

狄开俄波利斯　你们得跟着我唱"哈哈！胜利啦！"

歌队长　我们为了你，跟着你和你的酒囊，一齐唱"哈哈！胜利啦！"

狄开俄波利斯和二吹笛女进入中屋，歌队退场。

---

① "评判员"表面上指大酒钟节的评判员，暗中指喜剧比赛的评判员。君主长官主持大酒钟节比赛和戏剧比赛，他这时候正坐在剧场里的前排座位上。这两种比赛的奖赏都是由这位君主长官颁发的。狄开俄波利斯说这话时，有人递给他一皮囊酒。

中古文学

神曲

《神曲》的作者但丁·阿里盖利(1265—1321)是欧洲从中世纪过渡到资本主义时期的重要作家,意大利文艺复兴运动的前驱。恩格斯对但丁的历史地位作过精辟的评价:“封建的中世纪的终结和现代资本主义纪元的开端,是以一位大人物为标志的。这位人物就是意大利人但丁,他是中世纪的最后一位诗人,同时又是新时代的最初一位诗人。”①

但丁出生于佛罗伦萨一个没落贵族家庭,从小好读书写诗,曾拜当时著名学者拉丁尼为师,学习拉丁文、修辞学、古典文学和诗艺,悉心研究维吉尔、贺拉斯、奥维德等古典作家的作品,在哲学、历史、绘画、音乐等方面也颇有造诣。对但丁创作影响最深的是佛罗伦萨的社会政治斗争和复杂的哲学思想、文学流派。当时佛罗伦萨的贵尔夫党(又译归尔甫党)和基白林党(又译基伯林党)斗争激烈。贵尔夫党代表新兴资产阶级利益,以教皇为后台;基白林党代表封建贵族阶级,以皇帝为后台。但丁积极参加城邦的政治活动,贵尔夫党获胜后,他曾被选为城邦行政长官之一。贵尔夫党后来分裂为白、黑两党,但丁属于白党。他反对教皇干涉城邦政治,维护佛罗伦萨的独立自主。黑党在教皇支持下获胜,1302年但丁因莫须有的罪名被判处流放,开始了长期的流亡生活。他走遍意大利北部各地,接触了各阶层人物,目睹了人民的苦难和暴君的专制,认识到城邦间的纷争是祖国统一进步的障碍。他曾把统一意大利的希望寄托在神圣罗马帝国皇帝亨利七世身上,后因亨利七世去世而幻灭。

但丁流亡前后的文艺创作及论著,是其生活经历和思想发展的真实写照。早期散韵结合的诗集《新生》将自己爱慕的姑娘贝阿德丽采(又译俾德丽采、贝亚德)当作崇高美德的化身,表达了对她的纯真爱情和深切哀悼。贝阿德丽采成为但丁作品中象征高尚、谦虚、温柔、向上的理想人物。流放期间的作品贯穿着争取意大利统一的思想。《飨宴》《论俗语》两部美学著作阐述了善与知识可以成为人们的精神食粮,借以消除内讧;书中还强调了统一意大利民族语言的必要。《帝政论》指出人类社会的目的在于充分发挥人的潜在才能,同时主张政教分离,渴望意大利统一。

《神曲》创作始于1307年,直至但丁逝世前才完成。这是他一生精神探索的结晶,也是中世纪欧洲文学带有总结意义的作品。《神曲》全文14 233行,分为《地狱》《炼狱》《天堂》三部,主要情节是写诗人神游三界。作家采用中世纪梦幻文学的形式,叙述1300年,自己在人生的中途35岁时,迷路于一座黑暗的森林,正欲向洒满阳光的山顶走去,忽有豹、狮、狼三只猛兽拦路,惊慌呼救时古罗马诗人维吉尔奉圣女贝阿德丽采之命前来,帮助他走出绝境。维吉尔带领他游历了地

---

① 《马克思恩格斯选集》第1卷,人民出版社1995年版,第269页。

狱和炼狱。地狱上宽下窄,形似漏斗,共分九层。有些层又分为若干圈,越往下越小,直至地中心。有罪的亡魂按罪孽大小分处于不同层次。地狱出口在北半球。炼狱是浮在南半球的海面上的一座高山,除地层外部,本部分为七层,修炼着犯有骄、妒、怒、惰、贪、食、色七种罪孽的亡魂,顶上为地上乐园,合为九层,亡魂悔过后升天。到了乐园,维吉尔隐去,贝阿德丽采把但丁带入天堂。九重天堂由月轮天、水星天、金星天、日轮天、火星天、木星天、土星天、恒星天、水晶天组成。生前为善的人死后在此成为幸福的精灵。水晶天之上的天府是上帝和天使们的居所。贝阿德丽采归位到幸福的玫瑰花丛中。圣贝多拉引导但丁去见天神本位,只见电光一闪,全诗就此结束。

《神曲》构思精细,结构严谨,诗句和材料往往按三、九、十的数字概念排列,使三界犹如一座渐进式的立体建筑。全诗共三部,每部三十三歌,与序曲合成一百歌。三部又各自分为九部分:地狱九层,炼狱九级,天堂九重。每部分都以"星辰"作结束,表现出对称工整的艺术美。"三"代表神学上的"三位一体","十"代表"完美","一百"则是"绝对完美","星辰"象征着光明。现参照中文译本(朱维基译,上海译文出版社 1984 年版)分节介绍或节选如下。

地狱篇

第一至四歌

但丁在人生旅程的中途迷路于一座昏暗的森林,被豹、狮、狼三只野兽挡住了去路。浮吉尔(即维吉尔)应俾德丽采①的请求前来搭救,欲引导他经过地狱,去见净火中的精灵。地狱大门上写着可畏的铭文,哀号痛哭声充斥了四周。一面旗子后跟着无毁无誉度过一生的幽魂,他们不被地狱接纳,赤裸的身体被胡蜂痛刺着,血和泪又被蛆虫吸吮。一条大河上,②开隆用渡船将一群鬼魂载到对岸的黑暗、烈火、寒冰中。第一圈没有哭声。

那善良的夫子对我说:"你不问问
　　你看到的这些幽魂是谁么?
　　在你再向前走时,我愿你知道
他们没有犯过罪;虽然他们有优点,
　　这还不够:因为他们没有受过'洗礼',
　　那是你所信奉的宗教之门;
因为他们生于基督教之前,
　　他们敬拜上帝不能无误:
　　我自己就是他们中的一个。
为了这种缺点,并不是为了其他错误,
　　我们堕落了;所受的苦仅是这样,
　　我们没有希望地生活在欲望之中。"
听到这话,我心中十分忧郁;

① 此处中文译名以朱维基译本为依据。

② 一条大河指阿刻隆,地狱四条河流中的第一条,形成地狱本境的边界。

因为我知道十分高贵的人
　　在那林莽狱里悬而未决。
……
"尊敬一切科学和艺术的你啊，
　　请问这些灵魂是谁，竟有这种荣誉，
　　把他们和其余的灵魂分开？"
他对我说："在你们人世
　　传布着他们的光荣的名字，
　　使他们在天上获得殊恩而超升了他们。"
当时我听到了一个声音：
　　"尊崇那伟大的诗人！
　　他离去了的阴魂归来了。"①
那声音停止和静寂了之后，
　　我看到四个伟大的幽灵向我们走来；
　　他们的神色既不忧郁，也不快活。
那善良的夫子开始说话：
　　"看那手拿宝剑，走在三人之前的，
　　他是他们的魁首：
他就是荷马，至尊的诗人；
　　跟着来的是讽刺诗人荷拉斯
　　奥维德是第三个，最后一个是卢甘。②
因为他们和我相同都具有
　　那个声音所叫出的称号，
　　他们才尊崇我，而且做得很对。"
这样我看见了那歌王的赫赫一派
　　聚在一起，他们崇高的歌声
　　像巨鹰一般高翔于余者之上。
他们交谈了一刻之后，
　　转身过来向我表示敬意；
　　我的大师看到这个就微笑了。
此处他们给我更多的荣誉
　　因为他们把我算在他们的数目中，

① 这是对浮吉尔而说的，浮吉尔为了去救助但丁暂时离开了林莽狱。

② 荷马是希腊大诗人。他的史诗《奥德赛》和《伊利亚特》都是叙述英雄和战争的故事的，所以但丁描写他手拿宝剑。荷拉斯（又译为贺拉斯）是拉丁的讽刺诗人，生于公元前65年，卒于公元8年，他著有短歌、抒情诗、讽刺诗以及诗论等。奥维德是拉丁诗人，生于公元前43年，卒于公元18年。他留下的著作有《变形记》《爱经》等。卢甘是拉丁诗人，生于公元39年，卒于65年，他著有长诗《法萨利亚》，诗中详述恺撒和庞彼之间的战争。

我成为这些大智中间的第六个。①
……
我们来到一座宏伟的城堡，
有七重高墙把它围住，
一条美丽的溪流在四周卫护。
我们走过它像走过坚土一样；
我同那些圣哲穿过七重大门；
我们走到一片青翠的草地。②
草地上有许多人，眼光缓慢而庄重，
外貌上显得有极大的权威；
他们不大说话，说时也用温和的声音。

在这里但丁见到赫克托和伊尼阿、恺撒、苏丹王萨拉丁。智者的大师亚里士多德坐在一群哲学家中间，旁边是苏格拉底和柏拉图。还有许多知名的诗人、演说家、天文学家、几何学家及医师。他为见到他们而感到光荣。

第五至六歌

审查罪行的地狱判官在进口处依照自己尾巴缠绕的圈数，打发阴魂下到应去的那一圈。在第二圈里：

地狱的暴风雨，无时休止，
把那些阴魂疾扫而前，席卷他们，
鞭打他们，以使他们苦恼。
当他们来到灭亡面前时，
那里就有尖叫声，呻吟声，哀哭声；
那里他们就咒骂神的权力。
我知道了这种刑罚
加于肉体上犯罪的人，
他们使理性受淫欲奴役。
如同在寒冷的季节，大群的椋鸟
结着密集的队形鼓翼而飞：
那阵狂风就像这样把不良的精灵
吹到这里，吹到那里，卷下，卷上。

---

① 上述四个，加上浮吉尔，所以但丁是第六个。但丁这样说，正见他胸襟的阔大与气魄的宏伟。

② 在黑暗的地狱中，但丁特地设了这样一块光明美丽的地方，来安置他所敬仰的人物。历来的注释家对于“宏伟的城堡”象征什么，“七重高墙”象征什么，“溪流”象征什么，“七重大门”又象征什么，都有所猜测。但是从但丁的诗的本身中去理解，其含义倒是容易明白的。

从没有希望来安慰他们，
没有休息的希望，就连减轻痛苦的希望都没有。

在千余个因荒淫、失节、放荡或因爱而离开人世的阴魂中，但丁听弗兰采斯加述说她与保禄①的爱情经过，他十分感动，心酸得晕倒在地。第三圈下着永恒的寒雨，生前纵情享受的饕餮者的幽魂躺在臭水里，任凭冰雹雨雪的打击，还要被长有三个喉咙的怪兽塞比猡撕扯着。

第七至八歌

第四圈的吝啬者和浪费者的鬼魂分为两路，用胸膛推着重物，彼此叫喊责骂。其中一些是贪得无厌的教士、主教和教皇。但丁他们顺着一条水黑如墨的河流下行。

这条阴惨惨的小溪向下流到
　　那灰色的险恶的悬崖脚下时，
　　积成了一个“沼泽”，叫做斯提克斯。
而站在那里凝神注视着的我，
　　看到那池沼里有满身泥泞的幽魂，
　　大家都赤裸着，脸上带着怒色
他们在互相殴打，不单用手，
　　而且用头，用胸膛，用脚；
　　用他们的牙齿互相撕成片片。

第五圈的这些愤怒者生前傲慢骄横，浮吉尔感叹道：“世上有多少人现在还自以为伟大的帝王，结果将留下千古的罪名，到这里来像猪一样躺在泥污里！”但丁离开此地欲进冥都却受阻拦。

第九至十歌

冥国首都提斯的城中复仇女神对但丁二人进行阻拦，天国的使者制止了她们。邪教徒在第六圈中被焚于火冢之中。

因为在坟墓之间到处是火焰，
　　使得它们全部变得这样灼热，
　　无论制造什么都不需要更热的铁。
他们的棺盖全都竖了起来，
　　从中发出那么悲惨的泣声，
　　正如忧伤而负创的幽魂的泣声一样。
我说道：“夫子，这些被埋葬在棺椁里，

① 弗兰采斯加是波伦太的归多·万启俄的女儿，于1275年为了政治上的理由，嫁给了里米尼的贵族玛拉台斯太残废的儿子祈安启托。十年后，祈安启托撞见妻子和他的已婚的弟弟保禄在一起，就用刀把这犯罪的一对情人杀死了。

用悲苦的叹息使人家听到他们的，
他们究竟是些什么人？”
他对我说：“这些是异端的教主
和他们的各种宗派的教徒；
坟墓里葬着的人比你所想的要多得多。

除相信灵魂与肉体同时消亡的伊壁鸠鲁及门徒外，但丁还遇见了高傲的法利那太。法利那太告诉但丁，他曾驱逐归尔甫党，当基伯林党欲荡平佛罗伦萨时，由于他坚决反对，而使该城免受灾难，并预见归尔甫党统治后仍有纷争。但丁称他为高尚的人，祝其后代得以安息。而后他们沿山谷下行。

第十一至十三歌

导师向但丁介绍了罪恶的分类和恶人的分布。在岩山环列的三圈中第七圈分为三环，第一圈环为暴虐者而设，分批折磨着一切杀人者和一切恶意击人者，一切掠夺者和一切强者。凡是戕害自己的生命，赌光荡尽自己财富的人在第二圈环里徒然忏悔。在第三圈环里的是轻蔑上帝的人。第八圈中集居着伪善者、谄媚者、妖术惑人者、诈取者、窃盗者、买卖圣职者、诱淫者、污吏等生前欺诈者。第九圈中每一个叛贼都受到永劫的痛苦。浮吉尔说，亚里士多德将罪恶分为纵情、恶意和疯狂的兽性三种。因纵情罪触怒上帝较少，故放在上面几圈受罚。但丁在第七圈第一环中，见到用暴力损害他人的鬼魂在血河里被烧煮，半人半马的怪物奔驰在壕沟与山脚间，用箭射那些从血河里冒出身子而超过它的罪孽规定的鬼魂，爱杀戮掠夺的暴君在这里因他们的不仁之罪而哀哭。第二环是自杀者的树林，叶暗枝曲而多节，人头哈比鸟营巢于怪树，攀折一枝，树干便喊：你为什么撕扯我？

第十四至十七歌

在树林围绕着的干燥沙地上，第三环中蔑视上帝的灵魂赤裸着在悲惨地恸哭，躲避火雨的降落和沙地的燃烧。一条源于克里特岛爱达山的红色小溪，熄灭了火焰。

在山中挺立着一个伟大的“老人”，①
他把背对着达米伊塔，
而面对着罗马，好像对着镜子一般。
他的头是纯金铸造的，
他的臂膀和胸部是纹银铸造的；
然后直到叉开的地方都是黄铜做的；
从此往下都是钢铁做的；

① “一个伟大的‘老人’”象征人类的历史。它背对着达米伊塔（埃及的古城），埃及代表过去的文明和帝国。它面对着罗马，罗马代表在罗马帝国之下近代的思想和行动。四种金属代表四个时代，金的时代，银的时代，黄铜的时代，钢铁的时代。钢铁的左脚代表世俗的权力，陶土的右脚则代表教会的权力。

只有右脚是陶土做的，
而他的体重却大半放在这只脚上。
除了金的部分，每一部分
都有一个从中落下眼泪的裂罅，
汇集的眼泪就从那个洞穴穿出。
它们的流道从岩石到岩石
往下流到这个山谷，形成了阿刻隆，斯提克斯
和火雷哲桑；然后由这狭沟向下流到
那再不能降落的地方；它们形成
科赛忒斯，你将看到那是怎样的湖：
……

弥漫着的水汽使溪水和堤岸隔开火焰，在沿堤走来的被火烧黑的幽灵中，但丁认出老师勃鲁内托[①]，老师预言但丁的命运，要他远离党派之争，并说周围的幽灵多是僧侣、学者和名士，因轻蔑上帝、诱惑青年，在此环受罚。三个归尔甫党的幽灵离开火雨下的队伍跑来。

（但丁说：）“我是你们城里的人，而且一向
怀着热爱叙述和倾听
你们的事迹和可尊敬的名字。
我离开苦胆去找寻我的
真实的导师应允我的甜蜜的果子；
但是我应该先向下走到地球的中心。”
他于是回答道：“但愿你的灵魂
长久地使你的肢体活动，
也但愿你的声誉在你身后辉煌；
请问，礼仪和英勇是否
像先前那样地在我们的城里见到，
还是简直在那里绝迹了呢？
因为最近与我们在一起受苦，
现在与我们的同伴在那边同行的菩西尔[②]
用他的言语使我们受到极大的苦痛。”
“暴发户和突来的财富，
佛罗伦萨哟，在你里面产生了
你已经为之流泪的骄傲和奢侈。”

① 勃鲁内托·拉铁尼（一译拉丁尼），哲学家、政治家（1210？—1294），他是一个积极的归尔甫党人，主要著作是用法文写的类似百科全书式的散文作品《宝库》。但丁熟悉他的作品，而且受了不少影响。

② 菩西尔的详细事迹不明，只知道他一度是一个做钱袋者，后来抛弃了这个职业，混在贵族社会中间。

我昂起了头这样地叫喊；
　　那三个阴魂知道这是一个答复，
　　像听到真理时惯做的那样地面面相觑。

一条血染的河从陡峭的堤岸奔腾而下，但丁解下腰间的绳子，由导师掷下深渊。下行后见到一只人面蛇身、两只脚爪、浑身乱毛并有条分叉尾巴的怪物正向上飞翔。[①] 又看见佛罗伦萨的重利盘剥者坐在空洞的深渊中，用双手挥去火雨和炙土，眼睛却饱看着各自颈上挂着的、印有家徽的铁袋。导师带着但丁，骑上怪物脊背盘旋下行。

第十八至二十歌

第八圈被称为"恶囊"[②]，四面环绕着铁青色的石壁，中心部分深深陷落如一大井，从井边向外直至高高的石壁脚下，是一块圆形地面，它的地层分成十座山谷，岩石堆成的山脊如桥一般横驾在断层上。第一断层的淫媒和诱奸者，分成两列相向而行，头上生角的持鞭魔鬼正抽着他们。哲孙走在队首。[③] 第二断层的阿谀者的幽魂浸在粪水里，啼哭着打着喷嚏，用手掌拍打自己。第三断层的铅色的岩石上有许多圆形洞穴，如同美丽的圣约翰教堂为施洗者立足所设的洞穴一样。每只洞穴里露出买卖圣职的教皇们的小腿和脚，其余部分倒栽着埋在里面，双腿因脚底燃着火而剧烈地抖动着。但丁站在一旁。

我开始说道："哦，不幸的幽灵，
　　你的上身像木桩一样埋在底下，
　　不论你是谁，假使你能够，说话吧。"
我站在那里就像教士听
　　奸刁的凶手忏悔，他被倒栽之后，
　　还在叫教士回来，以延迟死刑。[④]
这个幽魂叫道："你已经站在那里了么，
　　你已经站在那里了么，菩尼腓斯？[⑤]
　　那预言书把我欺骗了好几个年头。
难道你那么快地就餍足了那些财富？
　　为了这些财富你不怕用欺诈手段

① 怪物指基利翁，神话中的西班牙王。传说他将异乡人诱骗到自己的权力范围内，然后把他们偷偷杀死，因此他在地狱中作欺诈者的守卫人。

② "恶囊"是十道同心圆的大山谷，愈往下则每道山谷的圆周愈小。

③ 哲孙即伊阿宋，他乘船到科尔奇斯去寻金羊毛，路过雷姆诺岛，诱骗了国王的女儿希普雪彼尔，在该岛妇女杀死一切男子时，她救了她的父亲。哲孙与她生二子，后遗弃她。科尔奇斯王的女儿密提阿（又译美狄亚）使哲孙得到金羊毛。哲孙与她结婚，后又遗弃。

④ 按照佛罗伦萨的法律，被雇佣的凶手处死时，在地上掘一个洞，把他倒栽在里面，然后再用土把洞填满。那时把这叫做"压条法"。

⑤ 菩尼腓斯八世那时候还是教皇。他是1303年死的。

夺去美丽的'圣女',[1]然后蹂躏她。"
我变得就像一个站着被嘲弄的人,
一点也不懂得他听到的
是什么话,也不知道怎样回答才好。
于是浮吉尔说:"赶快对他这样说,
'我不是他,我不是你所想的那个人。'"
我就照着吩咐我的那样回答。
那幽灵因此剧烈地扭动他的脚;
然后叹了口气,用哭泣的声音
对我说道:"那么你要问我什么呢?
假使你这么关心着要知道
我是谁,因此你走下了那堤岸,
那么你要知道我是穿过'大法袍'的:
我确实是一个'母熊'[2]的儿子,
那么急切地想使自己的'仔子'繁昌,
我在人世装进了钱财,在这里装了自己。
其他在我之前犯买卖圣职罪的人
都在我的头的下面被拖曳着,
在石头的裂缝里缩做一团。
等那个人来时,我也要堕落到
那下面去,刚才我突然问你时,
我原以为你就是那个人哩。
我在这里双脚被烤,身体倒栽,
这样过的时间已比那个也将来到这里
双脚发红地倒栽着的人长久了:
因为在他之后,从西方将要来到
一个做过更丑恶的事情的不法的
'牧羊人',[3]他应当掩盖在他和我的上面。
他将是一个新的哲孙,我们在《玛加培书》中
读到哲孙的事迹;如同国王听从哲孙,[4]
统治法兰西的国王也将听从这个牧师。"

---

① "美丽的圣女"指教会,据说菩尼腓斯用欺诈的手段夺去了塞莱斯丁五世的教皇职位。

② "母熊"是奥西尼家族的纹章。

③ 这是指克雷门特五世。他以前当过波尔多的主教,于1305年被选为教皇后,把教廷迁至亚威农,受法兰西王的节制。据说他获得教皇的权位,是由于法兰西王的恩赐。他卒于1314年。因此,尼古拉斯三世在地狱中要等待23年,菩尼腓斯八世才会来到,而菩尼腓斯八世只要等待11年,克雷门特五世就会来到。

④ 这是指《次经·玛加培书》中的哲孙,他用贿赂诱致国王安的丘斯任命他为大祭师。但丁把克雷门特五世比作新的哲孙,因为他的教皇职位也是由法兰西王的恩赐而得到的。

我不知道在这里是否太残忍，
　　因为我用这种语调回答他：
　　“唉！现在你告诉我，我们的‘主’
向圣彼得要求多少钱财，
　　才把钥匙交给他保管？
　　当然他除了‘跟我来！’之外并没要求什么。
当选择马提亚来充当那个该死的人[①]
　　所失去的职务时，彼得或是
　　其他的人也并没向他索取金银。
因此你留在这里吧，因为你受到的
　　刑罚是公正的，而且好好守住
　　那使你胆敢反对查尔斯的不义之财吧。[②]
对于你在欢乐的人间所掌管的
　　‘神圣的钥匙’的敬畏在阻止着我，
　　假若不是这样的话，
我还要使用更严厉的言语呢：
　　因为你的贪婪使世界陷于悲惨，
　　把好人蹂躏，把恶人提升。
当著述福音者看到
　　那坐在水上的女人和帝王们通奸时，
　　他就知道像你们这样的牧羊人；
她生下的时候有七个头，
　　只要她的丈夫爱好美德，
　　她的十只角就得到保证。[③]
你们把金银做你们的上帝：
　　你们和偶像崇拜者有什么不同，
　　除了他们崇拜一个，你们崇拜一百个？
唉，康司坦丁！[④] 不是由于你的改教，
　　而是由于第一个富有的‘父亲’，
　　从你拿去的赠与，产生了多少罪恶！”
当我这样地向他歌唱时，

① “该死的人”指出卖耶稣的犹大。犹大出走后，马提亚被选为十二门徒之一。

② 尼古拉斯三世曾受培利俄罗加斯皇帝的贿赂，帮助普罗契达的约翰来反对安如王室，结果于1282年在西西里岛对法国人进行大屠杀，历史上名为“西西里晚祷钟声”（即以此为信号进行屠杀）。

③ “著述福音者”指约翰。“坐在水上的女人”指腐败的教会，“她的丈夫”指教皇，“七个头”指七德，“十只角”指十诫。

④ 康司坦丁大帝，从公元306年到337年为罗马皇帝。据说，他于公元312年进军罗马时，见天空有一发光的十字架而改信基督教。据中世纪流行的传说，他从罗马迁都到拜占庭之前，把西方的政权完全交给了教会。这就叫做“康司坦丁的馈赠”。

不知道啃噬他的是愤怒还是良心，
他用他的双脚剧烈地挣扎。
我想这真的使我的导师喜欢，
他显出那么满意的神色，
听着我说出来的真实的言语的声音。

第四断层中的占卜者的幽灵的脸孔，歪扭着向背腰转去，泪水湿透后背，他们不能向前看，只能退着走路。

第二十一至二十三歌

贪官污吏的灵魂在第五断层的稠稠的沥青中被煎煮。一个狰狞的黑鬼将背上的罪人抛到沥青中，其他黑鬼用钢叉刺了他一百多下，并且说：在这里你得在遮盖之下跳舞，好吧，若是能够，你就私下偷摸吧。黑鬼对但丁介绍说，他们可以为了金钱把"非"变成"是"。黑鬼每抛下一个，还要急忙到世上捉拿，因为那里还有很多。一个露出脊背在沸腾的沥青上滞留的罪人被叉住，他说下面的同伴尽是法官、主教。第六断层中伪善者的幽魂，用极其缓慢的脚步沿壁环行，看上去他们像是穿着彩衣，大袍外面镀着金，令人目眩，其实里面却是沉重的铅块。

第二十四至二十七歌

面前的山脊陡峭难行，但丁疲惫不堪，想停下休息。

夫子说："现在你应该从怠惰中
摆脱出来，因为坐在绒毛上面，
或是睡在被窝里的人是不会成名的；
没有名声而蹉跎一生，
人们在人世留下的痕迹，
就像空中的烟云，水上的泡沫；
因此起来吧！用那战胜一切战役的
灵魂来战胜你的气喘，
假使灵魂不和沉重的躯壳一起下沉。"

听到第七断层的怪声，但丁求教，导师说：我要给你的回答只是行动，因为一个恰当的要求应当随之以默默的工作。但丁看到，生前是盗贼的幽魂在这里成为怪蛇的食物。

在这残忍和最为可怖的蛇群中间，
赤裸和惊骇的灵魂在奔驰，
没有希望得到藏身洞或隐形石。
他们的双手被蛇给反缚在背后；
这些蛇的首尾穿过他们的腰部，

而在前面盘绕起来成为结子。
看呀！向着靠近我们河岸的
一个灵魂，一条蛇直跃而起，
咬穿了他的颈项和肩头相接之处。
还不到写完“O”或“I”的工夫，
他就着上了火燃烧起来，
然后倒下去，全部化为灰烬；
在他这样地焚化在地上之后，
那灰末又自行结合了起来
而立刻恢复了先前的形状：
……
当他站起来时，他定睛向四周观望，
因他所经过的极大的痛苦
而完全怔住了，一面观望一面呻吟：
那罪人站起来时也像这样。
上帝的权力啊！哦多么严厉啊，
你在惩罚中像雨点般洒下这种打击！……

更奇特的一幕是五个盗贼的变形：身形为六脚蛇的齐安法纠缠在阿格内洛身上，与他合成非人非蛇的怪物；身形为青黑色小蛇的弗兰彻斯科与人形的布索互相变换；只有普祈俄没有变化。第八断层的恶谋士被火焰席卷着，攸利西斯（又译尤利西斯）在火刑中奔跑，为“木马计”而呻吟。

（攸利西斯说：）“瑟西在靠近加厄太的地方
（那时伊尼阿还没有这样称呼它）
把我留住了一年多后，[①]我离开了她，
对我儿子的溺爱，对我
年迈的父亲的敬重，
那该使彼尼罗彼高兴的应有的爱，[②]
都征服不了我心中所怀的
要去获得关于世界，关于人类的
罪恶和美德的经验的那种热忱；
我就乘着仅有的一条船，
带了没有离弃我的不多的人，

① 瑟西是住在挨依亚岛上的一个女巫，攸利西斯漂到这个岛上时，给她留住了。加厄太是意大利南部的一个城镇，据传说，伊尼阿用他乳母的名字来命名这个城镇。

② 攸利西斯的父亲名雷厄提斯，他的妻子名彼尼罗彼，他的儿子名塔尔玛丘斯。

开始航行于辽阔的深海之上；
我一直到西班牙，一直到摩洛哥，
还看到两边的海岸。也看到
撒地尼亚和其他四面环海的岛屿。
我和我的伴侣都变得年老而迟钝了，
当我们来到那狭隘的关口，
赫叩利斯曾在那里建立了标志①
阻止人们再冒险前进；
在右边，我经过了塞维尔；②
在左边，我早已经过了修达。③
我说道：‘弟兄们哟！你们历尽
千辛万苦到达了西方，
现在你们的生命已很短促，
你们活着的时间也已有限，
所以你们中不要有人不愿意
去经历那太阳背后的无人之境。
想一想你们的出身；你们不是
生来去过野兽的生活，
而是要去追求美德和知识的。’
我用这段简短的言语使得
我的伴侣们那么地渴望这航程，
我那时简直阻止不了他们……”

攸利西斯后面是一团火焰，用杂乱的声音问罗曼人生活在和平中还是战争中。但丁回答这位基伯林党的首领：你的罗曼亚在她暴君的心中，现在和以往没有一天不怀着战争。幽灵回忆自己在菩尼腓斯教皇诱惑下，献出了将帕内斯脱留夷为平地的谋略，却未得到教皇应允的赦免。

第二十八至三十一歌

生前散播不睦的人在第九断层中，一次次被恶鬼的刀锋劈开。有的从下颚裂至臀下、内脏悬于两脚间；有的被削去半张脸；谗言者割舌，暗杀者断手，离间父子感情者斩头。从腐烂肢体里发出的阵阵臭气增添了第十断层的阴森。憔悴的生前行骗者的幽灵，或伏在地上彼此依靠，或沿小路爬行。长满全身的斑斑疥癣奇痒无比，使得他们把指甲掐入肉中，搔下痂皮。其中有假扮死者立遗嘱的、有乔装外人引诱生父的、有伪造金币的、有诱骗脱洛挨人运回木马的，他们互逐乱咬，

① 这被称为“赫叩利斯的圆柱”，位于直布罗陀海峡的两边。在古代和但丁的时代，这地方被认为是可居住的世界的极西边。

② 塞维尔，西班牙安达卢齐阿的一座城，位于高达尔奎弗河的左岸。但丁认为这地方标志可居住的世界的极西边。

③ 修达：北非洲摩洛哥的一个城市，在直布罗陀的对面。

彼此斗嘴。越过环绕悲惨山谷的堤岸，顺着号角吹响的方向，可看见许多巨人如高耸的塔楼，齐肚脐陷在井坑里。发起建造巴别塔的宁禄叫喊着无意义的话，反抗主神朱彼忒的巨人被锁链缠绕五道，身体如地震一样剧烈地摇晃。离开大地便失去力量的大力士安提阿斯将但丁和浮吉尔放至第九圈，这是地狱的最底部，又叫做万恶之底。

第三十二至三十三歌

第九圈分为该隐狱、安泰诺狱、托雷美狱、犹大狱四个狱。这四狱同在科赛忒斯湖上，愈往中心湖面冻得愈硬，看上去甚至更像玻璃而不像水。青黑色的幽魂没在冰里，冻得牙齿格格作响，残杀兄弟、弑父、杀侄、戮害亲戚的暴徒在该隐狱中受罚，[1]成千的脸孔冻得像狗脸一般，以致但丁一想到那冰湖就会浑身发抖。

当我们正在走向一切的重量
　　都在那里集合的中心，
　　而我在永恒的幽冥中发抖时，
不知道由于天意，还是由于命运或机缘，
　　在许多头颅中间行走的我，
　　却猛然踢到了一个头颅的脸孔，
它哭着向我叫道："你为什么践踏我？
　　假使你不是来替蒙太潘底增加复仇，
　　那么你为什么作弄我呢？"[2]
我说道："我的夫子！请你在这里等我，
　　我要解除关于他的一个疑窦；
　　然后你可以随便怎样地催我快走。"
夫子站住了；我对那个还在
　　狠狠地辱骂着的幽魂说道：
　　"这样地责骂人家的你是谁？"
他回答道："不，你是谁呀？
　　你走过安泰诺狱，[3]踢着人家的面颊；
　　即使你是活人，这也太重了。"
我的答复是："我是活人；假使你爱好名誉，
　　那么我把你的名字列在
　　其他的记录里，这或许对于你是宝贵的。"
他对我说道："我所想望的正是相反；

① 杀害亲人的罪人都在该隐狱里受到责罚。

② 这个说话的幽魂是布加·台里·阿巴蒂。在蒙太潘底的战役中，布加虽然是一个基伯林党人，却在归尔甫党一边作战。在紧要关头，他砍去了佛罗伦萨旗手的手，因此佛罗伦萨的归尔甫党人在这战役中失败了。

③ 据中古时期的传说，把脱洛挨出卖给希腊人的，是脱洛挨人安泰诺。在安泰诺狱里受到责罚的是叛国的罪人。

去你的吧！不要再和我纠缠：
你不知道在这冰滩上怎样说奉承话。”
然后我抓住他后面的头发，
说道：“你一定要说出你的名字来，
不然你这里一根头发都不会留下！”
他对我说道：“就是你把我的头发都拔掉，
我也不告诉你我是谁；也不把头给你看，
纵然你敲打我的头一千次。”
我已经把他的头发绕在我的手上，
并且把头发拔去了不止一簇，
他狂叫着，把眼睛低垂着，
那时另一个幽魂叫道：“布加，你怎么啦？
你下巴格格作响还不够，一定要狂叫么？
什么鬼魔临到你的身上了？”
我说道：“现在，该死的叛贼！
我不要你说话了；我要带去
你的确实的消息而使你羞辱。”
“滚开！”他回答说，“你要怎么说就怎么说；
假使你从这里脱身，关于那个现在
这样急于要说话的人，可别不提一句。
他在这里悲叹法兰西人的银子。
你可以说：‘我在罪人们夹在冰里
站着的地方看到那个都拉的人。’①
假使有人问你那里另外有什么人，
在你身旁的就是咽喉
为佛罗伦萨人割断的培加里亚。②
我想基尼·台·苏大尼尔③也在前面，
同着加纳隆尼，还有趁人民在梦中时
把芬闸的城门打开的屈力巴尔台洛。”④
当我们离开他时，我看到
两个幽魂那么紧密地冻在一个冰眼里，
一个头好像帽子般盖在另一个头上；

---

① 都拉的布索，一个格里摩拿的基伯林党人，曾受到曼弗莱特的命令抵拒安如的查理；他却让后者任意进入帕马，据说因为他从法兰西人那里收受了一笔极大的贿赂。

② 1258年基伯林党人被逐出佛罗伦萨之后，培加里亚因阴谋推翻归尔甫党人而被处死。

③ 基尼·台·苏大尼尔原来是基伯林党人，后来为扩张自己的势力，投到了归尔甫党那一面。

④ 1280年，屈力巴尔台洛背叛地开了芬闸的城门，放进波伦亚的归尔甫党人（吉莱梅家族），使他们能够屠杀他们的敌人。在那城里避难的属于基伯林党的兰保太齐家族。

如同人因饥饿而啃面包，
　　那个在上面的头用牙齿啃进
　　另一个的头脑和颈项相接的地方。

那食人头颅的幽魂告诉但丁自己是比萨归尔甫党的领袖乌哥利诺伯爵，曾勾结被噬咬的罗吉挨利大主教逐出同党领袖。但基伯林党欲胜时，主教将他及四个孩子关在牢里活活饿死。但丁认为这是比萨人的耻辱，因为即使乌哥利诺有把比萨城堡出卖的恶名，也不应该对他的孩子们加以这样的苦刑。托雷美狱的幽魂被严寒更结实地冻住，幽灵的泪水竟结成冰坨，如水晶面甲般将眉毛以下所有凹处填满。寒风阵阵袭来，但丁看见因争权与兄弟矛盾，在兄、侄前来做客时行凶杀人的阿尔培利哥。

（阿尔培利哥说：）"这托雷美狱有这种特权：
　　在未被阿特罗波司[①]逼去之前，
　　时常有魂灵坠落到这里来。
为了使你更情愿从我的脸上
　　除去玻璃般的眼泪，我要告诉你：
　　当灵魂像我一样地背叛的时候，
一个恶鬼就剥夺了它的肉体，
　　他以后就一直主宰它，
　　直到它的寿限已尽为止。
灵魂向下俯冲到这水池里来；
　　这里在我背后度冬的这个灵魂的肉体，
　　或许在上面人世还可以看到。
若是你刚到下面来，你一定知道它：
　　它是勃兰加·杜利亚爵士；[②]
　　自他这样被禁闭以来已有许多年了。"
我对他说："我相信你在欺骗我：
　　因为勃兰加·杜利亚没有死；
　　他在吃、喝、睡觉和穿衣。"
他说道："在上面的沟渠里，
　　就在那黏韧的沥青沸煮的地方，
　　密舍尔·尚奇还没有来到时，
这个人已把一个恶鬼代替自己
　　留在他自己的身体里，也留在

① 阿特罗波司是专管割断生命之线的命运女神。
② 热那亚的勃兰加·杜利亚邀他的岳父密舍尔·尚奇来赴宴，在席间他以他的侄子（即下面所说的"与他同谋的亲戚"）之助，把尚奇杀死。阿尔培利哥和勃兰加·杜利亚在1300年还都活着，但是他们的灵魂已先在地狱里受罚，这就是所谓托雷美狱的"特权"。

一个与他同谋的亲戚的身体里。
但是把你的手伸过来:打开我的眼睛。”
我并不替他打开眼睛:
对他无礼就是有礼。
唉,热那亚人! 丧尽了道德
并充满着一切腐败的人们呀,
为什么你们不从大地上消除?
因为我发现你们中有一个人
和罗曼亚的最恶的幽灵在一起,[①]
甚至现在他的灵魂因他的恶行还浸在
科赛忒斯里,而在人世还似乎活在肉体里。

第三十四歌

犹大狱[②]的幽灵全身掩盖在水里,闪闪发光如玻璃中的斑点。横躺、直立、倒立、躬身,姿态各异。地狱之王琉西斐(撒旦)半胸之上露出水面,但丁为之感叹:

当我看到他的头上有三个脸孔时,
这对于我是一个多么大的惊奇!
正面的一个脸孔像火一般红;
与这相连接的另外两个脸孔
是在每个肩膀的中间的上面,
而在他的头顶那里结连起来;
右边的脸孔是介乎白与黄之间;
左边的脸孔看起来是这样的,
像是从尼罗河上游那里来的人。[③]
每个脸孔下面伸出两张巨大的翅膀,
尺寸正和这样的一只鸟相称:
我没有看到过海帆有如此阔大。
翅膀上没有羽毛;但形式和质地
和蝙蝠的相仿:他正在扑击翅膀,
所以三阵风从他那里吹出。
因此科赛忒斯全部冻结了;
他用六只眼睛哭泣,眼泪和血沫
顺着三个下巴涌流而下。

---

① 勃兰加·杜利亚和阿尔培利哥修士在一起。
② 犹大是出卖耶稣之叛徒,犹大狱惩戒反叛恩主的罪人。
③ 指非洲黑人。

在每只嘴里他用牙齿咀嚼
一个罪人，像马嚼着马衔铁一样；
他就这样使三个罪人受到酷刑。……

中间是犹大，两边是谋害恺撒的勃鲁多和卡修斯。浮吉尔说：现在我们必须离去，因为已看到全部。但丁抱住导师的头颅，浮吉尔抓住琉西斐多毛的肚腹，向下挪至大腿，在后臀上艰难地转过身向上爬去。但丁以为又回地狱了。顺着这"梯子"从一岩石隙缝中走出，才发现撒旦虽在地狱最底处，但对另一半球来说，他的脚腿则是向上伸着的。浮吉尔给但丁作了解释。

他对我说："我曾在地球中心的那一边
抓住那个穿过世界的恶虫的毛，
你以为你现在还在那里呢。
在我下降的时间内，你一直是在那一边；
当我转身的时候，你才经过了
一切重力从各方被吸到那里去的地点；
而现在你到了这个半球的下面，
它正对那个有着广大干燥的陆地的半球，
而在其高峰之下那在无罪中
诞生和生存的'人'曾被毁灭；①
你的脚已踏在一个小的球体上，
它是犹大狱的另一面。
当那边是黄昏的时候，这里正是早晨；
这个用毛发给我们做梯子的'恶魔'
仍旧像先前一样地固定不动。
他从'天国'坠落在这一边；
那先前空出在这里的陆地
由于怕他就用海水来掩盖自己，
移到我们的半球来了；或许，
出现在这一边的陆地为了要避开他，
在这里留下了那空隙，而向上冲去。"②
下面那里有一个地方，从魔王那里
伸展开去就像他的坟墓那样广远；
发现这地方不由于看到而由于听到
一条小溪③在那里潺潺地向下流去，

① "干燥的陆地"是北半球，但丁认为其中心是耶路撒冷，就是那无罪的"人"(即耶稣)被钉在十字架上的地方。

② 撒旦坠落在南半球的时候，陆地都从他那里逃开；而在他固定于地球的中心之后，那形成炼狱山的陆地向上冲去，而留下了空隙。

③ 这条小溪是里西河，从炼狱慢慢地向下流到地狱，罪人在它里面洗去了关于罪恶的记忆。

溪水顺着蚀穿的古洞流去，
水道迂回曲折，斜度也不大。
导师和我从那条暗道走进去，
回到那光辉灿烂的世界里；
然后，不想作任何的休息，
我们就往上登，他在前而我在后，
一直登到我从圆孔里辨出了
天上累累地负载着的美丽事物；
我们从那里面走出，又见到繁多的“星辰”。①

炼　狱　篇

第一至五歌

炼狱浮在南半球的海中，在海滨他们遇见白须老翁伽图②，询问但丁为何而来。导师说他为了追寻自由，看看洗净罪孽的精灵。伽图让导师用灯芯草束住但丁的腰。③ 前行不远，见天国的航手扇动着令人眩目的翅膀，驾着一叶轻舟如光体般迅速渡海，留下一百多个精灵。但丁拥抱友人卡塞拉空虚的外形，④惊讶之余再三请求友人吟唱那些爱情歌曲，他说：那旋律至今还在我心中荡漾。我的导师和我，以及那些同他在一起的阴魂都显得那么欢喜，仿佛任什么事情都不放在心上。从海滨到炼狱山门是由岩穴及崎岖山部组成的炼狱前界。一群行走得极为缓慢的阴魂⑤为他们指路，并请求代告家人为之祷告，以缩短在炼狱山门外彷徨的时间，否则像他们这些生前被逐出教会，临终才得恩赦的灵魂必须等待30倍于被逐的岁月。登山路时导师告诉但丁愈往上爬则愈不感到疲倦。⑥ 贝拉加及同伴在凉荫里懒散地休息着，像他们这些因怠惰到临终才忏悔罪过的灵魂，须等待与生命相同的时间，才能进入山门。但丁看见三个为暴力所杀的贵族，他们在这里悔过并宽恕了别人。

第六至八歌

诗人索得罗向他们打听自己的故乡孟都亚，但丁感叹地说：唉，奴隶般的意大利，你哀痛之逆旅，你这暴风雨中没有舵手的孤舟，你不再是各省的主妇，而是妓院！那高贵的灵魂，只是听到人家提起他故乡的可爱名字，就急于在那里向他的同乡人备致问候；⑦而你的活着的人民住在你里

① 神曲三篇最后一行都以“星辰”结束，表示向往光明的意思。

② 指犹提喀的伽图（生于公元前95年），恺撒策略的主要反对者之一。在萨普萨斯战役以后，他宁愿自杀，不愿落入敌人之手。这被认为是忠诚于自由的一种高尚举动，因此但丁把他放在这里，作为炼狱前界的守卫。否则他既然是自杀者应放在地狱中。

③ 灯芯草是谦卑的象征，但丁在后面写出自己的罪孽是骄傲。

④ 卡塞拉在佛罗伦萨以音乐才能著名，据兰狄诺说：“但丁在读书疲倦了以后，时常和他在一起休息。”据说，他把但丁的一些诗歌谱上曲子。

⑤ 在炼狱前界的阴魂，生前是被逐出教会或临终前才忏悔的。这些形象都具有缓慢、怯懦、愚蠢、羞怯等特点。

⑥ 因为愈往上爬，罪孽洗掉得愈多，身子就愈轻。

⑦ 浮吉尔也是孟都亚人。

面,没有一天不发生战争,为一座城墙和一条城壕围住的人却互相残杀。你这可怜虫啊!你向四下里看看你国土的海岸,然后再望你的腹地,有没有一块安享和平幸福的土地。但丁认为意大利充满了暴君,没有一个权力来执行法律,因而法律是无用的。党派纷争加剧着分裂。教会应把世俗统治权归还罗马皇帝。索得罗热情赞美浮吉尔:拉丁民族的光荣啊,有了你,我们的语言才显出所有的力量。浮吉尔请他指点,以便尽快走到"炼狱"真正开始的地方。因黑夜不便上行,索得罗把他们领到山谷凹处一个被百花熏香的地方,介绍那里的帝王及子嗣,①精灵们用美妙虔敬的声音唱着晚祷歌,期待天使降临,守卫这山谷。

第九至十二歌

但丁梦见被一只鹰抓往天庭,醒后却被圣女携往炼狱门。门下有白云石、蓝灰色粗石、血红色斑石组成的三级台阶,上帝的使者坐在金刚石的门槛上,②用剑在但丁额上刻画七个P字,③用金银两柄钥匙打开炼狱之门。④ 他们从裂开的岩缝上攀至一块空地,看到在白云石砌成的堤岸上,雕刻着《圣经》中谦卑者的形象。走来的魂灵背负着重石,悲惨地把身体弯到地下,捶打着胸脯念着祷文。生前因古老的血统、英勇的业绩而骄横,因艺术的荣誉而自喜,因显赫的声势而剽悍的魂灵经受此种苦刑,通过忏悔而变得谦卑。地面上雕刻着受罚的傲慢者的形象以告诫忏悔的魂灵。天使拂去了但丁额上的一个P字。

第十三至十五歌

石梯顶端的山坡被第二次凿出道路。一架飞檐绕山一匝,光秃的石头带着沉闷的青黑色。此层用来鞭笞忌妒的罪恶。穿着青黑色衣袍的魂灵们背靠着断崖坐着,⑤像兄弟般倚靠在一起,眼皮被铁丝穿过并缝住。⑥ 隐身在空中的天使叫着慈善者、受罚的嫉妒者的名字,以提醒众魂灵。两个阴魂向但丁讲述加纳河沿岸的败坏及罗曼的堕落。但丁被天使抹去一个P字,导师讲解天国之爱。

第十六至十八歌

第三层用来治愈愤怒。看上去如同在梦幻境界之中,团团黑烟滚过,⑦在这里冒犯者被宽恕,受暴力的人为凶手祷告。但丁问一魂灵为何遍地充满沉重的罪孽,得到回答是这样的:人有自由的意志,因此需要设置法律和治理者作为羁束,使人犯罪的原因是邪恶的领导。如今罗马教会由于把皇权教权"两种权力在自身上混在一起,跌入泥坑,玷污自己和所负的人"。走到另一

---

① 疏懒的帝王们所住的这座"花的山谷"虽然不大,但是由大自然装点得十分美丽,反映了一些他们在人世间的豪华生活。但是他们现在似乎感觉不到这些,只是唱着晚祷歌。

② 三阶石象征诚实、悔恨、敬爱,金刚石指坚定。这些是赎罪者应具有的先决条件。

③ 剑表示"神之正义"。P为拉丁文罪孽(Peccata)的首字母,七P指骄、怒、妒、惰、贪、食、色七大罪恶,以后在炼狱各层中,天使翅膀将把这些P字从但丁额上一一拂去。

④ 金表示权力,银表示知识。无权力不能赦罪,无知识不能尽职。

⑤ 与青黑色石头一样颜色的衣袍与忌妒者阴沉的心灵相称。

⑥ 忌妒的心情大约由眼睛而起,因此在这里用铁丝把他们的眼睛缝住。

⑦ 黑烟象征愤怒,愤怒常使人们看不见事物,感觉不到清新的空气。

层的第一级,但丁感到有翅膀拂拭着自己的额头。这一层要洗净的是怠惰的罪过。一群被善良意志和神圣的爱推动的魂灵,奔跑着叫喊:赶快!赶快!不要因为缺少爱而失去时机。彼此述说着勤劳者的模范、怠惰者的受罚。导师对但丁谈起爱与自由意志。

第十九至二十二歌

黎明前但丁梦见一个口讷、目斜、足曲、手残的海妖,唱着歌来迷惑他,①幸亏得到一位圣洁夫人和导师的守护。醒后,一个天使引他们上升并用翅膀拂拭他,第五层中流泪的魂灵仆倒于地,唱着祈祷诗。阿德里安教皇痛悔自己生前贪婪成性。休·卡培力赞贫穷、廉洁、施舍的善事,②回顾自己的后代,那些腓力普们和路易们如何用强力欺诈危害法国,甚至殃及意大利,③贪婪使他的家族迷了心窍。魂灵们齐颂上帝,竟使整个炼狱山震动。在这座不因任何外力而变化的山中,震动来源于因上帝接去一个魂灵而引起的欢呼。诗人史泰喜斯获天恩走向更幸福的门槛。④ 他说浮吉尔的《伊尼特》是自己诗情的火种,如母亲般抚育了他,因见到浮吉尔而感到狂喜。一个天使除去了但丁头上的 P 字伤疤,他们向第六层走去。史泰喜斯解释自己虽在第五层,但犯的是与贪婪相反的挥霍罪,因受浮吉尔诗歌的启迪,信奉上帝,才得以免受在地狱中第四圈推重物之苦刑。

第二十三至二十六歌

第六层用来洗涤饕餮罪。一队过去纵情享受的魂灵沉默虔诚地走来,黑而凹陷的眼睛,脸色发青,消瘦得只剩一层皮。但丁同好友福累斯交谈,⑤得知他们要忍受果子散发的馨香和水花中飘来的甘洌的诱惑,用饥渴使自己成为神圣。他们见到一群魂灵围着一棵果实累累的树,高举双手哭喊,馋涎欲滴,树上有声音反复叙述节食者与饕餮者的故事。听到这种告诫,魂灵们唱着《诗篇》离去。天使的翅膀轻拂但丁眉额。史泰喜斯向但丁解释魂灵的结构:无质而有形。第七层中,希望洗净淫欲罪的魂灵们在烈焰中行走,唱着宣扬遵守美德和婚约的颂歌,并用节欲者和纵欲者的名字告诫自己。但丁遇见两个前辈诗人,表达了内心的崇敬。但丁额上的 P 字被全部除去。

第二十七至三十歌

神使对他们说,不经过火的磨炼不能继续前行。看见但丁迟疑,导师说火中会有折磨,但不会有死亡,况且与俾德丽采尚隔此火墙。三人从火中走出后向峭壁攀登,太阳降沉,各自以一石

---

① 但丁梦到的这个丑恶的女人,是指以后要洗净的贪婪、饕餮和淫欲这三种罪恶。

② 休·卡培(940—996):法兰西王,他是腓力普四世的祖先。腓力普四世于 1285—1314 年为法兰西王。

③ 在 1060—1300 年间,四个腓力普(一世至四世)和四个路易(六世至九世)占据法兰西王位。

④ 史泰喜斯(50—96)著有《底比特》《阿基利特》。前者讲七将攻忒拜,后者讲特洛亚战争。但丁对这两部书很熟悉。另一本《雪尔维》原稿直到 15 世纪才被发现。从这开始,他与但丁在一起,直到走出炼狱。

⑤ 福累斯·杜纳底是但丁的朋友,死于 1296 年 7 月 28 日。生前与但丁用诗来通信。在六首十四行诗中,两人各占三首。但丁在两首诗中,提到福累斯的贪吃的脾性;在另一首中,他怜悯福累斯的妻子,因为她丈夫不正规。

阶为榻。但丁梦见一个仙女边采花边唱歌。[①] 醒后登山时感到似乎要凌空飞去。走到最高一级,浮吉尔说:你已看过现世的火和永恒的火,……我已用智力和天恩把你带到这里,……你的意志已经自由、正直和健全,可以自作主宰。山顶上一座神圣的森林用浓密苍翠的树叶遮掩住旭日的光芒,和风中鸟儿在歌唱,散发着香气的土地上流淌着一条最澄清的小溪。一个仙女在隔岸采花唱歌,还向他们解释这地上乐园。这边的里西河洗去人们罪恶的记忆,那边的攸诺河恢复一切善行的记忆。但丁与仙女马提尔达隔河相并而行,目睹乐园中神圣的礼仪。头戴花冠身披白纱的一位仙女的出现,使但丁感到旧情炽热,[②]欲向浮吉尔述说,浮吉尔却不见了。俾德丽采谴责但丁在她离世后将才能转向浮世荣华。

第三十一至三十三歌

但丁向俾德丽采承认自己曾被现世的欢乐所迷误,他因痛悔而昏倒。马提尔达把他拉入没及颈项的里西河,使其吞水后再拉起,与四位仙子将他带到俾德丽采面前。但丁得以亲睹仙姿。俾德丽采要他注意行驶过来的象征教会的神车,如何被鹰、雌狐狸、龙、七头怪兽、淫妇及其姘夫所毁坏,[③]并用谜一般的语言预示了这些破坏者的下场,要但丁转告世人。她让但丁在道德意义上理解上帝在分别善恶树上所下的禁令的公正。见他仍旧迷惑,便叫马提尔达把但丁与史泰喜斯带往攸诺河。从那河水回来,但丁感到如获新生一般,一身洁净,准备就绪,就飞往"星辰"。

天堂篇

第一至五歌

但丁与俾德丽采一起登上天堂,他们以极快的速度飞向苍穹。这动力来源于万事万物都遵循的一种秩序,它决定着他们的目的地。他们与月轮天合在一起,觉得犹如被灿烂浓密、坚定光滑的云彩裹住。但丁询问月球的黑斑是否由物体的疏密造成,俾德丽采解释说,主宰一切的神力将至善分散于列宿,不同力量的至善与被神力赋予生命的物体,结合成不同的混合物,产生了混浊清澄之分。但丁被月轮天中似乎是影子的精灵吸引,得知她们因未能坚持信誓而被谪于此地。俾德丽采说所有的精灵共属同一天体,只是在最高天或多或少感受神采的荣光,看起来好像被派定在不同的天体里。还说人与上帝的誓约是出于自愿的意志;誓约本身不能取消,内容则可互换。世人常许愿要忠诚,行动要慎重,所以若有人用"可恨的贪欲向你们宣示什么,[④]你们要做人,不要做无知的羊"。不知不觉中,他们已飞往水星天。

---

① 这是但丁在炼狱中作的第三个有预兆性的梦。第一个是进入炼狱山门以前关于鹰的梦(第九歌),鹰为受洗涤而再生之象征;第二个是走进第三圈前关于海妖的梦(第十九歌);这第三个是进入地上乐园以前做的梦,暗示仙女马提尔达和俾德丽采在地上乐园中的地位。

② 指俾德丽采的出现。

③ 鹰代表迫害教会的罗马皇帝们。雌狐狸代表异端者的反叛。龙代表穆罕默德的宗教分裂。七头怪兽代表七大罪恶。淫妇代表教会在菩尼腓斯八世统治下的腐败状况。姘夫代表与教皇勾结的腓力普四世。

④ "可恨的贪欲"指出卖免罪符的教皇。

第六至九歌

在水星天上,生前行善的精灵如同千万个光辉灿烂的形影,栖宿在自身发出的明亮光芒中。罗马帝国皇帝查士丁尼向但丁述说罗马鹰旗的历史,帝国的使命是保卫世界和平。俾德丽采解释亚当夏娃的犯罪、耶稣为人类赎罪、灵魂的不灭及在最后审判之日的复活。但丁并未觉察便升入金星天,俾德丽采变得更加美丽。博爱多情的精灵形成更大的光辉,彼此结成环形,如火炬般或疾或徐地转动。但丁与故友查理·马泰尔讨论遗传在人行为中的作用。贵妇人姑尼柴预言意大利将会出现的纷争与罪恶。马赛诗人甫尔珂说,佛罗伦萨的金币使牧羊人变成了豺狼,把绵羊和羔羊都引入歧途……教皇和大主教们专心注意那花朵。[①]

第十至十四歌

但丁全心赞美三位一体的神,把万事万物造得秩序井然。若太阳的轨道不那样倾斜,地球便不会有四季的变化,[②]若倾斜角度更大或更小,又会破坏整个宇宙的秩序。感叹之时已登上日轮天。"纵使我把天才、艺术、传统全部召来,我也无法描绘它的鲜明形象",这真实的太阳使但丁渴望把自己献奉于上帝,把心中的爱全部交出。许多光芒逼人的精灵,以但丁他们为中心围成圆圈,唱着喜悦的歌跳舞。一个有着太阳般光辉的精灵介绍包括自己在内的12位哲人。圣托马斯·阿奎那赞美圣芳济及其教派所遵守的清贫刻苦的教规,谴责自己的圣多米尼克教派日渐衰微。第二圈跳舞的精灵停下来,作为圣芳济教派教长的圣菩那文图拉,仿效阿奎那的榜样,赞扬圣多米尼克教派,斥责自己的圣芳济教派现已腐败。阿奎那再谈所罗门、亚当及基督的智慧问题。在这圈的最灿烂的光辉里,所罗门谈身体的复活:复活后身体的器官将与现在团裹着的巨大光辉,成正比例地变得强大,足以接受上天赋予的一切快乐。在这两圈之外,又出现了一环新的奇妙闪烁的光圈。[③] 不觉中他们又登上火星天。

第十五至十八歌

居住在火星天上的是生前为信仰而战的精灵,他们的身体发出无比灿烂、无比灼红的光彩。众精灵列布成十字架形状,光辉瑰丽地闪烁在十字架的上下左右,唱着歌颂基督复活的赞美诗。但丁遇见自己的远祖卡嘉归达,听他回忆佛罗伦萨的英雄时代:安静美好的生活、忠心公正的城市、温暖和睦的家庭、古朴勇敢的居民。卡嘉归达讲述自己参加第二次十字军远征,因与异教徒作战而殉身。他还介绍了佛罗伦萨的40个高贵家族,并预见但丁日后会被放逐,告诫但丁远离邪恶不良的同伴,独善其身,说他的诗歌的锋利将给他带来非凡的荣誉。卡嘉归达每当说到十字架两臂上精灵的名字时,那颗灵魂便如闪电般发亮。但丁被柔和的木星天发出的洁白的光收了

---

① 佛罗伦萨的金币名佛罗林,上面印有百合花的图样。

② 太阳依循的行轨黄道与赤道倾斜角约23°,因此日月及行星相继照耀于赤道的南北各地,四季得以变化,温度得以调剂。假使没有这一倾斜角,太阳循赤道带旋转,则赤道带会被烧焦,北极带永远是冬天。

③ 这是第三环的精灵,在原来围绕着但丁和俾德丽采的两个光环以外,先是朦朦胧胧的,后来逐渐亮得令人眼花。这一环代表"圣灵",因此完成了三位一体的象征。

进去。公正贤明的君主的精灵闪着仁爱的火花，先排成 35 个母音字母和子音字母，[①]后停在 M 上面，[②]慢慢又变成鹰的头颈和羽翼。[③] 但丁望着美丽的星体，斥责那些在圣殿里作着买卖的人。[④]

第十九至二十二歌

组成鹰的形状的众精灵，像烈日下的闪闪的红宝石，反射着美丽的光彩。众口一声谈论着当时各国君主的罪过：荡平别国的、伪造货币的、互相侵扰的、放荡柔靡的、贪婪卑鄙的、胡作非为的欧洲诸王犹如野兽的团体。接着又介绍了在此重天居住的贤主的业绩，并说只要生活于正道，祈求而得生，即使是异教徒也可进入天国。登上七重天土星天，但丁见到一座耸入云霄的梯子，颜色像反射出万道光芒的黄金，许多光辉的形影栖落在梯级上，犹如天上繁星降下。在这些隐逸寡欲者的精灵中，彼得·达弥安讲述自己担任主教时如何斥责牧师的腐败，周围的光辉用他们旋转的火焰为他证实，众口发出如雷的巨喊。圣本尼提克特[⑤]介绍自己和其他精灵，说在最高天体但丁将能看到圣徒们的真面。一瞬间已进入第八重天恒星天，但丁回头眺望地球，顿觉地球非常渺小。

第二十三至二十七歌

恒星天是胜利的圣贤灵魂的幸福住处。在这里基督的辉煌犹如千盏明灯之上的太阳，令人无法逼视。俾德丽采用微笑召唤但丁，要他注意基督光芒下万紫千红的美丽花园，那玫瑰与百合的香气引人走上善路。[⑥] 天使加百列用自己的光辉和音乐围绕着圣母玛利亚，圣母在众天使的歌唱中上升。俾德丽采替但丁祈求得到神的智慧。圣彼得考问但丁关于信心的问题，但丁说他相信唯一而永恒的上帝，上帝自己不动，却用仁爱和欲望使诸天行动；相信永恒的三位一体。但丁的回答使圣徒喜欢。圣雅各考问但丁关于希望的问题，但丁说希望就是对于未来光荣的某种期待，是神圣的恩典和以往的功绩之产物。[⑦] 圣约翰考问但丁关于爱的问题，但丁说爱是意志对于由理智认为善的事物的一种自然的倾向，所认识的善愈大爱也愈炙热，懂得了上帝是至高的善，也就懂得了上帝是爱的至高对象，因此也就会全心爱上帝及创造物。三位圣徒发出的强光几乎使但丁失明，仙圣们和俾德丽采为他的回答而欢呼。他又同亚当交谈。全天堂响着“光荣归于圣父、归于圣子、归于圣灵！”的歌声，这使但丁沉醉。圣彼得斥责菩尼腓基八世篡夺教皇职

① 这些精灵排成了“Diligite justitiam qui judicatis terram”（爱正义吧，你们这大地的审判者），共 35 个母音字母和子音字母。这是拉丁语译的《圣经》所罗门箴言的开头语。

② 他们停在第五个词 terram 的 M 上面，M 是“Monarchia”（帝政）一词的第一个字母，这个词在但丁看来是“帝国”的同义词。

③ 古体的 M 稍加改动就会变成一只鸟的身体和翅膀，头在中心上面。鹰是罗马帝国的象征，在但丁看来代表正义和法律。

④ 昔日耶稣曾被人在耶路撒冷圣殿里议身价，但丁用此指现在罗马教廷的贪污腐败。

⑤ 圣本尼提克特（480—543）于 529 年在喀西诺山修道院创本尼提克特教派，使周围的人民改信基督教。该教派以潜修为要，除宗教外亦研究种种学术，希腊罗马文学赖以保存不少。

⑥ 玫瑰花指圣母玛利亚，百合花是基督的穿白袍的军队。

⑦ 但丁关于希望的定义，直接取自彼得·伦巴底的《箴言录》：“希望是对于未来幸福的某种期待，来自上帝的恩典和以往的功德。”

位，斥责下界教皇们因教派引起的纷争。由于这神圣的愤慨，整个天空由银白色变成血红色。升入水晶天后，俾德丽采解释说，那使中心静止不动而使四周一切天体运行的宇宙秩序的起点就在这里，这座天体只存在于神的心里，神的心里燃起的爱以及这种爱所发出的力量，使水晶天包围着的其他天体得以转动。

第二十八至二十九歌

九重天水晶天是九种天体的住所。九种天使们依据在“神圣完美”里所参与的程度不同而分为三个教阶，每教阶包含三个等级：大天使、小天使、宝座，[①]统治、美德、权力，[②]君权、天使长、天使。[③] 他们列成九个环圈，欢乐地旋转，这九个环圈对应着天堂的九重天。俾德丽采说明关于天使的创造及其性质，驳斥下界说教者的谎言。

第三十至三十三歌

但丁与俾德丽采从最大的天体走出来，踏进纯粹光明的天府，[④]这里充满了光、爱、欢喜。但丁四周发出一片晶莹的光，将他紧裹在白热的网里，圣爱用这样的光迎接他，使之具有新的眼力能正视面前巨大的光明。幸福的精灵从地上回到这里，围坐在巨大的圆形光明中。一圈又一圈反射着至上的宝座的倒影，犹如蔷薇花一层层向外扩大。那成千上万的宝座几乎已经坐满，只等待不多的人。在但丁来此之前，亨利七世要坐到那放着皇冠的空位子上去。[⑤] 天使在上帝和花瓣之间往返，[⑥]他们面如火焰，翼如黄金，其余部分雪白，[⑦]带来上帝的安宁与热爱。但丁已经看到天府的全部，正欲求教俾德丽采，却见她已归复到其功德应得的座位上去了。受她派遣，圣伯纳特继续引导但丁，[⑧]看到天使歌舞、圣母微笑、诸神欢乐。圣伯纳特告诉他幸福者的灵魂在蔷薇花中是如何排列的：玛利亚下面是夏娃、拉结和俾德丽采、撒拉、利百加、犹滴、路得及希伯来贵妇人，[⑨]对面是施洗者约翰、圣芳济、本尼提克特、四教长之首奥古斯丁，[⑩]左边是亚当、摩西，右边是彼得、约翰，[⑪]这些灵魂下面是受过洗礼的孩童的精灵。圣伯纳特祈求玛利亚，让至高的欢乐

① 大天使依他们仁爱的丰富而被命名，小天使依他们知识的广博而被命名，宝座是上帝的判断的明镜，表示神圣的仪容并特别表示他们的坚定。

② 第二教阶表示一种共同的治理或意向。统治是上帝真正统治权的形象，美德模拟神圣的力量和刚毅，权力代表神圣的权力和威仪。

③ 第三教阶表示特别关心人世的事物，默想圣灵的爱，把上帝的恩赐传达给人类。最后的名称可用于所有这些天使身上。

④ 最大的天体指水晶天，最后的物质的天体。天府是真正的天堂。

⑤ 卢森堡公爵亨利七世 1308 年被选为日耳曼皇帝，1312 年出征佛罗伦萨未胜。亨利七世是但丁的希望所在，但他 1313 年就死了。

⑥ 花瓣指蒙庥的幸福灵魂。

⑦ 三种颜色象征仁爱、知识和纯洁。

⑧ 圣伯纳特（1091—1153）是 12 世纪著名的牧师。他的著作《思考论》曾给但丁很多影响。

⑨ 拉结：雅各之妻，见《创世纪》第二十九章。撒拉：亚伯拉罕之妻，见《创世纪》第二十四章。犹滴：见《次经》，是一个虔敬、勇敢、纯洁的典型。路得：大卫王之祖母，见《路得记》。

⑩ 施洗者约翰：耶稣之先驱，于旷野传道，因责备希律王被杀。死后两年，耶稣入地狱林菩狱，救其灵魂上升天国。奥古斯丁（354—430）：中世纪教义神学之集大成者。

⑪ 摩西：古犹太人的首领、先知，奉神命率领在埃及为奴的犹太人出埃及，迁回迦南。在西乃山上受十诫，并颁布犹太教义。彼得：十二门徒之一，圣教会始祖。约翰：十二门徒之一，著有《启示录》。

呈现在但丁眼前，赐给他以不屈不挠的精神。但丁用他那已经变得洁净无垢的眼光，直射到那本身是真实的至深的光明里，与那无限的善相结合。但丁感到：

我的完全在休止状态中的心灵，
　　就这样固定不动，专心致志地
　　凝望着，而在凝望时辉煌起来。
因为人在那辉煌灿烂的光明前，
　　会变成这样，他永远不可能
　　从那里移开眼光去看另外的景象。
因为善，那意志所追求的目标，
　　完全集中在那光明里，在它之外
　　有缺陷的东西，一到里面就成完整。
如今我的言语甚至无法表达
　　我能记起的事情，简直比不上
　　一个还在用乳汁滋润舌头的婴孩。
并不是我所观望的熊熊火光，
　　有着不止是一种的外貌，
　　它的确和先前的模样没有不同；
可是由于在我看的时候眼力在增强，
　　那唯一的颜容就在我变化的时候，
　　也在我的眼光里发生变幻的作用。①
在那又澄澈又崇高的幽光的生命里，
　　我看到了三个圈环，三个圈环
　　有三种不同的颜色，一个容积；
第一个圈环仿佛为第二个所反映，
　　如彩虹为彩虹所反映，第三个像是
　　相等地从这两者里面发出的一片火光。
哦，但是这种言语跟我的构思比较，
　　是多么薄弱无力！跟我看到的相比，
　　这种言语还不仅是微不足道而已。
哦，只存在于你自身中的永恒的光啊，
　　你只是把爱和微笑转向自身，
　　你为自己所领悟，你领悟自己！
那个在你里面显现出来的圈环，
　　仿佛只是为反射的光所形成的，
　　当我用我的眼睛稍加注视的时候，

① 指但丁的眼力逐渐完善，所看到的景物随着眼力的变化而变化。

我似乎看到用它自己的彩色，
　　在它本身上，绘成了我们人的面貌，
　　因此我就用全部的眼光注视。
如同一个几何学家用了全力，
　　要把圆形画成面积一样的正方形，
　　绞尽脑汁，也找不到他缺少的原理；
我对于那新出现的景象也像那样；
　　我愿意知道那形象如何同那圈环
　　相符合，它如何定居在那里面；
但是我的翅膀不能作这个飞翔；
　　只是一阵闪光掠过我的心灵，
　　我心中的意志就得到了实现。
要达到那崇高的幻想，我力不胜任；
　　但是我的欲望和意志已像
　　均匀地转动的轮子般被爱推动——
爱也推动那太阳和其他的星辰。

近代文学(上)

堂吉诃德

作者米盖尔·德·塞万提斯·萨维德拉(1547—1616)是文艺复兴时期西班牙杰出的现实主义作家。恩格斯称塞万提斯是一个“有强烈倾向的诗人”。[①]

塞万提斯出生于一个穷医生的家庭,只上过几年中学,以后随父亲过着颠沛流离的生活。1569年,他作为红衣主教的随从去意大利,接触到意大利的文学和艺术,受到了人文主义的影响。1570年从军,参加抗击土耳其的勒班多海战,身负重伤,左手残废。1575年回国途中,被土耳其海盗掳去,在阿尔及利亚服苦役,直至1580年8月才被赎回国。1582年开始创作,但因生活所迫,不得不同时干些别的工作。他当过军需员和收税员,因在工作中得罪了权贵和教会,曾几次被诬陷入狱。1616年4月23日,塞万提斯病逝于马德里。西班牙人民为了纪念他,于1835年在马德里建立了塞万提斯纪念碑。

塞万提斯的创作包括诗歌、戏剧和小说,其中小说取得的成就最大。他的作品深刻地反映了16世纪末西班牙王国走向衰落时期的社会现实,暴露了封建社会的黑暗,宣传了人文主义思想。在文艺思想方面,塞万提斯主张文艺必须“模仿自然”,真实地反映现实,反映人生,作家的想象力应与历史的真实性统一起来。在表现手法上,他主张情节完整无缺,语言“简明、朴素、雅驯、恰当”,风格“自然、愉快”。这些主张明显地反映在他的作品里。

塞万提斯一生中创作了许多戏剧,著名的有悲剧《奴曼西亚》(1584),反映了西班牙人民为了祖国的自由独立随时可以献出生命的精神。此外,还有《八出喜剧和八出幕间短剧集》(1615),在这个集子里,作者嘲笑了当时西班牙社会的种种恶德陋习,反映了民间的风俗习惯。这个集子是现实主义喜剧的卓越典范。塞万提斯的小说,除了著名的代表作《堂吉诃德》外,还有小说《伽拉泰亚》(1585)和小说集《训诫小说集》(1613)等。《训诫小说集》是塞万提斯的重要作品,包括13个短篇小说,从各方面描绘了当时西班牙的社会现实,反映了那个时代的风貌,表达了人民反封建的要求和愿望,至今仍有认识价值和教育意义。

长篇小说《堂吉诃德》(1605—1615)全名为《奇情异想的绅士堂吉诃德·台·拉·曼却》,共分两部。第一部于1605年出版,第二部于1615年出版。它是塞万提斯的代表作,也是世界文学中最杰出的作品之一。

塞万提斯故意模仿骑士小说的写法,写了堂吉诃德和他的侍从桑丘·潘沙三次游侠的经历。

第一部描述堂吉诃德第一次单枪匹马游侠,被商人打伤而归,但仍执迷不悟,又找了农民桑丘·潘沙作侍从,继续游侠。这两次游侠冒险的故事,构成了小说第一部主要的情节。其中堂吉诃德与风车搏斗、与羊群作战的趣事,是全书绝妙的篇章。小说第二部描述了堂吉诃德和桑丘·

---

① 《马克思恩格斯文集》第10卷,人民出版社2009年版,第545页。

潘沙第三次游侠的经历,最后被“白月骑士”打败回家。他在弥留之际,方才醒悟,痛斥骑士小说对人的毒害。

小说中的主要人物是堂吉诃德和桑丘·潘沙。其他人物有安东尼娅·吉哈娜(堂吉诃德的外甥女)、参孙学士、管家妈、神父、牧羊人、店主、公爵、公爵夫人等。

现参照中文译本(杨绛译,人民文学出版社 1978 年版)介绍或节选如下。

第 一 部

不久前,有位绅士住在拉·曼却的一个村子里。据说这位绅士名字叫阿隆索·吉哈诺,他五十来岁,体格强健,身材瘦削,面貌清癯。他闲来无事,便整天沉浸在骑士小说中,甚至变卖了好几亩田地去买骑士小说,把能弄到手的这类小说全搬回家,每天从黎明读到黄昏,又从黄昏读到黎明,他满脑子里尽是什么魔术呀、打仗呀、比武呀、挑战呀、调情呀、恋爱呀、创伤呀、痛苦呀……他相信自己所读的那些荒唐的故事都是千真万确的,是世界上最真实的历史。他终于失去了理性,要去做一个游侠骑士,去猎奇冒险,漫游世界,像那些游侠骑士一样,消灭一切暴力,承当种种艰险,将来功成名就,流芳千古。

他找出了曾祖父传下来的一套盔甲,用心擦洗干净,可是那头盔不完整,缺少罩在脸上的“面甲”。他便用硬纸板代替,然后试试是否结实,一剑砍下,把一星期的成绩都断送了。后来他又用几条铁皮衬着重新做了一个,但再也不敢试了。

他接着想到自己的马。这是一匹瘦得皮包骨头、毛病百出的劣等马。但他却认为是一匹骏马。既是一匹骏马,没有出色的名字是说不过去的。于是用了四天工夫给马起了一个美名,叫“驽骍难得”,觉得这个名字既高贵又响亮,而且表明它从前是一匹驽马,而今却稀世难得。

他认为马既然有了中意的名字,自己也应该取一个中意的名字。想了八天,决定自称为堂吉诃德。为了替本乡增光,决定把家乡的地名附加姓上,自称堂吉诃德·台·拉·曼却。

他感到美中不足的是还缺少一个意中人。游侠骑士没有意中人,就好比树没有叶子和果子,躯壳没有灵魂。据说他曾经爱上附近村子里的一个姑娘,名叫亚尔东沙·罗任索,那个姑娘对此却一无所知。堂吉诃德认为罗任索可算是自己的意中人,给她取名为“杜尔西内娅”。他认为这个名字既与原名相仿,又带有公主、贵妇人的意味,而且悦耳别致,很有意思。他对自己的杰作十分满意。

堂吉诃德做好种种准备后,急不可待,马上就要去实行自己的游侠计划,认为迟迟不行动就对不起世人。在七月的一个炎热的早晨,天还未亮,他满身披挂,骑上驽骍难得,戴上拼凑的头盔,挎上盾牌,拿起长枪,从后门溜出,到了郊外。

他走了一整天,没有遇到一个人,没有碰到什么可记载的事。到了傍晚,人马筋疲力尽,想找个堡垒或牧羊人的茅屋去借宿,他见前面有个客店,这个客店在他眼里马上成为一座堡垒,凡是骑士小说中写的吊桥、壕沟等,这里应有尽有。在离客店还差几步路的时候,他停了下来,原来他是在等待侏儒吹起号角,传报有骑士光临。这时,正好有个牧猪奴要召回麦地里的一群猪,吹起了号角。他以为是侏儒见他到来而发的信号,这才得意地跑过去。店门口站了两个妓女,他以为是小姐或贵妇人。她们见堂吉诃德这般模样,忍不住哈哈大笑,笑得堂吉诃德生了气,说道:美人应该举止安详,况且为小事大笑也很愚蠢。我的话并不是存心冒犯,也不是发脾气,我一片心只是为了您两位的好。这两位年轻的女人听了他这些莫明其妙的话,见他模样古怪,笑得越发打跌,骑士也越发生气了。这时店主出来了,见堂吉诃德这副模样,几乎要跟两个女子一起大笑起来。但他被堂吉诃德那一套套“兵器”吓住了,觉得说话和气为妙,并给这位骑士扶住鞍镫。堂吉诃德吃力地下了马,因为他一整天没吃一口东西。随后,他吩咐店主加意照料他这匹天下最好的马。店里两个妓女侍候他。吃饭时,他不让割掉系在头盔上的带子,拿着东西都吃不到嘴里,只好由一个姑娘将东西送进他嘴里。喝酒怎么办呢?多亏店主拿来一根芦苇,把一头插在他嘴里,从另一头灌酒进去。堂吉诃德感到十分满意,认为城堡主人和贵妇人在热情款待他。

但是,堂吉诃德有桩心事未了,那就是他还没有封授骑士名号。没有骑士封号而从事冒险游侠是名不正言不顺的。他灵机一动,将店主叫到马房里,关上门,双膝跪下,拉也拉不起来,非要店主答应封授他骑士名号不可。店主无可奈何,只得答应。他这才起身,并对店主说:我的先生,我知道您顶爽气。您既已答应,我就先告诉您吧,我是个游侠骑士,一心要去周游世界,猎奇冒险,拯救苦难的人,尽我骑士的本分。我要有个骑士的头衔,干这些事才名正言顺。所以我求您明天封授我骑士的名号,多承您已经答应了。今晚我在您堡垒的小礼拜堂守夜,看护我的盔甲,明早呢,我已经说过,您就可以封我。狡猾的店主早看出这个客人精神有毛病,只好迎合他,借此可以逗笑取乐。于是店主对堂吉诃德说,他的“堡垒”里没有小礼拜堂,就请堂吉诃德在“堡垒”的院子里看守盔甲吧。明天就可以举行封授仪式,叫他成为全世界最货真价实的骑士。

堂吉诃德把一套盔甲堆在井边水槽里,手持长枪,挎着盾牌,神气十足地在水槽前面来回巡行,煞有介事。夜渐深,月光皎洁,如同白昼。住店的一个骡夫起来打水饮骡子,只好把放在水槽里的盔甲挪开。这还了得,堂吉诃德大吼一声,举起长枪把骡夫打倒在地。他把盔甲仍旧堆好,照样专心致志地巡行。过了一会儿,另一个骡夫来打水饮骡子,堂吉诃德又举枪把他的头打伤。店主和店里的人都闻声赶来。店主受不了这位骑士的胡闹,决定马上把那倒霉的骑士称号授予他,免得再出乱子。堂吉诃德得了骑士称号,就急不可待地离开了客店。店主连钱也没要,就欢送游侠骑士走了。

堂吉诃德走出客店,已经晓色朦胧。他想到自己已经封授骑士,说不尽的满意、得意、快意,鼓鼓的一肚子欢欣,险得把坐骑的肚带都迸断了[①]。可是他记起店主的劝告,决计回家一趟。置办些出门必备的东西,尤其是钱和衬衣。他还要带个侍从,打算就雇用街坊上的一个老农。这人很穷,又有孩子,可是做骑士的侍从却很合适。他心上那么盘算,就带转驽骍难得回家。这匹马仿佛嗅到了自己马房的气味,跑得脚不沾地,十分起劲。

他没走多远,忽听得右边树林深处隐隐有哭喊的声音。他立刻说:“感谢上天照应,叫我马上有机会尽尽本分,实现自己的雄心壮志。准有男人或女人遭了难在叫喊,要我去援救呢。”

他掉转辔头,寻声跑去,进树林才走了几步,就看见一棵橡树上拴着一匹母马,另一棵橡树上绑着个十五岁左右的男孩子,上身脱得精光;正是他在哭喊。原来一个粗壮的农夫正拿着一条皮腰带狠狠地抽他,一下下抽,一声声训斥。他说:

“把嘴闭闭紧!把眼睛张张开!”

那孩子说:

“我的主人啊,我下次不了,我对上帝发誓,下次一定改过,保证以后看羊多多留心。”

---

① 西班牙谚语。

堂吉诃德看见了怒声喝道：

“你这骑士不讲理！怎么虐待一个不能自卫的人啊！太不像话了！你骑上马，拿起长枪，”——原来那人也有一支长枪倚在拴马的橡树上——“你这样卑劣，我要好好儿教训你呢！”

农夫忽见一个浑身披挂的人举枪在他头上挥舞，怕性命难保，忙赔小心说：

“绅士先生，我打的这小子是我佣人，在附近给我看羊的。他心不在肝儿上，每天丢一只羊，也许是不小心，也许竟是不老实；我惩罚他，他却说我抠门儿，要借此赖掉欠他的工钱。我凭上帝、凭自己的灵魂发誓，他撒谎呢！”

堂吉诃德道：“你这下流东西，竟在我面前说‘他撒谎’[①]！我凭照耀咱们的太阳发誓，一定用这支长枪戳你个透明窟窿！不准分辩，快把工钱付给他！你要道个‘不’字，哼！我此时此刻就断送了你！快把他解下来！”

农夫一言不发，低头解下了他的佣人。堂吉诃德就问那孩子，主人欠了他多少钱。他说：九个月的工钱，每月七个瑞尔。堂吉诃德一算，共计63个瑞尔，就对农夫说：如果不想送命，马上掏出钱来。农夫吓得战战兢兢，说没欠那么多钱，因为曾经给他佣人三双皮鞋，佣人生病还放过两次血，花了他一个瑞尔，这些费用都该一一扣还；他生死关头，绝不敢胡说，况且这是他发誓保证的——其实他并没有发誓。

堂吉诃德答道：“好，可是他平白挨了你这顿鞭打，皮鞋和放血的账就此抵消了。他虽然穿破了你那几双皮鞋的皮，你也打破了他身上的皮；他生了病，你虽然叫理发师给他放血，他这会儿身体好好的，却给你打得出血。所以旧账一笔勾销了。”

“绅士先生，糟的是我没带钱。让安德瑞斯跟我家去，我一定把工钱如数付给，一个瑞尔也不短他的。”

那孩子说：“我还跟他家去吗？那真是倒霉了！先生，我怎么也不去的！他背着人，准把我像圣巴多罗美[②]那样活剥了皮呢。”

堂吉诃德道：“那不会。我怎么命令，他就得照办。如果他凭自己封授的骑士称号起个誓，我就放他走，保证他把钱付给你。”

那孩子说：“先生，请你还仔细想想，我主人不是骑士，也从没有封授过什么骑士的称号。他是居住金达拿尔的财主胡安·阿尔杜多。”

堂吉诃德说：“这不相干，阿尔杜多族里也会有骑士；况且‘干什么事，就成什么人’。”[③]

安德瑞斯说：“不错呀，可是我这个主人赖掉我的工钱，白叫我辛苦劳累，他干的是什么事，他该是什么人呢？”

农夫说：“安德瑞斯小兄弟，我没有赖。请你跟我回去，我凭骑士的一切称号发誓，一定把工钱付给你，像我刚才说的那样，一个瑞尔不短你的；甚至还要给你添上点儿油水呢。”

堂吉诃德说：“油水我就免了你，只要你把瑞尔照数付给他就行。记着，你发了誓务必做到，不然的话，我凭你刚才的誓也发个誓，我一定回来找了你痛打一顿，你即使比壁虎还藏得严，我也能找你出来。假如你要知道了谁命令你才死心塌地服从，那么，你听着，我是专打不平的勇士堂

---

① 按西班牙古老的规矩，在尊长面前说别人撒谎是严重的失礼；平辈间如果说到别人撒谎也得先道歉一声。

② 耶稣十二门徒之一，他是给人活剥了皮倒钉在十字架上死的。

③ 西班牙谚语。

吉诃德·台·拉·曼却。再见吧,你要是不想挨我刚才说的那顿打,别忘了你许的愿和发的誓。”

他说完踢动驽骍难得,一阵风似的跑了。农夫目送他出了树林,不见影踪,就转身对他佣人安德瑞斯说:

“过来,我的孩子,我听从那位专打不平的侠士下的命令,要把欠你的都还你呢。”

安德瑞斯说:“您非还不可!您得听那位好骑士的话。我祝愿他长命百岁!他真勇敢!真是个公正的判官!您要是不还,他一定回来,怎么说就怎么干。”

农夫说:“我也一定怎么说就怎么干。只为我爱你深,所以要多欠点儿你的,好多多还你。”

他抓住孩子的胳膊,重又把他绑在橡树上,把他狠狠地抽了一顿,抽得他九死一生。

那农夫说:“安德瑞斯少爷啊,你现在把那位专打不平的家伙叫来吧!瞧他再有什么办法打不平!不过我还是手下留情了;你想得不错,我恨不得活剥了你呢!”

农夫终究把孩子解下,随他去找他那位判官来怎么说、怎么干。安德瑞斯垂头丧气地走了,发誓要去找英勇的堂吉诃德·台·拉·曼却,把方才的事一一报告,叫他主人加几倍还账。尽管这么说,他是哭着走的,他主人却在那里笑。勇士堂吉诃德抱打不平,原来是这么回事。他却为此得意非凡,觉得自己在骑士的道路上迈出了可喜可傲的第一步,欢欢喜喜骑马回村,一面低声自言自语:

“绝世美人杜尔西内娅·台尔·托波索啊,你真是现在世界上最有福的人!英名冠绝古今的堂吉诃德·台·拉·曼却,注定是向你拜倒、随你使唤的!谁不知道他昨天刚封授骑士,今天已经消除了穷凶极恶的暴行呢!残忍的敌人刚才无故鞭打一个娇弱的孩子,他把那家伙手里的鞭子夺掉了。”

这时他走到一个十字路口,立刻想到这是游侠骑士停马选择道路的地方;他要学样,也停下来。往哪条路上走呢?他仔细想了一回,就撂下缰绳,让驽骍难得自己做主。这匹马随着它第一个心愿,奔向自己的马房去。堂吉诃德走了约莫两个米里亚①路,忽见一大队人马。原来那是到穆尔西亚去买丝的一伙托雷都商人。他们一行六人,都打着阳伞,四个佣人骑马跟随,还有三个步行的骡夫。堂吉诃德远远望见,立刻认为碰上奇遇了。他正要尽量模仿书上读到的行径,觉得这真是天赐其便,可以照书行事。他雄赳赳地在鞍镫上坐稳了,紧握长枪,把盾牌遮在胸前,在路中心勒住马,等候他心目中的那队游侠骑士。等他们走近,可以打话,他就提高嗓门,傲然说:

“你们大家都得承认,普天下的美女,都比不上拉·曼却的女王,独一无二的杜尔西内娅·台尔·托波索!谁不承认,休想过去!”

商人们听他说话,又瞧他那副古怪模样,马上认定这人是个疯子。其中一个爱开玩笑的商人说先得让他们瞧瞧。堂吉诃德说:关键是要没有看见就相信,死心塌地地奉为真理,坚决卫护。商人又取笑他,他托枪直奔商人刺去。要不是驽骍难得绊倒,商人就遭殃了。这时,商人的骡夫夺过长枪,折成几段,把堂吉诃德揍得七死八活,再也爬不起来了。可是,他还学书上骑士的样子,一边在地上痛得打滚,一边还振振有词地背诵骑士受伤后的话:你在哪里呀?我的夫人,怎么对我的痛苦毫不怜悯?夫人啊 ,你大概不知道吧?不然就是已经失节变心。他一句一句往下背

① 一米里亚合1.6公里。

诵,直背到下面两行:啊,尊贵的曼图阿侯爵!我的舅舅,我的骨肉至亲!正背到这里,他的一个街坊往磨坊里运麦子路过这里,把这位受伤的游侠骑士送回了家。堂吉诃德就这样结束了第一次游侠。

堂吉诃德离家三天没有回来,管家妈和外甥女非常着急,他的好友神父和理发师也来打听消息。大家正在议论他受骑士小说毒害的时候,他被送回了家。大家见他伤成这样子,急得乱了套。他却叫大家别乱,说他这是和十个高大无比、凶猛绝伦的巨人打架时受的伤,并让家里人想法请女法师鲁尔干达(骑士小说里的人物)来给他治伤。

堂吉诃德在家静养了15天,经常和两个朋友进行争辩。堂吉诃德认为世界上最迫切需要的是游侠骑士,而游侠骑士道的复兴全靠他一个人。他在养病期间,说服了街坊上的一个农民桑丘·潘沙当他的侍从,和他一起外出冒险。他许诺征服海岛后,让桑丘做海岛总督。一天晚上,两人偷偷离开了村子。于是,堂吉诃德开始了第二次游侠。

桑丘一路上骑着驴,像一位大主教[①],他带着褡裢袋和皮酒袋,满心希望马上做到东家许他的海岛总督。堂吉诃德正好又走了前番的道路,向蒙铁尔郊原跑去。他这回不像上回那么受罪,因为是清早,太阳光斜照着他们,不那么叫人疲劳。桑丘·潘沙这时对他主人说:

"游侠骑士先生,您记着点儿,别忘了您许我的海岛;不论它有多么大,我是会管理的。"

堂吉诃德答道:"桑丘·潘沙朋友,你该知道,古时候游侠骑士征服了海岛或者王国,总把自己的侍从封做那些地方的总督,那是个通常的习惯。我决不让这个好规矩坏在我手里,还打算做得更漂亮些呢。那些骑士往往要等自己的侍从上了年纪,厌倦了白天受累、夜晚吃苦的当差,才封他们在或大或小的县里、省里,做个伯爵或至多做个侯爵。可是只要你我都留着性命,很可能六天之内,我就会征服一个连带有几个附庸国的王国,那就现成可以封你做一个附庸国的国王。你别以为这有什么稀奇。游侠骑士的遭遇,好些是从古未有而且意想不到的,所以我给你的报酬即使比我答应的还多,我也绰有余力。"

桑丘·潘沙答道:"假如我凭您说的什么奇迹做了国王,那就连我的老伴儿华娜·谷帖瑞斯也成了王后了,我的儿子也成了王太子了。"

堂吉诃德道:"那还用说吗?"

桑丘·潘沙说:"我就不信。我自己肚里有个计较,即使老天爷让王国像雨点似的落下地来,一个也不会稳稳地合在玛丽·谷帖瑞斯[②]头上。先生,我跟您说吧,她不是王后的料,当伯爵夫人还凑合,那也得老天爷帮忙呢。"

堂吉诃德说:"那你就听凭老天爷安排吧,他自会给她最合适的赏赐。可是你至少也得做个总督才行,别太没志气。"

桑丘回答说:"我的先生,我不会的。况且我还有您这么尊贵的主人呢,只要对我合适、我又担当得起,您什么职位都会给我。"

---

① 耶稣基督骑驴进耶路撒冷城,天主教会的首脑如教皇和大主教都骑驴。

② 塞万提斯给桑丘老婆的姓名时有变换,上文她叫华娜,这里又叫玛丽,下文又称她泰瑞萨,又一处说她娘家姓卡斯卡霍。

这时候，他们远远望见郊野里有三四十架风车。堂吉诃德一见就对他的侍从说：

“运道的安排，比咱们要求的还好。你瞧，桑丘·潘沙朋友，那边出现了三十多个大得出奇的巨人。我打算去跟他们交手，把他们一个个杀死，咱们得了胜利品，可以发财。这是正义的战争，消灭地球上这种坏东西是为上帝立大功。”

桑丘·潘沙道：“什么巨人呀？”

他主人说：“那些长胳膊的，你没看见吗？有些巨人的胳膊差不多二哩瓦[①]长呢。”

桑丘说：“您仔细瞧瞧，那不是巨人，是风车；上面胳膊似的东西是风车的翅膀，给风吹动了就能推转石磨。”

堂吉诃德道：“你真是外行，不懂冒险。他们确是货真价实的巨人。你要是害怕，就走开些，做你的祷告去，我一人单干，跟他们大伙儿拼命好了。”

他一面说，一面踢着坐骑冲出去。他的侍从桑丘大喊说，他前去冲杀的明明是风车，不是巨人；他满不理会，横着念头那是巨人，既没听见桑丘叫喊，跑近了也没看清是什么东西，只顾往前冲，嘴里嚷道：

“你们这伙没胆量的下流东西！不要跑！来跟你们厮杀的只是个单枪匹马的骑士！”

这时微微刮起一阵风，转动了那些庞大的翅翼。堂吉诃德见了说：

“即使你们挥舞的胳膊比巨人布利亚瑞欧[②]的还多，我也要和你们见个高下！”

他说罢一片虔诚向他那位杜尔西内娅小姐祷告一番，求她在这个紧要关头保佑自己，然后把盾牌遮稳身体，横托着长枪飞马向第一架风车冲杀上去。他一枪刺中了风车的翅膀；翅膀在风里转得正猛，把长枪迸作几段，一股劲把堂吉诃德连人带马直扫出去；堂吉诃德滚翻在地，狼狈不堪。桑丘·潘沙趱驴来救，跑近一看，他已经不能动弹，驽骍难得把他摔得太厉害了。

桑丘说：“天啊！我不是跟您说了吗，仔细着点儿，那不过是风车。除非自己的头脑给风车转糊涂了，谁还不知道这是风车呢？”

堂吉诃德答道：“甭说了，桑丘朋友，打仗的胜败最拿不稳。看来把我的书连带书房一起抢走的弗瑞斯冬法师对我冤仇很深，一定是他把巨人变成风车，来剥夺我胜利的光荣。可是到头来，他的邪法毕竟敌不过我这把剑的锋芒。”

桑丘说：“这就要瞧老天爷怎么安排了。”

桑丘扶起堂吉诃德，他重又骑上几乎跌歪了肩膀的驽骍难得。他们谈论着方才的险遇，顺着往拉比塞峡口的大道前去，因为据堂吉诃德说，那地方来往人多[③]，必定会碰到许多形形色色的奇事。可是他长枪断了，心上老大不痛快，和他的侍从计议说：

“我记得在书上读到一位西班牙骑士名叫狄艾果·贝瑞斯·台·巴尔咖斯，他一次打仗把剑斫断了，就从橡树上劈下一根粗壮的树枝，凭那根树枝，那一天干下许多了不起的事，打闷不知多少摩尔人，因此得到个绰号，叫做‘大棍子’。后来他本人和子孙都称为‘大棍子’巴尔咖斯。我跟你讲这番话有个计较：我一路上见到橡树，料想他那根树枝有多粗多壮，照样也折它一枝。我要凭这根树枝大显身手，你亲眼看见了种种说来也不可信的奇事，才会知道跟了我多么

---

① 一哩瓦合6.4公里。

② 希腊神话里和神道作战的巨人，有一百条手臂。

③ 因为在马德里到塞维利亚的大道上。

运气。”

桑丘说：“这都听凭老天爷安排吧。您说的话我全相信；可是您把身子挪正中些，您好像闪到一边去了，准是摔得身上疼呢。”

堂吉诃德说：“是啊，我吃了痛没作声，因为游侠骑士受了伤，尽管肠子从伤口掉出来，也不得哼痛。”①

桑丘说：“要那样的话，我就没什么说的了。不过天晓得，我宁愿您有痛就哼。我自己呢，说老实话，我要有一丁丁点儿疼就得哼哼，除非游侠骑士的侍从也得遵守这个规矩，不许哼痛。”

堂吉诃德瞧他侍从这么傻，忍不住笑了。他声明说：不论桑丘喜欢怎么哼，或什么时候哼，不论他是忍不住要哼、或不哼也可，反正他尽管哼好了，因为他还没读到什么游侠骑士的规则不准侍从哼痛。桑丘提醒主人说，该是吃饭的时候了。他东家说这会子还不想吃，桑丘什么时候想吃就可以吃。桑丘得了这个准许，就在驴背上尽量坐舒服了，把褡裢袋里的东西取出来，慢慢跟在主人后面一边走一边吃，还频频抱起酒袋来喝酒，喝得津津有味，玛拉咖最享口福的酒馆主人见了都会羡慕②。他这样喝着酒一路走去，早把东家对他许的愿抛在九霄云外，觉得四处冒险尽管担惊受怕，也不是什么苦差，倒是很惬意的。

长话短说，他们当夜在树林里过了一宿。堂吉诃德折了一根可充枪柄的枯枝，把枪头移上。他曾经读到骑士们在穷林荒野里过夜，想念自己的意中人，好几夜都不睡觉。他要学样，当晚彻夜没睡，只顾想念他的意中人杜尔西内娅。桑丘·潘沙却另是一样。他肚子填得满满，又没喝什么提神醒睡的饮料，倒头一觉，直睡到大天亮。阳光照射到他脸上，鸟声嘈杂，欢迎又一天来临，他都不理会，要不是东家叫唤，他还沉睡不醒呢。他起身就去抚摸一下酒袋，觉得比昨晚越发萎瘪了，不免心上烦恼，因为照他看来，在他们这条路上，没法立刻弥补上这项亏空。堂吉诃德还是不肯开斋，上文已经说过，他决计靠甜蜜的相思来滋养自己。他们又走上前往拉比塞峡口的道路；约莫下午三点，山峡已经在望。

堂吉诃德望见山峡，就说：“桑丘·潘沙兄弟啊，这里的险境和奇事多得应接不暇，可是你记着，尽管瞧我遭了天大的危险，也不可以拔剑卫护我。如果我对手是下等人，你可以帮忙；如果对手是骑士，按骑士道的规则，你怎么也不可以帮我，那是违法的。你要帮打，得封授了骑士的称号才行。”

桑丘答道：“先生，我全都听您的，决没有错儿。我生来性情和平，最不爱争吵。当然，我如要保卫自己身体，就讲究不了这些规则。无论天定的规则，人定的规则，总允许动手自卫。”

堂吉诃德说：“这话我完全同意。不过你如要帮我跟骑士打架，那你得捺下火气，不能使性。”

桑丘答道：“我一定听命，把您这条戒律当礼拜日的安息诫一样认真遵守。”

他们正说着话，路上来了两个圣贝尼多教会的修士。他们好像骑着两匹骆驼似的，因为那两头骡子简直有骆驼那么高大。两人都戴着面罩③，撑着阳伞。随后来一辆马车，有四五骑人马和两个步行的骡夫跟从。原来车上是一位到塞维利亚去的比斯盖贵夫人；她丈夫得了美洲的一个

① 骑士规则第九条：“骑士不论受了什么伤，不得哼痛。”

② 玛拉咖的酒是著名的。

③ 西班牙人旅行用的面罩，上面安着护眼的玻璃，防尘土入目，也防太阳晒脸。

贵职要去上任，正在塞维利亚等待出发。两个修士虽然和她同路，并不是一伙。可是堂吉诃德一看见他们，就对自己的侍从说：

“要是我料得不错，咱们碰上破天荒的奇遇了。前面这几个黑魆魆的家伙想必是魔术家——没什么说的，一定是魔术家；他们用这辆车劫走了一位公主。我得尽力量除暴惩凶。”

桑丘说：“这就比风车的事更糟糕了。您瞧啊，先生，那些人是圣贝尼多教会的修士，那辆马车准是过往客人的。您小心，我跟您说，您干事要多多小心，别上了魔鬼的当。”

堂吉诃德不容分说，就拿着长枪向一个修士冲去。要不是修士早已滚下骡子，不跌死也得受重伤。另一修士逃走。桑丘见一个修士倒下了，就动手去扒他的衣服，说是拣东家赢来的战利品。修士的两个骡夫冲上去，推倒桑丘，把他的胡子拔得一根不剩，又踢了他一顿。桑丘直挺挺地躺在地下，晕过去了。这时堂吉诃德正请贵夫人去托波索拜见杜尔西内娅小姐，夫人的侍从跟他打了起来。侍从砍掉了堂吉诃德的半边铠甲，连带一大块头盔和半只耳朵。堂吉诃德也不示弱，把侍从打得鼻子里、嘴里、耳朵里鲜血直冒，栽下地去，还要砍下他的脑袋，幸亏吓得哆哆嗦嗦的贵夫人答应去拜见杜尔西内娅，堂吉诃德才饶了侍从一条命。

堂吉诃德和桑丘又上了路，主仆二人在牧羊人的茅屋过夜。牧羊人给他们讲了村里发生的一件事。村里有位姑娘叫玛赛娜，自幼父母双亡，跟着叔父过活。玛赛娜不仅有一大笔财产，而且长得很漂亮，很多人向她求婚都遭拒绝。她热爱自由，喜欢过无拘无束的生活。后来她穿上牧羊女的衣服，跑到山里去牧羊。许多富家子弟也改扮牧羊人去山里追求她。其中有一个才貌双全的格利索斯托莫追求她，也遭拒绝，因此他伤心而死。第二天，堂吉诃德主仆二人随牧羊人去参加格利索斯托莫的葬礼。人们议论纷纷，说玛赛娜“残酷”、“无情”，是个“害人精”。玛赛娜突然出现在坟地上，当众为自己辩护，说自己谁也不爱，谁也不恨，愿在山林里洁身自好。格利索斯托莫的死与她无关。说罢，她就走进了森林。有人被她的美吸引了，要去森林追她。堂吉诃德按剑阻止了他们，说：像她这样洁身自好的女子，全世界独一无二；所有的好人都应该敬重她，不该追她。堂吉诃德认为自己有责任保护这个落难的女子。

主仆二人辞别了牧羊人，决计到森林里去找玛赛娜，全心全意为她效劳，但没有找到。他俩碰上了二十多个搬运夫。“驽骍难得”对搬运夫的母马“强行非礼”，被搬运夫打得遍体鳞伤，躺倒在地。堂吉诃德替受伤的“驽骍难得”复仇，结果也被搬运夫打倒在地。他责怪自己，不该和不是骑士的人交手，也许是违犯了“骑士道的原则”，才受到“战神”的“惩罚”。于是对桑丘说：以后遇到“下等人”冒犯时，你去收拾他们。桑丘说：我是个温和平静的人，不管受到什么冒犯都能容忍，全都原谅，因为我有老婆女儿要我扶养呢。

主仆二人来到一个客店住宿。晚上，堂吉诃德正想着骑士小说中的一些恋爱情节时，店里的女佣人来与骡夫幽会。堂吉诃德误认为是堡垒中长官美丽的女儿，于是将她紧紧搂着，含情低语：我已经对绝世无双的杜尔西内娅·台尔·托波索矢忠不二，她是我心窝里唯一的意中人。不然的话，承你一片深情给我这个好机会，我哪会白白放过呢，我不是那么呆的骑士呀。骡夫在自己床上听了堂吉诃德这些话，醋性大发，把堂吉诃德打得口流鲜血，动弹不得。神圣保卫团的巡逻队长探问打架原因，堂吉诃德出言不逊；队长举起油灯对准他的脑袋砸下来，可怜这位游侠骑士，脑袋上又鼓起两个大包。但当他涂了治伤油后，觉得身轻体健，就要立即出发，他以为耽搁在此对不起这个世界和扶助他的人。临走时，店主向他要钱，他说游侠骑士住店从来不付房钱。说罢纵马而去。结果桑丘遭殃，被店客们兜在床毯里，向天空高高抛起来，直到抛累了，才放他走。堂吉诃德以为这一切都是着了魔法，而桑丘却不信，认为抛他的那些人都是活生生的人。

二人正辩论着，突然前面尘土飞扬，堂吉诃德认为那一定是两支军队在草原上交战，马上联想到骑士传奇中的战争、魔法、恋爱等事件，决心要再一次扶弱锄强，冒险行侠。他爬上小丘，仔细观察，煞有介事地说什么那是公爵，那是男爵；那边是亚洲部队，那边是非洲部队。桑丘不以为然，他看不见军队，所见的只不过是两群山羊、绵羊罢了。但堂吉诃德不信，只见他闪电般地发动冲锋，奔下山去，冲进羊群，举枪乱刺，仿佛与敌人作战一般，一连打死了七八只羊。被激怒的牧羊人，对准堂吉诃德一阵乱石猛打，把他的两根肋骨打得陷进肉里去，还磕掉了他嘴里的三四颗板牙，从马上倒栽下来。但他决不认输，挣扎着告诉桑丘，说那是妖人看见他势在必胜，无奈之中就将两边的军队变成了两群羊。

晚上堂吉诃德主仆找不到客店，信步走在大路上，忽然，他们看见前面点点光亮，像流星迎面而来。原来这是送葬的行列。堂吉诃德认为担架上抬的一定是受了伤或已死的骑士，专等他来为之报仇。于是他不问情由，便向手无寸铁的僧侣们刺去。有的僧侣受了重伤，有的折了一条腿。他对折腿的僧侣说：我的事业是走遍天下打抱不平，为人除害。僧侣说：您为人除害，却害苦了我，叫我终身受害。此时，桑丘见主人那副狼狈相，就叫他“愁容骑士”。堂吉诃德认为这个诨名很好，以后便自称起来。

一日，主仆二人看见前面来了十二三个步行的人，戴着手铐，大链扣着他们一个个的脖子。这是由公差送到海船上去划船的苦役犯。堂吉诃德想到锄强救苦正是自己的责任，他劝公差放了他们，因为人是天生自由的，把自由的人当作奴隶未免有些残酷。公差笑他太荒唐。堂吉诃德劝说不成，便用长枪刺伤了一个公差。其余公差都来围斗他。苦役犯乘机挣脱了锁链，把公差打跑。堂吉诃德让苦役犯扛着解下的铁链到托波索去见他的意中人。苦役犯见他头脑不清，用乱石将他打倒在地，还抢去了他的袍，扒了他的袜子，桑丘的大氅也给扒去。桑丘怕神圣保卫团追捕他们，就领着主人逃到深山密林。堂吉诃德遇见一个衣衫褴褛的“山中绅士”。当主仆二人受到牧羊人的款待时，“山中绅士”也来到牧羊人身旁，并讲了他的伤心史：他叫卡迪纽，出身高贵，父母很有钱。他和陆苹达青梅竹马，深深相爱着。后来他到公爵府上给大公子做伴侣，却与其弟费南铎成了亲密的朋友。费南铎曾经骗取了一个农民女儿的爱情，而后又抛弃了她，后来费南铎竟爱上了他的未婚妻陆苹达……讲到这里，卡迪纽无意中讲了骑士小说的坏话。堂吉诃德被激怒了，而此时卡迪纽疯病发作，将堂吉诃德主仆二人打倒在地，又跑回了密林。

主仆二人离开牧羊人，到了一个树木成林，花草繁茂，美丽而幽静的地方。堂吉诃德选中此地苦修赎罪，让桑丘回托波索给他送情书。桑丘在路上碰见了本乡的神父和理发师，他们要桑丘去哄堂吉诃德出山，把他带回家去。来到山口，桑丘去找主人。神父和理发师在等待的时候，遇见了卡迪纽，他又讲了自己的伤心史：费南铎看上了陆苹达后，把他打发出了远门，就亲自向陆苹达的父亲求婚。陆苹达的父亲贪图财势就答应了。马上就要举行婚礼了，陆苹达没有办法，只好求一个过路人给卡迪纽捎封急信。卡迪纽快马加鞭赶回来，陆苹达对他说，她对他的爱情始终如一，若不能阻挡这桩婚事，将以死表白自己的心愿。在结婚仪式上，当陆苹达说出“愿意”作费南铎的妻子时，便晕倒在母亲的怀里，这时躲在暗处的卡迪纽不断咒骂陆苹达和费南铎，痛苦万分。他跑到深山密林，打算在此以终其生。

正当神父想安慰卡迪纽时，忽然听到一阵悲悲切切的声音。他们顺着声音找去，看见一个女

扮男装的绝代佳人,正在溪边洗头洗脚。她看瞒不过了,应他们的请求,讲了自己的不幸遭遇:

她叫多若素,是一个富裕农民的独生女,费南铎看见她后,就使用各种手段向她求婚。她的父母因门第悬殊,而且看出这位公子只是为了寻欢作乐,不是真心想娶她,所以不同意这桩婚事。一天晚上,费南铎买通了使女,到了她的闺房,用甜言蜜语、海誓山盟骗取了她的爱情。过了几天就将她遗弃了。后来,她就女扮男装,找了一个长工陪着到城里去找费南铎。到了陆苇达住的地方,听说在他们结婚的晚上,陆苇达晕了过去。在她身上发现的一张条子,声明她不能做费南铎的妻子,因为她是卡迪纽的未婚妻,等结婚仪式完毕,她就自杀。当时费南铎要杀掉陆苇达,被她的父亲拦住了。费南铎又羞又恼,立即离开了陆苇达的家。陆苇达第二天醒来,也出走了。多若素说她找不到费南铎,又怕家里人找到她,就进了山。长工起了坏心,她一怒之下,将他推下峭壁。她为了生活,只得给牧主当牧童。又怕牧主起坏心,所以躲进了荒山。多若素讲完了她的伤心事,卡迪纽表示暂时把自己的事丢开,帮她找到费南铎。这时,堂吉诃德与桑丘已来到山口。一行六人走出山口。

他们到客店,受到店主热情接待。店主把堂吉诃德安排在顶楼上。结果他向店主堆在屋里的红酒皮袋砍了几剑,红酒流了出来,他却以为是自己与巨人交战时,将巨人的头砍下而流的血,气得店主狠狠地揍了他一顿。一会儿,店里来了四个骑马的男人,还有一个白衣女人,都戴了面罩。原来费南铎听说陆苇达在修道院,就纠集了几个人将她从修道院抢了出来,然后来到这个客店。不是冤家不聚头,四个有复杂关系的青年人碰巧在一起相会了。经过一番曲折的斗争和苦口劝说,费南铎与多若素和好了,卡迪纽与陆苇达团圆了。另外还有来住店的克拉和堂路易斯的爱情也得到圆满解决。有情人都成了眷属,皆大欢喜,堂吉诃德也该回家了。恰巧有一牛车路过,堂吉诃德的朋友便用计把他关在笼子里,放在牛车上。主仆二人离开了这着魔的"堡垒"。在山坳里休息时,堂吉诃德被放了出来,他和同行的主教就骑士小说和骑士道进行了辩论。他们见到了一个牧羊人。牧羊人给他们讲了一个不幸姑娘被拐骗的故事。牧羊人不慎说了游侠骑士的坏话,堂吉诃德怒火上冲,和牧羊人大打出手,彼此都被打得满脸是血。正在难分难解时,忽然听到一声音调非常凄楚的号角。堂吉诃德要求停战一会儿,他说:准又发生了要我去冒险的事,这凄凉的号角声是喊我的。牧羊人放了他。这时,只见山坡下来了一队穿白衣的人。原来是久旱不雨,各村居民抬着圣母像去求雨。堂吉诃德认为这是一群抢劫美女的强盗,他一心要解救那位披着丧服的女人。他挥剑向抬圣母像的人刺去。不料被人用棍棒打翻落马。同行的人只好又把他装到笼子里放在车上。六天后回到家里。堂吉诃德的外甥女和管家妈见他如此模样,号啕大哭,咒骂可恶的骑士小说,并祷告上帝把那些撒谎、捏造、胡说八道的骑士小说作者都打入地狱深处去。

到此,堂吉诃德完成了第二次游侠冒险。《堂吉诃德》第一部结束。

第二部

堂吉诃德在家养病,他的朋友神父和理发师来看望他。他殷勤接待两人,谈起自己起居健康情况,并论及建国治民之道:哪些弊政该补救或抨击,哪些恶习该改革或扫除,等等,谈论得头头是道,使他的两位朋友确信其神志已清醒。谁知当桑丘来看他时,他却让桑丘准备一下,八天后再出门游侠。邻居参孙学士让他去阿拉贡王国的萨拉果萨城,因那里过几天要举行武术比赛,堂吉诃德可以在那里大显身手,名震天下。于是在一个傍晚,堂吉诃德和桑丘又溜出了家门。堂吉诃德去萨拉果萨比武之前,要桑丘领路去拜见意中人杜尔西内娅小姐。桑丘认为主人是个疯子,何不用乡下姑娘来哄他。凑巧从托波索来了三个骑驴驹的乡下姑娘,桑丘对主人说:杜尔西内娅小姐带着两名侍女瞧你来了。堂吉诃德见是三个村姑,心里有些怀疑。只见桑丘抢着迎上去,双膝跪下。堂吉诃德也赶紧跪在意中人面前,让他"唯一的救星"来安慰这"伤心人"的"苦恼心灵"。姑娘们听了莫名其妙,抢白了他们一番,就转身跑了。堂吉诃德怀疑是魔术家把他的情人变成一个又蠢又丑的乡下姑娘。

晚上,主仆二人在大树下过夜,遇见了一个自称"镜子骑士"的人和他的侍从。"镜子骑士"对堂吉诃德说,他的意中人是当代第一美人,他最得意的是打败鼎鼎大名的堂吉诃德,让堂吉诃德承认杜尔西内娅小姐不如他的意中人,这番话激怒了堂吉诃德,他声言要用武力保卫真理。两位骑士讲定的条件是:决斗失败者必须听胜利者的发落。结果"镜子骑士"输了。堂吉诃德解开他的头盔一看,原来是邻居参孙学士,而其侍从却是他街坊上的老朋友。但堂吉诃德认为这是魔术家的魔法所致,于是对"镜子骑士"说:你必须承认杜尔西内娅是天下第一大美人,否则,马上就叫你死。参孙只好承认。原来这是参孙和神父、理发师共同商量的计策,让参孙假扮"镜子骑士",把堂吉诃德打败后,命令他回乡,两年不得出门。可惜参孙被打败了,只得让堂吉诃德继续上路。

路上,主仆两人碰到一辆插着"皇上"旗子的大车,车上笼子里装的是阿尔及利亚总督进贡给皇上的两头凶猛的狮子。堂吉诃德说:魔术家尽管把狮子送来,也吓不倒我。于是叫管狮子的人打开笼子,他要和狮子搏斗。不管人们怎样苦苦地劝说,桑丘怎样哀求,他根本不听,大家只好跑得远远的。管狮子的人迫不得已,只好打开笼子。堂吉诃德怕"驽骍难得"见了狮子害怕,决计步战。只见他跳下马,扔掉长枪,拔剑挎着盾牌,一步步向大车走去。这头公狮子大得吓人,形状狰狞可怕。它原是躺在笼里,这时转过身来,撑出一只爪子,伸了个懒腰,又打了个哈欠,吐出长舌头来洗了洗脸,然后把脑袋伸出笼外,睁着一对大红眼睛向四面观看。那神气,连大勇士也会吓得筋酥骨软。可是堂吉诃德却目不转睛地看着它,专等它跳下车来相搏,把它砍成肉丁。可是狮子并没有出笼,只是朝四周看看,就掉转身子,头朝里躺下了。堂吉诃德吩咐管狮子的人打它几下,让它发怒跑出来。管狮子的人说:这个我可不干。我要惹火了它。我自己先就被它撕得粉碎了。又说:你的盖世神威已经有目共睹了……对方不出场,那是它怕出丑。胜利的桂冠就让那个等着交手的人赢去了。堂吉诃德说:这话不错。朋友,把笼子门关上吧。从此,堂吉诃德改称为"狮子骑士"了。

在路上,主仆二人碰上一伙人,他们是去参加财主卡麻丘和美人季德西亚的婚礼的。他们说,季德西亚爱着本村青年巴西琉,但她的父亲嫌贫爱富,硬把女儿嫁给财主卡麻丘。堂吉诃德十分同情巴西琉,认为他应该与季德西亚结婚。次日,卡麻丘举行豪华的婚礼。在婚宴正要开始时,巴西琉突然出现在新郎与新娘面前,咒骂新娘季德西亚负心,然后用剑刺穿了自己的胸膛,满身鲜血,临终前要求季德西亚和他举行婚礼。堂吉诃德说:巴西琉要求的事合情合理。季德西亚深受感动,跪在巴西琉身边,说愿意嫁给他。神父为他们祝福后,巴西琉一跃而起,自己拔掉了自杀的剑。原来巴西琉刺穿的是缚在身上的一根灌血的铁管子。卡麻丘受了捉弄,要与巴西琉拼命。堂吉诃德大声喝道:季德西亚和巴西琉的姻缘是按照天道和天意安排的。上帝配成对,世人拆不开。谁想拆开他俩,先得吃我手中的枪!再加上神父的劝解,才平息了卡麻丘的怒火。季德西亚和巴西琉认为堂吉诃德是一个有胆气的正直人,邀请他一同回村去参加他俩的婚礼。

堂吉诃德找了一个向导,到蒙德诺斯地洞去探险。出来后,编造了一篇着魔的骑士恋爱的故事。他住在客店里,只见演傀儡戏的名手正演《鼎鼎大名的堂盖斐罗斯解救梅丽珊德拉》。当演到堂盖斐罗斯救出妻子梅丽珊德拉并飞马逃跑,大队摩尔人从后面追来时,堂吉诃德觉得自己该为逃亡的人出把力。于是,他站起来大喝一声:不许追赶。不然的话,先得跟我打一仗!说着就拔剑跳到戏台边,对戏台的木偶摩尔人大杀、大砍、大劈,把这些木偶砍得乱七八糟。看戏的人乱成一团。堂吉诃德却说:游侠骑士是世界上少不了的。要不是我在这里,英雄堂盖斐罗斯和美人梅丽珊德拉的下场就不堪设想!……所以骑士道在这个世界上比什么都要紧,应该永远流传下去!结果罚他赔了演木偶戏的师傅一大笔钱才算了事。

主仆二人去萨拉果萨。途中听到震耳的鼓角声和枪声。原来,这是驴鸣镇的人和附近村子里的人打群架。因为驴鸣镇的人学驴叫遭到附近村人的嘲笑,他们就结队出来雪耻。堂吉诃德赶来劝架,多嘴的桑丘说:听人家学一声驴叫就发火是没有道理的。说着就用手捂着鼻子学了一声驴叫,震动得周围山鸣谷应。但他刚学完就被人打下驴来,昏了过去。堂吉诃德刚要动手,雨点似的石头阵阵向他打来。他见势不妙,抛下被打昏的桑丘跑了。桑丘苏醒过来,骑上驴,跟上了主人。

主仆二人刚走出森林,遇见公爵夫妇在打猎。公爵夫妇邀请主仆二人到堡垒去,按骑士礼节接待他们。堂吉诃德刚刚到"堡垒"门口,就有两个小厮把他抱下马,男女家人夹道欢迎,高呼"欢迎天字第一号的游侠骑士",并把香水洒在堂吉诃德与公爵夫妇身上。此时,堂吉诃德确信自己是一个游侠骑士,绝不是虚幻的。

公爵夫妇仿照骑士小说那一套,安排些奇事捉弄主仆二人,为自己消愁解闷。

一天,公爵夫妇邀请堂吉诃德去打猎。夜色朦胧中,忽见森林周围红光闪闪,像着了火似的;四面八方响起了号角,好像有大队骑兵过境。大家正惶惑不解时,只见一个使者前来送信,他说:我是魔鬼,来找堂吉诃德·台·拉·曼却。前来的六队魔术师,带着一辆凯旋车,车上是天下无双的杜尔西内娅·台尔·托波索。她着魔了,现在和法兰西勇士蒙德西诺斯同来通知堂吉诃德怎样为她解除魔法。随即听到一片喧嚣声,魔法师的车子过去了。接着是和谐悦耳的音乐,随着乐声,开来一辆凯旋车,车上坐着由小童装扮的杜尔西内娅小姐。魔法师说,要解除杜尔西内娅小姐的魔法,得叫桑丘脱下裤子,露出屁股,自己鞭打三千三百下。桑丘断然拒绝。杜尔西内娅骂他是混账侍从、铁石心肠的傻瓜。公爵也说他太残忍,残忍的人是做不成总督的。桑丘无奈,只好嘟嘟囔囔地答应了。

一天,堂吉诃德、桑丘与公爵夫妇正在花园吃饭时,有个白胡子求见,说是冈达亚王国"三围裙伯爵夫人"的侍从。巨人魔术家把她变成了长胡子,请堂吉诃德主仆去解除她的灾难。堂吉诃德答应为其效劳,但主仆二人必须骑飞木马才能到遥远的地方去与魔术家决斗。于是他们被蒙上眼睛,跨上木马。顿时只觉得木马腾空而起,耳旁风声呼呼,面前灼热,把他们的大部分胡子都烤煳了。原来,在木马旁边有人用风箱对着他们鼓风,有人用烟火熏他们。公爵夫妇在一旁观看,听着主仆二人有趣的对话,大开其心。最后,恶作剧的人点燃马的尾巴,马肚子里满满的花炮爆炸了,把烤得半焦的主仆二人抛到地下。一场"决斗"就这样胜利地结束了。

公爵夫妇见主仆二人乖乖受骗,得意极了,决计把玩笑继续开下去,他们答应以堂吉诃德名义让桑丘去海岛做"总督"。临上任前,堂吉诃德对桑丘作了长篇语重心长的告诫。

"桑丘朋友,我说不尽地感谢上天,因为我还没碰到好运,你先交上好运了。我本来指望靠我交了好运来酬报你;现在我的运道刚有转机,你却抢在头里,好运从天外飞来了。有些人纳贿呀,请客托人呀,贪黑起早地争夺,还是一场落空;别人跑来,不知怎么的,大家向往的职位一下子稳稳地到了他手里。这就是老话说的:'事成事败,全看运道好坏'①。我看透你是个傻瓜;你不起早,不熬夜,也没有卖什么力,只不过沾了点游侠骑士的边儿,现成做了海岛总督,不费吹灰之力。桑丘啊,我这话无非叫你别自以为功有应得,却该感谢上天的宏恩和骑士道的大力。儿子啊,官场是波涛凶恶的大海,你就要卷进风浪去了。我现在来给你指引航路,导你安然进港——我就好比是你的加东②吧;你该好好儿听取我的忠诫。

"儿子,你首先得畏惧上帝,'畏惧上帝,智慧自生'③。有智慧就不会做错事。

"第二,你得观察自己,求自知之明;这是最难能可贵的。有自知之明,就不至于像妄想和牯牛相比的蛤蟆那样自大④。你得意忘形的时候,只要想想自己在家乡当过牧猪奴,你就会像开屏的孔雀看到了自己那双丑脚丫子⑤。"

桑丘答道:"对,不过我养猪的时候还是个孩子呢。我成了小伙子就赶鹅不赶猪了。我觉得这也不要紧,做总督的不全是帝王家的子孙呀。"

堂吉诃德说:"是啊,出身卑微的,当了官应该宽严适中,小心谨慎,才免得人家嘀嘀咕咕话里带刺;随你什么地位,都逃不了人家议论的。

"桑丘,你不妨夸说你的贫贱出身;你说自己世世代代是庄稼人,不会低了身份。人家瞧你不引以为耻,就不会来侮辱你。你宁可夸耀自己是贫贱的好人,不是富贵的坏人。穷出身升做教皇或大皇帝的不知多少,我若一一举例,准叫你不耐烦呢。

"桑丘,你记着:假如你一心向往美德,以品行高尚为荣,你就不必羡慕天生的贵人。血统是从上代传袭的,美德是自己培养的;美德有本身的价值,血统只是借光。

"所以,你当了岛上的总督,如有亲戚来访,不要撵他走,或得罪他,应该留他住下,殷勤款待。上天生人,不愿意他们互相鄙薄;你待人宽厚,可以上应天意,下顺人情。

"总督不宜老是单身不接家眷。假如你接了老婆去,就得指导她、教育她,把她生来的粗蠢洗净磨光。贤明的总督往往有些善政,可是总给愚蠢的老婆败坏了。

"万一你成了鳏夫——这是谁都保不定的——凭自己的官职想娶个更好的夫人,你别娶那种靠着你弄钱的女人,拿着你的帽子,嘴里说'不要,不要'⑥。我认真告诉你,法官老婆勒索的贿赂,到天地末日,都得由她丈夫还;生前没放在心上的账,到那时得加四倍还偿。

"无识之徒自作聪明,往往很喜欢随意判决案件。你千万别那样。

"你不能只耳听富人的声音,该眼看穷人的涕泪;可是也不能存心偏袒。

"富人许愿送礼也罢,穷人的哭求哀告也罢,你总得尽力查明真相。

"对犯人能宽恕就别苛酷;执法严厉,不如存心忠厚的声名好。

---

① 西班牙谚语。

② 加东指古罗马纪元前二三世纪的政治家。

③ 参看《旧约全书》中《诗篇》一百一十一篇第十章。

④ 指伊索(Esope)和费德罗(Fedro)寓言里的蛤蟆。

⑤ 西班牙传说,孔雀开屏时自炫其美,但看到自己一双脚很丑,就羞惭而收拢开屏的尾巴。

⑥ 西班牙谚语:"不要,不要,扔我的帽子里吧。"这是挖苦某种修士拿着帽子求乞,却自说不接受施舍。

"你执法时手下留情,不要是因为受了贿赂,应该是出于恻隐之心。

"如果你审判冤家的讼案,该撇开私愤,尽力实事求是。

"审判案件,自己别动感情,弄得是非不明。判错了案,往往不能挽救;即使能挽救,也得赔掉名誉甚至财产。

"如有美女告状,你该避开眼睛,别看她流泪,转过耳朵,别听她叹气,只把她的状子仔细推究;免得她的泪水淹没了你的理智,她的叹气动荡了你的操守。

"如果对犯人势必动刑,就不要辱骂。那倒霉家伙受了刑罚已经够苦恼的,你不用再恶语伤人。

"罪恶是人的生性,你该把处分的犯人看作本性未改的可怜虫。只要不损害对方当事人,要尽量宽恕。仁爱和公正尽管同是上帝的品德,我们看来,仁爱比公正更光荣伟大。

"桑丘,你要能听我这些告诫,你享的年寿就会长,你的声名会流传悠久,俸禄吃不完,福气说不尽,你的儿女婚姻如意,子孙都算得世家子弟;你自己过得平安,和大家处得融洽,到你百岁的时候,你的重孙们会依依恋惜,给你合上眼睛。我刚才是教你怎样洗刷精神,现在听我教你怎样修饰仪表。"

听了堂吉诃德那一席话,谁不说他识见高明、志趣高尚呢?可是这部大著里屡次说过,他只牵涉到骑士道才发疯,议论别的事神志很清楚,因此他的言和行总不合拍。他给桑丘的第二套告诫讲得很俏皮,愈显得他疯虽疯而通达人情世故。桑丘全神贯注地听着,尽力记在心上,看来他准备上任一一奉行,做一个好总督。堂吉诃德接着说:

"你该怎样照管自己一身和一家呢?桑丘,你第一要清洁。指甲得剪干净,别学人家养长指甲。那种人以为长指甲衬得手美,不知道指甲长了就不是指甲,却是鹰爪子了。这是怪腌臜的坏习惯。

"桑丘,不要松着腰带,邋邋遢遢;衣服不利索是精神萎靡的表现。尽管恺撒大帝穿衣服也松松散散,大家认为那是故意装的[①],所以不足为凭。

"小心捉摸一下你那个职位有多少进账。假如有钱给佣人做制服,别讲究华美,只求大方、适用,而且该兼顾穷人——就是说,假如有钱做六套制服,你只做三套,省下钱照顾三个穷人有衣穿。那么,你不仅在人世间有人伺候,到了天堂也有人伺候。这样分发制服是个创举,爱摆阔的人是想不到的。

"别吃大蒜和葱头,免得人家闻到味道就知道你是乡下佬。

"走路要慢,说话要沉着,可是别像自己恭听自己说话似的,'凡是矫揉造作都讨厌'。

"'节制饮食,晚饭少吃'[②],因为全身的健康都靠胃的消化。

"喝酒别尽量;喝过了量,就保不定泄露秘密,或背约失信。

"桑丘,你当心别两边牙齿一起嚼,也不要当着人噫气。"

桑丘说:"我不懂什么'噫气'。"

堂吉诃德说:

"桑丘啊,'噫气'就是'打嗝儿'。'打嗝儿'这词儿虽然很生动,却是咱们语言里最恶心的

---

① 参看苏威东尼欧《恺撒大帝传》第四十五章。

② 两句西班牙谚语。

词儿，所以斯文人就采用文言，不说‘打嗝儿’，说‘噫气’；不说‘打个嗝儿’，说‘噫口气’。这种字眼尽管有人不了解，也不要紧，一习惯就用上了，也就很容易了解。这样会丰富语言，语言是通俗应用出来的。”

桑丘说：“先生，您叫我别打嗝儿的话，我真得记在心上，因为我老爱打嗝儿。”

堂吉诃德说：“桑丘啊，说‘噫气’，别说‘打嗝儿’。”

桑丘答道：“我以后说‘噫气’，一定不忘记。”

“还有，桑丘，你说话总乱用大批成语；以后别那样。成语是简短的格言，你用不上也硬扯上，说得不像格言，倒像废话了。”

桑丘说：“那可只有上帝才改得了我。我肚里的成语比一本书里的还多；我一说话，那些成语一拥齐来，争先出口；我的舌头碰上哪句就说出来，顾不得合适不合适。不过我以后留心，当了大官不合身份的成语就不用。反正‘阔人家的晚饭，说话就得’；‘条件讲好，不用争吵’；‘打警钟的人很安全’；‘自留还是送人，应该有个分寸’。①”

堂吉诃德对桑丘作了全面、具体的告诫后，说道：

“桑丘，这些话咱们甭再多说。你总督做不好，是你的罪过，也替我丢脸。不过我可以自慰：我能见到的，都认真告诫你了；我已经尽了责任，许你的海岛，你也到手了。我只怕你把那海岛搞得一团糟；我如果及早告诉公爵，你这个小胖子只是一个塞满了成语和鬼主意的口袋儿，那海岛就不致遭殃。所以我心上总在疑惑不安。桑丘啊，但愿上帝指示你、督促你居官尽职，让我也放下了心。”

桑丘答道：“先生，假如您觉得我不配做这个总督，我马上就辞官退位。我对自己灵魂上的一星半点，看得比全身还宝贵。我是白身的桑丘，面包葱头总吃得饱，做了总督，吃竹鸡阉鸡，也不过一饱。况且‘不论贫富贵贱，睡着了全都一样’②。其实，你想想吧，做总督的事当初还是您跟我讲的，我像个秃鹰似的③，懂得什么海岛总督呀。假如您认为我做了总督要给魔鬼带走，那我宁愿做桑丘上天堂，不愿做总督下地狱。”

堂吉诃德说：“天晓得，桑丘，单凭你这两句话，就配做一千个海岛的总督呢。你天性好；如果天性不好，有学问也不稀罕。你只求上帝保佑，自己抱定宗旨不要游移：就是说，认真把事情办好。人有善心，天必助之。现在咱们吃饭去吧，公爵大人和夫人准在等咱们了。”

且说桑丘带着随从，到了一个有千把居民的小城里；那是公爵属下一块上好的地方。城名“布拉它琉”；那些人就哄桑丘说岛名“不让他留”，双关着和他恶作剧的用意④。城四围有墙；桑丘到了城门口，满城官员都出来迎接；城里一片钟声，居民都欢欣庆祝。他们前呼后拥，把桑丘送到大教堂去向上帝谢恩；又行了些胡闹的礼节，把城门的钥匙献给他，表示永远奉他为本岛总督。新总督身上的衣服、脸上的胡子和矮胖的身材使不知就里的人很惊奇，甚至知道底细的那许多人看了也觉诧异。大家把桑丘从教堂送到官厅大堂，请他登座；公爵的总管就对他说：

---

① 四句西班牙成语。

② 西班牙谚语。

③ 桑丘往往用老鹰作为机灵的标准，这里他把秃鹰作为呆笨的标准。

④ 城名 Baratario；西班牙古文 barato 是开玩笑的意思，因而引申出岛名 Barataria。

“总督先生,这座著名的岛上向来有个老规矩:总督上任得解答一个疑难问题,让老百姓领教,知道新来的大人是福星还是灾星,大家可以开心还是得担心。”

当时桑丘正在瞧他对面墙上一堆大字。他不认识,就问墙上画的是什么东西。有人答道:

“总督大人,墙上记着您到任的日期,说是:‘某年月日,堂桑丘·潘沙来作本岛主人,敬祝平安久任。’”

桑丘问道:“堂桑丘·潘沙指谁呢?”

总管答道:“您大人啊。岛上除了这个座儿上的潘沙,没有第二位呀。”

桑丘说:“那么,我告诉你,老哥,我不称‘堂’;我家世世代代都没有这个称号。我只叫桑丘·潘沙;我父亲也叫桑丘,祖父也叫桑丘,都是潘沙,没什么‘堂’呀‘堂娜’的头衔。看来这座岛上的‘堂’比石子还多呢。可是不要紧,天晓得,我若能做上四天总督,说不定把这些‘堂’扫除得一干二净;这成群的‘堂’准像蠛蠓一样讨厌。总管先生有什么问题,请问吧。不管老百姓开心或担心,我总尽力解答。”

这时公堂上来了两个人:一个老乡打扮,一个拿着把剪子,看来是个裁缝。那裁缝说:

“总督大人,我和这老乡是来告状的。各位请原谅,我是个裁缝;谢天,我是考试合格的。昨天这位老乡到我店里来,拿出一块布,问我说:‘先生,这块布够做一只便帽吗?’我量了布说够做。他大概存心卑鄙,又对裁缝有成见,疑心我要偷他的布——我的猜想是不错的。他就问我够不够做两只。我看透他的心思,我说够做。他小人贪心,添上一只又一只;我总说够做。我们直添到五只帽子。这会儿他来取,我就交给他了。他不付工钱,反要我不赔他钱就还他布。”

桑丘问对方:“老哥,是这么回事吗?”

那老乡说:“是的呀,先生;可是您叫他把那五只帽子拿出来瞧瞧吧。”

裁缝说:“好啊。”

他就从大氅底下伸出一只手,五个指头各戴着一只小帽子,说道:

“这就是叫我做的五只便帽。我凭上帝和良心发誓:他那块布没一点多余了。我的活儿可以给裁缝业检查员鉴定。”

大家听了这个新奇的案件,看了这许多帽子,哄堂大笑。桑丘想了一想,说道:

“我看这个案子不用多费周折,凭正人君子的识见马上就能判决。大家听我宣判:裁缝赔掉工钱,老乡赔掉布,帽子送给牢里的犯人①,事情就完了。”

桑丘刚判处了牧户的钱包②,公堂上大家都很佩服;现在听了这个判决,不由得哈哈大笑。可是总督的命令还是执行了。这时又来了两个老人,其中一个扶着一支竹杖。那不拿杖的老头儿说:

“总督大人,我好久前照应这位老先生,借给他十元金艾斯古多,讲明随时我要,他就得还。我瞧他当时很拮据,若要还债就更窘了,所以好些时候没向他要。可是我觉得他无心还债,就向他要了好几回。他不但不还,还抵赖说没借过那笔钱;假如借过,早已还了。我借钱给他并没有证人;他还钱也没人看见,因为他压根儿没还。我要求您让他发个誓。他若能发誓说已经把钱还我,无论在他生前或死后,我就把那笔账勾销了。”

---

① 作者借桑丘之口,嘲笑法院把没收的低劣的东西给狱囚使用。

② 这句话不接上文,想是作者最初先叙下面牧户的案子,后来把裁缝的案子挪前了,却忘记改正。

桑丘道:“使拐棍儿的老先生,你听了刚才的话有什么说的吗?”

那老人答道:

“总督大人,我是借过他十个金艾斯古多。请您垂下手里的杖让我发誓吧[①]。他既然愿意凭发誓为准,我可以发誓确已还清了他那笔债。”

总督垂下执法的杖。那老头儿好像手拿竹杖不便,交给对方代拿,然后摸着总督杖头的十字架说:他的确借过原告追索的十个金艾斯古多,可是他已经亲手还给原告;原告没有放在心上,还只顾讨债。总督大人就问债主有何申辩。债主说:他知道债户说话可靠,又是个好基督徒,决不会撒谎;想必是他自己忘记了钱是什么时候、怎么还的,反正他以后再不向他要了。债户重又接过竹杖,低头退出公堂。桑丘瞧他忙不迭地只顾走了,又看到债主那副无可奈何的样子,就低头把右手食指点在眉心鼻梁上想了一下。他随即抬头,下令叫扶杖的老人回来。桑丘对他说:

“老先生,你把这支杖给我,我有用呢。”

老人说:“好啊,总督大人,您拿去吧。”

他把杖交给桑丘。桑丘拿来就交给原告说:

“上帝保佑你吧,你那笔钱现在还你了。”

老人说:“还我了?总督大人,这支竹杖值十个金艾斯古多吗?”

总督说:“值啊,要是不值,我就是天字第一号的大傻瓜了。请瞧吧,我的本领也许管得了整个国家呢。”

他下令当场把竹杖劈开,里面果然有十个金艾斯古多。大家佩服得很,觉得这位总督俨然又是个所罗门[②]。大家问他怎么知道十个金艾斯古多就在竹杖里。他说,那老人先把竹杖交给对方,然后发誓说他确实把钱还了,发完誓又要回竹杖,他因此想到那笔钱是在竹杖里。可见,总督尽管是傻瓜,上帝会教他判案;而且他听村上神父讲过这么一桩故事,就牢牢记住了——他如果不是老把要记的事忘掉,整个岛上找不到第二个那么好记性的人。那两个老头儿一个洋洋得意,一个默默羞惭,都退出公堂。在旁的都惊叹不止,为桑丘作传的人到现在还断不定他是否真傻。

这个案子刚了结,马上又来一个女人,一把抓着个男人;照他的服装,像富裕的牧户。女人大嚷道:

“别叫我受屈呀!总督先生,还我公道呀!这个世界上要没有公道,我得上天去找!青天大人呀,这坏家伙在野地里抓住我,把我糟蹋了。我真是倒霉呀!我二十三四年的干净身子,无论摩尔人、基督徒、本地人、外乡人,谁也没敢侵犯,却给他玷污了!我向来比软木树还坚硬,保得自己像火里的金蛇一样纯,像荆棘里的羊毛一样白,现在却让这家伙现成受用了。”

桑丘说:“这风流家伙是不是现成受用了你,还得瞧证据呢。”

他转脸问那男人,对女人告的状有什么申辩。那人很窘,答道:

“各位先生,我是个可怜的猪贩子。今天早上我出城卖掉四头猪(请不嫌冒昧),纳了税又经过种种克剥,四头猪的价钱差不多赔光了。我回家路上碰到这位大娘。专爱捣乱的魔鬼把我们俩配了对儿。我没有少给她钱,可是她心不足,抓住我不放,把我直揪到这里。她说我强迫了她。我发誓——我马上可以发誓,她是撒谎呢。我讲的全是真话,没一点虚假。”

---

① 长官执行职务的杖头有个十字架,诉状的人摸着十字架发誓。

② 以色列纪元前1033—975的贤王,专能判断疑难案件。

总督问他是否带着银钱。他说身上小皮包里有20杜加。总督命令他掏出钱包,原封不动交给原告;牧户抖索索地照办了。女人拿到钱包,对大家行了上千个敬礼,又为这位庇护弱女的总督大人祷求上帝,祝他健康长寿。她先看了钱包里确是银钱,就两手紧抓着钱包走了。牧户含着两包泪,一双眼睛一颗心还直盯着自己的钱包。桑丘等女人出门,就对牧户说:

"老哥,快去追那女人,硬把她那钱包夺下,拉她一起回来。"

那人不傻不聋,马上奉命,一道电光似的直飞出去。大家都全神贯注等着这对男女。只见他们俩扭成一团,比初来时更扭得紧。女的掀起裙子,把钱包兜在里面;男的揪着要夺,可是女的死抱着,怎么也夺不下。她大嚷道:

"维持上帝的公道啊!维持世人的公道啊!总督先生,您瞧瞧,这混蛋不要脸,也没点儿怕惧,闹市的大街上,意想夺您判给我的钱包呢!"

总督问道:"他夺了你的吗?"

女人答道:"哪里夺得了!夺了我的命也夺不了我的钱包!我成了听话的小乖乖了!这倒霉蛋!臭脓包!叫他休想!他对付得了我呀!铁钳、铁锤、榔头、凿子都打不开我的铁拳头!狮爪也不是对手!先得剖开我的身子,挖出我的心才行呢!"

那男人说:"她说得不错,我认输了,实在没那么大力气夺她的钱包,只好算了。"

总督对那女人说:

"你真是又有志气、又有力气!把钱包拿来我瞧。"

她就把钱包交上。总督把钱包还给牧户,然后对这个力大无敌的女人说:

"大姐啊,如果用你保住钱包的一半力气来保你自己的身体,赫尔克利斯也不能屈服你!走吧,让上帝痛罚你!这座海岛周围六哩瓦以内不许你再露面,再来就抽你200鞭!你这个造谣无耻的骗子!快给我走吧!"

那女人气怯,满不情愿地低头走了。总督对那男人说:

"老哥,上帝保佑你,拿着钱回家吧!以后你要是不愿意丢钱,别再去寻双找对儿。"

那人喃喃道谢,也就回去了。旁观众人觉得新总督明鉴万里,越发钦佩。记录他言行的历史家把这些事一一记下,公爵大人急着要看呢。

咱们且把好桑丘撇在这里吧;因为他主人给阿尔迪西多女拉唱落了魂,得赶紧去看视他。

堂吉诃德这几天在公爵府里也没有得到一刻安宁。晚上,公爵夫人的一个侍女在他的敞开的窗前唱歌表示求爱。因他对杜尔西内娅忠贞不贰,就关上了窗子。第二天晚上,侍女又来了。正当他用歌声谢绝侍女的"痴情"时,突然在甬道里出现了一条系着一百多个铃铛的绳子,随即又倒进来一大袋猫儿,它们的尾巴上都系上了小铃铛。于是铃铛声和猫叫声闹成一片,堂吉诃德毛骨悚然。有三只猫从窗格上落进堂吉诃德的卧房,东蹿西跳,好似成群的魔鬼。堂吉诃德举剑乱刺。有一只猫跳到他的脸上,抓住鼻子乱咬,痛得他大喊大叫。待公爵夫妇赶来将猫儿从他脸上拉走时,可怜这位"狮子骑士"的脸已被抓得鲜血淋淋,鼻子也不很完整了。

堂吉诃德在屋里养伤时,公爵夫人的傅姆真的来向堂吉诃德求救。她说,她的女儿被一个大富农的儿子骗上手后就抛弃了。告到公爵那里,公爵不管,只好请堂吉诃德做主。公爵夫妇知道此事后,决定让堂吉诃德与富农的儿子来一场决斗。富农的儿子闻讯逃走,公爵让一位受过训练的小厮代替他。小厮瞧见了傅姆漂亮的女儿后,立即爱上了她,表示不愿拼命,愿和她结婚。傅姆的女儿也表示愿做小厮正式的妻子,不愿做绅士玩弄的女人。这场决斗堂吉诃德不战而胜。

堂吉诃德认为自己还有拯救世人苦难的责任,不应在公爵府享受。于是第二天清早就向公爵夫妇告辞,踏上了通往萨拉果萨的大道。当他在客店里看到伪书《堂吉诃德》第二部把他们主仆二人污蔑得不成体统时,一心要揭露伪作者的谎言,于是改道直达巴塞罗那,因为巴塞罗那也有比武。

在路上,主仆二人遇到侠盗罗盖·吉那特,由罗盖介绍,堂吉诃德主仆认识了巴塞罗那城的富绅安东尼奥。安东尼奥是个喜欢开玩笑的人。一天,他带堂吉诃德在街上闲逛时,偷偷在他的背衣上钉了一方羊皮纸,用大字写着"这是堂吉诃德·台·拉·曼却"。街上行人见了堂吉诃德背上的标签,都跟着他,念着他的名字,堂吉诃德高兴地说:谁当了骑士就名满天下,到处都知道他。安东尼奥又带堂吉诃德主仆二人到海船上参观,舰队司令按贵宾仪式的规格接待了他们。

一天清早,堂吉诃德披戴着全副盔甲到海边闲逛。忽见一位骑士迎面而来,也全身披挂,自称"白月骑士"。他对堂吉诃德说:我为了自己的情人特来和你比武,看看你有多大力气。而且一定要堂吉诃德承认杜尔西内娅不如他的情人美。堂吉诃德不同意,于是接受了"白月骑士"的挑战。决斗的条件是:如果"白月骑士"赢了,堂吉诃德就放下武器,在家待一年,剑把子也不许碰一下。若是"白月骑士"输了,他的脑袋由堂吉诃德处置。总督和安东尼奥闻讯赶来,总督以为这不是真决斗,也就同意了。只见"白月骑士"纵马猛冲,把堂吉诃德撞落马下。堂吉诃德摔得浑身疼痛,昏昏沉沉,只好放下武器。"白月骑士"得胜后,要求堂吉诃德实践诺言。他向总督行了礼,不急不慢地回城去了。总督让安东尼奥跟着"白月骑士",设法打听他的来历。原来"白月骑士"是参孙学士,他这次又是专程来哄堂吉诃德回家的。

堂吉诃德回家后,向往宁静的田园生活,想当个牧羊人,但因受骑士小说的困扰,忧郁成疾,卧床不起。弥留之际,他觉得心里豁然开朗,开始认识到骑士小说都是胡说八道。他立下遗嘱,要他的遗产继承人——外甥女安东尼娅·吉哈娜嫁一个从未读过骑士小说的人,否则,就得不到他的财产。三天后,堂吉诃德在亲友们的悲悼声中与世长辞了。奇情异想的拉·曼却绅士堂吉诃德如此结束了一生。

参孙学士给他写了一首墓铭:"邈兮斯人,勇毅绝伦,不畏强暴,不恤丧身,谁谓痴愚,震世立勋,慷慨豪侠,超凡绝尘,一生惑幻,临殁见真。"这墓铭,恰如其分地概括了堂吉诃德的人品和一生。

罗密欧与朱丽叶

作者威廉·莎士比亚(1564—1616)是欧洲文艺复兴时期文学的代表人物,英国最伟大的戏剧家,世界文学史上最伟大的文学家之一。

莎士比亚一生创作了39部剧本、两首长诗、154首十四行诗,以及若干首不同题材的短诗。研究者根据创作类型、思想倾向和风格等因素,把莎士比亚的创作生涯分为三个时期。

第一个时期大约从1590年至1600年,主要创作的是历史剧和喜剧。历史剧有《理查三世》(1592),《亨利四世》上、下篇(1597),《亨利五世》(1598)等,它们以英国王位继承问题为核心,生动地再现了为争夺王位,兰开斯特与约克这两大王族的杀伐,英法两国的战争,以及罗马天主教势力的干预,系统反映了英国自13世纪到16世纪近350年的社会历史,对谋权篡位的倒行逆施,给予了痛切的谴责,准确把握了近350年英国由乱到治、由封建割据到民族统一、从王权争夺到定于一尊的历史进程的脉动。莎士比亚在第一个时期创作的喜剧有《爱的徒劳》(1594)、《仲夏夜之梦》(1595)、《威尼斯商人》(1596)、《温莎的风流娘儿们》(1598)、《无事生非》(1598)、《皆大欢喜》(1599)、《第十二夜》(1600)等10部。这些喜剧主要表现爱情、婚恋和友谊主题,结局圆满。莎士比亚的喜剧属于青春浪漫喜剧,剧情欢快,语言华美,抒情气氛浓郁。莎士比亚还惯用乔装、小丑、戏中戏等喜剧元素,使作品充满戏谑和惊喜,剧情也更加生动有趣。

第二个时期(1601—1607)是莎士比亚的悲剧时期,也是他戏剧创作的高峰期,创作了著名的"四大悲剧"《哈姆莱特》(1601)、《奥赛罗》(1604)、《李尔王》(1605)、《麦克白》(1606),以及《安东尼与克莉奥佩特拉》(1606)、《科利奥兰纳斯》(1607)、《雅典的泰门》(1607)等悲剧作品。莎士比亚转向悲剧创作,与这个时期英国王位更替导致的各方势力斗争加剧,社会矛盾激化,局势动荡不安,以及一些具体事件的打击和影响有关,这使他对现实的认识深化,人生态度趋于悲观,创作遂转向悲剧。莎士比亚的悲剧表现权力、金钱、嫉妒、情欲等对人性的扭曲与摧残,对仁爱、真诚等美德和理性、正义等原则的践踏;对谋权篡位、负义背叛、肆意报复等罪恶行为,给予了痛切的批判。他还塑造了一些具有人文主义理想的正面人物,描写他们与邪恶势力所进行的艰难斗争,以及他们的毁灭和道义的力量;也表现了一些英雄主人公因性格缺陷,走向堕落,招致死亡。这些悲剧的风格沉郁、悲怆、愤激。

在第三个时期(1608—1612),莎士比亚创作的主要是传奇剧,有《辛白林》(1609)、《冬天的故事》(1610)和《暴风雨》(1612)等。这些作品以宽恕和解为主题,剧中主人公先是遭遇巨大磨难,最终亲人团聚、恋人幸福、回归家园,结局圆满;而带来这些转机的是魔法、信物、机缘等超自然或偶然的力量。作品的风格空灵奇幻。

《罗密欧与朱丽叶》(1594)是莎士比亚早期创作的一部悲剧,共五幕19场,在第一幕和第二幕之前,各有一首开场诗。剧中的罗密欧与朱丽叶在一次舞会上一见钟情,但他们的家族却有世仇,朱丽叶的父亲还要为她包办婚姻。两个年轻人冲破封建陋习的束缚,追求爱情自由,最终酿成悲剧,双双自杀殉情。《罗密欧与朱丽叶》不仅具有鲜明的反封建内容,还歌颂了纯真的爱情。该剧是莎士比亚悲剧中抒情色彩最为浓郁的一部,尤其是罗密欧与朱丽叶在花园阳台上下抒发爱情的两场戏,情绪饱满奔放,意象绵密,诗意盎然,历来为读者观众所称颂。频繁出现的插科打谐和双关语,也为该剧增添了喜剧色彩。戏剧的背景是意大利名城维洛那,主要人物是蒙太古之子罗密欧、凯普莱特之女朱丽叶。其他重要人物有维洛那亲王、蒙太古、凯普莱特、劳伦斯神父、朱丽叶的乳媪、帕里斯等。现参照朱生豪中文译本(《莎士比亚全集》第一卷,人民文学出版社 2014 年版)分幕介绍或节选如下。

第一幕

第一场 维洛那。广场

意大利北方城市维洛那。凯普莱特家族的两个仆人与蒙太古家族的仆人在街上寻衅,引起凯普莱特的侄子提尔伯特和蒙太古的侄子班伏里奥打斗,一群市民随即持棍棒加入,凯普莱特与蒙太古也到街上相互叫骂,准备动手。直到亲王出场,严厉训斥了双方,制止了两个家族的械斗。

蒙太古的儿子罗密欧上场。罗密欧此时正在追求一名叫罗瑟琳的女子,他表现出对恋人的崇拜和追求不得的忧郁。

罗密欧 唉!想不到爱神蒙着眼睛,却会一直闯进人们的心灵!我们在什么地方吃饭?哎哟!又是谁在这儿打过架了?可是不必告诉我,我早就知道了。这些都是怨恨造成的后果,可是爱情的力量比它要大过许多。啊,吵吵闹闹的相爱,亲亲热热的怨恨!啊,无中生有的一切!啊,沉重的轻浮,严肃的狂妄,整齐的混乱,铅铸的羽毛,光明的烟雾,寒冷的火焰,憔悴的健康,永远觉醒的睡眠,否定的存在!我感觉到的爱情正是这么一种东西,可是我并不喜爱这一种爱情。你不会笑我吗?

班伏里奥 不,兄弟,我倒是有点儿想哭。

罗密欧 好人,为什么呢?

班伏里奥 因为瞧着你善良的心受到这样的痛苦。

罗密欧 唉!这就是爱情的错误,我自己已经有太多的忧愁重压在我的心头,你对我表示的同情,徒然使我在太多的忧愁之上再加上一重忧愁。爱情是叹息吹起的一阵烟,恋人的眼中有它净化了的火星,恋人的眼泪是它激起的波涛。它又是最智慧的疯狂,哽喉的苦味,吃不到嘴的蜜糖。再见,兄弟。(欲去。)

班伏里奥 且慢,让我跟你一块儿去;要是你就这样丢下了我,未免太不给我面子啦。

罗密欧 嘿!我已经遗失了我自己;我不在这儿;这不是罗密欧,他是在别的地方。

班伏里奥 老实告诉我,你所爱的是谁?

罗密欧 什么!你要我在痛苦呻吟中说出她的名字来吗?

班伏里奥 痛苦呻吟!不,你只要告诉我她是谁就得了。

罗密欧 叫一个病人郑重其事地立起遗嘱来!啊,对于一个病重的人,还有什么比这更刺痛他的心?老实对你说,兄弟,我是爱上了一个女人。

班伏里奥 我说你一定在恋爱,果然猜得不错。

罗密欧 好一个每发必中的射手!我所爱的是一位美貌的姑娘。

班伏里奥 好兄弟,目标越好,射得越准。

罗密欧 你这一箭就射岔了。丘匹德的金箭不能射中她的心;她有狄安娜女神的圣洁,不让爱情软弱的弓矢损害她的坚不可破的贞操。她不愿听任深怜密爱的词句把她包围,也不愿让灼灼逼人的眼光向她进攻,更不愿接受可以使圣人动心的黄金的诱惑;啊! 美貌便是她巨大的财富,只可惜她一死以后,她的美貌也要化为黄土!

班伏里奥　那么她已经立誓终身守贞不嫁了吗?

罗密欧　她已经立下了这样的誓言,为了珍惜她自己,造成了莫大的浪费;因为她让美貌在无情的岁月中日渐枯萎,不知道替后世传留下她的绝世容华。她是个太美丽、太聪明的人儿,不应该剥夺她自身的幸福,使我抱恨终天。她已经立誓割舍爱情,我现在活着也就等于死去一般。

班伏里奥　听我的劝告,别再想起她了。

罗密欧　啊! 那么你教我怎样忘记吧。

班伏里奥　你可以放纵你的眼睛,让它们多看几个世间的美人。

罗密欧　那不过格外使我觉得她的美艳无双罢了。那些吻着美人娇额的幸运的面罩,因为它们是黑色的缘故,常常使我们想起被它们遮掩的面庞不知多么娇丽。突然盲目的人,永远不会忘记存留在他消失了的视觉中的宝贵的影像。给我看一个姿容绝代的美人,她的美貌除了使我记起世上有一个人比她更美以外,还有什么别的用处? 再见,你不能教我怎样忘记。

班伏里奥　我一定要证明我的意见不错,否则死不瞑目。(同下。)

第二至第三场

贵族帕里斯希望凯普莱特把女儿朱丽叶嫁给自己,凯普莱特要求他直接向女儿表白。凯普莱特随即决定举办一场盛大晚会,邀请全城名媛淑女参加,为帕里斯求偶创造条件。班伏里奥得到消息,拉罗密欧去跳舞。罗密欧决定参加,但又有一种不祥之感,“觉得有一种不可知的命运,将要从我们今天晚上的狂欢开始它的恐怖统治,我这可憎恨的生命,将要遭遇惨酷的夭折而告一结束”。在晚会上,罗密欧第一次见到朱丽叶,立刻惊为天人。他由衷的恭维话打动了朱丽叶,二人一见钟情。

第　二　幕

第　一　场

凯普莱特家的晚会散场时,罗密欧从乳娘口中知道了与他跳舞的姑娘是仇家凯普莱特的女儿。他虽然为此感到沮丧,但没有气馁。他随后来到小巷,爬墙跳进凯普莱特家的花园,希望能再见到朱丽叶。

班伏里奥和茂丘西奥上场,他们找不到罗密欧,断定他是翻墙到花园里去了。他们叫罗密欧,却没有人应答,发了一通议论后只得离开了。

第二场　同前。凯普莱特家的花园

罗密欧上。

罗密欧　没有受过伤的才会讥笑别人身上的创痕。(朱丽叶自上方窗户中出现)轻声! 那边窗子里亮起来的是什么光？那就是东方，朱丽叶就是太阳！起来吧，美丽的太阳！赶走那妒忌的月亮，她因为她的女弟子比她美得多，已经气得面色惨白了。既然她这样妒忌着你，你不要忠于她吧；脱下她给你的这一身惨绿色的贞女的道服，它是只配给愚人穿的。那是我的意中人；啊！那是我的爱；唉，但愿她知道我在爱着她！她欲言又止，可是她的眼睛已经道出了她的心事。待我去回答她吧；不，我不要太卤莽，她不是对我说话。天上两颗最灿烂的星，因为有事他去，请求她的眼睛替代它们在空中闪耀。要是她的眼睛变成了天上的星，天上的星变成了她的眼睛，那便怎样呢？她脸上的光辉会掩盖了星星的明亮，正像灯光在朝阳下黯然失色一样；在天上的她的眼睛，会在太空中大放光明，使鸟儿误认为黑夜已经过去而唱出它们的歌声。瞧！她用纤手托住了脸，那姿态是多么美妙！啊，但愿我是那一只手上的手套，好让我亲一亲她脸上的香泽！

朱丽叶　唉！

罗密欧　她说话了。啊！再说下去吧，光明的天使！因为我在这夜色之中仰视着你，就像一个尘世的凡人，张大了出神的眼睛，瞻望着一个生着翅膀的天使，驾着白云缓缓地驰过了天空一样。

朱丽叶　罗密欧啊，罗密欧！为什么你偏偏是罗密欧呢？否认你的父亲，抛弃你的姓名吧；也许你不愿意这样做，那么只要你宣誓做我的爱人，我也不愿再姓凯普莱特了。

罗密欧　（*旁白*）我还是继续听下去呢，还是现在就对她说话？

朱丽叶　只有你的名字才是我的仇敌；你即使不姓蒙太古，仍然是这样的一个你。姓不姓蒙太古又有什么关系呢？它又不是手，又不是脚，又不是手臂，又不是脸，又不是身体上任何其他的部分。啊！换一个姓名吧！姓名本来是没有意义的；我们叫做玫瑰的这一种花，要是换了个名字，它的香味还是同样的芬芳；罗密欧要是换了别的名字，他的可爱的完美也绝不会有丝毫改变。罗密欧，抛弃了你的名字吧；我愿意把我整个的心灵，赔偿你这一个身外的空名。

罗密欧　那么我就听你的话，你只要叫我做爱，我就重新受洗，重新命名；从今以后，永远不再叫罗密欧了。

朱丽叶　你是什么人，在黑夜里躲躲闪闪地偷听人家的话？

罗密欧　我没法告诉你我叫什么名字。敬爱的神明，我痛恨我自己的名字，因为它是你的仇敌；要是把它写在纸上，我一定把这几个字撕成粉碎。

朱丽叶　我的耳朵里还没有灌进从你嘴里吐出来的一百个字，可是我认识你的声音；你不是罗密欧，蒙太古家里的人吗？

罗密欧　不是，美人，要是你不喜欢这两个名字。

朱丽叶　告诉我，你怎么会到这儿来，为什么到这儿来？花园的墙这么高，是不容易爬上来的；要是我家里的人瞧见你在这儿，他们一定不让你活命。

罗密欧　我借着爱的轻翼飞过园墙，因为砖石的墙垣是不能把爱情阻隔的；爱情的力量所能够做到的事，它都会冒险尝试，所以我不怕你家里人的干涉。

朱丽叶　要是他们瞧见了你，一定会把你杀死的。

罗密欧　唉！你的眼睛比他们二十柄刀剑还厉害；只要你用温柔的眼光看着我，他们就不能伤害我的身体。

朱丽叶　我怎么也不愿让他们瞧见你在这儿。

罗密欧　朦胧的夜色可以替我遮过他们的眼睛。只要你爱我,就让他们瞧见我吧;与其因为得不到你的爱情而在这世上捱命,还不如在仇人的刀剑下丧生。

朱丽叶　谁叫你找到这儿来的?

罗密欧　爱情怂恿我探听出这一个地方;他替我出主意,我借给他眼睛。我不会操舟驾舵,可是倘使你在辽远辽远的海滨,我也会冒着风波寻访你这颗珍宝。

朱丽叶　幸亏黑夜替我罩上了一重面幕,否则为了我刚才被你听去的话,你一定可以看见我脸上羞愧的红晕。我真想遵守礼法,否认已经说过的言语,可是这些虚文俗礼,现在只好一切置之不顾了!你爱我吗?我知道你一定会说"是的";我也一定会相信你的话;可是也许你起的誓只是一个谎,人家说,对于恋人们的寒盟背信,天神是一笑置之的。温柔的罗密欧啊!你要是真的爱我,就请你诚意告诉我;你要是嫌我太容易降心相从,我也会堆起怒容,装出倔强的神气,拒绝你的好意,好让你向我婉转求情,否则我是无论如何不会拒绝你的。俊秀的蒙太古啊,我真的太痴心了,所以也许你会觉得我的举动有点轻浮;可是相信我,朋友,总有一天你会知道我的忠心远胜过那些善于矜持作态的人。我必须承认,倘不是你乘我不备的时候偷听去了我的真情的表白,我一定会更加矜持一点的;所以原谅我吧,是黑夜泄漏了我心底的秘密,不要把我的允诺看作无耻的轻狂。

罗密欧　姑娘,凭着这一轮皎洁的月亮,它的银光涂染着这些果树的梢端,我发誓——

朱丽叶　啊!不要指着月亮起誓,它是变化无常的,每个月都有盈亏圆缺;你要是指着它起誓,也许你的爱情也会像它一样无常。

罗密欧　那么我指着什么起誓呢?

朱丽叶　不用起誓吧;或者要是你愿意的话,就凭着你优美的自身起誓,那是我所崇拜的偶像,我一定会相信你的。

罗密欧　要是我的出自深心的爱情——

朱丽叶　好,别起誓啦。我虽然喜欢你,却不喜欢今天晚上的密约;它太仓促、太轻率、太出人意料了,正像一闪电光,等不及人家开一声口,已经消隐了下去。好人,再会吧!这一朵爱的蓓蕾,靠着夏天的暖风的吹拂,也许会在我们下次相见的时候,开出鲜艳的花来。晚安,晚安!但愿恬静的安息同样降临到你我两人的心头!

罗密欧　啊!你就这样离我而去,不给我一点满足吗?

朱丽叶　你今夜还要什么满足呢?

罗密欧　你还没有把你的爱情的忠实的盟誓跟我交换。

朱丽叶　在你没有要求以前,我已经把我的爱给了你了;可是我倒愿意重新给你。

罗密欧　你要把它收回去吗?为什么呢,爱人?

朱丽叶　为了表示我的慷慨,我要把它重新给你。可是我只愿意要我已有的东西:我的慷慨像海一样浩渺,我的爱情也像海一样深沉;我给你的越多,我自己也越是富有,因为这两者都是没有穷尽的。(乳媪在内呼唤)我听见里面有人在叫;亲爱的,再会吧!——就来了,好奶妈!——亲爱的蒙太古,愿你不要负心。再等一会儿,我就会来的。(自上方下。)

罗密欧　幸福的,幸福的夜啊!我怕我只是在晚上做了一个梦,这样美满的事不会是真实的。

朱丽叶自上方重上。

朱丽叶　亲爱的罗密欧，再说三句话，我们真的要再会了。要是你的爱情的确是光明正大，你的目的是在于婚姻，那么明天我会叫一个人到你的地方来，请你叫他带一个信给我，告诉我你愿意在什么地方、什么时候举行婚礼；我就会把我的整个命运交托给你，把你当作我的主人，跟随你到天涯海角。

乳媪　（在内）小姐！

朱丽叶　就来。——可是你要是没有诚意，那么我请求你——

乳媪　（在内）小姐！

朱丽叶　等一等，我来了。——停止你的求爱，让我一个人独自伤心吧。明天我就叫人来看你。

罗密欧　凭着我的灵魂——

朱丽叶　一千次的晚安！（自上方下。）

罗密欧　晚上没有你的光，我只有一千次的心伤！恋爱的人去赴他情人的约会，像一个放学归来的儿童；可是当他和情人分别的时候，却像上学去一般满脸懊丧。（退后。）

朱丽叶自上方重上。

朱丽叶　嘘！罗密欧！嘘！唉！我希望我会发出呼鹰的声音，招这只鹰儿回来。我不能高声说话，否则我要让我的喊声传进厄科[①]的洞穴，让她的无形的喉咙因为反复叫喊着我的罗密欧的名字而变成嘶哑。

罗密欧　那是我的灵魂在叫喊着我的名字。恋人的声音在晚间多么清婉，听上去就像最柔和的音乐！

朱丽叶　罗密欧！

罗密欧　我的爱！

朱丽叶　明天我应该在什么时候叫人来看你？

罗密欧　就在九点钟吧。

朱丽叶　我一定不失信；挨到那个时候，该有二十年那么长久！我记不起为什么要叫你回来了。

罗密欧　让我站在这儿，等你记起了告诉我。

朱丽叶　你这样站在我的面前，我一心想着多么爱跟你在一块儿，一定永远记不起来了。

罗密欧　那么我就永远等在这儿，让你永远记不起来，忘记除了这里以外还有什么家。

朱丽叶　天快要亮了；我希望你快去；可是我就好比一个淘气的女孩子，像放松一个囚犯似的让她心爱的鸟儿暂时跳出她的掌心，又用一根丝线把它拉了回来，爱的私心使她不愿意给它自由。

罗密欧　我但愿我是你的鸟儿。

朱丽叶　好人，我也但愿这样；可是我怕你会死在我的过分的爱抚里。晚安！晚安！离别是这样甜蜜的凄清，我真要向你道晚安直到天明！（下。）

罗密欧　但愿睡眠合上你的眼睛！
但愿平静安息我的心灵！

① 厄科（Echo）是希腊神话中的仙女，因恋爱美少年那耳喀索斯不遂而形消体灭，化为山谷中的回声。

我如今要去向神父求教，
把今宵的艳遇诉他知晓。（下。）

第　三　场

罗密欧一大早去见劳伦斯神父，把自己的心事和打算告诉了他，他希望当天下午与朱丽叶在教堂里举行婚礼。劳伦斯神父不太相信罗密欧对朱丽叶的爱情出自真心，但出于希望两个仇家和好的愿望，同意了他的要求。朱丽叶的乳娘准点找到罗密欧，罗密欧请她把这个消息带给朱丽叶。得到消息的朱丽叶随即赶到寺院，由劳伦斯神父为她和罗密欧举行了婚礼。

第　三　幕

第　一　场

班伏里奥和茂丘西奥在街道上与凯普莱特的侄儿提尔伯特发生争执。茂丘西奥向提尔伯特寻衅，被对方用剑刺死。罗密欧看在朱丽叶的分上本不想动手，但提尔伯特杀了人后仍然很冲，罗密欧只好与他比剑，并杀了他。班伏里奥催促罗密欧赶快离开，否则会被亲王判处死刑。亲王随后上场，问明事件前因后果之后，痛斥两个家族的世仇搅得维罗纳不得安宁，还让亲王的亲戚也赔上了性命。亲王当即宣布，将罗密欧驱逐出维罗纳，若在城里再发现他，立即处死。

第二场　同前。凯普莱特家的花园

朱丽叶上。

朱丽叶　快快跑过去吧，踏着火云的骏马，把太阳拖回到它的安息的所在；但愿驾车的法厄同[①]鞭策你们飞驰到西方，让阴沉的暮夜赶快降临。展开你密密的帷幕吧，成全恋爱的黑夜！遮住夜行人的眼睛，让罗密欧悄悄地投入我的怀里，不被人家看见也不被人家谈论！恋人们可以在他们自身美貌的光辉里互相缱绻；即使恋爱是盲目的，那也正好和黑夜相称。来吧，温文的夜，你朴素的黑衣妇人，教会我怎样在一场全胜的赌博中失败，把各人纯洁的童贞互为赌注。用你黑色的罩巾遮住我脸上羞怯的红潮，等我深藏内心的爱情慢慢地胆大起来，不再因为在行动上流露真情而惭愧。来吧，黑夜！来吧，罗密欧！来吧，你黑夜中的白昼！因为你将要睡在黑夜的翼上，比乌鸦背上的新雪还要皎白。来吧，柔和的黑夜！来吧，可爱的黑颜的夜，把我的罗密欧给我！等他死了以后，你再把他带去，分散成无数的星星，把天空装饰得如此美丽，使全世界都恋爱着黑夜，不再崇拜炫目的太阳。啊！我已经买下了一所恋爱的华厦，可是它还不曾属我所有；虽然我已经把自己出卖，可是还没有被买主领去。这日子长得真叫人厌烦，正像一个做好了新衣服的小孩，在节日的前夜焦躁地等着天明一样。啊！我的奶妈来了。

乳媪携绳上。

朱丽叶　她带着消息来了。谁的舌头上只要说出了罗密欧的名字，他就在吐露着天上的仙音。

---

① 法厄同（Phæthon），是日神的儿子，曾为其父驾驭日车，不能控制其马而闯离常道。故事见奥维德《变形记》第二章。

奶妈，什么消息？你带着些什么来了？那就是罗密欧叫你去拿的绳子吗？

乳媪　是的，是的，这绳子。（将绳掷下。）

朱丽叶　哎哟！什么事？你为什么扭着你的手？

乳媪　唉！唉！唉！他死了，他死了，他死了！我们完了，小姐，我们完了！唉！他去了，他给人杀了，他死了！

朱丽叶　天道竟会这样狠毒吗？

乳媪　不是天道狠毒，罗密欧才下得了这样狠毒的手。啊！罗密欧，罗密欧！谁想得到会有这样的事情？罗密欧！

朱丽叶　你是个什么鬼，这样煎熬着我？这简直就是地狱里的酷刑。罗密欧把他自己杀死了吗？你只要回答我一个"是"字，这一个"是"字就比毒龙眼里射放的死光更会致人死命。如果真有这样的事，我就不会再在人世，或者说，那叫你说声"是"的人，从此就要把眼睛紧闭。要是他死了，你就说"是"；要是他没有死，你就说"不"；这两个简单的字就可以决定我的终身祸福。

乳媪　我看见他的伤口，我亲眼看见他的伤口，慈悲的上帝！就在他的宽阔的胸上。一个可怜的尸体，一个可怜的流血的尸体，像灰一样苍白，满身都是血，满身都是一块块的血；我一瞧见就晕过去了。

朱丽叶　啊，我的心要碎了！——可怜的破产者，你已经丧失了一切，还是赶快碎裂了吧！失去了光明的眼睛，你从此不能再见天日了！你这俗恶的泥土之躯，赶快停止呼吸，复归于泥土，去和罗密欧同眠在一个圹穴里吧！

乳媪　啊！提伯尔特，提伯尔特！我的顶好的朋友！啊，温文的提伯尔特，正直的绅士！想不到我活到今天，却会看见你死去！

朱丽叶　这是一阵什么风暴，一会儿又倒转方向！罗密欧给人杀了，提伯尔特又死了吗？一个是我的最亲爱的表哥，一个是我的更亲爱的夫君？那么，可怕的号角，宣布世界末日的来临吧！要是这样两个人都可以死去，谁还应该活在这世上？

乳媪　提伯尔特死了，罗密欧放逐了；罗密欧杀了提伯尔特，他现在被放逐了。

朱丽叶　上帝啊！提伯尔特是死在罗密欧手里的吗？

乳媪　是的，是的；唉！是的。

朱丽叶　啊，花一样的面庞里藏着蛇一样的心！那一条恶龙曾经栖息在这样清雅的洞府里？美丽的暴君！天使般的魔鬼！披着白鸽羽毛的乌鸦！豺狼一样残忍的羔羊！圣洁的外表包覆着丑恶的实质！你的内心刚巧和你的形状相反，一个万恶的圣人，一个庄严的奸徒！造物主啊！你为什么要从地狱里提出这一个恶魔的灵魂，把它安放在这样可爱的一座肉体的天堂里？哪一本邪恶的书籍曾经装订得这样美观？啊！谁想得到这样一座富丽的宫殿里，会容纳着欺人的虚伪！

乳媪　男人都靠不住，没有良心，没有真心的；谁都是三心二意，反复无常，奸恶多端，尽是些骗子。啊！我的人呢？快给我倒点儿酒来；这些悲伤烦恼，已经使我老起来了。愿耻辱降临到罗密欧的头上！

朱丽叶　你说出这样的愿望，你的舌头上就应该长起水疱来！耻辱从来不曾和他在一起，它不敢侵上他的眉宇，因为那是君临天下的荣誉的宝座。啊！我刚才把他这样辱骂，我真是个畜生!

乳媪　杀死了你的族兄的人,你还说他好话吗?

朱丽叶　他是我的丈夫,我应当说他坏话吗?啊!我的可怜的丈夫!你的三小时的妻子都这样凌辱你的名字,谁还会对它说一句温情的慰藉呢?可是你这恶人,你为什么杀死我的哥哥?他要是不杀死我的哥哥,我的凶恶的哥哥就会杀死我的丈夫。回去吧,愚蠢的眼泪,流回到你的源头;你那滴滴的细流,本来是悲哀的倾注,可是你却错把它呈献给喜悦。我的丈夫活着,他没有被提伯尔特杀死;提伯尔特死了,他想要杀死我的丈夫!这明明是喜讯,我为什么要哭泣呢?还有两个字比提伯尔特的死更使我痛心,像一柄利刃刺进了我的胸中;我但愿忘了它们,可是唉!它们紧紧地牢附在我的记忆里,就像萦回在罪人脑中的不可宥恕的罪恶。"提伯尔特死了,罗密欧放逐了!"放逐了!这"放逐"两个字,就等于杀死了一万个提伯尔特。单单提伯尔特的死,已经可以令人伤心了;即使祸不单行,必须在"提伯尔特死了"这一句话以后,再接上一句不幸的消息,为什么不说你的父亲,或是你的母亲,或是父母两人都死了,那也可以引起一点人情之常的哀悼?可是在提伯尔特的噩耗以后,再接连一记更大的打击,"罗密欧放逐了!"这句话简直等于说,父亲、母亲、提伯尔特、罗密欧、朱丽叶,一起被杀,一起死了。"罗密欧放逐了!"这一句话里面包含着无穷无际、无极无限的死亡,没有字句能够形容出这里面蕴蓄着的悲伤。——奶妈,我的父亲、我的母亲呢?

乳媪　他们正在抚着提伯尔特的尸体痛哭。你要去看他们吗?让我带着你去。

朱丽叶　让他们用眼泪洗涤他的伤口,我的眼泪是要留着为罗密欧的放逐而哀哭的。拾起那些绳子来。可怜的绳子,你是失望了,我们俩都失望了,因为罗密欧已经被放逐;他要借着你做接引相思的桥梁,可是我却要做一个独守空闺的怨女而死去。来,绳儿;来,奶妈。我要去睡上我的新床,把我的童贞奉献给死亡!

乳媪　那么你快到房里去吧;我去找罗密欧来安慰你,我知道他在什么地方。听着,你的罗密欧今天晚上一定会来看你;他现在躲在劳伦斯神父的寺院里,我就去找他。

朱丽叶　啊!你快去找他;把这指环拿去给我的忠心的骑士,叫他来作一次最后的诀别。(各下。)

劳伦斯神父把亲王发布驱逐令的消息告诉了罗密欧,并说这还是亲王宽大处理的结果。罗密欧却以为因此不能再见到朱丽叶,和死没有区别;说到悲痛处,罗密欧甚至想自杀。劳伦斯神父厉声斥责罗密欧鲁莽、没有担当,不是男子汉应有的行为。他建议罗密欧赶快去与朱丽叶会面,然后离开维罗纳,去曼多亚先暂避风头,之后再择机宣布与朱丽叶的婚姻,再请求亲王的赦免。乳母此时也来到寺院,让罗密欧去会朱丽叶。罗密欧狂乱焦躁的心稍稍平复,他赶去与朱丽叶幽会。

第三场

罗密欧和朱丽叶缠绵了一夜,在凌晨告别之际,朱丽叶有不祥的预感,她对罗密欧说:"上帝啊!我有一颗预感不祥的灵魂;你现在站在下面,我仿佛望见你像一具坟墓底下的尸骸。"朱丽叶的父亲因为侄子提尔伯特之死颇为伤感,决定答应朱丽叶的求婚者帕里斯的求婚,婚礼定在三天后举行。第二天一大早,母亲兴冲冲去告诉朱丽叶这个消息,刚送走罗密欧的朱丽叶听到这一消息如五雷轰顶。稍稍冷静后,她坚决拒绝了父母的安排。凯普莱特气得威胁她:“你要是不愿意,我就把你装在木笼里拖了去。”并咒骂她是“不要脸的死丫头,贱东西”。还说:“你倘然是我的女儿,就得听我的话嫁给我的朋友;你倘然不是我的女儿,那么你去上吊也好,做叫化子也好,挨饿也好,死在街道上也好,我都不管。”但朱丽叶没有屈服,决定去找劳伦斯神父想办法。

第 四 幕

神父帮朱丽叶出了一个冒险的主意:朱丽叶假意答应这门婚事,但在结婚前服下一种药水,使她昏睡过去,看上去像死了一样。家人会哀悼她,把她放入家族的墓穴。神父将此事通知罗密欧,使他能在朱丽叶醒后带她远走高飞。朱丽叶回到家里,假意答应父亲为自己安排的婚事,试图以此把父亲稳住。不料父亲一高兴,把婚礼的时间提前到第二天一早。当夜,朱丽叶在准备喝劳伦斯神父为她准备的药水时,脑海中充满了对墓地和死亡的恐惧,但爱使她战胜了这些恐惧,勇敢地喝下药水,假死过去。一切如神父所料,凯普莱特夫妇看到朱丽叶已“死”,悲痛之后,把她的“遗体”送到家族墓地。

第 五 幕

罗密欧在曼多亚焦急地等待着朱丽叶的消息。昨晚他做了一个梦,梦到自己死了,但在朱丽叶吻了他,把生命的气息送到他的嘴唇里之后,他又复活了。罗密欧认为这个梦是一个祥兆,会给他带来好消息。但罗密欧的仆人鲍尔萨泽上场,却带来了坏消息:朱丽叶已经死了,被葬在了家族的墓地。罗密欧不知道这是劳伦斯神父的计谋,以为朱丽叶真的死了。他说了一句:“命运,我诅咒你!”当即决定与她同赴黄泉。他找到一个卖药人,软硬兼施,高价买到毒药,前往朱丽叶的墓地。

劳伦斯神父派同门教士约翰给罗密欧送信,因为遇到瘟疫封锁,没能把信送出去。劳伦斯神父意识到事态严重,决定立即到墓地去。

第三场 维洛那。凯普莱特家坟茔所在的墓地

……

劳伦斯 我要把经过的情形尽量简单地叙述出来,因为我的短促的残生还不及一段冗繁的故事那么长。死了的罗密欧是死了的朱丽叶的丈夫,她是罗密欧的忠心的妻子,他们的婚礼是由我主持的。就在他们秘密结婚的那天,提伯尔特死于非命,这位才做新郎的人也从这城里被放逐出去;朱丽叶是为了他,不是为了提伯尔特,才那样伤心憔悴。你们因为要替她解除烦恼,把她许婚给帕里斯伯爵,还要强迫她嫁给他,她就跑来见我,神色慌张地要我替她想个办法避免这第二次的结婚,否则她要在我的寺院里自杀。所以我就根据我的医药方面的学识,给她一服安眠的药水;它果然发生了我所预期的效力,她一服下去就像死了一样昏沉过去。同时我写信给罗密欧,叫他就在这一个悲惨的晚上到这儿来,帮助把她搬出她寄寓的坟墓,因为药性一到时候便会过去。可是替我带信的约翰神父却因遭到意外,不能脱身,昨天晚上才把我的信依然带了回来。那时我只好按照着预先算定她醒来的时间,一个人前去把她从她家族的墓茔里带出来,预备把她藏匿在我的寺院里,等有方便再去叫罗密欧来;不料

我在她醒来以前几分钟到这儿来的时候，尊贵的帕里斯和忠诚的罗密欧已经双双惨死了。她一醒过来，我就请她出去，劝她安心忍受这一种出自天意的变故；可是那时我听见了纷纷的人声，吓得逃出了墓穴，她在万分绝望之中不肯跟我去，看样子她是自杀了。这是我所知道的一切，至于他们两人的结婚，那么她的乳母也是与闻的。要是这一场不幸的惨祸，是由我的疏忽所造成，那么我这条老命愿受最严厉的法律的制裁，请您让它提早几点钟牺牲了吧。

亲王　我一向知道你是一个道行高尚的人。罗密欧的仆人呢？他有什么话说？

鲍尔萨泽　我把朱丽叶的死讯通知了我的主人，因此他从曼多亚急急地赶到这里，到了这座坟堂的前面。这封信他叫我一早送去给我家老爷；当他走进墓穴里的时候，他还恐吓我，说要是我不离开他赶快走开，他就要杀死我。

亲王　把那封信给我，我要看看。叫巡丁来的那个伯爵的侍童呢？喂，你的主人到这地方来做什么？

侍童　他带了花来散在他夫人的坟上，他叫我站得远远的，我就听他的话；不一会儿工夫，来了一个拿着火把的人把坟墓打开了。后来我的主人就拔剑跟他打了起来，我就奔去叫巡丁。

亲王　这封信证实了这个神父的话，讲起他们恋爱的经过和她的去世的消息；他还说他从一个穷苦的卖药人手里买到一种毒药，要把它带到墓穴里来准备和朱丽叶长眠在一起。这两家仇人在哪里？——凯普莱特！蒙太古！瞧你们的仇恨已经受到了多大的惩罚，上天借手于爱情，夺去了你们心爱的人；我为了忽视你们的争执，也已经丧失了一双亲戚，大家都受到惩罚了。

凯普莱特　啊，蒙太古大哥！把你的手给我；这就是你给我女儿的一份聘礼，我不能再作更大的要求了。

蒙太古　但是我可以给你更多的；我要用纯金替她铸一座像，只要维洛那一天不改变它的名称，任何塑像都不会比忠贞的朱丽叶那一座更为卓越。

凯普莱特　罗密欧也要有一座同样富丽的金像卧在他情人的身旁，这两个在我们的仇恨下惨遭牺牲的可怜的人儿！

亲王　清晨带来了凄凉的和解，
太阳也惨得在云中躲闪。
大家先回去发几声感慨，
该恕的、该罚的再听宣判。
古往今来多少离合悲欢，
谁曾见这样的哀怨辛酸！（同下。）

大家在目睹了年轻人爱情的悲剧后，决定结束他们的世仇。维洛那终于恢复了平静。

威尼斯商人

莎士比亚喜剧《威尼斯商人》的剧情发生在意大利名城威尼斯。商人安东尼奥为帮助好友巴萨尼奥向鲍西娅求婚，不得已向仇视他的犹太商人夏洛克借钱；违约后，只得同意用身上的一磅肉作为赔偿。鲍西娅在法庭上与夏洛克巧妙周旋，助安东尼奥脱困，自己也与巴萨尼奥终成眷属。该剧赞美了真挚爱情和无私友谊，对人性中的贪婪、凶狠和仇恨，进行了谴责。戏中的鲍西娅形象最为引人注目，莎士比亚在这个人物身上寄托了人文主义理想。把犹太商人描绘成贪婪残忍的高利贷者，是欧洲宗教文化的偏见，莎士比亚也未能避免。不过，莎士比亚并没有把夏洛克性格简单化，而把他的所作所为看成是犹太民族因长期遭受不公正对待而积累的怨气使然，给予了一定的同情。莎士比亚还采取他擅长的多条线索交织发展的情节模式，以巴萨尼奥在安东尼奥帮助下向鲍西娅求婚为主线，辅以巴萨尼奥与夏洛克的冲突，还穿插了罗兰佐和杰西卡、葛莱西安诺与尼莉莎的两条爱情线索，增强了戏剧的层次感和丰富性。现参照朱生豪中文译本（《莎士比亚全集》第二卷，人民文学出版社 2014 年版）分幕介绍或节选如下。

第一幕

萨拉里诺和萨莱尼奥陪着商人朋友安东尼奥在街道上闲谈，他们猜测安东尼奥最近看起来郁郁寡欢的原因。萨拉里奥认为安东尼奥是为自己在海上的货物担心，被安东尼奥否认。这时巴萨尼奥与葛莱西安诺、罗兰佐一起来找安东尼奥。葛莱西安诺看出安东尼奥脸色不好，劝他不要把世间的事情看得太认真了，认为一个人思虑太多，就会失却做人的乐趣。众朋友离开后，巴萨尼奥说出自己准备向贝尔蒙特美貌富有的小姐鲍西娅求婚，以摆脱入不敷出、负债累累的窘境，但求婚需要足够的财力。安东尼奥的全部财产都押在航运的货物上，他允诺通过借债为巴萨尼奥筹到足够的钱。

鲍西娅的父亲生前为女儿定下选夫的方式：从金、银、铅匣子中选中藏着鲍西娅肖像的一个，败者立誓终身不娶。由于鲍西娅的富有与美貌，有众多追求者登门，这中间有那不勒斯亲王、巴拉廷伯爵、法国贵族、英国男爵等，但没有一个被鲍西娅看上。她和女仆尼莉莎谈起这些追求者，表明了她的轻蔑和嘲讽。同时，鲍西娅也为父亲安排的这种择偶方式感到担忧，怕真被不爱的人选中。好在这些人听说了择偶的方式和后果，也都知难而退。尼莉莎向鲍西娅提起多年前曾见过的一位威尼斯人巴萨尼奥，认为他是值得匹配一位佳人的，鲍西娅同意尼莉莎的话。

巴萨尼奥向犹太商人夏洛克借三千块钱，以三个月为期，由安东尼奥签立字据。夏洛克消息灵通，知道安东尼奥的所有财产都押在海上航行的商船上，所以有些犹豫。见到安东尼奥本人后，夏洛克勾起对他的仇恨：这个人憎恨犹太人，在交易所里总是骂他，向他吐唾沫，对他拳打脚踢。他突然想到这是一个向安东尼奥报复的机会，就要求在契约里规定，如果不能按期还款，就割下安东尼奥一磅肉作为惩罚。安东尼奥急于帮助巴萨尼奥，又自信能够按期还款，就答应了这个条件。

第三场　威尼斯。广场

……

安东尼奥　夏洛克,虽然我跟人家互通有无,从来不讲利息,可是为了我的朋友的急需,这回我要破一次例。(向巴萨尼奥)他有没有知道你需要多少?

夏洛克　嗯,嗯,三千块钱。

安东尼奥　三个月为期。

夏洛克　我倒忘了,正是三个月,您对我说过的。好,您的借据呢?让我瞧一瞧。可是听着,好像您说您从来借钱不讲利息。

安东尼奥　我从来不讲利息。

夏洛克　当雅各替他的舅父拉班牧羊的时候[①]——这个雅各是我们圣祖亚伯兰的后裔,他的聪明的母亲设计使他做第三代的族长,是的,他是第三代——

安东尼奥　为什么说起他呢?他也是取利息的吗?

夏洛克　不,不是取利息,不是像你们所说的那样直接取利息。听好雅各用些什么手段:拉班跟他约定,生下来的小羊凡是有条纹斑点的,都归雅各所有,作为他牧羊的酬劳;到晚秋的时候,那些母羊因为淫情发动,跟公羊交合,这个狡狯的牧人就乘着这些毛畜正在进行传种工作的当儿,削好了几根木棒,插在淫浪的母羊的面前,它们这样怀下了孕,一到生产的时候,产下的小羊都是有斑纹的,所以都归雅各所有。这是致富的妙法,上帝也祝福他;只要不是偷窃,会打算盘总是好事。

安东尼奥　雅各虽然幸而获中,可是这也是他按约应得的酬报;上天的意旨成全了他,却不是出于他自己的力量。你提起这一件事,是不是要证明取利息是一件好事?还是说金子银子就是你的公羊母羊?

夏洛克　这我倒不能说;我只是叫它像母羊生小羊一样地快快生利息。可是先生,您听我说。

安东尼奥　你听,巴萨尼奥,魔鬼也会引证《圣经》来替自己辩护哩。一个指着神圣的名字作证的恶人,就像一个脸带笑容的奸徒,又像一只外观美好、心中腐烂的苹果。唉,奸伪的表面是多么动人!

夏洛克　三千块钱,这是一笔可观的整数。三个月——一年照十二个月计算——让我看看利钱应该有多少。

安东尼奥　好,夏洛克,我们可不可以仰仗你这一次?

夏洛克　安东尼奥先生,好多次您在交易所里骂我,说我盘剥取利,我总是忍气吞声,耸耸肩膀,没有跟您争辩,因为忍受迫害本来是我们民族的特色。您骂我异教徒,杀人的狗,把唾沫吐在我的犹太长袍上,只因为我用我自己的钱博取几个利息。好,看来现在是您来向我求助了;您跑来见我,您说,"夏洛克,我们要几个钱",您这样对我说。您把唾沫吐在我的胡子上,用您的脚踢我,好像我是您门口的一条野狗一样;现在您却来问我要钱,我应该怎样对您说呢?我要不要这样说,"一条狗会有钱吗?一条恶狗能够借人三千块钱吗?"或者我应不应该弯下身子,像一个奴才似的低声下气,恭恭敬敬地说,"好先生,您在上星期三用唾沫吐

---

① 见《旧约·创世记》。

在我身上;有一天您用脚踢我;还有一天您骂我狗;为了报答您这许多恩典,所以我应该借给您这么些钱吗?”

安东尼奥 我恨不得再这样骂你、唾你、踢你。要是你愿意把这钱借给我,不要把它当作借给你的朋友——哪有朋友之间通融几个钱也要斤斤较量地计算利息的道理?——你就把它当作借给你的仇人吧;倘使我失了信用,你尽管拉了脸来照约处罚就是了。

夏洛克 嗳哟,瞧您生这么大的气!我愿意跟您交个朋友,得到您的友情;您从前加在我身上的种种羞辱,我愿意完全忘掉;您现在需要多少钱,我愿意如数供给您,而且不要您一个子儿的利息;可是您却不愿意听我说下去。我这完全是一片好心哩。

安东尼奥 这倒果然是一片好心。

夏洛克 我要叫你们看看我到底是不是一片好心。跟我去找一个公证人,就在那儿签好了约;我们不妨开个玩笑,在约里载明要是您不能按照约中所规定的条件,在什么日子、什么地点还给我一笔什么数目的钱,就得随我的意思,在您身上的任何部分割下整整一磅白肉,作为处罚。

安东尼奥 很好,就这么办吧;我愿意签下这样一张约,还要对人家说这个犹太人的心肠倒不坏呢。

巴萨尼奥 我宁愿安守贫困,不能让你为了我的缘故签这样的约。

安东尼奥 老兄,你怕什么;我绝不会受罚的。就在这两个月之内,离开签约满期还有一个月,我就可以有九倍这笔借款的数目进门。

夏洛克 亚伯兰老祖宗啊!瞧这些基督徒因为自己待人刻薄,所以疑心人家对他们不怀好意。请您告诉我,要是他到期不还,我照着约上规定的条款向他执行处罚了,那对我又有什么好处?从人身上割下来的一磅肉,它的价值可以比得上一磅羊肉、牛肉或是山羊肉吗?我为了要博得他的好感,所以才向他卖这样一个交情;要是他愿意接受我的条件,很好,否则就算了。千万请你们不要误会我这一番诚意。

安东尼奥 好,夏洛克,我愿意签约。

夏洛克 那么就请您先到公证人的地方等我,告诉他这一张游戏的契约怎样写法;我就去马上把钱凑起来,还要回到家里去瞧瞧,让一个靠不住的奴才看守着门户,有点放心不下;然后我立刻就来瞧您。

安东尼奥 那么你去吧,善良的犹太人。(夏洛克下)这犹太人快要变做基督徒了,他的心肠变得好多啦。

巴萨尼奥 我不喜欢口蜜腹剑的人。

安东尼奥 好了好了,这又有什么要紧?再过两个月,我的船就要回来了。(同下。)

第二幕

夏洛克的仆人朗斯洛特因不满夏洛克对自己苛刻吝啬,准备离开他另择主人。正在街上犹豫之时,遇到自己盲眼老迈的父亲,随后又遇到正在为求婚做准备的巴萨尼奥。父子二人一起向巴萨尼奥求情,朗斯洛特当即被巴萨尼奥雇用。朗斯洛特去向夏洛克的女儿杰西卡辞行,杰西卡请他带一封信给情人罗兰佐,她正在准备与罗兰佐一起私奔。她为有一个犹太人父亲感到耻辱,打算与罗兰佐私奔后皈依基督教。夏洛克出门赴巴萨尼奥的宴会邀请,把家里的钥匙交给杰西卡保管,但又有些心神不宁,最后还是决定赴约。罗兰佐如约带着两个朋友趁着夜色来接杰西卡,杰西卡席卷了他父亲的金银珠宝,与罗兰佐一起登船离去。夏洛克发现女儿带着他的钱财珍宝与罗兰佐私奔,发疯似的满街乱喊乱叫,又告到威尼斯公爵那里。

摩洛哥亲王和阿拉贡亲王先后选匣求亲,他们起初豪气万丈,分别选中金匣子和银匣子,都没有成功,最后黯然离去。

第三幕

从交易所里传来消息,安东尼奥的一艘商船在海峡倾覆。萨拉里诺和萨莱尼奥为他不要遭到更多不幸而祈祷时,夏洛克出现,诅咒女儿。萨拉里诺和萨莱尼奥说起安东尼奥遭受损失的事,希望夏洛克不要履约,这勾起夏洛克对自己民族遭受基督徒歧视的记忆,以及由此产生的对基督徒的仇恨,发誓要报复。夏洛克的族人杜伯尔上场,带来安东尼奥又有商船触礁的消息,以及夏洛克的女儿在外大肆花费的消息。夏洛克心疼金钱珠宝的损失,这加深了他对安东尼奥的仇恨,准备履约取走安东尼奥身上的一磅肉。

第一场 威尼斯。街道

萨莱尼奥及萨拉里诺上。

萨莱尼奥 交易所里有什么消息?

萨拉里诺 他们都在那里说安东尼奥有一艘满装着货物的船在海峡里倾覆了;那地方的名字好像是古德温,是一处很危险的沙滩,听说有许多大船的残骸埋葬在那里,要是那些传闻之辞是确实可靠的话。

萨莱尼奥 我但愿那些谣言就像那些吃饱了饭没事做、嚼嚼生姜或者一把鼻涕一把眼泪地假装为了她第三个丈夫死去而痛哭的那些婆子们所说的鬼话一样靠不住。可是那的确是事实——不说啰哩啰苏的废话,也不说枝枝节节的闲话——这位善良的安东尼奥,正直的安东尼奥——啊,我希望我有一个可以充分形容他的好处的字眼!——

萨拉里诺 好了好了,别说下去了吧。

萨莱尼奥 嘿!你说什么!总归一句话,他损失了一艘船。

萨拉里诺 但愿这是他最末一次的损失。

萨莱尼奥 让我赶快喊“阿门”,免得给魔鬼打断了我的祷告,因此他已经扮成一个犹太人的样子来啦。

夏洛克上。

萨莱尼奥 啊,夏洛克!商人中间有什么消息?

夏洛克 有什么消息!我的女儿逃走啦,这件事情是你比谁都格外知道得详细的。

萨拉里诺 那当然啦,就是我也知道她飞走的那对翅膀是哪一个裁缝替她做的。

萨莱尼奥 夏洛克自己也何尝不知道,她羽毛已长,当然要离开娘家啦。

夏洛克 她干出这种不要脸的事来,死了一定要下地狱。

萨拉里诺 倘然魔鬼做她的判官,那是当然的事情。

夏洛克 我自己的血肉跟我过不去!

萨莱尼奥 说什么,老东西,活到这么大年纪,还跟你自己过不去?

夏洛克 我是说我的女儿是我自己的血肉。

萨拉里诺 你的肉跟她的肉比起来,比黑炭和象牙还差得远;你的血跟她的血比起来,比红葡萄酒和白葡萄酒还差得远。可是告诉我们,你听没听见人家说起安东尼奥在海上遭到了损失?

夏洛克 说起他,又是我的一桩倒霉事情。这个败家精,这个破落户,他不敢在交易所里露一露脸;他平常到市场上来,穿着得多么齐整,现在可变成一个叫化子啦。让他留心他的借约吧;他老是骂我盘剥取利;让他留心他的借约吧;他是本着基督徒的精神,放债从来不取利息的;让他留心他的借约吧。

萨拉里诺 我相信要是他不能按约偿还借款,你一定不会要他的肉的;那有什么用处呢?

夏洛克 拿来钓鱼也好;即使他的肉不中吃,至少也可以出出我这一口气。他曾经羞辱过我,夺去我几十万块钱的生意,讥笑着我的亏蚀,挖苦着我的盈余,侮蔑我的民族,破坏我的买卖,离间我的朋友,煽动我的仇敌;他的理由是什么?只因为我是一个犹太人。难道犹太人没有眼睛吗?难道犹太人没有五官四肢、没有知觉、没有感情、没有血气吗?他不是吃着同样的食物,同样的武器可以伤害他,同样的医药可以疗治他,冬天同样会冷,夏天同样会热,就像一个基督徒一样吗?你们要是用刀剑刺我们,我们不是也会出血的吗?你们要是搔我们的痒,我们不是也会笑起来的吗?你们要是用毒药谋害我们,我们不是也会死的吗?那么要是你们欺侮了我们,我们难道不会复仇吗?要是在别的地方我们都跟你们一样,那么在这一点上也是彼此相同的。要是一个犹太人欺侮了一个基督徒,那基督徒怎样表现他的谦逊?报仇。要是一个基督徒欺侮了一个犹太人,那么照着基督徒的榜样,那犹太人应该怎样表现他的宽容?报仇。你们已经把残虐的手段教给我,我一定会照着你们的教训实行,而且还要加倍奉敬哩。

巴萨尼奥到贝尔蒙特选匣求亲。鲍西娅质问巴萨尼奥为何来选匣求亲,巴萨尼奥回答是对鲍西娅的“爱情”。鲍西娅中意巴萨尼奥,因而担心他会选错。巴萨尼奥自信满满,他选中铅匣子,理由是外观往往和事物的本身完全不符,世人却容易为表面的装饰所欺骗,而铅匣子的质朴比巧妙的言辞更能打动自己的心。巴萨尼奥选匣求亲成功。鲍西娅欣喜万分,立即允诺把自己连同自己的一切都交给巴萨尼奥。随同巴萨尼奥一起前来的葛莱西安诺也表白自己爱着尼莉莎,鲍西娅向尼莉莎证实后,当即祝福他们的爱情。罗兰佐、杰西卡与萨莱尼奥随后赶到贝尔蒙特,带来安东尼奥全部商船在海上倾覆,以及夏洛克坚决要求履约的消息。鲍西娅问清楚前因后果,让巴萨尼奥不计代价清偿安东尼奥欠夏洛克的债务。

安东尼奥因无力偿债被捕。在被押解的路上,安东尼奥遇到夏洛克,想与他说话被拒绝。萨拉里诺咒骂夏洛克是一头最顽固的恶狗,又相信公爵一定不会允许他执行这一种惩罚。安东尼奥则认为不会,因为法律是威尼斯繁荣的基础,要是剥夺了异邦人应享的权利,一定会使人对威尼斯的法治精神发生重大的怀疑。场景转移到贝尔蒙特。鲍西娅委托罗兰佐帮自己暂时管家,说要带尼莉莎一起去修道院隐修祈祷,直到丈夫归来。其实她心中已经有了帮助丈夫、解救安东尼奥的好主意。

第四幕

第一场 威尼斯。法庭

公爵、众绅士、安东尼奥、巴萨尼奥、葛莱西安诺、萨拉里诺、萨莱尼奥及其余人等同上。

公爵 安东尼奥有没有来?

安东尼奥 有,殿下。

公爵 我很为你不快乐;你是来跟一个心如铁石的对手当庭质对,一个不懂得怜悯、没有一丝慈悲心的不近人情的恶汉。

安东尼奥 听说殿下曾经用尽力量劝他不要过为已甚,可是他一味坚持,不肯略作让步。既然没有合法的手段可以使我脱离他的怨毒的掌握,我只有用默忍迎受他的愤怒,安心等待着他的残暴的处置。

公爵 来人,传那犹太人到庭。

萨拉里诺 他在门口等着;他来了,殿下。

夏洛克上。

公爵 大家让开些,让他站在我的面前。夏洛克,人家都以为——我也是这样想——你不过故意装出这一副凶恶的姿态,到了最后关头,就会显出你的仁慈恻隐来,比你现在这种表面上的残酷更加出人意料;现在你虽然坚持着照约处罚,一定要从这个不幸的商人身上割下一磅肉来,到了那时候,你不但愿意放弃这一种处罚,而且因为受到良心上的感动,说不定还会豁免他一部分的欠款。你看他最近接连遭逢的巨大损失,足以使无论怎样富有的商人倾家荡产,即使铁石一样的心肠,从来不知道人类同情的野蛮人,也不能不对他的境遇发生怜悯。犹太人,我们都在等候你一句温和的回答。

夏洛克 我的意思已经向殿下告禀过了;我也已经指着我们的圣安息日起誓,一定要照约执行处罚;要是殿下不准许我的请求,那就是蔑视宪章,我要到京城里去上告,要求撤销贵邦的特权。您要是问我为什么不愿接受三千块钱,宁愿拿一块腐烂的臭肉,那我可没有什么理由可以回答您,我只能说我欢喜这样,这是不是一个回答?要是我的屋子里有了耗子,我高兴出一万块钱叫人把它们赶掉,谁管得了我?这不是回答了您吗?有的人不爱看张开嘴的猪,有的人瞧见一头猫就要发脾气,还有人听见人家吹风笛的声音,就忍不住要小便;因为一个人的感情完全受着喜恶的支配,谁也做不了自己的主。现在我就这样回答您:为什么有人受不住一头张开嘴的猪,有人受不住一头有益无害的猫,还有人受不住咿咿唔唔的风笛的声音,这些都是毫无充分的理由的,只是因为天生的癖性,使他们一受到刺激,就会情不自禁地现出丑相来;所以我不能举什么理由,也不愿举什么理由,除了因为我对于安东尼奥抱着久积的仇恨和深刻的反感,所以才会向他进行这一场对于我自己并没有好处的诉讼。现在您不是已经得到我的回答了吗?

巴萨尼奥 你这冷酷无情的家伙,这样的回答可不能作为你的残忍的辩解。

夏洛克 我的回答本来不是为了讨你的欢喜。

巴萨尼奥 难道人们对于他们所不喜欢的东西,都一定要置之死地吗?

夏洛克 哪一个人会恨他所不愿意杀死的东西?

巴萨尼奥　初次的冒犯，不应该就引为仇恨。

夏洛克　什么！你愿意给毒蛇咬两次吗？

安东尼奥　请你想一想，你现在跟这个犹太人讲理，就像站在海滩上，叫那大海的怒涛减低它的奔腾的威力，责问豺狼为什么害母羊为了失去它的羔羊而哀啼，或是叫那山上的松柏，在受到天风吹拂的时候，不要摇头摆脑，发出谡谡的声音。要是你能够叫这个犹太人的心变软——世上还有什么东西比它更硬呢？——那么还有什么难事不可以做到？所以我请你不用再跟他商量什么条件，也不用替我想什么办法，让我爽爽快快受到判决，满足这犹太人的心愿吧。

巴萨尼奥　借了你三千块钱，现在拿六千块钱还你好不好？

夏洛克　即使这六千块钱中间的每一块钱都可以分做六份，每一份都可以变成一块钱，我也不要它们；我只要照约处罚。

公爵　你这样一点没有慈悲之心，将来怎么能够希望人家对你慈悲呢？

夏洛克　我又不干错事，怕什么刑罚？你们买了许多奴隶，把他们当作驴狗骡马一样看待，叫他们做种种卑贱的工作，因为他们是你们出钱买来的。我可不可以对你们说，让他们自由，叫他们跟你们的子女结婚？为什么他们要在重担之下流着血汗？让他们的床铺得跟你们的床同样柔软，让他们的舌头也尝尝你们所吃的东西吧，你们会回答说："这些奴隶是我们所有的。"所以我也可以回答你们：我向他要求的这一磅肉，是我出了很大的代价买来的；它是属于我的，我一定要把它拿到手里。您要是拒绝了我，那么你们的法律去见鬼吧！威尼斯城的法令等于一纸空文。我现在等候着判决，请快些回答我，我可不可以拿到这一磅肉？

公爵　我已经差人去请培拉里奥，一位有学问的博士，来替我们审判这件案子；要是他今天不来，我可以有权宣布延期判决。

萨拉里诺　殿下，外面有一个使者刚从帕度亚来，带着这位博士的书信，等候着殿下的召唤。

公爵　把信拿来给我；叫那使者进来。

巴萨尼奥　高兴起来吧，安东尼奥！喂，老兄，不要灰心！这犹太人可以把我的肉、我的血、我的骨头、我的一切都拿去，可是我决不让你为了我的缘故流一滴血。

安东尼奥　我是羊群里一头不中用的病羊，死是我的应分；最软弱的果子最先落到地上，让我也就这样结束了我的一生吧。巴萨尼奥，我只要你活下去，将来替我写一篇墓志铭，那你就是做了再好不过的事。

尼莉莎扮律师书记上。

公爵　你是从帕度亚培拉里奥那里来的吗？

尼莉莎　是，殿下。培拉里奥叫我向殿下致意。（呈上一信。）

巴萨尼奥　你这样使劲儿磨着刀干吗？

夏洛克　从那破产的家伙身上割下那磅肉来。

葛莱西安诺　狠心的犹太人，你不是在鞋口上磨刀，你这把刀是放在你的心口上磨；无论哪种铁器，就连刽子手的钢刀，都赶不上你这刻毒的心肠一半的锋利。难道什么恳求都不能打动你吗？

夏洛克　不能，无论你说得多么婉转动听，都没有用。

葛莱西安诺　万恶不赦的狗，看你死后不下地狱！让你这种东西活在世上，真是公道不生眼睛。你简直使我的信仰发生摇动,相信起毕达哥拉斯①所说畜生的灵魂可以转生人体的议论来了;你的前生一定是一头豺狼,因为吃了人给人捉住吊死,它那凶恶的灵魂就从绞架上逃了出来,钻进了你那老娘的腌臜的胎里,因为你的性情正像豺狼一样残暴贪婪。

夏洛克　除非你能够把我这一张契约上的印章骂掉,否则像你这样拉开了喉咙直嚷,不过白白伤了你的肺,何苦来呢?好兄弟,我劝你还是让你的脑子休息一下吧,免得它损坏了,将来无法收拾。我在这儿要求法律的裁判。

公爵　培拉里奥在这封信上介绍一位年轻有学问的博士出席我们的法庭。他在什么地方?

尼莉莎　他就在这儿附近等着您的答复,不知道殿下准不准许他进来?

公爵　非常欢迎。来,你们去三四个人,恭恭敬敬领他到这儿来。现在让我们把培拉里奥的来信当庭宣读。

书记　(读)"尊翰到时,鄙人抱疾方剧;适有一青年博士鲍尔萨泽君自罗马来此,致其慰问,因与详讨犹太人与安东尼奥一案,偏稽群籍,折衷是非,遂恳其为鄙人庖代,以应殿下之召。凡鄙人对此案所具意见,此君已深悉无遗;其学问才识,虽穷极赞辞,亦不足道其万一,务希勿以其年少而忽之,盖如此少年老成之士,实鄙人生平所仅见也。倘蒙延纳,必能不辱使命。敬祈钧裁。"

公爵　你们已经听到了博学的培拉里奥的来信。这儿来的大概就是那位博士了。

鲍西娅扮律师上。

公爵　把您的手给我。足下是从培拉里奥老前辈那儿来的吗?

鲍西娅　正是,殿下。

公爵　欢迎欢迎;请上坐。您有没有明了今天我们在这儿审理的这件案子的两方面的争点?

鲍西娅　我对于这件案子的详细情形已经完全知道了。这儿哪一个是那商人,哪一个是犹太人?

公爵　安东尼奥,夏洛克,你们两人都上来。

鲍西娅　你的名字就叫夏洛克吗?

夏洛克　夏洛克是我的名字。

鲍西娅　你这场官司打得倒也奇怪,可是按照威尼斯的法律,你的控诉是可以成立的。(向安东尼奥)你的生死现在操在他的手里,是不是?

安东尼奥　他是这样说的。

鲍西娅　你承认这借约吗?

安东尼奥　我承认。

鲍西娅　那么犹太人应该慈悲一点。

夏洛克　为什么我应该慈悲一点?把您的理由告诉我。

鲍西娅　慈悲不是出于勉强,它是像甘霖一样从天上降下尘世;它不但给幸福于受施的人,也同样给幸福于施与的人;它有超乎一切的无上威力,比皇冠更足以显出一个帝王的高贵:御杖不过象征着俗世的威权,使人民对于君上的尊严凛然生畏;慈悲的力量却高出于权力之上,它深藏在帝王的内心,是一种属于上帝的德性,执法的人倘能把慈悲调剂着公道,人间的

① 毕达哥拉斯(Pythagoras)为主张灵魂轮回说的古希腊哲学家。

权力就和上帝的神力没有差别。所以,犹太人,虽然你所要求的是公道,可是请你想一想,要是真的按照公道执行起赏罚来,谁也没有死后得救的希望;我们既然祈祷着上帝的慈悲,就应该按照祈祷的指点,自己做一些慈悲的事。我说了这一番话,为的是希望你能够从你的法律的立场上作几分让步;可是如果你坚持着原来的要求,那么威尼斯的法庭是执法无私的,只好把那商人宣判定罪了。

夏洛克　我自己做的事,我自己当!我只要求法律允许我照约执行处罚。

鲍西娅　他是不是无力偿还这笔借款?

巴萨尼奥　不,我愿意替他当庭还清;照原数加倍也可以;要是这样他还不满足,那么我愿意签署契约,还他十倍的数目,拿我的手、我的头、我的心做抵押;要是这样还不能使他满足,那就是存心害人,不顾天理了。请堂上运用权力,把法律稍为变通一下,犯一次小小的错误,干一件大大的功德,别让这个残忍的恶魔逞他杀人的兽欲。

鲍西娅　那可不行,在威尼斯谁也没有权力变更既成的法律;要是开了这一个恶例,以后谁都可以借口有例可援,什么坏事情都可以干了。这是不行的。

夏洛克　一个但尼尔[①]来做法官了!真的是但尼尔再世!聪明的青年法官啊,我真佩服你!

鲍西娅　请你让我瞧一瞧那借约。

夏洛克　在这儿,可尊敬的博士;请看吧。

鲍西娅　夏洛克,他们愿意出三倍的钱还你呢。

夏洛克　不行,不行,我已经对天发过誓啦,难道我可以让我的灵魂背上毁誓的罪名吗?不,把整个儿的威尼斯给我,我都不能答应。

鲍西娅　好,那么就应该照约处罚;根据法律,这犹太人有权要求从这商人的胸口割下一磅肉来。还是慈悲一点,把三倍原数的钱拿去,让我撕了这张约吧。

夏洛克　等他按照约中所载条款受罚以后,再撕不迟。您瞧上去像是一个很好的法官;您懂得法律,您讲的话也很有道理,不愧是法律界的中流砥柱,所以现在我就用法律的名义,请您立刻进行宣判,凭着我的灵魂起誓,谁也不能用他的口舌改变我的决心。我现在但等着执行原约。

安东尼奥　我也诚心请求堂上从速宣判。

鲍西娅　好,那么就是这样:你必须准备让他的刀子刺进你的胸膛。

夏洛克　啊,尊严的法官!好一位优秀的青年!

鲍西娅　因为这约上所订定的惩罚,对于法律条文的涵义并无抵触。

夏洛克　很对很对!啊,聪明正直的法官!想不到你瞧上去这样年轻,见识却这么老练!

鲍西娅　所以你应该把你的胸膛袒露出来。

夏洛克　对了,"他的胸部",约上是这么说的;——不是吗,尊严的法官?——"靠近心口的所在",约上写得明明白白的。

鲍西娅　不错,称肉的天平有没有预备好?

夏洛克　我已经带来了。

鲍西娅　夏洛克,去请一位外科医生来替他堵住伤口,费用归你负担,免得他流血而死。

---

① 但尼尔(Daniel),以色列人的著名士师,以善于折狱称。

夏洛克　约上有这样的规定吗？

鲍西娅　约上并没有这样的规定；可是那又有什么相干呢？肯做一件好事总是好的。

夏洛克　我找不到；约上没有这一条。

鲍西娅　商人，你还有什么话说吗？

安东尼奥　我没有多少话要说；我已经准备好了。把你的手给我，巴萨尼奥，再会吧！不要因为我为了你的缘故遭到这种结局而悲伤，因为命运对我已经特别照顾了：她往往让一个不幸的人在家产荡尽以后继续活下去，用他凹陷的眼睛和满是皱纹的额角去挨受贫困的暮年；这一种拖延时日的刑罚，她已经把我豁免了。替我向尊夫人致意，告诉她安东尼奥的结局；对她说我怎样爱你，又怎样从容就死；等到你把这一段故事讲完以后，再请她判断一句，巴萨尼奥是不是曾经有过一个真心爱他的朋友。不要因为你将要失去一个朋友而懊恨，替你还债的人是死而无怨的；只要那犹太人的刀刺得深一点，我就可以在一刹那的时间把那笔债完全还清。

巴萨尼奥　安东尼奥，我爱我的妻子，就像我自己的生命一样；可是我的生命、我的妻子以及整个的世界，在我的眼中都不比你的生命更为贵重；我愿意丧失一切，把它们献给这恶魔做牺牲，来救出你的生命。

鲍西娅　尊夫人要是就在这儿听见您说这样话，恐怕不见得会感谢您吧。

葛莱西安诺　我有一个妻子，我可以发誓我是爱她的；可是我希望她马上归天，好去求告上帝改变这恶狗一样的犹太人的心。

尼莉莎　幸亏尊驾在她的背后说这样的话，否则府上一定要吵得鸡犬不宁了。

夏洛克　这些便是相信基督教的丈夫！我有一个女儿，我宁愿她嫁给强盗的子孙，不愿她嫁给一个基督徒，别再浪费光阴了；请快些儿宣判吧。

鲍西娅　那商人身上的一磅肉是你的；法庭判给你，法律许可你。

夏洛克　公平正直的法官！

鲍西娅　你必须从他的胸前割下这磅肉来；法律许可你，法庭判给你。

夏洛克　博学多才的法官！判得好！来，预备！

鲍西娅　且慢，还有别的话哩。这约上并没有允许你取他的一滴血，只是写明着“一磅肉”；所以你可以照约拿一磅肉去，可是在割肉的时候，要是流下一滴基督徒的血，你的土地财产，按照威尼斯的法律，就要全部充公。

葛莱西安诺　啊，公平正直的法官！听着，犹太人；啊，博学多才的法官！

夏洛克　法律上是这样说吗？

鲍西娅　你自己可以去查查明白。既然你要求公道，我就给你公道，而且比你所要求的更地道。

葛莱西安诺　啊，博学多才的法官！听着，犹太人；好一个博学多才的法官！

夏洛克　那么我愿意接受还款；照约上的数目三倍还我，放了那基督徒。

巴萨尼奥　钱在这儿。

鲍西娅　别忙！这犹太人必须得到绝对的公道。别忙！他除了照约处罚以外，不能接受其他的赔偿。

葛莱西安诺　啊，犹太人！一个公平正直的法官，一个博学多才的法官！

鲍西娅　所以你准备着动手割肉吧。不准流一滴血，也不准割得超过或是不足一磅的重量；要是你割下来的肉，比一磅略微轻一点或是重一点，即使相差只有一丝一毫，或者仅仅一根汗毛之微，就要把你抵命，你的财产全部充公。

葛莱西安诺　一个再世的但尼尔，一个但尼尔，犹太人！现在你可掉在我的手里了，你这异教徒！

鲍西娅　那犹太人为什么还不动手？

夏洛克　把我的本钱还我，放我去吧。

巴萨尼奥　钱我已经预备好在这儿，你拿去吧。

鲍西娅　他已经当庭拒绝过了；我们现在只能给他公道，让他履行原约。

葛莱西安诺　好一个但尼尔，一个再世的但尼尔！谢谢你，犹太人，你教会我说这句话。

夏洛克　难道我单单拿回我的本钱都不成吗？

鲍西娅　犹太人，除了冒着你自己生命的危险割下那一磅肉以外，你不能拿一个钱。

夏洛克　好，那么魔鬼保佑他去享用吧！我不打这场官司了。

鲍西娅　等一等，犹太人，法律上还有一点牵涉你。威尼斯的法律规定：凡是一个异邦人企图用直接或间接手段，谋害任何公民，查明确有实据者，他的财产的半数应当归受害的一方所有，其余的半数没入公库，犯罪者的生命悉听公爵处置，他人不得过问。你现在刚巧陷入这一条法网，因为根据事实的发展，已经足以证明你确有运用直接间接手段，危害被告生命的企图，所以你已经遭逢着我刚才所说起的那种危险了。快快跪下来，请公爵开恩吧。

葛莱西安诺　求公爵开恩，让你自己去寻死吧；可是你的财产现在充了公，一根绳子也买不起啦，所以还是要让公家破费把你吊死。

公爵　让你瞧瞧我们基督徒的精神，你虽然没有向我开口，我自动饶恕了你的死罪。你的财产一半划归安东尼奥，还有一半没入公库；要是你能够诚心悔过，也许还可以减处你一笔较轻的罚款。

鲍西娅　这是说没入公库的一部分，不是说划归安东尼奥的一部分。

夏洛克　不，把我的生命连着财产一起拿了去吧，我不要你们的宽恕。你们拿掉了支撑房子的柱子，就是拆了我的房子；你们夺去了我的养家活命的根本，就是活活要了我的命。

鲍西娅　安东尼奥，你能不能够给他一点慈悲？

葛莱西安诺　白送给他一根上吊的绳子吧；看在上帝的面上，不要给他别的东西！

安东尼奥　要是殿下和堂上愿意从宽发落，免予没收他的财产的一半，我就十分满足了；只要他能够让我接管他的另外一半的财产，等他死了以后，把它交给最近和他的女儿私奔的那位绅士；可是还要有两个附带的条件：第一，他接受了这样的恩典，必须立刻改信基督教；第二，他必须当庭写下一张文契，声明他死了以后，他的全部财产传给他的女婿罗兰佐和他的女儿。

公爵　他必须履行这两个条件，否则我就撤销刚才所宣布的赦令。

鲍西娅　犹太人，你满意吗？你有什么话说？

夏洛克　我满意。

鲍西娅　书记，写下一张授赠产业的文契。

夏洛克　请你们允许我退庭，我身子不大舒服。文契写好了送到我家里，我在上面签名就是了。

公爵 去吧，可是临时变卦是不成的。

葛莱西安诺 你在受洗礼的时候，可以有两个教父；要是我做了法官，我一定给你请十二个教父[①]，不是领你去受洗，是送你上绞架。（夏洛克下。）

公爵 先生，我想请您到舍间去用餐。

鲍西娅 请殿下多多原谅，我今天晚上要回帕度亚去，必须现在就动身，恕不奉陪了。

公爵 您这样贵忙，不能容我略尽寸心，真是抱歉得很。安东尼奥，谢谢这位先生，你这回全亏了他。（公爵、众士绅及侍从等下。）

巴萨尼奥 最可尊敬的先生，我跟我这位敝友今天多赖您的智慧，免去了一场无妄之灾；为了表示我们的敬意，这三千块钱本来是预备还那犹太人的，现在就奉送给先生，聊以报答您的辛苦。

安东尼奥 您的大恩大德，我们是永远不忘记的。

鲍西娅 一个人做了心安理得的事，就是得到了最大的酬报；我这次帮两位的忙，总算没有失败，已经引为十分满足，用不着再谈什么酬谢了。但愿咱们下次见面的时候，两位仍旧认识我。现在我就此告辞了。

巴萨尼奥 好先生，我不能不再向您提出一个请求，请您随便从我们身上拿些什么东西去，不算是酬谢，只算是留下纪念。请您答应我两件事儿：既不要推却，还要原谅我的要求。

鲍西娅 你们这样殷勤，倒叫我却之不恭了。（向安东尼奥）把您的手套送给我，让我戴在手上留个纪念吧；（向巴萨尼奥）为了纪念您的盛情，让我拿了这戒指去。不要缩回您的手，我不再向您要什么了；您既然是一片诚意，想来总也不会拒绝我吧。

巴萨尼奥 这指环吗，好先生？唉！它是个不值钱的玩意儿；我不好意思把这东西送给您。

鲍西娅 我什么都不要，就是要这指环；现在我想我非把它要来不可了。

巴萨尼奥 这指环的本身并没有什么价值，可是因为有其他的关系，我不能把它送人。我愿意搜访威尼斯最贵重的一枚指环来送给您，可是这一枚却只好请您原谅了。

鲍西娅 先生，您原来是个口头上慷慨的人；您先教我怎样伸手求讨，然后再教我懂得了一个叫化子会得到怎样的回答。

巴萨尼奥 好先生，这指环是我的妻子给我的；她把它套上我的手指的时候，曾经叫我发誓永远不把它出卖、送人或是遗失。

鲍西娅 人们在吝惜他们的礼物的时候，都可以用这样的话做推托的。要是尊夫人不是一个疯婆子，她知道了我对于这指环是多么受之无愧，一定不会因为您把它送掉了而跟您长久反目的。好，愿你们平安！（鲍西娅、尼莉莎同下。）

安东尼奥 我的巴萨尼奥少爷，让他把那指环拿去吧；看在他的功劳和我的交情份上，违犯一次尊夫人的命令，想来不会有什么要紧。

巴萨尼奥 葛莱西安诺，你快追上他们，把这指环送给他；要是可能的话，领他到安东尼奥的家里去。去，赶快！（葛莱西安诺下）来，我就陪着你到你府上；明天一早咱们两人就飞到贝尔蒙特去。来，安东尼奥。（同下。）

---

① 当时法庭审判罪犯，由十二人组成陪审团。

第 二 场

葛莱西安诺追上街道把指环送给了鲍西娅，并邀请她前往巴萨尼奥家中吃一顿饭。鲍西娅收下了指环，但是拒绝了他的邀请，因为她还要赶着去把文契交给夏洛克签字，然后晚上动身把文契交给夏洛克的女婿罗兰佐。想到丈夫回来没有戒指的尴尬，聪明的鲍西娅开心不已。

第 五 幕

第一场 贝尔蒙特。通至鲍西娅住宅的林荫道

罗兰佐及杰西卡上。

罗兰佐 好皎洁的月色！微风轻轻地吻着树枝，不发出一点声响；我想正是在这样一个夜里，特洛伊罗斯登上了特洛亚的城墙，遥望着克瑞西达所寄身的希腊人的营幕，发出他的深心中的悲叹。

杰西卡 正是在这样一个夜里，提斯柏心惊胆战地踩着露水，去赴她情人的约会，因为看见了一头狮子的影子，吓得远远逃走。

罗兰佐 正是在这样一个夜里，狄多手里执着柳枝，站在辽阔的海滨，招她的爱人回到迦太基来。

杰西卡 正是在这样一个夜里，美狄亚采集了灵芝仙草，使衰迈的埃宋返老还童。[①]

罗兰佐 正是在这样一个夜里，杰西卡从犹太富翁的家里逃了出来，跟着一个不中用的情郎从威尼斯一直走到贝尔蒙特。

杰西卡 正是在这样一个夜里，年轻的罗兰佐发誓说他爱她，用许多忠诚的盟言偷去了她的灵魂，可是没有一句话是真的。

罗兰佐 正是在这样一个夜里，可爱的杰西卡像一个小泼妇似的，信口毁谤她的情人，可是他饶恕了她。

杰西卡 倘不是有人来了，我可以搬弄出比你所知道的更多的夜的典故来。可是听！这不是一个人的脚步声吗？

……

罗兰佐 来啊！奏起一支圣歌来唤醒狄安娜女神；用最温柔的节奏倾注到你们女主人的耳中，让她被乐声吸引着回来。

（音乐。）

杰西卡 我听见了柔和的音乐，总觉得有些惆怅。

罗兰佐 这是因为你有一个敏感的灵魂。你只要看一群不服管束的畜生，或是那野性未驯的小马，逞着它们奔放的血气，乱跳狂奔，高声嘶叫，倘然偶尔听到一声喇叭，或是任何乐调，就会一齐立定，它们狂野的眼光，因为中了音乐的魅力，变成温和的注视。所以诗人会造出俄耳甫斯用音乐感动木石、平息风浪的故事，因为无论怎样坚硬顽固狂暴的事物，音乐都可以立刻改变它们的性质；灵魂里没有音乐，或是听了甜蜜和谐的乐声而不会感动的人，都是擅于为非作恶、使奸弄

---

① 埃宋（Aeson）即伊阿宋之父，得伊阿宋的妻子美狄亚（Medea）之灵药而返老还童。故事见奥维德《变形记》第七章。

诈的;他们的灵魂像黑夜一样昏沉,他们的感情像鬼域一样幽暗;这种人是不可信任的。听这音乐!

鲍西娅及尼莉莎自远处上。

鲍西娅 那灯光是从我家里发出来的。一支小小的蜡烛,它的光照耀得多么远!一件善事也正像这支蜡烛一样,在这罪恶的世界上发出广大的光辉。

巴萨尼奥邀安东尼奥等也来到贝尔蒙特。尼莉莎要求丈夫出示她赠送给他的戒指,葛莱西安诺表示,因法官的书记索要那戒指作为酬劳,他不得已,只好将它送给那个书记了。而鲍西娅也有心戏弄丈夫,要求他出示自己赠送的戒指。巴萨尼奥同样拿不出来,被盘问之下,窘态百出。鲍西娅甚至威胁说,自己要跟那个拿了戒指的博士"睡觉"。

巴萨尼奥 亲爱的鲍西娅,要是您知道我把这指环送给什么人,要是您知道我为了谁的缘故把这指环送人,要是您能够想到为了什么理由我把这指环送人,我又是多么舍不下这个指环,可是人家偏偏什么也不要,一定要这个指环,那时候您就不会生这么大的气了。

……

安东尼奥 我曾经为了他的幸福,把我自己的身体向人抵押,倘不是幸亏那个把您丈夫的指环拿去的人,几乎送了性命;现在我敢再立一张契约,把我的灵魂作为担保,保证您的丈夫决不会再有故意背信的行为。

鲍西娅 那么就请您做他的保证人,把这个给他,叫他比上回那一个保存得牢一些。

安东尼奥 拿着,巴萨尼奥;请您发誓永远保存这一个指环。

巴萨尼奥 天哪!这就是我给那博士的那一个!

鲍西娅 我就是从他手里拿来的。原谅我,巴萨尼奥,因为凭着这个指环,那博士已经跟我睡过觉了。

尼莉莎 原谅我,我的好葛莱西安诺;就是那个发育不全的孩子,那个博士的书记,因为我问他讨这个指环,昨天晚上已经跟我睡在一起了。

葛莱西安诺 嗳哟,这就像是在夏天把铺得好好的道路重新翻造。嘿!我们就这样冤冤枉枉地做起忘八来了吗?

鲍西娅 不要说得那么难听。你们大家都有点莫名其妙;这儿有一封信,拿去慢慢地念吧,它是培拉里奥从帕度亚寄来的,你们从这封信里,就可以知道那位博士就是鲍西娅,她的书记便是这位尼莉莎。罗兰佐可以向你们证明,当你们出发以后,我就立刻动身;我回家来还没有多少时候,连大门也没有进去过呢。安东尼奥,我们非常欢迎您到这儿来;我还带着一个您所意料不到的好消息给您,请您拆开这封信,您就可以知道您有三艘商船,已经满载而归,马上要到港了。您再也想不出这封信怎么会那么巧地到了我的手里。

安东尼奥 我没有话说了。

巴萨尼奥 您就是那个博士,我还不认识您吗?

葛莱西安诺 你就是要叫我当忘八的那个书记吗?

尼莉莎 是的,可是除非那书记会长成一个男子,他再也不能叫你当忘八。

巴萨尼奥 好博士,你今晚就陪着我睡觉吧;当我不在的时候,您可以睡在我妻子的床上。

安东尼奥　好夫人，您救了我的命，又给了我一条活路；我从这封信里得到了确实的消息，我的船只已经平安到港了。

鲍西娅　喂，罗兰佐！我的书记也有一件好东西要给您哩。

尼莉莎　是的，我可以送给他，不收一些费用。这儿是那犹太富翁亲笔签署的一张授赠产业的文契，声明他死了以后，全部遗产都传给您和杰西卡，请你们收下吧。

罗兰佐　两位好夫人，你们像是散布玛哪[1]的天使，救济着饥饿的人们。

鲍西娅　天已经差不多亮了，可是我知道你们还想把这些事情知道得详细一点。我们大家进去吧；你们还有什么疑惑的地方，尽管再向我们发问，我们一定老老实实地回答一切问题。

葛莱西安诺　很好，我要我的尼莉莎宣誓答复的第一个问题，是现在离白昼只有两小时了，我们还是就去睡觉呢，还是等明天晚上再睡？正是——

不惧黄昏近，但愁白日长；
翩翩书记俊，今夕喜同床。
金环束指间，灿烂自生光，
唯恐娇妻骂，莫将弃道旁。（众下。）

---

① 玛哪（manna），天粮，见《旧约·出埃及记》。

哈姆莱特

莎士比亚的《哈姆莱特》以丹麦王宫艾尔西诺城堡内外为背景，写王子哈姆莱特为父报仇所引发的悲剧。莎士比亚借用已有素材，将其提炼升华为一出深刻揭示16世纪末17世纪初英国社会现实，反映时代精神的伟大悲剧，创造了世界文学史上的一个奇迹。哈姆莱特的复仇合乎天道正义，也有能力做到，然而他在知道杀父仇人后却一再犹豫，多次失去良机，这一点令人十分困惑。很多研究者认为哈姆莱特是一个人文主义者，但在经历了一系列重大人生变故之后，他的人文主义信念发生了根本动摇，从相信人性善，到认定人性恶，甚至对生命存在的意义、对复仇的意义，都产生了怀疑，他的心绪迷惘、忧郁、焦灼，表现在行动上，就有了延宕。延宕制约了他的行动力，使他复仇大任未能完成，也未能借此“重整乾坤”，但哈姆莱特在延宕中，对社会现状有了真正的把握，对人性有了深刻理解，思想产生了巨大飞跃，同时展现了代表正义的力量、思想的勇气和牺牲精神，并取得了道义上的胜利。因而，这一形象具有重要的思想认识价值和社会批判意义。《哈姆莱特》代表了莎士比亚戏剧艺术的高峰，这尤其体现在具有丰富心理内涵和深刻哲理寓意的哈姆莱特形象塑造上，以及高超的情节结构艺术和精彩的戏剧语言上；哈姆莱特众多的独白更是脍炙人口、振聋发聩。

剧中主要人物有：哈姆莱特（丹麦王子）、克劳狄斯（国王）、乔特鲁德（王后）、福丁布拉斯（挪威王子）、霍拉旭（哈姆莱特的同学）、波洛涅斯（御前大臣）、雷欧提斯（波洛涅斯之子）、奥菲利娅（波洛涅斯之女）、罗森格兰兹（朝臣）、吉尔登斯吞（朝臣）。现根据朱生豪中文译本（《莎士比亚全集》第九卷，人民文学出版社2014年版）分幕介绍或节选如下。

第一幕

第一场

剧情发生在古代的丹麦。刚刚死去的老王的鬼魂连续两天深夜在城头游荡，让守城的士兵惊恐不安，他们将此事告诉给王子哈姆莱特的好友霍拉旭。第三夜，霍拉旭在城头目睹了老王的鬼魂，霍拉旭试图与鬼魂说话，但鬼魂依然一言不发，在黎明时分离去。霍拉旭认为鬼魂的出现预兆着国内将要有一番非常的变故，他们决定向王子哈姆莱特报告此事。

第二场　城堡中的大厅

国王、王后、哈姆莱特、波洛涅斯、雷欧提斯、伏提曼德、考尼律斯、群臣、侍从等上。

国王　虽然我们亲爱的王兄哈姆莱特新丧未久，我们的心里应当充满了悲痛，我们全国都应当表示一致的哀悼，可是我们凛于后死者责任的重大，不能不违情逆性，一方面固然要用适度的悲哀纪念他，一方面也要为自身的利害着想；所以，在一种悲喜交集的情绪之下，让幸福和忧郁分据了我的两眼，殡葬的挽歌和结婚的笙乐同时并奏，用盛大的喜乐抵消沉重的不幸，我已经和我旧日的长嫂，当今的王后，这一个多事之国的共同的统治者，结为夫妇；这一次婚姻事先曾经征求各位的意见，多承你们诚意的赞助，这是我必须向大家致谢的。现在我要告诉你们知道，年轻的福丁布拉斯看轻了我们的实力，也许他以为自从我们亲爱的王兄驾崩以后，我们的国家已经瓦解，所以挟着他的从中取利的梦想，不断向我们书面要求把他的父亲依法割让给我们英勇的王兄的土地归还。这是他一方面的话。现在要讲到我们的态度和今天召集各位来此的目的。我们的对策是这样的：我这儿已经写好了一封信给挪威国王，年轻的福丁布拉斯的叔父——他因为卧病在床，不曾与闻他侄子的企图——在信里我请他注意他的侄子擅自在国内征募壮丁，训练士卒，积极进行各种准备的事实，要求他从速制止他的进一步的行动；现在我就派遣你，考尼律斯，还有你，伏提曼德，替我把这封信送给挪威老王，除了训令上所规定的条件以外，你们不得僭用你们的权力，和挪威成立逾越范围的妥协。你们赶紧去吧，再会！

考尼律斯
伏提曼德 我们敢不尽力执行陛下的旨意。

国王 我相信你们的忠心；再会！（*伏提曼德、考尼律斯同下*）现在，雷欧提斯，你有什么话说？你对我说你有一个请求；是什么请求，雷欧提斯？只要是合理的事情，你向丹麦王说了，他总不会不答应你。你有什么要求，雷欧提斯，不是你未开口我就自动许给了你？丹麦王室和你父亲的关系，正像头脑之于心灵一样密切；丹麦国王乐意为你父亲效劳，正像双手乐于为嘴服役一样。你要些什么，雷欧提斯？

雷欧提斯 陛下，我要请求您允许我回到法国去。这一次我回国参加陛下加冕的盛典，略尽臣子的微忱，实在是莫大的荣幸；可是现在我的任务已尽，我的心愿又向法国飞驰，但求陛下开恩允准。

国王 你父亲已经答应你了吗？波洛涅斯怎么说？

波洛涅斯 陛下，我却不过他几次三番的恳求，已经勉强答应他了；请陛下放他去吧。

国王 好好利用你的时间，雷欧提斯，尽情发挥你的才能吧！可是来，我的侄儿哈姆莱特，我的孩子——

哈姆莱特 （*旁白*）超乎寻常的亲族，漠不相干的路人。

国王 为什么愁云依旧笼罩在你的身上？

哈姆莱特 不，陛下；我已经在太阳里晒得太久了。

王后 好哈姆莱特，抛开你阴郁的神气吧，对丹麦王应该和颜悦色一点；不要老是垂下了眼皮，在泥土之中找寻你的高贵的父亲。你知道这是一件很普通的事情，活着的人谁都要死去，从生活踏进永久的宁静。

哈姆莱特 嗯，母亲，这是一件很普通的事情。

王后 既然是很普通的，那么你为什么瞧上去好像老是这样郁郁于心呢？

哈姆莱特 好像，母亲！不，是这样就是这样，我不知道什么“好像”不“好像”。好妈妈，我的墨黑的外套、礼俗上规定的丧服、难以吐出来的叹气、像滚滚江流一样的眼泪、悲苦沮丧的脸色，以及一切仪式、外表和忧伤的流露，都不能表示出我的真实的情绪。这些才真是给人瞧的，因为谁也可以做作成这种样子。它们不过是悲哀的装饰和衣服；可是我的郁结的心事却是无法表现出来的。

国王 哈姆莱特，你这样孝思不匮，原是你天性中纯笃过人之处；可是你要知道，你的父亲也曾失去过一个父亲，那失去的父亲自己也失去过父亲；那后死的儿子为了尽他的孝道，必须有一个时期服丧守制，然而固执不变的哀伤，却是一种逆天悖理的愚行，不是堂堂男子所应有的举动；它表现出一个不肯安于天命的意志，一个经不起艰难痛苦的心，一个缺少忍耐的头脑和一个简单愚昧的理性。既然我们知道那是无可避免的事，无论谁都要遭遇到同样的经验，那么我们为什么要这样固执地把它介介于怀呢？嘿！那是对上天的罪戾，对死者的罪戾，也是违反人情的罪戾；在理智上它是完全荒谬的，因为从第一个死了的父亲起，直到今天死去的最后一个父亲为止，理智永远在呼喊，“这是无可避免的”。我请你抛弃了这种无益的悲伤，把我当作你的父亲；因为我要让全世界知道，你是王位的直接的继承者，我要给你的尊荣和恩宠，不亚于一个最慈爱的父亲之于他的儿子。至于你要回到威登堡去继续求学的意思，那是完全违反我们的愿望的；请你听从我的劝告，不要离开这里，在朝廷上领袖群臣，做我们最亲近的国亲和王子，使我们因为每天能看见你而感到欢欣。

王后　不要让你母亲的祈求全归无用，哈姆莱特；请你不要离开我们，不要到威登堡去。

哈姆莱特　我将要勉力服从您的意志，母亲。

国王　啊，那才是一句有孝心的答复；你将在丹麦享有和我同等的尊荣。御妻，来。哈姆莱特这一种自动的顺从使我非常高兴；为了表示庆祝，今天丹麦王每一次举杯祝饮的时候，都要放一响高入云霄的祝炮，让上天应和着地上的雷鸣，发出欢乐的回声。来。（除哈姆莱特外均下。）

哈姆莱特　啊，但愿这一个太坚实的肉体会融解、消散，化成一堆露水！或者那永生的真神未曾制定禁止自杀的律法！上帝啊！上帝啊！人世间的一切在我看来是多么可厌、陈腐、乏味而无聊！哼！哼！那是一个荒芜不治的花园，长满了恶毒的莠草。想不到居然会有这种事情！刚死了两个月！不，两个月还不满！这样好的一个国王，比起当前这个来，简直是天神和丑怪；这样爱我的母亲，甚至于不愿让天风吹痛了她的脸。天地呀！我必须记着吗？嘿，她会偎倚在他的身旁，好像吃了美味的食物，格外促进了食欲一般；可是，只有一个月的时间，我不能再想下去了！脆弱啊，你的名字就是女人！短短的一个月以前，她哭得像个泪人儿似的，送我那可怜的父亲下葬；她在送葬的时候所穿的那双鞋子还没有破旧，她就，她就——上帝啊！一头没有理性的畜生也要悲伤得长久一些——她就嫁给我的叔父，我的父亲的弟弟，可是他一点不像我的父亲，正像我一点不像赫剌克勒斯一样。只有一个月的时间，她那流着虚伪之泪的眼睛还没有消去红肿，她就嫁了人了。啊，罪恶的匆促，这样迫不及待地钻进了乱伦的衾被！那不是好事，也不会有好结果；可是碎了吧，我的心，因为我必须噤住我的嘴！

雷欧提斯和妹妹奥菲利娅上场。哥哥劝妹妹谨慎对待哈姆莱特的感情，他承认哈姆莱特的感情可能是真挚的，但“他有这样高的地位，他的意志并不属于他自己”。一个姑娘的心对这样的人打开，是危险的。他的一番话老到而诚挚。随后其父波洛涅斯上场，对雷欧提斯有一番待人接物的训示。波洛涅斯不相信哈姆莱特对奥菲利娅的感情是真诚的，他不许女儿再接待哈姆莱特。

哈姆莱特在深夜登上城墙，老王的鬼魂再次出现。哈姆莱特克服了巨大的恐惧，与父亲的鬼魂说话。鬼魂向哈姆莱特揭露了事件的真相：原来，老王中午在花园午睡时，被自己的兄弟，也就是现在的国王用毒药害死。鬼魂又叮嘱哈姆莱特务必要为自己报仇。哈姆莱特闻听后，震惊愤怒到失态。霍拉旭提醒哈姆莱特，他看起来有些疯疯癫癫。哈姆莱特要几位朋友发誓，不把今晚所见到的一切告诉任何人,并谅解他以后所做的一切。

第 二 幕

第 一 场

波洛涅斯啰哩啰嗦地叮嘱仆人雷奈尔多,到巴黎看雷欧提斯之前,先隐名查访一下他的所作所为,有没有吃喝嫖赌一类有损名誉的事情,并教导雷奈尔多如何达到目的。雷奈尔多离去后,奥菲利娅上场,向波洛涅斯报告哈姆莱特的穿戴和举止如何失常。波洛涅斯当即断定哈姆莱特是因为失恋而疯狂,并决定向国王禀报。

第二场 城堡中一室

……

哈姆莱特 丹麦是一所牢狱。

罗森格兰兹 那么世界也是一所牢狱。

哈姆莱特 一所很大的牢狱,里面有许多监房、囚室、地牢;丹麦是其中最坏的一间。

罗森格兰兹 我们倒不这样想,殿下。

哈姆莱特 啊,那么对于你们它并不是牢狱;因为世上的事情本来没有善恶,都是各人的思想把它们分别出来的;对于我它是一所牢狱。

罗森格兰兹 啊,那是因为您的雄心太大,丹麦是个狭小的地方,不够给您发展,所以您把它看成一所牢狱啦。

哈姆莱特 上帝啊!倘不是因为我总做噩梦,那么即使把我关在一个果壳里,我也会把自己当作一个拥有着无限空间的君王的。

吉尔登斯吞 那种噩梦便是您的野心;因为野心家本身的存在,也不过是一个梦的影子。

哈姆莱特 一个梦的本身便是一个影子。

罗森格兰兹 不错,因为野心是那么空虚轻浮的东西,所以我认为它不过是影子的影子。

哈姆莱特 那么我们的乞丐是实体,我们的帝王和大言不惭的英雄,却是乞丐的影子了。我们进宫去好不好?因为我实在不能陪着你们谈玄说理。

罗森格兰兹
吉尔登斯吞 我们愿意侍候殿下。

哈姆莱特 没有的事,我不愿把你们当作我的仆人一样看待;老实对你们说吧,在我旁边侍候我的人全很不成样子。可是,凭着我们多年的交情,老实告诉我,你们到艾尔西诺来有什么贵干?

罗森格兰兹 我们是来拜访您来的,殿下;没有别的原因。

哈姆莱特 像我这样一个叫化子,我的感谢也是不值钱的,可是我谢谢你们;我想,亲爱的朋友们,你们专诚而来,只换到我的一声不值半文钱的感谢,未免太不值得了。不是有人叫你们来的吗?果然是你们自己的意思吗?真的是自动的访问吗?来,不要骗我。来,来,快说。

吉尔登斯吞 叫我们说些什么话呢,殿下?

哈姆莱特　无论什么话都行,只要不是废话。你们是奉命而来的;瞧你们掩饰不了你们良心上的惭愧,已经从你们的脸色上招认出来了。我知道是我们这位好国王和好王后叫你们来的。

罗森格兰兹　为了什么目的呢,殿下?

哈姆莱特　那可要请你们指教我了。可是凭着我们朋友间的道义,凭着我们少年时候亲密的情谊,凭着我们始终不渝的友好的精神,凭着比我口才更好的人所能提出的其他一切更有力量的理由,让我要求你们开诚布公,告诉我究竟你们是不是奉命而来的?

罗森格兰兹　(向吉尔登斯吞旁白)你怎么说?

哈姆莱特　(旁白)好,那么我看透你们的行动了。——要是你们爱我,别再抵赖了吧。

吉尔登斯吞　殿下,我们是奉命而来的。

哈姆莱特　让我代你们说明来意,免得你们泄漏了自己的秘密,有负国王、王后的付托。我近来不知为了什么缘故,一点儿兴致都提不起来,什么游乐的事都懒得过问;在这一种抑郁的心境之下,仿佛负载万物的大地,这一座美好的框架,只是一个不毛的荒岬;这个覆盖众生的苍穹,这一顶壮丽的帐幕,这个金黄色的火球点缀着的庄严的屋宇,只是一大堆污浊的瘴气的集合。人类是一件多么了不得的杰作!多么高贵的理性!多么伟大的力量!多么优美的仪表!多么文雅的举动!在行为上多么像一个天使!在智慧上多么像一个天神!宇宙的精华!万物的灵长!可是在我看来,这一个泥土塑成的生命算得了什么?人类不能使我发生兴趣;不,女人也不能使我发生兴趣,虽然从你现在的微笑之中,我可以看到你在这样想。

罗森格兰兹　殿下,我心里并没有这样的思想。

……

第三幕

第一场　城堡中一室

国王、王后、波洛涅斯、奥菲利娅、罗森格兰兹及吉尔登斯吞上。

国王　你们不能用迂回婉转的方法,探出他为什么这样神魂颠倒,让紊乱而危险的疯狂困扰他的安静的生活吗?

罗森格兰兹　他承认他自己有些神经迷惘,可是绝口不肯说为了什么缘故。

吉尔登斯吞　他也不肯虚心接受我们的探问;当我们想要引导他吐露他自己的一些真相的时候,他总是用假作痴呆的神气故意回避。

王后　他对待你们还客气吗?

罗森格兰兹　很有礼貌。

吉尔登斯吞　可是不大自然。

罗森格兰兹　他很吝惜自己的话,可是我们问他话的时候,他回答起来却是毫无拘束。

王后　你们有没有劝诱他找些什么消遣?

罗森格兰兹　娘娘,我们来的时候,刚巧有一班戏子也要到这儿来,给我们赶过了;我们把这消息告诉了他,他听了好像很高兴。现在他们已经到了宫里,我想他已经吩咐他们今晚为他演出了。

波洛涅斯 一点儿不错；他还叫我来请两位陛下同去看看他们演得怎样哩。

国王 那好极了；我非常高兴听见他在这方面感到兴趣。请你们两位还要更进一步鼓起他的兴味，把他的心思移转到这种娱乐上面。

罗森格兰兹 是，陛下。（罗森格兰兹、吉尔登斯吞同下。）

国王 亲爱的乔特鲁德，你也暂时离开我们；因为我们已经暗中差人去唤哈姆莱特到这儿来，让他和奥菲利娅见见面，就像他们偶然相遇一般。她的父亲跟我两人将要权充一下密探，躲在可以看见他们，却不能被他们看见的地方，注意他们会面的情形，从他的行为上判断他的疯病究竟是不是因为恋爱上的苦闷。

王后 我愿意服从您的意旨。奥菲利娅，但愿你的美貌果然是哈姆莱特疯狂的原因；更愿你的美德能够帮助他恢复原状，使你们两人都能安享尊荣。

奥菲利娅 娘娘，但愿如此。（王后下。）

波洛涅斯 奥菲利娅，你在这儿走走。陛下，我们就去躲起来吧。（向奥菲利娅）你拿这本书去读，他看见你这样用功，就不会疑心你为什么一个人在这儿了。人们往往用至诚的外表和虔敬的行动，掩饰一颗魔鬼般的内心，这样的例子是太多了。

国王 （旁白）啊，这句话是太真实了！它在我的良心上抽了多么重的一鞭！涂脂抹粉的娼妇的脸，还不及掩藏在虚伪的言辞后面的我的行为更丑恶。难堪的重负啊！

波洛涅斯 我听见他来了；我们退下去吧，陛下。（国王及波洛涅斯下。）

哈姆莱特上。

哈姆莱特 生存还是毁灭，这是一个值得考虑的问题；默然忍受命运的暴虐的毒箭，或是挺身反抗人世的无涯的苦难，通过斗争把它们扫清，这两种行为，哪一种更高贵？死了；睡着了；什么都完了；要是在这一种睡眠之中，我们心头的创痛，以及其他无数血肉之躯所不能避免的打击，都可以从此消失，那正是我们求之不得的结局。死了；睡着了；睡着了也许还会做梦；嗯，阻碍就在这儿：因为当我们摆脱了这一具朽腐的皮囊以后，在那死的睡眠里，究竟将要做些什么梦，那不能不使我们踌躇顾虑。人们甘心久困于患难之中，也就是为了这个缘故；谁愿意忍受人世的鞭挞和讥嘲、压迫者的凌辱、傲慢者的冷眼、被轻蔑的爱情的惨痛、法律的迁延、官吏的横暴和费尽辛勤所换来的小人的鄙视，要是他只要用一柄小小的刀子，就可以清算他自己的一生？谁愿意负着这样的重担，在烦劳的生命的压迫下呻吟流汗，倘不是因为惧怕不可知的死后，惧怕那从来不曾有一个旅人回来过的神秘之国，是它迷惑了我们的意志，使我们宁愿忍受目前的磨折，不敢向我们所不知道的痛苦飞去？这样，重重的顾虑使我们全变成了懦夫，决心的赤热的光彩，被审慎的思维盖上了一层灰色，伟大的事业在这一种考虑之下，也会逆流而退，失去了行动的意义。且慢！美丽的奥菲利娅！——女神，在你的祈祷之中，不要忘记替我忏悔我的罪孽。

奥菲利娅 我的好殿下，您这许多天来贵体安好吗？

哈姆莱特 谢谢你，很好，很好，很好。

奥菲利娅 殿下，我有几件您送给我的纪念品，我早就想把它们还给您；请您现在收回去吧。

哈姆莱特 不，我不要；我从来没有给你什么东西。

奥菲利娅 殿下，我记得很清楚您把它们送给了我，那时候您还向我说了许多甜言蜜语，使这些东西格外显得贵重；现在它们的芳香已经消散，请您拿回去吧，因为在有骨气的人看来，送礼的人要是变了心,礼物虽贵,也会失去了价值。拿去吧,殿下。

哈姆莱特　哈哈!你贞洁吗?

奥菲利娅　殿下!

哈姆莱特　你美丽吗?

奥菲利娅　殿下是什么意思?

哈姆莱特　要是你既贞洁又美丽,那么你的贞洁应该断绝跟你的美丽来往。

奥菲利娅　殿下,难道美丽除了贞洁以外,还有什么更好的伴侣吗?

哈姆莱特　嗯,真的;因为美丽可以使贞洁变成淫荡,贞洁却未必能使美丽受它自己的感化;这句话从前像是怪诞之谈,可是现在时间已经把它证实了。我的确曾经爱过你。

奥菲利娅　真的,殿下,您曾经使我相信您爱我。

哈姆莱特　你当初就不应该相信我,因为美德不能熏陶我们罪恶的本性;我没有爱过你。

奥菲利娅　那么我真是受了骗了。

哈姆莱特　进尼姑庵去吧;为什么你要生一群罪人出来呢?我自己还不算是一个顶坏的人;可是我可以指出我的许多过失,一个人有了那些过失,他的母亲还是不要生下他来的好。我很骄傲,有仇必报,富于野心,我的罪恶是那么多,连我的思想也容纳不下,我的想象也不能给它们形象,甚至于我都没有充分的时间可以把它们实行出来。像我这样的家伙,匍匐于天地之间,有什么用处呢?我们都是些十足的坏人;一个也不要相信我们。进尼姑庵去吧。你的父亲呢?

奥菲利娅　在家里,殿下。

哈姆莱特　把他关起来,让他只好在家里发发傻劲。再会!

奥菲利娅　嗳哟,天哪!救救他!

哈姆莱特　要是你一定要嫁人,我就把这一个咒诅送给你做嫁奁:尽管你像冰一样坚贞,像雪一样纯洁,你还是逃不过谗人的诽谤。进尼姑庵去吧,去;再会!或者要是你必须嫁人的话,就嫁给一个傻瓜吧;因为聪明人都明白你们会叫他们变成怎样的怪物。进尼姑庵去吧,去;越快越好。再会!

奥菲利娅　天上的神明啊,让他清醒过来吧!

哈姆莱特　我也知道你们会怎样涂脂抹粉;上帝给了你们一张脸,你们又替自己另外造了一张。你们烟视媚行,淫声浪气,替上帝造下的生物乱取名字,卖弄你们不懂事的风骚。算了吧,我再也不敢领教了;它已经使我发了狂。我说,我们以后再不要结什么婚了;已经结过婚的,除了一个人以外,都可以让他们活下去;没有结婚的不准再结婚,进尼姑庵去吧,去。(下。)

奥菲利娅　啊,一颗多么高贵的心是这样殒落了!朝臣的眼睛、学者的辩舌、军人的利剑、国家所瞩望的一朵娇花;时流的明镜、人伦的雅范、举世注目的中心,这样无可挽回地殒落了!我是一切妇女中间最伤心而不幸的,我曾经从他音乐一般的盟誓中吮吸芬芳的甘蜜,现在却眼看着他的高贵无上的理智,像一串美妙的银铃失去了谐和的音调,无比的青春美貌,在疯狂中凋谢!啊!我好苦,谁料过去的繁华,变作今朝的泥土!

国王及波洛涅斯重上。

国王　恋爱!他的精神错乱不像是为了恋爱;他说的话虽然有些颠倒,也不像是疯狂。他有些什么心事盘踞在他的灵魂里,我怕它也许会产生危险的结果。为了防止万一,我已经当机立断,决定了一个办法:他必须立刻到英国去,向他们追索延宕未纳的贡物;也许他到海外各国游历一趟以后,时时变换的环境,可以替他排解去这一桩使他神思恍惚的心事。你看怎么样?

波洛涅斯 那很好;可是我相信他的烦闷的根本原因,还是为了恋爱上的失意。啊,奥菲利娅!你不用告诉我们哈姆莱特殿下说些什么话;我们全都听见了。陛下,照您的意思办吧;可是您要是认为可以的话,不妨在戏剧终场以后,让他的母后独自一人跟他在一起,恳求他向她吐露他的心事;她必须很坦白地跟他谈谈,我就找一个所在听他们说些什么。要是她也探听不出他的秘密来,您就叫他到英国去,或者凭着您的高见,把他关禁在一个适当的地方。

国王 就这样吧;大人物的疯狂是不能听其自然的。(同下。)

第二场

哈姆莱特请国王、王后看《捕鼠机》的演出。他教戏班子演员如何念台词,强调要接受常识的指导,不越过自然的常道。波洛涅斯来传话,说国王王后马上就要来看戏了。哈姆莱特叮嘱霍拉旭,在戏演出时,要全神贯注盯着国王克劳狄斯,在演到那段与先王之死十分相似的剧情时,看克劳狄斯会有什么表情神态。戏开演前,哈姆莱特戏弄奥菲利娅,奥菲利娅不明就里,也难以适应。当戏中戏演到国王的侄儿在花园里把毒药注入熟睡中的国王的耳朵时,台下看戏的国王慌乱地站起来,离席而去。王后派罗森格兰兹和吉尔登斯吞来叫哈姆莱特去寝宫谈话,哈姆莱特没有理会,还揭露二人奉国王之命试探自己。波洛涅斯又来传话。哈姆莱特难以忍受波洛涅斯老奸巨猾的逢迎,答应去见母亲。此时,他心中涌起向母亲报复的念头,但想到不能违背伦常,压下了这个冲动,决定只对母亲疾言厉色,不伤害她的身体。

第三场 城堡中一室

国王、罗森格兰兹及吉尔登斯吞上。

国王 我不喜欢他;纵容他这样疯闹下去,对于我是一个很大的威胁。所以你们快去准备起来吧;我马上叫人办好你们要递送的文书,同时打发他跟你们一块儿到英国去。就我的地位而论,他的疯狂每小时都可以危害我的安全,我不能让他留在我的近旁。

吉尔登斯吞 我们就去准备起来;许多人的安危都寄托在陛下身上,这一种顾虑是最圣明不过的。

罗森格兰兹 每一个庶民都知道怎样远祸全身,一个身负天下重寄的人,尤其应该时刻不懈地防备危害的袭击。君主的薨逝不仅是个人的死亡,它像一个漩涡一样,凡是在它近旁的东西,都要被它卷去同归于尽;又像一个矗立在最高山峰上的巨轮,它的轮辐上连附着无数的小物件,当巨轮轰然崩裂的时候,那些小物件也跟着它一齐粉碎。国王的一声叹息,总是随着全国的呻吟。

国王 请你们准备立刻出发;因为我们必须及早制止这一种公然的威胁。

罗森格兰兹
吉尔登斯吞 我们就去赶紧预备。(罗森格兰兹、吉尔登斯吞同下。)

波洛涅斯上。

波洛涅斯 陛下,他到他母亲房间里去了。我现在就去躲在帏幕后面,听他们怎么说。我可以断定她一定会把他好好教训一顿的。您说得很不错,母亲对于儿子总有几分偏心,所以最好有一个第三者躲在旁边偷听他们的谈话。再会,陛下;在您未睡以前,我还要来看您一次,把我所探听到的事情告诉您。

国王 谢谢你,贤卿。(波洛涅斯下)啊!我的罪恶的戾气已经上达于天;我的灵魂上负着一个元始以来最初的咒诅,杀害兄弟的暴行!我不能祈祷,虽然我的愿望像决心一样强烈;我的更坚强的罪恶击败了我的坚强的意愿。像一个人同时要做两件事情,我因为不知道应该先从什么地方下手而徘徊歧途,结果反弄得一事无成。要是这一只可咒诅的手上染满了一层比它本身还厚的兄弟的血,难道天上所有的甘霖,都不能把它洗涤得像雪一样洁白吗?慈悲的使命,不就是宽宥罪恶吗?祈祷的目的,不是一方面预防我们的堕落,一方面救拔我们于已堕落之后吗?那么我要仰望上天;我的过失已经犯下了。可是唉!哪一种祈祷才是我所适用的呢?"求上帝赦免我的杀人重罪"吗?那不能,因为我现在还占有着那些引起我的犯罪动机的目的物,我的王冠、我的野心和我的王后。非分攫取的利益还在手里,就可以幸邀宽恕吗?在这贪污的人世,罪恶的镀金的手也许可以把公道推开不顾,暴徒的赃物往往成为枉法的贿赂;可是天上却不是这样的,在那边一切都无可遁避,任何行动都要显现它的真相,我们必须当面为我们自己的罪恶作证。那么怎么办呢?还有什么法子好想呢?试一试忏悔的力量吧。什么事情是忏悔所不能做到的?可是对于一个不能忏悔的人,它又有什么用呢?啊,不幸的处境!啊,像死亡一样黑暗的心胸!啊,越是挣扎,越是不能脱身的胶住了的灵魂!救救我,天使们!试一试吧:屈下来,顽强的膝盖;钢丝一样的心弦,变得像新生之婴的筋肉一样柔嫩吧!但愿一切转祸为福!(退后跪祷。)

哈姆莱特上。

哈姆莱特 他现在正在祈祷,我正好动手;我决定现在就干,让他上天堂去,我也算报了仇了。不,那还要考虑一下:一个恶人杀死我的父亲;我,他的独生子,却把这个恶人送上天堂。啊,这简直是以恩报怨了。他用卑鄙的手段,在我父亲满心俗念、罪孽正重的时候乘其不备把他杀死;虽然谁也不知道在上帝面前,他的生前的善恶如何相抵,可是照我们一般的推想,他的孽债多半是很重的。现在他正在洗涤他的灵魂,要是我在这时候结果了他的性命,那么天国的路是为他开放着,这样还算是复仇吗?不!收起来,我的剑,等候一个更惨酷的机会吧;当他在酒醉以后,在愤怒之中,或是在乱伦纵欲的时候,有赌博、咒骂或是其他邪恶的行为的中间,我就要叫他颠踬在我的脚下,让他幽深黑暗不见天日的灵魂永堕地狱。我的母亲在等我。这一服续命的药剂不过延长了你临死的痛苦。(下。)

国王起立上前。

国王 我的言语高高飞起,我的思想滞留地下;没有思想的言语永远不会上升天界。(下。)

第 四 场

哈姆莱特来到王后的寝宫斥责母亲,并把偷听的波洛涅斯杀死。他的斥责是有力的,但鬼魂在他最狂怒时出现,制止了他采取进一步的行动。哈姆莱特在冷静后请母亲不要把他所说及她所见的一切说出去。母亲答应了。

第四幕

王后当着国王的面,替哈姆莱特掩饰,说他在发疯时不慎将波洛涅斯杀死。国王震惊之余,命吉尔登斯吞和罗森格兰兹赶紧带哈姆莱特去英国,还说他这样做,是要利用自己的威权和手腕,替哈姆莱特掩饰“罪行”。同时他安排二位大臣找到哈姆莱特,要把哈姆莱特藏起来的波洛涅斯尸体搬到教堂去,还决定召见自己的亲信,把这个意外的变故告诉大家,以免引谣言上身。

哈姆莱特不肯说出波洛涅斯的尸体所在,吉尔登斯吞和罗森格兰兹把哈姆莱特看管起来,等国王问话。克劳狄斯当面要求哈姆莱特即刻动身去英国,说这是为他着想,又命二位大臣今晚就带哈姆莱特离境。在独白中,克劳狄斯提到他这样做的真实目的,是要借英王之手除掉哈姆莱特。克劳狄斯认为,自己必须知道他已经不在人世,脸上才会浮起笑容。

福丁布拉斯率挪威军队借道丹麦去进攻波兰,为争夺一块弹丸之地不息兵戎相见。这事给哈姆莱特以强烈的刺激。他痛斥自己过于审慎甚至懦怯,迟迟不能动手。他决心从这一刻起,摒除一切的疑虑妄念,把流血的思想充满在自己的脑际。

奥菲利娅因为父亲被情人所杀,忧伤过度而发疯。王后内心不安,找奥菲利娅问话,试图安慰她,但毫无用处。波洛涅斯暴死及秘密埋葬,引得国内民众群疑蜂起,议论纷纷。加上奥菲利娅精神失常,雷欧提斯秘密回国,行动诡异。克劳狄斯担心这一切牵连到自己,忧心忡忡。雷欧提斯率领一群叛军,冲到宫里,要为父亲报仇,暴动者还高呼“雷欧提斯作国王”的口号。这时,疯癫的奥菲利娅出现,加剧了雷欧提斯的痛苦和愤怒,发誓要为亲人报仇。老奸巨猾的国王先赌咒发誓,说自己不是凶手,并表示愿意帮助他找到凶手。

哈姆莱特托人带信给霍拉旭,说自己即将从出使英国的途中折回丹麦。国王告诉雷欧提斯,是哈姆莱特杀死了他父亲。雷欧提斯责问克劳狄斯为什么不将犯下如此暴行的哈姆莱特绳之以法。克劳狄斯讲到两个原因:第一是王后深爱儿子,离开他不能活,而自己离开王后不能活。第二是一般民众对哈姆莱特有很大的好感,甚至崇拜他,自己不能贸然行事。

这时,克劳狄斯得到哈姆莱特将要回国的消息,趁机挑起雷欧提斯对哈姆莱特的仇恨,并安排二人的决斗。他的计策还包括把钝剑换成锋利的剑,在战斗中将哈姆莱特刺死。而报仇心切的雷欧提斯还要把毒药涂在剑上。国王又备下毒酒。他们的计划似乎万无一失。此时,奥菲利娅溺水而死。

第五幕

哈姆莱特回到丹麦,与霍拉旭在墓地会合。有两个小丑正在挖墓穴,哈姆莱特和小丑们进行饶有趣味的谈话,议论着那些挖出来的骷髅。弄人郁利克的尸骨让哈姆莱特想起当年他活着的样子,他又对霍拉旭讲到,即便是亚历山大和恺撒这样的伟人,死后身体也会化为尘土,和常人无异。这时,国王、王后及雷欧提斯等为奥菲利娅送葬。雷欧提斯责骂教士没有给妹妹安排适当的葬礼。教士辩解说,因为奥菲利娅死相可疑,按教规不能葬在圣地,现在的葬礼已经超出了她的名分。但仍这难以化解雷欧提斯的悲痛,他跳下墓穴,要和妹妹做最后的道别。躲在一旁的哈姆莱特这才知道奥菲利娅死了,他冲出来,跳下墓穴表达哀恸之情。雷欧提斯揪住哈姆莱特不放,二人在墓穴中发生冲突。哈姆莱特向雷欧提斯挑战,国王趁机安排了他们的决斗。

哈姆莱特向霍拉旭讲述了自己返回丹麦的经过。原来,在出使英国时,哈姆莱特偷偷打开了克劳狄斯写给英王的密函,密函要求英王,一见到哈姆莱特,立即把他处死。哈姆莱特把原信取出,另写了一封信,内容是叫英王读信后,立即处死送信的来使。然后盖上他私藏的国王印章,再把信密封起来。第二天,他们的船在遇到海盗,哈姆莱特被海盗俘虏,知道他的身份后,海盗把他送回了丹麦。这时大臣奥斯里克来传话,说国王安排他和雷欧提斯比剑。哈姆莱特向来敬重雷欧提斯的为人和品行,却不服气他的剑术,这是一个证明自己剑术高明的好机会。比赛开始,哈姆莱特连胜两局。雷欧提斯在第三局后趁哈姆莱特不备,用毒剑刺他。二人争夺时,雷欧提斯也受伤。王后为庆贺儿子胜第一剑而饮下毒酒,这时毒性发作,雷欧提斯也毒性发作。元凶暴露出来,哈姆莱特一剑刺死国王。他临死之前,要求霍拉旭活下去,把他的行事的始末根由昭告世人,解除他们的疑惑。他预言和安排福丁布拉斯成为丹麦国王。福丁布拉斯从波兰凯旋,在宫廷中为哈姆莱特举行盛大的葬礼。

近代文学(中)

伪 君 子

作者莫里哀(1622—1673)是17世纪法国古典主义喜剧作家,原名让-巴蒂斯特·波克兰,出生在巴黎的一个商人家庭。中学毕业后,他放弃了律师的职务和对父亲职位的继承权,决心献身于戏剧事业。他一生写了近三十部喜剧,《伪君子》(一译《达尔杜弗》)之外的重要作品还有:散文体独幕风俗喜剧《可笑的女才子》(1659),它尖锐地嘲笑了贵族沙龙文学和上流社会故作风雅的恶习;五幕诗体喜剧《妇人学堂》(1662),提出了爱情、婚姻、道德、教育等社会问题,集中抨击了修道院教育和夫权主义思想;五幕讽刺喜剧《堂璜》(1665),揭露了为非作歹的法国贵族在堂皇的外衣下所掩藏着的丑恶的灵魂;五幕散文体喜剧《悭吝人》(一译《吝啬鬼》,1668),塑造了一个不朽的艺术典型——吝啬鬼阿巴贡,深刻地反映了资产阶级拜金主义使封建的宗法式家庭解体,使人与人之间的关系变得冷酷无情;五幕散文体喜剧《贵人迷》(1670),嘲笑了资产阶级对贵族身份与地位的羡慕与追求;三幕散文体喜剧《司卡潘的诡计》(1671),是一部很有特色的剧作,作家运用民间闹剧的手法,充分表现了一个地位低贱的仆人聪明、机智、能干和乐观的性格。

莫里哀的喜剧创作具有强烈的批判精神,他敢于嘲笑封建贵族,抨击森严的等级制度,讽刺和批判资产阶级,揭露和鞭挞社会的种种弊端,敢于提出一系列严肃的社会问题。他的创作鲜明地体现了现实主义精神,有一定的民主倾向。

在艺术上,莫里哀代表了法国古典主义全盛期喜剧的最高成就。他基本上遵守三一律的创作法则。喜剧结构严谨,戏剧冲突鲜明。他善于运用集中、概括和夸张的手法,塑造性格突出的艺术典型。其喜剧形式富有民族特色。

《伪君子》(1664—1669)是一部著名的诗体讽刺喜剧,也是莫里哀喜剧创作中现实性最强的一部作品。剧本主要描写宗教骗子答丢夫以伪装的虔诚骗得巴黎富商奥尔恭的信任,混进奥尔恭家中,施展出种种阴险、狡诈的手段,为非作歹的故事。剧本是按照古典主义原则创作的。

剧中人物(以出场先后为序)有:柏奈尔夫人——奥尔恭的母亲,爱尔卜特——柏奈尔夫人的女仆,欧米尔——奥尔恭的续妻,桃丽娜——玛丽亚娜小姐的女仆,达米斯——奥尔恭的儿子,玛丽亚娜——奥尔恭的女儿、瓦赖尔的未婚妻,克雷央特——奥尔恭的妻舅,奥尔恭——巴黎大商人,瓦赖尔——玛丽亚娜的未婚夫,答丢夫——伪君子,郑直先生——法庭的携杖执达吏,宫廷侍卫官——传达国王命令者。

全剧共分五幕,现参照中文译本(赵少侯译,人民文学出版社 1981 年版)分幕介绍或节选如下。

第　一　幕

第一至第三场

柏奈尔夫人跟全家人争吵起来了。她责备桃丽娜:你是一个侍女,有点儿太爱说话,并且一点儿规矩也不懂;不管什么事你都要插进去表示你的意见。她还责怪儿媳欧米尔,痛骂孙子达米斯和孙女玛丽亚娜;对克雷央特更是直言不讳地要他别再登门。是什么事惹得老夫人这样大动肝火呢?原来,她儿子奥尔恭不久前把陷入绝境的答丢夫接到了家中,柏奈尔夫人认为这是一件最聪明不过的事——在她看来,答丢夫是一位道德君子,大家都应该听他的话,他可以引导大家走向天堂,因此她要全家人都服从他,可一家人偏偏不买她的账。达米斯气愤地说:我难道就任凭这个一味说短道长的教会假虔徒在我们这里擅作威福吗?桃丽娜更认为,倘使定要听他的话,信从他的格言,那么我们无论做什么事,都成了罪恶了。她认定答丢夫只是一味地假仁假义。柏奈尔夫人带着女仆怒气冲冲地走了。

在桃丽娜看来,她家主人奥尔恭自从迷上了答丢夫之后,简直变成了一个傻子,不仅称他兄弟,衷心地爱他,而且比爱自己的母亲、儿子、女儿和妻子还胜百倍。她为此感到气愤,因为她发现这个苦行苦修者,竟毫不节制地大吃大喝,一个人吃得下六个人吃的东西。答丢夫来时身上一文不名,穷困潦倒,如今吃得又肥又胖。桃丽娜还发现这个“圣徒”在打太太的主意,他对欧米尔动了邪念。因此,她断定答丢夫绝非善良之辈。如今答丢夫却一心想着利用奥尔恭,于是施展了种种的手段,迷得他头昏眼花,利用虚伪的虔诚,时时刻刻可以从他手里骗到钱财。欧米尔、玛丽亚娜、克雷央特也都觉察出这个答丢夫绝不是一个什么虔诚的信士。

正当大家议论柏奈尔夫人和答丢夫的时候,欧米尔看到丈夫回来了,便连忙上楼,达米斯请求克雷央特跟他父亲谈谈关于妹妹的婚事问题。他说:我很疑心答丢夫在反对这门亲事,在那里指使我的父亲从中作梗。

第　四　场

出场人:奥尔恭,克雷央特,桃丽娜。

奥尔恭　喂!老弟,你好?

克雷央特　我正要走,你回来了,我很快活。现在乡间的花还没有大开吧!

奥尔恭　桃丽娜!(向克雷央特)老弟,请你等一等再说。让我先稍稍打听一下家里的事,免得我心焦,你看可以吗?(向桃丽娜)这两天一切都顺顺当当吗?现在大家都干什么呢?大家都平安?

桃丽娜　太太前天发了个烧,一直烧到天黑,头也直痛,想不到地那么痛。

奥尔恭　答丢夫呢?

桃丽娜　答丢夫吗?他的身体别提多么好啦。又胖又肥,红光满面,嘴唇红得都发紫啦。

奥尔恭　真怪可怜的!

桃丽娜　到了晚上,太太心里一阵恶心,吃饭的时候任什么也吃不下去,头痛还是那么厉害!

奥尔恭　答丢夫呢?

桃丽娜　他是一个人吃的晚饭,坐在太太对面,很虔诚地吃了两只竹鸡,外带半只切成细末的羊腿。

奥尔恭　真怪可怜的！

桃丽娜　整整的一夜，太太连眼皮都没闭一会儿；热度太高，她简直睡不着，我们只好在旁边陪着她，一直熬到大天亮。

奥尔恭　答丢夫呢？

桃丽娜　一种甜蜜的睡意紧缠着他，一离饭桌，他就回了卧室；猛孤丁地一下子躺在暖暖和和的床里，安安稳稳地一直睡到第二天的早晨。

奥尔恭　真怪可怜的！

桃丽娜　后来，太太被我们劝服了，答应放血；立刻病才透着轻松。

奥尔恭　答丢夫呢？

桃丽娜　他老是那么勇气十足，不住地磨炼他的灵魂来抵抗痛苦；为了补偿我们太太放血的损失，他在吃早饭的时候喝了四大口葡萄酒。

奥尔恭　真怪可怜的！

桃丽娜　总而言之，现在他们两位身体都安好，我这就上去，预先报告太太您对她病后这份关心。

第五场

桃丽娜离开以后，克雷央特跟奥尔恭说：她这是当着你面在讥笑你；不过老实说，她也讥笑得很对。难道一个人会有这样大的魔力，竟然使你为了他，把一切事情都丢开不管？奥尔恭不等他把话讲完，就连忙说明自己为什么五体投地地崇拜答丢夫：倘若你知道我是怎样遇见的他，你也会像我这样地爱他的。每天他都到教堂来，和颜悦色地紧挨着我，双膝着地跪在我前面。他一会儿长叹，一会儿闭目沉思，时时刻刻毕恭毕敬地用嘴吻着地，每次当我走出教堂，他必抢着走在我的前面，为的是到门口把圣水递给我。有时我送点钱给他用，但是他每次都客气地退还我一部分。有时我一定不肯收回，他便当着我的面把钱散布给穷人。你绝不会相信他对上天的虔诚已升高到什么程度，一点点小事他也要扣在自己身上，认为罪孽深重。有一天他祷告时捉住了一个跳蚤，事后一直埋怨自己不该生那么大的气竟把它捏死。听了这一番议论，克雷央特认为奥尔恭简直是疯了，并表示：我是决不受你们那些伪君子的愚弄的。还严肃地指出：这些伪装虔诚的信徒是最丑恶的了。他们是利用上帝的圣名作武器来刺死我们，事后大家还得感激他们的美意。对于克雷央特的忠告，奥尔恭根本不听。

第二幕（共四场）

奥尔恭招呼玛丽亚娜，说是有秘密话要跟她谈。原来是他固执己见，越走越远，决定要悔婚了。他强迫女儿立即解除与瓦赖尔的婚约，而去嫁给答丢夫。玛丽亚娜起誓说，这是绝对办不到的。这时，早已悄悄上场的桃丽娜站了出来，她责问奥尔恭：您玩出这样的把戏不是拿人取笑玩儿吗？把这样好的一个女儿，许给像他那样的一个男人，您心里真就一点也不觉得难受吗？同时还警告他：谁要把自己的女儿许配给一个她所厌恶的男子，那么她将来所犯的过失，在上帝面前是应该由作父亲的负责的。奥尔恭哪里听得进桃丽娜的话，他不厌其烦地赞美答丢夫，甚至称他是世界上跟上帝最亲近的人，并要女儿尊重他的选择。由于桃丽娜不断插嘴打断他的话，奥尔恭被激怒了,竟然骂了起来。桃丽娜则反唇相讥,还告诫主人:您是个虔诚的教徒,是不能犯打骂人的过失的。奥尔恭被弄得毫无办法,只好走开。

面对奥尔恭的逼迫,玛丽亚娜束手无策,甚至说自己就等着自杀了。桃丽娜则故意用反话来嘲弄她、激她:这门亲事本是挺合适的。仔细想来,答丢夫先生原不是一个等闲人物,能做他的伴侣,幸福原不算小。红红的耳朵,亮光堂堂的脸:和这样的一个丈夫过日子,您真是太满意了。正在这时,瓦赖尔来了。为了阻止奥尔恭干下的这桩蠢事,桃丽娜给他们想出了一个巧妙的对策。她要玛丽亚娜对奥尔恭最好是表面上来个百依百顺,那么到了紧急的时候,就容易把亲事往后拖延;要瓦赖尔赶快去求朋友,让他们帮助把这门亲事挽回过来;还要大家去鼓动达米斯出点力,把欧米尔也拉在玛丽亚娜和瓦赖尔这一头。

第 三 幕

第一至第四场

答丢夫一上场便说:劳朗,把我的鬃毛紧身跟鞭子①都好好藏起来……倘使有人来找我,你就说我去给囚犯们分捐款去了。随后,从衣袋里摸出一块手帕递给了桃丽娜,说:把你的胸脯遮起来,我不便看见。因为这种东西,看了灵魂就受伤,能够引起不洁的念头。这时,欧米尔下楼来了,桃丽娜赶忙躲开。答丢夫一见到欧米尔,按捺不住强烈的欲念,马上握住了她的手,一边说着"我热烈得太过分了",一边对她动手动脚,同时还表白自己所衷心希望的美妙的神奇幸福并不在玛丽亚娜身上。接着他又打着上帝的旗号诉说自己迷恋着欧米尔的美貌:我一看见您这绝色美人,就禁不住要赞美创造天地的万物之主,并且面对着一幅上帝拿自己做蓝本画出来的最美的像,我的心不觉就发生了一种炽烈的情爱。欧米尔指出:像您这样一个虔诚的教徒,到处大家都称为……话还没讲完,答丢夫赶忙分辩:尽管是虔徒,我总是个人呀,一看见您这样天仙似的美人,这颗心可就再也把持不住,什么理智也没有了。没想到这一场面被隐藏在里间小屋的达米斯看得一清二楚,达米斯不顾欧米尔不愿声张的要求,执意要当面向父亲揭露答丢夫的丑恶行径。

第 五 场

出场人:奥尔恭,达米斯,答丢夫,欧米尔。

达米斯　爸爸,您来得正好,这儿刚刚发生一件大事,让我说出来饱饱您的耳福,您会十分惊奇的。您好心待人这回可得着好报了,这位先生正拿着一份厚礼报答您的美意。他对您的忠诚方才全盘显露出来了,他倒没做别的,只是要糟蹋糟蹋您的名誉。他正在这儿当面侮辱您的太太,向她表示那种罪恶滔天的爱情,当场就被我捉住。她的脾气一向是温和的,又不爱多说话,所以一心要保守秘密,可是我不能纵容这样卑鄙无耻的行为。我以为要把这事隐瞒起来不告诉您,那便是对您不够敬重。

欧米尔　我是这样想的,我认为我们绝不应当拿这种无谓的空话来搅得一个做丈夫的不得心静;名誉的好坏原不在这上头,只要我们自己能够防卫也就够了。我的意思就是如此,达米

① 苦修的修士贴身穿着鬃毛紧身,经常拿鞭子抽打自己,表示苦修。

斯，如果你的眼里还有我的话，你也就什么都不会说出来了。

第六场

出场人：奥尔恭，达米斯，答丢夫。

奥尔恭 哦！老天爷呀，我刚才听见的这番话能叫人相信吗？

答丢夫 老兄，是的，我是一个坏人、一个罪人，一个不讲信义、对不起上帝的可怜的罪人，一个世上从未见过的穷凶极恶的人；我一生的每一时刻都载满了污秽，我的一生只不过是一堆罪恶与垃圾；我也看出来了，上帝原要处罚我，所以借着这个机会来磨炼我一下，因此无论人们怎样责备我，说我犯了多大的罪恶，我也决不敢自高自大来替自己辩护。你尽管相信他们对你说的话好了，你尽管发怒吧！你尽可以把我当作一名罪犯，把我撵出你的大门，因为我应该忍受的羞辱正多着呢，受这么一点儿，原不算什么。

奥尔恭 （向他的儿子）嗳，你这坏蛋，你竟敢捏造出这种谣言来败坏他道德纯洁的声名。

达米斯 怎么？这个伪善心灵假装出来的温良竟使您否认这个事实？……

奥尔恭 你住口，你这可恶的瘟神。

答丢夫 唉！别拦他，让他说下去吧！你错怪他了，你最好还是相信他所说的话吧。既然已有了这样的事实，你为什么还这样庇护着我呢？究其实，你又何曾知道我会干出些什么事来呢！你就单单凭信我的外表了吗？你真是只根据我表面上的一切，就以为我比任何人都好吗？不，不，你是让表面给蒙蔽了；我，我恰恰不是你所想象的那样一个人；大家都拿我当作一个好人，可是究其实，我是一个一文不值的人。（向达米斯）我的好孩子，你尽管说吧！你尽管拿我当作阴险、无耻、绝灭理性的人，拿我当作强盗，当作杀人凶犯；再找出一些比这还丑恶的字眼来加在我的身上吧！我决不反驳，这正是我分所应得的；我愿意跪在地下忍受这种耻辱，当作我这一生一世所犯罪恶应得的一场羞辱报应来领受。

奥尔恭 （向答丢夫）老弟，你太过分了。（向他的儿子）你还不服气吗？你这个坏种？

达米斯 什么？他这番话竟把您迷惑到这一点，竟至于……

奥尔恭 住口，你这无赖的恶棍。（向答丢夫）老弟，不要见怪，快起来吧！（向他的儿子）不要脸的东西！

达米斯 他能……

奥尔恭 闭嘴！

达米斯 真气死我了，怎么？我……

奥尔恭 你再多说一个字，我就打断你的胳膊。

答丢夫 老兄，看上帝面上，你千万别动气。我宁愿忍受最残酷的刑罚，也不愿你的儿子因为我而受到一点点皮肤上的损伤。

奥尔恭 你这忘恩负义的东西。

答丢夫 你随他去吧！如果要我双膝跪在地下替他求饶的话……

奥尔恭 （向答丢夫）唉！你这叫什么话呀？（向他的儿子）混蛋！你看看他的大仁大义！

达米斯 那么……

奥尔恭 不许再闹！

达米斯 什么？我……

奥尔恭　不许再闹,听见了没有？我知道你为什么总得攻击他,就是因为你们大家全恨他,我今天才知道我的太太、孩子、仆人全在反对他,全都厚着脸皮想尽一切方法要把这位伟大的虔徒从我家里撵出去。不过你们大家越用尽心思要把他撵走,我就越一心一意地要把他留住;并且我马上就把我的女儿嫁给他,煞一煞我全家人的狂妄气焰。

达米斯　您想强迫我的妹妹嫁他？

奥尔恭　是的,坏蛋,并且就在今天晚上,就为的让你气个半疯。唉！我得跟你们大家斗一斗,让你们知道知道我的话是必须服从的,我是这里的一家之主。喂！你们赶快回头吧,你,你这无赖子,赶快跪在他的面前,向他告饶。

达米斯　叫谁跪？叫我？让我来央求这个混账东西,他仗了他的招摇撞骗……

奥尔恭　混蛋,你敢反抗我的命令,你敢骂他？(向答丢夫)给我一根棍子！一根棍子！谁也别拦我。(向他的儿子)马上给我滚出去,休想再回来。

达米斯　好！我走;不过……

奥尔恭　赶快滚开这儿,你这杀胚！我不但剥夺了你继承我遗产的权利,我还要狠狠地诅咒你。

第七场

出场人:奥尔恭,答丢夫。

奥尔恭　对于一位大圣徒,竟敢这样加以侮辱！

答丢夫　上帝啊！请你宽恕他给了我这种苦痛。(向奥尔恭)你不知道我心里是多么难受,眼看着他们在你老兄面前想尽方法糟蹋我……

奥尔恭　哎哟！

答丢夫　这种忘恩负义的举动,我只要一想到就觉得心里万分的难过……我是这样痛恨这种举动……我心里悲痛得连话都说不出来了,我想我一定会因此而送掉性命的。

奥尔恭　(满面眼泪,奔到他刚从那里把儿子逐出去的门边)混蛋,我真懊悔刚才我的手为什么忽然饶恕了你,为什么不把你当场打死。(向答丢夫)老弟,你休息休息吧！别生气了。

答丢夫　咱们别让这些无谓的吵闹再继续下去。我此刻看出我给你带来了多少麻烦,老兄,我觉得我真有离开此地的必要了。

奥尔恭　怎么？你这是什么话？

答丢夫　这儿大家都恨我,我看得很明白,他们是在变着方法让你怀疑我对你的忠诚。

奥尔恭　那有什么关系,莫非你看出我的心听信他们的话了吗？

答丢夫　无疑地他们是还要接着干下去的;同样的话,今天说了,你不肯信,也许下一次你就会信以为实了。

奥尔恭　不能的,老兄,永不会相信的。

答丢夫　唉！老兄,一个做妻子的是很容易乘机动摇丈夫的心意的。

奥尔恭　不能,不能。

答丢夫　赶快放我走吧！我远远地离开这儿,他们再想这样攻击我,就没有题目了。

奥尔恭　不,你必须留在这儿;这是与我生命攸关的。

答丢夫　好吧,好吧,我就还留在这儿苦修下去吧,不过,倘使你愿意……

奥尔恭 唉!

答丢夫 好!就这么办。咱们什么话也别提了。可是我知道这件事该怎样应付,名誉是最娇嫩的一件东西,为了咱们的交情,我得尽量防止一切流言和可以惹人猜疑的事情,以后我老躲着你的太太就是了,你再也看不见我……

奥尔恭 不!别管他们怎么样,你还是更得多亲近她。让大家全气得发疯,我才高兴呢。我要他们看见你时时刻刻和我的太太在一起。这还不算,为了好好地跟他们斗一斗,我谁也不要,只要你一个人做我的承继人,看他们有什么法子可想。我这就用正式手续把我的财产全部都赠送给你。一个忠厚诚实的朋友、一个能做我的女婿的朋友,在我看来比儿子、妻子、父母都更亲热,你不肯接受我这提议吗?

答丢夫 一切都是上帝的旨意,应该遵从。

奥尔恭 你这人真怪可怜的,咱们赶快去写一个字据吧!叫那些看了眼馋的人气破肚子。

第 四 幕

第 一 场

出场人:克雷央特,答丢夫。

克雷央特 是的,大家全在那儿谈论这个事,你尽可以相信我的话。他们所嚷嚷的那些话对你可真没什么光彩;正好,先生,我在这儿遇见了你,让我把我的意思三言两语干干脆脆对你说个明白吧。别人讲些什么,我并不仔细去研究;那些话我先撇开不谈,姑且往最坏的一面去着想,我们假定达米斯的举动不太对头,他说你的话确是诬赖了你,但是一个天主教的信徒就不应该原恕别人的侮辱,打消自己心里一切报复的念头吗?只因你们一场吵嘴,你就忍心看着一个儿子被他父亲从家里撵出去吗?我还是那句话,并且是句老老实实的话,现在大大小小没有一个不是因为这件事在那里气愤不平;你如果相信我,那么赶紧把这一切都平息下去,不要把事情逼到绝路上去。看在上帝的面上,息了你的怒,让他们父子二人言归于好吧!

答丢夫 哎哟,说到我,倘若我可以办到,我是诚心诚意愿意这么办的;因为,先生,我对他是一点也没记恨,我一切都宽恕了他,一点也不怪他,并且愿意尽十二分的力量去帮助他;可是这件事关系着上帝的利益,上帝绝不会答应的,他如果再回到此地,那就该是我离开这儿了;自从他做了那种荒谬绝伦的举动之后,我们两人若再交好,一定要引起旁人的议论。天知道大家 马上对这件事会有怎样想法!人家必要硬说我是纯粹在耍手腕;他们必到处嚷嚷说我原是自己觉得有罪,故此对于诬赖我的人假装出一种仁慈的热情,说我是心里怕他,不得不敷衍他,为的是可以暗中堵住他的嘴。

克雷央特 你所举的这些理由都很漂亮。可是,先生,未免扯得太远了。上帝的利益又何必要你来操心?上帝惩罚恶人莫非还要我们帮助吗?任凭上帝自己去报仇,你只须记着上帝命令我们应该饶恕一切侮辱的那一句话就得了;你既是唯上帝之命是听,那你就别再注意世人的批评了。怎么?因为顾虑到无足轻重的揣测之词,你竟放过了做一件好事的光荣?不必,不必,咱们还是照着上帝的命令去做吧,不要让任何的顾虑来扰乱咱们的脑筋。

答丢夫 我已经告诉过你,我心里是饶恕他的,这就是遵照上帝的意旨办事了;不过经过了今天这场笑话和他对我的那番侮辱,上帝不会再命令我叫我和他在一起过日子了。

克雷央特　那么,先生,他父亲纯粹由于一时兴起才决定的主张,把财产赠了你,照道理你连希望都不应该希望的事,你却信以为实赶紧接受下来,那也是上帝命令你的吗?

答丢夫　了解我的人绝不会有这种想法,硬说这是一种图利好财的勾当。世界上的一切金银财宝,我看了都无所谓,财宝的迷惑人的光辉是迷不住我的眼睛的。我所以决定接受他父亲愿意赠给我的这份产业,老实说,乃是恐怕这份产业落到坏人手中;怕的是有些人分得了这笔钱财拿到社会上去为非作歹,而不能照我所计划的那样拿来替上帝增光,来替别人造福。

克雷央特　先生,你很不必瞎操这份心,这种顾虑是合法继承人所应有的顾虑。财产本是他的,让他得了去做好事也罢,做坏事也罢,你很不必跟着为难。你再想想,与其叫人骂你霸占别人产业,就不如随他自己去胡花滥用好了。我所佩服的就是你居然能够恬不知耻地把这个提议接受下来;因为说到归根,哪儿又有这么一条教规叫一个真正的虔徒去剥夺合法继承人的权利?再说,如果上帝在你的心里真的设下了一个攻打不破的障碍,阻挡着你和达米斯在一块儿生活,那么与其伤天害理忍心看着旁人为了你把自己的儿子赶出家门,倒不如你自己做个知趣的人老老实实地马上离开此地,那不更好吗?你听我的话吧!先生,你这是过分卖弄你的聪明……

答丢夫　先生,此刻已三点半了;我得到楼上去做我们教里的功课,请你原谅我不能久陪了。

克雷央特　啊!

第　二　场

出场人:欧米尔,玛丽亚娜,桃丽娜,克雷央特。

桃丽娜　做点好事吧,先生,快跟我们在一起卖点力气搭救她一下,她心里真难过得要死呢:她的父亲决定今晚就要举行订婚仪式,这就害得她无时无刻不在绝望之中,她父亲这就要来了。我请求您赶快把咱们的力量联合起来,也别管是用强也别管是使智,总得想法子推翻这个可恶的计划,这个计划把我们大家都搅得心神不安。

第　三　场

出场人:奥尔恭,欧米尔,玛丽亚娜,克雷央特,桃丽娜。

奥尔恭　啊,你们全在一起呢,我很高兴。(向玛丽亚娜)我在这份契约里给你带来的东西足可以叫你喜欢老半天的,你当然已经知道这是什么意思了。

玛丽亚娜　(跪下)爸爸,看在知道我痛苦的上帝面上,看在一切能够感动您的事物面上,请您稍微放松一下父亲对儿女的权力!在这门亲事上,您别再硬逼着我孝顺服从您了;别用这种残酷的法律来逼我,逼得我竟至于抱怨上帝为什么叫我对您欠下了养育之恩。我这条生命,既然您已经赐给了我,我的父亲呀,您就别把它弄成薄命了。如果您不顾我心里已经建立起来的甜美希望,硬要禁止我嫁给我擅敢爱恋的人,至少,请您发发慈悲,我双膝着地哀求您,您就别再强迫我嫁给我所憎恶的人去受那种折磨了;请您别在我身上用尽了您的权威,逼得我无路可走。

奥尔恭　(觉得有点心软)喂,我的心,要坚持呀!心肠软是绝对要不得的。

玛丽亚娜　您尽管宠爱他,我并不难受;您可以尽兴去宠爱他,您可以把您的财产送给他,如果还不够，还可以把我的那一份也加上，我是衷心同意这样做的，我放弃我的财产了；可是至少别弄到把我这个人也送给他，我请您允许我进一个修道院，在苦修生活中去消磨上帝已经替我计算好了的有数的凄凉日子。

奥尔恭 啊，这又是一个因为父亲打击了爱情火焰要去当修女的人！站起来！你心里越腻烦嫁他，嫁了他才越有意义。你可以利用这种婚姻来磨炼磨炼你的性情进行苦修。好，别再吵得我头痛了。

桃丽娜 不过……

奥尔恭 你，你给我闭上嘴，要说话跟你们那一伙人说去。我，绝不准你再多说一个字。

克雷央特 如果你允许别人再向你进一点忠告……

奥尔恭 老弟，你的意见都是全世界最好不过的意见，而且很有道理，我非常重视，不过请你允许我绝不采纳。

欧米尔 （向她的丈夫）眼看着摆在我眼前的这一切，我真不知道该说什么才好，你的眼睛竟瞎到这般程度，可真叫我钦佩；明摆着今天这样的事，你会不信我们的话，你的成见实在太深，你真是叫答丢夫给迷住了。

奥尔恭 实在对不起，我是专凭信外表的。我知道你很溺爱我那无赖的儿子。你当时唯恐戳穿了他对那可怜人耍的手段，可是你当时的态度太安闲了，不能叫人相信；如果是真的话，你当然是另外一种激动的样子了。

欧米尔 那个人也无非是口头上表示了他的爱情，我们做妇人的一听到耳里莫非总得大吵大闹才算不失面子吗？莫非只有眼里冒火，破口大骂才算应付得适当吗？至于我，听了那种话，也只是付之一笑，我决不愿意为这事就闹个天翻地覆；我愿意用温和的态度叫人看出我们是规规矩矩的妇人，我根本不赞成那些粗野的假正经女人，她们是必须仗着尖爪利牙来保护声名，听见了一句无所谓的话就恨不得把别人的脸马上抓破。求求上帝可别让我染上这种假正经的作风！我可不要这种母夜叉的道德，我相信一种不声不响的冷淡态度更能够打退一个人的痴心妄想。

奥尔恭 总之，我已知道是怎么回事了，决不上你们的圈套。

欧米尔 你这种古怪的脾气，我再一次表示钦佩，不过如果我能让你亲眼看见我们对你说的话是确有其事，你这种一百个不相信的脾气是不是还有什么可说的话呢？

奥尔恭 亲眼看见？

欧米尔 是的。

奥尔恭 那叫瞎扯。

欧米尔 什么？如果我有法子让你看个清清楚楚？

奥尔恭 无稽之谈。

欧米尔 你这个人呀！至少你倒是回答我呀。我并不叫你相信我们的话；不过，假定我们挑一个地方，可以让你在那儿清清楚楚地把一切全都看见，也都听见，你对你那个正人君子还有什么话可说呢？

奥尔恭 如果是那样，那我就说……我什么话也没得可说了，但这事是不会有的。

欧米尔 让这种错误存在的时期也太久了，你冤枉我满嘴说瞎话也冤枉得太苦了；光为取乐，我也得让你亲眼看到我们所说的一切，并且不必到别处去，就在此地。

奥尔恭　好,就这么办,我马上接受你的办法。咱们倒看看你有多么机灵,看你怎样实现你所答应的事。

欧米尔　(向桃丽娜)去把他请来。

桃丽娜　他的头脑是狡猾的,也许不容易叫他上当吧。

欧米尔　可以的,一个心上所爱的人去骗他,是容易骗到的,并且他那种自负的劲头儿也可以叫他上当。去给我把他请下楼来。(向克雷央特和玛丽亚娜)你们,你们走开吧。

第四场

出场人:欧米尔,奥尔恭。

欧米尔　咱们把这张桌子抬过来,你钻到下面去。

奥尔恭　怎么回事?

欧米尔　你得好好藏起来,这是必要的。

奥尔恭　为什么要藏在这张桌子底下?

欧米尔　唉,天呀,你就不用管了。我自有我的安排,你等一会儿看好了。你就进去吧;蹲在底下之后,你可留神别让人看见你,也别让人听见你。

奥尔恭　老实说,这种地方真得承认我实在透着和气,不过要紧的是看看你究竟怎样办好这件事。

欧米尔　我想你会无言答对我的,(向藏在桌下的丈夫)至少是我这就要干出一桩稀奇古怪的事了。无论如何你可别动火。回头不管我说什么,都不许拦挡我;为了让你心服口服,我既然是这样答应了你,我就要用柔情,因为不如此不行,用柔情使这个伪善心灵摘下他的假面具,我要迎合他的爱情种种无耻的欲望,听凭他那种胆大妄为的心情任意张狂。这是为了你一个人,并且是为了使他格外狼狈不堪,我的心才装作迎合他的希望,所以只要你一认输,我马上就可以停止前进,事情只进展到你所要达到的程度就不再进展。等到你觉得这件事情已进展得够远的时候,你可得出来阻止他那疯狂的热情,来顾全你的妻子,让我来冒险可只能冒到够使你觉悟的程度为止;这与你的利益攸关,你应该自己做主,并且……有人来了。好好蹲着,别让人看见。

第五场

出场人:答丢夫,欧米尔,奥尔恭。

答丢夫　有人告诉我说您愿意在这儿跟我谈几句话。

欧米尔　是的,有几句私话要对您谈谈。不过未说以前您先关上这扇门,先到处去看一看,不要被人捉住。像刚才发生的那种事,这儿可不能再重演一次了,从来也没见过这样被人当场捉住的,达米斯那样做法真让我替您捏了好大的一把汗,您总看明白了吧,我曾尽力劝他不要那样做,叫他压住他的暴脾气。可是说真的,当时我也真吓糊涂了,会一点没想起反驳他的话,不过靠天保佑,一切反倒因此更好了,倒更觉得安全了。我的丈夫对您的敬仰把这场风暴全给吹散了。他对您不但没有起疑,并且为了更好地来斗一斗那些不怀好意的种种议论,他偏要咱们时时刻刻老在一起;因此我可以不用害怕受指责,和您关着门一起在这儿待着,也就是仗着这个,我可以对您谈一谈我的心事,来接受您的热爱,这样说也许有点言之过早吧。

答丢夫　这番话真有点令人不容易明白,夫人,您方才说话可不是这个语气啊。

欧米尔　唉!如果刚才那样的拒绝竟会使您恼怒,那么您真可算是不懂得一个妇人的心了!您会看不出这颗心的言外之音吗?您没觉得当时抵拒您的时候是那样微弱无力吗?在那种时候,我们的贞操观念老是和人们给我们的温情作斗争的。无论我们觉得那个控制我们的爱情是有多大的理由,可是由嘴里坦白承认这个爱情,总还觉得有点害羞,所以最初总是先加抵拒;不过从当时抵拒的神气来看,就已足够让人知道我们的心已是被征服的了;为了面子关系我们的嘴还在违背着我们的心愿说话,可是那样的拒绝早已等于把一切都答应了。我对您说的这番话无疑是一种过于放肆的自白,从我们女人的贞操方面来看,未免有点太不给自己留余地。不过话已经是冲口说出了,爽性说个明白吧。如果对于您贡献给我的心,我没有一点意思,我又怎能那样关切地去劝阻达米斯呢?我又怎能那样和颜悦色地从头到尾听完了您的情话?我又怎能像大家所看见的那样对待这个事呢?并且当我亲自强逼您拒绝他们所提的那门亲事的时候,您心里还不明白我那种要求究竟是什么意思吗?那不就是表示了我对您的关怀和因此可能受到的苦恼吗?因为那门亲事如果成功,我原想整个儿得到手的那颗心就得与别人平分享受了。

答丢夫　夫人,我能够听见从我所爱的嘴里说出这番话来,当然是一桩极端甜美的事。您这几句甜蜜蜜的话把我从来没有尝过的一种芳香川流不息地输进了我的全身毛孔里面;能够得到您的欢心,原是我一向所寻求的幸福;现在居然蒙您这般垂爱,我的心实在满足万分了,不过这颗心,请您准许它胆敢对于这种幸福还有点怀疑,因为我很可以把这些话当作是一种手段:无非是要我来打破正在进行中的那个婚姻。跟您痛快说吧,如果不给我一点实惠,我一向所希望的实惠,来替这话作担保,使我的心能够永久相信您对我的好情好意,我是绝不能听信这么甜美的话的。

欧米尔　(咳嗽一声,为关照她的丈夫)怎么?您竟这样心急,一下手就要挤干一颗心的柔情?人家正在拼命向您倾诉最甜蜜的情意,可是在您看来还觉得不够,总得逼得我把最后的甜头也拿给您,才能让您心满意足!

答丢夫　一种好处,我们越是自问不配得到手,就越不敢希望它。我们的希望光凭一套空话是很难安然放心的。这样一种充满了光荣的好运气真有点叫人难以置信,所以我们必须在实际享受之后,才能深信不疑;我相信,我是不配得到您的慈悲的,因此我很怀疑我的胆大妄为竟会真的达到了幸福目的;夫人,您若不拿出点真实的东西让我的爱情火焰心服口服,我是任什么也不能相信的。

欧米尔　天呀!您的爱情行出事来可真像个暴虐君王,把我的精神已经弄得颠颠倒倒了,它又多么疯狂地辖制着我的心!它又多么狂暴地要求满足它的欲望!怎么?您已经把我逼迫得无法躲避,您可连一点喘气的工夫都不给人家留下,您竟这样丝毫不放松,要什么就得马上到手,一刻也不准迟缓;您知道人家已爱上了您,您就利用这个弱点加劲地来逼人,您想想这样合适吗?

答丢夫　如果您真是用慈悲的眼光来看我对您这份爱慕的意思,那您为什么还不肯给我那种确实的保证呢?

欧米尔　不过真的答应了您所要求的那件事,又怎能不同时得罪了您总不离口的上帝呢?

答丢夫　如果您只抬出上帝来反对我的愿望,那么索性拔去这样一个障碍吧,这在我是算不了一回事的,不应该再让这个来管住您的心。

欧米尔　不过上帝的御旨是让人家说得那样的可怕。

答丢夫　我可以替您除掉这些可笑的恐惧,夫人,并且我有消灭这些顾虑的巧妙方法。不错,对于某些欲望的满足,上帝是加以禁止的,不过我们还可以和上帝商量出一些妥协的办法。有一种学问,它能按照各种不同的需要来减少良心的束缚,它可以用动机的纯洁来补救行为上的恶劣。这里面的诀窍,夫人,我可以慢慢教给您;只要您肯随着我的指示去做就成了。您尽管满足我的希望吧!一点用不着害怕,一切都由我替您负责,有什么罪过全归我承担好了。您咳嗽得很厉害,夫人。

欧米尔　是的,我难受极了。

答丢夫　这儿有甘草糖,您要吃一块吗?

欧米尔　我的伤风无疑是一种顽抗性的恶伤风,我知道世界上任何什么药也治不好我的病。

答丢夫　这当然是很讨厌的。

欧米尔　是的,简直没法儿说。

答丢夫　说到最后,您的顾虑是容易打消的。您可以万安,这儿的事是绝对秘密的。一件坏事只是被人嚷嚷得满城风雨的时候才成其为坏事;所以叫人不痛快,只是因为要挨大众的指摘,如果一声不响地犯个把过失是不算犯过失的。

欧米尔　(又咳嗽)说了半天,我看出来我不答应是不行的了。必须把我的一切都给了您,如果不这么办,我就别想让您心满意足,别想让您心服口服。当然,逼得非走这一步不可,是很讨厌的;我跨过这一关,实在是身不由己;但是,既然有人一定要逼着我这么办,既然我不管说什么他也不肯信,非得要更确凿的证据不可,那么我只好下了决心听人去摆布了,如果答应这样办,本身会有什么害处,那就是逼着我这么办的人他自己活该倒霉,有什么错处当然不能派在我身上。

答丢夫　是的,夫人,有人负责的,这个事本来就……

欧米尔　您把门打开一点儿,请您看看我的丈夫是不是在走廊里。

答丢夫　您又何必对他操这份心呢?咱们俩说句私话,他是一个可以牵了鼻子拉来拉去的人,咱们这儿谈的这些话,他还认为是给他增光露脸呢,再说,我已经把他收拾得能够见什么都不信了。

欧米尔　不管怎么样,还是请您出去一会,在外面到处仔细去看一看。

第　六　场

出场人:奥尔恭,欧米尔。

奥尔恭　(从桌下出来)这真是一个万恶的坏人,我承认了。我真没想到,这简直是要我的命。

欧米尔　怎么?你这么早就出来了?你这不是拿人开心吗?赶快回到桌毯底下去,还没到时候呢;你应该等候到底,索性把事情看个水落石出,不要单单凭信那些揣测之词。

奥尔恭　不用了,地狱里跑出来的魔鬼也没有他这么凶恶。

欧米尔　天啊!你不应该太随便轻信一宗事。你把证据看清楚了再认输,你可别心急,免得把事情看错。(她把丈夫拉在身后。)

第七场

出场人：答丢夫，欧米尔，奥尔恭。

答丢夫 夫人，一切都帮着我来满足我的希望，我亲眼把这一部分房子全看过了，一个人也没有，我真快活死了……

奥尔恭 （拦住他）慢来，你太听从你的情欲了，你先别这么冲动。哎哟！好一个善人，你真想骗我！你的心灵竟这么经不住诱惑！你又打算娶我的女儿，又来勾引我的妻子，我一向本是不相信别人说的话是真实的，并且我总以为早晚他们会改变他们的说法的；可是现在不必再往下追求证据了，这就够了，我用不着更多的证据了。

欧米尔 （向答丢夫）依我的脾气，我是不愿意这么办的，不过他们要我这样对待你。

答丢夫 什么？你以为……

奥尔恭 算了吧！用不着嚷嚷。马上给我滚蛋，别让我费事。

答丢夫 我的计划是……

奥尔恭 你那一套一套的议论全都过了时啦，你马上给我离开这儿。

答丢夫 别看你像主人似的发号施令，可是应该离开这儿的却是你；因为这个家是我的家，我回头就叫你知道，要叫你看看用这些无耻的诡计来跟我捣蛋，那叫瞎费心力；未侮辱我以前你倒是先想一想有这份本事没有呀？我有的是法子来戳破你们这条奸计，来惩罚你们这些人，并且要替被侮辱的上帝复仇，叫那个要撵我出去的人后悔都来不及。

第八场

出场人：欧米尔，奥尔恭。

欧米尔 这是什么话？他这是什么意思？

奥尔恭 说真的，我真没办法了，这可不是闹着玩的事。

欧米尔 怎么了？

奥尔恭 我看出我错就错在他说的这番话上了，赠送产业的事让我为了难。

欧米尔 赠送产业？

奥尔恭 是的，这是一件无可挽回的事了。不过我还有别的事更让我不放心呢。

欧米尔 什么事？

奥尔恭 你将来全会知道的。不过现在咱们先得去看看有一个小首饰箱是否还在楼上。

第五幕（共七场）

奥尔恭已经以契约形式把全部财产赠给了答丢夫，这使他陷入了倾家荡产并被赶出自己家门的境地；而更为严重的是，他还曾主动地把一个逃亡政治犯寄存文件箱子的秘密告诉了答丢夫。这一幕开场时，奥尔恭显得狼狈不堪。他跟克雷央特说：当我把这件事的真情毫不隐瞒地告诉了那个奸贼的时候，他讲了一篇大道理让我相信还是把箱子托他保存为好。如今，大祸临头，奥尔恭真是追悔莫及了。他痛恨答丢夫，并且终于懂得了对待表面上装得那么虔诚动人，内里却藏着那么奸诈的兽心的人，必须比对魔鬼还要凶狠三分的道理。

达米斯和柏奈尔夫人等随后出场。达米斯表示，对付这样蛮横无理的人，只有把他除掉。克雷央特劝止。柏奈尔夫人也赶来了,奥尔恭告诉她说:答丢夫要利用我太没算计的好心肠所给他的好处当作武器来毁我。柏奈尔夫人却说:一定是有人在你面前编派了许多莫须有的故事陷害他。他的心灵所怀抱着的那种虔诚真是太纯洁了,我是决不相信他会做出你们说的那些事的。大家正在议论的时候,法庭的执达吏郑直来到,他当众宣布司法判决:这个房子已无可争辩地归那位大仁大义的答丢夫先生所有了。奥尔恭一家必须离开这里,还要马上照办,不得展缓。到这时,柏奈尔夫人才醒悟,她说:这可真出乎我意料,我好比从云端里掉了下来。

紧接着,瓦赖尔又赶来报告说,答丢夫已向国王告发奥尔恭的重罪,逮捕命令已经下达。他告诉奥尔恭,来势万分凶险,对于这样的打击只有一边逃一边挡。但为时已晚,答丢夫和宫廷侍卫官突然来到。答丢夫扬言是国王派他来逮捕奥尔恭的。奥尔恭陷入绝境,连声诅咒这个十恶不赦的人是奸贼!恶棍!没良心的东西!可答丢夫竟恬不知耻地说:王爷的利益是我的头等重要责任,这种神圣责任的正当威力压灭了我对你的感激心情。他连连催促侍卫官:请您执行您奉到的命令吧!不料侍卫官当众宣布的是:请你回头跟我到监狱里去,那儿便是你的家了。原来国王明察一切,早已查清这个虚伪小人的劣迹,他要严惩这个知恩不报、背信弃义的大骗子。侍卫官同时宣布国王的决定:赠产契约一笔勾销,奥尔恭由于当年勤王有功,被赦免无罪。奥尔恭感激国王的恩典,并表示要用一种和美的婚姻来酬报那个诚实的少年瓦赖尔的热烈爱情。

浮士德

作者约翰·沃尔夫冈·歌德(1749—1832)是18世纪后半期和19世纪初期德国的伟大作家。他出生在一个富裕的市民家庭,自幼受到良好的教育。在斯特拉斯堡大学读书期间结识了狂飙突进运动领袖赫尔德,在他的影响下,大量阅读了荷马史诗、莎士比亚戏剧和法国启蒙文学作品,同时从事民歌的采集、整理与研究。这期间还写出许多优美的抒情诗。大学毕业后回到法兰克福任律师,先后写出不少代表狂飙突进运动的作品。他的文学活动起于18世纪70年代的狂飙突进运动时期,中经"古典"时期,直到19世纪30年代。在这漫长的60余年中,他运用不同的文学体裁,写出了大量的文学作品。他的创作反映了欧洲资产阶级上升时期,尤其是德国的社会现实和精神状态,为我们了解18世纪西欧资产阶级文学的性质和特点,提供了丰富而宝贵的资料。他的创作不仅为德国民族文学的发展奠定了基础,而且在世界文学史上占有重要的地位。

歌德一生创作了大量的诗歌,除优美动人的早期抒情诗外,重要作品有与席勒订交合作时期的叙事谣曲,长篇叙事诗《列那狐》(1794)、《赫尔曼与窦绿苔》(1797),以及题材广泛、形式多样的《西东合集》(1814—1815)等。

歌德的戏剧创作极为丰富,包括未完成的在内,有70余部。著名作品有历史剧《铁手骑士葛兹·封·贝利欣根》(1773)、《伊菲格涅亚在陶里斯》(1786)、《埃格蒙特》(1775—1788)、《托夸多·塔索》(1789),以及诗人的代表作悲剧《浮士德》等。

在小说创作方面,著名作品有书信体小说《少年维特之烦恼》(1774),长篇小说《亲和力》(1809),长篇教育小说《威廉·迈斯特》(1796、1829)。此外,歌德还写有自传著作《诗与真》(1811—1814,1831)、《意大利游记》(1829)等。

歌德的一生是充满矛盾的。一方面,他的作品突出地表现了叛逆的精神,另一方面,鄙陋、妥协的德国现实又使他无法彻底摆脱庸俗的小市民习气。因此恩格斯曾经指出,歌德有时非常伟大,有时极为渺小。尽管如此,歌德对于德语文学乃至欧洲文学发展的重大影响则是举世公认的。

《浮士德》(1806、1831)是歌德毕生辛勤笔耕和不倦探索的结晶,体现了诗人一生全部的生活实践和艺术实践。它以欧洲的近代历史和现实为背景,以浮士德一生不懈追求、努力探索真理的历程为主要情节线索。全剧由两个赌赛和五个阶段的悲剧组成,即:天主和恶魔的赌赛,恶魔和浮士德的赌赛;浮士德的知识悲剧、爱情悲剧、政治悲剧、美的悲剧和事业的悲剧。诗剧是它的基本形式,同时穿插大量的民歌、抒情诗、政治讽刺诗、叙事诗等形式。

诗剧共分两部。第一部正文前是三篇序诗。第一部不分幕,共二十四场。第二部分五幕,每幕又各分若干场。正文中出场的重要人物有:浮士德——悲剧主人公,梅菲斯特——恶魔,玛加蕾特(格蕾辛)——市民少女,与浮士德相爱。其他出场人物还有:浮士德的助手,后来成为教授的瓦格纳,玛加蕾特的哥哥瓦伦廷,神圣罗马帝国的皇帝,"人造人"荷蒙库路斯,古希腊美女海伦,浮士德与海伦的儿子欧福里翁,以及魔女、大学生、帝国的众朝臣、三勇士、守塔人、老夫老妇、众天使等。现参照中文译本(钱春绮译,上海译文出版社1982年版)分场介绍或节选如下。

献　诗

诗人追叙往日，重寻人生旅程，抒发对旧友的怀念之情。诗人想到消逝的一切，却又在化为现实，不胜感慨。

舞台序幕

模仿《沙恭达罗》的《序幕》写成。登场人物有剧团团长、诗人和丑角三人。从他们之间的对话可以看出他们的目标不一：团长着眼于生意经；小丑志在愉悦观众；诗人则认为，外表炫耀者只能擅美于一时，真正的作品不灭地永传后世。这里阐述的是作者的文学艺术观点，与剧情无关。

天上序曲

这是《浮士德》全剧的总序。三位天使首先登场，他们赞美天主创造世界的功业崇高、庄严。梅非斯特和天主接着上场。他们一出场就展开了关于人的争论，并以浮士德作为赌赛的对象。梅非斯特是否定的精灵，善的破坏者。他不理解天主的崇高功业，与天主相对抗。他嘲笑天主创造的人类，比任何野兽还要显得粗野，说他们就像长腿的蚱蜢一样。他只着眼于人类的弱点，妄想破坏人类的存在。在他看来，浮士德是经不住诱惑的，自信能慢慢引浮士德走他的大道（利己主义）。天主则不然，认为人在奋斗时，难免迷误，却坚信善人虽受模糊的冲动驱使，总会意识到正确的道路。他还看到人类的活动劲头过于容易放松，他们往往喜爱绝对的安闲，因此，要给他们弄个同伴，刺激之，鼓舞之。原来天主是想借助魔鬼的干扰活动，反转来促使人类脱离惰性，最终进入澄明的境域。正因如此，天主才不仅接受了恶魔的打赌，还同意将浮士德交给恶魔。

悲　剧　第一部

第一场　夜

夜色深沉。在一间高拱顶的狭窄的哥特式房间里，年过半百的浮士德独自坐在书桌旁的靠背椅里，陷入不安的沉思中。他回想起自己在这个中世纪的书斋里，穷年累月地埋头研究哲学、法学、医学和神学等各种典籍，但得到了什么呢？他终于发现自己一直与世隔绝地生活，这里塞满大堆的书本，被蠹鱼蛀咬，被灰尘笼罩，一直堆到高高的屋顶，处处插着熏黄的纸条。面对这个牢笼，这个该诅咒的阴郁的墙洞，浮士德自责：为何有一种难说的苦情将你的生命活动阻拦？他乞灵于占星家诺斯特拉达姆斯写的神秘的书，从那大宇宙的灵符中，他观看到无限的大自然显现出壮丽的奇观，却只能发出“好一个奇观！可惜！只是个奇观！我从何处掌握你”的慨叹。他转而求助于地灵，地灵在火焰中显现，他是生命的浪潮，事业的狂风，上下翻腾，运动不息。浮士德忽然觉得这个周游世界的忙碌的精灵跟自己差不多，然而地灵却不无讽刺地说：你肖似你所理解的精灵，不像我！浮士德感到十分失望。正在这时，他的助手瓦格纳持灯上场。这个只知道钻故纸堆的学究，和浮士德展开一场辩论之后下场。浮士德陷入更深的苦闷之中，他深知不是自己灵魂的涌泉，不会使自己得到精神的爽适。由于渐渐地失去了对人生的自信，他竟萌发了寻死的念头。正当他举起致命的毒液打算喝下时,复活节的钟声响起来了,唱诗班的歌声传过来了。这歌声唤回青年时代的快乐游兴,回忆又使他恢复了往日的童心,浮士德重新感到生命的魅力,感到自己“泪如潮涌”,“大地又将我收留”!一种为了新的世界而生存的强烈愿望油然而生。

第二场 城 门 外

春天真的到来了。学徒、使女、学生、市民、城市姑娘们纷纷登场,他们来到城郊春游。浮士德在瓦格纳陪同下,也走出古老的书斋,来到郊外。

浮 士 德

大河和小溪都已经解冻,
受到柔和的春光的鼓舞;
溪谷萌发出希望的幸福;
衰弱不堪的年老的严冬,
已经退藏到荒凉的山中。
它一面逃跑,一面还送来
无力的阵雨,夹杂着冰雹,
斑斓地掩覆葱绿的原野;
太阳容不得白色的单调,
到处都看到奋发和繁荣,
她要让万物多彩而生动;
可是这一带还不见花开,
就唤盛装的人群来替代。
请你回转身从这个高处
向我们那座城市里回顾。
一大群形形色色的游人
涌出空洞的阴暗的城门。
都想来欣赏春日的晴和,
他们要庆祝基督的复活,
自己也恰像复活了一样,
离开矮小的沉闷的斗室,
摆脱了工商手艺的锁缰,
脱离了山墙屋顶的压力,
走出了拥挤狭隘的街路,
走出了森严昏暗的教堂,
全都见到了天日的晴光。
瞧大家都在活泼地散步,
分头穿过了田野和菜园,
在河面上上下下的各处,
飘荡着好多快乐的小船,

最后的一只，满载得快要
沉下去似的才离开河岸。
就是从对山远远的小道
也看到彩衣闪闪地耀眼。
我已经听到村民的喧嚷，
这是民众的真正的天堂，
不论老和少都欣然欢腾：
这里我是人，我能做个人！

瓦　格　纳

博士先生，跟你散步
非常有益，而且光荣；
可是我不会单独逛到此处，
因为我憎恶一切粗野举动。
打九柱戏、拉琴、长啸，
对我乃是讨厌的声音；
他们就像着魔一样在胡闹，
却称为唱歌，称为高兴。
（农民们在菩提树下。）

跳舞唱歌

牧人为了跳舞打扮，
花茄克衫、丝带、花环，
打扮得来真俊俏。
大家聚在菩提树旁，
个个跳得如醉如狂。
唷嗨！唷嗨！
唷嗨沙！嗨沙！嗨！
这是提琴的音调。

他匆匆地赶到那里，
就在那时他的手拐子
撞着一位女多娇；
活泼的姑娘回头一看：
原来是你这个混蛋！
唷嗨！唷嗨！
唷嗨沙！嗨沙！嗨！
不要这样没礼貌！

他们急忙跳起圆舞，

忽左忽右，跳来跳去，
衣衫跟着飘东飘西。
他们跳得面红身热，
手拉着手喘气休息，
唷嗨！唷嗨！
唷嗨沙！嗨沙！嗨！
手拐子托住她的腰。

不要跟我这样温存！
多少男人欺骗女人，
说起谎来真巧妙！
他却把她哄到一旁，
远远听到树下的喧嚷：
唷嗨！唷嗨！
唷嗨沙！唷沙！嗨！
这是琴声和喊叫。

老 农 民

博士先生，你真是好心，
今天竟然看得起我们，
来到我们群众当中，
不怕失去你学者的身份。
请拿着这只最好的杯子，
我们已斟满新鲜的酒，
我敬你一杯，高声祝愿，
它不仅解除你的口渴，
还愿照它含有的滴数，
增加先生同样的岁数。

浮 士 德

我领受这清凉的一杯，
我祝福你们，向你们道谢。
（群众围成一圈。）

老 农 民

你在欢乐的日子光临，
真是再好没有的事情；
从前在那个不幸时期，
你曾对我们十分关心！
这儿有许多活下的人，
当初全仰仗你的令尊，

在他消除瘟疫的时候，
治好他们高热的险症。
那时你虽然年纪很轻，
却常去每个病家探望，
抬出的尸体虽然很多，
而你却总是平安无恙①，
你闯过许多危险关头，
救人者自有救主保佑。

众　人

他经过考验，祝他健康，
让他能永远给人帮忙！

浮 士 德

恭敬那位天上的救主，
他教人相助，也赐予救助！
（浮士德与瓦格纳继续散步。）

瓦 格 纳

受这许多人尊敬，哦，伟大的人，
不知你心中发生什么感慨！
谁能凭着自己的高才
而如此受惠，真是福人！
父亲指示给他的小孩，
人人都探询，争先恐后，
提琴声中断，跳舞者停留。
你走过，他们排好了队，
高高挥起他们的帽子；
差一点就要对你双膝下跪，
好像在路上见到圣体②。

浮 士 德

再走上几步，走到那块石头的地方，
我常独坐在那里沉思默想，
折磨自己，进行斋戒和祷告。
我满怀希望，信心牢固，
流着眼泪，搓手叹息，
我想强求在天之主

① 这里叙述的实为诺斯特拉达姆斯的事迹。1525年普罗旺斯发生瘟疫，他当时只有22岁，在各处乡村挨家挨户为人治病，而他自己却未受到传染。浮士德的父亲，在传说中乃是农民。

② 天主教徒在路上遇到神父捧着圣体（代表耶稣身体的一块面饼）走过，都要下跪。

把那一场瘟疫扑灭。
群众的赞扬对我简直像讥刺。
但愿你能看透我的内心，
你要知道我们父子
真没有资格受这种荣名！
先父是个无名的正人君子，
他对自然和自然的神圣的运行，
诚实不苟，可是却一意孤行，
异想天开地努力寻思；
他跟炼金术师们交往，
把自己关在黑丹房[①]里，
根据无穷无尽的配方，
把相克者混合在一起。
他把红狮[②]，那个大胆的求婚者，
跟百合[③]在温水中交配，
然后烧以烈火，将他们二者
从一间洞房[④]逼到另一个室内[⑤]。
于是，多彩的年轻女王[⑥]
就在玻璃器中生成，
丹药已经炼成，病人依旧死亡，
有谁被治愈，却无人过问。
我们就这样使用恐怖的灵丹，
在这群山万壑之间，
猖狂肆虐，比瘟疫更猛。
我亲自把这件礼物[⑦]赠给成千的人士，
他们凋零了，我却要在世
听人赞扬无耻的元凶。

瓦 格 纳

你何必为了此事烦恼！
施行传授来的技术，
问心无愧，精确无误，

---

① 炼金术实验室。
② 熔金所得的男性金属种子（亦称王），即淡红色的氧化汞。
③ 熔银所得的女性金属种子（白色的盐酸类）。
④ 试管，曲颈瓶，蒸馏器。
⑤ 将蒸汽收集到另一个接收器中。
⑥ 附在管壁上的沉淀物，多彩而光艳，古称哲人之石，可治百病，可将贱金属变成黄金。
⑦ 原文 Gift，又有毒药之义。

这种大丈夫行为岂不够好?
你在年轻时能敬重你的令尊,
当然乐意从他受教;
你在成年后增加你的学问,
将来令郎可达到更高的目标。

浮 士 德

谁能从这迷惘的海中
抱有出头的希望,真是幸福!
我们不知者,正合我们所用,
我们所知者,却没有用处。
可是何必用这种郁闷的谈话
破坏眼前这个时刻的娇媚!
你瞧,在夕阳掩映之下,
绿裹的农家蓬荜生辉。
太阳隐退了,一天就此告终,
她奔向彼方,开拓新的生涯。
啊,但愿我能插翅高飞凌空,
永远不停地追随着她!
看我脚下静静的人世
熠熠辉映着永恒的斜阳,
群山发出红光,溪谷一片安谧,
银色的小溪流入金色的大江。
那时,藏有无数深谷的荒山,
不会成为我的仙游的障碍,
而那拥有暖波①的港湾的大海,
展开在我惊异的眼前。
但太阳女神②好像终于退位;
新的冲动将我召唤,
我急忙追去,吸她永恒的光辉,
我的前面是白昼,背后是夜晚,
头上是太空,脚下是一片海波。
一场好梦!女神却忽而消逝。
唉!我们精神的翅膀真不容易
获得一种肉体翅膀的合作。
可是,这是人人的生性,

① 被阳光照暖。
② 太阳在德语中为阴性名词,故此处称太阳为女神。

他的感情总想高飞远扬，
只要看到云雀没入青云，
在我们上空嘹亮地歌唱；
看到苍鹰把羽翼张开，
翱翔在高耸的枞树顶上，
看到灰鹤越过平野，
越过大湖而飞返故乡。

浮士德一时被生气勃勃的市民生活景象所激动，他决定去追求新的生活。但内心深处两种思想感情在剧烈地斗争。他说：有两个灵魂住在我的胸中，它们总想互相分道扬镳；一个怀着一种强烈的情欲，以它的卷须紧紧攀附着现世；另一个却拼命地要脱离尘俗，高飞到崇高的先辈的居地。为此，他依然苦闷。当浮士德和瓦格纳一起走进城门时，幻化成一只狮子狗的恶魔梅非斯特紧紧跟上了他们。

第三场　书　斋

浮士德携狮子狗上。在书斋里，他试图将《新约》中《约翰福音》的希腊原文翻译成德语。他将第一章的第一句，先译作"太初有言"，又改译为"太初有思"和"太初有力"，最后终于满怀自信地写道："太初有为。"意思是必须有行动，才能发挥力量。这时，狮子狗在书斋内乱咬乱叫，它使劲站起身来，它全不像狗的形态。浮士德始而念起咒语，继而用基督的十字架像使它现出了原形。

（雾散，梅非斯特作浪荡学生[①]的装束，出现于火炉后方。）

梅 非 斯 特

何事喧哗？先生有什么吩咐？

浮　士　德

这就是狮子狗的原形！
浪荡学生？这种事真笑煞人。

梅 非 斯 特

我向博学的先生致敬！
你使我出了冷汗一身。

浮　士　德

请问大名？

梅 非 斯 特

这问题微不足道，
先生对言语总是非常藐视，
总是趋避一切外表，
而只探讨深奥的本质。

---

① 浪荡学生指中世纪的一种大学生，从一个大学浪游到另一个大学，靠施展小聪明混世。

浮　士　德

对于你们，一听名字，
就能知道你们的本质，
这是十分明显的事情，
只要听人叫你们蝇主①、破坏者②、说谎精③。
得啦，你到底是谁？

梅 非 斯 特

那种力的一部分，
常想作恶，反而常将好事作成。

浮　士　德

这个谜语意义可有欠分明？

梅 非 斯 特

我是常在否定的精灵！
这自有道理；因为，生成的一切
总应当要归于毁灭；
所以最好，不如不生。
因此你们所说的罪行、
破坏，总之，所说的恶，
都是我的拿手杰作。

浮　士　德

你自称一部分，如何对我呈现出整体？

梅 非 斯 特

我对你讲话是实事求是。
人类，愚蠢的小宇宙，他们总是
把他们自己当作整体；
我是部分的一部分，部分原本是大全，
我是黑暗的一部分④，光本来生于黑暗，
傲慢的光，如今跟母亲黑夜
争夺空间及其古老的地位，
可是总不成功，因为，它尽管努力，
却总不能跟物体分离。

---

① 蝇主（Fliegengott）为希伯来语 Baal - zebub 及 Beelzebub 的意译。前者在《列王纪下》第一章译为巴力西卜，在以革伦受人崇拜。后者在《马太福音》第十章译为别西卜，为鬼王之名。《新译福音》译为伯尔载布（粪科之神，乃咒骂撒旦之词）。大概最初原为苍蝇及一切害虫之神。

② 破坏者（Verderber）为希腊语 Απολλυων 之意译。《启示录》第九章："有无底坑的使者作他们的王，按着希伯来话，名叫亚巴顿，希利尼话，名叫亚玻伦。"

③ 《启示录》第八章："你们是出于你们的父魔鬼……他本来是说谎的，也是说谎之人的父。"

④ 梅非斯特此处所说的恶魔的本质源于古代波斯宗教中的恶灵阿里曼（Ahriman），他是黑暗之主（Herrder Finsternis）。

光发自物体,赋予美丽的外形,
却又被物体将去路阻挡,
因此,我想,等不久长,
光或许会跟物体同归于尽。

浮　士　德

我弄清你的伟大的任务!
你不能大规模毁灭万物,
只得先从小规模开始。

梅 非 斯 特

当然这样成不了大事。
跟虚无对立的这种存在,
就是这个笨拙的世界,
尽管我耗费许多心血,
我总是无法将它解决,
用地震、火灾、暴风、巨浪,
到头来海和陆地依然无恙!
对付人和禽兽,这些该死的混蛋,
简直没有办法可想。
不知有多少已被我埋葬!
可是却依然有新鲜的血液在循环。
这样下去,真要令人发疯!
从空气中、水中、土中,
一切燥湿寒暖之地,
都萌发出无数的胚芽!
如果我没有把火焰①留下,
我就别无特殊的武器。

浮　士　德

你就对那无止无休、
救世创世的最高权威
握紧冷酷的魔鬼拳头,
你的心机徒然白费!
混沌②所生的古怪的儿子,
去找点其他工作干干!

梅 非 斯 特

这件事真要从长计议,

① 只有火中没有生命存在。
② 混沌:太古的黑暗。

我们留待下次再谈!
这次可否让我告辞?

浮　士　德

我不明白,干吗要问我?
现在我已跟你认识,
你高兴时,尽可来找我。
这儿是窗,这儿是门,
烟囱也可以随你出入。

梅 非 斯 特

老实说吧! 我要走出房门,
有点小障碍将我挡住,
你的门槛上的魔脚[①]——

浮　士　德

五角星使你很不自在?
地狱之子,我不明了,
它既能驱魔,你却怎能进来?
你怎样将这灵符瞒过?

梅 非 斯 特

仔细看看! 它画得有点讹错;
你瞧,它有一点小小的缺口,
就在向外的一只角上。

浮　士　德

这种巧事非比寻常!
你竟成了我的阶下囚?
真是意想不到的外快!

梅 非 斯 特

狮子狗没有注意,它就跳了进来,
现在事情完全两样;
恶魔无法走出书房。

浮　士　德

你为何不从窗口出去?

梅 非 斯 特

因为恶魔和幽灵有一个规律:
走进走出必须打从同一个地方。

---

① 魔脚:在古代德国神话中原为在夜间扰人的梦魔,后来用于魔女之意。古人为了驱魔,常在摇篮上、床架上、门槛上刻上或画上一个五角星形的符,因为梦魔的脚形似天鹅脚,故将此五角星符称为魔脚,即梦魔的脚印。这种五角星符又用作代表基督的符号,所以梅非斯特在此望而生畏,不敢跨过。

走进时自由自在，走出时却是奴隶。

浮　士　德

地狱也有它的法治？
我觉得很好，可以跟阁下订约，
你们这种人一定会保证遵守？

梅　非　斯　特

约好的权利，你可以全部享受，
一点不会有什么减少。
可是这不能草草办成，
我们下次再来商议；
现在我要恳切求你，
这次务须给我放生。

浮　士　德

请你再在这里逗留一会，
先讲一些有趣的新闻。

梅　非　斯　特

请放我走！我马上就要回来；
那时随你怎样询问。

浮　士　德

不是我存心将你擒拿，
而是你自己自投罗网。
捉住魔鬼，不可放他！
第二次再要擒他，没有这样便当。

梅　非　斯　特

既然你高兴，我也非常乐意，
留在这里跟你作伴；
但有个条件，让我行使
我的法术，跟你好好消遣。

浮　士　德

我很想欣赏，请随意施行；
只是法术要使人高兴！

梅　非　斯　特

朋友，在这一小时之间，
你的官能获得的快感，
超过单调的一年光阴。
温柔的精灵发出的歌唱，
给你变来的美丽的景象，
决非空虚的魔术把戏。

你会嗅到一片芳馨,
你会感到口舌生津,
触觉也会忘其所以。
我们无须事先准备,
人已到齐,现在开始!

众精灵上场。他们前来唱催眠歌,把浮士德引入梦中,引入一种幻境。浮士德醒来后,反问自己:难道我又上当一回?成群的精灵就此化为乌有,我只落得在梦中见了魔鬼,反而逃掉一只狮子狗?

第四场 书 斋

梅非斯特敲门后,第二次走进浮士德的书斋。浮士德接待了他的来访。梅非斯特表示:你如想跟我一起到世间阅历一番,那我也心甘情愿立即听你的使唤。并应允:你有此心,就可以大干。订约吧;你将在最近几天欣然看到我的妙计,我将给你看人所未有的奇迹。条件是,如果我们在来世相遇,你也同样为我办事。在浮士德看来,世间的一切都不会使他感到满足,因此他敢于跟恶魔打赌。他告诉恶魔说:我如有一天悠然躺在睡椅上面,那时我就立刻完蛋!你能用甘言哄骗住我,使我感到怡然自得,你能用享乐迷惑住我,那就算是我的末日!他答应梅非斯特:如果我对某一瞬间说,停一停吧!你真美丽!那时就给我套上枷锁,那时我也情愿毁灭!

订约之后,浮士德敦促梅非斯特:请立即准备一切奇迹,以不可测的魔术掩护!投身到时间的洪涛之中,投身到世事的无常之中!……大丈夫唯有活动不息。这时,有一个学生前来拜望,浮士德拒绝相会。梅非斯特穿戴起浮士德的衣帽与他相见。这个学生原来是特地诚心诚意来拜望先生,请求指教的。梅非斯特对他进行了一番训导,并告诫说,理论全是灰色,生命的金树才是常青。学生辞去,浮士德重上。梅非斯特张开斗篷,化作云朵,将带着浮士德走上新的人生旅程。

第五场至六场

在莱比锡奥艾尔巴赫地下酒室,四个快活的大学生正在饮酒作乐。梅非斯特带着浮士德来到这个享乐的场所。在狂饮者相邀之下,梅非斯特唱了一曲最新的歌:跳蚤之歌。他还同他们一起作乐。面对这群酒鬼,浮士德感到厌恶,他要梅非斯特马上离开此地。

他们又来到魔女的丹房。浮士德希望能有一种灵药,喝下它会减轻三十岁。梅非斯特答应让他返老还童。他们一同走进了魔女的丹房,为了刺激浮士德的情欲,梅非斯特让他对着一面镜子站着,时而近前,时而退后。一个天女的姿影映现在这面魔镜之中。正在这时,魔女来到,梅非斯特向她要来一大杯灵药,他告诉浮士德:快喝下去!不要停顿!马上会使你心花怒放。浮士德喝下魔汤,立刻变成年轻人了。

第七场至第十三场

恢复了青春的浮士德被梅非斯特引到市民少女玛加蕾特的身边。浮士德惊叹:天呀,这孩子真是美丽!我从没见过这样的仙姿。浮士德对她一见钟情。当天傍晚,浮士德被梅非斯特领到玛加蕾特的闺房,还偷偷地给她留下了漂亮的首饰盒子,里面的东西十分精美。

在梅非斯特的帮助下,浮士德很快便赢得了玛加蕾特的爱情。尽管她的母亲对女儿管束得很严,他们仍可以私下里散步、幽会。但玛加蕾特一直心怀疑虑:我是个贫穷无知的姑娘,不知他看中我什么地方?

第十四场至第二十场

由于受到良心的责备,浮士德在这期间度过了一段森林和山洞的幽居生活。他本想投身到壮丽的大自然中进行内省,但梅非斯特却在他的胸中煽起一团烈火,使他的情欲重新燃烧。

浮士德终于又回到了玛加蕾特身旁。玛加蕾特正独坐纺车旁,唱着心中的歌:我失去安宁,内心沉闷;要找回安宁,永远不能。他不在身旁,到处像坟场,整个世界使我伤怀。……我的胸怀迫切思慕他。唉,但愿让我紧紧抱住他。玛加蕾特担心他们的幽会被母亲发现,浮士德赶忙拿出一个小瓶说:在她饮料里滴上三滴,她定然迷迷糊糊,酣睡得非常舒适。不料玛加蕾特用药过量,母亲竟因此而丧命。她的哥哥,那个恨透了梅非斯特和浮士德的瓦伦廷,也在同浮士德的决斗中丧生。浮士德只能立刻逃走,丢下了孤苦无依的玛加蕾特。

第二十一场至第二十四场

梅非斯特把浮士德带到哈尔茨山中,让他在瓦尔普吉斯之夜去赴魔女们的盛会。在这个一年一度的魔女们跳舞作乐的夜会上,浮士德跟一个年轻漂亮的魔女跳舞,他看到从她嘴里跳出一只红色的老鼠。梅非斯特说:何足为奇,你不要吹毛求疵,不是灰色的,也是好事。浮士德问梅非斯特:你不见有个苍白的美女独自站在远处?她慢吞吞地缓步向前,看上去就像戴着脚镣走路。坦白说吧,我心里在想,她跟可爱的格蕾辛很像。他思念着玛加蕾特,要去看她,梅非斯特却想把他引向别处。

浮士德终于知道了玛加蕾特的惨况。原来在他逃走之后,这个不幸的姑娘生下了私生子。她在痛苦中溺死了婴儿,因此被投进监牢,还得了精神病。浮士德责骂梅非斯特:在此期间,你却引诱我去作无聊的消遣,把她那与日俱增的痛苦对我隐瞒,让她孤立无援地毁灭!他要梅非斯特带他去探监,去搭救玛加蕾特,让她恢复自由。

在牢狱里,浮士德见到了陷入绝望之中而精神错乱的玛加蕾特,他拼命想把她救出去。但任凭他苦苦相求,玛加蕾特却执意不从。她向浮士德诉说:我害死了我的母亲,我把我的孩子淹死。外边有坟墓,有死亡等我,我就走!从这里到永远安息之处,再不愿多走一步。玛加蕾特在尝尽人间苦难之后情愿接受主的裁判,她呼叫着:天父!救救我!我是你的!浮士德无可奈何,只好怀着极大的内心苦痛离去。

悲剧 第二部

第 一 幕

第一场 幽雅的境地

黄昏时分。瑞士阿尔卑斯山中一处风光明媚的地方。浮士德躺在百花如锦的草地上,疲倦、不安、思睡。这时,一群形态娇小而优美的小妖精在爱丽尔的带领下,环绕着他唱歌跳舞,还用忘川之水的露珠给他沐浴，使他忘却过去的痛苦。当太阳重新升起时，浮士德醒了过来。他重又感到生命的脉搏清新活泼地跳动，对那天空的曙光温柔地致敬：大地啊，你在昨夜也毫无变动，如今在我脚下又焕然一新，你已开始用欢乐将我包围，你鼓励我，唤起我坚强的决心，使我努力追求最高的存在。浮士德决心要用新的生命去干一番大事业。

第二场　皇帝的宫城

金殿上，神圣罗马帝国的皇帝与朝臣聚会。梅非斯特混进朝中，马上顶替了弄臣的职位。

皇　帝

亲爱的忠良，欢迎欢迎，
你们来自远近各地，
在吉星之下聚在一起，
空中也写上了祝福和幸运。
可是，为何就在这几天，
我们正想摆脱忧烦，
戴上化装跳舞的假面，
寻欢作乐，快活逍遥，
偏要举行会议，自寻烦恼？
因为你们认为非如此不行，
既已开始，那就进行。

宰　相

最高的德行，仿佛圣人的圆光①
围住皇帝的头颅，只有皇上
才能有效地加以发挥，
这就是正义！——万民无不酷爱，
无不求之望之，不可失之，
将此德施之于民，全在于皇帝。
可是满脑子聪明，存心善良，
动手想干，又有什么用场，
如今全国像发烧一样骚动，
一桩一桩的祸事层出不穷。
从这座高殿上面向全国遥望，
就会觉得像在做恶梦一样，
群丑竭尽丑态握揽大权，
非法的压制却在合法地开展，
迷误的世界呈现在我们眼前。
有的抢女人，有的抢牛羊、

① 画像中画在基督教圣人头上的光环。

祭台的圣杯、烛台、十字架，
长年累月还以此自夸，
逍遥法外，安然无恙。
法庭挤满了告状的人，
法官赫赫地高踞宝座，
骚乱的群众激昂沸腾，
像怒潮一样越聚越多。
谁有同党做他的后盾，
尽可将他的丑事遮盖，
孤立无援的无辜的人，
却要被法庭宣判：有罪！
因此全世界都要解体，
理所应当的，全被抹杀；
引人归正的唯一的理智，
请问怎样能够发达？
最后，心地善良的人
就倒向阿谀行贿之徒，
法官不能依法严惩，
就会落得与罪人为伍。
我虽描摹成漆黑一片，
却想用厚幕将它遮掩。
（稍停[①]）
现在需要当机立断，
全来作难，全都受难，
陛下的尊严也难以保证。

陆 军 大 臣

这个乱世多么可怕！
大家都在互相残杀，
对政府命令，充耳不闻。
市民坚守他们的壁垒，
骑士盘踞山岩的巢穴，
聚众结党，跟我们敌对，
巩固他们自己的势力。
佣兵们变得忍无可忍，
暴跳如雷，要求给他们发饷，
如果全部发给他们，

① 宰相说到这里，中断话头，等候皇帝回答。但皇帝拿不出决策，故宰相敦促皇帝当机立断。

他们就会全部逃光。
如果拒绝大家的要索,
就像捣毁马蜂巢一样;
他们应该守卫的帝国,
却遭受掠夺,听其荒凉。
听凭他们那样猖狂,
半壁河山已经完蛋;
外邦虽然还有诸王,
都以为不干己事,袖手旁观。

财政大臣

谁还要倚恃盟友帮忙!
答应援助我们的款项,
就像水管已经断水。
主上,在你辽阔的国中,
主权落在谁的手中?
到处都有自立门户的新贵,
他们都要独立行事,
只好眼睁睁看着他们;
我们已经出让了许多权利,
再没有什么权利留给我们。
还有,不管什么政党,
今天也已不能相信,
他们诋毁或是赞扬,
是爱是憎都无足轻重。
什么保皇党或是教皇党,
都贪图安逸,息影林下;
现在谁肯给邻国帮忙?
各人都是自顾不暇。
黄金的大门已被遮断,
人人在搜刮、发掘、聚敛,
我们的国库已经用空。

宫内大臣

我也真是有苦难言!
我们每天打算省俭,
反而每天增加费用。
新的苦恼越来越迫切。
厨夫倒没有匮乏之虞;
獐子、牡鹿、野兔、野猪,

还有火鸡、鸡鹅鸭家禽，
实物支付的可靠的贡品[①]，
这些倒还是源源不绝。
可是葡萄酒也终于短缺。
以前酒窖里一桶桶堆积如山，
陈年的佳酿，各园的出产，
由于贵人们喝个没完，
最后的一滴也被全部扫光。
市政厅拿出储存零售供应，
他们大杯大碗地狂饮，
酒菜也被倒翻在地上。
债务都要我来清理，
犹太商人毫不客气，
他要我们拿税收作抵，
弄得年年寅吃卯粮。
我们再也养不出肥猪，
床上的被褥也送进当铺，
桌上的面包也还没有付钱。

听了众朝臣的议论，梅非斯特提出可以用挖掘地下宝藏的办法来解决帝国面临的财政危机。皇帝听后便催促梅非斯特：地下如果有装有金币的宝壶，快拿你的锄头把它挖出。梅非斯特通过星士之口建议先举行一次狂欢晚会，为的是把浮士德引进宫中。

热闹的化装舞会上，出场的人各式各样，有头顶花篮的制花女郎，有假面丑角、醉汉，也有希腊神话中的女神。浮士德化装成财富之神普路托斯，梅非斯特化装成守宝者贪吝，皇帝装扮成大神潘。浮士德玩弄魔术，制造了一场火灾，皇帝也遭到火烧。最后他请饱含雨水的云片雾纱悄悄地卷来，使大火熄灭。梅非斯特则趁皇帝陶醉于化装跳舞时，玩弄计谋，让他签名允许发行纸币。这种纸币用帝国境内埋有的无数财宝作为确实担保。一夜之间，它居然解决了帝国的财政困难。皇帝论功行赏，委托浮士德和梅非斯特担任财宝管理人。

不久，皇帝又异想天开地提出要马上看见海伦和帕里斯来到他的面前，并命令浮士德着手去办。在梅非斯特的指教下，浮士德接过了一把钥匙，而后前往虚无缥缈的母亲之国去取宝鼎。

宝鼎取来了，只见身穿祭司服、头戴花冠的浮士德用放光的钥匙刚刚碰了宝鼎，迷蒙的雾气立刻布满了大厅。它姗姗而来，像浮云一般飘荡，伸长、成团、交错、分离、成双。随着飘动的雾气还奏出了音乐，随后，帕里斯和海伦的形体便先后出现。浮士德惊呼：我还有眼睛？美的源泉是多么丰沛地注入我的内心深处！……从前使我销魂、在魔镜里映照出来的可爱的清姿，只是这位美人的泡影！——只有对你，我要鞠躬尽瘁，献出我的热情的精髓，我的思慕、热爱、崇拜和痴情。当帕里斯紧紧拥抱海伦时，浮士德受到海伦的美的诱惑，情不自禁地去抢夺她，不料钥匙碰到了

① 猎户等缴纳的贡品。

帕里斯，引起了爆炸。一眨眼之间，这一对从冥国里来的幽灵竟化为烟雾而消逝，浮士德也昏倒在地上。梅非斯特无可奈何地把他扛在肩上离去。

第 二 幕

第一场 高拱顶、狭小的哥特式房间

浮士德被送回他原来的书斋里，躺在一张古式的床上，依然昏睡不醒。梅非斯特要寻找瓦格纳，却碰到了从前他曾训导过的学生，如今他已获得学士学位，成了瓦格纳教授的助手。他反对经验主义而崇信费希特的主观唯心主义。他说：什么经验！就像泡沫和尘屑！它跟精神难以匹敌。承认吧！从来所知的一切，根本没有一知的价值……梅非斯特对他作了一番嘲弄：我本来想去寻求埋藏的黄金，谁知挖出的却是讨厌的黑炭。

第二场 实 验 室

梅非斯特走进实验室，瓦格纳在烧瓶里用人工制造的小人已趋于完成。小人荷蒙库路斯虽无肉体却具备强大的活动力和奇异的智慧。他凭着慧眼的神力，居然透视出躺在床上的浮士德所作的美梦，站在一旁的梅非斯特却毫无所见。荷蒙库路斯告诉梅非斯特，浮士德所憧憬的梦境是林泉、天鹅、裸体美人，他怎能够在这里安身！因此，要治愈浮士德，就必须送他前去适宜的场所（浮士德向往的古代希腊）。紧接着，梅非斯特用他的大氅将昏迷中的浮士德裹住，由瓶中发光的小人为他们照路，三人一同飞往希腊神话的发祥地忒萨利亚。

第三场 古典的瓦尔普吉斯之夜

浮士德一触到希腊的国土便立刻苏醒过来。他开口便问：海伦在哪里？这儿是法尔萨洛斯的旷野，焕发出新的精神的浮士德，为了寻找海伦，开始了在古希腊神话世界里的漫游。在珀涅俄斯河上游，他们见到了鸟头狮、人面狮、美人鸟等。浮士德向人面狮探问：你们之中有谁见过海伦？人面狮要他去找马人刻戎问个明白。在珀涅俄斯河下游，浮士德碰到了飞奔而来的刻戎，他向刻戎表白：海伦美丽而迷人，美丽而令人思恋。我的身心都已被紧紧捆绑，我得不到她，就无法活在世上。刻戎带他去找女预言者曼托，曼托指点浮士德前往冥府，要他请求冥后珀耳塞福涅放回海伦……

第 三 幕

第一场 斯巴达、墨涅拉斯宫殿之前

斯巴达王宫前。海伦上场。墨涅拉斯王要她和侍女们先行进入宫城，并准备祭神。海伦心中犯疑，猜不透丈夫的用心：我回来当他的妻子？还是当一位王后？或者当牺牲品，偿还王上的激烈的痛苦，偿还希腊人长期忍受的不幸的灾难？当她走进王宫的内堂，只见灶边余烬犹温的残火旁边，在地上坐着个蒙面的高大的女人，样子不像在睡觉，而是像在沉思。她有着瘦长的个子，凹陷、充血、浑浊的眼睛，这是宫中的女管家，原来是梅非斯特装扮而成。这个古怪模样的丑女人

威吓海伦说:斯巴达王要拿你做牺牲!你要在利斧下送命。随后她又告诉海伦,只有赶快逃走,逃到阿尔卡狄亚的城堡去才能免除这场灾难。那个城堡的首领是一位仪表堂堂的人,他就是浮士德。正说之间,远处传来喇叭声,斯巴达王要回宫了,海伦只好听从。

第二场　城堡内院

在阿尔卡狄亚,身穿中世纪骑士式宫廷服装的浮士德把海伦迎入城堡。他尊她为女王,奉她为女主人,把财产和王位都献给她。海伦请浮士德一同就座。她说:我想跟你谈话,请你上来,靠在我的身旁!他们俩坐得越来越近,互相偎依在一起,肩挨肩,膝并膝,手挽手,摇摇晃晃,坐在垫得厚厚的、华丽的宝座之上,身居高位,竟将内心的欢喜在众目睽睽之下放纵得显露无遗。突然,福耳库阿斯慌张地走来,他报告说:你们没留意隐隐的雷声?……墨涅拉斯率领大军浩浩荡荡向你们逼进。浮士德授命诸侯们迅速迎击。

第三场　阿尔卡狄亚

浮士德和海伦终于在理想的仙乡阿尔卡狄亚幸福地结合了,他们还生下了一个儿子叫欧福里翁。欧福里翁生来就放纵不羁,不受约束。他说:轻易到手的,我不喜爱,强行夺来的,才使我愉快。他充满激烈的冲动,向往自由,渴望战斗。当海上传来两军对垒的声响时,他高喊着:难道叫我袖手旁观,我一定要扶危济困。他认为,牺牲成仁乃是天命。他从山岩上纵身跃入空中,却不幸坠落在父母的脚边,形骸也立即消失。欧福里翁的夭折,使海伦万分悲痛,她深感幸福与美不能长久联合在一起。生命的联系、爱的羁绊都已割断。当她听到欧福里翁从地底发出"母亲"的呼叫时,她请求冥后,将孩子和她带走。她拥抱了浮士德之后,形体消失得无影无踪。留在浮士德怀里的海伦的衣服和面纱即刻化为祥云,它裹住浮士德,带他飘入高空。这时,扮作福耳库阿斯的梅菲斯特也现出了原形。

第　四　幕

第一场　高　　山

浮士德乘着祥云,飞过陆地和海洋,降落在法国的一座岩顶的边缘,他从古希腊的神话世界又回到了现实人间。他望着飘向东方的云团,好像看到映着日光的垫褥上面优美地躺着的海伦的幻象;他看着轻雾飘浮,又恍惚看见迷人的姿影——青春初恋时的玛加蕾特。这时,梅非斯特踏着七里神靴赶来了。在经历了几次幻灭之后,浮士德再也不受梅非斯特所说的享乐生活的诱惑了。他说:我要靠自己,寻一片乐土。事业最要紧,名誉是空言。他决心要用勤奋的力量做出惊人的成绩。他激动地告诉梅非斯特:我的精神敢跃出大步,我要在这里(沿海滩地)战斗,要将它征服。不管它怎样滔滔,遇到小丘,它也会转弯改道;我要获得这种可贵的享受,把那专制的海水从岸边赶走,把海水远远逐回它自己的窝巢。并要梅非斯特帮助实现为人民建造新的乐土的愿望。这时,浮士德当年曾经帮助过的皇帝正与反叛者进行战斗,梅非斯特建议前去平息叛乱,以便获得无边的海滩做封地,实现他的宏伟计划。浮士德应允,梅非斯特派出三勇士助战。

第二场至第三场

两军阵前,浮士德身披铠甲,头戴军盔,来到皇帝军中,他指挥三勇士出战,敌军很快发生动摇。梅非斯特则借助水攻、火攻和坚强有力的声响,帮助皇帝取胜。

浮士德如愿以偿地获得了海边的一大片封地,不过那儿还没有陆地,它还是一片大海,有待浮士德去开拓。

第 五 幕

第一场至第四场

一个旅人来到海滨的旷野,他是来寻访曾救过他性命的老夫老妇的。这一对老人向旅人介绍了这里正在进行的围垦海滩的伟大事业:从前波涛汹涌连天、狠狠虐待你的海洋,已变成花园,瞧这天堂似的景象。这是浮士德招募百万民工填海造疆的结果。如今这里不仅挖了沟渠,筑了堤坝,建了码头,还在绿荫中建起王宫。然而,年已百岁的浮士德却在宫中闷闷不乐,这是由于那两位老人执拗地不肯搬迁到新的居住地去,而他们的房屋妨碍浮士德登高远望,观看他的一切成就,观看人类精神的伟大创造。梅非斯特受命去处理这个问题,他却采取威吓和强力驱逐的办法。老年夫妇一吓之下,就此寿终,那位旅人也在烈火中丧生。浮士德深感内疚。

半夜时分,四个灰色的妇女随着废墟上的烟气飘到浮士德门外。她们名叫匮乏、罪孽、困隘、忧愁。其中匮乏等无法接近浮士德,只有忧愁能从钥匙孔里钻进来。自从无辜的老人被害,浮士德便决心跟魔术分道扬镳。他的内心笼罩着黑夜的阴影,忧愁便乘虚向他袭扰。最后他竟被忧愁吹了一口气而双目失明。黑夜逼来,好像越来越深沉,可是心中的光明在照耀,浮士德依然想着要好好实现他的大胆计划,尽早完成未竟的大业。

第 五 场

宫中大院

火　　炬

梅非斯特(任督工,站在前方。)

过来,过来!进来,进来!
摇摇晃晃的鬼怪,
全靠骨殖、肌腱、韧带
拼凑在一起的残废。

鬼怪[1](合唱。)

我们赶快前来帮忙,
我们听到个消息,

① 鬼怪(Lemures):古罗马人用以称谓邪恶的死者的鬼魂,故在这里作为恶魔的走卒。他们乃是由皮肤和肌腱被覆的骨架,或者活动的干尸,在夜间游逛。

正有一片广大的地方，
要归入我们的手里。
我们带来测量的长索，
还有尖尖的木桩；
召唤我们来做什么，
我们竟把它遗忘。

梅 非 斯 特

这里不要动技术脑筋，
只要照自己尺寸丈量；
个子最长的躺下来躺得直挺挺，
其余的就把周围的草拔光；
就像对待我们的先人，
挖出一个长方形土坑！
从宫殿走向这狭隘的住房，
总归是这样一个糊涂的下场。

鬼怪（做出滑稽的样子挖土。）

当我年轻时健壮而恋爱，
我觉得那真是乐意；
乐声悠扬的热闹地方，
少不了有我的足迹。
如今满怀恶意的老年，
用拐杖对准我打来；
我跌倒在坟墓的门口，
为什么它正好洞开①！

浮士德（走出宫殿，扶住门框。）

铲锹的声音使我多么愉快！
那是为我服役的民夫，
将围垦地跟陆地连在一起，
给波涛划出它的疆界，
筑一带坚堤围住海洋。

梅非斯特（旁白）

你筑大堤，你筑海塘，
只是为我们鞠躬尽瘁；
因为你已替水的魔鬼②，

---

① 这一段歌词采自莎剧《哈姆雷特》第五幕第一场掘墓人的歌词而加以改写。莎剧中的歌词，亦采自古诗，收在帕息的《英国古诗拾遗》中，歌德可能亦曾加以利用。

② 异教被基督教取代后，其男神和女神分别变为魔鬼和魔女。

尼普顿备好盛大的筵席[①]。
不管怎样，你已无希望；——
四大都跟我们结成一帮：
结果总是归于毁灭。

浮 士 德

督工！

梅非斯特

有！

浮 士 德

你要想一切法子，
前去招募大批民夫，
用酒饭和严规加以鼓舞，
出钱、诱骗或者压制！
你要每天前来向我汇报，
进行开掘的沟道掘了多少。

梅非斯特（低声）

根据我所获得的报告，
没说起沟道，只说掘墓道[②]。

浮 士 德

有一片沼泽横亘在山麓，
污染了一切已开拓之地；
把这臭水浜加以排除，
乃是功亏一篑的大事。
我为几百万人开拓疆土，
虽不算安全，却可以自由居住。
原野青葱而肥沃；人和牛羊
就能高兴地搬到新地之上，
立即移居在牢固的沙丘附近，
这是由勤劳勇敢的人民筑成。
里面的土地就像一座乐园，
尽管外面的海涛拍击到岸边，
如果它贪婪成性，要强行侵入，
大家会齐心奔赴，将决口堵住。
是的，我就向这种精神献身，
这是智慧的最后总结：

① 海水将冲破大堤把大批居民卷入海中。尼普顿为海神，即涅普图努斯。

② 此处为文字游戏：沟道原文为 Graben，墓道为 Grab。

要每天争取自由和生存的人，
才有享受两者的权利。
因此在这里，幼者壮者和老者
都在危险中度过有为的岁月。
我愿看到这样的人群，
在自由的土地上跟自由的人民结邻[①]！
那时，让我对那一瞬间开口：
停一停吧，你真美丽！
我的尘世生涯的痕迹就能够
永世永劫不会消逝[②]。——
我抱着这种高度幸福的预感，
现在享受这个最高的瞬间。
（浮士德向后倒下，鬼怪们将他扶起，放在地上。）

梅非斯特

他不满足于任何幸福和喜欢，
只顾追求变化无常的形影；
这最后的、空虚无谓的瞬间，
这个可怜人也想要抓紧。
他那样顽强地跟我对抗，
时间胜利了，老人倒在沙地上。
时钟停了——

合　唱

停了！默然如在中宵。
时针垂降。

梅非斯特

垂下了，事情完成了。

合　唱

已经过去了。

梅非斯特

过去！一句蠢话！
干吗说过去？
过去和全无是完全一样的同义语！
永恒的创造于我们何补！
被创造的又使它复归于无！
已经过去了！这话的意思是什么？

① 这两句为表示愿望的祈使句，但有条件句的作用，以下两句即其归结句。
② 这两行据说是歌德在逝世数星期前所写，在《浮士德》全剧中为歌德所写的最后的绝笔。

它就等于说，本来不曾有过，
翻转来又像是说，似亦有诸。
而我却毋宁喜爱永远的虚无。

浮士德的肉体毁灭了。按照契约，梅非斯特要来收取他的灵魂。这时，一群天使自天而降。天使们撒出象征天国之爱的玫瑰花，恶魔们无力抵御，浮士德不朽的灵魂被领进爱的天国。

第六场　山峡、森林、岩石、荒凉之地

众天使抬着浮士德的灵魂在高空中飘荡。升天童子唱道：神圣的生活已使他变得伟大美丽。早已获救而超升天国的悔罪女格蕾辛在向圣母祈愿：请允许我来将他点化，新的天光还使他目眩。靠着荣光圣母的指引，浮士德的灵魂向着更高的上空飞升。这时，神秘的合唱响起，他们唱道：一切无常者，不过是虚幻；力不胜任者，在此处实现；一切无可名，在此处完成；永恒的女性，领我们飞升。

恰尔德·哈洛尔德游记

乔治·戈登·拜伦(1788—1824)是19世纪英国和欧洲浪漫主义文学的杰出诗人,也是资产阶级民主力量的重要代表。他出生于伦敦一个破落贵族家庭,10岁继承伯祖父的爵位和领地。大学毕业后进入上议院,但受到歧视。因对现实不满,于1809年夏出国旅游,历时两年。1812年他的长诗《恰尔德·哈洛尔德游记》前两章问世,轰动了英国文坛。他同年在上议院反对英国政府镇压工人运动和奴役爱尔兰的反动政策,写出政治诗《"制压破坏机器法案"制订者颂》,谴责当局对工人的血腥镇压。此后,写了总称为"东方叙事诗"(1813—1816)的六篇浪漫主义长诗,塑造了一批与社会对立的叛逆者"拜伦式英雄"。

1816年拜伦被迫离开英国,移居意大利并积极参加意大利烧炭党人反抗奥地利统治的起义。起义失败后,1824年到达希腊,投身于希腊的民族解放斗争,被推举为一个方面军的司令,同年病死军营中。在移居国外期间,除完成《恰尔德·哈洛尔德游记》外,还写了诗剧《曼弗雷德》《该隐》,讽刺长诗《审判的幻景》《青铜世纪》和未完的诗体长篇小说《唐璜》等许多作品。

《恰尔德·哈洛尔德游记》是拜伦的代表作。它记述了拜伦借托哈洛尔德游历葡萄牙、西班牙、阿尔巴尼亚、希腊、比利时、瑞士、意大利等国的观感,表达诗人反抗侵略、压迫,热爱自由、平等的民主主义思想。

现参照中文译本(杨熙龄译,新文艺出版社1956年版)分章介绍或节选如下。

第 一 章

1—13

阿尔比温(英格兰的古称)有位名叫恰尔德·哈洛尔德的贵族青年。他和所有花花公子一样,通宵达旦地狂欢,整个儿在花天酒地里沉湎。后来,他感到那种酒醉饭饱的苦闷,心里十分烦忧,有时伤心之泪要夺眶而出。终于他下定决心离开祖国,宁可遭灾祸,落入地狱,也避免向母亲、挚爱的姊妹和朋友告别,是为那颗创伤的心不再破碎。家园、祖产、田亩、曾经使他欣喜的娘儿们,他一齐抛开,并无半分留恋,他要远渡重洋,到地球的另一边。风儿把他送往异乡,转眼已是无边无际的海洋,当夕阳冉冉地沉入海心,他就抱起竖琴,面对海和风唱起了"晚安曲"——"再见吧,太阳;再见,我的祖国——祝你晚安!"

14—34

帆船飞一般前进,哈洛尔德来到里斯本。这儿风景真好看,上天把这地方装饰得多么美善。芳香果实结在枝头,美丽的景色展开在山野之间。城市外表多么堂皇,但到处都一样肮脏,不论贵人或贱民,都不讲卫生。面对拿破仑的大军入侵,葡萄牙和阿尔比温结盟,后者赶来援助她的盟邦——一千艘威武的军舰在这河上横行。这个葡萄牙国家被愚昧和骄傲弄昏了头,同时又憎恶那握着剑的手,那只手要将她从高卢暴君的威胁下拯救。哈洛尔德哀叹:这些可怜的奴隶却生在风光绮丽之乡,天公为何把奇迹浪费在这等人身上?

哈洛尔德来到富丽的辛特拉，修道院翘立在峭峻的山顶上，灰白的软木树做了峭岩的衣裳，苔藓被灼热的日光烤得枯焦，谷里不见天日的灌木也自哀伤，蔚蓝色的海面没有一点波涛，黄色的橙子点缀着葱绿的树林，山上挂着葡萄，山下长着垂杨，五光十色，交织成这些景色的辉煌。哈洛尔德孤单地翻山又过岗，风景虽然美好，却引不起他的兴趣，他要赶快跑掉，比天空中的鸟雀还要急躁。他越过瓜地爱纳河，来到拿破仑侵略军燃起遍地烽火的西班牙。

35—90

35

呵，可爱的西班牙！风流的胜地！
贝拉乔高举过的大旗在哪里？①
当卡瓦的卖国爸爸招来那帮土匪，②
教哥特人的鲜血染红了山间的溪水。③
那些血迹斑斑的旗帜在哪里呀？
它们曾经在你儿子的头上飘扬，
最后把强盗赶回他们的老家。
新月旗失色而十字旗发出万丈光芒，④
摩尔兵的妻女在阿非利加哭得悲伤。

36

不是每支歌谣都颂赞这光荣的旧事？
悲哉！英雄的幸运不过如此！
花岗石腐烂，纪念碑倾圮了，
流传他的英名要靠农夫悲凉的小调。
英灵呵！请从天上俯视你身后的遭遇，
无比的功勋只落得山歌一曲！
卷帙、丰碑、庙堂能否保存你的功绩？
或者你就只好依赖简单的传说，
如果没有人再恭维你，历史又亏待了你？

37

醒来吧！西班牙的儿郎！前进前进！
听吧，这是你们古代女神的声音，⑤
但是她不再挥舞那无情的长枪，

---

① 贝拉乔：古代北西班牙王，他打败了摩尔人。

② 卡瓦的卖国爸爸：即胡里安伯爵。他女儿卡瓦是著名的美人。由于卡瓦受罗德列克王侮辱，胡里安为了报仇，竟招了摩尔人来侵犯西班牙。

③ 哥特人：当时统治西班牙的一种民族。此处泛指西班牙人。

④ 新月：伊斯兰教标记。十字：基督教标记。

⑤ 女神：即中世纪基督教骑士所奉的女神。不拿长枪和羽毛（胜利的象征）而出入硝烟和炮火之中是表示近代的战争不同于古代了。

也没有在半空摇动她猩红的羽毛，
如今她在弹丸的硝烟里飞翔，
她喊得多么响亮，随着大炮的吼叫，
在每一阵轰鸣中，她喊道“醒来，起来！”
她的战歌声曾传到安达罗西亚的海滨，[①]
难道没有当年嘹亮，她现在的喉音？

38

啊！你没有听到可怕的马蹄声？
那不是有人在荒野上斗争？
你没有看到血淋淋的刺刀刺进胸膛？
你难道不想救救你的那些兄弟，
眼看他们死在暴君及其奴才手里？
死亡的火焰在高空燃烧、飞驰——
每一阵轰鸣声中有几千个人惨死；
死神来了，他乘着硫黄味的热风，
战神在顿脚，许多国家都被震动。

（39—52 略）

53

必须死吗，这些傲岸、勇敢的年轻人，
由于那野心的头子要扩大他不义的统治？[②]
在投降与坟墓之间没有第三条路可寻？
难道西班牙必须灭亡，当强盗得势？
难道受人崇拜的神不受理人们的控诉，
要这些人走上死路，决定了他们的命运？
难道视死如归的骁勇一无用处？
难道一切无效：英明的计谋、爱国的热忱，
老将的经验、青年的烈火，男儿钢铁般的心窝？

54

是否因此激动了那西班牙的女郎，
她把放松弦线的琴挂在柳树上，
而和短剑结了好，不再像女性，
勇敢地走向战场，把战歌来高唱？

① 战歌声：仍指中世纪西班牙和摩尔人的战争。安达罗西亚为西班牙南部的大区域，包括塞维拉、格拉那达、科尔多巴等地方。

② 野心的头子：指拿破仑。

从前一道细细的创痕会令她惊心，
枭鸟的一声啼叫也会使她抖战；
现在她泰然看着肉搏混战的刺刀相拼，
看着闪闪的刀枪，在还未冷却的尸体中间
不慌不忙地行走，虽然战神也会趑趄不前。

55

听了她的故事，你一定会惊慌，
啊，要是你看到她平时的态度，
你听她婉转的喉音出自闺房，
你看她在面纱后闪光的黑眼珠，
画家为之兴叹的长长的秀发，
窈窕的姿态超过了女性的雅娴，
那你是想不到，萨拉哥撒之塔
能看到她不畏残暴的笑容，她用炮弹
轰散密集的队伍，率先向着败军追赶。

56

爱人战死后，她没有流无用的眼泪，
首领牺牲了，她站上他危险的岗位，
伙伴逃奔啦，她阻止这卑贱的行动，
敌人退了，她率领人马去追踪，
谁能给死去的爱人更大的安慰？
谁能像她似的为殉难的首领复仇？
男儿伤心失望时一个女郎却把残局挽回！
谁能如此勇猛地追击那奔逃的法寇，
他们在被炮火轰塌的城下，败于女流之手？

（57—84 略）

85

美丽的加的斯，我向你道声长长的再见！
谁也不会忘记你的坚强和傲岸！
当全国都动摇时，只有你坚贞不屈，
你是争自由的先锋，最后一个沦陷。
你的街上发生过突兀的事变，
可怕地溅满了你本国的血液，
但那不过是死了一个卖国贼。①

① 一个卖国贼：指加的斯的市长苏兰诺侯爵。

这里除了贵族,人人都称得上高贵,
只有堕落的贵胄甘心做敌人的奴才!

86

西班牙的人民呵!命运多么不幸!
从未获得自由的人为着自由斗争;
他们,失去国王的懦弱政府治下的子民,[①]
卿相都逃亡了,庶民却忠诚到底,
为那些十足的卖国首领争气。
虽然这祖国仅仅给予他们生命,
为了荣誉却非把自由争取不行;
抵抗到底,即使不幸失败了,
作战,作战,“哪怕肉搏,用刺刀!”[②]

87

你们想知道他们更多的底细,
只消看描写最凶残的斗争的典籍;
只要能够杀死外寇,报仇泄恨,
各式各样的毒辣手段都已实行:
从公开的争斗到暗害的凶器,
不论是什么方式,只要时机相宜,
为的是保护姊妹和娇妻,
为的是断送万恶的压迫者的狗命,
为的是把这样的敌人剥皮抽筋!

(88—90 略)

91—93

在离开战火纷飞的西班牙时,诗人哀悼病死于葡萄牙军中的老友。

第 二 章

1—15

哈洛尔德航行到了土耳其统治下的希腊。这是个古代具有光辉成就的文明国家,但经过劫掠后的土地上,豪杰和圣贤在哪里?英雄的宝剑和哲人的长袍皆不可见,唯有残破的楼堡朦胧地显出昔日的威严,最尊贵的宫殿只留下昔日豪华的残余,如今有哪一位圣贤和哲人能使这荒芜的场所变得面目一新?而当代的希腊人生在地上,眼睛却望着天国——可怜虫!知道活着,还不

① 失去国王的:拿破仑赶走了西班牙王菲迪南七世,叫自己的兄弟约瑟夫坐上西班牙的王位。
② “哪怕肉搏,用刺刀!”是萨拉哥撒被围时,巴拉福克斯回答法国将领的豪语。

满足？

多难的希腊，遭到哥特人、土耳其人，特别是英国人的洗劫。诗人愤怒地谴责抢劫一个多难国家的最后一批强盗是自由的不列颠、海上女皇的儿郎。这些家伙的血液像岩石一般冰冷，心灵跟岩石一样麻木、僵硬，竟以禽兽的行为残酷地拆下古代的遗迹，这些东西连善妒的时光和暴虐的君王都不敢损毁。诗人哀叹希腊人麻木不仁，看着英国人搬走神坛、破坏胜景，他们本该保护这些古迹，那是责无旁贷的。

16—37

哈洛尔德，这位忧郁的漂泊者、冷漠的旅人，遍游希腊后继续航行，面对夜晚广阔的海洋和流水般的月光向着海波倾泻。他形单影只，怀念着亲切的故人，叹息逝去的韶光，思考着男子得不到女子的欢心的原因。他认为男子万万不可显得卑微，否则她会看轻你和你的殷勤，假如你有忽冷忽热的功夫，她就会对你倾心。他赞颂大自然永远是最仁慈的母亲，虽然她柔和的面貌总是变化不定；她不弃的儿子，要陶醉在她那赤裸的怀里。

38—72

哈洛尔德来到阿尔巴尼亚，想起了她那历史上抗击土耳其侵略的民族英雄斯坎德贝，敌人望风披靡。哈洛尔德参观了留卡地断岩，经过了不少旧日的战场，但他无动于衷，因为他并不向往厮杀。

越过这山国一重重苍郁的屏障，来到群山的中央，哈洛尔德看到许许多多崇山峻岭，经过许多名不见经传的胜景。跨进清净的小村齐察，只见这儿山、水、木、石都不缺少，而蔚蓝的苍穹使这风景分外美妙。山下远远地传来潺潺的水声，告诉人们有巨大的瀑布在岩间飞奔，虽然震惊着，然而又欢娱着人的灵魂。在那树木茂密的山顶上，修道院的白墙在树丛中闪光，修行的教士雅意殷勤，游客无不留恋这地方。苍老的树木下面绿草如茵，清风柔和，空气清新，旅人及时享受这良辰美景。

旅人来到宫廷见到了君主阿里·帕夏。在城堡的广场上，战马在准备出征，军需物资堆积成行。剽悍的阿尔巴尼亚人雄赳赳地奔赴战场，他们的意志比他们的碉堡还要坚牢，对敌人多么决绝，对朋友多么仁义，为了恩义或荣誉，可以把头颅抛掉，在首领的指挥下，冲锋陷阵，毫不迟疑。

哈洛尔德乘坐的船在苏里海岸触礁，最后他们决定登陆，受到山区苏里人的热心招待。苏里人难得的古道热肠，让劳苦者得到休息，落难的受到安慰，使好人感动，使坏蛋看了惭愧。苏里人又带领他们越过山冈，穿过森林，在孤独的幽垂基村观看了小伙子和兵士跳舞和唱歌。后来，哈洛尔德又返回希腊。

73—93

美的希腊！光荣的残迹，使人心伤！
逝去了，但是不朽；伟大，虽已消亡！
有谁来领导你一盘散沙似的后裔，
起来挣脱那久已习惯了的束缚呢？
在早先，你的儿子却并不如此，

他们是视死如归的勇敢的军人，
死守德摩比利隘道，哪怕堆满死尸。①
啊！有谁能恢复那英勇的精神，
在幼洛他斯河畔崛起，把你从坟墓里唤醒！②

74

当年在伐埃尔崖上，自由之神呀！③
你曾经陪伴塞拉息布洛和他的部下，
在那时候，你预料得到的吗，
你雅典明媚的原野会弄得这么凄惨？
现在不是三十个暴君在蹂躏它，
却是无论哪一个都能把它作践；
但你的子孙还不奋起，只是空口咒骂，
他们在土耳其的皮鞭下呻吟得可怜，
只好做一辈子的奴隶；言行都一样卑贱。

76

世世代代做奴隶的人们！你们知否，
谁要获得解放，就必须自己动手，
必须举起自己的右手，才能战胜？
高卢人或莫斯科人岂会对你们公正？
不！他们固然会打败你们的暴君，
但你们仍然不会获得那神圣的自由。
希洛人的魂呀！战胜你们的仇人！④
希腊啊！你的主子变换，而你的山河依旧；
逝去的是光荣的日子，而不是耻辱的年头。

但自由永远不会光临这不幸的国土，世世代代做奴隶，年复一年地受折磨。他们还要作乐，一年一度的斋期是神圣的规定。在斋期以前，不论男女老少，先得痛快几天，人人都要尝一尝狂欢的滋味，穿红着绿地在假面舞会上起舞翩翩。然而在这快乐的化装跳舞群中，难道没有人心底怀着被奴役的隐痛？希腊的好子孙应有这种感觉，如果希腊还有一个真正的爱国好汉；决不像这些说得勇敢，实际是脓包的安分守己的奴才，只会长吁短叹，而又能谄媚暴君，满脸堆笑，手里不拿弓箭，而拿奴隶的镰刀。诗人感叹道：啊，希腊！蒙你的恩惠最深的人却爱得你最浅；那生育之恩，那光荣的祖先……但祖宗却在地下气愤！

---

① 德摩比利隘道：北希腊和中希腊的交通要道。它是高山和海岸之间的险峻的羊肠小径。希波战争中（公元前481年），当波斯军从北希腊南下时，300名斯巴达人死守这个关口，全体壮烈牺牲。

② 幼洛他斯河：斯巴达的主要河流。这里表示希望再出现和斯巴达军人一样英勇的人物来拯救希腊。

③ 伐埃尔崖：公元前403年，雅典的逃亡者在塞拉息布洛领导下进军雅典，推翻了三十寡头暴政。伐埃尔崖在雅典附近，塞拉息布洛率领的军队在进入雅典推翻三十寡头之前先占领这个地方。

④ 希洛人：斯巴达的奴隶，受斯巴达人（斯巴达的统治阶级）的残酷压迫；他们时常起义。

诗人感叹希腊庙宇坍塌,墓碑消失,古迹变成废墟,人们沦为奴隶,但太阳和大地还一样,什么都没有变,只是多了异族的君王。

94—98

诗人启程回国,怀念家乡去世的朋友、母亲,忧伤接着忧伤,使得生命再也没有小小的欢欣,欢笑时也会眼泪盈盈,或者紧紧闭住那想要冷笑的嘴唇。

第 三 章

1—16

诗人离开祖国,怀着对女儿的思恋,又到了海上,还须流浪,像一根草要在海洋漂泊,不管风暴多么凶,浪头多么高。他过去才说开头的故事,现在来重提,要把它说到底。现在,诗人和哈洛尔德变成了浑然一体。

哈洛尔德满是创伤,纵不致命,也难复原,再也不会像从前似的多愁善感。他以冷漠自卫,又去与别人周旋,可是不久他就醒悟,不合与人为伍,真是志趣各异,格格不入。他孤独而且骄傲,宁离人间去独自生存,不让所反对的人来控制他的思路。波涛起伏的大海是他的家乡,崇山峻岭是他的知友;哪里有蔚蓝的天和明媚的风光,他就有力量而且愿意去浪游;沙漠、森林、洞窟和海上的白浪,都是他的相好,都使他留恋;它们所说的是一种共通的语言,清晰超过他本国的典籍——他常抛在一边,而去细读阳光在湖面上的大自然的诗篇。他常常观望星辰,幻想那上面住着和星辰一样光辉的人;于是他把尘世、尘世上的吵闹和人类的弱点一股脑儿忘掉。但是在人类的住处,他变得不安、疲乏、无聊而且粗鲁,萎靡得像一只剪了羽翼的大鹏,因为它只习惯无涯的苍穹。他又开始流浪,既无希望,又少感伤。

17—45

哈洛尔德来到比利时,凭吊了滑铁卢战场。他停留在白骨堆积之处,法兰西的坟墓,要命的滑铁卢;一个钟头里把拿破仑赫赫的威名变成烟云般飘渺虚无,野心勃勃的一生雄图全部落空,让世界挣脱的锁链套在自己的颈上。天网恢恢,高卢也许就此变一匹马,受缰绳的束缚;但世界能更自由了吗?复活起来的奴隶制度,又将成为开明时代的偶像。难道我们,打倒了狮子又向豺狼朝礼?奴才相地朝皇座屈膝,低声下气?不,应先把效果估计,再来颂赞这种胜利。

拿破仑——一个最伟大而不是最坏的人在此沉沦。你是世界的征服者和俘虏,世界还因你而颤抖;你有时趾高气扬,有时处于逆境,在困境中比得意时聪明;你能倾覆、统治和重建一个帝国,但却无自知之明,填不满好战的欲壑,不知盈虚的道理;如果说,你像悬岩上的一座高塔,人们建造你,使你独个儿矗立和倒下,但靠了人民的意志你才能坐上皇座,他们对你的崇拜成为你最好的武器,那么就不应冷酷地嘲笑。谁要是征服了人类,就必然会藐视底下的愤懑,他头上有荣誉的太阳发着光辉,俯伏在他脚下的是大地和海洋,但他的身旁却是冰冻的岩石。

46—61

哈洛尔德来到秀丽的莱茵河岸,这里显得如此之丰满!奇美的溪流、幽谷、山峦、田野、果实、葡萄藤、岩石、树丛、一座座无主的城堡黯然地相迎,周围有古旧的城墙和掩藏它们的绿荫。多少战争摧残了河的两岸,流水被染红了,但战争和战胜者的荣誉已如云烟。哈洛尔德想起了远方的姐姐,写信向她描述心头的浪涛:莱茵河的流水广阔而滔滔,两岸遍生着紫色葡萄,山上的树木枝头花朵盛放,田野间闪耀着丰收的希望,许多城市隐露在原野四方,白色的墙远远地闪光,抬头可以看见绿荫里露出的古老楼堡,险峻的岩石似在垂头而眺,还望着葡萄成荫的幽谷,莱茵河两岸还缺少什么?没有你在身旁,我多寂寞。奔放的雄姿,滔滔的流水,丰满的果实,悬岩的幽影,哥特式的城垣,茂密的丛林,美丽的莱茵河,再见,永远使旅人留恋!

62—76

离开比利时,来到瑞士,看到了大自然的宫殿——神奇的阿尔卑斯山。那巨大的峭壁把白雪皑皑的峰顶托上九霄云外,那里冰山凝成而又突然裂崩,像冰雪的巨雷!这许多高峰,集雄伟惊险的景色之大成,让我们知道大地能戳穿苍穹,而把无能为力的人类留在底层。

勒芒湖(即日内瓦湖)露着晶莹的脸庞向人们献媚,她像一面明镜,星星和山脉,看着它们自己静止不动的影,它们远远的姿容和颜色映得清楚。面对着大自然的良辰美景,诗人好像忘掉了自己,而和身外的大自然连在一起,高山使他感到快乐,喧嚣的城市使他厌腻。大自然的一切都不会令人厌恶,只怨难以摆脱讨厌的肉体。

77—84

诗人来到日内瓦,想起了狂放的卢梭,作茧自缚的哲人,感叹他的一生没有过一天安宁的日子。他是为世人的痛苦而说教,他的爱是热烈的,他所倾倒的并非世上的美人,却是理想的美;他的一生是跟他自己造的敌人以及受他排斥的朋友不休的斗争,因为他对人类抱有盲目的仇恨。他和伏尔泰、狄德罗唤醒在锁链束缚中的法兰西,把整个世界投进熊熊的火焰,直到所有的王国化为灰烬。他们把旧观念,开天辟地以来的成规,尽皆摧毁:他们撕破障眼的布帘,而将幕后的真相暴露在万众眼前。然而他们却不论善恶一概否定,只留下废墟,又在旧基础上,用这些瓦砾断砖来重新建造庙堂,恢复了跟先前无异的地牢和宫廷,总而言之,野心这痼疾实在难以断根。

85—98

澄澈的、镜面似的日内瓦湖!与茫茫人世迥然相异,它似乎在默默地告诫着诗人,应弃尘世的烦恼之水而求纯洁的泉。是静悄悄的夕暮,使湖的边缘和群山间的一切显得朦胧而柔软,景色虽在暮霭中溶化而仍然可辨;山上似有断断续续的耳语低诉,但那是幻想,因为星光洒落的露珠,正悄悄地把它们的爱之泪灌溉草木;露珠不停地啜泣,直到它们灌输进了大自然的胸怀那花的精魂。

天色骤变,变化得多剧烈!夜、雷雨和黑暗是惊人地雄壮,它们的力量可爱,好比一个妇人的黑眼珠的光芒!活的雷电跳纵着,从这峰到那峰,并非出自一处云间,却是每一座山都张大喉咙在叫嚷,电光照射下的湖像一片磷火的海洋,黄豆般的雨点跳舞似的落到地上!一会儿,天空又像漆一般的黑暗,一会儿,群山欢欣鼓舞地呐喊、震撼,它们好像在庆祝一次新地震一般。

又破晓了,沾满朝露的清晨来临,微风吹来芳香,景色如童颜之欣欣,清晨含着戏谑的讥讽驱走了阴云,生气勃勃,犹如世间没有墓和坟。接着是光天化日,人们可以重新走上生之旅程。

99—112

日内瓦湖附近的小村克赖伦斯,山峰巍峨,森林寂静,绿荫浓浓,泉水喷涌,卢梭在这里写出了《新爱洛绮思》,因为他明白:爱情必须把这妩媚的风光与心灵所产生的纯洁的人物连在一起。

小城洛桑、费纳,因伏尔泰、吉朋两位名人居住过也有了赫赫大名。伏尔泰接触人类社会的各方面,精深博大,成为学术上的普罗米修斯。他特有的才能最表现于讽刺,那简直像一阵狂风,随心所欲地飘刮,拔起了一切事物的根,有时教蠢材们出丑,有时把皇座也震动……

113—118

诗人傲世独立,他没有爱过这人世,人世也不爱他。他从没有赞美过臭恶气息,也未曾向偶像崇拜的教条下跪,因此世人无法把他当作同类。他对人生的一切冷透了心,只有深深地思恋着他的女儿,轻轻地送去温柔的吻。

第 四 章

1—24

诗人心中呼唤着意大利,他现在终于站在威尼斯的叹息桥上,讴歌威尼斯光荣的过去。许多建筑物忽地从河里升起,威尼斯威严地坐镇在一百个岛上。她像海上的大神母,刚出洋面,仪态万方,像统治着海洋的女皇。从各国夺回战利品,做她女儿们的嫁妆,取之不尽的东方,把红宝绿玉像雨水般送到她膝上。她的宴会有各国君王作宾,他们觉得抬高了自己,受宠若惊。夏洛克、奥瑟罗这些形象江水冲不倒,也破坏不了,是不朽的基石:如今奥地利皇帝的铁链捆绑住这座独立自主的城邦,空洞的厅室,冷落的街道,外国佬的凶相,凡此种种把一片阴云盖在可爱的城上。威尼斯呵,你应该记住光荣的史迹,你对神圣诗人塔索的爱,也足以切断暴君的锁链。

25—77

诗人离开威尼斯,在意大利继续航行,发出了无穷的赞叹:美丽的意大利,你是世界的花园,是艺术和大自然所能产生的一切集其大成之地;纵使你成了废墟,有什么可与你相比?你的莠草和蒺藜也多是美丽的,你的荒地比其他地方的沃野还要富庶;你的残迹是光荣,你的废墟披着一层纯洁的妩媚,永远不能擦去。诗人在班塔观看夕照,灿烂的晚霞像一片大海似的汹涌,色彩变化无穷,白日将永远地成为过去,一弯柔和而洁白的眉月,浮现在蔚蓝的太空之上。

来到亚桂村的石棺旁,向伟大诗人彼得拉克凭吊、瞻仰,那些熟悉他幽婉的哀歌的人们无不为他的天才所倾倒。来到斐拉拉,就想到诗人塔索,亚封索公爵把他禁锢得变成疯子一样,但他不朽的光荣驱散了乌云,他的名姓与日月之光相争。啊,意大利!美丽的地方,天赋的美质是你的致命伤,成了你现在和过去的灾难的根,耻辱的悲哀的皱纹刻在你可爱的额上,你的史册是用火焰似的字句写成。但愿意大利回朴返真,不必这么妩媚,要不就更加强盛,能够挽回你的权利,吓退那些盗匪(他们使你流血,喝你洒下的伤心之泪),那么你就很威武,可以安宁和无忧,否则总逃不过做朋友或敌人的奴隶的命运。

来到佛罗伦萨，这里曾经诞生了现代商业的繁荣茂盛，文艺复兴迎接新的生命。伟大诗人但丁，将永远受世人崇拜和崇敬；“僧侣之敌”薄伽丘创造的语言的音乐，他写的故事像歌唱那样悦耳可听……

78—127

来到目的地罗马。啊，罗马。我的国土，灵魂的城！死了帝国们的孤苦的母亲，心灵的孤儿们必然向往你，而且要接纳住他们心中小小的苦闷。我们的不幸和苦痛算得什么呢？你们来看这儿的杉柏，听枭鸟的悲啼，在坍塌的宫廷和庙堂的步阶上走着走着，你们呵，你们的痛苦是短暂的！我们脚下是一个世界，它和我们的躯壳同样孱弱。哥特人、基督徒、时间、洪水、火焰和战争，使这七座山环抱的城豪气消磨殆尽。如今罗马的荣誉像晨星似的一一消隐，多少庙堂宫殿坍塌，遗址不可寻，只能在断砖瓦砾上探索前行，说什么“这儿就是，或者曾是……”你曾是崇高而光荣的城市，曾获得三百次胜利，有过“不朽之城”的美名。在罗马历史上，出现过无数的帝王、英雄和伟人，可是一代比一代更加衰颓，还拿自己被蹂躏过的本性来夸耀，死了又把世袭的暴戾留给下一代。莫非暴君都非暴君来征服不可，而自由之神却连一个卫士或儿女也没有。从人类的所有故事可找出一个道理，兴亡盛衰，无非是旧事的轮回和循环：先是自由，接着是光荣，光荣消灭，就出现财富、邪恶、腐败，终于野蛮。只有到了中世纪的意大利，出现了领导人民奋起反抗贵族的最后一个保民官恩济。他是几世纪黑暗而可耻的统治后的救星、意大利的希望所寄，最后一个真正的罗马人、公众的捍卫者、人民的长官！他的出现，好像自由之树的枯萎枝头生出一片绿叶，可惜执政太短。

诗人从纽玛、艾及丽亚的人神爱情想到生命，认为爱情、名誉、野心、贪欲无不虚幻和邪恶，无不可恨到极点。只有思维是唯一避难地，而这处所，至少是属于他的，如果放弃思维的权利，就是可耻地抛掉理智。

128—166

来到巨大的圆剧场。这里曾经挤满了兴奋而嘈杂的观众，发着慈悲的低语或是欢呼之声雷动，看着一个人被另一个人所屠杀。为什么要屠杀？那是因为血腥的剧场的“良好”规章如此，也为了给皇帝消闲解闷。观众们眼看角斗士倒卧在血泊里死去了，绝灭人性的喊声还在向那战胜的家伙叫好，欢声雷动。

在罗马颓败的古代建筑中，万神庙虽遭掠夺却还完好。它朴素、笔直、严肃、雄壮、华丽，是宗教和艺术的祭坛，罗马的骄傲！举目皆是天才们的塑像，可供景慕天才的人们瞻望圣容。还有梵蒂冈的圣彼得大教堂，庄严、光荣、雄壮和坚实，宏大惊人。这座建筑博大中包含着音乐般的和谐，富丽的大理石雕饰和更富丽的画幅神龛里燃着黄金的灯盏，那昂然的圆屋顶，与地上的各大建筑争雄。

167—186

诗人对英国夏绿蒂公主死于产褥深表哀悼。

最后，离开意大利，航行在深不可测的靛青色的地中海上，联想到两岸帝国的兴亡，亚述、希腊、罗马、迦太基而今安在？只有大海容颜不改，永远不变，时间不能在大海苍翠的颜面上刻下皱纹，和开天辟地时一样，还是汹涌奔腾。

巴黎圣母院

作者维克多·雨果(1802—1885)是19世纪法国的重要作家。从20年代到80年代,在长达60年的创作生涯中,写下了大量的诗歌、戏剧、小说和文学评论,对法国乃至整个欧洲文学的发展产生了深远影响。

雨果一生中创作了十几部诗集,其中重要的有:反映20年代希腊民族解放斗争的《东方集》(1829),猛烈抨击拿破仑三世的政治讽刺诗集《惩罚集》(1853),谴责侵略、激励人民抗敌斗志的《凶年集》(1872),以及在法国文学史上占有重要地位的史诗性作品《历代传说》三集(1859、1877、1883)等。雨果的诗歌艺术技巧很高,主要特点是感情奔放,形象丰富,诗歌语言丰富多彩,诗歌形式多种多样。雨果还把对照手法运用于诗歌创作,以造成强烈印象,增强艺术效果。

雨果是法国浪漫派戏剧的创建者。他一生写有十多部剧本。1827年完成的诗剧《克伦威尔》,打破了古典主义戏剧的因袭陈规,头一次运用对照原则来表现剧中人物。《欧那尼》(1830)是一部运用新颖的浪漫主义手法写成的悲剧。它的公演宣告了古典主义在法国舞台上统治地位的结束。其他比较著名的浪漫剧还有《玛丽蓉·德·洛尔墨》(1831)、《玛丽·都铎》(1833)等。

雨果在小说创作方面成就很高。重要作品有:长篇历史小说《巴黎圣母院》;描写穷苦人的悲惨遭遇并抗议资本主义黑暗统治的《悲惨世界》;颂赞海岛渔民勤劳勇敢的《海上劳工》(1866);描写英国劳动人民的苦难,揭露贵族的残暴与腐化的《笑面人》(1869);反映法国大革命的《九三年》(1874)。雨果小说艺术的突出特点是浪漫主义色彩浓厚,情节安排离奇、紧张、充满戏剧性,人物性格不同寻常,表现了作家的奇特想象和感情的自由奔放。对照原则是雨果小说中惯用的艺术手段,不论是整体描写还是人物形象塑造,对照手法产生了强烈的艺术效果。在语言风格上,以辞采绚丽、鲜明生动、高昂热烈、富于激情著称。

人道主义是雨果文学创作的指导思想。他真诚地同情贫苦人民,颂赞他们的可贵品格;他鞭挞封建统治的罪恶,揭露资本主义社会的冷酷、伪善。但是,他往往企图通过道德感化来消灭社会罪恶,在社会斗争面前,表现得软弱无力,在如何解决社会矛盾等问题上,也只能提出带有空想性质的改良主义主张。

《巴黎圣母院》(1831)是雨果早期创作中最重要的作品,也是欧洲19世纪浪漫主义小说的典范作品。故事发生在15世纪路易十一统治下的巴黎。小说中的重要人物有:波希米亚少女拉·爱斯梅拉达,巴黎圣母院的副主教克洛德·孚罗洛,敲钟人伽西莫多,王室近卫弓箭队长弗比斯·德·沙多倍尔,青年诗人、悲剧作者比埃尔·甘果瓦。其他人物还有爱斯梅拉达的母亲、隐修女居第尔,法庭预审官孚罗德·巴尔倍,法洛代尔老妇人,国王路易十一,以及"圣迹区"大王克洛潘·图意弗和巴黎下层社会的乞丐、流浪汉等。小说共分11卷,现参照中文译本(陈敬容译,人民文学出版社1982年版)分卷介绍或节选如下。

第　一　卷

1482年1月6日,整个巴黎城都沉浸在庆祝主显节和愚人节的欢乐气氛中。那天,格雷沃广场上要燃起篝火。男女市民一大早就像海潮一样从四面八方涌来。他们要去看篝火,要去观赏五月树,要到司法宫大厅观看圣迹剧的演出和愚人王的选举。

司法宫广场上万头攒动。喊声、笑声、千万人杂沓的脚步声，汇成一片巨大的喧哗和声响。人们在等待着圣迹剧的演出，等待着评选出新的愚人之王。在一阵夹杂着奇怪的叫喊声和欢呼声的声响中，那个全身都是一副怪相，脑袋上长满了红头发、独眼、又聋又跛又驼背的伽西莫多，被选为愚人之王。于是，一个盛大的游行取乐活动开始了。伽西莫多穿戴上硬纸板做的王冠和假道袍，坐在一乘有彩绘花纹的轿子上，由12个愚人之友会的会员抬着开始游行。这是一支浩大的队伍，走在最前面的是巴黎的流浪人。人们举起了火把，乐队吹奏着奇奇怪怪的音调。他们走街串巷，一路喧闹着，到格雷沃广场去了。

第二卷

在塞纳河岸边的格雷沃广场上，有着优美的身材、头发略带褐色的波希米亚姑娘拉·爱斯梅拉达，正在一条旧波斯地毯上舞蹈着、旋转着。她那乌黑的大眼睛，那婀娜的舞姿，使周围所有的人都目不转睛，大张着嘴。姑娘还带着一只会表演的小山羊加里。加里的出色表演赢得了观众鼓掌喝彩。在围观的人群中，有圣迹剧作者甘果瓦。在那火光照耀下的成千张脸孔中，有一张脸孔比其余的更专注地凝视那跳舞的姑娘。这是一张严肃、阴沉的脸孔，他看上去不过三十几岁，却已经秃顶了，额头也开始打皱。他的眼睛里闪烁着一种狂热而深沉的激情，间或从他的唇边露出一丝苦涩的微笑和一声叹息，时而又发出阴冷的诅咒声：这里头有妖法，这是亵渎神明的！正当爱斯梅拉达用小鼓向观众收钱时，从广场一角的罗兰塔底层小黑屋里突然传出了隐修女居弟尔的尖声叫喊，这声音使姑娘听了不寒而栗。

当天傍晚，拉·爱斯梅拉达带着她心爱的小山羊离开了格雷沃广场，好奇的甘果瓦决心跟踪她。他们走在昏暗的街上。当姑娘走到一个拐角处时，她被突然窜出来的两个男人抓住了。这是克洛德·孚罗洛——巴黎圣母院的副主教，在指使伽西莫多抢劫爱斯梅拉达，伽西莫多把姑娘举起来搭在一只胳膊上，姑娘高声呼救，甘果瓦无能为力。正在危急时刻，国王近卫军的一支分队赶到，近卫军弓箭手队长弗比斯·德·沙多倍尔救下了姑娘。伽西莫多被擒拿，孚罗洛悄然消失在黑暗里。

跌昏过去的甘果瓦恢复知觉之后，他走街串巷迷失了路，竟闯进了“圣迹区”。这是巴黎的流浪汉和乞丐聚居的地方。乞丐国王克洛潘决定把他吊死。照习惯，只要此时有人愿意和他结婚，他就可以免除一死。克洛潘叫道：呵拉！女人们，女人们！你们中间有女人吗？……谁要他？心地善良的爱斯梅拉达搭救了甘果瓦。她把甘果瓦领回家，安排好食宿，而后告诉他说：我同你结婚只是为了搭救你，再没别的意思。爱斯梅拉达是巴黎流浪人的宠儿，她从小流落在波希米亚人中，她那纯洁、善良和活泼的性格博得了众人的喜爱。一个波希米亚女人去世时，在她脖子上挂了一个小荷包，那里面装着一只小绣鞋，并且告诉她，凭着它她就能找到生身母亲。

第三卷至第六卷

巴黎圣母院的副主教克洛德·孚罗洛自幼受教会教育，伴着弥撒书长大。他怀有虔诚的宗教信仰和热忱的求知欲。1466年，在父母被瘟疫夺去生命之后，他曾以兄长的爱抚育襁褓中的弟弟。1467年，作为圣母院的年轻教士，出于怜悯之心，他又收养了一个被波希米亚人遗弃的畸形儿。多年来，他勤奋攻读神学，还致力于研习法学、医学、文法、修辞、天文等各种学问。他学习了拉丁文、希腊文和希伯来文，最后又沉溺在炼金术的研究中。他虽然由于博学多识赢得了普遍的崇敬，但他那一副永远严肃、冷漠的神情却使人生畏。克洛德与人世间的一切欢快与享乐相隔绝，一直过着清苦的禁欲生活。爱斯梅拉达的突然出现，她那轻捷飘逸的舞姿和美丽动人的容貌把克洛德弄得神魂颠倒。潜伏在他身上的欲念被唤醒了。他虽然意识到这种可怕的欲念将把他带向罪恶的深渊，但还是无法克制自己。姑娘的身影不时浮现在他的眼前，他感到只有两条路可供选择：要么占有她，要么将她置于死地以挽救自己的灵魂。

巴黎圣母院的敲钟人伽西莫多正是十五年前由克洛德收养的畸形儿。由于出身不明和相貌奇丑，他从小便与世界隔离。克洛德教他说话、念书、写字；在他受人鄙弃、嫌恶和欺侮时，只有克洛德亲近他、保护他。伽西莫多像一个最卑微的奴仆一样对他的义父怀着深厚的、无边的报恩感情。十四岁时他作了圣母院的敲钟人，钟声又震聋了他的耳朵，但他仍然从齐鸣的钟声中得到了最大的满足和快乐。他对克洛德唯命是从，以至抢劫爱斯梅拉达而遭到逮捕。

事情发生后的第二天，伽西莫多被带到法庭受审，预审官孚罗德·巴尔倍原来是个聋子，他假装不聋胡乱审案，弄得满堂哄笑不止。伽西莫多最后被押到格雷沃广场的刑台上示众，在烈日曝晒下遭受鞭打，还受到围观观众的耍笑和凌辱。人们嘲笑他，诅咒他，向他投石子。这时，克洛德恰好走过，伽西莫多满以为副主教会来解救他，可他却低下眼睛急忙走开了。一个多钟头过去了，伽西莫多打破了一直固执地保持着的缄默，用又嘶哑又愤怒的声音吼叫："给水喝！"回答他的却是一阵哄笑……爱斯梅拉达突然从人群中走过来，她迅速走上了石级。伽西莫多以为她要惩罚他。但是，姑娘却从胸前取出一只葫芦，温柔地举到那可怜人干裂的嘴边。伽西莫多那一直干燥如焚的独眼里，滚出了一大颗眼泪，沿着那长时间被失望弄皱了的难看的脸颊慢慢流下来。围观的人们被这动人的情景感动了，都为此拍手称好；只有罗兰塔里的隐修女恶狠狠地咒骂道："该死的埃及女人！该死！该死！"

第七卷至第八卷

几个星期过去了。三月初的一天，在巴尔维广场上爱斯梅拉达又在敲着手鼓跳舞。广场的一侧是富丽的哥特式宅第，那是弗比斯的未婚妻的家——贡德格里耶府邸。站在阳台上的弗比斯，招手呼叫姑娘。早已对弗比斯一见钟情的爱斯梅拉达应声来到府邸。姑娘有着超凡脱俗的出奇的美，她在让山羊加里表演时又无意中泄露了她对弗比斯的爱情。于是，这个轻薄、空虚、堕落的军官便设法约她幽会。

一直被邪恶的念头折磨得无比痛苦的克洛德，有一天竟在他那阴暗的密室的墙上刻下"命运"两个字。当他无意中得知弗比斯要在法洛代尔家里同爱斯梅拉达幽会时，他便身披黑色斗篷尾随弗比斯而至。他隐藏在一间暗室里，当他看到幽会中的波希米亚姑娘和逢场作戏的军官亲吻时，他妒火中烧。他溜进阁楼，从背后用一把匕首刺中了弗比斯。当惊恐得昏过去的爱斯梅拉达醒过来时，神甫早已越窗潜逃。她被一群巡夜的军警围着，周围的人都说她是女巫，把军官谋杀了。

宗教法庭开庭审判爱斯梅拉达，克洛德也坐在审判席上。检察官们听了法洛代尔老妇人的证词，看了"银币变枯叶"的所谓证据，又审问了第二个被告小山羊加里，而后得出结论：爱斯梅拉达是凶恶的女巫，她凭借魔法驱使黑衣妖僧谋害了弗比斯。姑娘争辩说那是一个神甫干的，法庭竟决定用严刑逼供。

一、银币变枯叶续篇

拉·爱斯梅拉达依旧被枪戟包围着,在大白天也要点灯的黑暗过道的梯级上上来下去地走了一会儿之后,被司法宫大厅的警卫们推进了一个阴惨惨的房间。这是个圆形的房间,占据着高塔的底层,这种高塔如今依旧矗立在现代建筑之上,新巴黎就是用这类建筑把旧巴黎盖没了的。这个墓穴似的地方没有窗户,除了门之外再没有别的进口,门口有一道又矮又重的铁门。亮光倒是不缺,墙上有个壁炉,燃着很旺的火,红红的火光照亮了整个地洞,使放在角落里的一根蜡烛反而显得黯淡无光。用来关闭壁炉的铁耙这时掀在一边,从那黑暗的墙上的火红的炉口,只能看见那像一排又尖又稀的黑牙齿一般的铁条,它使那壁炉看起来好像传说里口吐火焰的蛟龙。借着射出的火光,那女犯人看见房间里放满了可怕的器械,她不明白那是干什么用的。房间正中的地上放着一个皮垫褥,它上头悬着一条带钩的皮条,系在一铜环上,有个刻在穹窿拱顶石上的怪物含着铜环。铁筷、铁钳和大铁犁在火炉里烧得通红。炉火血红色的光在整个房间里单单照着那堆可怕的东西。

这个地狱般的房间就是所谓的拷问室。

该诅咒的施刑人比埃拉·多尔得许懒洋洋地坐在床上,他的两名方脸的矮小助手,穿着皮围裙和麻布短裤,正在拨弄火上的铁器。

那不幸的姑娘努力鼓起勇气,但一走进这个房间她就害怕起来。

警卫们站在一边,宗教法庭的神甫们在另一边。一张桌子摆在屋角里,一个书记官拿着纸、笔同墨水坐在屋角上的桌子前面。雅克·沙尔莫吕走到那埃及姑娘身边,带着非常温和的笑容问道:“我亲爱的孩子,你还坚持不招认吗?”

“对了。”她用极微弱的声音答道。

“既然如此,”沙尔莫吕说,“我们并不愿意用厉害的刑罚拷问你,因为那会使我们难过。坐到那边床上去吧。比埃拉,给这位女士让出地方,把门关好。”

比埃拉抱怨着站起来,“要是把门关上,”他嘀咕道,“那我的火就要灭掉啦。”

“好呀,亲爱的,”沙尔莫吕答道,“那就让它开着吧。”

拉·爱斯梅拉达依旧站在那里,那张使许多不幸的人吃过苦头的皮床令她害怕,她每根骨头都由于恐惧而颤抖起来,她惶恐地、呆呆地站着。沙尔莫吕做了个手势,两个助手便把她拉过去坐在皮床上,他们并没有把她怎样,可是只要他们碰着她,只要那皮床挨着她,她便觉得浑身的血都往心里倒流回去。她用惊恐的眼睛把那房间环视了一遍,仿佛看见那些难看的刑具从四面八方朝她爬过来,爬到她身上,咬她,钳她,刺她,她觉得在她看见过的各种东西里面,那些刑具就像是鸟类和虫类里面的蝙蝠、蜈蚣和蜘蛛。

“医生在哪里?”沙尔莫吕问道。

“在这里。”她刚才还没有看见的一个穿黑袍子的人回答道。她战栗起来。

“小姐,”宗教法庭检察官用爱抚的声音说,“我再问第三遍。你还坚持不招认你被控告的罪行吗?”

这一次她只能用点头来回答,她已经没有声音了。

“你还坚持呀?”沙尔莫吕说,“这使我很失望。但是我必须履行我的职责。”

“王室检察官先生,”比埃拉粗鲁地问道,“我们先用哪一种刑具?”

沙尔莫吕装出诗人苦苦推敲韵律时的怪样子，迟疑了一会儿。

“先用铁靴吧。”他终于回答道。

那不幸的姑娘觉得人和神都把她抛弃了，她的头低垂到胸前，好像一个毫无力气的笨重物件一样。

施刑人和那个医生一齐走近她身边，同时，两个助手便在那堆丑恶的刑具中乱翻起来。

听到那些刑具的可怕的响声，那不幸的孩子战栗得像一只通了电的死青蛙。“啊，”她喃喃地说道，声音低得听不见，“啊，我的弗比斯！”随后便又像大理石似的一动不动，一声不响了。看到这个情景，无论什么人心里都会非常难过，只有法官们的心是例外。她像是一个不幸的有罪的灵魂，在地狱红色的小门里受撒旦拷问。即将被那些钳子、轮子、滑车等等可怕的刑具折磨的，即将被施刑人和钳子抓住的，却是一个如此美丽温柔娇弱的人儿。人类的正义交给那苦刑的可怕的磨盘去磨的，是多么可怜的谷粒呀。

这时，比埃拉·多尔得许的两个助手用他们粗硬的手扯脱了姑娘的鞋袜，露出了那双可爱的腿和小巧的脚。它们曾经多少次用它们的精巧和美丽在巴黎街头使人们迷惑啊。

“可惜！”看见这么美丽的腿脚，施刑人不禁低声说道。这时假若副主教在场，一定会记起他那个苍蝇和蜘蛛的比喻吧。透过眼前一片云雾，那不幸的姑娘看到铁靴挨近了她，自己的双脚很快就给放进那铁器里去了。这时恐怖使她有了力量。“把它拿开吧！”她疯狂地喊道，同时一下子直直地站起来，“行行好吧。”

她想冲下床走到检察官跟前跪下，可是她的双腿夹在包铁的橡木板里，使她一下子软瘫在铁靴上，比翅膀上载着铅块的蜜蜂还要疲弱无力。

沙尔莫吕做了个手势，人们又把她放回床上，两只大手就把拱顶上悬着的皮条绕在她柔弱的腰间。

“我最后一次问你，”沙尔莫吕依旧装出那副慈悲的样子说，“你招认你犯的罪吗？”

“我是无罪的。”

“那么，小姐，你怎样向原告的证人说明你的情况呢？”

“哎，大人，我不知道呀。”

“那么你不招认吗？”

“不！”

“上刑！”沙尔莫吕向比埃拉说。

比埃拉扭动螺丝钉，那双铁靴便越来越紧，不幸的姑娘发出人类语言中从来没有过的一声惨叫。

“停住！”沙尔莫吕向比埃拉说。“你招认啦？”他向埃及姑娘问道。

“全招！”不幸的姑娘喊道，“我招，我招！开恩吧！”

在严刑之下，她再也鼓不起勇气了。一向过着快乐光明甜美生活的不幸的孩子，第一种苦刑就把她制服了。

“出于人道我不得不告诉你，”王室宗教法庭检察官说，“一招认你就只好等死。”

“我情愿死。”她回答道。她倒在皮床上，像死去了似的蜷伏在那里，任凭皮条捆着她的腰身。

“因此，漂亮的孩子，还是忍耐一点吧，”比埃拉把她扶起来说道，“你的神气真像勃艮第先生挂在脖子上的金羊。”

沙尔莫吕高声说道：

“书记官，写吧，埃及姑娘，你招认你同一些魔鬼、女巫、女妖一道参加地狱里的聚餐会、安息日会和一切妖法吗？回答吧！”

“是的。”她说。声音轻得像吹了口气。

“你招认你曾经看见倍尔日比特为了召集安息日会，在云端里变成了只有女巫才看得见的公山羊吗？”

“是的。”

“你招认你崇奉圣殿士团骑士崇拜的可憎的波浮梅的头像吗？”

“是的。”

“你招认你经常同牵连在案子里的那只变成山羊的魔鬼来往吗？”

“是的。”

“最后，你招认并且忏悔你凭着那个通称为妖僧的幽灵的帮助，在三月二十九日晚上，刺杀了一位名叫弗比斯·德·沙多倍尔的队长吗？”

她抬起呆定定的大眼睛望着那个官儿，既不战栗也不慌乱，像机器一般回答道：“是的。”显然她的心完全碎了。

“写下来吧，书记官。”沙尔莫吕说。然后又向施刑人说道：“给犯人松刑，带到堂上去。”

犯人给松刑之后，王室宗教法庭检察官察看着她那双还在疼痛的脚。“得啦，还没有怎样弄坏，刚才你叫喊来着。你还是能够跳舞的呀，美人儿！”

接着他转身向法庭的助手们说：

“到底问出结果来了。这多好呀，先生们！这位小姐可以证明我们是尽量优待了她呢。”

爱斯梅拉达屈打成招以后被法庭判处绞刑，她还要交纳三块金狮洋的招认费，随后就被丢进了阴冷潮湿的地牢里。这里隔绝了阳光、空气和一切希望，只听得见从屋顶石板缝里渗出的水滴落进一个小水潭的声音。夜深了，一个黑衣人忽然出现在姑娘的面前，他告诉爱斯梅拉达明天她就要被绞死，他可以救她出牢房。这个人正是谋害弗比斯、把姑娘推到恐怖的牢狱的神甫。克洛德向她承认了自己的罪行，坦白了他的内心隐秘和心灵的巨大痛苦，他爬到她跟前，祈求爱斯梅拉达接受他的爱。姑娘愤怒地拒绝了他，痛骂他，诅咒他，用超人的力量把他往石级上一推，狂怒地喊道：滚开，怪物！滚开，凶手！让我死吧！

第二天中午，爱斯梅拉达被押到圣母院前举行由克洛德主持的行刑前的祈祷仪式。就在她要返回囚车的时候，忽然发现了站在广场拐角阳台上的弗比斯。也正在这时，伽西莫多沿着一根早已准备好的粗绳从圣母院的前墙滑了下来，他迅速跑到爱斯梅拉达面前，打倒了行刑助手，抱起姑娘，闪进教堂，高喊着“圣地！圣地！”围观的人群欢呼起来，王家检察官和刽子手们惊呆了。按宗教法规，圣母院是不受人间法律约束的避难地，爱斯梅拉达暂时得救了。

第九卷至第十卷

伽西莫多把爱斯梅拉达安置在塔楼的一间小屋里，他像一个恭顺的奴仆一样地保护她，用十分纯朴和真诚的感情感怀她、安慰她。他永远忘不了那刑台上一滴水的恩情。他是那样无私又谦卑地爱她。当他发现姑娘呼唤弗比斯的名字时,便主动提出去把他找来。

深情的伽西莫多格外留意防备一切想要伤害爱斯梅拉达的人。一天半夜,副主教闯进了姑娘避难的小屋,粗暴地想要占有她。姑娘吹起了伽西莫多留下的口哨,克洛德险些被及时赶到的伽西莫多杀掉。

一天,克洛德与甘果瓦在街上相遇,他告诉诗人,法庭已决定三天以后把爱斯梅拉达抓去绞死。他要甘果瓦去鼓动圣迹区的流浪汉攻打圣母院以营救爱斯梅拉达。当天半夜时分,一支浩浩荡荡的队伍悄悄地开往圣母院。广场上突然亮起了火把,只见圣母院前挤满了一大群穿破衣衫的男女,他们手持镰刀、枪、矛、锄、戟,在克洛德的指挥下,勇猛地向教堂的大门冲去。不明真相的伽西莫多以为他们是来加害爱斯梅拉达的,便拼死抵抗。他用梁柱、石头把流浪汉打得血肉横飞,又把滚沸的铅熔液倾泻在人群中间。但进攻者毫不退缩,依然从四面八方向圣母院发起攻击。

这时,住在巴士底狱最高层祈祷室里的国王路易十一,得到报告说平民骚动在攻击与他分庭抗礼的法官。国王暗自庆幸。但接着又有人报告说,是圣迹区的流浪汉在反叛国王攻打圣母院。路易十一暴怒了。他立即下令镇压,并不惜冒犯圣地,要杀尽百姓,绞死女巫。于是,巴尔维广场上展开了一场混战,暴动被镇压下去了。

伽西莫多此刻只有一个念头:去跪在他刚才第二次搭救了的姑娘面前。他走进那个小房间,却发现房间里空无一人。

第十一卷

乞丐们攻打教堂的时候,爱斯梅拉达正在熟睡。当她从梦中惊醒时,被火光和喊声吓住了。这时,有两个人走进了她的小房间,一个是甘果瓦,他身边还有个全身遮得严严的黑衣人。他们将姑娘骗出教堂后乘小船离去。船一靠岸,甘果瓦就带着小山羊悄悄钻进临河的一堆房舍里去了。

那可怜的姑娘发觉自己单独同那个陌生人在一道,就止不住战栗起来,她想说话,想叫喊,想呼唤甘果瓦,可是她的舌头仿佛钉牢在嘴里了,一声也喊不出来。忽然她感到陌生人抓住了她的手,陌生人的手是冰冷的,但非常有力。她牙齿打战,脸色变得同照着她的月光一般惨白。那个人没有说一句话,他抓住她的手大步向格雷沃广场走去,在那当儿,她模糊地意识到命运真是一股无法抗拒的力量。她一点力气也没有了,听凭人家拖着拽着,他向前走,她却被拖着跑步,码头的那一段本来是上坡路,她却觉得好像是在下坡。

她向四面看看,一个行人也没有,码头上十分荒凉,她听不见一点声音,除了火光通红的骚乱的旧城区之外,再也听不见人的声音了。她和旧城区隔一条塞纳河,从那边传来了喊声,叫着她的名字,嚷着要把她处死。巴黎其他地区就像大片阴影铺展在她的四周。

这时陌生人还是那样不出一声,还是那样快地拖着她走。她记不得走过了什么地方,在经过一扇有灯光的窗前时,她使劲想要挣脱而且还突然喊道:"救命呀!"

那窗户里的居民把窗子打开了,穿着衬衫就把灯光举在窗口,迟疑地向码头上望了一眼,还讲了几句她没听清的话,接着又把百叶窗关上。最后的一线希望也熄灭了。

黑衣人还是一言不发,却把她抓得更紧,走得更快了,她无法抗拒,只好有气无力地跟着走。

她偶尔鼓起一点儿力气,用她那因为喘息和道路不平弄得上气不接下气的声音问道:“你是谁?你是谁呀?”他一句也不回答。

他们就这样沿着码头走到了一个相当大的广场。有一点月光,原来这就是格雷沃广场,看得见广场中央竖着一个黑黑的像十字架一般的东西,那就是绞刑架。这些她都认得,她明白自己在什么地方了。

那个人停下脚步转身向着她,并且把头巾揭开了。“啊,”惊呆了的她结结巴巴地说道,“我就知道还是他呀!”

他就是那个神甫,样子倒像是他自己的鬼魂,那是由于月光的缘故。在那种月光下,一切事物看起来都像幽灵似的。

“听着。”他向她说。一听见这种久已没听到的阴惨的声调,她就战栗起来。那个人接着说下去,由于内心激动,他用很短的句子喘息着一句一顿地说:“听着,我们到了这里。我要同你讲,这里是格雷沃,这就到了尽头哪。命运把你我放在一起,我要主宰你的生死,你呢,你要主宰我的灵魂。这儿除了广场和黑夜之外什么也看不见。听我说吧,我要告诉你……首先不要向我提起你的弗比斯(说到这里,他就像无法停住的人那样,拖着她走来走去)。不要提起他,明白吗?假若你提起那个名字,我不知道我会干出什么事来,一定是十分可怕的事。”

讲完了这些话他仿佛又找到了重心,他重新站着不动,但是他那些话并没有使他的激动平息下来,他的声音愈来愈低了。

“不要这样转过头去,听我说,这是一桩严肃的事情。首先要告诉你发生过什么事,这些都没有什么可笑的,我向你保证。我在讲什么呀!让我想想!啊!大理院下了一道命令要把你送上绞刑架,我刚才救你逃脱了他们,可是他们还在那里追捕你呢,看吧!”

他抬手指着旧城区,那里的确还在继续搜寻,喊声更迫近了。在格雷沃广场的正对面,那座陆军中尉的房子的塔楼上是一片喧闹声和火光,看得见对岸有许多兵丁手里拿着火把,在那里奔跑,一面喊着:“那个埃及姑娘!那个埃及姑娘在哪里?处死她!处死她!”

“你看得很清楚他们是在追捕你呢,我并没有说谎。我呢,我爱你。别张嘴,要是你打算说你恨我,还是别说为妙,我已经下决心不再听这种话了。我刚才救了你,先让我把话讲完,我完全可以再救你,我一切都准备好了,就看你愿意不愿意哪。只要你愿意,我就能够再救你。”

他猛然停了下来:“不,不应该这样说。”

于是他开步跑,让她也跟着跑,因为他一直抓住她没有放开。他径直跑到绞刑架下,用手指着绞刑架叫她看,“在它和我当中你可以选择一个。”他冷酷地说道。

她从他手中挣开,跪倒在绞刑架下,抱着那阴惨的柱脚,接着她把美丽的脑袋回过一半,从肩头上望着那个神甫,好像是一个跪在十字架下面的圣处女。神甫依旧站着不动,一手指着绞刑架,如同一座塑像。

姑娘终于向他说道:“它还没有你那样使我害怕。”

于是他慢慢垂下手臂,极端丧气地望着石板地。“要是这些石头能够讲话,”他轻轻嘀咕道,“是呀,它们就会说这里有个多么不幸的男子啊。”

他又讲起话来。那姑娘跪在绞刑架前,把脸孔埋在长长的头发里,任凭他说去。此刻他的声音又悲苦又温柔,同他那傲慢的面孔成了辛酸的对照。

“我呢,我爱你,啊,这是千真万确的。我内心如同烈火焚烧,但外表上什么也看不出。啊,姑娘，无论黑夜白天，无论黑夜白天都是如此，这难道不值得一点怜悯吗？这是一种无论黑夜白天都占据我心头的爱情，我告诉你，这是一种苦刑啊。啊，我太受罪了，我可怜的孩子！这是值得同情的事啊，我担保。你看我在温柔地向你说话呢，我很希望你不再那样害怕我。总而言之，一个男子爱上一个女人并不是他的过错。啊，我的上帝！怎么，你就永远不能原谅我吗？你还在恨我！那么，完结哪！就是这个使我变得凶狠，你看，就是这个使我变得可怕的！你看都不看我一眼！当我站在这里向你说话，并且在我俩走向永恒的边界旁战栗的时候，你或许正在想别的事，不过千万别对我提起那个军官。唉！我要向你下跪了，啊呀，我要吻你脚下的泥土了，不是吻你的脚，那样你是不愿意的。我要哭得像个小孩子，我要从胸中掏出，不是我的话，而是掏出我的肺腑，为了告诉你我爱你。一切全都没用，都没用！可是在你的心里你有的只是慈悲和柔情，你全身发出最美丽最温柔的光芒，你是多么崇高、善良、慈悲、可爱。哎，你单单对我一个人这样冷漠无情。啊，怎样的命运呀！

他把脸埋在手里，那姑娘听见他在哭泣，这是他生平第一次哭泣。他站在那里哭得浑身哆嗦，比跪着恳求更加凄楚，他就这样哭了好一会。

"啊呀！"哭了一阵之后他接着说道，"我找不出话说了，我对你讲的话都是好好考虑过的。这会儿我又颤又抖，我在决定性的关头倒糊涂起来，我觉得有一种至高无上的力量统治着我们，使我说不明白。啊，要是你不怜惜我也不怜惜你自己，我就要倒在地上了。不要使我俩都受到惩罚吧，要是你知道我多么爱你！我的心是怎样一颗心呀！我是怎样逃避真理，怎样使自己感到绝望！我是个学者，却辱没了科学；我是个绅士，却败坏了自己的名声；我是个神甫，却把弥撒书当作淫欲的枕头，向上帝的脸上吐唾沫！这一切都是为了你呀，狐狸精！为了能更快地在你的地狱里沉沦！可是你倒不愿意要我这个罪人哪！啊，让我全部告诉你，还有呢，还有一件更可怕的事情呢，啊，更可怕的呀！……"

讲到最后几句的时候，他完全是一副神经错乱的样子，他有一会没出声，随后又像自言自语一般厉声说道："该隐[①]啊，你是怎样对待你的弟弟的呀？"

沉默了一会，他接着说道："我是怎样对待他的呀，主啊？我曾经教育他，抚养他，我曾经教他成人。我曾经崇拜他，我曾经宠爱他，但是我把他杀死了！是呀，主啊，人家刚才在我面前把他的脑袋在你教堂的石头上摔开了花，这都是因为我，因为这个女人，因为她……"

他的眼光变得凶暴起来，声音渐渐低下去了，像一口钟在发出最后的震颤，他隔一会就重复一遍："是因为她……是因为她……"后来他的舌头再也发不出什么声音了，嘴唇却依然在动，突然他像什么东西坍塌似的跪倒在地上不动了，脑袋埋在两腿中间。

姑娘轻轻地把压在神甫身子底下的脚抽回去的动作使他清醒过来，呆呆地望着自己湿漉漉的手指。"啊！"他低声说道，"我哭了呀！"

他猛地转身对着埃及姑娘，难过得不知道该怎么说才好。

"哎，你看着我哭居然一点也不动心呢！孩子，你知道这些眼泪都是火山的熔液么？那么，人们对自己憎恨的人毫不动心竟是真的了，你看见我死去倒会发笑呢。啊！我却不愿意看见你死去！说一声，只要说一声你宽恕我就行了，不必说你爱我！只要说你愿意就行了，我就可以救你。要不然……啊，时间来不及哪，我凭一切神圣事物的名义这样求你，不要等到我又变得像那

---

① 该隐是亚当和夏娃的长子，他因嫉妒杀死了自己的弟弟亚伯。见《旧约·创世记》。

要你性命的绞刑架一般冷酷无情吧！想想我俩的命运都掌握在我的手中，想想我已经丧失理智了，这是可怕的，想想我是能够摧毁一切的吧，想想我们下面有一个无底的深渊吧，不幸的人啊，我会跟着你一起堕落下去永劫不返呢。好心地说一声吧，只要说一声！”

她张开嘴打算回答他，他爬到她跟前去以便虔诚地听她嘴里讲出的话，他猜想多半是动人的话。但是她说道：“你是个凶手！”

神甫疯狂地把她拽过来抱在怀里，恶狠狠地大笑起来。“咳，对了，我是凶手！”他说，“我一定要把你弄到手。你不愿要我当你的奴隶，你就得让我当你的主人，我一定要占有你。我有一个窝，我一定要把你拽进去，你得跟着我，你一定得跟着我，否则我就会把你交出去！漂亮的孩子，你必须死掉或者属于我，属于一个神甫，一个叛教的人，一个凶手！就从今天晚上开始，你听见了吗？咱们走吧！快活去吧！咱们走！亲我呀，笨蛋！你得选择坟墓或是我的床褥！”

他的眼睛里闪出淫荡粗暴的光，他的色情的嘴唇火热地碰着姑娘的脖子，她在他的怀抱中挣扎，他拿湿漉漉的亲吻盖满了她一脸。

“别咬我，怪物！”她喊道，“啊，讨厌的肮脏的妖僧！放开我！我要扯下你那可恶的白头发，一把一把往你脸上扔去！”

他的脸红一阵，白一阵，随后把她放开了，神色阴郁地望着她。她以为自己是个胜利者了，便接着说道：“我告诉你我是属于我的弗比斯的，我爱的是弗比斯，漂亮的是弗比斯！你这个神甫，你多老！你多丑！滚你的吧！”

他好像受着炮烙之刑的罪人一样，发出一声猛烈的叫喊。“那么死吧！”他咬牙切齿地说。看见了他那凶狠的眼光，她打算逃开去，他又抓住她，摇晃她，把她推倒在地上，然后拽着她漂亮的胳膊，拖着她迈开大步向罗兰塔拐角上走去。

到了这里，他转身问她道：“最后一次回答我：你愿不愿意属于我？”

她使劲回答说：“不！”

于是他高声喊道：“居第尔！居第尔！那个埃及姑娘在这里！快报仇吧！”

姑娘觉得自己的手肘突然被人抓住了。她仔细看看，原来是一只瘦骨嶙峋的胳膊从墙上的窗口伸了出来，像铁腕似的抓牢了她。

“抓紧她！”神甫道，“这是那个逃跑的埃及女人。别放松她，我去把军警找来，你会看见她给绞死的。”

爱斯梅拉达被隐修女紧紧地抓着，她筋疲力竭倒在了墙脚下。居第尔由于自己的小女儿，漂亮的小阿涅丝在十五年前被波希米亚人偷走，她恨透了所有的波希米亚流浪人。如今克洛德把爱斯梅拉达交到她手里，她用满腔愤恨紧紧抓住姑娘。但她很快从那只小绣鞋上认出了这姑娘正是她日夜思念的女儿。她用石板砸断了窗上的铁格子，又用双手把那些生锈的铁条拆掉。她拦腰抱住她的女儿，把她拖进了小屋。母女重逢了，她们互相诉说着……这时一片兵器碰撞声和马蹄声传进了小屋，军警过来了。可怜的母亲尽管拼死掩护女儿，但善良无辜的姑娘还是被残忍地拖出老鼠洞，送上了绞架。绝望的母亲也被人们使劲一推，跌死在绞架前的石板地上。

二、“白衣美人”[①]

伽西莫多看见小屋里空空的，埃及姑娘不在屋里，在他保卫她的时候，有人把她拐走了。这时他用两只手扯着头发，又吃惊又痛苦地跺起脚来，随后他跑遍整个教堂去寻找埃及姑娘，到每个角落里去发出奇怪的叫喊，把手里的红头发撒了一地。正巧这时那些搜捕埃及姑娘的王室弓箭手胜利地走进了圣母院，伽西莫多便帮着他们搜寻起来，那可怜的聋子丝毫没料到他们要把她弄死，他以为那些乞丐才是埃及姑娘的敌人呢。他亲自把特里斯丹·莱尔米特领到每个可以躲人的地方看看，替他打开那些秘密的门，那些祭坛的夹层和后面那些圣器室。假若不幸的姑娘真是躲在那些地方，把她交出去的可能正是他呢。当特里斯丹因为找不到而厌烦起来的时候（他在这种情况下是难得厌烦的），伽西莫多便自个儿寻找。他在整个教堂里找了二十遍，上百遍，从东到西，从南到北，从上到下，一会儿上楼，一会儿下楼，奔跑着，呼唤着，叫喊着，搜寻着，探索着，把脑袋伸到每个洞里去张望，把火把举到每个拱顶下面去照照，一副绝望的疯狂的样子。丢失了母鸡的公鸡也不会比他更惊惶失措，更啼叫得厉害。最后他肯定，万分肯定她不在教堂里面了。一切都完了。她给人抓走了。他慢吞吞地爬上钟塔的楼梯，他把她救进教堂的那天，他带着多么喜悦和胜利的心情走过那些地方，此刻他重新走过那些地方时，低着头，屏息不响，也不流泪。教堂又显得荒凉寂静起来，弓箭手们离开教堂到旧城区各处去追捕埃及姑娘去了，伽西莫多独自留在刚才还是闹闹嚷嚷地被攻打着的教堂里，他朝通到那所小屋的路上走去，姑娘在他的保护之下在那小屋里睡了好几个星期呢。快要到那小屋跟前的时候，他仍然幻想着或许还能在那里找到她。当他走到教堂两旁过道顶上的回廊拐角处，看见那间小屋连同它的小门窗像树上的鸟窝一般缩在一根弓形支柱下面，那可怜的人的心再也支持不住了，便靠着一根柱子免得跌倒。他想象她或许已经回到小屋里去了，一定有一位天使把她带回了那里，那小屋子多么安静，多么稳固，多么可爱，她不会不在那里。他不敢再前进一步，唯恐自己的梦想破灭。“是啊，”他自言自语地说道，“她也许还在睡觉，或者在祷告，别去惊醒她吧。”

最后他鼓起勇气踮着脚尖轻轻走到那小屋跟前，四面看看就跨了进去。空空的！那间小屋依旧是空空的！那可怜的聋子放慢脚步在屋里走了一圈，把垫褥掀起来看看，好像她能够躲在垫褥和地板之间似的。随后他摇摇头发起呆来，忽然他气愤地用脚把火把踏灭，不说一句话也不叹一口气，把脑袋拼命往墙上一碰，就昏倒在地上了。

他清醒过来后，又扑到垫褥上滚来滚去，狂热地亲吻她躺过的还有些温暖的地方。他在那里好一会像要断气似的一动不动，随后又满头大汗，气喘吁吁，昏昏沉沉地站起来，像敲钟一般匀称地用脑袋去碰墙，好像决心要把脑袋碰破，最后他又筋疲力竭地跌倒了一次。他用膝盖一步一移地爬出了那间小屋，好像惊呆了似的蹲在门对面，他就这样毫不动弹地在那里呆了一个多钟头。他那牢牢盯着小屋的眼睛，比一个坐在空空的摇篮和孩子的棺木之间的母亲的眼睛更加凄惨，更加专注。他没有说一句话，过了好一会才哭泣起来，哭得浑身颤抖，但那是没有眼泪的哭泣，就像夏天无声的闪电。

好像就是当他在他极其悲痛的幻想深处探索着到底是什么意外把埃及姑娘抢去了的时候，他忽然想起副主教。他记得只有堂·克洛德才有通到钟塔楼梯的钥匙。他想起了副主教对那姑

---

① 题目原文是但丁诗句，意大利文。

娘的黑夜偷袭。第一次伽西莫多给他帮过忙,第二次阻挡过他。他想起成千的细节详情,觉得抢走埃及姑娘的一定是副主教无疑了。但是他对那个神甫那么尊敬,他对他的感激和忠诚已经在他心里深深地扎了根,甚至就是到了此刻,他也还在挣扎着不让妒嫉和绝望来制服他。

可怜的聋子认为那一定是副主教干的,当他的满腔愤怒和仇恨涉及克洛德·孚罗洛时,他就感到更加痛苦。

当他这样不断想着神甫的时候,曙光已经照上了那些弓形柱子,他看见在圣母院最高的一层楼上,在半圆殿外面的栏杆的拐角处,有个人影在那里走动,是和他朝着同一个方向走的,他认出了那正是副主教。克洛德的脚步缓慢而沉重,他走路时眼睛并没有朝前看,他是向着靠北边那座钟塔走去,但他的脸却转向着另一边,望着塞纳河右岸,脑袋高高挺起,好像是要越过那些屋脊去望一件什么东西似的。猫头鹰往往有这种歪斜的姿势,它飞向一处,眼睛却望着另一处。那个神甫就是这样在伽西莫多上面一层楼走过去了,并没有看见他。

被神甫的突然出现惊呆了的聋子,看见他钻进了靠北边那座钟塔楼梯的门底下,从那座钟塔上是望得见总督府的。伽西莫多站起来跟着副主教走去。

伽西莫多想弄明白神甫到那座钟塔去干什么,于是也爬上了通到那座钟塔的楼梯。尽管如此,那可怜的敲钟人不知道自己会干出什么事,不知道他伽西莫多会说出什么话,也不知道自己打算怎么办,他心里充满了愤怒和惶恐。副主教和埃及姑娘在他的心头冲突不已。

到了钟塔顶上,还没有跨出楼梯的阴影到达平台之前,他小心地看了看神甫在什么地方。神甫正背着他。那里有一条围绕着平台的栏杆伸出在外面。眼睛牢牢盯住市民区那边的神甫,正把胸膛靠在朝向圣母桥那一面的栏杆上。

伽西莫多轻轻地走到他背后去看他那么出神地在望什么。望得出神的神甫竟没有听见那聋子走到了自己身边。

伽西莫多急于要问他埃及姑娘怎么样了,但副主教此刻仿佛灵魂出了窍似的,他显然已进入那种即使地球在他脚下崩裂也毫无感觉的境界了,他的眼睛一直盯在某个地方,不动也不出声。但那种不动和默不作声的神情却如此可怕,使那粗野的敲钟人战战兢兢,不敢上前惊动他,他只能跟着副主教的眼光望去——那也是一种询问方法——于是那不幸的聋子的眼光也落到了格雷沃广场上。

这样他便看见副主教望见的是什么了,梯子已经靠在那常设在那里的绞刑架上,广场上有几个平民和很多士兵,一个男人在石板路上拖着一件白色的东西,它还拖带着另一件黑色的东西。那个男人在绞刑架下停住了。

这时那地方似乎发生了什么事情,伽西莫多没有看清楚,这并不是由于他那一只独眼看不到那么远,而是由于那里有一大堆士兵把他的视线挡住了,使他不能全部看清楚。而且那时太阳已经出来,一时霞光万道,使巴黎所有的尖拱形建筑物如钟楼呀,烟囱呀,山墙呀,一下子变得像着了火一般通红。

那个男人开始往扶梯上爬去。伽西莫多很清楚地看见他了,他肩头上扛着一个女人,那是一个穿白衣服的姑娘,脖子上套着一个麻绳活结。伽西莫多认出了她,那就是她呀。

那个男人就那样爬到了梯子顶上,他把活结整理了一下,那当儿,神甫为了看得更清楚些,就双膝跪到栏杆上去。

那个人忽然用脚把梯子一踢,已经好一会屏住气息的伽西莫多就看见那不幸的孩子在麻绳末端摇晃起来，离地面两呏高，那人把双脚踏在那可怜的孩子的两肩上，麻绳转动了几下，伽西莫多看见埃及姑娘浑身发出一阵可怕的抽搐。至于神甫，他正伸长着脖子，眼睛似乎要爆出来似的，全神贯注地望着那个男人和那个姑娘的可怕的景象，真是一幅蜘蛛捕蝇的图画。

到了那最骇人的刹那，只见一个魔鬼般的笑，一个不复是人类所能有的笑，从神甫铁青的脸上迸出来。伽西莫多听不见笑声，但却看见了那个笑容。敲钟人从副主教身后倒退了几步，突然愤怒地向他扑过去，用两只大手朝克洛德的背上一推，把他从他靠着的地方往下推去。

神甫喊了一声"该死的"就掉下去了。

伽西莫多在埃及姑娘和副主教死去的那天就从教堂失踪了。大约两年之后，人们在隼山的墓窖里发现了两具尸骨，一具畸形的男尸骨紧紧地抱着一具女尸骨。人们想把他同他抱着的那具尸骨分开，他就倒下去化成了灰尘。

近代文学(下)

红 与 黑

作者司汤达(1783—1842)是19世纪法国著名的现实主义作家。他出生于法国东部一个律师家庭,在家乡的中心学校毕业后,到了巴黎。1800年起先后在拿破仑的军中服役,并随军转战欧洲和俄罗斯。1814年拿破仑帝国瓦解后,他侨居意大利的米兰,开始文学创作,并参与了当地的浪漫主义文学运动。1821年,被作为烧炭党人的支持者逐回巴黎。1830年"七月革命"以后,被任命为驻意大利领事,一直到1841年请假回国,第二年因中风死于巴黎。

司汤达的重要作品有论文集《拉辛和莎士比亚》,政治小说《阿尔芒斯》,长篇小说《红与黑》、《吕西安·娄凡》(或《红与白》)、《巴马修道院》等。这些作品深刻地揭露了当时法国社会尖锐的阶级矛盾和复杂的社会关系,表达了对受压迫与受剥削的平民百姓的同情,在艺术上也取得了相当高的成就,对后代作家有广泛深刻的影响。

《红与黑》写于1830年,是司汤达的代表作,也被视为欧洲现实主义文学的奠基作。作品集中塑造了于连·索墨尔这个小资产阶级个人奋斗者的典型形象,通过他短暂的一生,形象地反映了"七月革命"前夕法国尖锐复杂的社会矛盾和政治斗争,揭露了贵族和僧侣阶层的腐朽生活和反动本质。

现参照中译本(罗玉君译,上海译文出版社1979年版)分章介绍或节选如下。

第一—六章

维立叶尔小城是法朗士-孔德省最美丽的城市之一。用红瓦盖成尖尖屋顶的白色房屋,疏疏密密排列在一个山坡的斜面上。它的北面,被一座高山所掩蔽,每当十月,威拉山峰便盖满了白雪。从山间狂奔下来注入杜伯河的急流,给无数间锯木厂贡献着水力。而小城富足的原因,更得力于缪鲁士花布的制造。拿破仑失败后,维立叶尔更加繁荣,房屋改变了面貌,门墙粉饰一新。

德·瑞那先生本是经营制钉厂的工业家,自从1815年他做了维立叶尔的市长起,他就以为做工业家是可羞耻的了。他有一座刚落成的、美丽坚固的白石住宅和极华美的花园。市长的妻子德·瑞那夫人是一个窈窕的少妇,长得丰满合度,端正秀丽,曾是本地的美人儿。她有纯洁朴素的仪态和少女般的娇艳。根据巴黎人的眼光,她这种天然的风致和美貌,流露着无限的活泼和天真,使人想到她生来就是温柔的、甜蜜的。寄养所所长,一个魁伟的青年男子,有钱的哇列诺先生,曾经钟情于她,但没成功。这给她的贞操增加了很大的光辉。

为了减少哇列诺家为他们的四轮轻车买了两匹洛尔曼马的骄傲,市长先生决定请于连来做他的三个男孩的家庭教师。

于连是锯木厂老板老索墨尔的小儿子,十八九岁,生得文弱、清秀,面貌不同寻常。他的文弱和酷爱读书使他成为全家怨恨嫌弃的对象。他还是小孩子的时候,看见拿破仑威武的骑兵从意大利回来的景象，就使他发狂，热望自己将来能入军界。在他童年时代，曾经很快乐地做他幸福的幻梦。他想到有一天，他将看到巴黎的许多美丽的女人，他知道如何运用某些炫耀的事绩来逗起她们的注意。他常想拿破仑还在微贱的境况里，那个光辉灿烂的波牙烈夫人（即拿破仑的原配约瑟芬）便看中了他，为什么自己不如拿破仑呢？许多年来，在于连的生活里，没有一点钟不提到拿破仑的名字。他想到拿破仑初年，仅仅是一个小小的下级军官，又卑微，又穷困，然而后来只靠了他身佩的长剑，便做了世界上的主人。于连这种想象，使他在不幸里得到无限的安慰，在快乐时增加了几倍快乐。后来，拿破仑手下的老军医向他讲述拿破仑大战的故事，更使他热血沸腾。医生死时留给他的几十本书成了他的心爱之物，其中最心爱的一本，便是《圣爱伦笔记》。

到他 14 岁时，他看见礼拜堂的华丽景象和教会势力的强大，了解到 40 岁左右的神父们能拿到十万法郎的薪俸，三倍于拿破仑当时著名大将的收入，连做了多年的裁判官也害怕得罪一个 30 岁的小小的神父，流氓投靠教会也会飞黄腾达。他不提拿破仑的名字了，决心要做神父了。他埋头于念拉丁文，背诵圣经，为了讨得老教士西朗的欢心，他将拉丁文的《新约全书》读得能够背诵，这使老教士十分惊讶，愿意整夜不睡觉，来教他读神学。他还能背诵《教皇传》。他的灵魂深处藏着不可动摇的决心，那就是宁愿冒九死一生的危险，也得发财。

这就是这个 18 岁青年的思想过程。

于连听父亲说要他去市长家当家庭教师，他害怕和奴仆一桌吃饭，不假思索地拒绝了。他想逃走，到贝尚松去当兵，或者越境到瑞士去。可转念一想，这么一来，一切发展进身的事儿全完了，那顶好的做教士的好职业也完结了。

当面容苍白、穿着雪白衬衫的于连，下了勇敢的决心，走进带有铁制栏栅的市长住宅时，德·瑞那夫人第一眼看见这个年轻的乡下人，面色既是这样白嫩，眼睛又是这样温柔动人，便起了一个奇怪的念头，以为他实际上是一个少女。她为于连鲜明俊秀的面色，大而黑的眼睛，漂亮的头发迷住了。于连更惊奇于德·瑞那夫人的美丽，她和他说话时甜蜜的口吻，温柔的声调，使于连忘记了羞怯，沉湎在梦幻里。但他很快从梦幻中醒来，不再想她了。

在向他的三个学生发表了使市长先生吃惊的神气训话后，他叫孩子们任意指定，流利顺畅地背诵了《新约全书》中的几页，这被正来拜访的哇列诺和县长莫洪先生看见了，这样于连不仅得到了孩子们的羡慕和全家的钦佩，他的名声很快传遍了全城，连市长先生本人，也很尊敬他了。

第七—十四章

孩子们敬爱于连，但于连却丝毫不爱他们。他是冷淡的、正直的，但于三个孩童的功课和游玩，他细心忍耐地去看管，他是一个很好的家庭教师。他的到来，改变了这个家庭愁闷的空气，但他的感受则相反，只有对于已经插身进来的上流社会的仇恨和恐惧。有几次在华美盛大的晚餐席上，他用尽力气去掩藏他对周围事物的仇恨，可是他仍忍不住暗自骂贫民寄养所长哇列诺公开贪污，赚钱赚到最悲惨的孤儿弃婴身上去了，是社会的蠹贼，杀人不眨眼的刽子手。

于连羡慕德·瑞那夫人的美丽，但又仇恨她，他觉得德·瑞那夫人是他生命上第一道暗礁，这暗礁可能使他倾覆沉没，因而努力节制不跟她谈话。

温柔娴静的德·瑞那夫人与粗鲁迟钝的丈夫本无爱情可言，在于连没有来到她家以前，她的心思完全集中在她的孩子们身上。她想象世界上的男人全跟她丈夫一样，天生的粗鲁和迟钝，除了对金钱、权势、勋章的贪欲以外，对一切都麻木不仁。她虽然不习惯和他们相处，但又不能不生活在这个利欲熏心的社会当中。

在和于连相处中，于连的俊秀、文雅、细腻与热情使她的生活逐渐起了变化。她觉得在他的又高贵又傲慢的心灵的同情里，有无限甜蜜的乐趣和新奇的迷人心魂的光辉，觉得只有在这个少年教士的心里，才有慷慨、高尚、仁爱。她在不知不觉中日益关心于连的饮食起居，并想法让丈夫多给他薪金，甚至以孩子的名义订购大量书籍，满足于连的阅读渴望。女仆爱利莎追求于连失败。德·瑞那夫人感到有股幸福的流泉泻落在她的心海里，她万分惊骇地问自己：难道我爱着于连吗？

春天，市长全家移居到乡间别墅凡尼，而市长本人则经常回到维立叶尔去处理公务。德·瑞那夫人沉浸在与于连相处的快乐中，越来越注意起装饰，她本来天生丽质，加上精心打扮，更使她仪态万方了。为了购买夏季服装，她回了一趟维立叶尔，回来时把她的表姐，也是最好的朋友德薇夫人也带来了。夏天的晚上，他们三人常到菩提树下去乘凉，有一次于连无意中碰到德·瑞那夫人的手，那只手很快缩回去了。于连心想，他有"责任"使那只手不再缩回去。第二天晚上，于连早早地等着这个机会，同时他又苦苦地折磨自己，他的"责任"的观念与他怯懦的心理激烈搏斗着，使他痛苦和紧张得几乎失去知觉。一直到钟敲十点，他的心狂跳起来，他终于握住了德·瑞那夫人的手，但那只手立刻缩回去了，于连又去抓住它，拼命地紧捏着，她再努力想缩回去也不可能了。这时，于连沉浸在幸福里，这并非他爱她，而是觉得一个可怕的苦难结束了。

这天半夜他们才离开花园，德·瑞那夫人失眠了，她感到从未有过的纯净的恋爱的幸福。于连一回房间，便沉沉睡去。第二天，他几乎把德·瑞那夫人忘了。他锁上房门，读他的《拿破仑出征公布节略》。直到下楼吃午餐时，才自言自语地说：下一步，应该向这个女人说，我爱她了。

几天后，于连回了一趟维立叶尔，他的好友福格要于连和他经营木材生意，于连没有同意，他觉得通过经商积累财富太慢了，而他日夜向往的是拿破仑那样的荣耀和地位。

回到凡尼，他立刻想起了他的征服计划。他对德·瑞那夫人越来越大胆，她也给了于连大大的鼓励。他们的这种关系连德薇夫人也看出来了，她提醒她的表妹：这是一个阴险的人。德·瑞那夫人对于连的窘困呆笨和大胆行为的解释是：这是一个聪明人对恋爱的羞怯！

第十五章

一天黄昏时分，一个荒谬的欲念浮上于连的心头，他立刻就告诉德·瑞那夫人。人们刚在园里坐定，也不等待天再黑一点，他就把嘴凑在德·瑞那夫人的耳边，不顾一切地对她说：夫人，今夜两点，我要到你的寝室里，有事向你说。说完之后，一想到他的要求被拒绝，他战栗起来。他相信在她短短的答话里，已经表现了轻贱他的意思，还有"呸"这个字儿。于连觉得他陷入了几乎绝望的境况，使他仓皇失措，他的心境异常恶劣，感到深深的屈辱，不能入睡。

他绞尽脑汁，设想一个聪明的行动；过了片刻，他认为种种计划全是荒谬可笑的；总而言之，他万分痛苦。尤其是当府中的钟楼传来两点钟的时候。

钟声敲过两下，使他恍然大悟。好似晨鸡一唱，惊醒了司天堂的门神圣彼得一样。他知道最困难的大事的时间到了，这时候他已经忘记了刚才当他提出这个无礼的要求的时候，她是那么狠恶地回答他的。

他一边起身，一边想道："我已经向她说了，夜半两点钟我要到她的卧室里去，假如我失信，人家一定讥笑我原来是一个乡下佬的儿子。又粗鄙,又没有经验。德薇夫人常常向我表示这种轻蔑的态度。但是至少说来,我不是懦弱无能的。"

于连对自己的勇气感到骄傲,他是很有道理的。他从没有经验过更困难的骚扰。当他打开自己的房门的时候,周身战栗得这么厉害,他的两个膝盖软下去了,使他不得不靠在墙壁上。

他因为没有穿鞋子,轻轻走向德·瑞那先生的门前窃听,他分辨得出他的鼾声,心中不免失望;因为德·瑞那先生既已熟睡,他还不去履行他的计划,便没有借口了。但是,我的天!到她卧室里去做什么?于连实在没有主意。即使有,现在他是这样恐惧,这样昏乱,在这种情形下,他有主意也不能够实行!

后来,他痛苦极了,比他走向死亡的道路还要痛苦千倍。他走进小小的走廊,由这里可以通到德·瑞那夫人的卧室里去。他用一只战栗的手打开房门,弄出可怕的声响。

室内还有光亮,一盏小灯,在壁炉的下面燃着。他并没有料到这个新的不幸。德·瑞那夫人看见他进门的时候,立刻从床上跳下来,喊道:"该死的!"室内有些零乱。于连这时候忘记了他所有的幻想的计策,仍旧回到他本来的面目。在他看来,一个男人讨不着这么美艳的妇人的欢心,是天下倒楣不过的事。他不回答她的斥责,他跪在她的脚下,吻她的膝头。她又庄严又残酷地向他说话,他两眼充满了眼泪。

几点钟以后,当于连从德·瑞那夫人的房里走出来的时候,我们可以用传奇小说的笔调表白;他一无所思,一无所欲了。事实上,于连应该感谢他激起的爱情和她蛊惑的美丽在他身上所产生的空前的印象,使他得到一个他全部拙劣的诡计未必能够获得的胜利。

但是,在最甜蜜的时光里,他几乎又做了奇怪的骄傲的牺牲者。他仍然想玩那套旧把戏,装做一个惯于征服女人的有经验的男子。他用一番令人不相信的努力,毁灭了他的天生的可爱的地方。他不注意他自己造成的欢娱,也不注意能增加他的活跃生命力的悔恨,只有"责任"的观念不停地呈现在他的眼前。他惧怕那可怕的后悔和永久的荒谬,如果他逃避了这个他所要追求的理想的计策。总而言之,凡是使于连成为一个优异高超的人的东西,恰巧便是阻止他享受脚边幸福的东西。他好比一个16岁的少女,自己有的是天然的迷人的姿色,为了去赴跳舞会,一时的疯狂,竟涂脂抹粉,不但不美,反而掩盖了她天赋的姿容。

当德·瑞那夫人看见于连像鬼魂似的出现的那一忽儿,心中起了死的恐怖,但是这种忧惧,不久又为最残酷的痛苦所蒙蔽了。于连的哭泣和绝望,都使她心碎。

甚至于,当她什么要求也不再拒绝他的时候,她真实的愤怒,使她用强力将于连推开很远,但是顷刻间,她又自动地投入他的怀抱里了。在他们一切的行为里,自然得很,丝毫没有固定的计划。她觉得自己该受诅咒,罪无可赦,她努力逃避地狱里可怕的光景,为了这个,她对于连表示出最温柔最热烈的爱抚。总之,在幸福的范围说起来,我们的英雄真是未缺少分毫。如果他自己会欣赏的话,甚至他刚才掳得来的女人的身上,一丝燃烧着的灼人的感觉,对于他都未缺乏过。于连虽然离开她了,她心里的欢乐,还没有退减;虽然她在痛苦,虽然她心中的矛盾和懊悔已经把她的心撕得粉碎。

当于连回到自己的卧室,来到脑里的第一个念头:"我的天!幸福,被爱,就是这样吗?"他心里所长期渴慕的东西,刚才算是得到满足了。但是转瞬间,这颗心又陷入惊骇的忧虑的战栗里。因为它是在追求里生活惯了,一旦到了无所追求、无所景慕的境地,并且刚才经过的事,还未造成甜蜜的回忆,他因此感觉空虚。他好像一个兵士,刚刚从阅兵场回来。于连忙着很仔细地把他的行为的细节重新检查一遍。"我应该对得住自己的事,我已经丝毫不缺少了吗?我这个角色演得很好了吗?"

什么角色啊!他在女人面前会变得多么神气啊!

第十六—十七章

几天以后,于连放弃了企图扮演一个角色的意念,恢复了他那个年纪的全部热情,疯狂般地堕入爱情里。在恣意纵情的时刻,他甚至于向她吐露真情,说到他心里的忧患。在德·瑞那夫人的世界里,这个男人已经成了她的一切了。他的爱情,则完全是野心造成的,这是一种占有的狂欢。市长先生什么也没发觉,德薇夫人已猜着这件事了,看着自己聪明的劝告被厌恶,她只好离开凡尼了。

于连有更多的机会投入他情妇的温柔欢愉的恋情中,但他的心灵仍时常被寻求一个职业的困难占据着,他悲叹这个痛苦的重大的进取问题。一次于连谈到拿破仑,谈到贫穷的青年无法成就伟大的事业,德·瑞那夫人认为这一类思想只适合于仆人们,于是现出一副冷漠蔑视的神气,这使于连重新回到现实中来,他暗想道:她很善良,又很温柔,对我的爱恋是强烈的;可惜她生长在仇敌的阵营里。……给我制造艰难的可不是他们的才能,是他们不断的迫害。于连急于实现自己的野心,他向德·瑞那夫人盘问一大堆琐碎的小事情,使他真正认识了今天的社会,清楚了正在维立叶尔发生的种种事情。

德·瑞那夫人对于连既当成她的儿子般爱着,用亲昵的态度回答他的种种问题,又崇拜他像她的老师,他的天才使她惊骇,她觉得他定是未来的伟人,好像已经看见他做了教皇,做了黎塞留一样的国中元勋。

第 十 八 章

某某皇帝将要驾幸维立叶尔的消息,使小城忙碌起来。德·瑞那夫人一行从凡尼赶回来,她也陷入神秘的忙乱之中,竭尽努力为于连争得一个竞争激烈的仪仗队员的名额,去省城贝尚松为于连采购一套带银质肩章的天蓝色制服,以及军器、帽子等,向哇列诺先生借来一匹诺曼底骏马。她想使于连本人和全维立叶尔城的人都大吃一惊。

皇帝驾幸那天,于连在仪仗队里成了众人注目的对象。他发觉女人们正议论着他,他心里的快乐到达顶点了。当他控制住惊跳的坐骑时,他觉得自己的确是一个英雄,是拿破仑手下的传令官,领导着一个炮队进攻。

检阅一完,于连脱下制服,换上教士黑衣赶往布雷·列俄教堂,西朗神父带他去参见安地主教。安地主教是德·拉·木尔侯爵的侄儿,这次被推选来给皇帝呈献圣骸。于连看见安地主教竟这么年轻,在以后的种种仪式里,他都心不在焉,也不再想到拿破仑和军队的光荣,只是想着:这么年轻,就做了安地主教……这能赚好多钱吗?也许二三十万法郎吧。

第十九—二十三章

于连参加仪仗队的事,在小城引起纷纷议论,人们普遍认为德·瑞那夫人是这个丑事的制造者,原因就在于连那美丽的眼睛和鲜艳的腮颊。

不久,德·瑞那夫人的小儿子得了寒热病,德·瑞那夫人认为是天主对她的处罚,她第一次斥责自己不正当的爱情，投入可怕的忏悔里。于连安慰她，她更加愤怒。幸而小儿子的病好了，他们又重归于好。但是爱情的明镜已经打破，她认识了她的罪恶，懊悔仍然存在。在恋爱、懊悔、欢乐的交叠当中，于连失掉了多愁多虑的习惯，他敬爱德·瑞那夫人，真心愿意代她受罪。

由于女仆爱利莎的忌恨和挑拨，长久垂涎于德·瑞那夫人的哇列诺，出于妒嫉写了一封匿名信，向市长告发了于连和市长夫人的暧昧关系。市长先生考虑到面子和妻子的大笔遗产，没有发作。于连和德·瑞那夫人看出了危险，他们用另一封匿名信使市长仇恨哇列诺，同时于连请假离开了几天。

于连独自在维立叶尔城里待了几天，哇列诺请他做客。哇列诺的房屋布置得非常华美，但于连心里总觉得这房子里有些不名誉的东西和偷窃来的钱财的气息。筵席开始了，于连心里早已感觉不舒服，想起餐厅的隔壁是一些可怜的囚人，他们吃着残羹剩肴，他剥削了他们的口粮来购买这一切趣味低劣而打算向他炫耀的奢侈品。这时他们也许正饥饿着，他的喉咙哽咽着，觉得不能吃，而且几乎不能讲话。一首粗俗的歌从囚人那边传过来，哇列诺向一个穿着制服的仆人用目光示意，仆人走过去，不久便听不见那歌声了。于连对此激愤得流出眼泪，努力用酒杯遮住，不禁良心凄苦地自语道：啊！污秽的财富啊！你将会得到的！只能在这样的境况下和这样的伴侣里，你才能享受它。……啊！拿破仑啊！在你的时代里，是怎样的善良。人们从战场的危险里才能取得富贵，而不能从贫贱人的痛苦里卑污地去从事掠夺！但他猛然记起他所扮的角色，便冷静下来，给与宴的俗物们背诵起拉丁文的《新约全书》，之后在一片赞叹声中离去。

冬天来临，市长一家从凡尼回到维立叶尔。第二天，西朗神父就派人把于连叫去，要他三天之内离开维立叶尔，到省城贝尚松的神学院去，而且一年内不要回来。于连和德·瑞那夫人作了痛苦欲绝的告别后，离开了维立叶尔。

第二十四—二十九章

于连在福格家里取来一套绅士的服装，当他穿了这套服装，走过贝尚松的吊桥时，脑子里充满了1674年围攻的历史。他想到不久要禁闭在修道院里，决定趁短暂的自由，把这古城的堡垒城围等凭吊一番。

于连在到神学院之前自忖道：像我这样一个可怜虫，没有保护人，也没有金钱。在神学院和监狱之间，并没有多大的区别。

于连远远地望见门上的镀金的铁十字架，他缓慢地走向前去。他的两腿瘫软，不由自主。他叹息道：“那么，人间地狱就在那里，我不能脱离它了！”最后他鼓着勇气，决定去按门铃。门铃的声音，好像响在一个寂寞的空谷里。10分钟以后，一个面色灰白、穿着黑袍的人，走来替他开门。于连一注意到来人，立刻垂下双眼。这个守门人有一副古怪的面貌，突出的、鼓圆的、碧绿的瞳孔，像一个猫儿的眼睛。眼睑固定不动的轮廓，表示他待人接物没有丝毫的同情。他薄薄的嘴唇，在突出的獠齿上面形成一个半圆弧形。这副面孔，在这个少年人的眼睛里，形成恐怖的印象。虽然不是表现罪恶的形态，至少也是十足的麻木不仁。于连一眼扫过这个虔诚的长面孔，立刻就猜出了他所代表的感情，乃是鄙视人们向他叙说的一切无关天国的话语。

于连努力抬起眼睛来。他的心跳得很厉害，因此他的声音也在发抖。他说明他想拜见神学院的院长彼拉先生。黑衣人一句话也不说，做了一个手势，叫他跟随进来。他们从一座有白木栏杆的大楼,上了两层宽阔的楼梯。梯级都歪曲偏斜在墙壁的另一端,好像就要坍倒的样子。他们走到一扇小门前。门上有涂黑了的木头做的、我们常常在墓地上看见的大十字架,这门启闭都很困难。看门人带他走进一间黑暗低矮的房间,涂白粉的墙上,挂着两幅因年代久远而变黑了的画像。于连一人孤独地留在这里等待,感觉此刻已经走入坟墓里了。他的心猛烈地跳动,惧怕沮丧已极。如果能允许他痛哭一场,他倒感觉得痛快些。一种死的沉寂,控制了整个的房屋。

约有一刻钟之久,在于连的感觉里,已经过了整整的一天了。守门人带着阴森的鬼态,又出现在房间另一端的门坎前。他似乎不屑于启齿说话。只是作了一个手势,吩咐于连走过去。他于是走入一间更大更暗的屋子里。墙壁仍然是粉白的,但是空洞得连一件家具也没有。只是在靠门的一个角落里,在一张白木床的那一面,他看见两张麦秸编的椅子,同一张松木的靠椅,没有坐垫。在这间大屋的那一端,他看见一个人身穿破烂的黑色道袍,坐在台子前。那里有一扇黄色的玻璃窗,台子上摆着几瓶不加修整的花卉。这人好像生气的样子,面前堆了一大堆小方纸块,看他一一数过,又在纸上写了几个字。他没有注意于连来到他的面前了。于连笔直地站在屋子的中间,守门人留下他,自己早已走掉,把门关好了。

这样经过了10分钟。衣着褴褛的人老是在写字。于连的感情和恐怖,使他立脚不稳,几乎要摔倒在地板上了。一位哲学家曾经这样说过,也许是他说错了吧:"这是在天生爱美的灵魂上,对丑恶所生的强烈的印象。"

丑陋的守门人,低矮黑暗的房间,使于连感觉走入坟墓一般,惧怕沮丧已极,一直到他和彼拉院长用拉丁语交谈起来,才渐渐恢复了镇定。经过三个小时的考察,彼拉神父对于连在神学方面知识的渊博十分惊异,对他的态度也温和多了。在对他的神学院生活作了种种严格的规定和嘱咐后,神父给他安排了一个单间住房。不久,于连选择彼拉院长作忏悔神父,这无意中便站在了副院长加斯答列神父的对立面。

神学院有321个同学,大部分是农村子弟,因为不愿辛苦种田,来这里念几个拉丁字,混面包吃。经过短期的观察,于连自信他可能迅速成功:在拿破仑统治下,我会是一个军曹,在未来的神父当中,我将是一个主教。于连学习很努力,很快学会了一个神父应该掌握的东西。不过在他的眼里,这一切都是错误的、无用的。他在神学院里看到的一切太阴暗了,在与这般平庸之辈的交往中,不管他表示多么谦卑,大家仍不喜欢他,因为他渊博的学识和高雅的举止太与众不同,遭到人们的嫉恨,他坠入深深的忧郁里。

于连从福格那里知道德·瑞那夫人常来贝尚松忏悔的消息,便通过卡斯神父在圣体瞻礼节的仪式中谋得了看守北面侧堂的差事。仪式还没开始时,于连在教堂踱步,德·瑞那夫人看到了于连,惊叫一声后晕过去了,陪她前来的德薇夫人怒气冲冲地要于连赶快走开。于连只好走开,半死不活地靠在一根柱子后面,因此错过了与大主教见面的机会。

不久,于连被彼拉神父晋升为《圣经》课程的辅导教师,他感激得疯狂了,很想跪下来感谢天主的恩赐。福格又送来许多食品,这使于连改变了处境,受到同学们的尊敬。但在一次考试中,于连被彼拉院长的仇敌引诱背诵了贺拉斯的作品,他的名次由第一名被降为第198名。这事给彼拉院长很深的刺激,他写信给德·拉·木尔侯爵,过了几天,巴黎来函,任命彼拉神父为巴黎近郊N教区的本堂神父。

第三十一三十二章

由于彼拉神父的推荐,于连被任命为侯爵的私人秘书。到巴黎去的幸福在他眼里遮掩了一切,他终于要在伟大事业的舞台上显露身手了。

去巴黎之前,于连回了一趟维立叶尔,冒险去看望德·瑞那夫人。当他半夜偷偷爬进德·瑞那夫人的房间时,正受着道德谴责和宗教忏悔折磨的德·瑞那夫人坚决要他离开,经过长达两小时的内心剧烈斗争,他们终于又享受到爱情的甜蜜和幸福。于连在那里呆了一天一夜,第二天凌晨两点,终于被家人察觉,于连只得跳窗逃跑。

于连来到被他视为阴谋和伪善的中心的巴黎。于连对巴黎怀着一种深深的怀疑和不信任,使他感动的仅仅是他的英雄所遗留下来的许多纪念碑。

彼拉神父用严峻的声调向他介绍了德·拉·木尔侯爵府的情况,以及他在即将到来的生活中应该注意的种种事项,告诫说:你要十分注意,一个像我们这行业的人,只有靠着这些大人先生们才有前途。然后亲自把他带到侯爵的府邸。

在与侯爵有过初步的交谈和接触后,侯爵把于连带到金碧辉煌的客厅,把他介绍给他的夫人、儿子、女儿,以及客厅里的客人。晚餐时,侯爵谈到于连受教育的方式。一个国家碑铭学院的院士,故意找些难题来向于连提问,他的回答不仅得到了那个院士的恭维,连满座的人都对他另眼相看了。

第三十三—三十九章

第二天大清早,于连正在图书室抄写信件,侯爵的女儿玛特儿小姐从一扇用书脊掩蔽的秘密小门进来了。她常在她父亲不在时,悄悄进来偷阅各种书籍。这位十九岁的女孩子,精神上需要强烈的刺激,不得不从小说里寻觅兴趣。于连的在场,使她十分懊恼。于连看到她的态度强硬、高傲,差不多是男性的。

侯爵的儿子罗伯尔伯爵却很快成了于连的好朋友。在于连眼睛里,他简直是一个完人。他们常一块骑马去郊外游玩,罗伯尔也很喜欢于连,常在父亲和妹妹面前夸奖他。但于连仍觉得他在这个家庭里是完全孤独的。

一天,于连告诉彼拉神父,说他不愿同身材高大、威严可畏的侯爵夫人一起吃晚饭。这话被玛特儿小姐听到了,她想:这个人不是生来下跪的。晚餐时,她很和善地和于连说话,并请他留下来陪她,而对其他客人则非常冷淡。

在几个月的试用以后,侯爵觉得于连沉静、聪明,又能坚持工作,慢慢地把所有比较难处理的事情都委托给他办了。可是只要一停止工作,于连就陷入致人死命的厌倦里,他觉得在巴黎,自己永远是一个陌生人。

在一次因口角引起的决斗后,对方为了抬高自己的身份,到处散布于连是侯爵最亲近的朋友的私生子。侯爵默认了这个谣言,并趁机让于连出入歌剧院和各种舞会,改一改他乡下人的样子。

又过些日子,侯爵派于连去伦敦,担任特别的和普通的邮差。回到巴黎后,侯爵奖给他一枚十字勋章,因为他出色地完成了外交任务。十字勋章使于连的矜骄得到满足,他开始受到别人的尊重,他表示:我当遵照给我这勋章的政府的意旨而行动。

玛特儿小姐同她母亲去绮墅尔看她的外婆，回来时她发现于连的一举一动再找不出外省人的气味，已经成了一个花花公子了。他的谈话充满了理智，动作一点也不卑贱。她邀请于连同她的哥哥一道去参加雷兹先生的跳舞会。舞会上，所有的花花公子都向玛特儿大献殷勤，巴结她，于连对她却很冷淡。她被于连轻视，而她却不能轻视他。她受了深深的刺激，可从此以后，她没有力量忘却于连。

第四十—四十二章

第二天，玛特儿小姐穿着一身重孝的黑衣服，引起了于连的好奇。他从那位院士口里打听到了一件事：侯爵家庭中的一位祖先，曾是那发尔国王的皇后玛嘉锐特的情人，在一次宫廷政变中为营救王子被砍了头。勇敢的玛嘉锐特皇后公然出面从刽子手那里要回了情人的头颅；她抱着那颗头颅坐上马车，亲手把它埋葬在蒙马特山脚下的一个教堂里。每年的4月30日，这位祖先被杀的日子，玛特儿都要穿重孝表示纪念。于连觉得，与巴黎女人的装腔作势比较起来，玛特儿是个例外了。

在春季的好天气里，他们常在花园里散步，已经作过多次长谈，他觉得玛特儿小姐很有学问，而且很有理性。于连对于这种奇怪的友谊，竭力不愿意把它过分夸张。他了解只要有一次他让自己受到这位高傲的小姐的侮辱而不报复，那就一切都完了。他对自己说：若是须得争吵，那么，我先来维护我自尊心应有的权利……不更好吗？有时他想：如果她爱我才有趣咧！总之，她是漂亮的！我一定要得着她，然后跑开。这个念头占据了他的全部时间，他的思想迷失在深邃的幻梦里；一刻钟以后又清醒过来，野心勃勃，头脑昏乱，对于这个意念发出呓语：她爱我吗？玛特儿也在考虑，她在把于连同其他追求她的完美贵族青年比较之后觉得：我的小于连只喜欢个人行动。这个得天独厚的人，绝没有一分钟想到去求别人的支持和帮助！他轻视一切的人，这便是我不轻视他的理由。她相信他定是一个丹东！她把她和于连的恋爱与当年玛嘉锐特皇后同她祖先的爱情连在一起，认为克服巨大的困难和前途的变化无常，才是伟大的恋爱的特征。

由于玛特儿公开地称赞于连，引起了她哥哥和一帮贵族青年的愤怒，他们对于连表现出一种明显的冷淡态度。

第四十三章

于连看出了这帮贵族青年对他的敌意，他向自己说道：这些上流社会的年轻人的手腕和耐性，终究会战胜我这个缺乏经验的人。我应该离开这个地方，结束这一切！恰好侯爵委托他管理的田产事业，需要他作一次旅行。于连去向玛特儿小姐告别时，她用力握住他的胳膊，向他说道：今晚你将接到我的一封信。她的声音变得使人听不出是她的了。

一小时以后，仆人送给于连一封信，这简直是一封宣布爱情的信。

于连自语道："这笔调是没有什么虚伪的。"他想借文字的批评，来控制他的欢乐，这欢乐已经满布在他的两腮的上面，使他不由自主地笑起来了。

他忽然间高声大叫，热情在于连的心里控制不住，沸腾起来了。"我呀，一个贫穷的乡下人，我居然得到一个贵妇人的爱情的告白。"

他一面竭力抑制他的快乐，一面说道："至于我呢，还做得不坏。我知道保持我的自尊心，我没有向她说过我爱她。”他研究起她的字体来了，德·拉·木尔小姐写一手漂亮的英国式的小字。他需要一种体力的工作，来使他忘掉会使他发狂的欢乐。

“你的别离，使我不得不说话……不能再看见你，是我不能忍受的……”

一个思想，忽然打击于连，好像是一个新的发现，打断了他对于玛特儿的书信的研究，而且增加了他的快乐。他叫道：“我战胜了柯西乐侯爵。我只是正经的谈话！他是非常的漂亮，他有小胡子和漂亮的军服。他在最恰当的时候，常常能够找到一两句又聪明又机智的话来说。”

于连享受了片刻欢娱无比的时光。他在花园里乱跑，幸福得发狂了。

后来，于连上楼到了他的办公室，让人把自己的名字报到侯爵的房里，幸而德·拉·木尔侯爵还没有出门。他拿几封从诺曼底寄来的信给他看，说明因为要料理诺曼底的案件，对于到朗格多克的旅行，不能不延缓一些时候。

当他们把一切事件讨论完毕的时候，侯爵向于连说：“我很高兴你不走。‘我欢喜看见你。’”于连辞出，侯爵的话使他有点不安。

“我吗，我要去诱惑他的女儿！因此使她和柯西乐侯爵结婚的事变为不可能。而这婚事是侯爵未来的快乐。纵使他不能得着一个公爵，至少他的女儿，在国王面前有一座位。”于连忽然想去朗格多克了，他不顾玛特儿的情书，也不顾刚才他给侯爵的那番解释。这种道德的观念像闪电般迅速地消逝了。

他自语道：“我是多么的好啊！我，一个平民竟至怜惜起这样贵族阶级的家庭来了！像我这样的人，萧伦公爵称呼为下人的！侯爵怎样迅速地增加他的巨大的财产呀！当他在宫廷里得着消息，知道第二天有一个政变的可能的时候，他就预先售卖了他的公债券。而我呢，被残酷的上天抛在最低下的阶级里，而上天又赐给我一颗高贵的心，但是没有一千法郎的年金，换言之，没有足够买面包的钱。‘更确切些说，没有面包。’我竟至拒绝在我面前已经呈现出来的欢乐！我艰辛地旅行在寂寞的沙漠里，刚刚寻得一点清泉，可以解除我的口渴。我的天呀！我岂能出此笨拙的举动！在这自私的沙漠里，即人们叫作的‘生活’里，每个人都是为着自己打算的。”

这时候他记起了德·拉·木尔夫人，特别是她的女友那些太太们给他的轻蔑的眼光。

战胜了柯西乐侯爵的欢乐，完全击败了道德的规诫。

于连说道：“我多么喜欢他生气呀！我可以多么放心大胆地请他吃我一剑！”于是他作击剑的姿势。“今天以前，我不过是一个村学究，我在卑微地浪费一些勇气。自从我有了这封信以后呀，我便是与侯爵平等的人了。”

“不错！”他缓慢地向自己说道。内心感觉无限的欢娱。“侯爵和我的价值，已经比较过了。结果是汝拉山的穷木匠占据了重要的一方面。”

“好吧！”他叫道，“我就是这样签署在我的回信上。德·拉·木尔小姐呀，你不要想我会把我的地位忘掉的。我将要使你明白，而且深深地使你感觉到，你是为了一个木匠的儿子，背负了有名的居·德·柯西乐曾经跟随过圣路易参加十字军的战争的这些家族的后裔。”

于连不能控制他的欢乐。他不得不走到花园里去。他的房间，他把自己锁在里面的那间房间，仿佛是太狭窄了，不够他呼吸。

“像我这样一个汝拉山的可怜的乡下人，”他不断地对自己说，“我，被判定永远穿着这套愁苦的黑衣服！啊唷！假如我早生20年，我也会像他们一样穿着军服。在那时候，像我这样的人，不是被杀，便是在36岁上做了将军。”紧握在他手里的那封信，给他带来了一个英雄应有的身份和姿态。"现在,这是事实,穿了这件黑衣,到40岁的时候,可以得着10万法郎的年俸和蓝绶的勋章。像波维大主教一样。"

"好呀!"他向自己说,脸上浮着魔鬼的笑容,"我比他们聪明。我知道选择我的这个时代的军服。(他感觉他对于教会的野心和服装的眷恋越来越强烈。)好多的红衣主教出身比我低,他们却有统治权!例如我的同乡格朗威尔……"

于连内心的激动渐渐地平静下来了。谨慎又重新浮现上来。像他的老师达尔杜弗[①]一样,自己对自己说出下面的一段台词,这是他熟读而又能背诵的。

我可以相信这些话,
是一条诚实的诡计:
…………
我决不相信如此甜蜜的话,
除非我所追求的,她的恩惠,
来证明话里的含意皆是真的。

(《达尔杜弗》第四幕第五场)

"达尔杜弗,也是被女人毁了的。他也是和别人一样,是一个好人。一样的有前程的……我的回信可能被暴露……为了这个缘故,我找到了这个方法。"他说话的时候,语调很缓慢,带着含蓄凶猛的重音。"回信的开头我们权且先引用几句崇高的玛特儿信中最显明的句子吧。"

"不错,但是柯西乐侯爵的四个仆人会向我扑来,把我的原信抢出来的。"

"不,我身藏利器,人人都知道我有这样的习惯,会向当差的开火。"

"好呀!也许他们当中的一个有这勇气,向我扑来,因为他想得到100个拿破仑钱币的奖赏。我打死他,或者打伤他。好得很,这正是他们所要求的。他们很合法地把我丢在牢里。我到法庭受审,法官按律定罪,把我放逐在波西地方,和方唐先生和马加农先生[②]作伴。在那里,我便和400个穷鬼马马虎虎地困在一起……"他想到这里,愤怒地站起来大叫道:"我竟会同情这些人!他们处置老百姓的时候有没有同情心呢?"这句话才是他对德·拉·木尔侯爵的感恩的最后一个叹息,不管他怎样,一直到那个时候,这思想是使他受困窘的。

"慢点,先生们啊!我明白你们悄悄地玩弄的这套小把戏。马士农神父和修道院的加斯答列先生不比你们的手段差的。你们把这封'煽动'的信件拿去,我将变成柯尔马的家洪上校[③]第二。"

"等一下,先生们,我要把这封致命的信包藏妥当,送给彼拉长老保存。他是一个诚实的冉森教派的人,因此不会被钱袋里面的东西所引诱。不过……也许他会拆开这些信件……我应该把这信寄给福格。"

我们可以说于连的目光是凶猛的。他的面貌是可怕的,使人觉得是一种纯粹犯罪的表情。

---

① 达尔杜弗(Tartufe):又译答丢夫,是莫里哀的剧本《伪君子》里的主角。

② 方唐(Fontan)和马加农(Magalon)是被拘在波西(Poissy)监狱的两个新闻记者。

③ 家洪上校(Caron,1774—1822)是法国第一王朝时代的上校,曾在上莱因区的柯尔马(Colmas)城立有战功,后因谋杀罪被枪毙。

这表示一个不幸的人在和整个的社会作战。

“拿起武器来!”于连叫道。他一步跳下德·拉·木尔官邸的石阶。他走进街角一个代书人的店里,他使他害怕。他把德·拉·木尔小姐的信给他,说道:“抄下来!”

代书人工作的时候,他给福格写信。他求他好好照管一个有价值的寄存品。他忽然停下笔对自己说道:“邮局的信件检查所会拆开了我的信,会把你们所要的那封信交给你们……先生们,不要枉费心力吧。”他跑到新教的书店里,买了一本大《圣经》,巧妙地把玛特儿的信放在《圣经》的封面里,然后紧紧地扎好。他把这包裹交给载客的马车,寄交福格的一个工人。这个人的名字可以说在巴黎是无人知道的。

这件事做完以后,他回到德·拉·木尔的官邸,快乐而轻松。他叫道:“现在是轮着我了。”他走进卧室,把门锁起来,脱了他的外衣。

他开始给玛特儿写回信。“怎么!小姐,那是德·拉·木尔小姐借她父亲的当差阿撒的手,送给一个汝拉山的穷木匠一封太富诱惑性的信,无疑地,是在向他的简单的头脑开玩笑吗?……”他于是抄下来信中表示爱情最明显的词句。

他这封信真使波梧西骑士外交的谨慎为之减色。那时还只有十点钟,于连陶醉在幸福里,陶醉在一种对自己的权力的感觉里,对于这种感觉还是全新的,他走进意大利歌剧院,他倾听他的朋友吉礼茂的歌唱,音乐从来没有使他这样兴奋过。他简直像一个天神。

第四十四—四十六章

几个月以来,玛特儿想遇见一个不同凡响的人,结果失望。但是现在呢,她竟敢说她已经坠入了情网。于连性格深处的“不可知”,即使和他处在普通关系的时候,已经使她恐怖了。现在她竟要把他作为情人,也许主人呢!

于连对玛特儿始终抱着不信任的态度。在经过又一度通信之后,于连接到玛特儿的第三封信,信内仅有八行字,约他晚上一点,从花园里的梯子爬进她的屋子里,她有话对他谈。他念这封信时,脸色变白了。他想:这就严重了。他们想陷害我,或者,至少要和我开玩笑。他动身去外地,甚至不写回信。但内心仍不能平静,经过长时间的考虑,他把最后两封信抄写了副本,隐藏在图书室里精美的伏尔泰的一卷书当中,原信由他亲自付邮寄走。他已经决定了要干,确信只要到了做的时候,自己能找得到必要的勇气。

时钟敲响十一点半时,于连到了花园里,在做了一次非常正确的军事侦察后,他想道:这是把我的名誉在作赌注了。钟鸣一点时,于连搬来那笨重的木梯,放在玛特儿的窗前。他轻轻往上爬,手中紧握手枪,奇怪的是竟没有遭到攻击。

当玛特儿打开窗户,让他进去时,于连十分困窘,不知如何是好。在长久的不安之后,玛特儿终于做了他的可爱的情妇。于连只感觉着奇异,而不感觉着幸福。比较他在维立叶尔最后的24小时,那情况是有怎样的差别啊!

第四十七—五十章

第二天,玛特儿没下楼吃晚餐,晚上在客厅里也没瞧于连一眼。接连几天,她对于连十分冷淡,仿佛不认识他似的。于连主动的接近遭到斥责后,对她说:我向你发誓,永久保守秘密。……从今不再向你交谈一句。但在宣布永久绝交的第二天夜晚,于连简直要疯狂了。他不得不承认他确实爱上了德·拉·木尔小姐。

于连向侯爵提出到朗格多克去,侯爵没有应允。以后的日子于连真是受尽了折磨,中间虽有一度反复,但玛特儿没有片刻忘记她的高贵的身份。他坚信在他们两人当中,一切永远完了。严厉的抑制的结果,反转增加了往事的魔力。于连成了世界上最最痛苦的人。

第五十一—五十三章

侯爵交给于连一项重大的使命,使他暂时摆脱了痛苦。于连按侯爵的吩咐,换上一套仆役的旧衣服,随侯爵去参加一个保皇党人的秘密聚会,然后把会议的 24 页记录压缩成 4 页,再一字不漏地记在心里。第二天,于连被带到巴黎远郊,用一张化名的通行证去见一位公爵,向公爵背诵了那 4 页会议记录。于连出色地完成了这次任务。

第五十四—五十八章

为了不至于为对立派察觉,于连完成任务后不能立即回巴黎,他必须到斯特拉斯堡去住几天。于连绕了一个大弯子来到斯特拉斯堡,他成天无所事事,对玛特儿的思念使他陷入深深的忧郁中。

一天,他忧闷地在基尔郊外骑马,意外地遇见在伦敦结识的柯哈莎夫王子。这位俄国王子在得知于连的苦恼后,交给于连编好号码的 53 封情书,教他假装去追求玛特儿的某个女友。

回到巴黎,于连对玛特儿做出非常冷淡的样子,同时开始公开称赞德·菲花格元帅夫人,每天给她抄写情书。这位寡居的元帅夫人起初对于连的行为并不在意,后来渐渐对于连有了好感,也给于连写了许多长信,但于连一封也未拆开过。

于连从为侯爵抄写的信件里,知道玛特儿就要和德·柯西乐结婚了。当他相信他已经看到了德·拉·木尔小姐对待她的求婚者很好,每次回到他房间里时,他不能不把玩一阵他的手枪,对自己说道:唉!把我衣服上的记号剥去,跑到巴黎 20 里外一个寂寞的森林里,结束了这残酷的生涯,岂不是一个很聪明的举动吗?

第五十九—六十四章

于连继续给德·菲花格元帅夫人写信,并把写好他住址的信封给元帅夫人,以便她回信。

一天早上,门房给于连送来元帅夫人的信,玛特儿走来拿着那封信说:这不是我能忍受的啊!你完全把我忘记了,我是你的妻子啊!她泪如泉涌,快停止呼吸了。于连惊诧而慌乱,也快乐到了顶点。但想到王子的教训,马上用力保持住无情的冷酷的态度。直到玛特儿求他爱她,承认没有他的爱情,她便活不下去时,于连仍冷漠地表示他需要认真考虑一下这一切。

当玛特儿把她怀孕的消息告诉于连后,于连大吃一惊,他再也没有勇气向她发出一句残忍的话了。

玛特儿把怀孕的事写信告诉了她父亲,坦率承认是自己主动引诱了于连,并正式提出要和于连结婚。于连被侯爵叫去大骂了一顿。但当冷静下来时,侯爵给了于连朗格多克的土地和一张骠骑兵中尉的委任状,要他马上去军队报到。

第六十五—六十七章

在斯特拉斯堡,于连带着德·拉·伟业骑士先生的称号,在一个骑兵连队里服役。他的不可测度的气概和不变的冷静的态度,树立了他的声誉,他的射击斗剑的技能,也引起了同僚的注目。于连陶醉在野心里,盘算着为了在30岁上能做到司令,他必须在23岁时获得高于中尉的军衔。他只想着荣誉和他的儿子。

正当于连陶醉在对未来的美好遐想中时,他收到玛特儿派专人送来的信:一切都完了。尽可能快地跑回来。……到××街××号的小门旁,在马车里等我。几分钟后,于连向长官告了假,飞一般来到约定地点。玛特儿投入他的怀抱,同时拿出她父亲给她的信和德·瑞那夫人写给侯爵的亲笔信。看完信后,于连与玛特儿说声"再见"就下了马车,向停在门口的邮车跑去。

于连直奔维立叶尔,在一家武器店买了一对手枪,走进了维立叶尔教堂。弥撒开始了,他看见德·瑞那夫人正跪着祷告,于连的手臂战栗起来,不忍对这个曾经那么热爱过自己的女人开枪。一会儿,德·瑞那夫人低下头去,披巾的皱褶掩住了她的头,于连不大认得出是她了,他瞄准她放了一枪,没有打中;他再放第二枪,她倒了下来。

于连站着不动,他什么都看不见了。当他恢复一点知觉,随人群跑出时,被警察抓住了。他被带到监狱,加上手铐,独处一室,狱门双重锁闭。他清醒过来后想:我的天,一切都完了……

德·瑞那夫人只是肩膀受了伤,外科医生告诉她不会有生命危险,她深深地感觉愁苦。她给侯爵的信,是听她忏悔的神父强迫她写的,这给因和于连离别的愁苦弄衰弱了的她以最后的一击。她想:我在死神面前感觉欢乐。而且死在于连的手里,那真是最大的幸福了。外科医生一离开,她就叫女仆送钱给狱卒,以免于连受虐待。

审判官来到监狱里,于连对他说:我蓄意谋害人命……我应受死刑。而且我等待死刑。他给玛特儿写了一封信,要她忘掉他,和柯西乐结婚。然后他想:我在这个世界上已经没有工作了。当他从狱卒那里知道德·瑞那夫人没有死时,他跪下,痛哭得热泪满面,他自语道:她会活下去的！她活下去为了原谅我,爱我……

西朗神父和福格先后来看望了于连,但于连不希望见到他父亲。

第六十八—七十章

玛特儿接到于连的信后,用她侍女办的护照,以米失勒夫人的名义,装扮得像个乡下妇人的样子来到监狱,一下子投入于连的怀抱,对他说:得到你的信,方才知道你在哪里。你所说的犯罪,不过是一个高贵的报复,让我看见了在这胸膛里跳动的心是如何的伟大！她用金钱和编造的浪漫故事取得了每天看望于连的特权,于连也欢娱地放纵他自己在玛特儿的爱情里面,那是疯狂,那是心灵的伟大,那是最奇怪的梦境。她向他郑重地建议,同他一道自杀。

在最初的狂热以后,她研究她的情人,觉得他的伟大,实在超过她的想象。她的祖先波里法斯·德·拉·木尔好像复活了过来,而且更英勇了些。

为了营救于连,她在全城奔走,拜访律师,会见主教,甚至不惜暴露自己的真实身份。为了在监狱里自由来去,她贿赂狱卒,挥金如土。她想象着用种种惊人的举动,甚至恳求君王赦免于连,她不愿意在他死后还独活下去。

而于连对这一切英雄主义,已经不感兴趣。野心已经在他心里死去了,另外一种热情在野心的死灰里冒出芽来,那就是他对谋杀德·瑞那夫人的悔恨。事实上,他爱她到了发狂的地步。当他独居孤处时,他就把整个心沉浸在对从前在维立叶尔城或是在凡尼别墅所过的那些幸福的日子的追忆里,而感到一种奇异的幸福。他绝对不再想念他在巴黎的成功,他已经觉得讨厌了。

于连有一天对玛特儿说:我要求你一个恩惠:把你的小孩寄养在维立叶尔城,德·瑞那夫人将要小心指导养育小孩的乳母。你将要遵从我最后的劝告,同柯西乐侯爵结婚。

审判的日子到了,德·瑞那夫人也来到贝尚松。她在许诺不离开病床后,给36个陪审团的官员每人一封信,说明不出庭作证,并希望于连无罪开释。

第七十一—七十五章

判决的日子来了,全省的人都跑到贝尚松来看审判这个浪漫的案件。客栈里住满了人,还有人沿街叫卖于连的肖像。

于连非常沉静,他心中只涌起一种情绪,便是对于这些忌妒的,虽然并不残酷,却准备在他被判处死刑时喝彩的人,起了一种哲学上的怜悯。他的出现,在群众中引起了一片惊叹:天主啊,他是多么年轻呀!……这只是一个孩子呀!……他比他的相片还要好看得多呀!……在整个审判中,于连感受到公众对他的同情,心想:公众并非我想象得那样坏。

审判一直进行到午夜,审判长总结后,本打算缄默不语的于连站了起来。

“陪审官先生:

“对于轻蔑的恐惧,使我说话。这种轻蔑,我本来以为死的时候,是可以不在乎它的。先生们,我没有荣耀属于你们那个阶级。你们可以看见我是一个乡下人,不过对于自己处境的微贱,敢作反抗的举动罢了。”

于连用一种肯定的声音继续说:“我不向你们祈求任何的恩惠,我一点也不幻想,死亡正等待着我,而且它是公正的。我曾企图刺杀最值得敬慕的一位女人,德·瑞那夫人曾经像慈母般地对待我。我的犯罪行为是残暴的,而且是蓄谋的,因此我是应该定死罪的。但是,陪审官先生们,即使我的罪没有这样重大,我看见也有许多人,不会因我的年少而怜惜我,他们愿意惩罚我,借我来惩戒一般少年,——出身微贱,为贫穷所困扼,可是碰上运气,稍受教育,而敢混迹于富贵人所谓的高等社会里的少年。

“先生们,这便是我的犯罪行为,将受到更严厉的惩罚,因为事实上,我绝不是被我的同阶级的人审判。我在陪审官的席上,没有看见一个富有的农民,而只是些令人气愤的资产阶级的人……”

于连用这种语调说了20分钟。他说了他心里蕴藏了好久的话语。检察官受贵族阶级的恩惠的,在他们的座位上气得跳了起来。但是,虽然于连的辩论,多是抽象的话语,在场的妇女,个个泪如雨下。

死刑终于宣布。于连想:让我试试看不要让哇列诺那坏蛋有任何可以嘲笑我的地方。他宣布讨论的结果,而后判定为死刑时的态度,是怎样的沉郁而谄媚啊!然而那位可怜的审判长,虽然作了多年的法官,在判我死刑的时候,也满眼含泪了。哇列诺借此报复了从前在德·瑞那夫人面前的情敌是怎样的快乐啊!……我不能再看见她了!那是完了!我们当中最后的诀别是不可能了，我感觉得到……如果我能把我对我犯的罪过所感到的憎恶，全部告诉她，我将是怎样的幸福啊！只把这句话告诉她就行了：我觉得我被公正地判了罪。

于连被囚禁在死囚牢里，躺在盖着粗布被单的床上，想到：如果我遇见的是菲力农（法国大主教）的天主，他或者会向我说：你将大大地获得饶恕，因为你曾经爱得很多……我果真爱得很多吗？我爱过德·瑞那夫人，但是我的行为是残暴的。这方面和别的方面一样，我为了漂亮出色的虚荣，而放弃了简单平凡的真理。还有，怎样的前途呢？……如果遇上战争，是骑兵队的上校，在和平的时候，公使馆的秘书，然后升任大使。……因为不久我便学会了政治那一套把戏……而且纵使我是一个大傻瓜，德·拉·木尔的女婿还会有敌人要怕吗？我干的傻事都会被饶恕的，或者甚至会被人看作优点。一个有声誉的人，在维也纳或伦敦享受最阔绰的生活……但他随后又对自己说：不准这样，先生，三天之后，就上断头台了。于连对于他的这种机智的戏谑，不禁大笑起来。他想：的确，一个人有两个我。见鬼，哪个人有过这般灵巧的思想呢？好的，不错的！我的朋友，三天之后上断头台。

玛特儿来看他，气愤地对他说：福力列那个坏蛋把我出卖了。她好像害了六个月的重病似的，变得认不出来了。而于连却冷静得近于残酷。他自语道：人们不知道尼罗河的源头，因为它不允许人类的眼睛看见河流之王，像一个普通的溪流的源头那样，因此没有任何人的眼睛会看见我于连是软弱的了。何况他并不软弱呢！但是我有一颗容易感动的心；最普通的言语，若用真实的声调说出来，可以使我的声音变柔和，而且甚至于使我的眼睛落泪。……据说丹东在断头台下，因思念他的夫人而受感动，但是丹东曾经使一个充满了花花公子的国家坚强起来，而阻止了敌人来到巴黎。……唯有我自己才知道我能够做出什么来。……在他人的眼里，我至多不过是一个"也许"而已。

玛特儿请来律师，劝他上诉，被他拒绝了，玛特儿为此争吵了一刻钟。在这一刻钟里，他想的只是德·瑞那夫人。不管他自己怎样努力，而且不停地答着玛特儿的话，他就是不能把他的心灵从维立叶尔城里那间卧室的回忆里解脱出来。他看见贝尚松的日报放在橙黄色的软缎的被褥之上。他看见那双白皙的、战栗地抓紧了报纸的手。他看见德·瑞那夫人在啜泣。……他望着每一颗泪珠从她的可爱的脸颊上滚下来。

后来，德·瑞那夫人来到监狱，于连热情地抱吻她。他觉得在他的生命里，没有一个时光，可与这个时辰相比拟。他要德·瑞那夫人发誓不要自杀，而要为他的儿子活下去。

德·瑞那夫人被迫离开后，于连过了五天漫长的日子。德·瑞那夫人离开所引起的痛苦，已经使他的心灵枯竭了。不论在真实的生活里或幻想的世界里，再没有使他快乐的事了。他对自己说：我爱真理！……但是真理在哪里？到处都是伪善，至少也是欺诈。甚至最有德性，最伟大的人也不例外。哼！人绝不可相信人！对于那部他能背诵的《圣经》的回忆，引起了他的烦恼……他心里想：这三位一体的神啊！在我们的教士们可怕的利用之下，怎样能使我们信从呢？

在阴湿的地牢里，于连回顾了他的一生，觉得自己又坚强又果断，像一个洞悉自己灵魂的人。

当德·瑞那夫人从维立叶尔逃出来，再次来到于连身边时，没有言语能够形容于连的恋爱的疯狂。他对她说：从前我们一同在凡尼森林里散步，我可能是如此快乐的时候，我却让强烈的野心，把我的心灵携带到幻想的地方去了。你的温暖的迷人的胳臂就在我的唇边，可惜我那时不但没有把它压在我的心上，反而让我为了前程的幻想，把我从你这儿夺去；我曾经参加了无数的斗争，企图建立我的伟大的前程。……唉，若是你不到这监牢里来看我，我到死也不会认识幸福是什么。

行刑的那天,美丽的太阳,使万物都欢欣鼓舞起来,于连浑身充满了勇气。一切都进行得又简单又得体。这颗头颅,从来没有像在快落地的时候那么富有诗意。从前他在凡尼森林里享受的那些温暖的时光的回忆,极其有力地涌现在他的头脑里。

玛特儿在行刑后来到刑场,波里法斯·德·拉·木尔和玛嘉锐特·德·那瓦尔的故事的回忆,给了她超人的勇气。她把于连的头放在她的膝头上,坐在一辆披着黑纱的车子里,按照于连的吩咐,来到汝拉山的一个高峰,亲手把它埋葬在一个山洞里,并用意大利的大理石雕刻,把这荒野的山洞装饰起来。

德·瑞那夫人在于连死后三天,抱吻着她的儿子,离开了这个世界。

高 老 头

作者奥诺雷·巴尔扎克(1799—1850)是19世纪法国最伟大的现实主义作家之一，在法国、欧洲和世界文学史上都占有极其重要的地位。

巴尔扎克出生于法国西部的杜尔城。祖父是农民，姓巴尔沙。父亲在法国大革命时期做投机生意发了大财，当过副市长、军需官等，改姓贵族姓氏巴尔扎克。波旁王朝复辟后，老巴尔扎克经济地位开始下降。

1814年，巴尔扎克一家迁至巴黎。1816年至1819年，巴尔扎克在巴黎法科学校学习法律，同时在一家律师事务所当文书。在律师事务所工作的三年中，巴尔扎克看到了许多为法律治不了的丑恶之事，认识了巴黎社会的腐败和黑暗，为日后的创作积累了素材。1819年毕业后，他没有按照父母的意愿去当律师，而是开始从事文学创作。

1829年，巴尔扎克发表了长篇历史小说《朱安党人》。小说主要描写法国大革命后，"朱安党人"在英国封建势力的支持下所发动的反共和国的叛乱及其失败。这部小说标志着巴尔扎克现实主义创作的开端，初步奠定了他在文学界的地位。此后，巴尔扎克的创作进入繁荣时期。1831年发表的长篇小说《欧也妮·葛朗台》，标志着巴尔扎克创作中现实主义风格的形成。巴尔扎克立意要当法国社会的"书记"，写一部19世纪法国社会的风俗史。从30年代开始，他写出一部又一部优秀作品，以20年的心血和精力铸造出欧洲文学史上一座光辉的丰碑——《人间喜剧》。

《人间喜剧》是巴尔扎克从1829年至1848年间所写的96部长、中、短篇小说的总称。1842年，巴尔扎克受意大利诗人但丁《神曲》的启示，给1829年以后所写的小说以一个总的题目，叫《人间喜剧》。他原计划写137部小说，塑造三四千个人物。但实际上只写出96部，人物约两千个。巴尔扎克采取分类整理法和人物再现法，将全部作品连成一整体。《人间喜剧》分为"风俗研究"(又称"道德研究")、"哲学研究"和"分析研究"三大类。其中以"风俗研究"作品最多，也最重要，是全书的主体。它分为六个场景，每个场景包括若干篇。私人生活场景：如《苏城舞会》《夏倍上校》《高老头》《弃妇》《高利贷者》《禁治产》等。外省生活场景：如《欧也妮·葛朗台》《古物陈列室》《幻灭》《老小姐》等。巴黎生活场景：如《纽沁根银行》《贝姨》《邦斯舅舅》《交际花盛衰记》等。政治生活场景：如《现代历史内幕》《丑恶勾当》等，军事生活场景：如《朱安党人》《沙漠里的爱情》等。乡村生活场景：如《乡村医生》《乡村教士》《农民》等。"哲学研究"包括《驴皮记》《改邪归正的梅莫特》《玄妙的杰作》《钢巴拉》《绝对之探求》《红色旅馆》等。"分析研究"包括《婚姻心理学》《夫妇纠纷》等。

《人间喜剧》真实而深刻地再现了19世纪上半期法国资产阶级兴起和封建贵族衰亡的历史，揭露了资本主义社会人与人之间赤裸裸的金钱关系。恩格斯对巴尔扎克的作品给予了很高的评价。他认为在这里所学到的东西，"要比从当时所有职业的史学家、经济学家和统计学家那里学到的全部东西还要多"。[①] 但是巴尔扎克毕竟是一个资产阶级作家，他的世界观必然会受到时代和阶级的局限。如在暴露鞭挞贵族与资产阶级罪恶的同时，又塑造了一些有德行的贵族与资产阶级形象，并极力美化他们；在同情劳动人民贫困生活的同时，又否定他们为改善自己阶级

① 恩格斯：《致玛·哈克奈斯》，《马克思恩格斯选集》第4卷，人民出版社1995年版，第684页。

地位而对反动统治者所进行的反抗斗争。宣扬资产阶级个人主义、改良主义的地方,在作品中比比皆是。这些都需要我们认真鉴别。

长篇小说《高老头》(1834)在巴尔扎克的《人间喜剧》中占有十分重要的位置。它是巴尔扎克自觉地把他的小说连贯起来,建立新的创作体系的开端,可说是《人间喜剧》的序幕。

《高老头》共分六章。小说以1819年年底和1820年年初王政复辟时期的巴黎为背景,以伏盖公寓和鲍赛昂夫人的贵族沙龙为活动中心来组织故事情节。书中叙说的主要是两个故事:一个是退休面条商人高里奥(高老头)被两个女儿榨干、抛弃而悲惨死去的故事,一个是外省贵族青年拉斯蒂涅在金钱的腐蚀下堕落的故事。在这两个故事中间穿插了贵妇鲍赛昂夫人在资产阶级的逼攻下被迫隐退和潜逃苦役犯伏脱冷(约各·高冷)再次被捕的故事。书中主要人物有高老头、拉斯蒂涅、鲍赛昂夫人、伏脱冷,还有雷斯多伯爵夫人(高老头的长女阿娜斯太齐)、纽沁根太太(高老头次女但斐纳)、伏盖太太(伏盖公寓老板娘)、泰伊番小姐、古的太太、米旭诺小姐、波阿莱先生、皮安训(医科大学生)等。

现参照中文译本(傅雷译,人民文学出版社1963年版)分章介绍或节选如下。

伏盖公寓

寡妇伏盖太太四十年来在巴黎开着一所兼包客饭的公寓。这所伏盖公寓坐落在拉丁区与圣·玛梭城关之间的圣日内维新街下段。这所四层楼外加阁楼的屋子用的材料是粗沙石,粉刷的那种黄色不堪入目。这所房子的建造本来就是预备开公寓的。在底层第一间屋子有两扇临街的窗子取光,通往园子的是一扇落地长窗。客厅侧面通向饭厅,饭厅和厨房中间是楼道。客厅的景象更是凄凉:几张破旧的沙发和椅子,正中放一张黑底白纹的云石面圆桌,桌上摆一套白瓷小酒杯,金线已经剥落一大半。房内地板已坏,周围的护壁板只有半人高,其余的地方糊着上油的花纸……这间屋子有股说不出的味道,应当叫做公寓味道。那是一种闭塞的、霉烂的、酸腐的气味,叫人发冷,吸在鼻子里潮腻腻的,直往衣服里钻;那是刚吃过饭的饭厅的气味,酒菜和碗盏的气味,再加上房客们伤风的气味,令人作呕。但与隔壁的饭厅相比,你还会觉得客厅很体面哩。

饭厅全部装着护壁,漆的颜色已无从分辨,几只黏糊糊的食器柜上摆着暗淡无光的破裂水瓶,屋角有只小橱,分成许多标着号码的格子,存放寄膳客人满是污迹和酒痕的饭巾。几盏沾满灰尘和油污的挂灯;一张铺有漆布的长桌,上面的油腻之厚,足够爱淘气的医院实习生用手指在上面刻画姓名;几张断腿折臂的椅子;几块可怜的小脚毯,草辫老在散开但始终没有分离;还有些破烂的脚炉,洞眼碎裂,铰链零落,木座子像炭一样焦黑;红色的地砖,因为擦洗或上色之故,布满了高高低低的沟槽。……

总之,这儿是一派毫无诗意的贫穷,那种锱铢必较的、浓缩的、百孔千疮的贫穷;即使还没有泥浆却已有了污迹;即使还没有破洞,却快要崩溃腐朽,变成垃圾。

这个公寓的房子是伏盖太太的产业。至于伏盖先生在世时是个什么样的人,伏盖太太从不提及,因而房客们无从知道。伏盖太太50岁左右,有一张憔悴而多肉的脸,中央耸起一个鹦鹉嘴般的鼻子,滚圆的小手,像教堂的耗子一般胖胖的身材,她的面貌像秋季初霜一样鲜艳,眼睛四周布满皱纹,表情可以从舞女那样的满面笑容,一变而为债主那样的竖起眉毛,板起脸孔。她跟一切经过忧患的女人一样,无精打采的眼睛,假惺惺的神气像一个会伪装恼怒,以便敲竹杠的媒婆一样，而且她也存心不择手段讨便宜，甚至可以出卖别人。但房客们都说她骨子里是个好人，相信她真穷，遭受过厄运。

这个故事开始的时候，寄宿的房客共有七位：退休的面条商人高老头，法科大学生拉斯蒂涅，令人捉摸不透的“议论家”伏脱冷，被父亲遗弃的维多莉·泰伊番小姐，共和政府时代军需官的遗孀古的太太，阴险的老小姐米旭诺和她的“影子”波阿莱老人。此外，还有八个法科或医科大学生和两三个住在附近的熟客在公寓包一顿晚饭，因而晚餐时十分热闹。这些房客只能住价钱便宜的房间，衣着破旧，证明他们明里暗里全受着贫穷的压迫。伏盖太太按照膳宿费的数目，对各人定下照顾和尊敬的分寸，像天文家一般不差毫厘。这批萍水相逢的人心里都有同样的打算。高老头是专受白眼的可怜虫，大家取笑、捉弄的对象。

69 岁的高老头，在 1813 年上结束了买卖，住到伏盖太太这儿来。他先住在公寓里最好的房间，每年付 1 200 法郎膳宿费，那气派仿佛多五个路易少五个路易①都无所谓。伏盖太太预收了一笔补偿费，把那三间屋子整新了一番，添置一些家具。高老头那时还被尊称为高里奥先生。高里奥搬来的时候箱笼充实，里外服装，被褥行头，都很讲究。他平时穿一套宝蓝衣服，每天换一件雪白的细格布背心，下面鼓起一个滚圆的大肚子在那儿翕动，把一条挂有各色坠子的粗金链子，震动得一蹦一跳。鼻烟匣也是金的，里面有一个装满头发的小圆匣子，仿佛他还有风流艳事呢。听到房东太太说他风流，他嘴边立刻浮起笑容，好似一个小财主听见旁人称赞他的爱物一样。他的柜子装满许多家用的银器。伏盖寡妇殷勤地帮他整理东西时，不由得眼睛发亮，什么勺子，羹匙，食品，油瓶，汤碗，盘子，镀金的早餐用具，以及美丑不一、有相当分量、他舍不得放手的东西。末了，伏盖寡妇那双喜鹊眼还瞥见一叠公债票，约略加起来，大约每年有八千到一万法郎的进款。从那天起，年纪 48 岁而只承认 39 岁的伏盖寡妇，打起高里奥先生的主意来了。她晚上睡觉的时候便盘算怎样离开伏盖的坟墓，到高里奥身上去再生；她把这个念头放在欲火上烧烤，仿佛烤一只涂满油脂的竹鸡。她打算把公寓出盘，跟这位布尔乔亚的精华结合，成为本区中一个显要的太太，替穷人募捐，星期日逛旭阿西，梭阿西，香蒂伊；②随心所欲地上戏院，坐包厢，无须再等房客在七月中弄几张作家的赠券送她。总之，她做着一般巴黎小市民的黄金梦。

伏盖太太为了引诱高里奥先生，便在自己的装扮上下起功夫来，推说公寓里来往的客人很体面，自己不得不修饰得和他们相称。遇到生客上门，便宣传说巴黎最有名望最有地位的商界巨头高里奥先生特别选中她的公寓。她分发传单，上面大书特书伏盖公寓园亭幽雅，环境清静，空气新鲜等优越条件，不久，传单便给伏盖太太招来了一个叫特·朗倍梅尼的伯爵夫人。这位伯爵夫人与伏盖太太一见如故，她极力赞成伏盖太太对高里奥先生的看法，认为他是一个十全十美的男人。她不但帮助伏盖太太挑选衣帽打扮一番，还接受伏盖太太的委托，去探探高里奥先生对房东太太是否有意。但是做媒没有成功，高老头的世俗把伯爵夫人气走了。她对伏盖太太说：你在这个家伙身上什么都挤不出来的！他那疑神疑鬼的态度简直可笑；这个吝啬鬼，笨蛋，蠢货，只能讨人厌。第二天，伯爵夫人就走了，甚至把六个月的膳宿费都忘了，留下的破衣服只值五法郎。伏盖太太在巴黎四处寻访，但毫无结果。伏盖太太想当高里奥夫人的美梦

---

① 路易为法国旧时金币，合 20 至 24 法郎，比数随时代而异。

② 旭阿西，梭阿西，香蒂伊，均为巴黎附近名胜。

破灭了,而且还白白供养了一个女骗子六个月的膳宿。于是,她把这一切都归罪于高里奥,对他怀恨在心,处处跟他为难,并用对高里奥的敌意感染别的房客,而这些房客为了寻开心,就有意无意地帮着伏盖太太出气。

高里奥住进伏盖公寓的第一年底,伏盖太太对他产生了怀疑。她想:这个富商为什么住到这儿来,只付一笔在他财产比例极小的膳宿费?而这一年大半时期,他每星期总有一两次在外面吃晚饭,后来改为一个月两次。这种改变,使伏盖太太很生气,认为一方面是由于高老头的财产慢慢减少,一方面是故意跟房东太太为难。在第二年年终,高里奥要求搬上三楼,膳宿费减为700法郎。他变得极度撙节,甚至整整一冬屋里没有生火,一副穷酸相。从此伏盖太太便管他叫高老头。

关于高老头要求搬到三楼简陋的房间和膳宿费减为700法郎的原因,大家议论纷纷,可是始终猜不透。伏盖太太和公寓里的房客和仆人发现常有穿戴华丽的少妇来公寓找高老头。一天吃晚饭的时候,伏盖太太对高老头说:高里奥先生,你阳光高照,艳福不浅呢。她暗指早晨来找高老头的少妇。高老头回答说:吓!你的眼力真好,她漂亮得很啊。那是我的女儿呐。高老头回答时有种高傲的神气,房客都以为是老人故意遮面子。一个月后,有一个美丽的金发少妇来拜访高里奥先生,过了几天又有一个高大、结实、深色皮肤、黑头发的女子来见高里奥先生。这两个都是高里奥的女儿。但因那时高里奥还付着1 200法郎的膳宿费,伏盖太太认为一个富翁养几个情妇也是极寻常的事,把情妇冒充女儿也很巧妙,因而肯定来找高里奥的少妇都是他的情人。在快满三年的时候,高老头还要节省开支,搬上了四层楼,每个月的房饭钱减到45法郎。他戒了鼻烟,打发了理发匠,头上也不再扑粉。他初来公寓时的漂亮被褥衣物用旧了,他买了14铜子一码的棉布来代替。金刚钻、金烟匣、金链条、饰物,一样一样不见了。他脱下宝蓝大褂和那些华丽的服装,不分冬夏,只穿一件栗色粗呢大褂,羊毛背心,灰色毛料长裤。他越来越瘦,从前因心满意足而肥胖的脸,不知打了多少皱裥,脑门上有了沟槽,牙床骨突了出来,面如死灰,走路摇摇晃晃。有的人觉得他可憎,有的人觉得他可怜。有一天黄昏,伏盖太太挖苦他说:啊,喂!她们不来看你了吗,你那些女儿?口气之间显然怀疑他做父亲的身份。高老头听后浑身发抖,仿佛被房东太太刺了一针。他声音颤抖地回答:有时候来的。高老头并没有听见他的话所引起的一阵嘲笑,又恢复了迷迷糊糊的神情。于是,人们肯定他压根儿不曾有过妻子儿女,荒淫的结果使他变成了一只蜗牛,一个人形的软体动物。

公寓里的法科大学生欧也纳·特·拉斯蒂涅是从安古兰末乡下到巴黎来读书的。他有南方型的脸:白皮肤,黑头发,蓝眼睛。风度,举动,姿势,都显出他是大家子弟,有高雅的习惯。他是那种因家境清寒而不得不用功的青年,从小就懂得父母的期望,自己在那里打点美妙的前程,考虑学业的影响,以学科迎合社会未来的动向,以便捷足先登。

欧也纳得了文学士和法学士学位,回乡过暑假的时节,已经不知不觉染上巴黎恶习。童年的幻象,内地人的观念,完全消灭了,见识改换,雄心奋发之下,他看清了老家的情形。父亲、母亲,两个兄弟,两个妹妹,和一个除了养老金外别无财产的姑母,统统住在拉斯蒂涅家小小的田地上。年收3 000法郎左右的田,进款并没把握,因为葡萄的行情跟着酒市涨落,可是每年总得凑出1 200法郎给他。家里一向为了疼他而瞒起的常年窘迫的景象;他把小时候觉得那么美丽的妹妹,和他认为美的典型的巴黎妇女所作的比较;压在他肩上的这个大家庭的渺茫的前途;眼见任何微末的农作物都珍藏起来的俭省的习惯；用榨床上的残渣剩滓制造的家常饮料，总之，在此无须一一列举的许多琐事，使他对于权位的欲望与出人头地的志愿，加强了十倍。像一切有志气的人，他发誓一切都要靠自己的本领去挣。但他的性格明明是南方人的性格：临到实行就狐疑不决，主意动摇了，仿佛青年人在汪洋大海中间，既不知向哪方面驶去，也不知把帆挂成怎样的角度。先是他想没头没脑地用功，后来又感到应酬交际的必要，他发觉女子对社会生活影响极大，突然想投身上流社会，去征服几个可以做他后台的妇女。一个有热情有才气的青年，加上倜傥风流的仪表，和很容易教女人着迷的那种阳性的美，还愁找不到那样的女子吗？他一边在田野里散步一边不断转着这些念头。从前他同妹妹们出来闲逛完全无忧无虑，如今她们觉得他大大地变了。他的姑母特·玛西阿太太，当年也曾入宫觐见，认识一批名门贵族的领袖。野心勃勃的青年忽然记起姑母时常讲给他听的回忆中，有不少机会好让他到社会上去显露头角，这一点至少跟他在法学院的成就同样重要；他便盘问姑母，那些还能拉到关系的人是怎么样的亲戚。老姑太太把家谱上的各支各脉想了一想，认为在所有自私的阔亲戚中间，特·鲍赛昂子爵夫人大概最容易相与。她用老派的体裁写了封信交给欧也纳，说如果能接近这位子爵夫人，她自会帮他找到其余的亲戚。回到巴黎几天之后，拉斯蒂涅把姑母的信寄给特·鲍赛昂夫人……鲍赛昂夫人寄来一张舞会请帖。

第二天，拉斯蒂涅参加了鲍赛昂夫人的舞会，在舞会上遇见了高老头的大女儿雷斯多伯爵夫人。拉斯蒂涅对她的风度十分欣赏，一心渴望结识她，当作自己爬到上流社会的阶梯。一经拉斯蒂涅说明自己是鲍赛昂夫人的表弟，雷斯多伯爵夫人便马上邀请他，说随时可以上她家去玩。拉斯蒂涅凌晨两点钟才从舞会上回到公寓。当他胡思乱想，做着踏入上流社会的美梦时，突然听到“哼”的一声叹息。他以为是病人的痰厥，便轻轻开了门，进入甬道，瞥见高老头房门底下有一线灯光，他以为是这个邻居病了，便通过锁孔张望，只见高老头把一张桌子仰倒着，在桌子横档上缚了一个镀金的盘和一件好似汤钵一类的东西，另外用一根粗绳绞着那些镌刻精工的器物，拼命拉紧，似乎要绞成金条。老人不声不响，用筋脉隆起的胳膊，靠绳索帮忙，扭着镀金的银器。拉斯蒂涅还看见高老头在桌上铺了一条毯子，把银块放在上面卷滚，非常利落地搓成一根条子。高老头伤心地瞧了瞧他的作品，掉下几滴眼泪，然后吹灭蜡烛，躺到床上，又叹了一口气，突然大叫道：可怜的孩子！拉斯蒂涅暗想这件事还是不要声张为妙，不该冒冒失失断定高老头是坏人。他正要回房，又听见一种难以形容的声音，大概是几个穿布底鞋的人上楼梯。拉斯蒂涅侧耳细听，果然有两种不同的呼吸，既没有开门声，也没有脚步声，一会儿三楼伏脱冷的屋内漏出一道微光并发出数钱的声音。原来高老头是要替女儿还债，同时伏脱冷则是在搞秘密的非法勾当。

两处访问

第二天，拉斯蒂涅穿得非常漂亮，下午三点钟光景到特·雷斯多夫人家去。一路上十分兴奋、激动，他抱有很大的希望。但没有料到这次访问却碰了一鼻子灰。他的寒酸引起了仆人们的讪笑，因而他慌了手脚，撞在浴缸上，出尽洋相，最后才被主人接见。当雷斯多夫人向丈夫介绍说拉斯蒂涅是鲍赛昂夫人的表弟时，伯爵立刻放下了那副冷淡、矜持的神气，雷斯多夫人的情夫玛克辛伯爵也不安地看了看拉斯蒂涅，不像刚才那样目中无人了。一个姓氏的力量竟像魔术棒一样,使周围的人为之改容。但当他提到高老头和他住在一个公寓,并称之为高里奥老头时,触犯了雷斯多伯爵,他一脸的不高兴,伯爵夫人看见丈夫烦躁,也冷冷地板着脸。拉斯蒂涅好比走进一个收藏家的屋子,靠了有力的介绍才得进门,不料粗心大意撞了一下摆满小雕像的古董橱,把三四个不曾十分贴牢的头撞翻了。他恨不得钻入地下,只得告辞,并向主人深深地行了礼。伯爵吩咐下人:以后这位先生来,再不许通报!拉斯蒂涅憋着一肚子无名火去找表姐鲍赛昂夫人。鲍赛昂夫人正处于情场失意之际:她的情人阿瞿达侯爵为了资产阶级小姐洛希斐特四百万法郎的嫁奁而将她遗弃。婚事即将公布,但她一直蒙在鼓里,直到女友告诉她,她才知道这一有辱她声誉和爱情的不幸消息。悲愤之余,她向拉斯蒂涅讲了自己对人与人之间的关系和对社会的理解。她先谈到了高老头的不幸遭遇。高老头是个退休的面条商人,他把自己的大笔财产分给了两个女儿,每人给了五六十万,让她们去攀一门好亲事,舒舒服服地过日子,自己只留了八千到一万法郎进款的养老金,他以为两个女儿嫁了人,自己就有了两个家,可以受到尊重和奉承。可是在波旁王朝复辟后,两个女婿借口高老头早年在大革命中跟公安委员会有过交往,就把他赶出他们的生活圈子,闭门不纳。20年间他献出了他的心血、他的慈爱,又献出了他的财产。柠檬榨干了,那些女儿把剩下的皮扔在街上。鲍赛昂夫人感慨地说:社会又卑鄙又残忍。

“嗳,拉斯蒂涅先生,你得以牙还牙对付这个社会。你想成功吗?我帮你。你可以测量出来,女人堕落到什么田地,男人虚荣到什么田地。虽然人生这部书我已经读得烂熟,可是还有一些篇章不曾寓目。现在我全明白了。你越没有心肝,越高升得快。你得不留情地打击人家,叫人家怕你。只能把男男女女当作驿马,把它们骑得筋疲力尽,到了站上丢下来;这样你就能达到欲望的最高峰。不是吗,你要没有一个女人关切,你在这儿便一文不值。这女人还得年轻、有钱、漂亮。倘使你有什么真情,必须像宝贝一样藏起,永远别给人家猜到,要不就完啦,你不但做不成刽子手,反过来要给人家开刀了。有朝一日你动了爱情,千万要守秘密!没有弄清楚对方的底细,决不能掏出你的心来。你现在还没有得到爱情;可是为保住将来的爱情,先得学会提防人家。听我说,米盖尔……(她不知不觉说错了名字)①女儿遗弃父亲,巴望父亲早死,还不算可怕呢。那两姊妹也彼此忌妒得厉害。雷斯多是旧家出身,他的太太进过宫了,贵族社会也承认她了;可是她的有钱的妹妹,美丽的但斐纳·特·纽沁根夫人,银行家太太,却难过死了;忌妒咬着她的心,她跟姊姊貌合神离,比路人还不如;姊姊已经不是她的姊姊;两个人你不认我,我不认你,正如不认她们的父亲一样。特·纽沁根太太只消能进我的客厅,便是把圣·拉查街到葛勒南街一路上的灰土舐个干净也是愿意的。她以为特·玛赛能够帮她达到这个目的,便甘心情愿做他奴隶,把他缠得头痛。哪知特·玛赛干脆不把她放在心上。你要能把她介绍到我这儿来,你便是她的心肝宝贝。以后你能爱她就爱她,要不就利用她一下也好。我可以接见她一两次,逢到盛大的晚会,宾客众多的时候;可是决不单独招待她。我看见她打个招呼就够了。你说出了高老头的名字,你把伯爵夫人家的大门关上了。是的,朋友,你尽管上雷斯多家20次,她会20次不在家。你被他们撵出门外了。好吧,你叫高老头替你介绍特·纽沁根太太吧。那位漂亮太太可以做你的幌子。一朝她把你另眼相看了,所有的女人都会一窝蜂地来追你。跟她竞争的对手,她的朋友,她的最知己的朋友,都想把你抢过去了。有些女人,只喜欢别的女子挑中的男人,好像那般中产

① 米盖尔是鲍赛昂夫人的情人阿瞿达侯爵的名字。

阶级的妇女,以为戴上我们的帽子就有了我们的风度。所以那时你就能走红。在巴黎,走红就是万事亨通,就是拿到权势的宝杖。倘若女人觉得你有才气,有能耐,男人就会相信,只消你自己不露马脚。那时你多大的欲望都不成问题,可以实现,你哪儿都走得进去。那时你会明白,社会不过是傻子跟骗子的集团。你别做傻子,也别做骗子。我把我的姓氏借给你,好比一根阿里安纳的线,引你进这座迷宫①。别把我的姓污辱了,"她扭了扭脖子,气概非凡地对拉斯蒂涅瞧了一眼,说道:"清清白白地还给我。好,去吧,我不留你了。我们做女人的也有我们的仗要打。""要不要一个死心塌地的人替你去点火药?"拉斯蒂涅打断了表姐的话。"那又怎么样?"她问。拉斯蒂涅拍拍胸脯,表姐对他笑了。他也笑了笑,走了。……

拉斯蒂涅回到了伏盖公寓,走入气味难闻的饭厅;18 个食客好似马槽前的牲口一般在吃饭,他觉得这副穷酸相和饭厅的景象丑恶已极。环境变化太突兀了,对比太强烈了,这格外刺激了他的野心。一方面是高雅的社会的新鲜可爱的面目,每个人年轻、活泼,有诗意、有热情,四周又是美妙的艺术品和阔绰的排场;另一方面是溅满污泥的阴惨的画面,人物的脸上只有被情欲扫荡过的遗迹。这时鲍赛昂夫人对他的"教导"一下子都回响在耳边,而眼前的惨象又等于给那些"教导"添上了注解。拉斯蒂涅决定分两路进攻,去猎取财富:依靠学问,同时依靠爱情;成为一个有学问的博士,同时做一个时髦人物。他决心按鲍赛昂夫人的指点,去接近高老头的二女儿纽沁根夫人,于是他回到卧室,给母亲和妹妹写信要钱去了。他在给母亲的信中谈到他已见过鲍赛昂子爵夫人,她答应提拔他,但得应酬交际,所以需要 1 200 法郎,这关系到全家的前程,所以请好妈妈卖掉一些旧首饰,如果钱数不够,还得出卖姑母的花边,请妈妈告诉姑母,将来有最好看的花边寄给她。给母亲写完信后,他又分别写信给两个妹妹,讨她们的私蓄,知道她们一定乐意给他的。但他要求妹妹们不要向家里人提及此事,把这笔钱用匿名方式寄给他。拉斯蒂涅写了这样的信,觉得很惭愧,想到母亲不能凑足他所要的款子时的苦恼,想到妹妹们的纯洁和温情,这些至诚的感情,可怕的牺牲,将要成为他抵达特·纽沁根太太面前的阶梯。想到此,他不由得落下几滴眼泪,这几滴眼泪等于献给家庭神坛的最后几炷香。他在第二天把信送往邮局时还犹豫不决,但终于把信丢进了邮箱。他对自己说:我一定成功!过了几天,拉斯蒂涅去看特·雷斯多夫人,去了三次都被挡驾。于是拉斯蒂涅决定去追求高老头的二女儿但斐纳。为了摸清底细再去接近纽沁根家,拉斯蒂涅搜集了一些有关高老头过去的确实的材料:

大革命前,高里奥是一个普通的面条司务,他省俭而能干。1789 年第一次大暴动中,东家遭劫后,他盘下铺子,而且居然肯当本区区长,这使他的买卖得到了那个危险时代一般有势力的人的保护。就在不知是真是假的大饥荒时代,巴黎的粮食贵得惊人的那一时节,他发了财。那一年,他积了一大笔资本,以后做粮食买卖处处占上风,可说没有敌手。他办事既干练又有耐心,而且行动迅速。但一离开他的本行,他仍不过是一个又蠢又粗的工人,不会用脑,感觉不到任何精神上的乐趣,坐在戏院里会打盹,但有一股极高尚的感情。他的妻子是拉·勃里地方一个富农的独生女,她娇嫩、结实、多情、美丽。高里奥对她无限崇拜、赞美、敬爱。他和爱妻过了七年圆满的幸福生活,不幸爱妻早逝。不管一般争着要把女儿嫁给他做填房的商人或庄稼人提出多么优越

① 希腊神话,阿里安纳把一根线授给丹才,使他杀了牛首人身的米诺多,仍能逃出迷宫。

的条件,他都不愿续娶。他把爱转移到两个女儿身上。

高里奥每年有六万法郎以上的进款,自己花不了一千二百法郎,他的乐事只在于满足两个女儿。他聘请最优秀的教师来培养女儿们高等教育应有的各种才艺;还有一位做伴的小姐(一个有头脑有品格的女子)。两个女儿会骑马,还有自备车辆,只要开口,最奢侈的欲望,父亲也会满足她们,只要女儿跟他亲热一下作为回敬;甚至她们给他的痛苦,他也喜欢。一到出嫁年龄,她们可以随心所欲地挑选丈夫,并有父亲一半的财产作陪嫁。大女儿阿娜斯太齐生得美,被特·雷斯多伯爵看中,成了贵妇人,跳进了上流社会。二女儿但斐纳喜欢金钱,嫁给了银行家纽沁根。而高里奥仍旧做面条商人,因为他除此外,精神无所寄托。不久,女儿女婿见他仍操旧业,觉得有伤他们的面子,央求了五年,他才答应带着出盘铺子的钱和五年的盈余退休。这笔资本所生的利息,便是他住进伏盖公寓的用度。高里奥是在看到女儿受丈夫的压力,非但不招留他住在家里,还不愿公开在家招待他,绝望之下,便搬进了伏盖公寓。

以上是受盘高里奥老头铺子的缪莱先生供给的资料,特·朗日公爵夫人对拉斯蒂涅说的种种猜测因此证实了。拉斯蒂涅了解到高里奥的经历后,对他怀着深深的同情。

初见世面

12月第一个星期的末了,拉斯蒂涅接到两封信,一封是母亲的,一封是大妹妹的。拉斯蒂涅看完母亲的信后,哭了。他从高老头扭掉镀金盘子,卖了钱替女儿还债的情景,联想到母亲为了给儿子筹备款子也扭掉了她的首饰,姑母卖掉纪念物时一定也哭了。他的良心受到谴责,他想放弃上流社会,不拿这笔钱。然后,他看了妹妹的信,信中天真而婉转的措词使他心里轻松了些,两个妹妹将自己平时一点一点积存起来的零用钱350法郎和母亲的1 200法郎合成1 550法郎,一起寄给了他。他心里想:“无论如何非发财不可!奇珍异宝也报答不了这样的忠诚。我得把世界上所有的幸福都带给他们。”有了1 550法郎的现款,再加上可以赊账的漂亮衣服,拉斯蒂涅这个穷大学生对自己信心十足了。当他下楼用餐的时候,流露出年轻人有了几文钱那种说不出的神气。他马上觉得有了靠山,走起路来也比从前有劲得多,目光炯炯,敢于正视一切,全身的动作也灵活起来;隔夜还怯生生的,似乎挨了打都不敢还手,此刻可以有胆子得罪内阁总理了。拉斯蒂涅一边咬着伏盖太太家一个铜子一个的煮熟梨,心上想:“嘿!巴黎的妇女知道了,准会到这儿来向我求爱。”这时门铃响了,信差给拉斯蒂涅送来了母亲给他的汇款,伏脱冷深深地瞅了拉斯蒂涅一眼,拉斯蒂涅好像被鞭子抽了一下。因为他的心思全被伏脱冷看透了。伏脱冷向他发表了一通议论,认为在这个互相吞噬的社会里,清白老实一无用处,如果不能像炮弹一样轰出去,就得像瘟疫一般钻进去。他对拉斯蒂涅说:

“照你现在这个派头,你知道你需要什么,一百万家财,而且要快;不然的话,你尽管胡思乱想,一切都是水中捞月,白费!这一百万,我来给你吧。”他停了一下,望着欧也纳。“啊!啊!现在你对伏脱冷老头的神气好一些了。一听我那句话,你就像小姑娘听见人家说了声:晚上见,便理理毛,舐舐嘴唇,有如喝过牛奶的猫咪。这才对啦,来,来,咱们合作吧。先算算你那笔账,小朋友。家乡,咱们有爸爸,妈妈,祖姑母,两个妹妹(一个18岁,一个17岁),两个兄弟(一个15岁一个10岁),这是咱们的花名册。祖姑母管教两个妹妹,神甫教两个兄弟拉丁文。家里总是多喝栗子汤,少吃白面包;爸爸非常爱惜他的裤子,妈妈难得添一件冬衣和夏衣,妹妹们能将就便将就了。我什么都知道，我住过南方。要是家里每年给你 1 200，田里的收入统共只有 3 000，那么你们的情形就是这样。咱们有一个厨娘，一个当差，面子总要顾到，爸爸还是男爵呢。至于咱们自己，咱们有野心，有鲍赛昂家撑腰，咱们拼着两条腿走去，心里想发财，袋里空空如也；嘴里吃着伏盖妈妈的起码饭菜，心里爱着圣·日耳曼区的山珍海味；睡的是破床，想的是高堂大厦！我不责备你的欲望。我的小心肝，野心不是个个人有的。……人生就是这么回事，跟厨房一样的腥臭。可是要作乐，就不能怕弄脏手，只消你事后洗干净：今日所谓道德，就是这一点。……你要有种，你就扬着脸一直往前冲。可是你得跟妒忌、毁谤、庸俗斗争，跟所有的人斗争。……你自己忖一忖吧！看你是否能每天早上起来，比隔夜更有勇气。倘然是的话，我可以给你提出一个谁也不会拒绝的计划。喂，你听着。我有个主意在这儿。我想过一种长老生活，在美国南部弄一大块田地，就算十万阿尔邦吧。[①] 我要在那边种植，买奴隶，靠了卖牛、卖烟草、卖林木的生意挣他几百万，把日子过得像小皇帝一样；那种随心所欲的生活，蹲在这儿破窑里的人连做梦也做不到的。我是一个大诗人。我的诗不是写下来的，而是在行动和感情上表现的。此刻我有五万法郎，只够买四十名黑人。我需要二十万法郎，因为我要两百个黑人，才能满足我长老生活的瘾。黑人，你懂不懂？那是一些自生自发的孩子，你爱把他们怎办就怎办，决没有一个好奇的检察官来过问。有了这笔黑资本，十年之内可以挣到三四百万。我要成功了，就没有人盘问我出身。我就是四百万先生，合众国公民。那时我才五十岁，不至于发霉，我爱怎么玩儿就怎么玩儿。总而言之，倘若我替你弄到一百万陪嫁，你肯不肯给我二十万？两成佣金，不算太多吧？你可以教小媳妇儿爱你。一朝结了婚，你得表示不安、懊恼，半个月工夫装做闷闷不乐。然后，某一天夜里，先来一番装腔作势，再在两次亲吻之间，对你老婆说出有二十万的债，当然那时要把她叫做心肝宝贝啰！这种戏文天天都有一批最优秀的青年在搬演。一个少女把心给了你，还怕不肯打开钱袋吗？你以为你损失了吗？不。一桩买卖就能把二十万捞回来。凭你的资本，凭你的头脑，挣多大的家财都不成问题。于是乎，你在六个月中间造成了你的幸福，造成了一个小娇娘的幸福，还有伏脱冷老头的幸福，还有你父母姊妹的幸福，他们此刻不是缺少木柴，手指冻得发疼吗？我的提议跟条件，你不用大惊小怪！巴黎六十件美满的婚姻，总有四十七件是这一类的交易。公证人公会曾经强逼某先生……”

“要我怎么办呢？”拉斯蒂涅急不可待地打断了伏脱冷的话。

“噢，用不着你多费心的。”伏脱冷回答的时候，那种高兴好比一个渔翁觉得鱼儿上了钩。“你听我说！凡是可怜的、遭难的女子，她的心等于一块极需要爱情的海绵，只消一滴感情，立刻膨胀。追求一个孤独，绝望，贫穷，想不到将来有大家私的姑娘，呃！那简直是拿了一手同花顺子，[②]或是知道了头奖的号码去买奖券，或是得了消息去做公债。你的亲事就像在三合土上打了根基。一朝有几百万家财落在那姑娘头上，她会当作泥土一般扔在你脚下，说道：‘拿吧，我的心肝！拿吧，阿陶夫！阿弗莱！拿吧，欧也纳！’只消阿陶夫，阿弗莱，或者欧也纳有那聪明的头脑肯为她牺牲。所谓牺牲，不过是卖掉一套旧衣服，换几个钱一同上蓝钟饭铺吃一顿香菌包子；晚上再到滑稽剧院看一场戏；或者把表送往当铺，买一条披肩送她。那些爱情的小玩艺儿，无须跟你细说；多少女人都喜欢那一套，譬如写情书的时候，在信笺上洒几滴水冒充眼泪等等，我看你似乎完全懂得调情的把戏。你瞧，巴黎仿佛新大陆上的森林，有无数的野

① 阿尔邦为古量度名，约等于 30 至 51 亩，因地域而异。每亩合 100 平方米。
② 同花顺子为纸牌中最高级的大牌。

蛮民族在活动，什么伊林诺人，许龙人，都在社会上靠打猎过活。你是个追求百万家财的猎人，得用陷阱，用鸟笛，用哨子去猎取。打猎的种类很多：有的猎取陪嫁，有的猎取破产后的清算，[1]有的出卖良心，有的出卖无法抵抗的定户。凡是满载而归的人都被敬重，庆贺，受上流社会招待。说句公平话，巴黎的确是世界上最好客的城市。如果欧洲各大京城高傲的贵族，不许一个声名狼藉的百万富翁跟他们称兄道弟，巴黎自会对他张开臂抱，赴他的宴会，吃他的饭，跟他碰杯，祝贺他的丑事。”

“可是哪儿去找这样一个姑娘呢？”欧也纳问。

“就在眼前，听你摆布！”

“维多莉小姐吗？”

“对啦！”

“怎么？”

“她已经爱上你了，你那个特·拉斯蒂涅男爵夫人！”

“她一个子儿都没有呢。”欧也纳很诧异地说。

“噢！这个吗？再补上两句，事情就明白了。泰伊番老头在大革命时代暗杀过他的一个朋友；他是跟咱们一派的好汉，思想独往独来。他是银行家，弗莱特烈-泰伊番公司的大股东；他想把全部家产传给独养儿子，把维多莉一脚踢开。咱家我，可不喜欢这种不平事儿。我好似堂吉诃德，专爱锄强扶弱。如果上帝的意志要召回他的儿子，泰伊番自会承认女儿；他好歹总要一个继承人，这又是人类天生的傻脾气；可是他不能再生孩子，我知道。维多莉温柔可爱，很快会把老子哄得回心转意，用感情弄得他团团转，像个德国陀螺似的。你对她的爱情，她感激万分，决不会忘掉，她会嫁给你。我么，我来替天行道，教上帝发愿。我有个生死之交的朋友，洛阿军团[2]的上校，最近调进王家卫队。他听了我的话加入极端派的保王党，他才不是固执成见的糊涂蛋呢。顺便得忠告你一句，好朋友，你不能拿自己的话当真，也不能拿自己的主张当真。有人要收买你的主张，不妨出卖。一个自命为从不改变主张的人，是一个永远走直线的人，相信自己永远正确的大傻瓜。世界上没有原则，只有世故；没有法律，只有时势；高明的人同世故跟时势打成一片，任意支配。倘若真有什么固定的原则跟法律，大家也不能随时更换，像咱们换衬衫一样容易了。一个人用不着比整个民族更智慧。替法国出力最少的倒是受人膜拜的偶像，因为他老走激进的路；其实这等人至多只能放在博物院中跟机器一块儿，挂上一条标签，叫他做拉斐德，[3]至于被每个人丢石子的那位亲王，根本瞧不起人类，所以人家要他发多少誓便发多少誓；他却在维也纳会议中使法国免于瓜分；他替人争了王冠，人家却把污泥丢在他脸上。[4] 噢！什么事的底细我都明白，人家的秘密我知道的才多呢！不用多说了。只消有一天能碰到三个人对一条原则的运用意见一致，我就佩服，我马上可以采取一个坚决的主张；可是不知何年何月才有这么一天呢！对同一条法律的解释，法庭上就没有三个推事意见相同。言归正传，说我那个朋友吧。只消我开声口，他会把耶稣基督重新钉上十字架。凭我伏脱冷老头一句话，他会跟那个小子寻事，他——对

① 资本主义社会中有的商人是靠倒闭清算而发财的。

② 滑铁卢一仗以后，拿破仑的一部分军队改编为洛阿军团。

③ 拉斐德一生并无重大贡献而名声不衰。

④ 指泰勒朗，在拿破仑时代以功封为亲王，王政时代仍居显职，可谓三朝元老。为路易十八复辟，泰勒朗在幕后出了很大的力量。

可怜的妹子连一个子儿都不给，哼！——……然后……”

伏脱冷站起身子，摆着姿势，好似一个剑术教师准备开步的功架：

“然后，请他回老家！”

“怕死人了！”欧也纳道，“你是开玩笑吧，伏脱冷先生？”

“呦！呦！呦！别紧张，”他回答，“别那么孩子气。你要是愿意，尽管去生气，去冒火！说我恶棍，坏蛋，无赖，强盗，都行，只别叫我骗子，也别叫我奸细！来吧，开口吧，把你的连珠炮放出来吧！我原谅你，在你的年纪上那是挺自然的！我就是过来人！不过得仔细想一想。也许有一天你干的事比这个更要不得，你会去拍漂亮女人的马屁，接受她的钱。你已经在这么想了。因为你要不在爱情上预支，你的梦想怎么能成功？亲爱的大学生，德行是不可分割的，是则是，非则非，一点没有含糊。有人说罪过可以补赎，可以用忏悔来抵消！哼，笑话！为要爬到社会上的某一级而去勾引一个女人，离间一家的弟兄，总之为了个人的快活和利益，明里暗里所干的一切卑鄙勾当，你以为合乎信仰、希望、慈悲三大原则吗？一个纨袴子弟引诱未成年的孩子一夜之间丢了一半家产，凭什么只判两个月徒刑？一个可怜的穷鬼在加重刑罚的情节①中偷了一千法郎，凭什么就判终身苦役？这是你们的法律。没有一条不荒谬。戴了黄手套说漂亮话的人物，杀人不见血，永远躲在背后；普通的杀人犯却在黑夜里用铁棍撬门进去，那明明是犯了加重刑罚的条款了。我现在向你提议的，跟你将来所要做的，差别只在于见血不见血。你还相信世界上真有什么固定不变的东西！嗳！千万别把人放在眼里，倒应该研究一下法纲上哪儿有漏洞。只要不是彰明较著发的大财，骨子里都是大家遗忘了的罪案，只是案子做得干净罢了。”

“别说了，先生，我不能再听下去，你要教我对自己都怀疑了，这时我只能听感情指导。”

“随你吧，孩子。我只道你是个硬汉；我再不跟你说什么了。不过，最后交代你一句，”他目不转睛地瞪着大学生，“我的秘密交给你了。”

“不接受你计划，当然会忘掉的。”

“说得好，我听了很高兴。不是么，换了别人，就不会这么谨慎体贴了。别忘了我这番心意。等你半个月。要就办，不就算了。”

眼看伏脱冷挟着手杖，若无其事地走了，拉斯蒂涅不禁想道：“好一个死心眼儿的家伙！特·鲍赛昂太太文文雅雅对我说的，他赤裸裸地说了出来。他拿钢铁般的利爪把我的心撕得粉碎。干么我要上特·纽沁根太太家去？我刚转好念头，他就猜着了。关于德行，这强盗坯三言两语告诉我的，远过于多少人物多少书本所说的。如果德行不允许妥协，我岂不是偷盗了我的妹妹？”

他把钱袋往桌上一扔，坐下来胡思乱想。

“忠于德行，就是做一个伟大的殉道者！喝！个个人相信德行，可是谁是有德行的？民众崇拜自由，可是自由的人民在哪儿？我的青春还像明净无云的蓝天，可是巴望富贵，不就是决定扯谎，屈膝，在地下爬，逢迎吹拍，处处作假吗？不就是甘心情愿听那般扯过谎，屈过膝，在地下爬过的人使唤吗？要加入他们的帮口，先得侍候他们。呸！那不行。我要规规矩矩、清清白白地用功，夜以继日地用功，凭劳力来挣我的财产。这是求富贵最慢的路，但我每天可以问心无愧地上床。白璧无瑕，像百合一样的纯洁，将来回顾一生的时候，岂不挺美？我跟人生，还像一个青年和

① “加重刑罚的情节”为法律术语，例如手持武器，夜入人家，在刑事上即为加重刑罚的情节。

他的未婚妻一样新鲜。伏脱冷却教我看到婚后十年的情景。该死！我越想越糊涂了。还是甚么都不去想，听凭我的感情指导吧。”

晚上，拉斯蒂涅去找鲍赛昂夫人，因为阿瞿达没有来拜访，拉斯蒂涅得到陪伴鲍赛昂夫人去意大利剧院的机会。当他们走进剧院正面包厢时，立刻成了无数手镜的目标。剧院的豪华和贵妇人美艳无比的装束，使拉斯蒂涅几乎认为自己走进了神仙世界。鲍赛昂夫人向剧场四处望望，告诉拉斯蒂涅，纽沁根太太坐在第三个包厢里，她的姐姐雷斯多伯爵夫人同特·脱拉伊先生在另一边。剧院里坐满了人，但拉斯蒂涅只注意纽沁根太太一个，他觉得这位太太长得确实漂亮。他对鲍赛昂夫人说：亲爱的表姊，我已经几次承蒙你照应，倘使你愿意成全我的话，只请你给我一次惠而不费的帮助，我已经入迷了。鲍赛昂夫人说：好吧，既然你已经看中了她，你的爱情一定顺利。瞧，特·玛赛在特·迦拉蒂沃纳公主的包厢里。特·纽沁根太太在受罪啦，她气死啦。要接近一个女人，尤其是银行家的太太，再没有比这个更好的机会了。唐打区的妇女都是喜欢报复的。

这时，阿瞿达侯爵走进鲍赛昂夫人的包厢。拉斯蒂涅觉得鲍赛昂夫人脸上的光辉是真正爱情的表露，与巴黎式的调情打趣、装腔作势不能混为一谈。他对表姐产生了钦佩之感。阿瞿达坐下后，鲍赛昂夫人问阿瞿达：你和特·纽沁根太太相熟，可以把拉斯蒂涅先生介绍给她吗？阿瞿达侯爵欣然答应，挽着拉斯蒂涅的手臂，来到纽沁根太太的包厢，用带点打趣的口吻将拉斯蒂涅介绍给纽沁根太太。纽沁根太太微微一笑，把丈夫刚走开而留下的座位让给拉斯蒂涅。阿瞿达抽身告辞走了。拉斯蒂涅向纽沁根太太说了许多赞美奉承的话。这些甜言蜜语，纽沁根太太听了很高兴。拉斯蒂涅一直陪着纽沁根太太，直到她丈夫来叫她回家。临别时，拉斯蒂涅提出希望在特·加里里阿诺公爵夫人舞会之前去拜访她，他们表示欢迎。

拉斯蒂涅从意大利剧院走回公寓的路上，一路打着如意算盘。他想，如果纽沁根太太对他有意，他会教她怎样控制自己的丈夫。这样，他就会一下子发一笔大财。再想到纽沁根太太那么漂亮，那么富于诱惑力，拉斯蒂涅已着了迷。当他回到公寓时，激动地敲着高老头的门，喊道：喂！邻居，我见过但斐纳太太了。高老头起来开了门，请拉斯蒂涅进屋后，又赶紧躺下，迫不及待地问：跟我说，她怎么样？拉斯蒂涅是第一次到高老头的屋子，当他看到这间像监狱一样阴惨惨的屋子和那些破烂的家具而回想起他的两个女儿华贵的装束时，感到十分惊奇和痛苦。高老头没有留意拉斯蒂涅的表情，接着问道：两姊妹你喜欢哪一个？拉斯蒂涅说他喜欢但斐纳，因为她对父亲更孝顺时，高老头非常感动，并告诉拉斯蒂涅，两个女儿都非常爱他。拉斯蒂涅说：高里奥先生，既然你的两个女儿这么爱你，嫁得又这么阔，你怎么还住在这样一个贫民窟里？

“嘿，”他装做满不在乎的神气说，“我住得再好有什么相干？这些事情我竟说不上来；我不能接连说两句有头有尾的话。总而言之，一切都在这儿。”他拍了拍心窝。“我么，我的生活都在两个女儿身上。只要她们能玩儿，快快活活，穿得好，住得好；我穿什么衣服，睡什么地方，有什么相干？反正她们暖和了，我就不觉得冷；她们笑了，我就不会心烦；只有她们伤心了我才伤心。你有朝一日做了父亲，听见孩子们喊喊喳喳，你心里就会想：‘这是从我身上出来的！’你觉得这些小生命每滴血都是你的血，是你的血的精华，——不是么！甚至你觉得跟她们的皮肉连在一块儿,她们走路,你自己也在动作。无论哪儿都有她们的声音在答应我。她们眼神有点儿不快活,我的血就冻了。你终有一天知道,为了她们的快乐而快乐,比你自己快乐更快乐。我不能向你解释这个,只能说心里有那么一股劲,教你浑身舒畅。总之,我一个人过着三个人的生活。我再告诉你一件古怪事儿好不好?我做了父亲,才懂得上帝。他无处不在,既然世界是从他来的。先生,我对女儿便是这样的无处不在。不过我爱我的女儿,还胜过上帝爱人类;因为人不像上帝一样的美,我的女儿却比我美得多。我跟她们永远心贴着心的,所以我早就预感到,你今晚会碰到她们。天哪!要是有个男人使我的小但斐纳快活,把真正的爱情给她,那我可以替那个男人擦靴子,跑腿。我从她老妈子那里知道,特·玛赛那小子是条恶狗,我有时真想扭断他的脖子。哼,他竟不知道爱一个无价之宝的女人,夜莺般的声音,生得像天仙一样!只怪她没有眼睛,嫁了个亚尔萨斯死胖子。姊妹俩都要俊俏温柔的后生才配得上,可是她们的丈夫都是她们自己挑的。"

那时高老头伟大极了。欧也纳从没见过他表现那种慈父的热情。感情有股熏陶的力量;一个人不论如何粗俗,只要表现出一股真实而强烈的情感,就有种特殊的气息,使容貌为之改观,举动有生气,声音有音色。往往最蠢的家伙,在热情鼓动之下,即使不能在言语上,至少能在思想上达到雄辩的境界,他仿佛在光明的领域内活动。那时老人的声音举止、感染力不下于名演员。归根结蒂,我们优美的感情不就是意志的表现么?

"告诉你,"欧也纳道,"她大概要跟特·玛赛分手了,你听了高兴吗?那花花公子丢下她去追迦拉蒂沃纳公主。至于我,我今晚已经爱上了但斐纳太太。"

"哦!"高老头叫着。

"是呀。她并不讨厌我。我们谈情谈了一小时,后天星期六我要去看她。"

"哦!亲爱的先生,倘使她喜欢你,我也要喜欢你呢!你心肠好,不会给她受罪。你要欺骗她,我就割掉你的脑袋。一个女人一生只爱一次,你知道不知道?天!我尽说傻话,欧也纳先生。你在这儿冷得很。哎啊!你跟她谈过话喽,她教你对我说些什么呢?"

"一句话也没有,"欧也纳心里想,可是他高声回答:"她告诉我,说她很亲热地拥抱你。"

"再见吧,邻居。希望你睡得好,做好梦。凭你刚才那句话,我就会做好梦了。上帝保佑你万事如意!今晚你简直是我的好天使,我在你身上闻到了女儿的气息。"

当拉斯蒂涅告别高老头回到自己的屋子睡下时想道:可怜的老头儿,哪怕铁石心肠也得被他感动呢。他的女儿可一点没有想到他,当他外人一样。

自这次谈话后,高老头把拉斯蒂涅看成一个朋友,一个心腹。他们的关系完全是建筑在老人的父爱上面,没有这一点,高老头跟谁也不会亲近的。因为他认为拉斯蒂涅是他遇到的最可爱的青年,他将会给但斐纳从未有过的快乐。因此,高老头对拉斯蒂涅的情谊一天天增加。

鬼 上 当

第二天,拉斯蒂涅到了鲍赛昂夫人家。鲍赛昂夫人将他介绍给元帅夫人。拉斯蒂涅受到元帅夫人殷勤的招待。舞会上他又遇见了纽沁根太太。今天,她打扮得格外漂亮,特意要讨众人和拉斯蒂涅的喜欢。在这次盛大的舞会中,拉斯蒂涅看出,自己以鲍赛昂夫人公开承认的表弟的资格,在上流社会中已经取得了身份。而且大家以为他已经追上纽沁根太太,都对他另眼相看,所有的青年都不胜艳羡地瞅着他,太太们预言他前程远大,纽沁根太太唯恐他被别人抢去,答应等会儿把前天拒绝的亲吻给他。他在舞会中接到了好几户人家的邀请。表姐介绍给他的几位太太,都是风雅的人物,她们的府上也是挺有趣的交际场所。拉斯蒂涅在巴黎最高级最漂亮的社会中露了头角,这个他初次登场就大有收获的晚会,使他终生难忘。

拉斯蒂涅在表姐鲍赛昂夫人的提携下,结识了纽沁根太太,一连许多天都过着花天酒地的生活,差不多天天和她一起吃饭,陪她出去交际。但拉斯蒂涅发现这个银行家的妻子在经济上非常窘迫。拉斯蒂涅感到,自己如果没有钱,到手的一切都会失去,因而他不顾良心的呼唤想到了伏脱冷的计划,转而向泰伊番小姐调情。伏脱冷乘机拉他上钩。但这时伏脱冷的行踪已被警察厅发现。暗探买通了米旭诺和波阿莱,要他们验明伏脱冷的身份,报酬是 3 000 法郎。伏脱冷这时已开始按计划行事:策划他的同党向泰伊番小姐的哥哥寻衅,以期引起决斗,将他杀死,事成后,拉斯蒂涅与泰伊番小姐结婚,继承遗产,他只要百分之二十的抽头。拉斯蒂涅不愿牵涉进去,准备当夜通知泰伊番父子。但伏脱冷早料到他这一手,在酒里放了药,将他和高老头醉倒。但第二天中午,伏脱冷喝了米旭诺小姐下了药的饮料,直僵僵地倒在地上。大家七手八脚地把他抬回屋子,放在床上。米旭诺小姐把伏盖太太支走,叫波阿莱脱去伏脱冷的内衣,把他翻过来,米旭诺在他肩头上打了一巴掌,鲜红的皮肤上立即泛出苦役犯的印记。

这时泰伊番小姐的哥哥因决斗而死的消息也传来了。

医科大学生皮安训回公寓后,给伏脱冷灌了呕吐剂,伏脱冷刚醒过来,来逮捕他的警察已经包围了伏盖公寓。特务长走到伏脱冷身边,一下打落了他的假发,一副丑恶的面貌马上显现出来。这时他全身的血涌上了脸,眼睛像野猫一般发亮,使出一股蛮劲,大吼一声,把所有的房客吓得大叫。暗探一齐掏出手枪,伏脱冷一见枪上亮晶晶的火门,知道处境危险,便突然一变,镇静下来,自动伸出手去上铐,使得警察打算当场击毙他的计划破产了。他望着那位有名的特务长说:这可破了你的计,你这个小题大做的家伙!他停了一会儿,看着全场的人,好像一个演说家预备发表惊人的言论。他对一个白发的矮老头说:你写吧,拉夏班老头。老人从公事包里掏出逮捕笔录,在桌旁坐下。伏脱冷说:我承认是约各·高冷,诨名鬼上当,判过 20 年苦役。我刚才证明我并没有盗窃虚名,辜负我的外号。他又对房客们说:只要我举一举手,这三个奸细就要教我当场出彩,弄脏伏盖妈妈的房子。这般坏蛋专门暗箭伤人!他认为在场的人并不比他高尚。然后,摆出一副剑术教师的架势,喊着“一,二!”走了出去。房客们从惊愕中恢复过来,对米旭诺的奸细行为极其憎恶,一致要求她搬走。此刻,泰伊番小姐因哥哥死去,要搬回家住,古的太太和她作伴。高老头已给他的二女儿但斐纳与拉斯蒂涅找了一幢小楼,不日便要搬走。伏盖太太一下子少了几个房客。

两个女儿

高老头给二女儿但斐纳与拉斯蒂涅幽会准备的房子,已经布置停当。拉斯蒂涅同意这个可怜的老人和他们一起居住,只等运输行派人来,他俩就离开公寓。但就在这天中午,拉斯蒂涅在屋里无意中听到了但斐纳与高老头的谈话。但斐纳向父亲诉说她的丈夫纽沁根如何把她的财产拿去做生意,剥夺了她的实际所有权。

正在这个时候高老头的大女儿娜齐·雷斯多伯爵夫人来了。她是来向父亲要钱替情人还债的。她说:唉!我丈夫全知道了。父亲,你记得上回玛克辛那张借票吗?那不是他的第一批债。

我已经替他还过不少。正月初，我看他愁眉苦脸，对我什么都不说；可是爱人的心事最容易看透，一点儿小事就够了，何况还有预感。他那时格外多情，格外温柔，我总是一次比一次快乐。可怜的玛克辛！他后来告诉我，原来他是暗中和我诀别，想自杀。我拼命逼他，苦苦央求，在他面前跪了两小时，他才说出欠了十万法郎！哦！爸爸，十万法郎！我疯了。你拿不出这笔钱，我又什么都花光了……高老头说：我没有办法，除非去偷，可是我会去偷的呀，娜齐！会去偷的呀！这句凄惨的话表示出父亲无能为力到了痛苦绝望的地步，像一个人临终的痰厥，也像一颗石子丢进深渊，显出它的深度。娜齐又说：为了救玛克辛的命，也为了救我的幸福，我跑去找你们认识的那个人，跟魔鬼一样狠心的高贝塞克，把雷斯多看得了不起的、家传的钻石，他的、我的，一齐卖了。卖了！懂不懂，玛克辛得救了！我完啦，雷斯多全知道了。娜齐还说雷斯多要她起誓，什么时候他需要，她就得在自己的产业的卖契上签字。高老头听后大叫着，让娜齐永远不要签字，并说他要替娜齐报仇。娜齐又告诉父亲，她偷偷拿去为情人还账的钻石没卖到十万法郎，还缺一万二千法郎，要父亲想办法。高老头听后受到很大的打击，他为自己不能帮助女儿而痛苦不堪。两个女儿为了金钱，互相指责，大吵大闹，高老头急得晕了过去。

高老头因两个女儿的财产被丈夫霸占，受了很大的刺激而病倒了。但他还想着女儿，希望她们过快乐的生活。娜齐为参加舞会定做了一件金线铺绣舞衫，要付一千法郎，又来找父亲想办法。高老头把自己最后剩的银搭扣和餐具卖了六百法郎，将终身年金押了四百法郎，凑足一千给了娜齐。当拉斯蒂涅去看望病中的高老头时，高老头第一句话就是：明儿她们好痛痛快快地乐一下了。她们要参加一个盛大的跳舞会。

高老头病倒了，然而他的两个女儿打扮得花枝招展，参加舞会去了。

鲍赛昂府四周被五百多辆车上的灯照得通明雪亮。大门两旁各站着一个气吁吁的警察。这个名门贵妇栽了斤斗，无数上流社会的人都要来瞧她一瞧。特·纽沁根太太和拉斯蒂涅到的时候，楼下一排大厅早已黑压压地挤满了人。当年大公主和特·洛尚公爵的婚约被路易十四否决以后，宫廷里全班人马曾经拥到公主府里；从此还没有一件情场失意的悲剧像特·鲍赛昂夫人的那样轰动过。那位天潢贵胄，蒲高涅王室的最后一个女儿，[①]可并没有被痛苦压倒。当初她为了点缀她爱情的胜利，曾经敷衍这一个虚荣浅薄的社会；现在到了最后一刻，她依旧高高在上，控制这个社会。每间客厅里都是巴黎最美的妇女，个个盛装艳服，堆着笑脸。宫廷中最显要的人物，各国的大使公使，部长，名流，挂满了十字勋章，系着五光十色的绶带，争先恐后拥在子爵夫人周围。乐队送出一句又一句的音乐，在金碧辉煌的天顶下缭绕；可是在女主人心目中，这个地方已经变成一片荒凉。鲍赛昂太太站在第一间客厅的门口，迎接那些自称为她的朋友的人。全身穿着白衣服，头上简简单单地盘着发辫，没有一点装饰，她安闲静穆，既没有痛苦，也没有高傲，也没有假装的快乐。没有一个人能看透她的心思，几乎像一座尼沃贝[②]的石像。她对几个熟朋友的笑容有时带点儿嘲弄的意味；但是在众人眼里，她始终和平常一样，同她被幸福的光辉照耀的时候一样。这个态度叫一般最麻木的人也看了佩服，犹如古时的罗马青年对一个含笑而死的斗兽

① 作者假定特·鲍赛昂夫人的母家是蒲高涅王族。中世纪与15世纪时，蒲高涅王族曾两次君临法国。

② 尼沃贝相传为弗里溪女王，生有七子七女，被狄阿纳与阿波罗杀尽。尼沃贝痛苦之极，化为石像。今人以尼沃贝象征母性的痛苦。

士喝彩。上流社会似乎特意装点得花团锦簇,来跟它的一个母后告别。

鲍赛昂夫人见到了拉斯蒂涅,请他送封信给她的情人阿瞿达,要他还她的书信。拉斯蒂涅找到了阿瞿达要回了书信,回到了鲍赛昂府,到鲍赛昂夫人的卧室将书信交给她。夫人接过信匣子,流着眼泪,一只手发抖,一只手举着。突然把匣子放在火上,看它燃烧起来。之后说道:我永远不再见巴黎,不再见人了。清早五点,我就动身,到诺曼底乡下躲起来……鲍赛昂夫人将自己平时放手套的匣子送给拉斯蒂涅作纪念,之后含着眼泪痛苦地瞧了瞧自己的卧室,为了不让客人以为她在哭,便挽着拉斯蒂涅很快回到了舞厅,与拉斯蒂涅在舞场绕了一圈,以此表示对表弟最后一番心意。

不久,拉斯蒂涅看见了高老头的两个女儿:特·雷斯多太太和纽沁根太太。特·雷斯多太太戴着全部钻石,气概非凡,但那些钻石决不会使她好受,而且也是最后一次穿戴了。这种场面更增加了拉斯蒂涅的伤感,因为在姊妹的钻石下面,他看到了高老头的破床。高老头的大女儿预支了她父亲的性命。

清晨四点,客厅里的客人渐渐稀少,不久音乐也停止了。鲍赛昂先生要去睡觉,鲍赛昂夫人向他告别,他再三说:亲爱的,何必隐居呢?在你这个年纪,还是同我们一块儿住下去吧。当鲍赛昂夫人到大客厅,看见她的好友特·朗日公爵夫人和拉斯蒂涅还在那里等她时,十分感动,感慨万千,临别时说道:没想到我离开这个社会的时候,像那般幸运的死者,周围还有些虔诚的真诚的心!拉斯蒂涅目送特·鲍赛昂夫人坐上旅行轿车,看她眼泪晶莹同他作了最后一次告别。由此可见社会上地位最高的人,并不像那般趋奉群众的人说的,能逃出感情的规律而没有伤心痛苦的事。五点钟光景,拉斯蒂涅冒着又冷又潮湿的天气走回伏盖公寓。

拉斯蒂涅走进高老头的屋子,皮安训对他说:可怜的高老头没救了。拉斯蒂涅看了熟睡的老人一眼,回答说:朋友,既然你能克制欲望,就走你平凡的路吧。我入了地狱,而且得留在地狱。不管人家把上流社会说得怎么坏,你相信就是!没有一个讽刺作家能写尽隐藏在金银珠宝底下的丑恶。

父亲的死

第二天下午,高老头的病势又加重了。拉斯蒂涅陪着他,按皮安训的吩咐护理,皮安训到药剂师那儿赊药。拉斯蒂涅瞧着高老头这副没有血色的不成形的嘴脸,又害怕又难过。他心里想:特·鲍赛昂夫人逃到乡下去了,这一个又要死了。美好的灵魂不能在这个世界上待久的。真是,伟大的感情怎么能跟一个猥琐、狭小、浅薄的社会沆瀣一气呢?昨天舞会的景象又在他脑海中浮现,两个女儿穿着华丽无比的舞衫出够了风头,与眼前这个在阴冷小屋里垂死的父亲,形成了鲜明的对比。

高老头在昏迷中一直叫着两个女儿的名字,盼望死前能见她们一面。拉斯蒂涅打发克利斯朵夫去雷斯多家和纽沁根家送信,告诉伯爵、男爵和两位夫人,他们的父亲已经不行了,临终时要见他们一面。

克利斯朵夫回来,拉斯蒂涅让佣人高声回报他出差的情形。

"先生,我先上伯爵夫人家,可没法跟她说话,她和丈夫有要紧事儿。我再三央求,特·雷斯多先生亲自出来对我说:高里奥先生快死了是不是?哎,再好没有。我有事,要太太待在家里。事情完了,她会去的。——他似乎很生气,这位先生。我正要出来,太太从一扇我看不见的门里走到穿堂,告诉我:克利斯朵夫,你对我父亲说,我同丈夫正在商量事情,不能来。那是有关我孩子们生死的问题。但等事情一完,我就去看他。——说到男爵夫人吧,又是另外一桩事儿!我没有见到她,不能跟她说话。老妈子说:啊!太太今儿早上五点一刻才从跳舞会回来;中午以前叫醒她,一定要挨骂的。等会她打铃叫我,我会告诉她,说她父亲的病更重了。报告一件坏消息,不会嫌太晚的。——我再三央求也没有用。哎,是呀,我也要求见男爵,他不在家。"

"一个也不来,"拉斯蒂涅嚷道,"让我写信给她们。"

"一个也不来,"老人坐起来接着说,"她们有事,她们在睡觉,她们不会来的。我早知道了。直要临死才知道女儿是什么东西!唉!朋友,你别结婚,别生孩子!你给他们生命,他们给你死。你带他们到世界上来,他们把你从世界上赶出去。她们不会来的!我已经知道了十年。有时我心里这么想,只是不敢相信。"

他每只眼中冒出一颗眼泪,滚在鲜红的眼皮边上,不掉下来。

"唉!倘若我有钱,倘若我留着家私,没有把财产给她们,她们就会来,会用她们的亲吻来舐我的脸!我可以住在一所公馆里,有漂亮的屋子,有我的仆人,生着火,她们都要哭做一团,还有她们的丈夫,她们的孩子。这一切我都可以到手。现在可什么都没有。钱能买到一切,买到女儿。啊!我的钱到哪儿去了?倘若我还有财产留下,她们会来伺候我,招呼我;我可以听到她们,看到她们。啊!欧也纳,亲爱的孩子,我唯一的孩子,我宁可给人家遗弃,宁可做个倒楣鬼!倒楣鬼有人爱,至少那是真正的爱!啊,不,我要有钱,那我就可以看到她们了。唉,谁知道?她们两个的心都像石头一样。我把所有的爱在她们身上用尽了。她们对我不能再有爱了。做父亲的应该永远有钱,应该拉紧儿女的缰绳,像对付狡猾的马一样。我却向她们下跪。该死的东西!她们十年来对我的行为,现在到了顶点。你不知道她们刚结婚的时候对我怎样的奉承体贴!(噢!我痛得像受毒刑一样!)我才给了她们每人80万,她们和她们的丈夫都不敢怠慢我。我受到好款待:好爸爸,上这儿来;好爸爸,往那儿去。她们家永远有我的一份刀叉。我同她们的丈夫一块儿吃饭,他们对我很恭敬,看我手头还有一些呢。为什么?因为我生意的底细,我一句没提。一个给了女儿80万的人是应该奉承的。他们对我那么周到体贴,那是为我的钱啊。世界并不美。我看到了,我!她们陪我坐着车子上戏院,我在她们的晚会里爱待多久就待多久。她们承认是我的女儿,承认我是她们的父亲。我还有我的聪明呢,嗨,什么都没逃过我的眼睛。我什么都感觉到,我的心碎了。我明明看到那是假情假意,可是没有办法。在她们家,我就不像在这儿饭桌上那么自在。我什么话都不会说。有些漂亮人物咬着我女婿的耳朵问:

——那位先生是谁啊?

——他是财神,他有钱。

——啊,原来如此!

"人家这么说着,恭恭敬敬瞧着我,就像恭恭敬敬瞧着钱一样。即使我有时叫他们发窘,我也补赎了我的过失。再说,谁又是十全的呢?(哎唷!我的脑袋简直是块烂疮!)我这时的痛苦是临死以前的痛苦,亲爱的欧也纳先生,可是比起当年娜齐第一次瞪着我给我的难受,眼前的痛苦算不了什么。那时她瞪我一眼,因为我说错了话,丢了她的脸;唉,她那一眼把我全身的血管都割破了。我很想懂得交际场中的规矩;可是我只懂得一样:我在世界上是多余的。第二天我上但斐纳家去找安慰,不料又闹了笑话,惹她冒火。我为此急疯了。八天工夫我不知道怎么办。我不敢去看她们,怕受埋怨。这样,我便进不了女儿的大门。哦!我的上帝!既然我吃的苦,受的难,你全知道,既然我受的千刀万剐,使我头发变白,身子磨坏的伤,你都记在账上,干么今日还要我受这个罪?就算太爱她们是我的罪过,我受的刑罚也足够补赎了。我对她们的慈爱,她们都狠狠地报复了,像刽子手一般把我上过毒刑了。唉!做老子的多蠢!我太爱她们了,每次都回头去迁就她们,她像赌棍离不开赌场。我的嗜好,我的情妇,我的一切,便是两个女儿,她们俩想要一点儿装饰品什么的,老妈子告诉了我,我就去买来送给她们,巴望得到些好款待!可是她们看了我在人前的态度,照样来一番教训。而且等不到第二天!喝,她们为着我脸红了。这是给儿女受好教育的报应。我活了这把年纪,可不能再上学校啦。(我痛死了,天哪!医生呀!医生呀!把我脑袋劈开来,也许会好些。)我的女儿呀,我的女儿呀,娜齐,但斐纳!我要看她们。叫警察去找她们来,抓她们来!法律应该帮我的,天性,民法,都应该帮我。我要抗议。把父亲踩在脚下,国家不要亡了吗?这是很明白的。社会,世界,都是靠父道做轴心的;儿女不孝父亲,不要天翻地覆吗?哦!看到她们,听到她们,不管她们说些什么,只要听见她们的声音,尤其但斐纳,我就不觉得痛苦。等她们来了,你叫她们别那么冷冷地瞧我。啊!我的好朋友,欧也纳先生,看到她们眼中的金光变得像铅一样不灰不白,你真不知道是什么味儿。自从她们的眼睛对我不放光辉之后,我老在这儿过冬天;只有苦水给我吞,我也就吞下了!我活着就是为受委屈,受侮辱。她们给我一点儿可怜的,小小的,可耻的快乐,代价是教我受种种的羞辱,我都受了,因为我太爱她们了。老子偷偷摸摸地看女儿!听见过没有?我把一辈子的生命给了她们,她们今天连一小时都不给我!我又饥又渴,心在发烧,她们不来苏解一下我的临终苦难。我觉得我要死了。什么叫做践踏父亲的尸首。难道她们不知道吗?天上还有一个上帝,他可不管我们做老子的愿不愿意,要替我们报仇的。噢!她们会来的!来啊,我的小心肝,你们来亲我呀;最后一个亲吻就是你们父亲的临终圣餐了,他会代你们求上帝,说你们一向孝顺,替你们辩护!归根结蒂,你们没有罪。朋友,她们是没有罪的!请你对大家都这么说,别为了我难为她们。一切都是我的错,是我纵容她们把我踩在脚下的。我就喜欢那样。这跟谁都不相干,人间的裁判,神明的裁判,都不相干。上帝要是为了我责罚她们,就不公平了。我不会做人,是我糊涂,自己放弃了权利。为她们我甚至堕落也甘心情愿!有什么办法!最美的天性,最优秀的灵魂,都免不了溺爱儿女。我是一个糊涂蛋,遭了报应,女儿七颠八倒的生活是我一手造成的,是我惯了她们。现在她们要寻欢作乐,正像她们从前要吃糖果。我一向对她们百依百顺。小姑娘想入非非的欲望,都给她们满足。十五岁就有了车!要什么有什么。罪过都在我一个人身上,为了爱她们而犯的罪。唉,她们的声音能够打开我的心房。我听见她们,她们在来啦。哦!一定的,她们要来的。法律也要人给父亲送终的,法律是支持我的。只要叫人跑一趟就行。我给车钱。你写信去告诉她们,说我还有几百万家私留给她们!我敢起誓。我可以上奥特赛去做高等面食。我有办法。计划中还有几百万好赚。哼,谁也没有想到。那不会像麦子和面粉一样在路上变坏的。嗳,嗳,淀粉哪,有几百万好赚啊!你告诉她们有几百万绝不是扯谎。她们为了贪心还是肯来的;我宁愿受骗,我要看到她们。我要我的女儿!是我把她们生下来的!她们是我的!”他一边说一边在床上挺起身子,给欧也纳看到一张白发凌乱的脸,竭力装做威吓的神气。

欧也纳说:“嗳,嗳,你睡下吧。我来写信给她们。等皮安训来了,她们要再不来,我就自个儿去。”

“她们再不来，”老人一边大哭一边接了一句，“我要死了，要气疯了，气死了！气已经上来了！现在我把我这一辈子都看清楚了。我上了当！她们不爱我，从来没有爱过我！这是明摆的了。她们这时不来是不会来的了。她们越拖，越不肯给我这个快乐。我知道她们。我的悲伤，我的痛苦，我的需要，她们从来没体会到一星半点，连我的死也没有想到；我的爱，我的温情，她们完全不了解。是的，她们把我糟蹋惯了，在她们眼里我所有的牺牲都一文不值。哪怕她们要挖掉我眼睛，我也会说：挖吧！我太傻了。她们以为天下的老子都像她们的一样。想不到你待人好一定要人知道！将来她们的孩子会替我报仇的。唉，来看我还是为她们自己啊。你去告诉她们，说她们临死要受到报应的。犯了这桩罪，等于犯了世界上所有的罪。去啊，去对她们说，不来送我的终是忤逆！不加上这一桩，她们的罪过已经数不清啦。你得像我一样的去叫：哎，娜齐！哎！但斐纳！父亲待你们多好，他在受难，你们来吧！——唉！一个都不来。难道我就像野狗一样的死吗？爱了一辈子的女儿，到头来反给女儿遗弃！简直是些下流东西，流氓婆；我恨她们，咒她们；我半夜里还要从棺材里爬起来咒她们，嗳，朋友，难道这能派我的不是吗？她们做人这样恶劣，是不是！我说甚么？你不是告诉我但斐纳在这儿吗？还是她好。你是我的儿子，欧也纳。你，你得爱她，像她父亲一样地爱她。还有一个是遭了难。她们的财产呀！哦！上帝！我要死了，我太苦了！把我的脑袋割掉吧，留给我一颗心就行了。”

“克利斯朵夫，去找皮安训来，顺便替我雇辆车。”欧也纳嚷着。他被老人这些呼天抢地的哭诉吓坏了。

“老伯，我到你女儿家去把她们带来。”

“把她们抓来，抓来！叫警卫队，叫军队！”老人说着，对欧也纳瞪了一眼，闪出最后一道理性的光。“去告诉政府，告诉检察官，叫人替我带来！”

“你刚才咒过她们了。”

老人愣了一愣，说：“谁说的？你知道我是爱她们的，疼她们的！我看到她们，病就好啦……去吧，我的好邻居，好孩子，去吧，你是慈悲的；我要重重地谢你；可是我什么都没有了，只能给你一个祝福，一个临死的人的祝福。啊！至少我要看到但斐纳，吩咐她代我报答你。那个不能来，就带这个来吧。告诉她，她要不来，你不爱她了。她多爱你，一定会来的。哟，我渴死了，五脏六腑都在烧！替我在头上放点儿什么吧。最好是女儿的手，那我就得救了，我觉得的……天哪！我死了，谁替她们挣钱呢？我要为她们上奥特赛去，上奥特赛做面条生意。”

欧也纳搀起病人，用左臂扶着，另一只手端给他一杯满满的药茶，说道：“你喝这个。”

“你一定要爱你的父母。”老人说着，有气无力地握着欧也纳的手。“你懂得吗，我要死了，不见她们一面就死了。永远口渴而没有水喝，这便是我十年来的生活……两个女婿断送了我的女儿。是的，从她们出嫁之后，我就没有女儿了。做老子的听着！你们得要求国会定一条结婚的法律！要是你们爱女儿，就不能把她们嫁人。女婿是毁坏女儿的坏蛋，他把一切都污辱了。再不要有结婚这回事！结婚抢走我们的女儿，教我们临死看不见女儿。为了父亲的死，应该订一条法律。真是可怕！报仇呀！报仇呀！是我女婿不准她们来的呀。杀死他们！杀雷斯多！杀纽沁根！他们是我的凶手！不还我女儿，就要他们的命！唉！完啦，我见不到她们的了！她们！娜齐，但斐纳，喂，来呀，爸爸出门啦……”

“老伯，你静静吧，别生气，别多想。”

“看不见她们，这才是我的临终苦难！”

“你会看见的。”

“真的！”老人迷迷惘惘地叫起来。“噢！看到她们！我还会看到她们，听到她们的声音。那我死也死得快乐了。唉，是啊，我不想活了，我不稀罕活了，我痛得越来越厉害了。可是看到她们，碰到她们的衣衫，唉！只要她们的衣衫，衣衫，就这么一点儿要求！只消让我摸到她们的一点儿什么！让我抓一把她们的头发，……头发……”

他仿佛挨了一棍，脑袋望枕上倒下，双手在被单上乱抓，好像要抓女儿们的头发。

他又挣扎着说：“我祝福她们，祝福她们。”

然后他昏过去了。皮安训进来说：

“我碰到了克利斯朵夫，他替你雇车去了。”

拉斯蒂涅去找高老头的两个女儿和女婿，让他们赶快到公寓来看看临死的父亲。但他们没有来，当拉斯蒂涅回到公寓时，老人已经不行了。

欧也纳站在床头扶着快死的人，让皮安训脱下衬衫。老人做了个手势，仿佛要保护胸口的什么东西，同时哼哼唧唧，发出些不成音的哀号，犹如野兽表示极大的痛苦。

“哦！哦！”皮安训说，“他要一根头发链子和一个小小的胸章，刚才咱们做灸拿掉的。可怜的人，给他挂上。喂，在壁炉架上面。”

欧也纳拿来一条淡黄带灰的头发编成的链子，准是高里奥太太的头发。胸章的一面刻着：阿娜斯太齐；另外一面刻着：但斐纳。这是他永远贴在心头的心影。胸章里面藏着极细的头发卷，大概是女儿们极小的时候剪下来的。发辫挂上他的脖子，胸章一碰到胸脯，老人便心满意足地长叹一声，教人听了毛骨悚然。他的感觉这样振动了一下，似乎望那个神秘的区域，发出同情和接受同情的中心，隐没了。抽搐的脸上有一种病态的快乐的表情。思想消灭了，情感还存在，还能发出这种可怕的光彩，两个大学生看着大为感动，涌出几颗热泪掉在病人身上，使他快乐得直叫：

“噢！娜齐！但斐纳！”

“他还活着呢。”皮安训说。

“活着有什么用？”西尔维说。

“受罪啰！”拉斯蒂涅回答。

皮安训向欧也纳递了个眼色，教他跟自己一样蹲下身子，把胳膊抄到病人腿肚子下面，两个隔着床做着同样的动作，托住病人的背。西尔维站在旁边，但等他们抬起身子，抽换被单。高里奥大概误会了刚才的眼泪，使出最后一些气力伸出手来，在床的两边碰到两个大学生的脑袋，拼命抓着他们的头发，轻轻地叫了声：“啊！我的儿哪！”整个灵魂都在这两句里面，而灵魂也随着这两句喁语飞逝了。

高老头悲惨地呼唤着女儿死去。只有拉斯蒂涅和皮安训忙着张罗他的葬礼，他的女儿女婿都没有到场，只派了两辆刻着爵徽的空车跟着柩车到了拉希公墓。在极其凄凉的气氛中高老头的遗体下了墓穴。拉斯蒂涅付了盖坟工人的钱，十分伤心。白日将尽，潮湿的黄昏使他的心里乱糟糟的；他瞧着墓穴，神圣的感情在一颗纯洁的心中逼出眼泪。他在这里埋葬了老人，也埋葬了自己的最后一滴眼泪。他抱着手臂,凝神看着天上的白云。他一个人在墓地里向高处走了几步,远眺巴黎,只见巴黎蜿蜒曲折地躺在塞纳河两岸,慢慢地亮起灯火。他的欲火炎炎的眼睛停在王杜姆广场和安伐里特宫的穹窿之间。那便是他不胜向往的上流社会的区域,面对这个热闹的蜂房,他射了一眼,好像恨不得把其中的甘蜜一口吸尽。同时他又气概非凡地说了一句:“现在咱们俩来拼一拼吧!”

然后,拉斯蒂涅为表示向社会挑战,到特·纽沁根太太家吃饭去了。

幻　灭

巴尔扎克的长篇小说《幻灭》(1837—1843)共分三部,写安古兰末城两个年轻人吕西安和大卫的人生选择与命运。吕西安有文学才华,大卫是造纸方面的技术专才。他们原本都想凭借个人才能出人头地,但在奋斗中屡遭挫折。吕西安转而追求一位贵妇人,继而从外省来到巴黎,投身于新闻行业,混迹于上流社会。他一度翻云覆雨,春风得意,最后在党派倾轧和文坛斗争中身败名裂。他走投无路想自杀时,被化装成教士的大野心家伏脱冷救下,将他带走。吕西安的妹夫大卫勤苦专注,发明了生产廉价纸张的方法,但抵不过同行的阴险算计,被迫放弃专利,放弃了科学研究的理想。小说表现了两个年轻人在金钱诱惑和压迫下走向堕落和幻灭的历程,深刻反映了法国波旁王朝复辟时期贵族阶级与资产阶级尖锐的矛盾和斗争,揭露了新闻媒体和政坛争权逐利、尔虞我诈的种种黑幕与恶行,以及经济领域的残酷竞争,金钱原则对人性与人际关系的毒害。现参照中文译本(傅雷译,人民文学出版社 1978 年版)分节介绍和节选如下。

第一部　两个诗人

一、一家外省印刷所

一字不识的赛夏本是印刷所掌车的。大革命时期老板死去,他花一半价钱买下印刷所的机器,自己成了老板。他送儿子大卫上学,为自己准备后任。他待儿子很严,假期便要他在铅字架上做活。儿子在安古兰末成绩优异。尽管赛夏瞧不起学问,还是打发大卫去巴黎研究高等印刷。大卫一边学印刷,一边进修,完成了学业,从头至尾没花父亲一个钱。1819 年,他听从父命接管买卖。

此时,开纸厂的戈安得兄弟买下了安古兰末的第二张印刷执照。这家厂子一向被赛夏排挤得没有出路。赛夏庆幸与戈安得的竞争将由儿子来担当,不用自己对付了。70 多岁的他,贪婪消灭了一切感情,连父子的天性在内。他要把印刷所高价盘给儿子。老头把老掉牙的设备,连同一切七零八碎的东西全部列在清单上,出盘价为 3 万法郎,而他盘进时只花了 1 万。大卫生性柔和,又被压制惯了,没法为金钱与父亲争执。清单外还附着一份契约。只花 6 000 法郎买进的房子,慈爱的父亲租给新店主每年要收租金 1 200 法郎;大卫未付清 3 万法郎之前,盈利各分一半,款子付清后,大卫才算独资的老板。印刷所移交后,老头不给一个生丁发工钱。他教训儿子,说自己也是赤手空拳干起来的。大卫孤零零的,毫无依傍。有骨气的大卫明知履行父亲合同的条件十分吃力,还是接受了这副重担。他想,就算苦点,老头儿也是苦过来的。老头儿相信儿子一定会偿还他的 3 万法郎,便回乡下去了。但他常常放心不下,进城来看看儿子是否能对付。他预感到铺子已经走上背运。

大卫生性高尚,不会唯利是图。在政治与宗教问题上采取中立。戈安得兄弟趁机攻击大卫,抢夺了他的生意,后来用 2 万法郎将他出版的报纸买去,条件是再不得发行任何报纸。老赛夏亲自谈妥这笔生意,他不在乎牺牲大卫。他收了这笔钱充抵出盘铺子的钱。这样,印刷所才归大卫所有。

大卫荒废业务的原因正说明他的性格。他接手厂子不久,碰到中学时代的朋友吕西安·夏同，他正穷得走投无路。大卫让他作印刷监工，送他 40 法郎一月，把他从绝望中救出。他俩都热爱诗歌。两人情投意合，常在一起阅读名著，也写一些不成熟的作品。所以，厂里只要还有最后几家客户大卫就满足了。戈安得兄弟摸清了他的脾气，不再诽谤他，让他的印刷所苟延残喘，以免它落到精明强悍的同行手中。

一天下午，一位客人来印书，是特·巴日东太太介绍来的。吕西安脸红了。野心勃勃的吕西安对这位太太爱得发疯，不久前才闯进她的府第。

二、特·巴日东太太

安古兰末是座古城。下城乌莫，集中了工商业，大学兴旺发达。贵族和年代悠久的布尔乔亚则居住上城。工商界有钱，贵族穷的居多，等级观念使上下城互相轻视、仇视。因此，出生于乌莫的吕西安，药房老板的儿子，能踏进巴日东太太府上，确是一次小小的革命。

巴日东太太名路易士，祖上是南方古老的世家，家道早衰落了。父亲为她选了一个相当软弱，可以让妻子自由行动的旧家子弟，比她大 22 岁的丈夫。此时，她 36 岁，靠美丽的幻想生活。吕西安作为一个才华盖世的青年诗人被引见给她。他的美貌、羞怯令她惊异；而她也符合他的理想，使他着迷。她使尽手段让他成为家中常客，尽管引起了许多骇人听闻的谣言，吕西安总算硬挨近了巴日东太太的圈子。她劝吕西安抛弃父姓，改姓母亲吕庞泼莱这高贵姓氏。她的亲属接近王室，可促成王上批准。这主意可使他凭空跳过许多等级。吕西安心花怒放，发誓要送一个花冠，哪怕是带血的花冠给他的王后，任何代价在所不惜。

吕西安应邀去巴日东家朗诵他的诗。大卫则和吕西安的妹妹，天使般纯洁的夏娃去河边散步。

三、客厅里的夜晚，河边的夜晚

巴日东太太请安古兰末的名流参加她隆重的文学晚会。吕西安局促不安，心虚胆怯。他不知道这些人没有一个理解诗。吕西安朗诵着，感到剧烈的痛苦。每个人都说了几句贵族式的刻薄话羞辱他，暗示他的地位低贱，母亲为人看护，妹子是个女工。吕西安怒不可遏，同时认识到这就是上流社会。他决心牺牲一切，保持已得的地位，将来要控制这个社会。

大卫和夏娃谈起了吕西安。大卫为他忧虑。他贪奢华、爱享受，上流社会会把他的欲望刺激得越来越大，将他断送掉。夏娃热烈地说，她和母亲都愿为了吕西安而牺牲一切。大卫向夏娃求婚，使自己有权利为吕西安尽心出力，让他拿了钱不会脸红；还要扩大住房接她母亲和吕西安同住。夏娃十分感动。他俩本来彼此相爱，只是未说破过。大卫向她吐露了秘密：他正搞一项用植物纤维造纸的试验，成功了可以赚一笔大钱。

吕西安走来。两个情人告诉了他结婚的计划。吕西安心中懊恼。他原想发迹后叫妹妹嫁给高门望族好多一个帮衬。

大卫立刻向夏同太太求亲。她快乐地答应了。赛夏却为儿子娶一个乌莫的穷姑娘而挖苦、嘲笑他，并要他付清拖欠了两年零六个月的房租。大卫怏怏不乐，知道一朝遭了难，绝不能指望父亲帮忙。

四、外省的爱情风波

吕西安不再作印刷监工，而是堂堂的特·吕庞泼莱先生了。他住到安古兰末上城来，每周在巴日东太太家吃四顿饭。主教大人对他很好，让他出入官邸。他凭着诗人的身份变为最高级的人物，泰然地接受母亲、妹妹、大卫的牺牲。夏娃和大卫为了先赶完他的房间的装修，再做新房的活，婚期因此耽搁了下来。等到一切齐备时，出了一件事，改变了整个局面。

稽核所所长杜·夏德莱先生嫉妒吕西安的成功，一直寻找机会出他的丑。这一天吕西安和巴日东太太亲密的举动恰巧被他和乡杜先生撞见。一刹那间，乡杜把谣言传遍全城；夏德莱则又来向巴日东太太告密。巴日东先生按妻子的吩咐去乡杜府上交涉并提出决斗。第二天清晨的决斗中，巴日东的子弹击中了乡杜的脖子。

巴日东太太决定去巴黎避避风头，让吕西安同去。她要通过本家埃斯巴夫人为丈夫谋取州议员，也要帮助吕西安发迹。

吕西安随她去了，带走了2 000法郎。1 000法郎是大卫为他担保借的，另1 000法郎是大卫和夏娃剩下来仅有的生活费。

第二部　外省大人物在巴黎

一、巴黎的第一批果实

吕西安和巴日东太太来到巴黎后，夏德莱追踪而至。他指点巴日东太太如何去掉乡气，配合巴黎的时髦社会，这过时的花花公子的确熟悉巴黎。吕西安的迟疑、惊奇、未见世面而闹的笑柄叫他的情敌看着窃笑，更令吕西安难堪的是吃饭、看戏都沾他的光。在巴黎，吕西安和巴日东太太眼界都扩大了，与别人作比较，彼此都看出了对方的寒碜，没有见识与风度。

吕西安发现自认为最讲究的服装丑陋不堪，便花了300法郎从头至脚换了新装。但在埃斯巴夫人的包厢里，他和巴日东太太却都让人感到装束古怪而引人注目。吕西安迷恋上埃斯巴夫人，马上想投靠这个有权有势的后台，心想最好占有她，那么功名富贵样样到手了！在安古兰末做到的事为什么在巴黎就做不到呢？巴日东太太觉察到吕西安对埃斯巴太太热辣辣的眼光，十分忌妒。

夏德莱躲在背后，让人向埃斯巴夫人揭穿了吕西安是药剂师的儿子。夫人立刻神色傲慢，带着巴日东太太离开剧场。没人理睬吕西安。他躲在包厢里对自己说：这就是我的天下！就是要我去征服的社会！

第二天，他花大价钱去定做时髦的衣物，准备去埃斯巴夫人家赴宴。可是她和巴日东太太都闭门不纳，路上碰见，她俩对他也不予理睬。他想：天哪！无论如何要有钱！这个社会只有见了黄金才下跪。我一定要成功！一定能把埃斯巴侯爵夫人一流的女人弄到手！

付了衣物款后，2 000法郎只剩下360法郎了。他穿上漂亮衣衫，隐隐感到巴黎有的是机会。他搬到一家破烂旅馆，愤恨交加，给巴日东太太写了一封责备的信。想到安古兰末，大卫、妹妹和母亲的关切，他哭了，给妹妹写信叙述了在巴黎的遗遇。

二、弗利谷多

吕西安搬进小旅馆初期,行动拘谨,很有规律。每天在弗利谷多饭铺吃简单的饭食。在这里结识了一家小报的编辑埃蒂安纳·罗斯多。他阅读文艺作品,花时间修改他一向看重的诗作《长生菊》。他的消遣就是散散步,有时忍耐不住,便买剧院楼下后座或楼上黑洞洞的散座看看戏。他等着机会,机会始终不来。法郎所剩无几了,他大着胆子去找书店老板。

三、两种不同的书店老板

他挟着两部手稿,鼓着勇气踏进一家书店,请老板收买他的小说《查理九世的弓箭手》,碰了壁。老板的话他听懂了一些,书不过是低价收进,高价售出的商品。他想,我找错了门路。发觉文学有这样一副恶俗的面孔,他暗暗吃惊。他找到另一家书店。老板道格罗答应念念他的小说,说后天谈判,让他留下地址。吕西安又快活又轻松地回去了,做着成功的好梦。几天后道格罗来找他,本要出 1 000 法郎买下书稿,可看见他的窘困状况,只出 400 法郎了。吕西安收回了书稿。道格罗说,你会来找我的,你来找我,我只给 300 法郎了。

四、第一个朋友

在图书馆,吕西安结识了有才气的穷文学青年大尼埃·大丹士。他把自己的作品念给他听,让他批评。他对大尼埃的劝告全盘接受。大尼埃替他突然打开了一个美丽幻想的宫殿。他开始彻底修改他的作品。

五、小　团　体

在举目无亲的巴黎,他遇到一个和他感情同样热烈的人,很高兴。他与大尼埃寸步不离。大尼埃周围有一个优秀的人物团体,几乎每晚在他家聚会。他们一共九人,相互尊重和友情使他们各走极端的思想和主义从不冲突。他们学识渊博,心胸宽广,自由思索,倾心相待,彼此体贴入微,形成最纯洁、最理想的友谊。

六、贫穷的花朵

吕西安鼓足精神修改作品,生活成了问题。他极不愿提到自己的窘迫。朋友们猜到他没有钱了,凑了 200 法郎帮助他。大卫背着妻子借了 200 法郎给他寄来。夏娃和母亲瞒着大卫典押了一些东西凑起 100 法郎带给他。大尼埃等看出了他的虚荣与自私,希望他在繁华的诱惑下不要动摇。吕西安承认自己不如朋友们刚强,受不住巴黎的压力,没有勇气奋斗。

他想投入新闻界。朋友们越是警告、阻止,他越想去冒险。小说卖不出去,耐性已被艰苦生活消磨完了。

七、报馆的外表

他决意加入新闻界。找到了报馆,等了一个下午却找不到编辑。他去家里拜访报馆经理斐诺,去了十来次都未碰到。他灰心了,觉得不如在弗利谷多等候许久不见的埃蒂安纳来得简单。

八、十四行诗

一天他刚与大尼埃在饭铺坐下，埃蒂安纳进来了。他立刻丢下大尼埃与埃蒂安纳攀谈。记者答应看看他的诗，给它一个评价。他假装未看见闷闷不乐的大尼埃，跟埃蒂安纳走了。在公园，他给埃蒂安纳念他的诗。对方的高深莫测使他口齿迟钝。他不知道沉默和生硬是妒忌。

九、忠　　告

埃蒂安纳给他讲了文坛卑鄙龌龊的内幕、丑恶的斗争、卑鄙的战斗。新闻界也一样。写文章是捧是骂全听斐诺指挥，报刊上的论战是名人的垫脚石。新闻界中洁身自爱的人很少。他们只求活命，不顾羞耻。对一个新出台的人咬一口也好，捧一阵也好，但凭报纸的大老板吩咐、出版商号令，或受一个嫉妒的同道之托，为了吃一顿。他说在吕西安身上看到自己从前的影子。自己已堕入地狱，不得脱身。听了骇人听闻的苦难，吕西安反而被鼓动了，觉得自己非打胜仗不可！

于是埃蒂安纳准备介绍出版界的巨头，他报纸的老板兼总编斐诺与他见面。

十、第三种书店老板

吕西安打扮起来，现在他的衣服合身多了，像希腊神一样俊美。他准时赶到埃蒂安纳乱糟糟的家。碰见又开书店、又做银钱生意的老板巴贝。巴贝老盯着记者、作家、印刷商，把书店送他们的样书低价收进，每天赚一二十法郎。埃蒂安纳卖了两本写书评的样书给他。吕西安注意到书尚未裁开。埃蒂安纳说，从缝隙里东零西碎地看几段，就足以发现十来处错误，就好写上一栏了。

十一、木廊商场

两个朋友走进木廊商场。这里各种行当应有尽有。逛市场的人像潮水一般。拐角处是道利阿开的书店。吕西安第一次晚上来，看着眼前的形形色色目瞪口呆。

十二、一家木廊书店的外表

埃蒂安纳一把拉他进了书店，介绍给了斐诺。在这里碰见了文学界、新闻界、政界许多重要人物：批评家勃龙台、小说家拿当等。吕西安听他们谈话，感到道利阿的地位越来越高。文学和政治在这儿合流了。一个优秀诗人拍一个记者马屁，亵渎艺术，谜底是一个字：钱！他感到孤独，知道他的命运操纵在道利阿手中。

十三、第四种书店老板

道利阿正盘进一份周报，和斐诺谈合伙的条件。这是一个威风凛凛的书业大王。他冷冰冰的面孔吓得吕西安衬衫都湿透了。他有势力，又能收买书评，拿文学作品投机，干的是几十万法郎的大买卖。他说：我开铺子不是替未来的大人物作垫脚石，而是为赚钱，赚了钱送给出名的人。我花10万法郎买的稿子，实际上比出600法郎买无名作家的稿子便宜。他对上门兜售稿子的穷作家嗤之以鼻。埃蒂安纳趁空隙向他介绍吕西安及其诗集。他大肆轻蔑地嘲笑诗人和诗歌。吕西安装着笑脸，心里恨得要死。最后他留下诗集答应看一看。

十四、后　　台

吕西安在书店受了气很苦恼。埃蒂安纳劝他不必如此。作者耗尽心血写的书，在书商看来不过是一桩赚钱或蚀本的生意，要趁还能行动的年纪打天下。他俩去到全景剧场。埃蒂安纳对他说：戏院同书店、报纸一样，是文学的装配工厂。斐诺、拿当等都来了。埃蒂安纳介绍吕西安认识他的情妇和被他捧红的女演员佛洛丽纳。

十五、药材商的用处

斐诺花3万法郎买了道利阿周报三分之一的股份。只要埃蒂安纳叫姘养着佛洛丽纳的药材商玛蒂法用3万法郎买进他一半的股份，他就让埃蒂安纳当小报的主编。吕西安问这样做良心何在。埃蒂安纳反而开导他，良心这棍子是专打别人的。只要他当了主编，就让吕西安跑几家剧院，写稿带送票，一年有4 000法郎进账，还可以支配舆论，让傲慢的出版商低声下气，抢着买你的小说。他说：你闭眼睛跟着斐诺走，他喝一声打，你就打，喝一声捧，你就捧，包你前途无量。吕西安听入了迷。他见识了出版界的把戏和猎取名声的手段，又在戏院看到了漆黑的良心、内幕，火热的欲望烧着他的心。

十六、高　拉　莉

埃蒂安纳对吕西安说女演员高拉莉爱他爱得发疯。高拉莉18岁，被56岁的丝绸商加谬索姘养着。吕西安十分得意，顺口说了他和巴日东太太的恋爱和对夏德莱男爵的仇恨。埃蒂安纳说，眼前报纸正缺一个对头，正好揪住他。他让吕西安写剧评，自己去写文章对付夏德莱。

经理来对吕西安说：让我代你去通知高拉莉，戏完后与她同走，否则，这戏要演砸了。吕西安答应了。结束后，大家一同乘车，高拉莉的眼泪滴在吕西安手上，让他十分感动。

十七、小报是怎么编的

一行人来到佛洛丽纳家。斐诺催稿子，说第二天的报纸一个字也没有。埃蒂安纳说：趁佛洛丽纳和高拉莉穿扮的时候，我们的文章正好赶出来。吕西安就在这儿写了他的第一篇稿子，受到称赞。埃蒂安纳攻击夏德莱的文章也完成了。

十八、半　夜　餐

饭桌上记者们谈论起报纸是党派的工具以及所干的坏事。吕西安受着奢华的诱惑，轻浮的本能觉醒了。他心痒难熬，只想控制这些无冕之王，自以为有力量压倒他们。埃蒂安纳灌醉了加谬索，让高拉莉和吕西安一道离开。

十九、女演员的住家

吕西安迷迷糊糊，被高拉莉和女佣贝雷尼斯扶上床，第二天中午才醒来，听见加谬索来了，慌慌张张地躲进盥洗室；靴子却被加谬索发现。高拉莉搪塞了过去。吕西安陪高拉莉试加谬索送她的新车时，遇到埃斯巴太太和巴日东太太的敞篷车。她们十分诧异。吕西安扬眉吐气。

二十、最后一次访问小团体

吕西安看到大尼埃给他改好的稿子，赶紧去看朋友们。他们希望他当记者不要侵犯真理和正义；还说：你可能成为大作家，不过永远是轻骨头。

二十一、另外一种记者

埃蒂安纳带吕西安去与记者凡尔奴拉关系。他替一份带政治性的报纸编副刊。

二十二、靴子对私生活的影响

加谬索认出了吕西安的靴子。高拉莉恶狠狠地告诉他，吕西安那天就在盥洗室，还在那儿过了夜。她叫加谬索把给她的东西统统收回去，宁可跟吕西安过苦日子。吕西安看到要负担一个女人一个家，身子凉了半截。加谬索忍气吞声地要求不时来看看她。他相信漂亮的吕西安早晚会喜新厌旧。

二十三、报纸的秘密

吕西安与斐诺签了合同正式踏进新闻界。埃蒂安纳当了主编。在编辑部会议上，大家决定捧吕西安的《长生菊》，攻击拿当。但他发现他们的眼神忌妒得厉害。大家策划怎样攻击夏德莱，挖苦政府党议员，编写无中生有的故事。

二十四、又是道利阿

吕西安神态自若地走进道利阿的书店。他不再惊慌失措，觉得自己不但是个人物，还高同伴一筹。道利阿拒绝收买《长生菊》。诗集他翻也未翻过。吕西安气坏了。

二十五、初 试 身 手

吕西安决定报复。埃蒂安纳让他写书评攻击道利阿再版的拿当的佳作，传授如何打击一部好作品的奥秘。埃蒂安纳的话好比一个火把。吕西安一心一意要向道利阿报仇泄愤，良心、灵感都丢到九霄云外去了。他一连三天足不出户，写了一篇精彩的书评。凡尔奴立刻拿去发稿。

二十六、出版商拜访作家

第二天道利阿拜访他来了。他拿出3 000法郎收买诗集，说：凡是我出的书你都不能再攻击了。吕西安说：但我这支笔要受朋友的调度。道利阿说：你是个天才，趁今时尽量利用一下吧。吕西安心中有无法形容的快乐。在剧院，看到巴日东太太，他立刻想到报复。

二十七、出尔反尔的技术

勃龙台愿意为夏德莱、巴日东太太和吕西安讲和。报仇雪耻的快感使吕西安陶醉。他还要写文摆布他们。

埃蒂安纳又让他写一篇赞美拿当的书评。吕西安迷惑不解。凡尔奴讪笑他:你写出的东西真的坚持吗?报刊文章只有拿稿费去衡量价值。埃蒂安纳教他:你用假名发表驳斥自己主张的文章,再在杂志上署真名写第三篇。拿当会感谢这一场激烈的论战,帮他在八天内销完这一版。他会来拥抱你,当你是好朋友。吕西安才思焕发,很快写好了第二篇稿子,说:又是 100 法郎,高拉莉!

二十八、报纸的威风与屈辱

吕西安写的剧评被修改了,他向埃蒂安纳抗议。后者告诉他:剧院订我们 20 份报,实际只送去 9 份,用这方法报效报馆 800 法郎,对他们不能不尽量客气。经理对你招待不周,我可以拿原稿给他看,包管每月送你 40 张票,比登了文章更实惠。

二十九、戏剧作家的钱庄老板

埃蒂安纳带吕西安去看剧院鼓掌队头目勃拉劳。他还收买戏院给剧作家、记者的戏票。这桩生意他每年赚到 3 万法郎。编剧们称他钱庄老板。吕西安和他谈妥卖票的事。

三十、新闻记者的洗礼

吕西安在高拉莉家宴请宾客。眼看自己成了这豪华阔绰家的主人,从极端贫穷到极端富裕,他有说不出的得意。但这享受基础薄弱,靠赊欠得来。拿当扑过来抓住他的手感谢他。道利阿称赞他是天生的记者。小团体的代表与他们格格不入,先走了。

三十一、上 流 社 会

吕西安被一股不可抵抗的浪潮卷进漩涡,除了吃喝玩乐,不再作什么打算,过一天算一天,挣多少花多少。他的服装气派比得上最出名的花花公子。

上流社会开始接纳他。拉斯蒂涅劝他既然要姓吕庞泼莱,就应当有贵族色彩,必须转到政府党。高拉莉听说后也赞成:你跟进步党只会挨打,投靠另一边才能成为特·吕庞泼莱伯爵。

埃斯巴侯爵夫人告诉他:巴日东太太的丈夫死了,她为吕西安设计了美好前途,一直打算向国王要求一道为他改母姓的诏书,因为她不愿作夏同太太。她只是利用可笑的夏德莱。她说:一个女人为你作了这样的牺牲,你怎么能怀疑她?八天后,吕西安重逢了巴日东太太。整晚,吕西安打不定主意牺牲高拉莉。见到吕西安不上钩,巴日东太太决心报复他。她带吕西安找到埃斯巴夫人,要她提拔他。埃斯巴夫人说,只要他改变目前的地位,站到政府党一边。吕西安答应在两个月内安排好。她们都看透了吕西安急于改姓贵族的虚荣。

三十二、浪　　子

吕西安被引进浪子集团。花天酒地地作乐、上流社会的应酬占去了所有的时间。他不让自己想到明天，不知不觉放弃了靠文学成名的念头，以为进政界更易发迹。

在俾昼作夜的狂欢生活中，吕西安答应人家的工作老是交不出来，只抱着一个主要的念头：他不断地出入上流社会，趋奉特·巴日东太太，特·埃斯巴侯爵夫人，特·蒙高南伯爵夫人，决不错过一次台·都希小姐的晚会。他或是出席了作家或出版商的饭局，在参加后半夜的宴会之前赶往上流社会；或是从上流社会的客厅中出来，还有人输了东道请吃宵夜。沉湎无度的生活只给他留下很少的一点儿思想和精力，而这点儿思想和精力还要消耗在巴黎式的谈天和赌博上面。诗人丧失了清明的理智，冷静的头脑，也就没法观察周围的形势，再没有暴发户所必不可少的那种随机应变的本领。他分辨不出什么时候特·巴日东太太对他回心转意，什么时候对他生气，回避，什么时候原谅他，什么时候责备他。夏德莱发现他的情敌还有机会成功，尽量同吕西安亲热，引诱他继续放荡，浪费精力。拉斯蒂涅嫉妒他的同乡，又觉得和男爵结成党羽比吕西安更可靠更得力，也就站在夏德莱一边。安古兰末的彼特拉克和洛尔相会过后几天，拉斯蒂涅在仙岩饭店请一顿场面阔绰的宵夜，趁此替诗人同帝政时代的美男子劝和了。吕西安经常天亮回家，中午起床，对于近水楼台的爱情不能克制。他的懒惰使他把看清自己处境的时候的英勇的决心置之脑后，让意志的动力不断软化，终于完全消灭，到了贫穷潦倒的紧急关头再也得不到意志的帮助。高拉莉先是鼓励他游荡，以为一手养成了他的嗜好，他就受着自己束缚，长时期内不会变心，所以看见吕西安作乐很高兴。到了后来，温柔和顺的高拉莉也鼓着勇气，劝情人别忘了工作，好几次迫不得已地提醒他本月份没有挣多少钱。两个情人亏空的速度惊人。出卖诗集剩下的一千五百法郎，吕西安开头挣的五百法郎，很快地花完了。三个月之内，诗人自以为做了一大堆工作，其实稿费并没超过一千法郎。可是吕西安已经用浪子的轻佻的态度对待债务。殊不知二十五岁的青年背债还表示他们风流，过后就没人原谅了。值得注意的是，某些真有诗人气质而意志薄弱的人，为了要用形象来表达自己的感觉，只知道感受，而完全缺乏作任何观察都需要的道德观念。诗人只接受自己的印象，不愿深入别人的内心，去研究思想感情的作用。吕西安从不追问那批浪子，他们之中怎么有些人会销声匿迹；他也看不见他的酒肉朋友的前途，有的遗产已经到手，有的十拿九稳，有的才能已经得到社会的承认，有的对自己的前程抱着坚强的信念，存心玩弄法律。吕西安对于自己的前途只是相信勃龙台说的一些至理名言：

“船到桥，自会直。——一无所有的人没有什么可损失。——大不了我们追求的家业到不了手！——随波逐流，到头总有一个归宿。——有才气的人只要踏得进上流社会，随时可以发迹！”

那个尽情欢乐的冬天，丹沃陶·迦亚和埃克多·曼兰正好用来为《觉醒报》筹措基金，创刊号到一八二二年三月才出版。这件事就是在杜·华诺勃太太家策划成功的。那漂亮而风趣的交际花曾经指着她华丽的屋子说：“这不是‘一千零一夜’吗？”她在保王党的银行家、大贵族和作家中间有些势力，他们常常在她家里集会，商量一些别处不便商量的事。埃克多·曼兰内定为《觉醒报》的总编辑，要吕西安做他的副手。吕西安变成他的知己，还有希望进一家政府党的报馆编副刊。吕西安一边作乐，一边私下活动，准备转移阵地。天真的孩子自以为精明透顶，把这桩惊人的把戏瞒得紧紧的；他一心指望政府党慷慨解囊，让他弥补亏空，消除高拉莉暗地里的烦恼。女演员老是笑盈盈的，不露出心中的焦急；贝雷尼斯却大着胆子告诉吕西安：未来的大人物和所有的诗人一样，看见苦难临头，一下子动了感情，说要用功了，结果是句空话，他用吃喝玩乐来排遣暂时的愁闷。高拉莉有一天发现情人愁云满面,便埋怨贝雷尼斯,告诉诗人风浪已经平静。特·埃斯巴太太和特·巴日东太太但等吕西安改变党派,她们说那时就托夏德莱请求部长,把他渴望已久的诏书弄到手,准许他改姓。吕西安向侯爵夫人许愿,要拿《长生菊》题献给她,她表示很高兴;自从作家在社会上成为一股势力以后,这一类的献礼难得看到了。晚上吕西安去见道利阿,打听他的诗集进行得怎么样,出版商振振有词地说出一番理由,认为暂时不宜付印。道利阿手上有好几桩买卖,一时忙不过来;卡那利斯有一部新的集子要出版,你不能跟他唱对台;拉马丁先生的第二部《默想集》正在印刷,两部重要的诗选不宜于同时出现;况且作者应当相信出版家的手腕。吕西安急于用钱,只能向斐诺通融,预支一部分稿费。晚上吃宵夜的时候,兼做新闻记者的诗人同一般酒肉朋友谈起他的境况,他们一边用香槟酒解除他的心事,一边说笑打趣。背债吗?哪个有气魄的人不背债!债务是说明你的需要和嗜好得到满足。一个人只有在贫穷的铁掌压迫之下才能发迹。

勃龙台对吕西安嚷道:"当铺最感激大人物!"

皮克西沃道:"样样要,就是样样赊欠。"

"不是的,"台·吕卜克斯说,"样样赊欠,就是样样享受过了!"

那些浪子向天真的孩子证明,他的债务是一条黄金的鞭子,可以鞭策他的坐骑去追求荣华富贵。他们搬出老故事来,说恺撒欠过四千万债,腓特烈二世从老子手里只领到一个杜加的月费,还举出许多大人物的出名的、败坏人心的榜样,揭露他们行为恶劣的一面,而不提他们的勇气和想象的力量!最后,高拉莉欠到四万法郎,车辆,马匹,家具,被几家债主查封了。吕西安赶去向罗斯多讨还一千法郎,罗斯多拿出几件公文来,说明佛洛丽纳的处境跟高拉莉差不多。罗斯多还有几分情义,自愿代他活动,想法卖掉《查理九世的弓箭手》。

吕西安问:"怎么佛洛丽纳会落到这一步的?"

罗斯多回答说:"玛蒂法着了慌,丢下我们不管了。他来这一手,我们也有办法报仇,只要佛洛丽纳愿意。事情慢慢讲给你听。"

三十三、第五种书店老板

屋里值钱的东西一样不剩了,两个情人垂头丧气,埃蒂安纳说自己卖了100法郎的书,给吕西安送来一半,并让吕西安把《查理九世的弓箭手》的原稿给他,他已代吕西安和出版商方唐、卡瓦利埃谈过了。其实,他沾了吕西安的光,已到手500法郎佣金。

方唐和卡瓦利埃一点资金也没有就开了书铺。给作者的是期票,纸张印刷也是期票支付,在投机的赌台上下的是别人的资本。他们急于要一部畅销小说,看中吕西安是记者,能利用报纸吹嘘作品。签好合同、期票,吕西安喜出望外,心满意足。他带着期票去找巴贝贴现。

三十四、敲 竹 杠

埃蒂安纳欠了3 000法郎赌债,便在六家报纸上攻击佛洛丽纳,想敲玛蒂法的竹杠。玛蒂法识破诡计,丢开佛洛丽纳,全景剧场明日倒闭,让她走投无路。他对吕西安说,每逢看到报纸拼命攻击某个有势力的人物,就该知道准是借钱不遂或请托遭拒。他想用玛蒂法给佛洛丽纳的情书来收拾玛蒂法,但她目前还不肯交出这些信。

一番话让吕西安感到这些朋友非常危险。

三十五、贴　现　商

巴贝只愿出3 000法郎收进吕西安5 000法郎的期票。他说:那两位书商三个月内要破产,他们的期票在哪儿都换不到现钱。他们有两部好书等不及销出。我用现钱批发,拿他们的票据去付账,成本可减少2 000法郎。吕西安和埃蒂安纳面面相觑。最后找到萨玛农,他只出1 500法郎,还要方唐送书来抵押。他对吕西安说:你和高拉莉同居,家具都查封了。吕西安二人抓起票据就跑。他们走投无路,去到赌场,又全部输光。

三十六、转移阵地

高拉莉搬到一所小公寓。她的爱抚使吕西安感到安慰。大尼埃等知道他的处境,劝他不能丧失人格,由进步党再变为极端派,会留下一辈子洗不清的污点。吕西安却说:目的正当,任何手段都行。

第二天,吕西安同意把他列入《觉醒报》撰稿人名单。政府党为他摆了庆功宴,出席的全是保王党新闻界要人。吕西安叛变的消息引起进步党报纸大叫大骂。他受到最恶毒的攻击。拿当用手段抢走了佛洛丽纳,有人说是吕西安牵的线。为此埃蒂安纳也变成他的死敌。大家定下周密计划,一致要打倒他。

三十七、弄神捣鬼

吕西安怒不可遏,拿出所有的才情反击。而在保王党和政府派报纸内部,他发现了从未想到的嫉妒。作家们暗中玩着手段,为了排挤打击对手,什么恶毒计谋都想得出。他只存着一个希望:拿到诏书,改了姓准能攀上有钱的亲事。埃蒂安纳知道他的要害,设下一个可怕的圈套。

那天,斐诺向参议院的评议官台·吕卜克斯问起吕西安是否真有人支持。

"怎么,朋友,"台·吕卜克斯回答,"你以为特·埃斯巴侯爵夫人,夏德莱,特·巴日东太太,受过吕西安的攻击,还肯原谅他吗?特·巴日东太太替夏德莱男爵谋到夏朗德州州长的缺,让他封了伯爵,准备得意扬扬地回安古兰末。两位太太就是要毁掉吕西安,才送他进保王党的。此刻大家正在找借口把答应这孩子的话推翻;只要你想得出办法,便是帮了两个女人极大的忙,她们不会忘记你的功劳的。我知道两位太太的心思,她们恨这个小家伙恨到这个田地,我也觉得奇怪。当初吕西安很可以把他凶狠的敌人,特·巴日东太太,彻底解决,只消在报上停止攻击之前,提出所有的女人都喜欢接受的条件,你明白没有?他漂亮,年轻,尽可以用爱情来淹没对方的仇恨,那么一来,他就成了特·吕庞泼莱伯爵,乌贼鱼还会替他在宫中谋一个差事,领干薪呢!叫吕西安做路易十八的内廷侍读,不是妙得很吗?再不然当个图书馆馆员啊,挂名的评议官啊,宫廷的娱乐总管啊,都可以。傻小子错过了机会。人家不原谅他也许就在这一点。他自己不提条件,反而接受别人的条件。人家答应他活动王上的诏书,他相信了;从那天起夏德莱就迈了一大步。高拉莉把这个孩子断送了。吕西安要没有高拉莉爱他,会仍旧要乌贼鱼,而且准定成功。"

斐诺道:"那么我们好把他打下去了。"

"用什么方法呢?"台·吕卜克斯漫不经意地问,他想先拿这件事在特·埃斯巴太太面前邀功。

“他签好合同,不能不替罗斯多的小报写稿,此刻他一个钱没有,要他动笔更容易。如果有篇俏皮文章把掌玺大臣给得罪了,再有人证明作者是吕西安,掌玺大臣必定认为他不配得到王上的恩典。为了叫外省大人物发慌,我们已经做好手脚轰高拉莉下台,让吕西安眼看他的情妇被人大喝倒彩,没有戏做。等到王上的诏书无限期搁置以后,我们再取笑他痴心妄想做贵族,谈谈他那个做收生婆的娘,开药房的老子。吕西安只有一些浮面的勇气,不堪一击,我们要不打发他回家乡去才怪呢。玛蒂法所有的六分之一的杂志股份,拿当叫佛洛丽纳弄来卖给我了,纸商的一份也被我收回了,现在只剩我和道利阿两个。我和你不难讲好条件把刊物转换方向,靠拢宫廷。我为了要收回六分之一的股权,才给佛洛丽纳和拿当撑腰;他们既然把股权卖给我了,我就得帮衬他们;不过先要知道吕西安的地位到底怎么样……”

台·吕卜克斯笑道:“你真是名副其实。老实说,我就喜欢你这种人……”

“那么你能替佛洛丽纳弄一份正式的合同吗?”斐诺问评议官。

“没有问题,不过你先要解决吕西安;拉斯蒂涅和特·玛赛不愿意再听到他的名字。”

斐诺说:“你放心。迦亚答应拿当和曼兰,他们俩的稿子有一篇登一篇,可不让吕西安发表一个字,这样我们就断了他的生路。他只能利用玛丹维尔的报纸保卫他自己跟高拉莉。一份报对抗所有的报,有什么用!”

“我可以把部长的痛疮告诉你,将来你叫吕西安写的文章,原稿要交给我。”台·吕卜克斯回答斐诺,他绝口不提答应吕西安的诏书根本是个骗局。

台·吕卜克斯离开了休息室。斐诺过去找吕西安,说明为什么他不能放弃预约的稿子,那种亲切的口气,不少人上过当。斐诺不愿意打官司,破坏吕西安在保王党内的希望。斐诺喜欢有魄力的,不怕改变主张的人。吕西安和他见面的日子不是长得很吗?需要彼此帮点儿小忙的地方不是多得很吗?吕西安应当在进步党内有个可靠的朋友,万一政府派或极端派不讲交情,可以替他报仇。

最后斐诺还说:“如果人家玩弄你,你怎么办?如果有个部长以为你叛变了进步党,从此他便拴着你的脖子,对你不再忌惮,不再理睬,你不是需要放出几条狗去咬他的腿肚子吗?可是你已经跟罗斯多闹翻,他恨不得砍下你的脑袋。番利西安和你,见了面连话都不说了。同你来往的人只剩我一个了!干我这一行,最要紧的是同真有魄力的人和睦相处。我在新闻界帮你的忙,你在你的圈子里回敬我。不过闲话少说,正事第一!你得给我送几篇纯文艺的稿子来,对你没有妨碍,同时你履行了咱们之间的合同。”

吕西安觉得斐诺的建议除了算盘精明之外,还有几分交情。斐诺和台·吕卜克斯的恭维使他心情快活,他还向斐诺道谢呢!

三十八、生死关头

为了高拉莉在竞技剧场第一次登台,吕西安怀着屈辱带着方唐的票据去见加谬索,要求贴现,并悄悄述说情妇的处境。加谬索微微一笑,给了他 2 500 法郎。吕西安找好鼓掌队长勃拉劳,又有保王党记者捧场,以为不会出乱子。

大尼埃的书出版了。主编让吕西安写稿攻击,一棍子打死。他不肯。玛丹维尔点醒他,失去保王党报纸的帮助,等于听凭进步党报刊拿高拉莉出气。他发现大尼埃与高拉莉间没有两全的办法。他伤心地写了稿子并去向大尼埃忏悔。大尼埃说:忏悔过两次的人是最可恶的伪君子。我怕你只想用忏悔来抵消你的罪孽。

晚上,高拉莉的演出砸了。勃拉劳出卖了他们。佛洛丽纳乘机抢走了高拉莉的角色。

吕西安上了斐诺的当,写小品文伤害了掌玺大臣夫妇,王上怪罪下来,于是所有太太的客厅对他关闭了。他呆若木鸡,发觉被人玩弄了。在路上,米希尔克雷斯蒂安朝他脸上唾了一口,骂他背信弃义攻击大尼埃。他俩打起来,吕西安提出决斗。

三十九、一文不名

他胸口中了一弹,躺了两个月。其间方唐的书店破产,《查理九世的弓箭手》出版了,一点销路也没有,被卖给货郎担,摆在地摊上。方唐的票据兑现不了,吕西安被加谬索告了一状,逼得很急。高拉莉终于从加谬索手中拿到文件,救下吕西安,但她内心痛苦。吕西安复原,她又病倒了。所有铺子不再赊欠。他们的生活山穷水尽。吕西安仿造大卫的笔迹开了三张期票,向与大卫有来往的纸商梅蒂维埃处借得3 000法郎,还清了欠债。

四十、告　别

高拉莉死了。悲痛欲绝的吕西安想用募化的办法埋葬他的情妇。他没有了傲气。路上,巴贝给了他200法郎,条件是写些香艳的、色情的诗。

埋葬了高拉莉,他站在高岗上望巴黎,心想,现在还有谁爱我呢?如今只剩下妹妹、大卫和母亲了。

可怜的外省大人物回到月亮街,看着空荡荡的屋子不能忍受,搬往同一条街上的一家小旅馆。台·都希小姐的两千法郎,凑上变卖家具的钱,付清各方面的欠账。剩下一百法郎,贝雷尼斯和吕西安维持了两个月。吕西安精神瘫痪,像病人一样:他既不能动笔,也不能思索,一味往痛苦里钻,叫贝雷尼斯看着可怜。

吕西安想起母亲,妹子和大卫·赛夏,不禁长叹一声;贝雷尼斯听着问道:"你要是回本乡,怎么去呢?"

他说:"走回去啰。"

"可是一路也要吃,也要住。一天走四五十里,至少也得二十法郎。"

他说:"我会想办法的。"

他留着身上穿的几件必不可少的衣衫,把礼服和讲究的内衣送去给萨玛农,萨玛农出价五十法郎。吕西安央求放高利贷的多给一些,让他能够坐班车回去,萨玛农始终不答应。吕西安气愤之下,立刻赶往弗拉斯卡蒂碰运气,结果把钱输得精光。他回到月亮街上破烂的卧房,问贝雷尼斯讨高拉莉的披肩。好心的姑娘看他眼神不对,又听说他赌输了钱,猜到可怜的诗人无路可走,想上吊了。

她说:"你疯了吗,先生?你先去散步,半夜再回家。我来替你弄路费;不过你只能待在大街上,别走往河滨。"

吕西安在大街上闲荡,痛苦得如醉如痴;他望着漂亮的车马,行人,看他们受着巴黎成千上万的利益鞭策,像旋风般打转,更感到自己无依无靠,渺小到极点。夏朗德河畔的风光在脑子里闪过,他忽然渴望家庭的快乐,精神为之一振;性格近于女性的人最容易把这种冲动当作勇气。他不愿意就此屈服,先要向大卫·赛夏倾吐心里的话,听听仅有的三个亲人的意见。他正走着,冷不防瞧见贝雷尼斯打扮得齐齐整整,在泥泞的佳讯大街和月亮街的拐角儿上同一个男人说话。

吕西安看到诺曼地姑娘便起了疑心,害怕起来,问道:“你干什么?”

她把四枚五法郎的钱塞在诗人手里,说道:

“二十法郎你拿去吧,代价不小,不过你总算动身了。”

贝雷尼斯一溜烟走了,吕西安来不及看清她走的方向。我们还得说句公道话,吕西安天良未泯,觉得那几块钱烫手,想还给她;结果他不能不收下,这是巴黎生活的最后一个疮疤。

第三部　发明家的苦难

引　　言

一个时髦青年惨痛的忏悔

吕西安一路风餐露宿,走了五天,身边只剩下五法郎。他爬上一辆马车,躲在车厢后。天亮了,满身是土的他从车上跳下来。车内走出两个人却是新任州长夏德莱和他的妻子路易士(前巴日东太太)。

他瞪了他俩一眼走开了。走了很久,他累坏了,找了一个农家要求住一个星期。他告诉房主安古兰末的大卫是他的妹夫。房主说,听说大卫被父亲逼得把家产统统变卖了。听到妹夫出了事,吕西安几乎支持不住了。他以为自己要死了,请求找神甫忏悔。从神甫口中,他知道大卫坐了牢,因为巴黎送来一些票据他忘了清理。吕西安知道他连累了大卫,求神甫去安古兰末探问实情。

打落水狗

神甫来到药房的卜斯丹处,打听到夏娃穷得不堪设想。

上编　追偿债务的故事

一、需要解决的问题

大卫向夏娃求婚后发愿挣一份家私,为夏娃和吕西安。他相信制造廉价纸张是一条生财之道。但资金用完了,还欠着药房老板卜斯丹 1 000 法郎。

二、勇气十足的妻子

大卫向夏娃隐瞒着困窘状况,一心扑在发明上。可怜的夏娃决意担起印刷所的担子,琢磨起生意的门道。工厂只剩下三个人:大卫从巴黎带来的学徒赛利才、看家狗般忠心的玛利红和高布。

夏娃终于知道在戈安得排挤下工厂的艰难。她筹划着印刷农民需要的画片、牧羊人历本。吕西安报告失意的信给夏娃很大打击。

三、未来的犹大

戈安得兄弟为破坏夏娃生产的历本,收买了赛利才。夏娃不久发现她唯一的排字工行迹可疑。赛利才恶狠狠地抱怨工钱挣少了,让夏娃很难受,大卫却替他辩护。赛利才将大卫的发明透露给戈安得兄弟。夏娃看出他是奸细,决意歇掉他,并打算将机器连同执照出让。

四、戈安得兄弟

戈安得派来一个厉害的对手盘下大卫的印刷所,决定让它维持下去。他们提出由赛利才租下工厂。夏娃诧异,决定亲自监视赛利才,不想从此受赛利才监视,还不知不觉受戈安得支配。

五、第一声霹雳

吕西安签了三张期票的事让大卫异常震动;夏娃打听到吕西安在巴黎的全部情况,心惊胆战。她一向把哥哥看作神道一般,怎想到他糟蹋才华去干坏事。她还担心上哪儿张罗3 000法郎去还债。

六、造纸业一瞥

大卫造出廉价纸的样品。赛利才向戈安得报告了消息,但猜不出用的什么原料。戈安得命赛利才不要续订租用合同,逼大卫出卖厂子。这时吕西安伪造签名的借据已转到戈安得手中,他们立刻利用这债务来逼大卫就范。

七、介绍一般的外省诉讼代理人,尤其是柏蒂-格劳

戈安得约见诉讼代理人柏蒂-格劳。他是大卫的同学,一个急巴巴想往上爬的青年。戈安得要他去当大卫的代理人,让大卫背一大笔诉讼费,在监狱住几天,许给他一门好亲事。知道大卫的老子绝不会出一个子儿,他打定主意为戈安得卖命。

八、给付不出款子的出票人义务上一课

戈安得公司派人拿第一张期票去收款,夏娃认出吕西安的伪造,晕了过去。第二天执达吏来立了拒付证书。大卫付不出款的事立刻传开了。不久,巴黎的梅蒂维埃收到戈安得公司退票的清单,要他在巴黎向吕西安追讨。

九、一张五十生丁印花税票的射程和威力不下于一颗炮弹

梅蒂维埃控诉大卫和吕西安,嘱安古兰末的诉讼代理人使用一切手段向大卫追诉欠款。大卫被传到商务法庭,责令偿还三张期票及其他费用共4 000法郎。

十、所谓局势险恶

大卫急忙去请教老同学柏蒂-格劳，希望拖几个月。柏蒂-格劳说，要花很大代价。大卫说出了他造纸的发明。柏蒂忽然动了善心，劝他保守住发明的秘密，千万别让靠不住的人知道。为了生活，夏娃又去为人干活。

十一、父亲和两个仆人

夏娃求梅蒂维埃的票据展期，他同意了，但要大卫的父亲担保。夏娃求公公，被他坚决拒绝。高布和玛利红借出了他们积蓄的 1 000 法郎。

十二、两个代理人怎样放火

柏蒂尽量节外生枝，拖延时间。不料赛夏因儿子与人涉讼，损害了他的房租收入，也找柏蒂作代理人。戈安得叫柏蒂让老头吃点亏，一辈子恨儿子，就不会帮他。判决下来，赛夏、夏娃和大卫三人连诉讼费、公费、利息共欠到上万法郎。工厂机器及附属物被查封。

十三、控诉的高潮

柏蒂按戈安得的主意挑拨父子感情，赛夏不肯为儿子还债，自己欠的诉讼费以剥夺儿子继承权为条件才付。大卫一心想着发明，攻克最后一关。夏娃去请教检察官，知道判决使她落到公公手里，以后的处境更糟。晚上，法庭送来羁押债务人的公事，官司到了高潮。

十四、为什么羁押债务人在外省绝无仅有

大卫的敌人商量如何抓他。忠心的高布侦察到赛利才叛变，屋子四周有埋伏，戈安得参与了此事，大卫处境险恶。夏娃对大卫说：原来是戈安得在逼你，想抢你的发明权。他们商量好把大卫藏在夏娃好友巴齐纳处。

十五、两桩试验，一桩成功，一桩失败

大卫去躲藏途中先到父亲庄园，想打动父亲。老头要他证明发明可靠。他在酒窖作试验，早上将产品交给父亲，但说明未找到锅内上胶的方法。父亲说：你改良了上胶的方法，再来找我拿钱。大卫无法说服父亲帮助他。两人不欢而散。高布将大卫送到巴齐纳的密室。

十六、利之所在，虎视眈眈

赛夏住到儿子家，从媳妇处打听不到造纸的秘密，去找戈安得兄弟，终于疑心到他俩存心逼倒印刷所，拿大卫的发明引诱他代儿子还债。大卫锅内上胶的问题解决了。但老头怕儿子将来不跟他合伙，戈安得兄弟、柏蒂也怕大卫自由。四个利益攸关的人谁也不敢动手，唯恐被人占先；大家怀着戒心，你监视我，我监视你。

十七、柏蒂-格劳的对象

柏蒂要戈安得履行诺言，让他与塞西龙太太的干女攀亲。戈安得却要他把大卫先送进牢狱。

柏蒂不愿上当,要挟戈安得立即兑现,否则就替大卫还债跟他合伙。戈安得见局势危险,立即带他去塞西龙家,居然说动塞西龙太太答应了这门亲事。柏蒂看到3万法郎陪嫁与日后前程,兴奋地答应设法弄一份契约,让父子俩一齐听戈安得指挥。

十八、神甫的一句话

老神甫到夏娃家报告吕西安情况时,大卫已躲了11天。神甫向夏娃母女讲了吕西安的不幸与悔恨。夏娃说,尽管他把我们弄穷了,剩下一口苦饭,仍有他的份。

下编　家庭的晦气星

一、浪子回家

当晚神甫把大卫一家的遭遇告诉了吕西安。第二天,吕西安回到安古兰末,和妹妹、母亲重逢,暂时忘却了苦难。吕西安寻找大卫,夏娃哭了。母亲责备他。吕西安满面羞惭。吕西安感到夏娃对他的爱已缺乏敬意与信任,反怨她们庸俗,精神上同母亲、妹妹疏远了。

二、意想不到的荣誉

吕西安还乡的消息列入本地报纸的头条,还提到州长和夫人对他的鼓励,令他兴奋不已。妹妹对此十分冷淡,说:这份报纸掌握在戈安得手里,你以前的情人会为你捧场吗?你在这儿只会引起仇恨与嫉妒,提醒他要提防。吕西安口头答应,心里不以为然。

州长和夫人给他送来请柬。晚上,广场上挤满了人,乐队奏着曲子欢迎他。吕西安得意洋洋,快乐极了。母女俩却说:他不但忘了自己的苦难,也忘了我们的。

三、捧场的阴谋

广场上的欢迎是柏蒂玩的把戏。这是他和路易士一手策划的。他要先捧吕西安,然后解决他。州长夫人答应为柏蒂谋到首席署理检察官的职务。

四、如此好心,我们一生也能碰上几回

柏蒂带了几个中学同学来拜望吕西安。谈到大卫的官司,柏蒂装傻,吕西安因之被他玩弄。吕西安说,自己要通过路易士去救大卫,请他帮助,柏蒂满口答应。

五、吕西安把外省的荣誉当真

吕西安从巴黎赊来一套漂亮的衣服,便去州长公署投了名片。夏德莱举行盛大公宴欢迎他。奏乐声音传到藏在密室的大卫耳里。

六、隔墙有耳

大卫被吕西安带去的信感动。他不顾妻子的嘱咐,说服巴齐纳让他出去见见吕西安,被柏蒂看见,赛利才也在监视。住地暴露了。柏蒂听赛利才讲逮捕大卫的计划后匆匆去找戈安得,谈好

未婚妻今晚必须拿到丈人产业的主权证明。他要动手了。

七、吕西安在巴日东府上扬眉吐气

吕西安参加柏蒂主婚书的仪式,与旧情人夏德莱太太重逢。他故作傲慢令她气恼,捉摸不透,这小小伎俩使她找机会与他单独在一起。他旧话重提,于是州长夫人当着吕西安对她丈夫说:有人用卑鄙手段陷害一个发明家,我们要救他出来。州长说:今晚起,你的妹夫可以说没事了。吕西安高兴极了。

八、痛心之极

赛利才改了吕西安给大卫的信将他骗了出来,逮捕他并将他送进监狱。夏娃正好碰见,昏了过去;吕西安向母亲承认他促成了大卫被捕。

九、诀　别

我们看了下面的信,不难想象吕西安心中的骚动;他在夜里写一会停一会,想一句写一句。

亲爱的妹妹,没想到刚才是你我最后一次见面。我的决心是不可挽回的了。许多人家都有个晦气星,对家族来说是一种瘟疫;而我就是这样的人。这不是我的意见,是一个阅世很深的人的意见。有一天我们几位熟朋友在仙岩饭店吃宵夜,正在说笑打趣,那外交家提起一个年轻的女子,大家看她没有嫁人觉得奇怪,其实是被父亲害了。外交家接着发表他所谓家庭瘟疫的理论,和我们解释,要没有某个母亲,某人家早就兴旺,某人家的儿子断送了父亲,某人家的父亲破坏了儿女的声名和前程。关于那个社会问题的见解虽然以谈笑出之,十分钟内举的一大堆例子着实使我吃惊。能听到这样的真理,记者们的议论尽管荒唐,也可以原谅的了,——他们没有人可以捉弄的时候,往往以此消遣,把他们的怪论发挥得极有风趣。告诉你,我就是我们家的晦气星。我怀着一腔好意,行动像仇敌。我受了你们的恩惠,用灾难来报答。这一次给你们的打击尤其残酷,虽则是出于无心。我在巴黎自暴自弃,尽管潦倒,照样作乐,把酒肉朋友当作知己,把真正的知己当作剥削我的人;我忘了你们,直要拖累你们的时候才想起你们。你们在家埋头苦干,走着艰难而可靠的路挣你们的家业;我却痴心妄想抄近路。你们在上进,我把自己的生活糟蹋了。因为我的野心漫无限制,不愿意过清苦的日子。一想起某些嗜好,某些享受,我就瞧不起随手可得而我过去感到满足的快乐。亲爱的夏娃,我批评自己比谁都严厉,对自己毫不留情。在巴黎斗争要有始终不懈的毅力,而我的意志只是偶然的冲动,我的理智时断时续。我怕将来怕得厉害,只想回避,而对现状又不能忍受。我本想回来看看你们,其实还是永远流亡的好。可是没有办法谋生,流亡等于疯狂,我不愿在已有的疯狂上面再加上一桩。与其过残喘的生活,还不如死了干净;因为不论处境如何,我过分的虚荣总是要出乱子的。世界上有种人等于零,前面必须加一个数目,才能声价十倍。我要有价值,必须同一个意志坚强,铁面无情的人结合。特·巴日东太太的确是我理想的妻子,我没有为了她放弃高拉莉,把我的一生耽误了。大卫和你可以做我高明的指导,只是你们不够刚强,没法制服我怕受约束的脾气。我喜欢饱食终日,无所用心;为了摆脱一桩不如意的事,我可以变得卑鄙无耻,什么都做得出来。我生来是王孙公子。若要飞黄腾达,我的聪明只多不少,不幸我只能聪明一时;而群雄逐鹿的生涯,唯有不浪费聪明,走完全程还有充分的才智的人才会得奖。我尽管存着一百二十分的好意，将来仍不免损害别人，像这次在家里一样。有的人好比橡树，我也许只是一株苗条的灌木，偏偏以松柏自居。这便是我的总账。能力与欲望不调和，不平衡，我所有的努力都白费了。文人中间很多这样的人：聪明和性格，意志和愿望，老是不相称。将来我如何下场呢？只要想起巴黎一些被人遗忘的，过时的名流，就可知道。快到晚年的时候，我会未老先衰，没有财产，没有声望。我受不了这种晚境，不愿意在社会上变成一堆垃圾。亲爱的妹妹，不管在你对我竭尽温柔的早期，还是在你对我严厉的最后一个时期，我都同样爱你；这次重新见到你跟大卫，我快慰之至，虽然付了很高的代价；日后或许你们会觉得，让一个爱你们的可怜虫得到这些最后的快乐，无论什么代价都不算太高……你们不必四出寻访，不必追究我的下落；我的理智至少还能帮助我实现我的意志。所谓隐忍等于天天自杀，而我的隐忍只能维持一天，我要赶快利用……

清晨二时。——我主意已定，亲爱的夏娃，我向你告别了。我感到安慰的是今后只生活在你们心中，那就是我的坟墓……别了。妹妹！……这是你哥哥最后一次的告别。

吕西安

吕西安写完信，悄没声儿地拿着下楼，放在小外甥的摇篮上。妹子睡熟了，他含着眼泪亲了亲她的额角，出去了。他在朦胧晓色中熄掉蜡烛，最后瞧了瞧老屋子，轻轻打开过道的门；虽然这样小心，在工厂里打地铺的高布还是被他惊醒了。

“谁啊？……”

吕西安道：“是我，高布，我走啦。”

“这次要不回来倒好了。”高布自言自语，声音相当响，吕西安听见了。

他回答说：“最好根本不生出来。再见，高布，我不怪你，你说的也是我心里的话。你告诉大卫，说我不能和他告别，很难过。”

亚尔萨斯人穿好衣服起来，吕西安早已关上大门，穿过菩里欧的林荫道，往夏朗德河走去。他身上的穿扮好像去赴宴会，他要用巴黎的衣衫，花花公子的漂亮行头，作为入殓的装束。高布听着吕西安的声调和最后几句话，心中一怔，想去问女主人是否知道她哥哥动身，有没有跟她告别；他发觉屋内寂静无声，只道吕西安出门是大家商量过的，便重新睡了。

十、大路上的奇遇

吕西安想用富于诗意的方法结束自己的生命。他走到山坡脚下，遇到一个教士模样的陌生人。吕西安回答他说，自己因穷困而自杀。

十一、一个亲信的故事

教士说自己需要一个秘书。他讲了一个秘书发迹的故事。吕西安向他讲述自己的经历，跟着他坐上马车。

十二、马基雅弗利的信徒专为野心家讲的历史课

教士举例给吕西安，对他说只能把人当工具，对付人要像犹大一样心狠、卑鄙，为金钱、权势要不择手段。教士的引诱把吕西安倾向堕落的心深深打动了。

十三、埃斯科巴的信徒讲的道德课

教士向吕西安讲起道德:大人先生暗地里干丑事,而平日炫耀德行,早已没有什么道德,关键在形式。他告诫吕西安,定下一个辉煌的目标,藏起你的手段和步骤,别爱惜人格和尊严。要得到一切,就得不顾一切。

(吕西安做了一个惊讶的手势。)

教士唯恐吕西安太天真,听了他的话受不了,便说:"啊!孩子,我是斐迪南七世和路易十八的中间人,那两个大……大国之君……都是靠深……深谋远虑得到王位的;两个国王的卑鄙龌龊的斗争都经过我这个神甫的手,难道你把我当作加百利天使不成?……我信奉上帝,可是更信奉我们的教派,而我们的教派只相信尘世的权力。为了要尽量扩张尘世的权力,我们拥护罗马教会,天主教会,就是说拥护一切迫使人民服从的思想感情。我们是近代的寺院派,我们有我们的主义。我们的一派和寺院派一样受到摧残,原因也一样,就是我们要跟社会并驾齐驱。你要愿意做士兵,我可以做你的长官。只要你服从我,像妻子服从丈夫,孩子服从母亲一样,我保证你不出三年成为特·吕庞泼莱侯爵,娶到圣·日耳曼区最高等的贵族姑娘,将来进贵族院。我问你,我要不和你谈谈说说,给你消遣,你此刻怎么样?不是变了一具沉在深水底下,永远找不到的尸首吗?……你不妨想象一下……(吕西安听到这里,不胜好奇地望着他的保护人。)——在你面前的是卡洛·埃雷拉神甫,多兰特教区的名誉委员,斐迪南七世陛下的特使,奉命送一封信去给法兰西国王陛下,也许信里有这么几句,您一朝帮我解决了困难,希望把我此刻竭力敷衍的人一律吊死,连同我的密使在内,使他成为真正的密使……陪着教士坐在这辆车内的青年,和刚才死了的诗人已经大不相同。我从水里捞你起来,救了你性命,你变做我的附属品了,你跟我的关系正如万物之于造物主,妖精之于神仙,鬼怪之于撒旦,肉体之于灵魂!有我的铁腕支持,不怕你坐不稳权势的交椅;我给你享尽快乐,荣誉,连续不断的欢娱……永远不会缺少钱用……你在外边得意,夸耀,我蹲在泥地上打根基,保证你荣华富贵。我呀,我为权势而爱权势!我自己不能享受的东西,看到你享受我感到高兴。总而言之,我会变做你!……等到人跟魔鬼,小孩儿跟政治家订的协定对你不合适了,你仍可以找一个小地方,像你刚才描写的那样,跳水自杀。你此刻已经倒了楣,丢了脸,将来即使有点出入也没多大关系。"

十四、西班牙人的侧影

教士鼓励吕西安复仇:别看我是个教士,一朝受到羞辱、伤害、折磨、欺骗、出卖,我要拼着我的肉体、灵魂去报仇泄恨。吕西安的心弦被拨动。

十五、为什么罪犯总要诱人堕落

教士告诉吕西安,他是大贵族的私生子,十分孤独。教士说:我替西班牙国王尽心出力,可是不能爱他,他是我的保护人,高高在上。我要创造一个人,给他生命,按照我的方式把他塑造,因为我要像父亲爱儿子一般爱他。将来你坐着双轮马车,就等于我自己坐着,你讨女人喜欢,我也跟着快活。我对自己说:这个美貌的青年就是我!这个特·吕庞泼莱侯爵是我创造的,是我送进贵族社会的;他的荣华富贵是我的成绩。

他给了吕西安1.5万法郎去救大卫，带走了他。

十六、斗争到了招架不住的时候

正当吕西安踏上自称为西班牙使节的马车的时候，夏娃起来给孩子吃奶，发现那封诀别的信，拿来念了。她早晨睡了一觉，身上有些汗湿，这一下变了冷汗。她一阵眼花，随即唤玛利红和高布上楼。

她问："我哥哥可是出去了？"

高布说："是的，太太，天还没亮就走了。"

夏娃嘱咐两个佣人说："我告诉你们的话千万不能泄露，我哥哥大概去自杀了。你们俩一齐去打听，说话小心，一路留心河道。"

夏娃一个人留在家里，如醉如痴，叫人看着害怕。早上七点光景，她正在六神无主，柏蒂-格劳上门来商量正事了。在这种情形之下，一个人听到无论什么意见都会接受的。

代理人说道："太太，咱们亲爱的大卫进了监狱，他落到这步田地，案子一开始我就料到的。我当时劝他跟同行戈安得弟兄合作，共同经营。这桩事业在你丈夫手中不过是空想，两个戈安得却有办法实现。因此，昨天晚上一听见他被捕的消息，你知道我怎么办？我马上去看戈安得弟兄，想叫他们接受一些能够使你们满意的条件。若要保住大卫的发明，你们眼前这种生活势必要继续下去：官司纠缠不清，你们非拖倒不可，等到筋疲力尽，上气不接下气的时候，你们照样要找一个出钱的老板，照样要做一桩交易，和我建议你们同戈安得做的一样，说不定还是你们吃亏；那不如趁早跟戈安得弟兄合作，还有好处可得。省得发明家再忍饥挨饿，伤心绝望，同资本家的贪心和社会的冷淡挣扎了。你说吧！倘若两位戈安得先生代你们还了债……倘若除了还债以外，不论发明的东西价值怎么样，前途怎么样，希望大不大，叫他们再送一笔钱，将来事业办起来，让你们永远分一部分盈利……你们不是称心了吗？……太太，印刷所的生财机器变了你的产业，你以后必定要出让，那也值两万法郎，我保证替你找一个买主出到这个价钱。如果你们和戈安得弟兄订了合伙契约，到手一万五，连印刷所共有三万五，按照时下的利率，每年有两千法郎收入……两千法郎在外省也好过日子了。太太，别忘了你们和戈安得合伙以后，可能还有别的希望。我说可能，因为要防事业失败。现在我有把握做到：第一，还清大卫的债；其次，给大卫弄到一万五千法郎，酬劳他的研究工作，日后戈安得弟兄不得以任何理由要求收回，即使发明的东西没有出息，也不能讨还这笔款子；最后让大卫同戈安得弟兄合伙，等领到了发明执照，大卫的制造方法由双方共同秘密试验，成功以后，正式经营。条件是一切费用归戈安得弟兄负担；大卫名下的股款拿他的发明执照抵充，日后再分四分之一的利益。你是明白人，极有见识，这在漂亮女太太中是少有的；你考虑一下这些办法，准会满意……"

可怜的夏娃伤心至极，直淌眼泪，叫道："哎！先生，干么昨天晚上你不来提出这个和解的办法呢？那就免得我们出丑……也不至于闹出更大的乱子了……"

"我同戈安得弟兄的谈判到半夜才结束；你大概也猜到了，他们是拿梅蒂维埃做幌子。可是除了可怜的大卫被捕以外，昨天晚上还有什么更大的乱子了呢？"柏蒂-格劳问。

"你看，我一早醒来就得到这个可怕的消息。"夏娃说着，把吕西安的信递给柏蒂-格劳。"现在你这样关切我们，的确是大卫和吕西安的朋友，保守秘密的话用不着对你多交代了。"

柏蒂-格劳看完信，还给夏娃，说道："你一点不用着急。吕西安决不会自杀。妹夫被他拖累，抓去了，他当然要找一个借口离开你们。在我看来，这是下台以前的一大篇说白，跟做戏一样。”

戈安得弟兄的目的达到了。他们先折磨发明家和他的家属，然后趁对方疲劳过度，需要歇一歇的时间下手。从事发明的人不一定都像斗牛狗那样的狠，会咬着野兽至死不放，戈安得把大卫一家的性格研究得很透彻。在长子戈安得心目中，逮捕大卫是这出戏的第一幕的最后一场。柏蒂-格劳提出的办法是第二幕开始。代理人精明透顶，认为吕西安的一时冲动是个意想不到的机会，可以决定大局。柏蒂-格劳早已发觉妻子对丈夫的影响，看见夏娃为着吕西安弄得六神无主，更想趁此骗取她的信任。所以他不再增加夏娃的绝望，而是竭力安慰，很巧妙地怂恿夏娃就在心乱如麻的时候到监狱去，知道她一定会说服大卫跟戈安得弟兄合作。

“太太，大卫告诉我，他想发财只是为了你和你哥哥。事实证明，想叫吕西安有钱根本是痴心妄想。别说一份，就是三份家私也不经他花。”

看夏娃的态度，她对哥哥的最后一点幻想也破灭了。代理人说到这里停了一忽，有心让夏娃的缄默变成默认。

接着他又说：“所以，在这个问题上只要考虑到你和你的孩子。要快快乐乐地过活，两千法郎是不是足够，应当由你决定。不用说，你们以后还有老赛夏的遗产。你公公一年收七八千法郎进款，已经有好多年了，资金存放出去的利息还不算在内。归根结蒂，你们的前途大可乐观，干么要烦恼呢？”

代理人辞了赛夏太太走了，让她考虑这个远景，这远景是前一天夜里长子戈安得很巧妙地设计的。

安古兰末的银钱老虎听见代理人报告抓住大卫的消息，说道：“你去透露一些口风，让他们知道可能有笔款子到手，只要有钱可拿的念头印进了他们的脑子，他们就逃不了啦；我们再讨价还价，一步一步地逼他们就范，接受我们愿意收买那个发明的价钱。”

这句话等于这出银钱剧的第二幕的纲领。

赛夏太太一边为着哥哥的下落心中忧急，一边换好衣服，下楼往监狱去。她想到要独自在安古兰末街上露面，好不惊慌。柏蒂-格劳退回来，说愿意陪她同去；他不是同情当事人的痛苦，而是另有一套老奸巨猾的打算；夏娃被他的体贴感动了，向他道谢，他也不道破夏娃的误会。那么生硬那么冷酷的人这时竟有这点儿心意，使赛夏太太改变了她以前对柏蒂-格劳的看法。

十七、坐监的影响

大卫接受了戈安得的条件。十分钟后，他被放出监牢。柏蒂找到赛利才，用他伪造的条子要挟他，让他从此听从戈安得指挥。

十八、晚 了 一 天

合伙契约签订了，发明执照用了戈安得的名字。忽然一辆驿车停下来，高布在楼梯上大声喊：

“太太！太太！一万五千法郎！……吕西安先生叫人从博济哀带来的，全是现洋。”

夏娃举起胳膊叫道：“一万五千法郎！”

驿车公司的送货员说道："是的，太太，波尔多的班车捎来一万五千法郎，嘿！分量不轻呢！底下还有两个人替你搬钱袋。寄款人是吕西安·特·吕庞泼莱先生……我先给你一个小皮袋，里头有五百法郎，恐怕还有一封信。"

夏娃念着信只道是做梦：

亲爱的妹妹，兹寄上一万五千法郎。

我没有自杀，而是把自己出卖了，失去了自由。我不仅做了一个西班牙外交官的秘书，而且身体和灵魂都交给他了。

我要开始一种可怕的生活，也许投河死了倒反干净。

再见了。大卫可以恢复自由，他不难花四千法郎买一个纸厂，挣一笔家私。

但望永远不再想起——

你的可怜的哥哥　吕西安

夏同太太进来瞧着工人堆放钱袋，嚷道："我这个可怜的儿子真是晦气星，他说的不错，他即使有心做好事，也得不到好结果。"

长子戈安得走到桑树广场上说道："好险啊，事情只差一点儿！再过一小时，这些金子准会照亮赛夏的眼睛，看出合同的毛病。现在他答应三个月为期，到时我们就有办法了。"

晚上七点，赛利才盘进印刷所，付了钱，最后一季的房租也归他负担。第二天，夏娃拿四万法郎交给税局局长，托他用大卫的名义买进年息两千五百法郎的公债。接着写信给公公，请他在玛撒克物色一个价值一万法郎的小庄园，作为她个人的投资。

十九、合伙经营的故事

戈安得存心摆脱大卫。他偷得大卫的配方，却借口试验不成功，根据条约反叫大卫付给他6 000法郎。已当上法官的柏蒂对大卫说，戈安得把你们摆布够了。要一劳永逸，不如吃亏和解。经他调解，戈安得拿出1.5万法郎，大卫放弃了全部权益。

二十、结　局

赛夏死了，留下24万法郎的田产和值30万的黄金。戈安得拥有几百万法郎，当上议员，进了贵族院。

大卫的发明推动了法国的造纸业。但他绝口不提以前的尝试，把发明家可怕的志愿放弃了，过着懒洋洋的地主生活，收集昆虫标本。柏蒂当了检察长，雄心是做高等法院院长；赛利才被柏蒂后任所逼，卖掉印刷所，混迹江湖，至于吕西安，"巴黎生活栏"内另有交代。

欧也妮·葛朗台

巴尔扎克的长篇小说《欧也妮·葛朗台》(1833)共分七章,写法国外省索漠城一个商人葛朗台和他的女儿欧也妮的人生悲剧。葛朗台是一架挣钱机器,一辈子只知道挣钱、攒钱,积累了巨额财富,却活得没有一点人样,尤其是他的贪婪和吝啬,可谓是登峰造极,最后守着满屋子的黄金死去。女儿在父亲的盘剥和苛刻对待下长大,少女时代与她的堂兄夏尔相爱。夏尔到海外经商发了财,为了攀附高位,把欧也妮抛到脑后,娶了一个侯爵的女儿。欧也妮继承了父亲全部的财富,但是却爱情幻灭,只能在孤独、哀伤中打发余生。小说通过这两个人物,生动描写了新兴资产阶级的发家史,深刻批判了金钱原则对人性的扭曲和残害。现参照中文译本(傅雷译,人民文学出版社 1978 年版)分节介绍和节选如下。

中产阶级的面目

索漠城里有一所住宅,它在一条起伏不平的街的尽头,外表颇让人感到凄凉。这条街从前是索漠城的大街。早先本地的乡绅全住在这条街上,街的高处都是古城里的老宅子。我们这个故事中那所凄凉的屋子,就是其中之一。拐弯抹角地走过去,可以看到一处黑魆魆的凹进去的地方,葛朗台府上的大门便藏在这凹坑中间。

葛朗台先生在索漠城的名望,自有它的前因后果。1789 年他是一个富裕的箍桶匠。共和政府在索漠地区标卖教会产业的时候,他正好 40 岁,才娶了一个有钱的木板商的女儿。他拿自己的现款和女人的陪嫁,三钱不值两钱地,即使不能算正当,至少是合法地买到了区里最好的葡萄园、一座老修道院和几块分种田。

索漠的市民很少革命气息,在他们眼里,葛朗台老头是一个激烈的家伙,前进分子,共和党人,关切新潮流的人物;其实箍桶匠只关切葡萄园。上面派他当索漠区的行政委员,于是地方上的政治与商业都受到他温和的影响。

在政治方面,他包庇从前的贵族,想尽方法使流亡乡绅的产业不致被公家标卖;商业方面,他向革命军队承包了一二千桶白酒,代价是把某个女修道院上好的草原,本来留作最后一批标卖的产业,弄到了手。

拿破仑执政的时代,好家伙葛朗台做了区长,把地方上的公事应付得很好,可是他葡萄的收获更好;拿破仑称帝的时候,他变了光杆儿的葛朗台先生。拿破仑不喜欢共和党人,另外派了一个乡绅兼大地主,一个后来晋封为男爵的人来代替葛朗台,因为他有红帽子嫌疑。葛朗台丢掉区长的荣衔,毫不惋惜。在他任内,为了本城的利益,已经造好几条出色的公路直达他的产业。他的房产与地产登记的时候,占了不少便宜,只缴很轻的税。自从他各处的庄园登记之后,靠他不断的经营,他的葡萄园变成地方上的顶儿尖儿,这个专门的形容词是说这种园里的葡萄能够酿成极品的好酒。总而言之,他简直有资格得荣誉团的勋章。

免职的事发生在 1806 年。那时葛朗台 57 岁,他的女人 36 岁,他们的独养女儿才 10 岁。

大概是老天看见他丢了官,想安慰安慰他吧,这一年上葛朗台接连得了三笔遗产,先是他丈母特·拉·古地尼埃太太的,接着是太太的外公特·拉·裴德里埃先生的,最后是葛朗台自己的外婆,香蒂埃太太的:这些遗产数目之大,没有一个人知道。三个老人爱钱如命,一生一世都在积聚金钱,以便私下里摩挲把玩。特 · 拉 · 裴德里埃老先生把放债叫做挥霍,觉得对黄金看上几眼比放高利贷还实惠。所以他们积蓄的多少,索漠人只能以看得见的收入估计。

于是葛朗台先生得了新的贵族头衔,那是尽管我们爱讲平等也消灭不了的,他成为一州里"纳税最多"的人物。他的葡萄园有100阿尔邦,收成好的年份可以出产七八百桶酒,他还有13处分种田,一座老修道院,修道院的窗子,门洞,彩色玻璃,一齐给他从外面堵死了,既可不付捐税,又可保存那些东西。此外还有127阿尔邦的草原,上面的3 000株白杨是1793年种下的。他住的屋子也是自己的产业。

这是他看得见的家私。至于他现金的数目,只有两个人知道一个大概。一个是公证人克罗旭,替葛朗台放债的,另外一个是台 · 格拉桑,索漠城中最有钱的银行家,葛朗台认为合适的时候跟他暗中合作一下,分些好处。在内地要得人信任,要挣家业,行事非机密不可;老克罗旭与台 · 格拉桑虽然机密透顶,仍免不了当众对葛朗台毕恭毕敬,使旁观的人看出前任区长的资力何等雄厚。

索漠城里个个人相信葛朗台家里有一个私库,一个堆满金路易的秘窟,说他半夜里瞧着累累的黄金,快乐得无可形容。一般吝啬鬼认为这是千真万确的事,因为看见那个家伙连眼睛都是黄澄澄的,染上了金子的光彩。一个靠资金赚惯大利钱的人,像色鬼,赌徒,或帮闲的清客一样,眼风自有那种说不出的神气,一派躲躲闪闪的、馋痨的神秘模样,决计瞒不过他的同道。凡是对什么东西着了迷的人,这些暗号无异绝妙的标志。

葛朗台先生从来不欠人家什么;又是老箍桶匠,又是种葡萄的老手,什么时候需要为自己的收成准备1 000只桶,什么时候只要500只桶,他预算得像天文学家一样准确;投机事业从没失败过一次,酒桶的市价比酒还贵的时候,他老是有酒桶出卖,他能够把酒藏起来,等每桶涨到200法郎才抛出去,一般小地主却早已在100法郎的时候脱手了。这样一个人物当然博得大家的敬重。那有名的1811年的收成,他乖乖地囤在家里,一点一滴地慢慢卖出去,挣了24万多法郎。讲起理财的本领,葛朗台先生是只老虎,是条巨蟒:他会躺在那里,蹲在那里,把俘虏打量个半天再扑上去,张开血盆大口的钱袋,倒进大堆的金银,然后安安宁宁地去睡觉,好像一条蛇吃饱了东西,不动声色,冷静非凡,什么事情都按部就班的。

他走过的时候,没有一个人看见了不觉得又钦佩,又敬重,又害怕。索漠城中,不是个个人都给他钢铁般的利爪干净利落地抓过一下的吗?某人为了买田,从克罗旭那里弄到一笔借款,利率要一分一,某人拿期票向台 · 格拉桑贴现,给先扣了一大笔利息。市场上,或是夜晚的闲谈中间,不提到葛朗台先生大名的日子很少。有些人认为,这个种葡萄老头的财富简直是地方上的一宝,值得夸耀。不少做买卖的,开旅店的,得意扬扬地对外客说:

"嘿,先生,上百万的咱们有两三家;可是葛朗台先生哪,连他自己也不知道究竟有多少家私!"

1816年的时候,索漠城里顶会计算的人,估计那个家伙的地产大概值到400万法郎;但在1793到1817年中间,平均每年的收入该有10万法郎,由此推算,他所有的现金大约和不动产的价值差不多。因此,打完了一场牌,或是谈了一会葡萄的情形,提到葛朗台的时候,一般自作聪明的人就说:"葛朗台老头吗?……总该有五六百万吧。"要是克罗旭或台 · 格拉桑听到了,就会说:

“你好厉害,我倒从来不知道他的总数呢!”

遇到什么巴黎客人提到洛岂尔特或拉斐德那般大银行家,索漠人就要问,他们是不是跟葛朗台先生一样有钱。如果巴黎人付之一笑,回答说是的,他们便把脑袋一侧,互相瞪着眼,满脸不相信的神气。

偌大一笔财产把这个富翁的行为都镀了金。假使他的生活起居本来有什么可笑,给人家当话柄的地方,那些话柄也早已消灭得无形无踪了。葛朗台的一举一动都像是钦定的,到处行得通;他的说话,衣着,姿势,瞪眼睛,都是地方上的金科玉律;大家把他仔细研究,像自然科学家要把动物的本能研究出它的作用似的,终于发现他最琐屑的动作,也有深邃而不可言传的智慧。譬如,人家说:

“今年冬天一定很冷,葛朗台老头已经戴起皮手套了:咱们该收割葡萄了吧。”

或者说:

“葛朗台老头买了许多桶板,今年的酒一定不少的。”

葛朗台先生从来不买肉,不买面包。每个星期,那些佃户给他送来一份足够的食物:阉鸡,母鸡,鸡子,牛油,麦子,都是抵租的。他有一所磨坊租给人家,磨坊司务除了缴付租金以外,还得亲自来拿麦子去磨,再把面粉跟麸皮送回来。他的独一无二的老妈子,叫做长脚拿侬的,虽然上了年纪,还是每星期六替他做面包。房客之中有种菜的,葛朗台便派定他们供应菜蔬。至于水果,收获之多,可以大部分出售。烧火炉用的木材,是把田地四周的篱垣,或烂了一半的老树,砍下来,由佃户锯成一段一段的,用小车装进城,他们还有心巴结,替他送进柴房,讨得几声谢。他的开支,据人家知道的,只有教堂里坐椅的租费,圣餐费,太太和女儿的衣着,家里的灯烛,拿侬的工钱,锅子的镀锡,国家的赋税,庄园的修理,和种植的费用。他新近买了600阿尔邦的一座树林,托一个近邻照顾,答应给一些津贴。自从他置了这个产业之后,他才吃野味。

这家伙动作非常简单,说话不多,发表意见总是用柔和的声音,简短的句子,搬弄一些老生常谈。从他出头露面的大革命时代起,逢到要长篇大论说一番,或者跟人家讨论什么,他便马上结结巴巴的,弄得对方头昏脑涨。这种口齿不清,理路不明,前言不对后语,以及废话连篇把他的思想弄糊涂了的情形,人家当作是他缺少教育,其实完全是假装的;等会故事中有些情节,就足以解释明白。而且逢到要应付,要解决什么生活上或买卖上的难题,他就搬出四句口诀,像代数公式一样准确,叫做:“我不知道,我不能够,我不愿意,慢慢瞧吧。”

他从来不说一声是或不是,也从来不把黑笔落在白纸上。人家跟他说话,他冷冷地听着,右手托着下巴颏儿,肘子靠在左手背上;无论什么事,他一朝拿定了主意,就永远不变。一点点儿小生意,他也得盘算半天。经过一番钩心斗角的谈话之后,对方自以为心中的秘密保守得密不透风,其实早已吐出了真话。他却回答道:

“我没有跟太太商量过,什么都不能决定。”

给他压得像奴隶般的太太,却是他生意上最方便的遮身牌。他从来不到别人家里去,不吃人家,也不请人家;他没有一点儿声响,似乎什么都要节省,连动作在内。

葛朗台老头所有的感情都集中在吝啬的乐趣和他唯一真正关切的独养女欧也妮身上。城里只有六个人有资格在他家出入。三位克罗旭先生和三位格拉桑。公证人克罗旭、神甫克罗旭和他们33岁的侄子。他是索漠初级裁判所所长,自己签名为特·克·篷风,因他有一座名为篷风的田庄,还在等待两个有钱叔父的遗产。三位克罗旭有钱有势,城里还有一二十家亲戚,俨然结成一党。另外三位是银行家台·格拉桑、他的太太和他们23岁的儿子阿道夫。他们也有自己的帮手、房族与盟友。克罗旭竭力跟银行家竞争,想把葛朗台大笔遗产留给自己的侄儿。两家暗中为争夺欧也妮斗法。欧也妮将嫁给谁?索漠以及周围七八十里都热切关注这一问题,七嘴八舌,议论纷纷。

1818年初,一桩事使克罗旭占了上风。公证人克罗旭说服急需用钱的法劳丰侯爵,将良田美产整块儿卖给葛朗台先生,做成了一桩特别便宜的好买卖。

葛朗台府上房屋年久失修,到处剥蚀、开裂,室内家具、装饰的颜色也早已褪尽,破旧不堪了。葛朗台太太和欧也妮15年来每天坐在靠门的窗洞下做活计,安安静静消磨日子。十一月初一才可以搬到壁炉旁过冬。只有到了那一天,葛朗台才答应生火,3月31日就得熄掉,不管春寒也不管早秋的凉意。全家的内衣被服都归母女俩负责。她们像女工一样整天劳作,有时赶夜工的蜡烛也得找借口骗取。多年来,女儿与老妈子拿侬用的蜡烛都由吝啬鬼亲自分发,正如面包和食物一样。

只有长脚拿侬受得了主人的那种专制。她在葛朗台家已做了35年,每月工薪只60法郎,积了35年,居然在公证人处存了4 000法郎终身年金。这可怜的姑娘从乡下到城里找事,因为长得太粗大、太丑陋到处没人要。葛朗台看中了她的体力雇用了她。她感恩不尽,一片忠心地服侍他,像狗一样忠心地保护主人财产,包办一切事务,一声不哼地服从。她单纯的心、简单的头脑,只容得下一种感情。她心中的感激永远那么新鲜。

1819年秋季一天傍晚,克罗旭与格拉桑双方六位人马都来到葛朗台的堂屋。今天是欧也妮的生日。克罗旭算准了葛朗台家该吃晚饭的时候来,抢在格拉桑一家之前,向葛朗台小姐拜寿。

每逢欧也妮生日和本命节日,按13年的老规矩,葛朗台照例郑重其事地给女儿一枚稀罕的金洋。母亲总给她一件衣衫。这些赏赐加起来,她每年大概有五六百法郎收入。葛朗台很高兴地看她慢慢积起来,不时盘问一下她财产的数目。

吃晚饭时,父亲看见女儿穿起新衣衫,十分高兴。他端详着女儿,快活地叫道:今天她刚好23岁了,这孩子。是咱们操心的时候了。

欧也妮和母亲心照不宣地彼此瞧一眼。葛朗台太太相貌奇丑,而天性柔和,为人极好。她给丈夫带来陪嫁与继承的遗产30多万法郎,但从不想要点什么。丈夫给她的零用钱,每次从不超过6法郎。

当葛朗台摸着黑在修理虫蛀的楼梯时,三位克罗旭捧着鲜花来拜寿了。紧跟着格拉桑一家也来了。他们带来的礼物是一株铁树和一个做工精巧的针线匣儿。欧也妮头一次见到这样贵重的礼物,快活得颤抖起来。格拉桑太太得意地咬着欧也妮的耳朵说:那是阿道夫从巴黎带来的,他亲自挑的呢。公证人却神色泰然地想:格拉桑是白费心思。我们的家私合起来有110万法郎,他们最多也只有这一半。

葛朗台把几个人一一打量,暗自想道:他们都看中了我的钱,休想!我就利用这般人替我钓鱼。

他们在黑魆魆的大厅里点着两只蜡烛玩起摸彩。拿侬的纺车声替众人的笑声当伴奏。只有欧也妮和她母亲的笑是真心的。对葛朗台的财富,母女俩全不知道。她们对金钱既不看重也不看轻,她们一向就用不到它。

葛朗台太太中了彩，正高兴，大门上砰的一声，把太太们吓得从椅子上跳起来。拿侬去开门后进来一个青年，驿站的脚夫扛着他的箱子、行李。这是查理，欧也妮巴黎的堂兄弟。

巴黎的堂兄弟

查理·葛朗台，22岁的俊俏后生。父亲吩咐他到索漠的伯父家住几个月。初到内地的查理带来了巴黎花花公子的全部玩艺儿，最漂亮的衣物、豪华的装饰与纯金的用具。巴黎浮华生活的行头，应有尽有。父亲吩咐他一人上路，切勿浪费，所以坐驿车而来。满以为伯父住在高堂大厦，他在半路上特地重新烫了头发，换上最可爱的旅行装。他出现在这灰暗的堂屋，在一群衣冠不整的客人中，彼此都十分惊讶。欧也妮从未见过这么美满的装束与人品，一切都让她赏心悦目，嗅着他身上的香气感到飘飘然。葛朗台独自占用蜡烛在读兄弟的长信；母亲和拿侬去为客人铺床，欧也妮也赶去帮忙。她说服母亲为查理生个火，搬来一些古董，得意洋洋地摆在壁炉架上，还掏出自己的月费让拿侬去买白烛和糖。母亲忧心忡忡，怕葛朗台发火。欧也妮却撒娇说：今天是我的生日。拿侬照她的吩咐去办了。

堂屋里，格拉桑太太在向查理大献殷勤，百般挑引。公证人和所长也在巴结查理，并与格拉桑太太明争暗斗。查理想：看来我在索漠可以大大地走红了。

葛朗台在聚精会神地看信。公证人和所长想从他微妙的表情揣摩书信的内容。老头儿很不容易保持平日的镇静，信写得十分悲惨。兄弟已经破产，欠了400万法郎的债，准备自杀。临死前把一文不名的儿子托付兄长，哀求他作查理的监护人。

葛朗台心绪不宁，打发侄儿上楼休息。客人们也起身告别。克罗旭与格拉桑两家人走在一起，猜测着查理是否为婚事而来。为了共同的利益，他们要同心协力阻止欧也妮爱上堂兄弟，阻止查理想到堂姐。

破烂的房屋把查理的美梦吹得无影无踪，他疑心走进一座鸡棚：父亲送我到这儿来见什么鬼呀！葛朗台却望着密室的门想：亏我兄弟想得出，把儿子送给我。我可没有100法郎给他。

内地的爱情

欧也妮起身很早，祷告完毕开始梳妆。她有生以来第一次希望自己显得漂亮，对素来觉得平淡无奇的景色忽然体会到一种新鲜情趣，心中有说不出的愉快。她忽儿站起来照镜子：我的相貌配不上他！心中涌起又谦卑又痛苦的念头。

她要拿侬千方百计说服父亲给查理准备好一些的饭食。葛朗台让了步，把面粉、牛油、水果从贮藏室拿出来，吩咐佃户打几只乌鸦炖野味汤。之后，他让女儿跟他一道去散步。路上，他将决不把女儿嫁给堂兄弟的意思透露给同路的克罗旭。这话让欧也妮一阵眼花，感到不可思议。克罗旭从报上看到查理父亲破产的消息，立即去告诉篷风，叫他放心。欧也妮一听这消息，心给揪紧了，哭了起来。查理还在睡觉。葛朗台吩咐妻子一个字也不要对查理提起，等自己中午回来和他谈。他对欧也妮说，要是你为了这个花花公子而哭，这样也够了。他马上要到印度去，休想再看见他。父亲出门了。看见欧也妮的难受样，母亲凭直觉立刻猜透了女儿的心。“可怜的孩子！”她把女儿的头搂在怀里。欧也妮吩咐拿侬给查理做乳酪，准备特别浓的咖啡。母亲担心这样铺张父亲要打人。欧也妮说：打就打吧，咱们跪在地上挨打就是。她花了两小时心血，为查理准备好了一顿早餐，完全破坏了家里的规矩。一想到万一父亲回家发现了瞪着她的眼光，她不由得四肢哆嗦。她一刻不停地望着钟,计算查理能否在父亲回来之前用完早餐。母亲说:放心,要是你爸爸回来,一切归我担待。欧也妮忍不住掉下了眼泪。

查理终于下楼了,嘻嘻哈哈、高高兴兴。他一边和堂姐、伯母闲谈,一边津津有味地吃着。突然传来熟悉的门锤声,欧也妮和葛朗台太太慌作一团。女儿匆匆收走糖碟子,拿侬赶紧端走了盛鸡蛋的盘子。葛朗台进来了,尖利的眼光望了望桌子,说:啊,你们为侄儿摆酒,好极了!他立即问糖从哪儿来。欧也妮被父亲霹雳般的目光瞪着,惊慌到心都碎了,但仍旧神色不动地将藏起的糖碟子重新放到桌上。

葛朗台让侄儿跟他到花园去,缓缓地说出了他父亲自杀的噩耗,并告诉查理,他现在一个钱也没有了。查理不在乎家产,而为父亲的死而沉痛哀号,其凄惨让三个女人落泪。葛朗台却说:这孩子没出息,把死人看得比钱还重。等这花花公子称心如意地哭够了,就叫他滚蛋。葛朗台又想起丰富的早餐,责备说:我才不让他把我的家搅得天翻地覆呢。

看到查理那么悲伤,欧也妮和母亲不知道该怎样帮助他挽回破产的损失。她们弄不清老头有多少财产。葛朗台高高兴兴地回来了。他把所有的酒以高价出手,卖了20万法郎。他盘算着做公债买卖,两年以后会赚上150万金洋,并远远看到三年后的800万法郎的家私,他在一片黄金的海上载沉载浮。欧也妮听说卖了好价钱,高兴地说,这样你很容易帮查理的忙了。老头怒火中烧,他早把侄儿忘了,没想到他却盘踞在女儿心中。他威胁说:再不许提到他,否则就将你送进修道院。

葛朗台在侄儿房中发现了白烛,严厉地责备可怜的葛朗台太太。第二天早上,母女俩都忐忑不安,他却心不在焉地跟太太说话,仿佛忘了昨夜的恐吓。这是反常的宽大。母亲对女儿说:你父亲心中一定有事。的确,夜里他想好了一套阴谋诡计,准备开巴黎人的玩笑,折磨他们,捉弄他们。他要找些材料施展一下狡狯的本领,兄弟的破产就是现成的题目。他要挽回亡弟的名誉,让查理得些实惠,自己又一文不花地作一个有义气的哥哥。他要叫全城喝彩,克罗旭是必不可少的帮手。

吝啬鬼许的愿·情人起的誓

父亲不在家,欧也妮可以放心大胆地关切她心爱的堂兄弟。温柔亲切的款待、体贴入微的友谊使他大为感动。他遭了大难,早已不敢存什么希望了。他发觉了欧也妮特殊的美,光艳照人。隔夜他认为可笑的生活习惯,现在他赞美它的纯朴可亲了。

葛朗台要请两位克罗旭吃饭。母亲对女儿说:家里有大事了。我结婚到现在,这是你父亲第三次请客。这消息立刻轰动全城。

特·篷风所长和克罗旭公证人准时应邀而来。饭后,查理上楼写信,女人们被打发去睡觉。老头开始了与两位克罗旭费尽心机的谈话。假装口吃与耳聋,是他多年的手段。他从前上过一个犹太人的当。犹太人假装听不清,又结结巴巴永远说不出适当的字眼,以致精明的葛朗台自动替狡猾的犹太人寻找字眼,代他说出了理由。那是老箍桶匠平生唯一吃亏的买卖。从此他学会一套本领,在生意上教敌人不耐烦,逼对方老是替己方打主意,忘掉自身的观点。今天晚上所要解决的问题,最需要莫名其妙地兜圈子,把自己的思想深藏起来:第一,他不愿对自己的计划负责;第二,他不愿授人以柄,要让人家猜不透他的真主意。

他结结巴巴地向克罗旭请教兄弟的债务如何处理;急性子的篷风说出了他想说的主意:派人

到巴黎去宣告债务清理,花几个月以协议付款方式将流入市场的债券全部赎回。这样可避免宣告破产,保住名誉。葛朗台结巴着说自己分不开身,又没有钱,逼篷风主动提出代他去。对方果然上当。但老奸巨猾的克罗旭感到老头有花招,及时阻止了侄子进一步的表示。此时格拉桑一家正好来吊丧,听说此事,立刻抢过了代老头去巴黎的差使,连旅费都自付了。

两家人走后,葛朗台偷偷将一个沉重的木桶装在借自佃户的破车上,连夜去了安越。他早上听说安越金价涨了一倍。他将贮藏的黄金拿一些去抛售,好赚一笔买公债的款子,趁机捞取外快。

欧也妮听见查理在睡梦中呻吟,便偷偷起床去看他。他桌上摆了几封写好的信。从信中,她才知道他计划去印度发财,急需100个金路易旅费。欧也妮想:我有金子,可以给他啊。欧也妮快活地回到自己房中,骄傲地拿出钱袋,把她已经忘了数目的积蓄检点一番。这批宝物中,有的是全新的、从未用过的金洋,真正的艺术品。葛朗台不时要问到,拿出来瞧瞧,指出它们铸造的精美。欧也妮没有想到金洋的珍贵,也没有想到父亲的癖性,更没有想到把这宝物脱手是如何危险。不,她只想到堂兄弟。计算之后,她终于发觉她的财产大概值到6 000法郎。

她毫不迟疑地上楼。当她一手蜡烛一手钱袋,踏进查理房门时,查理醒了并愣住了。她声音发抖地承认看过了两封信,求他收下她自己没有用处的积蓄。查理迟疑着。她双膝跪下,绝望地呼唤他答应。查理被感动得落泪,收下了金洋,同时将母亲给他的精美的金匣子和镶宝石的父母的肖像托她代为保存。两人温柔地告别,做着同样的梦睡去。

第二天午饭前欧也妮陪着查理散步。她的神色、举止、温柔的声音都表示与堂兄弟精神上的默契,令母亲不安。下午,葛朗台从安越回来,换回1.4万法郎。格拉桑准时来听取去巴黎后的详细指示。查理听说事情还有转机,拥抱了老头。欧也妮对父亲钦佩到了万分。

欧也妮将财宝送给查理后,心也跟着去了。两人怀着同样的秘密,彼此心心相印。这爱情是在丧服下挣扎出来的,所以跟这破旧的屋子调和。日子飞快过去,每过一天,便提醒他们离别更近了。格拉桑走后三天,葛朗台带查理去初级裁判所,签了一份抛弃继承权的声明书,同时签了委托书给格拉桑去巴黎办理财产清理。

查理穿上粗呢丧服,多余的衣服、金饰全部变卖。巴黎的委托人代他卖了家具还清私债,还代买了一批小玩艺运去印度赚钱。一切准备就绪,几天后他将出发。欧也妮与他难舍难分,立下了神圣的誓言。

先把老头委托格拉桑的事提前叙述一下。首先,他以80法郎的进价从巴黎买了10万公债;其次,由于索漠的葛朗台的信用,格拉桑银行又代为宣传,他兄弟的财产清理进行顺利,没有债主不肯就范。六个月后,全部债券收回了,老头达到了第一个目标;九个月后,每个债权人得到债务的百分之四十七;这是变卖兄弟证券、财产等所得。清算手续公正规范,受到债权人赞美。之后,债权人要求还余下部分。老头将此信往火里一扔,他相信时间的力量。果然债主们闹闹嚷嚷了一阵,两年之后,便答应在结欠的240万法郎债务中再收一成,就结清了。葛朗台要求起诉害死他兄弟的公证人、经纪人,逼他们出点钱。这样又拖了一年。到第四个年头,经协商欠款数目减少一半(12万法郎),往返磋商,又拖了六个月。到非付款不可时,他又提出他侄子在印度发了大财,要还清亡父的债务,他要等回音;到第五年过了一半,他还是用“全部归还”来搪塞债权人,而公债涨到150法郎,老头净赚240万法郎,加上公债的复利60万法郎,一齐都倒进了他的密室。

家庭的苦难

查理动身后,欧也妮突然空虚得厉害。她瞒着父亲,保存着查理卧室的原状,常和母亲、拿侬谈论查理。早晚,她都把那口梳妆匣打开一次。一天早上,她正端详着叔母画像时被母亲撞见。葛朗台太太知道女儿与查理交换宝物的可怕消息,惊骇万分:到元旦那天,父亲问你要金洋看时,你怎么说?欧也妮眼睛发直。母女俩吓得半死。三天之后就是元旦,无法弥补了。

元旦早上,母女俩在恐怖中度过。这天老头又从公债中赚了一大笔,十分高兴。他从码头取回寄来的3万法郎装进密室,想着投机成功,决意把所有的收入都投进去。一进堂屋,他亲吻了扑上来搂着他脖子撒娇的女儿,就要看她的金洋。女儿岔开了。吃过早餐,他急不可耐地要看。躲不过去了,欧也妮只好直说没有了。葛朗台咆哮起来,扑上去大吼:你的金洋怎么了?太太吓得脸色发白。女儿跪下了,说自己23岁,可以按自己的愿望安排自己的钱。父亲破口大骂,狠狠地诅咒她,逼她说给了谁,声音震动了屋子。他命令欧也妮回屋去不许出来,每天只送清水和面包。母亲求情。他绝情地说:你要留她,你就把她带走。天打的!金子呢?金子怎么啦?女儿高傲地望了父亲一眼,走进卧室。老头把门锁上了,然后他又回来逼妻子说出金子的去向。可怜的葛朗台太太受了惊吓,从此一病不起。

几个月中,葛朗台绝口不提女儿,也不去看她。太太的病一天天严重,可什么也不能使老头心软。他顽固、严酷、冰冷,像一块石头。太太用极为温柔虔诚的话恳求他饶恕女儿,他毫不动心。葛朗台太太想尽一切办法也劝不和父女俩。一天晚上,她终于把心中的隐痛告诉了两位克罗旭。

克罗旭告诉葛朗台,必须请医生来看病人,她有性命之忧。如果太太死了,女儿有权继承母亲遗产,要求分家、卖掉法劳丰。这话如晴天霹雳。老头从未想到财产的拍卖。克罗旭对他说,如果欧也妮要分家,他得破费几十万法郎。老头脸孔发白,他说:那么这是真的了?我就得给女儿抢光、欺骗、杀死、吞掉了。克罗旭说,欧也妮可以无条件放弃遗产。但要她作这样的让步,就应跟她讲和。老头思想全乱了,要他放弃财产的一部分,哪怕是极少一部分,那简直是抹他自己的脖子。

终于他主意拿定了,晚饭时分回到索漠,决意向欧也妮屈服,巴结她,诱哄她,以便到死都能保持家长的威风,抓着几百万家财的大权,直到咽最后一口气为止。老头儿无意中身边带着百宝钥匙,便自己开了大门,轻手蹑脚地上楼到妻子房里,那时欧也妮正捧了那口精美的梳妆箱放在母亲床上。趁葛朗台不在家,母女俩很高兴地在查理母亲的肖像上咂摸一下查理的面貌。

“这明明是他的额角,他的嘴!”老头儿开门进去,欧也妮正这么说着。

一看见丈夫瞪着金子的眼光,葛朗台太太便叫起来:

“上帝呀,救救我们!”

老头儿身子一纵,扑上梳妆匣,好似一头老虎扑上一个睡着的婴儿。

“什么东西?”他拿着宝匣望窗前走去。“噢,是真金!金子!”他连声叫嚷,“这么多的金子!有两斤重。啊!啊!查理把这个跟你换了美丽的金洋,是不是?为什么不早告诉我?这交易划得来,小乖乖!你真是我的女儿,我明白了。”

欧也妮四肢发抖。老头儿接着说:

“不是吗,这是查理的东西?”

“是的,父亲,不是我的。这匣子是神圣不可侵犯的,是寄存的东西。”

“咄,咄,咄,咄!他拿了你的家私,正应该补偿你。”

“父亲……”

好家伙想掏出刀子撬一块金板下来,先把匣子望椅上一放。欧也妮扑过去想抢回;可是箍桶匠的眼睛老盯着女儿跟梳妆匣,他手臂一摆,使劲一推,她便倒在母亲床上。

“老爷!老爷!”母亲嚷着,在床上直坐起来。

葛朗台拔出刀子预备撬了。欧也妮立刻跪下,爬到父亲身旁,高举着两手,嚷道:

“父亲,父亲,看在圣母面上,看在十字架上的基督面上,看在所有的圣灵面上,看在你灵魂得救面上,看在我的性命面上,你不要动它!这口梳妆匣不是你的,也不是我的,是一个受难的亲属的,他托我保管,我得原封不动地还他。”

“为什么拿来看呢,要是寄存的话?看比动手更要不得。”

“父亲,不能动呀,你教我见不得人啦!父亲,听见没有?”

“老爷,求你!”母亲跟着说。

“父亲!”欧也妮大叫一声,吓得拿侬也赶到了楼上。

欧也妮在手边抓到了一把刀子,当作武器。

“怎么样?”葛朗台冷笑着,静静地说。

“老爷,老爷,你要我命了!”母亲嚷着。

“父亲,你的刀把金子碰掉一点,我就用这刀结果我的性命。你已经把母亲害到只剩一口气,你还要杀死你的女儿。好吧,大家拼掉算了!”

葛朗台把刀子对着梳妆匣,望着女儿,迟疑不决。

“你敢吗,欧也妮?”他说。

“她会的,老爷。”母亲说。

“她说得到做得到,”拿侬嚷道,“先生,你一生一世总得讲一次理吧。”

箍桶匠看看金子,看看女儿,愣了一会。葛朗台太太晕过去了。

“哎,先生,你瞧,太太死过去了!”拿侬嚷道。

“呕,孩子,咱们别为了一口箱子生气啦。拿去吧!”箍桶匠马上把梳妆匣扔在了床上。“——拿侬,你去请裴日冷先生。——得啦,太太,”他吻着妻子的手,“没有事啦,咱们讲和啦。——不是吗,小乖乖?不吃干面包了,爱吃什么就吃什么吧……啊!她眼睛睁开了。——嗳嗳,妈妈,小妈妈,好妈妈,得啦!哎,你瞧我拥抱欧也妮了。她爱她的堂兄弟,她要嫁给他就嫁给他吧,让她把小箱子藏起来吧。可是你得长命百岁地活下去啊,可怜的太太。嗳嗳,你身子动一下给我看哪!告诉你,圣体节你可以拿出最体面的祭桌,索漠从来没有过的祭桌。”

“天哪,你怎么可以这样对你的妻子跟孩子!”葛朗台太太的声音很微弱。

“下次决不了,决不了!”箍桶匠叫着,“你瞧就是,可怜的太太。”

他到密室去拿了一把路易来摔在床上。

“喂,欧也妮,喂,太太,这是给你们的,”他一边说一边把钱拈着玩,“嗳嗳,太太,你开开心;快快好起来吧,你要什么有什么,欧也妮也是的。瞧,这 100 金路易是给她的。你不会把这些再送人了吧,欧也妮,是不是?”

葛朗台太太和女儿面面相觑,莫名其妙。

“父亲,把钱收起来吧;我们只需要你的感情。”

“对啦,这才对啦,”他把金路易装到袋里,“咱们和和气气过日子吧。大家下楼,到堂屋去吃晚饭,天天晚上来两个铜子的摸彩。你们痛快玩吧!嗯,太太,好不好?”

“唉!怎么不好,既然这样你觉得快活,”奄奄一息的病人回答,“可是我起不来啊。”

“可怜的妈妈,”箍桶匠说,“你不知道我多爱你。——还有你,我的儿!”

他搂着她,把她拥抱。

“噢!吵过了架再搂着女儿多开心,小乖乖!……嗨,你瞧,小妈妈,现在咱们两个变了一个了。”他又指着梳妆盒对欧也妮说:“把这个藏起来吧。去吧,不用怕。我再也不提了,永远不提了。”

葛朗台太太不行了。老头终于请来医生,求他救救太太的命,因为她一死就得办遗产登记,这会要了他的命。但她还是很快往死路上走。在这个世界上,她只舍不得一个人,她凄凉的一生中温柔的侣伴——女儿。想到把她孤零零地留在自私自利的世界上任人宰割,她就发抖。

母亲咽气后,父亲对欧也妮既温柔又体贴;他搀她去用午饭,几小时望着她,眼神差不多慈祥了;他瞅着女儿,仿佛她是金铸的一般。

他变得厉害,常在女儿面前哆嗦。终于一天晚饭后,门关严了,只有公证人在座时,他温柔地劝说女儿在放弃母亲遗产继承权的文书上签字。

“小乖乖,这张文书送去备案的时候要花很多钱,要是对你可怜的母亲,你肯无条件抛弃继承权,把你的前途完全交托给我的话,我觉得更满意。我按月付你 100 法郎的大利钱。这样,你爱做多少台弥撒给谁都可以了!……嗯!按月 100 法郎,一块钱作 6 法郎,行吗?”

“你爱怎办就怎办吧,父亲。”

“小姐,”公证人说,“以我的责任,应当告诉你,这样你自己是一无所有了……”

“嗨!上帝,”她回答,“那有什么关系!”

“别多嘴,克罗旭。——一言为定,”葛朗台抓起女儿的手放在自己手中一拍,“欧也妮,你决不翻悔,你是有信用的姑娘,是不是?”

“噢!父亲……”

他热烈地拥抱她,把她紧紧地搂得几乎喘不过气来。

“得啦,孩子,你给了我生路,我有了命啦;不过这是你把欠我的还了我:咱们两讫了。这才叫做公平交易。人生就是一件交易。我祝福你!你是一个贤德的姑娘,孝顺爸爸的姑娘。你现在爱做什么都可以。”

“明儿见,克罗旭,”他望着骇呆了的公证人说,“请你招呼法院书记官预备一份抛弃文书,麻烦你给照顾一下。”

下一天中午时分,声明书签了字,欧也妮自动地抛弃了财产。

五年过去了,葛朗台渐渐衰老。82 岁上患了风瘫,很快病情加重。医生断定为不治之症。他老态龙钟,可是守财奴的脾气依旧。

从清早起，他教人家把他的转椅，在卧室的壁炉与密室的门中间推来推去，密室里头不用说是堆满了金子的。他一动不动地呆在那儿，极不放心地把看他的人，和装了铁皮的门，轮流瞧着。听到一点儿响动，他就要人家报告原委；而且使公证人大为吃惊的是，他连狗在院子里打呵欠都听得见。他好像迷迷糊糊的，神志不清，可是一到人家该送田租来，跟管庄园的算账，或者出立收据的日子与时间，他会立刻清醒。于是他推动转椅，直到密室门口。他教女儿把门打开，监督她亲自把一袋袋的钱秘密地堆好，把门关严。然后他又一声不出地回到原来的位置，只要女儿把那个宝贵的钥匙交还了他，藏在背心袋里，不时用手摸一下。他的老朋友公证人，觉得倘使查理·葛朗台不回来，这个有钱的独养女儿稳是嫁给他当所长的侄儿的了，所以他招呼得加倍殷勤，天天来听葛朗台差遣，奉命到法劳丰，到各处的田地，草原，葡萄园去，代葛朗台卖掉收成，把暗中积在密室里的成袋的钱，兑成金子。

末了，终于到了弥留时期，那几日老头儿结实的身子进入了毁灭的阶段。他要坐在火炉旁边，密室之前。他把身上的被一齐拉紧，裹紧，嘴里对拿侬说着：

"裹紧，裹紧，别给人家偷了我的东西。"

他所有的生命力都退守在眼睛里了，他能够睁开眼的时候，立刻转到满屋财宝的密室门上：

"在那里吗？在那里吗？"问话的声音显出他惊慌得厉害。

"在那里呢，父亲。"

"你看住金子！……拿来放在我面前！"

欧也妮把金路易铺在桌上，他几小时地用眼睛盯着，好像一个才知道观看的孩子呆望着同一件东西；也像孩子一般，他露出一点儿很吃力的笑意。有时他说一句：

"这样好教我心里暖和！"脸上的表情仿佛进了极乐世界。

本区的教士来给他做临终法事的时候，十字架，烛台，和银镶的圣水壶一出现，似乎已经死去几小时的眼睛立刻复活了，目不转睛地瞧着那些法器，他的肉瘤也最后地动了一动。神甫把镀金的十字架送到他唇边，给他亲吻基督的圣像，他却作了一个骇人的姿势想把十字架抓在手里，这一下最后的努力送了他的命。他唤着欧也妮，欧也妮跪在前面，流着泪吻着他已经冰冷的手，可是他看不见。

"父亲，祝福我啊。"

"把一切照顾得好好的！到那边来向我交账！"这最后一句证明基督教应该是守财奴的宗教。

父亲死后，欧也妮从公证人处知道，她的田产收入每年有30万法郎，还有600万法郎的公债和价值200万法郎的金子、7万法郎现款。财产总值大约1 700万法郎。

她给了拿侬1 200法郎终身年金。拿侬立刻成为有陪嫁的好亲事，嫁给看守田地产业的高诺阿莱。他们夫妇替欧也妮管理田产和家务。

如此人生

欧也妮到了30岁，还没有尝到一点人生乐趣。七年以来，她靠了爱情、宗教和对前途的信心生活。查理的匣子、肖像是她的宝物。克罗旭一家用殷勤与照顾来包围她。她屋里每晚高朋满座。人们对她的谄媚,比对所有的王后更巧妙。特·篷风每晚给她送来一大束鲜花。欧也妮却想着查理一去七年,连一封信也没有。

查理在印度发了财。他变得狠心刻薄,贪婪到了极点。他贩卖人口,放高利贷,偷税走私,买卖赃物,跟各种女子花天酒地,荒唐胡闹,把欧也妮忘得一干二净。她只是他 6 000 法郎的一个债主。1827 年他回到巴黎,带来 190 万法郎的金子,准备和特·奥勃里翁侯爵的丑女儿结婚,挤进圣日耳曼区。他给欧也妮汇去 8 000 法郎本利,并写信给她说,她的生活方式、习惯与教养和巴黎生活格格不入,自己只想为了地位和财产而结婚,因此准备娶侯爵的女儿,可以带给他一个姓氏、一个头衔、一个内廷行走的差使以及显赫的地位。最后,让她将寄存的梳妆匣交驿车带回。

"我为了它拼命的东西,交驿车带回!"船沉掉了,希望的大海上连一根绳索一块薄板也没有留下。欧也妮举眼望天,想起母亲的遗言。她哭着对自己说,母亲说得不错,只有受苦与死亡。

本区教士是克罗旭的亲戚,为了篷风的利益来劝她结婚。格拉桑太太带来了丈夫从巴黎寄来的信,报告查理已回来一个月了,要娶特·奥勃里翁小姐,教会已公布了婚事征询。信里还说:查理不仅不承认他为使查理父亲免于破产所作的五年的努力,而且不承认还欠余下的 120 万法郎债务。他当初听了葛朗台一句话才接受这件事,现在非宣告查理父亲破产不可;一个破产人的子弟永远得不到侯爵小姐;还说他素来敬重欧也妮小姐,在采取行动前,要妻子先跟小姐谈一谈。欧也妮冷冷地将信还给格拉桑太太,心中升起对查理的轻蔑,也打定了主意。

客人散尽以后,她留下了篷风。以保持自由为条件,答应和他结婚。她拿出 150 万法郎让篷风去了结查理父亲的债务的本息;了结后将所有借券和一封信交给查理,回来之后,她便履行诺言。篷风当晚动身,立刻办妥一切。她给查理的信中说:我只能把您父亲的名誉献给您,来成全您的幸福。查理此时才知道她有巨大的财富,他发呆了。三天之后,篷风回到索漠,公布了他们的婚事。后来篷风青云直上,升为高等法院院长,等着进国会、贵族院。

结局

篷风发展为索漠议员后 8 天就死了。他耍了心计,与欧也妮的结婚契约上订明,倘无子女,财产一律互相遗赠。欧也妮以这一条换得幽居独处的自由。她知道篷风愿她早死,好独占这巨大家私。可是她 33 岁上死了丈夫,上帝把大堆的黄金全部丢给她。她的生活依旧保留着当姑娘时的老规矩,衣着跟母亲一样。屋子没有阳光、没有暖气,阴森森而且凄凉。她把所有的收入谨慎地积聚起来,只有慷慨解囊的善举跟父亲不同。她办了不少公益事业,用她的手抚慰许多家庭的隐痛。她在世等于出家,天生的贤妻良母,却既无丈夫,又无儿女,又无家庭。

"只有你爱我。"她对拿侬说。

索漠的人注意到法劳丰侯爵一家正在包围这个有钱的寡妇。

双 城 记

作者查理·狄更斯(1812—1870)是19世纪英国重要的现实主义作家。他生于小职员家庭。12岁就在一家皮鞋油作坊当童工。从15岁开始,先后当过律师事务所的缮写员,新闻记者。狄更斯在当记者期间开始文学创作。1837年出版长篇小说《匹克威克外传》,一举成名。从此,他专门从事文学创作。

他一生写了14部长篇小说,还写了一些中短篇小说、杂文、游记、戏剧等。其中重要的有:揭露资产阶级慈善事业,展现伦敦底层社会黑暗的《奥列佛·推斯特》(1838);揭露英国资产阶级教育制度的《尼古拉斯·尼古贝》(1838—1839);描写小人物在高利贷资本迫害下的悲惨命运的《老古玩店》(1841);以1780年伦敦起义为背景的历史小说《巴纳比·拉奇》(1841);批判资产阶级冷酷自私、虚伪傲慢和金钱关系的《马丁·瞿述伟》(1843)、《董贝父子》(1846—1848);自传性小说《大卫·科波菲尔》(1849—1850);揭露资产阶级法律制度和司法机构的《荒凉山庄》(1852—1853);反映劳资矛盾,抨击功利主义哲学的《艰难时世》(1854);揭露英国政治制度和官僚机构的《小杜丽》(1855—1857);揭露金钱腐蚀作用的《远大前程》(1860—1861)、《我们的共同朋友》(1864—1865),等等。这些小说对英国的维多利亚盛世作了广泛而深刻的揭露和嘲讽。

狄更斯的全部创作都贯穿着人道主义思想。他真诚地同情受压迫的小人物,揭露批判为富不仁、冷酷无情、自私虚伪的资产阶级代表人物以及他们的政府机构、各种制度、道德、哲学等。他主张社会改革,不同意革命。他宣传博爱精神和善恶有报的思想,幻想通过道德感化来改造社会,反映了英国自由资本主义时代小资产阶级的思想情绪。

狄更斯塑造出众多有典型意义的人物形象。他善于用夸张的、漫画式的手法突出描写人物的性格特征。人物形象个性鲜明。他的小说感情色彩较浓,具有感伤的情调。他喜欢用象征、寓意和对比的手法,渲染气氛,烘托人物,突出主题。语言生动风趣,表现出幽默讽刺的艺术风格。

《双城记》(1859)是狄更斯的代表作之一。这部历史小说以法国大革命为背景,主要情节是梅尼特医生受迫害的故事,中间交织着法国厄弗里蒙地侯爵及其侄儿查尔斯·代尔那的故事,得伐石、得伐石太太及其亲人的故事。这三家的人物关系错综复杂。其他人物还有:英国台尔生银行职员杰尔维·劳雷,银行的临时雇工裘利·克郎印,梅尼特的女儿路茜和她的陪伴普洛斯女士,英国律师史曲勒孚和他的助手西得尼·卡尔登,密探约翰·巴尔塞和洛格·克里,法国的革命者雅克一、雅克二、雅克三(陪审官)、雅克五(筑路工人、锯柴匠)和复仇等。故事发生在伦敦和巴黎两座城市。小说共分三部分。现参照中文译本(罗稷南译,上海译文出版社1983年版)分部介绍或节选如下。

第一部　复　活

这是最好的时候,这是最坏的时候,这是智慧的年代,这是愚蠢的年代;这是信仰的时期,这是怀疑的时期;这是光明的季节,这是黑暗的季节;这是希望之春,这是失望之冬;人们前面有着各样事物,人们前面一无所有;人们正在直登天堂,人们正在直下地狱——总之,那时和现代是这样相像,以至那时声名最响的某些作家对于它的批评,说好说坏,都固执地只用最高级的对比之词。[①]

这时在英格兰皇座上的是一个大下巴的国王和一个容貌平常的皇后,在法兰西皇座上的是一个大下巴的国王和一个面目姣好的皇后。在这两个国家里那些坐享利禄的爵爷们,看得明白,比水晶还更明澈,觉得天下大势永远安定了。

……

法兰西,总的看来,并不像她的(佩带)矛盾的姊妹[②]那样偏爱上天神灵,异常顺利地走着下坡路,正在制造纸币,花费纸币;她在基督教牧师领导之下,自得其乐,而且有了这样的业绩:判令斩断一个青年的双手,用钳子拔掉他的舌头,然后烧毁他的还活着的躯体,因为他看见离他五六十码之处有一队修道士在泥路上游行而不曾在雨中下跪致敬。生长在法兰西和挪威的森林里的树木好像是早经伐木者——命运之神注定,要砍下来锯为木板,连同一只袋和一把刀造成一种活动机械[③]、历史上可怕的东西,来杀戮受难者似的。巴黎近郊瘠地的耕种者的简陋的外屋里为避风雨而停留着的粗糙的大车——沾满污泥,猪在那里喘息,鸡在那里歇宿——好像是死神农人早已为革命时期准备好运送贵族到刑场去的囚车。但是那伐木者和那农人,虽然不停地工作着,默默地工作着,却谁也听不见他俩蹑足往来的脚步声;尤其因为倘若怀疑他俩并未睡着便是大逆不道。

在英国,并没有值得国民那么夸耀的安宁秩序。持械打劫和拦路抢掠,每夜都发生在首都之内;家家户户都接到警告:没有把家具移送到安全堆栈里去就不要离开城市。而黑夜的强盗往往是白天的商人,倘若这冒充"队长"被他所拦住的同行商人认出来,加以盘诘,他就会断然打破同行的头颅,逃掉了;七个强盗袭击邮车,被卫兵枪杀了三个,"因为子弹不足",卫兵也被那四个强盗打死,于是邮车被从容洗劫了;伦敦市长,赫赫权贵,在腾罕格林被一个强盗迫令站住,交出财物,强盗当着他的全部仆从的面剥光了这通身漂亮的生物;伦敦监狱里的囚犯和看守们开战,司法长官在他们中间放射了好些大口径短枪子弹;窃贼在宫廷里剪去了王公颈上的金刚钻十字架;武装士兵到圣格尔区去搜查违禁物品,暴民就射击士兵,士兵也射击暴民,而谁也不以为这些事故是很出乎常轨的。在这种种事故之中,绞刑手,尽管徒劳而有害,还是不断地被征求着。有时绞杀一长串各色刑事犯;有时在星期六吊死一个在星期二捉住的打家劫舍者;有时在新门监狱之前烧死十多个当天被捕的人;有时在威斯敏士特大厦[④]门前焚毁小册子;今天处决一个凶恶的谋杀犯,明天处决一个抢去农民小孩六便士的凄惨小贼。

这些事情,以及类似的许多事情,全都被发现和隐藏在这亲爱的、古老的1775年之中,被包围在这一切之中。那两个大下巴的男人,和那容貌平常的和面目姣好的两个女人,足够慌忙地行动着,用一种高压手段执行他们的神圣权力,同时那伐木者和那农人也在不被注意之中工作着。1775年就这样引导着那些大人物,以及亿兆小民——包含这部历史记录里面的那些生物在内——沿着摆在他们前面的那些道路前进。

---

① 这一段的大意是说,有人肯定现状,有人否定现状,各自在相反的立场上夸大其词。

② 传说海神一手执矛,一手执盾,英人以为纹章,表示称霸海上。

③ 法国大革命时代的断头台。

④ 当时英国高等法院所在地。

1775 年 11 月的一个星期五晚上,英国杜佛公路上寒雾迷漫,一辆邮车缓慢地爬上山坡,因经常发生拦路抢劫事件,邮车上的乘客和卫士都提心吊胆,疑惧不安。其中一位乘客是伦敦台尔生银行职员杰尔维·劳雷。这时,一匹马疾驰而来,银行的临时雇工裘利给劳雷送来一封信,上面写着:在杜佛等待小姐。劳雷让他带回一个古怪的口信:复活了。

在杜佛旅馆里,劳雷会见了路茜·梅尼特小姐。这是一个十七八岁蓝眼金发的美丽少女,她的父亲梅尼特医生的银钱事务是台尔生银行办理的,母亲是英国人。十八年前,即路茜出生之前,梅尼特医生因为得罪了法国某个有权势的人而突然失踪。当时法国有权势的贵族可以凭空白谕旨把人无限期地秘密关在监狱中。梅尼特太太多方探听不着,两年后死去。小路茜由劳雷带回英国抚养,成为台尔生银行监护的孤儿。现在,梅尼特医生被找回来了,他失去了理智,由从前的仆人得伐石照顾。劳雷他们这次去巴黎的秘密任务就是辨认他,使他复活,恢复生活、爱情、业务、休息、安乐。

巴黎的圣安东尼区,满目饥饿和贫穷的景象,冷,脏,病,无知和贫穷,是“伺候圣驾的五位大人”。一条狭窄的街道上,一只大酒桶在酒铺前翻倒破裂了。酒是红色的,流满街心,附近的人都跑来喝酒,那些舔过破桶碎片的人们的嘴上已经沾染着血腥,有人开玩笑,用手指蘸起酒浸过的污泥在墙上涂了一个大字——血。

酒铺老板得伐石是一个30岁左右的雄赳赳的男人,有着公牛颈子,衬衣袖子卷了起来,露出棕色手肘,显然是一个有一定主意而又果决坚强的人。得伐石太太是一个年龄和他相当的顽强妇人,面容庄严,体格健壮,态度镇静,粗大的手上戴着沉重的指环,只要酒铺里有陌生人,她就给丈夫发出要警惕的暗号。

得伐石领着劳雷和路茜上顶楼去看梅尼特医生。梅尼特被锁在阴暗的房间里。长期的监禁使他神智失常,害怕外界,害怕光线。他们走进房间,看到一个衰弱的白发老人坐在矮凳上,正躬腰做鞋。他的白胡子乱蓬蓬的,一张脸凹陷瘦削,眼睛很大,目光呆滞,声音微弱得可怜而且可怕,神情麻木。他对过去的一切都记不得了,也认不出劳雷,只知自己的名字是“北塔,一〇五号”。路茜的金发使他仿佛恢复一点记忆,但很快又失去知觉,双手抱头,茫然愕然。劳雷和路茜决定带他离开巴黎到伦敦去,他以一种习惯于受压迫的服从态度顺从了他们。临上车时,他还要带上他的做鞋工具和尚未完工的鞋子。

第二部　金　钱

五年以后,伦敦法庭开庭审理一件叛逆案。英国的司法制度黑暗残酷,法庭以酷刑、诬害善良和贪污出名,法官也害着和犯人同样的奸淫诈骗病。这次的被告是法国青年查尔斯·代尔那,他被英国密探约翰·巴尔塞和洛格·克里诬告犯有向法国提供军事情报的通敌罪。代尔那年约25 岁,衣着整齐,容貌美好,态度安详镇定。1775 年,他从法国到英国时,恰好与梅尼特父女同船。法庭传梅尼特父女出庭作证。路茜说了些代尔那仁爱善良的话,焦虑和紧张使她险些儿昏倒。律师史曲勒乎的助手西得尼·卡尔登和代尔那面貌酷似,这使证人提供的证词不能成立。法庭因找不到证据,便宣布无罪开释。梅尼特父女、史曲勒乎和劳雷都庆贺他得免于死,但是,梅尼特看到代尔那,脸孔好像冻结了似的,现出一种奇怪的甚至是恐怖的表情。

史曲勒乎三十多岁,身材肥短,满脸通红,声音洪亮,能言善辩,说话做事都抢在前面,有一种冲闯的气派。卡尔登衣饰不整洁,态度随便,表现出满不在乎的神气。他聪明有才,但没有生活目标，不会自谋幸福，懒散、孤独、消沉、好喝酒，听天由命，像胡狼当狮子捕兽时的助手般低首下心地为史曲勒孚服务。他爱上路茜，但他看出路茜和代尔那彼此已产生了爱情。

路茜以她的爱使梅尼特的神智恢复正常。她是一条金线，使他穿过他的灾祸而连接过去，使他穿过他的灾祸而连通现在。父女两人和普洛斯女士在伦敦过着幽静的生活，只有劳雷、代尔那和卡尔登经常来拜访。梅尼特忘不了过去的悲惨经历，但一直把他受迫害的原因和迫害者的姓名藏在心里，房间里还摆着过去做鞋的工具。有时他深夜里起来，走来走去，路茜也默默地陪伴他，一直到她的爱使他的神志清醒过来。审叛逆案事件过去四个月后，一个星期日的傍晚，代尔那来访，谈起修建伦敦塔的新闻：工人发现地牢里有囚犯刻下的“Dig”（掘）的字样，掘出了被烧的纸灰。梅尼特听到这里，突然惊骇起来，又用过去那种奇特的表情看着代尔那。下雨了，街上传来人们躲避暴风雨的脚步声，路茜预感到这种足音将破坏他们的幽静的生活。

代尔那是法国厄弗里蒙地侯爵的侄儿。厄弗里蒙地是朝廷上有权势的大贵族之一，年约六十岁，衣服华美，态度傲慢，苍白透明的脸如同一副精致的假面具，鼻孔顶端稍凹下，脸上现出狡诈、残酷的神气。他竭力要保持尊荣，每半月就在巴黎府邸举行一次招待会。一天，在从巴黎回乡间邸宅的路上，他的马车在狭窄的街上横冲直撞，百姓们在马前四散逃避。

在一种难于理解的不顾人情的耀武扬威的声势之中，他的马车哗喇哗喇冲过街道，扫过转角，使妇女们在车前呼号，男人们互相扯拉和抢救孩子。马车终于突然停止在一个水潭旁边的街角上；一个车轮遭遇了一小点讨厌的震撼，而且从许多声音之中发出一种绝叫，马提起前脚跳了一下。

单是为了这点不方便，马车是不会停止的；照例，可以照常驰骋，把受伤者弃置在后面，为什么不可以呢？但是受惊的车夫已经急忙跳下去，而且有二十多只手来拉住缰绳和辔头。

“出了什么毛病？”老爷说，雍容自在地向外望望。

一个戴小帽的高大男人从马脚之间拾起一包东西，把它放在水堤上；这高人爬在泥水里，像一只野兽似的嚎叫着。

“请恕罪，侯爵老爷！”一个穿破衣服的驯服男人说，“那是一个孩子。”

“他为什么那样怪叫？那是他的孩子么？”

“原谅我，侯爵老爷——可怜——是的。”

马车稍稍离开水潭，街面上展开十多码宽的一块方场。那高人忽然跳起，向马车奔来，侯爵老爷立刻握住他的佩剑柄。

“杀害！”高人拼命狂叫，高举起双手，呆看着他，“死了！”

人们都围拢来看侯爵老爷。看着他的那许多眼睛不过表示关心和着急而已，并没有威胁和愤慨。人们也不说什么；一次叫喊之后，他们就已沉默，一直到现在。那曾经说话的驯服男人的声音是极其恭顺低弱的。侯爵老爷的眼睛扫过他们全体，好像他们都不过是跑出洞外的耗子。

他拿出他的钱包。

“我觉得奇怪，”他说，“你们这些人不留意你们自己和你们的孩子。你们随时总有一两个人拦在路上。你们知道你们怎样损伤了我的马吗？喂！把这个给他。”

他抛出一枚金币，要车夫去拾起；一切人头全都向前伸着，所以一切眼睛全都可以看见它落地。高人又发出最不吉利的叫喊：“死了！”

他被另一个男人赶来抓住，其余的人都让路给这男人。一看见这男人，那悲惨的生物就靠在他的肩上，呜咽，哭泣，而且指着那水潭，水潭旁边有几个妇人正在低头察看那一包寂然不动的东西，缓缓地在它周围移动着。然而，她们全都像男人们一样沉默了。

“我全知道，我全知道，”刚才赶来的那男人说，“要勇敢，我的加斯拍！穷苦的小把戏这样死了比活着好。它一下子就死掉，不再受苦了。它活着会有一小时的快乐么？”

“你是一个哲学家，你来，”侯爵微笑着说，“你叫什么名字？”

“我叫得伐石。”

“作什么生意？”

“侯爵老爷，卖酒。”

“拾起它，卖酒的哲学家，”侯爵说，抛给他另一枚金币，“你拿去随意使用吧。马呢，都好么？”

并不再赐顾这些群众一眼，侯爵老爷就向后靠下，毫不介意什么，好像偶然打破一件平常东西，已经赔过钱，足够抵偿了似的；车子刚刚开走，忽然一枚金币飞进车里，叮当落下，扰乱了他的安闲。

“停住！”侯爵老爷说，“勒住马！谁摔进来的？”

他看看卖酒的得伐石刚才站过的地点；只见那悲惨的父亲俯伏在那里，站在他旁边的是一个矮胖的黑女人，正在编织着什么。

“你们这些狗！”侯爵说，但是，从从容容，面不改色，除了那两个鼻孔而外，“我很想把车子滚过你们任何人的头上，消灭掉你们。倘若我知道对着车子摔东西的那流氓，倘若那坏痞在近便的地方，他就要被碾碎在车轮底下。”

他们的处境是这样受威胁，而且他们久已痛苦地经验过这样一个人对于他们在法律之内和之外能够作出怎样的事来，所以没有一点声音，没有一只手，甚至没有一只眼睛敢抬起来。男人之中一个也不敢。但是那站着编织什么的女人却固执地仰着头，直瞪着侯爵的脸。正眼看她是有损他的尊严的；他的轻蔑的眼光扫过她上面，扫过一切别的耗子上面；然后他又靠下，发令“走”！

他驰去之后，别的许多马车飞快地接续驰来，大臣、谋士、税务监督、医师、律师、主教，总之，歌剧、喜剧、全部奇装跳舞大会，一片繁华地络绎而来。耗子们都爬出洞来观看，一直看了几小时；军警林立，使他们和展览品隔开，造成一道围墙，他们都潜伏在那墙后面偷看。那父亲早已带着他的那一包东西躲藏到什么地方去了，至于照顾过水堤上那包东西的妇人们却还坐在那里观看流水和奇装舞会的经过——那公然敢站着的女人仍然以命运之神的固执还在编结着什么。泉水在跑，河流在跑，白天跑进黄昏，这城市里的生活也这样照例跑进灭亡，时光并不等待人，耗子们又挤在一起，睡在他们的黑洞里，奇装舞会又在灯火辉煌之中举行晚宴，一切照常进行。

厄弗里蒙地侯爵根本不把百姓当人，视人命如草芥。乡村在贵族和教会的鲸吞下，呈现出一派贫穷破败的景象。村民全是穷的，他们只有两个前途，或因饥饿而倒毙在村里，或死在崖上的监狱里。埋死人的枯草堆飞快地增加。

侯爵府是一座石造的高大建筑物。侯爵到家的当天，代尔那应召从伦敦来了。叔侄两人在餐桌上进行了一番不愉快的谈话。代尔那同情人民，反对贵族的特权和胡作非为，他说：我们曾经胡作非为,现在正在收获罪恶的果实。他认为豪华的爵府,不过是一座由浪费、糊涂、勒索、放债、典当、压迫、饥饿、贫穷和苦恼堆积起来的破塔。他放弃爵位和财产,长期定居英国,靠工作谋生,并改用母姓代尔那。侯爵则坚持维护贵族的特权,为失去昔日的权势而不满,他认为:法兰西现在越变越坏了。过去不远,我们的祖先对于周围的贱民曾经掌握过生杀之权。两人争论后,代尔那返回英国。第二天早上,人们发现侯爵被署名"雅克"的人刺死在床上。

冬去春来,一年又过去了。代尔那在伦敦已成为头等的法文教师。自从在法庭上见到路茜,他就爱上了她。一个夏天的下午,他向梅尼特倾吐了自己对路茜的爱,请求得到同意和帮助。梅尼特同意了,并对他说:你知道,她就是我的一切。如果有什么妨碍了她的幸福,我所说的将一笔勾销。当代尔那要告诉他自己的真实姓名时,梅尼特急忙制止,要他在结婚的早晨再说。当天晚上,梅尼特的卧室里又传出低沉的锤打声。

史曲勒乎出于利己的考虑向路茜求婚,被拒绝了。卡尔登也深深地爱着路茜,他向路茜吐露了自己的爱情,但他认为自己是自暴自弃的、荒唐的、滥醉的、误尽终身的可怜虫,不能给路茜带来幸福。他对路茜说:小姐,把我当作一个热情诚恳的人怀念着吧!

这时,巴黎圣安东尼区得伐石的酒铺里,人民酝酿着革命。在顶楼的房间里,得伐石和雅克一、雅克二、雅克三在听雅克五说加斯拍因杀死侯爵而被吊死的经过,他们通过了消灭厄弗里蒙地侯爵全族的决议。得伐石太太在酒铺里机警地应付着充当法国政府密探的巴尔塞,她从巴尔塞口中得知路茜将和查尔斯结婚。得伐石对革命胜利感到信心不足。他同情梅尼特父女,希望他们不要回法国。得伐石太太坚信革命必然到来,对梅尼特父女和查尔斯毫无同情和宽恕之意。得伐石称赞她是伟大的女人,倔强的女人,堂皇的女人,了不得的女人!她和圣安东尼区的妇女不停地编织,用编织记下要清算的贵族,数着将落下的人头。

在路茜结婚前夕,梅尼特和女儿谈心,回顾了过去,对女儿的爱战胜了过去的痛苦,为了她的幸福,他以坚强的意志隐藏起过去的伤痕。女儿结婚的那天,他知道了代尔那的真实姓名,在新婚夫妇去蜜月旅行后,他那茫然恐惧的老毛病又发作了,又像在狱中那样坐着做鞋子,九天后才恢复理智。

路茜以她的爱为金线,把丈夫和父亲联结起来,一家人过着安宁快乐的生活,有了一个孩子。1789年7月,法国大革命爆发了。圣安东尼区沸腾起来了,饥饿的群众纷纷拿起武器,得伐石夫妇是起义人民的领袖,带领武装的群众攻下了巴士底狱。得伐石太太右手拿着斧子,腰间挂着手枪和短刀,冲杀在前。得伐石特意去关押梅尼特的北塔一〇五号房间搜查,发现了他在神志清醒时所写的控告厄弗里蒙地侯爵的信。起义群众烧了监狱,杀了贵族和官吏。革命的烈火蔓延到全国。侯爵的邸宅被烧了,官吏盖白勒也被捕了。

1792年8月,法国的秩序极其混乱,台尔生银行在巴黎的文件和财产随时有被毁或被抢的危险。劳雷毅然前去处理银行的业务。代尔那接到盖白勒寄自法国阿布巴农监狱的信,他恳求代尔那回去救他。代尔那为自己家庭连累别人而深感不安,他以为自己已经放弃了贵族身份和财产,长期在英国自食其力,而且不曾压迫过任何人,回法国不会有什么危险。他给梅尼特和路茜留下一封信,不辞而别,只身回法国营救盖白勒。

第三部 暴风雨的踪迹

代尔那一进入法国国境就失去了人身自由。因为他是贵族,起义群众把他押送到巴黎,秘密监禁起来。梅尼特和路茜知道代尔那回法国后,立即带着孩子和普洛斯女士赶到巴黎。巴黎笼罩在起义群众的血腥报复的恐怖中。梅尼特凭着自己过去是巴士底狱囚犯的身份,赢得群众的敬重和帮助,探听到代尔那被关押在拉逢斯监狱的消息。他往日的痛苦已化作营救代尔那的力量,他要帮助代尔那复活,因为路茜曾经帮助他复活。在生命与自由没有保障的日子里,他沉着镇静,仁慈地在监狱里行医,默默地保护着代尔那。1793 年 12 月,革命法庭开审了,梅尼特、劳雷出庭证明代尔那不是逃亡贵族。代尔那被释放了。但是在当天晚上,他再次被捕。梅尼特医生也无力阻止这次逮捕。

卡尔登早已秘密到巴黎了。他在一家小酒店里认出了法国监狱密探巴尔塞,并制服了他,把他带到劳雷的住所里谈判。卡尔登掌握着巴尔塞和他的同事克里曾经当过英国贵族政府密探的秘密,可以据此控告他们是混进共和国的奸细。巴尔塞怕被揭发,只好接受卡尔登的条件——倘若有不利于代尔那的情况发生,卡尔登可以在事前去会见他一次。卡尔登已经看出梅尼特无法营救了,决定去冒名顶替。

第二天,法庭开审,宣布原告是得伐石夫妇和梅尼特。梅尼特十分震惊,立即否认,提出抗议。得伐石在法庭上宣读了他在北塔一〇五号牢房里搜出的梅尼特亲笔写的控告信。控告信如下:

"我,亚历山得·梅尼特,不幸的医生,生于波伐,后来寓居巴黎,于 1767 年最后一月,在巴士底监狱的我的悲惨牢房中写下这伤心文件。我是在很困难的情形之下一次一次偷空来写的。我打算把它藏在烟囱的护壁里,我曾经在其间慢慢地辛苦造成一个隐藏它的地方。将来会有慈悲的手在那里找到它的吧,当我和我的忧愁都已化成烟尘的时候。

"在我被囚的第十年的最后一个月中,我用锈铁尖,蘸着烟囱里的煤炱和炭烬,混合着血,艰难地写成这些文字。希望早已离开了我的心胸。从种种可怕的征兆我知道我自己的理性并不能长久保持,不受损坏,但是我敢郑重声明此刻我的心理是在正常状态之中的——我的记忆是确切而精细的——我对于我的最后笔记的真实性永远负责,不论在神的裁判席上它是否将要被宣读。

"1757 年 12 月的第三个星期(大概是 22 号),一个有云的月明之夜,我散步到塞纳河码头的僻静处所,呼吸着严寒的新鲜空气,这里离医学校街的我的住宅有一点钟步行之远,忽然一驾马车在我后面驶来,驶得很快。恐怕它把我撞倒,我让在路旁站着的时候,马车里有人从车窗里伸出头来,叫马夫停住。

"马夫赶快勒马停车,那人就叫唤我的名字。我答应了。车子那时已经越过我前面,在我还未走到它面前的时候,有两位绅士打开车门,走下车来。我察觉他俩都包裹在外套里面,似乎有意隐藏自己。当他们并肩站在车门前的时候,我觉得他们的年纪和我自己差不多,或者更年轻些,而且他俩的身材、态度、声音和面貌(以我所能看见的而论)都很相像。

"'你是梅尼特医生么?'一个问。

"'我是。'

"'梅尼特医生,波伐人,'另一个说,'年轻的医生,外科专家,在这一两年内在巴黎很有名声的?'

"'绅士们,'我回答,'我就是承你这样夸奖的梅尼特医生。'

"'我们曾经到你的寓所去,'第一个说,'不幸找不着你,据说你或许在这一带散步,我们才

跟了来,希望赶上你。请你上车。'

“他俩的态度都是专横而急迫的,一面说一面行动,以至把我挟在他们自己和车门之间。他们都武装着,而我并不。

“'绅士们,'我说,'原谅我;照例我应该问明白什么人请我去帮助,以及叫我去医治的病症的性质。'

“对于这一点是由第二次说话的那人回答的。'医生,请你的人是有地位的。至于病症的性质,我们相信与其由我们叙述,不如由你的技术亲自去诊断。得了。请你上车?'

“我不能不听从,默默地走进车里。他俩跟着进来——最后一个是在收起脚踏之后跳进来的。车子转动,像来时一样迅速地驰去。

“我所复述的这一段会话是完全真切的。我毫不怀疑它是字字相符的。我专心一志,如实描写,要使各样事情都确切无误。现在,我要暂时停止,把纸片隐藏起来;以后凡遇到这种情形,我就标出中断的记号:* * * *

“车子离开街市,越过北闸,转入乡下的道路。在距离北闸五六里的地方——这时我并未估计路程,后来回转的时候我才计算的——车子驰出大路,立刻停在一座孤立的大宅子前面。我们三个都下了车,走过一个花园的潮湿步道,园里泛流着无人经管的喷泉,到了宅子门口。门并未在按铃之后即刻打开,所以我的领路人之一用他的沉重的骑马手套打了来开门的人的脸。

“这种举动并未引起我的特别注意,因为我看过普通人民被打比狗被打更为平常。但是,这两人之中的另一个也同样恼怒,同样打了那人;(我才注意到)这两兄弟的容貌和气派完全相同,以至觉得他们是孪生兄弟。

“从我们进大门的时间起(我们看见它锁着,由两兄弟之一打开,接我们进去,又锁上),我就听见楼上有人叫喊,我们越走上楼梯那喊叫就越响,然后我发现一个脑部发着高热的病人,躺在床上。

“病人是一个很美丽的年轻女人,不过二十岁。她的头发是散乱的,她的双手被人用腰带和手巾捆着。我觉察捆她的那些东西全是一位绅士服装上的佩带物。其中之一是礼服上的镶边肩巾。我看见那上面有贵族的纹章,和'厄'字。

“在诊察病人的第一分钟之内,我就已看见这些;因为,在不停的挣扎中,她已经反伏在床边上,把肩巾的一端咬在嘴里,正在窒息的危险之中。我的第一个办法是动手解救她的呼吸。而在挪开肩巾的时候,那角上绣着的字就触动我的眼睛。

“我轻轻地把她翻转过来,抚着她的胸部,使她平躺着,而且观察她的面色。她的眼睛发狂地大睁着,她不断地尖声叫喊,重复着这些话,'我的丈夫,我的父亲,和我的兄弟!'然后从一数到十二,说道,'哈唏!'她停住,静听一小会,又开始尖声叫喊,重复着这些话,'我的丈夫,我的父亲,和我的兄弟!'然后从一数到十二,说道,'哈唏!'这顺序并无变动,态度也不改变。除了照例一停而外,这喊声从未休止。

“'经过多久了?'我问。

“为区别起见,我将要称这两兄弟为大的和小的:所谓大的就是最有权威的那一个。大的答道,'大约从昨晚这个时候开始。'

“'她有丈夫,父亲,和兄弟么?'

“'一个兄弟。'

"'我不用通知她的兄弟么?'

"他大为轻蔑地说道'不'。

"'她最近和十二这个数字有某种关系么?'

"小的不耐烦地答道,'和十二点钟有关吧?'

"'绅士们,'我说,我的手不是搁在她的胸上,'看,你把我带了来,我是何等无用呀!倘若我预先知道我是来看什么病的,我就可以有所准备。像这情形,已经来不及了。在这荒僻地方无法得到药品。'

"大的看着小的,小的傲慢地说道,'这里有一匣药品,'而且就到一间密室里去把它拿来,放在桌子上。 * * * *

"我打开几瓶药,闻闻它们,而且把塞子搁在嘴皮上尝尝。倘若我可以用麻醉剂之外的任何本身有毒的药品,我就不会有这些动作的。

"'你怀疑它们么?'小的问。

"'先生,你看,我正要用它们咧。'我回答,不多说。

"经过许多困难,我才能使病人吞下我所要给她吃的丸药,我想过一会之后再给她吃,而且必须守候它的效果,所以我在那床边坐下。有一个畏缩的妇人(楼下那人的妻)在伺候着,退进角落里去了。这宅子是潮湿而且荒废的,陈设很随便——显然是最近才有人居住,而又系暂时使用。窗上钉着某种厚重的旧帏幕,遮掩那些叫喊。叫喊仍然照旧继续着,'我的丈夫,我的父亲,和我的兄弟!'从一数到十二,然后'哈唏!'那狂态十分猛烈,所以我并不解开绑着她的手臂的绑带,不过设法使手臂不至疼痛。在这种病症中唯一的一线希望之光是我那搁在她的胸上的手颇有一种镇定的效力,使那身体有几分钟的安静。对于叫喊却毫无效验,那喊声好像钟摆一样有规律性。

"因为我的手有这种效力(我假定),我曾经在床边上坐了半点钟,那两兄弟也在那里照看着,然后那大的说道:

"'还有另一个病人。'

"我吃了一惊,问道,'是急症么?'

"'顶好你自己去看,'他漫不经心地回答,跟着就拿起一盏灯。 * * * *

"另一个病人躺在一间二层楼的后楼里,属于马厩顶楼一类。其间有一段泥塑的顶棚;棚以外是空的,通到瓦盖的屋脊和横梁。这地方的一部分储藏着秣草、干草、柴束和一堆苹果在沙里面。我必须经过这一部分,才能达到另一部分。我的记忆是精确的,毫不含糊。在我被囚的第十年尾,在巴士底狱的牢房里,我还记得那详细情形,看见这一切,好像那一夜看见它们一样。

"在一堆干草上,躺着一个漂亮的少年农民,头下枕着一只垫褥——最多不过十七岁。他仰卧着,咬紧牙关,右手按住胸口,发光的眼睛直瞪着上面。当我弯起一只膝头跪在他面前的时候,我不能发现他的伤口在哪里;但是我能够看出他受了一种刺伤而且正在死去。

"'我的可怜人,我是一个医生,'我说,'让我看看。'

"'我不要看,'他回答,'由它去吧。'

"伤口在他的手底下,我设法劝诱他让我把他的手移开。这是在二十至二十四小时之前所受的一种刀剑刺伤,即使毫不迟误地立刻诊治也无法救活的。他快要死了。当我转眼望着那大哥的时候,我看见他俯视着那生命濒于绝地的漂亮少年,好像他是一只受伤的鸟,或家兔,或野兔似的;全不是一个同类的人。

"'这是怎样造成的,先生?'我说。

"'一匹发疯的小贱狗!一个农奴!他威胁我的兄弟,就倒在我的兄弟的剑下——好像一个上流人似的。'

"在这回答里毫无怜悯,忧愁,或人情。发言者似乎认定异类生物死在那里是不方便的事,倘若能够使他照他所属的虫类的常规寂然死去,那就更好。对于这少年,或他的命运,他是完全不能感觉任何同情的。

"当他说话的时候,少年的眼睛慢慢转向他,然后慢慢地转向我。

"'医生,他们是很骄傲的,这些贵族;但是我们这些贱狗有时也很骄傲。他们掠夺我们,凌辱我们,鞭打我们,杀戮我们;但是,我们有时也还有一点自尊心,她(在叫喊)——你看见过她么,医生?'

"那些叫喊在这里也可以听见的,虽然由于远离而模糊。他说起时,好像她就躺在我们面前似的。

"我说,'我看见过了。'

"'她是我的姐姐,医生。这些贵族,多年以来,他们对于我们的姐妹们的贞操和品性有任意破坏的权利,但是我们之中尽有正直的好女子。我知道,而且曾经听我的父亲说过。她是一个好女子。她已经和一个好青年订婚:他的一个佃户。我们全是他的佃户——站在那里的人的佃户。另一个是他的兄弟,坏种之中的更坏者。'

"以体力而论,说话在这少年是顶困难的;但是,他有一种异常精神使他说得格外有劲。

"'我们被站在那里的那人所掠夺,因为我们这些贱狗是隶属于贵族的——必须被他毫无怜悯地收租抽税,必须替他做毫无报酬的工作,必须到他的磨房去磨我们的谷子,必须用我们的谷子喂他的家禽,而不许我们自己养一只家禽,把我们掠夺到偶然有一点肉也不敢吃的程度,关起门窗,唯恐他的人会看见,把它取去——我们是这样被抢掠,被猎捕,弄得这样贫穷,以至我们的父亲告诉我们说生儿育女是一件可怕的事,他顶要祈祷的是我们的妇女不会怀孕,使我们这种可悲的族类消灭!'

"我从来不曾见过被压迫的感情像火似的爆发出来。我以为这必定潜藏在人民的什么处所;一直到看见这垂死的少年,我才看见它的爆发。

"'医生,后来我的姐姐结婚了。她嫁了她所爱的男人,后来那可怜的男人害病,所以她看护和安慰他,在我们的茅屋里——如那人所说的狗窝里。她结婚不到几个星期,那人的兄弟看见她,艳羡她,要那男人把她租借给他——我们这种人的夫妻算得什么呀!他并无异议,但是我的姐姐是善良而且纯洁的,像我一样强烈地仇恨他的兄弟。后来他们两个用了什么方法逼迫她的丈夫使她愿意呢?'

"少年的眼睛,曾经看定我的眼睛,慢慢转向那两个旁观者,而且从他们两个的脸色上我看出他所说的是真实的。甚至现在巴士底监狱中,我也还能看见相反的两种自尊心的互相对抗:贵族的傲慢的轻蔑,和农民的被践踏的积怨和复仇激情。

"'医生,你知道,贵族有权把我们贱狗驾在大车上,驱策我们。所以他俩驾住他,驱策他。你知道他们有权命令我们终夜看守他们的田地,不许蛙类叫喊,以免扰乱他们的尊贵的睡眠。他俩叫他夜间出去站在有毒的蒙雾里,白天回来拉车。但是他还是不肯逼迫她。不!有一天正午

的时候,他脱下车驾,设法找点东西吃,在时钟响十二下的时候,每一下他哭一声,就死在她的怀里。'

"除了决意要申诉他的全部冤仇的那毅力而外,并没有人力能够维持这少年的生命。他勉强抵抗着逐渐浓厚的死的阴影,同时依然用劲握紧右手,按住他的伤口。

"'后来,得到这人的同意甚至帮助,他的兄弟把她抢去了;虽然我知道她必定对他的兄弟说了她应该说的话——说了些什么,医生,你不久就会知道的,倘若你现在不知道——他的兄弟硬把她抢去了,为了他的片刻欢乐。在路上我看见她过去。当我把消息送回家去的时候,我的父亲心碎了;他一个字也说不出来,虽然满怀心事。我把我的妹妹(我还有妹妹)带到超出这人的权力之外的地方,在那里,至少她绝不是他的家奴。然后,我追踪这人到这里,昨夜我爬进来——一只贱狗,可是手里有剑——那高厩楼窗在哪里呢?它大概在这附近吧?'

"房间暗淡而他的视力衰弱,他周围的世界正在缩小。我看看他的周围,看见那些秣草和干草散乱在地板上,好像这里有过一场争斗似的。

"'她听见我(的声音),而且跑进来。我告诉她不要挨近我们,一直到他死了之后。当初他进来,丢给我一些钱;后来用马鞭打。但是我,虽然是一匹贱狗,也打了他,以至使他拔出剑来。让他把那染着我的贫贱的血的剑随意折成几片吧,他拔剑自卫——用尽生平力气向我刺杀。'

"不过几分钟之前,我曾经偶然看见一把破剑的碎片躺在干草里。那武器是贵族所用的。在另一处躺着一把旧剑,那似乎是士兵所用的。

"'现在,把我扶起来,医生;把我扶起来。他在哪里?'

"'他不在这里。'我说,扶着那少年,想到他说的是那兄弟。

"'他!尽管贵族都是骄傲的,他不敢见我。刚才在这里的那人呢?把我的脸转向他。'

"我做了他所要求的事,把他的头抬起来搁在我的膝头上。但是,此刻他具有一种异常的力量,完全自己直立起来了:使我也不能不直立起来,否则我就不能扶着他。

"'侯爵,'少年说,睁大眼睛看着他那个方向,而且举起右手①,'总有一天这一切都必须报应的,那时我祈求上帝要你和你们这万恶的族类来负起这一切罪责,一个不饶。我画血十字在你身上,表明我的心愿。到了这一切都必须报应的时候我祈求上帝要你的兄弟,坏种之中最坏的,特别来负这一切责任。我画血十字在他身上,表明我的心愿。'

"他两次把手放在他的胸部的伤口上,又用食指在空中画了十字。他还竖着食指站了一小会,而当它落下的时候他也倒下,我放下他的时候他已经死了。 * * * *

"当我回到那年轻女人的床面前的时候,我发现她还在以确切相同的顺序继续说着那谵语。我知道这或许还要继续几点钟,或许要到死才能完结。

"我又给她吃了几次药。我坐在她的床面前一直到夜很深的时候。她始终不曾减弱她的叫喊的尖厉性,也不曾说错她的言语的顺序或音节。总是'我的丈夫,我的父亲,和我的兄弟!一,二,三,四,五,六,七,八,九,十,十一,十二。哈唏!'

"从我初次看见她说的时候起,这种情形一直继续了二十六小时。我曾经来去了两次,又坐在她身边,这时她的声音开始抖颤不明。我所能效力的事我都做了,她逐渐陷入昏迷,像死了似的躺着。

① 宣誓的姿势。

“这时好像在长久而可怖的狂风暴雨之后终于得到宁静似的。我解开她的手臂，叫那女人来帮助我安顿她的身体和被她撕破的衣服。这时我才知道她已有了要作母亲的最初征状！这时我已失掉我对于她的一线生机的希望。

“‘她死了吗？’侯爵——我是说那大哥——问，他刚骑马回来，还穿着马靴进来。

“‘没有死，’我说，‘但是好像要死。’

“‘在这些贱类的身体里有着多么大的能力呀！’他说，好奇地俯视着她。

“‘在伤心和绝望中有不可思议的能力。’我回答他。

“他初而笑我所说的话，后来却皱起眉头。他用脚把一只椅子移近我的脚边，叫那女人出去，然后低声说道：

“‘医生，我看见我的兄弟被这些家奴缠在困难之中，我建议必须邀请你来帮助。你的声名是高的，而且，作为一个大有出息的青年，你或许要留意你的利益的吧。你在这里所看见的事是可以看而不可以说的事。’

“我静听着病人的呼吸，避免回答。

“‘你肯赏光留意我说的话吗，医生？’

“‘先生，’我说，‘在我的业务上，对于病人的消息我总是保守秘密的。’我审慎回答，因为我的心已经被我的所见所闻所扰乱。

“她的呼吸已经难于听见，所以我仔细地诊察她的脉搏和心搏。有生命，并不久。我又坐在我的座位上，看着周围，看见那两兄弟都注视着我。 * * * *

“我写得十分困难，冷得这样厉害，又害怕被察觉出来，被调到全黑的地牢里去，所以我不能不紧缩我的叙述。在我的记忆中却并无混乱或差误，我能够回忆我和那两兄弟之间所说的每一个字。

“她延续了一个星期。临死的时候，我能够懂得她对我说的几个单音字，这是我把我的耳朵搁在她的唇边听出来的。她问我她在什么地方，我告诉了她，她问我是什么人，我告诉了她。我没有法子问出她的家氏姓名。她衰弱地在枕上摇摇头，保守着她的秘密，好像那少年似的。

“我并没有机会问她任何问题，一直到我告诉那两兄弟她正在急剧地衰弱下去，不能再活一天的时候。在那时之前，虽然除了那女人和我自己而外她并不意识到别人在面前，每当我在那里的时候，那两兄弟之一是时常故意坐在床头的幕后面的。但是，到了那时，他们似乎全不注意我会和她有什么关系；好像——我忽然想到——我也要死似的。

“我时常觉得他们痛悔那弟弟的剑刺穿一个农民，而且这农民又是一个孩子，这是很有伤于他们的自尊心的。他们似乎以为唯有这一点很辱没他们的家声，而且是可笑的。每当我的眼睛偶然正对那弟弟的眼睛的时候，那表情就提醒我他很讨厌我，因为我听见那孩子所说的话。在表面上他对于我比那大哥更和蔼更客气，但是我看出了这一点。我也看出在那大哥心里我也是一种障碍。

“我的病人死了，在半夜之前两点钟——据我的表看来，正是我初次看见她的时间的那一分钟。我单独面对着她，当她的绝望的年轻的头软软地落在一边，了结了她的一切人间苦恼和残暴的时候。

“两兄弟在楼下一个房间里等待着，不耐烦地要出去骑马去了。我独自站在那床旁边，听见他们用马鞭敲着马靴，而且走来走去。

"'她到底死了么?'那大哥说,当我走进那房间的时候。

"'她死了,'我说。

"'我的兄弟,我庆贺你,'他转身说。

"当初他给我钱,我迟迟不收。后来他给我一小包黄金。我从他的手里接着它,但是把它放在桌上。我曾经考虑过这问题,而且决定不收受什么。

"'请原谅我,'我说,'在这种情形之下,不。'

"他俩互相看看,但是当我偏起头望着他们的时候,他们也偏起头望着我,然后我们双方都不再说什么就分别了。　* * * *

"现在我疲乏,疲乏,疲乏——被不幸所摧毁。我不能看出我用这瘦削的手写了些什么。

"早晨,那一包黄金,装在一只小盒子里,放在我的门口,盒子上写着我的名字。当初,我曾经焦急地考虑我应当怎么办。当天我就决定秘密写一封信给一位大臣,陈述我被请去诊治的两种病状和我去过的地方:总之,陈述一切经过情形。我知道朝廷的权力是什么,以及贵族们所有的种种特权,我预料这件事决不会被听取的;不过,我要解除我自己的良心上的负担。我严守着秘密,甚至连我的妻也不知道;这一点,我也决定陈述在我的信里。我想不出我会有什么真正的危险,但是我意识到对于别人或许会有危险,倘若别人被误认为知道我所知道的事。

"那一天我很忙,到夜间还不能写完那封信。第二天早晨我在平常起床之前就起来写完了它。那一天是那一年的最后一天。那一封刚写完的信还摆在我面前的时候,据说有一位太太等着要见我。　* * * *

"现在我越来越精神不支,不能写我自己所要写的。天气这样冷,这样黑暗,我的感觉这样麻木,而压在我心上的忧郁是这样可怕。

"那位太太是年轻的,动人怜爱的,美丽的,但是没有长寿之相。她正在非常激动之中。她对我说她是厄弗里蒙地侯爵的妻。我联想到那少年称呼那大哥的名字,以及那肩巾上的'厄'字头,毫不困难地想到所谓侯爵就是我最近看见的那贵族。

"我的记忆还是清楚的,但是我不能写出我和她的对话。我猜疑我被监视得比以前更加紧,而且我不知道在什么时间我被监视。她一半由于猜疑,一半有所发现,知道她的丈夫所参与的那残暴故事的主要事实,以及我的被邀请。她并不知道那女子已经死掉。她十分痛苦地说明她想要在秘密中对她表示一点妇女的同情。她希望避免这久已被许多遭难者所仇恨的一家人所应受的天谴。

"她有理由相信那年轻女人有一个妹妹还活着,而她的最大希望是援助那妹妹。我所能告诉她的不过是说有这样一个妹妹;此外,我毫无所知。引诱她来看我——信托我的可靠——的是希望我能告诉她那姓名和住址。可是,一直到这悲惨的时间,我并不知道这两点。　* * * *

"纸片不够我用。昨天被取去了一张,并且警告我。今天我必须写完我的记录。

"她是一位善良的、仁慈的太太,而她的婚配是不幸的。她能有什么办法呢!那兄弟不相信她,不喜欢她,而且他以他的全部势力反对她;她害怕他,也害怕她的丈夫。当我把她送出去,到门前的时候,有一个两三岁的美貌男孩坐在她的马车里。

"'医生,为他的缘故,'她说,流泪指着他,'我要尽我能力所及来作些微补救。否则在这种家世遗传之中他将要永远不会昌盛。我有一种预感:倘若没有别的诚心赎罪之道,有一天会要他来抵偿的。倘若那妹妹能够被找到,我将要叫他把我自己所遗留——少数钱币和一些珠

玉——全部捐赠给这被害家族作为他的生平第一义务,纪念他的亡母的同情和悲痛。'

"她吻那孩子,爱抚着他,说,'这是为爱你自己的缘故呀,你愿意遵从吗,小查尔斯?'那孩子慨然答道,'愿意!'我吻了她的手,她就把他抱起来,爱抚他去了。从此我永远不再看见她。

"她说出她的丈夫的名字,是因为她相信我已经知道它,但是我并未把它加添写在我的信里。我封好我的信,并不信托我的仆役,当天我亲自把它送了去。

"那一年的最后一夜,将近九点钟的时候,一个穿黑衣服的男人来叩我的门,要求见我,轻轻地跟着我的年轻仆役蔼尼斯特·得伐石走上楼来。当我的仆役走进房里的时候,我和我的妻——噢,我的妻,我心爱的妻!我的年轻美丽的英国的妻呀!——坐在那儿,看见我们以为应该留在门外的那男人默默站在仆役后面。

"他说,圣荷诺勒路有急病求诊。叫我不能耽搁,他有马车在等候我。

"马车把我送到了这里,送到我的坟墓里。当我认清房屋的时候,就有人从我后面用一块黑围巾紧紧蒙住我的嘴,我的手臂也被绑住。那两兄弟从暗角里走过马路来认识我,作了一个手势。侯爵从他的衣袋里拿出我所写的那封信给我看,就用那提灯的火焰烧毁了它,用他的脚消灭那些纸灰。一句话也不曾说过。我被带到这里,带到这活埋的坟墓里。

"在过去这些可怕的岁月中,倘若上帝显灵,启示那两兄弟之一的残酷之心,使我知道我的亲爱的妻的一点消息——只要使我知道她或生或死就好——那么,我或许可以承认神还未完全撇弃他们。但是,现在我相信那血十字的标记对于他们是宿命的了,在神的慈悲中他们并没有份。我,亚历山得·梅尼特,不幸的囚徒,在1767年最后一夜,在无可奈何的苦恼中,控告他们和他们的子孙,以至他们这一族类的最后一人:有一天必须负起这一切罪责。我向天堂和人世控告他们。"

得伐石宣读后,法庭判代尔那死刑,在二十四小时内执行。路茜昏倒了,卡尔登把她送回家,鼓励梅尼特再去设法营救。他想自己必须在圣安东尼区露面,为的是让那些人知道有自己这样的英国人在这里,将来冒名顶替后,假卡尔登才好脱身。于是,他到得伐石酒铺喝酒,听到得伐石夫妇、陪审官雅克三和复仇在谈论如何对梅尼特父女进行追究和报复。得伐石同情他们,主张到此为止,停止报复。得伐石太太坚持斩草除根,她说控告信所说的受厄弗里蒙地侯爵迫害的农妇一家就是她的亲人。卡尔登知道这情况后,便赶回劳雷的住所。梅尼特也来了,他因营救无效,神智又失常了。卡尔登便把自己的和梅尼特一家的通行证交给劳雷,告诉他梅尼特一家处在被得伐石太太控告的危险之中,情况紧急,必须准备好车,午后两点,等他一到就立刻起程回英国。然后,他在巴尔塞的帮助下,混进关押代尔那的监狱,强迫他换了衣服、鞋子,再用麻药使他失去知觉,让巴尔塞把他送到劳雷的车上。

在那五十二个囚犯等着上断头台的时间里,得伐石太太、雅克三、复仇在锯柴匠的小房子里密谋,决定宣布梅尼特父女为叛逆罪。得伐石太太为了给路茜多加一条同情共和国敌人罪,便去看她。普洛斯女士为了不让她知道梅尼特一家已经走了,竭力阻止她进房间找人,两人厮打起来。得伐石太太想开枪,结果误杀了自己。

下午三点以前,六辆囚车滚过街道;给吃人无厌的妖怪格洛提(断头台)送来当天的饮料。沿途的居民对这种景象已经习惯了。断头台前像公共游乐场似的,挤满了观众。复仇拿着得伐石太太的编织物,替她准备好椅子,但找不到她。妇女在编织着,数着落下的人头。卡尔登心中响起《新约 · 约翰福音》中耶稣的话:复活在我,生命在我;信我的人,虽然死了,也必复活;凡活着信我的人,必永远不死。他镇定地走上断头台。

那一夜他们在这城市里各处谈论他,说他的面貌是他们在那里所见过的最宁静的人的面貌。许多人还说他好像是卓越的先知似的。

以前不久,这同一斧子的最著名的受难者之一——一个女人[①]——曾经在同一台下请求允许她写下她的感想。倘若他也曾吐露过他的感想,那就可能是这样的先知的预言:

"我看见巴尔塞、克里、得伐石、复仇、陪审官、裁判官以及由毁灭了旧的压迫者而兴起的新的压迫者们,在这器械被废除不用之前,都成排成队地被这报复的器械所毁灭。我看见一个美丽的城市和一种光荣的人民从这地狱中兴起,而且,在他们为真正的自由而斗争之中,在他们的胜利和失败之中,经过长长的岁月,我将看见这时代和产生这时代的过去的时代的种种祸害逐渐自行消灭和被扫除。

"我看见我为之而放弃生命的人们,安宁地、有益地、兴旺地、幸福地生活于我永不再见的英格兰。我看见她的怀里抱着一个男孩子,以我的名字为他的名字。我看见她的父亲年老佝偻,但是又已康复,在他的医疗室中忠实于一切人,而且和平宁静。我看见他们的交谊悠久的朋友,那善良的老人,在十年之内以他所有的一切使他们富裕,然后从容善终。

"我看见我有一种神圣地位在他们的心里,在他们的子孙的心里,屡世屡代。我看见她,一个老妇人,在每年的今天为我哭泣。我看见她和她的丈夫,寿终,并排躺在永久的土床上,而且我知道在他们各自的灵魂中的互相尊敬并不超过他俩的灵魂中对于我的尊敬。

"我看见抱在她怀里的以我的名字为名字的那孩子,长大成人,在我曾经走过的那种生活道路上努力奋发,以至胜利。我看见他取得这样的胜利,我的名字由于他的名字的光辉而辉煌起来。我看见我留在那道路上的污点消退净尽。我看见他,最正直的法官和最光荣的人,带着又以我的名字为名字的一个少年,有着我所认识的前额和金发,来到这地方——那时这里是壮观的,毫无今天的荒谬痕迹——而且我听见他告诉那少年我的故事,用温柔的和战栗的声音。

"我现在所做的比我曾经做过的都更好,更好;我现在所去的地方比我曾经知道的地方都更好,更好。"

① 罗兰夫人(M.J.Roland,1754—1793),她的遗言是:"自由呵,多少罪恶假汝之名以行!"

叶甫盖尼·奥涅金

作者亚历山大·谢尔盖耶维奇·普希金(1799—1837)是俄罗斯民族文学的奠基人。他生于一个古老的贵族之家,八岁开始写诗,1814 年以即兴诗《皇村回忆》引起轰动。1817 年中学毕业后,就职于外交部,与一些思想激进的贵族青年,即后来的十二月党人,建立了深厚的友谊。1817 年到 1820 年是普希金创作的第一个时期,写出了大量的讴歌自由、鼓吹革命,号召推翻沙皇封建专制制度的诗作,如《自由颂》(1817)、《致恰达耶夫》(1817)、《乡村》(1819)等,激怒了沙皇亚历山大一世。1820 年,诗人被派往南俄,实际上是变相流放(1820—1824)。其间,写下了《短剑》(1821)、《囚徒》(1821)、《高加索俘虏》(1822)、《茨岗》(1824—1827)和《强盗兄弟》(1824)等诗作,并开始写作诗体长篇小说《叶甫盖尼·奥涅金》(1823—1831),其文学创作进入高潮。1824 年夏,普希金被革职,流放到他父亲的领地米哈依洛夫斯克。在 1824 年至 1826 年间,他写出了几十首抒情诗,创作了历史悲剧《鲍里斯·戈都诺夫》,并继续写作《叶甫盖尼·奥涅金》。十二月党人起义失败后,普希金于 1826 年被允许回到莫斯科,一年后回到彼得堡。

1830 年秋,普希金因到波尔金诺处理产业遇霍乱流行而滞留波尔金诺至同年 12 月。其间,写了多首抒情诗,基本完成了《叶甫盖尼·奥涅金》,创作了短篇小说集《别尔金小说集》。其中的《驿站长》被认为是俄国现实主义小说的开山之作。1936 年,发表长篇小说《上尉的女儿》。

1837 年 1 月,普希金死于阴谋决斗。

《叶甫盖尼·奥涅金》是普希金的主要代表作,是俄罗斯文学中里程碑式的作品。其男主人公奥涅金是 19 世纪俄国文学中的第一个"多余人"的典型,而书中的女主人公则是俄罗斯文学中优秀妇女的典型形象。这部诗体小说被誉为俄国生活的"百科全书"。

现参照智量译《叶甫盖尼·奥涅金》(《普希金文集》第 5 卷,人民文学出版社 1995 年版)分章介绍或节选如下。

第一章

奥涅金从首都赶往伯父乡下的领地。伯父病危,他是伯父巨额财产的唯一继承人。他坐在驿车上胡思乱想:我的病伯父呀,马上要完蛋,服侍的人,表面上毕恭毕敬,心里却在计算,哪一天魔鬼才能把他抓去。

奥涅金的父亲虽是高官,却挥霍无度,对儿子的教育马马虎虎。等奥涅金到了青春萌动的时候,便完全自由放任了。荷马史诗评几句,维吉尔史诗诵几行;经济学看似很精通,却也全是空发议论;家政用不上,国政不靠边。我们的主人公只有一门学问熟练精通,那就是奥维德歌唱过的"恋爱经"。奥涅金是这门"学问"的天才。他会情意绵绵,会风流潇洒,会花言巧语,会妙语连珠。善于挑动初恋,更精于应付风流。常常蒙骗愚蠢的丈夫,时时准备迎战好斗的情敌。奥涅金最拿手的是写情书,也很会随意在漂亮妇人的笔记本上题词。意大利歌韵,得心应手;古希腊诗格,花样翻新。他天天出入贵族沙龙,夜夜出入歌舞场。有时候,还没有起床,已经收到几家贵族的邀请。宴会开始了,美酒像喷泉,美食堆成山。这边宴会还没有结束,那边的歌舞已经开场。他每天要花三个时辰对镜梳妆,衣着讲究,打扮入时。一身装备,尽是外国名货。

奥涅金的青春浪费在一味地寻欢作乐上面,忽然,情感在他心中僵冷,社交界的喧嚣让他厌倦，斗殴、佩剑和铅弹，也终于让他不再喜欢。俄国的忧郁症，渐渐控制了他，虽然还没有尝试自杀，但是生活已经完全冷淡。他就像拜伦笔下的恰尔德·哈洛尔德一样阴沉，波士顿纸牌，社交界的流言，多情的顾盼，傲慢的叹息声，任什么都无法打动他的心。上流社会的这群女妖怪呀，奥涅金最早抛弃的就是你们！还有那些漂亮的姑娘啊，也早已经让奥涅金厌倦。他如今已经退出花天酒地，闭门谢客，深居简出。一面打哈欠，一面著书。但是，奥涅金一个字也写不出来。艰辛的写作劳动，他受不了；也厌倦打入文人圈内，闹哄哄地互相吹捧。奥涅金无所事事，想重新学习，但是，书架上成排的书，读来读去，什么道理也读不出，要么胡说，要么欺骗，要么枯燥，要么害人。每本书都故步自封，老调已经腐朽，新腔也是俗套。于是，奥涅金抛掉书本，像抛掉女人一样，给书架和书，蒙上了一块遮尸布。

奥涅金已经不再为尘世吸引，但是，反思却不让他休息，悔恨不停地噬咬着他。他变得语言锋利，奥涅金的那根舌头呀，一分含酸，一分带嘲，一分透着恶毒。

厌倦了一切的奥涅金原打算周游外国，但是，老父一命呜呼，没有遗产，反而有一大群债主蜂拥而上。恰好在这个时候，奥涅金接到伯父管家的一封信。告诉他伯父病危，眼见就要归天，临终要见一下自己唯一的继承人奥涅金。于是，奥涅金跳上驿车，赶赴乡间。让奥涅金大喜的是，他赶到的时候，伯父已经咽气，他不必为了钱，向垂危老人献殷勤。伯父已经躺在尸床上，一大群奴仆、一大片土地以及这片土地上的工厂、森林、河流全归他所有。奥涅金的生活发生了突变。

第　二　章

叶甫盖尼继承的那个乡村，是一处景色秀美的地方。庄园后面有大山，门前有清流，远处是色彩斑驳的田野，还有青青的沉思的森林。专员的房子，高大结实像古罗马帝王的宫殿。俄罗斯的地主们，有了钱，头脑发热，用最高的艺术典范，装点偏乡僻壤。原始的土地上会突然冒出一座艺术殿堂。

面对美丽的自然，奥涅金心情振奋，但是不久他又感到厌倦。

面对庄严的农庄，奥涅金想过改革，用较轻的地租代替农奴制的徭役，因而让周围的农奴主感到危险。奥涅金也懒得和这些农奴主交往，每当有人来访，他就从后门偷偷溜走。只有一个从德国回来的年轻人弗拉吉米尔·连斯基，让奥涅金赏识。尽管两人性格如冰火一样相异，却成为朋友。连斯基正在恋爱，女友奥尔加总是那样温和柔顺，卷发细腰；像早晨一样快乐，像诗人的生命一样纯朴，像爱神之吻那样香甜。

奥尔加有一个姐姐，叫达吉雅娜。她没有妹妹那样鲜亮活泼，倒像林中的小鹿，经常一个人，默默无声坐在窗前。她喜欢站在小阳台上，等候朝霞；喜欢在漫长的冬夜，悄悄起身，点燃一支蜡烛，醉心阅读理查逊或者卢梭的小说。她继承了母亲的禀赋，而随和的父亲又从不监督女儿阅读的书目。如今老父亲拉林先生已经长眠地下，达吉雅娜有了更多的阅读自由。

第　三　章

由于朋友连斯基的缘故，奥涅金也来到拉林家做客。奥涅金的风华，奥涅金的神采，奥涅金的孤傲，让他在乡下的人群中简直成了一只凤凰。达吉雅娜对这位飘然而至的“公子”，顿生爱情。

16

爱情的痛苦追逐着达吉雅娜，
于是她走进花园排遣忧愁，
她凝滞的目光突然垂下，
她已经懒得再往前走：
她的胸部阵阵起伏，面孔
顷刻间变得火一样红，
呼吸在她的嘴角上停顿，
她两眼昏花，两耳嗡鸣……
黑夜降临，月亮出来巡行，
远方一望无际的苍穹，
夜莺也在昏暗的树林中
扬起了它的响亮的歌声，
暗夜中，达吉雅娜不能入眠，
她在跟奶妈低声地交谈：

17—19

“睡不着呀，奶妈：这儿真憋死人！
你打开窗子，来我身边坐坐。”
……
“你讲讲，奶妈，
讲讲你们早先的年头：
那时候你爱过谁没有？”

奶妈娓娓叙说了当年长辈们为她操办的糊里糊涂的包办婚姻。

“……
我想哭，我真想痛哭一阵……”——
“我的孩子呀，你是生了病，
老天爷大慈大悲保佑你！
你想要什么？你说，我取给你……
我给你把圣水洒几滴吧，
你全身滚烫哟……”——“我没生病；
我……你晓得吗，奶妈……爱上了一个人。”——
“我的孩子，上帝保佑你吧！”——
于是奶妈用她衰弱的手
给姑娘划十字祈求保佑。
……

21

达吉雅娜两眼凝望着月华,
她的心已经远远地飞去……
突然间她有了一个想法……
“你去吧,让我自个儿呆在这里。
给我把纸和笔拿来,奶奶,
再把桌子移过来;我这就躺下;
再见吧。”于是剩下她自己。
月光照耀着她,万籁俱寂。
达吉雅娜手撑桌子在写信,
这时她心里只有叶甫盖尼,
在这封未经深思熟虑的信里,
流露着一个天真少女的爱情。
信写好了,摺得像张小纸片……
达吉雅娜!你的信写给谁看?

达吉雅娜给奥涅金的信

我在给您写信——难道还不够?
我还能再说一些什么话?
现在,我知道,您完全有理由
用轻蔑来对我加以惩罚。
可是您,对我这不幸的命运
如果还保有点滴的爱怜,
我求您别把我抛在一边。
最初我并不想对您明讲;
请相信:那样您就永没可能
知道我是多么地难以为情,
如果说我还可能有个希望
在村里见到您,哪怕很少见,
哪怕一礼拜只见您一次面,
只要能让我听听您的声音,
跟您讲句话,然后专心去想,
想啊、想,直到下次再跟您遇上,
日日夜夜只惦着这一桩事情。
可是人家说,您不愿跟人交往;
这穷乡僻壤到处都惹您厌烦,
而我们……没什么可夸耀的地方,

只是对您真心实意地喜欢。

为什么您要来拜访我们?
在这个人所遗忘的荒村,
如果我不知道有您这个人,
我就不会尝到这绞心的苦痛。
我幼稚的心灵的一时激动
会渐渐平息(也说不定?),
我会找到个称心的伴侣,
会成为一个忠实的贤妻,
也会成为一个善良的母亲。

别人!……不,我的这颗心
世界上谁也不能拿去!
我是你的——这是命中注定,
这是老天爷他的旨意……
我之所以还需要活着:
就为了保证能和你相见;
我知道,上帝把你派来给我,
做保护人,直到坟墓的边缘……
你的身影曾经在我的梦中显露,
我虽然没看清你,已感到你的可亲,
你奇妙的目光让我心神不宁,
你的声音早响彻我灵魂深处……
不呵,这不是一场梦幻!
你刚一进门,我马上看出,
我全身燃烧,全身麻木;
心里暗暗说:这就是他,看!
不是吗?我听见过你的声音:
可是你在悄悄地跟我倾谈,
当我在周济那些穷人,
或者当我在祈求神灵
宽慰我激动的心的熬煎?
在眼前这个短短的一瞬,
不就是你吗,亲爱的幻影,
在透明的暗夜里闪闪发光,
轻轻地贴近了我的枕边?
不是你吗,带着抚慰的爱怜

悄悄地对我在显示希望？
你是什么？是保护我的天神，
还是一个来诱惑我的奸人？
你应该解除我的疑难。
也许，这一切全是泡影，
全是幼稚的心灵的欺骗！
命定的完全是另一回事情……
然而，就算它是这样！
我也从此把命运向你托付，
我站在你面前，泪珠挂在脸上，
我恳求得到你的保护……
你想想，我在家里孤孤零零，
没有一个了解我的人，
整日里头脑昏昏沉沉，
我只有默默地了此一生。
我等你：请用唯一的你的眼
把我心头的希望复活，
或是把这场沉重的噩梦捅破，
唉，用我应该受到的责难！

写完了！我真怕重读一遍……
我木然地感到羞惭和惧怕……
但是您高贵的品格是我的靠山，
我大胆地把我自己托付给它……
……

32

达吉雅娜不时地呻吟、叹息；
这封信在她的手里发颤；
玫瑰色的封缄条[1]含在嘴里，
火热的舌头已把它烤干。
她歪着头兀自呆坐，
任凭那薄薄的衬裙滑落，
露出她那动人的肩膀……
这时月亮已黯淡无光。
山谷冲破稀薄的雾霭，

① 一种涂有胶水的小纸片，封信口用。

渐渐显出自己的轮廓，
小溪流开始银光闪烁，
牧人的号角唤村民醒来。
清晨来临；人们早已起床；
可这些，达吉雅娜却无心去想。

33

她没注意到窗外的霞光，
只顾低着头坐在一边，
也没把自己精雕的图章
盖在那写好的情书后面。
这时房门被轻轻地推开，
老菲利普耶芙娜走了进来，
用茶盘端来一杯红茶：
“该起床啦，我的小娃娃，
呵你！美人儿，已经穿衣起身！
噢哟，我的早起的小鸟！
昨儿晚上可把我吓一大跳！
你哟，谢天谢地，没有生病！
昨晚的忧愁一点儿也没有留下，
你的脸蛋儿真像一朵罂粟花。”
……

36

然而一天过去了，没有回音，
又是一天，没有还是没有。
达吉雅娜脸发白，像个幽灵，
一清早就穿衣等候，还得等多久？
奥尔加的崇拜者又来拜访，
“你的朋友上哪儿去了，你讲。”——
女主人这样地向他问道，——
“他简直把我们全都要忘掉。”
达吉雅娜满脸绯红，浑身哆嗦。
“今天他答应了说他要来——”
连斯基回答这位老太太——
“显然是等邮件有了耽搁。”
达吉雅娜把眼帘垂下，
像是在挨一顿狠狠的责骂。

第 四 章

收到达吉雅娜的书信,奥涅金深深感动,但是,奥涅金在生命的初春,就已经不断尝试奔放的激情,不断陷入狂热的迷恋,早已经成"爱情游戏"的牺牲品,几乎忘了爱的甜蜜,也厌倦爱的絮语,就像一个淡漠的赌徒,随便玩上一把赌戏,输赢无所谓,然后,随随便便离去。

面对达吉雅娜的真诚,奥涅金也有了前所未有的真诚。

达吉雅娜坐立不安,跑到花园长吁短叹。突然,她看见奥涅金走来。

12

有一会儿两人都保持沉默,
终于奥涅金向她身边走去,
对她说:"您写了封信给我,
请不必否认。在这封信里,
我读到一颗信赖的心的倾诉,
也读到无邪的爱的流露;
我喜欢您的一片真诚;
它使我早已消沉的感情
又重新掀起层层波澜;
可是我并不想把您夸奖;
正像您对我的真诚一样,
我也要报以坦率,毫无遮掩;
请您听一听我内心的表白:
我把自己交给您听凭决裁。

13

"假如我想用家庭的圈子
来把我的生活加以约束;
假如出于幸福的命运所赐,
要我做一个父亲、丈夫;
假如家庭生活的画面
哪怕一分钟让我迷恋,——
那么只有您最为理想,
我不会去另找别的新娘。
我这话决非漂亮的恋歌:
如果按照我当年的心愿,
我只有选您做终身的侣伴,
陪同我度过我悲哀的生活,
一切美的东西有您都能满足,

我要多幸福……就能多幸福！

14

“但我却不是为幸福而生；
我的心和幸福了无因缘；
我配不上您那完美的天性，
您的美对于我只是徒然。
请您相信（良心可以担保），
我们结婚只会带来苦恼。
我，不管怎样地和您相爱，
一旦生厌，会立即把您丢开；
您会哭泣：然而您的眼泪
决不能够打动我的心，
只能激怒它、惹它气愤。
想想吧，许门[①]为我们两位
准备下一束什么样的玫瑰花，
也许，还要我们长久守着它！

15

“世界上有什么比这更坏：
一个家庭里，有位可怜的妻，
日夜孤单单，忧思满怀，
为了不相称的丈夫而悲戚；
烦闷的丈夫明知她的可贵
（却又诅咒命运，自叹倒霉），
老是两眉紧锁，沉默不言，
冷冷地忌妒，怒气冲天！
我就是这样。难道凭您的纯洁、
您的聪明，您给我写信，
您那颗朴实的火热的心
所要寻求的就是这些？
难道说严厉的命运之神
就给你准备下这样的一生？

16

“幻想和年华一去不再来，

① 希腊神话中的婚姻之神。

我无法复活我死去的心……
我爱您,用一种兄长的爱,
而且,也许更温柔深沉。
请您别生气,再听我讲:
年轻姑娘飘浮不定的幻想
都会一时一时地更替变换;
正如同每一年到了春天,
树木都要换一次新绿。
显然这都是上天的安排。
将来您一定会重新恋爱:
只不过……掌握自己,这很必须;
并非人人都了解您,像我一样,
缺乏经验会造成不幸的下场。”

17

叶甫盖尼这样教训了一番,
达吉雅娜在听着他说,
她泪眼朦胧,什么也看不见,
她屏住气息,毫不辩驳。
他伸手给她。达吉雅娜一声不响,
(并且机械地、像人们常说的那样,)
悲戚地、轻轻地偎依着他,
昏沉沉的头低低地垂下;
他们绕过菜园往家中走;
两个人一同回到房里,
并无人对此表示非议:
乡下有乡下的一套自由,
这自由也有它幸福的权利,
与高傲的莫斯科并无差异。

达吉雅娜开始凋萎。而妹妹奥尔加和连斯基更加亲密,形影不离。连斯基深爱奥尔加,在朋友奥涅金面前不断夸奖奥尔加的美丽和妩媚,沉浸在迎娶奥尔加的幸福中。

第五章

冬天来临了。达吉雅娜清晨醒来,看见庭院中白白的雪。这个体现着俄罗斯灵魂的人,自己也不知道她为什么如此热爱俄罗斯的冬天。爱它的寒冷,爱它的霜冻,爱那晚霞中玫瑰色的闪闪发光的雪花。但是就在她欣赏俄罗斯冬日的时候,猛然看见了凶兆,天际一颗流星划过,碎落而下,她预感有灾难发生。她做了一个奇特的梦,梦中被一头熊劫走。后来又发现自己正在一个晚会上。宾客之中,坐着奥涅金,他的周围是一群魔鬼,张牙舞爪,要抓达吉雅娜。群魔乱叫“我的”、“我的”。突然,奥涅金大叫一声“我的”。群魔立即消失。严寒的黑暗中,只有她和奥涅金两个人,奥涅金的头依偎在达吉雅娜的肩膀上。突然,奥尔加闯进来,后面跟着连斯基。奥涅金对两个人破口大骂,达吉雅娜倒下。叶甫盖尼·奥涅金抓起一柄长刀,刺死连斯基。……达吉雅娜终于醒了,原来是一场噩梦。

从清晨的峡谷里,朝霞伸出它的绛紫色的手,给大地送来个愉快的命名日——达吉雅娜的命名日。拉林家里,一大早就宾客临门。连斯基来了,和他一起的是奥涅金。达吉雅娜一脸天真的羞涩,一一答谢宾客。

舞曲响起来了。

41

好似年轻生命形成的旋风,
华尔兹喧嚣的旋风在飞转,
单调无味,仿佛是发了疯;
男男女女一对对闪过眼前。
发泄怒气的时机已经临近,
暗暗地一笑,他,奥涅金,
走向奥尔加,并且马上
和她飞舞在客人们身旁,
舞罢又带她去桌旁坐下。
跟她谈这个,又谈那个;
几分钟的时间便匆匆混过,
再继续跳华尔兹,还是跟她,
大家都很诧异。连斯基本人
甚至不敢相信自己的眼睛。

42

玛祖卡的乐曲声响起了。过去
一当玛祖卡乐曲雷鸣般轰响,
宽敞的大厅中一切都会战栗,
脚下地板喀喀响,像要垮掉一样,
窗棂也会颤动,甚至裂开;
如今不然:我们也像那些太太,
只是在油漆的地板上轻轻地滑。
不过,在小市镇或是在乡下,
玛祖卡舞到如今都依然保存
它的那些初兴时的风采:
跳跃、脚后跟、八字胡,依然存在;

甚至邪恶的时髦,我们的暴君,
当代俄罗斯人的不治之症——
也无法将这些加以变更。

43、44

布雅诺夫,我的冒失的堂兄,
把奥尔加,连同达吉雅娜,
引来见我们的这位主人公;
奥涅金立即又带走了奥尔加;
带上她漫不经心地一闪而去,
并且弯下腰对她柔声低语,
说几句俗不堪耐的恭维话,
还捏捏她的小手儿——使得她
自尊自爱的圆圆的脸蛋儿上,
燃起更鲜亮的红霞。我的连斯基
全看在眼中:他无法控制自己
嫉妒的愤怒在心中激荡,
一等到这场玛祖卡曲终,
便去招呼她同跳卡吉隆。[①]

45

但她不能奉陪。不能？什么道理？
原来奥尔加已在他来之前
答应了奥涅金。啊,上帝！上帝！
他听见了什么？她居然……
这可能吗？乳臭未干的她,
轻浮的幼儿,竟是水性杨花！
她已经在玩弄狡猾的手段,
她已经学会了变心和背叛！
连斯基无力承受这种打击;
他一边诅咒女人的奸诈,
一边走出门去,要来他的马,
纵身疾驰而去。子弹两粒,
手枪一对——再没别的话说——
他的命运便这样突然定夺。

---

① 一种八人两两对跳的法国舞。

第　六　章

连斯基愤然离开舞会,大家似乎并没有在意。奥涅金发现朋友不在场,没有感到罪过;奥尔加也不很在意。大家并不知道奥涅金和奥尔加的狂舞,深深伤害了热恋中的连斯基。

第二天,一大清早,连斯基委托一个专门爱参与恶作剧的恶棍,给奥涅金送来一封信。这是一封战书——连斯基要求和奥涅金决斗!奥涅金早已熟悉了决斗的游戏,没有任何犹豫,习惯地说"随时奉陪"。但是,送信人走后,奥涅金极度后悔。他审判自己,反省自己,觉得自己简直就是一只野兽,本应该对这个可爱的朋友解除武装,坦诚相待,但是,已经晚了,覆水难收。更何况这中间还有一个"决斗的专家"掺和进来,那些看热闹的蠢货们,一定会议论纷纷,讽刺嘲笑……社会的舆论呀,人言就是刀剑。

奥涅金,这个浪子,京城久经"世面"的"过来人",对他来说,决斗不是新玩意儿,不会让他失眠。睁开眼睛,天色大亮,奥涅金匆忙穿衣,匆忙带枪,匆忙登上雪橇,赶往决斗地点水磨坊。决斗的古法,双方要找证人在场,这一点,奥涅金想都没想。

27

"我的证人吗?——叶甫盖尼讲:——
是他,我的朋友 monsieur Guillot,[①]
我提议请他来陪我出场,
我想您不会反对我这样做:
他虽然没有高贵的身份,
不过却是个正直的好人。"
扎列茨基只是咬了咬嘴皮。
奥涅金转过身又问连斯基:
"怎么,开始吧?"——"开始,好!"——
弗拉基米尔回答。于是
两人向磨房后走去。这时,
扎列茨基正和正直的好人一道
在远处进行重要的谈判,
仇人们站着,低垂着眼睑。
……

30

"现在开始前进。"
　　　　　　两个仇人
尚未举枪瞄准,神色冷酷、
步履坚定,沉静,平稳,

① 法语:吉罗先生。这是奥涅金的仆人,按规矩不能当证人。

他们各走过最初的四步，
这是四级通向死亡的阶梯。
恰在这个时候，叶甫盖尼，
一边不停步地走向前方，
一边静静地先举起了枪。
他们又走过了五步路程，
于是连斯基，眯起了左眼，
也开始瞄准——而这一瞬间
奥涅金开了枪……命定的钟声：
诗人松开了手中的枪，
什么话也没讲，枪落在地上。

31

他用手轻轻地捂住胸部，
便倒下了，他朦胧的目光
描绘的是死亡，不是痛苦。
仿佛是，沿着倾斜的山冈，
一团雪球缓缓地向下滚落，
太阳照耀着它，银光闪烁。
奥涅金突然浑身冰冷，
连忙奔向这个年轻人，
看着他，呼唤他……毫无办法：
他已经死了。年轻的歌手
过早地走到了生命的尽头！
狂风陡起，一朵美丽的花
竟在清晨的朝霞中凋谢，
一盏神坛明灯从此熄灭！……
……

35

叶甫盖尼眼望着连斯基，
一只手把手枪握得很紧，
他陷入内心负疚的痛苦里。
“喂，怎么。打死了。”——邻居断定。
打死了！……这声恐怖的惊叹
使他丧魂落魄、心惊胆颤，
他立刻走开去喊叫别人，
扎列茨基则把发冷的尸身

小心翼翼地放进了雪橇;
把这可怕的宝物运回家去。
马儿嗅到了死尸的气息,
喷响鼻,挣扎着乱蹦乱跳。
白色的唾沫把马勒浸湿,
马儿箭一般地向前飞驰。

第　七　章

春天再度降临,奥尔加没有哭泣多久,一位军人便俘虏了她,不久便随军人远去。乡村只留下达吉雅娜一人。她突然决定拜访奥涅金的书房。奥涅金早已离去,书房冷寂空旷,达吉雅娜浏览奥涅金读过的图书,发现这个年轻人,曾经博览群书,思想活跃。达吉雅娜对这个杀人者,有了很深的理解。

拉林家准备行装,离开偏僻的乡村,举家赶往莫斯科,其中一个主要目的,是给达吉雅娜找一个好婆家。莫斯科以极大的好感接待了达吉雅娜,不久,达吉雅娜嫁给了一个显赫的将军。

第　八　章

决斗中枪杀了自己的朋友之后,奥涅金离开"人群",到处漫游,无目的、不劳动地活着。他已经二十六岁。漫游之后,又回到故国。他来到京城,立即出现在贵族的舞会上。一个莫斯科的新星,让他吃惊。原来这就是当年的乡村姑娘达吉雅娜,如今她已经是莫斯科的沙龙中心。

奥涅金内心感到震撼。

有一天,达吉雅娜单独接待了他,态度沉静,从容自若。达吉雅娜的客厅,集中了彼得堡的精英,晚会上,形形色色的人物各显交际能力。而奥涅金心中只有达吉雅娜,她已经不是那个羞怯的小姑娘,那个可怜又单纯的钟情于奥涅金的乡村小姐,而是一位冷漠的公爵夫人,一位不可侵犯的女神,涅瓦河上雍容华贵的女皇。

奥涅金孩子般爱上了达吉雅娜。爱情日日夜夜煎熬,他不顾礼节天天到她家里做客。他追逐她,像影子一样。只要能和她在一起,哪怕是为她拾起偶尔落在地上的手帕,奥涅金都会感到万分幸福。

但是,达吉雅娜一直仪态端庄。

奥涅金病了,医生劝他到温泉疗养,他拒绝,撑起病中的身体,用虚弱的手,给公爵夫人写了一封奔放的情书。

奥涅金给达吉雅娜的信

　说出我心头的悲哀的隐痛
会使您不快:我预见到一切。
将有怎样一种痛苦的轻蔑
表现在您的高傲的目光中!
我企求什么? 怀着什么目的,

现在来向您剖开我的心灵？
会引起怎样恶毒的快意，
也许，由于我做的这桩事情！

我曾经偶然地和您相逢，
在您心头见到柔情的火种，
那时候，相信它，我没有勇气；
我便没让可爱的习性发展；
那时候，我的确很不情愿
把自己可厌的自由抛弃。
还有一件事使我们分别……
不幸的连斯基他死得真惨……
我使我的心所珍爱的一切
那时都和我的心一刀两断；
那时我孑然一身、无牵无挂，
我想我愿意用幸福去换取
自由和安逸。但是我的上帝！
我怎样地错了啊，怎样地受了罚。

不，只要能时刻和您见面，
能跟随在您身后寸步不离，
用我的热爱着您的两眼
捕捉您唇的微笑，眼的游移，
用心灵领略您的完美，
久久地倾听您的声息，
当着您的面在痛苦中憔悴，
苍白、熄灭……那就幸福无比！

而我的幸福已经被夺去：
为您四处奔命，怀着侥幸的心；
每小时、每天我都应该珍惜；
而我却把命定的有数时辰
在徒劳的苦闷中去浪费掉。
但这些日子也确实是难熬。
我知道：我的时日已经有限；
然而为了能延续我的生命，
我每天清晨必须有一个信念，
这一天我将见到您的身影……

我怕：在我恭顺的祈求里，
您那严厉无情的眼睛
会找出什么卑鄙的奸计——
于是您会把我怒斥一顿。
但愿有一天您可能知道，
爱的渴求怎样可怕地折磨人，
爱情像火一样在我心头燃烧——
要时刻用理性压住血的激奋；
我希望能够抱住您的膝头，
痛哭一场，俯在您的脚下，
倾吐我的怨诉、表白、恳求；
说出一切一切所能说出的话，
而我却必须用假装的清醒
武装起自己的言语和视线，
去跟您平心静气地交谈，
望着您，用一双愉快的眼睛！……

然而随它去吧：我已经
没有更多力量抗拒我自己；
一切都已决定：一切随您处理，
我决心一切都听天由命。

33

没有回答。他又写一封，
他的第二封、第三封信
仍得不到回答。一次宴会中，
他去参加，当他刚跨进门……
她迎面走来。多么严厉！
眼睛不望他，话也不说一句；
呜！如今，在她的周身
包围着何等寒冷的气氛！
她的那两片固执的嘴唇上
怎样极力地在抑制着愤怒！
奥涅金两目炯炯把她盯住：
哪儿，哪儿有什么怜悯、慌张？
哪儿有泪痕？……没有、全没有！
从脸上只看出她怒在心头……

奥涅金失望了，独自深陷在痛苦中，钻进一间小屋，又开始胡乱读书。但是他的眼睛在书本上，思想却远在天边，思想混乱，灵魂出窍。

光阴飞逝，转眼冬天过去，又是春天。奥涅金没有死，他在春天的泥泞中急速奔走。他奔向哪里？自然可以猜到，他又去找达吉雅娜。

达吉雅娜一个人坐在大厅，尚未梳妆，正读一封书信，泪流满面。奥涅金扑倒在她的脚边。

42

她并不伸手去扶他起来，
不挪动她凝望着他的眼睛，
也不把她没知觉的手抽开，
任他去贪婪地一吻再吻……
此刻她心头想望些什么？……
经过了一段长久的沉默，
终于，她低声地说起话来：
"够了，请您站起来。我应该
坦率地向您说明。奥涅金，
您是不是还记得那一天，
那时，在花园里，在林荫道边，
命运让我们相遇，对您的教训
我当时多么顺从地恭听过？
那么，今天该轮到了我。

43

"奥涅金，那时候我更年轻，
好像，那时候，我还漂亮得多，
奥涅金，我那时爱上了您，
可怎样呢？我在您心里找到什么！
您怎样回答我？只是一本正经。
那时，一个温顺的姑娘的爱情
——难道不是吗？——对您并不新鲜？
如今，一想起您那冰冷的两眼，
还有您那套谆谆的教诲，
天哪，——真让人血液发冷……
我并不怪您：在那可怕的时辰，
您的所做所为非常高贵，
您在我面前没做错事情：
我感谢您！用我整个的心灵……

44

“那时——不是吗？——在偏僻的乡村，
远离开人们虚荣的言谈，
我不讨您喜欢……可是如今
为什么您对我这般热恋？
为什么您苦苦地将我紧追？
是不是因为，在这上流社会，
如今我不得不去抛头露面？
因为我如今有名而且有钱？
因为我有个作战受伤的丈夫，
我们为此得到宫廷的宠幸？
是不是因为，如今我的不贞
可能会引起所有人的注目，
因此，可能为您在社会中
赢得一种声名狼藉的光荣？

45

“我在哭……如果您直到如今
还没把您的达尼娅忘记，
那您该知道：和这些眼泪、书信，
这种令人羞辱的激情相比，
我更喜欢您那种尖刻的责骂
和您那次冷酷、严厉的谈话，
假如能够随我的意思挑选。
那时候，您至少也还可怜
我那些天真幼稚的梦想，
至少也还尊重我的年华……
而现在！——您跪在我的脚下，
多么渺小啊！是什么让您这样？
为什么凭您的心灵和才气，
竟会成为浅薄感情的奴隶？

46

“对于我，奥涅金，这豪华富丽，
这令人厌恶的生活的光辉，
我在社交旋风中获得的名气，
我的时髦的家和这些晚会，

都有什么意思？我情愿马上
抛弃这些假面舞会的破衣裳，
这些乌烟瘴气、奢华、纷乱，
换一架书，换一座荒芜的花园，
换我们当年那所简陋的住处，
奥涅金呵，换回那个地点，
在那儿，我第一次和您见面，
再换回那座卑微的坟墓，
在那儿，一个十字架，一片荫凉，
如今正覆盖着我可怜的奶娘……

47

“而幸福曾经是那么伸手可及，
那么有可能！……但是，我的命运
已经全部注定了。也许，
这件事我做得不够审慎：
母亲流着泪苦苦哀求我，
对于可怜的达尼娅来说，
怎么都行，她听随命运摆布……
我便嫁给了我这个丈夫。
我求您离开我，您应该这样；
我十分了解：您的心中有骄傲，
而且也有真正的荣耀。
我爱您（何必对您说谎？），
但现在我已经嫁给了别人。
我将要一辈子对他忠贞。”

48

她走了。叶甫盖尼木然不动，
仿佛被一声霹雳惊倒。
此时此刻，在他的心中，
掀起怎样万感交集的风暴！
……

死 魂 灵

作者尼古拉·华西里耶维奇·果戈理(1809—1852)是19世纪前半期俄国最优秀的作家之一,俄国现实主义文学的奠基人。他出生于乌克兰波尔塔瓦省米尔戈罗德县大索罗庆采村一个地主家庭,从小爱好民间文学和戏剧。1821年至1828年在波尔塔瓦省涅仁高级中学读书,受到十二月党人和法国启蒙思想的影响。1828年,他怀着为祖国效力的热望赴彼得堡,但只谋得一个小职员的职位。1831年夏,果戈理结识普希金,在创作思想上受到普希金的影响。同年9月和次年3月先后发表《狄康卡近乡夜话》第一集和第二集。这部故事集取材于乌克兰民间传说和歌谣,情节生动,极富浪漫主义色彩,被普希金誉为俄国文学中"极不平凡的现象"。1835年发表的中篇小说集《米尔戈罗德》和《小品集》是果戈理走上现实主义创作道路的标志。《米尔戈罗德》取材于乌克兰的历史和现实生活。其中《旧式地主》和《伊凡·伊凡诺维奇和伊凡·尼基福罗维奇吵架的故事》讽刺了地主生活的庸俗和无聊;《塔拉斯·布尔巴》描写了扎波罗什人的习俗,包括他们的军事民主生活、掠夺和爱国主义。《小品集》是彼得堡生活的写照。其中的《涅瓦大街》《肖像》和《狂人日记》等三篇小说同后来发表的《鼻子》(1836)、《外套》(1842)一起合成一组"彼得堡故事"。著名的《狂人日记》和《外套》描写了被侮辱与被损害的"小人物"的悲惨命运,向不平等的社会提出了强烈抗议,对后来的俄国文学产生过强烈影响。

1836年果戈理的讽刺喜剧《钦差大臣》上演,它淋漓尽致地揭露了俄国官僚社会的丑恶和腐败。果戈理因此受到以沙皇为首的上层社会的诽谤和恐吓,因此被迫离开祖国。

在国外,果戈理完成了他的不朽之作《死魂灵》第一部(1842)。这部长篇小说继《钦差大臣》后,再次"震撼了整个俄罗斯"(赫尔岑语)。由于果戈理始终希望通过人道主义和道德的改进来改造社会,晚年陷入博爱主义和宗教神秘主义,致使《死魂灵》第二部的创作离开了现实主义轨道而终未出版。1847年果戈理发表《与友人书简选》,为专制农奴制的俄国辩护,受到别林斯基的严肃批评。1848年果戈理回到俄国,1852年3月4日在贫病交加、精神苦痛中逝世。病危时,他烧毁了《死魂灵》第二部手稿。

果戈理的创作以其独特的"含泪的笑"的艺术风格著称,在辛辣的讽刺中渗透着对没有理想和无所作为的人生而感到的悲哀。

《死魂灵》(1842)是果戈理的代表作。它以乞乞科夫购买死农奴名单的经历为情节线索,无情地揭露了俄国专制制度和农奴制的腐朽和黑暗。主人公乞乞科夫是一个从小贵族向新兴资产阶级过渡的典型形象。除此之外,小说的重要人物还有乞乞科夫走访的五个地主庄园的主人:玛尼洛夫、柯罗博奇卡、诺兹德廖夫、索巴凯维奇、普柳什金。

现参照中文译本(满涛、许庆道译,人民文学出版社1983年版)分章介绍或节选如下。

第 一 章

在省会NN市的一家旅馆门口,停下一辆相当漂亮的小型弹簧轻便马车,车里走下一位中等模样、中等身材、中等年纪的绅士,他就是六等文官巴维尔·伊凡诺维奇·乞乞科夫,他为了一桩私事旅行来此,跟随他的是车夫谢里方和听差彼得卢什卡。安排好住处后,这位绅士便来到旅馆餐厅吃饭。他向伙计精细地盘问了这城里所有的重要官吏,尤其是对地主格外感兴趣。谁有多少魂灵[①],住得离城多远,脾气怎样,他都关心。他还关心地问到这一带乡村的情况,有没有发现过什么传染病,等等。

乞乞科夫把次日一整天都花在拜客上面,对省长、副省长、检察长、民政厅长、警察局局长……甚至连卫生监督那儿也登门致了意。他很巧妙地对每个达官贵人都奉承几句,所以很快地便得到了城里要人们的一致称赞。在省长举办的晚会上,乞乞科夫认识了非常和气而又彬彬有礼的地主玛尼洛夫和外貌有几分笨拙的地主索巴凯维奇,并且没用多少工夫就把他俩迷住了。两位地主热情地邀请他到田庄去。

第二章

一个星期后,乞乞科夫决定把他的拜访移到市外去。马车夫谢里方清早便套上了马车,他们走了30来里路,来到了玛尼洛夫的庄上,主人欢乐地迎出门来。在客厅门口,两个朋友为了让对方先进门,竟然耽误了好几分钟,最后一并侧着身子,稍微挤了一下同时进了门。玛尼洛夫的相貌不乏亲切可爱之处,可其中仿佛过多地掺杂了一些甜味,有时给人甜得发腻的感觉,只要你跟他待上几分钟,便会感到忍无可忍的厌倦无聊。平日他大部分时间都在沉思默想,但到底思索什么,只有上帝才知道。他甚至从来不出去察看田地,也不过问自己农奴的事。他的书房里放着一本书,两年来书签一直夹在第14页上。

玛尼洛夫与乞乞科夫谈得十分投机,两人大有披肝沥胆的劲头。饭后,乞乞科夫自然而然又小心谨慎地将话引上了正题,他希望买进一些死掉的,不过在纳税花名册[②]上却还活着的农奴。这可把玛尼洛夫弄糊涂了,思前想后最后他终于找到一个问题:这会不会不符合民法条例和俄罗斯今后法令的规定?乞乞科夫干脆地回答说,没有一点不符合的地方,国库甚至会得到好处,收入一笔合法的手续费,这是一件好事。此时玛尼洛夫完全放心了。谈到价钱,他情愿无条件地奉送,并且连签订契约的费用也承担下来。这使客人简直乐不可支了,一阵感激之情推动着乞乞科夫说了许多千恩万谢的话。

乞乞科夫很快告辞走了。玛尼洛夫长久地站在台阶上目送马车,直到无影无踪。

第三章

乞乞科夫得意地坐在马车里,专心致志地想着自己的事情。突然霹雳阵响,大雨倾泻下来。天色漆黑,喝得烂醉的谢里方将车错拐进岔路,倒翻在泥泞里。他们敲开了一家大门,走出来的是一位小地主婆,交谈中他们看出,女主人压根儿没听说过索巴凯维奇、玛尼洛夫。原来他们走到了一个离城很远的偏僻贫穷的地方。

第二天乞乞科夫起来后就去和女主人一起喝茶。这位老妇人叫柯罗博奇卡,是十品文官的寡妇,拥有80来个魂灵。她原以为乞乞科夫是税务官或是买主。但是当她听说客人要买她死掉的18个农奴时,她怎么也弄不明白,死了的农奴有什么用处。后来当她确信因此可以免交这些死魂灵的人头税,并得到15个卢布,甚至签订买卖契约的钱也不由她花时,她又担心这位深更半

---

① 俄语中“魂灵”(ДУША)亦可指农奴,此处即作“农奴”解。

② 在旧俄时代,地主每隔七至十年必须向政府呈交一次农奴的名单,以便政府征收人头税(妇女和孩子不计在内),此项名单称为“纳税人口花名册”。因此,男农奴亦称为纳税农奴。纳税人口花名册上纳税农奴人数至下次纳税前不变。

夜来的不速之客是在骗她。她因为不知道死魂灵实在值多少钱，要再等一等。她想万一有商人来，可以比较一下价钱。乞乞科夫完全失去了耐性，抓起一把椅子往地上一摔，大骂道：您倒真像……真像一条看家的母狗，躺在稻草上，自己不吃草，又不准别人吃。他顺口撒了个谎：我本来打算向您买各种各样农产品的，因为我也管给公家采购物资的事……没想到这句话却收到了奇效，柯罗博奇卡立刻答应将18个死魂灵按15卢布卖给他，请他在收购粮食、肉类、猪油、鸡毛等物品时，一定别忘了她。为了拉拢客人，柯罗博奇卡还特意做了各式各样的烤饼招待乞乞科夫。

第 四 章

在大路边一个小饭店里，乞乞科夫遇见了在检察长家见过的诺兹德寥夫，他刚从集市那边来，输了个精光，不但丢了四匹骏马、表和表链，甚至连一边的胡须也比另一边少了一些。诺兹德寥夫硬拉着乞乞科夫去他家做客。他就是这么一种人，脸上流露着开朗、直率、大胆的神情，能很快地和人搞熟，也能很快地跟刚刚结交的朋友打起架来。他这种人往往是饶舌多嘴的、放荡不羁的，大胆泼辣的，是一个门门在行的全才。

到家后，诺兹德寥夫先领着客人参观了马厩、狗舍，信口开河地胡说八道了一通。饭后又拉着客人赌牌。乞乞科夫假装没听见，装着忽然想起了什么事似的，提出了自己的请求。诺兹德寥夫听他说要买死魂灵，就一定要先弄清这里到底藏着什么鬼点子。乞乞科夫被逼得无法，只好胡诌了些想获得声望啦、结婚啦等理由。诺兹德寥夫一条也不信，骂他是"天字第一号的大骗子"。但为了表白自己不是嗜钱如命的守财奴，他表示要把那匹号称是以一万卢布买来的马（其实很不像样）以四千卢布转让给乞乞科夫。死魂灵全部奉送，分文不要。要不就卖给他那匹栗色母马或灰马，或者一对狗、一架手摇风琴也行。当乞乞科夫表示这一切他都不要时，诺兹德寥夫真地火了。接着他又提议把死魂灵和手摇风琴全押在牌上。乞乞科夫瞥了一眼他手中的那副做过手脚的牌，拒绝了。这更撩拨起主人的怒火，他说：现在拿三个王国来跟我换死魂灵，我也不给你了。晚上送客人睡觉时，他竟连晚安也没说。

剩下乞乞科夫一个人时，他埋怨自己不该白白糟蹋了时间，不该把事情向这个不可信赖的人和盘托出，这个坏家伙会去添枝加叶地造谣。

第二天早晨，诺兹德寥夫好像完全忘记了昨天的事，他亲切地向乞乞科夫问好，又提起要拿死魂灵做赌注打牌。最后俩人终于谈好用下棋赌输赢。谁知诺兹德寥夫走了一步，却有三只棋子向前挪了。两人又争吵起来，乞乞科夫一抹把棋子搅乱了，诺兹德寥夫逼近对方抡起一只手……正当双方打得不可开交之时，警察局局长前来传讯诺兹德寥夫去法院，乞乞科夫趁机一溜烟跑了出去，驱车急驰而去。

第 五 章

诺兹德寥夫的庄子已消失得无影无踪，可乞乞科夫还在担惊害怕地回头看，嘴里冒出各种各样狠毒的诅咒。突然对面冲过来一辆套着六匹骏马的弹簧四轮马车，于是两辆车的马搅在一起了。乞乞科夫猛醒过来，发现对面马车里坐着一位太太和一位年少的金发女郎，他被女郎的单纯朴素迷住了，直到马车又跑起来，他才后悔起竟没有问问那是谁家的姑娘。

索巴凯维奇的村庄已显现在眼前，它相当大，左右两片树林，院子四周围着坚固的、粗大得出奇的木头栅栏，马厩、谷仓、厨房以及庄稼汉住的木屋，一切都是坚固的、屹立不动的，显出一副结实而笨重的样子。乞乞科夫瞟了一眼迎接他的主人,发现索巴凯维奇非常像一只中等大小的熊,连他的燕尾服也完全跟熊皮一样的颜色。走起路来他脚掌着地、步履歪歪斜斜,并且不断地踩在别人的脚上,熊,一只地道的熊!走进客厅,乞乞科夫扫视了一下屋里的陈设,发现所有一切都是结实的,非常粗笨的,那桌子、椅子、写字台,每一件东西都仿佛在说:我也是个索巴凯维奇!在餐桌上,索巴凯维奇表现出同样的气派,他吃猪、吃羊、吃鹅都讲究整只吃,半个羊胸脯一会儿工夫就吃得精光,甚至连骨髓也被吸得一滴不剩。

饭后乞乞科夫绕了好大一个弯子,才谈到了"不在了的魂灵"的纳税问题,说自己情愿替农奴主承担这个沉重的义务。索巴凯维奇起初一直低着头琢磨着,脸上一丝表情都没有,等客人讲完了,就干脆地说:您需要死魂灵,我愿意卖,每个魂灵100卢布。乞乞科夫惊呆了,可索巴凯维奇却说一点也不贵,接着便打开了话匣子,列数起这些农奴的特长来。乞乞科夫忍不住说:要知道他们是死了的呀。索巴凯维奇也不让步:可您需要它。两人争执了许久,乞乞科夫将价钱从80戈比涨到两卢布半,再也不让了,索巴凯维奇见实在拗不过才答应下来。他亲自动笔写下所有农奴的名字,不但写上姓名,甚至还注明他们各自值得赞美的品质、手艺、职务、年龄和家庭景况(其中偷偷地塞进了一个女农奴)。临末他逼着乞乞科夫先付了定钱,又嫌其中一张钞票旧了点儿。

乞乞科夫坐上轻便马车时心里想道:他拿一个死魂灵勒索了我两个半卢布,他妈的刮皮鬼!回头一瞧,索马凯维奇仍站在台阶上,他是想知道客人究竟到哪儿去。

第 六 章

据索巴凯维奇说,在离他这儿五里路的普柳什金的庄园里,农奴像苍蝇一样大批大批死掉,于是乞乞科夫便决定去拜访一下。马车驶进了有许多农舍和街巷的村子的中心,这里的一切都显出陈旧衰朽的迹象。老爷的宅第在村舍的尽头,它长得出奇,但荒芜的菜园、蔓草丛生的花园和摇摇欲坠的望楼,都使人感到这古怪的城堡像是一个衰朽不堪的残疾人。

转过一个弯或者两个弯之后,我们的主人公终于到了那幢邸宅的门前,此刻邸宅显得更加凄凉了。青苔已经盖满了围墙和大门上腐朽的木料。一大簇显然日见破败的房屋:下房、谷仓、地窖,挤满了大院;这些房屋的左右两边都可以看见有门通向别的院子。一切都说明:这儿有过一段时间家业经营的规模是非常大的,可是,在今天,一切都显得凄惨冷落了。看不到一点能使画面蓬勃有生气的景象,没有不时打开的门,没有川流不息出出进进的人,没有任何热热闹闹的家务操劳和繁忙!只有一扇大门敞开着,那是因为一个庄稼汉赶着一辆满载货物、盖着蒲席的大车驶了进去,他的出现仿佛是特地为了活跃一下这块已经死去的地方:在别的时候,连这扇大门也是紧紧关闭着的,因为有一把巨大的锁挂在铁环里面。乞乞科夫很快就在一幢房子旁边发现了一个人影,这人正在跟赶着大车来的那个庄稼汉吵起来。他很久识别不出这是一个男人还是一个女人。他身上的那件衣服实在不伦不类,很像是女人的睡袍,头上戴着一顶乡下女仆戴的小圆帽,只有那条嗓子他觉得比起女人的来似乎嫌沙哑了一点。"噢,是个女的!"他自个儿寻思道,但转念一想:"噢,不是的!""当然是个女的!"他再仔细打量了一下之后,终于这么说。对方也在盯着看他,来客在她的眼里仿佛是一件挺稀罕的东西,因为她不仅打量了他,而且打量了谢里方,甚至把马也从头到尾都细细地看遍了。凭她腰里挂的那串钥匙和她刚才骂庄稼汉时用的那番相当粗野的字眼，乞乞科夫断定，这准是一个管家婆。

“我问你，大娘，”他跨下马车说，“老爷在家吗？……”

“不在家。”管家婆没有听完他的问话，就打断他说。可是后来，隔了一分钟光景，才补了一句：“您来干吗？”

“有事哟。”

“请里屋来吧！”管家婆说着转过了身子，于是让他看到，她的脊背沾满了面粉，下面的衣服上有一个大窟窿。

他一跨进宽敞而昏暗的门廊，就仿佛进了地窖，有股子冷气向他迎面吹来。过了门廊，他踏进一间也是昏暗的屋子，只因为门的下面有一条阔缝透进一道光线，屋内方才略微有点亮光。他推开了这扇门，终于见着了阳光。可是，眼前的一片凌乱又叫他大吃一惊。仿佛这幢房子里正在洗刷地板，把全部家具暂时一股脑儿都堆到这儿来了。在一张桌子上甚至搁着一把断了腿的椅子，旁边是一座停摆的钟，钟摆上已经结了蛛网。也就在那儿靠墙放着一口橱，里面有老式的银器、长颈玻璃酒瓶和中国瓷器。写字台原是镶嵌螺钿的，现在好多处螺钿已经剥落，只剩下几条填过胶的淡黄的槽痕，台上放的东西五花八门：一叠字迹密密的小纸片，上面压着一块有卵形把手的、颜色已经发绿的大理石镇纸，一本红色书脊皮封面的古旧的书，一只整个儿干瘪得不比榛果大的柠檬，一段圈手椅上的断把手，一杯不知是什么名堂的饮料，里面浮着三只苍蝇，上面盖着一页信，一小段火漆，还有一小片不知打哪儿拣来的破烂布头，两支蘸过墨水的、干得活像害痨病的鹅毛笔，一根完全发了黄的、可能还是法国人入侵莫斯科①之前主人剔过牙齿的牙签。

墙上胡乱地、挨得紧紧地挂着好几幅画：一幅发了黄的长条版画画的不知是哪一场战争，上面有挺大的战鼓，头戴三角军帽、张口呐喊的士兵和淹进水里的战马。画没有配上玻璃，装在一个四角饰有纤巧的青铜嵌线和也是青铜的环形花纹的红木画框里。在这些画的旁边，一幅发了黑的巨幅油画足足占了半堵墙，画的是花卉、水果、一个剖开的西瓜、一个野猪头和一只倒悬的野鸭。天花板正中挂着一盏套着麻布罩的枝形吊灯，灰尘满布，挺像一只蚕茧，里面蜷伏着一条蚕。靠近墙犄角的地板上堆着许多更不雅观的、根本不配放在桌上的破烂。至于那里堆的是些什么，可真难以判断啦，因为尘垢积得这么厚，任何人用手去一碰，手就会变得像戴上了手套；只有一段断掉的木锹和一只旧的皮靴跟戳在外面让人看得比较清楚。要不是放在桌上的那顶破旧睡帽作证，无论如何也说不上这屋子是有人住着的。正当他在仔细端详这全部古怪的陈设的时候，边门打开了，他在院子里照过面的那个管家婆走了进来。可是这下子他看清了，这与其说是个女管家，还不如说是个男管家：女管家至少不刮胡子的呀，而这一位，恰恰相反，是刮胡子的，不过看来是难得刮一次，因为他的整个下巴颏和下腮帮子活像马厩里刷马用的铁丝篦。乞乞科夫摆出一副探询的神情，焦灼地等着，看管家要对他说些什么话。那管家也在等着，看乞乞科夫要对他说些什么话。乞乞科夫不料会碰上这样古怪的尴尬场面，终于熬不住决心发问了：

“老爷在家吗？在自己房里，是不是？”

“主人就在这儿。”管家说。

“哪儿呀？”乞乞科夫又问了一遍。

“怎么啦，老爷子，您是瞎了眼，还是怎么的？”管家说，“哎呀呀！要知道，主人就是我呀！”

---

① 此指1812年的俄法战争。法军曾进抵莫斯科，占领城市39天后溃退。

这时候，我们的主人公不由地往后退了一步，直瞪瞪地望着他。形形色色的人他见过不少，甚至连我和读者也许一辈子也没有机会见到的人物，他都见识过；可是，像这样的一位，他还没有看见过。这位先生的相貌倒也没有什么特别之处：它和许多清癯的老年人的脸几乎一样，只是下巴颏朝前突出得挺厉害，因此，一开口他就得用手帕把它捂住，免得唾沫横飞；一双小眼睛还没有失去光泽，在翘得高高的眉毛底下骨溜溜地转动着，像是两只小老鼠从暗洞里探出它们尖尖的嘴脸，竖起耳朵，掀动着胡髭，在察看有没有猫儿或者淘气的孩子守候在什么地方，并且疑虑重重地往空中嗅着鼻子。倒是他那身装束要别致得多；随便你用什么法子，花多大力气，也研究不出来他的这件睡袍是用什么料子做成的：袖管和衣襟乌黑油亮，简直像是做靴统的上等鞣皮，背后原是两片下摆的地方飘挂着四片下摆，棉絮成团地从那儿直往外钻。系在他脖颈上的也是一件莫名其妙的玩意儿：不知是袜子，还是吊袜带，还是肚兜，反正说什么也不是领带。总之一句话，要是乞乞科夫在随便一个什么地方的教堂门口碰上了他，凭他这副打扮准会布施给他一个铜板的。因为我们的主人公有一个值得称道的长处，他的心肠挺软，他总不忍心见到穷人而不给一个铜板的。可是现在，站在他面前的不是一个穷要饭的，站在他面前的是一位地主呀。这位地主拥有一千多个农奴，哪一家也找不出像他那样多的麦谷、面粉和仅是成垛地堆在田里的粮食，哪一家的储藏室、粮仓和栈房里也没有堆积着那样多的布匹、呢料、硝过的和没有硝过的羊皮、晒干的鱼、各种各样的菜蔬或者瓜果菌蕈。如果有谁到他的作坊大院里去瞧一眼，看到堆放在那儿的各种木材和永远不派用处的器皿，他准怀疑自己别是闯进了莫斯科的木器市场。那是手疾眼快的姑姑奶奶们，身后带着厨娘，为办货而每日必去之处，那儿各式各样以树木为材的器具白花花地堆积如山——榫合的，车光的，手雕的，编织的，真是应有尽有：木桶，木盆，双耳木坛，有盖的木甏，带嘴的和不带嘴的木壶，圆形的小口木罐，柳条筐，妇女放麻线和其他小零碎的篮筐，又细又弯的白杨木条编的箩筐，桦树皮编的小圆盒，以及许许多多不论富的还是穷的俄罗斯人都要用的好东西。旁人看来，普柳什金要这些多得数不清的东西有什么用处呢？这些东西哪怕给两处像他的村子那样大小的田庄用，一辈子也用不完——可是，他连这些还嫌少。既然不满足于已经有的，他就每天还在自己的村子里满街地转，桥墩下张张，屋梁下望望，凡是落进他眼里的东西：一只旧鞋跟，一片娘儿们用过的脏布，一枚铁钉，一块碎陶瓷片，他都捡回自己的家，放进乞乞科夫在墙犄角发现的那堆破烂里。“瞧，那打渔的又干他的营生去啦！”庄稼汉们见到他出门搜捕猎物，就这么说。的确，他走过之后街巷已经不用再打扫了：曾有一回，一位过路军官失落了一根马刺，一眨眼这马刺就进入了那堆破烂里；如果哪个女人在井旁一不留神，丢下了一只水桶，他立刻把水桶也拎走了。不过，要是眼快的庄稼汉当场逮住了他，那他倒也不争辩，就交出那偷得的东西；可是，一旦东西进入了那堆破烂，那么，一切全完啦：他会赌咒发誓，说东西是他的，是他从哪儿、向谁买来的，或者是祖老太爷手里传下来的。即使在他自己的房间里，不论在地板上见到什么：一小段火漆也好，一小角纸片也好，一小截鹅毛笔也好，他都要一一捡起来，搁到写字台或者窗台上去。

可是，有过那么一段时光，他只是一个克勤克俭的当家人！他有妻室儿女，左邻右舍常常上他家去串门吃饭，聆听和学习他的持家之道和精打细算的本领。一切都显得生机勃勃，有条不紊：水磨、制毡机在辘辘转动，呢绒厂、木工车床、纺织工场都在不歇地工作；主人犀利的目光射进每一个角落、每一件事情，好比一只勤奋的蜘蛛在它那张苦心经营的网上忙碌而又灵活地上下奔走。他的脸上虽然从来不曾反映出过分强烈的情感，但是眼睛里却透露出智慧；他的谈话充满着经验和世故，因此客人都乐意听他讲话；殷勤、健谈的女主人素有好客的美名；迎面走出来的是他的两个可爱的女儿，两人都长着淡黄的头发，都像蔷薇花那样娇艳；跳跳蹦蹦出来的是他的儿子，一个活泼淘气的小家伙，见人就拥抱接吻，而不大问这是不是叫客人高兴。屋里的窗户统统打开着，阁楼上住着一位法国教师，他胡子刮得精光，打枪是个能手：每到午饭时刻总要带回几只鹌鹑和野鸭作为添菜，但有时也会只带回几个麻雀蛋，那时他就叫人煎了自己享用，因为全家上下再没有人要吃煎蛋的。阁楼上还住着一位他的女同胞，两位小姐的教师。主人总是穿着常礼服来到饭桌旁，衣服虽说穿得有点旧了，但是干干净净，肘弯处都还完整；哪儿也不见一个补丁。可是，善良贤惠的女主人去世了；一部分钥匙，连同一部分琐屑的操心事，从此落到了他的身上。普柳什金变得更加不知安宁，并且像所有的鳏夫一样，变得更加多疑和吝啬起来。对大女儿亚历山德拉·斯捷潘诺夫娜他不能够事事放心，并且他也的确没错，因为隔了不久亚历山德拉·斯捷潘诺夫娜就和一个天晓得属于哪个骑兵团的上尉私奔了，她知道父亲出于一种古怪的成见不喜欢军官，似乎军官个个都是赌棍和败家子，所以和上尉在某处一个乡村教堂里匆匆举行了婚礼。对她的出走父亲只送去了诅咒，倒也不费神去把她追回。家里变得更加空荡荡的了。在主人的身上吝啬开始暴露得更加明显，他那粗硬头发里冒出的星星白发，吝啬的忠实朋友，又进一步助长了这种恶习的发展。法国教师被辞退了，因为儿子已经到了供职的年龄；法国太太给撵走了，因为在亚历山德拉·斯捷潘诺夫娜被人诱拐的丑事里面她并不是清白无辜的。儿子一到了省城，原来应该依照父亲的意见在民政厅里谋一个实实在在的差事的，结果却进了兵团，并且只是在进了军界之后，为了要钱做制服，方才写信禀告父亲的。他得到的回复，极其自然的是俗话所说的碰了一鼻子灰。最后，连唯一留在家里陪伴在他身边的女儿也死了，从此之后，老头儿一个人成了他全部家产的看守、保管和主人。孤独的生活给吝啬这一恶习增添了丰富的养料。而吝啬，正如大家所知道的，有狼一般的胃口，越吃越贪婪；在他的身上，人的感情本来就不深厚，现在一分钟一分钟地枯竭下去，于是，在这片废墟里每天都要消失掉一点东西。正好在这当口，仿佛有意证实他对军人的看法似的，他的儿子打牌把钱输得精光；他出自真心地给儿子寄去了父亲的诅咒，从此之后他再也不去过问，儿子是活在人间，还是已经死了。他屋里的窗户逐年一扇一扇地被关上，最后只剩下两扇开着，而其中的一扇，如读者已经看到的，还给糊上了纸。主要的家计一年胜似一年地被荒废了，他那狭隘的目光所关注的只是他收集在自己房间里的一些碎纸片和破鹅毛笔。对待上他家去收购农产品的顾客，他越来越寸步不让；顾客们讲价钱讲得唇焦舌敝，最后都不再上他的门了，他们说，这简直是魔鬼，而不是人。干草和粮食在霉烂，禾垛变成真正的粪堆，只差在上面栽种白菜，地窖里面粉结成了石块，非得劈碎了才能够用，呢料、麻布和粗布简直碰都碰不得：一碰就会化成一团团的飞尘。他有些什么家私，一共有多少，连他自己都已经记不清楚，他只记得，在他那口橱里的哪一个地方搁着一只酒瓶，里面有点喝剩的陈酒，在瓶上他亲手做过记号，以防有人把酒偷喝掉了，也还记得在哪儿有一截鹅毛笔或者一小段火漆。尽管如此，田庄里租税收入照旧不变：庄稼汉得照旧如数送来地租，每个农妇得照旧缴上那么多的胡桃，织布女工得照旧织出那么多的麻布——然后，所有这些东西全被堆进储藏室，渐渐烂掉，被虫蛀空，连他本人最后也成了人类身上一个被蠹蚀的空洞。亚历山德拉·斯捷潘诺夫娜曾经带着一个小男孩儿来过约摸两回，想能不能好歹得到点东西；看来，和骑兵上尉一起东飘西荡的军伍生活并不像婚前想象得那样美妙。普柳什金虽然宽恕了她，甚至把放在桌子上的一颗纽扣给外孙玩了一会儿，可是，一个钱也没有给她。亚历山德拉·斯捷潘诺夫娜第二回来的时候带了两个小孩儿,还送给他一个当茶点的甜圆面包和一件新睡袍,因为爸爸身上的那件不仅叫她看了心中有愧,而且也使她感到脸上无光。普柳什金和两个外孙亲热了一番,把他们抱在膝盖上,一个放在右腿上,一个放在左腿上,颠得他们完全像骑在马上一样,面包和睡袍都收下了,可是一丝一毫也没有送给女儿;亚历山德拉·斯捷潘诺夫娜就此两手空空地走了。

现在,在乞乞科夫面前就站着这样一位地主!应该说,在一切事物都喜爱舒展而不喜爱蜷缩的俄罗斯,这种现象是罕见的。若和就在邻近出现的一位地主相比,那会显得格外稀奇,因为那位地主逞着俄罗斯人的豪放性格和大爷脾气,整日价恣意地寻欢作乐,或者如俗话所说,过着花天酒地的生活。一个没有见过世面的过路人看到那位地主的府第,准会惊叹不止,停下脚步。他弄不明白,是哪一位有财有势的天潢贵胄竟然纡尊降贵厕身到一群愚昧无知的小地主中间来啦;他那一幢幢白色的石砌房屋,上面竖着无数的烟囱、望楼、风标,四周被成群的边屋和各式客房团团围着,望过去简直像是一座座宫殿。他还能缺什么呢?演戏,舞会,这都有啦;花园里通宵达旦地灯光通明,飘荡着嘹亮的音乐声。有半省的人士盛装艳服兴高采烈地在树底下游嬉,尽管在这个时候,从树丛深处会像舞台布景似的探出一条枝桠,那枝桠在人工光线的照耀下已经失去了原有翠绿的颜色,而越上升它越阴暗,越森严,等到横陈在夜空中间,它那黑影更是显得狰狞可怕。还有那些严峻的树梢,在高处抖动着树叶,一步步往漆黑的夜色里退去,仿佛十分憎恶地面上照亮它们根部的浮华虚幻的光彩似的——尽管这样,却没有一个人感觉到在这一片人为的光明中含有着什么荒唐的、令人心寒的迹象。

普柳什金一言不发地站着已经有好几分钟了,而乞乞科夫被主人的外貌和他屋内的种种景象分散了注意力,一时也还不知道把话从何谈起。他久久想不出用什么措辞来说明他这次登门拜访的原因。他差点已经要说出诸如此类的话来:久闻他德高望重,品格不凡,所以认为自己责无旁贷必须登门拜谒,表示钦慕,可是转念一想,立刻觉得这未免过分了。他从眼梢里把室内的全部陈设再打量了一下,觉得"德高望重"和"品格不凡"这些字眼完全可以用"自奉甚俭"和"持家有方"来替代,于是,他把话作了如此修改之后说:久闻他自奉甚俭,治理田产有方,所以认为自己责无旁贷必须登门亲睹仪容,并表敬意。当然,可以举出另外一个更为合适的理由,可是一时脑子里实在转不出别的念头来了。

普柳什金听了只是努动嘴唇咕哝了一声,由于他的牙齿全都掉光了,他到底说了些什么,一点也听不清楚,但意思大致是这样的:"什么敬意,去你的吧!"不过,因为在我们的国家里好客之风是这样盛行,连吝啬鬼也无法破例,所以,他接着就略微清楚一点地找补了一句"请坐,请!"

"我好久不见有客来啦,"他说道,"不过,说句实话,有客来,我不见得有多大的好处。现在就兴互相串门这种挺不像话的风气,却把田庄上多少事儿都撂下不管……再说,你还得喂他们的马干草吃!我是早就吃过午饭啦,我的厨房坏得不成样子,连烟囱也全塌啦;要是在灶里生个火呀,还准惹出一场火灾来哩。"

"原来是这样!"乞乞科夫自个儿心里想道,"幸亏我在索巴凯维奇家里吃了一个奶渣饼和一块羊胸脯子。"

"还有人这么挖苦我,说是走遍整个田庄也难找出一把干草来!"普柳什金接着说道,"不过也确实,干草哪能积得起来呢?地只有一小块,庄稼汉又懒,都不爱干活,尽想到酒店里去喝一盅……眼看老来要去讨饭喽!"

"可是,我常听人家提起……"乞乞科夫谦恭地说,"您有一千多个魂灵哩。"

“那是谁说的？您呀，老爷子，您该朝说这话的人眼睛里啐一口唾沫才对！这个促狭鬼，看来他是想跟您开个玩笑。说是有上千个魂灵，可是你去算一算看，一场空啊！这三年来该死的热病就把我的好大一批庄稼汉给折磨死啦。”

“真有这样的事！死了许多吗？”乞乞科夫挺感兴趣地叫了起来。

“是啊，许多人送了命。”

“那么请问：数目有多少呢？”

“八十来个。”

“真的？”

“我不会撒虚谎，老爷子。”

“请容许我再问一声：这些个魂灵，我想，您是从最近一次人口调查后算起的吧？”

“要是这样，还得谢天谢地罗，”普柳什金说道，“糟就糟在，要是从那个时候算起，就得有一百二十个啦。”

“真的吗？整整一百二十个？”乞乞科夫又尖声叫了起来，这回他惊讶得连嘴也有点合不拢了。

“我老啦，老爷子，不兴撒谎啦：我是六十开外的人啦！”普柳什金说道。对于这样几乎是高兴的叫喊他似乎有点生气。乞乞科夫发觉，对别人的痛苦这样无动于衷的确不成体统，所以他赶紧长叹了一声，并且说他对此深深感到同情。

“可惜同情不能当饭吃，”普柳什金说道，“就说住在我附近的那个上尉吧，鬼知道他是打哪儿来的，尽说是我的亲戚，开口‘大伯’，闭口‘大伯’，还吻我的手哩，而一同情起来，就那么拉直了嗓门哭呀喊呀的，差点儿把你的耳朵给震聋啦。一张脸哪，通红通红的，大概老是在没命地灌烧酒。他那几个钱肯定是在当军官那会儿输光了，要不就是给一个女戏子骗走了，所以他这才来同情个没完！”

乞乞科夫竭力解释，他的同情和上尉的完全不一样，并且他不讲空话，而准备用行动来加以证实。接着，他不再耽误正事，立刻直截爽快地声明，他愿意担负所有那些死得如此悲惨的农奴的人头税。这个建议看来完全出乎普柳什金的意外。他瞪大了眼睛，朝乞乞科夫看了许久，方才问道：

“您老爷子有没有干过军职？”

“没有啊，”乞乞科夫相当机警狡猾地回答道，“我原是做文职的。”

“文职？”普柳什金把这个字眼重复了一遍，于是就努动起嘴唇来，仿佛在嚼食什么东西似的。“可这是怎么回事呢？这不是叫您自己明吃亏吗？”

“只要您高兴，我就是吃亏也心甘情愿呀。”

“哎呀，老爷子！哎呀，我的救命恩人！”普柳什金尖声叫了起来，他快活得没法觉察，此刻从他的鼻孔眼里极不美观地挂出一条像浓咖啡那样颜色的烟丝般的东西，并且睡袍下摆也豁了开来，露出了极不雅观的衬裤。“您这下可叫老人宽心啦！哎呀，我的老天爷！哎呀，我的大圣人！……”普柳什金再也说不下去了。可是，不到一分钟的工夫，那么突然出现在他泥塑木雕般的脸上的欢乐，也就那么突然消逝不见了，仿佛它压根儿不曾有过似的，接着他的脸上重又恢复了一副忧心忡忡的神气。他甚至用手帕抹了一下脸，然后把它揉成一团，拭起自己的上嘴唇皮来了。

“请容许我问一声，您可别生气啊，您怎么就决定每年由您来付这笔人头税啦？那么，钱是给我,还是给公家呢?"

"我看咱们就这么办:咱们立一个买卖契据,好像他们都还活着似的,而您好像是把他们卖给了我。"

"好哇,立个买卖契据……"普柳什金说着迟疑不决起来,并且又开始咬他的嘴唇皮了,"可是,立买卖契据——都得花钱呀。那些文书老爷心可黑啦!从前,花上半卢布,再添上一袋面粉,就能够对付过去啦,可是现在,你得孝敬满满的一车麦谷,外加一张红票子[①],瞧有多么贪财!我真不明白,怎么教士们对这些全都不闻不问呢,该出来教训句把呀,不管怎么说,对上帝的话总违拗不得的。"

"可你这个人哪,我看,准会违拗!"乞乞科夫自个儿心里这样想,可是嘴上立刻说,出于对他的崇敬,连立契据的费用也情愿由自己来负担。

一听到连立契据的费用都归他来负担,普柳什金断定,来客是一个十足地道的傻瓜,只是装成原是吃文职饭的样儿,而实际上十拿九稳当过军官,也是个追女戏子的色鬼。不过,尽管这样想,他也掩盖不住自己的高兴,因此,不仅祝愿来客太平如意,而且不曾问问清楚他是不是已经有了子息,就还祝愿他的子女也太平如意。他走到窗口,用手指敲了敲玻璃,叫了一声:"喂,普罗什卡!"立刻听到有人慌慌张张奔进门廊,在那里忙乱了一阵子,把皮靴跺得橐橐的响,最后门打开了,走进了普罗什卡,这是一个十三岁上下的男孩儿,穿着一双大得出奇的长统皮靴,一走路脚几乎就要从里面滑出来。普罗什卡怎么会有这样大的靴子呢,这一点立刻就可以明白啦:原来普柳什金不管家里有多少仆人,只给他们大伙儿备一双靴子,并且靴子总得放在门廊里。每个被唤进老爷里屋去的仆人通常都光着脚连蹦带跳地穿过整个院子,可是,进了门廊就得穿上靴子,这样才可以走进房间。一出房门,他又得脱下靴子,仍旧放在门廊里,再光着脚板走回去。如果在秋天,尤其是在早晨初降薄霜的日子里,有人往窗外望一眼的话,他准能看见所有的仆人都在一蹦三跳,动作之迅捷是连戏院里最矫健灵活的舞蹈演员也未必能够做到的。

"老爷子,您来瞧瞧这副嘴脸!"普柳什金手指着普罗什卡的脸,对乞乞科夫说道,"人蠢得像根木头,可是只消你放下一点东西,他转眼就偷走啦!喂,你来干什么的,蠢货,你说,来干什么的?"说到这儿他把话停了一下,但普罗什卡也还是不搭腔,"听着,把茶炊烧旺了端来,喏,拿着钥匙,交给玛芙拉,叫她上储藏室去:那里架子上有个烧干的甜面包,就是亚历山德拉·斯捷潘诺夫娜带来的那个,拿它来当茶点!……站住,你急着上哪儿?蠢货!嗐,蠢货!哎呀,真是一个蠢货!你脚底抹了油,还是怎么的?……你先把话听明白了:面包上面有一层说不定有点坏了,那就叫她用刀刮掉,面包屑可别扔了,要放到鸡棚里去。不过,你得留神点:你这个小子不许踏进储藏室,要不,你听明白了!我就给你点桦树条帚的滋味尝尝!我看,现在你的胃口敢情正好着,那好,让它再好一点!不信,你倒进储藏室去试试,反正我待会儿就从窗口看着。对他们这种人一点都不能够相信。"当普罗什卡拖着他那双大皮靴给打发走了之后,他转过脸对乞乞科夫说道。在这之后,他甚至对乞乞科夫也不时投去充满狐疑的眼光。他开始觉得这样不同寻常的慷慨大度简直是难以置信的,他心里想道:"鬼才知道他哩,说不定他和所有那些败家子一样,只不过是个牛皮大王,吹得天花乱坠,无非是为了好跟你聊上一阵子,把茶喝个痛快,完了就拍拍屁股走啦!"于是,既是出于谨慎,同时也是由于想对来客略微加以一点考验,他说,要是能够快一点立

① 旧俄时代的纸币,票面价值为十卢布。

下契据,倒也不坏,因为口说无凭,对人他不能够完全放心:天有不测风云,人有旦夕祸福呀。

乞乞科夫声明,哪怕即刻立下契据,他都愿意,并且提出只需给他一份全部农奴的名单就行了。

这使普柳什金放下了心。现在,他显然在筹划办一件什么事情。果然,他摸出钥匙,走进碗橱跟前,打开橱门,在杯子和碗碟之间翻寻摸索了半天,最后说:"怎么也找不到哇,可是我明明有一瓶上等的甜酒,除非被人偷喝掉啦!这批人真是十足的强盗坯!哦,可别就是它!"乞乞科夫看见他双手捧着一只酒瓶,瓶上积满灰尘,活像套着一件毛线衫。"还是我那死去的内人做的,"普柳什金接着说道,"管家这鬼婆子大概就顺手把它一搁,连瓶塞都没塞上,混账!有多少个小虫子和各种各样的脏东西会落到里面去哟,不过我已经把脏东西统统掏出来啦,现在挺干净的啦,让我来敬您一杯。"

可是,乞乞科夫竭力谢绝了这样的甜酒,他说,他已经喝过了,也吃过了。

"已经喝过了,也吃过了!"普柳什金说道,"当然,当然,上等人嘛,不管走到哪儿,一眼就看得出来,他不吃,却总是饱饱的;不比那种偷鸡摸狗的,任凭你给他吃多少,也填不饱他的肚子……就说那个上尉吧,一进门就直嚷嚷:'大伯,拿点吃的来吧!'可我哪儿是他的什么大伯,就像他成不了我爷爷一样。准是自己家里没得吃的,这才串门来啦!对,您说要一份所有那些懒鬼的花名册?没问题,凡是我知道的,我已经把他们统统专门抄在一张纸上啦,为的是一旦来调查人口,就可以把他们全部一笔勾销。"普柳什金戴上眼镜,在纸堆里翻寻起来。在解开一捆捆纸片的时候,他请客人吃了那么多的灰尘,害得后者打了一个喷嚏。后来他终于抽出一张上下四周都写满了字的小纸片,农奴的姓名像蚊子那样密密麻麻地占满了纸片。那里各式各样的姓名都有:巴拉摩诺夫、庇缅诺夫、班台莱依摩诺夫,甚至还出现了一个格利戈里·达耶兹查依-涅-达耶杰施[①];总共有120多个。见到这样一个大数目,乞乞科夫禁不住微微笑了一笑。他把名单小心翼翼地放进口袋,提醒普柳什金说,为了签订契据,他务必进城一趟。

"进城?那怎么行?……这个家怎么能够丢下?要知道我的底下人不是贼,就是骗子手,一天工夫就会把我偷个精光,叫我连外套也没得钉子好挂啦。"

"那么,您就没有一个熟人了吗?"

"能有谁是熟人呢?所有我的熟人不是死了,就是和我断了来往。哦,老爷子!怎么没有,有哇!"他尖声叫了起来,"厅长本人就和我认识,早先常上我这儿来串门的,怎么不认识呢?还是小学同班,一块儿爬过篱笆来着!怎么不熟呢?熟极啦!要不就给他写封信吧!"

"当然得给他写。"

"怎么不熟呢,熟极啦!还是小学里的伙伴哩。"

说着,在这张呆木的脸上蓦地闪现一道温暖的亮光,这并不是感情的流露,而是感情的某种苍白的影子,一种类似溺水的人出乎意料地浮出了水面,引起聚在岸边的人群一阵欢叫的现象。喜出望外的兄弟姊妹们从岸上抛去绳索,盼望会不会再次冒出他的背脊或者挣扎得已经乏力的手臂,可是,一切都是枉然——那次的出现已经是最后的一次了。四周一片沉寂,在那之后重归平静的无情流水的表面显得更加可怕和空虚了。同样,普柳什金的脸,当一刹那在它上面闪现的感情消逝之后,也显得更加麻木,更加猥琐了。

---

① 直译其意即:格利戈里,你走呀走不到。

“桌上原有小半张白纸的呀，”他说道，“可现在不知到哪儿去了：我的底下人全是些混账东西！”说着他开始往桌上桌下张望，四处翻寻，最后喊叫起来：“玛芙拉！来哪，玛芙拉！”应声来了一个女人，手里端着一只碟子，上面放着读者久闻其名的面包干。于是，主仆之间发生了这样一段对话：

“你这个强盗婆，把纸藏到哪儿去啦？”

“老天在上，老爷，除了您自己盖在酒盅上的那张小纸片，我没见过什么纸。”

“可我从你那双贼眼里就看得出来，是你捞走的。”

“我把它捞去干吗？我要纸一点用处也没有；我又不识文断字。”

“你撒谎，你把它给那个教堂打杂的去了：他是识得几个字的，所以你就拿去给他啦。”

“可人家教堂打杂的要纸的话，他自己会弄到的。他才没见过您那张破纸哩。”

“那你就等着吧：到了末日审判那一天，为了这一桩罪过，魔鬼要用铁枷来烙你！你等着吧，看他们把你烙得个皮焦肉烂哇哇叫！”

“凭什么要烙我呀，那小半张纸我又没沾过手。说我有什么别的女人家的短处倒也罢了，可还没人编派过我偷东西哩。”

“可魔鬼就是要烙你！他们一边说：‘你这滑头，你欺骗了老爷，这下要给你点厉害看看！’一边就用烧红的铁枷来烙你！”

“可我会说：‘冤枉！老天在上，冤枉，我没拿过……’咦，它明明就在桌上。看您总是平白无故地冤枉人！”

普柳什金果真看到了那小半张纸，一时说不出话来，他努动了一下嘴唇，又开口说道：“哟，你怎么敢这样放肆？好一张利嘴！你说她一句，她就回敬十句！去拿个火来让我把信封上。慢着，我看你准会随手抓根油脂蜡烛来的，油脂这玩意儿好烧：一烧就没了，只是叫人糟蹋钱，你还是给我拿根松明来得了！”

玛芙拉走了，普柳什金往圈子椅里坐定，拿起一支鹅毛笔，把小半张纸翻来转去琢磨了半天，看看能不能从它上面再裁下小半张来，可是他最后断定，那是万万办不到的了。他把笔伸进里面装着一种起了霉花的液体、底下还积了许多苍蝇的墨水壶，蘸了一蘸之后开始写了。他把字母一个个描绘得跟乐谱上的音符一样，每分每秒钟都在稳住他的大有满纸挥洒之势的手腕，让一行一行字贴得挺紧挺紧，一边还不无遗憾地想：无论如何还会留下很多完全空白的地方。

一个人居然会堕落到这样卑微、悭吝、丑恶的地步！居然会变得这样厉害！这像是真实的吗？一切都和真实的一样，在一个人的身上什么变化都是可能发生的。今天一个热情如焚的年轻人，如果看见自己到了暮年的画像，也许会惊骇万分，慌忙后退的。所以，当你们向温柔的青年时代告别，跨入严酷的、使人心肠变硬的成年的时候，你们要把人的全部感情带着上路，可千万不要把它们在中途失落了，不然的话，往后就找不回来啦！那等待在前面的老年阴森可怕极了，无论什么东西它都不会归还给你们的！坟墓要比它仁慈一些，在坟墓上还会写着：某人安葬于此！可是，在失去人性的老年的冰冷麻木的脸上，你们可什么也别想看到啊。

“您有没有什么朋友，”普柳什金一边折着信纸，一边说道，“需要逃掉的魂灵？”

“您还有逃掉的魂灵？”乞乞科夫定了定神，赶紧追问道。

“正是有啊。我的女婿已经查对过了：照他的说法，人好像全都早已逃得没踪没影啦。不过，他是军人：要说敲响马刺行个礼儿，那他倒挺在行，但要跑跑法院告状打官司……”

“那么,他们的数目是多少呢?”

“也有七十来个。”

“真的?”

“老天在上,不假!要知道我这儿年年有人逃跑。农奴百姓嘴馋得很,加上闲散就养成了好吃懒做的坏习气,可我连自个儿都没有什么东西吃……要是有人想买他们,不论出什么价钱,我都乐意卖,您不妨告诉贵友:只消找回十个,他就有好大的一笔利息啦。要知道,一个纳税农奴现在时价要值500卢布哪。”

“不,关于这桩买卖咱们可不能让朋友探到半点风声。”乞乞科夫自个儿心里想道,接着他说明,这样的朋友是怎么也找不到的,还说光是告这个状就要破费更多的钱;因为跟法院千万沾不得边,还是敬而远之为妙。不过,他又说,既然普柳什金的确如此窘困,他于心不忍,准备出……可是,这区区小数甚至不值一提。

“可您到底能出多少呢?”普柳什金问道,露出一副贪婪的神色,活像一个犹太人;两只手有如水银般地抖索起来。

“依我看,每个农奴25戈贝。”

“那您怎么个买法,现付吗?”

“对,马上付现钱。”

“不过,老爷子,看我一贫如洗的份上,您就出40戈贝吧。”

“最尊敬的先生,”乞乞科夫说道,“别说40戈贝,就是500卢布我也肯出!我心甘情愿地出,因为我亲眼看见一位可敬的忠厚长者由于心地善良的缘故正在受苦受难。”

“老天在上,正是这样!老天在上,千真万确!”普柳什金说着垂下了头,悲痛欲绝地摇了摇,“都是吃了心地善良的苦啊。”

“您瞧,我一眼就明白了您的品格。那么,我怎么能够要买一个农奴而舍不得500卢布呢,可是……我苦于没有资财;要是再加上5戈贝,那好,我同意,这样每个魂灵就卖到30戈贝啦。”

“哦,老爷子,全凭您的一句话啦,您哪怕再添加两个戈贝吧。”

“好,我再加两个戈贝。您一共有多少逃奴?您好像说过有70个?”

“不。细算下来总共有78个。”

“78,78,每个魂灵30戈贝,那就是……”这时我们的主人公至多考虑了一秒钟便脱口而出:“那就是24卢布16戈贝!”他的算术本领是十分高明的。他立刻要普柳什金写了一张收据,付了钱给他;普柳什金伸出双手接过了钱,那么小心翼翼地往写字台跟前捧去,仿佛捧的是一种液体,每走一步都怕把它泼翻似的。到了写字台旁,他把钱再数看了一遍,然后又是非常小心翼翼地把它们放进一只抽屉里去,钱就注定要被埋在那里,直等到他村里的两位教士,卡尔普神父和波里卡尔普神父,护送他本人入土,叫他的女婿和女儿,可能还有那位硬和他攀亲道故的上尉,高兴得无法形容的那天为止。把钱藏好之后,普柳什金就往圈手椅里坐定,这时他好像再也找不出谈话的资料了。

“怎么,您已经打算走啦?”当他发现乞乞科夫微微一动的时候,说道,而乞乞科夫只是想从口袋里摸出手帕罢了。

这一问提醒了他:的确没有必要再在这儿磨蹭了。“对,我该走了!”说着他拿起了帽子。

“那么茶呢?”

“不了，茶最好还是改日来喝吧。”

“那怎么办，我已经吩咐人烧茶炊去了。说句实话，我本人根本不爱喝茶：喝这玩意儿费钱得很，何况糖又狠命地涨了价。普罗什卡！不用烧茶炊啦！面包干交给玛芙拉，听见没有：叫她放回原来的地方去，不，你还是拿到这儿来，我自己送回去。再会啦，老爷子，愿上帝保佑您，至于信呢，烦劳您转交给厅长啦。对，不妨让他看了，他是我的老朋友。怎么不是呢！我和他原是小学里的同班呀！”

说完，这个怪物，这个缩头缩脑的干瘪老头儿把他送出了前院，客人一走，普柳什金就吩咐把大门立刻锁上，然后到各个储藏室走了一圈，看看那些看守是不是都在各自的岗位上，而他们个个正站在各处的墙犄角边，手里拿着木锹，用一只空桶代替铁板在嘭嘭地敲着。接着他拐进厨房，借口要尝尝底下人伙食的好坏，把麦糊菜汤吃了个够，又把所有的仆人一个不漏地臭骂了一顿，骂他们手脚不干净，品行不规矩，在这之后他方才返回自己的房间。等到只有他一个人的时候，他甚至盘算了一下，他该怎样感谢来客的这种确实无与伦比的慷慨大量才好。“我要送给他一件东西，”他自个儿心里想道，“送给他一只怀表：这可是一只挺好的银表，不比什么镀金的或者青铜的，虽说有点坏了，但他可以给自己修一修；他还是一个年轻人，为了讨未婚妻的喜欢，他需要有只怀表！不，”他思忖了一会儿之后，又对自己说，“我不如写在遗嘱里，等我死了留赠给他，好让他时时刻刻怀念我。”

乞乞科夫坐上了马车，朝返回城里的方向奔去，一路上他异乎寻常地高兴，万万没想到在普柳什金处能碰上这样好的买卖，总共200多个！马车驶进了旅馆，店伙计和彼得留什卡迎了出来。

第七章

第二天乞乞科夫忙于办理契据签订手续，民政厅厅长爽快地答应了他的要求。人们纷纷跑来向他道贺，并打算给他找个新娘成亲，他似乎也有点忘乎所以了。

第八章

乞乞科夫成为百万富翁，并准备带着400名农奴迁移到赫尔松省去，这事轰动了全城。全城的人，尤其是女士们更加真切地爱上了他。在省长家的舞会上，这种狂热达到了最高峰。女士们在他周围形成一个绚烂夺目的花环，这时他却发现省长夫人挽着一个16岁的金发女郎出现了，这不就是在路上遇见的那位姑娘吗？原来她是省长的女儿。乞乞科夫忘记了一切礼仪，尾随那女郎而去，一路上竟撞了好几个人，因而引起了众人的议论。

与此同时，另一件倒霉事出现了。诺兹德廖夫站了出来，大声叫道：久违了！赫尔松的地主！怎么啦？做成不少死人买卖吧？然后便滔滔不绝地讲起来……

然而事情还没有完，当乞乞科夫逃回旅馆后，在城镇的另一头，柯罗博奇卡乘着古怪的马车到了大祭司太太家。自从乞乞科夫到她家去过后，老婆子接连三夜睡不稳觉，她怕受了蒙骗，一定要进城打听打听眼下死魂灵的市价。

第九章

第二天早晨,比通常拜访时间还要早,一位令人喜爱的太太匆匆忙忙赶到检察长太太处,报告大祭司太太传出的故事,不过传闻与事实已有了一段距离。聪明的检察长太太又做了一番乞乞科夫拐骗省长女儿的推测,然后两位太太出门分头去鼓动全城了。情节在一分钟一分钟地扩大和完整。官员们甚觉晦气,因为省里新派来一位总督,如此愚蠢的流言飞语定会带来一连串的检查、训斥、处分。卫生督察甚至怀疑乞乞科夫是总督派来微服私访的官员,于是一传二,二传三,所有的官吏都害怕起来,都在自己身上发现了不少罪过。

第十章

为了弄清乞乞科夫究竟是什么人,官吏们在警察局局长家举行了一次集会。几天来因焦虑不安,所有的人都消瘦了。邮政局长突然大叫起来:他就是戈贝金大尉!于是便讲起了"戈贝金大尉的故事":

戈贝金大尉在 1812 年战役①中丢掉了一条胳膊和一条腿,他几次去彼得堡求见皇上,希望得到一笔抚恤金,结果惹恼了一位代为接见的大臣,下令将他遣回原籍,两个月后他做了一伙拦路强盗的头目。

然而邮政局长忘了,眼前这位戈贝金大尉并不缺胳膊少腿,不过他的话毕竟引发了大家的想象力,什么强盗啦,伪造假钞者啦,拐带省长女儿啦……传闻越来越多,检察长竟因此一命呜呼了。

对所有这一切乞乞科夫一点也不知道,他患了感冒。两三天后他和任何一个病愈的人一样喜气洋洋地出去拜客,这时才发现一切都变了样,他觉得太可怕了,必须赶紧脱身才好。

第十一章

当乞乞科夫确信自己已离开了 NN 城时,他半阖了眼睛,把头靠在皮垫上。现在,总算有机会让我们来谈谈主人公本人了。

他出身贵族,但门第不高。父亲把他送到城里上学时告诉他两条,一是要讨得老师和上级的喜欢,二是要把钱攒下来,有钱能使鬼推磨。以后他再也没见到过父亲,可父亲的告诫已深深地印进他的心灵。

乞乞科夫在学校里没有任何特别的才能,但在处理实际问题方面鬼点子却很多,毕业时还得了"敦品励学"的奖励。父亲去世了,他决定在省城谋一个差事,好不容易进了省税务局。他听说科长府上有个麻脸的"待"嫁姑娘,便立刻发动了进攻,他管科长叫"爸爸",对那麻脸姑娘像未婚妻一样亲热。可是当他靠科长说情,补缺也当了科长后,过去的一切就像根本没发生过一样。不久他又钻进某官府大厦营造委员会当了委员,足足过了五年。突然上司派人来对所有的受贿者予以革职处分。乞乞科夫不得不离开这里。换了两三个职务后,他终于在早已向往的海关谋到一份差事。他以敏锐犀利的眼光在短时间就掐断了走私犯的活路,于是被加官晋级。随即他以要把走私犯一网打尽为理由请调了一支侦缉队归他指挥。一切具备了,他便与一个神通广大

---

① 指 1812 年的俄法战争。

的走私集团相勾结，不久腰包里就有了 40 万卢布。然而事情终又败露了，他被抄了家，好不容易才逃脱了刑事审判。乞乞科夫重新陷入了悲惨的境地，但他身上那股不可思议的热情却没有熄灭。他痛苦过，抱怨过，但他性格中那种百折不挠的力量却使他不能够放弃卷土重来的愿望。

有一次，他在一件代办抵押农庄的事务中得到了启示，趁新的纳税农奴花名册发下之前，把所有死掉的农奴买进来，买一千个，而抵押一个魂灵可以从赈济局拿到 200 卢布，那就是 20 万卢布！眼下正是好机会，不久前发生过传染病，人死得很多，而地主老爷们只管纵酒赌博，田庄无人治理，单是为省交人头税一条，大家也乐意卖。至于没有田产既不能买也不能抵押农奴这条规定，那就只管将"人"迁移出去好啦，赫尔松省的土地白白让人开垦。虽说这事挺冒险，但人长着脑袋就是要干一番事业的。好就好在这事儿在别人看来是不可置信的，谁也不会当真。于是乞乞科夫便开始实行他的计划了。读者所看到的，正是第一批死魂灵的买卖情况。

现在我们的主人公醒来了，他催促谢里方快赶车，那马车便羽毛般地向前飞驶了。……

俄罗斯，你不也就在飞驰，像一辆大胆的、谁也追赶不上的三驾马车一样？在你的脚下，大路扬起尘烟，桥梁隆隆地轰响，所有的一切都被你超过，落在你的身后。旁观者被这上天创造的奇景骇呆了，停下了脚步：这可别是从天而降的一道闪电吧？这样怵目惊心的步伐意味着什么呀？是什么样的魔力潜藏在这人间未曾见过的马儿身上？哦，马儿，马儿，多么神奇的马儿呀！你们的鬣毛里是不是裹着一股旋风？你们的每条血管里是不是都竖着一只灵敏的耳朵？你们一听见来自天上的熟悉的歌声，就立刻同时挺起青铜般的胸脯，蹄子几乎不着地，身子拉成乘风飞扬的长线，整个儿受着神明的鼓舞不住地往前奔驰！……俄罗斯，你究竟飞到哪里去？给一个答复吧。没有答复。只有车铃在发出美妙迷人的叮当声，只有被撕成碎片的空气在呼啸，汇成一阵狂风；大地上所有的一切都在旁边闪过，其他的民族和国家都侧目而视，退避在一边，给她让开道路。

父 与 子

作者伊凡·谢尔盖耶维奇·屠格涅夫(1818—1883)是19世纪俄国重要的现实主义作家。1818年11月9日生于俄国中部的奥寥尔省一个贵族地主家庭。他自幼目睹了母亲专横任性、残酷虐待农奴的情形,对农奴制产生了厌恶情绪。1833年至1837年,屠格涅夫先后在莫斯科大学语文系、彼得堡大学哲学系语文专业学习。1838年至1841年在德国柏林大学攻读哲学和古典文学。回国后于1842年底结识别林斯基。在别林斯基影响下,他加深了对农奴制的认识,形成了现实主义的文学观。

屠格涅夫早在大学时代就以浪漫主义诗歌开始了创作生涯。成名作《猎人笔记》(1847—1852)标志着他完成了向现实主义的转变。这部短篇特写集广泛地描写了俄国中部地区地主和农民的生活,揭示了他们的对立,具有明显的反农奴制倾向。1852年,被《猎人笔记》触怒的沙皇政府借口作家违反禁令发表悼念果戈理的文章,把他拘留了一个月,后遣回原籍接受监视。在拘留所,屠格涅夫又写下了揭露农奴制的中篇小说《木木》。

从1847年起到1860年,屠格涅夫与俄国进步力量的大本营《现代人》杂志合作了十三年。这个时期,是屠格涅夫创作的极盛期。在俄国解放运动的转折时期,他敏感地把注意力集中在探索贵族知识分子和平民知识分子的生活和命运上。1856年和1859年先后发表的长篇小说《罗亭》和《贵族之家》是贵族知识分子"多余人"的挽歌。1860年发表的长篇小说《前夜》预示了平民知识分子必将取代贵族成为解放运动领导力量的历史趋势。1862年发表的长篇小说《父与子》则表现了民主主义对贵族的胜利。然而屠格涅夫的贵族自由主义立场和思想上的局限,又使他在农奴制改革问题上与革命民主主义者存在着根本分歧。他拥护自上而下的改革,不能接受杜勃罗留波夫由《前夜》而引出的革命结论,最终竟导致了与《现代人》杂志公开决裂。

从1863年起屠格涅夫长期侨居巴黎。在农奴制改革后沙皇政府猖狂反动的时期,屠格涅夫的思想发生了危机,创作转入低潮。他对社会斗争感到厌倦,企图遁入艺术和美的世界。在长篇小说《烟》(1867)里,他把社会政治运动比作一团轻烟。19世纪70年代俄国民粹主义运动兴起,屠格涅夫写出了他的最后一部长篇小说《处女地》(1877),他对"到民间去"的革命民粹派的自我牺牲精神表示敬意,但同时又怀疑他们的目的和方法,流露了明显的改良主义倾向。屠格涅夫晚年写了大量散文诗,其中优秀的篇章如《门槛》《俄罗斯语言》等,表现了英雄主义与爱国主义精神。1883年9月3日,屠格涅夫病逝于巴黎,遵照他本人的遗嘱,遗体运回了俄国。

屠格涅夫的艺术风格简洁清新,作品具有抒情性和淡淡的哀愁,写景富于诗意和哲理性。他是一位卓越的语言大师。

《父与子》(1862)是屠格涅夫最著名的长篇小说。它集中描写了农奴制改革前夕子辈的代表、平民知识分子、民主主义者巴扎罗夫同父辈代表、贵族保守派巴威尔之间的矛盾冲突。主人公巴扎罗夫是屠格涅夫着力塑造的平民知识分子"新人"形象,其他重要人物除巴威尔外还有:巴扎罗夫的同学、巴威尔的侄子阿尔卡狄,巴威尔的弟弟、阿尔卡狄的父亲尼可拉,巴扎罗夫爱恋的对象、地主寡妇奥津左娃。其次还有:巴扎罗夫的父亲瓦西里和母亲阿利娜,尼可拉的情人费涅奇卡,阿尔卡狄的情人、奥津左娃的妹妹卡契雅等。

现参照中文译本(巴金译,人民文学出版社1979年版)分章介绍或节选如下。

一

1859 年 5 月 20 日那天,一位年纪不过四十出头的绅士站在某公路上一家客店门口,不时地让听差彼得向路上张望。他叫尼可拉·彼得罗维奇·基尔沙诺夫,他的产业就在离这儿十五俄里的地方,是一片有两百农奴的上好田产,如今他把地分给了农民,创办了田庄。他的父亲是参加过 1812 年战役[①]的将军,哥哥巴威尔也曾是近卫团的军官,而他因为跌坏了一条腿,成了"跛子"。尼可拉 18 岁到彼得堡进大学,1835 年得到学位。此后不久,父母双双去世,他与一个小官的女儿结了婚,辞掉了父亲生前给他在皇室领地管理局谋得的官职,与妻子一起回到乡下过安享幸福的生活。不久他们生了一个儿子,起名叫阿尔卡狄。他们生活得非常快乐、平静,十年的光阴像梦一般的过去了。1847 年尼可拉的妻子去世,他受不了这个打击,在一段相当长的时间里过着疏懒的生活。后来对农事改革发生了兴趣。1855 年他送儿子进了彼得堡的大学,同儿子在一起过了三个冬天,而后回到乡下。此刻,他正站在路上等候儿子像他从前那样得到学位毕业回来。

听到车轮声了,尼可拉高兴得跳起来,一面叫着,一面挥动着两只手跑着迎上去。

二

阿尔卡狄带来了自己的好朋友叶夫盖尼·瓦西里耶夫·巴扎罗夫。这是一个高个子青年,瘦长脸,宽广的前额,上平下尖的鼻子,带绿色的大眼睛,淡茶色的下垂的连鬓胡子;一个安静的微笑使他的脸显得有生气,而且显出他的自信心和聪明来。阿尔卡狄低声对父亲说:请你不要跟他讲礼节,他是个了不起的人,非常朴素——你以后会明白的。不大一会儿,他们分坐两部马车出发了。

三

阿尔卡狄与父亲同乘一部车,一路上,他们谈着往事。父亲小心翼翼、结结巴巴地告诉儿子,他把那个姑娘搬进家里来住了。阿尔卡狄知道那是指费涅奇卡。对这位善良而软弱的父亲,他心里充满了一种带宽大意味的爱,他甚至为自己思想的进步和解放而大为得意。

进入自己家的领地了,阿尔卡狄眺望着四周的景物,眼前的一切给人的印象都不是充裕和勤劳。他思索着:不能够这样下去,改革是绝对必须的……可是怎样实行改革呢?又从什么地方开头呢?

一刻钟后,两部马车停在一所新的木头宅子前,这便是玛利因诺,又叫"新邨",农民给它起了一个绰号:"穷庄"。

四

阿尔卡狄的伯父巴威尔走进了客厅,他大约四十五岁,中等身材,穿一套深色的英国式衣服。脸上还留着当年那惊人之美的痕迹,那一对明亮漆黑的椭圆形眼睛尤其美。他的整个外貌,除贵族的高傲和优雅之外,还保留着青春的和谐,以及一般过了二十岁的人所少有的那种超脱世俗的

① 指俄国抵御拿破仑入侵的战役。

憧憬。他先行欧洲式的握手礼，然后又照俄国规矩同侄儿亲了三下。对巴扎罗夫，他只是稍微弯了一下他的柔软的身子。

晚饭桌上大家很少讲话，尤其是巴扎罗夫，几乎什么话也没说。直到晚上，在阿尔卡狄的卧室里，他才谈起了自己的印象。他看不惯巴威尔，称他是一个古董；尼可拉是个好人，但他浪费时间去读诗，是个"上了年纪的浪漫派"。

五一六

第二天，巴扎罗夫比谁起得都早，他走遍了花园的小径，又看了牛棚和马房，然后就和两个家仆的孩子到一里外的小水塘捉青蛙去了。

早茶时，阿尔卡狄向父亲和伯父介绍了巴扎罗夫的情况。说他父亲过去是一个军医，现在在离这儿八十里的地方有一个小小的田庄。巴扎罗夫打这儿经过，是去看他父母的。他在学校学的是自然科学，明年还要去考医生。又说巴扎罗夫是一个虚无主义者，一个用批评的眼光去看一切的人。巴威尔立刻意识到：这跟我们旧派不是一道的。正在这时，巴扎罗夫回来了，手上提了一个袋子，里面装着准备做实验用的青蛙。巴威尔耸了耸肩头，说：他不相信原则，却相信青蛙。然而连他自己也感到，这俏皮话是失败的。

巴扎罗夫坐下来喝茶，巴威尔与他谈起自然科学、文学和一般的社会法则。尽管巴扎罗夫除了表明自己"否定一切"的态度外，并不想和他争辩下去，但是巴威尔的贵族气质已受不了这个医生儿子的粗鲁。末了尼可拉把巴威尔带走了，阿尔卡狄也觉得巴扎罗夫对伯父太不客气了。

七

阿尔卡狄向朋友讲起了伯父的故事。巴威尔在获得军官头衔后曾有过光辉的前程，但就在这时，他在彼得堡交际场中被一位P公爵夫人迷住了。在爱情上常操胜券的他，这一次也同样很快达到了目的，但P公爵夫人的灵魂始终是一个谜。后来这位夫人对他冷淡下来，去了国外。他辞去军职一直追到国外，大约过了四年，失败而归，从此四处飘荡，度过了十年无色彩、无结果的岁月。P公爵夫人病死在巴黎的消息传来后，他不再去回忆，一年半后来到乡下弟弟家，不曾离开过。阿尔卡狄很同情伯父的不幸，但是巴扎罗夫却认为一个把一生押在"女人的爱"的牌上进行赌博的人只不过是个雄性生物。

八

巴威尔在他兄弟与总管讲话时，悄悄地去敲费涅奇卡的房门，说要托人进城买绿茶，可他又久久不走。尼可拉来了，他皱了皱眉，很快离去了。

费涅奇卡很早就没有了父亲，三年前她十七岁时跟随被请来作女管家的母亲来到这里，不幸母亲又病故了，剩下她孤零零的一个人。她年轻、纯洁、秀丽，后来就被尼可拉……

巴威尔回到自己的书房，坐倒在沙发上，脸上带着绝望的神情。

九

就在这同一天，巴扎罗夫也跟费涅奇卡认识了。他喜欢费涅奇卡的美和不太害羞的神情。

十

大约过了两个星期的光景。玛利因诺的生活还是跟往常一样，阿尔卡狄整天闲着、玩着，巴扎罗夫认真地工作。宅子里每个人都跟巴扎罗夫熟了，他们也习惯了他那随便不羁的态度和他那简短的、不连贯的谈话。费涅奇卡尤其同他熟，因此有一个晚上她居然差人去叫醒他：米奇亚得了惊风症。他去了，还是像平日那样，一边说着笑语一边打呵欠，在她那儿过了两个钟点，把孩子治好了。在另一方面，巴威尔·彼得罗维奇却用全副心灵来恨巴扎罗夫，他认为巴扎罗夫是一个傲慢、无礼、爱挖苦人的平民；他疑心巴扎罗夫并不尊敬他，而且还有点儿轻视他——他，巴威尔·基尔沙诺夫！尼可拉·彼得罗维奇也有点儿害怕这个年轻的"虚无主义者"，并且还担心他给阿尔卡狄的影响究竟是不是好的；可是他很喜欢听他讲话，并且高兴去看他做物理的和化学的实验。巴扎罗夫带来一架显微镜，他一用显微镜，就是几个钟点。佣人们也喜欢他，虽然他常常拿他们开玩笑；他们觉得他究竟不是一个主人，却是他们的同类。杜尼雅霞常常要对他傻笑，她"像一只鹌鹑似的"跑过他身边的时候，还带着深意地偷偷看他。彼得是一个极端自负而又愚蠢的人，他永远皱着眉头，他全部的长处便是他外表很有礼貌，他还能够一个字一个字地拼出音来念书报，并且很勤快地刷他自己的衣服——就是他，只要巴扎罗夫注意到他，他也立刻满脸堆笑，露出喜色来。家仆的小孩们简直像小狗一样地跟在这个"医生"后面跑。卜罗科非奇老人是唯一不喜欢他的人；他每回给他上菜，总要露出不高兴的神气，他叫他做"屠户"和"骗子"，还说他脸上长着络腮胡子，看起来倒像灌木丛中一口猪。卜罗科非奇，就他自己说，是有着巴威尔·彼得罗维奇一样多的贵族气味的。

一年里的最好的日子来了，这就是六月初旬。天气非常好，固然，远地方正闹着霍乱症，可是那一省的居民对于它的光临已经习惯了。巴扎罗夫起得非常早，出去走两三里，并不是去散步（他受不了那种毫无目的的散步），却是去采集草和昆虫的标本。有时候他约了阿尔卡狄同去。在回家的路上他们常常发生争论，虽然阿尔卡狄话说得更多，可是往往是他失败。

有一天他们在外面耽搁得太久了，尼可拉·彼得罗维奇到花园里去找他们，他走到凉亭前面，忽然听见两个年轻人的急促的脚步声和讲话声。他们在凉亭的那一面走着，不能够看见他。

"你还不够了解我父亲。"阿尔卡狄说。

尼可拉·彼得罗维奇便藏起来。

"你父亲是个好人，"巴扎罗夫说，"可是他落后了，他的日子已经过去了。"

尼可拉·彼得罗维奇注意地听着……阿尔卡狄并没有回答。

这个"落后的人"静静不动地站了两分钟，才慢慢走回家去。

"前天我看见他在念普希金的诗，"巴扎罗夫继续往下说，"请你去对他讲，那是没有一点儿实际的用处的。你知道他不是一个小孩儿：他应该把这种废物扔掉。在我们这个时代作一个浪漫派有什么意思！给他一点儿有用的东西去念吧。"

"我应该拿什么给他念呢？"阿尔卡狄问道。

"我想开头还是念毕黑纳尔的 *Stoff und Kraft*[①] 吧。"

---

① 德语：《物质与力》。——原注。毕黑纳尔（1824—1899），德国的生理学家，自然科学知识的普及者。《物质与力》在1855年出版发行，主张唯物论与无神论，在当时的俄国青年中间很流行。

"我也这样想,"阿尔卡狄同意地说,"*Stoff und Kraft* 是用通俗的文字写的……"

"看起来你我,"这天吃过午饭以后,尼可拉·彼得罗维奇坐在书房里对他的哥哥说,"都是落后的人了,我们的日子已经过去了。唉!唉。也许巴扎罗夫是对的。不过我承认有一件事情叫我伤心:我很盼望,尤其是现在,能够同阿尔卡狄多亲近些,可是事实上,我却留在后面,他已经走到前面去了,我们不能够彼此了解了。"

"他怎么走到前面去了呢?他在哪一方面超过了我们这么多呢?"巴威尔·彼得罗维奇不耐烦地问道,"全是那个虚无主义者先生给他塞进脑子里去的。我讨厌那个学医的家伙。据我看来,他不过是一个走江湖的郎中;我相信,不管他解剖了多少青蛙,他对物理学也不会懂多少。"

"不,哥哥,你不应当这么说,巴扎罗夫不但聪明,而且博学。"

"他自大得叫人讨厌。"巴威尔·彼得罗维奇打岔说。

"是的,"尼可拉·彼得罗维奇说,"他是自大的。不过这好像也是免不掉的,这倒是我不明白的了。我从前还以为我总是尽力不落在时代后面:我安顿了农民,设立了一个农庄,因此全省的人都叫我做赤色分子;我读书,研究,我竭力在种种方面适应时代的要求——可是他们还说我的日子过去了。哥哥,我现在也开始相信我的日子真的过去了。"

"为什么这样?"

"我现在告诉你为了什么。今天早晨我坐着在念普希金的诗……我记得我正读到《茨冈》[1]……突然,阿尔卡狄走到我身边来,一句话也不说,脸上露出亲切的、怜悯的表情,他好像对待小孩儿一样,轻轻地把我那本书拿开,另外放了一本书在我面前——一本德文书……他对我笑了笑,就走开了,把那本普希金的诗也带走了。"

"真有这回事!他给你的是什么书呢?"

"它在这儿。"

尼可拉·彼得罗维奇从大衣的后面口袋里拿出那本第九版的毕黑纳尔的名著。

巴威尔·彼得罗维奇接过来翻了一翻。"哼,"他哼了一声,"阿尔卡狄·尼可拉叶维奇倒关心着你的教育呢。好,你到底念过它没有?"

"是的,我试了一下。"

"好,你觉得它怎样?"

"要不是我太笨,那么这本书就全是——废话。我想,一定是我笨。"

"是不是你的德文全忘了呢?"巴威尔·彼得罗维奇问道。

"啊,德文我是懂的。"

巴威尔·彼得罗维奇把这本书又翻了一忽儿,还偷偷地看他的兄弟。两个人都不做声。

"哦,还有,"尼可拉·彼得罗维奇开口说,他显然想改换话题,"我收到柯利雅津的一封信。"

"玛特维·伊里奇么?"

"是的。他是来——这一省调查的。他现在是一个阔人了。他信上说,因为是亲戚,他很想跟我们见见面,他请你、我同阿尔卡狄一块儿到城里去。"

"你去吗?"巴威尔·彼得罗维奇问道。

"我不去,你呢?"

---

① 《茨冈》:普希金的长诗。

“不,我也不去。跑五十里路去吃点心也太费事。Mathieu① 不过想显显威风、摆摆阔,去他的!自然会有全省的人奉承他,我们不去也没有什么关系。枢密顾问官②官阶倒也不小,要是我当时一直在军界服务,一直干这种傻事,现在我也应当作侍从将军了。可是如今呢,你我都是落后的人了。”

“是的,哥哥。看来我们已经到了要定做一口棺材,把两只手交叉地放在胸口的时候了。”尼可拉·彼得罗维奇叹一口气说。

“啊,我却不这么容易地投降,”巴威尔·彼得罗维奇喃喃地说,“我看得很清楚,我要跟那个学医的家伙打一仗。”

果然在这天傍晚喝茶的时候,就打了仗。这天巴威尔·彼得罗维奇走进客厅,他就已经准备好作战了,他很生气并且很坚决。他只等着找到一个口实就向敌人进攻,可是等了好久都没有找到。巴扎罗夫照例在“老基尔沙诺夫”(他这样地称那两弟兄)面前不多讲话,那晚上他心里不痛快,只是一杯一杯地喝着茶,不说一句话。巴威尔·彼得罗维奇实在等得发火了,最后他的愿望毕竟实现了。

他们的话题转到了附近的一个地主身上。“没出息的,下流贵族。”巴扎罗夫随便地说,他在彼得堡遇见过那个人。

“请问您一句,”巴威尔·彼得罗维奇说,他的嘴唇在打颤,“照您看来,‘没出息的’和‘贵族’是一样的意思么?”

“我说的是下流贵族。”巴扎罗夫答道,懒洋洋地咽了一口茶。

“正是这样,先生,不过我觉得您对贵族也是和对所谓下流贵族一样看待的。我认为我应当告诉您,我并不赞成您这个意见。我敢说,凡是认识我的人都知道我是一个具有自由思想而且拥护进步的人;可是就因为这个缘故,我尊敬贵族——真正的贵族。请您留神记住,亲爱的先生(巴扎罗夫听见这几个字便抬起眼睛望着巴威尔·彼得罗维奇),请您留神记住,”他狠狠地再说了一遍,“我尊敬英国的贵族。他们对自己的权利一点儿也不肯放弃,因此他们也尊重别人的权利;他们要求别人对他们尽应尽的义务,因此他们也尽自己应尽的义务。英国的自由是贵族阶级给它的,也是由贵族阶级来维持的。”

“这个调子我们不知道听过多少回了,”巴扎罗夫答道,“可是您打算用这个来证明什么呢?”

“我打算用这么个来证明,亲爱的先生,(巴威尔·彼得罗维奇动气的时候,他就故意在“这个”中间添插进一个音,念成“这么个”,虽然他明知道这种用法是不合文法的。这种时髦的怪癖可以看作亚历山大一世③时代遗留下来的一种习惯。当时那班纨袴子弟很少讲本国话,偶尔讲了几句,就随意胡乱拼字,不是说这么个就是说这夥个,好像在说:“自然我们是道地的俄国人,我们同时还是上等人物,用不着去管那些学究们定的规则。”)我是打算用这么个来证明:没有个人尊严的意识,没有自尊心——这两种情感在贵族中间极其发达——那么社会……bien public④……社会组织便没有强固的基础了。亲爱的先生,个性——那是很重要的东西;一个人的个性应该像岩石一

① 玛特维的法语念法。

② 枢密顾问官:帝俄时代的三等文官。

③ 亚历山大一世(1777—1825):1801 至 1825 年的俄国沙皇。

④ 法语:社会的福利。——原注。

样坚固,因为所有的东西都建筑在它上面。譬如,我很知道您觉得我的习惯、我的装束、我的整洁都是很可笑的;可是这都是从一种自尊心,从一种责任心——是的,先生,的确,先生,责任心——出来的。我现在住在乡下,住在偏僻的地方,可是我不会降低我自己的身份。我尊重我自己的人的尊严。"

"那么让我问您一句,巴威尔·彼得罗维奇,"巴扎罗夫说,"您尊重您自己,您只是袖手坐在这儿;请问这对于 bien public 有什么用处?倘使您不尊重您自己,您不也是这样坐着吗?"

巴威尔·彼得罗维奇的脸色马上变白了。"那是另外一个问题。我现在绝对用不着向您解释我为什么像您所说的袖手坐在这儿。我只打算告诉您,贵族制度是一个原则,在我们这个时代里头只有不道德的或是没有头脑的人才能够不要原则地过日子。阿尔卡狄回家的第二天,我就对他讲过那样的话,现在我再对您讲一遍。尼可拉,是不是这样的?"

尼可拉·彼得罗维奇点了点头。

"贵族制度,自由主义,进步,原则,"巴扎罗夫在这个时候说,"只要您想一想,这么一堆外国的……没用的字眼!对一个俄国人,它们一点儿用处也没有。"

"那么,在您看来对俄国人什么才是有用的呢?倘使照您的说法,我们就是在人类以外,人类的法则以外了。可是历史的逻辑要求着……"

"可是逻辑对我们有什么用呢?我们没有它也是一样地过日子。"

"您这是什么意思?"

"就是这个意思。您肚子饿的时候,我想,您用不着逻辑来帮忙您把一块面包放进嘴里去吧。这些抽象的字眼对我们有什么用处?"

巴威尔·彼得罗维奇摇着他的两只手。

"您这倒叫我不明白了。您侮辱了俄国人。我实在不明白一个人怎么能够不承认原则、法则!是什么东西在指导您的行动呢?"

"大伯,我已经对您讲过我们不承认任何的权威。"阿尔卡狄插嘴道。

"凡是我们认为有用的事情,我们就依据它行动,"巴扎罗夫说,"目前最有用的事就是否认——我们便否认。"

"否认一切吗?"

"否认一切。"

"怎么,不仅艺术和诗……可是连……说起来太可怕了……"

"一切。"巴扎罗夫非常镇静地再说了一遍。

巴威尔·彼得罗维奇睁大眼睛望着他,他没有料到这个。阿尔卡狄欢喜得红了脸。

"请让我来讲两句,"尼可拉·彼得罗维奇说,"您否认一切,或者说得更正确一点,您破坏一切……可是您知道,同时也应该建设呢。"

"那不是我们的事情了……我们应该先把地面打扫干净。"

"目前人民的状况正要求这个,"阿尔卡狄庄严地说,"我们应当实现这类要求,我们没有权利只顾满足个人的利己心。"

巴扎罗夫显然不高兴这最后的一句;这句话带了一点儿哲学气味,就是说浪漫主义的气味,因为巴扎罗夫把哲学也叫做浪漫主义,不过他觉得用不着去纠正他那个年轻的门徒。

"不,不,"巴威尔·彼得罗维奇突然用劲地说,"我不相信你们这些先生们真正认识俄国人民；我不相信你们就能够代表他们的需要，他们的热望！不，俄国人民并不是像你们所想象的那样。他们把传统看作神圣不可侵犯的；他们是喜欢保持古风的；他们没有信仰便不能够生活……"

"我并不要反驳这一点，"巴扎罗夫插嘴说，"我甚至准备承认在这一点上您是对的。"

"那么倘使我是对的……"

"可是还是一样，什么都不曾证明。"

"正是什么都不曾证明。"阿尔卡狄跟着重说一遍，他充满着自信，就像一个有经验的棋手，他早已料到对手要走一着看起来很厉害的棋，因此一点儿也不惊慌。

"怎么还是什么都不曾证明呢？"巴威尔·彼得罗维奇喃喃地说，他倒奇怪起来了，"那么，您要反对自己的人民吗？"

"我们就反对了又怎样？"巴扎罗夫突然嚷起来，"人民不是相信打雷的时候便是先知伊里亚驾着车在天空跑过吗？那么怎样呢？我们应该同意他们吗？而且，他们是俄国人；难道我不也是一个俄国人吗？"

"不，您刚才说了那一番话以后，您就不是一个俄国人！我不能承认您是一个俄国人。"

"我祖父耕田，"巴扎罗夫非常骄傲地说，"您随便去问一个您这儿的农民，看我们——您同我——两个人中间，他更愿意承认哪一个是他的同胞。您连怎样跟他们讲话都不知道。"

"可是您一面跟他们讲话，一面又轻视他们。"

"为什么不可以呢，倘使他们应当受人轻视的话！您专在我的观点上挑错，可是谁告诉您，我的观点是偶然得来的，而不是您所拥护的民族精神本身的产物呢？"

"什么话！虚无主义者太有用了！"

"他们有用或者没用，并不是该我们来决定的。就是您也觉得自己并非一个没有用的人吧。"

"先生们，先生们，请不要攻击个人。"尼可拉·彼得罗维奇一面叫着，就站起身来。

巴威尔·彼得罗维奇微微一笑，把手按住他弟弟的肩头，叫他仍旧坐下。

"不要着急，"他说，"我不会忘掉自己的身份，正因为我有着我们这位先生，这位医生先生，挖苦得不留余地的自尊心。"他又转过头来对巴扎罗夫说："请问一句，您也许以为您的学说是新发明的吧？您这种想法是大错特错。您主张的唯物主义已经流行过不止一次了，总是证明出来理由欠充足……"

"又是一个外国名词！"巴扎罗夫打岔道。他有点儿动怒了，他的脸色变成青铜，而且带着粗暴的颜色。"第一，我们并不宣传什么；那不是我们的习惯……"

"那么你们又干些什么呢？"

"我就要告诉您我们干些什么。前不久，我们常常讲我们的官吏受贿，我们没有公路，没有商业，没有公平的法庭……"

"哦，我明白了，你们是'控诉派'①——我想，就是这种称呼吧。你们的控诉里头有许多我也同意，可是……"

"后来我们也明白发议论，对我们的烂疮只空发议论，这是毫无用处的，它只会把人引到浅

① 亚历山大二世（1818—1881）统治（1855—1881）的初期对参加当时一种文学运动的人的称呼。

薄和保守主义上面去;我们看见我们的聪明人,那些所谓进步分子和'控诉派'不中用;我们整天忙着干一些无聊事情,我们白费时间谈论某种艺术啦,无意识的创造啦,议会制度啦,辩护律师制度啦,和鬼知道的什么啦。可是事实上需要解决的问题却是我们每天的面包;我们让极愚蠢的迷信闷得透不过气;我们的股份公司处处失败,只因为没有够多的诚实的人去经营;我们的政府目前正在准备的解放①,也不见得会有什么好处,因为农民情愿连自己的钱也搜刮去送给酒店,换得醺醺大醉。"

"是的,"巴威尔·彼得罗维奇插嘴说,"是的,你们相信了这一切,你们便决定不去切实地做任何事情了。"

"决定不做任何事情。"巴扎罗夫板起脸跟着说了一遍。

他因为无缘无故地对这位绅士讲了那么多的话,忽然跟自己生起气来。

"可是只限于谩骂?"

"只限于谩骂。"

"这就叫做虚无主义?"

"就叫做虚无主义。"巴扎罗夫又跟着重说一遍,这次特别不客气。

巴威尔·彼得罗维奇略略眯起眼睛。

"原来是这样!"他用一种异常镇静的声音说,"虚无主义是来医治我们的一切痛苦的,而且你们是我们的救主,我们的英雄,可是你们为什么责骂别人呢,连'控诉派'也要责骂呢?你们不是也跟所有别的人一样只会空谈吗?"

"不管我们有多少短处,我们却没有这个毛病。"巴扎罗夫咬着牙齿说。

"那么又怎样呢?请问,你们在行动吗?或者你们是在准备着行动吗?"

巴扎罗夫不回答。巴威尔·彼得罗维奇的身子微微颤抖了一下,可是他立刻控制了自己。

"哼!行动,破坏……"他继续说,"可是你们连为什么要破坏都不明白又怎样去破坏呢?"

"我们要破坏,因为我们是一种力量。"阿尔卡狄说。

巴威尔·彼得罗维奇看看他的侄子,不觉笑了起来。

"力量是不负任何责任的。"阿尔卡狄挺起身子说。

"可怜的人!"巴威尔·彼得罗维奇大声叫道,他不能再控制自己了。"你会不会想到你们用你们这种庸俗的论调在俄国维持些什么东西!不,连一个天使也忍耐不下去了!力量!在野蛮的加尔梅克人②中间,在蒙古人中间,也有力量;可是这跟我们有什么关系呢?对我们可宝贵的,是文明;是的,先生,是的,先生,亲爱的先生,文明的果实对我们是可宝贵的。不要对我讲那些果实毫无价值:便是最不行的画匠,un barbouilleur③,或者一晚上只得五个戈比④的奏跳舞音乐的乐师,他们也比你们更有用,因为他们所代表的是文明,不是野蛮的蒙古力量,你们自以为是进步人物,可是你们却只配住在加尔梅克人的帐篷里头!力量!你们这些有力量的先生,请记住你们不过是四个半人,别的人数目却有千百万,他们不会让你们去践踏他们的最神圣的信仰,他们倒要把你们踩得粉碎!"

---

① 指1861年的农奴解放。

② 加尔梅克人:西伯利亚的游牧民族。

③ 法语:画匠。

④ 俄国货币单位,一卢布的百分之一。

“他们要踩就让他们踩吧，”巴扎罗夫说，“可是您的估计并不对。我们人数并不像您所说的那样少。”

“什么？您真以为你们可以应付全体人民吗？”

“您知道整个莫斯科城还是给一个戈比的蜡烛烧掉的。”[①]巴扎罗夫答道。

“是的，是的。第一是差不多撒旦一样的骄傲，其次是嘲笑——就靠了这个来引动年轻人，来征服一般小孩子的毫无经验的心！现在就有一个坐在您身边，他简直要崇拜您了。您欣赏欣赏他吧！（阿尔卡狄掉过脸去，皱起眉头来。）这种传染病已经传播得很广了。我听说我们的画家在罗马从来不进梵蒂冈[②]去。他们把拉斐尔[③]差不多看作一个傻瓜，就因为，据说，他是一个权威；可是他们自己却又没出息，连什么也画不出来；他们的幻想老是出不了《泉边少女》这一类画的圈子！而且连少女也画得不像样。照您看来，他们是出色的人物吧，是不是？”

“照我看来，”巴扎罗夫答道，“拉斐尔本来就不值一个钱，他们比他也好不了什么。”

“好！好！听着，阿尔卡狄……现在的年轻人就应该这么讲的！想想，他们怎么不跟着您跑呢！在从前年轻人都不能不念书：他们不愿意让人家叫做粗野的人，因此不管他们喜欢不喜欢，他们都不得不好好地用功。可是现在，他们只要说：‘世界上的一切都是狗屁！’就成功了。一般年轻人都高兴极了。说老实话，他们先前本来是笨蛋，现在一转眼的工夫就变成虚无主义者了。”

“您自己那么夸口的自尊心已经动摇了。”巴扎罗夫冷静地说，阿尔卡狄却气得厉害，眼睛发火了。“我们的辩论扯得太远了；我想，还是停止的好。我想，”他说着，便站起来，“只要您能够在我们现在的生活里面，在家庭生活或社会生活里面，找出一个不需要完全地、彻底地否定的制度，到那时候我再来赞成您的意见。”

“像这样的制度，我可以举出几百万来，”巴威尔·彼得罗维奇嚷道，“几百万！就譬如公社[④]。”

一个冷笑使得巴扎罗夫弯起嘴唇来。

“好，说到公社，”他说，“您最好还是跟令弟去讲吧。我想他到现在应该看明白，公社究竟是怎样一回事了——它那连环保啦，它那戒酒运动啦，还有别的这一类的事情。”

“那么就拿家庭来说吧，我们农民中间的家庭！”巴威尔·彼得罗维奇大声说。

“这个问题，我想您还是不要太详细分析的好。您没听说过扒灰的公公吗？巴威尔·彼得罗维奇，您听我的劝告，花两天的工夫去想一想吧；您马上好像不会想出什么来的。请您把我们俄国的每个阶级，一个一个的仔仔细细地研究一番，同时我和阿尔卡狄两个要……”

“去嘲笑一切事情。”巴威尔·彼得罗维奇打岔地说。

“不，我们去解剖青蛙。阿尔卡狄，我们走吧；先生们，一忽儿再见。”

两个朋友走了。弟兄两人留在这儿，他们起初只是默默地对望着。

“这就是我们现在的年轻人！”巴威尔·彼得罗维奇终于开口说，“我们的下一代——他们原来是这样。”

---

① 指1812年拿破仑侵略俄国，俄国人焚烧莫斯科的事。

② 梵蒂冈：罗马教皇所在地，在罗马，内有图书馆、博物院，收藏的书画等都很名贵。

③ 拉斐尔（1483—1520）：意大利画家，文艺复兴时期三大画家之一。

④ 俄国的一种乡村自治组织。它的基础是土地共有。

"我们的下一代!"尼可拉·彼得罗维奇跟着重说一遍,闷闷地叹了一口气。在他们辩论的时候,他一直觉得就像坐在热炭上面似的,他一声也不响,只是偷偷地用痛苦的眼光看阿尔卡狄。"哥哥,你知道我现在记起了什么吗?我有一回跟我们的亡故的母亲争论一件事;她发了脾气,直嚷,不肯听我的话。最后我对她说:'自然你不能了解我;我们是不同的两代人。'她气得很厉害,可是我却想道:'这有什么办法呢?丸药是苦的,可是她必须吞进肚子里去。'你瞧,现在是轮到我们了,我们的下一代人可以对我们说:'你不是我们这一代人,吞你的丸药去吧。'"

"你真是太大量,太谦虚了,"巴威尔·彼得罗维奇答道,"相反的,我却相信你我都比这班年轻的先生们更有理,虽然我们口里讲着旧式的话,已经 Vieille①,而且我们不像他们那样狂妄自大。……现在的年轻人多傲慢!你随便问一个年轻人:'你喝红酒还是白酒?'他便板起脸用低沉的声音答道:'我素来喝红的!'好像那一刻全世界的眼光都集中在他一个人身上似的……"

"您还要不要茶?"费涅奇卡从门外探头进来问道。她听见客厅里还有争论的声音,便不能决定要不要进来。

"不要了,你叫人把茶炊拿走吧。"尼可拉·彼得罗维奇答道,一面站起来招呼她。巴威尔·彼得罗维奇突然对他讲了一句"bon soir②",便回到自己的书房里去了。

十一

半点钟后,尼可拉走进花园中他心爱的凉亭,心中充满了忧郁。他第一次看清楚自己跟儿子中间的距离,预料到这距离会一天天地增加。他并不认为青年人是对的,但又觉得他们有些思想是老一代所没有的、强的东西。悒郁和烦忧竟使他流下了眼泪。

十二—十五

经巴扎罗夫建议,阿尔卡狄同意去省城拜见邀请父亲的阔亲戚玛特维,于是两人便出发了。在省城,他们认识了省长,几天后又应邀参加了省长家的舞会。舞会上,阿尔卡狄结识了美丽、端庄、聪慧的奥津左娃夫人,还向她详细地介绍了自己的朋友巴扎罗夫的情况。临末,奥津左娃表示很想见见这位有胆量对什么都不相信的人。

安娜·谢尔盖叶夫娜·奥津左娃很早失去母亲,父亲是著名的美男子、投机家和赌徒,在彼得堡和莫斯科足足出了十五年风头,结果把财产输光了,搬到乡下后不久便死去了,剩下二十岁的安娜和十二岁的卡捷琳娜。后来安娜嫁给了四十六岁的大富翁奥津左夫,六年后丈夫死去,全部财产留给了她。如今她仍住在离省城四十里的尼可尔斯可耶村,很少进城。

巴扎罗夫与阿尔卡狄去旅馆拜会奥津左娃,他们谈得十分投机。临末,奥津左娃邀请他俩去家里作客。

十六—十九

三天后,两位朋友果然来到奥津左娃的尼可尔斯可耶,这里的一切都安排得很有秩序,干干净净。奥津左娃把自己的妹妹卡契雅介绍给阿尔卡狄,自己则经常单独与巴扎罗夫在一起。她

① 法语:老了。

② 法语:晚安。——原注。

喜欢巴扎罗夫不向女人献殷勤，还有那么多的犀利的见解，她在他身上看见了一种她从未见过的新东西，而她又是一个好奇的女人。

不知不觉两个星期过去了，奥津左娃显然对巴扎罗夫发生了浓厚的兴趣，巴扎罗夫也开始露出一种从来不曾有过的烦躁不安；好像有一种不可抗拒的渴望在推动他似的。阿尔卡狄呢，则断定自己爱上了奥津左娃，渐渐地沉落在一种静静的忧郁里，不过这反而促成他与卡契雅做朋友，在那里寻找安慰和快乐。

尽管巴扎罗夫对自己的这种感情感到痛苦和愤怒，但是当奥津左娃一再追问他内心里发生了什么变化时，他还是忍不住说了出来：我像一个傻瓜，像一个疯子那样地爱着您……接着他用一种要把人吞下去的眼光望了望她，突然抓起她的两只手，把她拉到胸前。奥津左娃并未马上挣脱他的搂抱，可是过了一忽儿，便远远地站到一个角落里，惊惶地低声说道：您误会我的意思了。

第二天，巴扎罗夫告辞，回父母那儿去，阿尔卡狄请求带他一起走。

二十—二十一

巴扎罗夫带着朋友回到了阔别三年的家乡，他的年老的父母高兴得不得了。父亲瓦西里·伊凡诺维奇只有六间小屋子，二十二个农奴的田产还是属于妻子的，但他认为对于一个有思想的人来说，没有一个地方是荒凉偏僻的。他把土地分给农民，只要收成的一半。他赞成卢梭，主张自己劳动维持生活，业余时间还免费给穷人看病。母亲阿利娜是一个真正的俄国古时候的大家妇女，她笃信宗教，多疑善虑。老两口对儿子充满了崇拜和爱。

两天过后，巴扎罗夫发现他的父母一步也不离开他，他爱他们，但他无法工作，烦透了。第三天早晨他就出发到阿尔卡狄家去了，父母为此非常伤心，家里充满了忧郁、沮丧的气氛。

二十二

玛利因诺所有的人看见两个年轻人回来都非常高兴。尼可拉同他们一起谈了好久。这一阵子他的处境不好，田庄上的麻烦一天比一天多。巴扎罗夫不管这些，第二天便开始继续做他的研究工作。阿尔卡狄觉得自己应该帮助父亲，但他脑子里全是尼可尔斯可耶，不到十天，就找借口到那里去了。

二十三

一天早晨七点钟，巴扎罗夫散步回来，在丁香凉亭里遇见费涅奇卡，她正在整理刚刚摘下来的蔷薇花。巴扎罗夫喜欢和她谈话，费涅奇卡也信任他，不怕他，因为他没有贵族气派，她在他面前感到毫不拘束。巴扎罗夫坐在她旁边，向她要了一朵红蔷薇，并趁势亲吻了她，费涅奇卡吃了一惊。突然丁香后面发出一声干咳，巴威尔出现了，带着一种包含恶意的忧郁的表情说“你们在这儿”，便走开了。费涅奇卡收起花束责备了巴扎罗夫一句也走了。巴扎罗夫记起了最近的另一个情景，他一边觉得惭愧，一边又感到傲慢的遗憾。

二十四

两个多小时以后，巴威尔去敲巴扎罗夫的房门。

“请原谅我打扰您的科学研究，”他说，就在靠窗口的一把椅子上坐下来，两只手撑住一根精致的带象牙柄的手杖（他出门的时候通常是不带手杖的），“可是我不得不要求您给我五分钟的时间……不会再多的。”

“我的全部时间都听凭您支配。”巴扎罗夫说，他看见巴威尔·彼得罗维奇跨进门槛，脸色马上有了一点儿改变。

“我只要五分钟就够了。我有一个问题要向您请教。”

“一个问题？关于什么的？”

“请您听我讲吧。您初到我弟弟家来住的时候，我还没有放弃跟您谈话的快乐，我领教过了您对于许多问题的意见；可是我回想起来，您不论跟我讲话，或者在我面前讲话，都没有提到打架和一般的决斗的问题。现在请问您对这个问题有什么意见？”

巴扎罗夫先前站起来迎接巴威尔·彼得罗维奇，现在就在桌子边上坐下了，交叉着两只胳膊。

“我的意见是这样，”他说，“从理论上讲起来决斗是很荒谬的；可是从实际上讲起来——那又是另外一回事了。”

“那么要是我没有听错的话，您是在说，不管您在理论上对决斗的意见怎样，在实际上您受了别人的侮辱一定不肯白白地放过了？”

“您完全猜准我的意思了。”

“很好，先生。我听见您这样说心里很高兴。您的话可叫我免掉疑惑了。”

“您是想说，免掉踌躇吧。”

“这都是一样的，先生；我只要讲得让别人了解就成了；我……不是神学院里的耗子[1]。您的话替我省掉了一桩不愉快的手续。我决定了要跟您决斗。”

巴扎罗夫睁大了他的眼睛。

“跟我？”

“的确是跟您。”

“为着什么？请允许我问一句。”

“我可以对您说明理由，”巴威尔·彼得罗维奇说，“可是我觉得还是不说的好。据我看来，您在这儿简直是多余的，我忍受不了您，我看不起您，要是您还觉得不够……”

巴威尔·彼得罗维奇的眼睛发亮了。……巴扎罗夫的眼睛也在闪闪地发光。

“很好，先生，”他同意说，“用不着再解说了。您倒忽然异想天开，要在我身上试试您那骑士精神来了。我本来可以不给您这种愉快的，不过——就照您的意思办吧！”

“我很感谢您，”巴威尔·彼得罗维奇答道，“那么我可以盼望您接受我的挑战，用不着我采取激烈的手段了。”

“那就是，直截了当地说，用这根手杖吗？”巴扎罗夫冷静地说，“这是很对的。您用不着再侮辱我了。老实说，那种办法对您也不是很安全的。您可以保留您那‘尖头曼’[2]的面子。……我也像一个‘尖头曼’似的接受您的挑战。”

---

① 意思是：我不是钻在故纸堆里咬文嚼字的。

② 英语 gentleman（绅士）的译音。

"那就很好了，"巴威尔·彼得罗维奇说，便把他的手杖放在角落里。"我们再简单地谈一谈我们的决斗的条件；可是我倒想先知道，您是不是以为我们应该正式吵一次架，作为我挑战的借口呢？"

"不，最好不要什么形式。"

"我也这样想。我还以为我们不必去找我们这次冲突的真正原因。我们彼此不能相容。这还不够吗？"

"真的，这还不够吗？"巴扎罗夫讥讽地跟着他说。

"至于决斗的条件，我们只好不要公证人——因为我们到哪儿去找公证人呢？"

"一点儿也不错，我们到哪儿去找公证人呢？"

"那么请容许我向您提出下面一个办法：决斗在明天大清早举行，就定在六点钟吧，地点在林子后面，武器是手枪，距离定为十步……"

"十步吗？好吧；我们在这样一个距离，是可以你恨我，我恨你的。"

"那么八步也可以。"巴威尔·彼得罗维奇说。

"可以的，怎么不可以呢？"

"每人放两枪；而且为了预防万一起见，每个人的袋子里先放好一封信，说是自寻短见。"

"这一点我不大赞成，"巴扎罗夫说，"这未免带了一点儿法国小说的气味，有点儿不像是真的了。"

"也许是的。不过您一定同意，犯了杀人的嫌疑也不是一件愉快的事情。"

"那我同意了。可是也还有一个办法可以避免这种罪名。我们不要公证人。不过我们可以找到一个见证人。"

"请问找谁呢？"

"那么找彼得吧。"

"哪一个彼得？"

"您弟弟的听差。他是一个站在现代文明的高峰的人，他会'郭米尔浮'①尽他在这种场合中应尽的职责。"

"我想您是在开玩笑了，亲爱的先生。"

"一点儿也不。您要是把我这个提议仔细想一想，您就会相信这是很合理的，而且很平常的。袋子里藏不住锥子②；不过我得负责把彼得准备妥当，好带他上战场去。"

"您还是在开玩笑，"巴威尔·彼得罗维奇说，就从他坐的椅子上站起来。"不过承您很客气地答应了我的要求，我也没有权利再向您要求什么了……这样一切都讲定了。……啊，也许您没有手枪吧？"

"我怎么会有手枪呢，巴威尔·彼得罗维奇？我又不是军人。"

"那么我把我的借给您用。您可以相信我已经有五年没有用过手枪了。"

"这倒是个叫人放心的消息。"

巴威尔·彼得罗维奇拿起他的手杖来……

---

① 即法语 comme il faut，意思是"适当地"。巴扎罗夫故意用俄国腔把它念了出来。

② 俄谚，意思是不能把事情长久隐瞒起来。

“现在,我亲爱的先生;现在我只有对您表示谢意,再没有别的了;我不再打扰您的工作了。请允许我向您告辞吧。”

“到明天我们有幸运碰头的时候再见吧,我亲爱的先生。”巴扎罗夫说,他把他的客人送到了门口。

巴威尔·彼得罗维奇走出去了,可是巴扎罗夫还在门前站了一忽儿,他忽然嚷起来:“呸,好吧,见鬼!多漂亮,多傻!我们演了多出色的喜剧!就跟训练过的狗用后腿站着跳舞一样,可是要拒绝也不行;唔,我相信他会打我的,那么……(巴扎罗夫想到这儿脸都变白了,他的骄傲一下子都引起来了)那么我就会掐死他,就像掐死一只小猫一样。”他回去看他的显微镜,可是他的心跳得厉害,而且从事观察的时候所必须有的平静的心境已经失去了。“他今天看见我们了,”他想道,“可是他真的是在帮忙他的弟弟吗?接个吻——也不是什么大不了的事情。一定还有别的缘故。呸!说不定他自己也爱上她了?一定的,他爱上她了;这是很明显的事情。想起来多么复杂!……真糟!”他最后断定说:“不管你怎样看法,总之很糟。第一,要把问题摊开,而且无论如何得走开;还有阿尔卡狄……同那只瓢虫尼可拉·彼得罗维奇。这事情很糟,非常之糟。”

这一天过得特别静,特别沉郁。世界上好像就没有费涅奇卡这个人似的,她同洞里的老鼠一样整天守住她的小屋子。尼可拉·彼得罗维奇带着一种焦虑的神气。他刚刚听见人说他的麦子生了黑穗病,他对他的麦子本来抱着极大的希望。巴威尔·彼得罗维奇的那种冷冰冰的礼貌把每个人,连卜罗科非奇在内,都吓坏了。巴扎罗夫给他父亲写信,却又把信笺撕掉,丢在桌子下面。“要是我死了,”他想道,“他们会知道的,不过我并不会死。不,我还要在这个世界上好好地活一阵子呢。”他吩咐彼得第二天天一亮就到他的屋子里来办一件重要事情。彼得还以为他要把他带到彼得堡去。巴扎罗夫睡得很迟,整夜做着乱梦……在这些梦里奥津左娃老是在他面前转来转去,她同时又是他的母亲,她后面还跟着一只生黑髭须的小猫,这只小猫却是费涅奇卡;然后巴威尔·彼得罗维奇又变做一座大树林出现了,可是他仍然不得不跟他决斗。彼得在四点钟就来把他叫醒,他马上穿好衣服同彼得一块儿出去了。

这是一个可爱的、清凉的早晨。浅蓝明净的天空里飘起鱼鳞似的彩色小云片,晶莹的露珠撒满在草茎和树叶上面,蜘蛛网上沾了露水,银子似的闪闪发光;润湿的黑土上仿佛还留着玫瑰色的晨曦的余痕;百灵的歌声漫天地撒下来。巴扎罗夫到了树林那儿,就在林边树荫里坐下来,这个时候才把他要彼得做的事情跟彼得讲明白了。这个文明的当差吓得不得了;可是巴扎罗夫安慰他说,并不要他做别的事,他只要站在远处望着他们就成了,并且他也不需要负任何责任。“同时,”巴扎罗夫又说,“你想一想你扮的是多重要的角色!”彼得摊开两只手,埋下头,身子靠在一棵桦树上,吓得脸都发青了。

从玛利因诺来的路是绕着这座树林的;路上铺了一层薄薄的尘土,昨天以来还不曾有车轮或者脚步踏过。巴扎罗夫不由自主地顺着这条路望去,他摘了一片草放在口里嚼着,一面不停地对自己说:“多么傻!”清晨的寒气使他打了两三次冷噤……彼得垂头丧气地望着他,可是巴扎罗夫只是微微笑着,他并不害怕。

路上响起了一阵马蹄声……一个农民从树背后转了出来。他赶着两匹拴在一块儿的马,他走过巴扎罗夫面前的时候,有点儿奇怪地望了望他,并没有谄媚地摘下帽子,这又叫彼得不安了,他认为这是一个不吉的预兆。“还有一个也起得很早的人,”巴扎罗夫想道,“可是他至少是起来工作的,而我们呢?……”

“好像大老爷来了，先生。”彼得忽然低声说。

巴扎罗夫抬起头，看见了巴威尔·彼得罗维奇。他穿一件薄的方格子上衣，配一条雪白的裤子，急急地顺着路走过来；他胳肢底下挟了一个用绿布包着的匣子。

“对不起，我想你们等了好久了。”他说，先向巴扎罗夫鞠了一个躬，然后又向彼得鞠一个躬，他认为彼得此刻带有几分公证人的性质，所以也向彼得行礼。“我不愿意弄醒我的听差。”

“没有关系，先生，”巴扎罗夫答道，“我们也是刚刚到的。”

“啊！那就更好了！”巴威尔·彼得罗维奇朝四下望了望，“这儿看不见一个人，没有人来妨碍我们。……我们可以动手吧？”

“我们动手吧。”

“我想你不要什么新的解释吧？”

“不，我不要。”

“您高兴装子弹吗？”巴威尔·彼得罗维奇问道，他从匣子里取出手枪来。

“不，您装吧，我来量步数。我的腿要长些，”巴扎罗夫带笑地说，“一，二，三……”

“叶夫盖尼·瓦西里以奇，”彼得吃力地结结巴巴地说（他像发寒热似的浑身在打颤），“随便您怎么说，我要走开了。”

“四……五……走开，小兄弟，走开；你还可以躲在一棵树后面，塞住你的耳朵，只是不要把眼睛闭上就成了；倘使谁倒下了，你就跑去扶他起来。六……七……八……”巴扎罗夫站住了。“够了吗？”他转身向巴威尔·彼得罗维奇问道，“要不要我再加两步？”

“随您办吧。”巴威尔·彼得罗维奇答道，他把第二颗子弹也塞进了。

“好吧，我们就再加两步，”巴扎罗夫用他的靴尖在地上划了一道线，“这儿就是界线。啊，我们每个人要从这道界线往后退多少步呢？这也是一个重要的问题。这一点昨天并没有讨论过。”

“我想，十步吧，”巴威尔·彼得罗维奇答道，他把两支手枪都递给巴扎罗夫。“您肯费神挑一支吗？”

“我肯费神的。可是，巴威尔·彼得罗维奇，您得承认我们的决斗真是古怪到了可笑的程度了。您只要看看我们的公证人的脸色。”

“您老是爱开玩笑，”巴威尔·彼得罗维奇答道，“我并不否认我们这次的决斗是古怪的，可是我认为应当警告您，我是准备认真跟您交手的。A bon entendeur, salut![①]”

“啊！我们两个都下了决心要消灭对方才罢手，这一点我并不怀疑；可是为什么不要笑笑，把 utile dulci[②] 联在一起呢？您对我讲法国话，我就对您讲拉丁文。”

“我是在认真地跟您交手。”巴威尔·彼得罗维奇又说了一遍，就走到他的位置上去了。巴扎罗夫也从界线起数了十步，站住了。

“您好了吗？”巴威尔·彼得罗维奇问道。

“好了。”

“我们可以彼此走近了。”

---

① 法语：对会听话的人不用多说！——原注。

② 拉丁文：有用同愉快。——原注。

巴扎罗夫慢慢地往前走,巴威尔·彼得罗维奇把左手插在裤袋里也向着他走来,渐渐地举起了枪口。……“他瞄准我的鼻子,”巴扎罗夫想道,“他多么注意地眯起眼睛,这个流氓!这种感觉可不舒服。我来望他的表链吧。”有什么东西嘶的一声在他耳边擦了过去,同时响起了枪声。“我听见了,可见并不要紧。”这个思想在巴扎罗夫的脑子里闪了一下。他再走一步,并不瞄准,就扳了枪机。

巴威尔·彼得罗维奇微微抖了一下,用手按住他的大腿。顺着他的白裤子流下一股血来。

巴扎罗夫丢下手枪,跑到他的对手身边。

“您伤了吗?”他说。

“您有权叫我回到界线上去,”巴威尔·彼得罗维奇说,“伤是不要紧的。照我们的规定,我们每人还可以再放一枪。”

“好吧,可是,对不起,下一次来吧。”巴扎罗夫答道。他连忙扶住巴威尔·彼得罗维奇,这位先生的脸色渐渐变成惨白了。“现在,我不是一个参加决斗的人,我是一个医生,我得先验一验您的伤。彼得!到这儿来,彼得!你躲到哪儿去了?”

“全是废话。……我用不着别人帮忙,”巴威尔·彼得罗维奇慢吞吞地小声说,“我们应当……再……”他要拉他的小胡子,可是他的手不听他的指挥了,眼睛模糊了,他失去了知觉。

“这倒是桩新事情,他昏过去了!又该怎么办!”巴扎罗夫不由自主地大声说,他一面把巴威尔·彼得罗维奇放到草地上。“来看看伤口怎样吧。”他掏出一方手帕,揩去血迹,摸了摸伤口的四周。……“没有碰到骨头,”他从牙齿缝里说,“枪弹进去不深,一条筋,vastus externus① 擦伤了。不到三个星期他就可以跳舞了。……可是他昏过去了!啊,这些神经质的人!真是,多嫩的皮肤!”

“他给杀死了吗,先生?”彼得的颤抖的声音在他背后响了起来。

巴扎罗夫回头去看。

“快去拿点儿水来,小兄弟,他还要比你我活得久呢。”

可是这个改良的听差似乎不懂他的话,他动也不动一下。巴威尔·彼得罗维奇慢慢地睁开了眼睛。“他要死了!”彼得低声说,他在自己的胸口上划起十字来。

“您说得不错,……多傻的一副脸相!”受伤的“尖头曼”勉强露出微笑说。

“去拿水去,笨蛋!”巴扎罗夫叫道。

“不用。……这是一种短时的 vertige②。请帮忙我坐起来……这就好了。……现在只消用什么东西把伤口包扎起来,我可以走回家去,不然您可以替我叫一辆出租马车来。要是您同意的话,我们的决斗也用不着再来了。您做得很光明、豪爽……我是说今天,今天——请注意。”

“过去的事情用不着再提了,”巴扎罗夫答道,“说到将来呢,您也用不着操心,因为我打算马上就走了。现在等我来给您把腿包扎好;您的伤势并不重,可是最好要止住血。不过我还得先把这个家伙弄醒转来才成。”

巴扎罗夫抓住彼得的领子,要他去叫一辆马车来。

“当心不要惊动我弟弟,”巴威尔·彼得罗维奇对他说,“不要去对他讲什么。”

---

① 拉丁文:股外巨筋。

② 法语:头晕。——原注。

彼得飞跑去了。他跑去叫马车的时候,这两个仇人就坐在地上,一句话也不讲。巴威尔·彼得罗维奇努力不去看巴扎罗夫;他无论如何不肯跟巴扎罗夫和解;他为他的高傲、为他的失败害羞,为他自己一手造成的整个事件害羞,虽然他心里想这样的结束是再好没有的了。“至少,他不会待在这儿讨嫌了,”他拿这种想法安慰自己,“这一点倒是我应该感谢的。”他们一直沉默着,这是一种痛苦的、烦恼的沉默。他们两个人心里都不痛快。每个人都明白对方看透了他的心。这种感觉在朋友中间是愉快的,在仇人中间却是不愉快的了,尤其是在这个时候他们既不能解释明白,又不能彼此分开。

“我没有把您的腿绑得太紧吧?”巴扎罗夫最后问道。

“不,一点儿也不;非常好,”巴威尔·彼得罗维奇答道。过了一忽儿他又说:“我弟弟是瞒不过的;我们得告诉他,我们是为了政治问题吵起来的。”

“很好,”巴扎罗夫说,“您可以说我把所有的亲英派全痛骂了。”

“那好极了。您想,那个人会以为我们在干什么呢?”巴威尔·彼得罗维奇指着旁边一个农民继续说。那个人在决斗前几分钟赶着两匹拴在一块儿的马走过巴扎罗夫面前,这时候他又打原路走回来,他望见了“老爷们”便摘下帽子,往一边走开了。

“谁知道!”巴扎罗夫答道,“倒好像他什么都不想似的。俄国农民是个神秘的未知数,拉德克立甫夫人[①]已经讲得很多了。谁能够了解他!他连他自己都不了解。”

“啊!您又来了!”巴威尔·彼得罗维奇说,他突然嚷了起来:“您瞧您那个傻瓜彼得干的好事!我弟弟现在坐车赶来了!”

巴扎罗夫掉过头来,正看见坐在马车上的尼可拉·彼得罗维奇的惨白的脸。他不等车停就跳下车来,跑到他哥哥的面前。

“这是怎么一回事?”他带着激动的声音说,“叶夫盖尼·瓦西里以奇,请告诉我,什么事情?”

“没有什么,”巴威尔·彼得罗维奇答道,“他们用不着惊动你的。我跟巴扎罗夫先生有过一番小小的争论,我受到了一点儿惩罚。”

“可是这究竟是为了什么呢?看在上帝面上告诉我吧!”

“我怎么跟你讲好呢?巴扎罗夫先生讲起罗伯特·皮尔爵士[②]的时候,态度很不恭敬。我得赶快声明一句,这全是我一个人的错,巴扎罗夫先生的举动很光明。是我向他挑战的。”

“哎哟,你一身都是血!”

“那么你以为我血管里流的是水吗?不过这样流一点儿血对我倒也有好处。医生,您说对不对?搀我上马车去,不要只管愁闷。我明天就会完全好了。就是这样,很好。走吧,车夫。”

尼可拉·彼得罗维奇跟在马车后面,巴扎罗夫正打算待在后面……

“我得请您照应我哥哥,”尼可拉·彼得罗维奇对他说,“等到我们从城里请了医生来的时候。”

巴扎罗夫默默地点了点头。

过了一小时,巴威尔·彼得罗维奇已经躺在床上了,他的腿包扎得很妥帖。全家的人都给惊

---

① 安·拉德克立甫(1764—1823):英国女小说家。她的小说在俄国流行过一个时候,大都是带着幻想的恐怖和神秘的性质的。

② 皮尔爵士(1788—1850):美国政治家,保守党的领袖。

动了，费涅奇卡很不好过。尼可拉·彼得罗维奇不声不响地扭自己的手，可是巴威尔·彼得罗维奇却在笑，讲笑话，特别跟巴扎罗夫开玩笑。他穿一件细麻布衬衣，罩上一件很漂亮的短晨衣，头上戴了一顶土耳其毡帽，他不许人拉下窗帘，他用诙谐的口吻抱怨那种不许他吃东西的办法。

到了傍晚他就发起热来，头也痛了。城里的医生也来了。（尼可拉·彼得罗维奇没有依他哥哥的话，真的，连巴扎罗夫也劝他不要听从；巴扎罗夫在自己的屋子里坐了一整天，脸色黄黄的，带着一脸的怒容，他去看病人的时候总是竭力不多耽搁；他碰见费涅奇卡两次，可是她害怕地避开了。）新来的医生主张进一点儿清凉饮料；不过他也赞成巴扎罗夫的意见，说是并没有危险。尼可拉·彼得罗维奇对医生说，他的哥哥不小心地打伤了自己，医生的回答只是一个"哼！"字，可是就在这个时候他接到了二十五个银卢布，便又说："是这样吗！啊，这样的事的确时常发生的。"

这晚上宅子里没有一个人上床睡觉，也没有一个人脱衣服。尼可拉·彼得罗维奇不断地踮起脚到他哥哥的屋子里去，又踮起脚走出来；他的哥哥迷迷糊糊地睡着，轻轻地在呻吟，对他用法语说，"couchez - vous①"，并且要水喝。有一回尼可拉·彼得罗维奇差费涅奇卡送了一杯柠檬水来；巴威尔·彼得罗维奇注意地望着她，把一杯水都喝光了，连一滴也不剩。第二天天刚亮的时候他的热度稍微高了一点儿，他还讲起胡话来，巴威尔·彼得罗维奇起初说了些不连贯的话，后来他忽然睁大眼睛，看见他弟弟站在床前，俯下身子焦虑地望着他，他便说：

"尼可拉，你是不是觉得费涅奇卡有点儿像奈利吗？"

"哪一个奈利，巴沙②？"

"你怎么还要问？P公爵夫人。尤其是上半边脸。C'est de lameme famille。③"

尼可拉·彼得罗维奇没有回答，可是他暗暗地惊奇一个人的旧情会这样地深长。

"这下子我明白了。"他想道。

"啊，我多么爱这个没有头脑的东西！"巴威尔·彼得罗维奇把双手放在脑袋后面呻吟地说，"我不能够让随便一个胆大妄为的人去挨……"过了几分钟他又轻轻地说。

尼可拉·彼得罗维奇只是叹气，他一点儿也没有疑心这些话指的是谁。

第二天早晨八点钟巴扎罗夫来见尼可拉·彼得罗维奇。他已经收拾好行李，并且把他的青蛙、昆虫、鸟儿全放走了。

"您是来告别的吗？"尼可拉·彼得罗维奇站起来迎着他说。

"是的，先生。"

"我了解您，我完全赞成您。自然我那可怜的哥哥是不对的，他已经受了罚了。他自己对我说是他逼着您那样做。我相信您没有办法避免这次决斗，那是，……那大半是由于你们两位平日的见解老是冲突的缘故。（尼可拉·彼得罗维奇讲得连他自己也有点儿糊涂了。）我哥哥是一个旧式的人，脾气躁，又顽固。……谢谢上帝，事情就这样地了结了。我已经布置好了，不让这件事情声张出去。……"

"我把我的地址留给您，万一发生什么问题……"巴扎罗夫随随便便地说。

---

① 法语：您睡吧。——原注。

② 巴威尔的爱称。

③ 法语：这是一家的人。——原注。

“我希望不会发生什么问题,叶夫盖尼·瓦西里以奇……我很抱歉,您在我家里作客会得着这么的……这么一个结局。更使我痛苦的是阿尔卡狄……”

“我想,我会见到他的,”巴扎罗夫答道,他素来只要听到“解释”“抱歉”一类的话就觉得不耐烦。“要是我见不到他的话,我求您代我问候他,并且让我道歉吧。”

“我也求您……”尼可拉·彼得罗维奇一面答礼一面说。可是巴扎罗夫不等他讲完这句话,就转身走了。

巴威尔·彼得罗维奇听说巴扎罗夫要走了,他表示他想跟巴扎罗夫见一次面,握一握手。可是就在这个时候巴扎罗夫还是像冰一样的冷冷的,他知道巴威尔·彼得罗维奇想表示自己的大量。他没有能够向费涅奇卡告别:他只是隔着窗子跟她对望了一眼。他觉得她的脸色很不好看。“她说不定给毁掉了,”他暗暗地想道,“不过她总会捱过去的!”彼得心里很难过,他居然俯在巴扎罗夫的肩头哭了,直到巴扎罗夫问他:他的眼睛是不是水做的,才把他阻止了。杜尼雅霞不得不跑到林子里去,免得在人前哭出来。那个引起这一切悲痛的人坐上了一辆大车,抽着一支雪茄,大车走完了三里,到了转弯的地方,基尔沙诺夫的田庄同它的新宅子像一根线似的最后一次出现在他的眼前,他只吐了一口唾液,喃喃地骂了一句:“可恶的小绅士!”他用外衣把身子裹得更紧了。

巴威尔不久就好起来了。一天,尼可拉来看哥哥,巴威尔劝弟弟丢开虚荣心,跟费涅奇卡结婚。他暗自决定永远离开这里。他的头静静地放在雪白的枕头上,好像一个死人的头。他的确是一个死人了。

二十五—二十六

在尼可尔斯可耶,阿尔卡狄愉快地同卡契雅在一起,他发生了很大变化,照卡契雅的话说,摆脱了巴扎罗夫的影响。就在这时,巴扎罗夫突然来了,他直截了当地向阿尔卡狄讲了决斗的事。奥津左娃来请巴扎罗夫,她向他认错,希望他忘了过去的事,请巴扎罗夫继续留下来。但巴扎罗夫回答说:我觉得我已经在不是我自己的圈子里耽搁得太久了,我要回到自己原来的环境中去。

阿尔卡狄经过认真思索,决定向卡契雅提出求婚。巴扎罗夫知道他和阿尔卡狄该是永别的时候了,于是明确地对他说:你不宜过我们这种痛苦的、清寒的、孤单的生活。你没有锐气,没有愤恨,……你是个很好的人,不过你是一个软软的、自由派的少爷。你们不肯去战斗,而我们却要压倒别的人!阿尔卡狄跑过去抱住他从前的导师和朋友的脖子,泪水涌了出来。不过正像巴扎罗夫说的,这天晚上他跟卡契雅谈话时,就完全把导师忘了。

二十七

巴扎罗夫又回到了父母那里,他说要在家工作整整六个星期。年老的双亲这次不再打扰他了。可是几天后,巴扎罗夫工作的热情消退了,苦恼的厌倦和沉闷的烦躁缠绕着他。他开始找人谈话,在菜园里来回走着,父母为此很是担忧。后来,他终于给自己找到了工作——帮父亲给人治病。这事使父亲高兴极了,心里充满了骄傲,因为儿子的郁闷终于过去了。

一天,巴扎罗夫跑来找父亲要硝酸银,原来他在解剖一个伤寒病人尸体时,把手割破了,但现在已超过了四小时,感染的可能性是很大的。瓦西里一下子慌了神,他接连两天没有睡觉,观察儿子，儿子生气地把他赶了出来，到第三天中午，巴扎罗夫的病情恶化了——他吃不下东西，还有点发寒颤，躺下去就再也没有起来。天刚亮，瓦西里就差人去请医生。这时巴扎罗夫突然翻过身来，挽起衬衫的袖子，给他父亲看他的胳膊上发出来的那些显示着凶兆的红斑点，然后声音嘶哑地说：老爸爸，我的情形很糟，一切传染的征候都有了，脓毒血症。……过几天你就得埋葬我。瓦西里连站都站不稳了，好像什么人在他的腿上打了一拳似的。巴扎罗夫请求父亲差人送信给奥津左娃，报告他将死去的消息。

巴扎罗夫的病情一小时一小时地加重了，夜里高烧使他非常痛苦。第二天上午奥津左娃带着一位德国医生来了。

半小时以后，安娜·谢尔盖叶夫娜由瓦西里·伊凡诺维奇陪着，走进书房里来。医生已经暗暗地告诉她：病人没有好的希望了。

她望了巴扎罗夫一眼……就在房门口站住了，她看见那张发红的、同时又带死气的脸同那对盯着她的失神的眼睛，不禁大吃一惊。她只觉得害怕，是一种冰冷的、难堪的害怕；她马上想道，要是她真的爱过他的话，她一定不会有这样的感觉。

“谢谢您，”巴扎罗夫用力地说，“我没有料到这个。这是慈善的行为。现在我们又见面了，正如您所答应的。”

“安娜·谢尔盖叶夫娜太好了……”瓦西里·伊凡诺维奇说。

“父亲，请你出去一忽儿。安娜·谢尔盖叶夫娜，您允许吗？好像，现在……”

他把头动一下，指点着他那睡倒的无力的身体。

瓦西里·伊凡诺维奇走出去了。

“好，谢谢您，”巴扎罗夫又说了一遍，“这是皇族的派头。据说沙皇也要去看垂死的人。”

“叶夫盖尼·瓦西里以奇，我希望……”

“啊，安娜·谢尔盖叶夫娜，让我们说实话吧。我是完结了。我掉在车轮下面了。所以显然也用不着想到将来了。死是一种古老的玩笑，可是它对每个人都是很新鲜的。一直到现在我还是不害怕……不过我就要失掉知觉了，那么一切都完了！（他没有力气地摇摇他的手）。啊，我应当对您讲什么呢？……说我爱过您吧！那句话以前就没有意思，现在更没有意思了。爱是一种形体，我自己的形体已经坏了。我不如说，你生得多么动人！您现在站在这儿，这么美……”

安娜·谢尔盖叶夫娜不由自主地打了一个哆嗦。

“不要紧，不用担心……在那儿坐下吧。……不要靠近我：我的病是传染的。”

安娜·谢尔盖叶夫娜很快地穿过屋子走了过来，坐在巴扎罗夫躺的长沙发附近的一把扶手椅上。

“高贵的心肠！”他低声说，“啊，多么近，又是多么年轻，鲜艳，纯洁……在这间不干净的屋子里！……好，永别了！祝您长寿，这是比什么都好的事情，趁着您还年轻的时候，好好地利用您的时间。您瞧，这是一个多么难看的景象，虫子给压得半死了，可是它还在蠕动。您瞧，我也想过：我还要办好那么多的事情，我不要死。为什么我要死呢？我还有使命，因为我是一个巨人！现在这个巨人的全部使命就是：怎样才死得体面，虽然在旁人看来这是没有关系的。……不管怎样：我是不会摇尾乞怜的。”

巴扎罗夫闭了嘴，伸手去摸他的杯子。安娜·谢尔盖叶夫娜拿了一点儿水给他喝，却并不取下她的手套,而且胆怯地不敢多吸一口气。

"您会忘掉我的,"他又说,"死人不是活人的朋友。我父亲会对您说,俄国要失掉一个怎样的人了。……那是废话,不过请您不要打破老年人的幻想。您知道……无论用什么玩具哄小孩都行。[①] ……还请您安慰安慰我母亲。像他们那样的人在你们的上流社会里就是白天点起火去找也找不到。……俄国需要我。……不,明明是不需要我。那么谁又是俄国需要的呢?鞋匠是需要的,裁缝是需要的,屠户……卖肉……屠户……等一下,我有点儿糊涂了……那儿有一座树林……"

巴扎罗夫把他的手按在额上。

安娜·谢尔盖叶夫娜俯下身去挨近他。

"叶夫盖尼·伊凡诺维奇,我在这儿……"

他马上拿开手,撑起半个身子来。

"永别了,"他突然用力说,他的眼睛射出最后的光,"永别了。……请听着……我那个时候没有亲您。……吹一下快尽了的灯,让它灭了吧……"

安娜·谢尔盖叶夫娜把嘴唇挨了挨他的前额。

"够了!"他说,头落回到枕上去了,"现在……黑暗……"

安娜·谢尔盖叶夫娜轻轻地走了出去。

"怎样?"瓦西里·伊凡诺维奇低声问道。

"他睡着了。"她用了几乎听不见的声音回答。

巴扎罗夫就没有再醒过。快到傍晚时候他完全失去了知觉,第二天他就死了。两位老人一齐跪倒在地上,他们并排埋着脑袋,就像正午时候的一对羔羊。

二十八

六个月过去了。白色的冬天到了。阿尔卡狄与父亲同时举行了婚礼。巴威尔离开了他们。安娜·谢尔盖叶夫娜出于聪明嫁给了一位俄国未来的政治家。

在俄国一个偏僻的角落里,在一个小小的乡村公墓中间,有一座四周围着铁栏的坟墓,两边种了两棵小云杉。叶夫盖尼·巴扎罗夫就埋在这里。附近的小村里常常有一对衰老的夫妇前来上坟,他们互相搀扶着,跪在地上伤心地哭上好久。那坟上的花向我们叙说着永久的安息和无穷的生命。

① 俄谚:"只要小孩不哭,玩什么都好。"

罪与罚

作者费多尔·米哈依洛维奇·陀思妥耶夫斯基(1821—1881),是著名的俄国作家。他第一个把市民题材带入俄国文学。他的精神世界和文学作品内涵有极大的复杂性和矛盾性,对俄国和世界文学有重大影响,在文学史上占有特殊地位。

陀思妥耶夫斯基的文学活动,主要集中在19世纪40年代到70年代这段时间。这正是俄国社会经历着历史剧变的年代。作家关注的主要是这个年代的平民的生活。

作家发表的第一部长篇小说是《穷人》(1845),书中表现的是“小人物”的主题。《穷人》里的杰符什金是维林(普希金《驿站长》)、阿卡基·阿卡基耶维奇(果戈理《外套》)一类的人物。他比后二者的视野更宽大、内心更丰富,却比他们更软弱。

陀思妥耶夫斯基的思想和艺术特征在他的第二部小说《二重人格》(1846)里有了较为明显的体现。书中的高略德金具有双重人格。作家主要是从人物性格本身探讨高略德金的精神矛盾,对促成人物性格的社会条件则多所忽视。与此同时,作品在艺术上的荒诞性多有表现。

在60年代以后,由于他在此前蒙受被逮捕、判刑、服苦役、充军等苦难,又加疾病折磨,更由于他小资产者的软弱性,他的思想终于发展到与俄国革命民主派格格不入的地步。这一切都不同程度地反映在他60年代以后的《被侮辱和被损害的》(1861)、《死屋手记》(1861—1862)、《地下室手记》(1864)、《罪与罚》(1866)、《白痴》(1868)、《群魔》(1871—1872)和《卡拉玛佐夫兄弟》(1879—1880)等作品中。

《罪与罚》是陀思妥耶夫斯基的主要代表作品。这部作品的题材、主题、人物形象、艺术风格和艺术手法都体现着作家创作的一般特征。作家写作这部作品的动因至少有以下几点:1. 1861年农奴制改革后俄国犯罪现象严重,引人注目;2. 作家在服苦役和充军过程中,对于犯罪问题有深透的了解;3. 这一题材便于作家展示自己的救世主张。

《罪与罚》中的主要人物是拉斯柯尔尼科夫和索尼雅。他们体现着改造现实的两条不同的道路。前者体现的是暴力革命道路,后者体现的是宗教救世的方法。作家否定的是前者,而肯定的则是后者。自然,这里的暴力革命仅仅是作家对暴力革命的一种曲解。《罪与罚》的结尾,有一段关于拉斯柯尔尼科夫梦境的记叙,那里有作家对革命、革命暴力、革命者和革命的起因及结局的更加荒诞的理解和描写。

现参照中文译本(岳麟译,上海译文出版社1979年版)分章介绍或节选如下。

第一章

一—二

拉斯柯尔尼科夫从自己的斗室里走出来。他面目俊秀,有一对漂亮的乌黑的眼睛,一头深褐色的头发,中等以上身材,胖瘦适中,体格匀称。但是他一贫如洗,衣衫褴褛,性格孤僻。社会的不平使他愤怒,他鄙视一切。他怀着杂乱的心绪走进酒馆儿,在这里结识了九等文官马尔美拉陀夫。这个人已50开外,中等身材,体格结实,头发已斑白,头顶上秃了很大的一块,由于经常喝酒,脸浮肿而且发黄,甚至有点发绿,脸皮微肿,那对细小的眼睛炯炯放光。脸是照官吏的样式修的,有一种官僚的气魄。他对拉斯柯尔尼科夫和其他酒友们诉说了自己穷苦的处境。他因酗酒而失业了。他的独生女儿索尼雅为养活一家而领了黄执照,做了妓女。他喝得大醉,是拉斯柯尔尼科夫把他送回家去的。

三—四

拉斯柯尔尼科夫一夜睡得不安宁,第二天很迟才起来,但是睡眠并没有使他恢复精神。

娜斯塔西雅给他拿来了他母亲给他的信。他独自一人读着母亲的信。信中说,他的妹妹杜尼雅在她任教的人家受主人斯维德里加依洛夫的性骚扰和女主人的误解,弄得满城风雨,一度使她们母女名誉扫地,后来又奇迹般地得到洗白。杜尼雅反而因她高尚的品行而备受敬重,使得七等文官、45岁的卢仁,前去求婚。杜尼雅经过长时间的内心苦斗,为了哥哥的前途,表示愿意嫁给卢仁。母亲在信中还说,马上要给他寄上25至30卢布,并说她们不久要到彼得堡来,一家人就要相聚了。拉斯柯尔尼科夫流着眼泪读完了妈妈的来信。母亲的来信使他痛苦极了。因为事情很清楚:妹妹杜尼雅为了自己,甚至为了救自己的性命,都不会同意卖身;而为了哥哥,为了母亲,她决心出卖一切,不惜牺牲生命!可是,妈妈怎么可以为了自己的长子而牺牲自己这样的一个好女儿呢!呵,妈妈太偏心啦!妹妹嫁给了卢仁,她的处境跟索尼雅又有什么不同呢?索尼雅是为了活命,杜尼雅到底还是为了贪图一家的享乐!他在心里说:我不要杜尼雅的牺牲!妈妈,我不要!只要我还活着,这门亲事就不会成功!

五—六

拉斯柯尔尼科夫本想去找老同学拉祖米兴,托他给自己找点教书的工作。后来他中途变卦,躺在草地上呼呼地睡了。他做了一个噩梦,梦见一匹又矮又瘦的、黄毛黑鬃的驽马,套在车上。车上坐着一群喝得大醉的乡下人。开始时,赶车的小伙子用鞭子抽打它,要驱赶它拉着车飞跑。再后来,几个人同时用鞭子抽打它。再后来,是用辕木、棍棒、铁棒打它,终于把它给打死了。拉斯柯尔尼科夫醒了,浑身汗水淋漓,身子簌簌地抖,像一片树叶一样。

他走过干草市的时候,无意中听人说,放高利贷的老太婆的妹妹丽扎韦塔明晚七点整不在家里。那时,他企图谋害的老太婆将独个儿待在家中。他想:千载难逢的好机会呵!

一个半月前,拉斯柯尔尼科夫把一个金戒指押给了老太婆。在回家的路上他进了一个茶馆儿。在茶馆里,一个大学生说老太婆缺德。他说:我真想杀死这个该死的老太婆,抢走她的钱。她对大家有害。把她杀死,拿走她的钱,为的是往后利用她的钱来为全人类服务,为大众谋福利。死一个人,活百条命,这就是算学。她不过像只虱子或蟑螂罢了。拉斯柯尔尼科夫听了大学生的议论,心里异常激动。他的头脑里刚才就有过同样的思想。他下定决心,杀死老太婆。他怀着恐惧的心情,谋划着如何行动,并准备了斧头。

七

拉斯柯尔尼科夫骗开了老太婆的门,冲进屋里,用颤抖的双手举起斧头,击中老太婆的头顶,她瘫软在地上,死了。他慌乱地搜寻死者的财物。这时,他原本以为不会在场的丽扎韦塔走了进来,站在屋子当中。目睹姐姐的尸体,她惊呆了,不会动,也喊不出声来。恐慌的拉斯柯尔尼科夫一斧头劈开了她的头颅。她无声地倒在地上,死了。他干得太惨了,太叫人厌恶了。他感到精神恍惚,惊恐万状,已经失去了思考能力。他躲过了众人,夜游神般逃回家中,把斧头悄悄放回看门人的屋子。

第二章

一

正当拉斯柯尔尼科夫在隐藏和消灭罪证的时候,看门人给他送来了一张传票,叫他到警察局办公室去一趟。

"不,我受不了……"拉斯柯尔尼科夫心里想。他的两腿簌簌发抖。"因为我害怕。"他喃喃地自语,脑袋发热而感到昏晕疼痛。"这是一种狡猾的手段!他们想诱我上钩,突然中他们的计。"他走到楼梯上的时候,还在暗暗思忖。"糟糕的是,我几乎神志不清——我会胡言乱语的……"他怀着慌乱的心情来到了警察分局。

"你有什么事?"副局长伊里亚·彼得罗维奇问道。

"是你们传我来的……"拉斯柯尔尼科夫答道。

"是一桩向他追索债务的案件……"文书慌忙说。

"债务?什么债务?"拉斯柯尔尼科夫心里想,"但是……这样看来,一定不是那件事!"他高兴得哆嗦了一下。他突然如释重负,心头感到说不出的轻松。

拉斯柯尔尼科夫按照文书的要求,书写和签署了还债的保证书,但是他并没有起身就走,而是突然产生了一个怪念头,想立刻站起来把昨天干的那件事和盘托出。就在这时,他听到了局长尼柯季姆·福米奇和副局长分析老太婆被杀一案的谈话。他拿起帽子就往外走去,可是,他没走到门口就……

他清醒时发现局长站在自己面前,目光定定地看着他,问道:"这是怎么啦,您病了吗?"

"您病了很久吗?"副局长大声问道。

"昨天开始的……"拉斯柯尔尼科夫嘟嘟囔囔地回答说。

拉斯柯尔尼科夫走到街上时,神志完全清醒了。"搜查,搜查,立刻就要进行搜查了!"他暗自反复地说,急匆匆地往家赶。"这些强盗!他们起疑啦!"刚才的恐惧心理又把他整个儿攫住了。

二

"要是已经搜查过了,那怎么办?要是我恰好在家里碰到他们,那又怎么办?"他想。

可是,家中平安无事,不见人影。没有人来查看过。于是,他把八件从老太婆那里抢来的首饰一类的东西一一揣在身上的口袋里,走出家门。起初他想把这些东西丢进河里。可是,人多眼杂,无法行动。后来他把这些东西压在一个人迹罕到的院子里的一块巨石下面,放心得意地走了。

他一边走,一边朝四下里张望。不知不觉间来到了瓦西里耶夫斯基岛上的一座桥的旁边。无意中来到了拉祖米兴的住处。他们已经有四个月没有见面了。他见到了老同学拉祖米兴。他破烂的衣着和沮丧的神情使拉祖米兴吃惊。老同学提议把自己领来的翻译的活儿分一部分给拉斯柯尔尼科夫,同时分给他三个卢布的酬金。可是,他已经走到街上了,忽然又折回来,把要翻译的论文和三个卢布放到桌上,一言不发地走了,拉祖米兴莫名其妙,只好不理他。

拉斯柯尔尼科夫在街上逛了六个小时,回到家中已是黄昏时刻。他躺到床上,拉来大衣盖到身上,立刻迷迷糊糊地沉入了梦乡。这时他听到了分局副局长伊里亚·彼得罗维奇痛打女房东,和女房东痛哭、哀求的声音。他听到,全楼的人都拥上来旁观。他想,这可能跟那件事有关系。

娜斯塔西雅送来了面包、盐、一个盘子和一把匙子。

他问:他们为什么揍女房东?

她定定地看了他一眼。他被看得害怕起来

"这是血。"她轻声地说,仿佛在自言自语。

"血!什么血!……"他嘟哝着说,脸发白了。

"谁也没揍过女房东,"她说,"这是你身上的血在叫喊。血没有地方流的时候,它就会凝结起来,于是你就胡思乱想了……"

三

拉斯柯尔尼科夫病了。患病期间,他不是完全不省人事的:他发着热,说着胡话,昏昏沉沉。

拉祖米兴来了。在拉斯柯尔尼科夫的房间里还有送款人。在拉祖米兴的劝说和帮助下,拉斯柯尔尼科夫签收了他母亲寄给他的35卢布。他还给拉斯柯尔尼科夫置办了衣帽。拉祖米兴告诉他的老同学,说他在说胡话的时候说到了什么耳环啦,链子啦,尼柯季姆·福米奇啦,伊里亚·彼得罗维奇啦……说他特别关心那双袜子。

拉祖米兴说自己曾带扎苗托夫来过。拉斯柯尔尼科夫很生气,因为知道扎苗托夫是警察分局的文书。他想:逃走,赶快逃走,一定得逃走!是的,可是,逃往哪儿去呢?逃到美国去!

四—五

医生左西莫夫和拉祖米兴在拉斯柯尔尼科夫的房间里议论因放高利贷的老太婆被杀而被捕的油漆匠尼古拉的案情。拉祖米兴认为尼古拉无罪,他拾到的金耳环是真正的罪犯丢掉的。当拉祖米兴说到尼古拉拾到耳环的地点时,原本面壁侧卧的拉斯柯尔尼科夫突然插嘴说道:在门后?放在门后?在门后?因为他知道金耳环是他在杀死老太婆后逃跑时躲进两个油漆工正在工作的房间时丢掉的。他的举动引起了医生左西莫夫的注意。

这时,一个陌生人走了进来,他说:我是彼得·彼得罗维奇·卢仁。我还在她们那儿的时候,令堂就给您写来了信。……

"我知道,我知道!"拉斯柯尔尼科夫说,流露出最不耐烦的神情,"就是您?未婚夫?嗯,我知道!……够了!"说完,就不再理睬卢仁。

卢仁为表现自己而和拉祖米兴、左西莫夫谈到了时代的进步,社会的更新,故作姿态地表现他对年青一代的钦佩,宣扬他奉行的爱人"首先是爱自己"的人生哲学,说什么世上一切都是以个人利益为基础等等。对他的话,三个年轻人不以为然。当卢仁说到当前社会犯罪增多,犯罪的不仅有下层阶级,也有上层阶级的人的时候,左西莫夫插嘴说:经济上发生了很多变化嘛!

拉祖米兴接着说:"您所说的那个讲师在莫斯科就是这样回答他为什么伪造有奖债券的这个问题的:'大家都用各种手段发财,所以我也急于想发财。'……每个人都本相毕露。"

"可是道德呢?也可以说,做人的原则呢……"卢仁说。

"这是根据您的理论得出的结论!"拉斯柯尔尼科夫突然插嘴说,"根据您刚才的说法,那么杀人是可以允许的了……"

"一切事物都有一个准则,"卢仁高傲地继续往下说,"经济思想不是叫你去杀人,只消想一想……"

"这是真实的吗?您……"拉斯柯尔尼科夫突然又插嘴说,气得声音发抖,"这是真实的吗?您向您的未婚妻说……在她答应嫁给您的时候,您最感到高兴的是……因为她贫穷……因为讨一个穷苦人家的女儿对您更有好处,以后您可以管束她……可以辱骂她,因为她蒙受了您的恩泽……"

卢仁听了这些话又气又恨,把过错归在未来岳母的身上。这更加激怒了拉斯柯尔尼科夫。他吼道:"滚吧!"卢仁蒙受了最大的侮辱,灰溜溜地走了。

"你们都走吧,走吧!"拉斯柯尔尼科夫对两个朋友狂叫道。

拉祖米兴被左西莫夫拉走了。

左西莫夫说:你看到没有,他什么都不关心,独独对那件谋杀案最关心……

"我已经看得很清楚了!他很关心,而且也很害怕。"

六

人们走后,拉斯柯尔尼科夫一骨碌爬了起来,一会儿穿好衣裳,来到了街上。他没有想过到哪儿去,只是知道:这件事今天该结束了,一下子就把它结束,立刻结束它;否则他就不回家,因为他不愿意这样活下去。

他走进一家小酒馆。在他读报的时候,警察分局的文书扎苗托夫忽然在桌旁他身边坐下了。拉斯柯尔尼科夫在神志不清的状况下,对他说:如果老太婆和丽扎韦塔是我杀的,那又怎么样呢?

在拉斯柯尔尼科夫离开酒馆时,在酒馆的门口,他碰见了拉祖米兴。拉祖米兴邀他去祝贺自己的乔迁之喜。他说不去,以后就离开了酒馆儿。后来,竟不自觉地走近了那座房子,而且走进了那个房间,并且对正在装修那所房子的工人说:血迹都弄干净了吗?工人们听了很惊讶。

七

什么人被马车轧伤了。拉斯柯尔尼科夫挤入人群,大吃一惊。他嚷道:我认识他!我认识他!他叫马尔美拉陀夫!赶快去找大夫!我有钱!我有钱!

马尔美拉陀夫被抬回家。看热闹的人挤在门外。

卡杰琳娜·伊万诺夫娜脸色惨白,呼吸急促。她打发女儿波丽雅去叫大女儿索尼雅回来,说爸爸被马踩伤了。

马尔美拉陀夫在咽着最后一口气。当他看见站在门口的是大女儿索尼雅的时候,就神色惊慌地问:这是谁?这个是谁?同时用一只手勉强支起身子。他忽然认出了她:"索尼雅,我的女儿!请你原谅!"索尼雅有气无力地大叫一声,跑过去抱住了父亲,一动不动地拥抱着他。他就死在了她的怀里。

"……我拿什么埋葬他!"卡杰琳娜叫道。

拉斯柯尔尼科夫请她收下20卢布。他说:上星期我和您丈夫交了朋友。他对你们,特别是对您,多么忠诚。请允许我对我的亡友聊表心意。……我还要来的,……再见!

他走到街上时已经10点多钟了。他没费多大力气就找到了拉祖米兴的住处。拉祖米兴曾跟他打赌，说他一定会来祝贺乔迁之喜。

拉斯柯尔尼科夫说：我只是来告诉你，你赢了。不过我不能进去了。我没有力气了。祝你晚安，再见。

拉祖米兴执意陪他回家。当他们走近拉斯柯尔尼科夫住处时，发现屋里有灯光，还传出来说话声。拉斯柯尔尼科夫抢上去开了门。他在门口呆住了。他看见母亲和妹妹坐在沙发上。一阵欢乐和狂热的呼喊迎接着他。母女俩都向他扑来。

第 三 章

一

拉斯柯尔尼科夫要求妹妹杜尼雅拒绝卢仁，叫他立刻滚蛋。他说：你是为了我才表示愿意嫁给卢仁的，我不愿意你为我牺牲。他要求妈妈和妹妹离开自己，让自己安静。她们只好同意，由拉祖米兴陪同，回到她们暂住的巴卡列耶夫旅馆。

二

医生左西莫夫对拉祖米兴说，扎苗托夫把拉斯柯尔尼科夫在酒店里对他说的话告诉了侦察科长波尔菲里。

拉祖米兴对杜尼雅和她的妈妈说，拉斯柯尔尼科夫抑郁寡欢，傲慢、自视很高、慷慨、善良，最近患了忧郁症。

“你说了许多有趣的话儿来描绘我哥哥的性格……而且，您说得很公正。”杜尼雅说。

拉祖米兴为他昨天对卢仁的不恭向她们道歉。

三

杜尼雅母女在拉祖米兴的陪伴下到拉斯柯尔尼科夫的卧室来看望他。他的病好多了，对妈妈和妹妹的态度很亲切。昨天的焦躁和愤怒的情绪全不见了。他向大家讲述了他昨天救助马尔美拉陀夫和他们一家的举动。妈妈目睹衣衫不雅的儿子，心中很难过。她向儿子表示，相信他所做的一切事情都是好的。

拉斯柯尔尼科夫再次郑重提出要杜尼雅离开卢仁的要求。他说：如果你嫁给卢仁，我立刻就不认你是我妹妹。为了这件事，他们兄妹二人进行了长时间的争论。杜尼雅在征得妈妈的同意后，给哥哥看了卢仁的信。卢仁在信中要求她们在今晚八点钟和他会面，会面时不许拉斯柯尔尼科夫在场。但是，杜尼雅表示：会面时，请哥哥和拉祖米兴都到场。

四

门轻轻地开了。索尼雅进来了。她的脸色苍白，面孔消瘦，长得不很端正，有点尖削，小鼻子和下颏儿都是尖尖的。她不算漂亮，但是那对浅蓝色的眼睛却是那么明亮。当它们闪闪发亮的时候，她脸上的表情是那么温柔、天真，使人不由自主地被她吸引住。

拉斯柯尔尼科夫把索尼雅介绍给了他的妈妈和妹妹。

索尼雅结结巴巴地说：是卡杰琳娜·伊凡诺夫娜叫我来的。她请您赏个脸，明儿到教堂去参加安魂祈祷，然后到她那儿去吃回丧饭。

拉斯柯尔尼科夫表示同意，索尼雅急忙告辞了。

妈妈和妹妹起身走了。她们说好要拉斯柯尔尼科夫和拉祖米兴到她们住的旅馆里去吃饭。

拉斯柯尔尼科夫、拉祖米兴和索尼雅走出了房间。索尼雅和他们分手后，匆匆地往家走去。

波尔菲里是拉祖米兴的亲戚。拉斯柯尔尼科夫要拉祖米兴陪他去找波尔菲里。表面的理由是去看能不能讨回他押在老太婆那里的那块表，其实是要去摸底，看警方是不是怀疑到了他。拉祖米兴说，波尔菲里是个专家，精通本行业务，去年破了一件谋杀案。拉斯柯尔尼科夫听着朋友的话，心里扑通扑通直跳。“此刻……我去，是好是坏？这是飞蛾扑火，自投罗网。……这不吉祥！……”他想着，走进了波尔菲里的家，在前厅里故意大声说话。

五

拉斯柯尔尼科夫强装笑意，跟波尔菲里认识过后，却发现扎苗托夫也在这里，不觉心中一愣。

波尔菲里，35 岁上下的年纪，中等以下身材，体态丰满，甚至显得大腹便便，脸刮得精光，没蓄胡髭，也没有留连鬓胡子，一头浓发剪得短短的，脑瓜又大又圆，后脑勺特别突出。他那张虚胖的、鼻子有点儿翘的圆脸儿带几分病容，脸色蜡黄，但是精神饱满，甚至流露出嘲讽的神气。

拉斯柯尔尼科夫对波尔菲里说明来意：他想赎回原先押给死去的老太婆的两件小东西。波尔菲里说，可以，让他到警察局登记一下，还说，所有在被杀老太婆那里押过东西的人中，只有他还没有办这件手续了。

拉祖米兴谈到了昨晚和波尔菲里等人聚会时争论的话题：社会犯罪的原因是由天性决定的，还是由社会环境决定的。这时，波尔菲里提到，他曾读过《定期评论》上所刊载的拉斯柯尔尼科夫的一篇题为《论犯罪》的论文。波尔菲里对拉斯柯尔尼科夫说：如果您还记得的话，您曾作了这样一个暗示，说什么世界上仿佛有这样一些人，他们能够……就是说，他们不但能够而且有充分权利为非作歹和犯罪，仿佛他们是不受法律约束的。

拉祖米兴吃惊地问：这是什么意思？有犯罪的权利？

“不，不，根本不是由于这个缘故，”波尔菲里回答道，“问题在于，在他的文章里，不知怎么，所有的人被分成‘平凡的’和‘不平凡的’两类，平凡的人活着必须俯首帖耳，唯命是从，没有犯法的权利，因为您要知道，他们是平凡的人。但是不平凡的人就有权利干各种犯法的事，各种各样地犯法，归根结蒂，就是因为他们是不平凡的人。您似乎有这样的见解，如果我没有误解的话？”

“这怎么可能呢？他不会说这样的话！”拉祖米兴大惑不解地喃喃说。

拉斯柯尔尼科夫又冷笑一声。他一下子就明白了这是怎么回事，他们要迫使他干什么；他记起来自己的那篇文章。他决意接受挑衅。

“这根本不是我的论点，”他简单而谦逊地说，“可我承认，您差不多忠实地阐述了我的论点，也可以说，甚至十分忠实……（他仿佛乐于承认这一点。）唯一的区别在于，我根本没有坚持，不平凡的人一定而且必然常常为非作歹，就像您所说的那样。我甚至认为，报刊不应当发表这样的文章。我不过暗示，‘不平凡的人’有权利……也就是说，不是有合法的权利，而是这种人有权利昧着良心去逾越……某些障碍，但只是在为实行他的理想（有时对全人类来说也许是个救星）而有必要这样做的情况之下。您说我的文章写得很含糊，我愿意尽可能给您解释清楚。我认为这似乎是您所希望的，或许我没有猜错吧。那么让我来解释一下。在我看来，如果开普勒[①]或牛顿的发现，由于某些错综复杂的原因，没有能够为大家所知道，除非牺牲一个，或者十个，或者百个，或者更多的妨碍者或阻挠者的生命，那么牛顿为使自己的发现能让全人类知道，就有权利，甚至有义务……消灭这十个人或者百个人。但绝对不应该由此得出结论，说牛顿有权利随心所欲地屠杀任何人，或有权利每天在市场上盗窃。我还记得，我在文章里引申开去，一切……例如，甚至立法者们和人类社会的建立者们，从远古的时代起，到后来的莱喀古士[②]、梭伦[③]、穆罕默德[④]和拿破仑等，他们无一例外都是罪犯，唯一的原因是由于他们都制定了新的法律，从而破坏了被社会公认为神圣不可侵犯的、从祖先传下来的古代法律。当然，他们也不怕流血，只要流血（有时十分天真的人们为维护古代的法律而英勇地流血）能对他们有利。甚至值得注意的是，人类社会中绝大多数的这些恩人和建立者都是非常可怕的刽子手。总之，我作出了这样的结论：所有这些人不但都是伟大的，而且与众稍有不同。我的意思是，他们甚至能提出新的见解，就其本性来说，必然是罪犯，——当然，只有程度上的差别罢了。要不然，他们就难以显得出类拔萃；而且仍然就其本性来说，他们当然不甘心做平凡的人，而依我看，他们甚至有拒绝的义务。总之，您可以看到，到目前为止，在这方面还没有什么特别的新见解。这种老生常谈在报刊上已经发表过而且看到过千遍了。至于我把人分成平凡的和不平凡的两类，我承认，这样的划分有些武断，但是我也并不坚持数字上的不可变更。我只相信我的主要观点。这个观点是，人按照天性法则，大致可以分成两类：一类是低级的人（平凡的人），也就是，可以说，他们是一种仅为繁殖同类的材料；而另一类则是这样的一种人，就是说，具有天禀和才华的人，在当时的社会里能发表新的见解。当然，这样划分是可以分得无限细的，但是这两类人的区别是相当显著的：第一类人就是一种材料，他们大抵都是天生保守、循规蹈矩、活着必须服从而且乐意听命于人。在我看来，他们有服从的义务，因为这是他们的使命，而他们也认为，这根本不是什么有损尊严的事。第二类人呢，他们都犯法，都是破坏者，或者想要破坏，根据他们的能量来说。这些人的犯罪当然是相对的，而且有很大的差别；在各种不同的声明中，他们绝大多数都要求为着美好的未来而破坏现状。但是为着实现自己的理想，他甚至有必要踏过尸体和血泊，依我看，他也能忍心去踏过血泊——但这要看理想的性质和理想的规模——您得注意这点。在我的文章里，我也仅仅在这个意义上来谈他们的犯罪权利的。（您要记住，我们是从法律问题上谈起的。）但不必大惊小怪：群众差不多从来不承认他们有这种权利，会处决或绞死他们（或多或少）。这样的处置是完全公正的，完成了他们那保守的使命；但是到下几代这样的群众又会把被处决的人们供奉到台座上，向他们顶礼膜拜（或多或少）。第一类人永远是现代的主人，而第二类人则永远是未来的主人。第一类人保持着这个世界，增加他们的数目；而第二类人推进这个世界，引导它走向目标。这些人或那些人都有同等的生存权利。总之，我认为他们都有同等的权利——vive la guerre éternelle[⑤]，自然，直到我们建

---

① 开普勒（1571—1630）：德国天文学家，发现行星绕太阳运动的法则。

② 莱喀古士（公元前9世纪?）：古斯巴达的立法者。

③ 梭伦（公元前7世纪）：古希腊的立法者，曾改革雅典的法律。

④ 穆罕默德（公元6世纪至7世纪）：伊斯兰教的创立者。

⑤ 法语：永恒的战斗万岁。

立新耶路撒冷[①]！

…………

“上星期用斧头劈死我们阿廖娜·伊凡诺夫娜的是不是一个未来的拿破仑?”扎苗托夫忽然从角落里唐突地说。

拉斯柯尔尼科夫不作声，目光坚定地凝视着波尔菲里。拉祖米兴忧闷不乐地拧紧了眉头。在这以前，他仿佛已经开始注意到什么。他愤怒地四下望望。一阵极不愉快的沉默持续了片刻工夫。拉斯柯尔尼科夫返身要走。

“您要走啦!”波尔菲里和蔼地说，异常客气地伸过手去，“我十分高兴跟您相识。至于您的请求，那毫无问题。您照我所说的写份请求书来。最好您亲自到那儿去找我……一两天内随便什么时候……明儿也好。11点钟我一定在那儿。办完一切手续，我们谈一谈……您是上那儿去的最后一个人，也许能告诉我们什么情况……”他态度极和善地补了一句。

“您想要按照法律程序正式审问我?”拉斯柯尔尼科夫厉声问。

“为什么？目前还没有这个必要。您误会了我的意思。要知道，我不放过一个机会……我已经跟所有押户都谈过话……我已经从一些人口中得到了证词……您是最后一个……哦，顺便说说!”他不知为什么忽然高兴起来，叫喊道，“我刚巧记起了我正在思考的一个问题！……”他转身向拉祖米兴，“要知道，你老是提到这个尼古拉什卡，听得我的耳朵起了老茧……嗯，我知道，我知道，”他又转身向拉斯柯尔尼科夫，“这个人是无辜的。可我有什么办法呢，不得不麻烦一下米杰卡……问题，问题的实质在于：您上楼的时候……请问，您是七点多钟上楼的吗?”

“七点多钟。”拉斯柯尔尼科夫回答道，他心里立刻觉得不满，这句话他可以不说。

“您七点多钟上楼的，可曾看见二楼上门开着的那套房间里——您记得吗？——有两个工匠，或者至少有其中的一个？您看见他们在那儿油漆吗？这对他们是非常重要的！……”

“两个油漆匠？不，我没有看见……”拉斯柯尔尼科夫慢条斯理地仿佛沉浸在回忆中似的回答道。这当儿，他的神经根根紧张起来了，因为想快些猜出圈套设在哪里，有没有疏忽大意，而痛苦得心都揪紧了。“不，我没有看见，也没有注意到开着门的那套房间……可是四楼上(他已经充分了解这个圈套，觉得很得意)——我记得有个官吏在搬家……就是阿廖娜·伊凡诺夫娜对门的那一套房间……我记得……这我记得很清楚……几个士兵搬出来了一个长沙发，把我挤到了墙根前……可是两个油漆匠……不，我记不起有油漆匠……而且似乎没有一家开着门。是的，没有……”

“你说什么啊!”拉祖米兴仿佛清醒过来，领悟了似的，忽然叫道，“在谋杀案发生那一天有两个油漆匠在油漆，而他是在三天前上那儿去的？你问这干什么?”

“哎哟！我弄错了!”波尔菲里拍了一下自己的额门，“该死，我被这件事搞糊涂了!”他对拉斯柯尔尼科夫说，仿佛很抱歉似的。“弄清楚七点多钟有没有人在那套房间里见过他们，这对我们是很重要的。可是现在我以为，您也能告诉我们……我完全搞错了!”

“你应该细心些。”拉祖米兴脸色阴沉地说。

最后几句话是在前室里说的。波尔菲里·彼得罗维奇异常客气地送他们到门口。两个人走到了街上，他们都脸色阴沉、愁眉不展，走了好多步路，没有谈过一句话。拉斯柯尔尼科夫深长地

① 这儿指《圣经》上一句在人世建立“天国”——新耶路撒冷的预言。

舒了口气……

六

拉斯柯尔尼科夫和拉祖米兴离开了波尔菲里家,朝巴卡列耶夫旅馆走去。拉祖米兴对波尔菲里和扎苗托夫对好友拉斯柯尔尼科夫的怀疑感到愤怒,深表不平。说着,来到了巴卡列耶夫旅馆。

“你一个人进去吧,”拉斯柯尔尼科夫说,“我马上就回来。”

“您上哪儿去?我们已经到了!”

拉斯柯尔尼科夫说自己半小时后就回来。

拉斯柯尔尼科夫回到了自己的房间,重又四处检查了一遍,看还有没有可以作为罪证的东西。末了,拿起制帽,悄悄地溜出房间。他在大门口看到了一个小市民模样的人。他驼背,脸上布满皱纹,50开外的年纪。门房对他说,来人打听拉斯柯尔尼科夫。

“凶手!”在离开大门,走到马路上时,那人突然说。声音很低,可是很清楚。

“您说什么……谁是凶手?”拉斯柯尔尼科夫声音微弱地喃喃说。

“你是凶手。”……

拉斯柯尔尼科夫两膝嗦嗦发抖,回到了自己的斗室,合上双眼,躺了半小时光景。他什么也不想,心中浮起各种思想片断。“他是谁啊?……他什么都看见了。”他想。

……

突然出现的另一个念头几乎使他放声大笑起来:

“拿破仑、金字塔、滑铁卢①同一个瘦嶙嶙的、可恶的十四等文官的太太,在床底下放着一只红箱子的放高利贷的老太婆相提并论——哪怕是波尔菲里·彼得罗维奇,能领会这个道理么!……他怎能领会呢!……这在美学上是不容许的:‘拿破仑会爬入“老太婆”的床底下去!咳,窝囊废!……’”

他时刻觉得,他好像语无伦次:他陷入了热病的兴奋状态。

“老太婆算得了什么!”他紧张而激动地想,“老太婆,这也许是个错误,问题不在于这个老太婆!老太婆只是一种病……我想尽快地跨过……我杀死的不是一个人,而是一个原则!我破坏了一个原则,但跨没有跨过去,还是停留在这一边……我只会杀人。而且我似乎也没有能力干那种事……原则吗?那个傻瓜拉祖米兴刚才为什么骂那些社会主义者?他们也是爱劳动的人,也是买卖人;他们为‘公众谋福利’……不,我只能活一次,不能活第二次,我不愿等待‘普遍的幸福’的到来。我要自力更生,不然的话,还是不活好。那么怎么办呢?我只是不愿等待‘普遍的幸福’的到来,而坐视我的母亲挨饿。说什么‘我搬一块砖头去建立普遍的幸福②,因此我心安理得。’哈-哈!你们为什么让我溜走。要知道,我只能活一次,我也要……唉,从美学上看来,我不过是只虱子,”他补充说,突然疯子般狂笑起来,“对,我当真是只虱子,”他幸灾乐祸地尽想着这个念头,继续往下说,一边把这个念头反复地咂摸,玩弄着取乐,“只因为,第一,我现在断定我是

① 滑铁卢是比利时的一个村庄,1815年6月18日拿破仑在该村附近的战斗中大败。

② 套用19世纪30年代法国进步团体所普遍采用的一个公式:“搬来自己的石头建设一个新世界。”

只虱子;所以,第二,我整整一个月来麻烦着仁慈的上帝,叫他做证人,证明我干这种事并不是为了个人肉体上和性欲上的满足,而是由于一个崇高的和有意义的目的——哈—哈!所以,第三,我决意在实行我的计划时做到尽可能公平合理,注意重量和尺度,进行计算:我从所有虱子中挑选出最不中用的一只,杀死了它,决定从她那儿拿走我实行第一个步骤所需要的钱,不多拿也不少拿(这样,余下的钱,可以按照死者的遗嘱捐赠给修道院——哈—哈!)……所以,所以我十足是只虱子,"他又咬牙切齿地补充说,"因为我本人比起那只被杀死的虱子来,也许更可恶、更下流,而且我有预感:我杀了它后,会对自己这样说的!难道还有什么事情能跟这种恐怖相比么!啊,庸俗!啊!卑鄙!……哦,我是怎样理解'先知者'的,他手执马刀,坐在马背上:安拉[①]吩咐,'发抖的'畜生,你必须服从!'先知者'说得对,说得对,当他在当街一处地方架起了一排炮,轰击无辜的和有罪的人时,甚至连解释也不解释一下!发抖的畜生,你只要服从好了,不要期望什么,因为这不是你分内的事!……啊,我决不,我决不宽恕那个老太婆!"

他的头发被汗湿了,两片颤动着的嘴唇干裂了,那呆滞的目光注视着天花板。

第 四 章

一—二

一会儿,他沉入了梦境。当他醒来时,他发现斯维德里加依洛夫——他妹妹任教那家的主人,站在自己的房间里。斯维德里加依洛夫说,他的妻子玛尔法·彼得罗芙娜已经死了。对于她的死,他自己有一点责任,显得很是伤心难过。他对自己对杜尼雅的追求和给她造成的苦恼,深感惭愧。他说,他妻子在遗嘱里说给杜尼雅 3 000 卢布,不久就会寄到。他请求拉斯柯尔尼科夫帮助他跟杜尼雅见一面。这自然遭到了拒绝。最后,他说要给杜尼雅 10 000 卢布,同时解释说,他是出于好意,另外,他说这些钱留在他手里也会胡乱花掉,他自己不能光干坏事,也可以干点好事。

斯维德里加依洛夫出门的时候跟拉祖米兴正好撞了个满怀。拉祖米兴找上拉斯柯尔尼科夫,二人一同匆匆赶到巴卡列耶夫旅馆。刚好,卢仁也刚到。是他私下约杜尼雅母女在这里见面的。他要求见面时拉斯柯尔尼科夫不在场,但杜尼雅没有照他的要求办。

卢仁的种种恶言和丑陋表演激怒了所有的人。杜尼雅要求他走人。卢仁既慌乱又愤怒。这会见的结果是他未曾想到的。他恨拉斯柯尔尼科夫,认为一切都是他造成的。但是,他认为"说服"那两个女人还是可能的。

拉斯柯尔尼科夫告诉大家说,玛尔法·彼得罗芙娜在遗嘱里留给杜尼雅 3 000 卢布。母亲普尔赫里雅·亚历山大罗夫娜说:谢天谢地!斯维德里加依洛夫赠款的事情,拉斯柯尔尼科夫没有当着卢仁的面对大家说。

三

卢仁把杜尼雅看成理想的未婚妻,靠这样的女子他的事业会兴旺发达。他傲慢成性,没把这两个女人放在眼里。一个小小的玩笑使他遭受了沉重的打击。

---

① 伊斯兰教徒也称安拉为真主。

拉斯柯尔尼科夫把有关斯维德里加依洛夫的情况告诉了母亲和妹妹。当时，拉祖米兴也在场。大家都弄不清斯维德里加依洛夫的意图，决定对他保持警惕，注意他的活动。

拉祖米兴提出了一个出书、售书的经济活动的计划，说大家都能参加。拉斯柯尔尼科夫表示赞成。拉祖米兴还说要租一套有三间房的住宅，让拉斯柯尔尼科夫一家团聚。可是，拉斯柯尔尼科夫拿起了制帽，准备回自己的住处，并突然说了一句令人费解的话：也许这是我们最后一次见面了。

母亲惊问是怎么回事。拉斯柯尔尼科夫没有回答母亲、妹妹和拉祖米兴的问题，只是安慰他们。他嘱咐拉祖米兴道：你回到她们那里去吧……永远跟她们在一起吧。

四

晚上 11 点，拉斯柯尔尼科夫到索尼雅的住处拜访了索尼雅。她是又惊、又羞、又喜。

索尼雅苦难的身世，她为一家牺牲自己的精神和行动，深深地感动了他。他的两片嘴唇抖动得很厉害，忽然倏地跪下，伏在地板上，吻她的脚。索尼雅吓得连忙躲开他，像避开疯子一样。

“您怎么啦，您这是什么意思？……”她嘟哝说，脸色惨白。她的心突然痛苦地揪紧了。他马上站了起来。

“我不是向你膜拜，我是向人类的一切痛苦膜拜。”他说。他强调，这是因为她有伟大的受苦的精神。

拉斯柯尔尼科夫说，明天他将告诉她，她的好友丽扎韦塔是谁杀的。“我会告诉……你，只告诉你一个人！我选中了你。”

五—六

第二天上午 11 点正，拉斯柯尔尼科夫走进了 X 区分局侦察科长办公室，要求通报波尔菲里·彼得罗维奇。过了十分钟他才被传进。他来的原因是昨晚那个市民模样的人惊动了他，他要来摸底，看警察局是否会捉他。

波尔菲里的态度殷勤而快乐，时而口称他“老兄”，大谈友情，时而迂回曲折、旁敲侧击，使拉斯柯尔尼科夫心惊肉跳，简直到了难以自持的地步。他几次发脾气，可后来又悔恨，恨自己说了错话。正在这时，那天在粉刷那个房间的油漆匠之一的尼古拉进来了。他跪在地上，说自己用斧头杀死了老太婆阿廖娜·伊凡诺夫娜。拉斯柯尔尼科夫因此暂时摆脱了危险，回到了自己的寓所，觉得至少一天之内是安全的。他正要动身到卡杰琳娜·伊凡诺夫娜家里吃回丧饭，去见索尼雅，门开了。进来的正是昨天那个叫他“凶手”的市民模样的人。他说，是他向警察局报告了拉斯柯尔尼科夫去看那套房子和问起那一摊血的事情，说请他宽恕自己对他的诽谤和怀恨。

拉斯柯尔尼科夫狞笑着下楼去了，他说：现在我还要斗争。

第　五　章

一

卢仁为婚事失败深感悔恨。为结婚装修好了的房间要无偿地给房东，预订金一个卢布也收不回来，租房的违约金要付。他想，如果当时给她们一些钱，送她们一些礼物，她们退婚就不那么容易了。他觉得自己失算了。

卡杰琳娜·伊凡诺夫娜办回丧饭，卢仁觉得好奇。他听说拉斯柯尔尼科夫要参加，就请和他同住的安德烈·谢苗诺维奇去把索尼雅叫来。安德烈是个新派知识分子，卢仁觉得他好笑，以奚落他寻开心。

索尼雅到来时卢仁的钱已经点完了，不过桌子上还放着一些。他要求在他和索尼雅谈话时安德烈不要离开。索尼雅走的时候，卢仁送给她10个卢布，说让她做应急之用。

二—三

来吃回丧饭的都是穷房客。最高贵的客人卢仁没有来。卡杰琳娜为这件事十分恼怒，说了许多无礼的话。

拉斯柯尔尼科夫出席宴会，使卡杰琳娜很高兴，因为他是在座的人们中唯一"有教养的客人"。

正当卡杰琳娜跟房东吵得不可开交的时候，卢仁到了。卡杰琳娜连忙向他奔去。他吸引了所有客人的注意。不过，他不是来吃回丧饭的。他当众说，索尼雅从他那里偷走了100卢布，劝说索尼雅当众认错。索尼雅非常震惊，一时不知所措。但是，她一再说，她没有从卢仁那里拿过什么东西。自信索尼雅决不会偷东西的卡杰琳娜坚决为女儿辩护，并且主动翻过女儿的衣袋给大家看。不幸的是竟从索尼雅的衣袋里掉出了一张折成八层的百元的卢布。正当卢仁得意的时刻，安德烈·谢苗诺维奇在门口出现了。他高声斥责卢仁卑鄙，证明那100卢布是卢仁在送索尼雅出门时偷偷塞进索尼雅衣袋的。这时，拉斯柯尔尼科夫站出来剖析了卢仁栽赃陷害的动机：他想借诬陷索尼雅丑化拉斯柯尔尼科夫，因为拉斯柯尔尼科夫对索尼雅有明智、肯定的评价。他还想借此破坏拉斯柯尔尼科夫和他母亲和妹妹的关系。众人相信安德烈·谢苗诺维奇和拉斯柯尔尼科夫。卢仁自知有罪却又不肯认错。他口出大话，充好汉，挤出人群，灰溜溜地走了。

四

卢仁溜走后，索尼雅向拉斯柯尔尼科夫表示谢意。拉斯柯尔尼科夫又提到了前两天的一个旧话题：谁杀死了丽扎韦塔。当索尼雅意识到凶手就是拉斯柯尔尼科夫的时候，她惊呆了。她问他为什么要杀死她。他简单说明了被迫杀死丽扎韦塔的经过。她问他为什么要杀人，是为了饥饿吗？他回答说，有这样的因素，他想用高利贷者的钱完成学业，使妈妈和妹妹生活得好一些。他杀人的深层动机是，他想做个拿破仑那样的人物。他考虑了很久以后，对索尼雅说道：

"问题就在于，有一次我向自己提出了这样一个问题：如果，比方说，拿破仑处于我的地位，他既没有土伦，又没有埃及，也没有越过勃朗峰[①]来开创自己的事业。他不干这一切壮丽的和伟大的事业，却只找到了一个可笑的老太婆，十四等文官的太太，而且他还得把她杀死，为的是要从她的衣箱里拿走钱（为了事业，你懂吗？），如果舍此别无他途，那么他会下决心干这种勾当吗？因为这件事情太不伟大，而……而且有罪，他会不会退缩呢？让我告诉你吧，为了这个'问题'，很久以来，我伤透了脑筋。所以，当我终于领悟到了（不知怎的突然领悟到了），他不但不会退缩，而且想也想不到这不是伟大的……因此我感到十分惭愧……他甚至绝不会理解：为什么要退

① 在1796—1797年法意战争中，拿破仑曾率大军越过勃朗峰进入意大利西北境内。

缩?只要他没有别的路子,他就会不加思索地把她掐死,不让她叫喊一声!……嗯,我也……不加思索……把她掐死了……学这个权威的榜样嘛……事情确实是如此!你觉得可笑吗?是的,索尼雅,最可笑的是,事情也许正是这样……"

索尼雅一点儿也不觉得可笑。

"您最好直截了当地告诉我……不要举例子。"她更胆怯地、几乎含糊地请求说。

他向她转过身去,悲怆地望着她,抓住了她的手。

"索尼雅,你又说得对。要知道,这些都是胡说,简直是空谈!你要明白:你不是知道,家母差不多一无所有。妹妹侥幸受了些教育,命运安排她当家庭教师。我是她们唯一的希望。我念过大学,可我无力维持自己念完大学,只好暂时辍学。即便能够拖下去,10 年或 12 年后(如果情况好转了),我也只能希望当个教员或官吏,领一千卢布的年俸……(他说得好像在背书。)到那时候母亲会因操劳和悲痛而变得枯瘦憔悴的,而我还是不能使她安定,而妹妹呢……嗯,妹妹的遭遇可能更惨!……谁能一辈子对一切事情视若无睹,漠然置之,忘记母亲,譬如,甘心情愿地眼看妹妹受人侮辱?为了什么呢?是不是为了埋葬了他们以后,再去养活别人——妻子和孩子,而以后又没有留给他们一文钱一片面包?嗯……嗯,所以我决心要拿到老太婆的钱,作为我头几年的生活费,不让母亲受苦,维持自己念完大学和充作大学毕业后实行第一步计划的费用——大干一番,以便开辟新的前程,走上新的独立的道路……嗯……嗯,就是这么回事……当然罗,我杀了老太婆——这我做得不对……哎,够了!"

他没有力气地勉强把话说完,便低下头去。

"哎呀,这不对,这不对,"索尼雅苦恼地扬声说,"哪能干这种事……不,事情绝不是这样,绝不是这样!"

"你认为不是这样么!……可我说的是心里话,是实话!"

"这算是什么样的实话呀!天哪!"

"我不过杀了一只虱子。索尼雅,杀了一只不中用的、讨厌的、有害的虱子。"

"人是虱子!"

"我也知道人不是虱子,"他回答道,用奇怪的目光望着她,"索尼雅,可我在胡言乱语,"他补了一句。"我早已胡言乱语了……事情不是这样,这你说得对;完完全全是由于另一些原因!……我已经好久没跟人谈话了,索尼雅……现在我头痛得很厉害。"

他的眼睛里冒着火,像在发热。他几乎说起胡话来了,焦急不安的微笑在他的嘴边徜徉。从兴奋的状态中,透露出极度的疲乏。索尼雅心里明白,他是多么痛苦呵。她也头晕起来。他说得这么奇怪:有些话好像是可以理解的,可是……"可是怎么可能呢!怎么可能呢!唉,天哪!"她在悲观绝望中绞着手。

"不,索尼雅,这不是那么回事!"他又开腔了,忽然抬起头来,仿佛思路突如其来的转变使他猛吃一惊,并且重又使他振奋起来。"这不是那么回事!你最好……认为,(对!这样当真更好些!)认为我自尊心很强,爱妒忌,毒辣,卑鄙,报复心重;嗯……也许还有点儿精神错乱。(让我一下子都说出来吧!我知道,他们以前说过我发了疯!)我刚才对你说过,我无力维持自己念完大学。你可知道,或许我也能够维持?母亲寄些钱来去缴学费,我自己挣些钱来买靴子、衣服和缴付伙食费;完全可能的!教书工作是可以找到的,人家每小时愿意出半个卢布。拉祖米兴不是在工作嘛!可是我脾气大,不愿干。正是脾气大。(这个词儿很恰当!)那时我像只蜘蛛躲在角落里。你不是上我的斗室里去过,看见过……索尼雅,你可知道低矮的天花板和窄小的屋子会束缚人的心灵和智慧!啊,我多么讨厌这间斗室!可我还是不肯离开它。我有意不离开它!我几天不离开屋子一步,也不想工作,连饭也不想吃,老是躺着。娜斯塔西雅端来了——我就吃些,她不端来——就一天不吃东西;我心里恼恨得故意不向她要!夜里不点火,躺在黑暗里,我不肯去挣些钱来买支蜡烛。应该读些书,可我把书都卖了;现在我的桌子上、笔记本上和练习簿上都封满了灰尘,有一个指头厚呢。我最喜欢躺着想心事。我老是胡思乱想……我老是做梦,做各种各样的怪梦,什么样的梦,不必说了!可我那时才开始感觉到……不,这不是那么回事!我又说得不对头了。你要知道,那时我老是自问:我为什么这么蠢,如果别人都很蠢,而我既然确实知道他们都很蠢,那我为什么不聪明些呢?索尼雅,后来我知道了,如果等到所有的人都变得聪明,那要等太久……后来我又知道永远不会有这样的事,人是不会改变的,也没有人能够改变他们,不值得耗费精力!是的,就是这样!索尼雅,这是他们的规律……规律!就是这样!……现在我知道,谁智力强精神旺,谁就是他们的统治者。谁胆大妄为,谁就被认为是对的。谁对许多事情抱蔑视态度,谁就是立法者。谁比所有的人更胆大妄为,谁就比所有的人更正确!自古以来就是如此,将来也永远会如此!只有瞎子才看不清!"

拉斯柯尔尼科夫说这些话的时候,眼睛虽然看着索尼雅,但是已经不管她懂不懂了。热病完全攫住了他。他是在悲观的兴奋中。(真的,他不跟人谈话实在太久了!)索尼雅明白了,这个可怕的信念就是他的信仰和法则。

"我这才领悟了,索尼雅,"他非常兴奋地接着说下去,"权力只给予敢于俯身去拾取的人。这只需要一个条件,仅仅一个条件:只要胆大妄为!于是我想出了一个念头,一辈子还是头一遭,在我之前,从来没有一个人想出过这个念头!谁也没有想出过!我忽然看得像白昼一样清楚:过去从来没有一个人敢于,而现在也没有一个人敢于鄙视这一切荒谬的东西,敢于把这一切东西扔掉,让它们见鬼去!我……想显示这种魄力,所以我杀了……我只是想显示这种魄力,索尼雅,这就是全部原因!"

"啊,别说啦,别说啦!"索尼雅双手一拍,叫喊起来,"您离开了上帝,上帝惩罚了您,把您交给了魔鬼!……"

"顺便说说,索尼雅,我在黑暗里躺着的时候,总是觉得有魔鬼诱惑我,啊?"

"您别说啦!不敬上帝的人,您别笑,您什么,什么也不懂!唉,天哪!他什么,什么也不会懂的!"

"别这样说,索尼雅,我根本没有笑。我自己也知道,是魔鬼拉我去的。别说啦,索尼雅,别说啦!"他愁眉苦脸,坚持地重复说,"我全都知道。我在黑暗里躺着的时候,我已经把这一切反复地思考过了,我低声地对自己说过……干这一切,我是经过内心斗争的,没有忽视一个细节。一切我都知道,一切我都知道!那时我很讨厌,很讨厌这一切空谈!索尼雅,我老是想忘掉,重新开始,不再胡言乱语!难道你以为,我像个傻瓜不加思索地去的吗?我去的时候自以为很聪明呢,正因为这个缘故,我被毁了!难道你以为我连这一点也不知道,比方说,如果我反省一下,或者质问一下自己:我有没有权利掌握权力?那么我就会明白,我没有权利掌握权力。或者,如果我提出一个问题:人是不是虱子?那么我就不会把人当作虱子。而只有没考虑到这个问题,或者根本没有发生这个问题的人才认为人是虱子……如果说拿破仑会不会去的问题使我苦恼了那么久,这是因为我已经清楚地感觉到,我不是拿破仑……我忍受了这种空谈的痛苦,索尼雅,我很希望摆脱这个痛苦：索尼雅，我毫无理由地杀人，为自己、为我个人而杀人！在这件事情上，我甚至不想欺骗自己！我不是为了帮助母亲而杀人——这是废话！我杀人不是为了取得金钱和权力，想要做人类的恩人。这是废话！我不过是杀人！我杀人只为了自己，只为了我个人。杀了人后，我会不会成为谁的恩人，或者会一辈子像蜘蛛一样，把一切东西捉到网里，从它们身上吮吸活命的血，在那个时刻，我应当是毫不在乎的！索尼雅，我杀人的时候，我需要的主要不是金钱；我需要的主要不是金钱，而是别的东西……这一切我现在都知道了……你要了解我：如果我那样思考问题，我决不会再杀人。我必须弄清楚促使我出此下策的另一个问题：当时我要知道，要快些知道，我同大家一样是只虱子呢，还是一个人？我能越过，还是不能越过！我敢于俯身去拾取权力呢，还是不敢？我是只发抖的畜生呢，还是我有权利……"

"杀人？您有权利杀人？"索尼雅双手一拍，说。

"哎—哎呀，索尼雅！"他恼怒地叫道，本想反驳她，但却鄙夷地不做声了。"索尼雅，别打断我的话！我只想要向你证明一点：当时是魔鬼拉我去的，后来他对我说，我没有权利上那儿去，因为我同大家一样也是一只虱子！他把我嘲笑了一番，所以我现在上你这儿来了！招待客人吧！要是我不是一只虱子，我会上你这儿来吗？告诉你吧：当时我上老太婆那儿去，不过是去试试……你可要明白这一点！"

"您就把她杀了！就把她杀了！"

"可我是怎样杀的呢？难道人家是这样杀人的吗？难道人家像我当时那样去杀人的吗？往后什么时候我给你讲讲，我是怎样去的……难道我杀死了老太婆吗？我杀死的是我自己，不是老太婆！我就这样一下子毁了自己，永远毁了！……是魔鬼杀死这个老太婆的，不是我……够了，够了，索尼雅，够了！别管我了，"他突然惶恐不安地大声叫道，"别管我了！"

他把两个臂肘支在两膝上，两手像钳子一般抱住了头。

"多么痛苦啊！"索尼雅迸发出一阵痛苦的号叫。

"嗯，你说吧，现在怎么办！"他猛然抬起头来看着她问。由于悲痛绝望，他的脸相变得很难看了。

"怎么办！"她叫道，一边霍地站了起来，泪水一直没有干过的眼睛突然闪闪放光，"你站起来吧！（她抓住了他的肩头；他稍微欠起身子，几乎惊讶地望着她。）立刻就去，现在就走，站在十字街头，双膝跪下，先吻被你玷污的大地，然后向全世界、向四方磕头，对所有的人高声叫喊：'我杀了人！'那么上帝又会使你获得新生。你去吗？去吗？"她问他，像发病似的浑身哆嗦，抓住了他的两手，捏得很紧，两眼炯炯发光，直瞅着他。

他很惊奇，她那突如其来的一股高兴劲儿甚至使他大吃一惊。

"索尼雅，你是说去服苦役吗？应当去自首，对吗？"他愁眉苦脸地问。

"去受苦赎罪，你应该这样做。"

"不！索尼雅，我不去自首。"

"那你怎样活下去，怎样活下去呢？你靠什么活下去呢？"索尼雅叫道，"现在这怎么行？你怎样跟你妈说呢？（啊，她们，她们现在会怎样呢！）我说什么啊！你已经抛弃了母亲和妹妹。你已经抛弃了，抛弃了，啊，天哪！"她突然叫道，"这一切他自己都已经知道了！怎么能孤单地活下去！现在你会怎么样呢！"

"别孩子气啦，索尼雅，"他低声说，"我对他们犯了什么罪？我为什么要去自首？对他们说什么呢？这一切只是一个主观幻想……他们自己毁灭千千万万生灵，人家还认为他们做了好事。索尼雅，他们都是骗子和流氓！……我不去。我说什么呢，说我杀了人，但不敢拿钱，藏在石头底下吗？"他讽刺地冷笑一声，补了一句。"那么他们就会嘲笑我，说：傻瓜，你不拿钱。胆小鬼，傻瓜！他们什么，什么也不会懂的，索尼雅，他们不配懂。我去自首干吗？我不去。别孩子气啦，索尼雅……"

"你会痛苦的，你会痛苦的。"她反复地说，在绝望的哀求中向他伸过手去。

"我也许还会诽谤自己，"他愁眉苦脸地说，好像在沉思，"也许，我还是一个人，而不是一只虱子，把自己骂得太早了……我还要斗争。"

在他的嘴角上浮出一丝傲慢的微笑。

五

卡杰琳娜·伊凡诺夫娜走投无路，带上三个孩子到街头卖唱、乞讨。她近于疯狂，高喊着叫人们看一看贵族的和官吏的子女落到了什么地步！她抗议对他们一家苦难不理不睬的将军。她跌倒了，昏了过去，大口吐血。人们把她抬到索尼雅的住处，她死了。斯维德里加依洛夫出钱出力办理她的丧事。他还答应出钱安置她的三个幼小的孩子，替索尼雅找一条出路。拉斯柯尔尼科夫急于和他会面。

第 六 章

一—二

拉斯柯尔尼科夫在克列斯托夫岛上的灌木丛里醒来了，浑身打战，发烧，清晨才回到家里，一直睡到下午两点钟。

他想起来了，这一天是卡杰琳娜·伊凡诺夫娜安葬的日子。他没有参加她的葬礼。

娜斯塔西雅给他端来了饭。他食欲很好，头脑也清爽一些了。这时门开了，拉祖米兴进来对拉斯柯尔尼科夫说，他妈妈病了，很想念他。

拉斯柯尔尼科夫说，杜尼雅来过。他对她说到了拉祖米兴，说他是个很好的、正直的和爱劳动的人。他说他没说拉祖米兴爱她，因为她自己知道。

拉斯柯尔尼科夫说：拉祖米兴，我可以说，把她们托付给你了。

拉祖米兴告诉拉斯柯尔尼科夫，杀害老太婆和丽扎韦塔一案已经了结，尼古拉已全部招认了。拉斯柯尔尼科夫听了觉得自己仿佛得了新生。他拿起制帽，正要走出房间。这时，波尔菲里来了。他坐下来，列举种种理由，说明当初不该怀疑拉斯柯尔尼科夫。可是，实际上，他却是在旁敲侧击，他最后的结论是：杀人的，不是油漆匠尼古拉，而是另外的人。

"那么……是谁……杀的呢？"

"罗季昂·罗曼内奇，是您杀的！就是您杀的……"波尔菲里肯定地低声说。

波尔菲里劝拉斯柯尔尼科夫自首，说这可以减刑，对他的前途大有好处。拉斯柯尔尼科夫不肯。

三—五

拉斯柯尔尼科夫在一家小饭馆里找到了斯维德里加依洛夫。

斯维德里加依洛夫说:您是我很关心的一个女子的哥哥。我以为您今天会告诉我什么新消息呢。接着,他又详细地叙说了杜尼雅当年在他家当教师的时候,他是怎样爱上了她,又怎样地引诱她,最后他又怎样地失败了。拉斯柯尔尼科夫指责他现在仍在打他妹妹的坏主意。他说,不是这样。他说他正在准备结婚,他的未婚妻是个16岁的小姑娘。

当拉斯柯尔尼科夫指斥斯维德里加依洛夫没有放弃对他妹妹的各种卑鄙意图的时候,斯维德里加依洛夫恼火了。他在话中暗示他知道拉斯柯尔尼科夫的犯罪行为,默认他偷听了拉斯柯尔尼科夫和索尼雅的谈话,给拉斯柯尔尼科夫指出了两条道路:一条是逃到美国去,他可以出盘费;一条是用手枪自杀。

斯维德里加依洛夫为和杜尼雅按约定时间会面而摆脱了拉斯柯尔尼科夫。而当他发现杜尼雅时,同时又看见了拉斯柯尔尼科夫。他示意杜尼雅不要和哥哥打招呼,到他这里来。他对她说,她哥哥的秘密就在他的手上,说他知道杜尼雅已经收到了他的信。

斯维德里加依洛夫又劝又逼最终把杜尼雅领进他的房间。他向她证实,她哥哥是杀害老太婆和她妹妹的凶手,还叙说了导致她哥哥犯罪的"理论"和原因。他说,他有钱,有朋友,能救她的哥哥,可以把他送到国外去。杜尼雅要走,可是她发现门已经锁上了。

"您……只要您说一句,他就得救了!……我会救他。……我无限地爱您!让我吻一下您衣服的边吧,让我吻一下吧!……只要对我说:去做那件事,我就会去做!"

"啊?您要强奸!"杜尼雅大叫道。后来她突然掏出了手枪:"不许动,别走过来!"

枪响了。子弹擦破了他的头皮,他并不在意。

"让我走!"她恳求说。

斯维德里加依洛夫没有再难为她,把钥匙给了她。她走了。他也拾起杜尼雅丢下的手枪,揣在怀里,拿起帽子走了。

六

斯维德里加依洛夫在各处小饭馆儿和下流场所混到11点钟,就去拜访她未婚妻一家,给她送来了15 000卢布的各种面值的债券。然后又去看望了索尼雅,送给她3 000卢布,说,她跟拉斯柯尔尼科夫去流放,要用钱。第二天早晨,他在一个僻静的地方,开枪自杀了。

七

拉斯柯尔尼科夫来到巴卡列耶夫旅馆,犹疑片刻,敲了门。母亲流着欢喜的泪水迎接了他。

"亲爱的妈妈,不管发生什么事情……您会和现在一样爱我吗?"他说。

母亲问他:你怎么啦?

他说:我要走啦。别了,妈妈。您跪下,为我祷告吧,您的祷告也许上帝会知道的。

母亲在他身上划个十字,然后就痛哭流涕了。她已经从女儿的梦话中猜到了儿子的不幸。杜尼雅是从斯维德里加依洛夫给她的那封信里知道这件事的。

"……你去干什么工作,什么职业?"

"听天由命……不过您要替我祈祷……"

他回到了自己的住处,见杜尼雅坐在屋里等他。

"你在哪儿过夜?"

"我记不得了……"他说。又说他曾想投河自杀,说马上就去自首。

"你要去受苦,难道这不是已经赎了你的一半罪吗?"

"犯罪?犯什么罪?"他狂怒大叫,"我杀了一只可恶的、有害的虱子,一个放高利贷的老太婆……她吸穷人的血,杀了她可以赎回十桩罪,这算犯罪吗?"

杜尼雅为哥哥的事流泪。拉斯柯尔尼科夫劝她不要这么伤心,他们绝不会就这样永别。

八

拉斯柯尔尼科夫到索尼雅的住处,告诉她说他要自首。索尼雅说,要和他同去。他没有同意。他走到闹市的十字路口,按索尼雅说的,跪在广场的中央,在地上磕头,吻土地。他的心情是快乐的和幸福的。但是,他不敢叫喊说自己是凶手。这时他发现索尼雅在远处看着他。他想到她将要跟他到天涯海角,心中痛苦极了。

他走进警察局,登上三层楼。接待他的是他认识的一个中尉警官。警官说,斯维德里加依洛夫自杀了。他还说当初不该怀疑拉斯柯尔尼科夫是杀人犯。

拉斯柯尔尼科夫没有下定自首的决心,他告别了警官,但在楼下他见索尼雅在院子里,脸色煞白,呆愣愣的,十分羞怯地望着他。他又转身上楼,见到了中尉,从容、清晰地对他说:是我当时用斧头砍死了那个年老的官太太和她的妹妹丽扎韦塔,抢了东西。

尾 声

拉斯柯尔尼科夫自首后五个月被判刑。法庭考虑他毫无隐瞒地供出了案情,考虑到往时的种种善举,考虑到他的健康状况,只判他服二级苦役八年。他服刑后两个月,他的妹妹就和拉祖米兴结了婚。他的母亲也在他去西伯利亚以后故去了。

索尼雅跟随拉斯柯尔尼科夫到了西伯利亚,经常去探望他。她的勤劳和善良受到人们的一致赞扬。她会做时装,因为她,拉斯柯尔尼科夫得到长官减轻苦役的照顾。

拉斯柯尔尼科夫病了。斋期的最后几天和复活节周他都卧病在医院里。病已经痊愈时,他记起了他还在发烧和神智昏迷时所做的梦。他在病中梦见,仿佛全世界遭了一场可怕的、闻所未闻的、见所未见的鼠疫,这是从亚洲内地蔓延到欧洲大陆的。所有的人大概都要死亡,只有几个人,很少几个特殊人物才能幸免。发现了一种侵入人体的新的微生物——旋毛虫,但是这些微生物是天生有智慧和意志的精灵。身体内有了这种微生物的人马上就会鬼魂附体,疯疯癫癫的。可是从来没有人像这种病人那样把自己看作聪明而且坚信真理的人。从来没有人把自己的判断、自己的科学结论、自己的道德信念和信仰看作不可动摇的真理。成批的村庄、成批的城市和人民都被传染了,发疯了。大家都惶恐不安,互不了解。每个人都以为只有自己掌握了真理,看到别人而感到难受,捶打自己的胸膛,哭泣,痛心。他们不知道如何判断,对于什么是恶,什么是善的问题,意见不一。他们不知道谁有罪,谁无辜。人们怀着一种无法理解的仇恨,互相残杀。他们调集了一批军队互相火拼,可是军队还在行军途中,突然自相残杀起来,队伍乱了,战士们都互相殴斗,刺呵,砍呵,咬呵,吃呵。在所有的城市里都成天警钟大鸣,召集所有的人,但是谁召集他们,召集他们干什么,却无人知道,人心惶惶。日常的活计都停顿了,因为每个人都提出了自己的意见,提出自己的改良计划,他们的意见都不一致。农业荒废了。人们在某处聚成一堆,大家同意干一件什么事,一致发誓:生死与共,决不分离——可是他们立刻干起完全违反刚才所建议的事来,彼此开始归罪于对方,互相殴斗和厮杀。发生了火灾和饥荒。所有的人和一切东西都毁了。瘟疫流行起来,蔓延得越来越广。全世界只有几个人能获救,这是几个纯洁的特殊人物,他们负有创造新的人种和新生活的使命,使大地更新和净化……

在拉斯柯尔尼科夫患病期间,索尼雅多次来探望。后来,她也病了。他们病好后进入了一个彼此无限真挚相爱的新的时期。在这幸福的开头,有时他们俩都愿意把这七年当作七天。

一个新的故事,一个人逐渐再生的故事,一个他逐渐洗心革面、逐渐从一个世界进入另一个世界的故事,一个熟悉的、新的、直到如今根本还没有人知道的现实的故事正在开始。这个故事可以作为一部新的小说的题材,——可是我们现在的这部小说到此结束了。

安娜·卡列尼娜

作者列夫·尼古拉耶维奇·托尔斯泰(1828—1910)是19世纪俄国现实主义文学最杰出的代表。他1828年9月9日出生于图拉省克拉皮文县的亚斯纳亚·波利亚纳的一个世袭贵族的家庭。1844年入喀山大学东方语系读书,后转学法律。大学期间受卢梭等人的启蒙思想影响,对农奴制和学校教育产生不满,1847年退学回到亚斯纳亚·波利亚纳。作为年轻的庄园主,托尔斯泰曾在自己的庄园里试行农事改革,但遭到失败。1851年,因厌倦贵族生活去高加索服兵役,并开始文学创作。托尔斯泰的创作,大致可以分为三个时期:

早期(1851—1863)是他艺术探索和成长的时期。1852年,托尔斯泰在《现代人》杂志上发表了第一部小说《童年》,它和后来发表的《少年》(1852—1854)、《青年》(1855—1857)合成为自传性的三部曲。小说通过贵族少爷尼古连卡性格的形成过程,表现了作者对贵族社会的批判倾向,并提出"自我修养"的主张。50年代中期发表的《塞瓦斯托波尔故事》(1855—1856)是托尔斯泰根据自己在塞瓦斯托波尔战役中的见闻写成的军事特写,它开创了俄国文学描写战争的现实主义传统,给作家带来了极高的声誉。50年代下半期,俄国地主和农民的矛盾更加尖锐,托尔斯泰在1856年写成的带有自传性的中篇小说《一个地主的早晨》中,第一次明确表现了对地主与农民关系问题的探索,以及企图通过改善农奴生活,使贵族在接近人民生活中达到思想净化的方法来协调阶级对立的尝试。1856年年底,托尔斯泰辞去军职,转年出国旅行。根据在瑞士时的见闻写成的短篇小说《琉森》(1857),揭露了资本主义社会民主的虚伪实质和资产者的自私本性,但同时也否定了资本主义文明的相对进步意义。50年代末60年代初,托尔斯泰在农奴制改革问题上同革命民主派发生严重分歧。他不反对废除农奴制,但又不赞成以革命的方法消灭农奴制。中篇小说《哥萨克》(1853—1863)表达了作家要脱离自己周围的环境,走"平民化"道路的初步愿望,是托尔斯泰早期创作的总结。

中期(1864—1880)是托尔斯泰创作艺术成熟的时期。这一时期他接连写下了两部长篇小说,取得了辉煌成就。60年代初,作家试图通过研究历史寻找决定俄国命运的主要社会力量,在此过程中完成了史诗性的长篇小说《战争与和平》(1863—1869)。小说以1812年的卫国战争为背景,概括了从19世纪初到20年代俄国社会的重大历史事件。有关人民的主题贯穿全书,人民被描写成真正的爱国英雄和推动历史发展的动力;而远离人民的宫廷贵族和官僚则被写成腐败堕落的形象。小说还通过安德烈和彼埃尔的精神探索,表现了作家力图以"顺从天命"、"爱一切人"的道德观念为贵族寻找一条生路的思想。70年代,面对农奴制改革后俄国资本主义的急剧发展和宗法制农村旧秩序的分崩离析,托尔斯泰深感惶恐。他的注意力从历史又转向现实,《安娜·卡列尼娜》(1873—1877)就是他这一阶段思想探索的产物。小说生动地描绘了19世纪70年代俄国社会的动荡不安,一方面通过安娜的爱情悲剧无情地揭露和批判了贵族上流社会的腐败、虚伪和冷酷,显示了贵族阶级家庭关系的瓦解;另一方面通过列文的农事改革,表现了贵族地主的没落和农村阶级矛盾的激化。列文紧张的精神探索和最后在家庭幸福以及宗教信仰中得到的精神归宿,反映了作家思想激变前的精神面貌。

晚期(1881—1910)是指托尔斯泰世界观转变后的创作时期。70至80年代,在俄国民主运动和全国性大饥荒的强烈影响下,托尔斯泰终于抛弃了本阶级的观点,转移到宗法制农民的立场上来,这是他长期思想探索的结果。这一时期他创作的总倾向是,一方面揭露当代社会的各种罪恶现象,一方面宣传自己的“勿以暴力抗恶”、“道德的自我完善”和“博爱”等宗教主张。其中主要作品有:剧本《黑暗的势力》(1886)、《教育的果实》(1891),中篇小说《克莱采奏鸣曲》(1891)等。长篇小说《复活》(1889—1899)是托尔斯泰晚年的代表作,也是他一生思想探索和艺术探索的总结。作品通过贵族聂赫留朵夫与农奴私生女卡邱霞·玛丝洛娃之间的爱情纠葛以及他们精神的“复活”,对沙皇俄国的黑暗现实,包括政府、法庭、监狱、官方教会、土地私有制和资本主义制度等作了空前激烈深刻的批判,全面彻底地否定了沙皇专制制度,对广大劳动人民的苦难寄予了真切的同情。托尔斯泰的力量和弱点,在这部小说里得到了最集中最鲜明的体现。1905 年革命前夕,托尔斯泰写下了短篇小说《舞会之后》(1903)和中篇历史小说《哈泽-穆拉特》(1896—1904),抨击了沙皇军队和政府的暴虐专制。

晚年的托尔斯泰一直想摆脱贵族家庭生活,实现“平民化”,思想陷入极端苦闷之中。1910 年 10 月 28 日夜,他终于秘密离家出走。途中因患肺炎,11 月 20 日逝世于阿斯塔波沃车站,享年 82 岁。

托尔斯泰以自己半个多世纪的文学创作,深刻地反映了 1861 年至 1905 年俄国社会错综复杂的矛盾,表现了俄国农民资产阶级革命的特点。因此列宁称托尔斯泰是俄国革命的镜子。

托尔斯泰的艺术博大精深。他以高度的概括力真实地再现了时代的面貌。在人物性格塑造上,善于描写人物内心的多面性、丰富性和复杂性,善于描写性格的发展变化。其艺术风格朴素自然,语言精练准确。

《安娜·卡列尼娜》是托尔斯泰代表作品之一。它由两条平行发展又相互对照的线索构成。一条是写上层贵族妇女安娜离开自己不爱的丈夫、彼得堡的大官僚卡列宁,与贵族军官伏伦斯基相爱,终至自杀的故事;另一条是写外省地主列文与贵族小姐吉娣的恋爱、婚姻和家庭生活,以及列文紧张而痛苦的精神探索。两条线索是由安娜的哥哥奥勃朗斯基连接起来的。小说中比较重要的人物还有:安娜的表嫂培特西公爵夫人,伏伦斯基的母亲、哥哥、老同学谢普霍夫斯科依,卡列宁的朋友李迪雅伯爵夫人,列文的亲哥哥尼古拉、同父异母哥哥柯兹尼雪夫,吉娣的姐姐、奥勃朗斯基的妻子陶丽,以及吉娣的娘家谢尔巴茨基一家。

现参照中文译本(草婴译,上海译文出版社 1982 年版)分章介绍或节选如下。

第一部

一—四

幸福的家庭家家相似,不幸的家庭各各不同。

奥勃朗斯基家里一片混乱。妻子陶丽知道了丈夫与原先的法籍家庭女教师的暧昧关系,三天来一直关在自己的房里不见人。孩子们像野小鬼一样到处乱跑,仆人也纷纷辞职不干了。

奥勃朗斯基不能欺骗自己。他今年三十四岁,是个多情的美男子,他的妻子比他只小一岁,却已是五个活着、两个死去的孩子的母亲。现在他不再爱她了,但他后悔的是没有把那件事瞒过妻子。而眼下为了出卖妻子的林产非得同她和解不可,一想到这种金钱上的利害关系,他就感到自尊心受到了伤害。早饭后,他决定去向妻子道歉。然而当陶丽看出丈夫对她只是怜悯并没有爱情时,怒火更大了,声称今天就离开这里。

奥勃朗斯基叹了口气，看来只能把希望寄托在明天到来的妹妹安娜身上了。

五—九

奥勃朗斯基生于显赫的官宦世家，现在在莫斯科官厅里担任一个体面而俸金优厚的官职，这是通过妹夫卡列宁的关系谋得的。

这天奥勃朗斯基来到官厅办公，他小时的同伴和朋友列文突然跑来见他。列文是卡拉金县拥有三千亩土地的地主，对各种事物都有人家意料不到的新观点，他瞧不起奥勃朗斯基城市生活的方式和他办的公事。两个老朋友照例互相嘲笑了一通后，列文终于谈起这次来的目的，他腼腆地、尴尬地问起谢尔巴茨基家的情况。奥勃朗斯基马上明白了，因为他早知道列文爱上了他的姨妹吉娣。

列文这次来莫斯科就是向吉娣求婚的。他家与谢尔巴茨基家都是莫斯科的贵族世家，彼此情谊深厚。他又跟吉娣的哥哥是大学同学，他深深地爱着他们一家人。但又觉得自己已经三十二岁，相貌不好看，又没有固定的职业和社会地位，是不会获得年轻美貌的吉娣喜欢的。为此他曾想躲回乡下不再出来，然而爱情却使他不能得到片刻的安宁。两个月后他终于又来到莫斯科，这次一定要决定自己的命运。他乘早车到后，就径直去见奥勃朗斯基，然后按照他的指点，到动物园溜冰场找吉娣。

吉娣很高兴地请列文一起溜冰。但当列文暗示了来意时，她脸上的亲切表情消失了，吉娣的母亲也只是冷冷地、礼节性地邀请他晚上去家里。列文茫然了。

十—十六

奥勃朗斯基邀请列文在英国饭店吃晚饭，并告诉列文，伏伦斯基是他的情敌。此人是伏伦斯基伯爵的儿子，宫廷武官，非常有钱，长得漂亮，交游又广，是彼得堡花花公子的一个活标本。同时他也很有教养、很聪明，是个前途远大的人物。他爱吉娣爱得入了迷。这话使列文变得凶狠和恼怒起来。他觉得，这实在亵渎了他的特殊感情。

吉娣小姐今年才十八岁，冬天里第一次进入社交界就获得了极大成功，而且出现了两位追求者：列文和伏伦斯基。她心里一直激动不安，既喜欢伏伦斯基，又不愿使列文感到屈辱。

列文赶在客人前先到了谢尔巴茨基家，向吉娣提出求婚。吉娣在一阵幸福过后，想到伏伦斯基，慌忙而直截了当地说出："这不可能……"列文绝望了。伏伦斯基来了，他是个个儿不高、体格健壮的黑发男子，相貌端正英俊，性格沉着刚毅而又和蔼可亲，动作雅致洒脱。从他与吉娣交换的眼神中，列文更加清楚了吉娣的感情，他悄悄地走了。

伏伦斯基从来没有过过真正的家庭生活。父亲死得早，母亲曾是社交界的红人，特别是在孀居以后，有过许多风流韵事。他自己是在贵胄军官学校里长大的。毕业后是个派头十足的青年军官。在经历了彼得堡奢侈放荡的生活之后，他来到莫斯科，初次尝到了同一位纯洁可爱又倾心于他的上流社会姑娘接近的乐趣。他根本没有想到这会产生什么后果，而结婚对他永远是无法想象的。

十七

第二天上午十一点钟，伏伦斯基到彼得堡车站去接他的母亲，碰上了前来接妹妹的奥勃朗斯基。

不多一会儿,车进站了。

十八

伏伦斯基跟着列车员登上车厢,在入口处站住了,给一位下车的太太让路。伏伦斯基凭他丰富的社交经验,一眼就从这位太太的外表上看出,她是上流社会的妇女。他道歉了一声,正要走进车厢,忽然觉得必须再看她一眼。那倒不是因为她长得美,也不是因为她整个姿态所显示的风韵和妩媚,而是因为经过他身边时,她那可爱的脸上现出一种异常亲切温柔的神态。他转过身去看她,她也向他回过头来。她那双深藏在浓密睫毛下闪闪发亮的灰色眼睛,友好而关注地盯着他的脸,仿佛在辨认他似的,接着又立刻转向走进来的人群,仿佛在找寻什么人。在这短促的一瞥中,伏伦斯基发现她脸上有一股被压抑着的生气,从她那双亮晶晶的眼睛和笑盈盈的樱唇中掠过,仿佛她身上洋溢着过剩的青春,不由自主地忽而从眼睛的闪光里,忽而从微笑中透露出来。她故意收起眼睛里的光辉,但它违反她的意志,又在她那隐隐约约的笑意中闪烁着。

伏伦斯基走进车厢。伏伦斯基的母亲是个黑眼睛、鬈头发的干瘪老太太。她眯缝着眼睛打量儿子,薄薄的嘴唇露出一丝笑意。她从座位上站起身来,把手提包递给侍女,伸出一只皮包骨头的小手给儿子亲吻,接着又托起儿子的脑袋,在他的脸上吻了吻。

"电报收到了? 你身体好吗? 赞美上帝!"

"您一路平安吧?"儿子说,在她旁边坐下来,不由自主地倾听门外一个女人的声音。他知道这就是刚才门口遇见的那位太太在说话。

……

"我还是不同意您的话。"那位太太说。

"这是彼得堡的观点,夫人。"

"不是彼得堡的观点,纯粹是女人家的观点。"她回答。

"那么让我吻吻您的手。"

"再见,伊凡·彼得罗维奇。请您去看看我哥哥来了没有,要是来了叫他到我这儿来。"那位太太在门口说,说完又回到车厢里。

"怎么样,找到哥哥了吗?"伏伦斯基伯爵夫人问那位太太。

伏伦斯基这才想起,她就是卡列宁夫人。

"您哥哥就在这儿,"他站起来说,"对不起,我刚才没认出您来。说实在的,我们过去见面的时间太短促,您一定不会记得我了。"伏伦斯基一面鞠躬,一面说。

"哦,不,"她说,"我可以说已经认识您了,因为您妈妈一路上尽是跟我谈您的事情,"她说着,终于让那股按捺不住的生气从微笑中流露出来。"哥哥我可还没见到呢。"

"你去把他找来,阿历克赛。"老伯爵夫人说。

伏伦斯基走到站台上,叫道:

"奥勃朗斯基! 这儿来!"

但安娜不等哥哥走过来,一看到他,就迈着矫健而又轻盈的步子下了车。等哥哥一走到她面前,她就用一种使伏伦斯基吃惊的果断而优美的动作,左手搂住哥哥的脖子,迅速地把他拉到面前,紧紧地吻了吻他的面颊。伏伦斯基目不转睛地瞧着她,自己也不知道为什么,一直微笑着。

但是一想到母亲在等他,就又回到车厢里。

“她挺可爱,是不是?”伯爵夫人说到卡列宁夫人,“她丈夫让她同我坐在一起,我很高兴。我同她一路上尽是谈天。噢,我听说你……你一直还在追求理想的爱情。这太好了,我的宝贝,太好了。”

“我不知道您指的是什么,妈妈,”儿子冷冷地回答,“那么妈妈,我们走吧。”

安娜又走进车厢,来同伯爵夫人告别。

“您瞧,伯爵夫人,您见到了儿子,我见到了哥哥,”她快活地说,“我的故事全讲完了,再没有什么可讲的了。”

“哦,不,”伯爵夫人拉住她的手说,“我同您在一起,就是走遍天涯也不会觉得寂寞的。有些女人就是那么可爱,你同她谈话觉得愉快,不谈话同她一起坐坐也觉得愉快。您就是这样一位女人。您不必为您的儿子担心,总不能一辈子不离开呀。”

安娜挺直身子,一动不动地站着。她的眼睛含着笑意。

“安娜·阿尔卡迪耶夫娜有个八岁的儿子了,”伯爵夫人向儿子解释说,“她从没离开过儿子,这回把儿子留在家里,她总是不放心。”

“是啊,伯爵夫人同我一路上谈个没完,我谈我的儿子,她谈她的儿子。”安娜说。她的脸上又浮起了微笑,一个对他而发的亲切的微笑。

“这一定使您感到很厌烦吧。”伏伦斯基立刻接住她抛给他的献媚之球,应声说。不过,安娜显然不愿继续用这种腔调谈下去,就转身对伯爵夫人说:

“我真感谢您。我简直没留意昨天一天是怎么过的,再见,伯爵夫人。”

“再见,我的朋友,”伯爵夫人回答,“让我吻吻您漂亮的脸。不瞒您说,我这老太婆可真的爱上您了。”

这句话尽管是老一套,安娜却显然信以为真,并且感到很高兴。她涨红了脸,微微弯下腰,把面颊凑近伯爵夫人的嘴唇,接着又挺直身子,带着荡漾在嘴唇和眼睛之间的微笑,把右手伸给伏伦斯基。伏伦斯基握了握她伸给他的手,安娜也大胆地紧紧握了握他的手。她这样使劲的握手使伏伦斯基觉得高兴。安娜迅速地迈开步子走出车厢。她的身段那么丰满,步态却那么轻盈,真使人感到惊奇。

“她真可爱。”老太婆说。

她的儿子也这样想。伏伦斯基目送着她,直到她那婀娜的身姿看不见为止。伏伦斯基脸上一直挂着微笑。他从窗口看着她走到哥哥面前,拉住他的手,热烈地对他说话。说的显然是同他伏伦斯基不相干的事。这使他感到不快。

“哦,妈妈,您身体好吗?”他又一次对母亲说。

“很好,一切都很好。阿历山大长得很可爱,玛丽雅长得挺漂亮。她真好玩。”

伯爵夫人又说起她最得意的事——孙儿的洗礼。她就是为这事特地到彼得堡去了一次。她还谈到皇上赐给她大儿子的特殊恩典。

“啊,拉夫伦基来了,”伏伦斯基望着窗外说,“您要是愿意,现在可以走了。”

伯爵夫人的老当差走进车厢报告说,一切准备就绪。伯爵夫人站起来准备动身了。

“走吧,现在人少了。”伏伦斯基说。

侍女拿着手提包,牵着狗,老当差和搬运工拿着其他行李。伏伦斯基挽着母亲的手臂。他们走出车厢的时候,忽然有几个人神色慌张地从他们身边跑过。戴着颜色与众不同的制帽的站长也跑过去了。显然是出了什么事。已经下车的旅客也纷纷跑回来。

“什么? ……什么? ……自己扑上去的! ……压死了! ……”过路人中传出这一类呼声。

奥勃朗斯基挽住妹妹的手臂,也神色慌张地走回来。他们在车厢门口站住,避开拥挤的人群。

太太们走到车厢里,伏伦斯基同奥勃朗斯基跟着人群去打听这场车祸的详情。

一个看路工,不知是喝醉了酒,还是由于严寒蒙住耳朵,没有听见火车倒车,竟被轧死了。

不等伏伦斯基和奥勃朗斯基回来,太太们已从老当差那儿打听到了详细经过。

奥勃朗斯基和伏伦斯基都看到了血肉模糊的尸体。奥勃朗斯基显然很难过。他皱着眉头,眼看就要哭出来了。

“哎呀,真可怕! 哎呀,安娜,还好你没看见! 哎呀,真可怕!”他喃喃地说。

伏伦斯基不作声。他那张俊美的脸很严肃,但十分平静。

“哎呀,伯爵夫人,您还好没看见,”奥勃朗斯基说,“他老婆也来了……看见她真难受……她一头扑在尸体上。据说,家里有一大帮子人全靠他一个人养活。真可怜!”

“不能替她想点办法吗?”安娜激动地低声说。

伏伦斯基瞅了她一眼,立刻走下车去。

“我马上回来,妈。”他从门口回过头来说。

几分钟以后,当他回来的时候,奥勃朗斯基已经在同伯爵夫人谈论那个新来的歌星了,但伯爵夫人却不耐烦地望着门口,等儿子回来。

“现在我们走吧。”伏伦斯基走进来说。

他们一起下了车。伏伦斯基同母亲走在前面。安娜同她哥哥走在后面。在车站出口处,站长追上了伏伦斯基。

“您给了我的助手两百卢布。请问您这是赏给谁的?”

“给那个寡妇,”伏伦斯基耸耸肩膀说,“这还用问吗?”

“是您给的吗?”奥勃朗斯基在后面大声问。他握住妹妹的手说,“真漂亮! 真漂亮! 他这人挺可爱,是吗? 再见,伯爵夫人。”

他同妹妹站住了,找寻她的侍女。

他们出站的时候,伏伦斯基家的马车已经走了。从站里出来的人们还纷纷议论着刚才发生的事。

“死得真惨哪!”一位先生在旁边走过说,“听说被轧成两段了。”

“我的看法正好相反,这是最好过的死法,一眨眼就完了。”另一个人说。

“怎么不采取些预防措施啊!”第三个人说。

安娜坐上马车。奥勃朗斯基惊奇地看到她的嘴唇在哆嗦,她好容易才忍住眼泪。

“你怎么啦,安娜?”他们走了有几百码路,他问道。

“这可是个凶兆。”她说。

“胡说八道!”奥勃朗斯基说,“最要紧的是你来了。你真不能想象,我对你抱有多大的希望啊!”

“你早就认识伏伦斯基了?”她问。

“是的。不瞒你说,我们都希望他同吉娣结婚呢。”

“是吗?”安娜悄悄地说。“哦,现在来谈谈你的事吧,”她接着说,抖了抖脑袋,仿佛要从身上抖掉什么妨碍她的累赘似的。“让我们来谈谈你的事。我接到你的信就来了。”

“是啊,如今全部希望都在你身上了。”奥勃朗斯基说。

“那么,你把事情经过都给我讲讲吧。”

奥勃朗斯基就讲了起来。

到了家门口,奥勃朗斯基扶妹妹下了车,叹了一口气,握了握她的手,自己就到官厅办公去了。

十九—二十一

安娜以真挚的同情与友爱表达了对陶丽的理解,并以哥哥的悔恨及其他对妻子的爱和崇拜打动了陶丽的心弦,使她平静了下来。

午饭后吉娣来了。她与安娜并不熟,但感到还没定下神来就被安娜所左右了。安娜不像上流社会的贵夫人,也不像八岁孩子的母亲,要不是她眼睛里有一种使吉娣吃惊和倾倒的既严肃又时而显得忧郁的神情,凭她动作的轻灵、模样的妩媚,以及忽儿通过微笑忽儿通过目光流露出来的勃勃生气,她看上去很像一个二十岁的姑娘。吉娣觉得安娜十分纯朴,她什么也不掩饰,但在她的内心里另有一个感情丰富而又诗意盎然的超凡脱俗的世界。那是吉娣所无法捉摸的。她们谈起下星期的盛大舞会。

陶丽与奥勃朗斯基和解了,安娜由衷地高兴。晚上快十点了,伏伦斯基突然来访,安娜感到很别扭。

二十二—二十三

今天是吉娣一生中幸福的日子。她穿着一身玫瑰红打底,上面饰有复杂花纹的网纱衣裳,无论是服饰还是发式、鞋子一切都是那么雅致完美,充满魅力。当她在母亲的陪同下轻盈洒脱地步入舞厅时,最杰出的舞蹈明星就请她跳舞。一圈华尔兹下来,她来到安娜身边,发现安娜并没有像她所渴望的那样穿紫色衣裳,却穿了一件黑丝绒的敞胸连衫裙,露出她那像老象牙雕成的丰满的肩膀和胸脯,以及圆圆的胳膊和短小的手。她整件衣裳都镶满威尼斯花边。她的头上,在她天然的乌黑头发中间插着一束小小的紫罗兰,而在钉有白色花边的黑腰带上也插着同样的花束。她的发式并没有什么引人注目的地方,引人注目的是那些老从后颈和鬓角里露出来的一圈圈倔强的鬈发,这使她更加妩媚动人。在她那仿佛象牙雕成的健美脖子上挂着一串珍珠。这时吉娣才懂得安娜不能穿紫衣裳,她的魅力在于她这个人总是比服装更引人注目,装饰在她身上从来不引人注意。她身上那件钉着华丽花边的黑衣裳是不显眼的。这只是一个镜框,引人注目的是她这个人:单纯、自然、雅致、快乐而充满生气。

吉娣同伏伦斯基跳了几圈舞,没有说什么重要的话。她心情激动地等待着跳玛祖卡舞,认为到那时情况就清楚了。整个舞会,直到最后一圈卡德里尔舞,对吉娣来说,就像一个充满欢乐的色彩、音响和动作的美妙梦境。但在最后一圈卡德里尔舞时,她碰巧做了伏伦斯基和安娜的对舞者,发现安娜又换了一种意料不到的崭新模样,那眼睛里闪烁的快乐光辉和不由自主地洋溢在嘴唇上的幸福的微笑,显然是为人家对她的倾倒陶醉了。而这陶醉,吉娣愈仔细观察,心愈揪紧了:

不是因众人的欣赏，而是一个人的拜倒。“难道就是他吗？”吉娣对伏伦斯基望了望，心里一阵恐惧。他那一向坚定沉着的风度和泰然自若的神情不见了，他的眼神里只有顺从和惶恐，就像一条伶俐的狗做错了事一样。在吉娣的心目中，整个舞会，整个世界，都笼罩上了一片迷雾。要跳玛祖卡舞了，吉娣刹那间感到绝望和恐惧。她回绝了五个人的邀舞，现在谁也不会想到还没有人邀她，她觉得自己彻底毁了。母亲把自己的舞伴让给了她。不知不觉中一种超自然的力量把吉娣的目光引到安娜脸上：安娜的黑衣裳以及丰满的胳膊、脖子、蓬松的发卷、轻盈优美的动作和那生气勃勃的美丽的脸都是迷人的，但在她的迷人之中却包含着一种极其残酷的东西。吉娣对她比以前更加叹赏，同时心里也越发痛苦，觉得在精神上垮了。吉娣自言自语道：是的，她身上有一种与众不同的像魔鬼般媚人的东西。

安娜没有留下来吃晚饭，还说明天要回彼得堡去。

二十四—二十七

列文回到乡下家中，他决心将农事改革进行下去，同时要劳动得更多，生活得更俭朴。然而他又多么希望在父母去世的这座房子里重新建立完美无缺的家庭啊！

二十八—三十一

舞会后的第二天清早，安娜心神不宁、情绪烦躁。她向陶丽坦白，是她破坏了吉娣的快乐。可是就在她说她对自己没有一点怀疑的刹那，她又觉得自己说的不是实话。为了避免再同伏伦斯基见面，她决定当天就离开莫斯科。

当火车响过第三遍铃后，安娜想道：感谢上帝，一切都结束了！我又可以照老样子太太平平过日子了。但是她情不自禁地又想起了莫斯科、舞会，想起伏伦斯基那张多情柔顺的脸，她一面对自己说“那有什么呢？”一面又觉得羞耻感却在增强。朦胧中她觉得自己在往下沉。

火车进站了，安娜走下车，舒畅地吸着雪花飞舞的凛冽空气。突然她发现伏伦斯基站在她旁边，一种莫名其妙的快乐的骄傲情绪控制了她。伏伦斯基盯住她的眼睛说：我来到这里，是因为您在这里，我没有别的办法。这正是安娜内心所渴望而她的理智所害怕的。她请求他把这些话忘掉，而他却说：您的每一句话、每一个动作，我都永远不会忘记，也无法忘记。安娜转身回到车厢。但她明白，这片刻的谈话使他们更加可怕地接近了。

火车在彼得堡停下来，安娜下车后第一眼看到的是她丈夫冷冰冰的一本正经的脸，尤其是那对大的扇风耳。可是她更不满意的是自己，那种长久以来对丈夫的虚情假意，现在她十分明白而痛苦地意识到了。而伏伦斯基以情人的明察秋毫的眼力断定：她不爱他。

三十二—三十四

谢辽查第一个跑出来迎接他的妈妈。安娜回到现实中来，儿子单纯、信任和亲爱的目光，使她得到了精神上的安慰。

卡列宁生活中的每一分钟都是预先排定、严格遵守的。尽管公务几乎占去了他的全部时间，每天晚上他还是习惯地读一会儿书。安娜仿佛在与什么人辩论似的自言自语道：他毕竟是个好人，正直、善良，事业上有成就，可是他的耳朵怎么显得这么怪呀！当安娜向卧室走去时，她的脸上没有了在莫斯科时焕发的那股生气，心中的火花似乎也熄灭了。

伏伦斯基准备在交际场中继续追逐卡列宁夫人。

第 二 部

一—三

吉娣的身体愈来愈虚弱,她坚持去姐姐家帮助看护几个生病的孩子,然后随父母出国疗养。

四—十

彼得堡的上流社会是一个整体,但大圈子里还有小圈子。其一是卡列宁政府官员的圈子,安娜不感兴趣。其二是卡列宁赖以飞黄腾达的圈子,中心人物是李迪雅伯爵夫人。形成这个圈子的是那些年老色衰、仁慈虔敬的妇女和聪明好学、功名心重的男人,被称作"彼得堡的良心"。安娜起初就是在这个圈子里找到朋友的。其三是真正的社交界,那里是舞会、宴会和华丽的服装。安娜是通过她的表嫂培特西公爵夫人同这个圈子发生联系的。本来她想避开这个圈子,因为那里的交际费超过了她的进款。但从莫斯科回来后情况相反了。安娜出入于豪华的交际场所,在那里见到伏伦斯基,总使她尝到一种销魂的快乐。而伏伦斯基一有机会就向安娜倾诉爱情。他很明白,在社交界一个追求姑娘而失败的男人,就要成为笑柄;而一个追求已婚女人,并且冒着生命危险,不顾一切把她勾引到手的男人,倒有一种英雄豪杰的味道。

这天剧散后,伏伦斯基和安娜先后来到培特西家,很快地他俩离开了大家,单独坐到屋角的桌旁。安娜表示:这事该结束了,还是让我们做个好朋友吧!她嘴里这么说,可眼神却完全说明另一种意思。伏伦斯基急切地说:这是不可能的,我们要么成为天下最幸福的人,要么成为最不幸的人——这全得由您决定。就在这当儿,卡列宁来了,安娜依旧和伏伦斯基坐在小桌旁。客厅里几乎所有的人都感到这实在不成体统。临末卡列宁要妻子一同回家,安娜看也不看他,说要留下来吃晚饭。

当安娜走出大门时,伏伦斯基再一次表白:我需要的不是友谊,而是爱情……安娜用发自内心的声音说:我所以不喜欢这个词儿,是因为它对我的含义太多了,远不是您所能理解的。伏伦斯基意识到今晚比前两天更接近他的目标了。

卡列宁决定同妻子谈谈,他认为这是他作为一家之长的义务。至于"感情"是她的良心问题,与他不相干。安娜回来了,她红光满面,但这容光不是欢乐的光彩,却像黑夜里可怕的大火。不管卡列宁怎样郑重其事地要和她谈谈、警告她,她仍显得那么若无其事。卡列宁想好的话全乱了。安娜想道:迟了,已经太迟了。从那一夜起,卡列宁夫妻开始了一种新的生活,表面上一切照旧,而内在关系却完全变了。卡列宁这个强有力的政治家对此却软弱无能、束手无策。

十一

烦扰了伏伦斯基差不多整整一年的欲望得到了满足。安娜变得羞愧难当,感到自己罪孽深重。而伏伦斯基呢,觉得自己好像一名凶手面对着一具被他夺去生命的尸体,这尸体就是他们初期的爱情。安娜说:一切都完了,我除了你,什么也没有了,你要记住!在另一种生活开始的时候,她觉得无法表达那种又羞愧、又快乐、又恐惧的错综复杂的心情。

十二—十七

春天来了，列文决心抛开往事，好好安排农场的计划和自己的独身生活。奥勃朗斯基来卖妻子的森林，被商人梁比宁坑掉了三万卢布。列文为贵族阶级各方面的衰落感到悲伤痛苦。

十八—二十三

有关伏伦斯基的桃色新闻已闹得满城风雨。那些妒忌安娜的年轻妇女十分高兴，她们已准备下大量的泥块，一旦时机成熟就好向她身上抛去；上了年纪的人和大人物，对这种正在酝酿中的社会丑闻感到不满。伏伦斯基的母亲起初只把它当作一件上流社会的风流韵事，但当她听说儿子为此拒绝了一个前途远大的职务时，也改变了态度，派大儿子出面干涉。

伏伦斯基接到了母亲的信和哥哥的条子，他明知道他们是对的，但他更知道他同安娜的恋爱并非一时冲动，安娜对他比生命还重要，他愿意自作自受。只是这种隐瞒、说谎和欺骗的生活使他俩都感到厌恶。他第一次明确地决定：必须结束这种虚伪的生活，而且越快越好。

军官障碍赛马前，伏伦斯基来到安娜的别墅。安娜今天特别痛苦，她说她怀孕了，这使伏伦斯基更下定了决心，他让安娜把一切都告诉卡列宁，然后离开。但安娜知道，卡列宁不会轻易放过她，她说，他不是人，他是一架机器。当他生气时简直是一架凶狠的机器。安娜一面说着，一面想着卡列宁，并不因为自己对他犯了大罪而稍稍原谅他。然而逃走，去做伏伦斯基的情妇，这使她更气愤，这其中难言的是关于“儿子”，这是伏伦斯基所不能理解的。

二十四—二十八

赛马。起初伏伦斯基很顺利，他一马当先越过了最后一道障碍。但就在这一刹那，他没有跟上马的节拍，马横倒下来，摔断了脊梁骨。伏伦斯基自己虽没受伤，可心里很难过，他嗜好玩马，这是他有生以来经历的第一次最痛苦的、无法补救的不幸。

卡列宁照例每周一次到别墅看安娜，并带来生活费，这是他为保持体面而做的。当他来到赛马场时，发现安娜与培特西已并肩坐在那个集中了上流社会人士的亭子里了。安娜装作没看见他，始终拿着望远镜对准骑手们，实际上除了一个人外，她谁也没有注意。

赛马很不顺利，十七个人倒有半数以上从马上摔下来，受了伤，大家都很激动。

二十九

观众都大声表示不满，都重复一个人说的话：“就差人同狮子搏斗啦！”大家都觉得恐惧，因此伏伦斯基摔下马来，安娜惊叫一声，并没有引起人们的注意。不过，接着安娜脸上起了变化，变得实在不成体统。她惊惶失措，像一只被捕的鸟儿那样扑腾挣扎；忽而站起来走开，忽而对培特西说话。

“我们走吧，我们走吧。”她说。

但培特西没有听见她的话。培特西正弯下身子，同一个走到她面前来的将军说话。

卡列宁走到安娜跟前，殷勤地向她伸出一只手臂。

“要是你高兴的话，我们走吧。”他用法语说，但安娜正注意听着那将军说话，没有注意到丈夫。

“听说,腿也摔断了,”将军说,“这真是太不像话啦。”

安娜没有回答丈夫,她举起望远镜,朝伏伦斯基倒下的地方瞭望,但距离太远,那边又聚集了那么多人,她什么也没有看见。她放下望远镜,正要走,但就在这当儿,一个军官骑马跑来,向沙皇报告什么事。安娜探身向前,听他说些什么。

“斯基华!斯基华!”她向哥哥叫着。

但是哥哥没有听见。她又起身想走。

“我再一次向你伸出我的手臂,要是你愿意走的话。”卡列宁触触她的手,说。

她嫌恶地避开他,不看他的脸,回答说:

“不,不,别来管我,我不走。”

现在她看见伏伦斯基倒下的地方,有个军官穿过赛马场,向亭子跑去。培特西向他挥挥手帕。

军官带来消息说,骑手没有受伤,但马折断了脊梁骨。

安娜一听见这消息,立刻坐下来,用扇子遮住脸。卡列宁看见她哭了,她不仅忍不住眼泪,甚至哭出声来,哭得胸脯不住起伏。卡列宁用身子把她挡住,让她有时间平静下来。

“我第三次向你伸出我的手臂。”他过了一会儿又对她说。安娜对他望望,不知道说什么才好。培特西公爵夫人走来解救她。

“不,阿历克赛·阿历山德罗维奇,是我把安娜带来的,我答应送她回去。”培特西插进来说。

“对不起,公爵夫人,”他彬彬有礼地笑着说,但严厉地盯住她的眼睛,“我看安娜身体不太好,我想让她同我一起走。”

安娜恐惧地回头看了一眼,顺从地站起来,把手放在丈夫的手臂上。

“我派人到他那里去,打听好了再告诉你。”培特西低声对她说。

在亭子出口处,卡列宁照常同遇见的人寒暄几句。安娜也照常回答人家的招呼,但她精神恍惚,像做梦一样挽住丈夫的手臂走着。

“他有没有摔死?这是真的吗?他会不会来?今天我能看见他吗?”她想。

她默默地坐上卡列宁的马车,又默默地离开停满马车的地方。这一切卡列宁都看在眼里,但他还是避免想到妻子当前的处境。他只看见一些表面现象。他看到妻子的举动有点乖戾,就认为自己有责任提醒她。不过单提这事,不说别的,又觉得很困难。他张开嘴,想对她说她的举动有失体统,但他不由自主,说出来的竟完全是另一回事。

“真是的,我们大家都很爱看这种残酷的场面,”他说,“我注意到……”

“什么?我不明白。”安娜轻蔑地说。

他恼火了,顿时说出他想说的话来。

“我应该对您说。”他开始说。

“哦,这下子要摊牌了。”她想,心里感到恐惧。

“我应该对您说,您今天的行为有失检点。”他用法语对她说。

“我什么地方有失检点啦?”她一面大声说,一面迅速地向他回过头去,盯住他的眼睛,但已经完全没有原来那种隐蔽的欢乐,而是板起了脸,但这副神气还是掩饰不住她内心的恐惧。

“注意。”他指指车夫背后打开的窗子,对她说。

他起身把窗子关上。

“您发现我什么地方有失检点啦?”她又问。

“刚才有一个骑手从马上摔下来,您没有掩饰您那种大惊失色的神气。”

他等她反驳,可是她眼睛瞪着前方,一言不发。

“我曾经要求您在交际场所注意您的一举一动,免得那些毒舌头说您闲话,我一度谈到内心活动问题,现在我不谈这个。现在我谈的是公然表现出来的行为。您的行为太不检点了。我希望今后不再发生这样的事。”

他说的话她连一半也没有听进去。她有点怕他,但心里一直在想,伏伦斯基是不是真的没有摔死。他们说骑手没有受伤,只有马折断了脊梁骨。他们说的是不是他呀？卡列宁说完时,她只是装出嘲弄的神气微微一笑,什么也没有回答,因为她没有听见他在说些什么。卡列宁开始时说得很大胆,但当他清楚地意识到他在说些什么时,她的恐惧传染给了他。他看见她这种嘲弄的微笑,心里就产生了一种莫名其妙的迷惘。

“她在嘲笑我的猜疑。对,她马上就会像上次那样对我说:我的猜疑是没有根据的,这太可笑了。”

现在,事情就要完全摊牌,他最希望的是,她还会像上次那样回答他说,他的猜疑是可笑的,是没有根据的。他知道的事实在太可怕了,因此他现在什么都愿意相信。但此刻她脸上那种恐惧而忧郁的神色,却说明她并不想欺骗他。

“也许是我错了,”他说,“如果是这样,那就请您原谅。”

“不,您没有错,”她不顾一切地瞧了一眼他那冷冰冰的脸,慢吞吞地说,“您没有错。我实在是被吓坏了,我克制不住自己。我听着您说话,心里却在想他。我爱他,我是他的情妇。我看见您就受不了,我怕您,我恨您……您高兴怎样对付我就怎样对付我吧。”

她仰靠在马车的一角,双手掩住脸,放声哭了起来。卡列宁一动不动,眼睛仍旧瞪着前方。他整个的脸忽然露出一种死人般僵硬的庄重神色。直到别墅,他这种神态始终没有变。快到家的时候,他带着这个神态向她转过头去。

“好吧！在我采取保全我名誉的措施并把它告诉您以前,”他的声音哆嗦了,“我要求您至少在公开场合保持体面。”

他先下车,然后扶她下来。他当着仆人的面默默地握了握她的手,又坐上马车,回彼得堡去。

他走了不多一会儿,培特西公爵夫人的仆人给安娜送来一张条子:

“我派人到阿历克赛处探问他的健康情况。他回信说,他身体很好,没有受伤,但感到扫兴。”

“这样说,他会来的!”安娜想,“我把一切都告诉了他,真痛快。”

她看了看表,还有三个钟头。她一回想到上次见面的细节,热血又沸腾起来。

“啊,我的上帝,多么幸福哇！这事很可怕,可是我爱看他的脸、我爱这种奇妙的幸福……丈夫！哼……啊,感谢上帝,我同他什么都完了。”

三十一三十五

谢尔巴茨基一家到德国小温泉疗养。

吉娣终于恢复了健康,她平静地回到俄国,莫斯科的不幸遭遇已成为过去。

第 三 部

一—十二

正是夏季收播交接的季节。这一天列文起得比平时早,来到一片茂盛的草地,准备和农民一起割草。起初在众人的注视下,他有点紧张,虽拼命挥动镰刀,还是割得很糟。他什么也不想,竭力不落在农民后面,割的时间越久,越频繁地处在忘我的陶醉状态,仿佛镰刀本身充满生命和思想,自己在运动。尤其是当他喝着农民用磨刀石盒子盛的带有绿萍和铁锈味的温温的河水时,当他吃着农民的泡面包,与他们闲话家常时,更是幸福亲切的时刻。这一天劳动效率很高,直到天很晚了,列文才兴高采烈地回到家里,觉得这种乐趣是他平生没尝到过的。

七月中旬,列文外出时,被农民劳动之余的欢乐所陶醉,他彻夜不眠,很想抛弃自己的生活,娶一个农家女。天亮时,突然望见吉娣坐在一驾飞驰的马车里(事前他曾听说吉娣要去姐姐的地产过夏天),一切幻想都消失了:他爱吉娣。

十三—十八

卡列宁道别了妻子。当他单独坐上马车时,他开始考虑怎样用最妥善、最得体、最方便因此也最合理的方式雪洗由于妻子堕落而使他蒙受的耻辱,以便继续沿着积极、诚实和有益的生活道路前进。决斗吗?他天生胆小,何况谁也不会让一个俄国不可缺少的政治家去冒生命危险。离婚吗?只会弄到法庭上当众出丑。分居,同样出丑,同样把妻子推进了伏伦斯基的怀抱。这一切都不符合他的目的。在他的灵魂深处,他希望妻子吃苦、受罚。剩下来的办法只有一个,即维持现状,把发生的事隐瞒起来,斩断他们的私情。他为自己找出了理论根据——挽救犯罪的妻子,而不抛弃她,这是符合宗教教义的。回到彼得堡,他给妻子写了一封信,表明态度,然后便照样去处理公事和读书了。

安娜把一切向丈夫坦白后,起初觉得很高兴,至少再也不用虚伪和欺骗了。可是第二天醒来,却又觉得这太可怕了,她会被赶出去,被天下人嘲笑;而伏伦斯基呢,仿佛不爱她了,她成了他的累赘。

正在这时,她接到了卡列宁的信,这信使她浑身发冷,一种意料不到的灾难落到了她头上。安娜按捺不住心头的怒火,她心里说:他总是对的,他是个基督徒,他宽宏大量!可有谁知道,八年来他窒息了我的生命,窒息了我身上一切有生气的东西,他从来没有想到我是一个需要爱情的活的女人……我没有罪,我需要恋爱、需要生活……不,我要冲破他这张想束缚我的谎言的罗网。安娜叫着跳起来,可是她内心却感到她无力冲破任何罗网。她没有勇气拿现在所享有的社会地位去换取一个抛弃丈夫和儿子、同情人姘居的可耻地位。想到今后的生活,她失声痛哭起来。

安娜去找培特西,差人送信约伏伦斯基六点钟见面。

十九—二十三

赛马后的第二天,伏伦斯基关起门来清理自己的经济账目,发现欠债数目很大。母亲因安娜的事撤掉了每年两万卢布的接济,现在没有办法了。可是他已说了要带安娜出走,就得想办法筹款。他想到退伍,但这等于葬送了自己飞黄腾达的前途——他的同学谢普霍夫斯科依在中亚细亚已成为青年将军,这次回到彼得堡可能获得一个左右政局的要职。不过,想到安娜的爱情,他从小埋藏在心底的强烈的功名心退让了。

接到安娜的信,伏伦斯基迅速赶来。卡列宁的意见使他首先想到的是决斗。他的脑子里又闪过早晨的念头和谢普霍夫斯科依的劝告——不要使自己受束缚。但他不能告诉安娜。而安娜觉得,假如他这时果断地带她走,她会抛弃一切的。可是现在,要一切维持现状。

星期二安娜回到彼得堡家里。她告诉卡列宁不能再做他的妻子。卡列宁恶毒而阴险地冷笑起来,明确告诉她不准再同那个人见面,这样就可以享受一个规矩妻子的权利,而不履行一个规矩妻子的义务。

二十四—三十二

列文从来没有像今年那样同农民发生过这么多争执。他决定去拜访老朋友史维亚日斯基,并希望在那里能够遇到几个地主谈谈农事方面的问题。他觉得,现在在俄国,一切都颠倒了过来,一切都刚刚开始建立,在这种时候,怎样确立规章制度就是头等大事了。

然而,史维亚日斯基一味肯定西欧,另一个地主又把一切归罪于解放农奴,列文都不能同意,他认为应根据有独特本能的俄国农民的实际情况来安排农事。于是第二天便急忙赶回家去,实行与农民办合作社的新计划。几天来,他异常兴奋,想道:只要坚定不移地努力工作,就一定能达到目标,……必须以人人富裕来代替贫穷,以利害一致来代替互相仇视。总之,这是一场不流血的革命,是极其伟大的革命。他甚至想到要从一个县扩展到全省、全俄国、全世界……三天后,列文为完成自己关于农业的著述,出国考察。

第 四 部

一—四

卡列宁夫妇像陌生人一样同住在一座房子里,伏伦斯基只是在别的地方同安娜见面,这样的局面对三个人都很痛苦。一天,安娜写信说病了,约伏伦斯基晚上去她家里。连日来伏伦斯基因陪同一位外国亲王游览彼得堡,十分疲劳,竟误了时间,来到安娜家门口时与正要出去的卡列宁差点撞了个满怀,这局面使他感到非常糟,卡列宁的怯懦尤其使他气愤。

而安娜最近醋性发作得愈来愈频繁,她责怪伏伦斯基与亲王在一起的下流活动,使伏伦斯基感到恐怖。他望着她,好像望着一朵摘下已久的凋谢的花,他对她并不那么爱了,但他同她的关系却再也割不断了。安娜告诉他,她过不了生产这一关,会死去的。又说她梦见一个可怕的乡下小老头,站在房间的角落里,双手在一只口袋里乱摸,嘴里急急地说着:得把那铁敲平、打碎、揉扁……她吓醒了。伏伦斯基无力安慰她。

卡列宁一夜未睡,既然妻子违反了他的要求,在家里接待情人,他就不能不惩罚她。第二天早晨,他愤怒地冲进安娜房里,提出警告,声称要离婚并带走儿子。

五—十六

卡列宁去见一位彼得堡著名的律师,打听办理这类案子的手续和途径,接着去莫斯科办一件公务。在那里,他遇见奥勃朗斯基,直截了当地说明了他与安娜的关系。奥勃朗斯基简直不能相信,他执意请卡列宁去家里作客。饭后,陶丽主动请求卡列宁本着基督的精神不要抛弃妻子,并讲了自己对丈夫的饶恕。但卡列宁认为,只有自己不愿毁灭的人,别人才愿救他。而安娜本性败坏了,堕落了。

这次家宴,奥勃朗斯基还请来了刚刚从国外回来的列文与吉娣相会,他们终于和解了。第二天列文去谢尔巴茨基家求婚成功,他感到无比幸福。之后他决定将自己的忏悔日记交给吉娣看,坦白他丧失了童贞和不信宗教。吉娣最终原谅了他。列文从此更加珍惜这种幸福。

十七—十八

卡列宁回到住处,收到安娜的电报,电报上写着:我要死了,求你务必回来。如能得到宽恕,我死也瞑目。他犹豫再三,还是决定回去。等到了家,仆人说,太太昨天平平安安生下个女孩,这时他才明白他是多么希望她死啊!

安娜确实病得很厉害,医生说这是产褥热,死亡率达百分之九十九。伏伦斯基两手捂住脸在哭,他请求卡列宁让他留下来。安娜双颊绯红,眼睛发亮,她焦急地等待着丈夫到来,请求他完完全全地宽恕。卡列宁此时心里充满了他终生竭力遵循的基督教教义的饶恕和爱仇敌的快乐,他跪在她床前,孩子般地痛哭起来。安娜叫伏伦斯基来瞧瞧这个圣人,然后请求卡列宁:把手给他,您饶恕他吧!卡列宁听话地把手伸给伏伦斯基,眼泪止不住滚滚而下。安娜说:赞美上帝!现在一切都舒齐了,……啊,我的上帝,几时才完结呀?……她的病又发作了。直到第三天,安娜仍发着高烧,说胡话,但医生说有希望。卡列宁与伏伦斯基进行了一次单独谈话,卡列宁说:饶恕的幸福向我启示了我的责任,我应当同她在一起,您还是离开的好。

伏伦斯基走出来后,突然感到自己的羞耻、屈辱和罪过。卡列宁是那么善良、高尚和宽宏大量。更使他无比痛苦的是,他渐渐冷下去的对安娜的热情,如今因意识到他将永远失去她而变得空前强烈。回到家里,尽管他已三夜没睡,但塞满脑子的种种形象和回忆仍在翻腾,功名心、社交界、宫廷对他都无所谓了,他慢吞吞地说着:人就是这样发疯的,这样自杀的……免得受耻辱。他拿起手枪,对准左胸,扳动了枪机。但没有致命,他倒在了血泊中。

十九—二十三

卡列宁没有料到安娜又活了下来。随着时间的流逝,尽管他很关照那个新生的婴儿,但由于饶恕的快乐而平静的心情也难以长久保持。安娜怕他,看见他就觉得痛苦。培特西带来伏伦斯基自杀和将去塔什干的消息,安娜当着丈夫的面表示拒绝接待伏伦斯基,这使卡列宁很感动。但是,当听到卡列宁说伏伦斯基毫无必要来时,安娜又无法克制心中的怒气。她带着厌恶望着他,哭着说:上帝,我为什么不死啊!

奥勃朗斯基特意为妹妹的事到彼得堡来。他看见安娜,立即产生了怜悯和哀伤。他知道,妹妹嫁给一个比她大二十岁的丈夫,没有爱情,是很不幸的。他答应去找卡列宁谈离婚的事。

卡列宁谈了许多,什么自尊心和宗教信仰不允许他随便控告人家通奸啦,什么儿子跟母亲生活在一个非法家庭里,处境和教育肯定会很糟啦,等等。更重要的是,按照教会规定,这样的女人当丈夫在世时是不能再婚的,那么她与伏伦斯基的结合将是非法的、犯罪的,而他呢,将成为促使她毁灭的罪人。不过想起基督教教义的"忍让",他又表示可以忍受耻辱,甚至可以放弃儿子。这使奥勃朗斯基深为感动。

培特西给伏伦斯基第二次带来卡列宁同意离婚的消息。伏伦斯基伤势很重，复原后只有一种心情无法排遣——他将为永远失去安娜而抱恨终身。听到培特西的话，他便不顾一切，一口气跑到卡列宁家，冲进安娜的房间，没有考虑，也没有注意屋里是否有人，搂住安娜吻个不停。安娜被他的热情感染了，半天才说出一句话：你把我占有了，我是你的人。伏伦斯基答道：我们活一天，就应该这样过一天，这一点我现在明白了……但安娜不同意离婚，她不能接受丈夫的宽宏大量，想起儿子，又不禁泪流满面，觉得自己还是死的好。

伏伦斯基毫不犹豫地拒绝了去塔什干的迷人而危险的任命，并辞了职。安娜没有获得离婚，而且彻底放弃了这个要求，一个月后，留下卡列宁父子两个，同伏伦斯基一起去了意大利。

第 五 部

一—六

列文与吉娣举行了婚礼，当夜，新婚夫妇去乡下列文的庄园。

七—十三

伏伦斯基同安娜一起在欧洲旅行已有三个月了，此时他们刚来到意大利一个小城。

安娜在获得自由和迅速复原的初期，觉得自己太幸福了，幸福得简直不可饶恕。她浑身充满生的欢乐，而且对伏伦斯基愈了解，就愈爱他。她感激他为她牺牲了功名，感激他对她的过分体贴和无微不至的照顾，她不能不珍重这份情谊。可伏伦斯基虽然实现了宿愿，却并不觉得特别幸福。一种百无聊赖的情绪使他像一头饥不择食的动物，忽而研究政治，忽而阅览新书，忽而从事绘画。他模仿法国画法画了一张安娜的肖像，自认为很成功，但与本城的一位杰出的俄国画家米哈依洛夫给安娜画的肖像比较，反而逊色不少。他认为：要像我这样了解她，爱她，才能抓住她那最可爱的灵魂的表现。可米哈依洛夫画得不仅十分逼真，而且具有一种特殊的美，尤其表情是那么真挚，使人觉得他和安娜早就熟悉了。照理说，伏伦斯基该从画里看出两人之间的差别，但他看不出，只认为是“技巧”。

意大利的生活终于使伏伦斯基觉得乏味了，安娜也想着儿子，于是他们决定回国。

十四—二十

列文的蜜月并不像他梦想的那样甜蜜，由于彼此不了解脾气而经常吵嘴，直到婚后第三个月才平稳下来。但他责怪自己三个月来什么也没做，丧失了男子汉的独立性。而吉娣除了家务、绣花和打扮外，对什么也不感兴趣。

列文的哥哥尼古拉病危，吉娣坚持同丈夫一起去照顾病人，分担丈夫的痛苦，这使列文大为生气。但当他看到吉娣不怕脏和累帮助病人时，他感动了，他觉得吉娣是那样纯洁。

尼古拉在痛苦中挣扎了几天后，终于离开了人世。列文亲眼看见这死的临近，对死的无法理解和无可避免的恐惧更强烈了。

二十一—二十五

卡列宁陷入了莫名其妙的绝境，他受尽屈辱嘲笑。人人都蔑视他，他又孤独无告。他从小就是孤儿,从来没有交上过一个知心朋友。卡列宁做省长时,安娜的姑妈——当地一位有钱的贵妇人,把自己的侄女介绍给了他。婚后他对安娜的迷恋彻底消除了他同别人亲密往来的需要,尽管交游广阔,却没有真正的友谊。

正在这绝望的时刻,李迪雅伯爵夫人来了,对他表示了足够的同情和支持,并自告奋勇来替他当管家。这位夫人年轻时嫁给一个纨袴子弟,两个月后被抛弃,从此她没有停止过谈情说爱。她觉得现在她真正爱的是卡列宁。她极力鼓动卡列宁对新教义的狂热,又竭力控制卡列宁不要见到那两个刚刚回到彼得堡的"可恶的人"。不料安娜给她来了一封信,希望她帮忙见儿子一面。卡列宁本来认为既然饶恕了一切,就不能剥夺她对儿子的爱。但李迪雅夫人却极力反对,说我们没有权力伤害这个小天使的心灵。她征得了卡列宁的同意,给安娜回了一封信。这封信达到了李迪雅连自己也不敢承认的阴险目的,狠狠刺痛了安娜的心。

二十六—二十八

在谢辽查爱好的活动中,有一项就是散步时找寻母亲。他不相信她会死。尽管李迪雅夫人告诉了他,父亲又加以证实,但他还是在找寻她、等待她。生日的前一天,他又想到母亲,晚上上床后祈祷恳求母亲明天不再躲着他回家来。

伏伦斯基同安娜回到彼得堡,住在一家上等旅馆里。特殊的处境使伏伦斯基昏昏然,竟以为社会在发展,即使宫廷不接待安娜,但亲戚朋友能够而且应该理解他们。他尝试了社交界,发现那门对他是敞开的,但对安娜是关闭的。就连培特西来看望安娜,也是待了不到五分钟就走了,还劝安娜赶快办理离婚手续。伏伦斯基的母亲和嫂子也表示不能接待安娜。这些都使伏伦斯基感到十分难过和生气,而更使他痛苦的是,安娜心里总有一种难以理解的古怪情绪,好像有什么事瞒着他。

二十九

安娜回国的目的之一就是看望孩子。自从她离开意大利那天起,同儿子见面的念头一直使她激动。她离彼得堡越近,就觉得这次见面的快乐和意义越大。她没有考虑过怎样安排这次见面。她认为只要同儿子住在同一个城市里,这事是很自然很容易办到的。但她一到彼得堡,就清楚地看到她现在的社会地位,她懂得要安排同儿子见面是很困难的。

她回到彼得堡已经两天了。同儿子见面的念头一刻也没有离开过她,可是她还没有见到儿子。直接到家里去,可能遇见卡列宁,她觉得她没有权利这样做。可能不让她进去,还要侮辱她。写信去同丈夫交涉,这在她是痛苦的,因为她一想到丈夫,心里就不能平静。打听到儿子什么时候出来散步,在什么地方看看他,这在她是不够的,因为她为这次见面作了那么多的准备,她有多少话要对他说,她多么想抱抱他,吻吻他呀。谢辽查的老保姆本来可以帮助她,教她怎么办。可是老保姆已经不在卡列宁家了。就这样,一面犹豫不决,一面找寻老保姆,过了两天。

安娜打听到卡列宁同李迪雅伯爵夫人的密切关系,第三天就决定写一封信给她。她煞费苦心写成这封信,故意说允许不允许她看儿子,全凭丈夫的宽宏大量。她知道,只要这封信送到丈夫手里,他一定又会装得十分慷慨而不会拒绝她的要求。

信差给她带回来最残酷的意料不到的答复,就是没有回信。她把信差唤来,听他详细叙述他怎样等了一阵,然后对她说:"没有回信。"她听了他的叙述,觉得自己受到空前未有的屈辱。安娜觉得自己受侮辱,被损害,但她认为李迪雅伯爵夫人就她的观点来说是正确的。她的痛苦因为只能独自忍受,就显得特别厉害。她不能也不愿让伏伦斯基分担这份痛苦。她知道,虽然他是造成她不幸的主要原因,她同儿子见面这件事在他看来却是最无足轻重的。她知道,他决不会理解她的痛苦有多深;她知道,一提到这件事,他那种冷淡的语气就会惹得她恨他。这一点恰恰是她觉得天下最可怕的事,因此凡是牵涉到儿子的事,她总是瞒着他。

她在家里坐了一整天,考虑着同儿子见面的办法,终于决定写信给丈夫。当李迪雅的信送来时,她已经写好信了。伯爵夫人的沉默原来使她感到自卑,可是现在这封信,她在字里行间所读到的一切,却使她大为恼怒。她拿人家的恶毒用心同自己热爱儿子的正当感情一对照,就愤恨起别人来,不再自怨自艾了。

"这种冷酷无情,虚情假意,"她自言自语,"他们就是要侮辱我,折磨孩子,我会顺从他们吗?决不！她比我更坏。我至少不撒谎。"她当即决定明天,在谢辽查的生日这天,直接到丈夫家去,买通用人,或者要个花招,但无论如何要看到儿子,拆穿他们对不幸的孩子编造的无耻谰言。

她坐车到玩具店买了许多玩具,考虑好行动计划。她将一早去,八点钟就去,那时卡列宁一定还没有起身。她手头要准备好零钱给门房和仆人,这样他们就会让她进去。她将不揭开面纱,推说她是谢辽查的教父派她来祝贺的,她要把玩具放在孩子的床边。她就是没有考虑好对儿子说些什么话。不管她怎样反复考虑,还是毫无主意。

第二天早晨八点钟,安娜从一辆出租马车里下来,在她原来的家的大门口打了打铃。

"你去看看什么事。是一位太太。"门房卡比东诺奇还没有穿好衣服,就披上大衣,趿着套鞋,从窗口看见门外站着一位戴面纱的太太,说。

门房的助手,一个安娜不认识的小伙子刚一开门,她就走了进来,从手筒里摸出一张三卢布的钞票,塞到他手里。

"谢辽查……少爷。"她说着向前走去。门房助手看了看钞票,在玻璃门前又把她拦住。

"您找谁呀?"他问。

她没有听见他的话,什么也没回答。

卡比东诺奇发现这位陌生太太神态慌张,就亲自走到她面前,让她进了门,问她有什么事。

"斯科罗杜莫夫公爵派我来看少爷。"她说。

"他还没有起来呢。"门房仔细打量着她说。

安娜怎么也没有想到,这座她住过九年的房子,门厅里的陈设虽依然如旧,竟会这样使她激动。种种往事,有欢乐的,有痛苦的,在她头脑里翻腾着。刹那间她竟忘记到这里来做什么。

"请您等一等,好吗?"卡比东诺奇一面帮她脱外套,一面说。

卡比东诺奇帮她脱下外套,望了望她的脸,认出了她,就默默地向她鞠躬。

"夫人,请进。"他对她说。

她想说些什么,可是喉咙里发不出一点声音来。她用愧悔的恳求眼神望了望老头儿,步态轻盈地快步走上楼去。卡比东诺奇弯下身子,套鞋绊着梯级,跟在她后面,拼命想赶上她。

"教师在那里,说不定还没有穿好衣服。我这就去通报。"

安娜继续沿着熟悉的楼梯走上去,没有听清老头儿在说些什么。

"您请这边走,往左走。对不起,地方没收拾干净。少爷现在住到原来的会客室去了,"门房上气不接下气地说,"对不起,夫人,您等一下,我去看看。"他说着追过了她,打开一扇高高的门,消失在门里。安娜站在门口等。“他刚醒来。”门房又从门里走出来说。

就在门房说这话的时候,安娜听见孩子打呵欠的声音。光从这呵欠声她就听出是儿子。她仿佛看到儿子就在面前。

“让我进去,让我进去,你走吧!”她说,穿过那扇高高的门。门的右边放着一张床,床上坐着一个男孩子。那孩子只穿一件敞开的衬衫,弯着小小的身子,伸着懒腰,还在打呵欠。他闭上嘴唇,嘴角上浮起一丝睡意未消的幸福微笑。他带着这微笑,又惬意地慢慢躺下来。

“谢辽查!”她低声叫着,同时悄悄走到他旁边。

在她同他离开的时期,在最近她对他的母爱沸腾的时候,她总是把他想象成她最喜爱的四岁时的模样。现在他跟她离开时不同了,和他四岁时的模样更加不一样,长得更高了,但是瘦了些。这是怎么一回事!他的脸多么消瘦,他的头发多么短!一双手又多么长!自从她离开以后,他的模样变得多厉害!但这分明是他,是他的头型、他的嘴唇、他的柔软的细脖子和宽阔的小肩膀。

“谢辽查!”她弯下身,在孩子耳边又唤了一声。

他又用臂肘支起身来,转动乱发蓬松的脑袋,仿佛在找寻什么,接着睁开眼睛。他默默地用困惑的眼光对木然不动站在他面前的母亲望了几秒钟,随即幸福地微微一笑,又瞌上睡意未消的眼睛,倒下来,但不是往后躺,而是倒在母亲身上,倒在她的怀抱里。

“谢辽查!我的好孩子!”她上气不接下气地叫着,双臂搂住他那胖鼓鼓的身体。

“妈妈!”他一面喊,一面在她的怀抱里扭动,使身体各部分都能接触到她的手臂。

他睡意蒙眬地微笑着,一直闭着眼睛,胖嘟嘟的小手从床边举起来,抓住她的肩膀,偎依着她,使她沉醉在孩子特有的可爱的睡意未消的香味和温暖中,并且用他的脸蛋摩擦着她的脖子和肩膀。

“我早就知道了,”他一面睁开眼睛,一面说,“今天是我的生日。我知道你会来的。我这就起来。”

他这么说着,又睡着了。

安娜贪婪地打量着他;她看到在她离家的这些日子里,他长大了,模样也变了。她又像认得又像不认得他那双露在被子外面的如今长得那么大的光腿,他那消瘦的面颊,他那后脑勺上剪得短短的鬈发——她以前常常吻他的后脑勺。她抚摸着他身上的每个部分,却一句话也说不出来。眼泪把她哽住了。

“你哭什么呀,妈妈?”他完全醒过来了,说,“妈妈,你哭什么呀?”他用哭一样的声音叫道。

“我吗,我不哭了……我是高兴得哭了。我那么久没有看见你了。我不哭了,不哭了。”她一面咽着眼泪,一面背过脸去说。“哦,现在你该起来了。”她沉默了一会儿,收起哭脸,又说。接着没有放开他的手,在床边放着他衣服的椅子上坐下来。

“我不在,你是怎么穿衣服的?你怎么……”她想说得轻松些,可是办不到,只得又背过身去。

“我不洗冷水澡了,爸爸不答应。你没看见华西里·鲁基奇吗?他会来的。你坐在我的衣服上啦!”谢辽查哈哈大笑起来。

她对他望望,也笑了笑。

“妈妈,心肝,宝贝!”他又扑到她身上,搂抱着她,叫起来。仿佛直到现在,看见她的微笑,他才明白是怎么一回事。“这个不要。”他一面说一面取下她的帽子。他看见她不戴帽子,就像重新看见她一般，又扑上去吻她。

“那么你是怎样想我的？你没想过我死了吧？”

“我从来没有相信过。”

“你不相信吗，我的宝贝？”

“我知道的，我知道的！”他反复说着这句喜爱的话，同时抓住那抚摩着他头发的手，把她的手心紧贴在自己的嘴唇上吻着。

三十

华西里·鲁基奇起初不知道这位太太是谁，后来从他们的谈话中听出，她就是那个抛弃丈夫的母亲（他到他们家来时她已经不在了），他迟疑不决，不知道进去好还是不进去好，还是去报告卡列宁。最后，他考虑到他的职责就是叫谢辽查在规定的时间起床，因此谁在里面，是母亲还是别人，不关他的事，他只要尽他的责任就是了。于是他穿上衣服，走到门口，打开房门。

但是，母子的亲热，他们的声音和他们的谈话，这一切使他改变了主意。他摇摇头，叹了一口气，又把门关上。“再等十分钟吧。”他自言自语，一面咳嗽几声，一面擦眼泪。

这时候，家里的仆人也发生了剧烈的骚动。大家都知道太太来了，是卡比东诺奇放她进来的，她此刻在育儿室里，而老爷八点钟以后照例将到育儿室去。大家心里都明白夫妻两人不能见面，必须设法防止。侍仆柯尔尼去到门房，查问是谁放她进来，怎么放她进来的。他知道是卡比东诺奇让她进来，把她带上楼去，就训斥老头儿。门房执拗地不吭声，但当柯尔尼对他说因此要把他开除时，卡比东诺奇霍地跳到柯尔尼面前，对着他的脸挥动双臂，大声说：

“哼，换了你当然不会让她进来！我在这里干了十年，只受到恩惠，没有别的，你现在倒跑上去说：‘走，滚开！’你这人真刁！就是这样！你不要忘记你自己怎样揩老爷的油，还偷他的皮外套！”

“你这王八蛋！”柯尔尼轻蔑地说，转身对着进来的保姆。“嘿，您倒来评一评，玛丽雅·叶斐莫夫娜，他对谁也不说一声，就让她进来了，”柯尔尼对她说，“阿历克赛·阿历山德罗维奇马上就要出来了，就要到育儿室去了。”

“糟了，糟了！”保姆说，“柯尔尼·华西里耶维奇，你最好想办法把他，就是把老爷拦一拦。我去想办法叫她走。糟了，糟了！”

保姆走进育儿室的时候，谢辽查正在讲给母亲听，他同娜金卡一起怎样从山上滑雪下来摔了跤，一连翻了三个筋斗。安娜听着他的声音，看着他的脸和脸上的神情，抚摩着他的手，但没有听进他的话。得走了，得离开他了——这就是她所想和所感觉到的唯一事情。她听见走到门口咳嗽几声的华西里·鲁基奇的脚步声，听见走近来的保姆的脚步声；但是她却像石头人一样坐着，一动不动，没有力气说话，也没有力气站起来。

“太太，我的好太太！”保姆走到安娜跟前，吻着她的手和肩膀说，“嘿，上帝赐给我们的小宝贝生日快乐。太太，您可一点儿也没变哪！”

“啊，我的好保姆，我不知道你在家里。”安娜暂时醒悟过来说。

“我不住在这里，我住在女儿那里，少爷今天生日，我是特地来祝贺的，安娜·阿尔卡迪耶夫娜，我的好太太！”

保姆突然哭出声，又吻起她的手来。

谢辽查眼睛闪闪发亮,脸上洋溢着笑意,一手拉住母亲,一手拉住保姆,一双光着的胖鼓鼓的小脚拼命跺着地毯。他心爱的保姆对他母亲的亲热情意使他特别高兴。

"妈妈!她常常来看我,来的时候总是……"他刚开始说话就停住了,因为发现保姆对母亲咬了个耳朵,母亲脸上就现出恐惧和羞愧的神色。这种表情跟母亲是多么不相称哪!

她走到他面前。

"我的宝贝!"她说。

她没有办法说"再见",但她脸上的表情说明了她要说的话,而他也明白了。"我的宝贝,我的小查查!"她唤着她从前叫惯的小名,"你不会忘记我吧?你……"她再也说不下去了。

以后她会想出多少话来对他说呀!可是此刻她却什么话也想不出来,什么话也说不出口。但谢辽查懂得她要对他说的一切。他懂得她是不幸的,但她是爱他的。他甚至懂得保姆对她低声说了些什么话。他听见她说:"他总是八点钟以后来。"他懂得这是在说父亲,母亲同父亲不能见面。这些他是懂的,只有一件事他弄不懂,为什么她脸上现出恐惧和羞愧的神色?……她没有什么过错,可是她怕他,还为什么事害臊。他很想问一问,来解除心里的疙瘩,可是他不敢问,因为他看到她很痛苦,他为她难过。他默默地紧偎着她,悄悄地说:

"你不要走,他不会马上就来。"

母亲把他推开一点,想看看他说这话是不是思考过的。她在他惊惶的神色中看出,他不仅在说他父亲,而且仿佛在问她,他该怎样看待父亲。

"谢辽查,我的孩子,"她说,"你要爱他,他比我好,比我善良,是我对不起他。等你长大了,你会明白的。"

"天下没有比你更好的人了!……"谢辽查含着眼泪不顾死活地叫起来,同时抓住她的肩膀,一个劲地用他那双紧张得发抖的手臂把她紧紧抱住。

"我的孩子,我的心肝!"安娜唤着,也像他一样天真无邪地轻轻哭起来。

这时候,门开了,华西里·鲁基奇走进来。从另一扇门里传来脚步声,保姆惊惶失措地低声说:

"来了。"说着把帽子递给安娜。

谢辽查倒在床上,双手捂住脸哭起来。安娜拉开他的手,再次吻了吻他那湿漉漉的脸,快步走出门去。卡列宁迎着她走来。他一看见她,立刻站住,低下了头。

尽管她刚才说过他比她好比她善良,但当她迅速对他扫了一眼,把他的整个身子和细小地方都看个清楚时,她心里顿时充满了对他的憎恨和因他独占儿子而产生的嫉妒。她连忙放下面纱,加快脚步,几乎像跑步一般从房里直奔出去。

她昨天怀着那么深挚的爱和悲伤在铺子里挑选的玩具,竟没有来得及拿出来,就这样又原封不动地带了回去。

三十一

安娜虽然那么渴望见到儿子,可万万没有料到这次见面会使她如此激动。回到旅馆,奶妈把小女孩打扮好抱来,这小女孩身上的一切都很可爱,但安娜心里很清楚,她倾注在她身上的感情远不如谢辽查的百分之一。她又想起谢辽查——他了解她,爱她;可她,不仅在肉体上而且在精神上永远同他分离了。她情不自禁地打开照相簿,将儿子不同年龄时的照片通通抽了出来。

伏伦斯基回来了，他弄不懂安娜早晨为什么出奇地兴奋和去过哪儿；弄不懂安娜为什么把她那位没出过嫁的老姑母华尔华拉公爵小姐请回家来；更弄不懂安娜为什么今晚执意要让伏伦斯基的朋友去定包厢看歌剧，那里肯定会有社交界的许多熟人。但不管伏伦斯基怎样地提醒和恳求，安娜都用又像快乐又像绝望的莫测高深的挑战目光回答他，最后几乎叫喊起来：我对我所做过的事后悔过吗？不！重要的只有一点，我们是不是彼此相爱，……我爱你，别的我都无所谓。

伏伦斯基因为安娜有意对自己的处境装得满不在乎而第一次恼怒了，甚至怨恨起来，就连她的美丽和雅致也使他恼火。如果可能的话，他准会说：你这样打扮，再同这位人人都认识的公爵小姐一起去看戏，这样就不仅承认自己是个堕落的女人，而且等于向整个社交界挑战，也就是说要从此同它决裂。但他不能对她这样说。

安娜先去了剧院。直到八点钟，伏伦斯基才意识到自己该去了——难道他害怕了？难道他要把保护她的权利交给自己的朋友？

他进去的时候，一幕戏刚完毕，因此他没有到哥哥的包厢里去，却走到正厅的第一排，同谢普霍夫斯科依一起站在脚灯边。谢普霍夫斯科依弯着一条腿，用靴跟敲敲脚灯，老远一看见他，就向他笑笑，叫他过去。

伏伦斯基还没有看见安娜，他故意不朝她那边望，但他从人们视线的方向看出她在什么地方。他若无其事地朝四周张望，但并不找寻她；他用眼睛找寻卡列宁，准备遇到最糟糕的局面。算他运气，卡列宁今天没有来看戏。

“啊，你身上剩下的军人味道太少了！”谢普霍夫斯科依对他说，“一位外交官，一位演员，你就是这样。”

“是啊，我一回家就穿上燕尾服。”伏伦斯基微笑着回答，慢悠悠地拿出望远镜。

“在这方面，说实在的，我真羡慕你。我从国外回来穿上这衣服的时候，”谢普霍夫斯科依摸了摸他的肩章，“真舍不得我的自由。”

谢普霍夫斯科依对伏伦斯基的前程早已不存什么希望，但他照旧喜欢他，待他特别亲切。

“你没有赶上看第一幕，真可惜。”

伏伦斯基心不在焉地听着，把望远镜从楼下厢坐移到二楼，然后又望着一个个包厢。在一位扎着高髻缠发带的太太和一个怒气冲冲地转动望远镜、眨着眼睛的秃顶老头儿旁边，伏伦斯基突然看到安娜傲慢而美艳惊人、围着花边的笑盈盈的脸。她坐在五号包厢，离开他只有二十米路。她坐在前面，稍稍回过头来对雅希文说着什么。她那美丽宽阔的肩膀托着她的头，她的眼睛和整个脸上闪耀着抑制的兴奋光辉，使他想起当初在莫斯科舞会上看见她的模样。但现在他欣赏她的美，同以前完全不一样。现在他对她的感情没有丝毫神秘的成分，因此虽然她的美比以前更使他倾倒，却使他感到不愉快。她没有朝他的方向望，但伏伦斯基发觉她已经看到他了。

当伏伦斯基又拿望远镜对着那个方向的时候，他看到华尔华拉公爵小姐的脸显得特别红，她不自然地微笑着，也不断往隔壁包厢张望；安娜折拢扇子，拿它敲着包厢的红丝绒栏杆，眼睛凝视着什么地方，却没有看见，显然也不愿看见隔壁包厢里所发生的事。雅希文脸上现出一副赌输钱时的倒霉相。他皱起眉头，把左边小胡子塞进嘴里，越塞越深，同时也斜眼瞅着隔壁包厢。

左边那个包厢里是卡尔塔索夫夫妇。伏伦斯基认识他们，并且知道安娜同他们也认识。卡尔塔索夫夫人是个瘦小的女人，站在他们的包厢里，背对安娜，正在穿丈夫递给她的披肩。她脸色苍白,怒气冲冲,情绪激动地说着什么,卡尔塔索夫是个秃顶的胖子,一面不断地回过头来看安娜,一面竭力安慰妻子。等妻子走了,丈夫迟疑了好一阵,用眼睛找寻安娜的目光,显然想向她鞠躬。但安娜分明有意不理他,回过头去对俯着身子、头发剪得短短的雅希文说话。卡尔塔索夫没有鞠躬就走了,留下一个空包厢。

伏伦斯基不明白卡尔塔索夫夫妇和安娜究竟发生了什么事,但他看出,一定有什么事使安娜感到屈辱。从他看见的情景上,尤其是从安娜的神色上,他都看出了这一点。他知道安娜在竭力维护她所扮演的角色的体面。这种外表镇定的角色她演得很成功。凡是不认识她,不知道她那个圈子,没有听到女人们说她胆敢在大庭广众中抛头露面,并且扎着花边头带卖俏的人,都会对她的落落大方和美艳魅人惊叹不已,根本没有想到她此刻的感受就像一个被钉在耻辱柱上示众的人。

伏伦斯基知道出了事,但不知道到底是什么事。他心里十分焦虑,希望打听一下,就向哥哥的包厢走去。他故意挑选安娜包厢对面的通道走去,正好看见老团长在跟两个熟人说话。伏伦斯基听见他们提到卡列宁夫妇的名字,并且发觉团长急忙意味深长地对那两个说话的人丢了个眼色,大声叫着伏伦斯基的名字。

"嘿,伏伦斯基!你什么时候回到团里来。我们总不能不请你吃一顿饭就让你走哇!你是我们最老的伙伴。"团长说。

"我没有空了,真抱歉,下一次吧。"伏伦斯基说着,就上楼跑到哥哥的包厢里。

伏伦斯基的母亲,卷发灰白的老伯爵夫人,坐在他哥哥的包厢里。华丽雅同索罗金娜公爵夫人在二楼走廊里遇见他。

华丽雅把索罗金娜公爵小姐送到母亲那里,伸出一只手给小叔子,立刻同他谈起他所关心的事来。他难得看见她这样激动。

"我觉得这很卑鄙很恶劣,卡尔塔索夫夫人没有任何权利这样做。卡列宁夫人……"她开始说。

"什么事?我还不知道。"

"怎么,你没听说吗?"

"你要明白,这种事我总是最后才听到的。"

"天下还有比卡尔塔索夫夫人更恶毒的人吗?"

"她到底做了什么事?"

"丈夫告诉我说……她侮辱了卡列宁夫人。她丈夫隔着包厢同卡列宁夫人说话,卡尔塔索夫夫人就闹了起来。据说她说了一句侮辱的话就走了。"

"伯爵,您妈妈叫您去呢。"索罗金娜公爵小姐从包厢里探出头来说。

"我一直在等你,"母亲嘲弄地笑着对他说,"可就是看不到你。"

儿子看出她高兴得忍不住笑。

"您好,妈妈。我来看您了。"他冷冷地说。

"你怎么不去巴结卡列宁夫人哪?"等到索罗金娜公爵小姐走到一边,她用法语说,"她引得全场都轰动了。为了她,大家把巴蒂都给忘了。"

"妈妈,我请求过您,不要对我提这件事。"他皱着眉头回答。

"我说的事大家都在说。"

伏伦斯基什么也没有回答。他对索罗金娜公爵小姐说了几句就走了。他在门口遇见哥哥。

“啊，阿历克赛！”哥哥说，“多么讨厌哪！一个十足的傻婆娘……我现在就到她那里去。我们一起去吧。”

伏伦斯基没有理他。他匆匆走下楼去。他觉得他应该做些什么，但不知道做什么才好。他恨她把她自己和他弄得这样尴尬，同时又可怜她的痛苦遭遇。这种心情使他不安。他走到正厅，一直向安娜的包厢走去。斯特列莫夫站在包厢旁边，同她谈着话：

“没有再好的男高音了。真是天下无敌。”

伏伦斯基向她鞠了个躬，站住向斯特列莫夫打招呼。

“您大概来迟了，错过了最精彩的咏叹调。”安娜对伏伦斯基嘲弄地——他有这样的感觉——瞟了一眼，说。

“我对音乐一窍不通。”他严厉地瞧着她说。

“就像雅希文公爵一样，”她笑嘻嘻地说，“他认为巴蒂唱得太响了。”

“谢谢您。”她伸出戴着长手套的小手，从伏伦斯基手里接过节目单，就在这一刹那，她那美丽的脸突然抽搐了一下。她站起来，走到包厢后面去了。

伏伦斯基发现下一幕开始时她的包厢空了。在观众刚安静下来倾听独唱的当儿，他站起来，在一片轻微的嘘声中走出剧场，坐车回家。

安娜已经回到家里。伏伦斯基走进她的房间，她仍穿着看戏时穿的那身衣服，一个人待着。她坐在靠墙的一把安乐椅上，眼睛瞪着前方。她对他望了望，立刻恢复原来的姿势。

“安娜。”他说。

“你，你，全得怪你！”她含着绝望和怨恨的泪水叫着站起来。

“我要求过你，要求你不要去，我早知道你去了会不愉快的……”

“不愉快！”她叫起来，“太可怕了！只要我活一天，就一天不会忘记这件事。她竟说坐在我旁边是一种耻辱。”

“一个傻婆娘的话，”他说，“可是你为什么要冒这个险，要去惹事呢……”

“我恨你的冷静。你不应该使我落到这个地步。要是你爱我……”

“安娜！这事同我爱你有什么相干……”

“啊，要是你爱我像我爱你一样，要是你像我一样痛苦……”她带着恐惧的神色凝视着他说。

他可怜她，但还有点恼恨。他向她保证永远爱她，因为看到现在只有这一点才能安慰她，他嘴里没有再责备她什么，但心里还在怪她。

他向她保证永远爱她，自己也觉得太庸俗，简直不好意思出口，她却如饥似渴地听了进去，逐渐安静下来。第二天，他们完全和好了，就一起动身到乡下去。

第　六　部

一一十五

今年夏天，列文家客人真多。陶丽带着孩子们来避暑——她自己庄园的房子全倒塌了，老公爵夫人来照顾有喜的女儿，列文同父异母的哥哥柯兹尼雪夫也来了。因此在列文家里“列文精神”就完全被淹没了。

奥勃朗斯基带来一位打猎好手,此人向吉娣大献殷勤,列文既不像一般上流社会丈夫那样以此为荣,也不去跟人家吵架。他安排好马车,不做任何解释地送那人上了火车。

十六—二十四

陶丽实现了自己的心愿,动身去访问离这儿70里路的安娜。一路上她想着:安娜的行动了不起。她自己幸福,也使别人幸福,不像我这样逆来顺受。临近村庄时,迎面跑来大队人马,原来是安娜、伏伦斯基等一伙人。最初一刹那,陶丽觉得安娜骑马有点不成体统,但走近一看,安娜那身穿黑骑装的苗条身段和端庄优美的骑马姿势,以及朴素文静、落落大方的举止,确使陶丽赞叹不已。尤其使陶丽惊奇的是,只有她才能发现的安娜的新变化——那种女人在热恋时才会出现的昙花一现的美。安娜告诉陶丽,她实在太幸福了。

伏伦斯基家里充满现代欧洲生活的奢侈。安娜十分夸奖伏伦斯基的经济才能,并陪同陶丽去参观正在兴建中的一所宏伟的医院。临末,伏伦斯基请陶丽单独谈话,希望她利用对安娜的影响,劝安娜给丈夫写一封信,要求离婚。伏伦斯基不能忍受自己的儿女在法律上属于恨他们的人,而自己在财产上和事业上却没有继承人。

晚上,在陶丽的卧室,陶丽向安娜提起离婚的事。安娜的痛苦被触动了,她说,在彼得堡唯一来看过她的女人培特西,其实是一个最放荡的女人,用最恶劣的方式欺骗丈夫,可她居然说:如果你这不合法的地位一天不改变,我就一天不愿理你。关于做伏伦斯基的妻子,安娜说:看不出有什么好处,妻子都是奴隶,我不是他的妻子,他高兴爱我多久,就多久……至于孩子,她说她不会再要了,面对那些不幸的孩子,自己将永远有罪……谈到离婚,安娜说:卡列宁被李迪雅控制了,他不会答应;就算我求他同意了,可儿子不会给我,儿子在父亲家里,长大也会看不起我……安娜想到,世界上她只爱两个人,谢辽查和伏伦斯基,既然他俩连不到一起,一切也就无所谓了。“如果天下真有不幸的人,那就是我。”安娜拉着陶丽的手,哭了。她回到自己房里,倒了几滴吗啡喝下去,木然坐了一会儿,然后带着平静而愉快的心情走进卧室。

第二天陶丽走了,安娜很难过。她知道,再不会有人来触动她那隐藏在心底、因为这次见面而翻腾起来的感情,这种感情使她痛苦,但又是她心灵中最美好的部分。

二十五—三十二

夏天过去了,秋天不再有客人来,伏伦斯基和安娜都开始觉得这离群索居的日子不好过。安娜阅读了大量从国外订购的书,经常在农业、建筑甚至养马、运动等方面给伏伦斯基当参谋,还亲自安排医院建设的事。但是她最关心的是如何用情网把伏伦斯基束缚住。伏伦斯基对此很欣赏,但又苦恼。每次他要到城里开会或赛马都要引起争吵,因此获得自由的愿望也日益增长了。

10月卡辛省举行贵族大选。伏伦斯基因自己的一部分产业在这个省里,便决定去参加。当他冷冷地宣布要出门时,出乎意料,安娜泰然自若。

大选进行得非常紧张热烈,最后新派人物当选,伏伦斯基为此出了不少力。想到三年后自己的前途,他感到欢欣愉快。可就在这时,安娜差仆人送信来,说女儿病了。其实女儿的病并不严重,安娜只是因为思念伏伦斯基才写了信,继而又后悔起来。伏伦斯基虽然回来了,但那冷若冰霜的神气安娜是感觉到的。

安娜终于同意给丈夫写信,要求离婚。冬天他们迁居莫斯科,一面等待办离婚手续,一面像正式夫妻那样定居下来。

第七部

一—十一

吉娣临产前,列文陪同她回到莫斯科娘家。在城里,列文变得惶惶不安而又无所事事。

在俱乐部,列文终于与伏伦斯基和解了,并答应同奥勃朗斯基一起去看安娜。奥勃朗斯基告诉他,安娜现在特别痛苦,来莫斯科等待离婚已三个月了,除了陶丽,她谁也不见,就连老姑母华尔华拉公爵小姐也认为待在她那里不体面而走掉了。但她是个了不起的女人,她没有垂头丧气,沉着地安排着自己的生活。她写了一本不错的儿童读物,还收养了一个英国小姑娘,帮助两个男孩补习俄语……

走进书房,列文首先被那幅安娜的肖像迷住了,然而当他看到安娜本人时,才感到她另有一种使人心醉的风韵。安娜说话从容不迫,她谈到绘画、法国艺术、文学,又谈到她出于爱,而决非搞慈善事业收养的女孩,谈到她的创作时说:那不过像是囚犯做的雕花小篮子,那些不幸的人在耐性上表现了奇迹。列文觉得安娜不但美丽文雅,聪明伶俐,而且极其诚挚,不禁替她难过起来,直到临走,还感到恋恋不舍,他想到:真是个非同寻常的女人!

安娜送走客人,就不再想着列文了。只有一个思想以各种不同的方式执拗地纠缠着她,那就是伏伦斯基的冷淡。她想:他为什么要向我证明爱情不应该妨碍他的自由……我不是在生活,写作、读书都只是吗啡罢了,他应该可怜可怜我呀。想着,眼睛里涌上自爱自怜的泪水。伏伦斯基回来了。安娜不愿让他看出自己的伤心,她不要他来可怜,也不愿吵架,可不知不觉地采取了斗争的姿态,他们还是吵了架。尽管伏伦斯基最终被安娜绝望的神情所打动,暂时屈服了,但他的神情却愈加固执和冷淡。安娜觉得除了爱情外,他们之间还出现了敌对的恶魔,她无法把它从他身上赶走,更不能把它从自己心里驱除。

十二—十五

吉娣分娩,生下一个男孩。列文望着那个可怜的小东西,只觉得厌恶,他怕这个小东西将来吃苦。

十六—二十二

奥勃朗斯基经济境况窘迫,为了谋得一个年俸一万卢布的联合公司理事职务,他去彼得堡找卡列宁帮助,并同卡列宁谈安娜离婚的事。他恳求卡列宁宽宏大量。安娜在莫斯科已等了六个月了,离婚对她来说是生死攸关的事,儿子她不要了。正在这时谢辽查回来了,上次他见到母亲后曾大病一场,如今他已是大孩子了,不愿像女孩子那样动感情,然而舅舅走后,他还是哭了。

卡列宁答应三天后答复奥勃朗斯基。他请奥勃朗斯基去李迪雅夫人家里。如今他们迷上了兰道——一个巴黎铺子里的伙计,据说能用催眠术治病。奥勃朗斯基眼看着兰道睡着了,却突然听到大喊声:叫那个有所企求的人滚出去!吓得他一口气跑了出来。第二天,他收到了卡列宁拒绝同安娜离婚的答复。他明白,这决定的依据就是那法国人昨天的梦呓或假装做梦而说的话。

二十三—二十九

盛夏,安娜与伏伦斯基仍然留在两人都感到厌恶的莫斯科,因为近来他们的生活已不美满和谐了。就安娜说,是由于伏伦斯基爱情的日渐衰退;在伏伦斯基,却是由于他为她而陷入苦恼的境地。安娜总是寻找对象吃醋,尤其是对与伏伦斯基的母亲住在一起的索罗金娜公爵小姐。她生伏伦斯基的气,寻找种种理由发泄,把她处境中的一切痛苦都怪到他头上。而每当吵过架后,她又后悔,希望和好。这种冲突因伏伦斯基要到母亲别墅去一趟而加剧了。安娜想到死,是的,这是解决问题的唯一办法。现在只有死是促使他恢复对她的爱情、惩罚他、让她心里的恶魔在同他搏斗中取得胜利的唯一手段。然而死又使她害怕,夜里她又梦见那个乡下小老头,弯腰摆弄着铁器,还用铁器在她身上乱捅,她吓坏了……第二天伏伦斯基走后,她立即写了封信认错,请他快回来,又拍了封电报。接着去陶丽家,准备把心里话都告诉她。不巧,在那儿她遇见了吉娣,并错把陶丽的同情看成是嘲笑、幸灾乐祸。回到家后,她的情绪更坏了。伏伦斯基没有回来(其实他还未接到信),安娜决定去火车站,如果找不到他,就到他母亲那边揭穿他的把戏。

三十

马车在石子路上摇摇晃晃,发出辘辘的响声,一个个印象又接二连三地涌上她的脑海。

"嗯,我刚才想到一件什么有趣的事啦?"她竭力回想,"是理发大师邱金吗?不,不是那个。噢,有了,就是雅希文说的:生存竞争和互相仇恨是人与人之间的唯一关系……哼,你们出去兜风也没意思,"她在心里对一群乘驷马车到城外游玩的人说,"你们带着狗出去也没用。你们逃避不了自己的良心。"她随着彼得转身的方向望去,看见一个喝得烂醉的工人,摇晃着脑袋,正被一个警察带走。"哦,他这倒是个办法,"她想,"我同伏伦斯基伯爵就没有这样开心过,尽管我们很想过这种开心的日子。"安娜这是第一次明白她同他的关系,这一点她以前总是避免去想的。"他在我身上追求的是什么呀?与其说爱情,不如说是满足他的虚荣心。"她回想起他们结合初期他说过的话和他那副很像驯顺的猎狗似的神态。现在一切都证实了她的看法。"是的,他流露出虚荣心得到满足的自豪。当然也有爱情,但多半是取得胜利时的得意。他原以得到我为荣。如今都已过去了。没有什么值得得意的了。没有得意,只有羞耻。他从我身上得到了一切能得到的东西,如今再也不需要我了。他把我看作包袱,但又竭力装作没有忘恩负义。昨天他说溜了嘴,要我先离婚再结婚。他这是破釜沉舟,不让自己有别的出路。他爱我,但爱得怎么样?热情冷却了[①]……那个人想出风头,那么得意洋洋的,"她望着那个骑一匹赛跑马的面色红润的店员想,"唉,我已没有迷住他的风韵了。我要是离开他,他会打从心眼里高兴的。"

这倒不是推测,她看清了人生的意义和人与人之间的关系。

"我在爱情上越来越热烈,越来越自私,他却越来越冷淡,这就是我们分手的原因,"她继续想,"真是无可奈何。我把一切都寄托在他身上,我要求他也更多地为我献身,他却越来越疏远我。我们结合前心心相印,难舍难分;结合后却分道扬镳,各奔西东。这种局面又无法改变。他说我无缘无故吃醋,我自己也说我无缘无故吃醋,但这不是事实。我不是吃醋,而是感到不满足。可是……"突然一个念头涌上心来,她激动得张开了嘴,在马车上挪动了一下身子。"我真不该

① 原文为英语。

那么死心塌地做他的情妇,可我又没有办法,我克制不了自己。我对他的热情使他反感,他却弄得我生气,但是又毫无办法。难道我不知道他不会欺骗我,他对索罗金娜没有意思,他不爱吉娣,他不会对我变心吗？这一切我全知道,但我并不因此觉得轻松。要是他并不爱我,只是出于责任心才对我曲意温存,却没有我所渴望的爱情,那就比仇恨更坏一千倍！这简直是地狱！事情就是这样。他早就不爱我了。爱情一结束,仇恨就开始……这些街道我全不认识了。还有一座座小山,到处是房子,房子……房子里全是人,数不清的人,个个都是冤家……嗳,让我想想,怎样才能幸福？好,只要准许离婚,卡列宁把谢辽查让给我,我就同伏伦斯基结婚。”一想到卡列宁,她的眼前立刻鲜明地浮现出他的形象,他那双毫无生气的驯顺而迟钝的眼睛,他那皮肤白净、青筋毕露的手,他说话的腔调,他扳手指的声音。她又想到了他们之间也被称为爱情的感情,不禁嫌恶得打了个寒噤。“好吧,就算准许离婚,正式成了伏伦斯基的妻子。那么,吉娣就不会像今天这样看我吗？不。谢辽查就不会再问到或者想到我有两个丈夫吗？在我和伏伦斯基之间又会出现什么感情呢？我不要什么幸福,只要能摆脱痛苦就行了。有没有这样的可能呢？不,不!”她毫不迟疑地回答自己,“绝对不可能！生活迫使我们分手,我使他不幸,他使我不幸;他不能改变,我也不能改变。一切办法都试过了,螺丝坏了,拧不紧了……啊,那个抱着婴儿的女叫花子,她以为人家会可怜她。殊不知道我们投身尘世就是为了相互仇恨、折磨自己、折磨别人吗?”有几个中学生走过来,他们在笑。“那么谢辽查呢?”她想了起来,“我也以为我很爱他,并且被自己对他的爱所感动。可我没有他还不是照样生活,我拿他去换取别人的爱,在爱情得到满足的时候,我对这样的交换并不感到后悔。”她嫌恶地回顾那种所谓爱情。如今她把自己的生活和别人的生活看得一清二楚,她感到高兴。“我也罢,彼得也罢,车夫菲多尔也罢,那个商人也罢,凡是受广告吸引到伏尔加河两岸旅行的人,到处都是这样,永远都是这样。”当她的马车驶近下城车站的低矮建筑物,几个挑夫跑来迎接时,她这样想。

“票买到奥比拉洛夫卡吗?”彼得问。

她完全不记得她要到哪里去,去做什么,费了好大劲才听懂他这个问题。

“是的。”她把钱包交给他说,手里拿了一个红色小提包,下了马车。

她穿过人群往头等车候车室走去,渐渐地想起了她处境的细节和她犹豫不决的计划。于是,忽而希望,忽而绝望,又交替刺痛她那颗受尽折磨卜卜乱跳的心。她坐在星形沙发上等待火车,嫌恶地望着进进出出的人(她觉得他们都很讨厌),忽而幻想她到了那个车站以后给他写一封信,信里写些什么;忽而幻想他不了解她的痛苦,反而向母亲诉说他处境的苦恼,就在这当儿她走进屋子里,对他说些什么话。忽而她想,生活还是会幸福的,她是多么爱他,又多么恨他呀,还有,她的心跳得好厉害呀。

三十一

铃声响了。有几个年轻人匆匆走过。他们相貌难看,态度蛮横,却装出一副煞有介事的样子。彼得穿着制服和半统皮靴,他那张畜生般的脸现出呆笨的神情,也穿过候车室,来送她上车。她走过站台,旁边几个大声说笑的男人安静下来,其中一个低声议论着她,说着下流话。她登上火车高高的踏级,独自坐到车厢里套有肮脏白套子的软座上。手提包在弹簧座上晃了晃,不动了。彼得露出一脸傻笑,在车窗外掀了掀镶金线的制帽,向她告别。一个态度粗暴的列车员砰的一声关上车门,上了闩。一位穿特大撑裙的畸形女人(安娜想象着她不穿裙子的残废身子的模样,不禁毛骨悚然)和一个装出笑脸的女孩子,跑下车去。

“卡吉琳娜·安德列夫娜什么都有了,她什么都有了,姨妈!”那女孩子大声说。

“连这样的孩子都装腔作势,变得不自然了。”安娜想。为了避免看见人,她迅速地站起来,坐到面对空车厢的窗口旁边。一个肮脏难看、帽子下露出蓬乱头发的乡下人在窗外走过,俯下身去察看火车轮子。“这个难看的乡下人好面熟。”安娜想。她突然记起那个噩梦,吓得浑身发抖,连忙向对面门口走去。列车员打开车门,放一对夫妇进来。

“您要出去吗? 夫人?”

安娜没有回答。列车员和上来的夫妇没有发觉她面纱下惊惶的神色。她回到原来的角落坐下来。那对夫妇从对面偷偷地仔细打量她的衣着。安娜觉得这对夫妻都很讨厌。那个男的问她可不可以吸烟,显然不是真正为了要吸烟,而是找机会同她攀谈。他取得了她的许可,就同妻子说起法国话来,他谈的事显然比吸烟更乏味。他们装腔作势地谈着一些蠢话,存心要让她听见。安娜看得很清楚,他们彼此厌恶,彼此憎恨。是的,像这样一对丑恶的可怜虫不能不叫人嫌恶。

铃响第二遍了,紧接着传来搬动行李的声音、喧闹、叫喊和笑声。安娜明白谁也没有什么值得高兴的事,因此这笑声使她恶心,她真想堵住耳朵。最后,铃响第三遍,传来了汽笛声、机车放汽的尖叫声,挂钩链子猛地一牵动,做丈夫的慌忙画了个十字。“倒想问问他为什么要这样做。”安娜恶狠狠地盯了他一眼,想。她越过女人的头部从窗口望出去,看见站台上送行的人仿佛都在往后滑。安娜坐的那节车厢,遇到铁轨接合处有节奏地震动着,在站台、石墙、信号塔和其他车厢旁边开过;车轮在铁轨上越滚越平稳,越滚越流畅;车窗上映着灿烂的夕阳,窗帘被微风轻轻吹拂着。安娜忘记了同车的旅客,在列车的轻微晃动中吸着新鲜空气,又想起心事来。

“啊,我刚才想到哪儿了? 对了,在生活中我想不出哪种处境没有痛苦,人人生下来都免不了吃苦受难,这一层大家都知道,可大家都千方百计哄骗自己。不过,一旦看清真相又怎么办?”

“天赋人类理智就是为了摆脱烦恼嘛。”那个女人装腔作势地用法语说,对这句话显然很得意。

这句话仿佛解答了安娜心头的问题。

“为了摆脱烦恼。”安娜摹仿那个女人说。她瞟了一眼面孔红红的丈夫和身子消瘦的妻子,明白这个病恹恹的妻子自以为是个谜样的女人,丈夫对她不忠实,使她起了这种念头。安娜打量着他们,仿佛看穿了他们的关系和他们内心的全部秘密。不过这种事太无聊,她继续想她的心事。

“是的,我很烦恼,但天赋理智就是为了摆脱烦恼,因此一定要摆脱。既然再没有什么可看,既然什么都叫人讨厌,为什么不把蜡烛灭掉呢? 可是怎么灭掉? 列车员沿着栏杆跑去做什么? 后面那节车厢里的青年为什么嚷嚷啊? 他们为什么又说又笑哇? 一切都是虚假,一切都是谎言,一切都是欺骗,一切都是罪恶! ……”

火车进站了,安娜夹在一群旅客中间下车,又像躲避麻风病人一样躲开他们。她站在站台上,竭力思索她为什么到这里来,打算做什么。以前她认为很容易办的事,如今却觉得很难应付,尤其是处在这群不让她安宁的喧闹讨厌的人中间。一会儿,挑夫们奔过来抢着为她效劳;一会儿,几个年轻人在站台上把靴子后跟踩得咯咯直响,一面高声说话,一面回头向她张望;一会儿,对面过来的人笨拙地给她让路。她想起要是没有回信，准备再乘车往前走，她就拦住一个挑夫，向他打听有没有一个从伏伦斯基伯爵那里带信来的车夫。

“伏伦斯基伯爵吗？刚刚有人从他那里来。他们是接索罗金娜伯爵夫人和女儿来的。那个车夫长得怎么样？”

她正同挑夫说话的时候，那个脸色红润、喜气洋洋的车夫米哈伊尔，穿着一件腰部打折的漂亮外套，上面挂着一条表链，显然因为那么出色地完成使命而十分得意，走到她面前，交给她一封信。她拆开信，还没有看，她的心就揪紧了。

“真遗憾，我没有接到那封信。我十点钟回来。”伏伦斯基潦草地写道。

“哼！不出所料！”她带着恶意的微笑自言自语。

“好，你回家去吧。”她对米哈伊尔低声说。她说话的声音很低，因为剧烈的心跳使她喘不过气来。“不，我不再让你折磨我了。”她心里想，既不是威胁他，也不是威胁自己，而是威胁那个使她受罪的人。她沿着站台，经过车站向前走去。

站台上走着的两个侍女，回过头来打量她，评论她的服装：“真正是上等货，”——她们在说她身上的花边。几个年轻人不让她安宁。他们又盯住她的脸，怪声怪气地又笑又叫，在她旁边走过。站长走过来，问她乘车不乘车。一个卖汽水的男孩目不转睛地望着她。“天哪，我这是到哪里去呀？”她一面想，一面沿着站台越走越远。她在站台尽头站住了。几个女人和孩子来接一个戴眼镜的绅士，他们高声地有说有笑。当她在他们旁边走过时，他们住了口，回过头来打量她。她加快脚步，离开他们，走到站台边上。一辆货车开近了，站台被震得摇晃起来，她觉得她仿佛又在车上了。

她突然想起她同伏伦斯基初次相逢那天被火车辗死的人，她明白了她应该怎么办。她敏捷地从水塔那里沿着台阶走到铁轨边，在擦身而过的火车旁站住了。她察看着车厢的底部、螺旋推进器、链条和慢慢滚过来的第一节车厢的巨大铁轮，竭力用肉眼测出前后轮之间的中心点，估计中心对住她的时间。

“那里！”她自言自语，望望车厢的阴影，望望撒在枕木上的沙土和煤灰，“那里，倒在正中心，我要惩罚他，摆脱一切人，也摆脱我自己！”

她想倒在开到她身边的第一节车厢的中心，可是她从臂上取下红色手提包时耽搁了一下，来不及了，车厢中心过去了。只好等下一节车厢。一种仿佛投身到河里游泳的感觉攫住了她，她画了十字。这种画十字的习惯动作，在她心里唤起了一系列少女时代和童年时代的回忆，周围笼罩着的一片黑暗突然打破了，生命带着它种种灿烂欢乐的往事刹那间又呈现在她面前，但她的目光没有离开第二节车厢滚近拢来的车轮。就在前后车轮之间的中心对准她的一瞬间，她丢下红色手提包，头缩在肩膀里，两手着地扑到车厢下面，微微动了动，仿佛立刻想站起来，但又扑通一声跪了下去。就在这一刹那，她对自己的行动大吃一惊。“我这是在哪里？我这是在做什么？为了什么呀？”她想站起来，闪开身子，可是一个冷酷无情的庞然大物撞到她的脑袋上，从她背上碾过。“上帝呀，饶恕我的一切吧！”她说，觉得无力挣扎。一个矮小的乡下人嘴里嘟囔着什么，在铁轨上干活。那支她曾经用来照着阅读那本充满忧虑、欺诈、悲哀和罪恶之书的蜡烛，闪出空前未有的光辉，把原来笼罩在黑暗中的一切都给她照个透亮，接着烛光发出轻微的哔剥声，昏暗下去，终于永远熄灭了。

第 八 部

一—三

差不多过了两个月,已经盛夏,柯兹尼雪夫决定到弟弟列文家去休息。车站上,妇女们拿着花束欢送去塞尔维亚的志愿兵。听说伏伦斯基也坐这趟车,不仅自己去,还出钱带了一连骑兵。

四

列车停靠在省城车站,柯兹尼雪夫没有到餐厅去,却在站台上来回踱步。

他第一次经过伏伦斯基的房间,看见百叶窗关上了。但第二次经过时看见老伯爵夫人坐在窗口。她抬手叫他过去。

"嗯,我现在送他到库尔斯克去。"她说。

"是的,我听说了。"柯兹尼雪夫说,站在她的窗口往里张望。"他这次行动真是太漂亮了!"他发觉伏伦斯基不在里面,加上说。

"出了那件倒楣事以后,他还能做什么呢?"

"那件事真是太可怕了!"柯兹尼雪夫说。

"唉,我这是受的什么罪!您请进来吧……唉,我这是受的什么罪!"柯兹尼雪夫走进车厢,坐在她旁边的软座上,她重复说。"简直没法想象!整整六个礼拜,他跟谁也不说一句话,要不是我求他,什么东西也不吃,简直一分钟也不能让他独个儿待着。我们把可以用来自杀的东西全拿走了,我们都住在楼下,谁也不能担保他不出什么事。您知道,他为了她已经开枪自杀过一次了。"她说,一想到这事她那苍老的前额又蹙了起来。"是的,她的下场正是她那种女人应得的下场。连死的方式都挑得那么卑贱下流。"

"审判她可不是我们的事,伯爵夫人,"柯兹尼雪夫叹息说,"但我懂得这事对您有多痛苦。"

"唉,甭提了!当时我住在我家庄院里,他也在我那里。有人送来一封信。他写了回信,叫那人带回去。我们根本不知道她就在车站上。晚上我刚回到屋里。我的梅丽告诉我有位太太卧轨自杀了。真是晴天霹雳!我知道就是她。我当时就关照;不要对他说,可他们已经告诉他了。当时他的车夫在场,什么都看见了。我跑到他屋里,看见他已经精神失常,那个模样可吓人啦!他一言不发,骑上马往那里直奔。我不知道那里的情况究竟怎样,但他被送回来时已经像死人一样没有知觉。我都快认不出他来了。医生说是'完全虚脱'。后来就有点疯疯癫癫了。"

"唉,提他干什么!"伯爵夫人摆摆手说,"那日子太可怕了!哼,她怎么说也是个坏女人。哎,这种不要命的热情算什么呀!无非让人看出她这人不正常罢了。就是这么一回事。她毁了自己,也毁了两个好人:她的丈夫和我那可怜的儿子。"

"她丈夫怎么了?"柯兹尼雪夫问。

"他带走了他的女儿。阿历克赛最初什么都答应了。如今他可后悔把自己的女儿给了人家。可是话出了口,又不好收回。卡列宁来参加了葬礼,我们竭力不让他同阿历克赛见面。这样对他,对做丈夫的,都要好些。她使他自由了,可我那个可怜的孩子完全被她给毁了。他抛弃了一切:他的前途和我,可是她还不肯放过他,存心把他彻底给毁掉。咳,不论怎么说,她这种死法就是一个堕落的不信教的女人的死法。上帝饶恕我吧,我眼看儿子给毁了,没法不恨她。"

"那他现在怎么了?"

"上帝拯救了我们:发生了塞尔维亚战争。我老了,不懂这些事,但对他来说确是上帝的恩典。当然,我这个做母亲的有点担心,再有,据说彼得堡对这事也另有看法。可是有什么办法呢!这是唯一能使他振作起来的事。雅希文,他的朋友,把钱输得精光,也要到塞尔维亚去。是雅希文来看他,把他动员去的。如今这事可引起了他的兴致。您去同他谈谈吧,我希望能使他散散心。他太伤心了。倒楣的是他的牙又痛了。不过,他看见您一定会高兴的。请您去同他谈谈,他就在那边散步。"

柯兹尼雪夫说他很高兴见他,说着就往站台那一头走去。

五

站台上,货物在夕阳下投出的斜影里,伏伦斯基身穿长外套,帽子压得很低,双手插在口袋里,仿佛笼中的野兽,踱来踱去,每走二十步就猛地转个身。柯兹尼雪夫发觉他走过去的时候,伏伦斯基看见他,却假装没有看见。柯兹尼雪夫不在意。他不计较同伏伦斯基的个人恩怨。

这时候,在柯兹尼雪夫眼里,伏伦斯基是个从事伟大事业的伟大人物,他觉得有责任鼓励他,赞扬他。他就走到他面前。

伏伦斯基站住了,凝神细看,认出是柯兹尼雪夫,就上前几步,使劲握住他的手。

"也许您并不希望同我见面,"柯兹尼雪夫说,"不过,我能不能为您效点劳哇?"

"对我来说,同您见面比同谁见面都少些不愉快,"伏伦斯基说,"您不要见怪。人生对我已没有什么愉快的事了。"

"这我了解,我愿意为您效劳,"柯兹尼雪夫凝视着伏伦斯基痛苦不堪的脸,说,"要不要为您给李斯基奇①或者米兰②写封信哪?"

"噢,不用了!"伏伦斯基仿佛好容易才听懂他的话,说,"要是您不介意,那我们一起走走。车厢里太气闷了。写信吗?不,谢谢您,一个人去死是不用什么介绍信的。除非写给土耳其人……"他嘴角上微微一笑,说。他那双眼睛依旧流露出愤恨和痛苦的神情。

"是的,不过您同有地位的人建立些关系还是需要的,这样可以方便些。不过,当然随您的便。我很愿意知道您的决定。眼前对志愿兵攻击得太多了,因此像您这样的人去一定可以改变舆论。"

"我这人,"伏伦斯基说,"好就好在对生死毫不在意。冲锋也好,砍杀也好,倒下也好,我的力气都是足够的——这一点我知道。我高兴的是有机会献出我的生命——我觉得不仅多余而且简直讨厌的生命。它对别人也许还有点用处。"他的下颚由于一刻不停的剧烈牙痛而抽搐着,使他说话时无法表现他想表现的感情。

"我敢担保,您会重新振作起来的,"柯兹尼雪夫十分感动地说,"为了把同胞弟兄从压迫下解放出来,出生入死也是值得的。但愿上帝赐给您战斗的胜利和内心的平静。"他加上说,

---

① 李斯基奇——当时塞尔维亚外交部部长。

② 米兰——当时塞尔维亚亲王,后当塞尔维亚国王。

伸出手。

伏伦斯基紧紧握住柯兹尼雪夫的手。

“是的,作为一个工具,我还有些用处。可是,作为一个人,我已是个废物了。”他一字一顿地说。

他那阔大牙齿的剧痛使他嘴里充满口水,妨碍他说话。他不作声,凝视着那沿铁轨缓慢而平稳地滚过来的煤水车的车轮。

突然,一种截然不同的感觉,不是身上的疼痛,而是揪心的难受,使他刹那间忘记了牙痛。一看到煤水车和铁轨,再加上同那次事件以后没见过面的朋友一谈话,他顿时想起了她,想起了那天他像疯子一样冲进车站看见她所剩下的一切:一张长桌上,在一群陌生人的围观下,那不久前还充满生命的血肉模糊的尸体,不知羞耻地横陈着;那盘着浓密发辫、鬓角上覆着几绺鬈发的完整的脑袋向后仰着;那张美丽的脸上,嘴唇半开半闭,凝聚着一种异样的神情——嘴唇悲怆凄凉,那双没有闭上的凝然不动的眼睛动人心魄,仿佛在说他们吵嘴时她对他说的那句可怕的话:“你会后悔的!”

他竭力回忆第一次——也在车站上——见面时她的模样:神秘,妩媚,热情,自己追求幸福,也赐给人幸福,不像她最后一次留给他的冷酷的复仇神气。他竭力回忆同她在一起的幸福时刻,但这些时刻永远被糟蹋了。他只记得,她曾威胁他将饮恨终生,她胜利了。他不再觉得牙疼。一阵抽泣使他扭歪了脸。

他默默地在货物堆旁来回踱了两次,才勉强控制感情,平静地对柯兹尼雪夫说:

“今天没有什么消息吗?是的,他们第三次被击败了,看来明天会有一场决战。”

他们又议论了一阵米兰国王的宣言和它可能发生的巨大影响,听见铃响第二遍,就分手各自回车厢去。

六一十九

整个春天,列文苦苦地思考人生的意义,他找不到答案,悲观失望。尽管他身强力壮,家庭生活美满,却几次想到自杀,以致不得不把绳子和手枪藏起来。但同时为了自己和亲人,他又坚定不移地生活着、行动着。正是农忙季节,这天列文与打麦工人费多尔谈话,费多尔告诉他卡拉东明年不会租用那块地了,因为他不会剥削人。听着费多尔的话,列文突然明白了,他想:有的人活着是为了满足自己的欲望,可卡拉东,他活着是为了灵魂,服从真理,服从上帝的意志。他激动得泪水夺眶而出。

从此列文觉得和一切人的关系都起了变化,尽管有时他仍旧对仆人恼火。就塞尔维亚战争问题,他对哥哥说,复杂和屠杀的思想根本不能代表人民的意志,人民遵守爱的原则,不要为任何目的而鼓吹战争。

因为大雷雨,吉娣和孩子被阻隔在树林里,列文去接他们,他责备了妻子,但他立即悔恨了,他发现他是多么爱他的儿子啊!夜晚,列文仰望星座,感到一种感情已牢固地扎根于心中,他的整个生活具有了明确的“善”的含义。

复　活

《复活》是列夫·托尔斯泰的主要代表作品之一，完成于1889至1899年间，体现着作家世界观转变后的思想和艺术特征。作家以俄国千百万宗法制农民的立场和感情，强而有力地批判和否定了俄国现存的各种社会制度。在这个背景上描绘了书中两个主要人物聂赫留朵夫和卡邱霞·玛丝洛娃的形象。聂赫留朵夫是贵族，玛丝洛娃是平民妇女。作家着重描述的是他们精神“复活”的曲折过程。

现参照中文译本（汝龙译，人民文学出版社1957年版）分章介绍或节选如下。

第一部

一

阳光照暖大地，空气清香，没有锄尽的青草在各处复活了。可是人呢，那些成年男男女女却仍旧在欺骗自己而且欺骗别人。

省城监狱办公室昨天傍晚接到了一份公文，上面命令说，今天法院审判玛丝洛娃。现在，看守长正去牢房提玛丝洛娃。

过了两分钟，一个小小的、胸脯丰满的年轻女人，站到了看守长的身旁。这女人面色苍白，叫人联想到地窖里储藏着的番薯所发的芽。她那短而宽的手，和从宽松的大衣领口里露出来的丰满的脖子，也是那种颜色。她的两只眼睛又黑又亮，虽然浮肿，却仍旧放光。她的一只眼睛稍稍有点斜睨。她感到许多人的眼光直对着自己，心中暗暗高兴。

二—三

犯人玛丝洛娃的身世平平常常。她的母亲是一个村妇的女儿，虽没结婚，却年年生一个孩子。她的前五个孩子都饿死了。玛丝洛娃是第六个。她的父亲是个吉卜赛人。因为两位女主人动了怜悯的心，其中的妹妹索菲亚自愿做了她的教母，她这才活了下来。索菲亚比较和善，给她穿好衣服，教她念书写字，想把她培养成一位小姐，姐姐玛丽亚比妹妹凶，想要把她训练成奴婢。这女孩在这样两种教育影响下长大，变得一半是婢女，一半是小姐。到她16岁的光景，爱上了前来探望老主人的老主人的侄儿。当时他还是个大学生，一个年轻而阔绰的公爵。两年以后，他在从军的时候，顺道到姑姑家住了四天。在辞别的前夜，他引诱而且玷污了她，使她怀了孕。从那时起，她觉得样样事情都可恨，想尽办法逃避那等待着她的耻辱。她敷衍了事地伺候女主人，有时竟顶撞女主人，事后又十分后悔，就要求辞工。女主人当然很不痛快，就辞掉了她。

卡邱霞离开女主人后，生下了自己的儿子。他一生下来就被送进了育婴堂，据说送到那里就死了。为生孩子她花掉了121卢布，手里只剩下6个卢布了。在钱花光以后，就只好去当佣人。她在林务官家当佣人时遭林务官强奸。她在一位太太家当佣人时，又受她家大男孩的骚扰。姨妈开一家小洗衣作坊，想叫她做洗衣女工，她怕苦，不肯做。她曾爱过一个店员，可他不辞而别。她就借酒浇愁，最后沦落为妓女。她做妓女除开不肯安于奴婢的地位外，还有这样的想法：她接受这个职业，对于最初诱奸她的人，对于负情的店员，对于一切欺侮过她的人，也要算是一种报复呢。不过,顶顶引诱她的一点,是那女人答应她说可以随她的意思定做她所喜欢的任什么样的衣服。当了妓女以后,玛丝洛娃就开始了违反人类和上帝的法律的长期的罪恶生活:这是成千上万的妇女不但得到政府许可,而且得到政府奖励,纯粹为了促进国民幸福而过着的生活;这是10个妇女当中倒有9个会以痛苦的疾病、早衰、死亡作为结局的生活。

在玛丝洛娃随同押解兵快要走到法院的时候,她原先主人的侄儿聂赫留朵夫,那个诱奸她的男子,正躺在他那高高的弹簧床上的鸭绒被子上,心事重重。他与某县贵族领袖的妻子通奸,眼下他已知罪,决心赎罪,而且已经写信给对方,恳求对方同意中断这种犯罪。与柯尔查庚郡主结婚的事,和如何处理他母亲留给他的土地的问题,也使他心神不定。

四

聂赫留朵夫喝完咖啡,上书房去查法院的通知。通知上说,他得在7点钟到法院。

聂赫留朵夫按时到了法院。他想:现在,我得本着良心尽我对社会的义务了。他走过看门人的身边,进了法院的前厅。

五

聂赫留朵夫走进来的时候,法院的走廊上已经热闹得很了。聂赫留朵夫报过自己的姓名,立刻走进陪审员的房间去了。尽管聂赫留朵夫来得迟,他却还得等很长的时间。有一个法官还没来,人人都只好等着。

六

庭长,一个又高又胖、留着很长的白络腮胡子的男子,来得很早。他虽然已经结过婚,却还过着很放荡的生活。早晨他接到一个瑞士姑娘的信,说她今天到本城,下午3点钟到6点钟在意大利旅馆候他。因此,他打算早开庭,赶快审完,好按时去会见那个红头发的瑞士姑娘克拉拉·华西列芙娜。去年夏天在乡间别墅里他跟她有过风流韵事。

一位法官,矮小的个子,高耸的肩膀,愁眉苦脸,戴着金边眼镜,走进房间来。副检察长卜列维也来了。他通宵没睡觉,他参加了一个为朋友饯行的宴会。他们喝酒,直闹到深夜两点钟。后来他们上妓院去玩女人,那妓院正好是六个月前玛丝洛娃待过的那个妓院。

七

另一位法官玛特维伊·尼基吉奇总算也来了。法警长一一点过陪审员的名以后,宣布法官升堂。

八

庭长传令把犯人押上法庭来。

玛丝洛娃一走进来,法庭里所有的人的眼睛一齐朝她那边转过去,盯紧她那白脸、她那亮晶晶的黑眼睛,和她囚衣里边那隆起的胸脯。

例行公事开始了:检点陪审员人数,庭长讲解陪审员的权利、义务和责任,神甫监督陪审员宣誓。这神甫已很老了,仍在为教会、祖国和自己的利益工作——他希望死后能留给他的家属除了他们所住的房屋外,外加三万卢布的利息优厚的有价证券。《福音书》上明明白白地禁止一切发誓,而他正是凭了《福音书》领着别人宣誓。因此他在法院的职务是不正当的职务,他却始终没有想到过。

九

庭长讲演过后,开始对犯人发话了……

这时,聂赫留朵夫注意到了玛丝洛娃。她说自己叫流宝芙,从前叫卡节丽娜。他在片刻的怀疑后马上又断定:这就是她,就是一半养女、一半奴婢的那个姑娘,他原先曾真心实意地爱过她,在一刹那的痴迷的情欲里诱奸过她,后来却又丢掉了她。素来以清高自负的他,却用一种叫人恶心的、卑鄙无耻的方式对待过这个女人。

玛丝洛娃用一种奇特的神情回答了法庭关于她的姓名、宗教信仰、职业等的问话。她脸上的表情有一种很特别的意味。她所说的话语里,她的笑容里,她偷偷地瞧房间里的人的那种眼光里,有一种又可怕又凄惨的意味,弄得庭长垂下眼帘,法庭里一片深沉的寂静。

聂赫留朵夫始终没取下夹鼻眼镜,他坐在那儿使劲地瞧着玛丝洛娃,这当儿,他的灵魂里起了猛烈、复杂、痛苦的斗争。

十

书记官宣读的公诉状里说玛丝洛娃与西蒙·卡尔金庚、欧菲密亚·伊凡诺芙娜·勃契柯娃犯有图财害命罪。玛丝洛娃听时全身震动,甚至离开座位站了起来,脸色涨得通红。聂赫留朵夫听后暗想:10 年前他所认识的那个美丽天真的姑娘,竟做出了这样的事,不由得心惊肉跳。

十一

公诉状念完以后,庭长跟别的法官们商量过后,说:现在我们就要着手查考事实的真相了。

卡尔金庚、勃契柯娃和玛丝洛娃先后陈述了事情的经过,都说自己无罪。那个故装高明,露出阴险的、恶魔样的笑容的副检察官卜列维几次不怀好意的问话,使玛丝洛娃感到惊恐。

十二

不错,这人就是卡邱霞;他想起他跟她认识的经过。

聂赫留朵夫第一回跟卡邱霞见面的时候,他还是大学三年级学生,放暑假的时候,上他姑姑家里去过夏,草拟一篇关于土地占有的论文。

……

他在他姑姑的家里安宁而幸福地住满了第一个月,一直没有特别注意过姑姑家里那个一半算是养女一半算是奴婢的、生着黑眼睛的、脚步轻快的卡邱霞。聂赫留朵夫素来在母亲的羽翼下长大成人,这时是十九岁,还是一个十分纯洁的青年。要是他的梦里出现了一个女人,那女人就一定是他的妻子。所有别的女人,凡依他看来是他不能婚娶的,那在他,就算不得女人,只不过是普通人罢了。

不过,一天,就是那年夏天的升天节[1],他姑姑的一个邻居,带着家人、两个年轻的女儿和一个男学生,还有一个住在他们家里的、农民出身的青年艺术家,一齐上姑姑家里来串门儿。喝过茶,他们到房子前面的草地上去玩"捉人"游戏,那儿的青草已经割掉了。他们带着卡邱霞一块儿去。跑来跑去,换了好几回对手以后,聂赫留朵夫捉住了卡邱霞,她就变成了他的对手。在这以前,他素来喜欢看见卡邱霞,不过,跟他有更亲密的关系的可能,他的脑子里却是想也没想过。

"要逮住这两个人,那可是办不到,除非他们绊倒在地下。"快活的青年艺术家说。他用他那农民的、又短又结实的罗圈腿能够跑得很快,这回轮到他捉人了,他的任务是防止那一对跑的人会合在一块儿。

"你啊! ……逮不着我们!"卡邱霞说。

"一,二,三。"艺术家拍着手。

卡邱霞忍不住自己的笑声,在艺术家背后跟聂赫留朵夫调换了位置,伸出自己的小小的粗手去抓住他的大手,握了一握,作为暗号,就往左边跑去,她那上过浆的裙子沙沙地响。

聂赫留朵夫也跑得快,往右边跑去,极力不让艺术家捉到,可是等到他回头一看,却看见艺术家在追卡邱霞,她远远地跑在前面,她那年轻而结实的腿动得很快,正在往左边跑去。他们的前面有一个丁香花丛,算是一道门,他们不可以跑出这道门以外去,卡邱霞摆一摆自己的头,向聂赫留朵夫做个暗号,叫他到丁香花丛后面去会合,因为他们如果一握手,就安全了,追他们的人算是输了——这是这个游戏的规矩。他看明白那个暗号,就跑到花丛后面去,可是他不知道那儿有一道小沟,里面茂盛地生着带刺的草;他一脚踏空,摔下去,倒在已经沾着露水的杂草上,刺伤了自己的手,可是他立刻笑着爬起来,用青草上的露水擦湿自己的手,拍一拍身上的衣服,找好一块空地。

卡邱霞呢,眼睛黑得跟野李子一样,脸儿快活得放光,迎着他飞跑过来,他们合到一块儿,握住了彼此的手。

"我看,别是刺伤了吧?"她说,用另外一只空着的手,理一理自己的头发,喘吁吁的,带着愉快的笑容直瞪瞪地瞧着他。

"我不知道那儿有一条沟。"他回答,也微微笑着,手里仍旧握着她的手。

她向他身边拢近了一点;他呢,自己也不知怎么回事,低下了头凑到她的脸那儿去。她并没退缩,他就捏紧她的手,吻了吻她的嘴唇。

"哎呀,你怎么做这种事!"她叫道,连忙挣脱自己的手,从他身边跑开了。

她跑过丁香花丛的时候,停下来,折下两枝已经凋谢的白丁香花,用来扇她那火热的脸;然后,回过头去看他一眼,就灵活地摇动着胳臂,回到别的游戏的人那里去了。

从那时起,他们中间发生了一种特别的关系,那是年轻而纯洁的男子和年轻而纯洁的姑娘在相爱时候往往会发生的。

每逢卡邱霞走进房间来,或者只要聂赫留朵夫远远地看见她的白裙子,在聂赫留朵夫的眼睛里,一切东西,就都明亮起来,仿佛太阳出来,人间万物都变得有趣味,快活起来,重要起来一样。整个生活变得充满快乐。卡邱霞也有这样的感觉。可是,对聂赫留朵夫讲起来,不但卡邱霞在他

① 在复活节后的第四十天,庆祝耶稣的升天。——中译者。

面前的时候,这样的影响才会发生,只要想到卡邱霞活着,这样的效果也一样会发生(对她讲起来呢,只要想到聂赫留朵夫,就也会生出同样的效果)。

不管他接到母亲写来不愉快的信也好,他的论文写不下去也好,他感到青年们常体验到的那种没来由的忧郁也好,只要他想起了卡邱霞,想起他会看见她,那一切就全都消灭得无影无踪了。

……

假期快要结束了。在他辞别的时候,他觉得很难过。

"再会,卡邱霞,"他说,上了马车,从索菲亚·伊凡诺芙娜的帽子上面望过去,"为了种种事情,谢谢您。"

"再会,德密特里·伊凡尼奇。"她用她那好听的、温柔的声音说,忍住满眼眶的泪珠;然后她跑进前厅去,在那儿痛痛快快地哭了一场。

十三

这以后,聂赫留朵夫有两年多没有跟卡邱霞见面。他跟她重逢,是在他刚刚升做军官出发入伍的时候。在旅程当中,他顺路到他姑姑家里去盘桓几天。现在他跟三年前到她们家里来消夏的那个青年大不相同了。

当初,他是一个正直的、不自私的青年,愿意为任何美好的目标牺牲自己;现在呢,他却成了一个堕落的、定型的自私自利者,只顾自己的享乐,不顾别的了。当初,上帝的世界在他看来似乎是一个疑团,他热心地、愉快地极力解开它;现在呢,生活里的一切事情却好像明白而简单,由他所过的生活环境规定好了。当初,他感到:跟大自然相通,跟那些在他以前生活过、思索过、感觉过的人(哲学家和诗人)相通,是必要的、重要的。现在他所认为必要而且重要的,却是人类现世的典章制度,跟同伴相处的交情了。当初,女人显得神秘而迷人——正因为神秘,这才迷人;现在呢,女人,除了自己的家人和朋友们的妻子以外,所有的女人——她们的用处是很明白的:女人是为了达到一种他已经经历过的享乐而需要的、最好的工具。当初,他不在乎钱,因为他母亲给他的钱,他连三分之一也用不完,他能够舍弃从父亲那儿继承下来的遗产,分给农民。可是现在他每月的费用 1 500 卢布还不够用,他已经为了钱的事跟他母亲不愉快地交涉过好几回了。

当初,他比甚么都看重精神上的我,认为那才是真正的我;现在呢,他却把健康而强壮的、动物的我看作真正的我了。这种可怕的剧变所以会发生,只是因为他已经不再相信自己,却相信别人了。他所以不再相信自己,却开始相信别人,那是因为如果光是相信自己,生活下去就未免太困难。要是人相信自己,那他就得解决每个问题才行,那种解决必定不利于永远贪求安乐的、动物的我,而且几乎在每一个问题上都会跟动物的我不相容。相信别人呢,那就没有什么问题需要解决:一切事情早已解决好了,那种解决永远方便动物的我,不利于精神的我的。事情还不仅仅是这样。当初他相信自己,他却老是受到他四周的人的批评;现在相信了别人呢,他倒就受到他们的夸奖了。

比方,每逢聂赫留朵夫思索着、谈论着生活中的严肃问题——上帝、真理、财富、贫穷——他四周的人就都认为这是入了邪道,甚至荒唐可笑;他母亲和姑姑们带着好意的讥讽口气管他叫做

notrecher philosophe[①]。可是等到他看小说，讲些不像话的故事，到法国的戏院去看滑稽的歌舞，兴高采烈地讲歌舞中的噱头，人人倒都称赞他，鼓励他。每逢他认为应该限制自己的需要，穿旧衣服，戒掉酒，大家就认为这是怪僻，故意标奇立异；可是他花了很多的钱置办猎具，或者为他自己布一间专用的、奢华的书房，大家反倒称赞他的风雅，还送他一些贵重的废物，鼓励他这种癖好。当他保持着纯洁，打算照这样维持到结婚那天的时候，他的朋友们竟担心他的健康；等到他母亲听说他已经变成"真正的"男人，而且从朋友手里夺过来一个法国女人，就连他母亲也并不难过，反倒相当满意。关于卡邱霞那件事，公爵夫人一想到她儿子从前有意跟那个姑娘结婚，可就不免心惊胆战了。

同样，当初，聂赫留朵夫到了成年，认定私人占有土地作为财产是不公正的，于是把他从父亲手里继承下来的小小田产分给农民，这个举动却震惊了他的母亲和亲戚，他从此在家人中成了一再的责难和笑骂的对象。

他们不断地告诉他说，农民得到土地以后，一点也没变得富裕，反倒更穷了，他们开了三家酒馆，索性不做活儿了。可是临到聂赫留朵夫进了禁卫军，跟贵族子弟一块儿挥霍和赌博，花去不少钱，害得他母亲海丽娜·伊凡诺芙娜不得不动用自己的资产替他还债，她反倒一点也不伤心，觉得这是十分自然的事，甚至认为趁年纪还轻，在上流社会里，照她儿子那样种一种痘，倒也是正理呢。

起初，聂赫留朵夫倒还挣扎来着，这挣扎是很艰苦的，因为，凡是他认为好的，都被那些跟他在一块儿生活的人们认为是坏的，凡是他认为坏的，他们却又认为是好的。临了，聂赫留朵夫投降了，那就是：他不再相信自己，却开始相信别人。起初，不相信自己，使得他不舒服，不过这感觉不久也就淡了。不久他沾染上抽烟和喝酒的嗜好，不但忘掉那不愉快的感觉，甚至，觉得十分自在了。

聂赫留朵夫凭他那热情的性格，一点也不保留地把自己交给新的生活方式，这种生活方式正是他四周那一切人所称赞的，他完全扑灭了内心的别有要求的呼声。这是他搬到彼得堡去以后开始的，等他进了军队，就到了高潮。

一般说来，军队生活使人堕落。这生活把人安置在完全空闲的环境里，那就是，缺乏一切合理的、有益的工作。这生活替他们解除人类的共同义务，换来那种纯粹是顺从传统，而不是人类本来应有的义务——为军队、军服、军旗争取光荣；这生活一方面让他们对别人享有绝对的权威，一方面又叫他们对那些地位比他们高的人要卑贱地服从。

可是，军队、军服和军旗的光荣，公然得到准许抢劫和屠杀等所造成的一般的堕落，再加上由财富和接近皇族（接近皇族是禁卫军的一种特权，禁卫军只有富家子弟和贵族子弟才能进去服役）所产生的堕落，这种堕落可就发展成为一种彻头彻尾的、自私自利的疯病了。这自私自利的疯病占有每一个落到这有毒的影响下面来的人。聂赫留朵夫从进了军队，开始照他的同伴们那样生活的时候起，就染上了这种自私自利的疯病。

他没有什么事要做，光是穿上一身裁剪得很漂亮、又经别人刷得干干净净的军服，配备了也是经别人做好、擦好、交给他的头盔和武器，骑上一头经别人养大、训练好、饲养着的好马，去参加练兵和检阅；在操场上，他随着别的跟自己品级相仿的人，一块儿骑着马跑来跑去，挥动军刀，放

① 法语：我的亲爱的哲学家。——中译者。

枪,而且教别人放枪。他没有别的工作;那些老老少少的、地位崇高的人,沙皇和他身边的人,不但赞成这种工作,而且为了这种工作夸奖他,感谢他。

除此以外,大家认为好的和重要的事,是到军官俱乐部和顶讲究的饭馆里去吃饭,特别是喝酒,花掉也不知道打哪儿来的、大笔的钱;这以后,戏院、舞会、女人;然后又是骑马、舞刀、蹦跳;然后又是花钱——喝酒、打牌、玩女人。

这种生活使军人比平民堕落得更深,因为如果一个平民过这种生活,他就不能不在心灵的深处感到惭愧。军人认为这是理所当然,反倒因为过这种生活而骄傲,特别在战时;偏巧聂赫留朵夫进军队,正是在对土耳其宣战以后。"我们已经准备在战争中献出我们的生命,因此快活而放荡的生活,在我们,不但是可以原谅的,而且是绝对必要的——所以我们就过这样的生活。"

这就是聂赫留朵夫在他一生的这个时期中所抱的糊涂观念,他时时刻刻感到愉快,因为摆脱了他先前给自己所规定的道德上的约束。他的生活状况就是慢性的自私自利的疯病的状况。

三年以后他再到他姑姑家里去的时候,他正是处在这种状况里。

十四

聂赫留朵夫去看望他的姑姑,一部分是因为那很方便——他姑姑的庄园正好坐落在他为了入营而要走过的大道的旁边(他那个队伍已经开上前线了);一部分也是因为她们很热诚地邀他去,可是主要的还是因为他想要去看一看卡邱霞。

……

聂赫留朵夫一看见卡邱霞,他对她的旧感情就又醒来,跟先前一样的热烈。过去是什么样,现在仍旧是什么样;他一看见她的白围裙,就不由得激动起来。她的脚步声啦,她说话的声音啦,她那欢畅的、音乐样的笑声啦,他一听见,就不由得生出快活的感情;他一看见她那美丽的、跟沾了露水的野李子那么黑亮的眼睛,特别是在她微笑的时候,就不由得感到温柔;尤其是,在他们相遇的时候,他一看见她涨红了脸,他就不由得心慌。他感到自己在恋爱,不过这种爱,已经不是他先前感到的那种爱了;在他看来,爱是一团神秘;先前,他相信人一生只能爱一次。现在呢,他知道自己在恋爱,而且为了这个很高兴;他虽然极力隐瞒自己,却仍旧模糊地知道:这种爱是怎么一回事,大概会生出甚么样的后果。

在聂赫留朵夫的身上,就跟在所有的人的身上一样,有两个人:一个是精神的人,专门为自己寻求那种能够促进全人类幸福的幸福;另一个是动物的人,却专门贪图自己的幸福,为了自己的幸福不惜牺牲别人的幸福。在眼前这个时期,他已经害了由彼得堡生活和军队生活所培养出来的自私自利的疯病;在他身上,动物的人就占了上风,完全摧毁了精神的人。

可是,现在他看见了卡邱霞,恢复了三年前对她的那种感情,他身上的那个精神的人就又抬起头来,开始主张自己的权利了,在复活节以前的整整两天里面,他的内心起了一场不自觉的、不停的斗争。

在他的灵魂深处,他知道他应当离开这儿才对,他没有什么真正的理由再在他姑姑家里待下去,他知道这样下去不会有什么好结果;可是他那么高兴,那么愉快,因此他没有叫自己老老实实地承认这个道理,却住下去了。

……

十五—十六

这个早弥撒，在聂赫留朵夫，永远是一生中最鲜明、最生动的一个回忆。

他骑着马，从偶尔有几堆白雪点缀着的黑暗里走出来，进了教堂的院子；他的马看见教堂四周的点点灯火，就扬起蹄子溅水，竖起了耳朵；弥撒已经开始了。

……

一切显得那么严肃，可又那么欢乐、明亮、美丽：神父穿着银色的法衣，挂着金十字架；执事和副执事穿着金色和银色的祭服，业余唱诗人穿着顶漂亮的衣服，头发擦了油；节日赞美歌的活泼音调听起来像是舞曲；神父手举着一个烛架，不断地为人们祝福。烛架上面插着三只装饰了花朵的蜡烛；复活节的呼声反复地叫着："基督复活了！基督复活了！"一切都美丽；可是最最美丽的要算是卡邱霞，穿着白衣服，系着蓝腰带，黑头发上扎着红蝴蝶结，眼睛快活得发亮。

聂赫留朵夫知道：她虽然没看他，却感到他在教堂里。这是他在路过她身边，往祭坛走去的时候发现的。他没有什么话要跟她说，可是他诌出了一句，就在走过她身边的时候，小声对她说："姑姑告诉我说，做完弥撒，她要开斋了。"

年轻的血涌上了卡邱霞的可爱的脸，她每回看见他总是这样。黑眼睛里含着笑意，充满欢喜，天真地抬起来，瞧着聂赫留朵夫。

"是的，我知道。"她说，微微一笑。

……

男女之间的爱情，总有一个时候达到顶点——那当儿，爱情是不自觉的，没理由的，而且不含得有一点性欲的成分，聂赫留朵夫正是在这快活的复活节的夜晚遇到了这个顶点。在后来的岁月中每逢他偶然想起卡邱霞，这个时候的情景总是盖过其他一切时候：光滑浓密的黑头发、紧贴着她那苗条的处女身材的带褶子的白衣服、还没充分发育起来的胸脯、羞答答的红脸蛋、温柔而发亮的黑眼睛。她的周身印着两种明白的特色，纯洁和清白的热爱——不单单爱他（他当然知道她爱他），而且爱所有的人和所有的东西，也不单单爱善良而美丽的人，而且爱贫穷而卑微的人，爱世界上的一切，甚至也爱她刚才吻过的叫花子。

他知道她有这样的爱，因为这天晚上和第二天早上他自己也觉得自己心里有这样的爱，还感到在这种爱里他和她合成一体了。

唉！要是事情就在这儿停住，让他一直保持着那个晚上的感情，那够多好呀！"对了，在复活节的那个晚上，那件可怕的事还没发生呢！"他坐在陪审员室的窗前，对自己说。

……

十七

就这样，黄昏渐渐过去，夜晚来了。医生上床睡了。姑姑们也已经回房休息，预备睡了。

聂赫留朵夫知道：现在玛特丽娜·巴夫洛芙娜在姑姑们的寝室里，因此卡邱霞一定一个人在下房里。他又走出去，到了门廊上。门外黑暗、潮湿、温暖。白濛濛的春雾填满了空中，消溶着残余的雪，或者正因残余的雪在消溶才产生了这种雾。从前门出去百步开外，在山脚下流着的那条河，传来一种奇怪的响声。那是冰在碎裂的声音。聂赫留朵夫走下门廊的台阶，踩着一块块结冰的雪，作为踏脚石，一路跨过泥塘，到了下房的窗前。他的心在他的胸膛里跳得那么厉害，他好像听得见似的；他吃力地喘息着，喘啊喘的，透不过气来了，就深深地呼出一口气。

下房里点着一盏小灯。卡邱霞一个人坐在桌子那儿，深思地呆望着前面。聂赫留朵夫站了很久，一动也不动，等着看她在不知道有人瞧着自己的时候会做些什么事。有一两分钟，她坐在那儿不动；然后她抬起眼睛来，微微一笑，摇一摇头，仿佛责备自己的秘密的心思似的。随后她急急忙忙换一个姿势，把两条胳臂放在桌子上，又呆瞪瞪地瞧着面前的空中。

他站在那儿瞧着她，不由自主地听自己的心跳声音和河上传来的古怪声音。那边，在河面上，在白雾下面，正在进行一种不断的缓慢的工作；仿佛有个什么东西在抽泣，爆裂，落下来，碎成一片片似的，这些声音里还夹杂着薄薄的碎冰像玻璃相碰那样的叮呤叮呤声。

他站在那儿，瞧着卡邱霞严肃的、痛苦的脸，那张脸透露了她灵魂里进行着的一场秘密的斗争。他觉着怜惜她，可是说来也许奇怪，这怜惜的感觉反倒加旺了他的欲念，欲念已经完全主宰着他了。

他敲了敲窗子。她全身一震，仿佛触了电一样，她的周身颤抖着，害怕的神情来到她的脸上。然后她跳起来，走近窗前，把脸凑近玻璃窗。那害怕的神情，一直到她举起手来，像遮眼罩那样搭在眼睛上面，隔着玻璃往外瞧，认出了他的时候，也还是没离开她的脸。她的脸色严重得反常，他以前从没见过她的脸像这样子。她拿微笑回报他的微笑，可是那微笑只表现了她的顺从；她的灵魂里没有微笑，却只有恐惧。他用手招一招她，到院子里来，可是她摇摇头，仍旧站在窗边。他又把脸凑近玻璃窗，刚要对她讲话，她忽然扭转身去，面对着门，大概里面有人叫她。聂赫留朵夫从窗子旁边走开了。雾是那么浓，离开房子五步以外，那窗子就看不见了，只有灯光，又红又大，从一团不定形的黑东西里面射出来。河面上仍旧发出那种奇怪的响声：哭泣声、沙沙声、爆裂声、叮叮声。忽然，在雾里，不远的地方，有一只公鸡打鸣儿了；又有一只在响应，随后，远远的村子里别的公鸡也加入这个合唱，到后来那些鸡鸣声合成了一个声音。四外的别的东西，除了那条河以外，都沉默着。这是那天晚上公鸡第二回打鸣儿了。

聂赫留朵夫在那所房子的拐角上走来走去，有一两回踩到泥塘里去了。后来他又走到窗前。灯仍旧点着，卡邱霞一个人又坐在桌子那儿，现出拿不定主意，不知道该怎么办才好的神情。他刚刚走到窗口，她就抬起头来看。他敲一敲窗子。她也没看是谁在敲窗子，就赶快跑出房间来，他听见外面的房门吱吱嘎嘎地开了。他在门廊的旁边等着她走过来，就一句话也不说，伸出胳臂去搂住她。她贴紧他，扬起她的脸，用自己的嘴唇迎他的吻。他们站在门廊的一个角落的后面，那儿雪已经化掉，土地是干的。他充满了一种煎熬着他的、没得到满足的欲念。后来，外面的房门又吱吱嘎嘎地开了，玛特丽娜·巴夫洛芙娜的声音响起来，她生气地叫着：

"卡邱霞！"

她抽身从他的身边走开，跑回下房里去了。他听见门闩一响，然后一切沉寂了。红光不见了，只剩下那团雾和河上的响声。

聂赫留朵夫走到窗前，可是什么东西也看不见。他敲一敲，却没有人应声。他绕到前门，走进正房，可是他睡不着觉。他下了床，光着脚，顺着过道，往她的门口走去，她的隔壁是玛特丽娜·巴夫洛芙娜的房间。他先听一听玛特丽娜·巴夫洛芙娜在安稳地打鼾，刚要往前走，她却忽然咳嗽起来，在吱吱嘎嘎响着的床上翻了个身。他的心停住了，他站稳，一动也不动地等了五分钟，等到一切又都沉寂，她平稳地打起鼾来，他就往前走，极力拣不会吱吱咯咯响的地板走过去，到了卡邱霞的门口。门里面，一点声音也没有。她大概醒着吧，要不然他就会听见她的呼吸声。

他刚刚轻声地叫道:“卡邱霞!”她就听见了,跳下床来,走到门口,开始劝他走开,声调仿佛很生气似的。

“您这是什么意思?您怎能这样做?您的姑姑会听见的。”这些是她嘴里说的话,她的心却在说:“我是完全属于你的。”聂赫留朵夫所听懂的正好是这句话。

“开开门!让我进去一会儿!我求求你!”他自己也不知道自己在说什么话。

她沉默了,随后他听见她的手在摸门闩。门闩啪哒一响开了,他走进了房间。

她站在那儿,穿着又硬又粗的布内衣,裸露着胳臂,他一把搂住她,抱起她来,往外就走。

“哎呀!您这是干什么呀?”她小声说,可是他不理她的话,把她抱进他的房间去了。

“哎呀,别,万万使不得!放我走!”她说,可是更贴紧他了。

……

十八—二十二

第二天,聂赫留朵夫怀着矛盾的心情把一百卢布塞给了卡邱霞,当晚就离开了他姑姑的庄园。此后,为了自己的灵魂不受折磨,他只好不去想这件事。然而,现在这个奇怪的巧遇却又勾起了往事。不过此刻他担心的也只是深怕事情被人揭开,自己当众丢脸。他心惊肉跳,生怕卡邱霞认出他。好像不是他在审判,而是他在受审。他期望这案子快点审完。可是案子却拖得很久:检查物证,检察官和律师提问题,书记官宣读医生的报告……

庭长一心想早早结案,而检察官却没有这个意思。他天性很蠢,可是除此以外,他又不幸在高等学校毕业的时候得过金奖牌,还在大学研究《罗马法》的时候,写过论文《论奴役》,得过奖金,因此他的自负和自满达到了顶点,他的愚蠢就变得出格了。他长篇大论的中心内容就是一个:必须重判三名犯人。

当检察官和律师问答论辩时,聂赫留朵夫忍不住发出了哭泣声,泪水涌满了他的眼眶,忏悔的感情从他心里升起。他想压制住这种感情,而这种感情却顽强冲击着他,使他无力摆脱。

二十三—二十五

陪审员以各种动机和趣味杂乱地议论三名犯人是否有罪。聂赫留朵夫不说话,深怕那会露出他跟玛丝洛娃关系的马脚。后来,陪审员虽然认为玛丝洛娃无罪,却由于无知,主要是由于他们都累了,竟忘记在“意见”中,在说她“虽然犯了放毒粉的罪”后面加上“没有谋害性命的意思”的字样。这使庭长惊讶得摊开了手。法庭所有的人:书记、律师、副检察官,都表现了惊讶。然而,急于去会见克拉拉的庭长,却没有纠正这个错误,而是判罚玛丝洛娃赴西伯利亚做四年苦役。天真的玛丝洛娃听后放声大哭,高喊:我没罪,没罪啊!我讲的是实话——实话。

聂赫留朵夫对自己说:不行,不能让这案子这样了事。他匆匆去找了庭长。庭长说:上诉的理由总是找得到的,您只要和律师商量一下就行了。这使他心情平静了一点。他立刻去见了律师。律师同意办理此案,他的心情就越发踏实了。他走出去,到了街上。天气晴朗,他畅快地深深地吸进了一口春天的空气。

二十六—二十七

聂赫留朵夫走进了柯尔查庚大厦。他喜欢到这个家庭来。可是说来奇怪,今天在他看来,这所房子里的一切都叫他恶心。米西发现了他情绪不佳。可是他始终不肯对她说明原因。

二十八

往事和面临的一切使聂赫留朵夫烦闷、痛苦,觉得自己的行为可耻又可怕。他在想:怎样才能跟米西一刀两断?怎样割断跟玛丽亚的情丝?怎样赎他对卡邱霞犯下的罪?想到卡邱霞,他在心中对自己说:只有坏蛋,流氓,才做得出这种事来。我就是那个坏蛋,流氓!他决心进行一次灵魂大扫除。对于玛丝洛娃,他想:要减轻她的厄运,如果必要的话,我就跟她结婚。他向一个人呼救:主啊,帮助我,开导我,到我心中来,清除我胸中的一切污垢!其实,事情已经发生了:他身子里面的上帝已经在他的意识里觉醒了。他说:多么痛快,多么痛快;啊,上帝,多么痛快!这是指着他灵魂里所起的变化说的。

二十九—三十二

玛丝洛娃回到了牢房。和她同住的有15个人:12个女人,3个小孩儿。人们关切地询问审判的结果,然后是愤怒地咒骂法庭。玛丝洛娃在经历了一天发生的事情以后,看着这些同情的脸,终于忍不住,哇的一声哭出来了。

渐渐平静下来的玛丝洛娃开始吃东西,喝着伙伴们留给她的凉茶。她撕下一块面包递给正在看着她吃东西的孩子。不管自己有什么东西,她总是与别人分用。

临睡前,她忍不住对柯拉卜列娃说:我再也没想到我会落到这个下场。谁想得到呢?人家做的事比我坏得多,他们却都没受到处分,我呢,没犯什么罪,却得受苦。

三十三

第二天早晨醒来,聂赫留朵夫收到了玛丽亚写来的信,信里说,给他充分的自由。另外,跟米西结婚,昨天还仿佛大有可能,现在却变得完全不可能了。他不配。再说,卡邱霞关在狱中,自己的心怎么能安呢?他由于感到自己内心起了变化而快活起来。他想啊想的,一种特别的欢喜的感情抓住了他,眼泪涌上他的眼眶里来了。

三十四—三十六

聂赫留朵夫走进法院,遇见了昨天执法的法警长。他说自己要探望犯人。法警长说,在最后判决前探望犯人,要由检察长批准。

今天审判的是个盗窃犯。犯人是个小伙子。他与人合伙偷了几块主人根本不想要的旧褥子,可法庭依然按那套程序审判他。休息时,聂赫留朵夫离开了法庭并且决定不再回去了。他去找了检察官,请求准许他探望玛丝洛娃,他说,自己勾引过她,决定要跟着她走,而且跟她结婚。他给自己的行为感动得流下眼泪来。但他今天没能见上她,决定明天再来。一回到家他就写日记。他写道:我已经决定尽我的能力去看她,去对她忏悔,赎罪——如果必要,结婚也成。求上帝帮助我!我的灵魂很平静,我满心快乐。

三十七

那天晚上玛丝洛娃躺了很久,心里想了很多人,却单单没想起聂赫留朵夫。她的青春岁月,她对聂赫留朵夫的爱情,她从来不去想它。回忆那些事,实在太痛苦。在那个夜晚,她埋葬了她过去跟他的一切关系的记忆。那是一个温暖、阴雨、有风的秋夜。她要去会见路过这里的火车站的聂赫留朵夫。然而在她赶到的时候,火车开走了。她心中暗想:他坐在丝绒的椅子上,在灯光明亮的车厢里说笑啊,喝酒啊,找乐子;我呢,却在露天底下,让风吹雨打,站在黑地里哭。从那个可怕的夜晚起,她不再信仰上帝和善良。她相信谁都不信仰上帝,凡是关于上帝和上帝的法律的话,全是骗人的话,不实在的话。

三十八—四十

礼拜开始了。教堂执事一个劲儿地念祷告词。祷告词的内容主要是祈求皇帝和皇室的幸福。这个基督教的礼拜,目的在于安慰而且教化那些迷途的羔羊。

其实,用基督的名字所做的这些事情正好是对基督的嘲弄。因为耶稣禁止这里所做的这些事情。他禁止这渎神的法术,禁止把别人叫做主人,或者在寺院里祈祷,而是指示所有的人应当在独自一个人的时候祈祷。他禁止这儿所做的事,如审问啊 ,监禁啊,虐待啊,处决啊,甚至禁止任何的暴力。他说过他到人间来,正是为了解放囚徒。

神甫心安理得地干他的差事,是因为他受的就是这样的教育。顶顶加强他的这种信念的,是18年来,由于奉行这信仰的种种规定,他才能够得到一笔收入,养活自己的家属,送儿子进高等学校,送女儿进教会女子学校。教堂执事连根本教义都忘光了,他记得温热的葡萄酒呀,为死人所做的祈祷啊,念赞美歌啊……都有固定的价钱,就跟别人卖柴、卖面粉、卖番薯那样……典狱长和看守长认定他们必须信仰这些东西,因为高级长官和沙皇本人都相信嘛。而且,他们虽然含含糊糊,却的确感到这信仰维护着他们残酷的事业。

四十一—四十三

聂赫留朵夫最后一个走进探监室。他以谦恭的口气请狱中长官指点,最后见上了玛丝洛娃,而且得到照顾,副典狱长允许玛丝洛娃从牢房的边门走出来,和聂赫留朵夫单独交谈。

聂赫留朵夫艰难地说:我是来求您宽恕我的。我知道要您宽恕我是很难的。

她说:没什么可宽恕的。事情已经过去了。她做了一个叫人不舒服又叫人可怜的媚笑。在她心目中,他已经不再是她所爱的人,而是需要的时候就利用她的人。她这类人呢,反过来,也得利用他们,这正是带着媚笑瞧他的缘故。她说,她什么都完了,虽说没有罪,却得到西伯利亚去。她说,只要有个好律师,就好办了。可这要花很多钱。聂赫留朵夫说,他已找过律师,他将尽力去办。她请求他给她10卢布,他照办了。

他想,这女人已经死了。他知道,他得唤醒她的灵魂才对。希望她重新醒来,恢复她本来的面目。

该分手了。聂赫留朵夫把手伸给她。她接过他的手来,但却没有握它。

他说:在我,您是比亲姊妹还要亲了。她摇摇头,走到网子后面去了。

跟玛丝洛娃的会见,使得他意识到,记忆中的卡邱霞不存在了,存在的是眼前的玛丝洛娃。

四十四—四十八

聂赫留朵夫带着他花1 000卢布请法纳林律师替玛丝洛娃写的诉状去监狱见到了玛丝洛

娃，让她在状子上签了名。她没有为自己说什么话，倒热情赞扬同牢房的曼秀娃老太太，求聂赫留朵夫替他们母子伸冤。他答应去办。

聂赫留朵夫终于说出了最重要的话。他对玛丝洛娃说：我要赎我的罪，不光是用话赎，而且用行为来赎。我已经下决心跟您结婚。

聂赫留朵夫的话使玛丝洛娃脸上露出惊恐的神情。忆起往事使她激动。她说：我是犯人，窑姐儿，您呢，是老爷，公爵。您用不着跟我打交道，免得玷辱了你。你去找你的郡主们好了，我的价钱是一张10个卢布的钞票。你在这个世界上拿我玩乐还不算，又要用我来救你自己，好让你能上天堂！我讨厌你——你那眼镜，你那肮脏的胖脸！去，去！

玛丝洛娃回到牢房后，无心回答任何人的问话。她一个人静静地躺着，直到傍晚。她回想着往事。这时，她从她原本所过的浑浑噩噩的生活里醒了过来。

四十九—五十六

副省长玛斯列尼柯夫曾经和聂赫留朵夫在同一个军团里当军官。聂赫留朵夫从他那里弄到了准予他会晤犯人的手令，又经典狱长的同意，到狱中探望了蒙受冤屈的青年曼秀夫，政治犯薇拉·叶甫列莫芙娜。他还看到，在押的40名左右的石匠被关押两个月，仅仅是因为他们的护照过期和他们家乡的监狱人满为患。聂赫留朵夫问自己：这都是为什么？他每逢探监要感到的那种心理上的恶心，比先前越发厉害地转成了生理上的恶心；可是对于自己所提出的问题，他却找不到答案。

五十七—五十八

第二天，聂赫留朵夫又去拜访玛斯列尼柯夫，求他把玛丝洛娃安排到医院当护士。此刻玛斯列尼柯夫正好刚送走一个重要人物，精神特别好。每逢这种时候，他总觉得很愉快：凡是温情的狗遇到主人拍它，摸它，抓它耳朵的时候，它就会有这样的感觉。它摇尾巴，献媚，跳过来跳过去，把耳朵贴在脑袋上，发疯地打转儿。但是，当聂赫留朵夫提出要托他办两件事的时候，阴郁和扫兴的表情就浮上了玛斯列尼柯夫的脸，狗儿在主人搔着它的耳朵的时候的那种兴奋神情，就一点踪影都没有了。

五十九

在会见玛丝洛娃以后，聂赫留朵夫决心赎罪时的那种胜利的情绪完全消散了。现在恐惧和恶心代替了那种欢乐。他依然决心不离开她，只要她乐意，他就跟她结婚。但这么做此刻对他已经很困难了，甚至使他痛苦。

他在拜会过玛斯列尼柯夫的第二天，又去见玛丝洛娃。玛丝洛娃从铁丝网的里边沉静而胆怯地走过来，对他说道：请您原谅我，我前天说了很多不中听的话。而且她一再表示要聂赫留朵夫离开她，说着，嘴唇发抖。聂赫留朵夫听出，在她愤怒的拒绝中，还有好的东西。当他问她需要什么东西时，她回答说，她不需要什么东西。她曾坚决反对转到医院去工作。但这时她说：要是您愿意我去，我就去，而且从此我再也不喝酒了。

聂赫留朵夫想：是的，是的，她完全换了一个人了。

第二部

一—九

聂赫留朵夫打定主意跟玛丝洛娃到西伯利亚去。他要到田庄去走一趟,料理一下那里的事情。

他先到的是库兹明斯果耶。他和这里的农民们签订了一个租地合同,租金比本县其他地方少三成,但是农民并不满意。

他离开库兹明斯果耶来到了巴佛诺。这是他第一次见到卡邱霞的地方。这里农民极度的贫穷使他震惊。儿童大量夭折,妇女过度劳累,人们营养不良。聂赫留朵夫看到,事情跟白昼一样明白,老百姓赤贫的主要原因是:唯一能养活他们的土地被地主夺去了,而地主却依靠老百姓的劳动生活。改善老百姓生活的唯一可靠的办法就是把他们迫切需要的、原先从他们手里夺去的土地还给他们。这时,亨利·乔治的原则又回到他的心头:土地不能成为任何人的财产;它跟水、空气、阳光一样,不能买卖。凡是土地给予人类的利益,所有的人都有同等的享受的权利。这时他才明白,为什么库兹明斯果耶的农民获得了三成的好处并不高兴。他决心把土地送给巴佛诺的农民。他想采取这样的办法:把土地租给农民,但是租金不归地主,而是把租金合成公共基金,这基金归农民使用。可是,农民们对他的办法却一致反对。许多世代的经验向他们证明:地主永远只顾自己的利益,而叫农民吃亏,他们提出什么新办法那只能是为了比以前更阴险地欺诈他们。聂赫留朵夫与农民们和他们的代表们议论了三天,农民们才理解和信任了他。

在离开巴佛诺的时候,聂赫留朵夫感到了释去无穷无尽的重负的快乐。

十—十三

聂赫留朵夫回到城里,感到很新鲜,也更觉得农民生活的穷苦。他在拜访过律师以后,就又去探望玛丝洛娃。她一见到他,脸就红了。跟他握过手,脸涨得比先前越发红了。聂赫留朵夫发现,她的脸上出现了一种新的顾忌和害臊的表情。他告诉她,曼秀夫母子的申诉办过了,可望无罪释放,他要到彼得堡去为她上诉。当他再次表示,不管结果如何,他都愿意和她结婚时,她的脸高兴得放光。她费力地忍住笑容。他知道,她的灵魂里正在发生重大的变化。

玛丝洛娃回到自己房间后,两次忍不住笑出声来。然而,当她意识到今非昔比,想到自己凄凉的身世时,她哭了,哭了很久。

十四—十六

聂赫留朵夫自从上次拜会过玛斯列尼柯夫,特别是从他去过乡间以后,就全身心地憎恶着以前他在其中生活过的那个社会:那个社会小心谨慎地遮盖了千千万万的人为保证少数人过安适享乐的生活而受的苦难,好让处在那个社会里的人不要看见,也不可能看见那些苦难和他们自己的生活的残酷和罪孽。聂赫留朵夫再到那个社会里去活动,就不能不觉得别扭,不能不责备自己。然而,旧的习惯使他不能与那个社会一刀两断。为了玛丝洛娃,他也不能不去请那个社会里的人帮助。

聂赫留朵夫到了彼得堡。他对姨妈如实讲述了他来这里要办的四件事。姨妈一再笑嘻嘻地说外甥是个傻瓜，不过她答应帮助他，并且说她要让丈夫帮助他，还给她的朋友玛丽叶特写了信，求她帮忙。

聂赫留朵夫的姨父伊凡·密海罗维奇伯爵做过国务大臣，是一个有坚强信念的人。讲到他的信念是，他从年纪很轻很轻的时候起就相信：跟鸟雀天生要吃虫子果腹，身上披着羽毛，在空中飞来飞去一样，他也天生要吃由工钱很高的头等厨师烧出来的、顶精致顶珍贵的食品，穿顶舒适顶贵重的衣服，坐顶好顶快的马所拉的马车，因此这三样东西应当永远给他准备得齐齐全全才成。除此以外，伊凡·密海罗维奇还认为：他千方百计从国库里领到的钱越多，他所得到的勋章（包括这样那样的镶钻石的勋章在内）越多，他跟地位崇高的男男女女谈话的机会越多，那就越好。

此外的一切事情，跟这些基本信条相比，伊凡·密海罗维奇伯爵都认为没有道理，不发生兴趣。别的一切事情，随它这样也好，那样也好，他反正不放在心上。伊凡·密海罗维奇本着他的这种信念生活了四十年，办了四十年的事，到四十年的头上，他就做了国务大臣。

他听完了聂赫留朵夫的说明，就说他要为他写两封信，其中的一封是给大法院上诉科的大法官沃尔夫的。

聂赫留朵夫拿着姨妈和姨父的信，拜会了玛丽叶特和沃尔夫大法官。沃尔夫在任波兰一个省长时曾蹂躏、残杀、流放过成百无辜的人民。他还把妻妹的财产占为己有。

十七—十八

晚上，聂赫留朵夫和许多人一道在姨妈家听基司魏特尔讲道。对基司魏特尔的表演，他深感厌恶。

第二天，聂赫留朵夫去拜访佛罗比奥夫男爵。他是聂赫留朵夫父亲的同事，祖籍德国，主宰着彼得堡囚犯的命运，他在高加索服务的时候，屠杀了 1 000 多保卫自己的自由、家乡和家属的人。他的职责是看管政治犯，把他们关在单人牢房里，弄得他们不到 10 年，死了一半。他劝聂赫留朵夫到政府里为沙皇和国家服务，而不要管政治犯们的事情。

十九—二十三

第二天大理院审理玛丝洛娃的案子。聂赫留朵夫坐车到了大理院。

大理院里的大法官和副检察长多是心不在焉地对待正在审理的案子。他们对律师法纳林为玛丝洛娃所作的辩护表示厌烦。副检察长塞列宁认为没有理由撤销原判。大法官沃尔夫主张重审。伊凡·谢苗诺维奇附和沃尔夫的意见。司佛罗德尼科夫主张驳回，因为他认为聂赫留朵夫根据道德原则跟那女人结婚，实在可恶。

上诉就这样被驳回了。

二十四—二十六

聂赫留朵夫走出大理院，在路上，律师法纳林给他讲述了许多地位崇高的人物犯了种种罪行却没有坐监牢，反倒在各政府机关里坐在首长的椅子上。

他回到家中，见到了姨妈。玛丽叶特也在。玛丽叶特约他去看戏。他们的眼神在相互不断地说：你能够爱我吗？回答是：我能够。性的感觉，就用顶顶意外、顶顶动人的方式，把他们俩拉凑到一块儿去了。

晚上，他独自在房里，熄了蜡烛，久久不能入睡。他想：我要到西伯利亚去，我做得对吗？我丢掉了我的财产，我做得对吗？答案是不明确的。好像一切都乱了。他对自己说：说不定那一切只不过是我自己的想象所编造的，空虚的幻景罢了，我自己未必能照那样地生活去吧？说不定我会后悔做这种现在我觉得对的事吧？

第二天早晨起来，聂赫留朵夫的第一个感觉是昨天他仿佛犯了什么罪似的。他没干什么坏事，不过，比做坏事更糟的是他起了坏念头，坏事正是由坏念头产生的。

这是他在彼得堡的最后一天了。一清早他就到华西列夫斯基岛去探望淑丝托娃。在淑丝托娃家里，他见到了淑丝托娃、她的母亲、姨妈。姨妈是革命者。他答应她的请求，同意把她的一封信转给薇拉·叶甫列莫芙娜。

二十七

聂赫留朵夫要在彼得堡办的最后一件事是宗派教徒的案子。为办这件事，他去找了旧日的同事，现任的沙皇副官勃嘉杜列夫。勃嘉杜列夫建议他去见一见宗教会议的负责人托波罗夫。

托波罗夫其实是对什么东西都没有信仰。他看待他维护的宗教就跟养鸡的人看待他用来喂鸡的腐肉一样：腐肉很讨厌，不过鸡喜欢它，吃它，那么用腐肉来喂鸡就是对的。

托波罗夫怕有聂赫留朵夫这样的辩护人，会把案子捅到皇上面前，成了一件残忍的事，或者会登在国外的报纸上，所以就意外同意撤销由主教和省长作出的决定。主教和省长说脱离东正教的那些人的婚姻不合法，拆散了他们的家庭，把他们流放。说这是为了人民的利益。

聂赫留朵夫忽然醒悟了，许多事情使他看得非常清楚：所有这些人的被捕、监禁、流放，其实并不是因为他们侵害了什么正义，或者犯了什么法，只不过因为他们是障碍，妨碍官吏和富人享用他们从老百姓那里搜刮来的财产罢了。

二十八—二十九

聂赫留朵夫一回到莫斯科，马上就去监狱医院。想到玛丝洛娃无罪却得去西伯利亚，他忆起了杜洛[①]的一句话：正人君子的真实的去处也是监狱。

在医院里他听说玛丝洛娃跟医务助理勾搭上了，他感觉到的痛苦很尖锐。他对自己说：现在我可怎么办呢？我仍旧得为她效力吗？她这种行为是不是使得我自由了呢？想到这里，他觉得羞愧：不，我的良心要求我牺牲我的自由来赎我的罪。

玛丝洛娃走到聂赫留朵夫跟前。她的脸涨得绯红，很慌张，眼眶里满是泪水。因为她猜想他已经知道了医院里的事情。其实她没有错。医务助理员勾引她不成，他就造她的谣。

聂赫留朵夫说：不管出什么事，不管结局怎么样，我的决定总归不变。

她赶紧拦住他的话，不过她那整个的脸放光了。

她又爱他了，而且爱得那么深。她坚决拒绝跟他结婚，主要是因为她明白：跟她结婚，在他是

① 杜洛(1817—1862)：美国作家。

一种不幸。不过她想到他看不起她，没注意到她的内心已经起了变化，她很难过。

三十一—三十三

玛丝洛娃也许会随同第一批犯人押解上路。聂赫留朵夫也要做他自己动身的准备了。现在替别人做事，他心情很快活。

聂赫留朵夫的姐姐娜达丽雅来看望自己的弟弟。她关心弟弟的是两件事。一件是他跟卡邱霞的婚姻。她佩服他的果断，又感到害怕。第二件事是他把土地分给农民的问题。这件事不十分打动她的心。可是她的丈夫对这件事很愤慨，怂恿她尽力劝阻她弟弟，因为他们的儿女是聂赫留朵夫财产的继承人。

聂赫留朵夫回来见到姐姐留的字条儿，就又去找她。姐姐一个人在房间里。姐弟见面十分亲热。有好多话要说，可是他们没有说出口来；不过他们的目光倒表达了他们的话语所没有能够表达出来的意思。

聂赫留朵夫的姐夫从另一个房间走过来，依然装腔作势。他的姐夫拉果金斯基极力为财产私有制辩护，劝说内弟放弃把土地分给农民的决定。这问题明明跟他痛切相关，他却说，他这样做不是在替自己的孩子说话，不是出于他的个人利害考虑，而是因为他不同意内弟奉行的那种原则。在拉果金斯基激烈为现行法律辩护的时候，聂赫留朵夫说道：法律的目的是维护阶级的利益！依我的看法，法律只不过是一种工具，用来维持那对我们的阶级有利的现行的社会制度罢了。它的目的只在于保持当前的制度。因此凡是比一般的水平高，而且有心提高那水平的人，所谓的政治犯，以及凡是比一般水平低的人，所谓的犯罪型，法律就一律加以迫害和判刑。

会见不欢而散，聂赫留朵夫想到自己把姐夫和姐姐得罪到这种地步，不由得觉着难过和羞愧，特别是因为他第二天就要动身，多半从此不会再跟他们见面了。

三十四—三十八

玛丝洛娃这批犯人预定乘下午3点钟的火车离开莫斯科。聂赫留朵夫打算在12点以前赶到监狱。

头天晚上他翻了一下自己的日记，里边有几页这样写道：卡邱霞不肯接受我的牺牲，她情愿牺牲自己。她胜利了，我也胜利了。依我看来，她的内心正在起着一种变化，她仿佛真的复活过来了。……明天我开始新生活了。我的旧生活啊，永远再会了！

聂赫留朵夫到了火车站。犯人们已经坐进了安着格子窗的火车车厢里面了。玛丝洛娃坐在对面的窗口那里，看见聂赫留朵夫，连忙站起来。

"怎么，您也去？"她说，好像不知道这回事似的，她高兴地望着聂赫留朵夫。

"我坐下一班火车去。"

玛丝洛娃极力忍住她嘴唇旁边荡漾着的欢乐的微笑，说：这女人要分娩了，很痛苦，能不能让她留下来呢？

"好，我一定去说。"聂赫留朵夫说。

三十九

聂赫留朵夫所搭乘的那班客车再过两个钟头才开。他原想利用这段时间去看看他姐姐的，可是他在候车室里睡着了。这时他姐姐来了。他对姐姐说,如果他死了,库兹明斯果耶的土地就留给她的孩子们。聂赫留朵夫冷眼看出来,她听到他说这些话很高兴。他觉得以前在他是那么亲切的娜达丽雅,现在已经不存在;他面前的这个女人只不过是一个陌生的、讨厌的、脸皮发黑的、汗毛很多的那个姐夫的奴隶罢了。想到她在他说将把自己的土地留给她儿女的那股兴奋劲儿,他感到很难过。

四十

聂赫留朵夫一直认为犯人们出发前死去的那几个犯人是被官员们弄死的。他想,也许那些省长、典狱长、警察是必要的;不过他们也实在可怕,比强盗还要可怕。强盗也许发一发慈悲;他们却决不会发慈悲。据说普加切夫和拉辛[①]之类的人是可怕的。这些人却一千倍地更加可怕。

四十一—四十二

聂赫留朵夫所坐的车厢里只有半车的人。后来上来一群工人。他们先是被老爷们和乘务员赶来赶去。最后就坐在这个车厢里了。聂赫留朵夫听他们谈话,心想:对了,这是一个完全新的、不同的世界。这儿才是真正的上流社会。

第　三　部

一—六

玛丝洛娃被允许跟政治犯们生活在一块儿以后,她的处境就好多了。最大的好处是使她认识了好几个人,他们对她的性格起了决定的、顶顶有益的影响。

"是啊!我被判刑的时候,我居然哭了,"她说,"哼,其实为了这件事,我倒应该终生终世感谢上帝才对。我已经知道了好些事,如果换一种生活,我就绝不会知道那些事。"

她很容易地、一点不费力地了解了指导着那些人的行动的动机。她自己既是平民中的一分子,就充分地同情他们。她明白他们跟平民站在一起,反对上层阶级;他们中间有些人原是属于特权阶级的,却为了平民而牺牲他们的特权、他们的自由,甚至他们的生命。这就使得她特别看重他们,佩服他们。

玛丝洛娃内心的变化表现到外表上了。她的发式、衣服和态度不再有卖弄风情的痕迹。

七—十二

聂赫留朵夫得到押解长官的许可,由一个中士护送他去看望玛丝洛娃。他在政治犯们的住处见到了西蒙松。西蒙松是个反对杀生的素食主义者。他以含有深意的眼光瞧着聂赫留朵夫,说:我有事要跟您谈。聂赫留朵夫见到玛丝洛娃时,她正在打扫房间。路上她一直在帮助政治犯们料理生活上的事情。

---

① 拉辛和普加切夫是17世纪和18世纪俄罗斯农民起义的著名领袖。——中译者。

聂赫留朵夫在政治犯们的住所见到了共产主义者纳巴托夫。他是个农民，曾多次被捕坐牢，却不改初衷，始终生气勃勃，坚持为教育和联合工人而积极活动。他认为革命不会改变平民生活的基本方式，相信他们努力推进的革命不应该摧毁整个大厦，只应该略略变一变这幢他深深喜爱的、美丽的、坚固的、古老的大建筑物的内部装置。聂赫留朵夫还见到了另一个平民出身的政治犯康德拉节夫。他否定宗教，对女人无限轻视，奉行苦行主义，对待所有的同志都冷淡而疏远，也厌恶聂赫留朵夫。他做了一次大罢工的领袖，那次罢工的结果是工厂被毁，厂长被杀，他被流放。在流放的路上，一有空闲他就读《卡尔·马克思》的第一卷。

十三—十六

“现在我可以跟您谈几句话吗？”西蒙松说。

“行。”聂赫留朵夫答道。

“我知道您跟卡邱霞·玛丝洛娃的关系。我认为我自己得向您解释一下我跟她的关系。我下决心要请求她做我的妻子。”西蒙松坦率地说。

“我有什么办法呢？这要由她来决定呵。”聂赫留朵夫说。

西蒙松站起来，走到聂赫留朵夫面前，害臊地微笑着，拉住聂赫留朵夫的手，把脸凑过去，吻了吻他。

“那么我想告诉她了。”他说完，就走了。

十七—十九

玛丝洛娃出于对聂赫留朵夫的爱而拒绝和他结婚。西蒙松把自己和玛丝洛娃相爱的事告诉了他。聂赫留朵夫得知这个消息虽有解脱的轻松，却又感到惋惜。

聂赫留朵夫到犯人营地去，在那里目睹了犯人们苦难、恶劣的处境。政治犯们对自己为之奋斗的事业的正义性坚信不疑，虽处境艰难，有的濒临死亡，却依然斗志不减，这使聂赫留朵夫颇有感触。他想到，是国家的官吏们为了自己获得钱财而根据所谓法律和理论在制造痛苦和罪恶。

二十—二十一

聂赫留朵夫的马车赶过犯人的队伍，来到河边。他的马车要用船摆渡。等待摆渡的车辆很多。在这里他遇见一位奇怪的老人。他身材矮短、头发蓬松、衣衫褴褛，穿一件补了补钉的上衣，一条布裤子，脚上穿着补了补钉的旧鞋。别人都在钟声里祷告，而唯独他不做祷告。聂赫留朵夫的车夫问他：为什么你不祷告？“向谁祷告？”老人以挑衅的口气反问道。“当然是向上帝啊！”车夫讥诮地说。“你倒指给我看一看；他在哪儿——你这个上帝？”

“那么，你信什么教呢，老大爷？”有人问。

“我不信教——只相信我自己。”老人说。

“现在您上哪儿去？”聂赫留朵夫问。

“随上帝指引我上哪儿去，我就上哪儿去。我找得到活儿做，就做；找不着呢，就讨饭。”老人答道。

二十二—二十三

聂赫留朵夫在旅馆安顿下来以后,梳洗一番,换了衣服,就去拜见本区总督。将军愉快地接待了他,并请他来家用餐。

离开将军以后,他到了邮局。在邮局里,他见到了好友塞列宁寄来的信,内附一份公文,那是卡邱霞呈文的批示。公文的内容是这样的:

皇帝陛下收受请愿书公署。案卷第某字某号。某某科。某年某月某日。奉公署主任令,兹特通知公民卡节丽娜·玛丝洛娃:皇帝陛下披览该公民之忠诚请愿书,特体恤下情,恩准该公民所请,着将该公民之惩役减为流放,在西伯利亚较近处执行。

这是重大喜讯。"我应该马上通知卡邱霞。"他想。

二十四

在将军的家宴上,聂赫留朵夫沉迷在优美的环境、可口的菜肴里,沉迷在跟自己身份相同的、受过教育的男男女女周旋应酬的氛围里,他觉得自己几个月来经历的种种事情好像一场大梦,现在才猛然醒来,面对真实似的。在应将军女儿的邀请看望和赞美了她的一对儿女以后,经将军的允许,他和一名英国商人一同乘车到监狱去了。

二十五—二十六

聂赫留朵夫在监狱里见到了玛丝洛娃。

"你知道减刑的事已经批准了吗?"

"知道了,看守告诉我了。"

当聂赫留朵夫要谈和她结婚的话题时,她拦住了他,说,她要和西蒙松在一起。聂赫留朵夫想,她这么做可能出于两种原因:她爱上了西蒙松;她仍旧爱我,为我设想而拒绝我。

"原谅我。"她说。

他从她凄凉的笑容确信,她做出这种决定的原因是后者。她爱他,知道如果他跟她结合,她就会毁了他的生活。

二十七

在一个流放犯的牢房里,聂赫留朵夫惊奇地认出了今天早晨过渡时候见过的那个古怪的老人。这衣服破旧、满脸皱纹的老人坐在床边的地板上,光着脚,只穿一件肮脏的、灰色的、肩头破烂的衬衫,和一条同样颜色的裤子。他严厉而探问地瞧着走进房来的人。他那干瘦的肉体从脏衬衫的破洞里露出来,显得瘦弱可怜,可是他的脸上带着甚至比聂赫留朵夫在过河中间看见他的时候还要多的生气,和聚精会神的严肃。就跟在别的牢房里一样,这儿的犯人们看见长官进来,也马上跳下床,站得笔笔直直。可是老人还是坐在那儿没动。他的眼睛发亮,他的眉毛愤怒地皱起来。

"站起来!"典狱长向他吆喝道。

老人没站起来,只是轻蔑地一笑。

“你的奴仆才站在你面前。我可不是你的奴仆。你带着印记……”老人嘟嘟哝哝,指着典狱长的额头。

“什——么?”典狱长威吓地说,向前跨进一步去。

“我认识这个人,”聂赫留朵夫连忙说,“他为什么关在这儿?”

“警察把他送到这儿来的,因为他没有护照。我们要求他们不要送这种人来,可是他们偏偏要送来。”典狱长说,斜起眼睛向老人送过去一瞥愤怒的眼光。

“这看起来,好像你也是这个反基督的军队中的一分子啰?”老人对聂赫留朵夫说。

“不,我是客人。”聂赫留朵夫说。

“什么?你是来看反基督的人怎样折磨人们吗?好的,痛痛快快看一看吧。他把他们这么一大堆人关在一个小笼子里。人应当凭自己眉毛上的汗水赚面包吃才对。可是他却把他们当猪一样地关起来,不给他们什么活儿做,光是喂他们吃东西,弄得他们要变成畜生。”

“他在说什么?”英国人问。

聂赫留朵夫把这句话翻译出来。

老人古怪地笑起来,露出他那整齐的牙齿。

“法律?”他轻蔑地重说一遍,“他先抢劫每一个人,窃取所有的土地,凡是属于别人的财产统统强占过来,供自己享用;他杀死所有反对他的人,然后他订出法律来禁止抢劫和杀人。他应该先订法律才对。”

聂赫留朵夫翻译过来。英国人微微一笑。

二十八

聂赫留朵夫坐车回到了旅馆,久久不能入睡,他跟卡邱霞的事情已经告一段落。她不需要他了。这使他难过,而且十分痛心。

他在晚近一段时期里耳闻目睹的种种可怕的罪恶使他苦恼。他看不出有消除这些罪恶的可能。就连消除这些罪恶的方法他也不知道。他在屋里走来走去,想来想去。走累了,也想累了,就坐在靠近灯的一张沙发上,随手翻开了一本《圣经》,读了《马太福音》第十八章。这时,在他的头脑中,有一个思想渐渐变得清晰起来:要想从人类所遭受的可怕的罪恶中得救,唯一可靠的方法是人人永远承认自己在上帝面前有罪,因此不能够惩罚别人,或者纠正别人。他原先找不到的答案,现在找到了,那就是永远饶恕一切人,饶恕无数次,因为没有一个人自己无罪,没有一个人不需要饶恕,因此也就没有一个人配惩罚和纠正。

聂赫留朵夫又读了素来使他感动的《登山训众》的那一段,读了里边的那五条法律:第一条,是人不但不可以杀人,甚至不可以向弟兄动怒,或骂他“拉加”[①];要是跟人家吵了架,那就要在向上帝献礼物以前,先跟那人和好。第二条,是人不但不可以奸淫,甚至不可以看见妇女生得美,就动淫念;要是他跟一个女人结成夫妇了,他永远不可以对她不忠实。第三条,是人在允诺什么的时候不可起誓。第四条,是人不但不可以“以眼还眼”,而且在这半边脸挨打的时候,应当送上那半边脸去;他得饶恕损害,谦卑地忍受损害,永远不拒绝别人请求自己做的事情。第五条,是人不但不可以恨仇敌,或者跟仇敌打架,而且要爱仇敌,帮助仇敌,为仇敌效劳。聂赫留朵夫想,如果

① “拉加”,是骂人的话,意思是“没价值的”。——中译者。

照这些法律实行起来，人类社会生活的全新的、惊人的条件就会建立起来，到那时候，不但他憎恨的暴力会自动消灭，就是所可以获得的最大的幸福，地上的天国，也会建立起来。

聂赫留朵夫坐在那儿一动不动，呆呆地瞧着灯，他的心停止了悸跳。想到人类生活的畸形混乱，他清清楚楚地看见：要是人们在这种法律的熏陶下长大成人，生活将会变成什么样子；于是一种他许久没有感到过的欢喜注满了他的灵魂。仿佛是，经过长久的疲劳和忧伤以后，他忽然得到了休息和自由似的。

从那天晚上以后，聂赫留朵夫开始过一种全新的生活，这倒不是因为他走进了新的生活环境，而是因为从那天晚上以后他所做的每一件事情，对他都有了新的、完全不同的意义。他生活中的这个新阶段将怎样结束，那只有时间才会证明。

1899年10月12日

于莫斯科

套中人

作者安东·巴甫洛维奇·契诃夫(1860—1904)是19世纪末俄国现实主义的重要作家。1860年1月29日他生于罗斯托夫省塔甘罗格市一个小商人家庭。后因父亲破产,全家迁居莫斯科,契诃夫只身留在塔甘罗格,靠担任家庭教师维持生活和上学。1879年契诃夫进莫斯科大学医学系读书,1884年毕业后在兹威尼哥罗德等地行医,广泛地接触平民,了解了生活。这对他的文学创作起了重要影响。契诃夫从大学时代起迫于生计开始文学创作,起初只是给一些幽默杂志写小故事,这些作品总的说社会意义不大,但其中也有一些比较优秀的,如《一个官员的死》(1883)、《变色龙》(1884)、《普里希别叶夫中士》(1885)等,针砭当时社会的丑恶现象,讽刺了沙皇专制制度下普遍存在的奴才心理。80年代中期,契诃夫开始严肃地对待创作,短篇小说《万卡》(1886)、《苦恼》(1886)、《渴睡》(1888)等,表达了作家对劳动人民痛苦生活的深切同情。1888年,著名中篇小说《草原》问世,它歌颂了祖国的大自然,反映了作家对农民命运的思考以及人民对幸福生活的渴望,标志着作家创作的成熟。80年代末,随着名望的日益增高,契诃夫更强烈地意识到自己作为作家的社会责任。

1890年,契诃夫不顾体弱,长途跋涉去沙皇流放犯人的库页岛进行了三个月的调查,大大加深了对沙皇专制制度的认识。他终于克服了不问政治的倾向,1892年发表的震撼人心的中篇小说《第六病室》,愤怒地控诉了牢狱般的沙皇俄国的黑暗和残暴,同时批判了作家以前奉行的“勿以暴力抗恶”的托尔斯泰主义。19世纪90年代至20世纪初,契诃夫进入创作的全盛期。当时俄国的解放运动发展到无产阶级革命的新阶段,在日益高涨的革命运动的影响下,契诃夫积极参加社会活动,更加关心人民疾苦,写下了一系列出色作品,如批判错误思潮“小事论”的《带阁楼的房子》(1896),鞭挞一些人顽固保守、害怕新生事物的《套中人》(1898),讽刺小市民自私庸俗、心灵空虚的《醋栗》(1898)和《姚内奇》(1898)等,剧本《万尼亚舅舅》(1897)描写了没有真正生活目标的知识分子的可悲命运。总之,在契诃夫的创作中处处回响着“不能再这样生活下去”的呼声。20世纪初,契诃夫预感到一场革命风暴即将到来,他的思想朝着更积极、乐观的方面转化。在小说《新娘》(1903)里洋溢着奔赴新生活的热望。剧本《樱桃园》(1903—1904)不仅展示了新兴资产阶级必将代替贵族的历史趋势,而且让平民知识分子发出了“新生活万岁”的欢呼。然而,由于契诃夫的思想从未超出民主主义的范畴,他笔下的新人都不知道走向新生活的真正道路,“新生活”始终只是一种朦胧的憧憬。1904年7月15日,契诃夫病逝。

契诃夫是世界著名的短篇小说家和戏剧家。他善于通过平凡的日常生活事件,揭示社会现实的本质和矛盾。语言朴素而富有表现力。无论小说还是戏剧,都具有浓郁的抒情性。

《套中人》(1898),是契诃夫短篇小说代表作之一。小说以兽医伊凡·伊凡内奇和教师布尔金外出打猎,夜宿村长家,教师给兽医讲故事为框架,引出一个中学古希腊语教师别里科夫的故事。这个故事的中心事件是别里科夫的一次恋爱悲剧。主要人物除别里科夫外,还有别里科夫的恋爱对象瓦连卡、瓦连卡的哥哥史地教员柯瓦连科。

本文选自《契诃夫小说选》(汝龙译,人民文学出版社1960年版)。

有两个误了时辰的猎人在米罗诺西茨果耶村的村郊,在村长普罗科菲的堆房里过夜。一个是兽医伊凡·伊凡内奇,一个是中学教师布尔金。伊凡·伊凡内奇姓一个相当古怪的双姓:契木沙—希玛拉依斯基,这姓跟他一点也不相称;在全省中,大家只简单地叫他的本名和父名伊凡·伊凡内奇。他住在城郊一个养马场上,这回出来打猎是为了透一透新鲜空气。中学教师布尔金每年总是在П伯爵的家里消夏,对这一带地方早已熟极了。

他们没睡觉。伊凡·伊凡内奇是一个又高又瘦的老头子,留着挺长的唇髭,这时候坐在门口,脸朝外,吸烟斗。月亮照在他身上。布尔金躺在房里的干草上,在黑暗里谁也看不见他。

他们正在闲聊天。除了别的话以外,他们还谈到村长的老婆玛芙拉,一个健康而且并不愚蠢的女人,说是她一辈子也没走出过她家乡的村子,从没有见过城市或者铁路,近10年来一直守着炉子坐着,只有到了晚上才上街走一走。

"这有什么可奇怪的!"布尔金说,"性情孤僻、像寄生蟹或者蜗牛那样极力缩进自己的硬壳里去的人,这世界上有不少呢。也许这是隔代遗传的现象,重又退回从前人类祖先还不是群居的动物而孤零零地住在自己洞穴里的时代的现象吧;要不然,也许这只不过是人的性格的一种变态——谁知道呢?我不是博物学家,这类问题不关我的事;我只不过要说明像玛芙拉那样的人并不是稀有的现象罢了。是啊,不必往远里说,就拿一个姓别里科夫的人来说好了,他是我的同事,希腊语教师,大约两个月前才在我们城里去世。当然,您一定听说过他。他所以出名,是因为他即使在顶晴朗的天气也穿上雨鞋,带着雨伞,而且一定穿着暖和的棉大衣。他的雨伞总是用套子包好,表也总是用一个灰色的鹿皮套子包好;遇到他拿出小折刀来削铅笔,就连那小折刀也是装在一个小套子里的。他的脸也好像蒙着一个套子,因为他老是把它藏在竖起的衣领里面。他戴黑眼镜,穿羊毛衫,用棉花堵上耳朵眼;他一坐上马车,总要叫马车夫支起车篷来。总之,在这人身上可以看出一种经常的、难忍难熬的心意,总想用一层壳把自己包起来,仿佛要为自己制造一个套子,好隔绝人世,不受外界影响。现实生活刺激他,惊吓他,老是闹得他六神不安。也许为了替自己的胆怯、自己对现实的憎恶辩护吧,他老是歌颂过去,歌颂那些从没存在过的东西;实际上他所教的古代语言,对他来说,也就是雨鞋和雨伞,使他借此躲避了现实生活。

"'啊,希腊语多么响亮,多么美!'他说,现出甜蜜蜜的表情;他仿佛要证明这句话似的,眯起眼睛,举起手指头,念道'Anthropos!'①

"别里科夫把他的思想也极力藏在一个套子里。只有政府的告示和报纸上的文章,其中写着禁止什么事情,他才觉得一清二楚。看到有个告示禁止中学生在晚上九点钟以后到街上去,或者看到一篇文章否定性爱,他就觉着又清楚又明白:这种事是禁止的,这就行了。他觉着在官方的批准或者默许里面,老是包藏着使人起疑的成分,包藏着隐隐约约、还没说透的成分。每逢经当局批准,城里成立了一个戏剧小组,或者阅览室,或者茶馆,他总要摇摇头,低声说:

"'当然,行是行的,这固然很好,可是千万别闹出什么乱子来啊。'

"凡是违背法令、脱离常轨、不合规矩的事,虽然看来跟他毫不相干,却惹得他闷闷不乐。要是他的一个同事参加祈祷式去迟了,或者要是他听到流言,说是中学生顽皮闹事,再不然要是有人看见一个女教师傍晚陪着军官玩得很迟,他总是心慌意乱,一个劲儿地说:千万别闹出什么乱子来啊。在教务会议上,他那种慎重、他那种多疑、他那种纯粹套子式的论调,简直压得我们透不出气,他说什么不管男子中学里也好,女子中学里也好,青年人都不安分,教室里吵吵闹闹——唉,只求这

① 希腊语:人。

种事别传到当局的耳朵里去才好,千万别闹出什么乱子来啊;他认为如果把二年级的彼得罗夫和四年级的叶果罗夫开除,那倒很好。您猜怎么着,他凭他那种唉声叹气、他那种垂头丧气、他那苍白的小脸上的黑眼镜(您要知道,那张小脸活像黄鼠狼的脸),降服了我们,我们只好让步,减少彼得罗夫和叶果罗夫的品行分数,把他们禁闭起来,到后来把他俩开除了事。他有一种古怪的习惯:常来我们的宿舍访问。他去拜望一位教师,总是坐下来,就此一声不响,仿佛在调查什么事似的。他照这样一言不发地坐上一两个钟头,就走了。他管这个叫做"跟同事们保持良好关系"。显然,这类拜访,这样呆坐,在他是很难受的;他所以来看我们,只不过因为他自以为这是对同事们应尽的责任罢了。我们教师们都怕他。就连校长也怕他。信不信由您,我们这些教师都是有思想的、很正派的人,受过屠格涅夫和谢德林的教育,可是这个老穿着雨鞋、拿着雨伞的小人物,却把整个中学辖制了足足15年!可是光辖制中学算得了什么?全城都受他辖制呢!我们这儿的太太们到星期六不办家庭戏剧晚会,因为怕被他听见;有他在,教士们到了斋期就不敢吃荤,不敢打牌。在别里科夫这类人的影响下,过去10年到15年间,我们全城的人变得什么都怕。他们不敢大声说话,不敢写信,不敢交朋友,不敢看书,不敢周济穷人,不敢教人念书写字……"

伊凡·伊凡内奇想说点什么,嗽了嗽喉咙,可是他先点燃烟斗,瞧了瞧月亮,然后才一板一眼地讲起来:

"是啊,有思想的正派人,既读过屠格涅夫,又读过谢德林,还读过勃克尔[①]等等,可是他们仍旧会低声下气,容忍这种事……的确有这样的事情。"

"别里科夫跟我同住在一所房子里,"布尔金接着说,"同住在一层楼上,他的房门对着我的房门。我们常常见面,我知道他在家里怎么生活。也还是那一套:睡衣啦、睡帽啦、百叶窗啦、门扣啦,各式各样的禁条和忌讳,还有:'啊,千万别闹出什么乱子来啊!'大斋的饮食有害处,可是吃荤又不行,因为人家也许会说别里科夫不持斋;他就吃用牛油炸的鲈鱼——这东西固然不是大斋的吃食,可也不能说是斋期禁忌的菜。他不用女仆,因为怕人家说他坏话,于是雇了个60岁的老头子做厨子,名叫阿法纳西,这人傻头傻脑;爱喝酒,从前做过勤务兵,好歹也会烧一点菜。这个阿法纳西经常站在门口,两条胳膊交叉在胸前,老是长叹一声,嘟哝那么一句话:

"'眼下啊,像他们那样的人可真是多得不行!'

"别里科夫的卧室挺小,活像一口箱子;床上挂着帐子。他一上床睡觉,就拉过被子来蒙上脑袋;房里又热又闷,风推着关紧的门,炉子里嗡嗡地叫,厨房里传来叹息声——不祥的叹息声……

"他躺在被子底下战战兢兢。他深怕会出什么事,深怕阿法纳西来杀他,深怕小贼溜进来;然后他就通宵做恶梦,到早晨我们一块儿到学校去的时候,他没精打采,脸色苍白;他所去的那个挤满了人的学校,分明使得他满心的害怕和憎恶;跟我并排走路,对他那么一个性情孤僻的人来说,显然也是苦事。

"'我们的课堂里吵得很凶,'他说,仿佛要找一个理由说明他的愁闷似的,'吵得不像话。'

"您猜怎么着,这个希腊语教师,这个装在套子里的人,差点结了婚。"

伊凡·伊凡内奇很快地回头瞟一眼堆房,说:

"您开玩笑!"

---

① 勃克尔(1821—1862):英国历史学家。

“真的，尽管说起来古怪，可是他的确差点结了婚。有一个新的史地教师，一个原籍乌克兰、名叫米哈依尔·沙维奇·柯瓦连科的人，派到我们学校里来了。他不是一个人来的，而是带着他妹妹瓦连卡一路来的。他是个高高的、皮肤发黑的青年，手挺大，从他的脸相就看得出来他说话是用低音，果然他的声调像是从桶子里发出来的一样：‘彭，彭，彭！’……她呢，已经不算年轻，年纪有三十岁上下了，可是她长得也高，身材匀称，黑眉毛，红脸蛋——一句话，她不是姑娘，而是蜜饯水果，活泼极了，谈笑风生；老是唱小俄罗斯的歌，老是笑。她动不动就发出响亮的笑声：‘哈哈哈！’我记得我们初次真正认识柯瓦连科兄妹是在校长的命名日宴会上。在那些死板板的、装模作样的、沉闷的、甚至把赴命名日宴会也看作应公差的教师中间，我们忽然看见一个新的艾芙柔黛特[①]从浪花里钻出来；她两手叉着腰，走来走去，笑啊唱的，跳跳蹦蹦……她带着感情唱《风在吹》，然后又唱一支乌克兰的歌，随后又一支；她把我们，连别里科夫也在内，都迷住了。他挨着她坐下，露出甜甜蜜蜜的笑容，说：

‘小俄罗斯语言的柔和跟清脆叫人联想到古希腊语言。’

“这句话她听着受用，她就开始热情而委婉地对他讲起他们在夏嘉契斯基县有一个庄园，她的妈就住在庄园上，那儿有那么好的梨，那么好的甜瓜，那么好的卡巴克[②]！乌克兰人管南瓜叫做卡巴克，管酒馆叫做希诺克，他们用番椒和茄子熬我们的那种浓汤：‘可好吃了，可好吃了，简直好吃得要命！’

“我们听啊听的，忽然大家都生出了同样的想法。

“‘要是把他们配成夫妇，那倒不错。’校长太太悄悄对我说。

“不知什么缘故，我们大家想起来：原来我们的朋友别里科夫还没结婚；现在我们才觉着奇怪：不知怎么，他生活里这样一件大事，我们以前竟一直没有理会，完全忽略了。他对女人一般采取什么态度呢？这种终身大事的要紧问题他怎样替他自己解决的？这以前我们一点也没有关心这件事；也许我们甚至不允许自己想到：一个不问什么天气总是穿着雨鞋、睡觉总要挂上帐子的人，也会热爱甚么人吧。

“‘他已经四十多岁了；她呢，也三十了……’校长太太说明她的想法，‘我看她肯嫁给他的。’

“在我们内地，由于闲得无聊的缘故，什么事没做出来过！多少不必要的蠢事啊！这是因为必要的事大家却根本不做。是啊，比方说，这个别里科夫，既然大家甚至不能想象他是一个可以结婚的人，那我们何必忽然要给他做媒呢？校长太太啦、训育主任的太太啦、我们中学里的所有太太们，都活泼起来，甚至变得好看多了，仿佛忽然发现了生活目标似的。校长太太在戏院里订下一个包厢；嘿，瞧啊！瓦连卡坐在她的包厢里面，扇着扇子，满脸放光，高高兴兴；她旁边坐着别里科夫，身材矮小、背脊拱起，看上去好像刚用一把钳子把他从家里夹来的一样。我开晚会，太太们就要我一定邀请别里科夫和瓦连卡。总之，机器开动了。看来瓦连卡也并不反对出嫁。她在她哥哥那儿生活得不大快活，他们只会成天价吵啊骂的。比方说，有过这样一个场面：柯瓦连科顺了大街大踏步走着，他是又高又壮的大汉，穿一件绣花衬衫，一绺头发从帽子底下钻出来搭拉在他的额头上，一只手拿着一捆书，一只手拿着一根有节疤的粗手杖；他身后跟着他妹妹，也拿着书。

---

① 希腊的爱和美的女神，相当于罗马的维纳斯；她在海里诞生，从浪花里钻出来。

② 俄语：酒馆（Kaσak）。

“‘可是你啊,米哈依里克[1],这本书绝没看过!’她大声争辩说,‘我告诉你,我敢赌咒:你压根儿没看过!’

“‘我跟你说我看过嘛!’柯瓦连科大叫一声,把手杖在人行道上顿得直响。

“‘唉,我的天,米哈依里克! 你为什么发脾气? 要知道,我们谈的是原则问题啊。’

“‘我跟你说我看过嘛!’柯瓦连科嚷道,声音更响了。

“在家里,要是有外人在座,他们也会争吵。她一定过够了这种生活,盼望着有自己的家了。况且,也该想到她的年纪,现在已经没有工夫来挑啊拣的了,跟什么人结婚都行,即使是希腊文教师也将就了。附带还要说一句:我们的小姐们大多数都不管跟谁结婚,只要能嫁出去就算。不管怎样吧,总之,瓦连卡对我们的别里科夫开始表现明显的好感了。

“别里科夫呢? 他也常去拜望柯瓦连科了,就跟他常来拜望我们一样。他去了就坐下,一声不响。他沉静地坐着,瓦连卡对他唱《风在吹》,或者用她那黑眼睛呆呆地瞧着他,再不就忽然扬声大笑:

“‘哈哈哈!’

“在恋爱方面,特别是在婚姻方面,怂恿总会起很大作用。人人——他的同事和同事的太太们——开始向别里科夫游说:他应当结婚了,他的生活没有别的缺憾,只差结婚了;我们大家向他道喜,做出一本正经的脸色说了各种俗套,例如,‘婚姻是终身大事’。况且,瓦连卡长得不坏,招人喜欢;她是五等文官的女儿,有田产;尤其要紧的是她是第一个待他诚恳而亲热的女人。于是他昏了头,决定真该结婚了。”

“哦,到了这一步,您就应该拿掉他的雨鞋和雨伞了。”伊凡·伊凡内奇说。

“您只要一想就明白:这是办不到的。他把瓦连卡的照片放在自己桌子上,不断地来找我,谈瓦连卡,谈家庭生活,谈婚姻是终身大事,常到柯瓦连科家去,可是他一点也没改变生活方式。刚好相反,结婚的决定对他起了像疾病一样的影响。他变得更瘦更白,好像越发缩进他的套子里去了。

“‘瓦尔瓦拉·沙维希娜我是喜欢的,’他对我说,露出淡淡的苦笑,‘我也知道人人应当结婚,可是……您知道,这件事发生得这么奇突……总得细细想一想才成。’

“‘有什么可想的?’我对他说,‘一结婚,就万事大吉了。’

“‘不成,婚姻是终身大事;人先得估量一下将来的义务和责任……免得日后闹出什么乱子。这件事弄得我烦死了,现在我通宵睡不着觉。老实说,我害怕:她和她哥哥有一种古怪的思想方法;您知道,他们对事情的看法有点古怪;她的性子又很野。结婚倒不要紧,说不定就要惹出麻烦来了。’

“他没求婚,一个劲儿地拖延,弄得校长太太和我们所有的太太都烦恼极了;他时时刻刻在估量将来的义务和责任,同时他又差不多天天跟瓦连卡出去散步,也许他认为这是在他这种情形下照理该做的事吧。他常来看我,为的是谈家庭生活。要不是因为忽然闹出一场 Kolossalische Scandal[2],他临了多半会求婚,因而促成一桩不必要的、愚蠢的婚事的:在我们这儿,由于闲得无聊,没事情做,照那样结了婚的,正有千千万万的先例呢。

---

① 她哥哥米哈依尔的爱称。

② 德语:大笑话。

“应该说明一下：瓦连卡的哥哥柯瓦连科从认识别里科夫的第一天起，就痛恨他，受不了他。

“‘我不懂，’他常对我们说，耸一耸肩膀，‘我不懂你们怎么能够跟那个爱进谗言的家伙，那副叫人恶心的嘴脸处得下去。唉！诸位先生，你们怎么能在这儿生活下去啊！你们这儿的空气闷死人，不干不净！难道你们能算是导师、教员吗？你们是小官僚；你们这地方算不得学府，只能算是教人安分守己的衙门，而且有巡警局里那股腐臭的气味。不行，诸位老兄，我在你们这儿再住一阵，就要回到我的农庄上去，捉捉龙虾，教教乌克兰的小孩子念书了。我是要走的，你们呢，尽可以跟你们的犹太在这儿住下去，叫他遭了瘟才好！’

“要不然他就哈哈大笑，流出眼泪来，那笑声时而洪亮，时而尖细。他摊开双手，问我：

“‘他干吗上这儿来坐着？他要干什么？他坐在那儿发呆。’

“他甚至给别里科夫起了一个外号叫‘蜘蛛’。当然，关于他妹妹打算跟‘蜘蛛’结婚的事，我们对他绝口不谈。有一回校长太太向他暗示说要是他妹妹跟别里科夫这么一个稳重的、为大家所尊敬的人结婚，那倒是一件好事；他却皱起眉头，嘟哝道：

“‘这不干我的事；只要她乐意，就是跟大蟒结婚也由她。我才不干涉别人的事呢。’

“现在，您听一听后来发生的事吧。有个促狭鬼画了一张漫画，画着别里科夫打了雨伞，穿了雨鞋，卷起裤腿，正在走路，臂弯里挽着瓦连卡；下面缀着一个题名：‘恋爱中的 anthropos’。您知道，那神态画得像极了。那位画家一定画了不止一夜，因为男子中学和女子中学里的教师们、神学校的教师们、衙门里的官儿，每人都接到一份。别里科夫也接到一份。这幅漫画弄得他难堪极了。

“我们一块儿走出了宿舍。那天正好是五月一日，星期日，我们全体学生和教师事先约定在学校里会齐，然后一块儿步行到城郊的一个小林子里旅行。我们动身了，他脸色发青，比乌云还要阴沉。

“‘天下有多么歹毒的坏人！’他说，他的嘴唇发抖了。

“我甚至可怜他了。我们走啊走的，忽然间，您猜怎么着，柯瓦连科骑着自行车来了，在他身后，瓦连卡也骑着自行车来了，涨红了脸，筋疲力尽，可是快活，兴高采烈。

“‘我们先走一步啦！’她嚷道，‘多可爱的天气！多可爱，可爱得要命！’

“他俩走远，不见了。别里科夫脸色从发青变成发白，好像呆住了。他站住，瞧着我……

“‘请问，这是怎么回事？’他问，‘或者，也许我的眼睛骗了我吗？难道中学教师和小姐骑自行车还成体统吗？’

“‘这有什么不成体统的？’我问，‘让他们尽管骑自行车，快快活活玩一阵好了。’

“‘可是这怎么行？’他叫起来，看见我平心静气，觉得奇怪，‘您在说什么呀？’

“他心里乱得很，不肯再往前走，回家去了。

“第二天他老是心不定地搓手，打哆嗦；从他的脸色看得出来他病了，还没到放学的时候，他就走了，这还是他生平第一回呢。他没吃午饭。虽然门外已经完全是夏天天气，可是将近傍晚，他却穿得暖暖和和的，到柯瓦连科家里去了。瓦连卡不在家，他只碰到她哥哥在家。

“‘请坐，’柯瓦连科冷冷地说，皱起眉头。他的脸上带着睡意；饭后他打了个盹儿，刚刚醒来，心绪很坏。

“别里科夫沉默地坐了十分钟光景，然后开口了：

“‘我上您这儿来，是为要了却我的一桩心事。我烦恼得很，烦恼得很。有个不怀好意的家伙画了一张荒唐的漫画，画的是我和另一个跟您和我都有密切关系的人。我认为我有责任向您保证我跟这事没一点关系……我没有做出什么事来该得到这样的讥诮——刚好相反，我的举动素来在各方面都称得起是正人君子。'

“柯瓦连科坐在那儿生闷气，一句话也不说。别里科夫等了一会儿，然后压低喉咙，用悲凉的声调接着说：

“'另外我还有件事情要跟您谈一谈。我已经教书多年了，您最近才开始；既然我是一个比您年纪大的同事，我就认为我有责任给您进一个忠告。您骑自行车，这种消遣对青年的教育工作者来说是绝对不合宜的。'

“'怎么见得？'柯瓦连科用低音问。

“'难道这还用解释吗？米哈依尔·沙维奇，难道这不是理所当然吗？如果教师骑自行车，那还能希望学生做出什么好事来？他们所能做的就只有倒过来，用脑袋走路了！既然政府还没有发出通告，允许做这种事，那就做不得。昨天我吓坏了！我一看见您的妹妹，眼前就变得一片漆黑。一个女人或者一个姑娘，却骑自行车——这太可怕了！'

“'您到底要怎么样？'

“'我所要做的只有一件事，就是忠告您，米哈依尔·沙维奇。您是青年人，您前途远大，您的举动得十分十分小心才成；您却这么马马虎虎，唉，多么马马虎虎！您穿着绣花衬衫出门，经常拿着书在大街上走来走去；现在呢，又骑什么自行车。校长会听说您和您妹妹骑自行车的，然后，这事又会传到督学的耳朵里……这还会有好下场吗？'

“'讲到我妹妹和我骑自行车，这不干别人的事！'柯瓦连科说，涨红了脸，'谁要来管我的家事和私事，我就叫谁滚他的蛋！'

“别里科夫脸色苍白，站起来。

“'要是您用这种口吻跟我讲话，那我就不能再讲下去了，他说，'我请求您在我面前谈到上司的时候不要这样说话。您对当局应当尊敬才对。'

“'难道我说了当局什么不好的话吗？'柯瓦连科问，生气地瞧着他，'请您躲开我。我是正大光明的人，不愿意跟您这样的先生讲话。我不喜欢那些背地里进谗言的小人。'

“别里科夫心慌意乱，匆匆忙忙地穿大衣，脸上带着恐怖的神情。这还是他生平第一回听到这么不客气的话。

“'随您怎么说，都由您，'他一面走出门道，到楼梯口去，一面说，'只是我得跟您预先声明一下：说不定有人偷听了我们的话；为了避免我们的谈话被人家误解，避免闹出什么乱子起见，我得把我们的谈话内容报告校长先生……把大意说明一下。我不能不这样做。'

“'报告？去，报告去吧！'

“柯瓦连科在他后面一把抓住他的衣领，使劲一推，别里科夫就连同他的雨鞋一齐乒乒乓乓地滚下楼去了。楼梯又高又陡，不过他滚到楼下却安然无恙，站起来，摸了摸鼻子，看他的眼镜碎了没有。可是，他滚下楼的时候，偏巧瓦连卡回来了，还带着两位太太；她们站在楼下，怔住了，这在别里科夫却比任什么事情都可怕。看样子，他情愿摔断脖子和两条腿，也不愿意成为取笑的对象。是啊，这样一来，全城的人都会听说这件事；还会传到校长耳朵里，传到督学耳朵里去。哎呀，千万别闹出什么乱子来啊！人家又会画一张漫画，到头来会弄得他奉命退休吧……

“等到他站起来，瓦连卡才认出是他；她瞧着他那滑稽的脸相、他那揉皱的大衣、他那雨鞋，

不明白是怎么回事,以为他是一不小心摔下来的,就忍不住扬声大笑,响得整个房子都可以听见:

"'哈哈哈!'

"这一串响亮而清脆的'哈哈哈'就此结束了一切:结束了婚事,结束了别里科夫的人间生活。他没听见瓦连卡说什么话,他什么也没看见。一到家,他第一件事就是从桌子上撤去瓦连卡的照片;然后他躺下,从此再也没有起床。

"大约三天以后,阿法纳西来找我,问我要不要去请医生,因为他的主人不大对头。我走到他屋里去看别里科夫。他躺在帐子里,盖着被子,一声不响;不管问他什么话,他总是回答一声'是'或者'不',别的话却没有。他躺在那儿;阿法纳西呢,满脸愁容,皱着眉头,在他旁边走来走去,深深地叹气,可是像酒馆一样冒出伏特卡的气味。

"过了一个月,别里科夫死了。我们都去送葬——那就是说,两个中学校和神学校的人都去了。这时候他躺在棺材里,神情温和、愉快甚至高兴,仿佛暗自庆幸终于装进一个套子里,从此再也不必出来了似的。是啊,他的理想实现了!老天爷也仿佛在对他表示敬意,他出殡的时候天色阴沉,下着雨;我们大家都穿着雨鞋,打着雨伞。瓦连卡也去送葬;等到棺材下了墓穴,她哭了一阵。我发现乌克兰的女人总是不笑就哭,对她们来说不哭不笑的心情是没有的。

"老实说,埋葬别里科夫那样的人是一件很快活的事。我们从墓园回来的时候,露出忧郁谦虚的脸相;谁也不肯露出快活的感情——像那样的感情,我们很久很久以前做小孩子的时候,遇到大人不在家,我们到花园里去跑一两个钟头,享受完全的自由的时候,都经历过。啊,自由啊,自由!只要有一点点自由的影子,只要有可以享受自由的一线希望,人的灵魂就会长出翅膀来。难道这不是实在的吗?

"我们高高兴兴地从墓园回来。可是一个星期还没过完,生活又跟先前一样流着,跟先前一样的严峻、无聊、杂乱了——这样的生活固然没有奉到明令禁止,不过也没有得到充分的许可啊。局面并没有好一点。实在,虽然我们埋葬了别里科夫,可是这种装在套子里的人,却还有许许多多,将来也还不知道会有多少呢!"

"事情就是这样的。"伊凡·伊凡内奇说,点上了他的烟斗。

"那样的人,将来不知道还会有多少!"布尔金又说一遍。

这个中学教师从堆房里走出来。他是一个矮胖的男子,头顶全秃了,留着一把黑胡子,差不多齐到腰上;有两条狗跟他一块儿走出来。

"多好的月色,多好的月色!"他抬头看,说道。

这会儿已经是午夜了。向右边瞧,可以看见整个村子,一条长街远远地伸出去,大约有五俄里长。一切都沉在深沉而静寂的睡乡里;没有一点动静,没有一点声音,人甚至不能相信大自然能够这么静。在月夜看着宽阔的村街和村里的茅屋、草堆、睡熟的杨柳,心里就会变得恬静。这时候村子给夜色包得严严紧紧,躲开了劳苦、烦恼、忧愁,安心休息,显得那么温和、凄凉、美丽,看上去仿佛星星在亲切而温柔地瞧着它,大地上不再有恶事,一切都挺好似的。左边,村子到了尽头,便是田野;可以看见田野远远地一直伸展到天边。在这一大片浸透月光的旷野上也是没有动静,没有声音。

"事情就是这样的,"伊凡·伊凡内奇又说一遍,"我们住在城里,空气恶浊,十分拥挤,写些无聊的文章,玩'文特'——这一切岂不就是套子吗?至于在懒汉、搬弄是非的人、无所事事的蠢女人中间消磨我们的一生,自己说而且听人家说各式各样的废话——这岂不也是套子吗?嗯,要是您乐意,那我就给您讲一个很有教益的故事。"

"不,现在也该睡了,"布尔金说,"留到明天再讲吧。"

他们走进堆房,在干草上睡下来。他俩盖好被子,刚要昏昏睡去,忽然听见轻轻的脚步声——吧嗒,吧嗒……有人在离堆房不远的地方走着,走了一会儿站住了,过一分钟又是吧嗒,吧嗒……狗汪汪地叫起来。

"这是玛芙拉在走。"布尔金说。

脚步声渐渐听不见了。

"你看着人们做假,听着人们说假话,"伊凡·伊凡内奇翻了个身说,"人们却因为你容忍他们的虚伪而骂你傻瓜。你忍受侮辱和委屈,不敢公开说你跟正直和自由的人站在一边,你自己也做假,还微微地笑,你这样做无非是为了混一口饭吃,得到一个温暖的角落,做个一钱不值的小官儿罢了。不成,不能再照这样生活下去啦!"

"算了吧,您扯到别的题目上去了,伊凡·伊凡内奇,"教师说,"睡吧!"

过了大约十分钟,布尔金睡着了。可是伊凡·伊凡内奇不住地翻身,叹气;后来他起来,又走出去,坐在门边,面朝外,点上烟斗。

1898 年

玩偶之家

作者易卜生(1828—1906)是19世纪挪威杰出的剧作家和诗人,出生在挪威南部希恩镇一个木材商人的家庭。16岁时,易卜生因父亲破产到格里姆斯塔镇的一家药材店当学徒,做工之余常常阅读莎士比亚、歌德、拜伦等人的作品并自己尝试创作诗歌。1850年,易卜生到首都克里斯蒂阿尼亚(今奥斯陆)参加医科大学入学考试,因成绩不佳未被录取。也就在这一年,易卜生发表第一个剧本《卡提利那》,以罗马历史上一个"叛徒"为主角,鼓吹为自由而斗争的思想。1851年秋,易卜生被聘为卑尔根剧院的舞台监督和院内编剧。他在这个剧院一直工作到1857年。这期间他创作的剧本有《勇士之墓》(1854)、《埃斯特罗的英格夫人》(1855)等。1857年,易卜生转到克里斯蒂阿尼亚的挪威剧院任艺术导演,直到1862年剧院破产。这期间易卜生创作了《海尔格兰的海盗》(1858)、《爱的喜剧》(1862)、《觊觎王位的人》(1863)等剧本。1864年,易卜生离开挪威到意大利。他在意大利创作了诗剧《布兰德》(1866)。此剧于1868年出版,为易卜生赢得了很高声誉。不久之后,他又创作了《培尔·金特》(1867)。这两个剧本表现了"个人精神反叛"的主题,这样的主题以后不断在易卜生的剧作中出现。

从1864年至1891年,易卜生一直侨居国外。他的几个著名社会问题剧都是在国外创作的,它们是:《社会支柱》(1877)、《玩偶之家》(1879)、《群鬼》(1881)、《人民公敌》(1882)等。在社会问题剧的创作上,现实主义手法占主导地位。作者以小市民家庭为对象,揭示了充满罪恶的资本主义社会及其虚伪的道德,塑造了追求自由的人物形象。恩格斯曾经指出,易卜生的戏剧反映了中小资产阶级中具有"自己的性格以及首创的和独立的精神"①的人们的世界。易卜生在社会问题剧的剧情发展上着意安排"舞台讨论",使讨论成为情节的一个有机组成部分,提高了戏剧的社会意义。这是易卜生对话剧艺术的独特贡献。易卜生剧作在结构上采用单一的情节线索,并成功地运用"回溯法"组织情节,把对往事的回顾融进人物的言谈之中,使之不露痕迹,这也是易卜生戏剧艺术的重要成就。

社会矛盾的激化和西方颓废思想的泛滥使易卜生在晚年逐渐陷入悲观主义。他的后期创作象征主义色彩越来越浓,这一时期的作品主要有《野鸭》(1884)、《罗斯默庄》(1886)、《海上夫人》(1888)、《海达·高布乐》(1890)、《建筑师》(1894)、《小艾友夫》(1894)等。这些剧作偏重于人物心理发展的分析,富于象征风格。

易卜生的剧作对其后的许多剧作家和小说家产生了不可估量的影响。他在西欧戏剧史上被认为是与莎士比亚、莫里哀并列的三大剧作家之一。

《玩偶之家》(1879,又译《娜拉》或《傀儡家庭》)是易卜生社会问题剧中最成功、最有影响的一部。

《玩偶之家》一共分三幕,主要人物有托伐·海尔茂、海尔茂之妻娜拉、娜拉从前的朋友林丹太太(克立斯替纳)、合资银行职员柯洛克斯泰。现参照中文译本(《易卜生戏剧四种》,潘家询译,人民文学出版社1958年版)介绍或节选如下。

---

① 《马克思恩格斯全集》第37卷,人民出版社1971年版,第412页。

第一幕

圣诞节的前一天,在海尔茂家的客厅里,年轻美貌的妻子娜拉刚从外边回来,手里拿着好几包刚买来的东西。她今天格外高兴,嘴里哼着歌儿。海尔茂在书房里,高兴地招呼她说:我的小鸟儿又唱起来了?娜拉叫他赶快出来看她买的东西。海尔茂出来看见一大堆物品,稍有不满地说:我的乱花钱的孩子又糟蹋钱了?娜拉说:今年是咱们头一回过圣诞节不用打饥荒。但海尔茂认为还不能乱花钱。娜拉说可以多花点儿了,因为不久海尔茂就要挣大堆的钱了。海尔茂说还有整整三个月才到他领工资的日子,娜拉说没关系,可以先借点钱花花。海尔茂说,在钱财上头他的主张是不欠债!不借钱!他看到娜拉有些不高兴了,就马上塞给她几张钞票。于是娜拉转嗔为喜,把东西一样一样拿给丈夫看,原来全是给孩子们和仆人们买的礼物。海尔茂问她给自己买了点儿什么没有,娜拉说自己什么也不需要。但她说如果海尔茂希望她买点什么的话,可以把钱给她。海尔茂给了她钱,娜拉更高兴了。海尔茂逗她说:你真是个小怪东西!活像你父亲——一天到晚睁大了眼睛到处找钱,可是钱一到手,不知怎么又从手指头缝儿里漏出去了。海尔茂接着发出感慨:一个人有了稳固的地位和丰富的收入真快活!娜拉也说:真是太好了!正在这时,林丹太太和阮克医生先后来到。阮克去了海尔茂的书房,林丹太太来见娜拉。八九年时间没见面,林丹太太已经变了很多。娜拉想了一会儿才认出是老朋友克立斯替纳。林丹太太告诉娜拉,三年前她丈夫死了,什么也没留下,连孩子也没有一个。善良的娜拉非常同情林丹太太的遭遇。但她还是忍不住要告诉林丹太太,自己一家交了好运,因为海尔茂当了银行经理,以后就可以拿大薪水,分红利。他们一家爱怎么过就可以怎么过了。林丹太太打趣地说她老脾气未改,会花钱。然而娜拉告诉她,自己并不像她和海尔茂说的那么不懂事,因为自己从来没机会乱花钱,而是需要辛辛苦苦地工作。林丹太太感到意外,她不知道娜拉为什么要工作。娜拉告诉她,自己和海尔茂结婚以后,海尔茂就辞了政府的工作,而剩下的工作薪水不多,他们只好想法挣点额外收入。海尔茂因为拼命工作,害了重病,医生认为只有到南方去疗养才好得了。于是娜拉从她爸爸那儿弄到了1 200块钱,这才解决了问题。经过疗养,海尔茂总算复原了。说到这里,娜拉觉得光谈自己的事不合适,又问起林丹太太的情况。她问林丹太太:告诉我,你是不是真不爱你丈夫?既然不爱他,当初你为什么跟他结婚?林丹太太告诉她说,当时自己的母亲重病在床,还有两个弟弟需要照顾,所以没有拒绝求婚。现在母亲已去世,两个弟弟也工作了,自己反而感到空虚了。这次进城是想找点办公室的工作以消磨时间,排遣烦闷。

娜拉　克立斯替纳,那种工作很辛苦,你的身体看上去已经很疲乏了。你最好到海边去休养一阵子。

林丹太太　(走到窗口)娜拉,我没有父亲供给我钱呀。

娜拉　(站起来)喔,别生气。

林丹太太　(走近她)好娜拉,别见怪。像我这种境遇的人最容易发牢骚。像我这样的人活在世上并不为着谁,可是精神老是得那么紧张。人总得活下去,因此我就变得这么自私,只会想自己的事。我听见你们交了好运——说起来也许你不信——我替你们高兴,尤其替自己高兴。

娜拉　这话怎么讲?喔,我明白了!你想托伐也许可以帮你一点忙。

林丹太太 不错，我正是那么想。

娜拉 他一定肯帮忙，克立斯替纳。你把这事交给我。我会拐弯抹角想办法。我想个好办法先把他哄高兴了，他就不会不答应。喔，我真愿意帮你一把忙！

林丹太太 娜拉，你心肠真好，这么热心帮忙！像你这么个没经历过什么艰苦的人真是尤其难得。

娜拉 我？我没经历过——？

林丹太太 （微笑）喔，你只懂得做点轻巧活计一类的事情。你还是个小孩子，娜拉。

娜拉 （把头一扬，在屋子里走来走去）喔，你别摆出老前辈的架子来！

林丹太太 是吗？

娜拉 你跟他们都一样。你们都觉得我这人不会做正经事——

林丹太太 嗯，嗯——

娜拉 你们都以为在这烦恼世界里我没经过什么烦恼事。

林丹太太 我的好娜拉，刚才你不是已经把你的烦恼事都告诉我了吗？

娜拉 哼，那点小事情算得了什么！（低声）大事情我还没告诉你呢。

林丹太太 大事情？这话怎么讲？

娜拉 克立斯替纳，我知道你瞧不起我，可是你不应该小看我。你辛辛苦苦供养你母亲那么些年，你觉得很得意。

林丹太太 我实在谁也没看不起。不过想起了母亲临死那几年我能让她宽心过日子，我心里确是又得意又高兴。

娜拉 想起了给两个弟弟出了那些力，你也觉得很得意。

林丹太太 难道我不应该得意吗？

娜拉 当然应该。可是，克立斯替纳，现在让我告诉你，我也做过一件又得意又高兴的事情。

林丹太太 这话我倒信。你说的是什么事？

娜拉 嘘！声音小一点！要是让托伐听见，那可不得了！别让他听见——千万使不得！克立斯替纳，这件事，除了你，我谁都不告诉。

林丹太太 究竟是什么事？

娜拉 你过来。（把林丹太太拉到沙发上，叫她坐在自己旁边）克立斯替纳，我也做过一桩又得意又高兴的事情。我救过托伐的命。

林丹太太 救过他的命？怎么救的？

娜拉 我们到意大利去的事情我刚才已经说过了。要不亏那一次旅行，托伐的命一定保不住。

林丹太太 那我知道。你们花的钱是你父亲供给的。

娜拉 （含笑）不错，托伐和别人全都那么想。可是——

林丹太太 可是怎么样？

娜拉 可是爸爸一个钱都没给我们。筹划那笔款子的人是我。

林丹太太 是你？那么大一笔款子？

娜拉 1 200 块。4 800 克罗纳。你觉得怎么样？

林丹太太 我的好娜拉，那笔钱你怎么弄来的？是不是买彩票中了奖？

娜拉 （鄙视的表情）买彩票？哼！那谁都会！

林丹太太 那么,那笔钱你从什么地方弄来的?

娜拉 (嘴里哼着,脸上露出一副叫人捉摸不透的笑容)哼!脱拉——拉——拉——拉!

林丹太太 当然不会是你借来的。

娜拉 不会?为什么不会?

林丹太太 做老婆的不得她丈夫的同意没法子借钱。

娜拉 (把头一扬)喔!要是做老婆的有点办事能力,会想办法——

林丹太太 娜拉,我实在不明白——

娜拉 你用不着明白。我没说钱是借来的。除了借,我还有好些别的办法。(往后一仰,靠在沙发上)也许是从一个爱我的男人手里弄来的。要是一个女人长得像我这么漂亮——

林丹太太 你太无聊了,娜拉。

娜拉 克立斯替纳,我知道你急于要打听这件事。

林丹太太 娜拉,你听我说,这件事你是不是做得太鲁莽了点儿?

娜拉 (重新坐直身子)搭救丈夫的性命能说是鲁莽吗?

林丹太太 我觉得你瞒着他就是太鲁莽。

娜拉 可是一让他知道这件事,他的命就保不住。你明白不明白?不用说把这件事告诉他,连他自己病到什么地步都不能让他知道。那些大夫偷偷地跟我说,他的病很危险,除了到南边去过个冬,没有别的办法能救他的命。你以为一开头我没使过手段吗?我假意告诉他,像别人的年轻老婆一样,我很想出门玩儿一趟。他不答应,我就一边哭一边央告他为我的身体想一想,不要拒绝我。并且我的话里还暗示着要是没有钱,可以跟人借。克立斯替纳,谁知道他听了我的话非常不高兴,几乎发脾气。他埋怨我不懂事,还说他做丈夫的不应该由着我这么任性胡闹。他尽管那么说,我自己心里想,"好吧,反正我一定得想法子救你的命"。后来我就想出办法来了。

林丹太太 难道你父亲从来没告诉你丈夫钱不是从他那儿借的吗?

娜拉 没有,从来没有。爸爸就是那时候死的。我本打算把这事告诉我爸爸,叫他不要跟人说。可是他病得很厉害,所以就用不着告诉他了。

林丹太太 你也没在你丈夫面前说实话?

娜拉 嗳呀!这话亏你怎么问得出!他最恨的是跟人家借钱,你难道要我把借钱的事告诉他?再说,像托伐那么个好胜、要面子的男子汉,要是知道受了我的恩惠,那得多惭愧,多难受呀!我们俩的感情就会冷淡,我们的美满快乐家庭就会改样子。

林丹太太 你是不是永远不打算告诉他?

娜拉 (若有所思,半笑半不笑的)唔,也许有一天会告诉他,到好多好多年之后,到我不像现在这么——这么漂亮的时候。你别笑!我的意思是说等托伐不像现在这么爱我,不像现在这么喜欢看我跳舞、化装演戏的时候。到那时候我手里留着点东西也许稳当些。(把话打住)喔,没有的事,没有的事!那种日子永远不会来。克立斯替纳,你听了我的秘密事觉得怎么样?现在你还能说我什么事都不会办吗?你要知道我的心血费得很不少。按时准期付款不是开玩笑。克立斯替纳,你要知道商业场中有什么分期交款、按季付息一大些名目都是不容易对付的。因此我就只能东拼西凑到处想办法。家用里头省不出多少钱,因为我当然不能让托伐过日子受委屈。我也不能让孩子们穿得太不像样,凡是孩子们的钱我都花在孩子们身上，这些小宝贝！

林丹太太 可怜的娜拉，你只好拿自己的生活费贴补家用。

娜拉 那还用说。反正这件事是我一个人在筹划。每逢托伐给我钱叫我买衣服什么的时候，我老是顶多花一半，买东西老是挑最简单最便宜的。幸亏我穿戴什么都好看，托伐从来没疑惑过。可是，克立斯替纳，我心里时常很难过，因为衣服穿得好是桩痛快事，你说对不对？

林丹太太 一点儿都不错。

娜拉 除了那个，我还用别的法子去弄钱。去年冬天运气好，弄到了好些抄写的工作。我每天晚上躲在屋子里一直抄到后半夜。喔，有时候我实在累得不得了。可是能这么做事挣钱，心里很痛快。我几乎觉得自己像一个男人。

林丹太太 你的债究竟还清了多少？

娜拉 这很难说。那种事不大容易弄清楚。我只知道凡是能拼拼凑凑弄到手的钱全都还了债。有时候我真不知道应该怎么办。（微笑）我时常坐着心里瞎想，好像有个阔人把我爱上了。

林丹太太 什么！那阔人是谁？

娜拉 并不是真有那么个人！是我心里瞎想的，只当他已经死了，人家拆开他的遗嘱的时候看见里面用大字写着："把我临死所有的财产立刻全部交给那位可爱的娜拉·海尔茂太太。"

林丹太太 喔，我的好娜拉，你说的那个究竟是谁？

娜拉 唉，你还不明白吗？并不是真有那么个人。那不过是我需要款子走投无路时候的穷思极想。可是现在没关系了。那个讨厌的老东西现在有没有都没关系了。连人带遗嘱都不在我心上了，我的艰难日子已经过完了。（跳起来）喔，克立斯替纳，想起来心里真痛快！我完全不用再操心了！真自由！每天跟孩子们玩玩闹闹，把家里一切事情完全按照托伐的意思安排得妥妥当当的。大好的春光快来了，一片长空，万里碧云，那该多美呀！到时候我们也许有一次短期旅行。也许我又可以看见海了。喔，活在世上过快活日子多有意思！

这时柯洛克斯泰来找海尔茂，娜拉见到他非常惊慌。林丹太太则认出他是从前追求过自己的一个律师。等海尔茂打发走了柯洛克斯泰，娜拉把林丹太太介绍给海尔茂，让他帮忙给林丹太太找个事。海尔茂很爽快地答应了，娜拉欢喜不尽。等海尔茂和林丹太太都出去了，柯洛克斯泰又来找娜拉，告诉她海尔茂要将自己解雇，让林丹太太顶缺。他威胁娜拉赶紧阻挡此事，否则他要将娜拉背着丈夫借钱的事告诉海尔茂。他让娜拉明白，她不仅私自借钱，而且伪造父亲的签字，这是触犯法律的。他自己当初正是为了同样的行为才弄得声名狼藉。柯洛克斯泰刚走，海尔茂回来了。娜拉为柯洛克斯泰求情，海尔茂坚决不答应，理由是他曾伪造签字还逃避法律的制裁，是一个品行很坏的人。他进一步指出，这种撒谎的人对自己的子女也会产生坏影响，已经堕落到了不可救药的地步。海尔茂的一席话吓得娜拉面如土色。她不愿意相信，但又没有理由不信。

第二幕

圣诞节这天，娜拉心烦意乱。她随时注意信箱，害怕柯洛克斯泰给海尔茂写信揭发她的过失。女仆告诉她应该好好儿整理一下衣服，她却说恨不得把衣服撕成碎片儿！这时林丹太太来了,原来娜拉曾上她那里去找她,请她过来帮忙整理一套服装。林丹太太爽快地答应帮她做,然后感谢娜拉代为找到了工作。她们俩边做活儿边聊天。头天晚上在娜拉家里林丹太太见到了阮克医生,发觉他心情不好,不知道是什么原因。娜拉告诉她,阮克医生从小就害脊髓痨,这是他父亲遗传给他的。阮克医生从小就是海尔茂最亲密的朋友,天天上他们家,简直可以算他们家一员。林丹太太疑心娜拉和阮克医生暗中调情,劝她赶紧结束这一套。娜拉却不明白她说的是什么。林丹太太以为娜拉为丈夫治病借的 1 200 块钱是阮克医生的。但娜拉说尽管阮克医生肯定愿意借钱给她,她却并没有想跟他借。不过她承认有事瞒着丈夫,希望这件事尽快结束。她又说希望把借据收回来,撕成碎片儿,扔在火里烧掉。林丹太太正要叫她把实情讲出来,这时海尔茂回来了。林丹太太只好到里屋去缝衣服。海尔茂要上书房去,娜拉叫住了他,说是小松鼠要求他点儿事。海尔茂问她什么事,她要海尔茂先答应她。海尔茂意识到又是为柯洛克斯泰求情,问她道:娜拉,你莫非想说今天早起提过的事情?娜拉说:是,托伐,我求你答应我!海尔茂生气了,不客气地说:你真敢再提那件事?娜拉央求说:是,是,为了我,你一定得把柯洛克斯泰留在银行里。海尔茂告诉她,答应给林丹太太的位置就是柯洛克斯泰原先的工作。娜拉求他另外辞掉一个人。海尔茂抱怨她,娜拉解释说这是为了他自己,因为柯洛克斯泰在为好几家最爱造谣言的报馆当通讯员,他如果要捣乱是很可怕的。但海尔茂说,正因为娜拉为他求情,更不能留他,因为如今银行里都已知道要辞掉柯洛克斯泰,假如留他的消息传出去,人家会说新经理让老婆牵着鼻子走,而且还有另外一个原因。娜拉问另外一个原因是什么。海尔茂说柯洛克斯泰在大学跟自己同过学,互相有过一段交情,因此柯洛克斯泰总爱跟他套近乎,托伐长托伐短的叫个没完,要是让他在银行里待下去,这个经理实在当不了。娜拉听了,简直不相信海尔茂说的是真话,她向海尔茂指出这种看法显得心眼儿太小。谁知海尔茂恼羞成怒,决定把这事彻底了结,当即叫女仆把解雇柯洛克斯泰的通知交给信差。提心吊胆的娜拉告诉海尔茂,这封信不知道会惹出什么大祸来,让他赶快收回,但海尔茂说来不及了。他以为娜拉是害怕柯洛克斯泰造谣报复他们,就虚张声势地告诉娜拉什么事都不用怕,吹嘘说到时候他自有胆子和力量,他的两只阔肩膀足够挑起那副重担子。海尔茂说完就进书房去了。娜拉待在客厅里,吓得糊里糊涂。正在这时阮克医生来了。他告诉娜拉,自己已经没救了,还有最后一次检查,做了以后就差不多可以知道内部总崩溃哪一天开始。他跟娜拉约定,等知道了最后消息,就给娜拉寄一张名片,上面画一个黑十字,表示他的总崩溃已开始了。阮克医生接着向娜拉表示了对他们夫妇的友情。娜拉想起了自己的事,就开玩笑地要阮克医生为自己帮忙出主意。她告诉阮克医生,海尔茂为了她可以毫不踌躇地牺牲自己的生命。这时阮克医生才第一次向娜拉表示自己也可以为她牺牲生命。娜拉看出阮克医生对自己的爱情,觉得不能再请他帮忙了。这时柯洛克斯泰又来找娜拉。她吓了一跳,请阮克医生设法不让海尔茂从书房出来,然后去见柯洛克斯泰。柯洛克斯泰开门见山告诉娜拉,海尔茂已把自己辞掉。他说要把娜拉借钱的事告诉海尔茂,借据他要抓在手中,以此控制海尔茂,逼海尔茂在银行给他特别添个新位置,以后银行的真正经理就是他而不是海尔茂了。他把给海尔茂的信拿给娜拉看了看,娜拉看后表示准备自杀以挽救海尔茂,柯洛克斯泰却说即使她死了海尔茂也仍在他手心里。最后他说:你要记着,逼着我重新走上邪路的正是你丈夫。这件事我决不饶他。柯洛克斯泰说完转身出去,临走时把给海尔茂的信扔在娜拉家的信箱里。这个信箱是上了锁的,钥匙在海尔茂手里。娜拉受到沉重打击,暗自叫苦。这时林丹太太从里屋出来了。

林丹太太 衣服都弄好了。咱们试一试，好不好？

娜拉 （声音低哑）你过来，克立斯替纳。

林丹太太 （把衣服扔在沙发上）什么事？我看你好像心里很乱。

娜拉 你过来。你看见那封信没有？瞧，从信箱玻璃往里看。

林丹太太 不错，我看见了。

娜拉 那封信是柯洛克斯泰的。

林丹太太 借钱给你的就是柯洛克斯泰吗？

娜拉 是，现在托伐都要知道了。

林丹太太 娜拉，我告诉你，他知道了对于你们俩都有好处。

娜拉 你还不知道事情的全部底细呢。我签过一个假名字——

林丹太太 什么！

娜拉 克立斯替纳，听我说下去。将来你要给我作证人——

林丹太太 怎么作证人？要我证明什么事？

娜拉 要是我精神错乱了——这事很容易发生——

林丹太太 娜拉！

娜拉 或是我出了什么别的事，到时候我不能在这儿——

林丹太太 娜拉，娜拉，你真是精神错乱了！

娜拉 将来要是有人要把全部责任、全部罪名拉到他自己身上去——

林丹太太 是，是，可是你怎么想到——？

娜拉 那时候你要给我作证人，证明不是那么一回事，克立斯替纳。我的精神一点儿都没错乱，我自己说的话自己都明白。那件事是我一个人做的，别人完全不知道。你记着。

林丹太太 我一定记着。可是我不明白你说的什么话。

娜拉 喔，你怎么会明白？那是一桩还没发生的奇迹。

林丹太太 奇迹？

娜拉 不错，是个奇迹，克立斯替纳，可是非常可怕，千万别让它发生。

林丹太太 我马上去找柯洛克斯泰谈谈这件事。

娜拉 你别去，你去会吃亏。

林丹太太 从前有一个时期我要他做什么他都肯答应。

娜拉 是吗？

林丹太太 他住在什么地方？

娜拉 我怎么知道？喔，有啦——（在自己衣袋里摸索）这是他的名片。可是那封信，那封信——

海尔茂 （在书房里敲门）娜拉！

娜拉 （吓得叫起来）喔，什么事？你叫我干什么？

海尔茂 别害怕。我们不是要进来，门让你闩上了。你是不是正在试衣服？

娜拉 是，是，我正在这儿试衣服。衣服很合适，托伐。

林丹太太 （看过名片）喔，他住得离这儿不远。

娜拉 不错，可是现在你去也不中用。我们完了。他那封信已经扔在信箱里了。

林丹太太　信箱钥匙在你丈夫手里吗？

娜拉　老是在他手里。

林丹太太　咱们一定得想法子叫柯洛克斯泰把信原封不动要回去，叫他想个推托的主意。

娜拉　可是现在正是托伐每天——

林丹太太　你想法子拦着他，找点事，叫他没工夫开信箱。我一定尽快赶回来。（急急忙忙从门厅走出去。）

娜拉　（开了海尔茂的屋门往里望）托伐！

海尔茂　（在里屋）现在我可以走进自己的屋子了吧？来吧，阮克大夫，咱们去瞧瞧——（在门洞里）这是怎么回事？

娜拉　什么事，托伐？

海尔茂　阮克大夫叫我准备看一套大戏法。

阮克　（在门洞里）刚才我是那么想。恐怕是我弄错了。

娜拉　明天晚上才许你们看我的打扮，现在不许看。

海尔茂　娜拉，我看你很疲乏，是不是练习得太辛苦了？

娜拉　不是，我还没开始呢。

海尔茂　可是你一定得——

娜拉　喔，是，是，我一定得练习。可是，托伐，我没有你帮忙不行。我全都忘了。

海尔茂　咱们温习温习就熟了。

娜拉　很好，托伐，你帮我温习。你一定得答应我。喔，我心里真着急，明天晚上当着那么许多人。今天晚上你得把工夫都给我，别的事一件都不许做，连笔都不许动一动。好托伐，你肯不肯答应我？

海尔茂　好吧，我答应你就是了。今天晚上你叫我干什么我就干什么，可怜的小东西！哦，我想起来了，我要去——（向通门厅的门走过去。）

娜拉　你去干什么？

海尔茂　我去看看有信没有。

娜拉　你别去，托伐。

海尔茂　为什么？

娜拉　你别去，那儿没有信。

海尔茂　喔，我去看一看。

（他正走过去的时候娜拉在钢琴上弹起特兰特拉舞曲的开头几节。）

海尔茂　（在门口站住）哈哈！

娜拉　今天我要是不跟你先练习一遍，明天我准跳不成。

海尔茂　（走近她）娜拉，你真这么紧张吗？

娜拉　真的，我紧张得要命！让我马上就练习。晚饭前还来得及练一遍。喔，好托伐，坐下给我弹钢琴，像从前似的，指点我，别让我出错儿。

海尔茂　好吧，我都依着你。

（他在钢琴前坐下。娜拉从盒子里抓出一面手鼓来，慌忙裹上一块杂色的长披肩，一步跳到屋子当中。）

娜拉　快给我弹琴！我要跳舞了！

（海尔茂弹琴，娜拉跳舞。阮克站在海尔茂后头看跳舞。）

海尔茂　（一边弹琴）慢一点！慢一点！

娜拉　我慢不了！

海尔茂　别这么使劲儿，娜拉。

娜拉　一定得使劲儿！

海尔茂　（停止弹琴）不行，不行，娜拉，你这步法完全不对头。

娜拉　（一边摇手鼓一边大笑）刚才我不是跟你说过吗！

阮克　让我给她弹钢琴。

海尔茂　（站起来）好吧，你来。这么着我可以腾出手来指点她。

（阮克坐下弹琴。娜拉跳得越来越疯狂。海尔茂站在火炉旁边随时指点她，她好像没听见。她的头发松开了，披散在肩膀上，她自己不觉得，还接着跳下去。林丹太太走进屋子来，在门洞里呆住了。）

林丹太太　啊！

娜拉　（不停地跳）克立斯替纳，真好玩儿！

海尔茂　娜拉，你这种跳法好像是到了生死关头似的。

娜拉　本来就是嘛。

海尔茂　阮克，算了吧。这简直是胡闹！别弹琴了！

（阮克停止弹奏，娜拉突然站住。）

海尔茂　（向她走过来）我真不信，你把我教给你的东西全都忘了。

娜拉　（扔下手鼓）你看，我没说错吧？

海尔茂　你真得从头学。

娜拉　是啊，我真得从头学。你得陪我练到底。托伐，你答应不答应？

海尔茂　答应，答应。

娜拉　今天和明天，只许你想我的事，不许想别的。不许你看信，也不许你开信箱。

海尔茂　啊，你还在怕那个人——

娜拉　不错，我心里还是怕。

海尔茂　娜拉，从你脸上我可以看出来，信箱里有他寄来的一封信。

娜拉　我不知道，也许有。可是现在你什么都不许看。现在别让丑事来打搅咱们，等到这件事情完了再说。

阮克　（低声嘱咐海尔茂）你要顺着她。

海尔茂　（伸出一只胳臂搂着她）我就顺着这孩子。可是明天晚上开完跳舞会——

娜拉　那时候你爱干什么就干什么。

（爱伦在右边门洞里出现。）

爱伦　太太，饭开好了。

娜拉　我们要喝点儿香槟酒。

爱伦　是，太太。（出去。）

海尔茂　嗳呀！好讲究的酒席！

娜拉　可不是吗，咱们要吃到大天亮。（叫喊）爱伦，多拿点杏仁甜饼干——就这一回。

海尔茂　（抓住她的手）别这么瞎胡闹！还是乖乖地做我的小鸟儿吧。

娜拉　好。上饭厅去吧。你也去，阮克大夫。克立斯替纳，你帮我把头发拢上去。

阮克　（一边走出去一边低声问海尔茂）会不会发生什么事？她是不是——

海尔茂　喔，没什么。就是刚才我跟你说的那种小孩子爱发愁的脾气。

（两人一同从右边走出去。）

娜拉　怎么样？

林丹太太　他出城去了。

娜拉　刚才我看你脸上的神气就知道。

林丹太太　他明天晚上就回来。我给他留了个字条儿。

娜拉　其实你不该管这件事。应该让它自然发展。再说，等着奇迹发生也很有意思。

林丹太太　你等什么？

娜拉　喔，你不懂。快上饭厅去，一会儿我就来。

（林丹太太走进饭厅。娜拉独自站了会儿，好像要定定神，接着看了看表。）

娜拉　现在是五点。到半夜里还有 7 个钟头。到明天半夜里再加上 24 个钟头。那时候跳舞会已经开完了。24 加 7？还可以活 31 个钟头。

（海尔茂在右边门口出现。）

海尔茂　我的小鸟儿在哪儿？

娜拉　（伸开双手跑过去）在这儿！

第　三　幕

圣诞节晚上，娜拉夫妇在住宅楼上举行晚会，林丹太太在他们家楼下会客室里等候柯洛克斯泰。她曾给他写了一个条子，约他在此相会。柯洛克斯泰来了，林丹太太诚恳地告诉他，自己愿意同他结婚，照顾他和他的孩子。这也就是她工作的目的。柯洛克斯泰原先曾经爱过她，现在旧情仍在，见她竟愿意同自己这样名声不好的人结婚，开始时并不相信。但林丹太太的一席心腹话使他非常激动，于是他主动告诉了林丹太太自己对付海尔茂的手段，并表示后悔。林丹太太对他说，现在取消还来得及。疑虑重重的柯洛克斯泰又怀疑她是为了救娜拉才牺牲自己的。但林丹太太说：一个女人为了别人把自己出卖过一次，不会出卖第二次。柯洛克斯泰要去把给海尔茂的信取出来，林丹太太却说由于她在海尔茂家看到了许多想不到的事，因此觉得海尔茂应该知道这件事，这件害人的秘密应该全部揭出来。他们夫妻应该彻底了解，不许再那么闪闪躲躲、鬼鬼祟祟。柯洛克斯泰快快活活地离开了。

娜拉被丈夫海尔茂从舞会上拉回家来。但她却想尽量拖延时间。因为她知道海尔茂会去打开信箱取信，她的秘密随之也就会被揭穿。夫妻俩拉扯着进了客厅，发现林丹太太还在那里。林丹太太解释说她来晚了，所以没去参加晚会。海尔茂向她赞美了一番娜拉的特兰特拉土风舞，然后去点蜡烛，这时林丹太太悄悄告诉娜拉，她已经同柯洛克斯泰谈过了。但她要求娜拉把事情全部告诉丈夫。娜拉经过思索后终于说：现在我知道该怎么办了。等海尔茂进来，林丹太太告辞走了。海尔茂把她送到门口，嘴里说：我本来应该送你回去。但等她一走，他就对娜拉说：好容易才把她打发走，这个女人真啰嗦！海尔茂今天兴致很好，对娜拉充满了情欲，但娜拉却心情沉重。

海尔茂正想跟娜拉亲热一番,外面有人敲门。这是阮克医生。他已被医生宣判了死刑,打算最后一次踏进朋友的家门。娜拉问他是不是刚做完科学研究,他说一点儿也不错。娜拉问他结果怎么样,他说结果确实无疑。待了一会儿,阮克医生告辞了。等阮克医生一走,海尔茂就准备去开信箱。娜拉非常着急,但又无法阻挡。海尔茂打开信箱,首先看到阮克医生的两张名片,在名字上头画一个黑十字架。这是他跟娜拉约定的暗号,表示从此以后他在家里等死。海尔茂说:他的痛苦和寂寞比起咱们的幸福好像乌云衬着太阳,苦乐格外分明。这样也许倒好——至少对他很好。他又对娜拉说:对于咱们也未必不好。现在只剩下咱们俩,靠得更紧了。亲爱的宝贝!我总是觉得把你搂得不够紧。娜拉,你知道不知道,我常常盼望有桩危险的事情威胁你,好让我拼着命,牺牲一切去救你。天真的娜拉以为海尔茂真会为她牺牲一切,于是告诉海尔茂现在可以看信了。这时海尔茂却说他不看信了,要陪着他的好宝贝。娜拉问他:想着快死的朋友你还有心肠陪我?海尔茂只好回房间去看信,等海尔茂一走,娜拉为了不让海尔茂代她受过,马上穿了两件衣服要出去跳海。正在这时,海尔茂在房间门口出现了,手里拿着柯洛克斯泰给他的信。他询问娜拉这是怎么回事,娜拉却竭力想脱身跑出去。海尔茂开始时并不相信柯洛克斯泰所写的一切,见此情况吃了一惊,急忙问道:真有这件事?他信里的话难道是真的?娜拉告诉他说:全是真的。我只知道爱你,别的什么都不管。海尔茂冷酷地对她说:哼,别这么花言巧语的!娜拉也吃惊了。海尔茂申斥说:你这个坏东西——干得好事情!娜拉坚决地说:让我走——你别拦着我!我做的坏事不用你担当!谁知海尔茂却叫她别装腔作势,要她老老实实把事情招出来。这时候娜拉如梦方醒,对他说:现在我才完全明白了。然而海尔茂也说他好像做了一场噩梦醒过来。他无情地骂娜拉是伪君子、犯罪的人,说她可恶极了,把她父亲的坏德性全沾上了。他责怪她断送了他一生的幸福和前途。现在自己让一个坏蛋抓在手心里,又不能不依他。而这场大祸都是一个下贱女人惹出来的。他要娜拉表面上照样过日子,想法子挽救、遮盖和维持残破的局面。但是孩子不能再交到她手里了,因为她会把孩子带坏。突然,外面有人敲门,女仆送一封信进来,这是柯洛克斯泰给娜拉的信。海尔茂把信抢在手里,先看了起来。看后他快活得叫起来:我没事了!娜拉,我没事了!"我呢?"娜拉问他。"当然你也没事了。"他说。原来柯洛克斯泰把娜拉假签名的借据送来了。海尔茂烧了借据,见娜拉仍然很不高兴,以为她怕他不原谅她,于是装模作样地说:娜拉,我赌咒,我已经饶恕你了。我知道你干那件事都是因为爱我。然后他又假惺惺地说:你只要一心一意依赖我,我会指点你、教导你。正因为你自己没办法,所以我格外爱你,要不然我还算什么男子汉大丈夫?这时候已经彻底看清海尔茂嘴脸的娜拉走进了里屋。海尔茂在外屋继续唠叨,说什么丈夫真正饶恕了妻子以后,心里会有一股没法子形容的好滋味。因为从此以后他老婆越发是他私有的财产。而他老婆就像重新投了胎,不但是她丈夫的老婆,并且还是她丈夫的孩子。这时娜拉换了衣服出来了。海尔茂感到奇怪,问她:怎么,你还不睡觉?又换衣服干什么?娜拉说:不错,我把衣服换掉了。

海尔茂　这么晚还换衣服干什么?

娜拉　今晚我不睡觉。

海尔茂　可是,娜拉——

娜拉　(看自己的表)时候还不算晚。托伐,坐下,咱们有好些话要谈一谈。(她在桌子一头坐下。)

海尔茂　娜拉,这是什么意思?你的脸色冰冷铁板似的——

娜拉　坐下。一下子说不完。我有好些话跟你谈。

海尔茂　(在桌子那一头坐下)娜拉,你把我吓了一大跳。我不了解你。

娜拉　这话说得对,你不了解我,我也到今天晚上才了解你。别打岔。听我说下去。托伐,咱们必须把总账算一算。

海尔茂　这话怎么讲?

娜拉　(顿了一顿)现在咱们面对面坐着,你心里有什么感想?

海尔茂　我有什么感想?

娜拉　咱们结婚已经8年了。你觉得不觉得,这是头一次咱们夫妻正正经经谈谈话?

海尔茂　正正经经!这四个字怎么讲?

娜拉　这整整的8年——要是从咱们认识的时候算起,其实还不止8年——咱们从来没在正经事情上头谈起一句正经话。

海尔茂　难道要我经常把你不能帮我解决的事情麻烦你?

娜拉　我不是指着你的业务说。我说的是,咱们从来没坐下来正正经经细谈过一件事。

海尔茂　我的好娜拉,正经事跟你有什么相干?

娜拉　咱们的问题就在这儿!你从来就没了解过我。我受尽了委屈,先在我父亲手里,后来又在你手里。

海尔茂　这是什么话!你父亲和我这么爱你,你还说受了我们的委屈!

娜拉　(摇头)你们何尝真爱过我,你们爱我只是拿我当消遣。

海尔茂　娜拉,这是什么话!

娜拉　托伐,这是老实话。我在家跟父亲过日子的时候,他把他的意见告诉我,我就跟着他的意见走。要是我的意见跟他不一样,我也不让他知道,因为他知道了会不高兴。他叫我"泥娃娃孩子",把我当作一件玩意儿,就像我小时候玩儿我的泥娃娃一样。后来我到你家来住着——

海尔茂　用这种字眼形容咱们的夫妻生活简直不像话!

娜拉　(满不在乎)我是说,我从父亲手里转移到了你手里。跟你在一块儿,事情都归你安排。你爱什么我也爱什么,或者假装爱什么——我不知道是真还是假——也许有时候真,有时候假。现在我回头想一想,这些年我在这儿简直像个要饭的叫化子,要一口,吃一口。托伐,我靠着给你要把戏过日子。可是你喜欢我这么做。你和我父亲把我害苦了。我现在这么没出息都要怪你们。

海尔茂　娜拉,你真不讲理,真不知好歹!你在这儿过的日子难道不快活?

娜拉　不快活。过去我以为快活,其实不快活。

海尔茂　什么!不快活!

娜拉　说不上快活,不过说说笑笑凑个热闹罢了。你一向待我很好。可是咱们的家只是一个玩儿的地方,从来不谈正经事。在这儿我是你的"泥娃娃老婆",正像我在家里是我父亲的"泥娃娃女儿"一样。我的孩子又是我的泥娃娃。你逗着我玩儿,我觉得有意思,正像我逗孩子们,孩子们也觉得有意思。托伐,这就是咱们的夫妻生活。

海尔茂　你这段话虽然说得太过火,倒也有点儿道理。可是以后的情形就不一样了。玩儿的时候过去了,现在是受教育的时候了。

娜拉　谁的教育?我的教育还是孩子们的教育?

海尔茂　两方面的,我的好娜拉。

娜拉　托伐,你不配教育我怎样做个好老婆。

海尔茂　你怎么说这句话?

娜拉　我配教育我的孩子吗?

海尔茂　娜拉!

娜拉　刚才你不是说不敢再把孩子交给我吗?

海尔茂　那是气头儿上的话,你老提它干什么?

娜拉　其实你的话没说错。我不配教育孩子。要想教育孩子,先得教育我自己。你没资格帮我的忙。我一定得自己干。所以现在我要离开你。

海尔茂　(跳起来)你说什么?

娜拉　要想了解我自己和我的环境,我得一个人过日子,所以我不能再跟你待下去。

海尔茂　娜拉!娜拉!

娜拉　我马上就走。克立斯替纳一定会留我过夜。

海尔茂　你疯了!我不让你走!你不许走!

娜拉　你不许我走也没用。我只带自己的东西。你的东西我一件都不要,现在不要,以后也不要。

海尔茂　你怎么疯到这步田地!

娜拉　明天我要回家去——回到从前的老家去。在那儿找点事情做也许不太难。

海尔茂　喔,像你这么没经验——

娜拉　我会努力去吸取。

海尔茂　丢了你的家,丢了你丈夫,丢了你儿女!不怕人家说什么话!

娜拉　人家说什么不在我心上。我只知道我应该这么做。

海尔茂　这话真荒唐!你就这么把你最神圣的责任扔下不管了?

娜拉　你说什么是我最神圣的责任?

海尔茂　那还用我说?你最神圣的责任是你对丈夫和儿女的责任。

娜拉　我还有别的同样神圣的责任。

海尔茂　没有的事!你说的是什么责任?

娜拉　我说的是我对自己的责任。

海尔茂　别的不用说,首先你是一个老婆,一个母亲。

娜拉　这些话现在我都不信了。现在我只信,首先我是一个人,跟你一样的一个人——至少我要学做一个人。托伐,我知道大多数人赞成你的话,并且书本儿里也是这么说。可是从今以后我不能一味相信大多数人说的话,也不能一味相信书本儿里说的话。什么事情我都要用自己脑子想一想,把事情的道理弄明白。

海尔茂　难道你不明白你在自己家庭的地位?难道在这些问题上没有颠扑不破的道理指导你?难道你不信仰宗教?

娜拉　托伐,不瞒你说,我真不知道宗教是什么?

海尔茂　你这话怎么讲？

娜拉　除了行坚信礼的时候牧师对我说的那套话，我什么都不知道。牧师告诉过我，宗教是这个，宗教是那个。等我离开这儿一个人过日子的时候我也要把宗教问题仔细想一想。我要仔细想一想牧师告诉我的话究竟对不对，对我合用不合用。

海尔茂　喔，从来没听说过这种话！并且还是从这么个年轻女人嘴里说出来的！要是宗教都不能带你走正路，让我唤醒你的良心来帮助你——你大概还有点道德观念吧？要是没有，你就干脆说没有。

娜拉　托伐，这个问题不容易回答。我实在不明白。这些事情我摸不清。我只知道我的想法跟你的想法完全不一样。我也听说，国家的法律跟我心里想的不一样，可是我不信那些法律是正确的。父亲病得快死了，法律不许女儿给他省烦恼。丈夫病得快死了，法律不许老婆想法子救他的性命！我不信世界上有这种不讲理的法律。

海尔茂　你说这些话像个小孩子。你不了解咱们的社会。

娜拉　我真不了解。现在我要去学习。我一定要弄清楚，究竟是社会正确，还是我正确。

海尔茂　娜拉，你病了，你在发烧说胡话。我看你像精神错乱了。

娜拉　我的脑子从来没像今天晚上这么清醒、这么有把握。

海尔茂　你清醒得、有把握得要丢掉丈夫和儿女？

娜拉　一点不错。

海尔茂　这么说，只有一句话讲得通。

娜拉　什么话？

海尔茂　那就是你不爱我了。

娜拉　不错，我不爱你了。

海尔茂　娜拉！你忍心说这话！

娜拉　托伐，我说这话心里也难受，因为你一向待我很不错。可是我不能不说这句话。现在我不爱你了。

海尔茂　（勉强管住自己）这也是你清醒的有把握的话？

娜拉　一点不错。所以我不能再在这儿待下去。

海尔茂　你能不能说明白我究竟做了什么事使你不爱我？

娜拉　能。就因为今天晚上奇迹没出现，我才知道你不是我理想中的那等人。

海尔茂　这话我不懂，你再说清楚点。

娜拉　我耐着性子整整等了 8 年，我当然知道奇迹不会天天有。后来大祸临头的时候，我曾经满怀信心地跟自己说："奇迹来了！"柯洛克斯泰把信扔在信箱里以后，我绝没想到你会接受他的条件。我满心以为你一定会对他说，"尽管宣布吧"，而且你说了这句话之后，还一定会——

海尔茂　一定会怎么样？叫我自己的老婆出丑丢脸，让人家笑骂？

娜拉　我满心以为你说了那句话之后，还一定会挺身出来，把全部责任担在自己肩膀上，对大家说："事情都是我干的。"

海尔茂　娜拉——

娜拉　你以为我会让你替我担当罪名吗？不，当然不会。可是我的话怎么比得上你的话那么容易叫人家信？这正是我盼望它发生又怕它发生的奇迹。为了不让奇迹发生，我已经准备自杀。

海尔茂　娜拉，我愿意为你日夜工作，我愿意为你受穷受苦。可是男人不能为他爱的女人牺牲自己的名誉。

娜拉　千千万万的女人都为男人牺牲过名誉。

海尔茂　喔，你心里想的嘴里说的都像个傻孩子。

娜拉　也许是吧。可是你想的和说的也不像我可以跟他过日子的男人。后来危险过去了——你不是怕我有危险，是怕你自己有危险——不用害怕了，你又装作没事儿人了。你又叫我跟从前一样乖乖地做你的小鸟儿，做你的泥娃娃，说什么以后要格外小心保护我，因为我那么脆弱不中用。（站起来）托伐，就在那当口，我好像忽然从梦里醒过来，我简直跟一个生人同居了8年，给他生了三个孩子。喔，想起来真难受！我恨透了自己没出息！

海尔茂　（伤心）我明白了，我明白了，在咱们中间出现了一道深沟。可是，娜拉，难道咱们不能把它填平吗？

娜拉　照我现在这样子，我不能跟你做夫妻。

海尔茂　我有勇气重新再做人。

娜拉　在你的泥娃娃离开你之后——也许有。

海尔茂　要我跟你分手！不，娜拉，不行！这是不能设想的事情。

娜拉　（走进右边屋子）要是你不想设想，咱们更应该分开。（拿着外套、帽子和旅行小提包又走出来，把东西搁在桌子旁边椅子上。）

海尔茂　娜拉，娜拉，现在别走。明天再走。

娜拉　（穿外套）我不能在生人家里过夜。

海尔茂　难道咱们不能像哥哥妹妹那么过日子？

娜拉　（戴帽子）你知道那种日子长不了。（围披肩）托伐，再见。我不去看孩子了。我知道现在照管他们的人比我强得多。照我现在这样子，我对他们一点儿用处都没有。

海尔茂　可是，娜拉，将来总有一天——

娜拉　那就难说了。我不知道我以后会怎么样。

海尔茂　无论怎么样，你还是我的老婆。

娜拉　托伐，我告诉你。我听人说，要是一个女人像我这样从她丈夫家里走出去，按法律说，她就解除了丈夫对她的一切义务。不管法律是不是这样，我现在把你对我的义务全部解除。你不受我拘束，我也不受你拘束。双方都有绝对的自由。拿去，这是你的戒指。把我的也还我。

海尔茂　连戒指都要还？

娜拉　要还。

海尔茂　拿去。

娜拉　好。现在事情完了。我把钥匙都搁在这儿。家里的事佣人都知道——她们比我更熟悉。明天我动身之后，克立斯替纳会来给我收拾我从家里带来的东西。我会叫她把东西寄给我。

海尔茂　完了！完了！娜拉，你永远不会再想我了吧？

娜拉　喔,我会时常想到你,想到孩子们,想到这个家。

海尔茂　我可以给你写信吗?

娜拉　不,千万别写信。

海尔茂　可是我总得给你寄点儿——

娜拉　什么都不用寄。

海尔茂　你手头不方便的时候我得帮点忙。

娜拉　不必,我不接受生人的帮助。

海尔茂　娜拉,难道我永远只是个生人?

娜拉　(拿起手提包)托伐,那就要等奇迹中的奇迹发生了。

海尔茂　什么叫奇迹中的奇迹?

娜拉　那就是说,咱们俩都得改变到——喔,托伐,我现在不信世界上有奇迹了。

海尔茂　可是我信。你说下去!咱们俩都得改变到什么样子——?

娜拉　改变到咱们在一块儿过日子真正像夫妻。再见。(她从门厅走出去。)

海尔茂　(倒在靠门的一张椅子里,双手蒙着脸)娜拉!娜拉!(四面望望,站起身来)屋子空了。她走了。(心里闪出一个新希望)啊!奇迹中的奇迹——

(楼下砰的一响传来关大门的声音。)

——全剧完

羊 脂 球

作者居伊·德·莫泊桑(1850—1893)是19世纪法国现实主义作家。他生于诺曼底一个没落的贵族家庭,母亲酷爱文学,舅舅是诗人和小说家,童年的莫泊桑在良好的家庭教育下成长,少年时就爱好写作。普法战争爆发中断了他在大学法律专业的学习,应征入伍。不久战争结束,莫泊桑先后到海军部和教育部任职,同时在他母亲及其好友福楼拜的指导下学习写作。福楼拜在写作上严格地指导他,要求他,还介绍他认识结交了当时第一流的作家左拉、龚古尔和侨居法国的屠格涅夫。此后几年,莫泊桑在他们的帮助下苦练写作。

1880年春天,以左拉为首、包括莫泊桑在内的六位作家,在巴黎近郊左拉的别墅梅塘聚会,他们商定以普法战争为题材各写一篇小说,以《梅塘之夜》为名出版。这个集子问世后,引起了很大的反响,几周之内便印行八版,莫泊桑的《羊脂球》被公认为是其中最优秀的一篇。莫泊桑因此而一举成名,登上法国文坛。

《羊脂球》的发表和成功,进一步增强了莫泊桑从事文学创作的信心,他辞去公职,专门从事写作。以后的十年间,他共写成了三百多篇中短篇小说,六部长篇小说,三部游记,一本诗集和多篇文艺、政论杂文。

1893年7月6日,莫泊桑因病去世。

本文选自《莫泊桑中短篇小说赏析》(陕西人民出版社1984年版),李青崖译。

一连好几天,战败的法国军队在卢昂市区穿过。他们穿着破烂不堪的衣服,脸上留着又长又脏的胡子,没有旗帜没有番号,带着疲惫的姿态,凭着习惯向前走。在败退的步兵中间,偶尔也有几个炮兵和龙骑兵的残余混在当中。还有些由商人们以“失败复仇队”“墟墓公民队”或“死亡分享队”的名称组织起来的义勇队也都带着土匪的神气在市区里经过。

据说,普鲁士人快要进卢昂市区了。

本市的国民防卫队也都隐藏了准备作战的种种武器回家了。

整个城市陷入一种深沉的宁静和一种使人恐怖的寂寞中。生活像是停顿了,店铺全关了门,街道全是没有声息的。

在法国军队完全撤退的第二天下午,普鲁士骑兵终于出现了,开头是三五个,随后三支部队从不同的方向开过来,在市政府广场上面会师。再后,主力部队的许多营也开来了。

城里的居民们躲在百叶窗后面,窥伺这些战胜者,都吓糊涂了。

普鲁士人终于来敲门了,来进驻了。不久,许多家里都住进了普鲁士军官,他们和主人一块吃饭,晚上和主人同在一座壁炉跟前烤火。

市区也慢慢恢复了平时状态,法国人还不大出门,普鲁士兵在街上往来不息,一些骑兵军官拖着长大的军刀傲慢地往咖啡馆里走。

然而,空气中总有一种不可容忍的异样气氛,充塞着私人住宅和公共场所,它使得饮食变了滋味,使人觉得在旅行中走进了野蛮而危险的部落。

在市区下游的河里,出现了日耳曼人的尸体,他们是被人一刀戳死、一脚踢死、脑袋被石头砸坏,或从桥上推入水中去的。这些隐名的英雄行为,无声的袭击,远比白天的战斗可怕却没有荣誉的声光。对入侵者的憎恶,使一些法国人格外坚强起来,他们为了一个信念而不顾性命。

普鲁士侵入者的严酷压迫开始了。一些人用各种手段和关系搞到了出境通行证,一辆马车在星期二天还没亮时冒着大雪从卢昂出发了。

这辆车上一共坐着十位旅客:

车厢顶头最好的位置上,面对面坐着酒行老板鸟先生和他的夫人。这是一个伙计出身的暴发户,以卖坏酒给乡下的小酒商发财致富。他诡计多端,是一个狡猾的坏坯子,而且以偷偷摸摸出名。他姓"鸟",在一次聚会中,被人用"鸟翩跹"的游戏意指"鸟骗钱",使大家整整笑了一个月。鸟先生还以种种恶作剧,善意的或恶意的笑谈出名。他身躯很矮,腆着一个气球样的大肚子,顶着一副夹在两撮灰白长髯中间的赭色脸儿。他的妻子高大、强壮、沉着,大嗓子,主意又快又坚决,是酒店里的权威。

他们身边坐着纺织厂老板、州参议会议员迦来-辣马东和他的夫人。他以棉业起家,经营着三个纺织厂,曾得过荣誉军团长勋章。在第二帝国时代,他始终是个善意反对派的领袖,目的只是为了把私人利害向政府出卖得更贵一些。他的夫人比他年轻得多,娇小、玲珑、漂亮,素来是卢昂驻军中出身名门的军官的"安慰品"。

纺织厂夫妇身边坐着禹贝尔·卜来韦伯爵夫妇,他们出身于高贵、古老的贵族世家。据说在15世纪时,法国的国王亨理四世曾使卜来韦家一位夫人怀了孕,她的丈夫因此被封为伯爵。禹贝尔伯爵是个气派雍容的老年世家子弟,还极力用人为的方法修饰,以加重他与亨理四世的相似之点。他家的财产全是不动产,每年有五十万金法郎的收入。伯爵也是州参议员,代表本州的奥尔雷阳党(一个旁支亲王的领地之称,此亲王意欲继承王位网络一批党徒)。伯爵夫人是一个小船长的女儿,他俩的婚姻被人认为是神秘的。她气概大方,风度优雅,据传曾和鲁意腓力卜(奥尔雷阳亲王之子,后为法国国王)的一个儿子有过恋爱关系。所以贵族们都好好地款待她,而她的客厅始终是当地第一位,唯一保存着古老的恋爱风气的地方,要进去是费事的。

这六个人是这辆车的基本旅客,他们都是属于有固定收入,信奉天主,顾爱名誉的人。

女客的一边,还坐着两个嬷嬷,其中一个年老的,脸上满是麻子;另一个很虚弱,有一个漂亮而带病态的脑袋瓜和一个显出肺病的胸脯。她们提着长串的念珠祷告着天父。

两个嬷嬷对面,坐着一男一女,他们吸引着大家的视线。男子是被称为民主朋友的戈尔弩兑。他的糖果商父亲留给他一份家产,很快就被他吃光。在各处民主派的咖啡馆里,他用大杯的啤酒浸着他那一大嘴火红色长胡子。在普军未到之前,他热心布置防御工事,教人在平原上挖地洞,在大道上设陷阱。敌人快到时,他赶忙缩回市区。现在又想到哈佛尔去设立新的防御工事。

女的是个妓女。她矮矮的身材,满身各部分都胖得滚圆,手指头丰满得每一个骨接间都箍出了一个圈,简直像是一串短短的香肠;她的皮肤光润而且绷得紧紧的,胸脯丰满得在裙袍里突出来。因此,她得了个名符其实的诨名"羊脂球"。她的脸蛋红润鲜艳,一双活溜溜的黑眼睛,四周围着一圈深而密的睫毛,嘴唇妩媚润泽,露出一排闪光而纤细的牙齿。

她一下子被人认出后,就被几个贵夫人作为密谈的话题,而且把"卖淫妇"、"公开的羞辱"等字眼说得很响亮。听到这些公开的侮辱,羊脂球抬起了脑袋,用很有挑战意味和大胆的眼光向同车人望了一周,使大家停止了议论,而且低下了头。只有鸟老板用一种开心的神气窥伺她。

不久,三个贵妇人又开始谈话了。面对着这个卖身的女人,她们觉得应当把有夫之妇的尊严身份结成一个团体,她们突然变成亲密的朋友了。

三个男人也因戈尔孥兑的出现,出于一种保守派的本能而彼此接近起来。他们用一种蔑视穷人的姿态谈着钱财,伯爵说起普鲁士人使他遭受的损失,不过使他困苦一年;迦来-辣马东先生更有经验,他已经汇了六十万金法郎到英国,随时可以备用;至于鸟老板,他把酒窖里的葡萄酒全部卖给了法国的军需当局,可以稳当地到哈佛尔去取一大笔现金。总之,他们的具体情况虽然各不相同,但他们都是有钱的富家,这使他们彼此感觉都是弟兄。

车子走得很慢,本应在多忒吃午饭,但现在看来是非在黑夜无法赶到了,他们都关心地寻找路上的小酒店了。但路上不但没有酒店,连农庄里也找不到任何食物。

午后一点,饥饿使大家关上了话匣子,鸟老板扬言肚子里空得非常厉害,人们轮流打呵欠了。伯爵也埋怨自己"为什么先前没有想到带些吃的东西?"这使大家有了同感。

戈尔孥兑带了一瓶蔗渣酒,他请大家喝,大家都冷冷地拒绝了,只有鸟老板答应喝两滴,说:"这教人得点儿暖气,可以骗着人不想什么吃。"喝过酒后,他高兴起来了,建议照着歌词中小船上的办法:分吃那个最肥胖的旅客。这种针对羊脂球而下的隐语,使受过教育的人感到刺耳,大家不回答他,只有戈尔孥兑微笑了一下。两个嬷嬷提着念珠的手不再动弹,低着眼睛。

羊脂球几次弯下身子,如同在裙子里找什么一样,但望着同车人,她又安静了。最后,三点钟了,车子行驶在无边的平原中央,看不见一个村子。羊脂球弯下身子,在长凳下抽着一个盖着饭巾的大提篮。她先取出一只小盆子,一只银杯子,再取出一只大瓦钵子,里面是两只切开了的子鸡,四面满是胶冻。提篮里还装着好些蛋糕、水果、甜食,还有四只酒瓶,这都是她为三天的路程准备的食物。

她取了一只鸡翅膀同着小面包吃,所有的眼光都向她射过来了。散开的香味使得人的嘴里浸出大量的口水,腮骨在耳朵底下发出疼痛的收缩。几个贵妇人对这个"姑娘"的轻视变成了嫉妒,想弄死她,或者把她连着银杯子、提篮等都扔到车下的雪地里去。

不过鸟老板却用眼睛去吞没那只盛子鸡的瓦钵子了,还说:"这位夫人从前比我们考虑得周到。有些人素来是什么都会想到的。"羊脂球向他说:"您可是想吃一点,先生?"他欠着身子说:"说句真心话,我不拒绝,我再也受不住了。"他又向着大家说:"在这样一种时候,遇见有人向自己帮忙是很快活的。"他把报纸铺在膝头上,用小刀尖子挑着一只满是胶冻的鸡腿,满意地咀嚼起来,使得车子里起了一声伤心的长叹。

羊脂球又用谦卑而甜美的声音邀请两个嬷嬷,她俩立即接受了,在含糊道了谢之后,很快地吃起来。戈尔孥兑也没拒绝赠予。他们吞着、嚼着、如狼似虎地消纳着。鸟老板的妻子在抗拒一阵后,也托起了那只瓦钵子。

葡萄酒瓶的塞子拔开了,大家轮流喝一个杯子,戈尔孥兑偏用嘴去接触羊脂球吮过的地方,表示献媚。

卜来韦伯爵夫妇和迦来-辣马东夫妇被吃喝的人包围,又受香味的刺激,弄得呼吸迫促,如受苦刑一般。忽然,厂长夫人发出一声叹息,失去了知觉。厂长急得发痴,恳求大家救援。老年嬷嬷把酒杯塞到病人嘴边,在吞了几滴葡萄酒后,贵妇人醒转来说自己觉得很好了。嬷嬷又教她喝了一满杯葡萄酒说:"这因为饿极了,没有旁的。"

这使羊脂球进退两难了,她望着这四个空着肚子的人吞吞吐吐地说:"老天,我是不是敢于向这两位先生和这两位夫人……"她不敢再说下去。鸟老板马上说:"还用多说!在这样子的情况里,大家都是弟兄而且应当互相帮助。赶快罢,夫人们,不必讲虚文哟,请接受罢,自然哪!……"

他们仍旧迟疑。不过伯爵来解决问题了。他转过身来对着这个胆怯的胖"姑娘",用世家子弟的雍容大度向她说道:"我们用感恩的态度来接受,夫人。"

这第一步迈出后,人就简直为所欲为了。提篮里的东西都搬出来了,鹅肝冻、云雀冻、熏牛舌、梨子、甜面包、小件头甜食、醋泡乳香瓜和圆葱头等等应有尽有。

吃了她的东西,就不能不和她说话了。大家自然就谈到战争,谈到普鲁士人的种种罪行,法国人的种种英勇行动。羊脂球也用真正的愤慨叙述她怎样离开卢昂的经历:她一看见普鲁士人,就不由自主满肚怒气,惭愧得哭了一天。后来有几个到她家里去住宿,她一下子就扑到第一个的脖子上,准备扼死他,但有人抓着她的头发,使她未能如愿。事后她只好躲藏起来,找机会逃离了卢昂。

大家都称赞她,她的地位也增高了。

提篮里的东西很快被吃空了,谈话也渐渐冷落下来。

夜色下来了,寒气越来越重,羊脂球感到发噤,伯爵夫人把手炉送给她用,其他两位夫人的则借给了两个嬷嬷。

车子里黑得什么也看不见了,在羊脂球和戈尔努兑之间起了一种动作,鸟老板在暗中窥探,他相信看见大胡子戈尔努兑像是受了打击似的向旁一偏。

车子经过十三小时后到了多忒镇。车门一开,就听见普鲁士人说话和军刀鞘子碰着路面的声音,使人心惊肉跳。赶车的取下风灯往里一照,看见里面全是神色张皇的脸,因为惊惧交集而睁大的眼,张开的嘴。

在赶车人旁边,站着一个年轻的普鲁士军官,瘦长的身材,金黄的头发。他用生硬的法语请旅客下车。两个嬷嬷首先表示了服从,接着下来的是伯爵夫妇、厂长夫妇、鸟老板夫妇,鸟老板脚一着地,就向普鲁士军官说了一声"先生早安",而对方却没有答理。

羊脂球和戈尔努兑尽管坐在车门口,却最后下车,而且显得又稳重又高傲,对他们同车人的软弱很生反感。

大家到旅店厨房坐定后,普鲁士军官检查了他们的出境证,查对了姓名、相貌、职业后离开了,人们都透了一口气。在准备过夜时,大家去看了一条长过道里的住房。

当大家坐在饭桌上时,旅店掌柜出来了,在问明羊脂球的姓名后说,普鲁士军官要立刻和她说话。

羊脂球爽利地表示拒绝,但伯爵劝她为了不致引起种种重大困难,还是去一趟,他认为这不会有危险,"可能是为了一点儿漏了的手续。"大家立即赞同伯爵的意见,央求她,催促她,劝告她。最后,羊脂球同意了,她说:"确实是为了各位,我才这样做。"

她出去了,大家等着她转来吃饭。而且各自预先想好些卑屈的办法,使得自己到了被传唤的时候可以使用。

十分钟后,羊脂球回来了,她脸上绯红,气得连话都说不出,光是吃着嘴说:"哈,光棍!光棍!"大家问她,她也不说,伯爵再三盘问,她才用一种非常庄严的神气回答:"不成,那和各位没有关系,我不能说。"

晚餐开始了,人们喝着酒,吃着菜汤,旅店掌柜夫妇也陪着吃,掌柜夫人向伯爵夫人唠叨着对普鲁士人的不满,戈尔努兑则高谈着防护祖国的神圣义务,纺织厂厂长思索着用废置的劳动力来办工业,鸟老板则在和旅店掌柜谈笑一阵后卖出了六件半桶的红葡萄酒。

吃完消夜,大家都去休息了。然而鸟老板却从房门上的钥匙洞儿里贴着眼睛向外望,又贴着耳朵向外听,目的就为了发现“过道里的秘密”。

在将近一小时之末,他看见羊脂球披着一件滚着白花边的蓝色山羊毛浴衣,端着一支烛台,向过道尽头的厕所走去。旁边的一道门轻轻开了,等羊脂球转来时,戈尔孥兑跟在她后面。他们低声谈着,又站着不动,羊脂球仿佛毅然决定把守了自己的房门。但鸟老板听不见他们说什么。最后,他用激烈的态度坚持己见说:“这于您算个什么?”羊脂球也好像生气了,回答道:“这些事情有时候是不能做的;并且,在这儿,那是件丢人的事。”戈尔孥兑问为什么,羊脂球生气了,提高了声调说:“为什么?您不懂得为什么?有好些普鲁士人在旅馆里,也许就在隔壁屋子里,不懂吗?”戈尔孥兑无话可说了,她是不肯在敌人近边受人爱抚的,这种妓女的爱国廉耻心应该在戈尔孥兑的心上唤醒了正在衰弱的品格罢,他在和她拥抱了以后,回自己的屋里去了。

旅客们本来决定第二天八点起程,但到处也找不到牲口和赶车人。于是男人们都决定去镇上走一趟,他们到处都看见普鲁士兵,各家各户都有,有的还帮着房东做家务。伯爵很诧异,向一个礼拜堂小职员探听,对方回答说,那些人并不凶恶,也不愿打仗,他们也把妻儿留在远方的家乡,在穷人中间真应当互相帮忙,“因为要打仗的都是大人物哪。”

回到旅馆,看见赶车人正和普鲁士军官的勤务兵在一起,伯爵质问他为什么不赶车,他说普鲁士营长禁止他套车。

三个男人很担忧地回来了,他们想去见普鲁士军官,没有如愿。

戈尔孥兑在厨房里喝着啤酒,抽着烟斗,那东西在民主界中是几乎和他本人享受一种相当的尊敬的,仿佛它给戈尔孥兑服务就是给祖国服务一般。

鸟老板假借活动自己的腿子为名,走出去向镇上卖酒的小商人抛出了一些酒。伯爵和厂长谈着政治,预测着法国的前途。

报过了十点,旅店掌柜出来了。有人询问他,他说军官对他说过:“我不愿意他们没有我的吩咐就动身走。”

他们想去见普鲁士军官,伯爵递上了自己的名片,纺织厂厂长把自己的姓名和一切头衔都添在那张名片上,普鲁士人回答说,午饭后允许这两位先生和他说话。

女客都出来了,大家尽管心绪不安却多少吃了一点,羊脂球仿佛生了病并且异样地心慌。

喝完咖啡后,普鲁士军官的勤务兵来找那两位先生,为了壮声势,鸟老板也参加了,戈尔孥兑却声言自己从不愿和日耳曼人发生任何关系,叫了一罐啤酒回壁炉边去了。

三个男人去楼上见了普鲁士军官,他用那种属于得胜武夫的天生下流派头接待他们,他们提出要动身,回答是“不成”,询问原因,回答是“因为我不愿意”,然后就请他们下楼了。

午后的情况是凄惨的。他们纷纷猜测着车子被扣留的原因,想到可能被绑票,有钱的都害怕了,他们挖空头脑去寻觅种种合乎情理的谎话,去隐蔽他们的财富,去把自己装得贫穷,鸟老板拿下了自己那条金表链藏在衣袋里。

快吃晚饭时,旅店掌柜又来传话,说普鲁士军官问艾丽萨贝特·鲁西小姐(羊脂球)是不是还没有改变她的主意。

羊脂球站着不动,脸色由苍白变成深红,因为盛怒而呼吸迫促,以至失去了说话的能力。末了她才嚷着说:“您可以告诉这个普鲁士下流东西,这个脏东西,这个死尸,说我永远不愿意,您听清楚,我永远不,永远不,永远不。”

胖掌柜出去了。大家来包围羊脂球,询问她,起初她不说,但盛怒使她激动地叫唤道:“他要的?他要的?他要的是和我睡觉!”这激起了大家的公愤,戈尔笃兑把酒杯向桌上一搁,大声斥责这个卑劣的丘八,伯爵用厌弃的态度声言这家伙的品行简直像野蛮的古代人,那些妇人都对羊脂球显示出一种有力的和爱抚性的怜惜。

第一阵愤怒平息了,大家仍旧吃了晚饭,话说得不多,都在计划着。

妇人们早早退出了。男子们吸着雪茄,组织了一种牌局,把掌柜邀请了来,他们以为这样就便于巧妙地向掌柜询问怎样去制服普鲁士军官。但什么结果也没有。大家看见无法从他身上找出一点窍门的时候,就说是应当散了,每一个人都回到了床上。

第三天,大家依然是起得早的,心里始终抱着一种空泛的希望,来得更大的动身的欲望,因为在这个很可怕的乡村客店过日子实在令人恐慌。

糟糕!牲口全系在马房里,赶车的始终杳无踪迹。由于无事可做,他们绕着车子兜圈子了。

午饭是凄惨的,仿佛有一种冷落气象针对着羊脂球发生了,因为深夜的宁静原是引得起考虑的,它已经略略变更了种种看法。他们现在几乎怨恨这个“姑娘”了:她没有秘密地去找普鲁士人,如果找了,就可以使同伴们一起床都得到一个意外的惊喜。哪儿还有更简单的?并且谁会知道?她只需对军官说自己原是可怜同伴们的悲叹,那就能够敷衍面子了。在她,那原是很不关重要的!

不过谁也还没有道出这类的意思。

午后,他们正厌烦得要死,伯爵就提议到镇外的附近各处去兜圈子。每一个人都细心地着了衣裳,于是这个小团体就出发了,只有戈尔笃兑是例外,他宁愿待在火旁边;至于两个嬷嬷,她们的白天时间都是在礼拜堂里或者堂长家里度过的。

寒气一天比一天来得重了,严酷地削着鼻子和耳朵,人的脚变成很痛苦的了,每走一步就要疼一下,后来走到了镇外,田野简直是一片白茫茫的,在他们眼里真凄惨得非常怕人,全体立刻转来了,心灵是冰凉的而心房是紧缩的。

四个妇人走在头里,三个男人跟在后边,略略隔开了几步。

鸟老板是了解情况的,忽然研究这个卖笑女人是否想教他们在这样一种怪地方还待些日子。伯爵始终是文雅的,说旁人不能把一种这样难受的牺牲去强迫一个妇人,而要她出于自愿。迦来-辣马东先生注意于倘若法国军队像大家所怀疑的一样真从吉艾卜开过来反攻,那么只能在多忒接触。这种思虑使得另外两个不安了。“倘若我们步行去逃难。”鸟老板说。伯爵耸着肩头说:“在这样的大雪里,您想这样办?而且还带着我们的家眷?末后我们立刻就会被人来追,不过十分钟就会被人赶到跟前,被人当俘虏一般牵着交给丘八们摆布。”这话原是真理,谁也不发言了。

几个贵妇人谈着时装,不过某一种的拘束力仿佛使得她们都是貌合神离的。

在街尾上,普鲁士军官忽然露面了。他在那种一望无际的积雪上面,映出身着军服的长个儿蜂腰的侧影,叉开双膝向前走,这种动作是军人们所独有的,他们极力防护那双仔细上了蜡的马靴不教它染上一点恶浊。

在几个贵妇人近边走过的时候,他欠一欠身子,用一种轻蔑的神气望一望那几个男人,他们呢,都保持着尊严简直不对他脱一脱帽子,虽然鸟老板做了一个像是去揭帽子的手势。

羊脂球连耳朵都是绯红的了,那三个有夫之妇认为这个丘八从前对待这个“姑娘”是很具有骑士意味[①]的,现在她们偏偏在同着她散步的时候遇见他,因此都感到了一阵大的屈辱。

这样一来,大家谈到他了,谈到他的姿势和面貌了。迦来-辣马东夫人本来认识很多军官而且能用识者的地位品评他们,这时候觉得这一个简直不坏,她甚至可惜他不是法国人,否则他可以做一个很漂亮的轻装骑兵军官,使得一切妇人一定因为他弄得神魂颠倒。

一下回到了旅馆里,大家都不知道怎么办,甚至于遇到一些细微的事也说些尖酸的语句。晚饭是静默的和短促的,末后每一个人希望利用睡觉去消磨时间,都上楼休息了。

第四天,人都带着疲倦的面目和焦躁的心情走下楼来。妇人们不大和羊脂球谈天了。

一阵钟声传过来了,那是为了一场洗礼。胖“姑娘”本有一个孩子养在伊勿朵的农人家里。她每年看见他一回,并且从不对他记挂;不过现在想起这一个就要被人送去受洗的孩子,她心里对自己的那一个动了一种突然而起的热烈慈爱,于是她坚决地要去参观这一场礼节。

她刚出去,大家互相使着眼色,随后就把椅子搬拢来,因为都很觉得终于应当有个决定。鸟老板动了灵感,说道,他主张去向军官提议,只把羊脂球扣下来而让其余的人都走。

卜来韦先生又负着这种使命上楼了,不过他几乎立刻又下来。日耳曼人原是认识人的本质的,他把他撵出了房门。口称在他的欲望没有满足的时候,他始终留着这班旅客。

这样一来,鸟夫人的市井下流脾气爆发了:“然而我们不会老死在这儿。既然和一切的男人那么干,本是她的职业,这个贱货的职业,我认为她并没有权力来选精择肥。我现在请教一下,在卢昂她碰见谁就要谁,甚至于好些赶车的她也要!对呀,夫人,州长的赶车的!我很知道他,我,他到我店里买他喝的酒。今天遇着要给我们解除困难,她倒要撒娇,这个拖着鼻涕的家伙!我呢,认为他很懂规矩,这个军官。他也许旷了很久,我们三个无疑都是可以被他赏识的。但是他并不那么做,而满意于这个属于公共的女人。他敬重有夫之妇哪。您揣想一下罢,他是主人翁。只需开口说一声:‘我要’,就可以用他的部下仗着蛮劲来抓我们。”

其余两个妇人都轻轻地打了一个寒噤。漂亮的迦来-辣马东夫人的眼睛发光了,她的脸色有点苍白了,如同觉得自己已经被军官用蛮劲抓住了。

男人们本来都在另一旁说话,现在都走过来了,气愤愤的鸟老板想把“这个贱东西”的手脚缚起来送给敌人。不过伯爵出身于三代都做过大使的家庭并且具有外交家的外貌,却主张用巧妙手腕:“应当教她自己决定。”他说。

这样一来,他们发动阴谋了。

妇人们交头接耳压低了声音,而且讨论得普遍,每一个人发表了自己的见解。究竟那是很合身份的。尤其是为了说出最不顺口的事情,这些贵妇人都找着了种种玲珑的转折,种种巧妙的动人口吻。语言上戒备得真严,一个局外的人可以一点也不懂。不过那层给上流妇人做掩护的薄薄的廉耻之感只蒙着表面,所以她们在这种放纵的冒险之中都是心花怒放的,都是实在快活得发痴的,都觉得正对她们的劲儿,把爱情和肉欲混在一块儿,好像一个馋嘴的厨子正给另一个人烹调肉汤一样。

---

① 骑士是欧洲中古时代的一种特殊阶级的头衔,他们的作风当中有一种是护卫女性;照这种意思去解释本文,则作者用的是反嘲笔调。骑士自然也欢喜谈恋爱,当时的骑士恋爱,恩格斯在他的《家庭、私有制和国家起源》中,肯定那不是夫妇的恋爱而是直指非法性交,当时法国南部的诗人所赞美的恋爱也就是这一种;照这第二种意思,那么作者用的又是直叙笔调。所以有两种看法了,而且都是可以用的;不过倘若认为作者借反嘲为形式而用直叙为精神,以彼掩此,也许这倒更合于诗意。

故事到末了真教人觉得滑稽，快乐的心情自然而然地发生了。伯爵找着好些趣味略带辛辣的诙谐，不过叙述得非常之好只教人微笑。轮到了鸟老板，他发挥了三五段比较生硬的猥亵之谈，大家都简直不以为刺耳；后来那种被他妻子粗率地发表的思想竟控制了全体的精神，她说："既然那是这个'姑娘'的职业，为什么她可以拒绝这一个比拒绝另一个厉害？"和蔼的迦来-辣马东夫人仿佛甚至于想起自己若是处于羊脂球的地位，那么她拒绝这个军官可以不及拒绝旁的一个人厉害。

他们如同对于一座被攻的炮台一般长久地预备包围的步骤。每一个人都接受了自己将要扮演的角色，都接受了自己将要倚仗的论据，都接受了自己将要执行的动作。他们决定如何去进攻，种种可用的诡谋和冲锋的奇袭，去强迫这座有生命的堡垒在固有的阵地接待敌人。

然而戈尔弩兑是待在一旁的，完全和这一次的事件无关。

一种很深刻的注意使得大家的头脑都是紧张的，以至于没有听见羊脂球正走进来。伯爵轻轻地嘘了一声，所有的眼睛都重新抬起来。她在跟前了。人都突然不再发言，开初并且有某种尴尬心理阻止人向她说话。伯爵夫人是比其余的妇人更熟悉于客厅式的两面作风的，她向羊脂球问道："可有趣味，那一场洗礼？"

胖"姑娘"依然是怀着感慨的，她从头至尾说了一遍，到场的人的面貌和姿态以及礼拜堂本身的局面。她接着又说："有时候，祷告很有益处。"

一直到夜饭为止，那些贵妇人却都高高兴兴对她显出和蔼的神情，目的就是除了向她劝告以外再增加她的信任心和服从性。

一下坐到饭桌上，大家都着手来做种种接近功夫。开初那是一阵有关于献身出力的泛泛议论。有人举出了好些古代的例子：茹狄德和何洛斐伦[①]，随后没来由地又提到了吕克蕾偲和塞克斯都斯[②]，以及克莱沃葩蒂[③]使得敌军将领们经过她的床上以后全体都变成忠实的奴才。这样一来，一件虚构的历史又在这几个不学无术的家资百万的富翁的想象当中孵化出来了：罗马的女公民们走到迦布埃城，教汉尼巴以及他的将佐士兵都在她们的怀里酣睡[④]。他们述及所有擒获了征服者的妇女们，说她们把自己的身体做一种战场，做一种征服的方法，做一种武器，她们用种种英雄式的爱抚战败了好些丑恶的或者可鄙的敌人，并且把自己的贞操牺牲于复仇和献身报国。

他们甚至于用遮遮掩掩的语句，谈起英国那个名门闺女使自己先去感染一种可怕的传染病再去传给拿破仑，当时由于一阵陡然而起的衰弱，他在无可避免的约会时刻里若有神助地躲过了。

这一切都是用一种适当的和蕴藉的方式叙述的，有时候还故意装出一种极端赞叹的姿态去

---

① 何洛斐伦是古代巴比伦国的大将，领兵围攻古犹太国的某城。茹狄德是此城中的一个寡妇，她以计身入敌军侍何洛斐伦于酒筵上，醉之而割其首以归，敌军知之遂解围而退。

② 吕克蕾偲是古罗马国某将军之妻，因被罗马王塞克斯都斯所侵犯，遂愤而自杀，欧洲人目为贞烈妇人的模范；但用她来说服羊脂球则作者认为文不对题。

③ 克莱沃葩蒂是古埃及国的女王，利用自己的色相征服了当时敌军的名将多人，因而屡得保持其政治上的地位，但终自杀致死。故在此处提到她也是不很对题的。

④ 迦布埃在意大利的罗马城南一百三十余公里之处。公元前 2 世纪，迦太基国名将汉尼巴进攻罗马时先占领了迦布埃，因为留恋那个城里的快乐遂逗留不进，终于失去进攻的机会。当时的人指斥汉尼巴的部队都"在迦布埃的快乐世界当中酣睡"。当然，"酣睡"的意义在这儿是比喻，而虚构历史的人不明此义，因而弄出了"罗马的女公民们……"云云，所以作者说他们"不学无术"。

激起竞争心。

到末了，人都可以相信妇女们在人间的唯一任务，就是一种个人的永久牺牲，一种对于强横的武人的暴戾脾气不断委身的义务。

两个嬷嬷都像是什么也没有听见，完全坠入种种深邃的思念当中了，羊脂球简直没有说话。

整个下半天，人都听凭羊脂球去思索。不过本来一直称呼她做“夫人”，现在却简单地称呼她做“小姐”了，谁也不很知道这是为着什么，仿佛她从前在评价当中爬到了某种地位，现在呢，人都想把她从那种地位拉下一级似的，使她明白自己的地位是可羞的。

到了夜饭开始的时候，卜来韦先生又出现了，口里重述着上一天那句老话：“普鲁士军官要人来问艾丽萨贝特·鲁西小姐是不是还没有改变她的主意。”

羊脂球干脆地回答：“没有，先生。”

不过在饭桌上，同盟解体了。鸟老板说了三五句使人不大注意的话。每一个人都搜索枯肠去发现新的例子，然而却什么也找不着。这时候，伯爵夫人也许忽然感到一阵泛泛的需要想对天主教尊敬一番，于是对那个年龄较大的嬷嬷问起圣徒们生活中的伟大事迹。谁知有好多个圣徒做过的事，在我们看来都可以算是犯了重罪的行为；不过只要那都是为了上帝的光荣或者为了人类的幸福，天主教会并不处罚而都赦免了这类的罪恶，这是一种很有力的论据，伯爵夫人来利用它了。这样一来，年老的嬷嬷对阴谋带来了一种巨大的支援，那或者由于一种这样的默契，一种这样任何披着道袍的人最称拿手的暗献殷勤，或者简单地由于一种凑巧的聪明的效力，一种可以受人利用的愚昧行为的效力。以前，人都以为她是胆怯的，现在，她显出她是胆大的，爱说话的，激烈的。这一个真没有被决疑论①的暗中摸索搞糊涂，她的主义像铁条一般坚硬，她的信仰心从不迟疑，她的良心毫没有顾虑。她认为亚伯拉罕②的牺牲很简单，因为她本人若是接着了来自上苍的命令，可以立刻去杀父母，并且在她的见解里，只要居心可嘉，绝没有什么是可以使得主不快乐的。伯爵夫人利用她这来自望外的同谋者的神权，如同根据这种道德公理做了一个注脚似的向她说道：“结局是判断方法的标准哪。”

随后她问她了：

“嬷嬷，那么您认定上帝容许一切路线，而在动机纯洁的时候上帝是原谅事实的？”

“谁能够怀疑这一层，夫人？一个在自己认为可以谴责的行为，每每由于使它感受的思想而变成值得称赞的。”

她俩这样继续谈下去，讨论上帝的种种意志，预料他的种种决策，替他和好些真的不大和他有关的事拉上了关系。

这一切议论都是含蓄的，巧妙的，慎重的。不过这个戴着尖角风帽的圣女的每一句话，都使那个出卖风情的女人的愤怒抵抗力受到了损伤。随后，谈话略略转换了方向，手挽念珠的女人谈到她会里的那些修道院，谈到她的院长，谈到她本人又谈到她那个娇小的同伴汕尼塞傅尔嬷嬷。有人从哈佛尔找她们去看护各医院里的好几百个出天花的士兵。她描绘那些可怜的人，详细说明他们的病状。而这时候她们在路上偏偏被这个普鲁士人的坏脾气扣住不教走，所以有许多可

---

① 决疑论或亦译作罪障鉴裁论，是天主教的伦理神学部分，它的目的是讨论意识上的问题。

② 亚伯拉罕是古犹太王，他的事迹详见新旧约；据教会中的说法，他们的上帝要证明亚伯拉罕的信仰心，曾使他亲手牺牲自己的儿子，他奉命唯谨，但是天使牵住了他的胳膊云云。

能由她们救出来的法国士兵都难免死亡！看护军人原是她本人的专门技术，她曾经到过克里米亚，到过意大利，到过奥地利，说起自己在那些地方的战场①经历，她陡然一下表白自己是个听熟了铜鼓和喇叭的女修道士，这类的修道士都像是为了追踪战场，为了在战役的旋涡当中收容伤员而生到世上的。若是说到用一句话去控制那些不守纪律的老兵，她们的效力比一个官长的来得大。这真是一个军队中的嬷嬷，她那张满是小窟窿的破了相的脸儿似乎是战争种种破坏力的一幅小影。

没有一个人接在她后面说一句话了，效力像是好极了的。

饭一吃完，人都很快地就到楼上的卧房去了，第五天早上直到颇晚的时候才下来。

午饭是吃得安静的。对于上一天播下的种子，人都留着时间让它发芽和结实。

伯爵夫人提议在午后去散步；于是伯爵按照商量好了的一样挽着羊脂球的胳膊，并且和她都落在其余那些人的后面走。

他对她说话的音调是亲切的，有长辈意味的，略略带点轻蔑的，正是爱摆架子的人对"姑娘们"说话所用的。他叫她做"我的好孩子"，用自己的社会地位低头和她谈判，用自己的不可争的名望和她谈判。他立刻透入了问题的中心：

"所以，他这样一种献殷勤的事情原是您在生活当中常常遇见的，而您现在不愿接受，反而宁愿让我们留在这儿，难道想教我们也像您自己一样，来冒犯一切可以跟着普鲁士人的溃败而起的暴烈行动？"

羊脂球一个字也不回答。

他用雍容的气概，用理论上的推敲，用情感去争取她的信心。他知道保持"伯爵先生"的身份，一面在必要的时候却显出自己是讨欢心的，会颂扬的，总而言之和蔼可亲的。他热烈地称赞她可以替他们去尽的力，表示他们对她的感戴；随后他突然快快活活用"你"字称呼对她说话："你知道，我的亲爱的，那个普鲁士人将来可以夸口说自己尝着了一个漂亮姑娘，在他的国家里那真是不大找得着的。"

羊脂球没有回答，并且赶到了头里和大家一块儿走。

一回到旅馆，她就上楼到自己的卧房里去再也不出来。大家的记挂达于极点了。她将要怎么做？倘若她要抵抗，多么糟糕！

晚饭的铃儿响了，羊脂球没有出来。后来掌柜进来报告鲁西小姐不大舒服，各位可以用饭，不要等她。伯爵走到掌柜跟前用很低的声音问："可是妥当了？"对方回答："是的。"伯爵向同伴们点头示意，各人的胸脯里吐出一声表示舒服的长叹，脸上显出一阵喜悦。鸟老板嚷着："大吉大利！倘若旅馆里找得出香槟酒，我来开点喝。"等到掌柜带着四瓶酒转来时，每个人都变得欢喜，说话声音都很大了；一种豪爽的快乐充满了大家的心。伯爵觉得厂长夫人是娇媚的，厂长称赞伯爵夫人。人人都谈论得活泼愉快而且充满了有声有色的气氛。

鸟老板脸上忽然露出悬念的样子，举起胳膊高声叫道："肃静！"大家都吃惊了，恐慌了。他偏着耳朵，双眼望着天花板静听，末后用自自然然的声音说道："请各位放心，一切都顺利。"

过了一刻钟光景，他又做着相同的滑稽样子，做了又做，他装模作样质问楼上的一个人，还给了他好些从掮客头脑当中想出来的双关意味的劝告。有时又叹着气说："可怜的女孩子"，"普鲁

① 克里米亚、意大利和奥地利三个战场的战争，都是法国在19世纪60年代前后对外发动的。

士光棍,你走!”一会儿又说:“够了!够了!只需我们还可以和她再见,什么也成,所以指望这个无耻的家伙不把她置之死地!”

这类诙谐虽然都是属于低级趣味的,不过却使人感到轻松。在他们周围渐渐形成了一种充满着猥亵思想的气氛。

几个妇人相互间说了好些聪明而审慎的隐语。眼睛都是发光的了,都喝得不少。伯爵本来保持着大人物的沉着风仪,现在他找着了一个很使人玩味的比方,说这真像好些漂流在北冰洋的人遇着冬尽春回找到一条向南走的路。

鸟老板兴高采烈了,手里举着一杯香槟站起来:“我为了我们获得解放饮一杯!”全体都站起来了,都向他喝彩了。

戈尔努兑一直没有说一句话,没有做一个手势,偶尔用一个气愤得很的动作捋着自己的长胡子。末了,在十二点大家快分手时,鸟老板晃着身子摇摇摆摆,拍着戈尔努兑的肚子结结巴巴向他说:“您并不开开玩笑,今天晚上,您什么也不说吗,公民?”戈尔努兑突然抬起了脑袋,用亮得怕人的眼光向全体扫视了一周,说:“我说你们各位刚才都做了一件很可耻的事!”他说完站起来,走到门口又说一遍:“一件很可耻的事!”说完他走了。

开初,这像对大家泼了一头的凉水,鸟老板吃惊地呆着,不过他随即恢复了过来,陡然弯着身子笑起来说:“他们都太大意了,老朋友,他们都太大意了。”于是他叙述了“过道里的秘密”,使大家重新哄堂大笑了一阵。那些贵妇人快活得如同痴婆子似的,厂长先生连眼泪都笑出来了。大家也再三追问这件事,伯爵透不过气来了,实业家用双手捧着肚子,鸟老板接着说道:“各位明白了,所以今天晚上,他并不认为她是滑稽的,简直,一点也不。”

三个人又再笑起来,直笑得心里都不好受,透不过气来。

大家就这样分手了。鸟夫人在躺下床后,向丈夫指出厂长家那个娇小的坏东西在整个晚上一直假笑:“你得知道,娘们到了心爱着军人的时候,不管那是法国人或者普鲁士人,在她们看来全是一样的。这是不是一种怜悯的意思,我主上帝!”

整整的一夜,在过道的黑暗中间,如同战栗似的传出一阵阵的轻微声息,那是仅仅教人察觉得到的,像是一阵阵的呼吸声,一阵阵赤脚的触地声,一阵阵无从捉摸的摩擦声。人都显然是睡得很晚的,因为有好些光线从各处屋子门底下的缝儿里长久地漏到了外面。香槟酒真有它的效力;据人说,它是扰乱瞌睡的。

第六天,冬天的明亮太阳把积雪照成教人目眩的了。那辆终于套好了的长途马车在旅馆门外等着,一大群白的鸽子从它们的厚而密的羽毛里伸着脑袋,亮出它们那种瞳孔乌黑的玫瑰色眼睛,稳重地在六匹牲口的腿底下散步,向着牲口撒下的热气腾腾的粪里边寻觅它们的营养物。

赶车的披上羊皮大衣,坐在车子头里的座位上安闲地衔着烟斗,所有的人全是喜笑颜开的,匆匆忙忙包着好些为了在剩下的路程上去用的食品。

人都只等候羊脂球来就开车。她终于出现了。

她像是有点不安定,不好意思;随后她胆怯地向她的旅伴们走过来,旅伴们却在同一动作之下把身子偏向另一面,如同都没有望见她似的。伯爵用尊严的神气挽着他妻子的胳膊,使她远远地避开那种不清洁的接触。

胖“姑娘”觉得心下茫然,停着不前进了,随后集中了全部勇气,她才卑屈地轻轻道出一声“早安,夫人”,走到厂长夫人的近边。那一个只用头部表示一个倨傲的招呼,同时还用一种失面子的人的眼光望着。大家都像是忙碌的,而且离开她远远站着,仿佛她的裙子里带来了一种肮脏。随后人都赶到了车子跟前,她单独地到得最后,静悄悄地重新坐上了她在第一天路上坐过的那个位子。

大家都像是看不见她,认不得她;不过鸟夫人远远地用怒眼望着她,同时用低声向她丈夫说:"幸而我不同她坐在一条长凳上。"

那辆笨重的马车摇晃起来,旅行又开始了。

开初,谁都不说话。羊脂球不敢抬起头来。同时觉得自己对于同车的人怀着愤慨,觉得自己从前让步是受了委屈的,是被普鲁士人的嘴唇弄脏了的,然而从前把她扔到普鲁士人怀抱里的却是这些同车旅伴的假仁假义的手段。

伯爵夫人和厂长夫人谈着某某夫人的可爱,伯爵和厂长谈着息票、期货等买卖,鸟老板夫妇玩着纸牌,两个嬷嬷念着咒语。戈尔笯兑坠入了沉思,没有动弹。

在路上走过了三小时,鸟老板收起了纸牌,他说道:"饿了。"

于是他妻子摸着了一个用绳子缚好的纸包,从中取出了一块冷的牛仔肉。她仔仔细细把它切成了一些齐整的薄片儿,两口子动手吃着。

"我们是不是也照样做。"伯爵夫人说。有人同意了,于是她解开了好些为了两家而预备的食品。那是装在一只长形的陶质钵子里的,钵子的盖上塑着一只野兔,表示那盖着的是一份野兔胶冻,一份美味的冷食,看得见一些冻了的猪油透在那种和其他肉末相混的棕色野味中间,像是许多雪白的溪涧。另外有一方用报纸裹着的漂亮的乳酪干,报纸上面印的"琐闻"的大字标题还在它的腴润的表面上保留得清清楚楚。

两个嬷嬷解开了一段滚圆的香肠,那东西的蒜味儿很重,戈尔笯兑把两只手同时插进了披风的两只大衣袋,从一只衣袋里取出了四个熟鸡蛋,从另一只里取出了一段面包。他剥去了蛋壳扔到脚底下的麦秸当中,就这样拿着蛋吃,使得好些点蛋黄末儿落在他那一大簇长胡子当中像是好些星一般挂着。

羊脂球在慌忙中起床的时候是什么也没有打算的,现在望着这些平平静静吃东西的人,她气极了,因为愤怒而呼吸迫促了。开初,一阵骚动的暴怒使得她肌肉痉挛,她张开了嘴预备把一阵升到嘴边的辱骂去斥责他们的行为,不过因为愤怒扼住了嗓子,她简直不能够说话。

没有一个人望她,没有一个人惦记她。她觉得自己被这些顾爱名誉的混账东西的轻视淹没了,当初,他们牺牲了她,以后又把她当作一件肮脏的废物似的扔掉。于是她想起她那只满是美味的提篮,那里面本来盛着两只胶冻鲜明的子鸡,好些点心,好些梨子和四瓶郗尔它名产的红葡萄酒,第一天通通被他们饕餮地吃喝得干干净净;末后,她的愤慨如同一根过度紧张的琴弦中断了似的忽然下降了,她觉得自己快要哭了。她使出了怕人的努力,镇定了自己,如同孩子一般吞住自己的呜咽,但是眼泪出来了,润湿了她的眼睑边缘,不久两点热泪从眼睛里往外流,慢慢地从颊部往下落。好些点流得更迅速一些的眼泪又跟着来了,像一滴滴从岩石当中滤出的水流着,有规则地落到了她胸脯突出部分的曲线上。她直挺挺地坐着,眼光是定着不动的,脸色是严肃而且苍白的,她一心希望不至于有人看见她。

不过伯爵夫人偏偏瞧出来了,用一个手势通知了丈夫。他耸着肩膀仿佛就是说:"您要怎么办,这不是我的过错。"鸟夫人得胜似的冷笑了一声,接着就低声慢气地说:"她哭自己的耻辱。"

两个嬷嬷把剩下的香肠用一张纸卷好了以后,又开始来祷告了。

这时候，戈尔笃兑正等着那四个鸡蛋在胃囊里消化，他向对面的长凳底下伸长着双腿，仰着身子，叉着胳膊，如同一个人刚刚找着一件很滑稽的玩意儿一般因此微笑，末了他开始用口哨吹起了马赛歌。

所有的脸儿都变暗淡的了。这首人民的军歌显然使得同车的人很不开心①。他们都变成神经质的了，受到刺激了，并且如同猎犬听见了手摇风琴一般都像是快要狂吠了。戈尔笃兑看出了这种情况，他的口哨就吹个不停了。甚至于有时候，他还轻轻地哼着好些歌词：

至情，爱国的神圣的至情，

你来领导支持我们的复仇之手，

自由，我们十分宝贵的自由，

你带着你的防护者来战斗！

路上的雪冻成比较坚硬的，车子走得比较快了，经过旅行中的好些惨淡的钟点，在傍晚的时候穿过路线上的好些崎岖不平，再后些时，车子里变成了黑暗世界。一直走到吉艾卜为止，戈尔笃兑始终用一种猛烈的不屈不挠态度吹着他这种复仇意味的单调口哨，强迫那些疲倦而且生气的头脑从头到尾去追随他的歌唱，去记忆每一句被他们注意节奏的歌词。

羊脂球始终哭着，并且不时还有一声没有被她忍住的呜咽，在两折歌词的间歇中间在黑暗世界里传出来。

---

① 马赛歌原是一首爱国的歌，歌词和乐谱均出于洛日艾·德·里尔(Roget de Lisle)之手，在1792年为开赴莱茵河前线的军队而作，其后被采用为法国国歌。歌词充满着革命意义，极其富于反封建的情感，所以贵族、教士和资产阶级均对之敌视，而人民则甚为爱好。

德伯家的苔丝

作者托马斯·哈代(1840—1928)是19世纪末20世纪初期英国现实主义文学重要代表。他生于英国南部农业区多塞特郡,父亲是建筑工程的小包工头。他16岁辍学当学徒,22岁到伦敦当建筑绘图员,25岁返乡当建筑师,一生基本在家乡度过。哈代爱好文学,在业余钻研文学,1866年开始写诗,不久,转为集中写小说,后成职业作家,晚年又转为写诗。他一生写了14部长篇小说、4部短篇小说集、8部诗集和史诗剧《列王》。他在19世纪后期以长篇小说享誉文坛,奠定他在英国文学史上的地位,20世纪初期又以诗歌闻名于世。

哈代的长篇小说分为性格与环境小说、罗曼史和幻想小说、机敏和经验小说三类,其中现实主义成就最高的是性格与环境小说,又称"威塞克斯小说"。著名的作品有《绿荫下》(1872)、《远离尘嚣》(1874)、《返乡》(1878)、《卡斯特桥市长》(1886)、《德伯家的苔丝》(1891)和《无名的裘德》(1896)等。

哈代的长篇小说以农村为背景,基本主题是在爱情婚姻问题上自然感情与社会环境的悲剧性冲突,反映英国农村在资本主义侵入后的变化以及农民的悲惨命运。哈代留恋宗法制农村生活,揭露批判资本主义道德、法律和宗教的伪善,同情不幸的穷苦人民。由于他以宿命思想解释人间的一切,使小说中现实主义内容与宿命思想交织在一起,并蒙上悲观神秘色彩。

哈代小说形象鲜明,结构严密,尤其擅长写农村自然景色。景物描写富有诗意与哲理性,达到情景交融境界,对刻画个性、烘托气氛、突出主题起重要作用。

《德伯家的苔丝》是哈代的代表作。小说描写农村姑娘苔丝被骗失身,由此造成终身不幸的悲惨故事,副标题是《一个纯洁的女人》。重要人物有:蹂躏苔丝的冒牌贵族亚雷·德伯,苔丝的丈夫安玑·克莱。其次还有:苔丝的父亲杰克·德比、母亲昭安·德比、妹妹丽莎·露,安玑的父亲克莱牧师、哥哥斐利和克伯,挤奶女工玛琳、伊茨、莱蒂,等等。小说把苔丝的遭遇分七期来叙述。现参照中文译本(张谷若译,人民文学出版社1957年版)介绍或节选如下。

第一期　处　女

五月后半月的一个傍晚,在通往布蕾谷马勒村的路上,小贩杰克·德比摇摇晃晃地向家里走去。崇干牧师骑着骡马哼着小调迎面走来,向他打招呼:约翰爵士,晚安。德比奇怪地问他:俺分明是平平常常的杰克·德比,一个乡下小贩子,你可三番两次地老叫俺"约翰爵士",到底是什么意思?牧师告诉他:不久前,自己考查了各家的谱系准备编写新郡志时,发现他就是古老的武士世家德伯家的嫡系子孙,德伯家的始祖是随胜利王维廉①从诺曼底到英国来的,全英国像他们这样的真不大容易找出第二份来。

德比听了这消息,兴奋得忘乎所以,逢人便吹嘘:俺家在王陴有一座大坟地;俺祖宗是武士,装在那铅棺里。

这天是布蕾谷马勒村举行游行会的日子。这块地方,历来相传在国王亨利三世时,有一只美

---

① 维廉(1027—1087)本为法国西北部诺曼底公爵,1066年征服盎格鲁-撒克逊人,当了英国国王。

丽的白鹿，亨利王追上后没舍得杀，却让一个叫塔姆·德拉·林得的给杀了，他因此受到国王重罚。[①] 由于这传说，从前都叫这地方作白鹿苑，当年，到处长着浓密的树林，现在这苑林已经一去不复返了，但旧日一些古风仍然保留下来，游行会就是古老习俗五朔节舞[②]流传至今的形式。

德比坐着马车碰上妇女游行队伍，她们都身穿白长衫，右手拿着一条剥了皮的柳条，左手拿着一把白花。德比的长女苔丝也在游行队伍里。她虽然只有十七岁，但身材高壮，发育丰满，看起来像一个成年女人，秀美的面貌上有两片娇艳生动的嘴唇，一双大而天真的眼睛，隐隐约约显出童年的神态。这样年龄的苔丝，只是一团感情，丝毫没有人生的经验。她的美貌，大半都是她母亲给她的，和爵士家世不相干。

舞会结束后，苔丝急忙赶回家。她为自己没早点赶回来帮母亲料理家务而感到内疚。苔丝有六个弟妹，母亲昭安·德比是个头脑单纯，迷信又有虚荣心的农村妇女，整天忙于缝补浆洗带孩子。全家靠德比做小生意维持生活，可是德比生性懒惰，好喝酒，所以家境十分贫穷。德比太太听到丈夫的贵族家世的消息后，想起离此不远的纯瑞脊住着一位姓德伯的有钱老太太，打算让苔丝去认本家，借此攀一门好亲，摆脱经济上的困境。德比自以为是爵士了，应当像爵爷一样醉酒才符合身份，当晚又到酒店去喝得酩酊大醉，以致不能去赶集卖蜂窝了。次日凌晨两点，只好由苔丝带着九岁的弟弟亚伯拉罕，赶着全家唯一的马车上集市去。

路上，亚伯拉罕问苔丝：喜欢变成贵人吗？苔丝回答说不怎么喜欢。她不许亚伯拉罕说她去认本家嫁贵人的话。亚伯拉罕又问她：你不是说过天上每一颗星星都是一个世界吗？它们是不是跟咱们这世界一样？苔丝告诉他：咱们生在一个有毛病的世界上，否则，家里就不会这样穷了。就在她打盹的瞬间，迎面来了一辆邮车，把老马撞死了。德比做生意一直靠这匹老马运货，老马一死，全家的生活就没着落了。

苔丝心里很难过，她认为祸是自己闯的，自己应设法找工作，挣钱买马来弥补这损失。她本来不愿去认本家，现在只好听从母亲的安排了，但她不愿求人救济，只把它看作工作的机会，要求母亲别存着这是给她找好丈夫的想法。

第二天，苔丝去纯瑞脊认亲。其实，纯瑞脊的德伯家是冒牌贵族，已故的德伯先生原是英国北方的商人赛孟·司陶，发财后，到南方安家立业，在英国博物馆里查阅了记载南方世族的文献，从中挑了"德伯"这个古老的姓氏，冒充世族乡绅。他去世后，留下一个瞎眼的德伯老太太和独生子亚雷。这个情况，苔丝父母一点都不知道。

苔丝到纯瑞脊后，看到邸宅和花园全是新的，跟她原先想象的老门户相反，后悔不应该听母亲的话来认亲。正当她在门前犹豫时，一个二十三四岁的男青年走出来，他黑脸膛，厚嘴唇，留着两撇黑胡子，叼着雪茄烟，脸上有一种色欲之气。他告诉苔丝，他是德伯太太的独生子亚雷·德伯。苔丝原以为德伯先生是一位年高德劭的老人，眼前这个轻浮的年轻人德伯先生令她大吃一惊，只好鼓起勇气向他说明来意。亚雷领她去参观花园、果园，还给她的篮子里装满了玫瑰花和草莓。在回家的路上，她低头时让胸前的玫瑰花扎了一下。苔丝也和所有乡下人一样，迷信预示吉凶的先兆，她觉得被玫瑰花扎了是个不祥之兆。

① 亨利三世：英国国王(1216—1272)。塔姆·德拉·林得是一个爵士，亨利三世时布莱苑的邑长。

② 五朔节舞：英国风俗。五月一日是五朔节，青年男女，奏乐吹号，采取树枝、野花装饰门窗，在草地上竖立五朔柱，围柱跳舞，并选五朔后。此风古时极盛，现在穷乡僻壤里还有举行的。

一星期后,亚雷骑马来苔丝家,请她去他家的养鸡场干活。苔丝父母的虚荣心十分强,幻想亚雷会娶苔丝,便极力怂恿她去。苔丝讨厌亚雷,可为了挣钱买马养家,便同意去了,但一再要求母亲别说她去当阔太太那一类傻话。

离家那天,亚雷驾车来接。一路上,他故意让马飞跑颠簸来吓苔丝,借此乘机亲她。正好,一阵风把苔丝的帽子吹落地上,苔丝立即下车拾帽,再也不肯上车受亚雷的调戏了。她站在树篱旁,气势汹汹地说:我一点也不喜欢你!我讨厌你,我恨你!我要回家找我妈妈去啦!亚雷只好驾着马车和她并排走到纯瑞脊。

德伯太太是个瞎眼老太婆,脾气古怪,喜欢玩鸡。她要苔丝每天把她心爱的鸡抱来摸一遍,还要苔丝每天用口哨吹小调教她的红胸莺。亚雷想方设法来纠缠苔丝,苔丝总是拒绝他的殷勤,却无法回避他。

一天傍晚,苔丝和同伙们赶集后回村,无端遭到与亚雷有私情的女人和一些醉酒女人的欺侮,她又羞又恼。这时,亚雷骑马过来叫苔丝上马。如果在平时,苔丝会拒绝他的殷勤的,但在目前这紧张时刻,她只想着赶快离开她们,不假思索便跨上亚雷的马,哪知这正是"从锅里掉到火里"①。亚雷策马前跑,过了通往纯瑞脊的岔道,走进一片古老的树林里。月亮落下去了,浓雾弥漫,树林被沉沉的黑暗包围着,对面看不见人。苔丝十分恐惧,想独自走回去,但迷路了。亚雷去摸黑探路,当他回来时,看到苔丝在一堆树叶上睡着了,便乘机蹂躏了她。

第二期　不再是处女

十月后半月里一个礼拜天的早晨,离苔丝刚到纯瑞脊大概有四个月,苔丝拎着篮子和包裹,顺着山坡往家走,亚雷驾马车赶来送她,对她说:我情愿把这笔债还到最后一文。……你用不着再在庄稼地里或者牛奶厂里作活儿。苔丝气愤地说:我要是再继续要你的东西,那我不就成了你的玩物了吗?我决不干。她头也不回,顺着曲折的路往家走。一个工匠用画笔蘸着油漆,在路边的木板上写着《圣经》上叫人不要犯奸淫罪的格言。苔丝看到后,觉得这些话好像是责问她似的,但她不相信上帝说过这话。

到家后,母亲听了苔丝的叙述,埋怨她没设法叫亚雷娶她,既然不想当他的太太,就应该小心点。苔丝痛苦地说:我离家时还是小女孩,怎么会知道这种事情呢。母亲无话可说。

苔丝怀孕了,在家躲了几个月,不敢见人,只有在黄昏的时候,才敢到树林里散散心。在她的幻想里,自然现象都是有感情的,下雨天,就是一个道德神灵对她那无可挽救的终身悔恨表示的痛悼。她的苦恼大半是由于她有世俗的谬见。

农忙季节,田里需要人手,给了苔丝走出家门的力量。她不再理会别人的歧视和冷言冷语,大大方方地到田里劳动。休息时,她妹妹把婴儿送来,她就靠着麦堆给婴儿喂奶,把鄙夷和疼爱都集中在孩子身上。农妇们私下议论她和她的私生子。

正当她在道德方面的悲痛渐渐消失时,她的孩子忽然得了重病。这孩子来到世上,本是一件触犯宗教和传统世俗观念的罪恶,但苔丝把这种情形忘了,一心想要孩子活着。她难过地想到这孩子还没受洗礼,没洗去罪恶就死,会永远在地狱里受苦的。她要去请牧师,德比要遮盖这件丑事,锁上门,不让去。苔丝非常痛苦,便自己给孩子洗礼。

---

① 英国成语,越来越糟的意思。

她点起了一支蜡烛，走到靠墙放着的第二张和第三张床前面，把睡在床上的弟弟妹妹们全都叫醒（他们全睡在那一间屋子里）。她又把洗脸台拉出一点，自己站在台后面，又从水盂里倒出一些清水，叫那些孩子围着她前面跪着，两手伸直了合着。那时候那些孩子还没完全醒过来，看着她那种样子，觉得庄严可怕，眼睛越睁越大；就在这种情形下，她从床上抱起那个小小的婴孩——那个孩子的孩子——因为他那样不成熟，简直难以说生他的那个人有资格称为母亲。苔丝把婴孩擎在胳膊上，自己笔直地站在脸盆旁边，她大妹妹像教堂的助手[①]对牧师那样，给她把“祈祷书”[②]展在面前端着；一切都布置好了，那女孩子就给她的小婴孩行起洗礼来了。

她穿着白色的长睡衣站在那儿，显得特别高大威严，黑头发编成了一条粗发辫，从脑后一直垂到腰下。微弱的烛光，暗淡慈霭，把她身上和脸上在日光下要显出来的小毛病——胳膊上叫麦秆划破了的口子，眼睛里的倦容——都一齐掩盖住了。心里的精诚表现到脸上，使得她的面目变得和平常不一样，使得那副害了她的面孔显得纯洁无瑕地美丽，并且带出一些差不多和王后一样的尊严。那些孩子们跪在四围，蒙眬的眼睛发红，一睁一闭地看着她作洗礼的预备，觉得满心奇异，不过当时睡魔使他们昏沉，因而他们的好奇心不能活动。

其中有一个受感动最深的问：

“苔丝，你真要给他行洗礼吗？”

那个年纪轻轻的母亲郑重地答应了一个“是”字。

“那么你打算给他起个什么名儿哪？”

她还没想到这一节哪，但是她继续作着洗礼的仪式，可就想起《创世记》里的一句话[③]来了，所以念道：

“苦恼，我现在以天父、天子及圣灵的名义，给你行洗礼[④]。”

念到这儿，她洒起水来，一时都静悄悄的。

“孩子们，你们都说‘阿门’。”

细小的声音都异口同声地说“阿门”。

苔丝又接着念：

“我们纳受这婴孩”——等等——“我们给他划一个十字作记号。”

念到这儿，她把手在水盆里蘸了一蘸，用食指照着小孩热热烈烈地划了一个很大的十字。接着又把普通行洗礼念的那些话——像说他要奋勇地和世俗、罪恶、魔鬼交战，要自始至终作上帝忠实的仆人和兵士等等——一直念到末了。于是又按着规矩往下念“主祷文”，孩子们也都像蚊子似的跟着她念，念完最后一句，他们又提高了嗓子，和教堂里的助手一样，在静悄悄的屋子里，齐声说“阿门！”

那时他们的姐姐越来越觉得这场圣礼的效力很大，接着就从心里的最深处倾出了感谢上帝的祷文，念的时候，大方、庄严，声音仿佛闭栓的风琴，每逢她心诚神聚的时候，她的声音就是这

---

① 助手：俗人而执行教堂中不重要的宗教之事者，所司者为作礼拜的时候领导回答或辅助礼拜之进行等。

② “祈祷书”即“公祷书”，是英国教堂举行礼拜、祈祷的书，里面载着举行礼拜、婚礼、丧礼、洗礼、圣餐礼等的仪式规矩。1549 年第一次刊行，后数经修改，唯无大变动，至今沿用。

③ 《创世记》里的一句话，指“上帝说……我要大大地增加你的苦恼，……你生小孩要有很大的苦恼。……你一生吃饭，都要在苦恼中”等处而言。见《创世记》第三章第十六节及第十七节。

④ 婴孩洗礼有两种，一种是在教会里当着会众行的，一种是在婴儿家中行的。现在这里所用的仪式是第二种。

样，也是听见她的人所永远忘不了的。虔诚的狂喜叫她差不多变成了神人；叫她脸上光辉四射，两颊上生出红晕，眼睛里倒映出的那两个小烛光也像两颗钻石一样地发亮。小孩子们越看她越觉得起敬，再也没有心发问了。她现在不像他们的姐姐了，却是一个伟大、威严、令人敬畏的人物了——一位天神了，和他们一点相同的地方都没有了。

可怜的苦恼，对于世俗、魔鬼、罪恶的奋斗，却命中早就注定了只能有有限度的光荣——这于他倒也很好，因为他刚一起始就不是一个前途光明的样子。在晨光熹微中，那位脆弱的兵士和仆人就喘了他最后的一口气了，别的孩子们醒来的时候，都痛哭起来，并且要姐姐再给他们一个可爱的小婴孩。

苔丝自从行洗礼的时候，就心平气静，一直等到小孩死了，还是那样。天亮以后，她觉得夜间对于小孩死后的灵魂作那样可怕的揣测，未免有点太过。无论她所想的有没有根据，反正如今她心里是安定了。她的理由是，要是上帝不承认这种动作，为了这不是正式的洗礼，就不准小孩进天堂，那么这种天堂，无论为自己，无论为小孩，就都不稀罕了。

苦恼这个小讨厌鬼儿就这样与世长辞了。他只是一个不请而来的人，他只是那不顾社会理法、没有羞耻的“自然”送来的一件劣等礼物。他这个弃儿不知道什么叫作一年，什么叫作一世纪；永恒的时间对于他只是几天的事情；对于他，一间茅屋就是宇宙；一礼拜的阴晴风雨就是一年的寒暑温凉；婴孩的时代便是一生的寿命，吃奶的本能就是人类的知识。

苔丝对于这场洗礼心里已经捉摸了许久了，现在又捉摸着，不知道在理论上能不能按着教徒的礼节把这孩子埋葬①。除了牧师，别人没有能够给她解决这个问题的，但是这个牧师是新来的，不认识她。她趁着黄昏以后跑到牧师住宅的门口，但是怎么也鼓不起勇气走进去。她刚要前功尽弃，动身回去，恰好牧师从外面回来，和她走了一个碰头。在昏暗的夜色中，她就不顾一切，把心事全盘说出来了。

“我有点事情，想要请教请教你，先生。”

他表示了愿意听一听她问的是什么事情，她就告诉他，说她的小孩怎么病来着，她又怎么自己暂行职权给他行洗礼来着。

“现在，先生，”她很诚恳地又加上一句说，“请你告诉我，这种办法是不是和你给他行洗礼是一样的。”

他刚一听这些话，心里觉得，本来应该由自己作的一件差事，却叫主顾们马马虎虎地替他作了，那他岂不是就没有用处了吗？这种买卖人的心理使他想要回答说不一样。但是他再一看那女孩子那种大方的态度，一听她那种异样柔和的语气，他的良心（或者不如说他这十年以来，虽然从事传教，硬要让怀疑的人信仰规定好了的上帝，却还没昧尽了的良心）不觉发现。人和教士在他心中交战，结果战胜了的是人。

“我的亲爱的女孩子，”他说，“这完全是一样。”

“那么你可以按着教徒的礼节，把他给埋葬了吧？”她急忙跟着问。

牧师觉得自己被逼到绝境里去了。原来他听说小孩病着的时候，他曾经慈心发动，天黑之后要到她家给他行礼来着；他并不知道关着门不许他进去的是苔丝的父亲，他还以为是苔丝自己哪，所以现在他不许苔丝以有私人行礼的必要这种话来辩护。

---

① 教堂规矩，没正式受洗，就不能算正式基督徒，所以就不能按着基督徒的礼节埋葬。

"啊,那又是另一回事了。"他说。

"另一回事? 为什么?"苔丝未免有点火扎扎地问。

"啊,要是就是咱们俩儿的事,我很愿意那么办。不过因为还有别的原因,所以我不能。"

"不过你就作这一次啊,先生。"

"我真不能那么办。"

"哦,先生!"她说着的时候,抓着他的手。

他把手缩回,一面摇头。

"那么我不喜欢你了!"她忽然发作起来说,"我永远也不上你的教堂里去了。"

"说话别这么莽撞。"

"比方你不给他行礼,在他是不是也是一样? ……是不是一样? 看着上帝的情面,请你不要拿圣人对罪人的态度来对我说话。请你拿着平常人对平常人的态度说好啦,唉!"

这位牧师对于这种事情既然有严格的观念,他对苔丝却又那样回答,观念与回答二者他怎样调和的,简直不是我们俗人所能明白的,不过他这种办法,我们倒很可以原谅,因为他有点受了她的感动,所以他也像以前那样回答说:

"这也正是一样。"

于是那天晚上,就把那个小婴孩装在一个小松木匣子里,盖上一块女人用过的旧围巾,拿到教堂的义地,花了一个先令和一品特啤酒雇了教堂的司事[①],点着灯笼,在上帝分配的那个长着荆棘的破乱的犄角上,把他和那些著名的酒鬼、自尽的懦夫、没受洗礼的婴孩[②]以及别的所谓不能上天堂的人埋在一块。苔丝也不顾那块坟地像不像样子,也一样地大着胆子用一条小绳把两块柳木捆成一个小十字架,扎上鲜花,趁着一天黄昏前后人看不见的时候,跑到义地,把它树在坟头;又找了一个小瓶子,也插上同样的鲜花,灌上清水养活着,放在坟脚。虽然瓶子外面,冷眼一看,还写着"奇勒维[③]橘酱"字样,但是那又有什么关系呢? 一个母亲在想象高远的幻景的时候,她的眼睛是看不见这些平常的东西的。

苔丝在父亲家干活时常出神,思索自己过去的岁月。她时常自问:女人的贞节真是一次失去了就永远失去了吗? 要是她能把过去掩盖起来,或许就可以证明这句话不足信了。一切有机体都有恢复原状的能力,为什么单单处女的贞节就该没有呢?

她决定到一个陌生的地方开始新的生活,使以往化为乌有。五月初,母亲的一个朋友来信说,塔布篱牛奶厂愿意雇用苔丝一夏天。苔丝打定主意,从此在她的新生活里,只想当一个挤奶工苔丝,不想当别的。她的青春活力经过暂时压制又重新涨起。

第三期 重整旗鼓

从纯瑞脊回家后两三年工夫,苔丝第二次离家。这时,她是一个二十岁的青年女子,理智和

① 司事:教堂的小职员,管教堂衣物、打钟等,兼管掘坟。

② 著名的酒鬼、自尽的懦夫、没受洗礼的婴孩,这都是基督教认为不能上天堂的人。自尽在基督教中也被认为是一种罪恶。这般人只能埋葬在教堂义地的北面没经奉献圣化的地方。

③ 奇勒维:英国糖果公司名,在伦敦。

情感两方面都远没到不再发展的时期。

塔布篱牛奶厂附近就是埋葬她祖宗的大坟穴。她对她的祖宗没有敬仰之心了，以往就是因为他们，她才上了当，现在想起来她还有些恨他们，她说：我本是爹和妈两个人养的，我的美貌都是我妈给我的，她哪，不过是一个挤奶女工罢了。

在牛奶厂里，她遇到了三年前路过马勒村参加跳舞会的青年安玑·克莱。他今年二十六岁，出身于牧师家庭，他父亲希望他也像哥哥一样当牧师，但克莱是一个具有民主倾向的青年，不肯当牧师。他不注意习俗与礼节，也不看重地位与财富，顶讨厌老门户，把求知的自由看得比丰衣足食还贵重。他的宗旨不是“为上帝服务”，而要“为人类服务”。他厌恶城市生活，准备将来务农为业，所以，决心学会各种庄稼活和饲养牲畜的技术，已经在别处学完几套技术，现在又在这牛奶厂当学徒工，学养牛和挤奶的本领。每天除了劳动，就是看书、看杂志、弹竖琴。

一次吃早饭时，苔丝跟女工谈论可以让魂灵离开身体，她说：要觉得灵魂出窍，很容易的办法就是晚上躺在草地上，拿眼一直瞅着天上一颗又大又亮的星星，你要是一心一意地老盯着那颗星星，那你不大一会儿就会觉得你自己离开你的肉体有上千百里远了。屋里所有的人都把眼光一齐射到苔丝身上，苔丝脸红起来，掩饰着说，这不过是一种幻想罢了。

克莱注视着苔丝，对自己说：那个挤奶女工，是多么新鲜、多么纯洁的一个自然女儿哟！以后，他注意她，故意接近她，挤奶时故意把她挤惯的牛交给她。

六月里一个黄昏，琴声从克莱住处传出来，在寂静的空气里荡漾。苔丝听得着迷了，向着弹琴人慢慢走去，藏在树后，她整个身心都沉醉在琴韵里，意识不到时间和空间。突然，琴声停了，苔丝看见克莱走过来，急忙躲开。克莱喊住她。她向克莱谈起自己对生活的感受——人活在世上是一种不幸，周围像是有许多可怕的精灵在审视着她，但克莱的音乐制造的梦境，把这些可怕的幻想赶走了。克莱对生活也有同感。苔丝不明白，像克莱这样出身牧师家庭，受过良好教育，不受生活压迫的人，怎么也会把活在世上看成一种不幸。她也不明白，为什么他不去当牧师，却一心一意想做庄稼人。但她晓得，克莱在牛奶厂干活是和彼得大帝跑到造船厂一样，只是因为他要学他愿意学的本事。他挤牛奶，并不是因为他非挤牛奶不可，而是因为他想学会怎样做一个财源茂盛、家道兴旺的牛奶厂老板、地主、农业家和畜牧家。

起初，苔丝好像不是把克莱看作肉体凡胎的人，而是把他看作智慧的化身，后来慢慢接近他，了解他，爱上他。在牛奶厂里，他们两人起得最早，空旷的草原，朦胧的晨光，使他们产生一种遗世独立的感觉，好像他们就是亚当和夏娃。在这种明暗混合的情景里，克莱觉得苔丝不是一个挤奶女工，而是一片空幻玲珑的女性精华——从全体妇女化炼出来的一个典型仪容。在劳动中他们不断接触，逐渐产生了爱情。

苔丝同屋的三个挤奶女工——玛琳、伊茨、莱蒂，都看出克莱喜欢苔丝。她们也偷偷爱着克莱，她们的谈话被苔丝听到了。苔丝认为克莱将来要办农场，娶个庄稼人的女儿作太太倒是挺合适的，又想到自己立过誓永远不结婚，就打算牺牲自己可能得到的幸福，成全那三个女工。从此，她有意避开克莱。克莱接近她时，她就在他面前夸奖那三个女工的漂亮和能干。

七月的一个礼拜天早上，暴雨过后，苔丝和玛琳等三个女工一起去教堂，途中有一段路被积水淹没了，她们都穿着假日的衣服，遇到这片泥塘真感到进退两难，正犯愁时，忽然看到克莱蹚着水朝她们走来。他主动提出把她们一个一个都抱过去。玛琳她们三个都想让克莱抱过去。克莱严肃地蹚了三个来回，把她们抱过去了，最后轮到苔丝，她局促不安，和克莱推让起来。克莱对她说，自己先前用的四分之三的力气都是为了现在这四分之一。苔丝装不懂，但不敢再看克莱的眼睛。克莱也适可而止，抱起她慢慢往前走。

山谷里，土壤肥得出油，地气暖得发酵，又当着夏季的时光，在万物孳孕发育的嘶嘶声音之下，草木的液汁都喷涌得几乎听得出声音来，在这种情形里，就是最飘忽轻渺的恋爱，也都不能不变成缠绵热烈的深情。所以本来就一个有心、一个有意的人，现在更叫周围的景物熏染得如痴如醉了。工人们为了凉快，都在草场上挤奶。苔丝把太阳穴紧靠在牛肚子上，眼睛瞧着草场老远的那头，静悄悄地好像想心事似的。太阳光从侧面射在她脸上，把她的白脸蛋和褐色的牛身衬托得非常清晰，好像花纹浮出的玉雕一般。克莱有意在苔丝对面挤奶，一直注意她，觉得她太可爱了，突然从小凳子上猛然站起来，三步并作两步地跑到她跟前，跪在她身旁，把她的双手搂在怀里。苔丝不由自主地倒在他胸前。他想亲她，但他的良心觉得不该这样，就克制住自己，对她说：我并不是有意轻狂。我爱你是至诚的，最亲爱的苔丝，我是一片真心！这样，他们爱情上的一层厚幕揭开了，在他们生活的道路上，出现了一番新天地。

第四期　后　果

从克莱突然拥抱苔丝后，他们两人没再到一起了。苔丝好像给吓怔了。克莱坐立不安，心神不定。为了对苔丝负责，他回爱姆寺和父母商量。

老克莱是一个诚恳、热心、敬畏上帝、虔心传教的牧师，思想、生活都像耶稣门徒一样简朴，二十年来一直以忘我精神劝人信教，改恶从善，在那些劝化不过来的人里面就有亚雷·德伯。克莱的大哥斐利·克莱是个副牧师，二哥克伯·克莱是一个学者，他们都受过很好的教育，看重世俗道德，追求时髦，人云亦云。他们觉得克莱现在这种表现是忘了高尚的思想和道德的理想。克莱也看不起两个哥哥的庸俗狭隘。他拒绝家里给他安排的门当户对的婚姻，告诉父亲，他已经找到一个既会干庄稼活，又有宗教信仰、端庄稳重、待人忠诚、头脑聪明、举动文雅的农村姑娘。在克莱的极力说服下，老克莱夫妇同意和苔丝见一面。

克莱回到牛奶厂就向苔丝求婚。苔丝爱着克莱，但觉得这婚姻来得太突然了，过去的耻辱还日夜盘踞心头，便痛苦地拒绝了，对他说：我配不上你，我这是为你打算。克莱以为这只不过是苔丝的谦卑，继续向她求婚。苔丝竭力保持当初立誓不嫁人的决心，躲躲闪闪，内心经历着爱情与世俗道德的激烈斗争，十分痛苦。爱情终于战胜决心，不过，她要克莱知道她从前的事情，并且强调说：只有你觉得非娶我不可，只有你觉得你离开了我就不能活着，不管我有什么毛病，有什么罪过，只有那样，我才觉得我可以答应你。克莱答应了，苔丝激动得哭起来。第二天，她写信给母亲，母亲回信嘱咐她千万不要把从前的事告诉克莱。

苔丝对克莱的爱不掺杂一点尘俗成分。她崇拜他。在她眼里，克莱如同天神般，全身都是男性美，他的灵魂是圣徒的灵魂，他的智慧是先知的智慧，她从来不知道男人对女人会像他那样纯洁、护惜。其实，克莱并不像她所想的那样，在他的爱情里，精神爱多于肉欲爱，偏于理想，倾向空灵。苔丝对克莱爱到极点，老悔恨自己的往事，迟迟不肯确定婚期。

十一月了，按合同，到圣诞节她就要离开牛奶厂了，她只好同意在除夕那天结婚。但她总认为不把自己的过去告诉克莱是一种欺骗，因此，在结婚前几天，她鼓起勇气给克莱写了一封信，简单明了地把三四年前那件事告诉他，然后把信塞进克莱房间的门里。第二天早上和以后几天，她看到克莱没异样表现，也没提信上的事。

结婚当天上午,苔丝发现她的信在克莱房间地毯下,显然克莱没看到信,她把它毁了。她对克莱说:我想要把我所有的过失、所有的错误,都对你说明白。克莱不愿听,让她婚后再说。

他们的婚礼很简单,除牧师外,只有牛奶厂主夫妇参加。从教堂出来后,苔丝心情紧张,觉得他们坐的那辆马车仿佛是从前见过的,克莱认为这是她听过德伯家大马车的传说——在16世纪或17世纪的时候,德伯家一位武士在家用的大马车里杀了被抢来的女人,以后德伯家的后人就总看见那辆车的幻象,或听见那辆车的声音——现在又想起它来。到家后,苔丝还在为过去失身的事悔恨难过,怀疑自己在道德上有无做克莱太太的权利,她跪下祷告,本想祷告上帝,但是她真正哀恳的却是她丈夫。下午,他们动身到新房时,忽然一声鸡鸣,人们悄悄地说:这可不吉利。

他们租用的新房原是德伯家祖先的一座邸宅,如今却成了农舍了,但墙上还挂着老宅主德伯家两位夫人的画像。苔丝的眉目,还有当年祖奶奶容貌的影子。新婚之夜,克莱向苔丝招供他从前在伦敦时,因为前途渺茫,曾跟一个素不相识的女人,过了48点钟的放荡生活,请求苔丝饶恕。苔丝立即饶恕了他,她以为克莱也会饶恕自己的,便把从前她被骗在暴力下失身的事说出来。

第五期　吃亏的是女人

苔丝的叙述完结了,连反复的申明和详细的解释也都作完了。她的声调,自始至终,都差不多跟她刚一开口那时候一样的高低;她没说为自己开脱罪名的话,也没掉眼泪。

但是连身外各样东西的外貌,听了她表明了身世以后,都好像经了一番变化。壁炉里的残火,张牙怒目,鬼头鬼脑,仿佛表示对于苔丝的窘迫丝毫都不关心。炉栏懒洋洋地把嘴裂着,表示满不在乎。盛水的瓶子里放出来的亮光,好像只是在那儿尽心研究颜色问题。所有身外一切的东西,全都令人可怕地反复申明,自脱干系。然而无论哪样东西,实际上却和克莱吻苔丝那时候,并没有什么改变;或者不如说,无论哪样东西,本质上都没有什么改变;但是神情上却前后大不相同了。

她把故事说完了以后,他们从前耳边絮语的余韵,就好像一齐挤到他们脑子里面的犄角上,在那儿反复重念,仿佛提示,他们从前的行动全是盲目的、愚昧的。

克莱作了一种不合时宜的举动:他拨弄起炉子里面的火来。他对于这段新闻,还没完全领会到它的意义呢。他拨完了火,站了起来;那时候她这一番话的力量已经完全发作了;他脸上显得憔悴苍老了。他要努力把心思集中,就在地上一阵一阵地乱踩。他用尽了方法,都不能把杂念驱逐,所以才作出这种茫然的动作。他开口的时候,他的声音,是她所听见过的他那些富于变化的种种音调里最平常、最不切当的那一种。

"苔丝!"

"啊,最亲爱的。"

"难道我得相信你这些话吗?看你的态度,我得相信你这些话是真的。唉!你不像疯了的样子!你说的话应该是一派疯话才对呀!可是实在你又没疯……我的太太,我的苔丝——你没有什么可以证明你这是疯了的吗?"

"我并没糊涂。"她说。

"可是——"他恍恍惚惚地看着她,又头晕眼花地说,"你为什么不早告诉我哪?哦,不错,我想起来啦,你本来想要告诉我来着——可是我那时候没让你说!"

克莱说这些话和别的话,只是外面上虚应故事罢了,他心里面还是照旧像瘫痪了一般。他转身走去,俯在一把椅子背儿上。苔丝跟着他走到屋子中间,站在那儿,拿两只没有眼泪的眼睛瞪着他。跟着她就在他脚旁跪下,跪下以后,又趴在地下,成了一团。

“你看着咱们两个爱的份上,饶恕了我吧!”她口干唇焦地低声说,“我已经饶恕了你了!”

他没回答,她又说——

“你也像我饶恕你那样饶恕了我吧!我饶恕了你了,安玑。”

“你吗,不错,你饶恕了我了。”

“不过你可不能饶恕我,是不是?”

“唉,苔丝,这不是什么饶恕不饶恕的问题!你从前是一个人,现在又是另一个人了。哎呀,老天爷——饶恕两个字怎么能应用到这么一桩出人意料的——戏法儿上哪!”

他说到这儿,就住了口,把这几个字眼捉摸;于是忽然又狞笑起来,笑得非常的可怕、非常的不自然,赛过地狱里的笑声。

“别价,别价!这真要我的命!”她尖声喊着说,“唉,你慈悲慈悲吧,慈悲慈悲吧!”

他没回答。她满脸灰白,跳了起来。

“安玑,安玑!你这一笑是什么意思?”她喊着问,“你知道我听了你这一笑,心里是怎么一种滋味儿?”

他摇了摇头。

“我自始至终,老成天价提心吊胆、战战兢兢,一时一刻都怕你不痛快、不遂心。我老心里想,我要是能让你遂心,能让你如意,那我该多高兴;我要是不能让你遂心如意,那我该多么不配作你的太太!我白天晚上,没有一时一刻不是那么想的,安玑。”

“这个我知道。”

“我还只当是,安玑,你真爱我——你爱的是我自己,是我本人哪!要是你真爱我,你爱的真是这个我,那你现在怎么能作出这种样子来,怎么能说出这种话来哪!我真没想得到你会这样!我只要已经爱上了你,那我就要爱你爱到底儿——不管你变了什么样子,不管你栽了多少跟头,我都要一样地爱你,因为你还是你呀!我不问别的。那么,唉,我的亲丈夫哇,你怎么居然就能不爱我了哪?”

“我再说一遍,我原来爱的那个女人并不是你!”

“那么是谁?”

“是另一个模样儿跟你一样的女人。”

她听了这些话,就觉得她从前害怕的事,现在果然实现了。他把她看成了一个骗子了!看成了一个外面纯洁、心里淫邪的女人了。她见到这一点,脸上都唬得改了样子,两颊的肌肉都松松地下垂,一张嘴差不多都看着好像是一个小圆孔的样子。真没想到他居然会这样看待她,她唬得站都站不稳了;他以为她要摔倒,就走上前去,温柔地说——

“坐下好啦,坐下好啦。你要晕了,本来也该晕。”

无论苔丝怎样哀求、解释,克莱都不肯饶恕她,很冷酷地说:不要说啦,苔丝,身份不一样,道德观念就不同,你是个乡下女人,不懂得什么叫体面。还说了不能和她同居的理由。苔丝知道难以让克莱回心转意了,提出可以自杀,可以离婚,让克莱脱身。克莱表示反对。他压制在内心的感情,只有在梦游时才显出。半夜里,克莱在睡梦中起来,走进苔丝的卧室,嘴里嘟囔着“死啦!

死啦！死啦！”用床单裹起她，两手抱起，走出房子，穿过草场，蹚过河流，把她放在教堂废墟里的一口棺材里，然后在她嘴上亲一下，就躺在地上睡着了。苔丝一直醒着，一动也不动，任凭他摆布。她为克莱还承认她是妻子感到安慰，现在，担心他受寒，便从棺材里出来，用诱导法引他回住所。

第二天早晨，克莱完全不知道晚上梦游的事，苔丝也没利用他在梦游里表现出的柔情来要求他重归于好，两人同室异心地过了三天。为掩人耳目，他们还按礼节去拜访牛奶厂老板，然后，克莱雇了一辆车把苔丝送回马勒村娘家。分手前，克莱对苔丝说，自己现在还不知要到哪里，知道后就写信通知她。他嘱咐苔丝在没收到信前，不要找他。

苔丝回到娘家，父母都为她的遭遇感到难过。苔丝为保全克莱的体面，没说出他的出走。家里的经济每况愈下，她不得不把克莱给她的钱拿出来贴补家用，很快就把钱花光了。最后，她不得不在寒冬季节到棱窟槐干农田上的工作。

棱窟槐坐落在一片白垩质高原中，土地贫瘠，农活又苦又累。玛琳、伊茨也在这里干活。苔丝和她们在地里刨萝卜，不论结霜下雨都要匍匐地上，遇到天寒地冻的天气，萝卜冻成冰核儿，就算戴上极厚的皮手套，也挡不住刺骨的冷气。苔丝受着雇主的欺凌，干着男人干的粗重活，站在飞转着的机器前理草，累得筋疲力尽，但她忍耐着，等待克莱的消息，希望能与他重修旧好。

一天，她听玛琳说，克莱曾要求伊茨跟他到巴西，两人坐车往车站去，但后来他又没带她走。苔丝大吃一惊，不能再忍耐下去了，决定到爱姆寺牧师公馆探听克莱的情况。

礼拜天，她步行到爱姆寺牧师公馆，正赶上他们全家上教堂去了，没见着克莱的父母，在镇上偶然听到克莱两个哥哥埋怨克莱轻率结婚的谈话，她十分伤心，便放弃求见公婆的打算。归途中，她听到讲道的声音，所讲的正是克莱父亲那一派的教义，讲道者正在现身说法，讲他自己原先过放荡生活，后来受一个牧师点化，悔过自新，变成讲道者。苔丝一看，这讲道者就是亚雷。

第六期　回　头　人

苔丝不敢相信他就是亚雷，《圣经》上那些庄严的字句滔滔不绝地从他嘴里讲出来，只觉得不伦不类，令人毛骨悚然。不到四年以前，他净说的是秽言淫语，现在却满口仁义道德，前后相比，令人作呕。他这时候与其说是洗心革面，不如说是改头换面。苔丝觉得他们两人的地位真是今昔大不相同，亚雷本是害她的人，现在倒皈依了圣灵，自己本是被害的人，现在却还不曾自新向善。她只想躲开他，往前走去。亚雷已认出苔丝，追上来叫住她，大言不惭地对她说自己发下宏愿，要救世界上的人，头一个该救的当然是受他欺骗的那个女人。

“得啦，别说啦！”苔丝怒气勃勃地说，同时扭身走到路旁一个篱阶，把身子靠在上面。“我不信会有这种突如其来的事，你心里分明——分明知道你把我毁到哪步田地了，这阵儿可觍着脸儿跟我说这种话，真叫我听着压不住火儿！像你这种人本来都是拿我这样人开心作乐的，只顾自己乐个够，至于我怎么受罪你就管不着啦；你作完了乐，开够了心，就又说你悟了道了，预备死后再到天堂上去享乐；天下的便宜都叫你占了去了。真不害羞！我不信你，我见了你就有气！”

“苔丝，”他坚持着说，“别这么说，我刚一受到这种感化的时候，仿佛是拨云雾而见青天一般。你不信我？你不信我哪一样儿？”

“我不信你会真变成了好人。我不信你玩的这种宗教把戏。”

"为什么?"

她把声音放低了说:"因为有人比你强一百倍的,都不信这种事。"

"你真是妇女的见识了!你说的这位比我强一百倍的人是谁?"

"我不能告诉你。"

"也罢,"他说,说的时候,本来一阵愤怒马上就要发作,却又极力忍着,并没发作出来,"上帝可不容我说我自己是好人,你也知道我也不会说我自己是好人。我本是新近才知道什么是善,什么是恶,不过新来后到的人有时眼光倒看得远。"

"这话本来不假,"她闷闷地回答说,"不过我对你的觉悟可不敢信。你那种昙花一现的感情我看恐怕不会长久!"

她一面这么说,一面从她靠着的篱阶上转过身来,脸冲着他;于是他的眼光无意地落到他极熟悉的面目和身躯上,就盯在那儿把她观察。他的凡心那时虽然已经安静了,却并没真正铲除,甚至于也并没完全克服。

"你不要这么用眼睛来看我。"他突然说。

苔丝原先那种动作和神气本是不知不觉地作出来的,现在一听这话,就急忙把她那双又大又黑的眼睛挪开了,脸上一红,吃吃地说了一声"对不起!"同时她心里头又重新起了一种时常感触到的悲伤情绪,觉得自己这样一个人,却生了这样一副容貌,不知怎么总是这样也不是,那样也不是。

"别,别,别对我说抱歉的话。不过既是你本来戴着一个面幕,遮着你的脸,你为什么不把面幕放下来哪。"

她一面把面幕放下来,一面急忙说:"我戴面幕大半为的是挡风。"

"我这样指挥你,好像有点太严厉了,不过我还是少看你几眼好,多看了危险。"

"别说啦!"苔丝说。

"哼,女人的面貌对于我早就魔力太大了,我怎么见了它能不害怕哪!一个福音教徒和女人的面貌,本来一点儿也不发生关系。它只叫我想起我愿意忘掉的往事!"

说完了这句话,他们就一同往前走去了,只有时偶然谈一两句话,苔丝不愿意下逐客令明白地撵他走,只心里纳闷,不知道德伯要跟她到几时。他们遇到栅栏门或者篱阶的时候,常看见门上和阶上涂的红红蓝蓝的"圣经"格言;她就问德伯,他知道不知道,这些格言,都是谁,这么不怕麻烦,涂在这儿。他说:涂格言的那个人本是他自己和别的同道的人雇的,专在这一带地方涂写这些醒世经义,无非是用尽各种方法劝化现在这些到处都是的坏人罢了。

走到后来,他们就走到了那块名叫十字手的地方。在这一片荒寒凄凉的高原上,这块地方得算是最萧瑟惨淡的了。它那上面的风物完全不是画家和爱好风景的人所追求的那一种,它反倒自成一种美——一种含有悲剧性的反面的美。因为有一根石头柱子,上面很粗糙地刻了一只人手,竖在那儿,所以这个地方才叫十字手;那根石头柱子,古怪、粗糙,不是附近的石窟里的产物。关于它的历史、它的意义,一个人一样说法。有些人说:先前这儿本来有一个表示虔诚的十字架,现在这根柱子不过是那个十字架残余的孤椿就是了;又有些人说:从前这儿原来就只有这一根柱子竖在那儿,为的是标明地土的界限,或者聚会的地方的。不管这根柱子的来源如何,它所在的那片地方,却因为看的人心境不同,有时显得庄严,有时显得凶恶,就是感觉顶迟钝的人,从它上面走过,都不由要觉得毛骨悚然。从前是这样,现在还是这样。

"我想我该离开你啦,"他们快要走到这块地方的时候,他说,"我今天晚上还得到阿伯绥去讲道,我得往右面拐下去。苔丝,你把我弄得心里七上八下的——我不知道究竟是什么道理,也不愿意说究竟是什么道理。我一定得离开你,好把心定一定。……你现在讲话怎么这么流利?谁教你说得这么好的国语?"

"我遭了这些难,也学了一些东西。"她闪烁其词地说。

"你遭过什么难?"

她把她头一次遭的难,把跟他有关系的那一种难,对他说出来。

德伯一听,瞠目结舌。"我压根儿就不知道有这回事!"于是他又嘟哝着说,"你看见事情来到眼前的时候,怎么不写信给我呀?"

她没回答。他打破了沉寂,接着说:"好吧——咱们还有见面的时候。"

"别价,"她说,"别再见面啦!"

"我想想看好啦。不过咱们分手以前,你得先到这儿来。"他走到那根石柱子前面。"这根柱子,从前本是一个神圣的十字架。我们这一派本来是不信遗迹的;不过我有的时候很怕你——如今我没什么可以让你害怕的地方了,可是我怕你可怕得真厉害;现在我要壮一壮胆子,所以我要求你把手放在这个十字架上,对天起一个誓,说从此以后,不再来诱惑我,不再拿你的姿色、你的一切,来诱惑我。"

"哎哟天哪——你要求这个干吗,一点也用不着!我一丁点想要诱惑你的意思也没有啊!"

"你这个话倒不错——不过你还是只管起誓好啦。"

苔丝带着一半害怕的心情,就顺从了他这种不近情理的请求,把手放在石头柱子上,对天起了一个誓。

以后,亚雷一再来农场纠缠苔丝,说过去把她的清白玷污了,现在他打算到非洲传教,要求苔丝当他的太太,一起去非洲。苔丝严词拒绝了。亚雷还不死心,说:我这回堕落都是你闹的。他说着就朝着她的腰把手伸过去。苔丝愤怒地用皮手套朝他脸狠狠地抡去,一会儿血就流出来。亚雷恼羞成怒,威胁她说:你从前没逃出我的手心去,你这回还是逃不出我的手心去。苔丝挣扎着在飞速旋转的打麦机前填麦子,又受着亚雷的纠缠与威胁,实在受不了,便给克莱写信,哀求他快来拯救她。

正在苔丝痛苦地期待时,她母亲病重。苔丝赶回马勒村,不久,她父亲死了。马勒村人早决定,只要德比一死,住房的典约一满,为村中风化起见,他们一家就得滚蛋,把房子收回。搬家前一天,亚雷又来纠缠,外表装作友善,尽量以照顾她一家人生活来诱惑她。苔丝仿佛又听见马车声,传说这种闻声不见物的马车,只有真正德伯家的后人才能听得见。苔丝母亲决定搬到王陴,回到老祖宗那儿。但到了镇上,房子无着落,就在德伯家祖宗的大坟地上支起帐篷住。亚雷像魔影似的,又在这里出现。他用脚把墓穴踹得咚咚响,说:一朝天子一朝臣,现在我这个冒牌的德伯伸出一个小拇指头来,比地下所有那些大武士们都更有力量。苔丝赶走他后,伏在墓门口说:我怎么偏偏在墓门口外面,不也躺在墓门口里面呀!她觉得自己所受的待遇太残酷了,克莱待她太严厉了,太不公道了,绝望之下,又写信给克莱,抗议他的无情。

与此同时,玛琳和伊茨也出于侠义之心,写信给克莱,让他快回来保护苔丝。

第七期　结　局

原来克莱到南美后得了一场重病，病愈后，心境像老了12年，他放弃了办农场的计划，也改变了过去对苔丝的看法。他想起苔丝往日对他的恩爱，旧情复萌，后悔不该对她那样冷酷无情。收到第一封信后，就赶回英国。

他到家时，瘦得像骨头架子，脸带病容。看到苔丝的第二封信后，就动身去找她，到过棱窟槐、马勒村打听，后来从德比太太那里打听到苔丝在沙埠。

沙埠是海滨胜地。他终于在一家名叫群鹤的时髦公寓里找到苔丝，向她认错，请求饶恕。苔丝凄婉地对他说：太晚了！我等你，等了又等，可是你老不回来。她告诉他：父亲死后，全家生活无着落，亚雷乘机来照顾她全家，并骗她说克莱永远不再回家了。她走投无路，绝望了，被迫与亚雷同居。她越说越恨，觉得自己恨死他了！两人凄然相对无言，克莱神思恍惚地离开公寓。

克莱走后，苔丝觉得自己的一生都被亚雷毁了，绝望地哭起来。亚雷非但不认错，反而对她说了些令人难受的话。苔丝愤怒极了，用刀扎死他，然后离开公寓，追上克莱，告诉他：我已经把亚雷杀啦！因为亚雷挖苦我，还骂你，我受不了，就把他杀了。

克莱很感动，握着她的手说自己永远也不抛弃她，要用全力来保护她。他们为躲追捕，不走大路，专捡荒野小路走，在一所空宅子里度过婚后最幸福的几天。最后，到了一个名叫悬石坛的异教神坛前，苔丝疲倦极了，便在一块长方形的石板上躺下，仿佛躺在祭坛上。克莱在她身旁，她要求克莱在她死后娶她妹妹丽莎·露为妻，他答应了。这时，天边已露曙光，映出石柱和牌坊的轮廓，原来这是给太阳神供牺牲的地方。苔丝睡着了。不久，16个武装人员四外拢来，克莱恳求他们让苔丝睡完觉，他们没反对，站着等候，像四周那些石柱一样。一会儿，强烈的阳光照醒苔丝，她明白自己的结局来了，站起来安静地说：我停当了，走吧！

几天后，一个七月的清晨，从前维塞司王国的首都温屯寨城的城外，克莱与丽莎·露手拉手地走到西山顶，城里的钟正打八下，他们听到这声音，全都一惊，转过身来注视着这刚离开的古城。他们不是看美景，而是注视着美景里的污点。

高阁的飞檐上竖着一个高杆。他们的眼睛就盯在那上面。钟声打过之后又待了几分钟，高杆上慢慢地升起来一样东西，在风里展开。原来是一面黑旗①。

“典刑”明正了，埃斯库罗斯所说的那个众神的主宰②对于苔丝的戏弄也完结了。德伯家那些武士和夫人却长眠地下，一无所知。那两位无言注视的人，好像祈祷似的，把身子低伏到地上，一动不动地停了许久；同时黑旗仍旧默默地招展。他们刚一有了气力，他们就站了起来，又手拉着手往前走去。

① 黑旗是执行死刑之标志。

② 埃斯库罗斯（Aschylus，纪元前525—456），古希腊悲剧家。众神的主宰一语，见他的悲剧《被缚的普罗米修斯》第169行。众神的主宰指宙斯而言，他压迫众神，强奸了爱娥。普罗米修斯在那一行的前后文里，大呼反对宙斯的残暴。

哈克贝里·芬历险记

作者马克·吐温(1835—1910)是19世纪后期美国现实主义文学的杰出代表,是著名的小说家和政论家。他真名叫塞缪尔·朗赫恩·克莱门斯,生于密苏里州佛罗里达镇的一个律师家庭。12岁时因丧父而独立谋生,先后当过印刷所徒工、报童、排字工人、领港员、银矿工人和新闻记者。丰富的生活经历,对各种人物的了解和对民间文学的爱好,使其创作具有民主主义思想和民间文学讽刺幽默的特点。马克·吐温的创作历程可分为三个时期。

70年代以前,是他创作的早期,主要作品是短篇小说。他在发表自己第一部小说集《加利维拉县有名的跳蛙及其他》(1867)时,第一次用了"马克·吐温"(水手用语,意思是水深12英尺,表示船可以安全通过)。

70年代,他的创作中出现了讽刺成分,接触到了社会问题。《竞选州长》(1870)和《高尔斯密士的朋友再度出洋》(1870),是他这个时期的两篇重要小说,标志着马克·吐温走上了现实主义的创作道路。

马克·吐温的中期创作(70年代到90年代)是他创作的繁荣期。这个时期,美国社会的阶级和民族矛盾的尖锐化以及工人运动的不断高涨,加深了他对社会的认识,加强了他作品的批判力量。他这个时期的重要作品有《镀金时代》(1873,与华纳合著)、《汤姆·索亚历险记》(1876)、《王子与贫儿》(1881)、《在亚瑟王朝廷里的康涅狄格州美国人》(1889)等。

19世纪90年代到20世纪头10年,是他创作的第三个时期。主要代表作品是中篇小说《败坏了赫德莱堡的人》(1900)。

19世纪末,美国资本主义进入到帝国主义阶段。马克·吐温积极参加反帝活动。1900年八国联军侵略中国时,他仗义执言,称自己也是义和团。1905年他对俄国革命表示了深切的同情。他后期揭露帝国主义罪行的作品有《使用私刑的合众国》(1901)、《给坐在黑暗中的人》(1901)、《托钵僧和傲慢无礼的陌生人》(1902)、《为芬斯顿将军辩护》(1902)、《沙俄的自由》(1905)、《赤道旅行记》(1897)等。

1907年后,马克·吐温撰写自传,1910年病逝于康涅狄格州。

《哈克贝里·芬历险记》(1884)又译为《哈克贝利·费恩历险记》,是他的代表作。现参照中文译本(张万里译,上海译文出版社1984年版)分章介绍或节选如下。

第一章　摩西和"赶牛的人"

我叫哈克。汤姆和我在山洞里找到一箱金币,交给了法官莎彻,让他替我们放利息。我的干妈达格丝寡妇总想把我培养成守规矩的人。饭前先做祷告,菜要分开做,若是混在一起,连汤带水的不好吃。晚上,她拿出《圣经》给我讲摩西和"赶牛的人"的故事。摩西长摩西短,没完没了地跟我找麻烦。她的妹妹瓦岑小姐管教我,教我拼音识字,我打呵欠,伸懒腰,她总说我。她给我讲天堂和地狱的故事,我根本听不进去。她总絮絮叨叨挑我毛病,真讨厌。幸亏天黑了,我回到屋里,抽了一袋烟。全家都睡着了,听到汤姆叫我,我从窗子爬出去了。

第二章 秘密的誓词

瓦岑小姐的黑奴吉木,正在门口坐着,我和汤姆等到他打起呼噜来,汤姆把吉木帽子轻轻地摘下来,挂在树枝上。从那以后吉木对人说他被妖怪迷住了,妖怪骑在他背上游遍了全州。每讲一次就添枝增叶编上一大套。有许多黑人跑来听他讲和魔鬼打交道的事。

我和汤姆还有别的孩子来到山洞,点起蜡烛,汤姆说咱们成立一个强盗团体,叫汤姆·莎耶团,谁想加入,必须宣誓。誓词是汤姆从海盗书上找下来的,要照书上写的做拦路大盗。

第三章 路劫阿拉伯人

早晨起来瓦岑小姐领我做祷告,她说天天祷告要什么就会有什么。我想要个钓鱼钩,祷告过多次,总是不灵。我叫瓦岑小姐替我祷告,她说我是傻瓜,我想根本没有那回事。我去找寡妇,她说祷告得到的只是"精神的礼物"。

我们玩了一个月强盗游戏。有一次,汤姆派一孩子举着火棍跑,随后他说有情报,西班牙商人和阿拉伯富翁要路过,让大家准备好木片之类的"刀枪"。第二天我们埋伏在一旁冲上去,结果是小学生吃野餐,老师过来把我们赶散了。汤姆说他没看过《堂吉诃德》,不知道这是魔法造成的。

第四章 毛球算灵卦

我现在上学了,学了点拼音,念了几课书,会写几句话,而且九九表已背到六七三十五了。寡妇说我有所进步,没给她丢脸。吃饭时我把盐罐碰倒了,我认为要碰上坏运气。我跑到法官莎彻家,他说我的钱有半年利息了,我说那 6 000 块钱都送给他。他被我弄糊涂了。

瓦岑小姐的黑奴吉木有个拳头大的小毛球,他说球里有位神仙,无所不知。他拿出毛球胡诌一顿。我回到卧室,爸爸正坐在那里。

第五章 爸爸做新人

爸爸穿一身破烂衣服,脸色惨白。他总是揍我,我怕他。爸爸看我穿着整齐,受了教育,很生气。他不许我上学,因为一上学就学会信教。他说:听说你发财了,明天把那些钱全交给我。不然用鞭子抽你。我跟法官莎彻借了三块钱,爸爸拿钱去喝了个烂醉,装疯卖傻,闹遍全镇,被押了起来。一个星期后出来,法官莎彻要叫他重新做人,把他带到自己公馆,给他新衣服,请他吃饭,照顾无微不至,给他讲了戒酒的好处。老头子很感动,哭了好几回,下决心做新人。老头子还在保证书上画了押。然后老头子被送进干净的卧室,半夜他的酒瘾大发,跑出去用一件新衣换了酒,醉得像死人。屋里弄得一塌糊涂,天亮时他从走廊顶上滚下爬走了。

第六章 大战追命鬼

春天,爸爸在半路上捉住我,用小船把我带到了伊利诺斯州森林里一所小木屋,把我锁在里边。他用猎物去换酒,喝得大醉,就打了我一顿。寡妇来找我,他用枪把她吓跑了。我想到寡妇家那套规矩:饭前要洗手,就着盘子吃饭,头要梳得整齐,定时起床睡觉,永远跟书本打交道,还听瓦岑小姐的唠叨。除了挨鞭子,我倒喜欢这儿的生活了。

爸爸又在发脾气,他喝醉了,又大骂起来,多半是反对黑人和政府的话。我睡着了,他吵吵嚷嚷,像疯子一样说有追命鬼追他,他拿着大砍刀向我砍来,管我叫追命鬼。我像闪电似的飞快地躲开了。后来他打起盹来,我拿起他的猎枪,枪口对准爸爸,只要他一动,我就马上开枪。

第七章 金蝉脱壳

六月里河面涨水了,冲来一只小船。我把小船藏起来,准备逃跑时用。后来爸爸又从河里捞出几根木柴,他想马上到镇上去换酒喝,把我锁在屋里了。他刚走,我就锯出了个窟窿,爬了出来,我把所有的东西都搬上了小船,然后把洞口撒上了浮土。我用枪打死了一头野猪,用猪血抹斧子,再粘上我的几根头发,再用口袋装上石头从地上拉向小河,最后把猪和口袋扔到河里,制造完假象,我就坐船逃跑到甲克森岛。

第八章 饶了瓦岑小姐的吉木

我正打瞌睡,忽然远处传来"砰"的一声,他们正在向水上开炮,打算让我的尸体漂上来。我趴在大树干后面看,爸爸,法官莎彻和他的妻子,汤姆和他的波蕾姨妈都在打捞的船上。未见尸体,他们都回镇了。

我在森林里看见冒烟的火灰,飞快往回跑。我在树上待了两个钟头,什么东西也没看见。后来再走到火灰旁,看见了瓦岑小姐的吉木。他向我跪下求饶。我答应他决不告诉别人。吉木说:我是在你被杀死的那天晚上跑出来的。瓦岑小姐待我很野蛮,要把我卖到奥尔良去,夜晚我就逃跑了。我很喜欢吉木,吉木给我讲了许多不走好运的兆头:谁抓小鸟谁就得死,锅里煮东西数一数会走背运,太阳落山后抖桌布不吉利。还讲了他做几次买卖赔个精光的事。

第九章 河上凶宅

我们发现一个大山洞,就把船上东西搬到洞里,把小船藏在密林里。一天夜里看见漂来一所木房子,我们把船拴在上面,等天亮,进木房一看,里边躺着一个被枪打死的人,我们把木房里一大堆衣物抱到船上,说不定会有用处。

第十章 玩蛇皮的结果

早饭后,我打算猜猜那个死人怎样被弄死的,吉木说那样会招来坏运气,死了没埋的人可能到处找人胡缠。倒霉的事果然来到了。我打死了一条响尾蛇,扔在吉木被窝里,想跟他开个玩笑。不料那条蛇的老伴儿对他咬了一口。我抄起棍子把它打扁。吉木的脚腿都肿得很高,怪声喊叫,抱起酒瓶子往嘴里灌,叫我赶快给他烤蛇肉吃,以毒攻毒,把蛇尾弄下拴在他手腕上,以治蛇咬。吉木躺了四天四夜才见好。

在岛山闲得无聊,我要渡河过去探听探听近来的消息。他很赞成,告诉我天黑再去,并让我用那天捡来的旧衣服扮成一个女孩,我扭来扭去地练了一整天,找到了扮演大姑娘的诀窍。天黑我坐船来到镇上。看见没有人住的小草房里点着灯,里边有个四十来岁的女人在打毛线。我很怕她认出我是谁来,但又想知道镇上的消息,就敲了门。我想:我可别忘了我是个女孩子。

第十一章 他们追来了

大娘是刚来的外乡人,她谈到镇上发生的凶杀案,说不少人认为那是被杀的孩子的爸爸自己干的,又有人说是逃跑的黑奴吉木干的,悬赏捉拿黑奴,赏钱是300块大洋,捉拿老头子悬赏200块大洋。那老头子连哭带喊找法官莎彻要了点钱,说是去找那个黑奴。可他喝得烂醉,有人说半夜他跟两个贼眉鼠眼的人走了。大娘说,出事后她看见甲克森岛直冒烟,就想到那个黑奴可能藏在岛上。她丈夫打算跟别人半夜就过去看看。

我心里七上八下,坐也坐不安稳,大娘用好奇的眼光看着我,对我怀疑起来,并用各种方式试探我,说我不像女孩。我向她说我父母死了,法院把我判给一个坏人,我偷了他女儿衣服穿上跑了出来。大娘又问我趴在地上的牛要站起来时哪头先离地,一匹马哪头先离地,树干哪面长青苔,15头羊吃草有几头冲着一个方向,我都答对了,大娘说我真在乡下住过,相信我不会说谎了,并表示碰上麻烦事她愿意帮助我。我上船后赶紧划船,到岛上为了骗追我们的人,就先点起一堆火,然后赶快叫醒吉木,告诉他有人追我们来了。我们把所有的家当搬上船,二话没说就逃走。

第十二章 “干脆把他丢下吧”

我们在河上漂流着,看见一条撞毁在暗礁上的小轮船,我主张上船搜一下看有什么有用的东西没有,汤姆如果在准不会放过这种历险机会。吉木抱怨两句只好同意了。我们摸黑登上小船,发现船上有两个强盗要打死活着的人,要杀人灭口。后来听到他俩说干脆把他丢下,叫水淹死算了。我和吉木吓得不得了,赶快溜走。我们的小船被水冲走了,我们找到了强盗装赃物的船,剪断了绳索,逃跑了,叫这伙强盗留在这里等警察来抓他们。

第十三章 破船上的贼赃

我跟吉木说:只要遇见灯光就靠岸,我再编一套瞎话,好让人去找那伙强盗,把他们先由这条绝路上救出来,等到他们该死的时候,他们自然会受绞刑。果然发现了一只渡船,找到看船人,我便哭起来,对看船人讲:我爸爸、妈妈、姐姐和胡克小姐遭大难了,船被破船撞翻了,都在破船上等救命,让我游过河找人来救。胡克小姐说如果一时找不到人就去找她舅舅基姆、洪白。看船人叫我向灯亮的地方跑,叫小酒馆的人领我到洪白公馆。不等他来到,我就把他的外甥女平平安安救出来了。

我对着灯光跑去,拐了一个弯儿我就跳上我的小船,但我不看到这只轮渡走开,我就不能安心。为了这伙强盗我操了多少心,我希望寡妇能知道这件事,她会因为我帮助这些无赖而觉得光荣。

第十四章 所罗门聪明吗

我们把那些强盗偷来的东西翻看一遍,有衣服、毯子、靴子等各式各样的东西,我们从来没有这样阔过。我说这叫历险,可吉木说他可不再历险了。他说发现木筏冲走时觉得完事大吉了,因为不是淹死,就是被救的人押送回家。

我讲了许多关于皇帝、公爵、伯爵的故事给吉木听。我告诉他国王想要多少就有多少,他们什么也不干,有时骑马打猎,闲得无聊就跟国会胡捣乱,谁不照他们的意见办,就把他的脑袋砍下来。提起所罗门王,吉木说他干过“混账事”,吉木最反对所罗门。我说法国的路易十六被砍掉了头,有人说皇太子跑到美国来了。

第十五章　跟老吉木开玩笑

我们打算先到伊利诺斯南头的开罗,坐上船到俄亥俄州上游的那些不买卖黑奴的自由州去。

木筏被水冲走了,我用小船去追。大雾里什么都看不见,我只听到吉木的喊声,看不见他的木筏在哪儿,费了九牛二虎之力,终于找到了他,他在木筏上睡着了。我拴好小船,就在吉木身边躺下,然后推了吉木一下,我说:你怎么不把我叫醒呢?吉木追问我到哪儿去了,我说我一直在这儿,哪儿也没去,也没走丢过,我一直坐在这儿跟你聊天。我逼得吉木承认他做了噩梦,而且吉木还圆了梦。但是吉木看木筏上的碎枝烂叶等肮脏东西一下子就明白了,一点笑容也没有。

(吉姆说:)“它们指的是些什么吗?我来告诉你吧。我因为拼命地划木筏,又使劲地喊你,累得我简直快要死了。后来我睡着了的时候,我的心差不多已经碎了,因为把你丢掉了,我真是伤心透了,我就不再管我自己和木筏会遇到什么危险了。等我醒过来的时候,看见你又回来了,平平安安地回来了,我的眼泪都流出来了。我心里有说不出来的感激,我恨不得跪下去用嘴亲亲你的脚。可是你却想方设法,编出一套瞎话来骗我老吉木。那边那一堆是些肮脏的东西,肮脏的东西就是那些往朋友脑袋上抹屎、让人家觉得难为情的人。”

他说完就慢慢站起来,走到窝棚那儿去,除了这几句之外,别的什么都没说,就钻进去了。可是这已经够我受的了。这下子真叫我觉得自己太卑鄙,我恨不得要过去用嘴亲亲他的脚,好让他把那些话收回去。

我呆了足足有一刻钟,才鼓起了勇气,跑到一个黑人面前低头认错——我到底那么做了,以后也从来没有后悔过。我再也不去出坏主意骗他了,其实,我事先要是知道他会那么难过的话,我根本就不会耍出那么一套无聊的把戏来。

第十六章　蛇皮再惹祸

我们睡了一天,夜里奔向开罗,又怕不认识那地方而错过去。吉木觉得离开罗近了,他离自由近了,他浑身上下又发抖,又发烧。可我责备起自己来:你明明知道他是为找自由而逃跑呀,你本来可以划到岸上去对人说呀……可怜的瓦岑小姐怎么虐待了你,叫你看着她的黑奴逃跑,连这一句话都不说?那个可怜的老太婆有哪点儿对不起你,叫你用这么坏的手段对付她?

吉木一直在那儿大声说话,可是我老是在暗自盘算。他说的是到了自由州以后,他要做的第一件事,就是拼命地存钱,一分钱也不花,等到存够了的时候,他打算到瓦岑小姐家附近的那个庄子上去,把他的老婆赎回来;然后他们夫妻两个做工挣钱,再把那两个孩子也赎回来;假如他们的主人不肯卖的话,他们就找个反对奴隶制度的人去把他们偷回来。

他这一套话弄得我几乎凉了半截。他以前从来也不敢说这种话。你看他刚一认为他快要自由了,就跟以前大不相同了。有句老话说得好:“黑奴不知足,得寸就进尺。”我心里想:这都是我做事不用脑筋惹出来的。眼前摆着这个黑人，他差不多要算是我帮着逃出来的，现在他理直气壮地说要去把他的孩子偷回来——那些孩子的主人，我根本就不认识，人家从来也没得罪过我。

我听见吉木说的这些话，心里也替他很难受，他这样说，实在是叫人看不起。我的良心又把我鼓动起来，叫我觉得忍无可忍，后来我就对我的良心说："请你饶了我吧——现在还不算晚呀——等我一看见灯光，我就划到岸上去告他。"这么一来，我立刻觉得又安心，又高兴，心里轻快得像根鹅毛似的。我的烦恼都没有了。我仔细望着岸上，看看有没有灯光，心里像是在唱歌似的。不久就有一个灯光露出来。吉木高兴地喊着说：

"咱们可有救了，哈克，咱们可有救了！快跳起来立个正、行个礼吧！咱们可来到老开罗这个好地方了，我准知道！"

我说：

"等我先坐着小船过去看看，吉木。你要知道，那也许还不是哪。"

他跳过去把船准备妥当，拿他的旧大衣垫在底下，让我坐在上面，然后把桨交给我。我刚撑开船的时候，他说：

"再等一会儿，我就要高兴得使劲儿喊了，我就说，这都是哈克的功劳；我成了自由人了，要是没有哈克，我永远也得不着自由；这都是哈克做的好事。我吉木一辈子也忘不了你的好处，哈克！你是我吉木顶好的朋友；你也是我老吉木独一无二的朋友。"

我刚把船划开，急着想去告发他；可是一听他说的这些话，我那股冲劲就不知道哪儿去了。……

迎面来了一只小船，坐着两个拿枪的，是来抓今晚上逃跑的五个黑奴的，我立即放弃原来的念头。我编了瞎话，哭哭啼啼地说：木筏上我爸爸妈妈都得了天花病。这下子他们掉船就走，还给我40元钱帮助我解决困难。躲在水里的吉木登上筏子说：哈克！你这一手儿耍得真叫漂亮啊！我告诉你，好孩子，我想这就救了我老吉木了——老吉木决忘不了你的恩典，老弟。

我提到手中的40元钱，吉木说这些钱足够买去开罗的轮船票了。我们打听几次到开罗还有多远，别人都说不知道，也许在下雾那天我们从开罗走过去了。吉木怀疑又是那条蛇皮给我们带来了晦气。

我们在夜间划行，一只汽船把我们木筏撞了个粉碎。我在水中喊吉木十几次，一声回答也没有。

第十七章　甘洁佛家收留了我

我上岸走到一所旧式大木房前敲门，这家人紧张起来，各自持枪站好了位置，问我是否认识雪富生家的人，听我说不认识，开了门缝让我进去了。有三个人拿枪对着我，搜了我的腰，确认不是坏人后，便对我客气起来。又是给我换掉湿衣服，又是给我吃的。我编了瞎话说：爸爸妈妈都死了，只剩下我一个人，打算离开那个庄子，不幸掉进河里了。

第十八章　海奈追帽子

甘洁佛家是镇上头等贵族，有100多个农奴，只有附近的雪富生家和他们一样有钱有势。两家是仇人，经常动刀动枪，每年两家都有伤亡。两家在一个教堂做礼拜，都说积德修好，但两家还是对着干。有一天莎菲亚小姐求我到教堂去把她忘拿的《圣经》取回,教堂里一个人也没有,只有夏天贪凉的猪都躺在地板上。我发现书中夹个小纸条,上边写着"两点半"三个字。我把书交给小姐时,她非常高兴,问我看过小纸条没有,我说我不认识字。

深夜莎菲亚小姐跟海奈·雪富生私奔了。为此,两家对打起来,死了好几个人,我真后悔没有把那张字条的事情告诉甘洁佛上校。

一个黑奴领我去看黑水蛇,把我领到吉木藏着的地方。吉木告诉我撞坏的筏子找到了,并且修理好了,我们赶紧离开这里。我们觉得拿筏子当家,比什么都好。别的地方实在太别扭,太闷气了,可是木筏上的情形却不是这样。坐在木筏上面,人会感觉到又自由、又轻松、又舒服。

第十九章　圣驾光临

有一天忽然有两个人逃到我们木筏上,后边有人追他们。他俩哭诉自己的不幸,一个说自己是皇帝,一个说自己是公爵,我断定他们是下三烂的骗子。我从爸爸那学会对付这种人的办法,他们爱干什么就让他们干什么。

第二十章　在剖克卫干的勾当

我们来到镇上,向布道会场走去。

我一眼就看见皇帝跑过去了;你听得出他喊的声音,比谁喊的都高得多;随后他一抬腿就窜到讲台上去了,牧师请他对大家讲话,他就讲起话来。他对大家说他是个海盗——他在印度洋里当了 30 年海盗,去年春天打了一仗,损失了不少弟兄。他现在回到家乡来,想要招一点儿新兵带出去,可是幸亏他昨天晚上被人抢了,被人由轮船上撵到岸上来,他身上连一分钱都没有,可是他还是很高兴,那简直是他有生以来顶走运的事,因为他现在已经变成一个新人了。在他这一辈子里,这是他头一回感到快活;他虽然穷到这个地步,仍然打算马上动身,一路上挣点盘缠回到印度洋去;不管他还能活多少日子,他从今以后要用他所有的时间精力,去劝那些海盗改邪归正,因为他跟那个大洋里那群海盗都很熟悉,由他来做这件事,准比别人做得好;虽然他手里没钱行路难,走到那儿一定得用很多日子,可是他非回到那儿去不可,将来每逢他感化好了一个海盗,他就要对他说:"你不必谢我,也别以为是我的功劳,这都是剖克卫野外布道会上的亲爱的人们积的德、修的好,他们真是人类的亲兄弟、大恩人——还有那边那位亲爱的牧师,他是一个海盗有生以来最忠实的朋友。"

于是他就哇的一声哭起来了,别人也都跟着哭。然后有人喊着说:"给他凑点儿钱吧,给他凑点儿钱吧!"马上有十几个人跳起来就动手,可是有人喊着说:"让他自个儿拿着帽子挨着个捐吧!"接着大家都这样说,连牧师也这样说。

于是皇帝拿着帽子在人群里穿来穿去,一边揉眼睛,一边给那些人祝福,并且赞美他们,感谢他们,因为他们对海外那伙可怜的海盗,居然慈悲到这种地步。隔不了多大的工夫,就有些顶漂亮的大姑娘,脸上流着眼泪,站起来问他能不能让她们亲一下,做个纪念;他总是很慷慨地让她们亲,有几个大姑娘被他搂住一连亲了五六次——人家又请他在这儿住上一个礼拜;无论是谁都争着请他回家去住,都说他们认为那是一件光荣的事;可是他说这既然是布道会最末的一天,他再待下去也不见得能对大家有什么好处,再说他想马上赶到印度洋去,帮助那群海盗做好人。

等我们回到筏子上的时候,他把捐来的钱数了一下。他发现一共弄了八十七块七毛五分。……

第二十一章 阿肯色的难关

皇帝和公爵准备在阿肯色镇公演莎士比亚的剧本,贴出了胡吹的海报。镇上住宅东倒西歪,路上全是烂泥,猪躺在大街上。游手好闲的人成堆,打呵欠,伸懒腰,光着膀子。在野狗身上浇松油,点上火,看狗跑断了气,他们才能振作起精神来。

喝醉了的老鲍哥,摇摇摆摆骑在马上跟别人开玩笑,并对骗过他的佘奔大骂。大家劝他赶快走,佘奔一枪把他打倒,又补了一枪。街上围观的人人山人海,有人说应把佘奔用私刑治死,于是人们像疯了似的奔向佘奔家。

第二十二章 乌合之众

人群拆掉佘奔的栅栏,冲进院子。佘奔手持双筒枪慢吞吞地说:你们敢来对付一条好汉吗?我知道普通人向来贪生怕死,你们陪审团不敢把杀人犯都绞死,怕凶手从背后开枪。你们是一群窝囊废,跟着摇旗呐喊,天下没有比一群乌合之众再可怜的东西了。你们赶快回家,找个窟窿藏起来。佘奔说完就扳上了枪机,一大群人朝四面八方跑散了。

随后我跑到马戏场看了一场精彩的表演,里边人挤得满满的。晚上我们的戏上演了,到了十多个人,不够开支的。公爵生气地说:阿肯色的这些傻小子要的是低级趣味的滑稽剧,这是他们的心理。

第二十三章 帝王都是败类

我们的戏《怪物大王》演出很受欢迎。幕一拉开,皇帝一丝不挂,四肢着地,大摇大摆地爬出。他身上抹着红红绿绿、一圈圈的条纹。看戏的快笑死了,不断鼓掌。演完时观众闹起来,说上当了。一个人站出来说:为了不叫镇上人嘲笑我们,我们应当吹捧这出戏,让镇上人都来上当。第二天仍然座满,第三天也满座,但人们口袋里都装得鼓鼓的东西,还有大桶的臭鸡蛋。公爵和我没等开演就跑掉了。我猜想皇帝一定要挨一顿臭打,谁知道他藏在船里根本没去。这两个无赖骗了许多钱,得意地睡着了。我和吉木都认为皇帝是败类,我希望有一个没有皇帝的国家。

后来我就睡着了,等轮到我值班的时候,吉木并没有把我叫醒。他常常是这样的。我在天刚亮的时候睡醒了,看见他坐在那里,脑袋垂在两个膝盖当中,独自在那里唉声叹气。我没有理睬他,也没有声张。我知道那是怎么回事。他正在想他那住在上游远处的老婆孩子,他心里很烦,非常想家,因为他一辈子也没有离开过家。我相信他也跟白种人一样地惦记着自己家里的人。这似乎是反常的,可是我想确实如此。夜里他以为我睡着了的时候,他总是那样唉声叹气的,并且唠叨着:"可怜的小丽莎白呀!可怜的小章尼呀!真叫人难受啊!我想我再也看不见你们了,再也看不见你们了!"吉木这个人,真是个好心肠的黑人。

可是这一回,我不知道怎么跟他谈起他的老婆孩子来了。不久,他说:

"这回我心里觉得难过极了,我刚才听见那边岸上'啪'的响了一声,好像是打人的声音,又像是猛然间关门的声音,叫我想起我那回对待我的小丽莎白是多么狠心。她还不到四周岁,害了

一场猩红热,没命地折腾了好几天,可是后来她总算好了。有一天我看见她站在那里,就对她说:

"'把门关上。'

"她一动也不动,光站在那儿,好像是眯着眼睛对我笑。这下子可把我气疯了。我就大声喊着说:

"'你听见了没有?——把门关上!'

"她还是照样地站着,仍旧笑眯眯地对着我。我可真是火了!我说:

"'我他妈的有法子让你听我的话!'

"我说着说着就照她的脑袋斜着揍了一巴掌,把她打得满地爬。然后我就到另一间屋里去,在那儿待了大约十来分钟。等我回来一看,那扇门仍然开着,那孩子站在门坎上,低着头呜呜地哭,眼泪一滴滴地往下流。嘿,我可真是气疯了。我正要对那孩子扑过去,就在这时候——那是一扇往里开的门——就在这时候,一阵大风刮得它'砰'的一声关上了,正好由后面打着那个孩子!喀——扑通!——哎呀,我的天,那孩子再也不动弹了!这一下把我的魂都吓跑了,我心里觉得真是——真是——我也说不出我心里到底是股什么滋味了。我悄悄地走出来,浑身上下直哆嗦。然后就绕过来轻轻地、慢慢地开开那扇门。我静悄悄地伸着脖子由后面看那孩子。我猛然间使足了气力喊了一声'嘿!'她一动也不动!唉,哈克呀,我当时就哇哇地哭起来了,我一边把她抱在怀里,一边说:'哎呀,可怜的小乖乖呀!老天爷千万饶了可怜的老吉木吧!因为他这一辈子也饶不了他自己!'哦,哈克,她是完全聋了哑了,完全聋了哑了——可是我一直是那样狠心地对待她!"

第二十四章　皇帝假装牧师

我们把船往上游开,一个等船的人上了我们的船。皇帝说自己是牧师,于是同小伙子闲聊起来,得知彼得死了,他弟弟马上要来继承一笔财产。皇帝便向小伙子了解彼得家都有什么人,叫什么名字,住在什么地方,有哪些朋友,这老头子差不多把小伙子肚子装的东西全掏光了。把小伙子送上轮船后,皇帝叫我把公爵找来后,把刚才小伙子的话全告诉了公爵。于是我们把小船藏起,搭轮船到了小镇。一上岸皇帝便问彼得住在哪里,扑在答话人身上便哭起来,公爵也跟着哭了起来。周围人对他俩说了些宽心的话,便把我们送到彼得家。这两个骗子要不是我从来没见过的顶下流的东西才怪呢。

第二十五章　伤心落泪,信口开河

院子里挤满了人,三个姑娘见到叔叔们都哭了。玛丽·贞扑到皇帝怀里。皇帝用胳膊偷偷碰了公爵一下,于是他俩彼此扶着肩向棺材走去,哇哇地号起来,简直哭成了泪人。皇帝哭哭啼啼地来了一段演说,诸如他和弟弟感谢大家等屁话。接着皇帝宣布几个要好的朋友今晚留下来一块吃饭,把小伙子告诉他的名字一个个念出来。玛丽·贞小姐把伯父遗嘱拿来,皇帝当众念了一遍,并按信中所说把埋在地下的金元也拿出来,把钱都给了女孩子们。女孩子们扑过去和两个叔叔拥抱。这时死者的好友罗宾生医生说他们是骗子,冒充英国人,英语讲得不像,地道的骗子,应把不要脸的流氓赶走。而玛丽·贞反而把钱口袋交给皇帝,请他替姐妹们做点生意。医生警告大家:过不多久,你们会后悔的。说完就走了。

第二十六章　贼款到了我的手里

玛丽·贞给我们三人都安排了房间。当晚大吃了一顿，我和其中一个豁嘴子的吃剩饭。她总是向我问这问那，都快露出马脚了，幸亏玛丽·贞来解了围，她说不要让客人为难。我眼看她们的钱被坏蛋抢走，想去偷偷告诉医生和玛丽·贞。但这都不如我替她们把钱藏起来。我先在皇帝房间埋伏下，然后听到公爵说快点歇手，提前溜走，皇帝说把产业卖光再走。公爵说藏钱地方不稳妥，他们把钱放在草垫子底下了。他们刚下楼梯，我便把钱袋拿出。

第二十七章　物 归 原 主

我走到客厅看见有人，急忙把钱口袋放在半开的棺材里。早晨举行殡礼后，棺材盖用螺丝钉紧紧拧上了。皇帝说他需要早点回英国，因此要早点处理产业。他又说要把几个姑娘带回去，姐妹们高兴得要命。很快就把黑人卖了出去，弄得黑人母子分散，抱头恸哭。第二天两个坏蛋发现钱袋不见了，跑来问我，我把责任推到被卖的黑人身上。

第二十八章　骗人不太合算

玛丽·贞为拆散黑人母子哭起来，我闩上门告诉她这两个叔叔是两个骗子。我从碰上的那个傻小伙子说起，一直说到她扑到皇帝怀里。她跳起来说：这些畜生，快把他们扔到河里。我告诉她暂时出去一趟，就说去找产业买主，以便把他们拖住。

第二十九章　风雨中逃脱

后来，死者的两个兄弟来到了，皇帝和公爵还在耍赖，人们要求对证死者兄弟到底是谁。提出死者身上刺的是什么花纹，他们说得不一样，人们就去挖棺材。一看钱袋在死者的胸前，大家都挤上去看，我就趁雷电交加逃跑了，叫吉木赶快开船，没想到两个坏蛋也跳到筏子上来了。

第三十章　救命有黄金

皇帝和公爵在船上吵起来，都说对方把钱口袋放在棺材里想独吞。公爵掐住皇帝的脖子，逼得皇帝没办法，说：饶了我吧，我承认啦！公爵不准他再否认，这下我放心了。

第三十一章　祷告岂能扯谎

两个骗子又继续行骗，他们在小酒馆吵了起来，我溜出小酒馆撒腿就跑。我大声喊叫吉木快开船，吉木不在了。原来皇帝把他卖到塞拉·菲力浦家。

我想我帮助吉木找自由，是干了不名誉的事，逃不了上帝的耳目，一定得下18层地狱。我决心祷告，我愿做清白的人，于是给吉木的主人写了一封信：

瓦岑小姐：您那个跑掉的黑奴吉木现在在派克斯卫下游二英里的地方。有一位菲力浦先生把他抓住了。您要是派人带着奖赏到这儿来，他愿意把黑人交给来人领回去。

哈克·芬

我觉得很痛快,好像罪恶都已经洗清了,我生平第一次感到这么轻松,我知道现在我能够祷告了。可是我并没有马上就做,我放下了那张纸,坐在那儿想了一下——我想幸亏这样地转变了一下,差一点儿我就弄错了方向,走进了地狱。我就这么想下去。接着又想到我们顺着大河漂下来的情形;我看见吉木,无论是白天黑夜,有时在月光之下,有时在暴风雨里,总是在我的眼前;我们一边向前漂流,一边谈笑歌唱。可是,不知道什么缘故,在他身上我总挑不出什么毛病,能够叫我硬起心肠来对付他,反而老是想到他的好处。我看见他才值完了班,也不过来叫我,就替我值班,让我能够接着睡下去;我又看见他那种高兴的样子——他看见我由大雾里逃回来时那种高兴的样了。还有,在上游那个闹打对头的地方;我在泥水滩里又来到他跟前的时候,他又是多么高兴,还有许多这类的事情;他总是管我叫做老弟,总是爱护我,凡是他想得到的事,样样都替我做到了,他实在是太好了。最后我又想起那回我告诉人家船上有人出天花,结果把他救下了,他当时对我感恩不尽,说全世界上只有我是老吉木顶好的朋友,还说他现在只有我这么一个朋友。这时候我偶然一回头,一眼看见了那封信。

这实在是叫人为难。我抄起它来,拿在手里,全身直发颤,因为在两条路当中,我得下决心挑选一条,永远也不能翻悔,这我是深深知道的。我又平心静气地琢磨了一下,然后就对我自己说:

"那么,好吧,下地狱就下地狱吧。"——我一下子就把它扯掉了。

第三十二章 改名换姓

汤姆的姨父听说汤姆要来,到镇上接他去了。我敲门后菲力浦太太把我当成了汤姆。我怕的是汤姆过一会儿来,一下子喊出我的名字。于是我对太太说,我要去取行李。我心里想好在大道上截住汤姆,叫他想出解难的办法来。

第三十三章 悲惨的下场

在路上,汤姆碰到我,他吓得要死,以为我是鬼来缠他了。我解释我没有死,后来他不再疑心了,叫我把经过讲给他听。我说这以后再说,让他首先想个办法,把误会解开,然后得把瓦岑小姐的吉木偷出来。他都答应了。他说将错就错,你是汤姆好了,我是汤姆弟弟。我们兄弟二人都来了,弄得姨父家喜出望外,让我们睡在一个屋里。

第二天我们看见一群人吹着号角,敲着铁锅,抬着皇帝和公爵游街,他们身上涂着沥青,贴着鸡毛,一点人样也没有了。

第三十四章 让吉木放心

我和汤姆谋划救出吉木。我们看见一个黑人端着饭向一个小屋走去,我们问:是拿去喂狗吗?黑人说:是一条特殊的狗,你们想看看吗?我们就跟了进去。吉木看见我们就喊我的名字,送饭的黑人以为我们认识,我真不知怎么办好了。还是汤姆聪明:我怎么没听见有人喊我们。于是吉木明白了,他也说他没喊过。送饭的黑人以为又是妖怪缠住了自己。

第三十五章 阴谋诡计

汤姆说需要设计出一大堆艰险,救出吉木才有意思,显出英雄豪杰的本色。汤姆讲出一大堆传奇小说中越狱的办法,最后决定采取挖地道的办法。

第三十六章　尽力帮助吉木

我们挖通了地道,正在与吉木说话时,忽然从吉木床下钻出十多条狗,送饭的黑人一下子昏倒在地上,以为妖怪来了。汤姆让他做避邪大饼去祭祭它们,黑人说不会做,汤姆答应替他做一个,嘱咐他千万不能摸妖怪吃的东西。

第三十七章　避邪大饼

吃饭时姨父发现一件衬衣,一条被单,一把羹匙,六支蜡烛不见了。这些东西都是我们救吉木逃走时需要的用物。我们一会儿偷走,一会儿送回,弄得姨妈晕头转向,她不再数东西的数目了。于是我们把这些东西弄到手,又偷出姨父的老古董——大铜暖盆,用它烙成大饼,并把床单撕碎拧成绳子装在饼中间,吉木吃饭时趁屋里没人,把绳梯掏出来藏在草褥子里边。

第三十八章　"囚犯的一颗心,在这儿愁碎了"

汤姆认为囚犯屋里应该有老鼠、蛇、蜘蛛等,非要弄来不可,还叫吉木训练它们。此外还弄来一块大石头,叫吉木在暗室里刻上纹章和伤心的题词。吉木不干,汤姆说这是囚犯出名的好机会。

第三十九章　汤姆写匿名信

汤姆在姨妈家大搞恶作剧。抓来老鼠藏在姨妈床下,那些老鼠到处乱窜,姨妈揍了我们几下。我们又抓来黑蜘蛛、屎壳郎、毛毛虫、癞蛤蟆、蛇。蛇从房檐上掉在菜盘子或脖子上,姨妈抽身便跑,扯嗓子喊叫。后来又把这些东西放在吉木屋里,弄得他睡不着觉。姨父气急了,打算在报上登启事,叫主人赶快领回吉木。汤姆认为现在是写匿名信的时候了。他在纸上写:有一群强盗,准备今天半夜把那逃跑的黑奴偷走。然后塞在打瞌睡的看门人的脖子后了。

第四十章　救人连环妙计

姨父请来本庄十多个带枪的庄稼汉,日夜把守。我们准备带走吉木时,他们进到了吉木屋里。我们从地道爬出便跑,后边的人紧追我们,并且响了枪声。我们登上木筏时,汤姆腿肚子上挨了一枪,鲜血直流。吉木主张请大夫来,否则他决不逃走。

第四十一章　"一定是鬼怪"

庄稼汉的老婆都在姨妈家吃饭,她们七嘴八舌地议论起吉木房间的大石头怎么运进去的,那么多的字和花纹怎么刻的,还有破布做的绳梯,锯断了的床腿,地道的大窟窿以及 10 多位大汉、20 多条狗在后面追,都没追上。姨妈说:一定是鬼怪办的事。

第四十二章　为什么不绞死吉木

汤姆被老医生和吉木抬回来了,姨妈对着汤姆大哭。有人说非把吉木绞死不可,以便教训附近的黑人;有人说这样对他的主人无法交代,还得赔出钱来。于是把吉木锁在原来的屋里。

老医生对大家说:不能对吉木发凶,这个黑人很好,很会照顾病人,为此甚至不怕叫人家抓住,他累得筋疲力尽了。于是大家说对他不应另眼相看,而是应给赏钱。汤姆清醒过来后对姨妈说:是我们放走了吉木。他还讲出我们每天挖洞,偷一大堆东西,写匿名信等事情。姨妈说那个老黑鬼有人来领就叫他走,不然就卖掉。汤姆说:吉木已经不是奴隶了,瓦岑小姐两个月前死了,在遗嘱中说放他做一个自由人。姨妈问他:你既然知道他已经自由了,为什么还要带着他逃跑呀? 他说:我想过一过冒险的瘾。

最后一章　就此停笔

汤姆的枪伤已经好了,他说那天晚上如果溜出去,就跑到金印地区,在土人中做一次历险。他的姨妈想收下我做她的干儿子,可我实在受不了,我已尝过教我怎样做人学好的滋味了。

附　　录

名著改编的电影（片段）

上

出版説明

《古文辭初編》，近人葉蔥奇編注。葉蔥奇（一九〇四—一九八九），名虔，字蔥奇，後以字行，安徽桐城人。精研中國古典文學，所著《李賀詩集疏注》《李商隱詩集疏注》，均由人民文學出版社出版，並以富有創見而享譽學林。著述未刊者尚有《詩文集》《瓃語録》《韓昌黎詩集疏注》《李義山詩集評批》《才調集評點》《簡齋詩集評點》等。

此書初成於二十世紀四十年代，寫定於八十年代。所選古文辭百餘篇依姚鼐《古文辭類纂》文體類别編次，分論辨、序跋、書説、贈序、傳狀、碑誌、雜記、箴銘、頌贊、辭賦、哀祭十一類，而奏議、詔令類文章則未予選録。書中正文、圈點、注釋、集評、作者小傳齊備，體例儼然。既秉承桐城文派傳統，又不乏獨到見解。編輯部依據編注者手稿進行整理時，儘量保持原貌，僅校訂若干明顯的疏誤。爲方便讀者使用，書中涉及的古地名今釋，根據近年來的行政區劃予以修改。

福建人民出版社編輯部

二〇二一年五月

序

今之選文者恒言由淺入深，童稚易習，此妄説也。文第有脩短耳，烏有所謂淺深者哉？謂韓、柳之文一淺於匡衡、劉向，而歸熙甫言辭必淺乎歐、蘇，有是理乎？又多取名宦、巨儒、考據家、小學家所作，使童子讀焉棘口戾舌，百過而不能成誦，吁！乖舛甚矣。夫古文固異乎《詩》《騷》，而其間要自有音響節奏，非振筆敷繹一得謂之文也。六藝、諸子，讀之無不琅然適於口者，取雜録、朝報讀焉，則格澀不能暢其聲矣。文章音響蓋猶天籟。姚惜抱楬爲文之道八，曰『神理、氣味、格律、聲色』。又曰『不自聲音入，終身門外』。旨哉，其精造而深有得也。余病選者之淆紊深苦童子也，乃取姚氏《類纂》、王氏《續纂》及吴氏讀本中短章百篇，長者不過二百言，少者數十字，一皆聲響噴薄，調叶疏宕，琅琅易誦者，以授穉子。其溢乎三家者，《戰國策》數篇而已。使童子先熟是以及乎《類纂》，及乎唐宋人集，而至於周秦諸子，則適然如駕輕車以就周道，拾階梯以升崇樓，庶不螫苦其口而驟淆其神思乎？丁亥三月葉虔。

目録

論辨類

序跋類

奏議類無

書説類

贈序類

詔令類無

傳狀類

碑誌類

雜記類

箴銘類

頌贊類

辭賦類

哀祭類

論辨類

獲麟解〔一〕

韓　愈

麟之爲靈昭昭也。〔二〕詠於《詩》，〔三〕書於《春秋》，〔四〕雜出於傳記百家之書，雖婦人、小子皆知其爲祥也。〔五〕然麟之爲物，不畜於家，不恒有於天下。〔六〕其爲形也不類，〔七〕非若馬、牛、犬、豕、豺狼、麋鹿然。〔八〕然則雖有麟，不知其爲麟也。角者吾知其爲牛，〔九〕鬣者吾知其爲馬，犬、豕、豺狼、麋鹿，吾知其爲犬、豕、豺狼、麋鹿，惟麟也不可知，不可知，則其謂之不祥也亦宜。〔十〕雖然，麟之出，必有聖人在乎位。麟爲聖人出也，聖人者必知麟，麟之果不爲不祥也。又曰：麟之所以爲麟者，以德不以形。〔十一〕若麟之出不待聖人，則謂之不祥也亦宜。

【注釋】〔一〕《春秋·魯哀公十四年》：『西狩獲麟。』《傳》：『西狩於大野……獲麟，以爲不祥……仲尼觀之，曰「麟也」。乃取之。』《爾雅・釋獸》：『麐（同麟），麕（音覠 jūn）身、牛尾、一角。』『解』，解説。〔二〕『靈』，靈明。古代以麟、鳳、龜、龍爲『四靈』。『昭昭』，明顯。〔三〕《毛詩・國風》有《麟之趾》一篇。〔四〕見注一。〔五〕『祥』，祥瑞、吉利。〔六〕『不恒』，不常。〔七〕『不類』，不同於一般。〔八〕『然』，那樣。〔九〕『角者』，生有角者。〔十〕『亦宜』，也合適。〔十一〕『德』，此指靈明而言，全句意謂，麟之所以爲麟，在其内在的靈明而不在其外貌形狀，下句説麟之出不是有聖人在當世，那即謂之不吉之物亦可。

【諸家評論】

唐荆川曰：以『祥』、『不祥』二字作眼目。

茅鹿門曰：文凡四轉，而結思圓轉如游龍，如轆轤，愈變化而愈勁厲。

劉海峰曰：尺水興波，與江河比大，惟韓公能之。

『角者吾知其爲牛』，張廉卿曰：接法奇縱。

張廉卿曰：翔躡虚無，反覆變化，盡文家禽縱之妙。

吴至父曰：李習之寫此文贈陸傪曰：『韓愈非兹世之文，古之文也。其詞與意適，則孟子既没，亦不見其有過於斯者。』

虔按：通篇分四個轉折。讀至『皆知其爲祥也』與『果不爲不祥也』二句時，聲音語氣，應飄颻而出。讀至兩『不祥也亦宜』，語氣應一頓，如是則此文之意趣，即盎然可味矣。圈點依劉海峰本。凡未標依某家本者，皆虔以己意爲之。

【作者簡介】

韓愈（七六八—八二四），字退之，河内河陽（今河南省孟州市）人，三歲而孤，嫂撫鞠之，刻苦學習。公元七九二年中進士第，入徐、泗、濠節度使張建封幕爲推官，調四門博士，遷監察御史，上疏極論宫市（宫中遣太監四出購買物品），貶陽山（今廣東省陽山縣）令。元和（唐憲宗李純年號）中復爲博士。公元八一七年，宰相裴度督諸軍討淮西，奏以愈任行軍司馬，蔡平還朝，遷刑部侍郎。諫憲宗迎佛骨，貶潮州（今廣東省潮州市）刺史。召拜國子祭酒，轉兵部侍郎、吏部侍郎，卒謚文。愈爲唐代著名之古文家，乃當時『古文運動』之領袖，主張文必己出，力祛勦襲，世稱其文起八代（魏、吴、晉、宋、齊、梁、陳、隋）之衰，輔佐六經，卓然自成一家言。傳世有《韓昌黎詩文集》（愈常自稱昌黎韓愈，或遂誤以爲昌黎人，實則唐人最重族望，如李姓之稱隴西人，昌黎乃其族望也）。

雜説一〔一〕

韓　愈

龍噓氣成雲，〔二〕雲固弗靈於龍也。〔三〕然龍乘是氣，茫洋窮乎玄間，〔四〕薄日月，〔五〕伏光景，〔六〕感震電，〔七〕神變化，水下土，〔八〕汩陵谷，〔九〕雲亦靈怪矣哉！雲，龍之所能使爲靈也。若龍之靈，則非雲之所能使爲靈也。〔十〕然龍弗得雲，無以神其靈矣。失其所憑依，信不可歟。異哉！其所憑依，乃其所自爲也。《易》曰：『雲從龍。』〔十一〕既曰龍，雲從之矣。〔十二〕

【注釋】〔一〕集中《雜説》共四篇，此第一篇。　〔二〕古時傳説龍飛上天，興雲致雨。又能潛入深淵，乃變化莫測之鱗介類神物，故多以之作帝王之比喻。『噓』，呼也，吐出。〔三〕《禮記·禮運》：『麟、鳳、龜、龍謂之四靈。』　〔四〕『茫洋』，猶言浩浩蕩蕩。『玄間』，指天。　〔五〕『薄』，迫近。　〔六〕『伏』，掩覆。『光景』，指日月之光。　〔七〕『感震電』，激動雷電。　〔八〕『水』，此作動詞用，指降雨潤澤在下之土地，此言其爲益之一面。　〔九〕『汩』（音骨 gǔ），淹没義。此言其爲害之一面。　〔十〕此句言雲無法使龍神妙。〔十一〕《周易·乾卦·文言》：『雲從龍。』〔十二〕『既曰龍，雲從之矣。』既名爲龍，則雲自從之。此重言以增重雲、龍實相互依助之義。

【諸家評論】

茅鹿門曰：變化奇絶，不可端倪。

方望溪曰：尺幅甚狹，而層疊縱宕，若崇山廣壑，使觀者不能窮其際。

張廉卿曰：昌黎諸短篇，遒古而波折自曲，簡峻而規模自宏，最有法度，而轉換變化處更多，學韓者宜從此入。又曰：純從空際轉運翔舞。又曰：其神妙尤在中間奇宕處，與轉捩變化無跡可尋處。又曰：意義迴環，筆勢拗折。

虔按：此篇純以龍比人君，雲比賢臣，以明治國者簡擇賢臣之要。起二句飄颻而出。然字下連用六句三字句，以增氣勢之勁健，應一氣讀下至『雲亦靈怪矣哉』。『雲』字一逗，然後讀下，至下四句又一轉，從起處至此已四轉，『又異哉』二句又一轉，然後引書作證結束。讀時應順其轉變，抑揚頓挫，一氣讀下。

圈點依劉海峰本。

雜説二〔一〕

世有伯樂，然後有千里馬。〔二〕千里馬常有，而伯樂不常有。故雖有名馬，祇辱於奴隸人之手，駢死於槽櫪之間，〔三〕不以千里稱也。馬之千里者，一食或盡粟一石。〔四〕食馬者，〔五〕不知其能千里而食也。是馬也，雖有千里之能，食不飽，力不足，才美不外見，且欲與常馬等不可得，安求其能千里也？〔六〕策之不以其道，〔七〕食之不能盡其材，鳴之而不能通其意，〔八〕執策而臨之曰：『天下無馬。』〔九〕嗚呼！其真無馬邪？其真不知馬也！

【注釋】〔一〕此第四篇。〔二〕『伯樂』，姓孫名陽。春秋秦穆公時人，善相馬。《爾雅》注：『伯樂相馬法，旋毛在腹下如乳者，千里馬也。』〔三〕『駢』，音便，平聲 pián，兩馬並列爲『駢』，引申爲一般排列。『槽』，置馬飼料之器具。『櫪』，音歷 lì，馬棚。〔四〕『一石』，一擔。〔五〕『食馬者』，『食』讀似 sì，下『食』字亦讀似，餵義。〔六〕此『也』字讀邪，乃問詞。〔七〕『策』，馬鞭。此作動詞用，但並不專指打，包括駕御之意。〔八〕『鳴之』，乃謂人使馬鳴叫。〔九〕居高向下爲『臨』。

【諸家評論】

起句，姚姬傳曰：一句斷。

『雖有千里之能』，張廉卿曰：折筆遒勁。『且欲與常馬等不可得』，張廉卿曰：再折沈痛。

張廉卿曰：此篇簡古遒勁，與前篇不同。

虔按：是篇以『千里馬』比有才氣之人，『伯樂』比識賢才之人。『祇辱於奴隸人之手』，比屈居於卑微人之手下。『一食或盡粟一石』，乃言待高材應有高待遇。『才美不外見』，謂才能不顯見於外。

起四句論斷精嚴，收二句感歎不盡，讀至『邪』字聲向上揚，至『也』字慢聲作收。

圈點依姚惜抱本。

桐葉封弟辯〔一〕

柳宗元

古之傳者有言，成王以桐葉與小弱弟戲，曰：『以封汝。』周公入賀。王曰：『戲也。』

周公曰：『天子不可戲。』乃封小弱弟於唐。吾意不然。王之弟當封邪，周公宜以時言於王，不待其戲而賀以成之也。不當封邪，周公乃成其不中之戲，〔二〕以地以人與小弱者爲之主，其得爲聖乎？且周公以王之言不可苟焉而已，〔三〕必從而成之邪？設有不幸，王以桐葉戲婦寺，亦將舉而從之乎？〔四〕凡王者之德，在行之何若。設未得其當，雖十易之不爲病。要於其當，不可使易也，而況以其戲乎？若戲而必行之，是周公教王遂過也。吾意周公輔成王，宜以道從容優樂，要歸之大中而已，〔五〕必不逢其失而爲之辭。又不當束縛之，馳驟之，使若牛馬然，急則敗矣。且家人父子尚不能以此自克，〔六〕況號爲君臣者邪？〔七〕是直小丈夫缺缺者之事，〔八〕非周公所宜用，故不可信。或曰，封唐叔，史佚成之。〔九〕

【注釋】〔一〕《呂覽·審應覽·重言》：『成王與唐叔虞燕居，援梧葉以爲珪，而授唐叔虞曰，余以此封汝。叔虞喜，以告周公……成王曰，余一與戲也。周公對曰……天子無戲言……於是遂封虞叔於晉。』注：『削桐葉以爲珪冒，以授叔虞。』『辯』，論說也。〔二〕『不中』，不適當。〔三〕『苟』，輕率。〔四〕『寺』，太監古稱寺人。〔五〕『大中』，猶言至當。〔六〕『克』，約制。〔七〕『號』，稱也。〔八〕『缺缺』，同缺缺，猶屑屑。　〔九〕《史記·晉世家》載此事，諫成王云『天子無戲言』者乃史佚。

【諸家評論】

唐荆川曰：此篇與《守原議》《封建論》三篇，所謂大篇短章，各極其妙。

姚薑塢曰：封唐叔事，《呂覽·重言》篇以爲周公，《説苑·君道》篇采之。若《史記·晉世家》，則以爲史佚。

方望溪曰：此篇苦效韓公子《郤克分謗》篇，筆墨之跡，劃然可尋。

圈點依姚姬傳本。

【作者簡介】

柳宗元（七七八—八一九），字子厚，河東（今山西省永濟縣）人。第進士，又中博學宏詞，拜監察御史。王叔文執政，宗元與劉禹錫等參佐謀畧，反對宦官專權、藩鎮割據以及横征暴斂。叔文敗，坐貶永州（今湖南省零陵縣）司馬。踰十年召返長安，旋任柳州（今廣西壯族自治區柳州市）刺史，卒於任所。宗元古文矯健勁峻，於『古文運動』中與韓愈相頡頏，成就甚高，世稱韓、柳。韓愈云：『衡湘以南爲進士者，皆以子厚爲師。其經承子厚口講指畫爲文詞者，悉有法度可觀。』（韓愈《柳子厚墓誌銘》）傳世有《河東先生集》。

原過〔一〕

王安石

天有過乎？有之，陵、歷、鬬、蝕是也。〔二〕地有過乎？有之，崩、弛、竭、塞是也。〔三〕天地舉有過，〔四〕卒不害聖且賢者何？亦善復常也。故太甲思庸，〔七〕孔子曰勿憚改過，〔八〕揚雄貴遷善，皆是術也。〔九〕予之朋有過而能悔，悔而能改。人則曰：『是向之從事云爾，〔十〕今從事與向之從事弗類，非其性也，飾表以疑世也。』夫豈知言哉？天播五行於萬靈，人固備而有之。有而不思則失，思而不行則廢。一日咎前之非，〔十一〕沛然思而行之，是失而復得，廢而復舉也。顧曰『非其性』，〔十二〕是率天下而戕性也。〔十三〕且如人有財，見篡於盜，〔十四〕已而得之，曰：『非夫人之財，〔十五〕向篡於盜矣。』可歟？不可也。財之在己，固不若性之爲己有也。財失復得，曰『非其財』且不可；性失復得，曰『非其性』，可乎？

【注釋】〔一〕『原』，推究其理。『過』，過錯。　〔二〕『陵』，某一星進犯別一星之位爲

『陵』，某星侵歷別一星之次爲『歷』。『鬭』，兩星相觸。『蝕』，日蝕、月蝕。〔三〕『崩』，崩裂。『弛』，傾塌。『竭』，乾涸。『塞』，堙淤。〔四〕『舉』，皆也。〔五〕『累』，防礙。『且』，又、和義。〔六〕『介』，間夾。〔七〕『太甲』，商代帝王，即位後縱欲敗度，伊尹放之於桐宮，三年，悔過反善，伊尹復迎之回，重執君政。事見《尚書·太甲》。『思庸』，想著返回至經常之善道。〔八〕《論語·學而》：『過則勿憚改。』〔九〕『術』，道理。〔十〕『云爾』，如彼。〔十一〕『咎』，懊責。〔十二〕『顧』，但也。〔十三〕『戕』，傷害。〔十四〕『篡』，刦取。〔十五〕『夫』，猶彼也。

【諸家評論】

茅鹿門曰：文不踰三百字，而轉折變化無窮。

圈點依劉海峰本，圈依方望溪本。

【作者簡介】

王安石（一〇二一—一〇八六），字介甫，晚號半山。撫州臨川（今江西省撫州市臨川區）人。少好讀書，工爲文。擢進士第，歷度支判官，直集賢院、知制誥。宋神宗（趙頊）時任宰相，帝深倚之，謀改革政治，號爲變法。《宋史》本傳謂其『有矯世變俗之志』。其議論高奇，果於自用。一時名臣，皆被斥退，而新法未效，罷爲鎮南軍節度使。元豐（宋神宗年號，一〇七八—一〇八五）中復拜左僕射，封荆國公。哲宗（趙煦）立，加司空，卒謚文。其文拗折深峭，韓、柳之後，崛起名家。本編所選《原過》《讀孟嘗君列傳》《讀孔子世家》《傷仲永》等均轉折勁峭，橫厲挺拔，爲世傳誦之名篇。傳世有《王文公文集》《臨川先生文集》。

漢高帝論〔一〕

周樹槐

丁公爲楚將，〔二〕逐窘高帝彭城西。帝急顧曰：『兩賢豈相厄哉！』丁公引而去之。及楚滅，丁公見。高帝斬以徇曰：〔三〕『後世勿效丁公。』壯學子曰：〔四〕丁公死晚矣，然譎哉高帝乎。〔五〕高帝曰：『使項王失天下者，丁公也。丁公爲項王臣不忠。』然則爲項王臣忠者，宜莫若季布。〔六〕丁公已戮而季布方購，〔七〕高帝非能以公滅私者也。然則高帝曷爲斬丁公？曰：高帝之怨丁公，猶其怨季布爾矣。然而丁公斬、季布終赦者，季布數窘高帝，卒無害於高帝。自以爲罪而逃之，則非高帝之所甚惡也。丁公能窘高帝，能釋高帝，自以爲德而謁之，是則高帝之所甚恥也。不然，鴻門之役，使項王失天下者項伯也，〔八〕而封之。〔九〕其有詞於後世也哉？〔十〕

【注釋】〔一〕『漢高帝』，劉邦。劉邦赦季布、斬丁公見《史記·季布欒布列傳》。〔二〕『丁公』，名固，薛（今山東省滕州市東南）人，季布同母異父弟。〔三〕『徇』，示衆。〔四〕『壯學子』，周樹槐之別號。〔五〕『譎』，音決 jüe，詭詐。〔六〕『季布』，《史記·季布欒布列傳》：『季布者，楚人也……項籍使將兵，數窘漢王。及項羽滅，高祖購求布千金……布匿濮陽周氏……乃髡（剃光頭）鉗（音前，用鐵拑於頸，乃彼時約束罪犯之一種刑具）季布……之魯朱家所，賣之……朱家……見汝陰侯滕公……滕公……待閒，果言如朱家指，上乃赦季布。』〔七〕『方購』，正懸賞捉拿。〔八〕《史記·項羽本紀》：『沛公（劉邦）旦日從百餘騎來見項王，至鴻門（在今陝西省西安市臨潼區西北）……因留沛公與飲……項莊拔劍起舞，項伯（項羽之叔父）亦拔劍起舞，常以身翼蔽沛公，莊不得擊。』〔九〕《史記·項羽本紀》：『封項伯爲射陽侯。』〔十〕此句意謂有何說以自解於後世乎？

【作者簡介】

周樹槐，字星叔，湖南長沙人。嘉慶（清仁宗顒琰年號）十四年（一八〇九）進士，歷官山西沁源、江西吉水知縣。著有《壯學齋文集》十二卷。

士説

梅曾亮

求棟梁者必於木，而木不皆棟梁者也。其不材者，且不得與萑蒲竹箭比。〔一〕其實異，其名同。〔二〕吾見夫木之難求也。然而求棟梁者，不求之萑蒲竹箭之林，而斷斷然必求之木。士之於國猶木之於室也。一國之士，其材者百無一二焉；一山之木，其材者亦百無一二焉。然國患無士，而室不患無木者，何也？〔三〕豈士之寡而木之多歟？抑信士之不如信木者歟？彼求棟梁者，不求之萑蒲竹箭之林，而惟木之求也，不以木之有類於萑蒲竹箭者而變計也。故天下有不材之木，而無不成之室。今以士之有類於商賈負販也，〔四〕而謂用商賈負販者之無異於用士，此士之所以終不出歟？

【注釋】〔一〕『萑』，音桓 huán，『萑蒲』，蘆葦一類。『竹箭』，一種幹細而節長之小竹。

〔二〕『實異』、『名同』，實質全然兩樣，而其名則同爲木。〔三〕『也』，讀邪。〔四〕『商賈』，『賈』音古 gǔ，買賣人。『負販』，買物荷於肩而叫賣之人。

【作者簡介】

梅曾亮（一七八六—一八五六），字伯言，上元（今南京市）人，道光（清宣宗旻寧年號）四年（一八二四）進士，以知縣用，改捐郎中，官於户部，告歸後主揚州書院。咸豐（清文宗奕詝年號）五年卒（一八五五）。曾亮爲姚鼐弟子中之年最少而成就最超異者，其文樸茂遒鍊，直入惜抱堂奥。著有《柏梘山房文集》十六卷。

韓非論〔一〕

梅曾亮

太史公謂韓非引繩墨、切事情，〔二〕悲其爲《説難》而不能自脱。嗟夫！非之爲《説難》，非之所以死也。今人君無賢智愚不肖，莫不欲制人而不制於人，測物而不爲物所測。然卒爲揣摩智士之所中，〔三〕而不能脱其要領者，〔四〕彼士也，陰用其術而主不知，故因勢而抵其巇。〔五〕使知有人焉，玩吾於股掌之上，而吾莫之遁。雖無信臣左右之讒，其不能一日容之也，決矣。且古今著書立説之士，多出於功成之後者。不然，則無意於世以潛其身。今非方皇皇焉入世之網羅，〔六〕獨舉世主所忌諱者縱言之，而使吾畏，〔七〕亦可謂不善藏其用者矣。不然，非之術，固士陰挾以結主取濟者，〔八〕非獨以發其覆，而爲禍首，〔九〕豈不悲哉！吾觀老子之書，以柔爲剛，以予爲取，處萬物所不勝，而視天下不嬰兒、處女若，宜有難免於雄猜之世者。然則老子之不知所終，其已智及此哉。〔十〕

【注釋】〔一〕《史記・老子韓非列傳》：『韓非者，韓之諸公子也。喜刑名法術之學……與李斯俱事荀卿……作《孤憤》《五蠹》《内外儲》《説林》《説難》十餘萬言。然韓非知説之難，爲《説難》書甚具，終死於秦，不能自脱……秦因急攻韓。韓王始不用非，及急，迺遣非使秦。秦王悦之，未信用。李斯、姚賈害之……秦王以爲然，下吏治非。李斯使人遺非藥，使自殺。』〔二〕《史記・老子韓非列傳》：『韓子引繩墨、切事情、明是非，其極慘礉（音核 hé，殘酷義）少恩。』『繩墨』，原爲木工引畫直線之具，引申爲條律。〔三〕『卒』，讀族 zú，驟然。『揣摩』，猶揣測。〔四〕『要』，同腰。〔五〕『巇』，音羲 xī，縫隙。〔六〕『入世之網羅』，謂其汲汲求得職位，世之職皆有所拘絆，故以『網羅』爲喻。〔七〕『使吾畏』，使之畏我。〔八〕『濟』，成功。〔九〕『發其覆』，揭開其遮掩。〔十〕《史記・老子韓非列傳》：『老子者……姓李氏，名耳，字聃……其學以自隱無名爲務……著書上下篇，言道德之意五千餘言而去，莫知其所終。』此句言老子之潛身隱去，其智已洞見此也。

序跋類

讀儀禮〔一〕

韓　愈

余嘗苦《儀禮》難讀，又其行於今者蓋寡，沿襲不同，復之無由。〔二〕考於今，誠無所用之，然文王、周公之法制，粗在於是。孔子曰：『吾從周。』謂其文章之盛也。古書之存者希矣。百氏雜家尚有可取，況聖人之制度耶？於是掇其大要，〔三〕奇辭奧旨著於篇，學者可觀焉。惜乎！吾不及其時進退揖讓於其間，嗚呼盛哉！

【注釋】〔一〕『儀禮』，記述周代的禮儀。在漢代便已殘缺，劉向《别録》本共十七篇，鄭玄作注。後代稱爲《十三經》之一。〔二〕『復之無由』，無從恢復。〔三〕『掇』，輯取。音多 duō。

【諸家評論】

方望溪曰：風味與《史記》表序畧同而格調微别。

虔按：《儀禮》所記，冠、婚、喪、聘之儀節，大都在進、退、揖、讓。文中「進退揖讓」四字正包舉全書之要。收二句緬懷盛世，歎味不盡。

圈點依張廉卿本。

讀荀子〔一〕

韓愈

始吾讀孟軻書，〔二〕然後知孔子之道尊，聖人之道易行，王易王、霸易霸也。〔三〕以爲孔子之徒没，〔四〕尊聖人者孟氏而已。晚得揚雄書，〔五〕益尊信孟氏。因雄書而孟氏益尊，則雄者亦聖人之徒與？聖人之道不傳於世。周之衰，好事者各以其説干時君，紛紛籍籍相亂，〔六〕《六經》與百家之説錯雜；〔七〕然老師大儒猶在。火於秦，黄老於漢，〔八〕其存而醇者，孟軻氏而止耳，揚雄氏而止耳。及得荀氏書，於是又知有荀氏者也。考其辭，時若不粹；〔九〕要其歸，與孔子異者鮮矣。抑猶在軻、雄之間乎？孔子刪《詩》《書》，筆削《春秋》，合於道者著之，離於道者黜去之，故《詩》《書》《春秋》無疵。余欲削荀氏之不合者，附於聖人之籍，亦孔子之志與？孟氏醇乎醇者也；荀與揚，大醇而小疵。

【注釋】〔一〕荀卿名況，趙（今山西省太原市北有趙城）人，齊襄王時爲祭酒（官名），或讒荀卿，乃適楚，春申君以爲蘭陵令。春申君死而荀卿廢，著書三十二篇，世稱「荀子」。〔二〕「孟軻」，字子輿（前三七二—前二八九），鄒（今山東省鄒城市）人，受業子思之門人，著《孟子》七篇。〔三〕天下之所歸往曰「王」。把持王者之政教曰「霸」。〔四〕「之徒」，指孔子諸弟子。〔五〕「揚雄」，字子雲，成都人。漢成帝（劉驁）時，召對承明殿，後仕於王莽。著有《太玄》《法言》《方言》等書。〔六〕指鄒衍、韓非、申不害、田駢等。〔七〕「六經」，《詩》《書》《易》《禮》《樂》《春秋》。〔八〕「黄老」，黄帝、老子。《史記·孝武本紀》：「竇太后治黄老，不好儒術。」〔九〕「粹」，醇粹。

【諸家評論】

「霸易霸」，方望溪曰：退之以孟子爲「霸易霸」。又曰：孔墨必相爲用，所謂擇焉而不精。

「孟氏醇乎醇者也」，方望溪曰：止如槁木。自周以後惟太史公、韓退之有此，以所讀皆周人之書故也。

『聖人之道不傳於世』，姚薑塢曰：頓挫。張廉卿曰：突起雄濶。

『紛紛籍籍』，張廉卿曰：不醇。

『火於秦』，張廉卿曰：突轉。

『時若不粹』，張廉卿曰：小疵。

『與孔子異者鮮矣』，張廉卿曰：大醇。

『孟氏醇乎醇者也』，張廉卿曰：通篇斷制處。又曰：歸宿。

張廉卿曰：卓識偉論，上下千古。其文勢甚雄濶而以盤勁之致行之，彌覺聲光鬱然。又曰：此文雖爲讀《荀子》作，然直是自抒己意，論孟、荀、揚三家耳，而其中賓主秩然不亂。

曾滌生曰：此與《讀鶡冠子》《讀儀禮》《讀墨子》四篇矜慎之至，一字不苟。文氣類史公年表序。

馬通伯曰：公嘗言：『世無孔子，不當在弟子之列。』讀此文，見其自命不在孟子下。借題以抒己意，無端而來，截然而止，中間突起突轉：此數者，文家祕密法也。

虔按：結二句論斷斬截，極精確。

圈點依張廉卿本。

論語辨一〔一〕

柳宗元

或問曰：儒者有稱《論語》孔子弟子所記，信乎？曰：未然也。孔子弟子曾參最少，〔二〕少孔子四十六歲。曾子老而死，是書記曾子之死，則去孔子也遠矣。曾子之死，孔子弟子畧無存者矣。吾意曾子弟子之爲之也。何哉？且是書載弟子必以字。〔三〕獨曾子、有子不然。〔四〕由是言之，弟子之號之也。然則有子何以稱子？曰：孔子之殁也，諸弟子以有子爲似夫子，立而師之；其後不能對諸子之問，乃叱避而退，則固嘗有師之號矣。今所記獨曾子最後死，余是以知之。蓋樂正子春、子思之徒與爲之爾。〔五〕或曰：孔子弟子嘗雜記其言，然而卒成其書者，曾氏之徒也。

【注釋】〔一〕『論語』，孔子諸弟子記述孔子之言行，分《學而》《爲政》等二十篇。〔二〕『曾參』，字子輿（前五〇五—前四三四），其父曾點亦孔子弟子。〔三〕『且』，夫也。〔四〕『有子』，名若，字子有。〔五〕『樂正子春』，曾參弟子。『子思』，名伋（前四八三—前四〇二），孔子之孫，孔鯉之子，受學於曾參。

【諸家評論】

方望溪曰：標然若秋雲之遠，可望而不可即。

姚姬傳曰：此語程子亦取之，朱子載之《集注》前，然鼐按其未必然。《檀弓》最推子游，似子游之徒所爲，而於子游稱字，曾子、有子稱子，似聖門相沿，稱皆如此，非以稱字與子爲重輕也。

虔按：論斷簡括而精切，若清代考據家爲之，必繁徵博引，數十萬言。

圈點依姚姬傳本。

論語辨二

柳宗元

堯曰：『咨爾舜！〔一〕天之曆數在爾躬，〔二〕四海困窮，天禄永終。』〔三〕舜亦以命禹：〔四〕『余小子履，〔五〕敢用玄牡，〔六〕敢昭告於皇天后土，〔七〕有罪不敢赦。萬方有罪，〔八〕罪在朕躬；〔九〕朕躬有罪，無以爾萬方。』或問之曰：《論語》書記問對之辭耳。今卒篇之首，章然有是，何也？〔十〕柳先生曰：《論語》之大，莫大乎是也。是乃孔子常常諷道之辭云爾。〔十一〕彼孔子者，覆生人之器也。〔十二〕上焉堯、舜之不遭，而禪不及己；下之無湯之勢，而己不得爲天吏。〔十三〕生人無以澤其德，〔十四〕日視聞其勞死怨呼，而己之德涸焉無所依而施，故於常常諷道云爾而止也。此聖人之大志也，無容問對於其間。弟子或知之，或疑之，不能明，相與傳之。故於其爲書也，卒篇之首，嚴而立之。

【注釋】〔一〕《論語》第二十篇《堯曰》篇首，即此五句。『堯』，陶唐氏，名放勳。『堯』乃爲帝時，人所稱號。堯老不傳其子丹朱而傳諸『舜』。『舜』，爲有虞氏，即位後人稱重華。一説『舜』爲其名，一説乃死後之謚。『咨』，嗟歎辭。〔二〕『曆數』，經曆運數。『爾躬』，汝身。〔三〕『四海困窮，天祿永終』，天下之人俱困窮，則汝所受之天祿亦長此永終矣。（此用宋朱熹注）此數語乃堯將禪舜時，告誡舜之言。舜禪禹時，亦以此訓禹。〔四〕『禹』，姓姒，即位後人稱曰文命，從『禹』起傳位與子孫，國號夏。〔五〕『湯』，姓子，名履。國號殷，又稱商。〔六〕『玄牡』，黑雄牛。〔七〕『皇』、『后』，均大義。〔八〕『萬方』，指天下群衆。〔九〕『朕』，我。此數語乃《論語》所引『湯』初即位時對衆宣示之言。〔十〕『章』，明顯。『也』，讀耶。〔十一〕『諷道』，念誦。〔十二〕『覆生人之器也』，有能庇護人民之道德者。〔十三〕『天吏』，帝王、天子。〔十四〕『澤其德』，受其恩德之潤澤。〔十五〕『嚴』，鄭重、嚴肅。

【諸家評論】

方望溪曰：觀此二篇，可知古人讀書『必洞見垣一方人』而後的然無疑。不如此，朱子所謂『以意包籠，如從數里外望見城郭，輒云我已知此地』者。又曰：子厚謫官後，始知慕效退之之文，而此二篇意緒風規，則退之所未嘗有。乃苦心深造，忽然而得此境；惜其年不永，此類竟不多得也。又曰：此二篇幾可與退之竝驅争先。又曰：如出自宋以後人，即所見到此，文境亦不能如此清深曠邈。

虔按：桐城諸老多尊韓抑柳，望溪尤甚。柳州豈肯慕效退之，謂此二篇意緒風規，退之未嘗有，則誠的論也。

圈點依姚姬傳本。

辨晏子春秋〔一〕

柳宗元

司馬遷讀《晏子春秋》，高之，而莫知其所以爲書。或曰：晏子爲之而人接焉。或曰：晏子之後爲之。皆非也。吾疑其墨子之徒有齊人者爲之。〔二〕墨好儉，晏子以儉名於世。故墨子之徒尊著其事，以增高爲己術者。且其旨多尚同、兼愛、非樂、節用、非厚葬久喪者，是皆出《墨子》。又非孔子，好言鬼神事，非儒、明鬼，又出《墨子》。其言問棗及古冶子等，尤怪誕。又往往言墨子聞其道而稱之，此甚顯白者。自劉向、歆、班彪、固父子皆録之儒家中，〔三〕甚矣數子之不詳也。蓋非齊人不能具其事，非墨子之徒，則其言不若是。後之録諸子書者，宜列之墨家。非晏子爲墨也，爲是書者，墨之道也。

【注釋】〔一〕晏嬰字平仲，事齊靈公、莊公，爲景公之相，以節儉力行重於齊。《史記·管晏列傳》：『太史公（司馬遷）曰：吾讀管氏《牧民》《山高》《乘馬》《輕重》《九府》及《晏子春秋》，詳哉其言之也。』　〔二〕墨翟，魯人，生於周定王時，卒於安王之末，倡『兼愛』、『尚同』之説，流行頗盛，與儒家並稱，有《墨子》十五卷，傳爲其門弟子所記。〔三〕『劉向』字子政，漢宣帝時人，子『歆』字子駿，與向領校秘書（宮中所藏書），集六藝、群書種别爲《七畧》。是書籍目録最早之一部。『班彪』字叔皮，子『固』字孟堅，續父所爲《漢書》二十餘年乃成。《漢書》有《藝文志》列載經、子、百家目録。

【諸家評論】

虔按：結深進一層而以飄逸出之，餘味不盡。

辨鶡冠子〔一〕

柳宗元

余讀賈誼《鵩賦》，〔二〕嘉其詞。而學者以爲盡出《鶡冠子》。余往來京師，求《鶡冠子》無所見，至長沙始得其書。讀之，盡鄙淺言也。惟誼所引用爲美，餘無可者。吾意好事者僞爲其書，反用《鵩賦》以文飾之，非誼有所取之，決也。太史公《伯夷列傳》稱賈子曰：『貪夫殉財，烈士殉名，〔三〕夸者死權。〔四〕』不稱鶡冠子。遷號爲博極群書，假令當時有其書，遷豈不見耶？假令真有《鶡冠子》書，亦必不取《鵩賦》以充入之者。何以知其然耶？曰不類。

【注釋】〔一〕『鶡冠子』，周代人，姓名不詳。居深山，以鶡鳥羽爲冠，人遂稱爲鶡冠子。〔二〕『賈誼』，《史記·屈原賈生列傳》：『賈生名誼，雒陽人也……文帝召以爲博士……超遷，一歲中至太中大夫……絳、灌、東陽侯、馮敬之屬盡害之……乃以賈生爲長沙王太傅……三年，有鴞飛入賈生舍，止於坐隅，楚人命鴞曰鵩……乃爲賦以自廣。』〔三〕『殉』，從義。以性命追從爲『殉』，一作『徇』。〔四〕『夸』，同誇，矜誇。

【諸家評論】

虔按：收只以『不類』二字，戛然便止，極斬決。

圈點依張廉卿本。

書義序〔一〕

王安石

熙寧二年，〔二〕臣某以《尚書》入侍，〔三〕遂預政。〔四〕而子雱實嗣講事，〔五〕有旨爲之説以獻。八年下其説，太學班焉。〔六〕惟虞、夏、商、周之遺文，更秦而幾亡，遭漢而僅存。賴學士大夫誦説，以故不泯。而世主莫或知其可用。天縱皇帝大知，〔七〕實始操之以驗物，〔八〕考之以決事。又命訓其義，兼明天下後世，〔九〕而臣父子以區區所聞承乏與榮焉。〔十〕然言之淵懿，〔十一〕而釋以淺陋；命之重大，而承以輕眇。〔十二〕兹榮也，祇所以爲愧也歟？謹序。

【注釋】〔一〕《尚書》，又稱《書經》，爲我國最早一部史書。『書義』，乃安石於宋神宗趙頊

（音需 xū）前侍講《尚書》，趙項命作之新注。〔二〕『熙寧』，宋神宗年號。〔三〕『某』，是編入文集時所改，原爲安石二字。〔四〕『預政』，指做宰相。〔五〕王『雱』（音滂 pāng），安石子，字元澤。安石爲相，『雱』繼講《尚書》。〔六〕『太學』，國家最高學府。『班』，分發。〔七〕『知』，同智。〔八〕『物』，和下句之『事』一義。〔九〕兼使天下後世明瞭。〔十〕『乏』，缺乏。『承乏』乃謙詞，承接於缺人之時。〔十一〕『言之淵懿』，謂《尚書》文辭之深美。〔十二〕『命之重大』，指皇帝命其注釋。『眇』，微小。

【諸家評論】

『而世主莫或知其可用』，吴至父曰：高簡。

『茲榮也』，吴至父曰：此用《法言》成調。

虔按：『言之淵懿』二句，以《書義》與上命雙收，神力完固。

讀孔子世家

王安石

太史公敘帝王，則曰『本紀』；公侯傳國，則曰『世家』；公卿特起，則曰『列傳』。此其例也。其列孔子爲『世家』，奚其進退無所據耶？孔子旅人也，〔一〕棲棲衰季之世，〔二〕無尺土之柄，此列之以傳宜矣。曷爲『世家』哉？豈以仲尼躬將聖之資，其教化之盛，舄奕萬世，〔三〕故爲之『世家』以抗之，〔四〕又非極摯之論也。〔五〕夫仲尼之才，帝王可也，何特公侯哉？仲尼之道，世天下可也，何特世其家哉？處之『世家』，仲尼之道不從而大；置之『列傳』，仲尼之道不從而小。而遷也，自亂其例，所謂多所牴牾者也。〔六〕

【注釋】〔一〕『旅人』，在外客遊之人。《禮記·檀弓》：『今丘也，東西南北之人也。』〔二〕『棲棲』，不安定義。〔三〕『舄奕』，聯綿。《後漢書·班固傳》注：『舄奕，猶蟬聯也。』〔四〕『抗』，抬高。〔五〕『極摯』，極有理。〔六〕『牴牾』，猶抵觸。

【諸家評論】

茅鹿門曰：荆公短文字，轉折有絶似太史公處。

劉海峰曰：簡老嚴重。

圈依張廉卿本，點依劉海峰本。

讀孟嘗君傳

王安石

世皆稱孟嘗君能得士，士以故歸之，〔一〕而卒賴其力，以脱於虎豹之秦。嗟乎！孟嘗君特雞鳴狗盗之雄耳，豈足以言得士？不然，擅齊之强，得一士焉，宜可以南面而制秦，尚何取雞鳴狗盗之力哉？夫雞鳴狗盗之出其門，此士之所以不至也。

【注釋】〔一〕《史記·孟嘗君列傳》：『孟嘗君名文，姓田氏……孟嘗君在薛，招致諸侯賓客及亡（逃亡）人有罪者……食客數千人……孟嘗君入秦，昭王……囚孟嘗君……孟嘗君使人抵（到達）昭王幸姬求解。幸姬曰：「妾願得君狐白裘。」此時孟嘗君有一狐白裘……入秦獻之昭王，更無他裘……最下坐有能爲狗盗（似狗鑽洞穴以竊物）者……乃夜爲狗，以入秦宮臧中，取所獻狐白裘至，以獻秦王幸姬。幸姬爲言昭王，昭王釋孟嘗君。孟嘗君得出，即馳去……夜半至函谷關……關法雞鳴而出客……客之居下坐者有能爲雞鳴，而雞齊鳴，遂發傳出。出如食頃（如一頓飯之時間），秦追果至關，已後孟嘗君出（已在孟嘗君出去後）。』

【諸家評論】

劉海峰曰：寥寥數言，而文勢如懸厓斷塹，於此見介甫筆力。

圈點依劉海峰本，姚姬傳、張廉卿本同。

讀刺客列傳

王安石

曹沫將而亡人之城，〔一〕又劫天下盟主，管仲因勿倍以市信一時，可也。〔二〕予獨怪智伯國士豫讓，豈顧不用其策耶？〔三〕讓誠國士也，曾不能逆策三晉，救智伯之亡，一死區區，尚足校哉？其亦不欺其意者也。聶政售於嚴仲子，荆軻豢於燕太子丹，此兩人者，汙隱困約之時，自貴其身，不妄願知，〔四〕亦曰有待焉。彼挾道德以待世者何如哉？

【注釋】〔一〕《史記・刺客列傳》：『曹沫（音末 mò）者，魯人也……與齊戰，三敗北……桓公乃許盡歸魯之侵地……桓公怒，欲倍其約。管仲曰：不可……棄信於諸侯，失天下之援……曹沫三戰所亡地盡復予魯……齊桓公許與魯會于柯而盟。桓公與（魯）莊公既盟於壇上，曹沫執匕首劫齊桓公……桓公乃許盡歸魯之侵地……桓公怒，欲倍其約。管仲曰：不可……棄信於諸侯，失天下之援……曹沫三戰所亡地盡復予魯……豫讓者，晉人也，故嘗事范氏及中行氏，而無所知名。去而事智伯……趙襄子與韓、魏合謀滅智伯……豫讓遁逃山中……乃變名姓爲刑人，入宮塗廁，中挾匕首……襄子如廁，心動，執問塗廁之刑人，則豫讓……卒醳（同釋）去之……襄子當出，豫讓伏於所當過之橋下。襄子至橋，馬驚……豫讓曰，臣事范、中行氏……皆衆人遇我……至於智伯，國士遇我，我故國士報之……遂伏劍自殺……聶政者……濮陽嚴仲子事韓哀侯，與韓相俠累有郤（同郄，仇恨）……聶政乃辭獨行。杖劍至韓……上階刺殺俠累……自屠出腸，遂以死……荊軻者，衛人也……燕人謂之荊卿……會燕太子丹質秦亡歸燕……乃裝爲遣荊卿……太子及賓客知其事者，皆白衣冠以送之……遂至秦……軻既取（地）圖奏之，秦王發（開）圖，圖窮而匕首見。因左手把秦王之袖，而右手持匕首揕（同戡，刺義）之。未至身，秦王驚，自引而起，袖絕……左右乃曰：「王負劍！負劍！」遂拔以擊荊軻，斷其左股。荊軻廢，乃引其匕首以擿（同擲）秦王，不中……於是左右既前殺軻。』〔二〕『市』，猶買取。〔三〕『顧』，反義。〔四〕『不妄願知』，不隨便希望人賞識。

【諸家評論】

吳至父曰：大家作文必有自己在，決不苟作。

虔按：結句是全篇精神主旨。

圈點依張廉卿本。

靈谷詩序

王安石

吾州之東南有靈谷者，〔一〕江南之名山也。龍蛇之神，虎豹翬翟之文章，〔二〕楩楠豫章竹箭之材，〔三〕皆自山出。而神林、鬼冢、魑魅之穴，與夫仙人、釋子恢譎之觀，咸附託焉。至其淑靈和清之氣，盤礴委積於天地之間，萬物之所不能得者，乃屬之於人，而處士君實生其址。〔四〕君姓吳氏，家於山阯，豪傑之望，臨吾一州者，蓋五六世，而後處士君出焉。其行孝弟忠信，其能以文學知名於時。惜乎其老矣，不而得與夫虎豹翬翟之文章，楩楠豫章竹箭之材俱出，而爲用於天下，顧藏其神奇，而與龍蛇雜此土以處也。然君浩然有以自養，遨游於山川之間，嘯歌謳吟以寓其所好，終身樂之不厭。而有詩數百篇，傳誦於閭里。他日出《靈谷》三十二篇，以屬其甥曰：〔五〕『爲我讀而序之。』惟君之所得，蓋有伏而不見者，豈特盡於此詩而已？雖然，觀其所鑱刻萬物而接之以藻績，〔六〕非夫詩人之巧者，亦孰能至於此？

【注釋】〔一〕王安石爲今江西省撫州市臨川區人，宋時臨川爲撫州府治所，『靈谷』，在臨川區東南。〔二〕『翬』，野雞。『翟』，音敵 dí，長尾之山雞。〔三〕『楩』，音駢 pián，大木名。『豫』、『章』，亦木名，章即今樟樹。〔四〕吴『處士』，安石妻父，名蕃，字彦弼，四以進士試，卒無所成，年四十三卒。〔五〕『甥』，謂婿。〔六〕『繢』，同繪。

【諸家評論】
劉海峰曰：興致亦自淋漓。
『惜乎其老矣』，方望溪曰：將毋溺其私親，而爲溢美之言。
『龍蛇雜處』，方望溪曰：無謂。

虔按：望溪於柳州、荆公每多瑕疵，蓋有人之見存。

題張幼于裒文太史卷

歸有光

文太史既没，〔一〕幼于裒其平日所與尺牘，〔二〕摹之石上。〔三〕太史尊宿，幼于年輩遠不相及，而往復勤懇如素交。吴中自來先後輩相接引類如此，故文學淵源，遠有承傳，非他郡之所能及也。嗟乎！士固樂於有所爲。若夫曠世獨立，仰以追思千載之前，俯以望未來之後世，其亦可慨也夫！

【注釋】〔一〕『文太史』，文徵明，長洲（今蘇州市）人，正德末授翰林院待詔。〔二〕『裒』，蒲侯切，音捊 póu，聚集義。〔三〕將尺牘刻於石上然後摹搨裱爲手卷。

圈點依張廉卿本，吴至父本同。

【作者簡介】

歸有光（一五〇七—一五七一），字熙甫，崑山（今江蘇省崑山市）人。九歲能屬文，弱冠盡通五經、三史，於馬（司馬遷）班（班固）致力尤深。嘉靖（明世宗朱厚熜年號）舉鄉試，上春官不第，徙居嘉定（今上海市嘉定區）安亭江上，讀書講道，學徒常數百人，稱爲震川先生。晚乃以進士授長興（今浙江省長興縣）令，用古教化爲治，大吏令不便，輒寢閣不行。大吏多惡之，調順德（今廣東省佛山市順德區）通判，名爲遷，實抑之也。隆慶（明穆宗朱載坖年號）初，始用高拱薦爲南京太僕寺丞，隆慶四年卒於官。有光爲文，原本經術，妙得《史記》神理，邃密古潔，情韻深美，於唐、宋諸名家之後，卓然别樹一幟。讀本編所選《張雄字説》《女二二壙志》《畏壘亭記》等篇，約可概見。傳世有《震川文集》三十卷《别集》十卷，《三吴水利録》。

恬庵遺稿序

姚鼐

鄉之前輩，以文章稱而年與鼐接者十餘人。鼐自童幼受書一室，足希出户。苟非嘗至吾家者，率不得見。若望溪宗伯、〔一〕 龔參司業、〔二〕 南堂、息翁諸先生，〔三〕 異鄉學者見其詩文，或生愛慕，恨莫接其形容，而惡知生同里閈者，〔四〕固亦若是也。汪稼門觀察之先君子恬庵先生，〔五〕計其生之年，與鼐接之年也，而鼐未嘗見。觀察出其文，讀之，清和恬雅，有越俗之韻。〔六〕真吾鄉前輩文也。余於是益歎昔者文學之盛，而怪今者之不繼，豈人不悦學，而吾邑之文將自是日衰耶？抑士有藏於室而吾不得識，亦如吾曩者與前輩不相遇者耶？不然，何今昔之殊也。觀察承其家學，在官有廉靖之節，世推其賢。恬庵之文，因益聞於天下。其蓄深者其播遠，於理固然。吾將舉是編爲里之群士勸焉。〔七〕

【注釋】〔一〕『望溪宗伯』，方苞字靈皋，别號望溪，官至禮部右侍郎，爲清初名古文家。清代稱禮部尚書爲大宗伯，侍郎爲宗伯。〔二〕胡宗緒字『襲參』，著有《環隅集》。『司業』，官名，清國子監有『司業』。〔三〕方世泰字貞觀，著有《南堂詩鈔》。方世舉字扶南，一字息翁，世泰從兄，好爲詩，晚年注有《韓昌黎詩集編年箋注》，有《春及堂集》。〔四〕『閈』，音翰 hàn，里門。〔五〕『汪稼門』，名志伊，亦桐城人，官至兩湖總督，調閩浙，坐事奪職。『觀察』是清代對道員之俗稱。〔六〕『越』，超逸。〔七〕『勸』，鼓勵。

【作者簡介】

姚鼐（一七三二—一八一五），字姬傳，一字夢穀，乾隆（清高宗弘曆年號）二十八年（一七六三）進士，改翰林院庶吉士，散館授兵部主事，遷刑部郎中，記名御史。嘉慶（清仁宗顒琰年號）十五年（一八一〇）重宴鹿鳴，賞四品銜，二十年（一八一五）九月卒，年八十五。曾主講南京鍾山書院，性恬澹，不慕榮利，論學主集考據、義理、詞章之長，不拘漢、宋門户。桐城自方苞、劉大櫆倡爲古文，鼐爲大櫆弟子，而學問文章超越方、劉。其文紆曲委備，樸茂深醇。纂《古文辭類纂》以明義法，世因有桐城派之目。傳世有《惜抱軒全集》二十卷、《九經説》、《三傳補注》、《近體詩鈔》等。

讀孫子〔一〕

姚鼐

左氏序闔閭事，〔二〕無孫武。太史公爲列傳，言武以十三篇見於闔閭。余觀之，吴容有孫武者，而十三篇非所著，戰國言兵者爲之，託於武焉爾。春秋大國用兵，不過數百乘。〔三〕未有興師十萬者也，況在闔閭乎？〔四〕田齊、三晉既立爲侯，〔五〕臣乃稱君曰主。主在春秋時，大夫稱也。是書所言，皆戰國事耳。其用兵法，乃秦人以虜使民法也。〔六〕不仁人之言也。然自是世言用兵者，以爲莫武若矣。

【注釋】〔一〕《孫子》，春秋時齊人孫武所著之兵書，共十三篇，爲我國最早一部軍事學名著，有曹操等十家注。〔二〕《史記·孫子吳起列傳》：『孫子武者，齊人也。以兵法見於吳王闔廬（《左傳》作閭）。』〔三〕『乘』，四馬駕一輛兵車爲一『乘』。〔四〕闔閭時吳國並無齊、楚大。〔五〕周安王時，田和始爲諸侯，後子孫日益强大，遂併齊，故稱『田齊』。晉卿韓、魏、趙三家分晉，各自立爲諸侯，故稱『三晉』。〔六〕『虜』，音魯lǔ，俘虜。《戰國策·趙策·秦圍趙之邯鄲》：『彼秦者，棄禮義而尚首功之國也。權使其士，虜使其民。』視民如俘虜而使用之。

書毛鄭異同考後〔一〕

梅曾亮

唐人爲鄭注疏者，〔二〕曲傅鄭氏，後世言漢學者彌甚矣。康成之箋《毛傳》也不然，〔三〕非獨於毛公也，杜子春、〔四〕鄭司農、〔五〕何休等，〔六〕皆於康成爲先輩大師，未嘗苟同，以尊經也。夫經者群言之君也。事君而黨其貴戚大臣，則必謂之導諛之人矣。〔七〕至言經而不知此也，曰不倍師。然則漢之師固尊於經乎？徐子季雅，取毛、鄭訓詁之異同者，〔八〕比而録之，間附以己意，亦樸學之一助也。竊異夫爲康成學者，有異夫康成之用心。書以發之。

【注釋】〔一〕《毛詩》，又稱《詩》，漢毛萇作傳，故稱《毛詩》，漢鄭玄又於傳外作箋，唐孔穎達詳解經及傳、箋作注疏。《毛鄭異同考》，清徐季雅撰，季雅名籍未詳。〔二〕『唐人』，指孔穎達。『曲傳鄭氏』，注疏的體例，依據古箋注，詳加解説，不能稍持異義，所以説它委曲傳從鄭玄。『漢學』最重師承，不能稍有違異。『彌』，更。〔三〕『康成』，鄭玄之字。〔四〕『杜子春』，後漢河南緱氏（漢縣名，故城在今河南省偃師市南）人，鄭衆、賈逵均從受學。〔五〕『鄭司農』，即鄭衆，字仲師，河南開封人，章帝時官大司農。〔六〕『何休』，字邵公，後漢任城樊（故地在今山東省濟寧市兗州區境）人。〔七〕『導諛』，迎合諂媚。〔八〕『訓詁』，解釋其義。

淮南子書後〔一〕

梅曾亮

存古書者莫多是《淮南子》剽竊曼衍，與安所爲文不類。然自《吕氏春秋》外，〔二〕則四分書。非東漢人爲之決也，惟《天文訓》所言三百六十五度四分度之一〔三〕，孔曆，〔四〕章帝始行之；其二十四氣亦與東漢更定者同，〔五〕豈亦有後人附益者與？《列子》子曰：『信而好古。』〔六〕豈不以非信之難，能辨其爲古者難歟？昔柳子厚謂《莊書質直少偽作，〔七〕《莊子》多本之。〔八〕夫《列子》剽《莊子》者耳，其書非子》及諸子書所有者，文氣皆甚卑，不類周、秦時文，而以爲《莊子》之所從出，疏矣。樸學之士，〔九〕好是古而非今，不能通知文字升降之源；不根者攬其詞，〔十〕昧没其終始。〔十一〕子厚固非二者之可倫比，其言《鶡冠子》剽賈誼賦入其書，〔十二〕信當矣，而顧失之於《列子》何哉？〔十三〕

【注釋】〔一〕《淮南子》，漢長沙厲王長子劉安所撰，實『招致賓客方術之士』，共同纂著，多採録古籍。《漢書·藝文志》云，《淮南子》有内、外篇，今所傳只漢高誘注二十一篇，實即内篇。漢許慎亦有注，後散佚。〔二〕《吕氏春秋》，又稱《吕覽》，名爲秦吕不韋撰，實由賓客所纂輯，有十二紀、八覽等，共二十六卷，亦雜纂古書而成。〔三〕《淮南子》每篇名某某訓，《天文訓》是第一篇。〔四〕後漢章帝劉炟（音達 dá），元和二年改行四分曆。〔五〕《玉海》：『五日爲一候，三候爲一氣，故一歲有二十四氣。又每月二氣，在月首者爲節氣，在月中者爲中氣。』《禮記·月令》疏：『漢時以驚蟄爲正月中，雨水爲二月節。漢末劉歆作《三統曆》，改驚蟄爲二月節，雨水爲正月中。』〔六〕《論語·述而》：『子曰，述而不作，信而好古，竊比於我老彭。』〔七〕《列子》，八卷，周列御寇撰。〔八〕《莊子》，詳後第一七一頁。〔九〕『樸』，質實。『樸學之士』指清考據家。〔十〕『不根者』，浮泛無根柢之人。〔十一〕『昧没』，昧暗不明。〔十二〕《鶡冠子》，詳第二七頁《辨鶡冠子》注一。〔十三〕『顧』，乃也。

管異之文集書後〔一〕

梅曾亮

曾亮少好爲駢體文，〔二〕異之曰：『人有哀樂者面也；今以玉冠之，雖美，失其面矣。〔三〕此駢體之失也。』余曰：『誠有是，然《哀江南賦》、〔四〕《報楊遵彦書》，〔五〕其意固不快耶？〔六〕而賤之也。〔七〕』異之曰：『彼其意固有限，使有孟、荀、莊周、司馬遷之意，來如雲興，〔八〕聚如車屯，則雖百徐、庾之詞，不足以盡其一意。』余遂稍學爲古文詞，異之不盡謂善也。曰：『子之文病雜，一篇之中，數體駁見，〔九〕武其冠，儒其服，非全人也。』余自信不如信異之深，得一言爲數日憂喜。嗚呼！今異之亡矣。吾得失不自知，人知之，不能爲吾言之。余雖於學日從事焉，茫乎不自知其可憂而可喜也，故益念異之不能忘。異之卒於道光十一年，其明年今巡撫安徽鄧公刊其遺文，〔十〕命曾亮爲之序，乃書疇昔論文語於集後，以誌吾悲。

【注釋】〔一〕『管異之』名同，江蘇上元縣（今南京市）人，道光五年舉人，年四十七卒，著有《因寄軒文初集》十卷《二集》六卷《補遺》一卷。異之與梅曾亮均爲姚鼐弟子。〔二〕『駢體文』，六朝最盛，句用對偶，故稱『駢體』；又因多四字句和六字句相間，故又稱『四六』。尚詞藻，重典故，全篇皆用韻。〔三〕《史記·陳丞相世家》：『咸譏陳平曰，平雖美丈夫，如冠玉耳，其中未必有也。』『冠玉』，即用此，意謂玉帽雖美，卻失去面目真相（指精神神彩）。〔四〕《哀江南賦》，梁庾信所著。信字子山，與徐陵齊名，人稱『徐庾體』。奉使北周，被留不還，梁亡乃作此賦，極哀惋悽切，爲人稱誦。〔五〕『報楊遵彥書」，徐陵使於北齊被羈留時，寫與梁僕射楊遵彥者。陵字孝穆，遵彥名愔。〔六〕「快」，欣暢。〔七〕「賤」，輕蔑。〔八〕「孟」軻、「荀」況、「司馬遷」，均見前。「莊周」詳見後第一七一頁。〔九〕「駁」，同駁，雜義。〔十〕「鄧公」，鄧廷楨字嶰筠，江寧（今南京市）人。

書蘇明允辨姦論後〔一〕

管同

蘇明允《辨姦論》詆斥荆公〔二〕，宋方勺《泊宅編》言其本末甚備。〔三〕頃見周密《浩然齋雅談》，〔四〕謂嘗見陳振孫説此論亦閒及二程，〔五〕此本臆説無憑。而近世闢宋儒者，多喜道之，其亦謬矣。明允之卒，張方平爲墓碣，〔六〕特載此文爲荆公而作，子瞻有謝書可考也。〔七〕當明允至京，蓋在嘉祐、治平之世。〔八〕其時歐公既爲介甫延譽，〔九〕而潞公爲相，〔十〕又請不次擢用，〔十一〕以激奔競之風。故論曰蓋世之名，而賢者有不知。若明道、伊川，則自神、哲兩朝始出仕。〔十二〕其於是論，無一可合焉。夫面垢不洗，衣垢不澣者，〔十三〕介甫之實事。當其少年，嘗見戒於韓魏公矣。〔十四〕世豈有囚首喪面之二程也？〔十五〕嗚呼！道學之尊，猶天地日月也。〔十六〕縱使明允著論譏之，於二程亦何損，又況牽合臆決，絶不考其當時之事。彼振孫與密者，亦何心哉？

【注釋】〔一〕宋蘇洵字『明允』，眉州眉山（今四川省眉山市）人。〔二〕王安石封荆國公。〔三〕『方勺』字仁聲。著《泊宅編》三卷，所紀皆元祐至政和間事。〔四〕『周密』字公謹，宋末人，著有《浩然齋雅談》。〔五〕『陳振孫』字伯玉，號直齋。著有《直齋書録解題》二十二卷。程顥字伯淳，人稱明道先生。弟頤字正叔，人稱伊川先生。〔六〕『張方平』字安道，宋南京（今河南省商丘市）人。『碣』，音竭 jié，圓形石碑。〔七〕『子瞻』，蘇軾字。〔八〕『嘉祐』，宋仁宗趙禎年號。『治平』，宋英宗趙曙年號。〔九〕『歐公』，指歐陽修。〔十〕『潞公』，文彦博。〔十一〕『不次擢用』，不按慣例，超次任用。〔十二〕『神』、『哲』，神宗趙頊、哲宗趙煦。〔十三〕『面垢不洗，衣垢不澣（音浣 huàn，與浣同）』，此二句見《宋史·王安石傳》，《辨姦論》中亦有之。〔十四〕『韓魏公』，韓琦。〔十五〕『囚首喪面而談詩書』，亦《辨姦論》中語。〔十六〕『二程』與楊時及南宋朱熹，世稱『道學』家。

【作者簡介】

管同（一七八〇—一八三一），字異之，詳見第四四頁《管異之文集書後》注一。同爲文簡嚴精邃，曲當法度。著有《因寄軒文初集》十卷《二集》六卷《補遺》一卷、《七經紀文》、《孟子年譜》。

書法言後〔一〕

方東樹

退之論文，〔二〕屢稱揚子，〔三〕而不及董子。〔四〕蓋文以奇爲貴，而董子病於儒。余聞之劉先生説如此。〔五〕然竊以爲退之所好揚子文，亦謂其賦及他雜文耳。〔六〕若《法言》《太玄》，理淺而詞艱，節短而氣促，非文之工者也，退之所好不在此。夫立言者皆欲其不棄矣，而不能爲不可棄者，理不當而辭不文也。文其辭而無當於理者有之矣，未有當於理而其辭不文者也。揚子徒知爲不可棄，而不務培其本，畢生用力造字句已耳。或曰：揚子成《太玄》，桓譚以爲後世復有子雲者，〔七〕必能好之。及宋司馬温公，〔八〕果篤嗜其書。意者其奥而世鮮知耶？〔九〕余曰：不然。夫孟、荀、揚、韓雖並稱，〔十〕然孟氏之道，班於聖人。〔十一〕今讀其書，充然、沛然，高下曲折，涵天地而無極，指事而無不盡焉。曷嘗待於入黃泉、出青天，若揚子之所爲耶？〔十二〕夫以揚氏書與孟氏相比，差等殊絶，若河、潦之不可同觀如彼。〔十三〕而司馬氏猶非孟子而尊揚子，是尚得爲知言乎哉？

【注釋】〔一〕詳第二〇頁《讀荀子》注五。　〔二〕『退之』，韓愈字。　〔三〕『揚子』，即揚雄。　〔四〕『董子』，漢董仲舒，少治《春秋》，學有原委，爲一代醇儒。著有《春秋繁露》等書。　〔五〕『劉先生』，名開，字明東，號孟塗，清安徽桐城人，工古文。著有《孟塗文集》十卷。　〔六〕『亦』，惟義。　〔七〕東漢『桓譚』，字君山，光武好讖書，譚斥爲妄，帝怒，出之。著有《新論》二十九篇。　〔八〕宋司馬光，字君實，封溫國公。〔九〕『奥』，深義。　〔十〕『孟』，孟軻字子輿，有《孟子》七篇。『荀』況，見第二〇頁《讀荀子》注一。『揚』即揚雄。『韓』，韓愈，詳見第三頁。　〔十一〕『班』，等、次。〔十二〕揚雄《解嘲》：『顧默而作《太玄》五千文，枝葉扶疏，獨説十餘萬言，深者入黃泉，高者出蒼天。』　〔十三〕『河』，指黃河等大河。『潦』，音老 lǎo，地上積水。

【作者簡介】

方東樹（一七七二—一八五一），字植之，安徽桐城人。師承姚鼐，文至嚴潔，中歲研幾義理，篤尊朱熹。著有《漢學商兑》以攻考據家之失。又有《書林揚觶》、《大意尊聞》、《一得拳膺録》、《儀衛軒文集》十二卷。年八十，咸豐元年五月卒。

書郭玉傳後〔一〕

龍啓瑞

傳稱玉爲太醫丞，〔二〕多有效應。貧賤廝養，〔三〕必盡其心力。而醫療貴人，時或不愈。玉亦因有四難之説。〔四〕余嘗讀而病之，以謂玉特世俗者流，淺之乎爲術者也。玉誠能精其術以濟世，則惟吾之所爲而必其效，而何富貴貧賤人之足易其志哉。玉惟不能内自決於必勝之術，故不能不震於外而失其故智。〔五〕不然，何以羸服變處而一鍼即愈耶？〔六〕豈非技不能通乎道，其技固有時而窮耶？然人有疾，而使醫者不能自盡其意，則亦可危之甚者也。

【注釋】〔一〕『郭玉』，後漢廣漢雒（今四川省廣漢市）人。《後漢書·郭玉傳》：『有老父不知何出，常漁釣於涪（音浮 fú）水，因號涪翁。乞食人間，見有疾者，時下針石，輒應時而效，乃著《針經》《診脉法》傳於世。』程高師事之，盡其術，因以授玉。〔二〕『太醫丞』，官名，漢有太醫令，丞爲令之副。郭玉於和帝劉肇時任太醫丞。〔三〕『廝』，音斯 sī，奴僕。『養』，僕役之主炊烹者。〔四〕《後漢書·郭玉傳》：『（玉）對曰……夫貴者處尊高以臨臣，臣懷怖懾以承之。其爲療也，有四難焉：自用意而不任臣，一難也；將身不謹，二難也；骨節不彊，不能使藥，三難也；好逸惡勞，四難也。』〔五〕『震』，激動義。〔六〕『羸』，音雷 léi，瘦義。『羸服變處』，謂衣簡樸之衣，改變其居處。富貴人而易爲貧賤人之服處，則應手即愈矣。《後漢書·郭玉傳》：『針有分寸，時有破漏，重以恐懼之心，加以裁慎之志，臣意且猶不盡，何有於病哉！』

【諸家評論】

虔按，結處掉筆進一層作收，意更深永。

【作者簡介】

龍啓瑞（一八一四—一八五八），字輯五，號翰臣，廣西臨桂（今廣西省桂林市臨桂區）

人。道光二十一年（一八四一）進士，授修撰，官至江西布政使。著有《經德堂文集》十四卷。

奏議類無

書説類

蘇厲爲周説白起〔一〕　《戰國策》

蘇厲謂周君曰：〔二〕『敗韓、魏，殺犀武，〔三〕攻趙取藺、離石、祁者，皆白起。〔四〕是攻用兵，〔五〕又有天命也。今攻梁，〔六〕梁必破，破則周危。君不若止之。〔七〕』謂白起曰：『楚有養由基者，〔八〕善射。去柳葉者百步而射之，〔九〕百發百中。左右皆曰「善」。有一人過曰：「善射，可教射也矣。〔十〕」養由基曰：「人皆善。子乃曰可教射，子何不代我射之也？〔十一〕」客曰：「我不能教子支左屈右。〔十二〕夫射柳葉者，百發百中，而不以善息；少焉氣力倦，弓撥矢鉤，〔十三〕一發不中，前功盡矣。」

今公破韓魏，殺犀武，而北攻趙，取藺、離石、祁者，公也。公之功甚多。今公又以秦兵出塞，過兩周，〔十四〕踐韓而以攻梁，一攻而不得，前功盡滅。〔十五〕公不若稱病不出也。〔十六〕」

【注釋】〔一〕『蘇厲』，洛陽人，蘇秦之弟。〔二〕『周君』，周赧（音腩 nǎn）王姬延。〔三〕秦將白起敗韓師於伊闕，拔五城。（伊闕在今河南省洛陽市南）『犀武』，魏將。〔四〕『藺』，音吝 lìn，在今山西省呂梁市離石區西。『離石』，即今離石區。『祁』，今山西省祁縣。此三地時屬趙。『白起』，郿人，秦名將，昭襄王用之，戰勝攻取，凡下七十餘城，封爲武安君。〔五〕『攻』，同工。〔六〕『梁』，魏之都城，在今河南省開封市西北。〔七〕周赧王聽從其說，即概括在『君不若止之』句下，故接著即言『謂白起』。〔八〕『養由基』，姓養，名由基，春秋時楚之善射者。〔九〕『而射之』，『射』讀石。〔十〕『可教射』，可以教汝射。〔十一〕『射之也』，『射』亦讀石。〔十二〕『支左屈右』，射箭時左手持弓直伸向前，右臂彎屈，捏著放於弦上之箭。句意言我並不教汝如何執弓，如何放箭。〔十三〕『少焉』，一下、一刻。弓反捩過去，箭鋒鉤屈。〔十四〕『兩周』，東周、西周。〔十五〕『滅』，消滅。〔十六〕『不出』，指不出兵攻梁。

【諸家評論】

『前功盡矣』，姚姬傳曰：《史記》作『一發不中者，百發盡息』，語更險而意盡。

【作者簡介】

《戰國策》，時（前四七五—前二二〇）東周、西周、燕、趙、韓、魏、齊、楚、秦、宋、衛、中山諸遊士，説其時君之作。自漢劉向已只能謂：『皆高才秀士，度時君之所能行，出奇策異智，轉危爲安，運亡爲存，亦可喜，皆可觀。』（《戰國策書録》）而無法稽考某篇出於某人。以意測之，大致亦如魯史《春秋》之出於各國史官之載記耳。其篇指陳形勢，規畫得失，汗漫恣肆，氣盛而言讋，短篇峭潔詼詭，最工於比喻，有一字之喻，有一句之喻，有通篇之喻。故文章中之最精於用喻者，當以《國策》爲首。凡言之難於徑陳者，一用喻而豁然意解；文之枯寂乏味者，一用喻而神彩飛動。故比喻於文中實一莫大之功用也。試就本編所選各篇讀之，其妙自見矣。

蘇代止孟嘗君入秦〔一〕

《戰國策》

孟嘗君將入秦，〔二〕止者千數而弗聽，蘇代欲止之。孟嘗君曰：『人事者，吾已盡知之矣。吾所未聞者，獨鬼事耳。〔三〕』蘇代曰：『臣之來也，固不敢言人事也，固且以鬼事見君。〔四〕』孟嘗君見之。謂孟嘗君曰：『今者臣來，過於淄上，〔五〕有土偶人與桃梗相與語。〔六〕桃梗謂土偶人曰：「子西岸之土也，挻子以爲人。〔七〕至歲八月，降雨下，〔八〕淄水至，則汝殘矣。」土偶曰：「不然。吾西岸之土也，土則復西岸耳。〔九〕今子東國之桃梗也，刻削子以爲人。降雨下，淄水至，流子而去，則子漂漂者將何如耳？〔十〕」今秦四塞之國，〔十一〕譬如虎口，而君入之，則臣不知君所出矣。』孟嘗君乃止。

【注釋】〔一〕『蘇代』，亦蘇秦之弟。〔二〕『孟嘗君』，田嬰子，名文。周赧王十五年，秦昭王聞孟嘗君之賢，使涇陽君質於齊，以求見孟嘗君，故將入秦。〔三〕『獨』，只有。〔四〕『且』，將義。〔五〕『淄』，音茲 zī，水名，源出山東省濟南市萊蕪區，東北流至壽光市，北出合小清河，由淄河口入海。『淄上』，淄水岸上。〔六〕『土偶人』，泥捏成之小人。『桃梗』，桃木雕刻之小人。〔七〕『埏』，吴汝綸據晁本作『埏』，音延 yán，泥模型。此作動詞用。〔八〕『降』，應爲『洚』之形近而誤，『洚』，音洪 hóng，大也。〔九〕『土則』之『土』，謂水沖化復成泥土。〔十〕其時秦以東皆稱山東，『孟嘗君』齊人，故以『東國之桃梗』相比。『漂漂者』意謂漂流無所歸者。〔十一〕秦四面均山，險要處皆有關，故曰『四塞之國』。

蘇代爲燕説齊

《戰國策》

蘇代爲燕説齊，未見齊王，〔一〕先説淳于髡曰：〔二〕『人有賣駿馬者，〔三〕比三旦立市，〔四〕人莫之知。往見伯樂曰：〔五〕「臣有駿馬，欲賣之，比三旦立於市，人莫與言。願子還而視之，〔六〕去而顧之，〔七〕臣請獻一朝之賈。〔八〕」伯樂乃還而視之，去而顧之，一旦而馬賈十倍。今臣欲以駿馬見於王，〔九〕莫爲臣先後者，〔十〕足下有意爲臣伯樂乎？臣請獻白璧一雙、黄金千鎰，以爲馬食。〔十一〕』淳于髡曰：『謹聞

命矣。』入言之王而見之，齊王大説蘇子。〔十二〕

【注釋】〔一〕『齊王』，齊湣王田地。〔二〕『淳于髡』，複姓『淳于』，名『髡』，齊之贅婿，滑稽多辯。〔三〕『駿』，好馬。〔四〕『比』，連竝。〔五〕『伯樂』，見第六頁《雜説二》注二。〔六〕『還』，讀旋 xuán，旋繞。〔七〕『顧』，回顧。〔八〕『賈』，即價。『一朝之賈』，乃謙言一日之費用。〔九〕此以『駿馬』比有良計謀之自身。〔十〕『先後』，猶言先容。《漢書・酈食其傳》注：『先，謂紹介也。』〔十一〕『鎰』，音義 yì，秦以前以二十四兩爲一『鎰』，漢以後以十六兩爲一斤。『馬食』，亦謙詞，言供馬飼之費。〔十二〕『説』，同悦。

蘇代説趙惠王〔一〕

《戰國策》

趙且伐燕，〔二〕蘇代爲燕謂惠王曰：『今者臣來，過易水，〔三〕蚌方出曝，〔四〕而鷸啄其肉，〔五〕蚌合而拑其喙。〔六〕鷸曰：「今日不雨，明日不雨，即有死蚌。」蚌亦謂鷸曰：「今日不出，明日不出，即有死鷸。」兩者不肯相舍，〔七〕漁者得而並禽之。〔八〕

今趙且伐燕，燕、趙久相支，以弊大衆，臣恐强秦之爲漁父也。故願王之熟計之也。』惠王曰：『善。』乃止。

【注釋】〔一〕『趙惠文王』，趙何。〔二〕『且』，將義。〔三〕『易水』，源出河北省易縣，合桑乾、滹沱入海。〔四〕『曝』，音瀑 pù，曬也。〔五〕『鷸』，音聿 yù，色蒼觜長，常棲田澤，捕食魚、蟲。〔六〕『拑』，音錢 qián，夾住。『喙』，音會 huì，鳥之尖長觜。〔七〕『舍』，即捨。〔八〕『禽』，即擒。

淳于髡説齊宣王見七士〔一〕

《戰國策》

淳于髡一日而見七人於宣王。〔二〕王曰：『子來，寡人聞之，千里而一士，是比肩而立；〔三〕百世而一聖，若隨踵而至也。〔四〕今子一朝而見七士，則士不亦衆乎？〔五〕』淳于髡曰：『不然。夫鳥同翼者而聚居，獸同足者而俱行。今求柴葫、桔梗於沮澤，〔六〕則累世不得一焉。及之睪黍、梁父之陰，〔七〕則郤車而載耳。〔八〕夫物各有疇，〔九〕今髡賢者之疇也。王求士於髡，譬若挹水於河，而取火於燧也。〔十〕髡將復見之，豈特七士也？〔十一〕」

【注釋】〔一〕『淳于髡』，見第五七頁《蘇代爲燕説齊》注二。〔二〕『見』，介紹去進見。『宣王』，田辟疆。〔三〕『比』，竝也。〔四〕『踵』，脚跟。此二句意謂千里之内若有賢士，一百代内而有一聖人，即以爲甚多矣。〔五〕『不亦』之『亦』乃助詞，無意義。『不亦』，豈不。〔六〕『柴葫』、『桔梗』，俱藥名，均生於山區。『葫』，今作胡。『沮澤』，潮濕地，『沮』，音句 jǔ。〔七〕『之』，往。『睪』，音高 gāo，『睪黍』，山名，所在地不詳，大致亦在山東省。『梁父』，亦山名，在山東省泰安市東南。山北爲『陰』。〔八〕『郤』，退、止義，猶言停。〔九〕『疇』，類也。〔十〕『燧』，音遂 suì，古代取火之具。〔十一〕『特』，但也。

圈點依姚姬傳本。

淳于髡説齊王止伐魏〔一〕

《戰國策》

齊欲伐魏，淳于髡謂齊王曰：『韓子盧者，天下之疾犬也；〔二〕東郭逡者，海内之狡兔也。〔三〕韓子盧逐東郭逡，環山者三，〔四〕騰山者五，〔五〕兔極於前，犬廢於後。〔六〕犬兔俱罷，〔七〕各死其處。田父見之，無勞勸之苦，〔八〕而擅其功。今齊魏久相持以頓其兵，〔九〕弊其衆，〔十〕臣恐强秦、大楚承其後，有田父之功。』齊王懼，謝將休士。〔十一〕

【注釋】〔一〕『齊王』，齊宣王田辟疆。　〔二〕『盧』，黑色；『韓子盧』，韓國之黑狗。『疾』，快速。　〔三〕『逡』，乃『㕙』之同音假借，『㕙』，狡兔，東郭一狡猾之兔。〔四〕『環』，圍繞。　〔五〕『騰』，登上。　〔六〕『極』、『廢』，皆言疲頓至死。　〔七〕『罷』，讀疲，古通。　〔八〕『勌』，同倦。　〔九〕『頓』，挫壞。『兵』，刀劍。　〔十〕『弊』，疲困。　〔十一〕『謝』，辭卻。
圈點依姚姬傳本。

淳于髡解受魏璧馬

《戰國策》

齊欲伐魏，魏使人謂淳于髡曰：『齊欲伐魏，能解魏患，惟先生也。敝邑有寶璧二雙，〔一〕文馬二駟，〔二〕請致之先生。』淳于髡曰：『諾。』入説齊王曰：『楚，齊之仇敵也；〔三〕魏，齊之與國也。〔四〕夫伐與國，使仇敵制其餘敝，名醜而實危，爲王弗取也。』齊王曰：『善。』乃不伐魏。客謂齊王曰：『淳于髡言不伐魏者，受魏之璧、馬也。』王以謂淳于髡曰：『聞先生受魏之璧、馬，有諸？〔五〕』曰：『有之。』『然則先生爲寡人計之何如？』〔六〕淳于髡曰：『伐魏之事不便，魏雖刺髡，於王何益？若誠便，魏雖封髡，於王何損？且夫王無伐與國之誹，〔七〕魏無見亡之危，百姓無被兵之患，髡有璧、馬之寶，於王何傷乎？』

【注釋】〔一〕『邑』，謙稱其國如一小『邑』。『璧』，外形圓、内孔方之玉器。〔二〕『文馬』，毛有二色如花『文』者。『駟』，四匹；『二駟』，八匹。〔三〕『説』，讀税。〔四〕『與』，相交好。〔五〕『之乎』二字疾言即『諸』。〔六〕此句意謂如此汝爲我所出之計謀爲何乎？〔七〕『誹』，非議。

圈點依姚姬傳本。

杜赫欲重景翠〔一〕　　《戰國策》

杜赫欲重景翠於周，謂周君曰：『君之國小，盡君之重寶珠玉以事諸侯，不可不察也。〔二〕譬之如張羅者，〔三〕張於無鳥之所，則終日無所得矣。張於多鳥處，則又駭鳥矣。〔四〕必張於有鳥無鳥之際，然後能多得鳥矣。今君將施於大人，〔五〕大人輕君；施於小人，〔六〕小人無可以求，又費財焉。〔七〕君必施於今之窮士，不必且爲大人者，〔八〕故能得欲矣。』

【注釋】〔一〕『杜赫』，周人。『景翠』，人名。『欲重』，欲使『景翠』爲周王所重視。〔二〕『盡君之重寶珠玉以事諸侯，不可不察也』，此言周國甚小，用盡所有珠寶以遺各諸侯而求獲援助，故於用人不可不細加考察。〔三〕『羅』，捕鳥網。〔四〕『駭』，驚動。

〔五〕『大人』，地位高、聲望重之人。〔六〕『小人』，地位低之普通人。〔七〕普通人甚多，所以『費財』。〔八〕『不必且爲大人者』，『且』，將也。意言不定將成爲大人物之人。指『景翠』。

扁鵲見秦武王〔一〕

《戰國策》

醫扁鵲見秦武王，武王示之病，〔二〕扁鵲請除。左右曰：『君之病在耳之前，目之下，除之未必已也。〔三〕將使耳不聰，目不明。』君以告扁鵲，扁鵲怒而投其石曰：〔四〕『君與知者謀之，〔五〕而與不知者敗之。使此知秦國之政也，〔六〕則君一舉而亡國矣。』

【注釋】〔一〕『扁鵲』，姓秦名越人，與趙簡子同時。軒轅時有名醫名『扁鵲』，人因稱秦越人爲『扁鵲』。『秦武王』，嬴蕩，惠王駟之子。〔二〕『示』，示之病患所在之處。〔三〕『已』，止，即痊癒。〔四〕『投』，拋擲。『石』，古人用以治病之砭石。〔五〕

『知者』，知曉病況能治療之人。〔六〕『使』，設使。此『知』字指執掌、管理。

《戰國策》

蘇秦之楚〔一〕

蘇秦之楚，三日乃得見乎王，談卒辭而行。楚王曰：〔二〕『寡人聞先生，若聞古人。今先生乃不遠千里而臨寡人，〔三〕曾不肯留，〔四〕願聞其說。』對曰：『楚國之食貴於玉，〔五〕薪貴於桂，謁者難得見如鬼，〔六〕王難得見如天帝。今令臣食玉炊桂，因鬼見帝。』王曰：『先生就舍，寡人聞命矣。』

【注釋】〔一〕『蘇秦』，洛陽人，主張六國合縱以抗秦，身佩六國相印。〔二〕『楚王』，楚懷王熊槐。〔三〕『臨』，本上對下之詞，此處乃楚王謙用。〔四〕『曾』，乃也。〔五〕『食』，讀是，飯也。〔六〕『謁者』，官名，掌管介紹賓客謁見國王之官。虔按：意譏王之不立行接見，大致晤談時，亦無傾倒之意耳。

温人之周〔一〕

《戰國策》

温人之周，周不納。客即對曰：『主人也。』問其巷而不知也，吏因囚之。君使人問之曰：『子非周人，而自謂非客，何也？』對曰：『臣少而誦《詩》，《詩》曰：「普天之下，莫非王土。率土之濱，莫非王臣。」〔二〕今周君天下，〔三〕則我天子之臣，而又爲客哉？故曰主人。』君乃使吏出之。〔四〕

【注釋】〔一〕『温』，故城在今河南省温縣西南，時屬魏國。『之』，往也。〔二〕此四句詩見《毛詩・小雅・北山》。古音『下』讀户，故和『土』叶韻，下二句『濱』和『臣』叶韻。〔三〕周爲全天下之君。〔四〕『出之』，釋放之。

齊人見田駢〔一〕

《戰國策》

齊人見田駢，曰：『聞先生高義，設爲不宦，〔二〕而願爲役。〔三〕』田駢曰：『子何聞之？』對曰：『臣聞之鄰人之女。』田駢曰：『何謂也？』對曰：『臣鄰人之女，設爲不嫁，行年三十而有七子。不嫁則不嫁，然嫁過畢矣。〔四〕今先生設爲不宦，訾養千鍾，〔五〕徒百人，不宦則然矣，而富過畢也。』田子辭。〔六〕

【注釋】〔一〕『田駢』，齊處士。〔二〕『設』，立也。立意不爲官。〔三〕『爲役』，爲人服務。〔四〕『畢』，終也。猶言至極。謂過於嫁至極矣。〔五〕『訾』，爲資之同音假借。『鍾』，量名，六斛四斗爲一『鍾』。〔六〕『辭』，辭謝。自承爲過誤。

諫靖郭君城薛

《戰國策》

靖郭君將城薛，〔一〕客多以諫。靖郭君謂謁者無爲客通。〔二〕齊人有請者曰：『臣請三言而已矣，〔三〕益一言，〔四〕臣請烹。』靖郭君因見之，客趨而進曰：〔五〕『海大魚。』因反走。〔六〕君曰：『客有於此。』〔七〕客曰：『鄙臣不敢以死爲戲。』君曰：『亡，更言之。』對曰：『君不聞大魚乎？網不能止，鉤不能牽，〔八〕蕩而失水，則螻蟻得意焉。〔九〕今夫齊，亦君之水也，君長有齊陰，奚以薛爲？失齊，雖隆薛之城到於天，〔十〕猶之無益也。』君曰：『善。』乃輟城薛。〔十一〕

【注釋】〔一〕田嬰受封爲薛公，號曰靖郭君。『城』，作動詞用，指建築城墻。『薛』，故城在今山東省滕州市南。〔二〕『謁者』，見第六四頁《蘇秦之楚》注六。『通』，通報。〔三〕『言』，古稱一字爲一『言』。〔四〕『益』，增也。〔五〕『趨』，速步。〔六〕『反』，轉身。『走』，跑。〔七〕『客有於此』，言客留在此。〔八〕『牽』，引義，指釣。〔九〕『螻』，螻蛄，穴居土中之蟲。〔十〕『隆』，增高。〔十一〕『輟』，停止。

荆宣王問群臣〔一〕

《戰國策》

荆宣王問群臣曰：『吾聞北方之畏昭奚恤也，〔二〕果誠何如？』群臣莫對，江一對曰：〔三〕『虎求百獸而食之，得狐。狐曰：「子無敢食我也。〔四〕天帝使我長百獸，〔五〕今子食我，是逆天帝命也。子以我爲不信，吾爲子先行，子隨我後，觀百獸之見我，而敢不走乎？」虎以爲然，故遂與之行，獸見之皆走。虎不知獸畏己而走也，以爲畏狐也。今王之地方五千里，帶甲百萬，而專屬之於昭奚恤，〔六〕故北方之畏奚恤也，其實畏王之甲兵也，猶百獸之畏虎也。』

【注釋】〔一〕楚同時亦稱『荆』。『宣王』，熊良夫。〔二〕『北方』，指在楚以北如齊、秦、韓、魏等國。『昭奚恤』，楚相，乃楚公族。〔三〕『江一』，『一』，亦作『乙』，魏人，官於楚。〔四〕『無』，和毋、勿古通。〔五〕『長百獸』，爲百獸之長。〔六〕『屬』，付也。

魏王遺楚王美人

《戰國策》

魏王遺楚王美人，〔一〕楚王説之。夫人鄭褏知王之説新人也，〔二〕甚愛新人。衣服玩好，擇其所喜而爲之；宮室臥具，擇其所善而爲之，愛之甚於王。王曰：『婦人所以事夫者色也，而妒者其情也。今鄭褏知寡人之説新人也，〔三〕其愛之甚於寡人，此孝子之所以事親，忠臣之所以事君也。』鄭褏知王以己爲不妒也，因謂新人曰：『王愛子美矣，雖然，惡子之鼻。〔四〕子爲見王，〔五〕則必揜子鼻。〔六〕』新人見王，因揜其鼻。王謂鄭褏曰：『夫新人見寡人則揜其鼻，何也？』鄭褏曰：『妾知也。』王曰：『雖惡，必言之。』〔七〕鄭褏曰：『其似惡聞君王之臭也。』王曰：『悍哉！』令劓之，〔八〕無使逆命。

【注釋】〔一〕『楚王』，懷王熊槐。『遺』，贈與義。〔二〕『褏』，即袖。鄭國之美女，懷王之寵姬，鄭女多善舞，舞時揮拂兩袖，故以袖爲名。〔三〕『説』，同悦，古通。〔四〕『惡』，讀務 wù，嫌惡。〔五〕『爲』，如也。〔六〕『揜』，同掩。〔七〕意謂雖極不善，汝亦必言之。〔八〕『劓』，音易 yì，古代割去罪人之鼻，名爲『劓』刑。

《戰國策》

魏王欲攻邯鄲

魏王欲攻邯鄲，〔一〕季梁聞之，〔二〕中道而反。〔三〕衣焦不申，〔四〕頭塵不去，往見王曰：『今者臣來，見人於大行，〔五〕方北面而持其駕，〔六〕告臣曰：「我欲之楚。」臣曰：「君之楚，將奚爲北面？〔七〕」曰：「吾馬良。」臣曰：「馬雖良，此非楚之路也。」曰：「吾用多。」〔八〕臣曰：「用雖多，此非楚之路也。」曰：「吾御者善。」〔九〕此數者愈善而離楚愈遠耳。今王動欲成霸王，〔十〕舉欲信於天下，〔十一〕恃王國之大、兵之精鋭而攻邯鄲，以廣地尊名。〔十二〕王之動愈數，〔十三〕而離王愈遠耳。〔十四〕猶之楚而北行也。』

【注釋】〔一〕『魏王』，安釐王魏圉（音語 yǔ）。『邯鄲』，音寒單 hán dān，時爲趙都。即今河北省邯鄲市。〔二〕『季梁』，魏臣，時外出。〔三〕『中道』，半路。〔四〕『焦』，炙也。言衣爲風日所炙。『申』，同伸，謂熨平展。〔五〕『大行』，讀太杭，即太行山。〔六〕『北面』，向北。〔七〕『將』，乃也。〔八〕『用』，資用。〔九〕『御者』，駕御車之人。〔十〕『霸王』之『王』，讀望 wàng，統一天下爲『王』。〔十一〕『舉』，亦猶動。『信』，讀伸 shēn，古通。〔十二〕『尊』，盛大。〔十三〕『數』，音朔 shuò，頻繁。〔十四〕『離王』之『王』亦讀望 wàng。

田需貴於魏王

《戰國策》

田需貴於魏王。〔一〕惠子曰：〔二〕『子必善左右。〔三〕今夫楊，橫樹之則生，〔四〕倒樹之則生，折而樹之又生。然使十人樹楊，一人拔之，則無生楊矣。〔五〕故以十人之衆，樹易生之物，然而不勝一人者，何也？樹之難而去之易也。今子雖自樹於王，而欲去子者衆，則子必危矣。』

【注釋】〔一〕『田需』，魏相。『需』，音須 xū。『魏王』，魏襄王嗣。〔二〕『惠子』，惠施。善辭辯，曾爲魏相，時已休退，施和莊周爲友，莊周言『其書五車』。〔三〕『善左右』，和王左右近臣交好。〔四〕『樹』，種植義。〔五〕古『生』字即今口語之活，本篇諸『生』字均活也。

【諸家評論】

姚叔節曰：譬喻亦是文章中一大法門，用之最多且妙者，莫如《戰國策》及諸子書。能得此法，文章乃有精神，決不枯寂。

史疾爲韓使楚

《戰國策》

史疾爲韓使楚，〔一〕楚王問曰：『客何方所循？』〔二〕曰：『治列子圉寇之言。』〔三〕曰：『何貴？』曰：『貴正。』王曰：『正亦可爲國乎？』曰：『可。』王曰：『楚國多盜，正可以圉盜乎？〔四〕』曰：『可。』曰：『以正圉盜奈何？』頃間，〔五〕有鵲止於屋上者，曰：『請問楚人謂此鳥何？』王曰：『謂之鵲。』曰：『謂之烏可乎？』曰：『不可。』曰：『今王之國有柱國、令尹、司馬、典令。〔六〕其任官置吏，必曰廉潔勝任。今盗賊公行，而弗能禁也，此烏不爲烏，鵲不爲鵲也。』

【注釋】〔一〕『史疾』，韓臣。於楚考烈王熊完時，爲韓使楚。〔二〕『何方』，猶何術。問其遵循何種學術。〔三〕『列子圉寇』，即列御寇。『圉』、御古通。漢劉向稱爲鄭穆公時人，學本於黃帝、老子。著有《列子》八卷。晉張湛作注。〔四〕『圉』、御通，禁也。〔五〕『頃間』，一刻間。適有鵲飛來屋上，『史疾』見之，因假以爲説。〔六〕『柱國』，戰國時楚始立之官名，位尊權大如丞相。『令尹』、『司馬』亦楚當時之官，權位和『柱國』相似。『典令』，指主持政令。

【諸家評論】

虔按，此譏其事權不一，政出多門也。

《戰國策》

龐葱與太子質於邯鄲

龐葱與太子質於邯鄲。〔一〕謂魏王曰：〔二〕『今一人言市有虎，王信之乎？』王曰：

『否。』『二人言市有虎，王信之乎？』王曰：『寡人疑之矣。』『三人言市有虎，王信之乎？』王曰：『寡人信之矣。』龐葱曰：『夫市之無虎明矣，然而三人言而成虎。今邯鄲去大梁也遠於市，而議臣者過於三人矣，願王察之也。』王曰：『寡人自爲知。』〔三〕於是辭行，而讒言先至。〔四〕後太子罷質，果不得見。〔五〕

《戰國策》

【注釋】〔一〕『龐葱』，魏臣。《新序》《韓非子》作『龐恭』。『邯鄲』，見第七〇頁《魏王欲攻邯鄲》注一，時爲趙都，『葱』侍太子作人質於趙。〔二〕『魏王』，惠王魏罃。後移都大梁（即今河南省開封市），故亦稱梁王。〔三〕『爲』，有也。言自有理解。〔四〕『先』，前也。『先至』，言至王前。〔五〕『罷質』，不爲質而歸國。

魏加與春申君論將

天下合從，〔一〕趙使魏加見楚春申君曰：〔二〕『君有將乎？』曰：『有矣，僕欲將臨武君。〔三〕』魏加曰：『臣少之時好射，臣願以射譬之可乎？』春申君曰：『可。』加曰：『異日者更羸與魏王處京臺之下，〔四〕仰見飛鳥，更羸謂魏王曰：「臣爲王引弓虛發而下鳥。」〔五〕魏王曰：「然則射可至此乎？」更羸曰：「可。」有間，〔六〕雁從東方來，更羸以虛發而下之。魏王曰：「然則射可至此乎？」更羸曰：「此孽也。」〔七〕王曰：「先生何以知之？」對曰：「其飛徐而鳴悲。飛徐者故瘡痛也，〔八〕鳴悲者久失群也。故瘡未息，〔九〕而驚心未去也，聞弦音引而高飛，故瘡隕也。〔十〕」今臨武君嘗爲秦孽，〔十一〕不可爲拒秦之將也。』

【注釋】〔一〕『天下』，指燕、趙、韓、魏、齊、楚六國。『從』，讀縱 zòng，『合從』，聯合。〔二〕『魏加』，趙人。『春申君』，黄歇，時爲楚相。〔三〕『臨武君』，楚將，姓名未詳。荀卿嘗與之論兵於趙孝成王之前，見《荀子》。〔四〕『更羸』，人名。『京』，高大。〔五〕『引弓虛發』，拉一下弓而不置箭。〔六〕『有間』，一刻。〔七〕『孽』，受傷而仍生存者。〔八〕『瘡』，傷也。〔九〕『息』，生長義。言創傷未長好。〔十〕『隕』同殞，破裂。〔十一〕『嘗爲秦孽』，『臨武君』曾爲秦擊敗，故以受傷之鳥爲比。

圈點依姚姬傳本。

有獻不死之藥於荆王者

《戰國策》

有獻不死之藥於荆王者，〔一〕謁者操以入。〔二〕中射之士問曰：〔三〕『可食乎？』曰：『可。』因奪而食之。王怒，使人殺中射之士。中射之士使人説王曰：〔四〕『臣問謁者，謁者曰可食，臣故食之。是臣無罪，而罪在謁者也。且客獻不死之藥，臣食之而王殺臣，是死藥也。王殺無罪之臣，而明人之欺王。〔五〕』王乃不殺。

【注釋】〔一〕『荆王』，楚頃襄王熊横。〔二〕『謁者』，見第六四頁《蘇秦之楚》注六。『操』，持也。〔三〕『中射之士』，在宮中任射擊者，即後代之禁衛軍。〔四〕『使人説王』之『説』，讀税。〔五〕『明』，表明。

衛人迎新婦

《戰國策》

衛人迎新婦，〔一〕婦上車，問：『驂馬，〔二〕誰馬也？』御曰：『借之。』新婦謂僕曰：『拊驂無笞服。』〔三〕車至門，扶教送母曰：〔四〕『滅竈，將失火。』〔五〕入室見臼，曰：『徙之牖下，妨往來者。』主人笑之。〔六〕此三言者，皆要言也。然而不免爲笑者，蚤晚之時失也。〔七〕

【注釋】〔一〕『衛』，姬姓侯國。周武王封其弟康叔於『衛』，都朝歌（今河南省淇縣東北），至文公遷都於楚丘（今河南省滑縣），成公又遷帝邱（今河南省濮陽縣）。『迎』，迎娶。〔二〕車轅中之馬曰『服』，轅外兩旁之馬曰『驂』。〔三〕『拊』，同撫。『笞』，鞭打。〔四〕古代女子有傅、有母，均任保護、教育之責者。此『送母』，即送其至夫家之傅、母，如後代之送親孃。〔五〕『滅竈』，指熄滅其家中之竈。『將失火』，謂否則將致失火也。〔六〕『主人』，指娶婦家之男女『主人』。〔七〕『蚤』，即早。從遠古直至近代，新婦均緘口不言不笑。故此婦以發言過早見譏。

【諸家評論】

虔按：此篇大致乃譬喻執政者和他國交際時，有些言辭不應過早發出。

應科目時與人書〔一〕

韓　愈

月日愈再拜，天池之濱，〔二〕大江之濆，〔三〕曰有怪物焉，蓋非常鱗凡介之品彙匹儔也。〔四〕其得水變化風雨，上下于天不難也。其不及水，蓋尋常尺寸之間耳。無高山大陵曠途絶險爲之關隔也，然其窮涸不能自致乎水，〔五〕爲獱獺之笑者，〔六〕蓋十八九矣。〔七〕如有力者哀其窮而運轉之，〔八〕蓋一舉手一投足之勞也。〔九〕然是物也，負其異於衆也。且曰：『爛死於沙泥，吾寧樂之。若俛首帖耳搖尾而乞憐者，〔十〕非我之志也。』是以有力者遇之，〔十一〕熟視之若無覩也。其死其生，固不可知也。今又有有力者當其前矣，聊試仰首一鳴號焉，庸詎知有力者不哀其窮，〔十二〕而忘一舉手一投足之勞，而轉之清波乎？其哀之，命也；其不哀之，命也；知其在命而且鳴號之者，亦命也。愈今者實有類於是。是以忘其疏愚之罪，而有是説焉，閣下其亦憐察之。

【注釋】〔一〕此貞元九年應博學宏詞試時作。題一作《應科目與韋舍人書》，考試時有多種科目，故云『應科目』。〔二〕《莊子·逍遥遊》：『南冥者天池也。』〔三〕『濆』，音墳 fén，水邊。〔四〕『介』，古稱有甲殼之類，如龜、蚌等曰介蟲。『品』，等類。『彙』，亦種類義。『匹』，配合、對稱。『儔』，亦等類義，故用意義相近之四字以增重語氣。〔五〕『致』，達到。〔六〕『獱』，音賓 bīn；『獺』，音塔 tǎ。『獱』，亦獺屬，一曰，即小『獺』。〔七〕唐舉子禮部及第後，例須守選，守選期間，或就制舉，或書判拔萃，方獲入仕。書中『不及水尋常尺寸之間』，即指應博學宏詞考試，蓋中選即可出仕矣，所謂『及水』也。『爲獱獺』所笑者已十而八九，指已出仕之人。〔八〕『運轉』，連綿詞，猶言運輸。〔九〕『投足』，指執是物之足而投之水。〔十〕『俛』，同俯。〔十一〕此『有力者』，指以前所遭遇之人。〔十二〕『庸詎』，皆何義，猶言何以。

【諸家評論】

劉海峰曰：轉折屈曲，自生奇致。

曾滌生曰：其意態詼詭瑰瑋，蓋本諸《滑稽傳》，干澤文字如是乃爲軒昂。

張廉卿曰：此退之本色。

虔按：此原於《戰國策》，而傲兀盤拗處乃其本色。其『哀之命也』以下數句極矯健，讀時亦當噴薄而出。

爲人求薦書

韓　愈

某聞，木在山，馬在肆，〔一〕遇之而不顧者雖日累千萬人，〔二〕未爲不材與下乘也。〔三〕及至匠石遇之而不睨，〔四〕伯樂遇之而不顧，〔五〕然後知其非棟梁之材，超逸之足也。以某在公之宇下非一日，〔六〕而又辱居姻婭之後，〔七〕是生於匠石之園，長於伯樂之廄者也。於是而不得知，假有見知者千萬人，亦何足云？今幸賴天子每歲詔公卿大夫貢士，若某等比咸得以薦聞。〔八〕是以冒進其說，〔九〕以累於執事，〔十〕亦不自量已。然執事其知某如何哉？昔人有鬻馬不售於市者，〔十一〕知伯樂之善相也，從而求之。伯樂一顧，價增三倍。某與其事頗相類，是故終始言之耳。某再拜。

【注釋】〔一〕『肆』，市場。〔二〕『累』，積義。〔三〕『下乘』，劣馬。〔四〕『匠石』，古時一匠人名『石』。見《莊子》。〔五〕『伯樂』，見第六頁《雜説二》注二。〔六〕『宇』，屋簷。古人稱在其屬下，爲在其『宇下』，意謂乃受其庇覆者。〔七〕《爾雅·釋親》：『婿之父爲姻……兩婿相謂爲亞（同婭）。』此處只是泛言姻親。『辱』，自謙之詞。『後』，有時用末，亦謙詞。〔八〕『某等』，指已得推薦之人。〔九〕『冒』，冒昧、冒犯。〔十〕『累』，牽累、勞累。〔十一〕『鬻』，音育 yù，售也。『不售』，賣不出。

【諸家評論】
方望溪曰：前設兩喻，而後以一結，是周秦人法。
圈點依姚姬傳本。

答吴秀才謝示新文書〔一〕

柳宗元

某白：向得秀才書及文章，類前時所辱遠甚，〔二〕多賀多賀。秀才志爲文章，又在族父處蚤夜孜孜，〔三〕何畏不日日新、又日新也？〔四〕雖間不奉對，苟文益日新，則若亟見矣。〔五〕夫觀文章宜若懸衡然，〔六〕增之銖兩則俯，〔七〕反是則仰，無可私者。〔八〕秀才誠欲令吾俯乎？則莫若增重其文。今觀秀才所增益者，不啻銖兩，〔九〕吾固伏膺而俯矣。愈重則吾俯兹甚，秀才其懋焉。〔十〕苟增而不已，則吾首懼至地耳，又何間疏之患乎？還答不悉。〔十一〕

【注釋】〔一〕『吴秀才』，乃吴武陵族子，名未詳。　〔二〕『類』，比也。『辱』，謙詞，指前所示。『遠甚』，言進益甚多。　〔三〕『族父』，吴武陵，信州（今江西省上饒市境）人，元和時進士。『孜孜』，勤勉義。　〔四〕『日日新，又日新』，用湯盤銘詞，見《禮記·大學》。　〔五〕『亟』，數。　〔六〕『衡』，稱桿。　〔七〕古以百黍爲一『銖』，二十四『銖』爲一『兩』。句意謂增少許。　〔八〕『無可私者』，言不能以個人私意加乎其間。〔九〕『啻』，音翅 chì，止也。　〔十〕『懋』，勉也。　〔十一〕『悉』，詳盡也。

圈點依姚姬傳本，張廉卿本同。

贈序類

送董邵南序〔一〕

韓　愈

燕、趙古稱多感慨悲歌之士。〔二〕董生舉進士，連不得志於有司，〔三〕懷抱利器，鬱鬱適茲土，〔四〕吾知其必有合也。董生勉乎哉！夫以子之不遇時，苟慕義强仁者，皆愛惜焉，〔五〕矧燕、趙之士出乎其性者哉？〔六〕然吾嘗聞風俗與化移易，〔七〕吾烏知其今不異於古所云邪？〔八〕聊以吾子之行卜之也。董生勉乎哉！吾因之有所感矣。爲我弔望諸君之墓，〔九〕而觀於其市，復有昔時屠狗者乎？〔十〕爲我謝曰：〔十一〕『明天子在上，可以出而仕矣。』

【注釋】〔一〕『董邵南』，壽州安豐（壽州即今安徽省壽縣，安豐故城在壽縣西南）人。舉進士考試屢落第，不得已將往河北，就藩鎮幕職。〔二〕『燕』，今河北省一帶。『趙』，今河北省南部、山西省東部及河南省黄河以北地區。『多感慨悲歌之士』，指荆軻、高漸離諸人。〔三〕『舉進士』，考進士。『有司』，指禮部主考試之官。〔四〕『利器』，利於用之才器。『茲土』，指河北。〔五〕『强仁』，勉力於仁。〔六〕『矧』，音沈 shěn，況也。〔七〕『化』，教化。〔八〕『古所云』，即指篇首所言。〔九〕樂毅去燕之趙，趙封毅於觀津，號『望諸君』，其墓在邯鄲西南二十三里。〔十〕《史記·刺客列傳》：『荆軻既至燕，愛燕之狗屠及善擊筑者高漸離。荆軻嗜酒，日與狗屠及高漸離飲於燕市。』狗屠，屠狗以售者，姓名不詳。〔十一〕『謝』，轉致一聲。

【諸家評論】

朱元晦曰：此篇言燕趙之士，仁義出於其性，乃故反其詞，以深譏其不臣而習亂之意。故其卒章，又爲道上威德以警動而招徠之，其旨微矣。

劉海峰曰：微情妙旨，寄之筆墨之外。昌黎平生作文，不欲託《史記》籬下，獨此爲近。

姚薑塢曰：冠絶古今，然較之史公，自有崖塹。

曾滌生曰：沈鬱往復，去膚存液。

張廉卿曰：收處寄興無端，如此乃謂之妙遠不測。

虔按：韓公文多雄勁，蘇明允所謂如長江大河，渾浩流轉也。惟此篇及《董溪墓誌》，獨委婉含茹，情致深微。蓋是時河北諸藩雖有不臣之心，尚無顯逆之跡，故假董以發危言，而曲致其諷喻焉。然意雖含茹，而音響激越，此昌黎獨到處。結語乃通篇柱意，如畫龍點睛，如圖窮匕見。張先生以爲寄興無端，妙遠不測。似未得其誼。

圈點依姚姬傳本。

送王秀才含序〔一〕

韓　愈

吾少時讀《醉鄉記》，〔二〕私怪隱居者無所累於世，而猶有是言，豈誠旨於味邪？〔三〕及讀阮籍、陶潛詩，〔四〕乃知彼雖偃蹇不欲與世接，〔五〕然猶未能平其心，或爲事物是非相感發，於是有託而逃焉者也。若顔氏子操瓢與簞，〔六〕曾參歌聲若出金石，〔七〕彼得聖人而師之，汲汲每若不可及，其於外也固不暇，尚何麴糵之託而昏冥之逃邪？〔八〕吾又以爲悲醉鄉之徒不遇也。〔九〕建中初，〔十〕天子嗣位，有意貞觀、開元之丕績，〔十一〕在廷之臣争言事。當此時，醉鄉之後世又以直廢。〔十二〕吾既悲醉鄉之文辭，而又嘉良臣之烈，〔十三〕思識其子孫。今子之來見我也，無所挾，〔十四〕吾猶將張之，〔十五〕況文與行不失其世守，渾然端且厚。惜乎吾力不能振之，〔十六〕而其言不見信於世也。於其行，姑與之飲酒。

【注釋】〔一〕『王含』，元和八年進士。〔二〕『醉鄉記』，唐初王績所著。績字無功，隋末大儒王通之弟，『含』爲其後裔。〔三〕『旨』，味美也。猶言嗜。〔四〕『阮籍』、『陶潛』，皆晉名詩人，俱嗜酒。〔五〕『偃蹇』，傲兀。〔六〕『顏氏子』，顏回字淵，孔子弟子。《論語·雍也》：『子曰，賢哉回也。一簞食、一瓢飲。』〔七〕『曾參』，見第二二頁《論語辨一》注二。『曾子……曳縰（音洗 xǐ，包髮巾）而歌《商頌》，聲滿天地，若出金石。』見《莊子》。〔八〕『麴櫱』，音屈聂 qū niè，釀酒藥，此處即以指酒。〔九〕『醉鄉之徒』，指阮籍、陶潛、王績。『不遇』，謂『不遇』聖人。〔十〕『建中』，唐德宗李适初即位時年號。〔十一〕『貞觀』，唐太宗李世民年號。『開元』，唐玄宗李隆基年號。『丕』，大也。〔十二〕『醉鄉之後世』，王績之後裔，『王含』之祖輩，名未詳。〔十三〕『良臣』，指『以直廢』之王某。〔十四〕『挾』，『以直廢』，以直言遭廢罷。〔十五〕『張』，表揚。〔十六〕『振』，推舉。抱持。指其學行。

【諸家評論】

劉海峰曰：含蓄深婉，頗近子長。退之文以雄奇勝人，獨《董邵南》及此篇深微屈曲，讀之覺高情遠韻，可望不可及。

曾滌生曰：瀞宕夷猶，風神絶遠。

張廉卿曰：此篇與退之他文，有陽剛陰柔之别。然空中起步，其來無端，則一也。又曰：唐人始以贈序名篇，作者不免貢諛，體亦近六朝。至退之乃得古人贈人以言之義，體簡辭足，掃盡枝葉，所以空前絶後。

虔按：收處回顧前醉鄉、阮籍、陶潛，戛然而止，餘味不盡。

送浮屠令縱西游序〔一〕

韓　愈

其行異，其情同，〔二〕君子與其進可也。〔三〕令縱釋氏之秀者，又善爲文，浮游徜徉，跡接於天下。〔四〕藩維大臣，文武豪士，令縱未始不褰衣而負業，往造其門下。〔五〕其有尊行美德，建功樹業，令縱從而爲之歌頌。典而不諛，麗而不淫，〔六〕其有中古之遺風與？乘閒致密，〔七〕促席接膝，〔八〕譏評文章，〔九〕商較人士，〔十〕

浩浩乎不窮，愔愔乎深而有歸。〔十一〕於是乎吾忘令縱之爲釋氏之子也。〔十二〕其來也雲凝，其去也風休，方懽而已辭，雖義而不求，吾於令縱不知其不可也。盍賦詩以道其行乎？〔十三〕

【注釋】〔一〕『浮屠』，音譯梵語，意即僧。〔二〕『情同』，謂性情與儒者相同。〔三〕『進』，向前。『與其進也。不與其退也。』見《論語・述而》。〔四〕『藩維大臣』，指節度使、觀察使等。〔五〕『搴』，音牽 qiān，提起。『負業』，抱持其所業，即所作文。〔六〕『淫』，泛溢。〔七〕『乘閒致密』，乘閒暇致於密切。〔八〕『席』，坐墊。〔九〕『譏評』，即批評議論。〔十〕『商較』，商確比較，此指議論比較人士之優劣。〔十一〕『愔愔』，深靜貌。『歸』，論斷有『旨歸』。〔十二〕凡僧均於名上加釋字，言爲釋迦牟尼之子，故稱僧爲『釋氏之子』。〔十三〕『盍』，何不也。『道』，即導，引也。

【諸家評論】

張廉卿曰：退之以闢佛自任，其爲釋子作贈序，内不失己，外不失人，最見精心措注處，此所以爲能言。然每篇各出意義，無相襲者。所謂筆端具有造化，惟退之足以當之。此可悟變化之法。如此篇更不另出意議，但起結處微寓作意，便留住自己地步。又曰：一結妙遠不測。

圈點依姚姬傳本。

送殷員外序〔一〕

韓　愈

唐受天命爲天子，凡四方萬國，不問海内外，無大小，咸臣順於朝。時節貢水土百物，大者特來，小者附集。元和睿聖文武皇帝既嗣位，〔二〕悉治方内就法度。十二年詔曰：『四方萬國，惟回鶻于唐最親，〔三〕奉職尤謹。丞相其選宗室四品一人，持節往賜君長，告之朕意。又選學有經法、通知時事者一人，與之爲貳。』由是殷侯侑自太常博士遷尚書虞部員外郎，兼侍御史，朱衣象笏，承命以行。朝之大夫，莫不出餞。酒半，右庶子韓愈執盞言曰：〔四〕『殷大夫，今人適數百里，出門惘惘有離别可憐之色。持被入直三省，〔五〕丁寧顧婢子，語刺刺不能休。〔六〕今子使萬里外國，獨無幾微出於言面，〔七〕豈不真知輕重大丈夫哉？丞相以子應詔，真誠知人。士不通經，果不足用。〔八〕』于是相屬爲詩，以道其行云。〔九〕

【注釋】〔一〕題一作《送殷員外使回鶻序》。元和十二年二月，遣回鶻摩尼僧等歸國，因命宗少卿李孝存使回鶻，以太常博士殷侑副之。侑，陳郡（今河南省周口市淮陽區附近）人，貞元末及五經第。侑至回鶻，責可汗（首長）無禮，虜憚其言。〔二〕『睿聖文武』，唐憲宗李純元和三年群臣所上尊號。〔三〕『鶻』，音胡 hú，本號回紇，助郭子儀平安史之亂，賜號『回鶻』，最盛時據有舊内外蒙古之地。〔四〕元和十一年五月，韓愈爲太子右庶子。〔五〕唐稱中書省、門下省、尚書省爲『三省』，『三省』諸臣依次值宿省中。〔六〕『刺刺』，音次次 cì cì，多言貌。〔七〕『幾微』，少許。〔八〕『士不通經，果不足用』，因侑乃通五經及第者，故如此云云。〔九〕『道』，即導，義見上篇。

【諸家評論】

劉海峰曰：莊嚴簡重，另是一種，與《楊少尹》等序正相反。

曾滌生曰：字字峭立，倜儻軒偉。

虔按：『今人適數百里』云云殊饒詼詭之趣，爲文生色。

圈點依張廉卿本。

送徐生北遊序〔一〕

柳宗元

讀《詩》《禮》《春秋》莫能言說，其容貌充充然，〔二〕而聲名不聞傳於世，豈天下廣大多儒而使然歟？〔三〕將晦其說、諱其讀，〔四〕不使世得聞傳其名歟？抑處於遠，仕於遠，不與通都大邑豪傑角其伎而至於是歟？〔五〕不然，無顯者爲之倡以振動其聲歟？〔六〕今之世，不能多儒可以蓋生者。〔七〕觀生亦非晦諱其説讀者，然則餘二者爲之決矣。〔八〕生北遊必至通都大邑，通都大邑必有顯者，由是其果聞傳於世歟？苟聞傳必得位，得位而以《詩》《禮》《春秋》之道施於事，及於物，思不負孔子之筆舌。〔九〕能如是然後可以爲儒，儒可以説讀爲哉？〔十〕

【注釋】〔一〕題一作《送徐從事北遊序》，『徐生』，名未詳。〔二〕『充充』，盛滿貌。〔三〕『然』，如是也。〔四〕『將』，抑義。韓、柳文中尚多用此古訓。『晦』，隱藏。『説』，議論。『諱』，亦隱避義。『讀』，指所讀諸經。〔五〕『角』，較量。〔六〕『倡』，首先宣説。『振動』，播揚。〔七〕『蓋』，覆，加乎其上。〔八〕『決』，斷定。〔九〕

『筆』，指所記述。『舌』，指所言說。〔十〕『說讀』，談說誦讀。

名二子說〔一〕

蘇洵

輪輻蓋軫，皆有職乎車，〔二〕而軾獨若無所爲者。〔三〕雖然，去軾則吾未見其爲完車也。軾乎，吾懼汝之不外飾也。〔四〕天下之車，莫不由轍。〔五〕而言車之功，轍不與焉。雖然，車仆馬斃，而患不及轍，是轍者禍福之間。轍乎，吾知免矣。〔六〕

【注釋】〔一〕『二子』，『軾』，即子瞻；『轍』，即子由。〔二〕『輻』，音福 fú，車輪中從軸心到四邊之直條。『蓋』，車上大傘。『軫』，音診 zhěn，圍於車四面之木欄。『職』，責任。〔三〕『軾』，音拭 shì，車前橫木。古時乘車皆正立於上，橫木供凭靠時用。〔四〕『懼』，猶言擔心。『不外飾』，謂真率不稍虛飾。〔五〕『轍』，車輪經過輾成之跡，其後之車皆循跡而行。〔六〕『免』，免於禍患。

【諸家評論】

劉海峰曰：凡作數行文字，不可使一平直之筆，須下筆有嶔崎之致，惟昌黎能之。老蘇此作，幾竝昌黎。

圈點依張廉卿本。

【作者簡介】

蘇洵（一〇〇九—一〇六六），字明允，眉州眉山（今四川省眉山市）人。少不喜學，年二十七始大發憤，閉户讀書。舉進士再不中，又舉茂材異等，復不中。乃大究六經百家之説，以考質古今治亂成敗，由是下筆頃刻數千言。其縱横上下，出入馳驟，必造於深微而後止。至和、嘉祐（皆宋仁宗趙禎年號，至和四年改元嘉祐）間，與二子軾、轍至京師，翰林學士歐陽修上其所著《權書》《衡論》等二十二篇，公卿士大夫争傳之。以其父子俱知名，世號『老蘇』以别之。除秘書省校書郎，與姚闢同修禮書，書成而卒，年五十八。歐陽修稱其文『博辯宏偉，讀者悚然想見其人』。（歐陽修《故霸州文安縣主簿蘇君墓誌銘》）傳世有《嘉祐集》二十卷、《謚法》三卷。

張雄字說

歸有光

張雄既冠，請字於余。〔一〕余辱爲賓，〔二〕不可以辭，則字之曰『子谿』。聞之《老子》云：『知其雄，守其雌，爲天下谿。常德不離，復歸於嬰兒。』〔三〕此言人有勝人之德，而操之以不敢勝人之心。德處天下之上，而禮居天下之下，若谿之能受而水歸之也。不失其常德，而復歸於嬰兒，人己之勝心不生，則致柔之極矣。〔四〕人居天地之間，其才智稍異於人，常有加於愚不肖之心。其才智彌大，其加彌甚。故愚不肖常至於不勝，〔五〕而求反之。天下之争，始於愚不肖之不勝。是以古之君子有高天下之才智，而退然不敢以有所加，而天下卒莫之勝，則其致柔之極也。然則雄必能守其雌，是謂天下之谿；不能守雌，不能爲天下谿，不足以稱雄於天下。

【注釋】〔一〕《禮記·曲禮》：『男子二十冠而字。』男子滿二十歲時，舉行冠禮之後，即爲起字（今通言號）。『冠』，讀貫 guàn，戴義。〔二〕古代行冠禮時，由男子之父請一人爲『賓』以主持其事，如後代結婚時請一人證婚一樣。〔三〕《老子》二十八章：『知其雄，守其雌，爲天下谿。常德不離，復歸於嬰兒。』注：『谿不求物而物自歸之，嬰兒不用智而合自然之智。』〔四〕《老子》十章：『專氣致柔，能嬰兒乎？』注：『專，任也。致，極也。言任自然之氣，致至柔之和。』〔五〕『不勝』，謂不能忍受。

送沈茉園序〔一〕

劉大櫆

去父母，别兄弟妻子而遊，既久而猶不欲歸。滫瀡闕，〔二〕定省違，〔三〕父母有子如未嘗有子焉者，有兄弟如未嘗有兄弟焉者，有夫而其妻獨處，有父而其子無怙，〔四〕此鰥寡孤獨窮民之無告者類也。〔五〕雖幸而取萬乘之公相，亦奚以爲？余在京師五年矣，父母年皆踰六十，兄弟四人，在家者尚一兄一弟，幼子三人，皆已死，寡妻在室，〔六〕是亦可以歸矣而不歸。嗟乎！余獨安能無愧于沈君哉？沈君杭州人，其在京師亦數年。一日其家人遺之書曰：『盍歸乎來？』〔七〕沈君不謀於朋友，秣馬束裝載道。〔八〕嗟乎！余獨安能無愧於沈君哉？沈君行矣，余於沈君復何言。

【注釋】〔一〕「沈茱園」，名廷芳，字畹叔，一字荻林，茱園其號，仁和（今杭州市）人。乾隆元年舉博學鴻詞科，選翰林院庶吉士，散館授編修，官至山東按察使。著有《隱拙齋詩集》三十卷《文集》二十卷等。「茱」，音焦 jiāo。〔二〕「滫瀡」，音修髓 xiū suǐ。以淅米水浸食物使柔滑，供老人食用。〔三〕《禮記·曲禮》：「凡爲人子之禮……昏定而晨省。」「定」，安也。問父母是否安適。「省」，察也。晨起問父母夜來安適否。「省」，讀醒 xǐng。〔四〕「怙」，音户 hù，依恃也。〔五〕老而無妻曰「鰥」，老而無夫曰「寡」，幼而無父曰「孤」，老而無子曰「獨」。〔六〕古代一妻衆妾，妻惟一人，故稱「寡妻」，「寡」，少也。二字見《毛詩·大雅·思齊》。〔七〕「盍歸乎來」，何不回來。〔八〕「秣」，音末 mò，以草飼馬。「載」，行也。行道，猶言上路。

【諸家評論】

姚姬傳曰：其來如潮水驟至，頃刻之間，消歸無有。此等神境惟昌黎有之。

圈點依姚姬傳本。

【作者簡介】

劉大櫆（一六九八—一七七九），字才甫，號海峰，安徽省桐城縣（今桐城市）人。乾隆時舉鴻博、經學皆報罷。晚官黟縣教諭，年八十一卒。大櫆工古文，力追昌黎，嘗遊京師，以文謁方苞，苞大驚服，語人曰：『吾文何足算，邑子劉生乃國士耳。』自是名大著，有《海峰文集》十卷《詩集》八卷《補遺》一卷傳於世。

詔令類無

傳狀類

方山子傳〔一〕

蘇　軾

方山子，光、黄間隱人也。〔二〕少時慕朱家、郭解爲人，〔三〕閭里之俠皆宗之。稍壯折節讀書，欲以此馳騁當世，然終不遇。晚乃遯於光、黄間，曰岐亭。庵居蔬食，不與世相聞。棄車馬，毁冠服，徒步往來山中，人莫識也。見其所著帽方聳而高，曰：『此豈古方山冠之遺像乎？』因謂之方山子。余謫居於黄，〔四〕過岐亭，適見焉。曰：『嗚呼！此吾故人陳慥季常也。何爲而在此？』方山子亦矍然問余所以至此者。〔五〕余告之故，〔六〕俛而不答，〔七〕仰而笑；呼余宿其家，環堵蕭然，〔八〕而妻子奴婢皆有自得之意。余既聳然異之，獨念方山子少時，飲酒好劍，用財如糞土。前十有九年，余在岐山，〔九〕見方山子從兩騎挾二矢游西山，鵲起於前，使騎逐而射之，不獲。方山子怒馬獨出，〔十〕一發得之。因與余馬上論用兵及古今成敗，自謂一時豪士。今幾日耳，精悍之色猶見於眉間，而豈山中之人哉？然方山子世有勳閥，〔十一〕當得官，使從事於其間，今已顯聞。而其家在洛陽，園宅壯麗，與公侯等。河北有田，歲得帛千匹，亦足以富樂。皆棄不取，獨來窮山中，此豈無得而然哉？余聞光、黄間多異人，往往佯狂垢污，不可得而見，〔十二〕方山子儻見之歟？

【注釋】〔一〕陳慥（音造 zào）字季常，青神（今四川省青神縣）人。少時使酒好劍，晚年隱遁，人稱爲『方山子』。〔二〕『光、黄』，光化、黄岡，今湖北省二地名。〔三〕『朱家、郭解』，見《史記·遊俠列傳》，均漢初遊俠。〔四〕此『黄』，指黄州，宋代轄黄岡等三縣，州治即在黄岡。〔五〕『矍』，驚顧貌。〔六〕時蘇軾貶謫爲黄州團練副使安置。〔七〕『俛』，同俯。〔八〕『環堵』，四壁。『蕭然』，蕭條。〔九〕『岐山』，今陝西省岐山縣。蘇軾早年曾爲鳳翔府判官。〔十〕『怒馬』，奮馳之馬。〔十一〕陳慥之父陳希亮官至京東轉運使，遷太常少卿。〔十二〕『佯』，音羊 yáng，詐也。即口語之假裝。

【諸家評論】

茅鹿門曰：煙波生色。

劉海峰曰：鹿門『煙波生色』四字足盡此文之妙。

圈點依姚姬傳本。

【作者簡介】

蘇軾（一〇三七—一一〇一），字子瞻，蘇洵子，博通經史。嘉祐中試禮部，歐陽修擢置第二，曰『吾當避此人出一頭地』。對策入三等，簽書鳳翔府判官，召直史館。熙寧中王安石行新法，軾上書論其不便。安石怒，使御史論奏其過，窮治無所得。軾遂請外，通判杭州，徙知湖州。言者摭其詩語以爲訕謗，逮赴臺獄，欲置之死，鍛鍊久不決，以黃州團練副使安置。軾築室於東坡，因自號東坡居士，移汝州。元祐中累官翰林學士兼侍讀，尋以龍圖閣學士知杭州，召爲翰林承旨，歷端明殿翰林、侍讀兩學士，出知惠州，紹聖（宋哲宗趙煦年號）中累貶瓊州別駕，赦還，提舉玉局觀，復朝奉郎。建中靖國（宋徽宗趙佶年號）元年卒於常州，謚文忠。軾師父爲文，既而得之於天，嘗自謂作文如行雲流水，初無定質，但常行其所當行，常止於所不可不止。其體涵渾光鋩，雄視百代。著有《易傳》《書傳》《論語説》《東坡全集》《仇池筆記》《東坡志林》《東坡詞》等，凡數百卷。

碑誌類

殿中少監馬君墓誌銘

韓　愈

君諱繼祖，司徒贈太師北平莊武王之孫，〔一〕少府監贈太子少傅諱暢之子。〔二〕生四歲，以門功拜太子舍人。〔三〕積三十四年，五轉而至殿中少監。年三十七以卒，有男八人，女二人。始余初冠，〔四〕應進士貢在京師，窮不自存，以故人稚弟，〔五〕拜北平王於馬前，王問而憐之，因得見於安邑里第。王軫其寒饑，〔六〕賜食與衣，召二子使爲之主，其季遇我特厚，少府監贈太子少傅者也。姆抱幼子立側，〔七〕眉眼如畫，髮漆黑，肌肉玉雪可念，〔八〕殿中君也。當是時，見王於北亭，猶高山深林鉅谷，龍虎變化不測，傑魁人也。〔九〕退見少傅，翠竹碧梧，鸞鵠停峙，能守其業者也。〔十〕幼子娟好靜秀，瑶環瑜珥，〔十一〕蘭茁其芽，稱其家兒也。〔十二〕後四五年，吾成進士，〔十三〕去而東遊，哭北平王於客舍。〔十四〕後十五六年，吾爲尚書都官郎，分司東都，〔十五〕而分府少傅卒，哭之。又十餘年至今，哭少監焉。嗚呼！吾未耄老，自始至今未四十年，而哭其祖子孫三世，于人世何如也！〔十六〕人欲久不死而觀居此世者，何也？〔十七〕

【注釋】〔一〕『莊武王』，馬燧。大曆（唐代宗李豫年號）、建中（唐德宗李适年號）間，同中書門下平章事（即丞相）。封北平郡王，卒謚『莊武』。歷破李靈耀、田悅。後又破李懷光，功績甚偉。『贈』，死後加遷官位名爲『贈』。〔二〕燧次子名『暢』，『暢』次子即『繼祖』，初生時德宗賜此名。〔三〕『門功』，先人門下之功。〔四〕貞元（德宗年號）三年，韓愈年二十。〔五〕貞元三年，唐和吐蕃會於平涼，馬燧預議，韓愈從父兄弇（音掩 yǎn），以殿中侍御史爲燧判官，到會後，吐蕃劫盟，韓弇死難，弇爲馬燧僚屬，故云『故人稚弟』。〔六〕『軫』，憐憫也。〔七〕『姆』，古稱傅姆，此處雖用古稱，實即指乳母。〔八〕『念』，一作『憐』，意猶可愛。〔九〕馬燧身長六尺二寸。〔十〕此二句謂猶鸞鵠停峙於竹、梧之上。〔十一〕『瑶』、『瑜』，均美玉。『珥』，飾耳之玉器。〔十二〕『茁』，音卓 zhuó，草初生貌。〔十三〕貞元八年，韓愈登第。〔十四〕貞元十一年八月，燧卒。〔十五〕洛陽，唐稱『東都』，也有各部署、職官，但並無實際任務，當時稱任『東都』官爲『分司』。〔十六〕『于人世何如也』，言對於人世有何意味。

〔十七〕「觀居」，謂「觀」和「居」。「也」，讀耶。

【諸家評論】

方望溪曰：他無可述，故獨載死生離合之跡。

劉海峰曰：少監無一事可記，乃以三世交遊作兩番摹寫，古色古聲，造出奇偉，於此見公之才力。六一屢仿效之而未能也。

姚姬傳曰：宋人卑《選》學，故文少此等境界。

曾滌生曰：情韻不匱。

圈點依梅伯言本，張廉卿本同。

李元賓墓銘

韓　愈

李觀字元賓，其先隴西人也。〔一〕始來自江之東，年二十四，舉進士，三年登上第。〔二〕又舉博學宏辭，得太子校書一年，年二十九，客死於京師。既殮之三日，友人博陵崔宏禮，葬之國東門之外七里，鄉曰慶義，原曰嵩原。友人韓愈書石以誌之。其辭曰：

已乎元賓！壽也者，吾不知其所慕；夭也者，吾不知其所惡。生而不淑，〔三〕誰謂其壽？死而不朽，誰謂之夭？已乎元賓！才高乎當世，而行出乎古人。已乎元賓！竟何爲哉？竟何爲哉？

【注釋】〔一〕『隴西』，即今甘肅省。此似舉其郡望，如作者之自稱昌黎韓愈，下云『來自江之東』，則或爲今江蘇省南京市一帶之人。〔二〕唐人先由省郡推舉，稱舉進士，至京經禮部考試録取，乃爲成進士或登第。名次居前列者，爲『登上第』。〔三〕『淑』，善也。

【諸家評論】

方望溪曰：荆川疑此文太畧，非也。元賓卒年二十九，其德未成、業未著，而信其死不朽。又曰：『才高乎當世，而行出乎古人』，則所以推大元賓者至矣。曰『竟何爲哉？竟何爲哉』，則痛惜其才行者至矣。若毛舉數事，則淺之乎視元賓，而推大痛惜之義轉不得而見矣。故公嘗以其詩配李、杜，而茲篇亦不之及也。

曾滌生曰：誌中不稱元賓之長，而銘詞著『才高當世』二語，故爾可貴。若通首贊頌不休，不足取信矣。

虔按：結重言『竟何爲哉』，深悲痛惜之意，盎然不盡。

圈點依張廉卿本。

寶文閣待制常公墓表〔一〕

王安石

右正言寶文閣待制特贈右諫議大夫汝陰常公，〔二〕以熙寧十年二月己酉卒，〔三〕以五月壬申葬。臨川王某誌其墓曰：公學不期言也，正其行而已；行不期聞也，〔四〕信其義而已。所不取也，可使貧者矜焉，〔五〕而非彫斵以爲廉；所不爲也，可使弱者立焉，而非矯抗以爲勇。官之而不事，召之而不赴，或曰：『必退者也，終此而已矣。』及爲今天子所禮，則出而應焉。于是天子悅其至，虚己而問焉。使莅諫職，以觀其迪己也；〔六〕使董學政，以觀其造士也。公所言乎上者無傳，然皆知其忠而不阿；〔七〕所施乎下者無助，〔八〕然皆見其正而不苟。《詩》曰：『胡不萬年？』〔九〕惜乎既病而歸死也。自周道隱，〔十〕觀學者所取舍，大抵時所好也。違俗而適己，獨行而特起。嗚呼！公賢遠矣。傳載公久，莫若以石。石可磨也，亦可泐也，〔十一〕謂公且朽，不可得也。

【注釋】〔一〕誌銘刻石藏於墓中，『表』，刻石立於墓前。〔二〕『右正言』、『寶文閣待制』、『右諫議大夫』均諫官名。『汝陰』，今安徽省阜陽市。〔三〕『熙寧』，宋神宗趙頊年號。『頊』，音需 xū。〔四〕『聞』，聲聞。〔五〕『矜』，式也。〔六〕『迪』，啓發。〔七〕『阿』，委曲隨順。〔八〕『助』，助益。〔九〕『胡不萬年』，《毛詩·國風·鳲鳩》中一句。〔十〕『周』，至也。〔十一〕『泐』，音勒 lè，石經水解裂也。

【諸家評論】

姚姬傳曰：秩爲諫臣，無所獻替，介甫以所親厚爲之飾詞，然文特峻而曲。

吳至父曰：愈排偶、愈古勁，獨公文爲然。

金溪吴君墓誌銘

王安石

君和易罕言，外如其中。言未嘗極人過失，至論前世善惡，其國家存亡治亂，成敗所由，甚可聽也。嘗所讀書甚衆，尤好古而學其辭，其辭又能盡其議論。年四十三，四以進士試於有司，而卒困於無所就。〔一〕其葬也，以皇祐六年某月日，〔二〕撫州之金溪縣歸德鄉石廩之原，〔三〕在其舍南五里。當是時，君母夫人既老，而子世隆、世範皆尚幼。三女子，其一卒，其二未嫁云。嗚呼！以君之有，與夫世之貴富而名聞天下者計焉，〔四〕其獨歉彼耶？〔五〕然而不得禄以行其意，以祭、以養、以遺其子孫以卒，此其士友之所以悲也。夫學者將以盡其性，〔六〕盡性而命可知也。知命矣，於君之不得意，其又何悲耶？銘曰：

蕃君名，字彦弼，氏吴其先自姬出。以儒起家世冕黻，〔七〕獨成之難幽以折，厥銘維甥訂君實。

【注釋】〔一〕『就』，成也。　〔二〕『皇祐』，宋仁宗趙禎年號。　〔三〕『撫州』，宋時府名，治所在臨川縣。『金溪縣』宋時亦屬『撫州』。〔四〕『計』，較也。〔五〕『歉』，少也。『歉彼』，少於彼，猶言遜於彼。〔六〕『夫學者將以盡其性』，以下又推深一層，就上文反説之。〔七〕『冕』，音免 miǎn，古代帝王及大臣所戴之帽。『黻』，音扶 fú，繡彩色花紋之衣。『冕黻』，猶言冠帶，指爲官。

圈點依姚姬傳本，梅伯言本同。

女二二壙志

歸有光

女二二生之年月戊戌戊午，其日時又戊戌戊午，余以爲奇。今年余在光福山中，二二不見余，輒常常呼余。一日余自山中還，見長女能抱其妹，心甚喜。及余出門，二二尚躍入余懷中也。既到山數日，日將晡，〔一〕余方讀《尚書》，舉首忽見家奴在前，驚問曰：『有事乎？』奴不即言，第言他事。〔二〕徐却立曰：〔三〕『二二今日四鼓時已死矣。』〔四〕蓋生三百日而死，時爲嘉靖己亥三月丁酉。〔五〕余既歸爲棺斂，以某月日瘞於城武公之墓。〔六〕嗚呼！余自乙未以來多在外，吾女生既不知，而死又不及見，可哀也已！

【注釋】〔一〕『晡』，傍晚六時左右。〔二〕『第』，但也。〔三〕『却』，畧向後退。〔四〕『四鼓』，四更，夜一時至三時。〔五〕『嘉靖』，明世宗朱厚熜年號。〔六〕『瘞』，音翼 yì，埋也。『城武公』，歸有光之曾祖歸鳳曾爲城武令。

女如蘭壙志

歸有光

須浦先塋之北纍纍者，〔一〕故諸殤冢也。〔二〕坎方封有新土者，〔三〕吾女如蘭也。死而埋之者，嘉靖乙未中秋日也。女生踰周，能呼余矣。嗚呼！母微而生之又艱，〔四〕余以其有母也，弗甚加撫，臨死乃一抱焉。天果知其如是，而生之奚爲也？〔五〕

【注釋】〔一〕『須浦』，崑山縣村鎮。『塋』，墓地。〔二〕幼稚夭折爲『殤』。〔三〕北方爲『坎方』。『封』，堆土於葬處曰『封』。〔四〕其母乃婢妾，故曰『微』，出身低微也。『艱』，難産。〔五〕『也』，讀耶。

【諸家評論】

姚姬傳曰：此等小文，無依傍，絶高古。

侯子有先生墓誌銘

梅曾亮

先生諱雲錦，字子有，亦字抑庵，江寧人。〔一〕父學誼，母顧氏。試中嘉慶三年舉人。〔二〕再娶羊氏、陳氏，皆無子。先生於内行修也，少以文名於時，於仕宦倦得之矣，〔三〕卒不遂。晚乃頽墮委靡，〔四〕務爲無訾省狀以自適，〔五〕然終不能自勝。其卒也疾以肝，凡不至聽事者數年，〔六〕卒時年五十七。將死，自書其行曰：『父母已衰，孝不勝慈。〔七〕有弟曰松，友不勝恭。少治章句，乃爲禄利。晚逃佛老，未捐忿忮。〔八〕詩今之奴，字古之隸。〔九〕嗚呼哀哉，名與生敝。〔十〕』其伯父諱學詩，由進士歷江西撫州府知府，〔十一〕文學政事皆可書。有外孫梅曾亮，於先生爲弟子，實銘其墓。銘曰：

生靡樂，〔十二〕死奚若，嗚呼先生此其壑。

【注釋】〔一〕『江寧』，今南京市。〔二〕『嘉慶』，清仁宗愛新覺羅顒琰（音喁掩 yóng yǎn）年號。〔三〕『佹』，音詭 guǐ，幾也。〔四〕『頽墮』，懶廢。〔五〕『訾』，音姿 zī，思也。『無訾省』，猶言無思想。〔六〕『聽事』，即廳事，室之前廳。〔七〕『孝不勝慈』，孝父母不及父母之慈愛。〔八〕『捐』，拋棄。『忮』，音志 zhì，恨也。〔九〕『詩今之奴』，言所爲詩於當時爲最下。『隸』，奴隸，意與上句同。〔十〕『敝』，毀滅，言其名和生命同歸於盡。〔十一〕『撫州府』，屬江西省，今撫州市。〔十二〕『靡』，無也。

倪孺人墓誌銘

梅曾亮

孺人倪氏，望江人，〔一〕桐城劉孟塗妻也。〔二〕孟塗以文名於時，家貧客遊，供養事一委之孺人，能敬禮不怠。道光四年七月十四日，〔三〕孟塗客亳州，暴卒。〔四〕時孺人生子數不育，又新喪女，而妾所舉子病且殆，〔五〕大慟曰：『吾夫殆無後矣。』即自剄，〔六〕不殊。〔七〕至人定後，縊死。時去孟塗死百日。二十三年，其子繼來京師，輿歸孟塗集，告曾亮曰：『吾母以今年某月日葬縣之某鄉某原，敢請銘。』且言孺人殉夫時事，俯首淚下。噫！夫亡矣，孺人不濡忍以待其子者，〔八〕以是子之必不可保也。今孺人葬，而是子來乞銘焉，如之何其不悲也。銘曰：

不忍靡遺，豫死塞悲。子壯既成，不見母生。悲夫！以有此烈與名。

【注釋】〔一〕『望江』，今安徽省望江縣。〔二〕『劉孟塗』，詳第四八頁《書法言後》注五。〔三〕『道光』，清宣宗愛新覺羅旻寧年號。〔四〕『亳』，今安徽省亳州市。〔五〕『且』，將也。『殆』，危也。〔六〕『剄』，音景 jǐng，以刀割頸也。〔七〕『殊』，死也。〔八〕『濡忍』，含忍也。

雜記類

題李生壁〔一〕

韓　愈

余始得李生於河中，〔二〕今相遇於下邳，〔三〕自始及今，十四年矣。始相見，吾與之皆未冠，未通人事，追思多有可笑者，與生皆然也。今者相遇，皆有妻子，昔時無度量之心，寧復可有？〔四〕是生之爲交，何其近古人也！是來也，余黜於徐州，將西居於洛陽。汎舟於清泠池，〔五〕泊於文雅臺下。〔六〕西望商丘，東望修竹園。〔七〕入微子廟，〔八〕求鄒陽、枚叔、司馬相如之故文。〔九〕久立於廟陛間，悲《那頌》之不作，〔十〕於是者已久。隴西李翺、太原王涯、上谷侯喜實同與焉。〔十一〕貞元十六年五月十四日，昌黎韓愈書。

【注釋】〔一〕『李生』，李平。〔二〕『河中』，唐時府名，故治在今山西省永濟市。

〔三〕『下邳』，今江蘇省邳州市。〔四〕『寧』，豈也。〔五〕『清泠池』，在宋州宋城縣北二里（今河南省商丘市）。〔六〕『文雅臺』，在商丘東南里許。〔七〕『修竹園』，在商丘東南十里。即漢梁孝王兔園。〔八〕『微子』，姓子名啓，『微』其封邑，『子』乃爵位。『廟』在商丘城内。〔九〕『鄒陽』、『枚叔』（即枚乘），均爲西漢文學家。『司馬相如』亦西漢名文學家，皆梁孝王之客也。〔十〕《毛詩·商頌·那》序：『那，頌成湯也。』句意蓋悲歎久無賢聖之君。〔十一〕『李翱』字習之，古文家。『王涯』字廣津，大和時宰相。『侯喜』字叔起（古起字），工詩、能古文，韓愈弟子。

【諸家評論】

曾滌生曰：低徊唱歎，深遠不盡，無韻之詩也。

張廉卿曰：古鬱蒼涼，清微蕭遠，别有襟抱。

吴至父曰：屈長江大河於杯水坳堂之中，疑其腕底有蛟螭結蟠也。

始得西山宴遊記

柳宗元

自余爲僇人，〔一〕居是州，恒惴慄。〔二〕其隟也，〔三〕則施施而行，〔四〕漫漫而遊。日與其徒上高山，入深林，窮迴溪，〔五〕幽泉怪石，無遠不到。到則披草而坐，傾壺而醉，醉則更相枕以臥。臥而夢。〔六〕意有所極，夢亦同趣。覺而起，起而歸，以爲凡是州之山水有異態者，皆我有也，而未始知西山之怪特。今年九月二十八日，因坐法華西亭，〔七〕望西山，始指異之。遂命僕過湘江，緣染溪，斫榛莽，〔八〕焚茅茷，〔九〕窮山之高而止。攀援而登，箕踞而遨，〔十〕則凡數州之土壤，皆在衽席之下。〔十一〕其高下之勢，岈然洼然，若垤若穴，〔十二〕尺寸千里，攢蹙累積，莫得遯隱。縈青繚白，〔十三〕外與天際，四望如一，然後知是山之特立，不與培塿爲類。〔十四〕悠悠乎與灝氣俱，〔十五〕而莫得其涯；洋洋乎與造物者游，〔十六〕而不知其所窮。引觴滿酌，頹然就醉，不知日之入。蒼然暮色，自遠而至，至無所見，而猶不欲歸。心凝形釋，與萬化冥合。然後知吾嚮之未始游，游於是乎始。故爲之文以志。是歲元和四年也。

【注釋】〔一〕「僇」，音戮lù，刑戮，「僇人」即罪人之意。柳宗元元和初貶謫爲永州（唐爲府，治所在今湖南省永州市零陵區）司馬。〔二〕「是州」，指永州。「惴慄」，音墜栗zhuì lì，憂懼也。〔三〕「隟」，古隙字，音戲xì，閒暇。〔四〕「施施」，音怡怡yí yí，緩緩也。〔五〕「徒」，朋友輩。〔六〕「更相枕以臥」，甲枕於乙之腿脛，乙枕於丙之臂肘。〔七〕「法華」，寺名。〔八〕「榛莽」，小刺樹和叢草。〔九〕「茷」，音伐fá，草葉多也。〔十〕「箕踞」，兩足伸直而坐，狀如箕然。「遨」，遊也。〔十一〕「衽席」，坐席、臥席皆可稱「衽」。〔十二〕「垤」，音迭dié，小土堆。〔十三〕「縈」、「繚」，皆繞義。〔十四〕「培塿」，小土山。「塿」，音樓lóu。〔十五〕「灝氣」，清新之氣。〔十六〕「造物者」，大自然。

圈點依張廉卿本。

鈷鉧潭記

柳宗元

鈷鉧潭在西山西，〔一〕其始蓋冉水自南奔注，抵山石，屈折東流，其顛委勢峻，〔二〕盪擊益暴，齧其涯，故旁廣而中深，畢至石乃止。流沫成輪，然後徐行。其清而平者且十畝，有樹環焉，有泉懸焉。其上有居者，以予之亟游也，〔三〕一旦款門來告曰：〔四〕『不勝官租私券之委積，〔五〕既芟山而更居，願以潭上田貿財以緩禍。〔六〕』予樂而如其言，則崇其臺，延其檻，行其泉於高者而墜之潭，有聲潀然。〔七〕尤與中秋觀月爲宜。于以見天之高，氣之迴。孰使予樂居夷而忘故土者，〔八〕非茲潭也歟？

【注釋】〔一〕『鈷鉧』，音古母 gǔ mǔ，熨斗，『潭』形似熨斗，故名『鈷鉧潭』。〔二〕『顛』，指其上來源。『委』，指其流匯處。『勢峻』，形勢甚陡。〔三〕『亟』，屢也。〔四〕『款』，叩也。〔五〕『私券』，私人所借債務之契據。『委積』，猶言堆積。〔六〕『貿』，貿易。〔七〕『潀』，音匆 cōng，水墜下聲。〔八〕古代謂湖南、廣東皆爲蠻『夷』之地。

【諸家評論】

劉海峰曰：結處極幽冷之趣，而情甚悽楚。

虔按：結語意至悲楚，而反言樂居，用筆極靈妙。

圈點依姚姬傳本。

鈷鉧潭西小丘記

柳宗元

得西山後八日，尋山口西北道二百步，又得鈷鉧潭。西二十五步，當湍而峻者爲魚梁，〔一〕梁之上有丘焉，生竹樹。其石之突怒偃蹇，〔二〕負土而出，争爲奇狀者，殆不可數。其嶔然相累而下者，〔三〕若牛馬之飲於溪；其衝然角力而上者，若熊羆之登於山。丘之小，不能一畝，〔四〕可以籠而有之。問其主，曰：『唐氏之棄地，貨而不售。〔五〕』問其價，曰：『止四百。』余憐而售之。〔六〕李深源、元克己時同遊，皆大喜，出自意外。即更取器用，剷刈穢草，伐去惡木，烈火而焚之。嘉木立，美竹露，奇石顯。由其中以望，則山之高，雲之浮，溪之流，鳥獸魚之遨遊，舉熙熙然，〔七〕迴巧獻技，以效茲丘之下。〔八〕枕席而卧，則清泠之狀與目謀，〔九〕瀯瀯之聲與耳謀，〔十〕悠然而虚者與神謀，淵然而静者與心謀。不匝旬而得異地者二，〔十一〕雖古好事之士，或未能至焉。噫！以茲丘之勝，致之豐、鎬、鄠、杜，〔十二〕則貴游之士争買者，日增千金而愈不可得。今棄是州也，農夫漁父過而陋之，價四百，連歲不能售，而我與深源、克己獨喜得之，是其果有遭乎？書於石，所以賀茲丘之遭也。

【注釋】〔一〕『魚梁』，水堰也。堰水爲關口以捕魚者。〔二〕『偃蹇』，音掩減 yǎn jiǎn，驕傲貌。〔三〕『嶔』，音欽 qīn，山勢聳立貌。『累』，堆積。〔四〕『不能』，即不滿、不到。〔五〕『貨』，賣也。『售』，賣出手。〔六〕『售』，亦訓買。〔七〕『舉』，皆也。『熙熙』，猶言欣欣。〔八〕『效』，呈獻也。〔九〕二人相計議爲『謀』，此『謀』猶言意相合也。〔十〕『潀潀』，水聲。〔十一〕『匝』，音咂 zā，周也。『不匝旬』，不滿十日。〔十二〕『豐』，古地名，在今陝西省西安市鄠邑區東。『鎬』，音皓 hào，在長安西南。『鄠』，音户 hù，在長安西南，即今鄠邑區。『杜』，亦稱杜曲，在長安南。以上四地，皆距唐京長安最近處。

【諸家評論】

劉海峰曰：前寫小丘之勝，後寫棄擲之感，轉摺獨見幽冷。

虔按：結處慨己之不遭，而反賀茲丘之遭，用筆與上篇同妙。

圈點依吴至父本。

至小丘西小石潭記

柳宗元

從小丘西行百二十步，隔篁竹，聞水聲，如鳴佩環，心樂之。伐竹取道，下見小潭，水尤清洌。〔一〕全石以爲底，近岸卷石底以出，爲坻爲嶼，爲嵁爲巖。〔二〕青樹翠蔓，蒙絡摇綴，參差披拂。潭中魚可百許頭，皆若空遊無所依。日光下徹，影布石上，佁然不動，〔三〕俶爾遠逝。〔四〕往來翕忽，〔五〕似與遊者相樂。潭西南而望，斗折蛇行，〔六〕明滅可見。其岸勢犬牙差互，不可知其源。坐潭上，四面竹樹環合，寂寥無人，淒神寒骨，悄愴幽邃。以其境過清，不可久居，乃記之而去。同遊者吴武陵、龔古、余弟宗玄。隸而從者，〔七〕崔氏二小生，曰恕己，曰奉壹。

【注釋】〔一〕『洌』，音列 liè，水清貌。〔二〕『坻』，音墀 chí，水中小渚。『嶼』，音語 yǔ，島也，平地小山，在水爲島，在陸爲『嶼』。『嵁』，音刊 kān，小山。『巖』，則稍大之山。皆言潭底之石翻卷上出於水面、地面者。〔三〕『佁』，音以 yǐ，癡也。謂其木然若癡。〔四〕『俶』，音絀 chù，起也。此處似作倏字用，倏『俶』音近，疾遽也。〔五〕

『翕忽』，猶倏忽。〔六〕『斗折』，謂如斗柄之直折。『蛇行』，謂其宛轉紆曲。〔七〕『隸』，奴僕。

【諸家評論】

『皆若空遊』，劉海峰曰：摹寫魚之游行，如化工肖物。

圈點依姚姬傳本。

袁家渴記

柳宗元

由冉溪西南水行十里，山水之可取者五，莫若鈷鉧潭。由溪口而西陸行，可取者八九，莫若西山。由朝陽巖東南水行至蕪江，可取者三，莫若袁家渴。皆永中幽麗奇處也。楚越之間方言，謂水之反流者爲『渴』，音若衣褐之褐。渴上與南館高嶂合，下與百家瀨合。其中重洲、小溪、澄潭、淺渚，間厠曲折。平者深黑，峻者沸白。〔一〕舟行若窮，忽又無際。有小山出水中，山皆美石，石上生青叢，冬夏常蔚然。其旁多巖洞，其下多白礫。〔二〕其樹多楓、柟、石楠、楩、櫧、樟、柚。〔三〕草則蘭、芷，又有異卉，類合歡而蔓生，〔四〕轇轕水石。〔五〕每風自四山而下，振動大木，掩苒衆草，紛紅駭緑，蓊葧香氣；〔六〕衝濤旋瀨，退貯谿谷。搖颺葳蕤，〔七〕與時推移。其大都如此，余無以窮其狀，永之人未嘗遊焉。余得之不敢專也，出而傳於世。其地世主袁氏，故以名焉。

【注釋】〔一〕『平者深黑，峻者沸白』，謂溪底平坦者，水色深黑；底峻峭者，則白波翻騰。〔二〕『礫』，音力 lì，小石也。〔三〕『柟』，音南 nán，木名，古多與梓聯稱。『石楠』，落葉灌木。『楩』，音便 pián，木名。『櫧』，音諸 zhū，常緑喬木。〔四〕『合歡』，即夜合花，木本。〔五〕『轇轕』，音交葛 jiāo gé，糾纏義。〔六〕『蓊葧』，音塕勃 wěng bó，草茂盛貌。此處意謂香氣濃鬱。〔七〕『葳蕤』，音威緌 wēi ruí，草木華垂貌。

【諸家評論】

『每風自四山而下』，姚姬傳曰：《風賦》『邸華葉而振氣』云云，文特就賦意而演之。《七發》云『衆芳芬鬱，亂於五風』云云，亦本《風賦》。秦漢人文，善學者得其片言隻字，即可推演成妙文。

吴至父曰：此與《遊黄溪》起法皆橅《史記·西南夷傳》。

虔按：『每風自四山而下』數句，形容風之起息，妙肖空靈，可與《風賦》争工。

圈點依劉海峰本。

石渠記

柳宗元

自渴西南行不能百步，得石渠，民橋其上。〔一〕有泉幽幽然，其鳴乍大乍細。渠之廣，或咫尺，〔二〕或倍尺，其長可十許步。其流抵大石，伏出其下，踰石而往，有石泓，〔三〕昌蒲被之，青鮮環周。〔四〕又折西行，旁陷巖石下，北墮小潭，潭幅員減百尺，〔五〕清深多儵魚。〔六〕又北曲行紆餘，睨若無窮，然卒入於渴。其側皆詭石怪木，奇卉美箭，〔七〕可列坐而庥焉。〔八〕風摇其巔，韻動崖谷，視之既静，其聽始遠。予從州牧得之，攬去翳朽，決疏土石，既崇而焚，〔九〕既釃而盈。〔十〕惜其未始有傳焉者，故累記其所屬，遺之其人，書之其陽，俾後好事者求之得以易。元和七年正月八日，蠲渠至大石。〔十一〕十月十九日，踰石得石泓小潭。渠之美，於是始窮也。

【注釋】〔一〕『橋』，作動詞用，謂造橋。〔二〕八寸爲『咫』，音紙 zhǐ，不到一尺。〔三〕『泓』，音弘 hóng，水滙聚深處。〔四〕『鮮』，明也。青翠鮮明，即指昌蒲。宋世綵堂本注『鮮，苔蘚也』，似誤。〔五〕『減』，少於也。〔六〕『鯈』，音游 yóu，小白魚。〔七〕『箭』，細竿澗節之小竹。〔八〕『庥』，音休 xiū，樹庇蔭可休息義。〔九〕『祟』，堆高。『焚』，即燒却上文所言『翳朽』。〔十〕『釃』，音施 shī，過濾。指上文所言『決疏土石』。『盈』，指水滿。〔十一〕『蠲』，音涓 juān，明潔也。

【諸家評論】

茅鹿門曰：清冽。

圈點依姚姬傳本。

石澗記〔一〕

柳宗元

石渠之事既窮，上由橋西北，下土山之陰，〔二〕民又橋焉。其水之大，倍石渠三之。〔三〕亘石爲底，達於兩涯。若床若堂，若陳筵席，若限閫奥。〔四〕水平布其上，流若織文，響若操琴。揭跣而往，〔五〕折竹掃陳葉，排腐木，可羅胡床十八九居之。〔六〕交絡之流，觸激之音，皆在床下；翠羽之木，龍鱗之石，〔七〕均蔭其上。古之人其有樂乎此耶？後之來者，有能追余之踐履耶？得意之日，與石渠同。〔八〕由渴而來者，先石渠，後石澗；由百家瀨上而來者，先石澗，後石渠。澗之可窮者，皆出石城村東南，其間可樂者數焉。其上深山幽林逾峭險，道狹不可窮也。

【注釋】〔一〕山夾水爲『澗』。　〔二〕山北爲『陰』。　〔三〕『倍石渠三之』，即加三倍。〔四〕『閫』，音捆 kǔn，『閫奥』，門檻。『奥』，室之西南隅也。　〔五〕『揭』，提起衣裳。『跣』，音險 xiǎn，赤足。　〔六〕『羅』，列也。『胡床』，即交椅，又名太師椅。較大之坐椅。　〔七〕二句言葉如翠鳥羽毛之樹，形如龍鱗之石也。　〔八〕『得意之日』，指欣然發見之日。

【諸家評論】

『古之人其有樂乎此耶?』吴至父曰：襟抱偶然一露，是謂神到。

圈點依姚姬傳本。

小石城山記〔一〕

柳宗元

自西山道口徑北，踰黄茅嶺而下，有二道。其一西出，尋之無所得；其一少北而東，不過四十丈，土斷而川分，有積石横當其垠。其上爲睥睨梁欐之形，〔二〕其旁出堡塢，有若門焉。〔三〕窺之正黑，投以小石，洞然有水聲，其響之激越，良久乃已。環之可上，〔四〕望甚遠。無土壤而生嘉樹美箭，益奇而堅。其疏數偃仰，〔五〕類智者所施設也。噫！吾疑造物者之有無久矣。及是愈以爲誠有。又怪其不爲之於中州，〔六〕而列是夷狄，更千百年不得一售其伎，〔七〕是固勞而無用。神者儻不宜如是，則其果無乎？或曰：『以慰夫賢而辱於此者。』或曰：『其氣之靈，不爲偉人而獨爲是物，故楚之南少人而多石。』是二者，余未信之。

【注釋】〔一〕石形如小城之山也。〔二〕『睥睨』，音僻昵 pì nì，城墻垛。『欐』，音麗 lì，棟也，房屋之中梁。〔三〕『堡塢』，土築之城壁。〔四〕『環之』，猶言繞之。〔五〕『數』，讀朔 shuò，『疏數』猶疏密。〔六〕『中州』，猶言中原。〔七〕『更』，歷也。因謂其形狀爲『造物者』所造，故云『不得一售其伎』。

【諸家評論】
虔按：結二『或曰』，故爲虛揣之詞，蕩漾不盡。
圈點依姚姬傳本。

墨池記

曾　鞏

臨川之城東，〔一〕有地隱然而高，以臨於溪，曰新城。新城之上，有池窪然而方以長，曰王羲之之墨池者，荀伯子《臨川記》云也。〔二〕羲之嘗慕張芝臨池學書，〔三〕池水盡黑，此爲其故跡，豈信然邪？方羲之之不可强以仕，而嘗極東方，出滄海，以娱其意於山水之間，豈其徜徉肆恣而又嘗自休於此邪？羲之之書晚乃善，則其所能，蓋亦以精力自致者，非天成也。然後世未有能及者，豈其學不如彼邪？則學固豈可以少哉！況欲深造道德者邪？墨池之上，今爲州學舍。教授王君盛恐其不章也，〔四〕書『晉王右軍墨池』之六字於楹間以揭之。〔五〕又告於鞏曰：『願有記。』惟王君之心，豈愛人之善，雖一能不以廢，而因以及乎其跡邪？其亦欲推其事以勉其學者邪？夫人之有一能，而使後人尚之如此，況仁人莊士之遺風餘思，被於來世者何如哉？

【注釋】〔一〕『臨川』，即今江西省撫州市臨川區。〔二〕『荀伯子』，劉宋時人。〔三〕『王羲之』，字逸少，官右軍將軍，晉代大書家。『張芝』，字伯英，東漢時大書家，臨池學書，水爲之黑。尤善草書，人稱草聖。〔四〕『章』，顯也。〔五〕『楹』，柱也。

【諸家評論】

虔按：臨川墨池，原出附會，故『又嘗自休於此邪』一句，以蕩漾之筆出之。『豈其學不如彼邪』數語，又推深一層，結處更低徊深至。

圈點依劉海峰本。

【作者簡介】

曾鞏（一〇一九—一〇八三），字子固，南豐（今江西省南豐縣）人。少警敏，援筆成文，歐陽修一見奇之。登嘉祐進士，歷知齊、襄、洪、福、明、博、滄諸州，所在多奇績，拜中書舍人卒。鞏性摯友，爲文原本六經，深醇樸茂，卓然自一大家，學者稱南豐先生。傳世有《元豐類稿》五十卷。

芝閣記

王安石

祥符時，封泰山以文天下之平，〔一〕四方以芝來告者萬數。其大吏，則天子賜書以寵嘉之；小吏若民，輒錫金帛。〔二〕方是時，希世有力之大臣，〔三〕窮搜而遠采。山農野老，攀緣狙杙，以上至不測之高，〔四〕下至澗溪壑谷，分崩裂絶，幽窮隱伏，人跡之所不通，往往求焉。而芝出於九州四海之間，蓋幾於盡矣。至今上即位，〔五〕謙讓不德，自大臣不敢言封禪，〔六〕詔有司以祥瑞告者皆勿納。於是神奇之產，銷藏委翳於蒿藜榛莽之間，而山農野老不復知其爲瑞也。則知因一時之好惡，而能成天下之風俗，況於行先王之治哉？太丘陳君，〔七〕學文而好奇。芝生於庭，能識其爲芝。惜其可獻而莫售也，故閣於其居之東偏，〔八〕掇取而藏之，蓋其好奇如此。噫！芝一也，或貴于天子，或貴于士，或辱于凡民，夫豈不以時乎哉？士之有道，固不役志於貴賤，〔九〕而卒所以貴賤者，何以異哉？此予之所以歎也。

【注釋】〔一〕『祥符』，宋真宗趙恒年號。『文』，文飾也。〔二〕『錫』，賜也。〔三〕『希世』，冀望迎合於世。此一詞見《後漢書・黨錮傳》。〔四〕『狙』，音居 jū，伏伺也。『杙』，音亦 yì，格也。『狙杙』，伺格以上也。〔五〕『今上』，指宋仁宗趙禎。〔六〕古代帝王功成治定，遂封祭天於泰山，禪祭於梁父山，以告成功。稱爲『封禪』。〔七〕『太丘』，故治在今河南省永城市西北。〔八〕『閣』，動詞，建閣也。〔九〕『役』，使用也。

圈點依姚姬傳本。

傷仲永

王安石

金谿民方仲永，〔一〕世隸耕。〔二〕仲永生五年，未嘗識書具，忽啼求之。父異焉，借旁近與之，即書詩四句，並自爲其名。其詩以養父母收族爲意，傳一鄉秀才觀之。自是指物作詩立就，其文理皆有可觀。邑人奇之，稍稍賓客其父，或以錢幣丐之。〔三〕父利其然也，日扳仲永環謁于邑人，〔四〕不使學。予聞之也久。明道中，從先人還家，〔五〕于舅家見之，十二三矣。令作詩，不能稱前時之聞。又七年，還自揚州，〔六〕復到舅家問焉，曰：『泯然衆人矣。』王子曰：仲永之通悟，受之天也。其受之天也，賢于材人遠矣。卒之爲衆人，則其受于人者不至也。〔七〕彼其受之天也，如此其賢也；不受之人，則爲衆人。今夫不受之天，固衆人；又不受之人，得爲衆人而已耶？

【注釋】〔一〕『金谿』，今江西省金谿縣，與臨川相鄰。〔二〕『隸』，屬也。〔三〕『丐』，音蓋 gài，與也。一本作『乞』，讀氣 qì，亦與義。〔四〕『扳』，音班 bān，挽也，引也。〔五〕『明道』，宋仁宗年號。〔六〕『還自揚州』，從揚州還至臨川。〔七〕『受于人』，謂受人之教育培養。

圈點依姚姬傳本。

新城遊北山記

晁補之

去新城之北三十里，〔一〕山漸深，草木泉石漸幽。初猶騎行石齒間，旁皆大松，曲者如蓋，直者如幢，立者如人，臥者如虬。松下草間，有泉沮洳伏見，〔二〕墮石井，鏘然而鳴。松間藤數十尺，蜿蜒如大蚖。〔三〕其上有鳥，黑如鴝鵒，赤冠長喙，俛而啄，磔然有聲。稍西一峰高絶，有蹊介然，僅可步。繫馬石觜，相扶攜而上。篁篠仰不見日，如四五里，〔四〕乃聞雞聲。有僧布袍躡履來迎，與之語，愕而顧，〔五〕如麋鹿不可接。頂有屋數十間，曲折依崖壁爲欄楯，如蝸鼠繚繞乃得出。門牖相值。

既坐，山風颯然而至，堂殿鈴鐸皆鳴。二三子相顧而驚，不知身之在何境也。且暮皆宿。于時九月，天高露清，山空月明，仰視星斗，皆光大如適在人上。窗間竹數十竿，相摩戛聲切切不已。竹間梅棕，森然如鬼魅離立突鬢之狀。〔六〕二三子又相顧魄動而不得寐。遲明皆去。既還家數日，猶恍惚若有遇，因追記之。後不復到，然往往想見其事也。

【注釋】〔一〕『新城』，在今浙江省杭州市富陽區境内。〔二〕『洳』，音入 rù；『沮洳』，小水。『伏見』，『見』即現，言時伏入地下，時現出地上。〔三〕『蚖』，音元 yuán，一種蛇。〔四〕『如四五里』，似乎行四五里。〔五〕字書無『鸅』字，當爲愕之誤。〔六〕『離』，讀麗 lì，偶也。『離立』，竝立。

圈點依張廉卿本。

【作者簡介】

晁補之（一〇五三—一一一〇），字無咎，鉅野（今山東省鉅野縣）人。少聰明强記，善屬文。十七歲從父官杭州，萃錢塘山川風物之麗，著《七述》，以謁通判蘇軾，軾先欲有所賦，讀之歎曰：『吾可以閣筆矣。』由是知名。舉進士，試開封及禮部别院，皆第一。以禮部郎出知河中府，徙湖、密、果三州。主管鴻慶宫，還家葺歸來閣，自號歸來子。大觀（宋徽宗趙佶年號）末，起知達、泗二州，卒。補之才氣飄逸，嗜學不倦，文章温潤奇卓，出於天成。有《雞肋集》七十卷及《晁無咎詞》。

野鶴軒壁記

歸有光

嘉靖戊戌之春，〔一〕余與諸友會文於野鶴軒。吾崑之馬鞍山，小而實奇。軒在山之麓，〔二〕旁有泉，芳冽可飲。稍折而東，多盤石。山之勝處，俗謂之東崖，亦謂劉龍洲墓，以宋劉過葬於此。〔三〕墓在亂石中，從墓間仰視，蒼碧嶙峋，不見有土。惟石壁旁有小徑，蜿蜒出其上，莫測所往，意其間有仙人居也。始慈谿楊子器名父創此軒。〔四〕令能愛文好士，不爲俗吏者稱名父，〔五〕今奉以爲名父祠。嗟夫！名父豈知四十餘年之後，吾黨之聚于此耶？時會者六人，後至者二人。潘士英自嘉定來，汲泉煮茗，翻爲主人。余等時時散去，士英獨與其徒處。烈風暴雨，崖崩石落，山鬼夜號，可念也。

【注釋】〔一〕『嘉靖』，明世宗朱厚熜年號。〔二〕山足曰『麓』。〔三〕『劉過』字改之，南宋時人，著有《龍洲集》《龍洲詞》。人稱『劉龍洲』。〔四〕『慈谿』，即今浙江省慈谿市。〔五〕『稱名父』，言凡爲縣令而能愛文好士者，則人皆稱楊名父也。

【諸家評論】
姚姬傳曰：蕭散有致。
圈點依劉海峰本，姚姬傳本同。

畏壘亭記〔一〕

歸有光

自崑山城水行七十里曰安亭，在吴淞江之旁。蓋圖志有安亭江，今不可見矣。土薄而俗澆，〔二〕縣人争棄之，吾妻之家在焉。余獨愛其室中閒靚，〔三〕壬寅之歲，讀書於此。宅西有清池古木，壘石爲山。山有亭，登之隱隱見吴淞江環繞而東，風帆時過于荒墟樹杪之間。華亭九峰、青龍鎮古刹浮屠，皆直其前。亭舊無名，余始名之曰『畏壘』。《莊子》稱庚桑楚得老聃之道，居畏壘之山。〔四〕其臣之畫然知者去之，〔五〕其妾之挈然仁者遠之。〔六〕擁腫之與居，〔七〕鞅掌之爲使。〔八〕三年，畏壘大熟。畏壘之民，尸而祝之，〔九〕社而稷之。〔十〕而余居于此，竟日閉户。二三子或有自遠而至者，相與謳吟于荆棘之中。余妻治田四十畝，值歲大旱，用牛挽車，晝夜灌水，頗以得穀，釀酒數石。寒風慘慄，木葉黄落，呼兒酌酒，登亭而嘯，忻忻然。誰爲遠我而去我者乎？誰與吾居而吾使者乎？誰欲尸祝而社稷我者乎？作《畏壘亭記》。

【注釋】〔一〕『畏壘』，山名，或云在山東，一云在陝西。〔二〕『澆』，薄也。〔三〕『靚』，音静 jìng，與静通。〔四〕所引《莊子》，見《莊子·庚桑楚》。〔五〕『畫』，分也。瞭然有分别。『知』，通『智』。〔六〕『挈』，修整也。〔七〕『擁腫』，笨重也。〔八〕『鞅掌』，手足麻痹也。二句皆寓言。『爲使』，以之爲役使。〔九〕『尸』，主也。『祝』，祭禱也。〔十〕『社』，土神，祭土神亦曰『社』。『稷』，穀神。此句以爲土穀之神而祀之。

【諸家評論】
姚姬傳曰：不衫不履，神韻絶高。

虔按：收數語神韻悠遠，摇漾空際。
圈點依姚姬傳本，張廉卿本同。

快雨堂記

姚鼐

『心則通矣，入於手則窒；〔一〕手則合矣，反於神則離。〔二〕無所取於前，無所識於其後。〔三〕達之於不可迮，〔四〕無度而有度。〔五〕天機闔闢，而吾不知其故。』〔六〕禹卿之論書如是，〔七〕吾聞而善之。禹卿之言又曰：『書之藝，自東晉王羲之至今，〔八〕且千餘載。其中可數者，或數十年一人，或數百年一人。自明董尚書其昌死，〔九〕今無人焉。非無爲書者，勤於力者不能知，〔十〕精於知者不能至也。』禹卿作堂於所居之北，將爲之名。一日得尚書書『快雨堂』舊扁，喜甚，乃懸之堂内，而遺得喪，〔十一〕忘寒暑，窮晝夜爲書自娱於其間。或譽之，或笑之，禹卿不屑也。〔十二〕今夫鳥鷇而食，〔十三〕成翼而飛，無所於勸。〔十四〕其天與之邪？雖然，俟其時而後化。今禹卿之於尚書，其書殆已至乎？其尚有俟乎？吾不知也。爲之記，以待世有識者論定焉。

【注釋】〔一〕『窒』，塞也。心知其意而手滯塞不能應之。〔二〕『反於神則離』，言反之於精神氣勢上，則缺乏神氣。〔三〕『其前』，謂落筆前。『其後』，謂既下筆以後。〔四〕『迕』，乖逆也。〔五〕『度』，法也。〔六〕『闔闢』，開合。〔七〕王文治字『禹卿』，號夢樓，乾隆時進士，工書法，秀逸天成。〔八〕『王羲之』，見第一二九頁《墨池記》注三。〔九〕『董尚書其昌』字玄宰，號思白，别號香光，天啓初拜南京禮部尚書，書法超越諸家，獨探神妙。〔十〕『不能知』，謂不能知書法之精要。〔十一〕『喪』，失也。〔十二〕『屑』，音泄 xiè，潔也，顧也。凡遇事物，輕視之而不顧，曰『不屑』。〔十三〕『轂』，音寇 kòu，鳥初生須母鳥哺食時曰『轂』。〔十四〕『勸』，獎勵。

【諸家評論】

虔按：要眇超逸而法度精密，此善學莊周者也。明人妄學，乃若醉人夢囈耳。

記蕭山汪氏兩節婦事〔一〕

姚鼐

蕭山汪君輝祖之母曰王孺人，〔二〕其生母曰徐孺人。汪君考爲淇縣尉，淇縣君殁，兩孺人皆少，遺孤十一歲，而上有七十之姑，門無族戚之助。或謀殺其孤而奪其貲，〔三〕忌兩孺人，日欺陵困辱。兩孺人不爲動，卒奉姑保育孤子，教之成立，〔四〕登第爲聞人。是時有司既疏兩孺人之節而旌其門矣。〔五〕汪君顧悲傷兩母少所處危苦，〔六〕徧走士大夫，求爲文章，褒揚其行義，所致凡數百篇。又自越以書遺余，〔七〕請記其事，汪君志亦勤矣。夫兩孺人之名著海内者，以其子之成立也。設幼孤不幸或殤，或長而不才，則兩孺人泯無聞矣。方其窮阨困難，伏首相對閨闥之中，〔八〕豈能知子之必才而待之？雖子成立不可必，而終不忍負吾志義者，此兩孺人所以賢也。賢者固不求名而名至，然世竟無稱者亦有之。且女子尚能堅其操持，卓然自立，而顧謂天下之士，〔九〕無獨立不懼、守死服義其人者乎？其泯無聞焉則已矣。夫人貌榮名，〔十〕卒何加於其身毫末哉？

【注釋】〔一〕『蕭山』，即今浙江省杭州市蕭山區。〔二〕『輝祖』，字煥曾，號龍莊，清乾隆時進士，任湖南寧縣（即今寧鄉市）知縣。父楷任淇縣（即今河南省淇縣）典史（知縣之佐屬，亦稱縣尉），早歿，輝祖痛母劬苦，乞文人撰述，彙刊成册，名《雙節堂贈言集》。『王孺人』，輝祖嫡母。清七品官之妻封『孺人』。〔三〕『孤』，孤子。少而無父曰『孤』。『貲』，資財。〔四〕『卒』，終究。〔五〕『有司』，地方長官。『疏』，謂上『疏』朝廷申請，舊時凡家有孝義節烈之人，由朝廷或地方長官題給匾額，張挂於其家門上，稱曰旌門，亦稱旌表。〔六〕『顧』，但也，仍也。〔七〕『越』，浙江省之古稱。〔八〕『閨闥』，即閨門。〔九〕此『顧』乃反義。〔十〕『人貌榮名』，謂人加以禮貌與光榮之名聲。

【諸家評論】

虔按：神彩振踔，後半似史公傳贊。輝祖所求數百篇，賴以不朽者獨此篇耳。

盋山餘霞閣記〔一〕

梅曾亮

江寧城，山得其半。便於人而適於野者，惟西城盋山，吾友陶子静偕群弟讀書所也。因山之高下爲屋，而閣於其嶺曰『餘霞』，〔二〕因所見而名之也。俯視花木，皆環拱升降，草徑曲折可念，〔三〕行人若飛鳥度柯葉上。西面城，淮水縈之，〔四〕江自西而東，青黄分明，界畫天地。又若大圓鏡平置林表，莫愁湖也。〔五〕其東南萬屋沈沈，炊煙如人立，各有所企。〔六〕微風繞之，左引右挹，緜緜緡緡，〔七〕上浮市聲，〔八〕近寂而遠聞。甲戌春，子静觴同人於其上，〔九〕衆景畢見，高言愈張。子静曰：『文章之事，如山出雲、江河之下水，非鑿石而引之、決版而導之者也。故善爲者有所待。〔十〕』曾亮曰：『文在天地，如雲物煙景焉。一俯仰之間，而遁乎萬里之外。故善爲文者，無失其機。』〔十一〕管君異之曰：『陶子之論高矣。後説者，〔十二〕如斯閣亦有當焉。』遂書爲之記。

【注釋】〔一〕『盋』，音撥bō，鉢之正字。　〔二〕『閣』，動詞，謂建閣，因高而見『餘霞』，遂以爲名。二字實本於南齊謝朓《晚登三山還望京邑》詩中『餘霞散成綺，澄江静如練』。〔三〕《釋名》：『念，黏也，意相親愛，心黏著不能忘也。』〔四〕『淮水』，謂秦淮河。〔五〕『莫愁湖』，在南京市，舊三山門外。〔六〕『企』，舉踵望也。〔七〕『緜緜緡緡』，彌漫連延貌。『緡』，音民 mín。〔八〕『上浮市聲』，謂城市中人聲、車馬聲，飄浮於彌漫『炊煙』之上。〔九〕『觴』，飲宴。〔十〕『待』，謂待其沛然自至。〔十一〕梅所言即今所謂靈感，稍縱即逝，故要在『無失其機』。〔十二〕『後説』，指梅曾亮所説。

從吾軒從征記事

梅曾亮

唐人記高仙芝征小勃律，〔一〕其人能以術致妖霧淫雨。章佳公阿桂年譜記征金川事頗同。〔二〕今此記言入打箭鑪，〔三〕西行四十日至恩達塘之瓦合山，〔四〕金鼓聲立致雷雨。豈荒徼絶域，〔五〕人有怪徵，〔六〕地氣亦殊與？蓋天高地下者，自然之氣也；而人氣之充塞，亦有以摩盪而升降之。人物少則中虚，而上下之氣易合，陰陽發亂，不主故常。古聖人所以絶地天之通也。彼殊徼絶域者，太古之事亦如是而已。嗚呼！日闢而日廣者，地也；日生而日衆者，人也。斯域也，千百年之後，必有良田疇，美竹石，好衣甘食如吴、會中，〔七〕而且以是書爲妄語者。〔八〕

【注釋】〔一〕『高仙芝』，唐時高句麗人，爲唐將，善騎射，天寶六載，平『小勃律』，虜其王，降拂菻（音凜 lǐn）、大食諸胡七十二國。〔二〕『章佳』姓，『阿桂』名，字廣廷，號雲厓，滿洲正白旗人，乾隆時定伊犁、討緬甸、平兩金川有功，官至大學士。〔三〕『打箭鑪』，地名，屬四川省，相傳諸葛亮征孟獲時，造箭於此，故名。〔四〕『恩達塘』，地名，屬西藏自治區。〔五〕『徼』，音攪 jiǎo，邊區。〔六〕『徵』，證也。『怪徵』，猶言特點。〔七〕『吴』，指江蘇省。『會』，讀快 kuài，指浙江省。〔八〕『且』，將也。

書楊氏婢

梅曾亮

楊氏之寡妾，以貧故不安於室，嫁有日矣。〔一〕未嫁前一夕，呼其婢，不應者三，怒曰：『汝我婢也，何敢如是！』婢叱曰：『我楊氏婢耳，汝今誰家婦者？曰「我婢」「我婢」！』妾方持翦刀，落於地，起環走房中，至天曙。〔二〕呼其婢曰：『汝今竟何如？吾復爲爾主矣。』婢叩頭泣，妾亦泣。竟謝媒妁，〔三〕不行。後將嫁其婢，婢曰：『人以我一言故，忍死至今，我亦終不去楊氏門。』亦不嫁。妾之夫，楊勤恪公錫紱子也。〔四〕

【注釋】〔一〕『有日』，已定日期。〔二〕『曙』，天明。〔三〕『謝』，辭却也。『妁』，音朔 shuò，《説文》：『妁，媒也。』〔四〕『楊錫紱（音弗 fú）』，字方來，號蘭畹。雍正時進士，累官至禮部尚書，卒謚勤恪。

觀漁

梅曾亮

漁於池者沈其網，而左右縻之。〔一〕網之緣出水可寸許，〔二〕緣愈狹，魚之躍者愈多，有入者，有出者，有屢躍而不出者，皆經其緣而見之。安知夫魚之躍而出者，不自以爲得耶？又安知夫躍而不出，與躍而反入者，不自咎其躍之不善耶？〔三〕而漁者視之，忽不加得失於其心。〔四〕嗟夫！人知魚之無所逃於池也，其魚之躍者可

悲也。然則人之躍者何也？〔五〕

【注釋】〔一〕『縻』，音迷 mí，繫也。謂收緊。〔二〕『緣』，音願 yuàn，本義爲衣邊，引申爲凡物之邊。〔三〕『咎』，病也，責怪也。〔四〕『漁者』，捕魚之人。『忽』，漠然。〔五〕『也』，讀耶。

【諸家評論】

虔按：精緊超逸，一結尤饒深致。

箴銘類

酒箴〔一〕

揚　雄

子猶瓶矣，〔二〕觀瓶之居，居井之湄。〔三〕處高臨深，動常近危。酒醪不入口，〔四〕藏水滿懷。〔五〕不得左右，牽於纆徽。〔六〕一旦叀礙，〔七〕爲甇所轠。〔八〕身提黄泉，〔九〕骨肉爲泥。自用如此，不如鴟夷。〔十〕鴟夷滑稽，〔十一〕腹大如壺。晝日盛酒，人復借酤。常爲國器，託於屬車。〔十二〕出入兩宫，經營公家。〔十三〕繇是言之，〔十四〕酒何過乎？

【注釋】〔一〕『箴』，同針，箴、石治病，誡誨之詞，如箴之可以療疾，因亦名『箴』。《酒箴》以酒爲箴。　〔二〕『子』，猶汝。『瓶』，汲水瓦罐。　〔三〕水邊曰『湄』。　〔四〕『醪』，音勞láo，『酒醪』，連詞一義。　〔五〕『懷』，胸腹也。　〔六〕『纆徽』，繩索。

《説文》：『三股曰徽，兩股曰纆。』〔七〕『叀』，音專 zhuān，懸也。『懸礙』，謂所懸之繩發生障礙。〔八〕『瓽』，音盪 dàng，井中磚。『轠』，音雷 léi，撞擊也。〔九〕『提』，音抵 dǐ，擲也。〔十〕『鴟夷』，大革囊，可以盛酒者。〔十一〕『滑稽』，過酒器，舊稱過酒龍。『滑』，音骨 gǔ。〔十二〕『屬車』，隨從之車。〔十三〕『家』，讀姑 gū，與『車』、『乎』叶。〔十四〕『繇』，同由。

【諸家評論】

吴至父曰：曹子建、蘇子瞻皆奇此文，柳子厚屢效之而不能逮也。

【作者簡介】

揚雄（前五三—一八），字子雲，成都人。少好學，不爲章句訓詁，博覽無所不見。爲人簡易佚蕩，口吃不能劇談，好深湛之思。漢成帝（劉驁）時召見，從帝遊獵，作《甘泉賦》《羽獵賦》以獻。爲給事黄門郎。晚仕新莽（王莽篡漢，國號新）朝爲大中大夫。著有擬仿《周易》之《太玄經》、擬仿《論語》之《法言》以及《方言》等。雄傳世之文，以辭賦擅場。自言：『心好沈博絶麗之文。』（《答劉歆書》）唐韓愈極推尊之。

座右銘

崔　瑗

無道人之短，無説己之長。施人愼勿念，受施愼勿忘。世譽不足慕，唯仁爲紀綱。〔一〕隱心而後動，謗議庸何傷。〔二〕無使名過實，守愚聖所臧。〔三〕在涅貴不緇，〔四〕曖曖内含光。〔五〕柔弱生之徒，〔六〕老氏誡剛强。行行鄙夫志，〔七〕悠悠故難量。〔八〕愼言節飲食，知足勝不祥。行之苟有恒，久久自芬芳。〔九〕

【注釋】〔一〕「紀綱」，理要。　〔二〕「隱」，衡量。「庸」，與何同義，「庸何」，即何也。〔三〕「臧」，善也。　〔四〕「涅」，音聶 niè，黑泥水。「緇」，音孜 zī，黑色。《論語·陽貨》：「不曰白乎，涅而不緇。」　〔五〕「曖」，音愛 ài，含藴之光。　〔六〕《老子》第三十六章：「柔弱勝剛强。」　〔七〕「行」，讀杭 hàng，「行行」，剛健貌。　〔八〕「悠悠」，閒暇。指從容大雅。　〔九〕「芬芳」，謂道德優美，譽望隆高。

【作者簡介】

崔瑗字子玉，安平（今河北省安平縣）人。早孤，鋭志好學，從賈逵質正大義，遂明天官

（天文學）曆數，京房《易傳》。兄章爲人所殺，瑗手刃報仇，因亡命，會赦歸家。後舉茂才，遷汲令。漢安（漢順帝劉保年號，一四二—一四四）初，胡廣、竇章共薦瑗宿德大儒，從政有跡，遷濟北相，以事徵詣廷尉，卒。瑗高於文辭，尤善章草，所著賦、碑、銘、箴、《草書勢》凡五十七篇。

五箴並序

韓　愈

人患不知其過，既知之不能改，是無勇也。余生三十有八年，髮之短者日益白，齒之搖者日益脱，聰明不及於前時，道德日負於初心。其不至於君子而卒爲小人也，昭昭矣。作《五箴》以訟其惡云。〔一〕

【注釋】〔一〕『訟』，猶責也。

遊箴

余少之時，將求多能，蚤夜以孜孜。〔一〕余今之時，既飽而嬉，蚤夜以無爲。嗚呼余乎，其無知乎？君子之棄，而小人之歸乎？

【注釋】〔一〕『蚤』，即早。『孜孜』，汲汲也，勤勤也。

言箴

不知言之人，烏可與言；知言之人，默焉而其意已傳。幕中之辯，〔一〕人反以汝爲叛；臺中之評，〔二〕人反以汝爲傾。汝不懲邪？〔三〕而呶呶以害其生邪？〔四〕

【注釋】〔一〕『幕中之辯』，謂在徐州張建封幕中時。〔二〕『臺中之評』，謂爲監察御史在御史臺時。『評』，議論也。〔三〕『懲』，心中自責咎也。〔四〕『呶』，音撓 náo，『呶呶』，言説不已也。

行箴

行與義乖，言與法違，後雖無害，汝可以悔。行也無邪，言也無頗，〔一〕死而不死，〔二〕汝悔而何？〔三〕宜悔而休，汝惡曷瘳？〔四〕宜休而悔，汝善安在？悔不可追，〔五〕悔不可爲。〔六〕思而斯得，〔七〕汝則弗思。〔八〕

【注釋】〔一〕「頗」，偏也。〔二〕「死而不死」，言遭迫害幾死而未死。〔三〕「而」，乃也。〔四〕「瘳」，音抽 chōu，疾愈也。〔五〕「悔不可追」，謂宜悔而不悔，致無法追悔也。〔六〕「悔不可爲」，謂不當悔而悔，實不可爲也。〔七〕「斯」，則也。〔八〕「則」，乃也。

好惡箴

無善而好，不觀其道；無悖而惡，不詳其故。前之所好，今見其尤；〔一〕從也爲比，〔二〕捨也爲讎。前之所惡，今見其臧；〔三〕從也爲愧，捨也爲狂。維讎維比，維狂維愧；於身不祥，於德不義。不義不祥，維惡之大。〔四〕幾如是爲，〔五〕而不顛沛？齒之尚少，〔六〕庸有不思；〔七〕今其老矣，不慎胡爲？

【注釋】〔一〕『尤』，過也。〔二〕『比』，阿黨也。〔三〕『臧』，善也。〔四〕『大』，讀太 tài，甚也。〔五〕『幾』，助詞，無義。〔六〕『齒』，年齡。〔七〕『庸』，或也。

知名箴

內不足者，急於人知。霈焉有餘，厥聞四馳。〔一〕今日告汝，知名之法。勿病無聞，病其曄曄。〔二〕昔者子路，〔三〕惟恐有聞。〔四〕赫然千載，德譽愈尊。矜汝文章，負汝言語，乘人不能，揜以自取。〔五〕汝非其父，汝非其師，不請而教，誰云不欺？欺以賈憎，〔六〕揜以媒怨。〔七〕汝曾不寤，〔八〕以及於難。小人在辱，亦克知悔。及其既寧，終莫能戒。既出汝心，又銘汝前。汝如不顧，禍亦宜然。

【注釋】〔一〕『聞』，讀問 wèn，聲聞也。〔二〕『病』，憂也。『曄曄』，光盛貌。猶炫耀。〔三〕『子路』，名仲由，孔子弟子。〔四〕『聞』，亦聲聞。魏何晏《論語集解》、宋朱熹《論語集注》均以爲前所聞者尚未能行，則恐復有所聞，實誤。韓此解最確。〔五〕『揜』，音掩 yǎn，襲取也。〔六〕『賈』，音古 gǔ，買也。〔七〕『媒』，謀合也。〔八〕『曾』，乃也。『寤』，覺也。

敵戒

柳宗元

皆知敵之仇，而不知爲益之尤；〔一〕皆知敵之害，而不知爲利之大。〔二〕秦有六國，兢兢以强。六國既除，訑訑乃亡。〔三〕晉敗楚鄢，范文爲患。〔四〕厲之不圖，舉國造怨。〔五〕孟孫惡臧，孟死臧恤。藥石去矣，吾亡無日。〔六〕智能知之，猶卒以危。矧今之人，曾不是思。敵存而懼，敵去而舞。廢備自盈，祇益爲痡。〔七〕敵存滅禍，敵去召過。有能知此，道大名播。懲病克壽，矜壯死暴。縱欲不戒，匪愚伊耄。〔八〕我作戒詩，思者無咎。〔九〕

【注釋】〔一〕『尢』，甚也。〔二〕『大』，讀太，與『害』叶。〔三〕『訑』，音怡 yí，『訑訑』，自得貌。〔四〕《春秋》成公十六年：『晉侯及楚子、鄭伯戰于鄢陵。楚子、鄭師敗績。』《左傳》：『文子曰……唯聖人能内外無患。自非聖人，外寧必有内憂。』〔五〕《左傳》成公十七年：『晉厲公侈，多外嬖。反自鄢陵，欲盡去群大夫而立其左右。』《左傳》成公十八年：『晉欒書、中行偃使程滑弑厲公。』〔六〕《左傳》襄公二十三年：『孟孫惡臧孫，季孫愛之……孟孫卒……臧孫入，哭甚哀……臧孫曰，季孫之愛我疾疢也（疢，音趁 chèn，亦病義）。孟孫之惡我藥石也……孟孫死，吾亡無日矣。』〔七〕『瘉』，病也。〔八〕『伊』，是也，有即是義。『耄』，昏忘也。〔九〕『咎』，音高 gāo，罪也、惡也。

行己箴

李翺

人之愛我，我度於義。〔一〕義則爲朋，否則爲利。人之惡我，我思其由。過寧不改，否又何仇。仇實生怨，利實害德。我如不思，乃陷於惑。内省不足，愧形於顔。中心無佗，曷畏多言？唯咎在躬，若市於戮。〔二〕慢謔自它，〔三〕匪汝之辱。昔者君子，惟禮是持。自小及大，〔四〕曷莫從斯？苟遠於此，其何不爲？事之在人，昧者亦知。遷焉及己，則莫之思。造次不戒，禍焉可期。〔五〕書之在側，以爲我師。

【注釋】〔一〕『度』，讀奪 duó，衡量也。〔二〕『若市於戮』，言若受戮於市。〔三〕『慢謔自它』，言侮慢戲弄由他人來，非自召者。〔四〕『小』、『大』指禮言，『小』，謂小節；『大』，指大端。〔五〕『造次』，匆遽。『可期』，可預期，言可計日而至也。

【諸家評論】吴至父曰：有意學韓，而不得韓之峻。

【作者簡介】李翺字習之，趙郡（今河北省趙縣）人。貞元（唐德宗李适年號，七八五—八〇五）進士，元和（唐憲宗李純年號，八〇六—八二〇）初爲國子博士，史館修撰，再遷考功員外郎。性峭鯁，仕不顯，怫鬱無所發，嘗面折宰相李逢吉之過。出爲廣州刺史，後拜中書舍人，歷山南東道節度使，卒。翺始從韓愈爲文章，辭致渾厚，見推當世，故亦謚曰文。著有《論語筆解》《五木經》及《李文公集》十八卷。

座右箴

王灼

古人有言，惟口戕口。〔一〕豈惟戕口，惟心之莠。〔二〕如戈如矛，〔三〕如江河流。〔四〕豈不快意，尚不可以休？〔五〕或瞰諸幽，〔六〕或貽之羞，〔七〕嗚呼誰尤！〔八〕

【注釋】〔一〕《大戴禮》：『武王……機之銘曰……口生咶（音厚 hòu，恥也，詈也），口戕口。』『戕』，傷害也。〔二〕『莠』，音有 yǒu，害苗之草。〔三〕『如戈如矛』，指出言鋒利。《荀子·榮辱篇》：『傷人以言，深於矛戟。』〔四〕『如江河流』，指言語流暢。〔五〕『尚不可以休』，言豈猶不可以止乎？〔六〕《漢書·揚雄傳》：『高明之家，鬼瞰其室。』『或瞰諸幽』，瞰之於幽，即謂鬼瞰之也。『瞰』，音看 kàn，俯視也。〔七〕《周易·恒卦》：『九三，不恒其德，或承之羞。』『羞』，恥也。〔八〕『尤』，怨也。

【作者簡介】

王灼（一七五二——一八一九），字悔生，號濱麓，安徽桐城人。乾隆時（一七三六——一七九五）舉人，官東流教諭。性至孝，講學窮經，貫通漢、唐、宋諸家而折衷於義理。著有

《悔生詩文鈔》，輯有《樅陽詩選》。

五箴並序

曾國藩

少不自立，荏苒遂洎今茲。〔一〕蓋古人學成之年，而吾碌碌尚如斯也，不其戚矣。〔二〕繼是以往，人事日紛，德慧日損，下流之赴，抑又可知。夫疢疾所以益智，〔三〕逸豫所以亡身。僕以中才，而履安順，將欲刻苦而自振拔，諒哉其難之歟？作《五箴》以自創云。〔四〕

【注釋】〔一〕「荏苒」，展轉也。「洎」，音既（jì），及也。〔二〕「戚」，憂也。〔三〕「疢疾」，此用以指挫折、困頓。〔四〕「創」，懲也。

立志箴

煌煌先哲，彼不猶人。藐焉小子，〔一〕亦父母之身。聰明福祿，予我者厚哉。棄天而佚，〔二〕是及凶災。〔三〕積悔累千，其終也已。往者不可追，請從今始。荷道以躬，〔四〕輿之以言。〔五〕一息尚存，永矢弗諼。〔六〕

【注釋】〔一〕『藐』，小也。〔二〕『棄天而佚』，謂棄置天所與之聰明才智而不自奮勉。『佚』，同逸，安逸不勞也。〔三〕『災』，讀淄 zī，與佚叶。〔四〕『荷』，讀賀 hè，負也。〔五〕『輿』，載而行之之意。『言』，即指此箴辭。〔六〕《毛詩·衛風·考槃》：『永矢弗諼。』『永』，長也。『矢』，誓也。『諼』，音喧 xuān，忘也。

居敬箴〔一〕

天地定位，二五胚胎。〔二〕鼎焉作配，實曰三才。〔三〕儼恪齋明，〔四〕以凝女命。〔五〕女之不莊，伐生戕性。誰人可慢，何事可弛？弛事者無成，慢人者反爾。〔六〕縱彼不反，亦長吾驕。人則下女，〔七〕天罰昭昭。〔八〕

【注釋】〔一〕『居』，處也。〔二〕《周易·繫辭》：『天尊地卑，乾坤定矣。』又『天數五，地數五』。『二五』，即指天地。『二五胚胎』，指陰陽孕育萬物。〔三〕『三才』，天、地、人。〔四〕『儼』，嚴肅。『恪』，恭敬。『齋』，亦敬義。〔五〕《周易·鼎卦》：『君子以正位凝命。』『凝』，嚴整貌。『女』，即汝。〔六〕『反爾』，人亦反慢於爾。〔七〕『則』，即也。言人即使低聲下氣於汝。〔八〕『昭昭』，明明也。

主静箴

齋宿日觀，〔一〕天雞一鳴。萬籟俱息，但聞鐘聲。〔二〕後有毒蛇，前有猛虎。神足不懾，〔三〕誰敢予侮？豈伊避人，〔四〕日對三軍。我慮則一，彼紛不紛。馳騖半生，〔五〕曾不自主。〔六〕今其老矣，殆擾擾以終古。〔七〕

【注釋】〔一〕『齋』，潔也。洗心曰『齋』。古人於祭祀前，清心端坐，宿於静室。『日觀』，泰山觀日出處也，在山頂之東巖，亦稱日觀峰。〔二〕唐常建《破山寺後禪院》：『萬籟此俱寂，惟聞鐘磬音。』『籟』，本簫、籥名，引申爲凡孔竅之稱。〔三〕『懾』，懼也。〔四〕『伊』，有也。〔五〕『馳騖』，奔走也。〔六〕『曾』，乃也。〔七〕『終古』，猶言終生。

謹言箴

巧語悅人，自擾其身。閒言送日，亦攪女神。〔一〕解人不誇，〔二〕誇者不解。道聽塗說，智笑愚駭。駭者終明，謂女賈欺。〔三〕笑者鄙女，雖矢猶疑。〔四〕尤悔既叢，銘以自攻。銘而復蹈，嗟女既耄。〔五〕

【注釋】〔一〕『攪』，撓也，亂也。〔二〕『解人』，通解理趣之人。〔三〕『賈』，讀古gǔ，售也。〔四〕『雖矢猶疑』，雖自起誓，鄙笑之者，仍然不信。〔五〕『耄』，昏忘也。

有恒箴

自吾識字，百歷及茲。〔一〕二十有八載，則無一知。曩者所忻，〔二〕閱時而鄙。故者既抛，新者旋徙。德業之不常，日爲物遷。爾之再食，〔三〕曾未聞或愆。〔四〕黍黍之增，〔五〕久乃盈斗。天君司命，〔六〕敢告馬走。〔七〕

【注釋】〔一〕『百歷及茲』，歷識百字以及於此也。〔二〕『忻』，同欣。喜也。〔三〕『再食』，指午、晚兩餐。〔四〕『愆』，差失也。〔五〕『黍』，量名。最輕微之數量，十黍爲絫。〔六〕『天君』，指心。《荀子・天論》：『心居中虛，以治五官，夫是之謂天君。』『司』，主掌。〔七〕《文選・報任少卿書》：『太史公牛馬走。』注『走，猶僕也。言己爲太史公掌牛馬之僕，自謙之辭也』。此處即用以自指。

【諸家評論】
虔按：力摹昌黎，微恨陳言未浄耳。

【作者簡介】
曾國藩（一八一一—一八七二），字伯涵，號滌生，湖南湘鄉人。道光十八年（一八三八）進士，授檢討，累官至禮部侍郎，丁憂歸。會洪、楊事起，在籍督辦團練，遂編制鄉勇，連復沿江各省，封毅勇侯，爲同治中興功臣第一。以大學士任兩江總督，卒於官，謚文正。清自道光以後，文武泄沓，國藩以公忠誠樸倡率其將佐僚屬，風氣爲之一變。其論學本於姚鼐，謂考據、義理、詞章，三者闕一不可。所爲古文，卓絶一代，爲世所宗。惟平生熱衷功名，以致鎮壓太平天國，多所殺戮，此其失也。於古文工力至深，卓然成家，其所成就，亦不容抹殺。以一分爲二論，不以人廢言，故選此《五箴》，其音響、格律、聲色力追韓愈，固朗然可誦也。所著有《曾文正公全集》百數十卷，内文集四卷，詩集四卷。

頌贊類

子産不毀鄉校頌〔一〕

韓　愈

我思古人，伊鄭之僑。以禮相國，人未安其教。遊於鄉之校，衆口囂囂。〔二〕或謂子産，毁鄉校則止。曰：『何患焉？可以成美。夫豈多言，亦各其志。善也吾行，不善吾避，維善維否，〔三〕我於此視。川不可防，言不可弭。〔四〕下塞上聾，〔五〕邦其傾矣。』既鄉校不毁，而鄭國以理。在周之興，養老乞言。〔六〕及其已衰，謗者使監。〔七〕成敗之跡，昭哉可觀。維是子産，執政之式。〔八〕惟其不遇，化止一國。誠率是道，相天下君，交暢旁達，施及無垠。〔九〕於乎四海，所以不理，有君無臣。誰其嗣之，我思古人。

【注釋】〔一〕公孫僑字子産，春秋時鄭大夫，掌國政四十餘年，晉、楚不能加兵。《左傳》

襄公三十一年：『鄭人游于鄉校以論執政，然明謂子産曰：「毀鄉校何如？」子産曰：「何爲？夫人朝夕退而游焉，以議執政之善否。其所善者，吾則行之；其所惡者，吾則改之。是吾師也，若之何毀之？我聞忠善以損怨，不聞作威以防怨。豈不遽止？然猶防川，大決所犯，傷人必多，吾不克救也。不如小決使道（向導），不如吾聞而藥之也。」』〔二〕『嚚嚚』，喧嘩聲。〔三〕『否』，音匹 pǐ，惡也。〔四〕『弭』，止也。〔五〕《穀梁傳》文公六年：『下闇則上聾。』〔六〕《禮記·文王世子》：『凡祭與養老、乞言、合語之禮，皆小樂正（官名）詔之於東序。』注：『養老乞言，養老人之賢者，因從乞善言可行者也。』〔七〕《國語·周語》：『厲王虐，國人謗王……王怒，得衛巫，使監（察視）謗者，以告，則殺之。』〔八〕『式』，法則。〔九〕『垠』，音銀 yín，限際也。

【諸家評論】

沈欽韓曰：德宗末年，偏信佞人，不恤人言，蓋有爲而作。

吴至父曰：縱横跌宕，使人忘其爲有韻之文。

圈點依梅伯言本。

韓幹畫馬贊〔一〕

蘇　軾

韓幹之馬四，其一在陸，驤首奮鬣，〔二〕若有所望，頓足而長鳴。其一欲涉，尻高首下，〔三〕擇所由濟，跼蹐而未成。〔四〕其二在水，前者反顧，若以鼻語，後者不應，欲飲而留行。以爲廄馬也，〔五〕則前無羈絡，後無箠策；以爲野馬也，則隅目聳耳，〔六〕豐臆細尾，〔七〕皆中度程。蕭然如賢大夫貴公子，相與解帶脱帽，臨水而濯纓。遂欲高舉遠引，友麋鹿而終天年，則不可得矣。蓋優哉游哉，聊以卒歲而無營。〔八〕

【注釋】〔一〕『韓幹』，唐開元、天寶時人。善寫貌人物，尤工鞍馬。初師曹霸，後乃别自成家。玄宗好大馬，西域、大宛，歲有來獻，命幹悉圖其駿。時岐、薛、申、寧王廄中皆有善馬，幹並圖之，遂爲古今獨步。〔二〕『驤』，馬首騰昂也。〔三〕『尻』，音考之平聲 kāo，脊骨尾端。〔四〕『跼蹐』，音局及 jú jí，踡曲不伸也。〔五〕『以爲廄馬也』與下『以爲野馬也』，『也』字皆讀耶。〔六〕『隅目』，目方形。〔七〕『臆』，胸肉也。〔八〕《史記·孔子世家》：『受齊女樂，三日不聽政……孔子遂行……歌曰……蓋優哉游哉，維以卒歲。』

文與可飛白贊〔一〕

蘇軾

嗚呼哀哉，與可豈其多好，好奇也歟？抑其不試故藝也。〔二〕始予見其詩與文，又得見其行、草、篆、隸也，以爲止此矣。既没一年，而復見其飛白。美哉多乎，其盡萬物之態也。霏霏乎其若輕雲之蔽月，〔三〕翻翻乎其若長風之卷旆也。猗猗乎其若遊絲之縈柳絮，裊裊乎其若流水之舞荇帶也。〔四〕離離乎其遠而相屬，縮縮乎其近而不隘也。其工至於如此，而余乃今知之，則余之知與可者固無幾，而其所不知者，蓋不可勝計也。嗚呼哀哉！

【注釋】〔一〕文同字『與可』，皇祐時進士，號笑笑先生，又稱石室先生，錦江道人。善畫墨竹及山水，元豐間出守湖州，世亦稱文湖州。傳世有《丹淵集》。『飛白』，書法之一體，筆勢飛動而中空者，東漢蔡邕所創。宋黄伯思曰：『取其若絲髮處謂之白，其勢飛舉謂之飛。』〔二〕《論語·子罕》：『子云，吾不試故藝。』注：『孔子自云我不見用，故多技藝。』〔三〕『霏霏』，雨雪貌。〔四〕『猗猗』，長也。又美盛貌。春日有細若蛛絲飄漾空中者，古人稱作『遊絲』。『裊裊』，與嫋嫋通，音鳥鳥 niǎo niǎo，摇曳貌。

圈點依姚姬傳本。

辭賦類

秋水〔一〕

莊周

莊子釣於濮水，〔二〕楚王使大夫二人往先焉，〔三〕曰：『願以境内累矣。』〔四〕莊子持竿不顧，曰：『吾聞楚有神龜，死已三千歲矣，王巾笥而藏之廟堂之上。〔五〕此龜者，寧其死爲留骨而貴乎？〔六〕寧其生而曳尾於塗中乎？』二大夫曰：『寧生而曳尾塗中。』莊子曰：『往矣，吾將曳尾於塗中。』

【注釋】〔一〕《莊子·外篇》第十七。〔二〕『濮水』，亦稱濮河，舊道自今河南省封丘縣東北上，入河南省濮陽縣至范縣注入鉅野澤。〔三〕『先焉』，爲先致意。〔四〕『累』，相勞累也。〔五〕『巾笥』，以巾包笥，『笥』，音寺 sì，竹箱。〔六〕『爲』，以也。

惠子相梁，〔一〕莊子往見之。或謂惠子曰：『莊子來，欲代子相。』於是惠子恐，搜於國中三日三夜。莊子往見之，曰：『南方有鳥，其名爲鵷鶵，〔二〕子知之乎？夫鵷鶵發於南海，而飛於北海，非梧桐不止，非練實不食，〔三〕非醴泉不飲。〔四〕於是鴟得腐鼠，〔五〕鵷鶵過之，仰而視之曰：「嚇！」〔六〕今子欲以子之梁國而嚇我邪？』

【注釋】〔一〕『惠子』，名施，戰國時曾爲梁惠王相，善辯，與莊周友善，周謂其多方術，有書五車。〔二〕『鵷』，音淵 yuān，鳳屬。〔三〕『練』，爲楝之同音假借，楝高丈餘，實小如鈴。《淮南子・時則訓》注：『楝實鳳凰所食。』〔四〕『醴』，音禮 lǐ，『醴泉』，美泉，味如醴酒，可以養老。〔五〕『鴟』，音癡 chī，今俗呼爲猫頭鷹。〔六〕『嚇』，音賀 hè，惡怒聲。

莊子與惠子遊於濠梁之上。〔一〕莊子曰：『鯈魚出游從容，是魚之樂也。』〔二〕惠子曰：『子非魚，安知魚之樂？』莊子曰：『子非我，安知我不知魚之樂？』惠子曰：『我非子，固不知子矣；子固非魚也，子之不知魚之樂，全矣。〔三〕』莊子曰：『請循其本。〔四〕子曰「汝安知魚樂」云者，既已知吾知之而問我，我知之濠上也。』

【注釋】〔一〕『濠』，水名，出安徽省鳳陽縣，北流入淮。〔二〕『鯈』，音由 yóu，小白條魚，性喜游，常浮水面。〔三〕『全』，完也。全然可知也。〔四〕『循其本』，再從起根言之。

【作者簡介】

莊周，戰國時（前四七五—前二二一）宋蒙人（今安徽省蒙城縣），嘗爲蒙漆園吏，與梁惠王、齊宣王同時，楚威王聞其賢，遣使厚幣迎之，辭不往。著書十餘萬言，號《莊子》，人與《老子》竝稱。唐天寶初，詔爲《南華真經》。周之文極汪洋恣肆，若御風而行，變幻莫測。本編所録諸短章，亦至峻峭，而饒詼詭之趣。

外物〔一〕

莊周

莊周家貧，故往貸粟於監河侯。〔二〕監河侯曰：『諾。我將得邑金，將貸子三百金可乎？』莊周忿然作色曰：『周昨來，有中道而呼者。周顧視車轍中，〔三〕有鮒魚焉。〔四〕周問之曰：「鮒魚來！子何爲者邪？」對曰：「我，東海之波臣也。君豈有斗升之水而活我哉？」周曰：「諾。我且南遊吳越之王，激西江之水而迎子，可乎？」鮒魚忿然作色曰：「吾失我常與，〔五〕我無所處。吾得斗升之水然活耳，〔六〕君乃言此，曾不如早索我於枯魚之肆。」』

【注釋】〔一〕『外物』，《莊子·雜篇》第二十六。〔二〕『貸粟』，借米。〔三〕『轍』，車輪所碾之跡。〔四〕『鮒』，音付fù，即鯽魚。〔五〕『常與』，謂水。〔六〕『然』，則也。

列御寇〔一〕

莊周

莊子將死，弟子欲厚葬之。莊子曰：『吾以天地爲棺槨，〔二〕以日月爲連璧，〔三〕星辰爲珠璣，萬物爲齎送。〔四〕吾葬具豈不備邪？何以加此？』弟子曰：『吾恐烏鳶之食夫子也。』〔五〕莊子曰：『在上爲烏鳶食，在下爲螻蟻食，奪彼與此，何其偏也。』

【注釋】〔一〕『列御寇』，《莊子・雜篇》第三十二。〔二〕『槨』，棺外之棺。〔三〕『連璧』，兩玉璧並聯。〔四〕『齎』，音基 jī，付也、裝也。『齎送』，指送置墓中如盆甕等器物。〔五〕『鳶』，音淵 yuān，鴟類。

卜居〔一〕

屈平

屈原既放，三年不得復見。竭智盡忠，蔽鄣於讒，心煩意亂，不知所從。乃往見太卜鄭詹尹曰：〔二〕『余有所疑，願因先生決之。』詹尹乃端策拂龜，曰：『君將何以教之？』〔三〕屈原曰：『吾寧悃悃款款朴以忠乎？〔四〕將送往勞來斯無窮乎？〔五〕寧誅鋤草茅以力耕乎？將遊大人以成名乎？〔六〕寧正言不諱以危身乎？將從俗富貴以媮生乎？〔七〕寧超然高舉以保真乎？將哫訾慄斯、喔咿嚅唲以事婦人乎？〔八〕寧廉潔正直以自清乎？將突梯滑稽，〔九〕如脂如韋以絜楹乎？〔十〕寧昂昂若千里之駒乎？將氾氾若水中之鳧乎？與波上下，偷以全吾軀乎？寧與騏驥抗軛乎？〔十一〕將隨駑馬之跡乎？寧與黃鵠比翼乎？將與雞鶩爭食乎？此孰吉孰凶，何去何從？世溷濁而不清，蟬翼爲重，〔十二〕千鈞爲輕；〔十三〕黄鐘毁棄，〔十四〕瓦釜雷鳴；〔十五〕讒人高張，〔十六〕賢士無名。〔十七〕吁嗟嘿嘿兮，〔十八〕誰知吾之廉貞？』詹尹乃釋策而謝曰：〔十九〕『夫尺有所短，〔二十〕寸有所長；〔二一〕物有所不足，智有所不明；〔二二〕數有所不逮，神有所不通。用君之心，行君之意，龜策誠不能知此事。』

【注釋】〔一〕『居』，處也。漢王逸注：『忠直而身放棄……乃往至太卜之家……卜己居世何所宜行。』　〔二〕『鄭詹尹』，王注：『其姓名也。』　〔三〕『將何以教之』，將有何言語見問。　〔四〕『悃悃款款』，誠誠懇懇也。『朴』，質。『忠』，實。　〔五〕『將』，抑也。『送往勞來』，『勞』，指隨俗趨奉。『斯』，乃也。乃不困窮。　〔六〕『大人』，指權貴。〔七〕『媮』，同偷。　〔八〕『哫』，音足 zú，『哫訾』，以言語諂媚人。『慄斯』，竦縮也。即卑屈意。『喔咿』，强笑。『喔』，音窩 wō。『嚅唲』，欲言復止。『唲』，音兒 ér，『嚅唲』，亦强笑貌。『事』，作也。　〔九〕『突梯』，圓滑。『滑稽』，誹諧，『滑』，音骨 gǔ。〔十〕『如脂如韋』，柔順也。『絜楹』，順滑。　〔十一〕『軶』，音厄 è，轅端横木駕於馬頸者。　〔十二〕『蟬翼爲重』，王注：『近佞讒也。』蓋言以輕薄爲厚重。　〔十三〕『千鈞爲輕』，王注：『遠忠良也。』以重爲輕也。　〔十四〕『黄鐘毁棄』，賢良棄置也。　〔十五〕『瓦釜雷鳴』，愚劣喧譁也。　〔十六〕『高張』，王注：『居朝堂也。』　〔十七〕『無名』，王注：『身窮困也。』〔十八〕『嘿』，音墨 mò，同默。〔十九〕『謝』，辭不能答其問也。〔二十〕『尺有所短』，長材亦有不能施展之處。〔二一〕『寸有所長』，小材亦有適用之時。〔二二〕古音『明』讀芒，故與上文『長』叶。

【諸家評論】

洪興祖曰：《卜居》《漁父》皆假設問答以寄意耳。而太史公《屈原傳》、劉向《新序》、嵇康《高士傳》，或採《楚辭》《莊子·漁父》之言，以爲實録，非也。

虔按：此假設問答，以明堅守其意志耳。『用君之心』二語，乃篇中眼目。

圈點依姚姬傳本，梅伯言本、張廉卿本同。

【作者簡介】

屈平（約前三四三—前二九〇），字原，博覽强志，明於治亂，嫻於辭令，楚懷王時爲三閭大夫，王甚任之。上官大夫害其能，讒之。王怒疏原，原憂愁幽思，而作《離騷》。頃襄王立，復用讒，謫原於江濱，原於是作《卜居》《漁父》諸篇以見志，五月五日，懷石自投汨羅死。

漁父

屈　平

屈原既放，游於江潭，行吟澤畔，顏色憔悴，形容枯槁。漁父見而問之曰：『子非三閭大夫與？〔一〕何故至於斯？』屈原曰：『世人皆濁我獨清，衆人皆醉我獨醒，是以見放。〔二〕』漁父曰：『聖人不凝滯於萬物，而能與世推移。〔三〕舉世皆濁，何不淈其泥而揚其波？〔四〕衆人皆醉，何不餔其糟而歠其釃？〔五〕何故深思高舉，自令放爲？』屈原曰：『吾聞之，新沐者必彈冠，新浴者必振衣。安能以身之察察，〔六〕受物之汶汶者乎？〔七〕寧赴湘流，葬於江魚之腹中，安能以皓皓之白，蒙世俗之塵埃乎？』漁父莞爾而笑，〔八〕鼓枻而去。〔九〕乃歌曰：『滄浪之水清兮，〔十〕可以濯我纓；〔十一〕滄浪之水濁兮，〔十二〕可以濯我足。〔十三〕』遂去，不復與言。

【注釋】〔一〕『三閭大夫』，楚官名，屈平放逐前所任。『與』，讀歟。　〔二〕『見放』，被斥退。　〔三〕『能與世推移』，王注：『隨俗方圓。』　〔四〕『淈』，音骨 gǔ，治也。〔五〕『餔』，食也。食『其糟』，王注：『從其俗也。』『歠』，音輟 chuò，飲也。『釃』，音禮

lí，薄酒也。王注：『食其祿也。』〔六〕『察察』，清潔貌。〔七〕『汶汶』，音問問 wèn wèn，垢濁也。〔八〕『莞』，音皖 wǎn，『莞爾』，小笑貌。〔九〕『枻』，音易 yì，楫也。『鼓枻』，即摇楫。〔十〕『水清』，王注：『喻世昭明。』〔十一〕『濯我纓』，王注：『沐浴升朝廷。』〔十二〕『水濁』，王注：『喻世昏闇。』〔十三〕『可以濯我足』，王注：『宜隱遁也。』

圈點依姚姬傳本，梅伯言本、張廉卿本同。

對楚王問

宋　玉

楚襄王問於宋玉曰：『先生其有遺行與？〔一〕何士民衆庶不譽之甚也？』宋玉對曰：『唯，然，有之。〔二〕願大王寬其罪，使得畢其辭。客有歌於郢中者，〔三〕其始曰《下里》《巴人》，〔四〕國中屬而和者數千人。〔五〕其爲《陽阿》《薤露》，〔六〕國中屬而和者數百人。其爲《陽春》《白雪》，〔七〕國中屬而和者數十人。引商刻羽，雜以流徵，〔八〕國中屬而和者，不過數人而已。是其曲彌高，其和彌寡。故鳥有鳳而魚有鯤。〔九〕鳳皇上擊九千里，絶雲霓，負蒼天，翱翔乎杳冥之上。夫藩籬之鷃，豈能與之料天地之高哉？〔十〕鯤魚朝發於崑崙之墟，〔十一〕暴鬐於碣石，〔十二〕暮宿於孟諸。〔十三〕夫尺澤之鯢，豈能與之量江海之大哉？〔十四〕故非獨鳥有鳳而魚有鯤也，士亦有之。夫聖人瑰意琦行，〔十五〕超然獨處，世俗之民，又安知臣之所爲哉？」

【注釋】〔一〕『遺行』，李善注：『可遺棄之行也。』即不善之行。『與』，讀歟。〔二〕『然』，是也。〔三〕『郢』，楚都。即今湖北省江陵縣。〔四〕『下里巴人』，『下里』，猶云鄉下；『巴』，古蠻地，『巴人』，猶云蠻人。此指鄉野歌曲。〔五〕『屬』，連也。〔六〕『陽阿薤露』，古歌曲名。〔七〕『陽春白雪』，亦皆歌曲名。〔八〕五音宫、商、角、徵、羽。『徵』，音祉 zhǐ。〔九〕古人假借『鯤』爲鯨，此實即鯨也。〔十〕『鷃』，小雀，上飛不過尺許。〔十一〕『崑崙』，崑崙山，自葱嶺沿新疆、西藏之間以入青海。『墟』，山麓也。〔十二〕『碣石』，山在今山東省無棣縣，今名馬谷山。〔十三〕『孟諸』，古澤藪名，故址在今河南省商丘市。〔十四〕『鯢』，音倪 ní，小魚。〔十五〕『瑰』、『琦』，皆珍奇也。

圈點依梅伯言本。

【作者簡介】

宋玉，戰國時楚鄢（今湖北省宜城市境）人。屈平弟子，楚頃襄王芈横時（前二九八—前二六三）爲大夫。屈平既放逐，玉作《九辯》《招魂》以哀憐之。又有《神女賦》《高唐賦》《登徒子好色賦》，皆寓言託興之作。此篇亦寓言，非實有其事也。

秋風辭〔一〕

漢武帝劉徹

秋風起兮白雲飛，草木黄落兮雁南歸。〔二〕蘭有秀兮菊有芳，懷佳人兮不能忘。泛樓船兮濟汾河，〔三〕横中流兮揚素波。簫鼓鳴兮發棹歌，〔四〕歡樂極兮哀情多。少壯幾時兮奈老何！

【注釋】〔一〕《文選》前列序文：『上行幸河東（今山西省西南部），祠后土，顧視帝京欣然，中流與群臣飲燕，上歡甚，乃自作《秋風辭》曰。』〔二〕《禮記·月令》：『季秋之月……鴻雁來賓……草木黄落。』〔三〕『汾河』，出山西省寧武縣。作大船，上施樓，號『樓船』。〔四〕摇蕩船棹時發出之歌唱，名爲『棹歌』。

圈點依姚姬傳本。

【作者簡介】

劉徹，漢景帝劉啓之中子。承文、景之業，興太學，崇儒術，在位五十四年（前一四〇—前八七），改元十一。帝王之有年號，即從劉徹開始。

酒德頌

劉　伶

有大人先生，以天地爲一朝，萬期爲須臾，日月爲扃牖，〔一〕八荒爲庭衢。行無轍跡，居無室廬，幕天席地，縱意所如。〔二〕止則操卮執觚，〔三〕動則挈榼提壺，〔四〕唯酒是務，焉知其餘。有貴介公子，〔五〕搢紳處士，〔六〕聞吾風聲，議其所以，乃奮袂攘襟，怒目切齒，陳説禮法，是非鋒起。先生於是方捧罌承槽，〔七〕銜杯漱醪，奮髯踑踞，枕麴藉糟，無思無慮，其樂陶陶。兀然而醉，〔八〕豁爾而醒。静聽不聞雷霆之聲，熟視不睹泰山之形。不覺寒暑之切肌，利欲之感情。俯觀萬物，擾擾焉

如江漢之載浮萍。二豪侍側焉，〔九〕如蜾蠃之與螟蛉。〔十〕

【注釋】〔一〕『扃』，音坰 jiōng，關閉門户之横木。〔二〕『如』，往也。〔三〕『觚』，音孤 gū，大酒尊。〔四〕『榼』，音科 kē，盛酒器。〔五〕『介』，大也。『貴介』，尊貴義。〔六〕『搢』，音晉 jìn，一音薦 jiàn，插也。『紳』，大帶。古人爲官者插手笏於帶間，因此遂以『搢紳』作官宦之代稱。『搢』亦作縉。〔七〕『槽』，過酒槽。〔八〕『兀』，不動貌。〔九〕『二豪』，指『貴介公子』、『搢紳處士』。〔十〕『蜾蠃』，音果裸 guǒ luǒ，似蜂而小腰，取桑蟲負之於木空中，七日而化爲其子。『螟蛉』，音冥靈 míng líng，桑蟲也。《文選》注：『二豪……隨己而化，類蜾蠃之變螟蛉也。』

【作者簡介】

劉伶字伯倫，晉沛國（故治在今安徽省宿州市西北）人。容貌甚陋，放情肆志，常以細宇宙、齊萬物爲心。性尤嗜酒，與阮籍、嵇康相善。常乘鹿車，攜一壺酒，使人荷鍤隨之，謂曰：『死便埋我。』伶妻以伶飲酒太過，非攝生之道。伶曰：『當誓神斷矣。』妻爲具酒，伶跪祝曰：『天生劉伶，以酒爲命。一飲一石，五斗解酲。婦兒之言，慎不可聽。』飲酒御肉，陶然復醉。嘗醉與俗人相忤，其人攘袂奮拳而往，伶徐曰：『雞肋不足以安尊拳。』其人笑而止。伶雖陶兀昏放，而機應不差。泰始初（晉武帝司馬炎年號，二六六）對策盛言無爲之化。時輩皆以高第得調，伶獨罷，以壽終。

歸去來辭〔一〕

陶　潛

歸去來兮，田園將蕪胡不歸？既自以心爲形役，奚惆悵而獨悲？悟已往之不諫，知來者之可追。〔二〕實迷途其未遠，覺今是而昨非。舟搖搖以輕颺，風飄飄而吹衣。問征夫以前路，恨晨光之熹微。〔三〕乃瞻衡宇，〔四〕載欣載奔。〔五〕僮僕歡迎，稚子候門。三徑就荒，松菊猶存。攜幼入室，有酒盈樽。引壺觴以自酌，眄庭柯以怡顏。〔六〕倚南窗以寄傲，審容膝之易安。園日涉以成趣，門雖設而常關。策扶老以流憩，〔七〕時矯首而遐觀。雲無心以出岫，鳥倦飛而知還。景翳翳以將入，〔八〕撫孤松而盤桓。歸去來兮，請息交以絕游。世與我而相遺，復駕言兮焉求？〔九〕悅親戚之情話，〔十〕樂琴書以消憂。農人告余以春及，將有事於西疇。或命巾車，〔十一〕或棹孤舟。既窈窕以尋壑，〔十二〕亦崎嶇而經丘。〔十三〕木欣欣以向榮，泉涓涓而始流。善萬物之得時，感吾生之行休。〔十四〕已矣乎！寓形宇内復幾時，曷不委心任去留？胡爲遑遑欲何之？〔十五〕富貴非吾願，帝鄉不可期。懷良辰以孤往，或植杖而耘耔。〔十六〕登東皋以舒嘯，臨清流而賦詩。聊乘化以歸盡，〔十七〕樂夫天命復奚疑。

【注釋】〔一〕本集題下無辭字，有序云：『余家貧，耕植不足以自給。幼稚盈室，瓶無儲粟，生生所資，未見其術。親故多勸余爲長吏，脱然有懷，求之靡途。會有四方之事（遇有須往外地之事），諸侯（此借古稱以指刺史）以惠愛爲德，家叔以余貧苦，遂見用於小邑。於時風波未静，心憚遠役，彭澤（即今江西省彭澤縣）去家百里，公田之利，足以爲酒，故便求之。及少日，眷然有歸歟之情。何則？質性自然，非矯厲所得。飢凍雖切，違己交病。嘗從人事（爲官治人），皆口腹自役。於是悵然慷慨，深愧平生之志。猶望一稔（音忍 rěn，穀熟也。『一稔』，指一年），當斂裳宵逝。尋（未久）程氏妹喪於武昌，情在駿奔（速去），自免去職。仲秋至冬，在官八十餘日。因事順心，命篇曰《歸去來兮》，乙巳歲十一月也。』乙巳爲晉安帝司馬德宗義熙元年（四〇五），時年四十一歲。〔二〕《論語・微子》：『楚狂接輿歌而過孔子曰……往者不可諫，來者猶可追。』〔三〕『熹』，微光也。〔四〕『衡』，平也。〔五〕『載』，則也。〔六〕『眄』，音免 miǎn，斜視也。〔七〕『策』，拄也。以扶竹作杖，因名杖曰『扶老』。〔八〕『景』，日也。『翳翳』，掩蔽也。〔九〕『言』，語助詞。『駕』，具車馬。〔十〕秦漢人以『親戚』稱父母，此處以之稱家人骨肉。〔十一〕『巾車』，車架上覆有布者。〔十二〕『窈窕』，幽深也。〔十三〕『崎嶇』，道不平也。〔十四〕『行』，且也。即將之意。〔十五〕『遑遑』，即徨徨，彷徨也。〔十六〕『植杖』，插杖於地。除草曰『耘』，培土曰『耔』。〔十七〕『乘化』，乘順乎陰陽之變化。

【作者簡介】

陶潛（三六五—四二七），字淵明，潯陽柴桑（今江西省九江市西南）人。少有高趣，博學善屬文，嘗著《五柳先生傳》以自況。親老家貧，起爲益州祭酒，不堪吏職，自解歸。後爲彭澤令，在官八十餘日，郡遣督郵至縣，吏白應束帶見之。潛曰：『吾不能爲五斗米折腰向鄉里小兒。』即日解印綬去，作《歸去來兮》以自見。義熙末（四一七或四一八）徵著作郎，不就。元嘉（宋文帝劉義隆年號）初卒，年六十三，人稱靖節先生。傳世詩文共一百三十餘篇。清陶澍注有《靖節先生集》。

訟風伯〔一〕

韓　愈

維茲之旱兮，其誰之由？我知其端兮，風伯是尤。〔二〕山升雲兮澤上氣，雷鞭車兮電摇幟，雨寖寖兮將欲墜，〔三〕風伯怒兮雲不得止。暘烏之仁兮，〔四〕念此下民；閟其光兮，〔五〕不鬬其神。〔六〕嗟風伯兮其將謂何，〔七〕我於爾兮豈有其他？〔八〕求其時兮修祀事，〔九〕羊甚肥兮酒甚旨。食足飽兮飲足醉，風伯之怒兮誰使？雲屏屏兮吹使醲之，〔十〕氣將交兮吹使離之。鑠之使氣不得化，〔十一〕寒之使雲不得施。嗟爾風伯，欲逃其罪又何辭？〔十二〕上天孔明兮，〔十三〕有紀有綱；〔十四〕今我上訟兮，其罪誰當？天誅加兮不可悔，風伯雖死兮人誰汝傷？

【注釋】〔一〕『訟』，責也，控訴也。《漢書·郊祀志》注：『風伯，飛廉也。』唐德宗李适貞元十九年正月不雨至七月，韓愈時爲四門博士，作此。專以刺權臣裴延齡、李齊運、京兆尹李實等壅蔽聰明，不顧旱飢，專於誅求，使人君恩澤不得下流，如風吹雲而雨澤不得墜也。是年冬愈拜御史，竟以言旱飢謫爲陽山令。〔二〕『尤』，過也。〔三〕『寖寖』，欲雨貌。〔四〕『暘烏』，指日，古傳日中有三足烏也。〔五〕『閟』，音必bì，隱閉也。〔六〕『不鬬其神』，不以其神明與人争競也。〔七〕『謂』，爲也。〔八〕『他』，讀拖。〔九〕唐制以立春後丑日祀風師，故云『求其時』。〔十〕『屏屏』，聚積貌。『醨』，音離lí，薄酒也。此處用作薄義。〔十一〕『鑠』，音碩shuò，銷也。『氣』謂雲氣，『化』言『不得化』爲雨也。〔十二〕『辭』，言詞也。〔十三〕『孔』，大也。〔十四〕理絲爲『紀』，網口大繩爲『綱』，張之亦曰『綱』。

【諸家評論】

方望溪曰：樸質近於西漢人，頗不類楚詞。

蝜蝂傳〔一〕

柳宗元

蝜蝂者，善負小蟲也。行遇物輒持取，卬其首負之，〔二〕背愈重，雖困劇不止也。其背甚澀，物積因不散，卒躓仆不能起。〔三〕人或憐之，爲去其負。苟能行，又持取如故。又好上高，極其力不已，至墜地死。今世之嗜取者，遇貨不避，以厚其室，不知爲己累也，唯恐其不積。及其怠而躓也，黜棄之，遷徙之，亦以病矣。苟能起，又不艾。〔四〕日思高其位，大其禄，而貪取滋甚，以近於危墜，觀前之死亡，曾不知戒。雖其形魁然大者也，其名人也，而智則小蟲也。亦足哀夫！

【注釋】〔一〕「蝜蝂」，音負板 fù bǎn。〔二〕「卬」，即昂。〔三〕「躓」，音致 zhì，跌也。〔四〕「艾」，止也。

三戒〔一〕

柳宗元

臨江之麋

臨江之人畋得麋麑，〔二〕畜之。入門，群犬垂涎，揚尾皆來，其人怒，怛之。〔三〕自是日抱就犬習示之，使勿動，稍使與之戲。積久，犬皆如人意。麋麑稍大，忘己之麋也，以爲犬良我友，抵觸偃仆益狎。犬畏主人，與之俯仰甚善，然時啖其舌。〔四〕三年，麋出門，見外犬在道甚衆，走欲與爲戲。外犬見而喜且怒，共殺食之，狼藉道上，〔五〕麋至死不悟。

【注釋】〔一〕本集題次有序云：『吾恒惡世之人不知推己之本，而乘物以逞。或依勢以干非其類，出技以怒强，竊時以肆暴，然卒迨（及也）於禍。有客談麋、驢、鼠三物，似其事，作《三戒》。』　〔二〕『臨江』，舊府名，故治在今江西省樟樹市。『畋』，音田 tián，獵也。〔三〕『麑』，音迷倪 mí，ní，小鹿也。〔三〕『怛』，音達 dá，懼也。〔四〕『啖』，音淡 dàn，舐也。〔五〕『狼藉』，縱横散亂貌。

黔之驢〔一〕

黔無驢，有好事者船載以入，至則無可用，放之山下。虎見之，尨然大物也，以爲神，蔽林間窺之，稍出近之，憖憖然莫相知。〔二〕他日驢一鳴，虎大駭遠遁，以爲且噬己也，甚恐。然往來視之，覺無異能者，益習其聲，又近出前後，終不敢搏。稍近益狎，蕩倚衝冒，驢不勝怒，蹄之。虎因喜，〔三〕計之曰：『技止此耳。』因跳踉大㘎，〔四〕斷其喉，盡其肉，乃去。噫！形之尨也類有德，聲之宏也類有能，向不出其技，虎雖猛，疑畏卒不敢取。今若是焉，悲夫！

【注釋】〔一〕『黔』，貴州省之别稱。〔二〕『慭』，音印 yìn，敬謹貌。〔三〕『因』，由也。由是而喜。〔四〕『踉』，音凉 liáng，躍也。『㘚』，音罕 hǎn，噉食也。

永某氏之鼠

永有某氏者，〔一〕畏日拘忌異甚。〔二〕以爲己生歲直子，鼠，子神也，因愛鼠，不畜猫犬，禁僮勿擊鼠。倉廪庖廚，悉以恣鼠不問。由是鼠相告，皆來某氏，飽食而無禍。某氏室無完器，椸無完衣，〔三〕飲食大率鼠之餘也。晝累累與人兼行，夜則竊齧鬬暴，〔四〕其聲萬狀，不可以寢，終不厭。數歲，某氏徙居他州。後人來居，鼠爲態如故。其人曰：『是陰類惡物也，盜暴尤甚，且何以至是乎哉？』假五六猫，闔門撤瓦灌穴，購僮羅捕之，〔五〕殺鼠如丘，棄之隱處，臰數月乃已。〔六〕嗚呼！彼以其飽食無禍爲可恒也哉？

【注釋】〔一〕『永』，永州。詳第一一七頁《始得西山宴遊記》注一。〔二〕『畏日』，畏懼日晨之吉凶。『果甚』，很厲害。〔三〕『椸』，音移yí，衣架。〔四〕『闢』，同門。『暴』，音瀑pù，猖獗也。〔五〕此『購』爲招傭義。〔六〕『梟』，同臬。

【諸家評論】

虔按：三首均一二語作結，最遒勁雋永，詼詭處妙似《莊子》。

哀祭類

祭柳子厚文〔一〕

韓　愈

維年月日，〔二〕韓愈謹以清酌庶羞之奠，〔三〕祭於亡友柳子厚之靈。嗟嗟子厚，而至然邪？〔四〕自古莫不然，我又何嗟？人之生世，如夢一覺；〔五〕其間利害，竟亦何校？當其夢時，有樂有悲；及其既覺，豈足追惟！〔六〕凡物之生，不願爲材；犧尊青黄，〔七〕乃木之災。子之中棄，〔八〕天脱馽羈；〔九〕玉珮瓊琚，大放厥辭。〔十〕富貴無能，磨滅誰紀？〔十一〕子之自著，表表愈偉。〔十二〕不善爲斲，血指汗顔；巧匠旁觀，縮手袖間。子之文章，而不用世；乃令吾徒，掌帝之制。子之視人，自以無前；〔十三〕一斥不復，群飛刺天。嗟嗟子厚，今也則亡；臨絶之音，一何琅琅。〔十四〕偏告諸友，以寄厥子；不鄙謂余，亦託以死。凡今之交，觀勢厚薄；余豈可保，能承子託？非我知子，子實命我；猶有鬼神，寧敢遺墮！念子永歸，無復來期；設祭棺前，矢心以辭。嗚呼哀哉，尚饗！

【注釋】〔一〕『柳子厚』，詳第九頁。　〔二〕『維年月日』，係編集時節署，一本作『維元和十五年歲次庚子五月壬寅朔初五日景（唐諱丙改作景）午』，乃原文也。　〔三〕『清酌』，謂酒。言酒清澈可酌也。『庶羞』，衆味也。肴美曰羞。此祭文中習用語。　〔四〕『然』，如是也。　〔五〕『覺』，讀叫。　〔六〕『惟』，思也。言追思其得失。　〔七〕《莊子·外篇·天地》：『百年之木，破爲犧尊，青黄而文之。其斷（斷折之一截）在溝中，比犧尊於溝中之斷，則美惡有間矣，其於失性一也。』『犧』，舊音娑 suō，酒尊外鏤刻爲疏飾，塗以青黄。　〔八〕『中棄』，中道被廢棄，指遭貶謫。　〔九〕『曡』，音執 zhí，繫絆馬後足者。　〔十〕二句言其貶官後，文章乃大盛。　〔十一〕『紀』，記也。　〔十二〕『表表』，卓立之貌。　〔十三〕『自以無前』，自謂無人能居其前。　〔十四〕《韓集補注》：『劉禹錫祭柳員外文：「佣紙窮竟，得君遺書。初託遺嗣，知其不孤。」』『子厚』臨殁時，有書與諸友，以遺孤相託，『臨絶之音』以下八句，實敘此也。

【諸家評論】
曾滌生曰：峻潔直上，語經百鍊，公文如此，乃不復可攀躋矣。

祭侯主簿文〔一〕

韓　愈

維年月日，吏部侍郎韓愈謹遣男殿中省進馬佶，〔二〕致祭於亡友故國子主簿侯君之靈。嗚呼！惟子文學，今誰過之？子於道義，困不捨遺。我狎我愛，人莫與夷；〔三〕自始及今，二紀於茲。〔四〕我或爲文，筆俾子持；〔五〕唱我和我，問我以疑。我釣我游，莫不我隨；〔六〕我寢我休，〔七〕莫爾之私。〔八〕朋友昆弟，情敬異施；惟我於子，無適不宜。棄我而死，嗟我之衰。相好滿目，少年之時；日月云亡，今其有誰？誰不富貴，而子爲羈；〔九〕我無利權，雖怨曷爲？子之云葬，我方齋祠；哭送不可，〔十〕誰知我悲？嗚呼哀哉，尚饗！

【注釋】〔一〕『侯主簿』，名喜，字叔迡，貞元間進士。家貧力學，能古文，韓愈弟子，官終國子主簿。　〔二〕『進馬』，官名。『佶』，音吉jí。　〔三〕『夷』，等也，平也。〔四〕古稱十二歲爲一『紀』。　〔五〕『我或爲文』二句，言有時爲文使侯代筆也。〔六〕韓集有《贈侯喜》詩，起云：『吾黨侯生字叔迡，呼我持竿釣温水。』二句即指此。

『温水』，指今河南省洛陽市之洛水。《易・乾鑿度》：『王者有盛德之應，則洛水先温，故號温洛。』〔七〕『寢』，息也。〔八〕『莫爾之私』，言莫有如爾之情親者。〔九〕『爲』，則也。〔十〕『方齋祠』，言正齋戒將行祠祀，故不能出而哭送其葬也。

祭吏部韓侍郎文〔一〕

李翱

嗚呼！孔氏云遠，楊墨恣行；孟軻拒之，乃壞於成。〔二〕戎風混華，異學魁横；兄嘗辯之，〔三〕孔道益明。建武以還，〔四〕文卑質喪；氣萎體敗，剽剥不讓。〔五〕儷花鬬葉，〔六〕顛倒相上。及兄之爲，思動鬼神；撥去其華，得其本根。開合怪駭，驅濤湧雲；包劉越嬴，並武同殷。〔七〕六經之風，絶而復新；學者有歸，大變於文。兄之仕宦，罔辭於艱；疏奏輒斥，去而復還。升黜不改，正言亟聞。〔八〕貞元十二，兄在汴州；〔九〕我遊自徐，始得兄交。視我無能，待予以友；講文析道，爲益之厚。二十九年，不知其久。兄以疾休，我病臥室；三來視我，笑言窮日。何荒不耕，會之以一。〔十〕人心樂生，皆惡言凶；兄之在病，則齊其終。〔十一〕順化以盡，靡憾於中；別我千萬，意如不窮。〔十二〕臨喪大號，決裂肝胸。老聃言壽，死而不亡；〔十三〕兄名之垂，星斗之光。我謨兄行，〔十四〕下於太常；聲殫天地，誰云不長？喪車來東，我刺廬江；〔十五〕君命有嚴，不見兄喪。遣使奠斝，〔十六〕百酸攪腸；音容若在，曷日而忘。嗚呼哀哉，尚饗！

【注釋】〔一〕『韓侍郎』，韓愈，詳見第三頁。〔二〕《孟子・滕文公》：『諸侯放恣，處士橫議，楊朱、墨翟之言盈天下。天下之言，不歸楊則歸墨……吾爲此懼，閑（習也）先聖之道，距楊、墨，放淫辭，邪説者不得作。』『距』拒古通。『乃壞於成』，謂楊、墨之説既翕然成風，爲孟軻所闢，乃壞廢也。下二句一指佛，一指道。〔三〕翺乃愈姪婿，而以『兄』稱愈者，蓋古人重師弟之誼。如李漢爲愈婿，而編韓集時署亦但稱門人。此句指韓著《原道》闢佛、老。〔四〕『建武』，漢光武帝劉秀年號。〔五〕『剽剥不讓』，謂競剽竊前人成言。〔六〕『儷花鬬葉』，謂用色彩濃麗之詞相偶對。〔七〕『竝武』，言竝乎周武王姬發時，實即謂韓文竝同於周代。〔八〕貞元十九年愈爲監察御史，上書極論宮市（宮中使各太監購買市上物品）。德宗怒，貶陽山（今廣東省陽山縣）令。元和十三年，憲宗迎佛骨入禁中，愈時爲刑部侍郎，又上表極諫。憲宗大怒，將抵以死，賴裴度等爲解説，乃貶潮州（今廣東省潮州市）刺史。『兄之仕宦』以下六句即指此。〔九〕貞元十二年，韓愈受宣武節度使董晉表署觀察推官，節度使治所在汴州（即今河南省開封市）。〔十〕『何荒不耕』，謂無書不讀，而一歸於聖道。〔十一〕『齊其終』，言齊一死生。〔十二〕『如』，若也。〔十三〕李耳字耼（音丹 dān），著有《老子》，亦稱老耼。《老子》第三十三章：『死而不亡者壽。』王弼注：『身没而道猶存。』『不亡』，即道不朽，永世長存之意。〔十四〕『譔』同撰。韓愈行狀爲翺所撰。〔十五〕時翺任廬州（治今安徽省合肥市）刺史。〔十六〕『斝』，音賈 jiǎ，玉杯。一云杯外畫禾稼，故曰『斝』。

祭蘇子美文〔一〕

歐陽修

哀哀子美，命止斯邪？小人之幸，君子之嗟。子之心胸，蟠屈龍蛇。〔二〕風雲變化，雨雹交加。〔三〕忽然揮斧，霹靂轟車。人有遭之，心驚膽落，震仆如麻。須臾霽止，而四顧百里，山川草木，開發萌芽。子於文章，雄豪放肆。有如此者，吁可怪邪！嗟乎世人，知此而已。貪悦其外，不窺其内。欲知子心，窮達之際。金石雖堅，尚可破壞。〔四〕子於窮達，始終仁義。惟人不知，乃窮至此。蘊而不見，遂以没地。

獨留文章，照耀後世。嗟世之愚，掩抑毀傷。譬如磨鑑，不滅愈光。一世之短，萬世之長。〔五〕其間得失，不待較量。哀哀子美，來舉予觴。尚饗！

【注釋】〔一〕蘇舜欽字子美，天聖（宋仁宗趙禎年號）中學者爲文多病偶對，獨舜欽與河南穆修好爲古文，一時豪傑多從之遊。舉進士，累遷大理評事，試集賢校理，監進奏院，坐用鬻故紙公錢召妓樂、會賓客，除名。流寓蘇州，買水石作滄浪亭，自號滄浪翁。歌詩豪放，善草書，後得湖州長史以卒。〔二〕『蛇』，音闍 shé。〔三〕『風雲變化』以下十一句言其意氣之豪放，上七句言其彈擊權奸，下四句言其平時待人接物之藹然仁厚。〔四〕『金石雖堅』，以下四句言『金石』尚可破壞，而子美於『窮達』之際，則堅强卓立，篤守仁義，不稍動摇。〔五〕『一世之短』，言奸愚之毀傷，不過身前一時。『萬世之長』，言子美之德行文章則永垂千古。

【作者簡介】
歐陽修（一〇〇七—一〇七二），字永叔，廬陵（故城在今江西省吉安市西）人。自號醉翁，晚號六一居士。舉進士甲科，慶曆（宋仁宗趙禎年號）初召知諫院，改右正言，知制誥。出知滁州，徙揚州、潁州，還爲翰林學士，在翰林八年，知無不言。嘉祐間拜參知政事，與韓琦同心輔政。熙寧初與王安石不合，以太子少師致仕，卒謚文忠。修博極群書，以文章冠天下。著有《新五代史》、《毛詩本義》、《歐陽文忠公集》一百五十三卷附録五卷等，與宋祁等合修《新唐書》。

祭梅聖俞文〔一〕

歐陽修

昔始見子，伊川之上；〔二〕余仕方初，子年亦壯。讀書飲酒，握手相歡；談辨鋒出，賢豪滿前。謂言仕宦，所至皆然；但當行樂，何以憂患？〔三〕子去河南，余貶山峽；〔四〕三十年間，乖離會合。晚被選擢，濫官朝廷；〔五〕薦子學舍，吟哦六經。余才過分，可愧非榮；子雖窮厄，日有聲名。余狷而剛，中遭多難；〔六〕氣血先耗，髮鬚早變。子心寬易，在險如夷；年實加我，其顔不衰。謂子仁人，自宜多壽；余譬膏火，煎熬豈久？事今反此，理固難知；況於富貴，又可必期？〔七〕念昔河南，同時一輩；零落之餘，惟予子在。子又去我，余存無幾；〔八〕凡今之游，皆莫余先。紀行琢辭，子宜余責，〔九〕送終卹孤，則有衆力；惟聲與淚，獨出余臆。〔十〕

【注釋】〔一〕梅堯臣字聖俞，宣州宣城（即今安徽省宣城市）人。工詩，以深遠古淡爲意。歐陽修與爲詩友，自以爲不及。歷鎮安判官，仁宗召試，賜進士出身，累遷都官員外郎。

〔二〕『伊川之上』，指洛陽。『伊川』，即今伊河。〔三〕『以』，用也。〔四〕歐陽修爲館閣校勘時貶爲夷陵令，夷陵即今湖北省宜昌市，地臨長江，故稱『山峽』。〔五〕歐陽修同修起居注，遂知制誥。〔六〕『中遭多難』，謂左遷知滁州，徙知揚州、潁州。復學士，召判流内銓，時在外十一年矣，帝見其髮白，問勞甚至。〔七〕『又可必期』，言又豈可期其必然也。〔八〕『余存無幾』，言余之生存亦無幾時也。〔九〕歐陽修爲『聖俞』撰墓誌銘。〔十〕『臆』，音意yì，胸前也。

祭丁元珍學士文〔一〕

王安石

我初閉門，屈首書詩；一出涉世，茫無所知。援挈覆護，免於阽危；〔二〕雖培浸灌，〔三〕使有華滋；微吾元珍，我殆弗殖。如何棄我，隕命一昔？以忠以恕，以信以仁；至於白首，困厄窮屯。又從擠之，〔四〕使以躓死；〔五〕豈伊人尤？〔六〕天實爲此。有槃彼石，〔七〕可誌於丘；雖不屬我，我其徂求。〔八〕請著君德，銘之九幽；以馳我哀，不在醪羞。

【注釋】〔一〕丁寶臣字元珍，與兄宗臣俱有文聲，人稱二丁。景祐（宋仁宗趙禎年號）中同登進士第，歷官至秘閣校理，尤與歐陽修友善，及卒，修誌其墓。〔二〕『援挈覆護』，指元珍對己。『阽』，音鹽 yán，危也。〔三〕『雝』，乃壅之同音假借，加土於植物根上曰壅。〔四〕『又從擠之』，謂元珍已『困厄』，乃更加以排擠使至傾躓而死也。〔五〕『躓』，音致 zhì，跌也。〔六〕『伊人』，指擠陷元珍之人。〔七〕『槃』，或從皿，『盤石』，石之寬大者。〔八〕『徂』，往也。『求』，求爲撰墓誌文。

【諸家評論】

茅鹿門曰：情痛而吐辭激昂。

虔按：意深語鍊，昌黎後一人而已。

圈點依吴至父本。

祭王回深甫文〔一〕

王安石

嗟嗟深甫，真棄我而先乎？孰謂深甫之壯以死，〔二〕而吾可以長年乎？惟吾昔日，執子之手，歸言子之所爲，實受命於吾母。曰如此人，乃與爲友。吾母知子，過於予初。終子成德，多吾不如。嗚呼天乎！既喪吾母，又奪吾友。雖不即死，吾何能久？搏胸一慟，心摧志朽。泣涕爲文，以薦食酒。嗟嗟深甫，子尚知否？

【注釋】〔一〕王回字深甫，敦行孝友，質直平恕。舉進士第，爲衛真簿，稱病免。治平（宋英宗趙曙年號）中，以爲忠武軍節度推官，知南頓縣，命下而卒。〔二〕『以』，而也。

【諸家評論】

劉海峰曰：受母命而爲友，哭友因以哭母，入骨之痛。

祭高師雄主簿文〔一〕

王安石

我始寄此，與君往還，於時康定，慶曆之間。〔二〕愛我勤我，急我所難。日月一世，疾於跳丸。南北幾時，相見悲歡。去歲憂除，〔三〕追尋陳跡。淮水之上，冶城之側。握手笑語，有如一昔。屈指數日，待君歸舲。安知彌年，〔四〕乃見哭庭？維君家行，〔五〕可謂修飭。如其智能，亦豈多得？垂老一命，終於遠域。豈惟故人，所爲嘆惜？撫棺一奠，以告心惻。〔六〕

【注釋】〔一〕高師雄，名未詳。〔二〕『康定』、『慶曆』，均宋仁宗趙禎年號。〔三〕『憂除』，謂丁母憂期滿除去孝服也。〔四〕『彌』，長也。長年猶言經年。〔五〕『家行』，謂家居之操行。〔六〕『惻』，痛也。

【諸家評論】

茅鹿門曰：奇崛之文。

祭李省副文〔一〕

王安石

嗚呼！君謂死者必先氣索而神零，〔二〕孰謂君氣足以薄雲漢兮，〔三〕神昭晣乎日星，〔四〕而忽隕背乎，〔五〕不能保百年之康寧？惟君別我，往祀太一。〔六〕笑言從容，愈於平日。既至即事，升降孔秩。〔七〕歸鞍在塗，不返其室。訃聞士夫，環視太息。矧我於君，〔八〕情何可極？具茲醪羞，以告哀惻。

【注釋】〔一〕李省副，名壽朋，字延老，徐州豐（今江蘇省豐縣）人。康定間進士。『省副』，官名。〔二〕『索』，盡也。『零』，落也。〔三〕『薄』，迫也，迫近也。〔四〕『昭晣』，光明也。〔五〕『隕』，墜落也。『背』，棄也，死亡義。〔六〕『太一』，北極神名。〔七〕『孔』，大也，甚也。『秩』，次序也，整肅也。『孔秩』，甚整肅也。〔八〕『矧』，況也。

【諸家評論】

茅鹿門曰：有逸調、有雋思。

祭周幾道文〔一〕

王安石

初我見君，皆童而幘。〔二〕意氣豪悍，崩山決澤。弱冠相視，〔三〕隱憂困窮。貌則侔年，〔四〕心頽如翁。俛仰悲歡，超然一世。皓髮黧馘，〔五〕分當先弊。孰知君子，赴我稱孤。發封涕洟，舉屋驚呼。〔六〕行與世乖，〔七〕惟君繾綣。〔八〕弔禍問疾，〔九〕書猶在眼。序銘於石，以報德音。設辭雖徧，義不愧心。君實愛我，祭其如歆。〔十〕

【注釋】〔一〕周幾道，名濤，故郫（今四川省成都市郫都區）人，徙居海陵（今江蘇省泰州市海陵區）。慶曆六年進士。歷亳州觀察推官，撫州軍事推官，著作佐郎，秘書丞，太常博士，尚書屯田員外郎，知汝州梁、杭州錢塘二縣。事具王安石《尚書屯田員外郎周君墓誌銘》。〔二〕『幘』，音責 zé，覆於髮髻上之巾，未冠者所用。〔三〕《禮記·曲禮》：『二十曰弱，冠。』『冠』謂行冠禮。〔四〕『侔』，等同也。〔五〕『皓』，白也。『黧』，音黎 lí，黑斑也。『馘』，音洫 xù，面也。此句安石自謂。〔六〕『舉屋』，猶言全家。〔七〕此句亦自謂。〔八〕『繾綣』，音遣犬 qiǎn quǎn，厚也，親也。〔九〕此句謂周幾道對己。〔十〕『歆』，音心 xīn，神食氣也。

【諸家評論】

茅鹿門曰：文多淘洗，字字琳琅。

圖書在版編目（CIP）數據

古文辭初編 / 葉葱奇編注．--福州：福建人民出版社，2021.7
ISBN 978-7-211-08650-4

Ⅰ.①古…　Ⅱ.①葉…　Ⅲ.①古典散文—散文集—中國
Ⅳ.①H194.1

中國版本圖書館 CIP 數據核字（2021）第 093917 號

古文辭初編

編　　注：葉葱奇
出版發行：福建人民出版社
地　　址：福州市東水路 76 號　　　**郵政編碼**：350001
電　　話：0591-87533169（發行部）
網　　址：http://www.fjpph.com
印　　刷：福州萬達印刷有限公司
地　　址：福州市閩侯縣荆溪鎮徐家村 166—1 號
開　　本：889 毫米×1194 毫米　1/32
印　　張：6.875
字　　數：114 千字
版　　次：2021 年 7 月第 1 版
印　　次：2021 年 7 月第 1 次印刷
書　　號：ISBN 978-7-211-08650-4
定　　價：50.00 元
